BENJAMIN MONFERAT
WELT IN FLAMMEN

BENJAMIN MONFERAT

WELT IN FLAMMEN

ROMAN / WUNDERLICH

1. Auflage September 2014
Copyright © 2014 by Rowohlt Verlag GmbH,
Reinbek bei Hamburg
Alle deutschen Rechte vorbehalten
Lektorat: Grusche Juncker
Redaktion: Evi Draxl
Karte auf Vor- und Nachsatz © Peter Palm
Gesamtherstellung CPI books GmbH, Leck
ISBN 978 3 8052 5069 6

WELT IN FLAMMEN

Compiègne, Clairière de l'Armistice – 23. Mai 1940, 02:17 Uhr

Der Himmel im Osten war flüssiges Feuer.

Rötlich flackerte die gesamte Linie des Horizonts, greller getönt noch einmal über den Städten, in denen auch zu dieser Stunde Gefechte tobten.

François hielt sich zwischen den vordersten Reihen der Bäume und betrachtete das unheimliche Schauspiel über der nächtlichen Picardie.

Die Zerstörung. Den Zusammenbruch. Den Tod.

Das Geschützfeuer der Deutschen brach sich im flachen Tal der Aisne, doch noch waren sie nicht heran. Ein heftiger Einschlag ließ den Boden unter seinen Füßen erbeben. Der Donner folgte Sekunden später. Wie weit waren sie entfernt? Dreißig Kilometer? Vierzig? Würden sie in wenigen Tagen hier sein – oder waren es nur noch Stunden?

Das machte keinen Unterschied. Heute Nacht. Heute Nacht – oder niemals.

Er warf einen letzten Blick auf die apokalyptische Szenerie, dann drückte er die dunkle Ledertasche fester an seine Brust und suchte sich einen Weg durch das Dickicht der Bäume. Natürlich gab es einen Pfad, und aus Furcht vor feindlichen Fliegern war er in diesen Tagen gänzlich unbeleuchtet, doch selbst unter diesen Bedingungen erschien ihm das Risiko zu groß. Zwei Posten bewachten die Anlage. Nun, da die Front mit jedem Tag näher rückte, würden sie die Augen offen halten.

Der Forêt de Compiègne mit seinen Eichen, Buchen und vereinzelten Zedern hatte einen einzigartigen, schweren Duft, und die warme Mainacht verstärkte ihn noch. François' Finger strichen über die Rinde der Bäume, während er sich Schritt um Schritt vorantastete, bis sich die Dunkelheit vor ihm veränderte, die Umrisse der letzten Baumreihen sich von einer *anderen* Art Schwärze abhoben, und dann, von einem Schritt auf den anderen ...

Die Halle war ein klobiger Klotz, das dreifache Portal ein etwas höherer, kastenförmiger Umriss in den strengen Formen, die die Architektur seit dem Ende des Großen Krieges beherrschten.

François verharrte in der Deckung. Auch hier waren die elektrischen Lichter verloschen. Er wartete, während seine Augen sich an die Dunkelheit gewöhnten. Ein Wachmann kam rechts hinter der Halle in Sicht, François erahnte ihn nur, lediglich der matte Schimmer einer Taschenlampe war zu erkennen. Ohne seine Geschwindigkeit zu verändern, passierte der Mann die Ecke des Gebäudes, schritt vor den Stufen des Portals entlang, bog dann nach rechts und bewegte sich langsam aus dem Blickfeld. François holte Luft.

Er hatte es geahnt, seit Tagen schon, dass diese Aufgabe ihm zukommen würde. Er war nicht der Jüngste in der Gruppe um den alten Victor, aber der Einzige, der keine Kinder hatte. Er liebte Claudine, doch wie sie alle liebte er auch sein Land. Wenn es getan werden musste, musste *er* es tun. Jetzt.

Der Posten war wieder mit der Dunkelheit verschmolzen. In den nächsten Sekunden würde sich der gewaltige Betonklotz zwischen ihm und dem Beobachter befinden.

François löste sich aus der Deckung, die Tasche an die Rippen gepresst. Seine eiligen Schritte waren auf dem Kies deutlich zu hören, erschreckend laut, doch er wagte es nicht, langsamer zu werden.

Achtzig Meter, fünfzig. Die Nacht war lau; die Atemzüge stachen in seinen Lungen, sein Puls war ein Brausen in den Schläfen. Dreißig Meter. Wo war der zweite Wächter? Wenn er in genau diesem Moment in seine Richtung schaute, war alles verloren.

Stolpernd erreichte François die breiten Stufen. Mit zwei Schritten war er oben, in der Hand den metallenen Nachschlüssel, den Victor beschafft hatte. Seine Finger waren eiskalt, zitterten. Das Schlüsselloch ... Er glitt ab, noch einmal. Der Posten, er musste jeden Augenblick ...

Mit einem Mal verschwand der Schlüssel in der Öffnung. Hektisch versuchte François ihn zu drehen. Er verkantete.

«Merde!» Er musste es schaffen! Wenn er jetzt die Flucht ergriff, würde er es niemals ungesehen zurück in die Deckung schaffen. Jetzt oder ... Der Schlüssel drehte sich, François presste sich gegen die Tür.

In diesem Moment hörte er die Schritte.

Schnell schob er sich ins Innere, drückte die Tür hinter sich ins Schloss, hielt keuchend inne.

Die Schritte! Waren die Schritte noch zu hören? Sein Schädel pochte, das Blut rauschte in seinen Ohren. Hatte der Mann ihn bemerkt? Ihn gehört? Er konnte ihn nicht *gesehen* haben, aber ... Der Schlüssel! Er hatte den Schlüssel nicht abgezogen. Wenn der Mann seine Taschenlampe auch nur beiläufig über die Tür gleiten ließ, musste er ihn entdecken!

François stand wie gelähmt. Aber nichts geschah.

Den Schlüssel doch noch an sich bringen? Zu gefährlich. Es kostete ihn alle Kraft, sich von der Tür zu lösen, sich langsam umzudrehen.

Dunkelheit. Im Innern der Halle war sie noch vollkommener als draußen, wo der Vollmond und der Widerschein der Gefechte eine Ahnung von Helligkeit gaben. Das Mauerwerk wurde nur von deckenhohen Fenstern durchbrochen, durch die etwas von dem Lichtschimmer den Weg ins Innere fand, sodass sich etwas Längliches, halb Erahntes aus der Finsternis schälte.

Auch das Innere war François vertraut. Er wusste, welchen Weg er nehmen konnte, ohne anzustoßen, hätte sich in vollständiger Dunkelheit bewegen können. Doch jetzt, im entscheidenden Moment, zögerte er.

Ich *kann* es nicht tun.

Mit einem Mal fielen ihm tausend Gründe ein, Argumente, die in der Gruppe wieder und wieder diskutiert worden waren. Die Nachricht aus dem deutschen Hauptquartier konnte falsch sein. Die Deutschen konnten ihre Pläne ändern – schließlich taten sie das andauernd. Wie sicher war es, dass die neuesten Informationen zutrafen?

Mit angehaltenem Atem trat er näher. Unter diesen Lichtverhältnissen war der Umriss nicht einmal als Eisenbahnwaggon zu erkennen, und doch kannte François jedes Detail. Seine Finger legten sich um das grobe Seil, das als Handlauf und Brüstung diente, fuhren leicht über die erhabenen goldenen Lettern: No 2419 D. Der Wagen wäre selbst dann eine Kostbarkeit gewesen, wenn er darüber hinaus keine besondere Bedeutung gehabt hätte.

Doch er hatte eine Bedeutung. Er war ein nationales Monument. Und er durfte den Deutschen nicht in die Hände fallen. Nicht, wenn Victors Informationen der Wahrheit entsprachen.

François würde ihre Pläne vereiteln. Sobald sie versuchten, den Wagen von der Stelle zu bewegen, würde der Sprengsatz zünden und Hitlers Schergen unter den Trümmern der Halle begraben. Eine solche Erschütterung *musste* einfach ausreichen.

Er holte Luft. Es gab keinen Grund mehr, noch länger zu zögern. Vorsichtig tastete er sich weiter vor, am Seil entlang. Zwölf, dreizehn, vierzehn Schritte. Dann der Einstieg.

Es war, wie Victor gesagt hatte: Der Zugang war nicht verschlossen. François schob sich in das schmale Entree des Wagens. Seine Finger glitten über die Innenwand, über das Glas des Durchlasses, hinter dem sich der einstige Salon befand.

Die Paneele unterhalb der Glasscheibe. François ging in die Hocke, zog einen Schraubenzieher aus der Tasche. Er konnte kaum glauben, dass es so einfach sein sollte, doch er brauchte nur Sekunden, bis er die kaum wahrnehmbare Vertiefung gefunden hatte, an der er ansetzen musste.

Ein letzter Atemzug, dann stemmte er sich mit aller Kraft gegen den Griff des Schraubenziehers.

Das Holz der Verkleidung löste sich – und polterte zu Boden.

Das Herz des jungen Mannes überschlug sich. Das *mussten* sie gehört haben.

Mit fliegenden Fingern stopfte er die Tasche in den Hohlraum. Sie passte, wie Victor es versprochen hatte. Die Holzplatte selbst, die die Öffnung wieder verschließen sollte ...

«*Allô?*» Laute Schritte.

10

«Merde! Un clef!»

Sie hatten den Schlüssel entdeckt! Hektisch unternahm er einen neuen Versuch, die Verkleidung wieder einzusetzen. Sie passte nicht, fiel ihm ein zweites Mal entgegen.

Als er für einen halben Atemzug innehielt, hörte er, wie eine Waffe gezogen wurde. Sie waren nah, ganz nah, schon in der Halle, aber noch draußen am Handlauf.

«Allô!»

François sog die Luft ein, als seine Finger zwischen Nut und Paneele gerieten, doch gleichzeitig schien der Mechanismus einzurasten.

«Allô ...»

Er federte hoch. Im selben Moment wurde im Einstieg ein Umriss sichtbar.

«Pas un geste!» Der Mann sah ihn sofort, wechselte im nächsten Moment ins Deutsche. Natürlich: Er musste François für einen Deutschen halten. «Keine Bewegung! Was tun Sie hier?»

François wusste nicht, was er tun, was er sagen sollte. Unter keinen Umständen durften die Posten das Versteck entdecken. Seine Hände fuhren über seine Jacke.

«Halt, sage ich!»

Es war eine bewusste Entscheidung. Wenn die Männer erkannten, dass er Franzose war, würden sie Schlüsse ziehen, etwas ahnen, ihn irgendwie zum Sprechen bringen. Das durfte nicht geschehen.

Ganz langsam, für den Mann deutlich sichtbar, glitt seine Hand ins Innere seiner Jacke.

Es gab keine letzte Warnung. François hörte den Schuss. Ein Gefühl, als hätte ihn jemand mit der flachen Hand fest vor die Brust gestoßen. Schmerz? Er war da, doch er war so kurz ...

«Claudine», flüsterte er. Dann war da etwas Warmes, Zähflüssiges, das nach Eisen schmeckte und erbarmungslos seinen Mund füllte. «Claudine ...»

Dann nichts mehr.

TEIL EINS – LA FRANCE / FRANKREICH

Paris, 8e Arrondissement – 25. Mai 1940, 20:31 Uhr

Das bin nicht ich.

Eva Heilmann war eben im Begriff gewesen, einen Hauch Rouge aufzutragen. Jetzt ließ sie den Lippenstift sinken, betrachtete das Bild, das ihr aus dem Spiegel entgegenstarrte.

Das bin nicht ich.

Das schmale Gesicht einer jungen Frau, vielleicht noch jünger als die zwanzig Jahre, die Eva zählte. Die hohen Wangenknochen, die nach ihrem Gefühl ein wenig zu vollen Lippen, die Blässe der Haut, die durch den Tagespuder noch betont wurde. Alles war wie immer. Und doch gehörte das Gesicht einer Fremden.

Eva kannte diese Augenblicke. Momente der Unsicherheit, des Zweifels. Der Verwirrung. Am Anfang, während der ersten Monate in Paris, waren sie tatsächlich nur das gewesen: Momente. Wie konnte sie in Frage stellen, was sie war? Sie war eine nahezu klassische Schönheit mit dunklem Haar und mandelförmigen Augen. Um ihre Garderobe hätte sie manche Fürstin beneidet. Und sie war frei, *frei*, lebte in der aufregendsten Stadt Europas, traf die aufregendsten Menschen an den aufregendsten Orten. Carol las ihr jeden Wunsch von den Augen ab – schließlich war er ein König, wie er immer wieder betonte. Im Exil zwar, was er meistens vergaß zu erwähnen. Sie aber war seine Prinzessin.

So war es gewesen. In den ersten Monaten.

Das fremde Gesicht sah ihr aus dem Spiegel entgegen, und mit einem Mal war es vertraut, allerdings ohne dass es sich in ihr eigenes Gesicht verwandelt hätte. Es war das Gesicht ihrer Mutter.

Sie erinnerte sich an den Abend in der Villa in Dahlem, verborgen mittlerweile hinter hohen, halb verwilderten Hecken, denn arische Gärtner durften die Heilmanns schon seit Jahren nicht mehr beschäftigen. Sie erinnerte sich an die gespenstische Stimmung im Speisesaal, der so schrecklich leer wirkte, seitdem ihr Vater die Gemälde und den größten Teil des wertvollen Mobiliars hatte verkaufen müssen, um die Familie irgendwie über die Runden zu bringen.

Carols Angebot, dass Eva ihn begleiten könne, war aus heiterem Himmel gekommen. Schon sein bloßer Besuch war eine Überraschung gewesen: In dieser Zeit achteten die meisten Gäste aus dem Ausland, die etwas auf ihren Ruf bei den deutschen Machthabern hielten, sorgfältig darauf, unter keinen Umständen mit einer jüdischen Familie in Verbindung gebracht zu werden.

Doch Carol von Carpathien war davon überzeugt, dass für ihn andere Gesetze galten als für den Rest der Menschheit. Und irgendwie hatte er ja auch recht damit. Er war ein König. Nun, ein ehemaliger König zumindest.

Du musst gehen. Beschwörend hatten die Augen ihrer Mutter auf Eva gelegen, nachdem sich Carol für die Nacht in seine Suite im Adlon verabschiedet hatte. *Dein Vater und ich kennen diesen Mann ein halbes Leben lang, und er hat immer seinen eigenen Kopf gehabt. Keiner von uns beiden hätte sich gewundert, wenn er nie wieder einen Gedanken an uns verschwendet hätte. Doch er ist hier, und ich habe gesehen, wie er dich angeschaut hat. Er wird dich auf Händen tragen und dir Paris zu Füßen legen. Er wird dich aus dem Land bringen, und du wirst leben wie eine Königin. Nur mit einem darfst du niemals rechnen.*

Fragend hatte Eva ihre Mutter angesehen.

Du darfst niemals erwarten, dass seine Gefühle anhalten, hatte ihre Mutter gesagt.

Ein dumpfer Donner riss Eva aus ihren Gedanken. Sie widerstand dem Impuls, aufzuspringen, ans Fenster zu stürzen und nach der Qualmwolke, den Spuren der Detonation Ausschau zu halten. Nein, noch waren die Deutschen nicht da. Irgendwo bei Compiègne leisteten die Franzosen erbitterten Widerstand, und wenn die Gerüchte stimmten, die in der Stadt umgingen, bereitete Colonel de Gaulle einen letzten, verzweifelten Gegenschlag vor. Doch sie waren nah, und jeder wusste, dass Paris in den nächsten Tagen fallen würde. Demütigung und Unterdrückung warteten auf die Franzosen.

Auf Eva wartete Schlimmeres, wenn mit den Juden in Frankreich dasselbe geschehen würde, was mit ihnen in Deutschland geschehen war und, noch schrecklicher, seit dem letzten Jahr in Polen.

Noch wenige Minuten bis neun. Sie warf einen Blick auf die schwere Louis-seize-Uhr, die Carol gehörte, wie alles in dem verschwenderisch eingerichteten Appartement. Meine Kleider eingeschlossen, dachte Eva. Streng genommen hatte er sie ihr niemals *geschenkt*. Er hatte lediglich lächelnd den gewaltigen begehbaren Kleiderschrank aufgestoßen und sie aufgefordert, sich zu bedienen.

Alles gehört Carol, dachte sie, und ihr Blick kehrte zurück zum Spiegel. Auch *ich* gehöre Carol.

Selbst wenn sie eigenes Geld gehabt hätte: Es gab keinen Ort, an den sie hätte gehen können. Sie wusste nicht einmal, ob ihre Eltern noch am Leben waren. Keiner ihrer Briefe aus Paris war im letzten Jahr beantwortet worden, und Eva wusste, dass das ein Teil der Krankheit war, für die sie aber keinen Namen kannte. Keinen Namen als Müdigkeit, als Angst, als Schwäche.

Ich habe nur Carol, dachte sie. Wenn ich ihn noch habe. Denn sie hatte es gespürt, seit Monaten. Sein nachlassendes Interesse, seine Ausflüchte. Seine Komplimente waren beiläufiger geworden, während ein neuer Zug an ihm sichtbar geworden war: Ungeduld. Türen, die ihr in der ehemaligen Carpathischen Botschaft, in der Carol residierte, immer offen gestanden hatten, wurden ihr nun direkt vor der Nase zugeschlagen. Carol empfing Gäste, führte Verhandlungen, aber sie erfuhr nicht, mit wem. Hoffte er noch immer, irgendwann in sein Land zurückkehren zu können? Oder waren all diese Geheimnisse nicht mehr als eine billige Lüge? Gab es ... eine andere?

Eva spürte, wie sich das Herz in ihrer Brust zusammenzog. Seine veränderten Blicke waren ihr nicht entgangen. Er schätzte sie ab, und nichts entging ihm, nicht der kleinste Schatten um ihre Augen, nicht der Ansatz eines winzigen Fältchens, nicht die leiseste Mattigkeit ihrer Haut, die nicht einmal *sie* sehen konnte.

Sie hatte mittlerweile das eine oder andere erfahren – über die, die es vor ihr gegeben hatte. Alle waren sie jung gewesen. Sehr jung. Zu jung für einen Mann in den Dreißigern, selbst wenn er mit seinem schmalen Moustache etwas Verwegenes hatte wie der Schauspieler Errol Flynn. Ja, jedes junge Mädchen hätte sich in ihn verlieben können, auch wenn er nicht der König eines Landes gewesen wäre, von dem die meisten Leute nie gehört hatten.

Schließlich ist es mir nicht anders ergangen, dachte Eva. Nicht nur nach Paris – bis ans Ende der Welt wäre ich ihm gefolgt.

In Dahlem war sie ein junges Mädchen gewesen. Als sie ihm in der romantischen Wildnis des Gartens zum ersten Mal begegnet war, hatte sie einen alten, schneeweißen Hut ihrer Mutter getragen, der ihr auf ihrem glatten, feinen Haar viel zu groß gewesen war. Wie ein kleines Mädchen, das Dame spielte.

Das war es gewesen. Er hatte dieses kleine Mädchen in die große, atemberaubende Stadt Paris entführt. In den Louvre. Auf festliche Opernpremieren. Sie hatte Künstler kennengelernt, ja, sogar den Präsidenten der Republik, und am Ende war tatsächlich eine Dame aus ihr geworden.

Und damit war sie uninteressant geworden für Carol von Carpathien.

Ich bin zwanzig, dachte Eva. Ich werde zu alt für ihn.

Sie starrte auf das Bild im Spiegel und war sich fremder denn je.

Doch das durfte keine Rolle spielen. Mit mechanischen Bewegungen trug sie das Rouge auf die Wangen auf, das ihrem Teint eine Lebendigkeit verlieh, die sie nicht empfand. Mit einem tiefen Ton schlug die Louis-seize-Uhr neun Uhr abends. Es war Dienstag, ihr Jour fixe für das wöchentliche Treffen mit Carol. Wenn er verhindert war, gab er ihr vorher Nachricht.

Einer ihrer gemeinsamen Abende, und doch stand heute so unendlich viel mehr auf dem Spiel als bisher. Am nächsten Dienstag würden die Deutschen vielleicht schon in der Stadt sein, und Eva konnte sich nicht vorstellen, dass Carol die Ankunft der Wehrmacht abwarten würde. Er hielt sich zwar alle Türen offen, was seine diplomatischen

Optionen betraf, doch für den Moment würde er sich an einen sicheren Ort absetzen, in die Schweiz vermutlich.

Eva musste ihn überzeugen, sie mitzunehmen.

Den Hut hatte sie eher zufällig entdeckt, vor ein paar Wochen erst, im hintersten Winkel des Kleiderschranks. Mit seiner breiten Krempe musste er irgendwann vor fünfzehn Jahren in Mode gewesen sein, doch als Eva ihn probehalber aufsetzte, stellte sie fest, dass er ihr Gesicht veränderte: Sie sah weniger schmal aus. Fröhlicher, *jünger*. Dem Mädchen aus Dahlem ähnlicher, als sie es wohl je wieder sein würde.

Nachdenklich prüfte sie ein letztes Mal das Bild. Vielleicht war es der Schatten über der Stirn, der ihr etwas Freches und Verschwörerisches gab. Carol würde es gefallen. Eva Heilmann betete darum, dass es ihm gefallen würde. Mein Leben, dachte sie, hängt an einem hässlichen Hut.

Sie griff nach ihrer Handtasche und zog die Wohnungstür hinter sich ins Schloss. Der Fahrer würde unten auf der Straße auf sie warten. So funktionierte ihre Übereinkunft: Eva wurde jede Woche pünktlich in der Residenz angeliefert, nicht anders als die Blumen aus dem Gewächshaus und die Stopfleber vom Balkan. Seit dem ersten Abend, als er ihr das Appartement präsentiert hatte – nur einen Steinwurf von den Champs-Élysées entfernt –, hatte Carol sie dort nie wieder besucht.

Ihre Schritte hallten im Treppenhaus wider. Die Wohnungen auf den unteren Etagen waren an höhere Angestellte mit ihren Familien vermietet. Anfangs hatte sich Eva einige Mühe gegeben, doch zu niemandem einen Draht gefunden. Keine Freunde, keine Familie. Nur Carol.

Sie trat auf die Straße und kniff die Augen zusammen. Im abendlichen Zwielicht hasteten Passanten scheinbar ziellos auf den Trottoirs hin und her. Seitdem die deutsche Offensive begonnen hatte, schien es jeder eilig zu haben. Als könnte hektische Betriebsamkeit das Unausweichliche irgendwie aufhalten. Eine mit Uniformierten besetzte Wagenkolonne bewegte sich rumpelnd stadtauswärts.

Das Automobil mit Carols persönlicher Standarte war nirgends zu sehen.

Eva sah auf ihre Armbanduhr, eines der wenigen Dinge, die wirklich ihr gehörten: ein Geschenk ihres Vaters zu ihrem vierzehnten Geburtstag. Sechs Minuten nach neun. Der Chauffeur hatte sich noch nie verspätet. Carol hatte kein Verständnis für Abweichungen von seinem persönlichen Protokoll.

Unschlüssig sah Eva in beide Richtungen. Die Botschaft war ganze zwei Häuserblocks entfernt. Selbst auf ihren hohen Schuhen war das nicht weit. Und im Achten Arrondissement mit all den Behörden und Regierungsgebäuden konnte sich eine junge Frau auch um diese Uhrzeit gefahrlos auf der Straße bewegen.

Es war etwas anderes. Ein merkwürdiges Gefühl, das in ihrem Magen erwacht war. Eine unangenehme Kälte. Nein, es war noch keine Ahnung, kein *Verdacht* oder etwas Derartiges, doch mit einem Mal wusste sie, dass sie unter keinen Umständen ins Haus zurückgehen und den Concierge bitten würde, ihr ein Taxi zu rufen.

Sie wollte zu Carol. Sofort.

Mit eiligen Schritten lief sie den Gehweg entlang. Auf der anderen Straßenseite umringte eine Gruppe von Gendarmen einen jungen Mann, und eine stetig wachsende Traube von Menschen umringte ihrerseits die Gendarmen. Die Angst vor Nazi-Spionen hatte sich in den letzten Tagen in Paranoia verwandelt. Eva ließ ein Militärfahrzeug passieren, bog dann um die Ecke in die Rue Vernet, in der sich die Carpathische Botschaft befand.

Sie erkannte auf der Stelle, dass etwas anders war, und konnte doch im ersten Augenblick nicht sagen, was es war. Dann, im nächsten Moment, überschlug sich ihr Puls.

Die Fahne war verschwunden.

Carols Banner über dem Portal der Residenz, das jedem Betrachter unmissverständlich klarmachte, dass in diesem palaisartigen Gebäude ein König lebte. Das Banner war nicht mehr da.

Eva war stehen geblieben, zu keiner Bewegung fähig. Es dauerte Sekunden, bis sie sich aus ihrer Erstarrung löste und mit steifen Schritten auf die große Freitreppe zuging, die sie bisher nur selten betreten hatte. Für gewöhnlich half der Chauffeur ihr am Hintereingang aus dem Wagen.

Die große Doppeltür war verschlossen, beim Näherkommen aber hatte Eva hinter einigen Fenstern im unteren Stockwerk Licht gesehen. Mit eisigen Fingern drückte sie den Klingelknopf. Sie wartete.

Gedämpfte Schritte irgendwo im Innern des Gebäudes. Eva holte Atem, kämpfte die Panik in ihrer Brust nieder. Es musste eine Erklärung geben, irgendeine andere Möglichkeit als den düsteren Umriss, der sich in ihrem Herzen abzeichnete.

Ein metallisches, schabendes Geräusch auf der anderen Seite der Tür, die jetzt einen Spaltbreit geöffnet wurde. Ein junger Mann, den Eva noch nie gesehen hatte. Er trug die Uniform des carpathischen Militärs: ein Unteroffizier. Während des letzten Jahres hatte sie gelernt, die Dienstränge auseinanderzuhalten.

«Ich ...», begann sie, doch ihre Stimme versagte.

Der junge Mann sah sie an, nicht unfreundlich, eher verwirrt. «Ja? – Es tut mir leid, aber zu wem Sie auch wollen, es ist niemand mehr da.»

Eva tastete nach dem dunklen Stein des Portals. «Nie... Niemand?»

«Hatten Sie einen ...» Der Blick des jungen Offiziers glitt an ihr hinab. Selbst wenn er neu in der Stadt war, musste er in der Lage sein, ein Pariser Abendkleid zu erkennen. «Ich fürchte, alle Termine sind abgesagt worden.»

«Wo ist er hin?» Eva erschrak, als sie ihre eigene Stimme hörte.

«Er?»

«Carol. Wo ist er hin?»

Der junge Mann hob eine Augenbraue. «Leider bin ich nicht befugt, Ihnen ...»

«Was ist da los?»

Schritte, ein unregelmäßiger und schwerer Gang Im nächsten Moment schob sich ein zweites Gesicht in den Türspalt, und dieses Gesicht kannte Eva. Mikhlava war in der Botschaft eine Art Köchin gewesen, allerdings nicht für die offiziellen Gäste und Empfänge. Für diese Anlässe hatte Carol teure französische Küchenchefs engagiert. Auf die carpathische Küche dagegen verstand sich niemand besser als diese alte Frau, die Eva immer anders begegnet war als Carols distanzierte offizielle Hofbeamte.

«Himmel! Kind!»

Eva sah Überraschung in Mikhlavas Augen, doch auch noch etwas anderes: Bestürzung.

«Sie sind tatsächlich noch hier», flüsterte die alte Frau. «Er hat es wirklich getan.» Sie schien kurz davor, sich zu bekreuzigen.

Jede weitere Frage erübrigte sich. Carol war fort. Und er hatte Eva ihrem Schicksal überlassen.

Plötzlich spürte sie einen Schwindel in ihrem Kopf. Die beiden Gesichter in der Tür schienen ineinander zu verschmelzen, selbst das schwere Holz an Substanz zu verlieren, sich in zittrige dunkle Linien aufzulösen. Eva stand nicht länger auf dem Sandstein der Freitreppe, sondern an einem bodenlosen Abgrund – nein, in einem Morast, in dem sie versinken würde: tiefer und tiefer und …

Eine knochige Hand schloss sich um ihre Schulter, hielt sie aufrecht.

«Kindchen?» Mikhlavas besorgte Augen waren direkt vor ihrem Gesicht. «Ist alles in Ordnung mit Ihnen?»

Eva kniff die Augen zusammen, öffnete sie dann flatternd. Ihr Blick, vermutete sie, sagte genug.

«Es tut mir so leid», murmelte die alte Frau. «Aber Sie sind noch jung, Mademoiselle. Sie haben so viele Möglichkeiten. Sie müssen irgendwie versuchen …»

«Wann?»

Mikhlava blinzelte. «Was?»

«Wann ist er gefahren?»

Die alte Frau fuhr sich über die Lippen. «Kind, das macht doch keinen Unterschied.»

«Wann?»

Mikhlava ließ die Schultern sinken, schürzte einen Moment lang die Lippen und schien dann eine Entscheidung zu treffen. «Heute Abend», sagte sie. «Die Ordonnanz hat in den letzten Wochen alles vorbereitet. Die politischen Dinge. Er selbst fährt heute Abend als Letzter, mit dem engsten Gefolge.»

In den letzten Wochen. Der Schwindel griff von neuem nach Eva, als sie die Tragweite dieser Worte erfasste. Also hatte Carols Entscheidung bereits festgestanden, als sie sich das letzte Mal gesehen hatten. Und er war gewesen wie immer, vielleicht sogar eine Spur aufmerksamer als in den vergangenen Monaten. Er hatte gelächelt, seine Scherze gemacht, und als sie sich geliebt hatten, hatte Eva geglaubt, einen neu erwachten Hunger nach ihr zu spüren. Ja, sie hatte tatsächlich das Gefühl gehabt, ihn vielleicht – ja, vielleicht – zurückgewonnen zu haben. Aber es war eine Lüge gewesen. Die Lippen, die ihre Lippen berührt hatten und andere, geheime Orte ... Jedes Wort von diesen Lippen war eine Lüge gewesen, womöglich seit langer Zeit schon. Er hatte sich in Sicherheit gebracht. Ein neues Land – und vermutlich ein neues Mädchen. Eva dagegen ...

Ihr Gedankengang brach ab. Etwas, das Mikhlava gesagt hatte, ließ sie stutzen: *Die politischen Dinge.* Was für politische Dinge gab es zu klären, wenn er von einem Palais in Frankreich in ein Chalet in der Schweiz umzog? Und warum hatte er nahezu seinen gesamten Hofstaat mitgenommen? Sie sah der alten Frau in die Augen. *Du kannst es mir nicht verschweigen.*

Mikhlava nahm einen tiefen Atemzug. «Er kehrt nach Carpathien zurück. Das Volk ruft nach ihm.» Ein leises, trauriges Lachen. «An Köchinnen, die ihm seinen Bogratsch zubereiten, wird es dort keinen Mangel geben.»

Und an Mädchen, die zu jung für ihn sind, mit Sicherheit auch nicht, dachte Eva. Carol würde wieder König sein. Er brauchte sie nicht mehr.

Aber *sie* brauchte *ihn.* Weniger, weil er ein König war und sie aus dem Land bringen konnte. Nein. Sie konnte sich selbst nicht mehr sehen – außer durch seine Augen.

Heute Abend also. Es gab nur einen Zug, der Paris am späten Abend verließ und bis auf den Balkan durchfuhr. Jedes Kind kannte diesen Zug. Jedes Kind kannte den Orient Express. Es war jetzt kurz vor halb zehn. Sie war sich nicht sicher, wann genau der Zug abfuhr – irgendwann nach zehn. Der Gare de l'Est befand sich auf der anderen Seite der Stadt. Eine Sekunde lang überlegte Eva, Mikhlava zu bitten, ihr ein Taxi zu rufen, doch im selben Moment begriff sie, dass sie die wenigen Francs, die sie in der Tasche hatte, zusammenhalten musste, wenn sie irgendwie überleben wollte.

Sie zog ihre Schuhe von den Füßen und begann zu laufen.

***

Paris, Gare de l'Est – 25. Mai 1940, 21:47 Uhr

Mit einem tiefen Stöhnen griffen die Kupplungen zwischen den beiden Waggons ineinander. Ein dumpfer Laut, als die Sicherungen einrasteten.

Das Geräusch, mit dem Lieutenant-colonel Claude Lourdon den Atem ausstieß, hatte nahezu dieselbe Frequenz. Er beobachtete, wie zwei Bahnarbeiter sich geschickt ins Gleisbett gleiten ließen und die Verbindungen noch einmal sorgfältig prüften. Nichts wurde dem Zufall überlassen. Was er sah, hätte Anlass zur Beruhigung sein müssen, doch das Gegenteil war der Fall.

Lourdon drehte sich um. Gaston Thuillet, der Vertreter der Eisenbahngesellschaft, stand in seiner nachtblauen Uniform zwei Schritte hinter ihm und hatte das Manöver ebenfalls verfolgt. Der Mann hatte einen nervösen Tic; das Monokel in seinem rechten Auge zuckte unruhig hin und her.

«Ich mache Sie noch einmal darauf aufmerksam, dass alles hier auf Ihre Verantwortung geschieht, Lieutenant-colonel.» In Thuillets Stimme lag ein leichtes Zittern. «Ich habe getan, was ich konnte, Ihnen meine Bedenken darzulegen – als Repräsentant der *Compagnie internationale des wagons-lits*, aber mehr noch als ein Mann, der die Reise, die vor uns liegt, bereits Dutzende Male bestritten hat. Die Lokomotiven, die man unterwegs einsetzen wird, sind für die zusätzliche Last nicht ausgelegt, was allein schon eine Gefahr für die Sicherheit des gesamten Zuges darstellt. Und ich muss wohl kaum erwähnen, dass das Schienennetz auf dem Balkan seit dem letzten Krieg in einem Zustand ist, der ...»

«Das ist mir bekannt.» Lourdon nickte knapp. «Doch im Moment reicht es mir vollkommen aus, wenn Sie den Fahrdienstleiter nicht daran hindern, das Signal zur Abfahrt zu geben.»

Thuillet sah auf die Uhr. «In dreiunddreißig Minuten.»

Der Offizier neigte den Kopf. «Selbstverständlich »

Er drehte sich wieder um, musterte den Zug. Der Orient Express – richtiger: der Simplon Orient Express, der seit dem Ende des Großen Krieges auf einer anderen Strecke verkehrte als sein legendärer Vorgänger – war eine Schönheit. Die Wagen aus glänzend nachtblau lackiertem Metall mit ihren Schriftzügen aus mattem Gold, die Ausstattung, die einem Luxushotel auf Rädern glich.

Die Lokomotive an der Spitze, eine stolze *Pacific*, würde auf der Reise mehrfach gewechselt werden. Doch der Rest: Wie die Glieder eines eleganten mechanischen Reptils fügten sich die Wagen aneinander. Hinter dem Gepäckwagen ein Schlafwagen aus der Lx-Serie, der schönsten und komfortabelsten, die überhaupt im Einsatz war, dann der salonartige Speisewagen, schließlich ein zweiter Schlafwagen, und dahinter ...

Es war unübersehbar, dass dieser Wagen nicht dazugehörte, obwohl auch er ein Schmuckstück war: dieselben goldglänzenden Schriftzüge, die gleichen Achsen, die gleiche Konstruktion. Doch hier endeten die Gemeinsamkeiten. Der Wagen war komplett mit edlem Teakholz verkleidet.

Ja, auch dieser Wagen hatte einmal zum Orient Express gehört. Vor einem Vierteljahrhundert.

Kritisch betrachtete Lourdon die erhabenen goldenen Lettern neben dem Einstieg: No 2413 D. Er hatte keinen Schimmer, ob ein Wagen mit dieser Nummer jemals existiert hatte, doch die Gießer hatten jedenfalls ganze Arbeit geleistet. Das matte Gold wies dieselbe Patina auf wie die übrigen Lettern auf dem Wagen. Und doch ... Jeder wird

25

es sehen, dachte Lourdon. Jeder *muss* es sehen. Und zwei und zwei zusammenzählen.

Thuillet räusperte sich. «Mit Verlaub, Lieutenant-colonel, bei allem Verständnis für Ihre Situation ...»

Lourdon wandte sich um und musterte den Mann von oben bis unten. «Bei allem Verständnis für die Situation unseres Landes, wollten Sie vermutlich sagen.»

Thuillet straffte sich, zupfte an seiner Uniformjacke. «Ich trage eine Verantwortung, Lieutenant-colonel. Für diesen Zug und für die Menschen, die ihn in wenigen Minuten besteigen werden. Der Name meiner Gesellschaft und der Name Orient Express stehen seit mehr als einem halben Jahrhundert für absolute Zuverlässigkeit, für Komfort, wie es ihn auf der Welt kein zweites Mal gibt, und ja, für Sicherheit auf Reisen, die ihresgleichen sucht. Bei allem Verständnis für die Hoffnungen, die Sie und Ihr Colonel ...»

«Mein General», murmelte Lourdon, dessen Augen zum Zug zurückgekehrt waren. «Seit gestern. Général de Brigade Charles de Gaulle.»

«Bei allen Hoffnungen, die Sie und Ihr General sich machen: Es muss doch eine Möglichkeit geben, die keine unschuldigen Menschen in Gefahr bringt!»

«Glauben Sie?» Lourdon drehte sich zu ihm um. «Das müsste dann eine Sorte Krieg sein, die ich noch nicht kenne. Denn das hier ist Krieg, Thuillet, und Krieg bedeutet nun einmal Gefahr für die Menschen. Auch für unschuldige Menschen. – Hören Sie mal hin!»

Er schwieg, ließ den anderen lauschen. Er war sich selbst nicht sicher, glaubte aber sogar über die Geräusche der belebten Bahnhofshalle, das Summen aufgeregter Gespräche, das An- und Auseinanderkoppeln der Züge und Lokomotiven hinweg den fernen Donner der deutschen Geschütze wahrzunehmen.

«Niemand hält die Deutschen mehr auf. Paris wird fallen, Compiègne vielleicht heute oder morgen schon. Und Sie und ich wissen, warum Compiègne für Hitlers Schergen ein so einzigartiges Ziel darstellt.»

Obwohl die Gruppe Bahnarbeiter mehr als zehn Meter entfernt

war, sprach er weiter mit gedämpfter Stimme. Selbst sein Nicken zu dem Wagen, der jetzt die Nummer 2413 D trug, war nur eine vorsichtige Andeutung.

«Dieser Wagen ist mehr als ein Museumsstück. Dieser Wagen ist ein Symbol der Größe Frankreichs. In diesem Wagen haben die Deutschen zähneknirschend eingestehen müssen, dass Frankreichs Waffen im Großen Krieg den Sieg davongetragen haben. CIWL 2419 D, der *wagon de l'Armistice*, Zeuge der größten Stunde unserer Nation. Selbst wenn ich es wüsste, würde ich Ihnen nicht verraten, woher unsere nachrichtendienstlichen Quellen ihre Informationen haben, doch es besteht nicht der geringste Zweifel an ihrer Richtigkeit: Hitler kennt die Macht der Bilder für seine Propaganda, und er will diesen Wagen. Dort, wo unser Land seinen größten Triumph erlebt hat, soll nun die Stunde unserer größten Demütigung schlagen. *Sein* Waffenstillstand. *Sein* Friedensvertrag, den er uns in ebendiesem Wagen aufzwingen will. Vor ein paar Nächten ist bereits einer seiner Spione in die Halle eingedrungen ...»

«Ein Deutscher?»

Zufrieden registrierte Lourdon, dass Thuillets Hand unwillkürlich an die Brust fuhr. Ein Funke Patriotismus glomm eben in jedem Franzosen. Offenbar selbst im Chef des Reisezugpersonals einer Schlafwagengesellschaft.

Betont beiläufig hob Lourdon die Schultern. «Die Wachen haben den Mann erschossen, bevor er verhört werden konnte.»

«Na... natürlich.» Thuillet schluckte. «Ich verstehe Sie ja auch. Ich verstehe, dass der Wagen verschwinden muss. Aber könnte er nicht irgendwo in einem Versteck ...»

Langsam schüttelte Lourdon den Kopf. «Welches Versteck wäre sicher, wenn die Deutschen das Land besetzen? Haben Sie nicht die Geschichten aus Polen gehört? Hitlers SS schlitzt den Menschen auf der Suche nach versteckten Juwelen die Bäuche auf. Nein, der Wagen muss fort aus dem Land, so weit fort wie möglich.»

Unverwandt betrachtete er das Gefährt. Mit der neuen Nummer versehen, hätte es jeder beliebige veraltete Wagen der CIWL sein können, wie sie auf Nebenstrecken noch immer unterwegs waren. Einer dieser Wagen hatte nun tatsächlich die Stelle des *wagon de l'Armistice* in Compiègne eingenommen. Hitler war unberechenbar. Unter keinen Umständen durfte ihm klarwerden, dass ihm seine Trophäe in Wahrheit entging. Sollte er seine Bilder bekommen. Nach Ende des Krieges würden die Franzosen das Original wieder hervorzaubern. Denn so dunkel die Zeiten auch waren, Lourdon glaubte fest daran: Am Ende *musste* dieser Krieg mit dem Sieg Frankreichs und seiner Verbündeten enden.

«Mögen wir im Moment auch geschlagen werden», murmelte er. «Mag Frankreich den Deutschen in die Hände fallen, von den Bergen bis ans Meer, so besitzen wir noch immer unsere Kolonien und Mandatsgebiete. Ist der Wagen erst einmal in Istanbul, werden wir auch eine Möglichkeit finden, Syrien zu erreichen oder den Libanon.» Er nickte grimmig. «Der Wagen steht auf den Schienen. Das ist der erste Schritt.»

Und der war schwer genug, dachte er. Tatsächlich war der Transport nach Paris ein Albtraum gewesen. Da die Halle in Compiègne nicht mehr an das Gleisnetz angeschlossen war, waren seine Mitarbeiter gezwungen gewesen, den Wagen auf Geschützlafetten zu transportieren, sodass er zumindest bis Paris vermutlich sanfter gerollt war als jemals zuvor in seiner Geschichte.

Doch konnte das bizarre Unternehmen tatsächlich gelingen? So vieles schien dagegenzusprechen. Ein Wagen, wie er seit einem Jahrzehnt und länger nicht mehr auf dieser Route verkehrte, *musste* einfach Verdacht erregen. Und jeder Mensch in Europa hatte vom Wagen von Compiègne gehört.

«Lieutenant-colonel?»

Lourdon registrierte, dass Thuillet ihn fragend ansah. Der Vertreter der CIWL musste irgendetwas gesagt haben.

Jetzt wies er mit einem Nicken auf den Bahnsteig. «Unsere ersten Fahrgäste.»

***

Paris, Gare de l'Est – 25. Mai 1940, 22:09 Uhr

Von einer Bank in der Wartezone aus hatte Ingolf Helmbrecht das komplizierte Manöver beobachtet, mit dem ein zusätzlicher Wagen an den Express angekoppelt wurde. Ein faszinierender Anblick, diese Giganten aus Stahl. Absolut unverfänglich, wenn einer der Fahrgäste einfach nur dasaß und den Vorgang bestaunte.

Das zumindest hoffte er.

Ingolf atmete flach. Solange er sich möglichst wenig bewegte, hielten sich die Schmerzen in Grenzen. Wenn man bedachte, was er in den letzten achtundvierzig Stunden durchgemacht hatte, war es fast überraschend, wie gut es ihm ging. Wesentlich besser als Löffler jedenfalls. Löffler, den er kaum gekannt hatte und nun auch nicht mehr besser kennenlernen würde, weil er mit dem Gesicht nach unten in der Marne trieb. Vorausgesetzt, die französischen Soldaten, die wie aus dem Nichts aufgetaucht waren und auf sie gefeuert hatten, hatten ihn inzwischen nicht aus dem Fluss gefischt.

Wenn Ingolf recht darüber nachdachte, waren die Dinge in letzter Zeit etwas anders verlaufen, als er sich das vorgestellt hatte. Im Grunde schon seit Kriegsbeginn. – Schlecht. Für Europa und für ihn. Wäre es nach ihm gegangen, hätte er jetzt in seiner Berliner Studentenbude gesessen und die Faksimileausgabe der spätstaufischen sizilischen Staatspapiere jener wirklich gründlichen Prüfung unterzogen, auf die die Wissenschaft seit mehr als einem halben Jahrhundert vergeblich wartete. Was nun nicht Ingolf Helmbrecht anzulasten war, der von diesem halben Jahrhundert nur die letzten dreiundzwanzig Jahre miterlebt hatte.

Stattdessen aber saß er auf einer Bank im Gare de l'Est und zerbrach sich den Kopf, wie er mit seinem gefälschten Pass durch die Kontrolle kommen sollte, ohne mit dem Doppelticket zusätzliches Aufsehen zu erregen. Denn Ingolf Helmbrecht hielt sich schon in seinem Gesellschaftsanzug für einigermaßen auffällig – die durchweichte und mit Löfflers Blut bespritzte Reisegarderobe hatte er in einem Gebüsch zurückgelassen. Und dass er in diesen Zug musste, war keine Frage. Admiral Canaris war kein Mann, der mit sich spaßen ließ. Wenn er einen Auftrag erteilte, erwartete er, dass dieser Auftrag ausgeführt wurde. Ob Löffler nun tot war, spielte dabei keine Rolle.

Und wenn er bis zur letzten Sekunde wartete? Der Orient Express war bekannt dafür, dass er auf die Sekunde pünktlich abfuhr. Hatte er in diesem Moment der Hektik nicht die besten Chancen? Doch auf dem Bahnsteig wimmelte es von Uniformierten, ohne dass Ingolf sagen konnte, wer von ihnen zur Militärpolizei gehörte, zum Zoll oder zum Tross dieses lächerlichen Adelsfatzkes mit dem Moustache, der vor allen anderen in den Zug gestiegen war und den Ingolf irgendwann einmal in einer Illustrierten gesehen haben musste. Mit absoluter Sicherheit war nur der Schaffner zu erkennen.

Weniger als zehn Minuten bis zur Abfahrt.

Weitere Reisende näherten sich mit eiligen Schritten. Ein junges Ehepaar. Amerikaner, keine Frage – kein Europäer würde freiwillig einen solchen Anzug tragen. Hinter den beiden eine ganze Familie, die Kinder sahen nicht begeistert aus, und dahinter ...

Ingolf blinzelte, nahm seine Nickelbrille von der Nase. Musste dringend geputzt werden. Doch selbst ohne Brille ... Das Mädchen war eine Schönheit. Dunkelhaarig, soweit er es erkennen konnte, was nicht ganz einfach war, denn sie trug einen ziemlich grauenhaften Hut. Deutlich zu sehen war dagegen ihr rötlich gesunder Teint, wobei er sich gerade fragte, was genau diesen Teint hervorgerufen hatte, denn das Mädchen lief barfuß, schien etwas zu humpeln und schob sich hastig an der Familie vorbei.

«Bitte!» Schwer stützte sie sich auf das Metallgeländer vor dem Kontrollschalter. «Bitte, ich muss zu ihm!»

Ingolf hatte den Schalterbeamten bereits beobachtet. Der Mann trug die Nase mindestens so hoch wie die meisten der Fahrgäste. Schon der Blick, mit dem er die junge Frau musterte, wirkte überlegen. «Mademoiselle?»

«Bitte, ich muss sofort ...»

«Selbstverständlich. Wenn Sie mir einfach Ihr Billett reichen würden?»

«Mein ...»

«Wenn Sie bitte einen Moment zur Seite treten würden, ja? – Eure kaiserliche Hoheit?»

Der Mann an der Spitze der Familie nickte ihm knapp zu und reichte ihm einige Blätter Papier. Die Geste, mit der der Schalterbeamte ihn und seinen Anhang aufforderte zu passieren, war beinahe eine Verbeugung.

«Ich *muss* in diesen Zug!» Die Haltung des Mädchens hatte sich verändert. Zitterte sie? Ingolf konnte nicht mit Sicherheit sagen, warum er aufgestanden war, näher herantrat, den Koffer unter dem Arm, sodass er gegen seine lädierten Rippen drückte.

«Gewiss, Mademoiselle», versicherte der Kontrolleur in einem Tonfall, dem man die Wichtigkeit seiner Person deutlich anhörte. «Überhaupt kein Problem. Wenn Sie mir dann bitte einfach Ihr Billett ...»

«Ich habe kein Billett! Er hat ...»

«Mademoiselle.» Der Mann sah über die Schulter, wechselte einen Blick mit dem Schaffner, der drei Finger hob. Noch drei Minuten. «Es tut mir *fürchterlich* leid, Mademoiselle, aber unter diesen Umständen darf ich Sie wirklich nicht passieren lassen.»

«Bitte! Ich muss ...»

Ja, sie zitterte. Ihre Stimme zitterte. Sie stützte sich auf die Absperrung. Ingolf begriff, dass sie sich nicht vom Geländer lösen konnte, ohne auf der Stelle umzukippen. Das junge Mädchen war verzweifelt, und, ja, sie war wunderschön, selbst in diesem Moment.

«So leid es mir tut.» Der Tonfall des Mannes hatte sich verändert. Ein knappes Nicken. Zwei der Uniformierten setzten sich in Bewegung, kamen auf das junge Mädchen zu, das die Hände jetzt doch von der Sperre löste, einige Schritte zurückstolperte.

In diesem Moment traf Ingolf Helmbrecht eine Entscheidung.

«Chérie!»

31

Mit zwei Schritten war er bei ihr, im selben Moment wie die Bahnpolizisten, die überrascht stehen blieben.

Das Mädchen stolperte. Mit einer raschen Bewegung fing Ingolf sie auf. Das Gefühl in seinen Rippen war unbeschreiblich, doch gleichzeitig roch er ihren Duft, spürte die Wärme ihrer Haut. Sie schwitzte wie im Fieber. Eine Sekunde lang trafen sich ihre Augen, doch im selben Moment begannen ihre Lider zu flattern.

Er biss die Zähne zusammen. Um Himmels willen nicht ohnmächtig werden!

«Bitte entschuldigen Sie.» Er nickte den Bahnbeamten zu. «Ich hatte mir schon Sorgen gemacht, dass meine ... Verlobte es nicht pünktlich schaffen würde.»

Einer der beiden hob skeptisch die Augenbrauen, doch Ingolf spürte, dass sein verzweifelter Plan im Begriff war zu gelingen. Diese Männer waren Pariser, und Paris war die Stadt der Galanterie. Bestimmte Aussagen zweifelte man ganz einfach nicht an. Automatisch wichen sie ein Stück zurück.

«Was ...», flüsterte das Mädchen.

«Wenn Sie in den Zug wollen, spielen Sie mit!», zischte Ingolf.

Er stützte sie, zog sie mit sich zum Schalter. Unter Anstrengung gelang es ihm, das doppelte Billett aus der Tasche zu ziehen. «Bitte», sagte er freundlich.

In diesem Moment ertönte ein Signal, und der Beamte sah sich um. Der Schaffner tippte überdeutlich auf die Armbanduhr. Der Mann am Schalter warf nicht mehr als einen Blick auf Ingolfs Papiere, ausgestellt auf den Namen Ludvig Mueller, Amerikaner mit deutschen Wurzeln, wohnhaft in Michigan. Nach den Papieren des Mädchens fragte er erst gar nicht, schließlich galt das Billett für zwei.

«Der hintere Schlafwagen. Wenn Sie sich bitte beeilen würden, Monsieur?»

Nichts lieber als das, dachte Ingolf Helmbrecht. Und nichts schwerer als das. Das Mädchen war schlank, doch auf seinen Arm gestützt schien es plötzlich Zentner zu wiegen.

Am Einstieg nahm sie ein junger Zugbegleiter in Empfang, half

32

ihnen die steile Metallstiege hinauf. Unmittelbar hinter ihnen wurde die Tür geschlossen. Zwei Sekunden später, und der Orient Express ruckte an.

* * *

Zwischen Paris und Vallorbe – 25. Mai 1940, 22:24 Uhr
CIWL WL 3425 (Hinterer Schlafwagen). Kabinengang.

«Hast du ihre Beine gesehen?», flüsterte Raoul.

Sein Kollege Georges fuhr in einer fließenden Bewegung herum, die man einem Mann mit seinem Leibesumfang nicht zugetraut hätte. Wie ein Elefant, der eine Pirouette dreht, dachte Raoul nicht zum ersten Mal. Ein Elefant in dunkler Uniform mit glänzenden goldenen Knöpfen – der Uniform eines Kabinenstewards der *Compagnie internationale des wagons-lits*, der CIWL.

«Beine!» Georges stieß das Wort hervor wie etwas Unanständiges, nahezu Erschreckendes. «Habt ihr jungen Burschen denn keine Sekunde etwas anderes im Kopf als *Beine*? – Nein!»

«Das habe ich gar nicht gemeint», wisperte Raoul. «Jedenfalls diesmal nicht», schob er etwas schuldbewusst nach, hauptsächlich um dem aufgesetzt entrüsteten Georges nicht den Spaß zu verderben. Vorsichtshalber warf er einen Blick an seinem Kollegen vorbei. Doch die Tür des Abteils war fest verschlossen. «Ihre Strümpfe! Von denen war kaum noch was übrig!»

«Ach?» Übertrieben hob Georges eine Augenbraue. «Ich würde sagen, so sieht man eben aus, wenn man quer durch die Stadt gelaufen ist, weil man den Express noch erwischen will. Was glaubst du wohl, wie *deine* Füße aussehen würden, wenn du ...»

Raoul holte bereits Luft, doch er kam nicht dazu, zu antworten.

Thuillet besaß die Fähigkeit, sich völlig lautlos zu bewegen. Mit logischen, physikalischen Erklärungen konnte man dem nicht beikommen. Der Vorgesetzte des Bordpersonals schien sich aus dem Schatten ja, aus dem Nichts heraus materialisieren zu können. Wobei er in diesem Fall vermutlich nur die Toiletten am Ende des Wagens inspiziert hatte. Die Toiletten, in denen Raoul vor Beginn der Fahrt mehr als eine Stunde zugebracht hatte, um Messing, Mahagoni und Porzellan auf Hochglanz zu polieren.

«Die Herren scheinen die Einweisung unserer Fahrgäste beendet zu haben.»

Georges straffte sich. «Ja, Maître. Abteil 10 war das letzte, und ...»

«Dann können Sie ja jetzt damit beginnen, im vorderen Wagen die Nachtkonfiguration vorzubereiten. So werden wir in den nächsten Tagen bitte immer verfahren: Die Herrschaften im Lx haben besondere Wünsche, und sie haben einen besonderen Preis dafür bezahlt.»

«Na... Natürlich.»

«Was nicht bedeutet, dass Sie den übrigen Passagieren mit auch nur einem Funken weniger Respekt und Diskretion zu begegnen hätten.» Thuillet hatte einen stechenden, unangenehmen Blick, den sein Monokel noch verstärkte, und jetzt bezog er Raoul mit ein. «Was uns anbetrifft, ist *jeder* der Fahrgäste ein König, den Sie auch so behandeln werden. Haben wir uns verstanden?»

«Ja, Maître.» Georges schluckte. Raoul nickte nur stumm.

«Noch einmal so eine Szene ...» Thuillet hob die Stimme nur minimal. «Und Ihre Namen landen auf dem Tisch der Direktion.»

«Ja, Maître.»

Georges war bereits im Begriff, sich umzuwenden, doch Raoul lag noch etwas auf der Zunge. «Und der neue Wagen?», fragte er. «Also der neue alte Wagen. Der, den wir eben noch angekoppelt haben?»

Thuillet zögerte einen Moment. «Ein diplomatisches Fahrzeug unserer Regierung», sagte er schließlich knapp. «Mit eigenem Personal. Also nichts, was Sie zu interessieren hat. Was ich in Bezug auf unsere Passagiere gesagt habe: Für diesen Wagen gilt es doppelt.»

Raoul nickte, nicht unglücklich, der Verantwortung enthoben zu sein. Schon die Sonderwünsche im Lx-Wagen würden eine Menge zusätzliche Arbeit bedeuten. Ohne ein weiteres Wort wandten die beiden Stewards sich in Richtung vorderes Zugende um, froh, aus Thuillets Reichweite verschwinden zu können.

«Der hat ja besonders miese Laune heute», murmelte Georges, als sie das *Fumoir*, den Raucherbereich des Speisewagens, durchquerten.

Raoul antwortete nicht. Doch da war ein Gedanke, der ihn nicht losließ: Der Maître hatte ihr Gespräch belauscht. Er musste sich hinter dem Wandvorsprung gehalten haben, wo sich der Kabinengang zu den Toiletten hin weitete. Thuillet hasste es, wenn die Stewards sich über die Fahrgäste äußerten, noch dazu auf dem Gang vor den Abteilen, wo es immer möglich war, dass eine Tür nicht richtig geschlossen war. Ein Risiko also, wenn man dachte wie Thuillet. Und doch war er es in diesem Fall eingegangen und hatte nicht eingegriffen, sondern schweigend abgewartet. Fast als hätte er es unter allen Umständen darauf angelegt, ihnen eine grundsätzliche Mahnung zu erteilen.

Warum hatte er das getan?, fragte sich Raoul. Schließlich hatten sie bereits am Nachmittag nahezu wortgleiche Verhaltensanweisungen erhalten, wie jedes Mal vor Beginn der Fahrt. Keiner der Stewards hörte überhaupt noch richtig hin, so oft hatten sie die Litanei schon über sich ergehen lassen müssen. Thuillet liebte solche Rituale. Doch nun dieser unerwartete Überfall.

Das passt nicht, dachte Raoul. Irgendwie passt das nicht. Es gab keine Erklärung dafür, es sei denn ... Seine Stirn legte sich in Falten.

Konnte es sein, dass Thuillet *Angst* hatte?

***

Zwischen Paris und Vallorbe – 25. Mai 1940, 22:41 Uhr
CIWL Lx 3509 *(Vorderer Schlafwagen)*. Doppelabteil 6/7.

Großfürstin Katharina Nikolajewna Romanowa saß kerzengerade auf den Polstern und blickte durch die Fensterscheibe in die Nacht. Das Stampfen des Zuges auf den Gleisen war ein monotoner, schwermütiger Gesang, den sie nach wenigen Minuten nicht mehr bewusst wahrgenommen hatte. Dort draußen lag Paris. Unsichtbar im Dunkel, um den deutschen Fliegern ein schwereres Ziel zu bieten. Unmöglich zu sagen, wo die Stadt endete, das flache Land begann.

Und war es nicht gleichgültig?, überlegte sie. War es nicht gleichgültig, wo sie sich befanden? War es nicht gleichgültig, vor wem sie diesmal davonliefen?

Sie schloss die Augen. Von Petersburg in den Osten, in der schrecklichen Nacht, als der Mob mit seinen roten Fahnen über den Newski-Prospekt geströmt war. Als die Schreie ihrer Zofen das Entree des Stadtpalais erfüllt hatten, geschändet von fünf, acht, zwanzig Rotarmisten, während Katharina selbst mit dem kleinen Alexej durch den Hintereingang entwichen war. Später dann, als eine Provinz des zerbrechenden Zarenreiches nach der anderen in die Hände der Bolschewiki gefallen war, über das Meer, zu den Amerikanern. Katharina dachte heute oft darüber nach, ob sie in Amerika vielleicht hätte glücklich werden und die Vergangenheit hinter sich lassen können. Anderen Russen war das gelungen, doch Constantins Stolz hatte das nicht zugelassen.

Sein Stolz, dachte sie und suchte aus dem Augenwinkel nach dem Gesicht ihres Mannes: grau, die Haut wie auch der penibel gestutzte Bart, die steilen Falten von Jahr zu Jahr tiefer eingegraben. Er sah starr geradeaus. Stolz, dachte sie, oder Sturheit. Die Unfähigkeit, den Kopf zu drehen und in eine andere Richtung zu sehen als zurück, ewig nur zurück. Passenderweise saß er tatsächlich entgegen der Fahrtrichtung. Doch es war lange her, dass ein solcher Gedanke die Macht gehabt hatte, Katharina zu amüsieren.

Nun lag also auch Paris hinter ihnen, die Stadt, die den Kindern in den entscheidenden Jahren ihres Lebens eine Heimat gegeben hatte. Constantin hatte sich von der russischen Exilgemeinde ferngehalten – natürlich, nach den Erfahrungen in den Vereinigten Staaten –, sodass die Kinder wie selbstverständlich die Sprache des Landes gelernt hatten. Einige Jahre lang hatte Katharina sich tatsächlich vorgestellt, dass sie eines Tages echte Franzosen werden könnten, die sich ihrer russischen Vorfahren zwar bewusst waren, aber eben auch lernen konnten, dieses neue Land zu lieben. Es eines Tages Heimat zu nennen.

Doch die Kinder waren schon keine Kinder mehr. Alexej nicht, mit seinen fast dreiundzwanzig Jahren, und auch Xenia nicht, die im Herbst fünfzehn wurde. Einzig Elena ... Der Anblick ihres kleinen Mädchens, das zwischen Xenia und ihr auf den Sitzpolstern saß und versonnen mit den Beinen baumelte, war das Einzige, das noch ein müdes Lächeln auf Katharinas Lippen zu zaubern vermochte.

Es erlosch auf der Stelle, als sich die Tür der anderen Abteilhälfte öffnete. Für eine Sekunde war vom Gang her die gedämpfte Unterhaltung der Stewards zu hören, dann ging die Tür wieder zu, und Katharinas Augen trafen auf die ihres Sohnes, der aus dem Waschraum zurückkehrte. Der Moment dauerte keine Sekunde, dann war Alexej aus ihrem Blick verschwunden. Der Fensterplatz auf der gegenüberliegenden Seite war für Katharina unsichtbar. Nur ein schmaler Durchlass verband die beiden Abteile zur Suite.

Sie sah nur Constantin, doch das genügte. Vielleicht ein halber Meter trennte Alexej und seinen Vater, doch es hätte auch der halbe Erdumfang sein können.

Großfürst Constantin, reglos wie eine Wachsfigur, nahm seine Hälfte des Polsters durch seine schiere Gegenwart ein. Nein, Katharinas Sohn würde sich nicht an das Fenster pressen, so weit weg von seinem Vater wie möglich in der Enge des Abteils, das für die kommenden zwei Tage und drei Nächte ihr gemeinsames Gefängnis sein würde. Aber es würde sich so *anfühlen* für ihn.

Es würde schlimmer sein als in Paris. Sehr viel schlimmer, nachdem Vater und Sohn ihre Kräfte gemessen hatten – und Alexej unterlegen war.

Wieder senkte Katharina die Lider. Sie wollte nicht an den Abend zurückdenken, wenige Tage nachdem der Vorstoß der Deutschen – ihr *Blitzkrieg* – begonnen hatte und deutlich geworden war, dass niemand sie daran hindern konnte, zur Küste vorzudringen und Paris von der Hauptmacht seiner Verteidiger abzuschneiden. Es waren die Tage gewesen, in denen die jungen Männer in Scharen zu den Rekrutierungsstellen gelaufen waren, vom Straßenjungen bis zu dem dunkelhäutigen Garçon in Katharinas Stammcafé – und bis zu Alexej.

Plötzlich hatte er in seiner neuen Uniform in der Tür ihres Appartements gestanden. Alle im Raum waren erstarrt. Katharina selbst, Xenia, die in einer Illustrierten geblättert hatte. Constantin hatte in seinem Stuhl gesessen, ein Buch in der Hand, das er ganz langsam auf den Tisch gelegt hatte, bevor er ruhig aufgestanden und auf seinen Sohn zugegangen war. Eine weit ausholende Handbewegung ... Ja, Alexej musste gesehen haben, wie die Hand auf ihn zukam, doch er hatte keinen Versuch unternommen, den Fingern seines Vaters auszuweichen, die mit einem Geräusch, das Katharina niemals vergessen würde, seine Wange getroffen hatten. Die schmale Narbe, wo seine Haut über dem Jochbein aufgeplatzt war, war noch immer zu sehen.

«Unser Sohn wird keine Uniform tragen», hatte Constantin festgestellt, die Stimme vollständig ruhig und kontrolliert. Sie besaß keinen anderen Ton. «Er wird keine Uniform tragen, solange es keine russische Uniform gibt, die er in Ehren tragen kann. Wenn du *das da* anziehst, dann bist du nicht mehr unser Sohn.»

Katharina, die ebenfalls aufgestanden war, hatte die Hände vor den Mund gepresst, unfähig, ein Wort zu sagen. Keiner von ihnen hatte in diesem Moment ein Wort sagen können, bis die kleine Elena angefangen hatte zu weinen und Katharina mit ihr aus dem Raum geflohen war, um das Mädchen zu trösten.

Constantin hatte nicht zugelassen, dass sie an diesem Abend mit Alexej sprach, doch das war auch nicht nötig gewesen. Sie hatte die hitzigen Redegefechte zwischen Vater und Sohn seit Monaten verfolgt – hitzig natürlich nur auf Alexejs Seite. Es gab nichts, das Constantin aus seiner unmenschlichen Ruhe bringen konnte. Katharina kannte die Argumente ihres Sohnes: Frankreich hatte ihnen Zuflucht gewährt. Es war eine Frage der Ehre, Frankreich zu verteidigen. Und, waren die Angreifer nicht Deutsche, und war Deutschland nicht seit dem Überfall auf Polen mit dem sowjetischen Regime verbündet, das den grausamen Tod so vieler Romanows zu verantworten hatte? Wenn Constantin die Sowjets so sehr hasste, hätte er dann nicht den Kampf gegen die Deutschen auch als einen Kampf für die Ehre der Romanows betrachten müssen?

Katharina wusste, dass ihr Ehemann nichts davon gelten ließ. *Dann bist du nicht mehr unser Sohn.* Wenn Alexej in den Kampf zog, wie seine Freunde von der Universität es taten, war er kein Romanow mehr. Kein Verwandter der den Märtyrertod gestorbenen Zarenfamilie. Kein Angehöriger derer mehr, die Russland *waren.*

Doch ihr Sohn war Russe und würde immer Russe bleiben. Hätte es Katharina nicht stets in ihrem Herzen gewusst, hätte sie es am nächsten Morgen begriffen, als Alexej in seinem Studentenanzug am Frühstückstisch gesessen hatte, schweigend, so wie jetzt. Die Uniform hatte sie nie wieder zu Gesicht bekommen. Dass er seine Familie begleiten würde, war danach keine Frage mehr gewesen. Er konnte nicht in Paris bleiben, als Feigling, als den alle seine Freunde ihn betrachten mussten.

Ihr Sohn war Russe, und Katharina Nikolajewna Romanowa kannte die Seele der Russen nur zu gut. Alexej würde niemals aufhören, seinen Vater zu hassen.

***

Zwischen Paris und Vallorbe – 25. Mai 1940, 22:54 Uhr
CIWL WL 3425 *(Hinterer Schlafwagen). Abteil 10.*

Sie haben sich nicht zufällig schon einmal mit den sizilischen Staufern beschäftigt? Also den späteren?

Das hatte er tatsächlich gefragt.

Eva war klar, dass sie draußen am Bahnsteig kurz davor gewesen war, das Bewusstsein zu verlieren. Und mit Sicherheit wäre genau das auch geschehen, und ihre Zeit in Paris hätte mit einer jener dramatischen Szenen geendet, wie die Stadt sie liebte.

Stattdessen war ihr persönlicher Ritter in weißer Rüstung erschienen, wobei dieser Ritter in Evas Fall ungefähr in ihrem Alter war und mittelgroß, eine Nickelbrille trug und dazu einen Anzug, wie man ihn möglicherweise in die Oper getragen hätte – vor zehn oder zwölf Jahren.

Nachdem der jüngere der beiden Zugbegleiter ihnen das Abteil gewiesen und versprochen hatte, in einer Stunde wieder vorbeizukommen, um alles für die Nacht vorzubereiten, hatte ihr Retter sie nachdenklich betrachtet. Und dann diese Frage gestellt: *Sie haben sich nicht zufällig schon einmal mit den sizilischen Staufern beschäftigt?*

Mehrere Sekunden lang hatte er sie erwartungsvoll angeschaut, bevor er mit einem entschuldigenden Lächeln nach seinem Reisekoffer gegriffen und nach einigem Hantieren ein Buch zum Vorschein gebracht hatte. Seitdem las er, den Titel konnte Eva nicht erkennen. Alle paar Minuten blickte er kurz für ein weiteres, unsicheres Lächeln auf und vertiefte sich dann wieder in die Seiten.

Eva saß neben ihm. Er hatte ihr den Fensterplatz gelassen, was im Moment keinen großen Unterschied machte. Draußen war Nacht.

Sie versuchte noch immer zu begreifen, was in der letzten Dreiviertelstunde geschehen war. Der junge Mann hatte sie als seine Verlobte ausgegeben. Aus irgendeinem Grund reiste er mit einem Doppelticket, und fast schien es, als habe er einzig auf sie gewartet. Doch eine Reise im Simplon Orient kostete ein *Vermögen* ... Nein, nichts davon ließ sich vernünftig erklären.

Doch kam es darauf überhaupt an? *Ich bin im Zug.* Erst ganz allmählich bahnte sich diese Erkenntnis einen Weg in ihren Verstand. Eva Heilmann hatte Paris verlassen, das Stampfen der Zugmaschine übertönte bereits das ferne Feuer der Geschütze, das Meile um Meile hinter ihnen zurückblieb. Sie fuhr der Freiheit entgegen und, was so viel wichtiger war: Sie saß im selben Zug wie Carol.

Vom ersten Tag an hatte Carol sie wie ein bloßes Anhängsel behandelt, das zu keiner Entscheidung, keiner eigenen Handlung fähig war. Wie ein Schoßhündchen. Eins, das man gernhatte und mit feinen Pralinen fütterte und sogar stolz vorzeigen konnte – und das doch umgekehrt zu nichts verpflichtete. Jede einzelne Sekunde seit ihrer ersten Begegnung im verwilderten Garten ihres Zuhauses in Dahlem war sie von seiner Großmut abhängig gewesen.

Er hatte sie geliebt, daran gab es keinen Zweifel, am Anfang mit Sicherheit. Doch konnte eine Liebe anhalten, konnte sie wachsen, wenn die Karten so ungleich verteilt waren? Bei ihrer ersten Begegnung war Eva ein kleines Mädchen mit einem zu großen Hut gewesen, dem er Schutz gewährt hatte. Unter seiner Anleitung war sie zu einer Dame geworden, wie so viele vor ihr. Ja, Carol konnte auch diesmal mit seiner Arbeit zufrieden sein, doch das Ergebnis war – vorhersehbar. Es war immer dasselbe, bei einem jeden jungen Mädchen wieder, und so verlor er das Interesse, wenn das Ergebnis feststand.

Eva sah an sich herab. Ihre Seidenstrümpfe bestanden nur noch aus Fetzen. Ihre Beine waren bis an die Knie mit Schlamm und Staub bedeckt, und an der linken Ferse klebte verkrustetes Blut. Sie besaß nichts als das, was sie am Leibe hatte.

Mit einer langsamen Bewegung nahm sie den Hut ab, griff nach ihren Schuhen, die sie in der Handtasche verstaut hatte, und streifte sie über die Füße.

Warte ab, Carol von Carpathien.

«Diesmal könntest du eine Überraschung erleben», flüsterte Eva.

Ein Rascheln. «Sie kennen sie tatsächlich?» Ruckartig wurde das Buch gesenkt.

«Was?» Eva blinzelte. «Wen kenne ich?»

«Die späten sizilisch... – Oh. Entschuldigung. Ich wollte nicht ...» Ihr Retter machte Anstalten, sich sofort wieder hinter den Buchdeckeln zu verstecken.

«Halt!» Eva biss sich auf die Lippen. «Ich meine: Es war meine Schuld. Ich habe laut gedacht und ...» Sie schüttelte den Kopf. «Ich ... Ich wollte mich bedanken, und ...» Mit einer raschen Bewegung strich sie ihr Kleid glatt.

«Eva Heilmann», sagte sie und streckte ihm die Hand entgegen. «Aus – Paris.»

Er hob die Augenbrauen, als er nach ihrer Hand griff. Hatte er die winzige Pause vor dem Namen der Stadt bemerkt? *Eva Heilmann aus Berlin* – es wäre so einfach gewesen. Sie befand sich mitten in Frankreich, in einem Teil des Landes, den die Deutschen noch nicht erreicht hatten und vielleicht niemals erreichen würden, und war auf dem Weg in die neutrale Schweiz. Weiter wollte sie im Moment noch nicht denken. Nicht bevor sie mit Carol gesprochen hatte. So oder so: Es war absolut unnötig, hier und jetzt und vor diesem Mann ein Geheimnis aus ihrer wahren Herkunft zu machen. Was also war es, das sich in ihr dagegen sperrte, sich ihm anzuvertrauen? Er sah freundlich aus, wie ein zu groß geratener Schuljunge, und er war mehr als freundlich zu ihr gewesen. Und doch wehrte sich etwas in ihr. Der Gedanke an ihre Eltern? Oder war es etwas ganz anderes?

Ich war noch nie auf mich allein gestellt, dachte sie. Zuerst meine Eltern und dann Carol. Immer war irgendjemand da, der auf mich aufgepasst, mir Entscheidungen abgenommen hat. Wohin ich gehen soll. Wem ich vertrauen kann. Und mit einem Mal ist alles anders.

«Mademoiselle?» Besorgt sah er sie an.

«Wie?» Er musste irgendetwas gesagt haben. Rasch, aber nicht so rasch, dass es unhöflich gewesen wäre, löste sie die Hand aus der seinen.

«Mein Name ist Mueller», erklärte er. «Ludvig Mueller. Aus Michigan. Oder nein, aus Princeton im Moment. Ich studiere.»

Sie nickte. Ein Student. Das passte absolut. Auch das Buch passte. Er sah zwar nicht aus wie ein Amerikaner – amerikanische Anzüge waren anders hässlich –, aber seinem Namen nach hatte er deutsche Vorfahren. Also tatsächlich ein Grund, auf der Hut zu sein? Nein, dachte sie. Seine Herkunft spielte keine große Rolle, wenn er Amerikaner war. Die Vereinigten Staaten verhielten sich offiziell streng neutral, aber dass Briten und Franzosen darauf hofften, Präsident Roosevelt werde doch noch auf ihrer Seite in den Krieg eingreifen, war ein offenes Geheimnis.

«Und was genau studieren Sie, Herr Mueller?»

Warum sind Sie mitten im Krieg in Europa? Warum sind Sie mit zwei Tickets unterwegs? Warum um Himmels willen lassen Sie mich mit einem dieser Tickets reisen? Die Fragen, die ihr auf der Zunge brannten. Doch sie stellte fest, dass sie nicht in der Lage war, sie ohne weiteres zu stellen. Trotz ihrer zerrissenen Strümpfe: Sie hatte sich in eine Dame verwandelt.

Zwei junge Menschen von Anfang zwanzig, dachte sie, und ich mache Konversation wie zur Zeit meiner Großeltern. Zwei junge Menschen ... Erst in diesem Moment wurde ihr klar, dass sie beide in den kommenden Nächten diese Schlafwagenkabine teilen würden: als Verlobte! Was, wenn er sich womöglich Hoffnungen machte, dass sie ...

«Paläographie», erklärte er, und die Begeisterung, die plötzlich in seinen Augen aufleuchtete, bewies ihr, dass der Gedanke Unsinn gewesen war. «Die Erforschung historischer Handschriften. – Hier.» Er schlug das Buch auf und entnahm ihm vorsichtig ein großformatiges Papier, das er vorsichtig auseinanderfaltete: eine alte Urkunde, übersät mit langgestreckten, eleganten Schriftzeichen. «Das Staatstestament Friedrichs II., des letzten Kaisers aus der Stauferfamilie.»

«Ein ziemlich später Staufer also», sagte sie und stellte fest, dass sie lächeln musste. «Auf Sizilien vermutlich.»

«Genau.» Er nickte eifrig. «Aber auch in Deutschland natürlich. Ich habe vor, meine Dissertation über dieses Thema zu schreiben, auch wenn es noch eine Weile dauern wird, bis es so weit ist. Seit zwei Jahren sammle ich Material, doch jetzt, durch den Krieg, wird es immer schwieriger.»

«Selbst in Amerika.»

«Wie? Ja ...» Er blinzelte kurz. «Die Archive, Sie verstehen? Viele dieser Urkunden sind zwar längst erfasst, doch es gibt noch jede Menge, die bis heute nicht gedruckt worden sind. Und deshalb ...»

«Deshalb sind Sie unterwegs? Sie suchen vor Ort?»

«Ja.» Sein Lächeln wurde noch etwas breiter. «Ja, ganz genau so könnte man es ausdrücken. Ich befinde mich auf einer Forschungsreise. – Das heißt: Wir waren zu zweit, aber mein Kommilitone ... Sie verstehen: die Grenzkontrollen? Daher das doppelte Billett. Plötzlich hatte ich einen Platz über, und Sie ... Sie sahen einfach so traurig aus.»

Eva nickte. Sie musste zugeben, dass sie diesen seltsamen Musterschüler mit seiner unverstellten Begeisterung irgendwie mochte. Und auch wenn sie sicher war, dass sie am Gare de l'Est nicht unbedingt traurig ausgesehen hatte, sondern eher halb wahnsinnig vor Panik und Erschöpfung, bot seine Geschichte zumindest eine Erklärung.

Und daher war es nun wirklich traurig, dass er sie ganz offensichtlich anlog. Wenn seine Handschriften in Archiven in Sizilien und Deutschland lagerten, was tat er dann im Simplon Orient, der Deutschland umging, Italien nur ganz im Norden streifte und ohne längeren Aufenthalt nach Istanbul, in die Türkei, fuhr? Soweit Eva sich aus dem Schulunterricht erinnerte, hatte Istanbul mit den Stauferkaisern nicht das Geringste zu tun.

Wer bist du wirklich?, dachte sie. Wer bist du wirklich, Ludvig Mueller?

***

Zwischen Paris und Vallorbe – 25. Mai 1940, 23:04 Uhr
CIWL WL 3425 (Hinterer Schlafwagen). Abteil 1.

«Wir sind tatsächlich hier!» Vera ließ sich auf das untere der beiden Etagenbetten plumpsen, die der Zugbegleiter soeben für sie hergerichtet hatte. Als die Federn nachgaben, kicherte sie wie ein kleines Mädchen. «Der Orient Express! Ich kann es nicht fassen! Wir sind wirklich und wahrhaftig hier!»

Paul Richards lehnte an der Tür und betrachtete sie lächelnd. Diese Reise war ein Abenteuer. Er hatte beschlossen, dass auch er sie als Abenteuer betrachten würde. Er hätte sich lediglich gewünscht, sie hätten sie zu einem etwas weniger abenteuerlichen Zeitpunkt unternommen. Nicht gerade in ebendem Moment, da das Alte Europa, von dem Vera seit ihrem ersten Treffen geschwärmt hatte, in das Chaos eines Krieges taumelte. Doch so kurzfristig, wie jetzt alles gekommen war ... Andererseits hatte Vera natürlich recht: Gut möglich, dass die Verbindung heute Abend tatsächlich die letzte Chance war. Nächste Woche war vielleicht schon der gesamte Kontinent in den Krieg verwickelt.

Und schließlich: Die meisten Menschen heirateten nur einmal im Leben. Dass es für ihn bereits das dritte Mal war, gab ihm nicht das Recht, dieser wunderbaren jungen Frau die Reise ihres Lebens zu verderben.

Vera gab noch immer Laute des Entzückens von sich, während sie auf der Matratze auf und ab hüpfte. Das Quietschen der Bettfedern übertönte das Geräusch der stählernen Räder auf den Schienen. War es draußen auf dem Gang zu hören? Paul musste grinsen, als er sich vorstellte, wie die Stewards – oder wie auch immer die Europäer diese Leute nannten – mit gespitzten Ohren vorbeischlichen. Mit Sicherheit hatte das Personal erkannt, dass sie frisch verheiratet waren, und er konnte sich nur zu gut vorstellen, dass die Hälfte der Kerle auf Vera scharf war.

Da saß sie, diese wunderschöne Frau mit ihrer blonden Mähne und der sonnenverwöhnten Haut, und blickte ihm aus leuchtenden Augen entgegen. Es fiel ihm noch immer schwer, sein Glück zu akzeptieren. Doch war Glück tatsächlich das richtige Wort?

Paul ging auf die fünfzig zu. Und wenn er auch jede Minute, die die Leitung von Richards Oil ihm ließ, damit zubrachte, sich in Form zu halten, waren ihm die Jahre doch anzusehen. Er war nie einer jener Geschäftsleute gewesen, die in ihrem Leben nichts Anstrengenderes taten, als eine Havanna aus dem Humidor zu fischen und einem Großkunden Feuer zu geben. Er hatte gearbeitet, genauso hart wie seine Männer, war im verdreckten Overall dabei gewesen, als sie die ersten Quellen erschlossen hatten, die heute zu den größten Ölfeldern im Osten von Texas gehörten. Nein, ihm war nie etwas geschenkt worden. Was er heute besaß, hatte er sich im Schweiße seines Angesichts erarbeitet. Glück hatte nicht das Geringste damit zu tun.

Wenn Vera sich für ihn entschieden hatte, war das nicht mehr als sein gerechter Lohn. Er gehörte keineswegs zu den alten Trotteln, die sich einbildeten, es wäre eine Art magische Anziehungskraft, die sie auf Frauen ausübten, die halb so alt waren wie sie selbst. Nein, es war der Erfolg. Es war die Macht. Vermutlich war das in ihrem Erbgut festgelegt.

Macht, ihnen das Leben zu geben, von dem sie träumten. Schmuck, schöne Kleider, Sommerpartys, von denen Longview, Texas, noch nach Monaten sprach. Oder eben eine Hochzeitsreise im Orient Express. Paul fand das nicht schlimm. Frauen wie Vera setzten ihre Schönheit

45

auf ihre Weise ein, als Mittel zum Zweck – um ihre eigenen persönlichen Ziele zu erreichen. That's America, baby.

Paul löste sich vom Türrahmen und sah, wie sich der Ausdruck in ihren Augen veränderte, als er seine Krawatte zu lockern begann. Erwartungsvoll beobachtete sie, wie er das Jackett ablegte, das Hemd aufknöpfte und auszog. Mit fragender Miene glitt ihre Hand zu ihrem Ausschnitt, in dem beinahe der schneeweiße Ansatz ihrer Brüste zu sehen war, doch er schüttelte den Kopf.

«Nein», sagte er mit rauer Stimme, während er vor ihr auf die Knie ging und nach dem Saum ihres Kleides griff, ihn langsam von ihren Beinen zurückschob, bis hoch oben an ihren Oberschenkeln die Strumpfhalter sichtbar wurden. Ein erregendes Gefühl, die Wärme ihrer Haut durch dieses faszinierende neue Material – Nylon – zu spüren. Als kurz vor ihrer Abreise in den Staaten die ersten Nylonstrümpfe im Handel erhältlich gewesen waren, waren unter den Kundinnen regelrechte Schlachten ausgebrochen. Paul hatte für Vera natürlich einige Paare im Voraus beschaffen können. «Nein.» Sanft, aber bestimmt drückte er ihre Beine auseinander. «Bleib ganz genau ... so.»

Er roch ihren Duft, sah die Gänsehaut auf ihren Schenkeln, als sein Atem sie streifte, hörte den Laut, der ihrer Kehle entwich, als sie den Kopf in den Nacken legte.

«Gut», flüsterte sie. Ihr Körper spannte sich an, schob sich ihm entgegen. Ihr Atem ging heftiger. «Es ist gut, wie du es machst, weil wir ... Weil wir in nächster Zeit ... besser ... etwas ... vorsichtig ...»

Ruckartig richtete er sich auf. «Willst du mir sagen, was ich denke, dass du mir sagen willst?»

Ihre Augen, verschleiert vom Augenblick, fanden die seinen. «Es sind fast zwei Monate. Ich bin mir sicher.»

«O mein Gott», flüsterte er. «O mein Gott!» Er schloss seine Hände um ihre Wangen, zog sie zu sich heran. «O mein Gott! Paul Richards junior!»

***

Zwischen Paris und Vallorbe – 25. Mai 1940, 23:48 Uhr
CIWL 2413 D (ehemals 2419 D, ‹wagon de l'Armistice›)

«Das ist nicht Ihr Ernst.» Thuillet wandte sich um.

Lieutenant-colonel Claude Lourdon verkniff sich ein grimmiges Lächeln. Exakt die Reaktion, die er vom Repräsentanten der CIWL erwartet hatte, in dem Moment, da dieser den Wagen betrat.

Thuillet machte sofort einen Schritt zurück und ließ den Vorhang im hintersten Winkel des Salons an Ort und Stelle gleiten, sodass er das auf einem Stativ montierte Maschinengewehr wieder verhüllte.

«Ist Ihnen klar, was passieren wird, wenn die Zollbehörden diese Waffe zu Gesicht bekommen?», flüsterte er.

Lourdon nickte langsam. «Ja. In etwa. Unsere Aufgabe wird deshalb darin bestehen, dafür zu sorgen, dass das nicht geschieht.»

«Die Schweiz ist ein neutrales Land!», ereiferte sich der Mann von der Eisenbahngesellschaft. «Und die meisten der übrigen Staaten, die wir passieren müssen, sind nur noch auf dem Papier neutral. Wenn Sie eine Artilleriewaffe des französischen Heeres ...»

«Des *Deuxième Bureau*», korrigierte Lourdon. «Des militärischen Nachrichtendienstes.» Er nickte nach rechts auf zwei verschlossene, deckenhohe Schränke. «Ebenso wie die Tommy Guns und ebenso ...» Eine ausholende Handbewegung. «Ebenso wie meine Mitarbeiter und ich.»

Thuillet wandte sich um und verzog das Gesicht, als er Lourdons Stab musterte: Maledoux, Clermont und den jungen Guiscard.

«Hiervon wissen in diesem Zug selbstverständlich nur diejenigen, die sich im Moment in diesem Raum aufhalten», erklärte Lourdon. «Und ich verlange Ihr Wort, Thuillet, dass das auch so bleibt.»

«Natürlich bleibt das so», knurrte der Beauftragte der CIWL. «Schon damit *meine* Mitarbeiter mich nicht für verrückt erklären, weil ich Sie in meinem Zug ein französisches Maschinengewehr quer durch Europa kutschieren lasse, wo die Hälfte der Länder nur auf den richtigen Moment wartet, mit Hitler ins Bett zu steigen. Was, glauben Sie, wird passieren, wenn sich die Bulgaren gerade diesen Moment aussuchen, sich den Deutschen anzuschließen?»

«Vermutlich wird man uns bis zum Ende des Krieges internieren», sagte Lourdon ruhig. «Was bedeutet, dass wir mit sehr viel Glück am Leben bleiben. Das ist anscheinend unser Risiko. – Aber Sie hätten kaum Ihr d'accord gegeben, wenn Sie ernsthaft damit rechnen würden, dass das geschieht.»

«Nein», brummte Thuillet. «Doch das heißt nicht, dass ich davon überzeugt bin, dass Ihr Wahnsinnsplan funktionieren wird.»

«Das liegt ganz an Ihnen. Dieser Wagen ist ein Diplomatenfahrzeug. Ein französischer Sondergesandter auf dem Wege zu eiligen Verhandlungen in der Türkei. – Und seine Begleiter.»

Die Begleiter nickten zustimmend, wenngleich sie dabei nicht sonderlich überzeugend wirkten. Nicht in der Zivilkleidung, die sie auf Geheiß ihres Vorgesetzten angelegt hatten.

«Ein Diplomatenfahrzeug, das die Zollbehörden nach den Regeln des Völkerrechts nicht betreten dürfen.»

«Und wozu brauchen Sie dann ein Maschinengewehr?»

Lourdon betrachtete ihn. «Haben Sie mir am Gare de l'Est nicht selbst von den Gefahren einer Reise quer über den Balkan erzählt? Und recht haben Sie: Der Balkan ist unsicheres Gelände, ist es immer gewesen. Hat nicht Ihre Gesellschaft die Reisenden noch vor vierzig oder fünfzig Jahren *aufgefordert*, Handfeuerwaffen mit auf die Fahrt zu nehmen? Dieser Zug ist mehr als einmal überfallen worden. Man hat Geiseln genommen und sie erst gegen Lösegeld wieder freigelassen. Selbst wenn die offiziellen Stellen in Bulgarien oder anderswo es nicht wagen, offen gegen uns vorzugehen: Wie schwierig wird es für einen balkanischen Geheimdienst wohl sein, einen solchen Überfall zu inszenieren, um den Wagen in die Hand zu bekommen?»

«Aber warum sollten sie ...»

«Weil sie sich möglicherweise eben doch ihre Gedanken machen, warum ein Wagen aus der gleichen Serie wie der *wagon de l'Armistice* in diesen Tagen quer durch ihr Land rollt. Mit jedem Kilometer, den wir vorankommen, wird diese Gefahr zunehmen. Mit jedem Land, das wir passieren, wird die Bevölkerung – und werden die Machthaber – ein Stück weiter auf der Seite der Deutschen stehen, sei es aus Überzeugung, sei es aus purer Angst vor dem immer mächtigeren Schatten, den dieser Hitler über Europa wirft. Wenn sie auch nur ahnen, was dieser Wagen wirklich ist: Werden sie eine Sekunde zögern, sich so ein Faustpfand zu sichern? Eine solche Gelegenheit, sich beim deutschen Führer lieb Kind zu machen?»

«Und dann wollen Sie schießen?» Das Monokel in Thuillets rechtem Auge hüpfte auf und ab.

«Dann schießen wir zurück», antwortete Guiscard, der jüngste unter den Mitarbeitern des Lieutenant-colonel. Lourdon wünschte, er hätte den Mund gehalten. Guiscard hörte sich an, als könnte er die Gelegenheit kaum erwarten. Und dieser junge Mann wirkte in jeder Garderobe verkleidet, wenn sie kein Kampfanzug war.

«Mon Dieu», flüsterte der Repräsentant der Eisenbahngesellschaft. «In diesem Zug sitzen mehr als dreißig Fahrgäste, die ein halbes Vermögen für diese Reise bezahlt haben und die ...»

«Ihre Fahrgäste wären wehrlos», betonte Lourdon, «ohne unsere Waffen. Doch diese Situation darf überhaupt nicht eintreten. Und je weniger Wirbel um diesen Wagen gemacht wird, desto besser stehen die Chancen. Ein ausländischer Würdenträger in einem Staatswagen, wie es in der Geschichte Ihres Zuges hundert Mal vorgekommen ist. Je selbstverständlicher die Leute die Sache nehmen, desto weniger Fragen werden sie stellen.»

Thuillet schüttelte den Kopf, hielt einen Moment lang inne, wiederholte die Geste dann noch einmal heftiger. «Sie können sich unmöglich zwei Tage lang in diesem Wagen verstecken.»

Lourdon nickte ernst. «Das haben wir auch nicht vor. Zumindest meine Mitarbeiter werden das nicht tun. Im Speisewagen wird heute Abend zum Beginn der Fahrt Champagner gereicht, richtig? Monsieur Maledoux und Monsieur Clermont werden sich anschließen – ganz selbstverständlich. Und sie werden tun, was sie können, wie ich das auch von Ihnen erwarte, Thuillet.» Er hob die Schultern, breitete

49

die Arme aus. «Was soll schon interessant sein an irgendeinem alten Wagen?»

* * *

Zwischen Paris und Vallorbe – 26. Mai 1940, 00:12 Uhr
CIWL WL 3425 (Hinterer Schlafwagen). Abteil 10.

Eva wagte nicht zu atmen. Schlief er tatsächlich? Konnte ein Mensch überhaupt so schnell einschlafen? Sie war sich nicht sicher.

Er war hundemüde gewesen, das hatte Ludwig – wenn er tatsächlich Ludwig hieß – mehrfach geäußert, kaum dass der jüngere der beiden Stewards ihre Kabine in die Nachtkonfiguration gebracht und das breite Sitzpolster in zwei Etagenbetten verwandelt hatte. Also hatte Eva das Abteil verlassen, damit Ludwig sich für die Nacht fertig machen konnte. Sie selbst, die nicht mehr besaß als das, was sie am Leib trug, würde umgekehrt nicht in diese Verlegenheit kommen. Als sie allerdings im Waschraum zumindest den Schmutz der Straße entfernt hatte und nach einigen Minuten leise an die Tür geklopft und geglaubt hatte, von der anderen Seite ein *Bitte!* zu hören, war er eben erst im Begriff gewesen, stöhnend in das obere der beiden Betten zu krabbeln. Seine schneebleichen Waden unter dem Herrennachthemd hatten ihr entgegengeleuchtet. Falls er tatsächlich Amerikaner war, war er der ungewöhnlichste Amerikaner der Welt. Einer, der die Sonne mied. Doch müde und erschöpft war er jedenfalls gewesen. Sie hatte noch eine Weile sein mühsam unterdrücktes Stöhnen gehört, dann hatte übergangslos ein vernehmliches Schnarchen eingesetzt.

Mit klopfendem Herzen schob Eva die Decke beiseite. Ihr schmuddeliges Abendkleid war nun wahrscheinlich auch noch zerknittert, doch daran konnte sie nichts ändern. Sie musste mit Carol reden, und sie kannte ihn gut genug, um zu wissen, dass sie sich nicht unnötig Zeit lassen sollte. Vielleicht dachte er ja gerade daran, dass heute ihr gemeinsamer Abend gewesen wäre. Und dann, vollkommen unerwartet: ein Geist aus der Vergangenheit.

Was würde Carol sagen? Was würde *sie* sagen? Mit Sicherheit war er nicht allein. Den Grafen Béla, seinen Haushofmeister, würde er zweifellos dabeihaben. Und einige der anderen Lakaien ebenso. Diese Männer hatten Eva stets höflich behandelt, doch das war mit Sicherheit allein der Rücksicht auf Carol geschuldet. Wenn sie ihn jetzt in eine unangenehme Situation brachte, würden sie unmöglich einfach zuschauen. Aber diese Männer waren unwichtig. Einzig Carol war es, der zählte. Einzig, wie *er* reagieren würde. Und wenn er sah, wie sie plötzlich vor ihm stand, *musste* er einfach akzeptieren, dass mehr in ihr steckte, als er geglaubt hatte. Dass sie anders war als die anderen kleinen Mädchen.

Im Grunde hegte sie nur eine einzige große Furcht: dass er genau darauf überhaupt keinen Wert legte. Dass sie nur noch uninteressanter wurde, wenn sie ihm ihre Stärke bewies.

Aber ich bin nicht stark, dachte sie, während sie mit angehaltenem Atem die Beine aus dem Bett streckte. Ihre Schuhe hatte sie neben das Kopfkissen gelegt; jetzt nahm sie sie in die Hand, um nur keine Geräusche zu verursachen. Ich bin nur stark, wenn es um dich geht, Carol, dachte sie. Weil ich *deine* Stärke brauche.

Vorsichtig richtete sie sich auf, vermied es, sich am oberen der beiden Betten abzustützen, setzte lautlos einen Fuß vor den anderen. Sie war an der Tür, legte die Finger an die kleine messingfarbene Sperrkette und biss die Zähne zusammen. Es war pure Ironie: Wenn jemand versuchte die Tür aufzubrechen, würde diese Verriegelung kein ernsthaftes Hindernis darstellen, doch für Evas Vorhaben war sie die gefährlichste Hürde überhaupt. Die kleinste ungeschickte Bewegung, und das Geräusch konnte Ludvig aufwecken.

Millimeter für Millimeter schob sie den Riegel aus der Führung.

Ein lautes Stöhnen. Eva erstarrte, hielt auf der Stelle inne.

«... davon nichts gesagt ... Löffler ...»

In diesem Moment durchfuhr es sie eiskalt. Ludvig redete im Schlaf, und er redete auf *Deutsch!* Ihr Herz machte einen Satz. Schon der

Klang der Sprache verursachte ihr einen Schauer. Er sprach deutsch! Wie konnte er ... Mühsam beruhigte sie ihren Atem. Sein Name war deutsch, und ihr war bereits klar gewesen, dass er wohl deutsche Vorfahren hatte. Woher wollte sie wissen, ob er in seinem Elternhaus in Michigan nicht mit dieser Sprache aufgewachsen war? Weil er auch wegen der Archive gelogen hatte, die er angeblich aufsuchen wollte? Unsinn. Was wusste sie, wer wann womöglich welche Urkunde in die Hand bekommen und vielleicht in die Türkei verschleppt hatte? Nein, nichts wusste sie mit Sicherheit. Es blieb nichts als das unangenehme Gefühl in ihrem Magen.

Paranoia, dachte Eva Heilmann. Dieselbe Paranoia wie bei jedem Menschen in Paris, als der Geschützdonner von Tag zu Tag näher rückte. Dieselbe phantomartige Angst, die mit Sicherheit auch die anderen Menschen in diesem Zug heimsuchte und sie bis in ihre Träume verfolgte.

Sie biss die Zähne zusammen, lauschte. Was hatte er gesagt? Löffler? Wer war Löffler? Sein Kommilitone, der es nicht durch den Zoll geschafft hatte? Doch der Schlafende sprach nicht weiter, sondern warf sich unruhig auf die andere Seite. Die ganze Zeit schon war sein Schlaf unruhig gewesen, das Schnarchen unterbrochen von Ächzen und Stöhnen, als ob auch er Albträume hätte. Oder womöglich Schmerzen? Nein, das konnte sie sich nicht vorstellen. Es sei denn, Ludvig Mueller war ein weit besserer Schauspieler, als sie sich ausmalen konnte.

Und wieder war sie an demselben Punkt angelangt: Was wusste sie schon über Ludvig Mueller? *Er hat nicht einmal nach meiner Geschichte gefragt!* Sie war ständig darauf gefasst gewesen. Aber nein: nichts.

Ein letztes Mal sah sie sich um. Er lag jetzt auf dem Rücken, eine Hand hing über die Matratze, wurde im nächsten Moment im Schlaf zurückgezogen, während er wieder etwas vor sich hin murmelte, diesmal in einer Sprache, die Eva nicht verstand. Vielleicht hatte er seine geliebten spätstaufischen Urkunden auswendig gelernt? Sie ertappte sich dabei, wie sie leise lächelte, und kam sich im selben Moment ...

Warum in Gottes Namen kam sie sich *schuldig* vor? – Weil sie sich aus dem Abteil schlich? Dieser Mann hatte ihr wahrscheinlich nicht einmal seinen richtigen Namen genannt. Es war nicht dieser Mann, über den sie sich den Kopf zerbrechen sollte! Mit einer entschlossenen und doch beinahe lautlosen Bewegung öffnete Eva die Tür und schlüpfte hinaus auf den nächtlichen Kabinengang.

***

Zwischen Paris und Vallorbe – 26. Mai 1940, 00:24 Uhr
CIWL WL 3425 (Hinterer Schlafwagen). Kabinengang.

Eine der Abteiltüren öffnete sich. Eine schmale junge Frau schob sich in das gedämpfte Licht des Ganges und huschte davon, auf das hintere Ende des Schlafwagens zu. Die Toiletten, dachte Boris Petrowitsch Kadynow. Sie schien es eilig zu haben. Er bezweifelte, dass sie ihn überhaupt gesehen hatte.

Doch es spielte ohnehin keine Rolle. Er drehte sich um und bewegte sich in der entgegengesetzten Richtung den Kabinengang entlang, als wäre es die natürlichste Sache der Welt. Wie beiläufig strich seine Hand über die messingglänzenden Handläufe, die polierte Verkleidung aus Tropenholz mit ihren linearen, halb abstrakten Motiven, wie sie seit ein paar Jahren in der kapitalistischen Welt in Mode waren.

Doch in seinem Innern brodelte es. So viel Holz! Allein die Paneele, mit denen die Wände hier im hinteren Schlafwagen verkleidet waren, hätten ausgereicht, damit eine russische Familie im Winter nicht zu frieren brauchte. Hier dagegen waren sie bloße Verzierung und dienten allein dazu, den Fahrgästen auf dem Rücken der Arbeiterklasse ein noch schöneres, noch behaglicheres Leben zu bereiten, während sie auf einer ihrer überflüssigen Reisen unterwegs waren.

In der Sowjetunion wäre das undenkbar gewesen. Nicht allein dieser mit Pomp ausgestattete Zug, sondern das Reisen an sich. Natürlich: Kein Genosse der Transportbetriebe würde auf die Idee kommen, einem Reisenden, der ein echtes Anliegen hatte, den Schein für den Zug zu verweigern. Einem Mitarbeiter der Kolchose beispielsweise, der die Erzeugnisse seines Betriebes zum Verkauf auf den Markt brachte. Damit diente er schließlich dem Wohl des gesamten Sowjetvolks. Und ganz genauso wäre auch einem alten Mütterlein das Dokument auf der Stelle ausgestellt worden, wenn es vielleicht auf dem Weg nach Moskau war, um feierlich die Hochzeit seiner Tochter zu begehen, die in einem der neuen Hochhäuser am Rande der Stadt lebte. Denn die Russen verstanden es zu feiern, heute mehr denn je – in dem Wissen, unter der Führung des Genossen Stalin in einer so großen, erleuchteten Zeit zu leben.

Aber Reisen um des Reisens willen? Reisen zur Zerstreuung? Reisen in einem Zug mit Betten, der ohne weiteres die drei- oder vierfache Anzahl an Passagieren hätte befördern können, wenn man ihn mit guten, einfachen Holzbänken ausgestattet hätte? Nein, das war undenkbar in der Sowjetunion. Und wenn es eines Tages doch denkbar sein sollte, dann würde diese Art des Reisens eben für alle Werktätigen möglich sein.

Boris Petrowitsch jedenfalls würde das Seine dazu beitragen. Er verabscheute alles und jeden in diesem Zug, der ein Symbol des Kapitalismus war, wie wohl kein zweites existierte. Doch seine Vorgesetzten im NKWD hatten nicht ohne Grund gerade ihn für diese Mission ausgewählt. Mit seinen sechsundzwanzig Jahren war er bereits an sowjetischen Botschaften in mehreren kapitalistischen Ländern tätig gewesen. Er hatte diese Menschen studiert, wusste sich in ihrer Welt zu bewegen. Und genau diese Fähigkeit war auf dieser Reise gefordert.

Als sich der Lichteinfall vor ihm veränderte, verlangsamte er seine Schritte. Auf dem ausgeklappten Dienstsitz unmittelbar vor dem Durchgang zum Speisewagen saß eine Gestalt in der dunklen Uniform des Zugpersonals. Es war der ältere der beiden Stewards, der Dicke – was Boris entgegenkam: Der jüngere sah zu aufmerksam hin. Davon abgesehen, schlief der Mann ohnehin tief und fest. Boris zögerte einen Moment. Es war wichtig, dass er tatsächlich zu einem der Menschen wurde, die in diesem Zug reisten. Würden diese Leute den Steward wecken, ihn zur Rede stellen? Nein, vermutlich nicht. Für die meisten von ihnen war das entweder unter ihrer Würde, oder sie bildeten sich etwas ein auf ihr *Verständnis* und ihr *Mitgefühl* mit den Werktätigen. Er beschloss, den Mann geflissentlich zu übersehen.

Boris trat an den Durchgang. Die durch einen Faltenbalg gesicherte Passage zum Speisewagen machte ihm keine Angst. In der Sowjetunion wäre ein Übergang von Wagen zu Wagen – wenn dies überhaupt möglich war – ein weit größeres Abenteuer gewesen, über offene Plattformen hinweg. Und doch ließen sich sogar alte Leute davon nicht schrecken. Auch in diesem Punkt waren die verwöhnten Reisenden in diesem Zug vollkommen anders.

Mit einer kräftigen Bewegung zog er die Tür auf. Der Lärm war ohrenbetäubend. Sofort spürte er den Druck auf den Ohren, die Kälte des Fahrtwindes, der fauchend und zischend seinen Weg durch unsichtbare Ritzen zwischen Balg und Wagenkonstruktion fand. Und noch deutlicher spürte er das rhythmisch vibrierende Bodenblech unter seinen Füßen. Sein Herz schlug schneller: vor Aufregung, weil er sich mit einem Mal lebendig fühlte wie seit Beginn der Fahrt nicht mehr. – Der schwankende, unsichere Untergrund. Das Stampfen der stählernen Räder auf den Gleisen. Die hin und her ruckenden Lichter, die aus den beiden Wagen in den Zwischenraum fielen. Hier, an der Nahtstelle zwischen zwei Gliedern des Zuges, wurde deutlich, worüber die Wohnlichkeit und der Luxus der Abteile hinwegtäuschten: Sie alle, sämtliche Menschen an Bord, waren gefangen in einem Hunderte von Tonnen schweren Lindwurm aus Stahl, und keiner von ihnen konnte sicher sein, dass der Gigant ihn unversehrt wieder ausspucken würde.

Einige noch weniger als die anderen, dachte Boris Petrowitsch.

Er griff nach der Tür zum Speisewagen, riss sie auf. Ein kurzer Gang lag vor ihm, zu beiden Seiten schmale Türen, die zu kleineren Kammern führten, Wirtschaftsräumen, die dem Personal vorbehalten waren. Auch hier war kein Mensch zu sehen.

Boris legte die wenigen Schritte bis zur nächsten Tür zurück und durchquerte den hinteren der beiden Speisesalons, der zu dieser Stunde verlassen war; die Tische, an denen in einigen Stunden das Frühstück serviert werden würde, mit schlichten Tüchern bedeckt. Erst eine Tür weiter veränderte sich das Bild, und es veränderte sich vollständig.

Sekundenlang schien es selbst ihm undenkbar, dass er sich in einem fahrenden Zug befand. Er kannte die Clubs der Oberschicht in London und anderen Städten Westeuropas. Mehr als einmal war er dort mit einem seiner Kontaktleute zusammengetroffen. Er kannte die Geräusche, kannte die Gesichter, kannte sogar den Geruch nach dunklem Leder, nach Tabak, Wein und Sherry. Hier ergänzt durch das Aroma der süßen Cocktails, mit denen sich einige Damen an die Bar zurückgezogen hatten, und den Duft ihrer herben Parfüms, der alles überlagerte.

Einige Köpfe hoben sich. Der maître d'hôtel, der Oberkellner, grüßte Boris mit einem höflichen Nicken, bevor er sich wieder einem Mann mit zurückweichendem schwarzem Haar zuwandte. Der Amerikaner. In seinem weißen Anzug sah er selbst aus wie ein Kellner. Boris hatte ihn am Gare de l'Est gesehen. Seine Frau befand sich offenbar im Abteil.

Mit einem Blick hatte Boris die Situation erfasst. Alles war wie erwartet. So behaglich die einzelnen Abteile auch waren, hielt es die wenigsten Fahrgäste längere Zeit auf so engem Raum. In den späten Abendstunden wurde das Fumoir, der Rauchersalon des Speisewagens, zu einer Mischung aus Club und nobler Bar. Drei Männer saßen über einer Pokerpartie zusammen. Der Amerikaner saß allein.

Ebenso wie derjenige, nach dem Boris Petrowitsch Kadynow gesucht hatte.

***

Zwischen Paris und Vallorbe – 26. Mai 1940, 00:24 Uhr
CIWL WL 3425 (Hinterer Schlafwagen). Kabinengang.

Vorsichtig zog Eva die Tür hinter sich zu. Jetzt nur kein unnötiges Geräusch. Selbst wenn Ludvig in ein paar Minuten aufwachte, würde er wahrscheinlich gar nicht mitbekommen, dass sie nicht da war. Wenn er aber in genau diesem Moment zur Tür schaute ...

Mit einem nahezu unhörbaren Klicken rastete das Schloss ein. Eva streifte ihre Schuhe über und wandte sich nach links, in Richtung Zugende. Als sie am Gare de l'Est versucht hatte, durch die Kontrolle zu kommen, hatte sie die gesamte Länge des Orient Express im Blick gehabt. Der letzte Wagen vor dem Gepäckwaggon am Ende hatte völlig anders ausgesehen als der Rest des Zuges: verzierter, altertümlicher, mit Holz verkleidet. Eindeutig aus der Zeit vor dem Großen Krieg, als das carpathische Königshaus noch an der Macht gewesen war. Sie hatte zwar nicht gewusst, dass Carol einen solchen Wagen besaß, doch es schien schließlich einiges zu geben, das sie nicht von ihm gewusst hatte.

Im Anschluss an die Kabine, die sie mit Ludvig teilte, gab es nur noch zwei weitere Türen, hinter denen in diesem Moment vermutlich Menschen schliefen. Unmittelbar darauf weitete sich der Gang. Auf der linken Seite ein diskreter Zugang mit der Aufschrift W. C., stilvoll mit poliertem dunklem Paneel geschmückt wie das gesamte Interieur des Zuges. Das Ende des Wagens bildete eine breitere Tür, durch deren eingelassene Glasscheibe diffuses Licht schimmerte.

Eva holte Luft und nahm all ihren Mut zusammen. Mit einer entschlossenen Bewegung zog sie die Tür auf. Kälte schlug ihr entgegen, die ihr in die nackten Waden biss. Auch am Rest ihres Körpers stellte sich augenblicklich eine Gänsehaut auf. Die dünne Seide des Abendkleids wärmte sie nicht im Geringsten, ebenso gut hätte sie nackt sein können. Ein unpassendes, glucksendes Lachen stieg in ihrer Kehle auf. Das hätte den Überraschungseffekt mit Sicherheit noch einmal gesteigert, wenn sie plötzlich nackt vor Carol gestanden hätte.

Doch sie wusste, dass aus solchen Gedanken nichts als ihre Angst sprach. Fröstelnd durchquerte sie die Verbindung zwischen den beiden Wagen, unangenehme Bilder im Kopf: Das Stampfen der Räder weckte Erinnerungen an die Panzer, die unaufhaltsam auf Paris zurollten. Schließlich die zweite Tür, der Zugang zum hintersten Wagen. Eva sah gelbliches Licht, trat an die Scheibe. Sie hatte fest damit gerechnet, spätestens an diesem Punkt auf einen von Carols Gardisten zu stoßen, konnte aber keinen Menschen sehen.

Direkt vor ihr lag der Einstiegsbereich des Wagens. Zum Rest des Fahrzeugs hin wurde dieses Entree von einer mit altmodischen Schnitzereien verzierten Trennwand begrenzt, die aber von großen Glasfenstern durchbrochen wurde.

Eva kniff die Augen zusammen. Offenbar handelte es sich tatsächlich um einen Salonwagen, wie die höchsten Kreise der Gesellschaft ihn vor dem Krieg besessen hatten. Hinter der Trennwand war ein großer, repräsentativer Raum zu erkennen, den ein mächtiger Tisch beherrschte. Hier saß eine einzelne Gestalt. Im Hintergrund befanden sich zwei kleinere Arbeitstische, verschiedene hohe Schränke und eine weitere Abtrennung, hinter der sich der Wagen fortsetzte. Der Mann am Tisch ... Durch das Glas der Tür und der zusätzlichen Trennwand war alles verschwommen, verzerrt und undeutlich. Doch Carol war es jedenfalls nicht. Soweit sie erkennen konnte, war der Blick des Mannes auf den Tisch gerichtet. Wahrscheinlich las er. Die Tür in der Abtrennung war geschlossen. Wenn sie sich noch ein Stück weiter vorwagte, würde er das überhaupt bemerken?

Es gab keinen anderen Weg.

Sie öffnete die Tür zum Vorraum gerade weit genug, um hindurchschlüpfen zu können, zog sie in derselben Bewegung wieder zu und hielt sich so nahe an der Wand wie möglich. Das Entree war nur spärlich beleuchtet. Selbst wenn der Mann jetzt in ihre Richtung schaute, war es unwahrscheinlich, dass er sie sah.

In diesem Moment entdeckte Eva einen zweiten Mann, der etwa auf Höhe des Tisches mit dem Rücken zur Wand lehnte. Sie wusste sofort, dass er Soldat war, auch wenn er keine Uniform trug, sondern einen Abendanzug. Er war jung, nur ein paar Jahre älter als sie selbst,

doch Soldaten hatten eine bestimmte Art, sich zu bewegen, eine ganz
bestimmte militärisch gerade Haltung. Als ob sie zu jeder Zeit auf der
Hut waren, bereit, ihren Körper in eine Waffe zu verwandeln, sobald
eine Bedrohung auftauchte. Doch sein Gesicht sagte ihr nichts, ebenso wenig wie das des Mannes am Tisch. Verwirrt hielt Eva inne. Sollte
sie sich getäuscht haben? War dies doch nicht Carols Wagen?

Aber auch in der Botschaft waren ständig Menschen aufgetaucht,
die sie noch niemals gesehen hatte. Mittelsmänner, Diplomaten, mit
deren Hilfe Carol seine Rückkehr nach Carpathien einzufädeln versuchte. Die meisten von ihnen waren nach wenigen Tagen wieder verschwunden. Kaum überraschend also, wenn Eva nun, da diese Rückkehr unmittelbar bevorstand, auf unbekannte Gesichter stieß.

«Die beiden scheinen sich wohl zu fühlen.»

Sie zuckte zusammen. Es war der Soldat, der gesprochen hatte, und
seine Stimme war deutlich zu hören. Die Trennwand war nicht halb
so massiv, wie Eva geglaubt hatte. Reines Glück, dass die Männer sie
nicht bemerkt hatten. Automatisch ging sie in die Hocke, hielt sich an
den Paneelen fest, zog jedoch im nächsten Moment die Finger zurück.
Die Verkleidung wackelte, als wäre sie nicht ordnungsgemäß befestigt.

Der Mann am Tisch gab ein dumpfes Brummen zur Antwort. Eva
wagte es nicht, den Kopf zu heben. Wenn die Männer sie jetzt entdeckten ... Es war klar, dass sie hier nichts zu suchen hatte. Wenn sie
den Raum tatsächlich betreten wollte, musste sie es jetzt und auf der
Stelle tun. Hier zu sitzen und zu lauschen ...

«Solange sie sich nicht zu wohl fühlen.» Der Bariton des Mannes am
Tisch. «Mit Sicherheit wird im Speisewagen Poker gespielt.»

«Ich habe Ihnen angeboten, an Clermonts Stelle zu gehen, Lieutenant-colonel. – Euer Exzellenz, meine ich.»

Wieder das verärgerte Brummen. Im nächsten Moment ein Laut,
der Eva erneut zusammenzucken ließ. Doch nein, kein Schuss. Der
Mann am Tisch – der Lieutenant-colonel, offenbar der Vorgesetzte des
Soldaten – musste sein Buch oder seine Arbeitsunterlagen zugeschlagen haben. Ein Schaben, als ob ein Stuhl zurückgeschoben wurde. Anscheinend stand er auf.

«Zumindest von Ihnen hätte ich erwartet, dass Sie sich des Ernstes der Sache bewusst sind», knurrte der Offizier. «Ist Ihnen klar, Guiscard, was ein falsches Wort hier anrichten kann? Über das, was ich Thuillet gegenüber erwähnt habe, hinaus? Ist Ihnen klar, was für Leute in diesem Zug sitzen?»

«Leute, die es sich leisten können, sich mit einem der letzten Züge, die Paris verlassen, ins neutrale Ausland abzusetzen», vermutete der Soldat, der offenbar Guiscard hieß.

«Es ist der letzte», sagte der Offizier knapp. «Wenn unsere Informationen zutreffen, wird Mussolini in den nächsten Tagen einknicken, und die Regelung, die dem Orient Express Durchfahrt durch Italien gewährt, wird widerrufen. Wer jetzt noch in Paris ist, wird eine andere Möglichkeit finden müssen, sich in Sicherheit zu bringen – wenn es überhaupt noch eine solche Möglichkeit gibt.»

Eva spürte, wie sich in ihrer Brust etwas in Eis verwandelte. Erst in diesem Moment wurde ihr bewusst, dass diese Reise tatsächlich eine Reise ohne Wiederkehr war. Alles, was Paris gewesen war – die schönen Kleider in ihrem begehbaren Wandschrank, die Konzerte und Vernissagen, die Plaudereien mit berühmten Persönlichkeiten –, lag unwiderruflich in der Vergangenheit. Sie würde niemals dorthin zurückkehren können, weil es diese Welt in wenigen Tagen schlicht nicht mehr geben würde.

Nur gab es auch keinen anderen Ort, an den sie fliehen konnte, und in ihrem kleinen, mit Zuchtperlen besetzten Portemonnaie befanden sich vielleicht noch eine Handvoll Francs. Der Schmuck, fuhr ihr durch den Kopf. Die wertvollsten Stücke hatte Carol ihr zwar immer erst in der Botschaft angelegt und ihr am Ende des Abends gleich wieder abgenommen, doch das eine oder andere Stück aus dem Appartement hätte sich mit Sicherheit zu Geld machen lassen. Aber diese Dinge gehören nicht mir! Sie biss sich schmerzhaft auf die Unterlippe. Sie war vielleicht verzweifelt, aber sie war doch keine Diebin! Oder hatte Carol genau das erwartet und sie in diesem Glauben zurückgelassen? Hatte er damit gerechnet, dass sie sämtliche Wertgegenstände aus der Wohnung ins Pfandhaus tragen und auf diese Weise ihr Leben ...

«Aber das ist nicht das Entscheidende.» Der Offizier. Seine Stimme klang jetzt müde und erschöpft.

Eva lauschte. Mittlerweile war ihr klar, dass diese Männer nichts mit Carol zu tun hatten – Lieutenant-colonel war ein hoher Dienstgrad der französischen Armee. Doch was sie auch waren und warum auch immer sie in diesem Zug reisten: Der Offizier besaß offenbar Informationen, die wichtig sein konnten.

«Längst nicht alle Passagiere in diesem Zug sind Flüchtlinge», murmelte er. Eva musste ihre Ohren jetzt anstrengen. «Vielleicht sogar die wenigsten von ihnen. – Wetten wir, dass ein paar von ihnen auf der Gehaltsliste der Deutschen stehen?» Ein Knoten zog sich in Evas Kehle zusammen. «De Gaulle hat die Passagierliste prüfen lassen. Die meisten Namen sagen mir nichts. In einigen Fällen mit Sicherheit nur deswegen, weil es sich nicht um die echten Namen handelt. Einige der echten sind allerdings eindrucksvoll genug. Großfürst Romanow mit seiner Sippe. Paul Richards, der Ölmillionär.»

«Und Carol von Carpathien.» Das war Guiscard.

«Und damit ein Problem mehr», schnaubte der Offizier. «Carol rechnet sich offenbar Chancen aus, mit Hilfe der Deutschen wieder an die Macht zu kommen. Deshalb sitzt er im Zug. Seine Leute haben in Kronstadt alles vorbereitet, und die Nazis haben das ihre getan, um sie zu unterstützen.»

«Das ist übel.»

«Nicht halb so übel, wie Sie ahnen, Guiscard.» Ein dumpfer Laut, dann ein vernehmliches Schaben. Offenbar hatte sich der Offizier wieder auf seinen Stuhl sinken lassen. «Es gibt nämlich Kräfte in Carpathien, die keinerlei Wert auf die Rückkehr ihres Königs legen. Und ebenso außerhalb des Landes. Wenn de Gaulles Informationen zutreffen, werden sie dafür sorgen, dass er dort gar nicht erst eintrifft.»

In diesem Moment griff die Kälte auf Evas gesamten Körper über. *Ein Attentat*, formten ihre Lippen lautlos, und im nächsten Moment sprach Guiscard es aus: «Ein Attentat? – Aber wäre das in diesem Fall nicht in unserem Interesse?»

«Ach?», blaffte sein Vorgesetzter. «Glauben Sie das? Natürlich, auf dem Balkan sind Attentate ein Mittel der Politik. Erzherzog Franz-Ferdinand und seine Frau, die in Sarajevo ermordet wurden, König Alexander von Jugoslawien, der auf Staatsbesuch in Marseille gestorben ist – zusammen mit unserem eigenen Außenminister –, wobei der Attentäter selbstredend vom Balkan stammte. Was, glauben Sie wohl, wird passieren, wenn jemand, der hier in diesem Zug sitzt, Carol über den Haufen schießt?»

«Schwierigkeiten», murmelte Guiscard.

«Wenn das geschieht, werden wir niemals in Istanbul ankommen.»

«Und haben Sie … Ist der König gewarnt worden?»

Der Lieutenant-colonel stieß den Atem aus. «Damit wir in den Schlamassel hineingezogen werden? Wir wissen ja nicht einmal, wer hinter der Sache steckt. Es könnten die Sowjets sein, die im Moment zwar mit den Deutschen verbündet sind, doch in Wahrheit bis aufs Blut um den Einfluss auf dem Balkan mit ihnen ringen. Oder die Republikaner in Carpathien selbst. Oder die Deutschen.»

«Die Deutschen?»

Diesmal hatte Eva sich nicht zurückhalten können. Nur weil Guiscard im selben Moment dieselbe perplexe Frage stellte, hörten die beiden Männer sie nicht.

«Das ist sogar die wahrscheinlichste Möglichkeit», war die müde Stimme des Offiziers zu hören. «Natürlich, ein König Carol auf dem Thron Carpathiens käme den Deutschen schon ein Stück entgegen. Ein *toter* Carol aber würde ihnen noch ganz andere Möglichkeiten bieten: sich beispielsweise als Rächer aufzuspielen und in Carpathien einzurücken, um selbst die Macht zu übernehmen.» Nach einer kurzen Pause dann: «Ja, die Deutschen sind die wahrscheinlichste Möglichkeit. Was nebenbei auch der Grund ist, aus dem ich Maledoux und Clermont in den Speisewagen geschickt habe und nicht Sie, Guiscard. Weil ich für Sie nämlich andere Anweisungen habe.»

Er sprach noch weiter, doch Eva war nicht länger in der Lage, seinen Worten zu folgen. Ihre Beine wollten sie nicht mehr tragen. Aus der unbequemen Hockstellung sank sie auf die Knie.

Die Deutschen.

Sie konnte nicht sagen, wie viel Zeit verging, während sie in der kauernden Haltung verharrte. Später wusste sie nicht einmal, wie sie ungesehen den Rückweg in das Abteil geschafft hatte. Das Abteil, das sie mit einem Mann teilte, der im Schlaf Deutsch sprach und dessen Name womöglich nicht sein eigener war.

***

Zwischen Paris und Vallorbe – 26. Mai 1940, 00:35 Uhr
CIWL WR 4221 *(Speisewagen)*. Fumoir.

Alexej blickte geradeaus. Vor einer halben Stunde hatte der Oberkellner ein Glas Rotwein vor ihm abgestellt, doch er hatte es noch immer nicht angerührt. Die kirschrote Flüssigkeit zitterte im Takt der Räder auf dem Stahl der Gleise. Stahl. In Paris gingen sie jetzt einer Welt aus Stahl entgegen. Er selbst …

Er hatte seinen Eltern nie von Mireille erzählt, und es war gut, dass er das nicht getan hatte. Sie wäre nichts als eine zusätzliche Waffe gewesen, mit der der Großfürst ihn hätte demütigen können. Nein, nicht einmal in Gedanken brachte er es fertig, Constantin Alexandrowitsch Romanow *Vater* zu nennen.

Männer kämpfen für ihr Land. Und ein Russe – ein Romanow – kann nur für das heilige Russland kämpfen. Sonst ist er weder das eine noch das andere.

Ein Zug von Bitterkeit umspielte Alexejs Mund. Er brauchte Constantin überhaupt nicht. Er wusste auch so, was er zu hören bekommen hätte, hätte der Großfürst geahnt, dass ein Mädchen im Spiel war.

Männer kämpfen für ihr Land. Und die Romanows sind Russland. Sie kämpfen nicht für eine Idee oder eine Überzeugung, weil Russland größer ist als eine Idee oder eine Überzeugung.

Und erst recht, dachte Alexej Constantinowitsch Romanow, kämpfen sie niemals für eine Frau.

Er besaß keine Erinnerung an das Land seiner Geburt. Bei der Flucht aus dem Palais am Newski-Prospekt war er ein Säugling gewesen, und die folgenden Jahre, das endlose Zurückweichen vor den Truppen der Sowjets, immer weiter nach Osten, verschwammen zu undeutlichen Streifen aus schmutzigem Schnee und schlammfarbenem Grau vor den Fenstern der Transsibirischen Eisenbahn. Stahl. Die Räder auf dem Stahl der Gleise. Das war seine älteste Erinnerung. Und in diesem Moment kam es ihm vor, als ob sein Leben niemals eine andere Melodie besessen hätte.

Amerika. Auch Amerika hatten sie durchquert, von der Westküste bei San Francisco bis nach New York an der Ostküste. Räder auf Stahl. Amerikaner zu sein hatte er sich niemals vorstellen können. In diesem einen Punkt war er mit Constantin einer Meinung. Denn Amerikaner zu sein hieß – gar nichts zu sein. Manche Amerikaner waren Italiener, andere waren Deutsche. Und einige von ihnen eben Russen. Wie konnten sie dann Amerikaner sein? Amerikaner waren einer Idee verpflichtet, hieß es, der Freiheit, für die sie im Großen Krieg gekämpft hatten und gestorben waren. Doch auch diese Freiheit hatte Alexej niemals recht verstanden, denn was war die Freiheit anderes als das, was man aus dieser Freiheit machte?

Was all das bedeutete, hatte er erst in Paris begriffen. Die Sommertage auf den Treppen des Montmartre. Mireille, deren Augen kühn aufblitzten, wenn sie sich ihre Kappe schief auf den Kopf setzte. Ihre perlweißen Zähne, ihr lautes Lachen mit weit geöffnetem Mund, wenn der Wind sich in ihrem leichten, weißen Kleid fing. Die langen Abende in den Bistros, gemeinsam mit den anderen, mit denen sie beide an der Sorbonne studierten. Die Abende, an denen Mireille zugelassen hatte, dass seine Hand unter dem Tisch über ihre Beine wanderte. Die von Rotwein beflügelten Gedanken in der Runde – wie man das anstellen könnte, wirkliche, wahre, echte Freiheit. Alexej hatte immer das Gefühl gehabt, schrecklich wenig dazu beitragen zu können, denn genau das war sie doch, die Freiheit: diese Abende, Mireille, genau dieser niemals endende Augenblick.

War das Frankreich? Mit Sicherheit war Frankreich eine Idee und eine Überzeugung – und ein Gefühl. Und es war Mireille. Und dafür wäre er zu kämpfen bereit gewesen.

Doch dann, im letzten Semester, war mit einem Mal Matthieu da gewesen. Matthieu, den Mireille geküsst hatte, vor seinen, Alexes, Augen, und sie hatte gelacht dabei. *Alle* hatten gelacht, weil es doch ein Spiel war, ob Alexej das nicht verstehen könne. Ein Kuss oder mehr: Was bedeutete das schon?

Freiheit.

Zwei Tage später hatte der Krieg begonnen, und die Deutschen waren mit einer Gewalt, die niemand hatte vorhersehen können, ins Herz Frankreichs vorgestoßen. Matthieu war der Erste gewesen, der sich im Freiwilligenbüro gemeldet hatte. Die anderen waren ihm gefolgt, einer nach dem anderen, und in Uniform zurückgekehrt. Kämpfer für die Freiheit. War es Alexejs eigener Entschluss gewesen, diesen Weg ebenfalls zu gehen, oder eher Mireilles Blick? Die Art, wie sie jetzt die anderen ansah – und wie sie *ihn* ansah? Er wusste es nicht.

Doch im selben Moment, in dem Constantins Finger seine Wange getroffen hatten, hatte Alexej begriffen. Er war kein Franzose. Er war Russe. Russe zu sein war weder eine Idee noch eine Überzeugung. Vielleicht war es ja ein Gefühl, an das sich Alexej Constantinowitsch Romanow nicht erinnern konnte.

Ein Schatten fiel auf sein Rotweinglas.

Alexej reagierte nicht. Wollte allein sein mit seinen Gedanken und sich keine Fragen des Kellners anhören, ob mit dem Wein etwas nicht in Ordnung sei. Aber der Schatten machte keine Anstalten, wieder zu verschwinden. Langsam hob Alexej den Kopf.

Es war nicht der Kellner. Es war ein Mann, nur ein paar Jahre älter als er selbst, den er noch nie gesehen hatte. Doch dann war er sich mit einem Mal nicht mehr sicher. Der Fremde war nicht besonders groß und eher gedrungen. Nein, korrigierte er in Gedanken: muskulös. Er erkannte es an der Art, wie der andere sich bewegte. Ein kantiges Gesicht, gutaussehend auf eine männliche Weise. Seine Haut war dunkel, aber nicht wie die der Franzosen. Er sah ... Alexej hob die Augenbrauen. Er sah *russisch* aus.

Der Mann betrachtete ihn, und zögernd entstand ein Lächeln auf

seinem breiten Gesicht. «Ich wusste es doch! Alexej Constantinowitsch, richtig?»

Alexej blinzelte: «Ja?»

Der Fremde schien das als Einladung aufzufassen. Im nächsten Moment saß er auf dem Ledersessel gegenüber, winkte nach dem Kellner.
«Boris Petrowitsch.» Er streckte Alexej die Hand entgegen. «Wir haben
zusammen bei Fauré in der Vorlesung gesessen.» Das Lächeln wurde
zu einem breiten Grinsen. «Verrückt. Und ich dachte, ich wäre der
Einzige ...»

Alexej schüttelte unsicher den Kopf, doch er wollte nicht unhöflich
sein und ergriff die Hand. Ein Landsmann, und sie hatten zusammen
in der Vorlesung gesessen ... Allerdings war es fast zwei Jahre her, dass
er Fauré gehört hatte, und es waren mindestens zweihundert Studenten im Hörsaal gewesen.

Der Oberkellner kam an ihren Tisch. Der Orient Express passierte
eben eine recht holperige Strecke, aber der Mann im schneeweißen
Jackett bewegte sich mit der Sicherheit eines Balletttänzers. Boris Petrowitsch erkundigte sich, welchen Wein Alexej genommen hätte,
und bestellte sich ebenfalls ein Glas.

«Unglaublich, oder?», fragte er, als der Mann verschwunden war.
«Wie sich das angefühlt hat! Im Hörsaal kam man sich ja plötzlich vor
wie in der Kaserne.»

Alexej nickte düster. Genau dasselbe hatte auch er gedacht, den
Gedanken aber beiseitegeschoben, weil er ihn schäbig gefunden hatte. Den anderen ihre Uniformen nicht zu gönnen, die signalisierten,
dass sie ihr Leben für die Freiheit aufs Spiel setzen würden, nur weil er
selbst nicht dabei sein konnte.

Boris Petrowitsch schüttelte verständnislos den Kopf. «Da hat man
doch das Gefühl, die ganze Welt wär verrückt geworden.»

«Na ja.» Mit einem Mal wusste Alexej nicht recht, was er mit seinen
Händen anfangen sollte, und griff nach seinem Glas. Das unerwartete Gespräch war ihm ... nein, nicht unangenehm. Eher im Gegenteil,
stellte er fest. Es tat gut, mit jemandem zu reden, der sich in einer
ganz ähnlichen Situation befand wie er selbst. Er hatte nur plötzlich

66

Mühe, seine Gedanken und Argumente in Worte zu fassen. «Immerhin tun sie was gegen die Deutschen.»

In diesem Moment kam der Kellner zurück und brachte Boris ebenfalls ein Glas. Alexejs ehemaliger Kommilitone wartete einen Moment, nahm dann einen kleinen Schluck, behielt ihn für einige Sekunden genießerisch im Mund, bevor er schluckte. «Du, der ist richtig gut! – Die tun was, sagst du? Na, ich weiß nicht. Überleg mal: Der Krieg ist verloren.»

Vorsichtig sah Alexej über die Schulter seines neuen alten Bekannten. Auch wenn ihm klar war, dass Boris Petrowitsch recht hatte ... Auch wenn das im Grunde *allen* klar war, sprachen es doch die wenigsten Leute in der Öffentlichkeit aus. Zumindest nicht, wenn dreißig Freiwillige in Uniform mit im Raum saßen. Plötzlich spürte er Erleichterung. Nein, vor diesem Kommilitonen, an den er sich nicht erinnern konnte, brauchte er sich zumindest nicht zu schämen.

«Der Krieg ist verloren», wiederholte Boris Petrowitsch und tippte auf den Rand seines Glases. «Die Deutschen werden in Paris einmarschieren, ob sich ihnen noch ein paar Studenten vor die Panzer werfen oder nicht. Und wer bleibt dann übrig, na?»

«Die, die nicht dabei waren?»

«Genau.» Sein Gegenüber sah ihn an. «Die Frauen. Findest du das tapfer, die Frauen im Stich zu lassen, wenn das Land besetzt wird?»

«Aber es ist doch ihr Land.»

Boris Petrowitsch antwortete nicht. Aber er griff auch nicht nach seinem Glas, sondern betrachtete Alexej, als ob er auf etwas wartete.

Alexej stutzte. *Aber es ist doch ihr Land.* Das hatte er gerade selbst gesagt. Er fuhr sich mit der Zunge über die Lippen. «Ja, ich meine ... Es ist ihr Land, aber uns haben sie dort Zuflucht gewährt, als wir aus Russland geflohen sind. Unseren Familien. Wir müssten ganz genauso ...»

«Hmm.» Jetzt schaute der andere doch wieder auf sein Glas. «Das stimmt natürlich. Sie haben uns Zuflucht gewährt, genau wie die Amerikaner das getan haben. Die Briten auch, vielen Russen im Exil. Und die Dänen, die Familie der Zarenmutter. Oh, und die Deutschen natürlich ebenfalls, nachdem sie ihren Kaiser einmal gestürzt hatten.»

67

Alexej starrte ihn an. «Aber die Deutschen sind doch ...»

Boris Petrowitsch schüttelte ganz langsam den Kopf. «Es ist ihr Krieg, Alexej Constantinowitsch. Der Krieg der Deutschen und der Franzosen. Und der Briten von mir aus, die mit Frankreich verbündet sind. Nicht unserer.»

«Und deshalb verlässt du Paris? Weil du mit diesem Krieg nichts zu tun haben willst? Du hältst dich einfach raus? Und wo gehst du jetzt hin?»

Sein neuer Bekannter zögerte. Er nahm noch einen Schluck Wein, tupfte sich dann sorgfältig mit der Serviette die Oberlippe und den schmalen Moustache ab. «Wir sind Russen», sagte er schließlich. «Alles andere ein andermal, Alexej Constantinowitsch. Wir sind noch einige Zeit zusammen unterwegs und haben noch mehr als genug Gelegenheit, uns zu unterhalten.» Er betrachtete nachdenklich seinen Wein, griff dann nach dem Glas und kippte den gesamten Rest in einem Zug herunter. «Und jetzt lass uns den Beginn dieser Reise feiern, wie Russen das tun! – Garçon?» Er drehte sich über die Schulter um. «Haben Sie Wodka da drüben?»

ZWISCHENSPIEL – BESETZTES FRANKREICH

Folembray in der Picardie – 26. Mai 1940, 04:48 Uhr

Ein Krachen, das den Boden erbeben ließ, riss Victor aus dem Schlaf.
Es war die erste Nacht, in der er überhaupt ein Auge zugetan hatte.
Die erste Nacht, seitdem François aufgebrochen und nicht wieder zu-
rückgekehrt war.

Die Männer, die sich nach Anbruch der Dunkelheit in der Scheune
trafen, wussten nicht, was mit dem jungen Mann geschehen war. Victor war bei weitem der Älteste unter ihnen und derjenige, zu dem die
anderen kamen mit ihren bangen Fragen. Hatten die Posten François
gestellt, bevor dieser seinen Auftrag hatte ausführen können?

Doch niemand kannte die Antwort, und mit jedem Tag wuchs ihre
Verzweiflung. Die deutschen Panzer hatten das Meer erreicht, wurde im Radio verkündet. Frankreichs Armeen waren an der Küste eingeschlossen. Paris war schutzlos, nachdem de Gaulles Gegenangriffe,
ausgeführt mit viel zu schwachen Kräften, in sich zusammengebrochen waren.

Und Compiègne ... Wie durch ein Wunder hatten die Deutschen
noch immer keinen entscheidenden Angriff auf die Stadt unternommen. Compiègne war nach wie vor in der Hand der Franzosen und
mit der Stadt die Halle, die den Wagen hütete. Folembray dagegen
lag bereits seit Tagen hinter der deutschen Front, nicht weit von der
Kampflinie entfernt. Deutsche Spähpanzer, die sich in hohem Tempo über die Dorfstraße wälzten, erinnerten die Männer und Frauen
des kleinen Ortes jeden Tag daran, dass für sie die Zeit der Besatzung
bereits begonnen hatte. Von diesen Panzern und dem fernen Donner,
dem rauchgeschwärzten, feuergeröteten Horizont abgesehen, hatten

die Bewohner bisher wenig von den unmittelbaren Kämpfen mitbekommen.

Victor war auf den Beinen, bevor das Echo der Detonation verhallt
war. Er war ein Veteran des Großen Krieges und wusste die Geräusche zu deuten: Ein Gebäude war getroffen worden. Ein Haus, in dem
Menschen lebten. Er war noch nicht an der Tür, als ein Rumpeln ihm
verriet, dass der deutsche Panzer sich von neuem bereit machte, seinen Geschützturm ausrichtete und ... Sämtliche Fenster seines Hauses
zerbarsten. Victor hatte sich flach auf den Boden geworfen, doch im
selben Augenblick wusste er, dass der Schuss nicht diesem Gebäude
gegolten hatte. Er fluchte, als er sich wieder aufrichtete, die Glassplit-
ter von den Armen streifte und blutige Fetzen seiner Haut mit ihnen.
Er stieß die Tür auf.

Rauch füllte die Straße. Die Dämmerung hatte noch kaum eingesetzt, aber hinter den Fenstern des Nachbarhauses leuchtete es rot wie
die aufgehende Sonne. Witwe Frère, ihre beiden Kinder! Er atmete
auf, als er sah, wie sie sich durch die Hoftür ins Freie kämpften. Der
deutsche Panzer stand auf dem Dorfplatz und war im Begriff, sein
Geschützrohr auf ein neues Ziel auszurichten, zwischen den Häusern
hindurch – auf die Kirche.

«Verdammt!», zischte Victor. Und im selben Moment begriff er,
dass der Panzer nicht allein gekommen war. Schatten auf der rauchge-
füllten Straße, das zornige Röhren von Motoren. Rufe. Dann der tro-
ckene Knall eines Gewehrschusses, ein zweiter.

Er holte Luft, kämpfte den Hustenreiz nieder, den die Rauchschwaden in seiner Kehle verursachten. Er wusste, wie die Deutschen waren,
wenn ihre Kommandierenden ihnen freie Hand ließen, hatte es in zu
vielen Kriegen mit eigenen Augen erlebt. Er *wollte* sich nicht vorstellen,
dass alle Soldaten so waren, wenn sie den Krieg ins feindliche Land
trugen und niemand sie zurückhielt. Wer immer der Befehlshaber
dieser Einheit war: Er würde nicht einschreiten. Nicht ehe sie hatten,
weswegen sie gekommen waren. Und er ahnte, warum diese Männer
hier waren.

Der Panzer hatte sich aus seiner Position gelöst, wälzte sich auf die

Kirche zu, wobei er einen Gartenzaun und den dahinterliegenden Gemüsegarten unter seinen Ketten zermalmte. Victor folgte ihm mit den Augen. Der Schützenpanzer war wendig für ein Monstrum seiner Größe, doch ungeeignet, einen Menschen ins Visier zu nehmen, der sich rasch und unvorhersehbar bewegte. Von dort drohte ihm keine unmittelbare Gefahr. Anders als von den kleineren Fahrzeugen, von den schemenhaften Gestalten, die über die Straße ausschwärmten.

Victor hörte das Bersten von Holz, als sie eine Tür eintraten, rechts von ihm, Schreie aus dem Innern des Gebäudes. Er ging ruhig weiter geradeaus. Die Rauchschwaden begannen sich zu verziehen, sodass er das Führungsfahrzeug erkennen konnte, das am Eingang des Dorfes stehen geblieben war, die Umrisse mehrerer Gestalten, zwei von ihnen in langen Mänteln. Er hatte es gewusst. Gewusst, dass es sich nicht um reguläre Einheiten handelte.

Der Hass der deutschen Herrenmenschen auf die Franzosen war sprichwörtlich, doch die Führung ihrer Wehrmacht war sich nur allzu bewusst, dass sie einer langen Zeit entgegensah, in der sie das Land würde besetzt halten müssen. Willkürliche Gewaltakte würden die Bevölkerung nur zusätzlich gegen die neuen Herren aufbringen.

So dachten die Militärs. Die Waffen-SS dachte anders. Victors Augen blieben jetzt auf die beiden SS-Führer in ihren dunklen Ledermänteln gerichtet. Inzwischen war er so nahe, dass er die Glut aufleuchten sah, als einer von ihnen einen Zug aus seiner Zigarette nahm. Sahen sie ihn ebenfalls? Er hatte im Großen Krieg gekämpft, danach in den Kolonien, in Spanien natürlich und zuletzt in Polen. Er kannte das eisige Gefühl in seinem Nacken, das ihm verriet, dass in diesem Augenblick eine Waffe auf ihn gerichtet war. Er hatte es niemals so deutlich gespürt wie in diesem Moment. Eine Vielzahl von Waffen. Sie hatten gewusst, dass er kommen würde.

Weitere Schüsse aus dem Gebäude. Ein hoher, schriller Schrei, der plötzlich abbrach. Victor wusste, dass er nichts davon zur Kenntnis nehmen durfte. Das würde alles nur noch schlimmer machen.

Zehn Schritte vor dem Mann, den er für den Kommandierenden hielt, blieb er stehen.

73

Der SS-Offizier zog versonnen an seiner Zigarette. Der neben ihm wirkte jünger und nervöser, hakte die Hand an seinem Gürtel ein, löste sie wieder, warf einen Blick auf Victor, dann wieder hinüber zum Haus, in das die Männer eingedrungen waren.

«Tut mir leid, dass wir Sie wecken mussten», bemerkte der Kommandierende unvermittelt. Mit einem Schnippen ließ er seine Zigarette zu Boden fallen, trat sie unter seinem Stiefel aus. «War eilig.»

Victor regte sich nicht. In seinem Rücken ertönte ein neues Krachen, eine halbe Sekunde später ein Geräusch wie ein tiefes Brausen. Der Schützenpanzer. Die Kirche.

«Ich muss Ihnen wohl kaum erklären, dass Sie das alles mit ein paar Worten beenden können», fuhr der Offizier im Plauderton fort. «Sie waren in Polen, wie ich hörte. Sie wissen, wie wir arbeiten.»

«Ich weiß genug, um zu wissen, dass Sie sich nicht an Vereinbarungen halten.»

Der Offizier seufzte übertrieben, zündete sich eine neue Zigarette an. «Sie haben natürlich recht. Aus bestimmten Gründen ist uns das nicht immer möglich. Wenn Sie allerdings *nichts* sagen, kann ich Ihnen die Garantie geben, dass in diesem Ort niemand am Leben bleibt. Wenn Sie hingegen reden, können Sie sich auf mein Wort verlassen – oder eben nicht. Der sichere Tod für das gesamte Dorf – oder eine vage Chance für alle, die nicht unmittelbar an Ihrem ... *Unternehmen* beteiligt waren. Klingt das nach einem Angebot?»

«Herr Sturmbannführer!» Eine zackige Stimme in Victors Rücken.

Zwei SS-Männer hielten Claudine an den Schultern gepackt. Sie war nicht in der Lage, aus eigener Kraft zu stehen. Ein Auge war im Begriff zuzuschwellen, und aus dem Mundwinkel sickerte Blut auf ihr dünnes Nachthemd. Ihr linker Arm war in einem Winkel verrenkt, den ein gesunder menschlicher Körper nicht zuließ. Die Botschaft war deutlich. Es war kein Zufall, dass es gerade François' Frau war, die sich schwach im Griff der beiden Männer wand. Nein, nicht seine Frau, verbesserte Victor in Gedanken. Seine Witwe nach allen menschlichen Erwartungen. Der letzte Zweifel war beseitigt: Die Deutschen kannten den Plan und wussten, wer den Sprengsatz gelegt hatte.

«Sehen Sie, Herr Lefèvre, oder wie auch immer Sie sich heute nennen.» Ein Zug an der Zigarette. «Ich könnte Sie ganz einfach foltern lassen. Es würde vermutlich eine Weile dauern, wie ich Sie einschätze, aber am Ende würde ich meine Antworten bekommen, und die Leute hier im Dorf wären alle tot.» Er hob die Schultern. «Es liegt ganz an Ihnen, ob ich mir all diese Umstände machen muss. Im Grunde können wir doch beide nur gewinnen.» Ein beiläufiges Nicken zu seinem nervösen Nebenmann.

Das Auge des jüngeren Offiziers zuckte kurz, dann ließ er die Hand in seinen Gürtel gleiten. Victor erkannte den blau glänzenden Stahl und die kantige Form der Mauser und ihren überlangen Lauf auf der Stelle. Eine hässliche Waffe ohne jede Eleganz. Tödlich und brutal wie die Männer, die sie führten. Der Mann trat auf die halb besinnungslose junge Frau zu, hob die Pistole.

Victor spürte, wie sich seine Kehle verengte. Er wusste, dass der Sturmbannführer die Wahrheit sagte, mit jedem Wort. Er hatte keine Garantie, dass er dieser Frau oder irgendjemandem im Dorf das Leben retten würde, aber er besaß immerhin die *Chance*. Aber er hätte nicht ein halbes Dutzend Kriege überlebt, wenn er nicht gewusst hätte, dass es *immer* mehrere Möglichkeiten gab.

Der Lauf der Waffe berührte die Wange der jungen Frau, schien die aufgeplatzten Lippen zu liebkosen. Claudines intaktes Auge hatte sich flatternd geöffnet. Sie sträubte sich, unternahm einen hilflosen Versuch, der Berührung auszuweichen. Die Pistole fuhr ihren Hals entlang, hinab zu dem verletzten Arm. Ein wimmerndes Geräusch, als die Mauser tiefer glitt, hinüber zu ihrem Bauch wechselte, tiefer ... Victor sah, wie sich der Griff des Mannes um den Abzug veränderte. Er spannte sich an und ...

In diesem Moment spürte er das Metall einer Pistolenmündung in seinem Nacken. Der jüngere Offizier wechselte einen Blick mit dem Sturmbannführer. Ein Blick, der um Erlaubnis bat. Der Lauf der Waffe, der sich in den Schritt der jungen Frau bohrte.

«Nun, Herr Lefèvre?», erkundigte sich der Sturmbannführer. «Kommen wir ins Geschäft?» Er trat einen Schritt näher, verstellte Victor den Blick auf seinen Untergebenen und die gepeinigte Gefangene. «Wo befindet sich der Wagen?»

Victor erstarrte. Die Frage war wie ein Eimer eiskaltes Wasser. Wo befindet sich der Wagen? Der Wagen war – fort?

Victor fuhr sich mit der Zunge über die Lippen, doch sein Mund war trocken wie Asche. Ein anderer Plan. Etwas, mit dem er und seine Männer nichts zu tun hatten und von dem sie nichts wussten. Er wusste jetzt, dass er reden würde.

Aber was im Himmel sollte er ihnen erzählen?

TEIL ZWEI – LA SUISSE / SVIZZERA / DIE SCHWEIZ

Vallorbe – 26. Mai 1940, 05:28 Uhr

Ingolfs Schulter pochte.

Er biss die Zähne zusammen, bemüht, sich nichts anmerken zu lassen, und folgte dem müden Zug der Fahrgäste in Richtung Zollstelle. Alles war grau um ihn herum, es war ein bedeckter Morgen, der noch nicht wirklich ein Morgen war. Ingolf wollte weiterschlafen, doch ihm war klar, dass es nicht die Müdigkeit allein war, die seine Schritte unsicher machte.

Vorsichtig schob er eine Hand unter sein Hemd und zuckte im nächsten Moment zurück. Es war nicht so sehr der Schmerz, der augenblicklich durch seinen Brustkorb schoss, sondern das Gefühl unter seiner Handfläche. Weich und nachgiebig. Unförmig. Und heiß. Die Verletzung hatte sich entzündet.

In seinem Gepäck, zwischen den beiden Bänden von Kantorowicz' Biographie Kaiser Friedrichs II., lag ein kleines, eng mit Stoff umwickeltes Päckchen, das ihm Canaris' Mitarbeiter mit auf die Reise gegeben hatten – für den Fall der Fälle. Nun, dieser Fall war eingetreten. Er konnte nur hoffen, dass er in diesem Päckchen Tabletten finden würde oder vielleicht eine Spritze, die er sich auf der Toilette setzen konnte. Solange es sich nur nicht um eine geruchsintensive Salbe handelte. Er hatte ohnehin den Eindruck gehabt, Eva Heilmann hätte die Nase verzogen, als er mühsam aus seinem Bett gekrochen war, nachdem der Zugbegleiter sie geweckt und sie gebeten hatte, für die Passkontrolle aufzustehen.

Eva Heilmann aus Paris. Er hätte schwören können, dass sie mit deutschem Akzent sprach.

Er schüttelte sich. Doch das half genauso wenig wie die Kühle des grauen Morgens. Er wollte einfach nicht richtig wach werden.

Diese Eva verwirrte ihn. Gestern Abend hatten sie ein wirklich gutes Gespräch miteinander geführt. Sie hatte gar nicht genug bekommen können von seinen Ausführungen über das unerhört komplexe Kanzleiwesen des spätstaufisch-sizilischen Staates. Wann immer er eine Pause gemacht hatte, weil es sich hin und wieder eben nicht umgehen ließ, zu atmen – Rippen hin, Rippen her –, hatte sie ihn erwartungsvoll angesehen ... Ja, als ob sie auf etwas wartete. Selbst als Ingolf dazu übergangen war, ihr den Unterschied zwischen der gotischen Minuskel herkömmlicher Kaiserurkunden und der völlig anders gearteten monumentalen, majestätischen Majuskel der sizilischen Tradition darzulegen ... Noch immer dieses erwartungsvolle Gesicht.

Was für eine Frau! Am Ende war ihm nichts anderes übriggeblieben, als ihr die Wahrheit zu sagen: dass er schlicht und einfach hundemüde war. Entsprechend hatte er dann auch geschlafen wie ein Stein. Hatte er Träume gehabt? Träume von Löffler? Von dem, was Canaris auf dieser Reise von ihm erwartete? Mit Sicherheit. Doch glücklicherweise konnte er sich an nichts erinnern.

Heute Morgen war Eva Heilmann anders. Ob es ihr schwergefallen war, im Zug zu schlafen? Viele Leute waren da empfindlich. Er hoffte nur, dass er kommende Nacht nicht etwa feststellen würde, dass sie schnarchte. Er war empfindlich, wenn Leute schnarchten. Jedenfalls war sie irgendwie wortkarg heute, schlurfte schweigend vor ihm her. Als ob sie über etwas grübelte. Er hatte ihr gegen die Kälte seine Anzugjacke angeboten, doch sie hatte mit einem Kopfschütteln abgelehnt. Was also hätte er tun sollen?

Ingolf hob den Kopf und betrachtete das Bahnhofsgelände.

Mit Ausnahme des Grüppchens der Fahrgäste war der Bahnsteig menschenleer. Nervös tastete Ingolf über die Innentasche seiner Jacke: sein amerikanischer Ausweis. In Paris hatte er mit dem Dokument, das die Spezialisten in der Dienststelle Ausland/Abwehr zusammengebastelt hatten, anstandslos passieren können. Doch da war ihm schließlich auch die chaotische Szene mit Eva zu Hilfe gekommen. Wie gut war diese Fälschung wirklich? Das konnte er nicht ansatzweise beurteilen. Einen echten amerikanischen Pass hatte er noch nie zu Gesicht bekommen.

Inzwischen hatten sie die Doppelschlange erreicht, in der sich die Passagiere vor der Zollstelle einreihten. Unmittelbar vor Eva und ihm befand sich das amerikanische Ehepaar. Die junge Frau hatte ihren Kopf an die Schulter des nicht mehr ganz so jungen Mannes gelegt.

Eine Sekunde lang ertappte sich Ingolf bei der Vorstellung, dass Eva dasselbe bei ihm tun würde. Er hatte das Gefühl nicht vergessen, wie sie am Gare de l'Est eher unfreiwillig in seine Arme gesunken war. Vorsichtig warf er einen Blick in ihre Richtung, doch ihre Augen blieben starr auf die Zollstelle gerichtet, die Schritt um Schritt näher kam. Er zog die Nase kraus, versuchte etwas von ihrem Duft einzufangen, den er in diesem Moment ...

«Sind Sie etwa auch erkältet, Sie Armer?» Eine Stimme aus der Nebenreihe, knapp hinter ihm. Im nächsten Moment wedelte etwas vor seinem Gesicht: ein Stofftaschentuch in den schmalen Fingern einer gepflegten Damenhand.

Ertappt wandte er sich um. «Danke, aber ...» Ingolf Helmbrecht erstarrte mitten in der Bewegung.

Sein Studentenleben hatte keineswegs *ausschließlich* aus dem Studium siebenhundert Jahre alter Urkunden bestanden. Er hatte das Leben in Berlin genossen, die unzähligen kulturellen Möglichkeiten – soweit sie nicht mittlerweile der Zensur zum Opfer gefallen waren. Doch unterm Strich hatte er eigentlich jeden einzelnen Samstagabend in einem kleinen studentischen Kintopp verbracht, Unter den Linden, in einem Hinterhof. Woche für Woche flimmerten hier die eindrucksvollsten Werke des großen alten Hollywood über die Leinwand. Nicht der neue Schnickschnack mit Ginger Rogers, Clark Gable, Rita Hayworth. Nein, Ingolf Helmbrecht war ein glühender Verehrer *wahrer Filmkunst*. *Nacht über Kairo* hatte er mehr ein halbes Dutzend Mal gesehen, *Der Fall Mississippi* sowieso, und *Verrucht!* war mindestens alle zwei Monate gezeigt worden – selbstverständlich hatte er keine dieser Aufführungen verpasst. Nein, genauer gesagt hatte er *keinen einzigen Film* mit Betty Marshall verpasst.

Betty Marshall, die ihm jetzt mit Daumen und Zeigefinger ihr Taschentuch entgegenstreckte, ihm aus vierzig Zentimeter Entfernung mit einem koketten Augenaufschlag zuzwinkerte.

Ein Fieberschub! In diesem Moment begriff Ingolf Helmbrecht, wie krank er wirklich war. Hitze stieg ihm ins Gesicht, Schweißperlen traten auf seine Stirn, und eine Sekunde lang schob sich ein dunkler Schleier vor seine Augen, dass er Mühe hatte, die Frau direkt vor ihm, das dunkle Käppchen kess in die Stirn geschoben, im Blick zu behalten.

Betty Marshall!

Er reiste mit dem Orient Express. Er hätte damit rechnen müssen, dass er in diesem Zug auf Persönlichkeiten treffen könnte, die er aus dem Kino kannte oder aus Illustrierten. Deren Stimmen ihm aus dem Volksempfänger bekannt waren. Ihre Stimmen ...

«Geht es Ihnen nicht gut, junger Mann?» Eine neuer Hitzestoß durchfuhr ihn. Betty Marshall – *Betty Marshall!* – berührte mit dem Handrücken sein Gesicht, hob eine Augenbraue. «Ihre Wange ist tatsächlich ziemlich warm.»

Ihre Stimme. Es war eine rauchige Stimme, beinahe so verrucht, wie er sie sich in *Verrucht!* immer vorgestellt hatte, aber eben doch ganz anders. Sie war ... nein, keine Enttäuschung. Eine Überraschung. Schon weil er sich niemals hätte vorstellen können, diese Stimme tatsächlich einmal zu hören. Schließlich hatte Betty Marshall keinen einzigen Tonfilm gedreht, sondern ihre Karriere beendet, als das neue Medium aufkam. Auf dem Höhepunkt ihres Erfolges. Und dann unter diesen Umständen ...

«Wenn Sie bitte weitergehen würden?»

Er blinzelte. Ein stämmiger Mann mit dunkler Gesichtsfarbe hatte sich hinter ihm eingereiht, Ingolf hielt ihn für einen Russen. Und der Mann hatte recht, die Fahrgäste in der Schlange vor ihnen waren bereits mehrere Schritte voraus.

Auch Eva sah sich jetzt um. Ihr Blick war distanziert wie den ganzen Morgen schon, doch mit einem Mal schien er sich zu verändern, huschte zu Betty Marshall. «Ludvig.» Sie klang kühl, ausgesprochen kühl sogar, aber es war das erste Mal heute Morgen, dass sie ihn mit seinem Namen ansprach. Oder zumindest mit dem Namen, unter dem er sich ihr vorgestellt hatte. «Kommst du bitte – Chéri!»

«Ich ...» Hilflos warf er einen Blick zu der Schauspielerin. Betty Marshall hatte jetzt beide Augenbrauen gehoben, diese berühmten, messerklingenschmalen, nachtschwarzen Augenbrauen, denen schon Rudolph Valentino verfallen war. Ihr Blick glitt von Eva zu ihm. Das Taschentuch war wieder verschwunden, und Ingolf verfluchte sich für seine Dummheit, mit der er sich Betty Marshalls Taschentuch hatte entgehen lassen.

«Ich denke, Sie gehen jetzt besser zu Ihrer Freundin», flüsterte sie.

«Meine ...» Er blinzelte. «Meine Verlobte», sagte er rasch. «Eva. Eva Heilmann aus Paris.»

«Ludvig!» Kühl war diesmal kein Ausdruck mehr.

Er drehte sich auf dem Absatz um und eilte an Evas Seite.

***

Vallorbe – 26. Mai 1940, 05:36 Uhr

Eva biss sich auf die Zunge, als Ludvig an ihre Seite stolperte. Was war ihr in den Sinn gekommen? Sie hatte keinerlei Ansprüche auf diesen Mann. Sie sollte froh sein, wenn er sie nicht zur Kenntnis nahm. Nur so würde sie eine Chance bekommen, mit Carol zu reden.

Carol zu *warnen*.

Doch Carol war nirgends zu sehen. Für ihn, vermutete sie, machten die Grenzbeamten eine Ausnahme und kontrollierten seine Papiere im Zug. Wenn er überhaupt Papiere nötig hatte. Konnte ein König sich solche Dokumente womöglich eigenhändig ausstellen?, überlegte sie und schüttelte im selben Moment unwillig den Kopf. Nach dem, was sie in der Nacht gehört hatte, konnte sie kaum einen klaren Gedanken fassen.

«Entschuldigung», murmelte Ludvig.

Eva betrachtete ihn von oben bis unten, sagte aber kein Wort. Jetzt passierte das amerikanische Ehepaar den Zoll. Als Nächste waren sie selbst an der Reihe.

«Reisepässe.» Die Stimme des Grenzbeamten in seiner dunklen Uniform klang gelangweilt. Diese Männer waren Schweizer, und Schweizer ließen sich von nichts auf der Welt beeindrucken. Jedenfalls nicht von Reisenden des Orient Express, der hier schließlich jeden Morgen haltmachte. Im Höchstfall von gekrönten Häuptern wie Carol, aber mit Sicherheit nicht von einfachen Passagieren wie ihr und Ludvig – oder der übertrieben geschminkten Frau, die sich an ihn herangemacht hatte.

Eva zog ihren Ausweis aus der Handtasche. Seit gestern Abend hatte sie ein halbes Dutzend Dankgebete gesprochen, dass sie ihn überhaupt dabeihatte. Und das verdankte sie letztendlich Carol, der stets darauf bestanden hatte, dass sie ihre Papiere mit sich führte, wenn sie zusammen ausgingen. Den Grund hatte sie vor ein paar Monaten durch reinen Zufall erfahren: Eine ihrer Vorgängerinnen, mit der er nach der Sperrstunde in Paris aufgegriffen worden war, war noch einige Jahre jünger gewesen als Eva bei ihrer ersten Begegnung, und er hatte nur mit Mühe einen Skandal vermeiden können.

Routiniert schlug der Beamte ihren Ausweis auf, griff nach dem Stempel – und stutzte mitten in der Bewegung.

Auf einen Schlag war alles anders. Sein Blick genügte. Dieser eine halb neugierige, halb abschätzige Blick genügte, und alle Erinnerungen kamen zu Eva zurück. Die Erinnerungen an das Land, in dem sie aufgewachsen war, das sich binnen weniger Jahre bis zur Unkenntlichkeit verändert hatte. Das Land, das ihr und ihren Eltern Jahr für Jahr mehr von den Freiheiten genommen hatte, die ein Mensch ganz einfach brauchte, um zu leben: im Kino einen Film zu sehen wie alle anderen Leute auch, in denselben Läden einzukaufen, tausend Dinge. Einfach ein Mensch zu sein.

Doch sie war kein Mensch wie jeder andere. Auf der linken Seite ihres Ausweisheftes, ihrem Foto gegenüber, prangte beinahe seitenfüllend ein einzelner Buchstabe in Frakturschrift: J - Jude!

Ihr Mund war mit einem Mal trocken wie die Wüste. Sie wollte etwas sagen, doch keine Silbe kam ihr über die Lippen. Nein, die Schweiz war neutral, wirklich und wahrhaftig neutral, anders als viele der anderen Staaten auf der Route des Orient Express. Dennoch machte die Verachtung gegenüber den Juden, wie die Nazis sie verbreiteten, vor Ländergrenzen nicht halt. Eva wusste, dass ihr keine unmittelbare Gefahr drohte, und doch kam sie sich ... *ausgeliefert* vor.

Sie wollte schreien. Sie wollte weglaufen, doch würden ihre Beine ihr gehorchen? Man würde sie in Gewahrsam nehmen, in eine Anstalt stecken, nach Frankreich abschieben oder gleich nach Deutschland. Sie würde jede Chance verspielen, Carol zu warnen oder auch nur – zu leben. Ein Leben, das diesen Namen verdiente. Sie wusste, dass sie irgendwie reagieren musste, dass sie den unverschämten Blick dieses Mannes nicht einfach hinnehmen durfte. Aber sie konnte nicht.

«Ist irgendetwas nicht in Ordnung?», erkundigte sich eine ruhige Stimme. Ein Arm wurde um Evas zitternde Schultern gelegt, und erst in diesem Moment wurde ihr überhaupt bewusst, dass sie zitterte.

«Haben Sie eine Frage zu den Papieren meiner Verlobten?» Ludwig beugte sich vor, stützte sich mit der Faust auf den Tresen des Kontrollschalters. Mit einem Mal wirkte er völlig anders, als sie ihn kennengelernt hatte: mindestens zehn Zentimeter größer. Selbstbewusst. Beinahe einschüchternd. War das derselbe Mann, der sich die halbe Nacht mit wachsender Begeisterung über martialische Großbuchstaben in siebenhundert Jahre alten Urkunden verbreiten konnte?

Der Beamte wirkte sekundenlang verunsichert, dann wurde sein Blick kalt. «Nein», sagte er knapp, stempelte in das vorgesehene Feld, klappte den Ausweis zu und nahm Ludwigs Papiere in Empfang. Derselbe Vorgang, diesmal ohne richtig hinzuschauen. «Die Nächsten!»

Eva hatte das Gefühl zu schwanken, als sie sich vom Schalter entfernte, doch Ludwigs Arm, der noch immer um ihre Schultern lag, ließ das nicht zu. Teil der Maskerade, zu der sie beide sich am Gare de

85

L'Est spontan entschlossen hatten, oder war es etwas anderes? Spürte er ihre Schwäche? Natürlich spürte er sie, sonst hätte er gerade eben nicht eingegriffen. Aber warum ...

Er musste das $\mathfrak{J}$ gesehen haben.

Ein Mann, der mit Sicherheit nicht der war, für den er sich ausgab, sondern möglicherweise ein deutscher Agent mit dem Auftrag, Carol zu töten. War das tatsächlich möglich? Wieder und wieder vergegenwärtigte sie sich, dass er unterschiedliche Facetten besaß. Das, was sie eben erlebt hatte, was sie jetzt noch erlebte, die fast fiebrige Wärme seines Körpers, die sie durch seine Anzugjacke auf ihrer bloßen Haut spürte ... Nur eine Rolle, die er spielte? Und wenn es keine Rolle war, was war es dann? Was davon war er? Sollte sie ihn einfach offen fragen: Wer sind Sie wirklich, Ludvig? Jetzt, auf dem Rückweg zum Zug, waren sie allein und weit genug von den anderen entfernt. War es hier nicht einfacher als in der Enge ihrer gemeinsamen Kabine? War es nicht sicherer, falls er in diesem Moment begreifen sollte, dass er durchschaut war? Schon öffnete sie den Mund.

«Mademoiselle?»

Schnelle Schritte hinter ihr. Das energische Geräusch von Damenabsätzen.

Eva hatte die Stimme bereits wiedererkannt: die geschminkte Person mit dem Taschentuch. Aus der Nähe stellte Eva fest, dass sie mindestens zehn Jahre älter war, als sie zunächst geglaubt hatte. Doch sie kleidete sich nicht so mit ihrem hoch taillierten Kleid in einem frischen Zitronenton. Obendrein glaubte Eva, ihr Gesicht von irgendwoher zu kennen.

«Bitte entschuldigen Sie, wenn ich Sie einfach so anspreche.» Die Entschuldigung wurde von einem fröhlichen Lächeln begleitet. «Ich kann manchmal nicht anders, und ich weiß *genau*, dass es mich nichts angeht, aber ...» Sie biss sich kurz auf die Unterlippe – strahlend weiße Zähne, wie alle Amerikaner, denn ganz offensichtlich war sie Amerikanerin. Sie sah erst Ludvig, dann Eva an und dämpfte die Stimme. «Kann es sein, dass Sie überhaupt keine Garderobe dabeihaben?»

«Ich ...» Eva spürte einen Kloß im Hals. Ihre nackten Beine in den hohen Schuhen, das verknitterte Kleid. Und diese Frau mit ihrer makellosen Erscheinung, dem Kleid, das sicher noch keine Wäsche gesehen hatte. Mit einem Mal hatte sie das Bedürfnis, auf der Stelle im Boden zu versinken.

«Ich frage nicht aus Neugier», sagte die Dame rasch. «Ich habe die Fahrt nach Konstantinopel nur schon ein paar Mal gemacht. Istanbul meine ich natürlich ... heute heißt es ja Istanbul. Jedenfalls: Wir haben Mai, und auf dem Balkan kann es wirklich noch verflucht kalt werden um diese Jahreszeit.»

Selbst das *verflucht* kam mit einem Lächeln. Wie konnte man *verflucht* sagen, dabei lächeln und trotzdem eine Dame sein?

«Ich fürchte, wir werden nirgends lange genug Aufenthalt haben, dass Sie sich irgendwo einkleiden können. – Nicht einmal in Mailand, was nun wirklich eine Schande ist. Also ... Ich habe mehr als genug für uns beide im Handgepäck: Kabine neun im vorderen Schlafwagen. Vielleicht mögen Sie einfach mal vorbeischauen?»

* * *

Vallorbe – 26. Mai 1940, 05:41 Uhr
CIWL Lx 3509 (Vorderer Schlafwagen). Kabinengang.

«Garçon!»

Raoul wollte sich umdrehen, kollidierte aber mit Georges, der sich mit einem gemurmelten *Lass nur, lass nur!* an ihm vorbeidrängte. Kopfschüttelnd wandte er sich wieder seiner Arbeit zu. Normalerweise bewegte sich sein fülliger Kollege mit einer Geschicklichkeit, die solche Zusammenstöße verhinderte, doch auf dieser Fahrt war sowieso alles auf den Kopf gestellt.

König Carol und seine Begleiter meldeten ihre Sonderwünsche in einer Geschwindigkeit an, dass die beiden Stewards ihren täglichen Aufgaben überhaupt nicht mehr hinterherkamen. Für gewöhnlich hätten sie den Fahrgästen im hinteren Wagen – dem Wagen, für den sie *eigentlich* zuständig waren – schon jetzt, bei Erreichen der Schweizer Grenze, anbieten müssen, die Abteile nach der Nacht wieder herzurichten. Davon konnte heute nicht die Rede sein.

Raoul richtete sich auf. Er war allein auf dem Gang des vorderen Schlafwagens. Es war die Stunde zwischen Nacht und Morgen, aber in diesem Moment schien es unvorstellbar, dass der Morgen tatsächlich kommen würde. Alles wirkte irgendwie düster, weit düsterer noch als mitten in der Nacht, selbst die elektrischen Lampen unter ihren kostbaren Glasschirmen, die Reflexionen auf dem Messing der Handläufe, die Raoul gerade wieder auf Hochglanz poliert hatte: Alles wirkte gedämpft. Vor den Fenstern wuchsen die dunklen Höhen des schweizerischen Jura empor, und irgendwo dahinter, unter einer trügerischen Ahnung von verwaschenem Rosa, lag Frankreich.

Noch, dachte Raoul. Noch ist es Frankreich. Was für ein Land wird es sein, wenn wir in ein paar Tagen aus Istanbul zurückkommen? *Wenn* wir zurückkommen.

Raoul schüttelte den Kopf. Sie mussten einfach zurückkommen. Er hatte zwei ältere Brüder. Einer von ihnen war bereits beim Militär gewesen, der andere hatte sich in der vergangenen Woche freiwillig gemeldet – gerade rechtzeitig, um mit seiner frisch ausgehobenen Einheit in die Falle zu stolpern, die die Deutschen für die Franzosen und deren britische Verbündete ausgelegt hatten. Mit Hunderttausenden anderer Soldaten war Maxim jetzt bei Dünkirchen an der Küste eingeschlossen. Es gab Gerüchte, dass die Briten eine Evakuierung planten, doch das hielt Raoul für Unsinn. Wer konnte *vierhunderttausend Menschen* über das Meer evakuieren?

Alles war verloren. Noch konnte er sich nicht vorstellen, was das im Einzelnen bedeutete, aber er spürte, dass das Leben nie wieder so sein würde, wie er es gekannt hatte. – Oder hatte sein Vater doch recht gehabt, als er Raouls dunkle Gedanken vom Tisch gewischt hatte, die er für Unsinn hielt? Ein Oben und Unten habe es schließlich immer gegeben. Ob nun ein König an der Spitze stand oder ein Präsident der Republik oder demnächst vielleicht ein von den Deutschen eingesetzter Statthalter: Was sollte sich für sie schon ändern in ihrer Hinterhofwohnung auf der vierten Etage nahe dem Bois de Boulogne? Für Maxim, wenn er noch am Leben war, für Frédéric, den ältesten Bruder, mit seiner Suzanne und dem kleinen Bébé, mit denen sie sich die drei dunklen Zimmer teilten?

Und da wollte Raoul seine Stellung bei der CIWL aufgeben, um sich erschießen zu lassen, damit sie sich statt von den Deutschen weiter von ihren französischen Landsleuten ausbeuten lassen konnten? So zumindest hatte sein Vater es ausgedrückt, als Raoul den Gedanken geäußert hatte, sich ebenfalls rekrutieren zu lassen.

Nein, natürlich hatte sein Vater ihm nicht *verboten*, Soldat zu werden. Wie hätte er das auch tun sollen? Raoul war zwar gerade erst siebzehn geworden, doch schließlich verdiente er sein eigenes Geld. Er war in jeder Beziehung ein erwachsener Mann. Und genau das war der Punkt: Was würde geschehen, wenn er im Kampf getötet wurde oder die CIWL ihn an die Luft setzte? Ihn, den Ersten und Einzigen in der Familie, der es zu mehr gebracht hatte als einem Posten in der Fabrik? Ihn, der manchmal weiche Brötchen, frisches Obst und andere Köstlichkeiten mit nach Hause brachte, wenn er mit dem Express zurückkam?

Raoul hatte es nicht übers Herz gebracht, seinem Vater zu widersprechen. Vielleicht hatte er auch einfach am Leben bleiben wollen. Sein Vater wurde alt, und seine Mutter verdiente kaum ein Taschengeld mit ihren Näharbeiten. Irgendjemand musste für die Familie sorgen, und Zugbegleiter würden mit Sicherheit auch die Deutschen brauchen. Doch ein seltsames Gefühl blieb.

Hinter einer der Kabinentüren wurden gedämpfte Stimmen laut, und Raoul machte sich eilig wieder an die Arbeit. Der russische Großfürst und seine Familie hatten den Express als einzige Fahrgäste nicht verlassen müssen – abgesehen von König Carol und der Delegation aus dem Diplomatenwagen am Ende des Zuges. Raoul fragte sich, was für ein Leben solche Menschen führten. Auf früheren Fahrten hatten sich die hohen Herrschaften mehr als einmal über die Enge ihrer Abteile beschwert, über die *primitiven Bedingungen* – selbst im Lx-Wagen. Weil sie sich mit den anderen Fahrgästen ein WC teilen mussten, mit ganzen sechzehn Personen, wenn der Wagen vollständig belegt war.

Im Mietshaus am Bois de Boulogne teilten sich zwei komplette Stockwerke ein und denselben Abtritt, und dort gab es keine Stewards, die alle drei Stunden nachschauten, hinter ihnen herputzten und alles in Ordnung hielten. Ja, es gab nicht einmal ...

Die Tür der Kabine, aus der die Stimmen gedrungen waren, öffnete sich, und Raoul trat rasch beiseite. Er hob nur kurz den Blick, um zu sehen, ob es der schweizerische Grenzbeamte war, der das Abteil verließ. Vielleicht konnte er zumindest bei den Romanows schon einmal die Polster für den Tag herrichten.

Doch es war nicht der Beamte. Raoul hatte die junge Großfürstin gestern Abend nur ganz kurz zu Gesicht bekommen. Seine zusätzlichen Aufgaben betrafen vor allem die Carpathier. Überrascht stellte er fest, dass das Mädchen noch jünger war als er selbst und ganz anders aussah als die Russen, die er bisher im Express gesehen hatte. Feines, unglaublich blondes Haar, genau wie Monique aus dem ersten Stock, zu Hause in der Mietskaserne. Sogar die Sommersprossen ...

«Starrst du mich etwa an?»

Raoul zuckte zusammen. Natürlich wusste er, dass sich ein Steward unauffällig zu verhalten und den Blick zu senken hatte, solange ihn keiner der Fahrgäste direkt ansprach oder er ein Anliegen vorbringen wollte, das der Bequemlichkeit der Passagiere diente. Doch längst hatte er festgestellt, dass kaum jemand überhaupt darauf achtete, was das Bordpersonal tat. In seiner Uniform mit den polierten Messingknöpfen gehörte er schlicht zum Ambiente, nicht anders als die Mahagoni-Vertäfelung oder der Champagner zur Begrüßung.

«Par... Pardon, Mademoiselle.» Seine Augen hefteten sich auf seine Fußspitzen. Nur für eine halbe Sekunde hatte er ihren wütenden Blick eingefangen. Nein, sie sah gar nicht aus wie Monique. Überhaupt nicht. Monique war nicht halb so hübsch – doch sie konnte genauso wütend werden. «Ich ... ich wollte nicht ...»

«Bilde dir bloß nicht ein, du könntest dir irgendwelche Zutraulichkeiten erlauben, nur weil der Zug gerade halb leer ist!» Sie war stehen geblieben, was für ihn ein Zeichen war, dass er sich ihr nun doch zuwenden musste. Sie sah ihm direkt ins Gesicht.

«Wirklich», sagte er leise, erwiderte ihren Blick aus halb geöffneten Lidern. «Es tut mir leid.» Offen konnte er sie nicht ansehen, ohne dass seine eigene Wut zum Vorschein käme. Er hatte sie angestarrt? Während der Reise teilten Fahrgäste und Zugbegleiter zwar denselben Raum, doch für Raoul hatte es sich immer angefühlt, als ob sie sich dabei auf unterschiedlichen Ebenen der Wirklichkeit bewegten, die sich nur dann berührten, wenn es einen konkreten Anlass dafür gab. Es war wie eine Art von gegenseitigem Respekt: Auch umgekehrt wurde nicht gestarrt. Aber dieses Mädchen starrte ganz unverblümt. Sie starrte ihn an, als wäre er kein Angestellter der CIWL, sondern ein Schuhputzer an der Straßenecke. Nein, weniger als das. «Wirklich», wiederholte er. «Es tut mir leid, kaiserliche Hoheit.»

Das Mädchen schien zu zögern, biss sich nachdenklich auf die Lippen. Ganz kurz glitten ihre Augen zurück zur Abteiltür, die sie hinter sich geschlossen hatte, dann den Gang hinauf und hinab. Außer innen beiden war niemand zu sehen. «Hast du Zigaretten?»

«Was?» Er riss die Augen auf. Das hätte sie jetzt wirklich als Starren bezeichnen können.

«Pst!» Wieder dieser rasche Blick zur Kabinentür, deutlicher diesmal. «Kann man hier irgendwo rauchen? Irgendwo anders als im Fumoir? Du hast doch garantiert welche!»

Er schluckte. Wenn es etwas gab, mit dem er beim besten Willen nicht gerechnet hatte, dann war es diese Frage. «Ja», sagte er zögernd. «Klar. – Bei uns in der Kabine.»

«Ihr habt eigene Kabinen?» Für eine Sekunde zeichnete sich echte Überraschung auf ihrem Gesicht ab, vielleicht sogar Neugier.

Was dachtest du?, schoss es ihm durch den Kopf. Dass wir im Stehen schlafen? Er nickte stattdessen. «Vorne im Gepäckwagen. Nicht so groß wie Ihre, aber ...»

Sie warf einen Blick in Fahrtrichtung. «Aber die vordere Hälfte des Wagens hat der König gemietet!»

Wieder nickte er. «Damit niemand von den anderen Fahrgästen durchläuft wahrscheinlich. An uns wird er nicht gedacht haben.» Er biss sich auf die Zunge. Hatte sich das irgendwie respektlos angehört?

Doch sie überraschte ihn. Ein leises, irgendwie prustendes Geräusch, und plötzlich hatte sie doch wieder Ähnlichkeit mit Monique. Monique in dem Moment, wenn die Frau des Hauswirts wieder einmal die Tür offen gelassen hatte und sie sich in die Wohnung geschlichen hatten, um den Zuckerstreuer mit Salz zu befüllen.

«Dann los!», flüsterte sie und war schon an ihm vorbei.

Ihm stand der Mund offen. Das konnte doch nicht ihr Ernst sein! Eine Passagierin in den Quartieren des Personals! Das konnte ihn seine Stelle kosten – oder war gerade das Gegenteil der Fall? Schließlich hatte ihn die Passagierin *aufgefordert*. Hatte Thuillet nicht verlangt, dass sie die Fahrgäste behandeln sollten wie Könige? Durfte er einem König eine Bitte abschlagen, selbst wenn sie noch so sehr gegen die Dienstvorschriften verstieß? *Du weißt genau, dass Thuillet das so nicht gemeint hat!* Nicht dieses Mädchen, sondern ihr Vater hatte die Billetts für die Reise gebucht. Ihr Vater, der mit Sicherheit nichts erfahren sollte von den Zigaretten, sonst hätte sie genauso gut ins *Fumoir* gehen können.

So oder so: Es war nicht leicht, diesem Mädchen zu widersprechen. Sie war tatsächlich ein bisschen wie Monique. Nur hübscher.

Kopfschüttelnd lief er ihr hinterher.

***

Zwischen Vallorbe und Brig – 26. Mai 1940, 06:45 Uhr
CIWL Lx 3509 *(Vorderer Schlafwagen). Abteil 9.*

Betty Marshall hatte keinen Versuch unternommen, sich wieder hinzulegen, nachdem die Zollkontrolle abgeschlossen war. Der Zug hatte sich wieder in Bewegung gesetzt, gezogen von einer neuen Lokomotive, die in ihren Augen aussah wie die alte. Vermutlich ein schweizerisches Modell. Doch sie wusste, dass der einförmige Rhythmus sie nicht in den Schlaf wiegen würde. Bei den anderen Fahrgästen mochte das funktionieren, doch, nein, nicht bei ihr.

Stattdessen hatte sie in einem der Journale geblättert, die sie sich am Gare de l'Est gekauft hatte, stellte aber fest, dass ihre Augen über den Text glitten, ohne dass sie etwas aufnahm. Nicht dass das, was drinstand, es wert gewesen wäre, sich länger als zwei Sekunden damit zu beschäftigen. Mit einem Seufzen hatte sie die Magazine beiseitegelegt. Der Zug hatte Lausanne passiert. Einige Reisende hatten den Express in der neutralen Schweiz verlassen, neue Passagiere waren zugestiegen. Auf dem Bahnsteig hatte sie einen unglaublich britisch aussehenden Herren in Knickerbockern beobachtet; er war im Nachbarabteil untergebracht. Die übliche bunt zusammengewürfelte Reisegesellschaft in den großen Fernzügen der CIWL. Die vertrauten Landmarken, spitze Kirchturmdächer auf hohen Hügelkämmen, gepflasterte Straßen, die in den engen Tälern den Schienenstrang ein Stück begleiteten, irgendwann die weite Wasserfläche des Genfer Sees. Nach Süden, nach Osten, die Geräusche der Zugmaschine – alles bekannt und unverändert.

Betty war wieder auf dem Weg nach Istanbul. Als sie die Stadt im Herbst verlassen hatte, hatte sie sich geschworen, dass es diesmal das endgültig letzte Mal sein würde. Genau wie im Jahr zuvor. Und im Jahr davor auch schon. Es war ganz einfach ...

Sie stand vom Sitzpolster auf und schob die Wandverkleidung beiseite, hinter der sich das Porzellan verbarg, wie man in Europa sagte: ein Waschbecken mit Spiegel und darunter der unvermeidliche Nachttopf für diejenigen Fahrgäste, die ihr Abteil während der Nachtstunden nicht verlassen wollten. Betty fragte sich, ob solche Passagiere im Jahre 1940 tatsächlich noch existierten. Aber so musste es wohl sein, schließlich war der Nachttopf noch da und stellte mit Sicherheit kein besonderes Zeichen des technischen Fortschritts dar, dessen sich der Orient Express so rühmte.

Sie betrachtete sich im Spiegel und musste unvermittelt an das junge Mädchen in Vallorbe denken, fragte sich, was sie sich eigentlich dabei gedacht hatte, das arme Geschöpf – Eva, sie hieß Eva – in eine solche Situation zu bringen.

Sie hatte ihr nur helfen wollen. Die Frau, die sie einmal gewesen war, hätte vielleicht anders reagiert. Verwöhnt vom Erfolg, strahlend schön, angebetet von Heerscharen junger Bewunderer, die zeitweise vor der weißen Villa in Beverly Hills unter freiem Himmel kampiert hatten. Eine Frau, die grausam sein konnte auf eine gedankenlose Art, wie sie nur Menschen eigen war, die sich kaum an eine Zeit erinnern konnten, in der sie all das nicht gehabt hatten.

Die junge Eva hatte die Situation in Vallorbe mit Würde durchgestanden – zum Glück. Vielleicht würde sie ja tatsächlich in ein paar Minuten an die Abteiltür klopfen. Das würde Betty Gelegenheit geben, etwas wiedergutzumachen von den Gedanken in ihrem Hinterkopf. Oh ja, natürlich waren da Gedanken gewesen.

Neid?

Sie starrte ihr Spiegelbild an. Die Augenbrauen waren perfekt gezupft wie immer, die Farbe dasselbe Schwarz wie vor fünfzehn Jahren, die Augen selbst blickten frei und offen in die Welt. Die Belladonna-Lösung, mit der Betty sie behandelte, war auf der Reise selbstverständlich dabei. Ihre Haut wirkte frisch und natürlich, doch alle Sorgfalt und alles Nachhelfen mit Cremes und Puder konnten die Fältchen um Mund und Augenwinkel nicht länger unsichtbar machen. Betty hatte alles versucht. Wenn sie ein paar Pfund zunahm, wurden die Falten schwächer. Das Problem war, dass sie diese Pfunde nicht allein im Gesicht zunahm. Mit einem Seufzen fuhr sie sich durch den streng symmetrisch geschnittenen Bubikopf, schob die nach vorn frisierten Strähnen über den Ohren beiseite. Auf der Leinwand waren diese Haare ihr Markenzeichen gewesen. Heute konnte sie es gar nicht mehr wagen, ihre Frisur zu verändern, die die Falten, die von den Ohrmuscheln zu den Wangen abwärts liefen, zuverlässig verbarg.

Doch sie war zweifellos noch immer eine schöne Frau. Eine schöne Frau von ... sechsunddreißig Jahren? Vierunddreißig an guten Tagen? Schätzungen, die eine Frau, deren Geburtsdatum im neunzehnten Jahrhundert lag, eigentlich nicht in Verzweiflung stürzen sollten.

Sie stieß den Atem aus und schob die Verkleidung wieder zu. Vier Wochen, schwor sie sich. Keinen Tag länger. Achmed hatte Engagements an den üblichen Bühnen gebucht. Dazu kamen Privatvorstellungen, von denen Betty jetzt schon wusste, dass sie sie nur mit der richtigen Menge Rotwein durchhalten würde. Genug, um die Blicke auszublenden, aber nicht so viel, dass sie ernsthaft auf den Gedanken kam, auf eines der Angebote einzugehen, mit denen sie sich tatsächlich ein paar Jahre Ruhe hätte erkaufen können – vielleicht sogar für immer, wie sie sich das schon einmal eingebildet hatte.

Auf dem Höhepunkt der Karriere abzutreten … Sie war davon überzeugt gewesen, dass das Geld für den Rest ihres Lebens reichen würde. Doch dann war der Schwarze Freitag gekommen, die Weltwirtschaftskrise, in der weit größere Vermögen als das ihre innerhalb von Tagen zu nichts verpufft waren. Als sie begriffen hatte, was vorging, war es schon zu spät gewesen. Zu spät, um zu den großen Rollen zurückzukehren, die jetzt andere spielten. Nein, nicht für einen Augenblick hatte sie den Erklärungen der Studiobosse geglaubt, dass ihre Stimme nicht für den Tonfilm geeignet sei. Als Mutter der Braut hätte man sie schließlich mit Kusshand besetzt. Sie konnte gar nicht zählen, wie viele Mutterrollen man ihr angeboten hatte. Hätte ich diese Rollen annehmen sollen?, fragte sie sich zum zehntausendsten Mal. Solange noch Angebote kamen? Solange man sich in Hollywood noch an mich erinnerte? Heute hatte Amerika sie längst vergessen, und alles andere …

Istanbul. Solange es möglich war. Bis zum letzten und zum nächsten letzten Mal. Die Räder stampften über die Gleise. Der Zug fuhr immer dieselbe Strecke, doch Betty Marshall mochte nicht daran denken, wo er hinfuhr.

* * *

Zwischen Vallorbe und Brig – 26. Mai 1940, 06:49 Uhr
CIWL Lx 3509 (Vorderer Schlafwagen). Kabinengang.

Raoul stand im Durchgang zwischen dem Gepäckwagen und dem vorderen Schlafwagen und beobachtete mit angehaltenem Atem, wie die junge Großfürstin den Gang hinabhuschte, vorsichtig, auf

Zehenspitzen, vorbei an den Türen der carpathischen Delegation. Die Carpathier waren offenbar wach geblieben, machten sich bereit für den Tag, ihre Stimmen drangen nach draußen. Mehrere Minuten lang hatten sich zwei von ihnen auf dem Gang aufgehalten, sodass der Rückweg für das Mädchen versperrt gewesen war. Wenn sich jetzt, in diesem Moment, eine der Türen öffnete, was sollte Xenia ihnen erzählen? Was hatte sie in dieser Hälfte des Wagens verloren?

Xenia ... Natürlich hatte sie ihm ihren Namen nicht genannt, doch inzwischen hatte er sich erinnert, wie seine Kollegen aus dem Lx über sie gesprochen hatten: *entzückendes kleines Ding.* Er war sich nicht ganz sicher, ob er das genauso ausgedrückt hätte, aber zumindest war sie nicht mehr so schnippisch gewesen, nachdem sie sich in seine Kabine verzogen hatten.

So wie sie nach jedem zweiten Zug gehustet hatte, konnte sie allerdings noch nicht besonders lange rauchen. Sogar etwas blass war sie geworden, was ihre Sommersprossen nur noch betont hatte. Eine halbe Sekunde lang – aber auch nicht länger – hatte sie ihm tatsächlich ein bisschen leidgetan. Er konnte zumindest rauchen, wann immer er wollte, und das tat er, seitdem er elf war. Sie hatten sich ein bisschen über Paris unterhalten, und er hatte nicht das Gefühl, dass sie die Stadt gerne verließ. Es musste seltsam sein, einfach von den Eltern mitgeschleppt zu werden, wenn man eigentlich schon erwachsen war. Sich irgendwelche Dinge verbieten zu lassen. Aber dafür hatte man dann eben auch ein eigenes Klosett, mit vergoldeter Klosettschüsel wahrscheinlich. Und zum eigenen Klosett ein eigenes Zimmer mit einem eigenen Bett – ein Zimmer mit richtigen Vorhängen und Teppichen oder was sonst noch dazugehörte. Dienstmädchen und Zimmerpagen vermutlich. Als ob man im Orient Express *lebte.*

Nein, sie konnte ihm nicht leidtun. Trotzdem atmete er auf, als sie an der Doppelkabine 6 und 7 ankam. Nur zu gut konnte er sich vorstellen, wer die wirklich unangenehmen Fragen hätte beantworten müssen, wenn die Carpathier sie erwischt hätten. Das Mädchen hätte im Leben nicht dichtgehalten, wenn Carols Männer sie in die Mangel genommen hätten, was sie in der vorderen Hälfte des Wagens zu suchen hatte.

Sie schaute sich noch einmal kurz über die Schulter um, und ... im nächsten Moment war sie in der Kabine verschwunden. Er kniff die Augen zusammen. War das tatsächlich ein Lächeln gewesen?

«Raoul!»

Er fuhr herum: Georges, der aus dem Gepäckwagen kam, ein mit Stoff umwickeltes Paket unter dem Arm.

Sein Kollege betrachtete ihn von oben bis unten. «Ist dir langweilig, oder was treibst du hier, während ich im Schweiße meines Angesichts ...»

«Du kommst doch gerade aus den Quartieren!» Raoul setzte eine missbilligende Miene auf, doch im Stillen dankte er Gott, dass es nicht Georges war, mit dem er eine Kabine teilte. Er wollte sich das Gesicht des Dicken gar nicht vorstellen, wenn er ihn mit der jungen Großfürstin in seinem Abteil ertappt hätte.

Georges reckte das Kinn vor. «Ich bin mit einer besonderen Aufgabe betraut worden. Eine Aufgabe, die für gewöhnlich ein königlicher Page versieht.» Er schlug den Stoff zurück. «Die Stiefel, die die königlichen Füße zieren werden, frisch poliert.»

Raoul verdrehte die Augen. Sein Kollege und Stiefel, das war ein Kapitel für sich.

Doch Georges senkte die Stimme: «Ich hab's nicht genau mitbekommen, aber anscheinend steht irgendwas Besonderes bevor. Etwas hoch Wichtiges. Etwas von internationaler Brisanz. – Also nicht nur, dass er nach Carpathien zurückkehrt, sondern schon heute und hier im Zug. Die haben was erzählt von der Zukunft Europas ...» Er schüttelte den Kopf, zuckte die Schultern und schlug den Stoff wieder zu. «Zumindest wird er tadellos gekleidet sein, wenn er über die Zukunft Europas entscheidet.»

Raoul sah ihm hinterher, als er würdevoll zur königlichen Kabine schritt. *Etwas hoch Wichtiges. Etwas von internationaler Brisanz.* Er musste an Thuillets merkwürdiges Verhalten gestern Abend denken, die un-

terdrückte Nervosität, mit der der Maître ihn und Georges zurechtge-
wiesen hatte. Wusste Thuillet mehr als sie?

Über die Lage auf dem Balkan war Raoul zumindest besser unterrichtet als ein durchschnittlicher Franzose. Schließlich war er mit
dem Express ständig unterwegs auf dem Flickenteppich bis aufs Blut
verfeindeter Staaten.

Der Balkan war ein Pulverfass. Was, wenn ein Mann an Bord dieses
Zuges, ein Mann in glänzend polierten Stiefeln, auf dieser Fahrt im
Begriff war, die Lunte zu zünden?

***

Zwischen Vallorbe und Brig – 26. Mai 1940, 08:09 Uhr
CIWL WR 4221 (Speisewagen).

Skeptisch betrachtete Eva sich im Spiegel. Doch, die Ähnlichkeit war
noch da. Eindeutig dieselbe junge Frau, die ihr gestern Abend aus
einem anderen Spiegel entgegengeblickt hatte, mehrere hundert Kilometer entfernt. Lediglich der Ausdruck rund um ihre Augen ...

Eva schüttelte den Kopf. Nein. Sie selbst erkannte den Schimmer
von Unsicherheit und Zweifel, doch im entscheidenden Moment
würde nichts davon zu sehen sein. Sie wusste, dass sie es konnte. Wenn
sie einmal vor ihm stand, würden die Dinge sich fügen, und der Zauber zwischen ihnen beiden wäre zurück. So war es immer gewesen,
und so musste es einfach wieder kommen.

Eva hatte getan, was sie konnte. Sie war frisch gewaschen, soweit
das über dem Porzellan in der Kabine möglich gewesen war, ihre
Haare hatte sie gebürstet, bis sie im Licht der Sonne, die sich über die
Alpengipfel erhob, glänzten und schimmerten wie dunkler Bernstein.
Zum Abschluss hatte sie jeweils einen Tropfen Chanel N° 5 an den
Schläfen, der Kehle und – nach einem winzigen Zögern – unterhalb
des Bauchnabels verteilt.

Sie sah so hübsch, so adrett, so verführerisch aus, wie das unter den gegebenen Umständen nur denkbar war, und das alles war überhaupt nur möglich gewesen, weil Ludwig sich vor einer halben Stunde auf die Toilette am Ende des Wagens verabschiedet hatte – wobei er demonstrativ gleich zwei seiner Bücher mitgenommen hatte. Für den Fall, dass Eva selbst dieser überdeutliche Hinweis, dass sie die Kabine eine Weile für sich haben würde, entgangen sein sollte, hatte er obendrein noch etwas von ungewohnter Kost auf Reisen gemurmelt.

Wieder stellte sie fest, dass sie bei dieser Erinnerung lächeln musste. Ein kaltblütiger Mörder? Nein, dachte sie. Das konnte er einfach nicht sein, das wollte sie nicht glauben. Doch hätte sie nicht eine halbe Stunde lang Gelegenheit gehabt, sich vom Gegenteil zu überzeugen? Tatsächlich hatte es ihr in den Fingern gejuckt. Sein Handkoffer, ungefähr derselbe Jahrgang wie sein Abendanzug, stand unter dem kleinen Beistelltisch vor dem Kabinenfenster. Die Isolierung des Wagens dämpfte die Fahrgeräusche so zuverlässig, dass sie Ludwigs Schritte gehört hätte, wäre er überraschend zurückgekommen. Davon abgesehen, dass sie die Tür ohnehin von innen verschlossen hatte. Doch wenn sie logisch nachdachte: Falls er tatsächlich der Attentäter war, würde er dann so dumm sein, irgendwelche Beweise im Abteil zurückzulassen? Falls er aber nicht der Mann war, über den Guiscard und sein Vorgesetzter gesprochen hatten, was ging sie dann sein Gepäck an? Nichts wünschte sie sich eindringlicher, als dass die zweite Alternative zutraf – ausgenommen natürlich, endlich mit Carol zu sprechen.

Ludwig gegenüber hatte sie angekündigt, nach ihrer Morgentoilette ihre neue Bekanntschaft aus Vallorbe aufsuchen zu wollen. Betty Marshall. Eva hatte gewusst, dass sie dieses Gesicht kannte, und ein wenig schämte sie sich, dass sie die Frau offenbar falsch eingeschätzt hatte. Doch die Schauspielerin musste warten. Carol war wichtiger, mehr denn je – jetzt, da Eva wusste, dass nicht nur ihr eigenes Leben und ihre Zukunft auf dem Spiel standen, sondern auch sein Leben.

Sie holte Luft – Kopf hoch, Schultern zurück – und trat hinaus auf den Flur. Wo sie den König finden würde, war jetzt, nachdem im Salonwagen die Franzosen reisten, klar. Für einen Carol von Carpathien kam nur das Beste vom Besten in Frage: der Lx-Wagen weiter vorne im Zug, das Edelste, das eine Reisezuggesellschaft jemals auf die Schienen gesetzt hatte.

Die französische Familie, die zwei Türen neben Ludvig und Eva ein Doppelabteil belegt hatte, wechselte soeben in den Speisewagen. Eva folgte ihr mit ruhigen Schritten, passierte den kurzen Korridor, von dem mehrere Türen abzweigten, die dem Zugpersonal vorbehalten waren, und betrat den hinteren der beiden Salons, die in dem Wagen untergebracht waren.

Innerlich war sie aufgewühlt. Selbst wenn sie wieder wie ein Mensch aussah und vor allem auch so roch, war sie sich ihres zerknitterten Kleides und der fehlenden Seidenstrümpfe nur allzu bewusst. Die Zugbediensteten, die dabei waren, die Tische mit weißem Leinen einzudecken, konnten den Zustand ihrer Garderobe unmöglich übersehen.

Aber Eva beging nicht den Fehler, mit starrem, hochmütigem Blick an ihnen vorbeizugehen. Arroganz war ein Zeichen von Schwäche. Menschen, die mit einem Achselzucken ein kleines Vermögen dafür ausgeben konnten, an Bord dieses Zuges zu reisen, hatten sie nicht nötig. Mit genau demselben Achselzucken konnten sie darüber hinweggehen, wenn sie vielleicht einen Rotweinfleck auf dem Dinnerhemd hatten. Weil sie ganz genau wussten, dass das Zugpersonal auf Spleens und Schwächen Rücksicht nehmen musste. Weil sie es gar nicht anders kannten.

Offen erwiderte sie das Lächeln des jungen südländischen Kellners, dessen Hände in schneeweißen Handschuhen die Kaffeetassen mit dem Emblem der CIWL im korrekten Winkel zu den Frühstückstellern ausrichteten. Sie wusste, dass das eine ihrer Gaben war: Sie besaß die Fähigkeit, sich auf ungewohnte Situationen einzustellen, und sie lernte schnell. Nur so hatte sie das Jahr in Paris überhaupt durchgestanden. Sie hatte die Verhältnisse in der Botschaft intuitiv erfasst, hatte gespürt, wem sie vertrauen konnte, wie der alten Mikhlava, und vor wem sie sich besser in Acht nahm. Vor dem Grafen Béla etwa. Nur so war es ihr gelungen, sich ein Jahr lang an Carols Seite zu halten.

Der meisten seiner Favoritinnen war er sehr viel schneller überdrüssig geworden.

Sie passierte den Frühstücksraum und betrat den nächsten Salon, das Fumoir, das mit einer Theke ausgestattet war und Ähnlichkeit mit einer Bar hatte. Abends diente es vermutlich genau diesem Zweck. Der Raum schien leer zu sein. Für einen winzigen Moment entspannte sich Eva, atmete erleichtert auf.

«Ah, da geht die Sonne auf!»

Eva zuckte zusammen. Die Stimme kam aus ihrem Rücken. Ein älterer Herr, der unmittelbar hinter der Trennwand am Fenster saß, sodass sie ihn auf den ersten Blick nicht gesehen hatte. Seine Kleidung bestand von Kopf bis Fuß aus Tweedstoff: kariert gewebt, unempfindlich und in hohem Maße strapazierfähig – die ideale Reisegarderobe. Dieser Ansicht war man zumindest im vergangenen Jahrhundert gewesen, als das Reisen mit den altertümlichen Dampfrössern noch eine staubige und schmutzige Angelegenheit gewesen war. Diese Tweedmontur bestand allerdings aus Knickerbockern und einer Golfmütze im selben Design. Dazu trug der Mann einen Zwicker auf der Nase, sein mächtiger fuchsroter Schnurrbart war an den Enden stolz nach oben gezwirbelt, und er kaute auf dem Stiel einer Pfeife. Vor ihm auf dem Tisch eine Tasse mit dampfender Flüssigkeit, die Tee sein musste. Dieser Mann sah so britisch aus, wie ein Mensch nur aussehen konnte. Er war ganz einfach ...

«Basil Algernon Fitz-Edwards.» Auf einen Stock gestützt, erhob er sich. «Meine Freunde dürfen gerne Mr. Fitz sagen.»

«E...» Etwas verwirrt ergriff sie seine Hand, einen Moment lang überzeugt, er würde die Gelegenheit für einen dicken, schmatzenden Handkuss nutzen. «Eva Heilmann», murmelte sie. Zu ihrer Erleichterung blieb es bei einem herzhaften Händedruck. «Aus Paris», fügte sie hinzu.

Seine Augen musterten sie aufmerksam: kleine, aber, wie ihr schien, sehr aufmerksame Äuglein. Eine winzige Pause, dann: «Ah ja? Gewiss. Gewiss.» Was er mit der letzten Bemerkung zum Ausdruck bringen wollte, blieb ein Geheimnis. «Ich selbst stamme aus Großbritannien», erklärte er. «Wobei ich schon den einen oder anderen Winkel der Welt gesehen habe. Die Kolonien. Frankreich. Deutschland.» Bildete Eva sich das nur ein, oder machte er eine winzige Pause nach dem Wort Deutschland? «Die Verbindungen der CIWL sind meine zweite Heimat, könnte man sagen, seit ...» Er legte den Kopf etwas schräg. «Fünfundvierzig Jahren? Achtundvierzig?»

Eine Frage, die ihm Eva nicht beantworten konnte. Allerdings schien er das auch gar nicht zu erwarten. Stattdessen wandte er sich zum Fenster, beschrieb eine ausladende, etwas steife Geste. «Betrachten Sie nur dieses prachtvolle Bild: Die Sonne geht auf. Eines der ganz besonderen Erlebnisse auf Reisen.»

Eva folgte seinem Blick, etwas irritiert von dem abrupten Themenwechsel. Allerdings musste sie zugeben, dass das Bild tatsächlich eindrucksvoll war: wie die gelbliche Sonnenscheibe über die gezackten Grate der Gipfel klomm, sodass ihre Strahlen jetzt auch das tief ins Gebirge geschnittene Tal erreichten.

«Wunderschön», murmelte sie. «Wobei es streng genommen natürlich dieselbe Sonne ist wie zu Hause ...»

«Gewiss, gewiss, meine liebe Miss Heilmann. Ein wahres Wort. Und doch jeden Tag eine andere. Der Erdumfang beträgt etwas mehr als vierzigtausend Kilometer. Um ein und denselben Sonnenaufgang zwei Mal zu erleben, müssten wir uns demnach mit einer Geschwindigkeit von nahezu eintausendsiebenhundert Kilometern in der Stunde bewegen, der Richtung der Sonne folgend.» Eine winzige Pause. «Oder besser: ihr vorauseilend.»

«Das ist ...»

«Heute natürlich noch Zukunftsmusik», wiegelte er ab. «Aber warten Sie nur ab. Als wir dem Aufgebot der Mahdisten gegenüberstanden, bei Omdurman im Jahre achtzehn-neun-acht, haben die Wilden uns mit unseren Maschinengewehren angestarrt wie leibhaftige Dämonen. Wie, frage ich Sie, würden wir selbst die Menschen aus einer künftigen Generation anstarren? Ja, warten Sie nur ab, bis dieser ganze unerfreuliche Krieg vorbei ist. Sie werden sehen, meine liebe Miss Heilmann: Noch zu Ihren Lebzeiten fliegt der Mensch zum Mond.»

Ein Wahnsinniger, dachte Eva. Oder vielleicht eben doch einfach nur – ein Brite.

«Das werde ich», versprach sie. «Allerdings muss ich jetzt leider …» Langsam wich sie in Richtung des schmalen Durchgangs zurück, der zum nächsten Wagen führte. Ihrem Ziel. Dem Lx.

«Gehen Sie nur, meine Liebe, gehen Sie nur.» Ein herzhaftes Paffen am Pfeifenstiel. «Bestimmt sehen wir uns später noch. Unsere Reise ist ja noch lang.»

Gewiss, gewiss, dachte sie. Sie konnte sich sogar vorstellen, noch ein wenig mit dem alten Herrn zu plaudern, der ganz offensichtlich Ansprache suchte. Eva mochte intelligente Gespräche; schließlich wussten selbst Ludvig Muellers späte Staufer sie zu faszinieren. Aber nicht in diesem Moment. Nicht bevor sie die Last von sich geschoben hatte, die mit jeder Sekunde drückender zu werden schien: Carol. Das Gespräch, das sie nicht länger aufschieben durfte.

«Mr. Fitz», murmelte sie und atmete auf, zum zweiten Mal innerhalb von wenigen Minuten. Er hatte sich schon wieder dem Fenster zugewandt. Lautlos drehte sie sich um. Der Gang führte seitlich an den Küchenräumen vorbei und mündete dann in den Einstiegsbereich des Speisewagens mit dem Übergang zum Luxusgefährt.

Eva verharrte, die Hand bereits an der Tür. Was würde jetzt geschehen? Hatte sie sich nicht eben noch beglückwünscht zu ihrer Fähigkeit, sich auf ungewohnte Situationen einzustellen? Es war nicht allein Basil Algernon Fitz-Edwards, der sie aus dem Konzept gebracht hatte. Sie kam jetzt in eine Situation, die sie nicht einschätzen konnte. Carol wollte sie nicht mehr. Das hatte er deutlich gemacht. Aber sie hatte ihm etwas zu bieten: Sie konnte ihm von der Gefahr berichten, in der er schwebte, und damit würde sie ihr sein Leben verdanken.

Doch wollte sie überhaupt, dass er zu ihr zurückkam – aus Dankbarkeit? Eva schüttelte den Gedanken ab. Sie hatte keine andere Zukunft als Carol von Carpathien. Noch gestern Abend wäre ihr ein solcher Gedanke überhaupt nicht gekommen. Was sollte sich seitdem verändert haben?

Sie schob die Tür auf. Kälte, das rhythmische Dröhnen und Sum-

103

men von Stahl an Stahl. Diesmal hielt sie sich keine Sekunde länger auf als notwendig, ging über die vibrierende Plattform hinüber zur zweiten Tür, zog sie auf.

Ein langgestreckter Kabinengang, am Boden weichfloriger Teppich, die Wände aus poliertem, dunkel gemasertem Holz mit halb abstrakten helleren Einlegearbeiten. Handläufe aus blitzendem Metall, zwischen den Fenstern in regelmäßigen Abständen Leuchten mit Schirmen aus schimmerndem Rauchglas, alles noch eine Spur edler als im hinteren Schlafwagen. Der Gang war leer – bis zur Mitte des Wagens.

Eva erkannte die goldbetresste Uniform von Carols persönlicher Garde auf der Stelle. Den Mann in dieser Uniform, der unverwandt in ihre Richtung sah, kannte sie nicht. Ein Wachtposten. Eine Sekunde lang spürte sie etwas, das sie selbst nicht genau einordnen konnte: Erleichterung – oder doch eher Enttäuschung? Warum stellte Carol einen Wachtposten auf? Wenn er bereits wusste, in welcher Gefahr er schwebte ... Nein. Wenn sie einen Moment nachdachte, kannte sie die Antwort. Der Mann war nur aus einem einzigen Grund hier postiert, jetzt, da der Zug erwachte: um auf die anderen Fahrgäste Eindruck zu machen. Carol liebte solche Gesten.

Da machte es auch keinen Unterschied, dass der Gardist zwar nicht sonderlich groß war, aber weit militärischer wirkte als die Franzosen, die man in der carpathischen Botschaft in Paris gezwungenermaßen in diese Uniformen gesteckt hatte. Schließlich waren nur eine Handvoll Carpathier ihrem König ins Exil gefolgt. Das schien sich nun zu ändern. Eva musste an die Worte der alten Mikhlava denken: *Das Volk ruft nach ihm.* Stellte sich das carpathische Militär bereits auf Carols Seite? Zögernd trat sie auf den Gang. Sie durfte jetzt keinen Fehler machen. Doch in dem Moment, in dem sie den Mund öffnen wollte ...

«Leutnant!» Ein befehlsgewohnter Ton.

Eine Gänsehaut trat auf ihre Arme. Sie kannte diese Stimme. Nein, es war nicht Carols Stimme, aber wo Graf Béla war, konnte er nicht weit sein.

Der Gardist wandte sich um. Ein Stück weiter schien eine Abteiltür offen zu stehen.

«Leutnant ...» Ein fragender, nein, ein eher *suchender* Tonfall.

«Schultz.» Der Mann nahm Haltung an. «Der Name ist Schultz. Heiner Schultz.»

Ein deutscher Name. Eva biss sich auf die Lippen. Also steckte Carol nicht länger Franzosen, sondern Deutsche in carpathische Uniformen. Ein sichtbarer Beweis, dass er auf dem Schlachtfeld Europa die Seiten gewechselt hatte.

«Leutnant Schultz», brummte der Graf. «Kommen Sie mal rein. Wir brauchen hier noch eine Unterschrift.»

Mit militärischem Schritt verschwand der Mann aus Evas Blickfeld. Hatte er sie überhaupt wahrgenommen? Mit Sicherheit. Doch sie hatte am Beginn des Kabinengangs haltgemacht. Vor dem Punkt, an dem er gestanden hatte, gingen noch Türen zu vier, nein, fünf Abteilen ab, darunter auch dem von Betty Marshall.

Er kennt mich nicht. Woher sollte er wissen, dass ich zu Carol will? Er muss davon ausgehen, dass ich jemand anderen besuche, vielleicht sogar selbst in einem dieser Abteile wohne.

Eine unangenehme Erinnerung an die vergangene Nacht wurde wach. Sie hatte im Entree des Salonwagens gekauert und das Gespräch der beiden Franzosen belauscht: Guiscards und seines Vorgesetzten. Nur deswegen wusste sie, dass Carol in Gefahr war. Aber jetzt? Sie musste Carol warnen. Keine Unterschrift irgendeines Gardisten konnte wichtiger sein als sein Leben. Warum also zögerte sie?

«Lesen?» Graf Bélas Stimme wurde lauter. «Sie setzen Ihren Namen hier hin, weiter nichts. Uns fehlt eine Unterschrift. Ich kann auch den Zugkellner holen.»

Schultz' Antwort konnte Eva nicht verstehen, doch fast gegen ihren Willen bewegte sie sich mit lautlosen Schritten den Gang hinab.

Ich könnte immer noch in eine der anderen Kabinen wollen, dachte sie. Es sei denn, Carol oder der Graf stehen plötzlich auf dem Gang.

Und tatsächlich wollte sie ja auch zu Betty Marshall. Doch nur für eine halbe Sekunde hielt sie vor dem Abteil inne, an dem in glänzendem Messing die Nummer neun prangte. Langsam bewegte sie sich

105

weiter vorwärts, und jetzt ... Ihr Herz schlug schneller. Ja, das war seine Stimme.

«... würde auch nichts unterschreiben, was ich nicht gelesen habe.»

Carol klang freundlich, und Eva wusste, dass diese Freundlichkeit nicht gespielt war. Natürlich war er davon überzeugt, dass für einen König andere Regeln galten als für den Rest der Menschheit, doch auf seine Weise war er ein korrekter Mann. Wenn er seit mehr als zehn Jahren mit allen Mitteln versuchte, seine Rückkehr auf den Thron einzufädeln, dann tat er das eben auch, weil er glaubte, dass dem carpathischen Volk gar nichts Besseres passieren konnte. Und tatsächlich hatten sich in Carpathien in den letzten Jahren die Republikaner vor allem gegenseitig die Köpfe eingeschlagen.

Eva hatte beinahe den Punkt erreicht, an dem Schultz gestanden hatte. Weiter wagte sie sich nicht vor. Wenn der Leutnant jetzt zurückkam, blieb ihr nichts anderes übrig, als an der Tür zu klopfen, vor der sie gerade stand. Abteil sechs. Sie hatte keinen Schimmer, wer es belegt hatte.

Leises Blättern. Schultz murmelte etwas. Wieder konnte Eva seine Worte nicht verstehen.

«Natürlich.» Eva glaubte Carol vor sich zu sehen, mit der schmalen Halbbrille auf der Nase, ohne die er bei der Korrespondenz nicht auskam. Sein nachdenkliches Nicken. «Dieser Passus hat auch mir nicht gefallen, aber schließlich ist es Ihre eigene Regierung, Leutnant, der wir damit entgegenkommen. Carpathien hat nie ein wirkliches Judenproblem gehabt ...»

Ein eisiger Schauer durchfuhr Eva.

«Einfach weil es in meinem Land kaum Juden gibt. Doch ich habe lange über diese Passage nachgedacht. Ist es nicht auch eine Chance für die carpathischen Juden, wenn sie zusammen mit anderen Menschen ihres Volkes in speziellen Ansiedlungen ...» Blättern. «... wie heißt es hier? Ah, *konzentriert* werden? Fast wie in einem eigenen Land, hm? Darin kann ich nichts Schlimmes sehen.»

Eva musste sich an die Tür der fremden Kabine stützen. Er *konnte* nicht glauben, was er da redete. Sie selbst hatte mit ihm über die Gerüchte gesprochen, über das, was mit den polnischen Juden geschah: in Lagern zusammengepfercht, halb verhungert, manche von ihnen willkürlich ermordet. Von ihren eigenen Eltern, die im vergleichsweise sicheren Berlin lebten, hatte sie seit mehr als einem Jahr kein Lebenszeichen erhalten, trotz der Verbindungen, die Carol besaß. Und jetzt wollte er behaupten, dass das, was die Nazis taten, letzten Endes zum Besten der Juden geschah? Dass er guten Gewissens auch die carpathischen Juden diesem Schicksal überantworten konnte?

Sie biss die Zähne zusammen. Ihr war klar, was für eine Art von Vertrag in diesem Moment unterzeichnet wurde: der Preis, um den die Deutschen Carol wieder auf den Thron heben würden. Und sie wusste, wie er dachte, wusste es vielleicht besser als irgendjemand sonst. Wie oft hatten sie nebeneinander in dem herrlich altmodischen Bett in der Zimmerflucht gelegen, die er innerhalb der Botschaft bewohnte. Wie oft hatte er von seinen Plänen gesprochen, Carpathien wieder in den mächtigen Staat zu verwandeln, der zu Vlad Tepesz' Zeiten selbst den osmanischen Türken hatte die Stirn bieten können! Der Preis? Er würde alles unterschreiben: den Franzosen, den Briten, selbst den Sowjets, wenn sie ihn nur zurück auf den Thron brachten. Wenn er erst wieder im Palast von Kronstadt saß, würde nur ein Wort gelten: sein Wort. Und seine Pflicht und Verantwortung galt den Carpathiern. Sie kannte Carol. Niemals würde er die carpathischen Juden von seiner Fürsorge ausnehmen. Er war der Mann, den sie liebte, und dieser Mann mochte seine Einflussmöglichkeiten hoffnungslos überschätzen, doch er war kein böser Mensch.

«Sehr gut, Leutnant.» Carol klang zufrieden. Offenbar war Schultz im Begriff zu unterschreiben.

Eva löste sich von der Tür. Wenn der Gardist auf den Gang zurücktrat und sie immer noch hier stand, konnte er eins und eins zusammenzählen. So leise wie möglich wich sie zurück. Abteil sieben, Abteil acht.

«So.» Diesmal klang Carol äußerst zufrieden. «Und nun sollten wir uns in Schale werfen, Graf. Es ist Zeit, meine zukünftige Ehefrau kennenzulernen.»

Evas Haltung gefror mitten in der Bewegung. Das hat er nicht gesagt! Das kann er unmöglich gesagt haben! Schritte. Schultz! Eva war wie ... wie gelähmt, wie blind, unfähig zu denken. Es war reiner Instinkt, der sie zurückstolpern ließ. Abteil neun. Keine Zeit zum Klopfen. Sie riss die Tür auf, stürzte in die Kabine ...

«Eva?» Betty Marshall saß mit einem Magazin auf dem Polster. Ihr Gesicht wurde fast vollständig von einer dicken Hornbrille eingenommen.

Eva warf die Tür hinter sich ins Schloss, starrte die Schauspielerin an.

«Eva?» Betty stand auf. Ihre messerklingenschmalen Augenbrauen zogen sich zusammen, allerdings ganz anders als auf der Leinwand. «Sie sehen aus, als hätten Sie einen Geist gesehen.»

Eva konnte nicht antworten. *Meine zukünftige Ehefrau.*

«Eva? – Sind sie hinter Ihnen her? Sind sie hier im Zug?»

Eva blinzelte. «Was?»

Betty Marshall stieß den Atem aus, ließ sich zurück auf das Polster sinken. «Sie müssen mir natürlich nichts erzählen», sagte sie und setzte die Brille ab. Jetzt nahm ihr Gesicht einen Ausdruck an, den Eva aus zahllosen Filmen kannte: halb bekümmert, halb schmollend, klein wenig eingeschnappt, aber doch wieder verständnisvoll. «Aber ein Mädchen, das von zu Hause weggelaufen ist, erkenne ich.» Ein überdeutlicher Blick auf Evas nackte Beine, das verknitterte Kleid. «Und es gibt zwei Sorten solcher Mädchen: die eine Sorte, der es einfach langweilig geworden ist. Und die andere Sorte, die wirklich nicht zurückkann.» Sie betrachtete Eva eingehend. «Ich bin mir ziemlich sicher, zu welcher Sorte Sie gehören.»

Eva schluckte. Ihre Kehle wollte vor Schmerz zerreißen. «Nein», flüsterte sie. «Nein. Ich kann wirklich nicht zurück.»

***

Zwischen Vallorbe und Brig – 26. Mai 1940, 08:14 Uhr
CIWL Lx 3509 (Vorderer Schlafwagen). Doppelabteil 6/7.

«Noch zwei Zentimeter», presste Xenia hervor. «Das schaffen wir, maman!» Ein heftiger Ruck um Katharinas Hüfte, und eilig schob sie hinterher: «Mutter.»

Katharina Nikolajewna Romanowa schloss die Augen. Dieses Kind würde sich niemals abgewöhnen, sie mit dem Wort anzusprechen, das so fürchterlich an die Negermamas in den Vereinigten Staaten erinnerte. Doch in diesem Moment war sie nicht in der Stimmung, ihre Tochter zurechtzuweisen – davon abgesehen, hätte sie dafür gar nicht den Atem gehabt.

Katharina war noch mit den Schnürmiedern aus der Zeit vor dem Krieg aufgewachsen, als Zarin Alexandra – die Mutter des unglücklichen Nikolai, des letzten Zaren – ihre Taille auf einen Umfang geschnürt hatte, dass ein kräftiger Mann sie mit beiden Händen vollständig hätte umfassen können. Verglichen damit waren die Hüfthalter und Korsetts, die das Wirken Coco Chanels überlebt hatten, bequeme Alltagskleidung.

So oder so: Katharina musste einsehen, dass die Tage ihrer eigenen atemberaubend schlanken Taille, die sie sich auch nach Alexejs und Xenias Geburt erhalten hatte, endgültig vorbei waren, gleich welche Manipulationen sie anwandte. Doch Constantin hatte ihr zu verstehen gegeben, dass sie heute ein Mieder tragen sollte, und sie war eine russische Ehefrau, also würde sie ein Mieder tragen. Es war ihr fast gleichgültig. Nichts hätte ihre Stimmung erschüttern können. Nicht, nachdem sie mit Alexej gesprochen hatte.

Im ersten Moment war sie erschrocken, als sie ihn heute Morgen gesehen – und *gerochen* – hatte. Er musste eben erst wieder in die Hälfte der Kabine zurückgekehrt sein, die er mit seinem Vater teilte. Während der Nacht war diese Hälfte selbstverständlich von dem Teil getrennt, in dem Katharina und die beiden Mädchen schliefen. Ja, Alexej hatte Alkohol getrunken, doch das war nicht das Entscheidende. Er hatte nicht allein getrunken, wie sie aus seinen wenigen, beiläufigen

Worten hatte entnehmen können. Ihr Sohn hatte im Zug Anschluss gefunden!

Die Last, die sich von ihrem Herzen löste, schien Zentner zu wiegen. Mit Schaudern erinnerte sie sich an Alexej, wie er nach der Ohrfeige seines Vaters gewesen war. Stumm, verschlossen, gefangen in seinen eigenen düsteren Gedanken, in den ersten Tagen nicht einmal bereit, mit ihr zu sprechen. Nicht ein einziges Mal hatte er von jenem Tag an das Pariser Appartement verlassen, bis zum Abend ihres gemeinsamen Aufbruchs zum Gare de l'Est. Zu deutlich hatte sie die Zukunft zu sehen geglaubt: Verzweiflung, wachsende Bitterkeit. Zu bekannt waren ihr diese Bilder. Stolze Männer, mächtig einst am Hofe des Zaren, die es nicht ertragen hatten, dass das Russland, das sie gekannt hatten, nicht mehr existierte. Die keinen Platz gefunden hatten in der Welt nach dem Krieg und schließlich in Verbitterung, Wodka und Liederlichkeit geendet waren. Zumindest diesen Weg war ihr eigener Ehemann nicht gegangen, dachte sie. Und in diesem Moment erschien ihr selbst das als Trost.

Wichtig war, dass sich Alexej wieder unter Menschen begeben hatte, und sei es nur, um der Enge des Abteils zu entfliehen. Er hatte jemanden kennengelernt – eine junge Frau womöglich? Katharinas Stirn legte sich in Falten, während Xenia die Schnürung verknotete. Eine junge Frau, die Wodka trank? Wenn diese Frau Russin war, war auch das nicht unmöglich, aber wohl doch eher unwahrscheinlich. Vermutlich war es einfach jemand, mit dem er Gespräche über die Dinge führen konnte, die ihn interessierten: bilderstürmerische philosophische Dialoge wie mit seinen Freunden von der Sorbonne. Doch darüber würde sie jetzt nicht nachdenken. Sie befanden sich im Orient Express. Wer imstande war, die Billetts zu bezahlen, sollte in dieser Zeit auch für einen Romanow einen geeigneten Reisegefährten abgeben. Solange Alexej nur wieder mit einem Menschen sprach.

Sie ließ sich von Xenia in ihr Kleid helfen. Das Mädchen selbst war längst angekleidet. Gespräche dieser Art führte Katharina zwar nicht mit ihrer Tochter, doch ihr war nicht entgangen, dass Xenia heute Morgen eine halbe Stunde verschwunden war, nachdem sie angekün-

digt hatte, das WC aufzusuchen. Das Leid der Frauen ... Eine junge
Frau, dachte sie und betrachtete das Mädchen aus dem Augenwinkel.
Das darf ich nicht vergessen: Meine Tochter ist beinahe eine junge
Frau.

Katharina hatte niemals Einwände erhoben, wenn Xenia sich an
ihren Freundinnen ein Beispiel genommen hatte, vorausgesetzt, alles
hatte sich in gewissen Grenzen gehalten. Weder bei der dröhnenden
Jazzmusik hatte sie Einspruch erhoben noch bei der Garderobe im
neuesten Chic der französischen Hauptstadt. Nicht, dass sie selbst
mit dieser Mode und allem, was dazugehörte, jemals etwas hätte anfangen können. Doch schließlich hatte sie ja gehofft, dass ihre Kinder
zu Franzosen heranwachsen würden. Und sie musste zugeben, dass
Xenia die gerade geschnittene, fast kantige Pariser Mode dieses Jahres ausgezeichnet stand. Mit ihrer bleistiftdünnen, noch kaum weib-
lichen Figur kam sie der Ideallinie der Haute Couture sogar überraschend nahe. Obendrein hatte sie Katharinas hohe Wangenknochen
und volle Lippen geerbt. Doch, dachte Katharina Nikolajewna, bald
ist es so weit. In ein paar Jahren wird sie den jungen Männern den
Kopf verdrehen.

Ganz gleich, wo wir dann leben werden.

Ein Klopfen an der Tür, die die beiden Abteile verband. Katharina wechselte einen Blick mit Xenia, die zustimmend nickte. Auch die
kleine Elena war bereits angekleidet und drückte sich die Nase am
Fenster platt, wo die schneebedeckten Gipfel der Walliser Alpen vor-
beizogen.

«Ja.» Katharina wandte sich zur Tür – und schnappte nach Luft, als
sie Constantin sah. Einen Moment lang war sie einfach stumm. Ihr
Mann trug Uniform. Es war mehrere Jahre her, dass sie ihn so gesehen
hatte, geschmückt mit all seinen Orden, Bändern und Auszeichnun-
gen. Sie hatte nicht einmal gewusst, dass er sie im Kabinengepäck dabeihatte, doch sie musste zugeben ... Ich hatte völlig vergessen, wie
dieser Mann in Uniform aussieht, dachte sie. Constantin Alexandrowitsch Romanow war der Inbegriff eines hohen Offiziers am Hof des
Zaren. Jeder Zentimeter an ihm strahlte Macht aus, fast eine Form von

Gewalt. Beide Worte und beide Gedanken ließen sich im Russischen nicht vollständig trennen. Als hätte die Vergangenheit niemals aufgehört, dachte sie, und einen Moment lang musste sie tatsächlich mit den Tränen kämpfen. Als wären wir noch heute, was wir einmal gewesen sind.

Aber ein solcher Aufzug fürs Frühstück in einem Speisewagen? Sie schüttelte den Kopf und schob den Gedanken beiseite. Nein, das spielte keine Rolle. Auf einmal fühlte es sich an, als wäre dieser Zug, der seit zwei Generationen die entferntesten Winkel des Kontinents miteinander verband, genau der richtige Ort dafür – in diesen Tagen, da rings um sie die letzten Reste des Alten Europa in Stücke brachen.

Constantin bot ihr seinen Arm, und mit einer stolzen Geste hängte Katharina sich ein.

***

Zwischen Vallorbe und Brig – 26. Mai 1940, 08:30 Uhr
CIWL WR 4221 (Speisewagen). Non Fumoir.

Es ist ihr Krieg, Alexej Constantinowitsch. Der Krieg der Deutschen und der Franzosen. Und der Briten von mir aus, die mit Frankreich verbündet sind. Nicht unserer. Boris Petrowitschs Worte kreisten in Alexejs Kopf. Er hatte lange über sie nachgedacht, schon während sie hier im Speisewagen von Wein zu Wodka gewechselt waren und auch danach, heute Morgen.

Waren das nicht dieselben Argumente, die er auch von Constantin zu hören bekommen hatte, wieder und wieder? Wie war es möglich, dass sie sich aus dem Munde seines früheren Kommilitonen vernünftig anhörten und nachvollziehbar, sodass Alexej ihm innerlich beinahe zustimmen musste? Wo lag der Unterschied? War es einfach nur Boris Petrowitschs Art, die auf schwer zu beschreibende Weise in die Zukunft schaute, während der Blick des Großfürsten nur die eine Richtung kannte: zurück? War es so simpel?

Europa taumelte in einen Krieg, und sie alle liefen vor den Kämpfen davon, Boris Petrowitsch nicht anders als die Romanows. Und doch hatte Alexejs Kommilitone nichts von einem Flüchtling an sich.

Natürlich hatte er gestern Abend nicht auf der Stelle sein wahres Gesicht gezeigt, sondern war gut gelaunt aufgetreten, sogar ein bisschen überheblich und ganz anders als die eher grüblerischen Studenten, mit denen Alexej in den Cafés am Montmartre zusammengesessen hatte. Aber da war noch etwas anderes, etwas Tieferes gewesen, und Alexej hatte den gesamten Abend gebraucht, um dieses Etwas zu benennen: Boris Petrowitsch war ein Kämpfer.

Er lief nicht fort, weil er Angst hatte, vor dem Tod im Kampf, oder – wie in Alexejs Fall – weil ein verbitterter Vater ihm drohte, ihn zu verstoßen, wenn er die falsche Uniform anzog. Nein, er lief in eine bestimmte Richtung, um sich dem Kampf zu *stellen*.

Doch was genau es damit auf sich hatte, hatte er nicht verraten, so oft Alexej auch versucht hatte, das Gespräch auf dieses Thema zu bringen. Sie hatten über Russland gesprochen und über schöne Frauen und darüber, dass der Wodka überraschend gut war, wenn man bedachte, dass er in einem französischen Speisewagen serviert wurde. Und wie von selbst waren sie ins Russische gewechselt. Es war seltsam, denn obwohl sie keine schweren Themen erörtert hatten – wie etwa die Gedanken Bretons und Batailles oder gar die Freiheit –, hatte allein der schwerere Klang ihrer Sprache dazu beigetragen, dass Alexej sich plötzlich anders gefühlt hatte. Erwachsener vielleicht? Oder war er diesem immer nur schemenhaft erahnten Gefühl tatsächlich näher gekommen? Dem Gefühl, was es heißen könnte, ein Russe zu sein.

Und nun schien es ihm, als wäre die Uhr zurückgedreht worden, fast als hätte es diesen Abend, der, wie er spürte, etwas in ihm verändert hatte, niemals gegeben.

Die Bahnstrecke folgte einem tief ins Gestein geschnittenen Tal. Höher und höher ragten schroffe Felsenhänge auf, tauchten die Route in Schatten, während der Orient Express sich bereits Brig näherte, dem letzten Halt auf Schweizer Boden. Und dahinter lag nichts als noch tiefere Dunkelheit. So fühlte es sich an: ein Weg ins Dunkel, unausweichlich.

Die Romanows saßen im Non Fumoir, dem hinteren der beiden Salons des Speisewagens, der für das Frühstück eingedeckt war. Alexejs Eltern waren ausstaffiert, wie er es seit Jahren nicht erlebt hatte. Als stehe ein Besuch in der Oper an oder ein diplomatischer Empfang, nicht das Frühstück in einem Speisewagen.

Stumm nickte Constantin Alexandrowitsch Romanow dem Kellner, der den Kaffee brachte, zu, wartete dann ab, bis der Mann sich entfernt hatte. Die Tische im Speisewagen waren asymmetrisch angeordnet: auf einer Seite des Ganges ein Tisch für vier Personen, den die Romanows besetzten – für die kleine Elena waren Alexejs Mutter und Xenia zusammengerückt –, auf der anderen Seite lediglich ein Zweiertisch. Mehr war auf der begrenzten Breite des Wagens nicht möglich. In dieser Formation zogen sich die Tischgarnituren über die gesamte Länge des Salons. Der Großfürst hatte dem Kellner bedeutet, den Zweiertisch gegenüber freizuhalten. Das war der Moment gewesen, in dem Alexejs Mutter überrascht die Augenbrauen gehoben hatte.

Doch seitdem schwieg Constantin. Einen Zweiertisch weiter, schräg in Alexejs Rücken, hatte der Amerikaner Platz genommen, den er schon gestern Abend hier im Speisewagen gesehen hatte, einen Raum weiter, im Fumoir. Jetzt saß eine der schönsten Frauen, die der junge Mann je zu Gesicht bekommen hatte, mit ihm am Tisch. Der Großfürst warf einen Blick in ihre Richtung. Die beiden waren sichtbar ganz aufeinander konzentriert.

Constantin Romanow nickte zufrieden. «Dir ist klar, wer in diesem Zug sitzt?», wandte er sich auf Russisch an seine Frau.

Alexej war überrascht. In den letzten Jahren waren sie in der Familie dazu übergegangen, Französisch miteinander zu sprechen, worin Constantin offenbar kein Problem gesehen hatte. Von seiner Mutter wusste Alexej, dass es auch am Zarenhof in Sankt Petersburg durchaus üblich gewesen war, sich in dieser Sprache zu unterhalten, wie an allen Fürstenhöfen Europas. Doch offenbar wollte der Großfürst vollkommen sichergehen, dass niemand die Unterhaltung mitbekam.

Alexejs Mutter hob nur erneut eine Augenbraue, auf jene Art, wie nur Katharina Nikolajewna Romanowa es beherrschte. Als sie kleiner

114

waren, hatten Alexej und Xenia dieses Augenbrauenheben einen ganzen Nachmittag lang vor dem Spiegel geübt, hatten sich aber niemals einigen können, wer von ihnen es besser hinbekam, weil sie immer wieder in Gekicher ausgebrochen waren.

«Carol hat die gesamte vordere Hälfte unseres Schlafwagens gebucht», erklärte der Großfürst. «Keiner der anderen Fahrgäste muss diesen Bereich passieren, lediglich das Personal auf dem Weg zu seinen Unterkünften. Er geht sicher, dass er mit seinen Männern für sich bleibt, und er hat allen Grund dazu. Etwas Großes steht bevor.»

Alexejs Mutter nickte stumm. Die Anwesenheit des carpathischen Königs war für keinen von ihnen eine Neuigkeit. Seit heute Morgen war es unmöglich, auch nur auf die Toilette zu verschwinden, ohne beinahe mit dem Gardisten zusammenzustoßen, der unmittelbar hinter ihrem eigenen Doppelabteil auf dem Kabinengang Wache stand.

«Ich habe vergangene Woche erfahren, dass er diese Verbindung nehmen wird», fuhr Constantin fort, wobei er langsam seine Serviette auseinanderfaltete und sorgfältig in den Kragen seiner Uniformjacke einsteckte. «Wie du weißt, stehen mir noch immer gewisse ... Kontakte zur Verfügung.»

Alexejs Mutter war im Begriff gewesen, ihre eigene Serviette zu öffnen, ließ sie jetzt aber zurück auf den Tisch sinken. «Du selbst hast erst Anfang dieser Woche beschlossen, dass wir die Stadt verlassen werden.»

Constantin nickte, als wäre schon diese knappe Bewegung ein Zugeständnis. «Richtig. Oder beinahe richtig. Anfang der Woche habe ich beschlossen, dass wir diesen Zug nehmen werden. Weil sich auf dieser Reise Möglichkeiten ergeben werden, auf die ich noch vor wenigen Wochen nicht hätte hoffen können.»

Ganz langsam legte sich die Stirn der Großfürstin in Falten, doch Constantin nickte ihr nur noch einmal zu, als hätte er festgestellt, dass sie bereits die gewünschten Schlüsse gezogen hatte. Stattdessen wandte er sich Xenia zu.

«In den letzten Tagen habe ich mit dem persönlichen Adjutanten

König Carols, dem Grafen Béla, gewisse Gespräche geführt, die einen großen Einfluss auf unser Leben haben könnten. Besonders auf deines.»

Xenia hob den Kopf. Alexej war es gewohnt, dass seine Schwester sich ihrem Vater gegenüber Dinge herausnehmen konnte, die er bei niemand anderem in der Familie geduldet hätte. Kleider nach der Pariser Mode, Jazzmusik oder einfach Widerworte.

Und Xenia nutzte diese Freiheit aus. Alexej war sich nicht hundertprozentig sicher, was sie heute Morgen wieder angestellt hatte, aber das spitzbübische Grinsen, mit dem sie sich an ihm vorbei zurück ins Abteil geschoben hatte, war ihm nicht entgangen. Genauso wenig die Parfümwolke, die doch ziemlich deutlich war für einen so frühen Morgen. Ihre Mutter würde explodieren, wenn sie herausfand, dass Xenia geraucht hatte. Wie auch immer sie das hier im Zug angestellt haben mochte. Die Chuzpe, sich mit Glimmstängel und Zigarettenhalter ins *Fumoir* zu setzen, traute er nicht einmal seiner Schwester zu.

Doch in diesem Moment war nichts von diesem triumphierenden Ausdruck auf Xenias Gesicht zu sehen. Eher sah sie plötzlich blass aus, fast erschrocken. Als ob auch sie etwas ahnte. Ahnten eigentlich alle etwas, nur Alexej nicht? Doch dann, im selben Moment, glaubte auch er zu begreifen. Und ihm stockte der Atem. ... *einen großen Einfluss auf unser Leben ... Besonders auf deines.*

«Du willst ...», flüsterte er.

«Ich will mit deiner Schwester sprechen», unterbrach ihn der Großfürst, die Stimme ruhig wie immer. «Weil es jetzt notwendig wird, an die Zukunft zu denken, was du ja nicht zu tun scheinst, wenn das Einzige, was dir in den Kopf kommt, darin besteht, irgendeine Uniform anzuziehen.»

«Es ist nicht *irgendeine* Uniform.»

«Es ist irgendeine. Wären wir noch in Amerika, wäre es eben eine amerikanische Uniform gewesen. Und jetzt würde ich dich bitten, still zu sein, damit deine Schwester und ich unser Gespräch führen können.»

«Ich bin kein Kind mehr, *Vater.*» Alexej versuchte sich zum selben ruhigen Ton zu zwingen, doch er spürte, dass es ihm nicht gelang. «Ich würde dich bitten, mich nicht wie eins zu behandeln.»

«Ich werde dich behandeln, wie du es verdienst. Und du kannst dich freuen, denn du wirst deine Uniform bekommen. Die Uniform des königlich carpathischen Militärs deines zukünftigen Schwagers.»

Alexej stützte die Hände auf den Tisch.

«Wir haben *zehn Jahre lang* in Frankreich gelebt. Und die französische Uniform ist es nicht wert, dass ich sie anziehe, wenn Frankreich angegriffen wird? Wir sind Russen, hast du gesagt, und inzwischen glaube ich sogar, dass du recht hast. Aber dann erklär mir bitte, was wir mit Carpathien zu tun haben! Was können wir von Carpathien erwarten, das Frankreich uns nicht ...»

«Alexej.» Die Stimme war leise, doch Alexej verstummte auf der Stelle, denn es war die Stimme seiner Mutter. «Es geht hier um etwas, das für deine Schwester eine große Bedeutung hat. Bitte lass deinen Vater mit ihr reden.»

Er spürte, wie ihm das Blut in die Wangen schoss. Auch seine Mutter behandelte ihn wie ein Kind. Und das Schlimmste war möglicherweise, dass sie damit recht hatte. In diesem Moment ging es um Xenia, nicht um ihn, und er schämte sich dafür. Es ging um ... Es ging um Constantin und seine Pläne. Constantin, der glaubte, bestimmen zu dürfen, was ein Romanow war. Was ein *Russe* war. Sollte er seine Pläne machen und sie umsetzen, wenn Alexejs Schwester bereit war, sich darauf einzulassen. Sollte er nur versuchen, aus den Romanows Carpathier zu machen, damit die Familie wieder einen winzigen Zipfel *Macht* zu fassen bekam.

Doch in diesem Moment begriff Alexej, dass das für ihn keine Bedeutung mehr haben musste. Nicht, wenn er es nicht wollte.

Steif stand er auf.

«Mutter», sagte er kühl. «Du entschuldigst mich.»

***

Brig – 26. Mai 1940, 08:41 Uhr
CIWL WR 4221 (Speisewagen). Non Fumoir.

Paul Richards war glücklich, einfach nur glücklich. Es war eine stille Zufriedenheit, die ihm unbekannt war. Fast hätte ihm das ungewohnte Gefühl Angst machen können.

Paul Richards junior. Paul Richards der Zweite. Hätte er die Anzeichen nicht längst erkennen müssen? Hatte Vera in den Wochen vor ihrer Abreise nicht jeden Morgen fürchterlich lange im Bad gebraucht? Doch schließlich waren sie erst seit ein paar Wochen verheiratet und hatten sich auch vorher nur wenige Monate gekannt. Woher also hätte er wissen sollen, dass sie nicht jeden Morgen so lange brauchte? Im Übrigen war es das Vorrecht einer Dame, eine Stunde hinter der verschlossenen Badezimmertür zu verbringen.

Er streckte die Hand über den Tisch aus und umschloss ihre Finger mit den seinen. Sie erwiderte sein Lächeln. Sah sie anders aus als sonst? Erschöpft, angespannt? Oder wollte er das nur glauben? Wollte er auf Teufel komm raus die ersten Vorboten einer Veränderung erkennen?

Wenn es nach ihm gegangen wäre, hätten sie sich gestern noch Stunden über all die neuen, unglaublichen Dinge unterhalten können, die ihnen in der nächsten Zeit ins Haus standen, doch er hatte gespürt, dass Vera müde war. Also hatte er ihr ihre Ruhe gegönnt. Selbst viel zu aufgeregt zum Schlafen, war er hinüber in den Speisewagen gegangen und hatte sich in einen der Ledersessel im Fumoir gesetzt, allein mit einem französischen Cognac und seinen Gedanken, die sich bereits Jahre in der Zukunft bewegten: wie er seinem Sohn das Reiten beibringen oder gemeinsam mit ihm die Felder inspizieren würde, die Richards Oil zu dem gemacht hatten, was es mittlerweile war.

Heute Morgen war der Speisewagen kaum wiederzuerkennen. Schneeweiße Tischtücher, dazu die seltsam bauchigen Trinkgefäße, die ihn eher an Suppenschüsseln erinnerten als an Kaffeetassen. Europäische Eigenheiten. Er würde sie akzeptieren. Schließlich war es nicht für lange.

Vera führte ihre Tasse an den Mund, trank mit geschlossenen Augen.

«Und?», fragte er, sah sie aufmerksam an. «Bist du glücklich? Ist es, wie du es dir vorgestellt hast?» Er nickte aus dem Fenster, wo im Moment vor allem der Bahnsteig von Brig zu sehen war und einige Passagiere, die den Zug verlassen hatten, um sich die Beine zu vertreten. Dahinter aber erhoben sich zerklüftete Hänge, die ihn schon beim ersten Tageslicht an die Rockies erinnert hatten, auch wenn alles so anders war: die Menschen und ihre Städte. Kleiner irgendwie, enger und sehr viel älter, noch nicht vollständig im zwanzigsten Jahrhundert, dem Jahrhundert Amerikas, angekommen.

Vera setzte ihre Tasse ab. Ihre Augen waren ganz auf ihn gerichtet, ohne die Szenerie vor den Fenstern auch nur wahrzunehmen. «Ist das dein Ernst?», fragte sie.

Er musste lächeln. Ihr Blick sagte alles.

Nur kurz kam ihm der Gedanke, ob er allmählich zu einem alten Idioten wurde, wenn er ernsthaft der Meinung war, sechstausend Dollar und drei Wochen Abwesenheit vom Geschäft wären gut angelegt im Gegenzug für das Lächeln einer schönen Frau. Er hatte so viel erreicht, dreißig Jahre lang geschuftet, um ein Imperium aufzubauen. Es war einfach Zeit, dass das Leben sich revanchierte. Ja, Paul Richards war glücklich. Er war glücklich, weil diese Frau glücklich war. Glücklich, wenn er beobachtete, wie sie die tausend Details dieses seltsamen alten Kontinents, die sich im Simplon Orient wie in einem Brennglas zu fokussieren schienen, mit Begeisterung in sich aufsaugte.

«Siehst du die Leute da draußen?» Wispernd beugte sie sich über den Tisch.

Die beiden obersten Knöpfe ihrer hellen Bluse standen offen. Die Kette aus Orientperlen, Pauls Verlobungsgeschenk, bildete einen faszinierenden Kontrast zu ihrer sonnengebräunten Haut. Fast widerstrebend drehte er den Kopf zum Fenster. «Lordy!»

Bärtige Gesellen bevölkerten den Bahnsteig, ein halbes Dutzend von ihnen, in schweren Stiefeln, um die Schultern zottige Felle. Einen

119

Moment lang fragte sich Paul, ob in der Schweiz noch Trapper und Pelzjäger existierten.

«Denkst du, dass sie zum Zug gehören?», flüsterte Vera. «In den Broschüren stand, dass auf dem Balkan manchmal Zigeuner zusteigen, die die Fahrgäste mit ihrer traurigen Musik unterhalten.»

«Das ...» Er kniff die Augen zusammen. «Das würde mich wundern.» Schon weil diese Männer keine Instrumente dabeihaben, dachte er. Stattdessen trugen sie Säbel an ihren Gürteln, und so wie sie sich bewegten, waren die Waffen nicht nur zur Zierde da. Paul kannte ein paar Ecken des amerikanischen Westens, die wirklich noch wild waren. Er hatte mit eigenen Augen gesehen, was für widerliche Sachen man mit Stichwaffen anrichten konnte.

«Es ist einfach alles so romantisch, Paul! Überall Brokat und Samt und Seide ...» Veras Finger strichen über den stoffbespannten Schirm der Tischlampe. «Und dieses glänzende Holz und das Personal in Uniformen mit weißen Handschuhen und ...» Sie drehte ihren Frühstücksteller. «Dieses Wappen! Es ist dasselbe Wappen wie überall im Zug, sogar außen zwischen den Fenstern. Zwei Löwen, die dieses verknotete ...»

Ein Räuspern.

Paul wandte den Kopf. Das Frühstück hatte eben erst begonnen, und die meisten Tische waren noch leer. Der russische Großfürst, Romanowski oder so ähnlich, saß samt Familie auf der anderen Gangseite, ausstaffiert wie ein Goldfasan. Vor ein paar Minuten musste es zu einem Streit mit dem Sohn gekommen sein. Jedenfalls war der Junge hinausgestürmt. Doch aus dieser Richtung war das Geräusch nicht gekommen.

Der alte Mann hatte am Tisch in Pauls Rücken Platz genommen: ein Brite, so viel war auf den ersten Blick erkennbar. Paul hatte ihn nur knapp gegrüßt, als Vera und er sich gesetzt hatten. Nichts gegen den Mann persönlich, aber er sah exakt so aus, wie Paul Richards sich die Leute vorstellte, die die Bürger der Vereinigten Staaten bis heute als abtrünnige Kolonisten betrachteten.

«Wenn ich mich vorstellen darf?» Der Brite erhob sich umständ-

120

lich ein Stück von seinem Stuhl. «Basil Algernon Fitz-Edwards. – Bei dem Knoten, den Sie erwähnten, handelt es sich um die ineinander verschlungenen Buchstaben des Namens der Schlafwagengesellschaft CIWL. Compagnie internationale des wagons-lits. Die beiden Löwen sind die Löwen des Königreichs Belgien.»

«Hast du das gehört?» Vera griff nach seiner Hand. «Ist das nicht unglaublich? Wir fahren in einem Zug des Königs von Belgien!»

«Nun.» Wieder räusperte Fitz-Edwards sich. «Nicht ganz. Doch König Leopold von Belgien gehörte mit Sicherheit zu den bedeutendsten Aktionären, als vor einem halben Jahrhundert die Idee einer durchgehenden Schlafwagenverbindung nach Istanbul aufkam.»

Paul hob die Augenbrauen. «Ist es in Europa üblich, dass Könige in Eisenbahnlizenzen investieren, Mr. Fitz-Edwards?», erkundigte er sich. Er erhob sich selbst ein wenig, streckte dem Mann die Hand entgegen. «Paul Richards aus Longview, Texas. Meine Frau Vera.»

«Es ist mir eine Freude.» Wieder kam der alte Mann vom Stuhl hoch. Eine angedeutete Verneigung vor Vera. Einen Moment zu lang? Paul hatte eine Ahnung, dass den Augen dieses alten Herrn wenig entging. Die beiden offenstehenden Knöpfe hatte er mit Sicherheit bemerkt.

«Nun.» Fitz-Edwards strich einen unsichtbaren Krümel von seiner Tischdecke. «In dieser Beziehung bildete König Leopold eher eine Ausnahme. Sehr geschäftstüchtig, der Mann, besaß nach dem Erwerb der Kongoprovinz quasi das weltweite Monopol auf Kautschuk. Unter denkbar unerfreulichen Umständen allerdings ...»

«Unerfreulich?»

Fitz-Edwards blickte Paul an, dann Vera. «Unerfreulich für die Eingeborenen.» Sein Blick bedeutete dem Texaner, das Thema besser nicht zu vertiefen. Noch ein ganz kurzer Blick auf Vera. Jedenfalls nicht vor der Dame, signalisierte er.

Paul war dankbar für die Warnung. Diese Fahrt gehörte der Frau, die er liebte. Und wenn diese Frau sich ihrerseits in diesen alten Zug, in den verstaubten Luxus des Alten Europa verliebt hatte, würde er alles tun, um die Schattenseiten des alten Kontinents draußen zu halten, vor den Fenstern und Türen des Zuges. Die Schatten der Vergangenheit, dachte er, und die Schatten der Zukunft, die rings um den Simplon Orient Express aufzuragen schienen wie die zerklüfteten Gipfel der Schweizer Alpen.

Brig – 26. Mai 1940, 08:44 Uhr

Boris Petrowitsch lehnte an einem der stählernen Masten, auf denen das Bahnsteigschild mit der Aufschrift Brig ruhte. Bedächtig zog er eine Zigarette aus seinem Päckchen, schien vollständig auf diese Tätigkeit konzentriert.

Er war nicht der einzige Passagier, der den Zug beim letzten Stopp auf Schweizer Seite verlassen hatte. Mehrere andere, meist jüngere Fahrgäste, nutzten den kurzen Aufenthalt, um den überheizten Kabinen wenigstens für ein paar Minuten zu entkommen, auf dem Bahnsteig zu flanieren und das langgestreckte, palastartige Bahnhofsgebäude zu bestaunen, vor allem aber die funkelnden Gletscher der Walliser Alpen.

Ein ehrfurchtgebietender Anblick. Selbst Boris Petrowitsch, der schon die Gipfel des Kaukasus gesehen hatte, konnte sich ihrem Zauber nicht entziehen – und hatte ihnen doch nur einen raschen Blick gegönnt. Die anderen Passagiere dagegen betrachteten das Massiv aus Fels und Eis, das zweitausend Meter oder mehr über dem Städtchen im Rhônetal aufragte, voller Respekt. Schließlich würden sie in wenigen Minuten unter diesem Giganten hindurchtauchen – im Simplontunnel, dem die Route, der der Orient Express seit dem Ende des Großen Krieges folgte, ihren Namen verdankte.

Boris Petrowitsch war all dies bewusst, und doch hatten weder der Tunnel noch die Menschen auf dem Bahnsteig besondere Bedeutung für ihn. Wichtig war nur eines: Die Romanows waren nicht unter ihnen. Er hatte den Speisewagen in dem Moment verlassen, da er sicher sein konnte, dass tatsächlich die gesamte Familie vorhatte, das Frühstück einzunehmen. Niemand von ihnen hatte ihn bemerkt, vor allem Alexej nicht.

Er zündete sich eine Zigarette an. Für diesen einen Moment, in dem die Gasflamme seine Züge unter dem weit ins Gesicht gezogenen, breitkrempigen Hut erhellte, waren seine Augen tatsächlich darauf konzentriert. Die Flamme verlosch, und schon glitten seine Augen wieder aufmerksam über den Bahnsteig.

An der Spitze des Zuges war die Dampflokomotive, die die Wagen seit Vallorbe gezogen hatte, durch ein neueres, elektrisches Modell ersetzt worden. Dampflokomotiven durften den engen Stollen nicht passieren. Zollbeamte unterzogen währenddessen die beiden Gepäckwagen einer Routinekontrolle. Die Fahrgäste würden erst auf der italienischen Seite abgefertigt werden, in Domodossola. Ein Mann in Postuniform brachte auf einem Handkarren eine verschlossene Transportkiste, die in den vorderen der beiden Gepäckwagen verladen wurde. Boris merkte sich das Aussehen des Behälters. Es konnte nötig werden, ihn genauer zu untersuchen, auch wenn er das zu diesem Zeitpunkt für unwahrscheinlich hielt. *So unvorsichtig wird er nicht sein.*

Boris war sich nahezu sicher, dass er nach einem neuen Passagier Ausschau halten musste oder, wahrscheinlicher noch, nach jemandem, der wie zufällig auf dem Bahnsteig auftauchen, den Zug besteigen und ihn kurz vor der Abfahrt wieder verlassen würde. Allerdings war er fest davon überzeugt gewesen, dass dies in Lausanne geschehen würde. Der Bahnhof dort war größer, unübersichtlicher, der Bahnsteig voll mit Menschen. Und bei jenem Halt hatte tatsächlich eine Handvoll neuer Fahrgäste den Orient Express bestiegen, während eine etwas größere, für Boris bedeutungslose Gruppe von Passagieren ihre Reise dort, in der neutralen Schweiz, beendet hatte. Er war lange genug beim NKWD, um ein Gespür dafür zu entwickeln, auf wen er zu achten hatte. Von denen, die in Lausanne eingestiegen waren, war niemand in Frage gekommen.

Damit blieb Brig die letzte Chance auf Schweizer Boden, es sei denn, er hatte sich vollständig getäuscht und es war bereits in Vallorbe geschehen. Doch wie hätte das möglich sein sollen? Dort war niemand zugestiegen, und Constantin Romanow hatte den Zug überhaupt nicht verlassen. Und einer der Schweizer Zollbeamten, die den Wagen betreten hatten ... Boris schüttelte unmerklich den Kopf: nein, ausgeschlossen.

Die Klappe des Gepäckwagens wurde wieder verriegelt. Der Postmann wechselte noch einige Worte mit dem Bahnsteigpersonal, die Hände in die Hüften gestützt. Die Passagiere, die sich die Füße vertreten hatten, kletterten einer nach dem anderen wieder an Bord: der seltsame Junge mit der Nickelbrille und seine Freundin, die jetzt ein anderes Kleid trug; hinter ihnen eine französische Familie, deren Kinder in der Kabine neben Boris' Abteil die halbe Nacht Lärm gemacht hatten. Schließlich eine weitere junge Frau.

Ein Gefühl wie ein elektrischer Schlag fuhr durch Boris Petrowitschs Körper.

Diese Frau war keine Passagierin! Boris war der Allererste auf dem Bahnsteig gewesen, und die Frau mit dem farblosen Haar und dem schlichten, beigebraunen Tageskleid hatte definitiv nicht zu denjenigen gehört, die den Zug durch die Türen der beiden Schlafwagen verlassen hatten. Mit Sicherheit war das den anderen Fahrgästen nicht klar. Schließlich hatte die Fahrt erst spätabends am Gare de l'Est begonnen, und es hatte sich noch kaum eine Gelegenheit ergeben, die anderen Passagiere kennenzulernen. Dazu die Neuzustiege in Lausanne. Nein, wer sollte Verdacht schöpfen?

Er biss die Zähne zusammen. Wie war es ihr überhaupt gelungen, auf den Bahnsteig zu kommen, ohne dass er es bemerkt hatte? Denk nicht darüber nach!, befahl er sich. Das war der schlimmste Fehler bei dieser Art von Aufträgen. Handeln, sofort und auf der Stelle. Pläne, so sorgfältig sie auch ersonnen waren, konnten verändert werden, wenn sich die Notwendigkeit ergab. Zögern aber war tödlich, wenn die Zielperson einmal ausgemacht war. Und er war sich sicher, dass dies die Person war, auf die er gewartet hatte.

Rasch löste er sich von dem stählernen Mast und ging mit flotten, aber nicht auffällig eiligen Schritten auf den Einstieg zu, der Frau hinterher. Der Schaffner, der bereits einen demonstrativen Blick auf seine Uhr warf, würde froh sein über jeden Fahrgast, der sich beeilte.

Im Zug wandte die Frau sich nach links, zum Übergang in den Speisewagen. Eine Frau. Niemals hätte Boris damit gerechnet, dass es eine Frau sein würde! Und da sie jetzt erst einstieg, hatte sie keine Chance mehr, den Zug in Brig noch zu verlassen. Sie würde bis zum nächsten Halt mitfahren müssen. Aber nein, das war nicht weit, nur durch den Tunnel bis zur Zollabfertigung auf der anderen Seite der Grenze.

Der Tunnel!

In diesem Moment begriff er die ganze Raffinesse des Vorhabens. Der Plan war genial. Hätte Boris Petrowitsch ihn vorhersehen müssen? Der Simplontunnel führte zwanzig Kilometer lang durch massives Gestein. Eine enge Röhre, wenige Meter im Durchmesser und darüber die Last eines ganzen Berges, Millionen von Tonnen schwer. Und ein Zug voller Angehöriger der Bourgeoisie und des Adels, die Hälfte davon Frauen, die sich aus weit geringerem Anlass in Zustände der Hysterie steigern konnten. Wer würde Verdacht schöpfen, wenn während der Fahrt durch das Dunkel Passagiere übereilt ihren Platz verließen, unter einem Vorwand die Toilette aufsuchten oder sich seltsam verhielten? Auf dieser Etappe galten eigene Gesetze.

Boris Petrowitsch Kadynow musste sie nutzen, um den Plan zu vereiteln.

***

Brig – 26. Mai 1940, 08:46 Uhr
CIWL WR 4221 (Speisewagen). Non Fumoir.

Fitz-Edwards hatte sich verabschiedet und war in seinem Abteil verschwunden – in den vorderen der beiden Schlafwagen, wie Paul bemerkt hatte. Vor den Fenstern machten sich die Passagiere, die sich draußen die Beine vertreten hatten, auf den Rückweg zum Zug. Die bärtigen Kerle in ihren Stiefeln und Fellen waren nicht mehr zu sehen, doch auch sie hatten sich in den Express begeben. Vielleicht gehörten sie zu Romanowski. Sekunden später ertönte der schrille Ton aus der Pfeife des Schaffners, und der Zug ruckte an.

Paul Richards lehnte sich zurück. Der Simplon Orient Express. Und jetzt steuerten sie auf den Tunnel zu, der ihm seinen Namen gegeben hatte. Lagergebäude glitten vorbei, während die elektrische Lokomotive Fahrt aufnahm. Das silberne Band der Rhône befand sich hinter den Fenstern auf der anderen Seite des Speisewagens, doch Paul hatte keinen Blick dafür. Er wollte den Moment mitbekommen, in dem sie in die mächtige Tunnelröhre eintauchten.

Ein gemauerter Torbogen wie der Zugang einer mittelalterlichen Burg, über dem Portal eine Folge gewaltiger Ziffern, aus dunklem Metall getrieben: 1 9 2 1. Noch keine zwei Jahrzehnte war es her, dass diese wichtigste Verbindung über die Alpen, nein, unter den Alpen hindurch ihren Betrieb aufgenommen hatte.

Ein heftiger Ruck. Ein Gefühl, als ob die Faust eines Riesen den Hunderte von Tonnen schweren Zug kurz durchschüttelte, ihn aber sofort wieder losließ. Irgendwo ein unterdrückter Schrei, und im nächsten Moment ...

Es war keine Stille, doch die Geräusche hatten sich verändert. Ein Pfeifton, hart am Rande der Hörbarkeit begleitete jetzt den Rhythmus der Räder auf den Gleisen, aber das war nicht alles. Es war leiser geworden im Speisewagen. Paul sah zu Vera, lächelte ihr aufmunternd zu. Sie hob fragend die Augenbrauen, nahm einen Schluck aus ihrer Kaffeetasse. Sein Lächeln vertiefte sich. Sie ließ sich nicht so schnell beeindrucken, seine Vera. Oder, nein, sie war einfach Amerikanerin. Paul schaute nicht zu offensichtlich hin, doch die Reaktionen der anderen Reisenden entgingen ihm nicht.

Gespräche wurden fortgesetzt, aber die Stimmen waren jetzt gedämpft. Bestecke schabten über die Teller, eine Spur nervöser als zuvor. Tassen wurden etwas nachdrücklicher auf den Untertassen abgesetzt, als wäre ein greifbarer Beweis notwendig, dass die stoffliche Welt nach wie vor Bestand hatte. Paul hatte auf viele Arten sein Geld verdient, bis er ausreichend Dollars zusammengehabt hatte, um sein erstes Stück Land im Osten von Texas zu kaufen. Einer seiner Jobs hatte ihn eineinhalb Jahre lang unter Tage geführt. Er kannte das Gefühl, das Bewusstsein des Eingeschlossenseins; es war über die Monate schwächer geworden, doch verlassen hatte es ihn nie. Jeder Mensch ging anders damit um, die Menschen im Zug nicht anders als die Männer im Bergwerk.

Die Russensippe hatte sich nur noch in gemäßigtem Ton unterhalten, nachdem der Sohn den Tisch im Streit verlassen hatte. Möglich, dass dieser Streit eine Rolle spielte, dass er zu den säuerlichen Mienen am Tisch quer gegenüber beitrug, doch das war sicherlich nur ein geringer Teil. Der Großfürst selbst blickte wortlos geradeaus, verzog keine Miene. Im Gegensatz zu seiner Tochter, einem dürren Ding, das aber durchaus mal eine Schönheit werden konnte, wenn es etwas Fleisch ansetzte. Das Mädchen kaute auf einem Brötchen herum, führte wiederholt den Kaffee an die Lippen, hatte unübersehbar Mühe, den Bissen herunterzubekommen. Ihre Mutter hatte zwei Mal aufgeblickt, mit zusammengekniffenen Augen. Schemenhaft war hinter den Fenstern die gemauerte Verkleidung der Tunnelröhre zu erkennen. Nicht weit entfernt, nur ein oder zwei Meter, und jenseits davon, vor allem aber über ihnen: Stein. Ein Bergstock mit einer Masse, einem Gewicht ... Paul war sich sicher, dass sie erst wieder von ihrem Frühstücksteller aufsehen würde, wenn sie auf der italienischen Seite ins Freie kamen. Es gab noch ein drittes Kind, ein kleines Mädchen. Eine Sekunde lang sah die Kleine in Pauls Richtung, und er grinste ihr zu, als sie die Gelegenheit, dass niemand auf sie achtete, beim Schopf packte und sich mit gesundem Appetit ein zweites Milchhörnchen in den Mund stopfte.

Von der Decke des Wagens tauchten elektrische Lichter den Raum in dezente Helligkeit. Abgesehen von den gestärkten weißen Tischdecken und dem Frühstücksgeschirr, sah es nicht viel anders aus als gestern Nacht, als sich einen Raum weiter in aufgeräumter Atmosphäre ein Teil der Fahrgäste an der Bar zusammengefunden hatte. Und doch spürten sie alle das erdrückende Gewicht des Berges. Die Enge rings um sie, den nadeldünnen Kanal, durch den der Orient Express Italien entgegenraste.

Die Tür zum Raucherbereich wurde aufgeschoben. Paul drehte den Kopf. Eine junge Frau in einem beigebraunen Kleid, die er noch nicht gesehen hatte, betrat den Speisewagen und warf einen raschen Blick über die Tische. Für den Bruchteil einer Sekunde trafen sich ihre Augen, und – Paul konnte selbst nicht genau sagen, was es war: Vielleicht wandte sie den Blick eine Idee zu schnell wieder ab – aus irgendeinem Grund sah er genauer hin. Sie wirkte unauffällig, war vielleicht Anfang dreißig, weder besonders hübsch noch ausnehmend hässlich. Das Kleid von guter Qualität, aber schlicht: ideal für den Zug, doch genauso gut hätte sie es auf der Straße tragen können. Über die Schulter eine Handtasche, die sie ...

Er legte die Stirn in Falten. Der Verschluss der Handtasche war geöffnet, doch ihre Finger lagen über der Klappe, sodass sie wie geschlossen wirkte. Es war keine beiläufige Geste. Die ganze Haltung der Frau wirkte locker und beiläufig, ausgenommen diese Hand, deren Finger gekrümmt waren, angespannt.

Sie drehte sich um, doch ehe sie den Durchlass wieder schließen konnte, folgte ihr ein stämmiger, jüngerer Mann, den Paul bereits an der Zollstelle in Vallorbe gesehen hatte. Jetzt trug er eine Art europäische Variante eines Stetsons, den er automatisch absetzte, als er das Non Fumoir betrat. Er schloss die Tür hinter sich, ohne sich dabei umzuwenden.

Pauls Stirnrunzeln vertiefte sich. Er selbst war überrascht gewesen, wie viel Kraft notwendig war, um diese Tür zu betätigen. Vermutlich war sie bewusst schwergängig gearbeitet, um die Nichtraucher vor den Tabakausdünstungen im Nebenraum zu schützen. Die Leichtigkeit, mit der dem Mann das Manöver gelang, bewies, dass er wesentlich kräftiger war, als Paul geglaubt hätte. Der Texaner konnte noch immer nicht sagen, was es war, doch irgendetwas sagte ihm, dass diese Szene eine Bedeutung hatte, die er ...

«Paul?»

Ruckartig wandte er den Blick ab.

Veras Lächeln war kaum mehr als eine Andeutung. «Beobachtest du etwa fremde Damen? – Würdest du mir bitte den Honig geben?»

«Klar.» Er grinste. «Natürlich, Darling.»

In diesem Augenblick passierte die fremde Dame ihren Tisch, verlor ganz kurz das Gleichgewicht und musste sich auf den Tisch der Russen stützen. Der Mann mit dem stetsonartigen Hut war so dicht hinter ihr, fast schon unhöflich nah, aber eben doch nur *fast*. Im selben Moment fing sie sich, ging weiter, immer noch ohne Hast, der Mann mit einer gemurmelten Entschuldigung weiterhin hinter ihr. Als Paul sich nach einigen Sekunden umblickte, waren die beiden verschwunden.

* * *

Im Dunkel – 26. Mai 1940, 08:51 Uhr
CIWL WR 4221 (Speisewagen). Non Fumoir.

Boris war unmittelbar hinter ihr. Sie beschleunigte ihre Schritte, stolperte, fing sich. Hatte sie erkannt, wer er war? *Was er war?* Gleichgültig Wenn sie diesen Auftrag übernommen hatte, besaß sie ausreichend Instinkt, um zu spüren, wenn Gefahr drohte. Hatte Romanow sie erkannt? Begriff er, was vorging? Hatte *sie* den Großfürsten erkannt?

Wieder ging Boris Petrowitsch etwas auf, das er hätte erkennen müssen, und es war mehr als ein bloßes Detail: die Uniform. Über eine Woche lang hatte er Constantin Alexandrowitsch Romanow in Paris observiert und nicht ein einziges Mal, nicht einmal beim Besuch in der Carpathischen Botschaft, hatte der Mann eine Uniform getragen. Heute dagegen – zum Frühstück! – war er von oben bis unten mit zaristischen Orden behängt. Ein Erkennungszeichen! Doch es würde nichts nützen. Boris Petrowitsch würde das Zusammentreffen der beiden verhindern.

Sie folgte dem Gang, der die Tischreihen voneinander trennte, sah starr geradeaus. Wo wollte sie hin? Ihr musste klar sein, dass ihr Plan gescheitert war, doch der Zug war in Bewegung, schoss durch die Dunkelheit des Tunnels und würde erst in Domodossola wieder zum Stehen kommen.

Die Tür am Ende des Ganges, die zum kurzen Korridor mit den

129

Wirtschaftsräumen führte, öffnete sich, und die Mutter der französischen Familie wurde sichtbar. Doch die fremde Frau schob sich geschickt vor ihr durch die Öffnung, während Boris in seiner Rolle nicht anders *konnte*, als der Französin den Vortritt zu lassen. Er unterdrückte einen Fluch. Das verschaffte dem Zielobjekt Sekunden. Er konnte sich nicht noch enger an die Verfolgte drängen, nicht solange die Menschen im Salon ihn sehen konnten.

Schon erreichte sie das Ende des kurzen Korridors, die Tür zum Übergang in den nächsten Wagen. Konnte er sie zwischen den Wagen einholen? War er schnell genug? Würde der Lärm der Fahrt die Geräusche in dem ächzenden Tunnel aus Faltenbälgen übertönen? Unsinn. Wenn er sie in die Enge trieb, würde sie schreien, und das würde ...

Sie hatte den Übergang überwunden und schob sich in den hinteren Schlafwagen, in dem auch Boris' Kabine lag. Sie wurde langsamer, und im nächsten Moment sah Boris, warum: Der dickere der beiden Kabinenstewards stand mit dem Rücken zu ihnen und war dabei, einen Handtuchstapel zu sortieren. Direkt hinter ihm befand sich der Eingang zu den Toiletten. Boris spürte, wie die Frau zögerte. War die Toilette der Ort der Übergabe? Auf jeden Fall versprach sie Sicherheit. Wenn es ihr gelang, sich in der Kabine einzuschließen, war sie unangreifbar. Selbst wenn der Steward verschwinden sollte, sobald er seine Arbeit beendet hatte, hätte Boris keine Möglichkeit, die Tür mit Gewalt zu öffnen. Nicht ohne den gesamten Zug zu alarmieren. Doch dazu musste sie die Kabine erst einmal erreichen. Wenn es jemanden gab, der die Gesichter der Fahrgäste kannte, dann waren es die Zugbegleiter. Sobald der Mann sich umdrehte ...

Die Frau musste es im selben Moment begriffen haben. Sie ging schneller, den menschenleeren Seitengang des Schlafwagens hinab, doch nicht auffällig schnell. Wenn sich eine der Abteiltüren öffnete, würde sie keinen Verdacht erregen.

Wo wollte sie hin? Zum letzten Wagen, der altertümlicher wirkte als der Rest des Zuges und erst kurz vor der Abfahrt angehängt worden war? Boris war sich sicher, dass es mit ihm eine besondere Bewandtnis hatte, doch genauso sicher war er sich, dass er mit den Romanows und seinem Vorhaben nichts zu tun hatte. Aber er war eine Unbekannte in der Gleichung, und das war gefährlich genug.

Nein, sie wollte nicht in den Wagen. Die hintere Toilette! Im selben Moment, in dem sie sich abrupt nach links wandte, warf er sich nach vorn. Handeln! Es blieb keine Zeit zum Denken. Sie waren allein, der Steward am entgegengesetzten Ende des Wagens. Doch dieser Gedanke kam ihm erst, als er schon gegen sie prallte, sein Gewicht sie in die Toilettenkabine warf, die sie im selben Moment geöffnet hatte.

Sie wird schreien! In diesem Augenblick war er sich hundertprozentig sicher, dass sie schreien würde. Seine Schulter traf schmerzhaft gegen den Türrahmen. Die Frau war mit dem Kopf angeschlagen, brach in die Knie, doch, nein, sie war nicht ohnmächtig, stützte sich auf den Toilettendeckel, versuchte sich aufrecht zu halten.

In diesem Moment drückte ihr Boris Petrowitsch bereits den Lauf seiner Pistole an die Schläfe. «Du stirbst, wenn du einen Laut von dir gibst», sagte er ruhig. Er flüsterte nicht. Hätte er geflüstert, hätte ihr das Hoffnung gegeben, ihr bewusst gemacht, dass Menschen in der Nähe waren. Doch der Zugbegleiter war sonst wo, und die Wand zum nächsten Abteil war dick genug, um die Geräusche einer normalen Unterhaltung zu dämpfen.

Sie blutete aus einer üblen Platzwunde an der Stirn. Das war schlecht. Wenn sie Schmerzen hatte, vielleicht benommen war, erleichterte das sein Spiel, doch das wog das Problem nicht auf, dass das Blut verschwinden musste. Er packte sie an den Schultern, drehte sie zu sich um und presste sie gleichzeitig gegen die Kabinenwand. Ja, sie war benommen, er spürte es an ihrer Reaktion. Mit der Hand, die die Pistole hielt, zog er die Kabinentür zu.

«Du kannst mich verstehen?»

Sie antwortete nicht, aber in ihrem rechten Auge, das noch nicht vom Blut verklebt war, blitzte es auf. Sie verstand. Das Blut lief ihr übers Gesicht und den Hals hinab, tränkte den Mantel. Boris fluchte im Stillen. Ausgeschlossen, die Frau ohne Aufsehen aus dem Zug zu schaffen, wenn er hatte, was er wollte.

«Du kannst hier immer noch heil rauskommen», sagte er und senkte nun doch die Stimme. Nicht geflüstert, sondern vertraulich. «Gib mir die Steine, und ich bringe dich von Bord, sobald wir in Italien sind.»

Er spürte, wie ihr Körper sich entspannte. Sie gab auf? So rasch?

Im letzten Moment sah er das Aufblitzen der Klinge. Sie führte das Messer mit links, musste es im Umschlag ihres Mantels getragen haben, trieb es steil aufwärts. Boris fuhr zurück, duckte sich zur Seite, doch es war zu wenig Platz in der Enge der Kabine. Das Reißen von Stoff, ein beißender Schmerz an der Innenseite seines Unterarms. Noch mehr Blut, verflucht!

Seine Faust mit der Pistole stieß nach vorn, traf sie mit voller Kraft unterhalb der Rippen, und er spürte, wie Knochen brachen. Ein krächzender Laut von ihren Lippen, das Messer fiel ihr aus der Hand. Boris biss die Zähne zusammen. Er tat das nicht gern, aber er hatte keine andere Wahl. Er ließ die Pistole fallen, legte die Hände um ihren Hals und drückte zu. Sie wehrte sich, und er konnte den verletzten Arm nicht richtig benutzen, aber er wog fast doppelt so viel wie sie und kannte den Punkt, an dem er mit den Daumen ansetzen musste.

Es dauerte nur Sekunden. Sekunden, in denen er ihr ins Gesicht sah, weil er nur dort, in ihren Augen, prüfen konnte, ob er erfolgreich war.

Als ihr Blick brach, er sie losließ und ihr Körper leblos an der Kabinenwand zu Boden rutschte, fühlte es sich an, als würde jede Kraft auch seinen eigenen Körper verlassen. «Tschort vozmi!», flüsterte er. *Verdammt!* Aber er gab sich keine Sekunde zum Durchatmen, sondern ging in die Hocke, riss ihr den Mantel auf. Das Blut, verdammt! Wie sollte er all das Blut ...

In diesem Moment hörte er das Geräusch.

Schweres Luftholen, unmittelbar vor der Tür. Boris Petrowitsch hielt den Atem an. Ein Passagier, der die Toilette benutzen wollte? Am anderen Ende des Wagens befand sich die zweite. Wer in diesem Zug würde vor der Tür warten, bis die Kabine irgendwann frei wurde?

Nein, das war niemand, der einfach nur in die Kabine wollte. Es

132

war jemand, der etwas gehört hatte, was er nicht hätte hören dürfen. Boris ging in die Knie, spürte, dass er zitterte, doch nicht Angst war der Grund, sondern die Anspannung, der Blutverlust. Er tastete nach der Waffe, während sich dicke Blutstropfen von dem verletzten Arm lösten, mit einem unangenehmen Geräusch auf dem Boden auftrafen. Seine Hände schlossen sich um den Griff der Pistole, aber noch immer hatte er keinen Plan. Er *konnte* keinen der Fahrgäste töten. Wenn einer der Passagiere fehlte, würde das auffallen, spätestens in Domodossola. Und in einer WC-Kabine voller Blut ... *Ich schaffe es nicht! Diesmal schaffe ich es nicht!*

«Boris Petrowitsch?» Die Stimme klang gedämpft, fast schüchtern. Alexej Romanow.

***

Im Dunkel – 26. Mai 1940, 08:55 Uhr
CIWL WL 3425 (Hinterer Schlafwagen). Kabinengang.

Alexej war unfähig, sich zu rühren. Er hatte den größten Teil der vergangenen zwanzig Minuten auf der Toilette zugebracht – der anderen Toilette dieses Wagens – und sich seinem Elend hingegeben. Bei seinem dramatischen Abgang vom Frühstückstisch hatte er ein Detail übersehen: Er war in die falsche Richtung gelaufen. Nicht in den vorderen Schlafwagen, in dem die Doppelkabine der Romanows lag, die er für sich allein gehabt hätte, während Constantin über die glanzvolle Zukunft der Familie in Carpathien schwadronierte, sondern in das hintere, etwas weniger prunkvoll ausgestattete Gefährt.

Weil er sich nicht die Blöße geben wollte, noch einmal am Tisch seiner Eltern vorbeizumarschieren, war ihm nichts anderes übriggeblieben, als sich entweder die Nase an den Zugfenstern platt zu drücken, wo im Augenblick nichts zu sehen war als das schattenhafte Mauerwerk des Tunnels, oder auf die Toilette zu verschwinden, bis die Familie ihre Mahlzeit beendet hatte.

Es war jetzt zwei Minuten her, dass er sie wieder verlassen hatte. Der Kabinengang war menschenleer gewesen. Aus einem der Abteile waren die Geräusche gedrungen, mit denen der Zugbegleiter die Etagenbetten für die Tageskonfiguration in Sitzpolster verwandelte. Der Mann arbeitete nicht gerade lautlos, ganz im Gegenteil: Mit sehr viel Phantasie hatte Alexej sogar die Melodie eines frivolen Chansons erkennen können, das in den weniger gediegenen Varietés rund um den Montmartre in diesem Frühjahr zum Standardprogramm gehörte. Doch darüber, dahinter ...

Alexej war den Geräuschen gefolgt, fast gegen seinen Willen: Poltern, Ächzen, unterdrücktes Stöhnen. Einen Moment lang war er drauf und dran gewesen umzukehren, weil er plötzlich vor sich zu sehen glaubte, wie ein Paar sich in der Intimität seines Abteils einem besonders ausgefallenen Liebesspiel hingab. Schließlich hatte er sein gesamtes Erwachsenenleben in Paris verbracht und wusste, dass es Praktiken gab, die ...

Doch die Geräusche kamen aus keinem der Abteile. Sie kamen vom entgegengesetzten Ende des Wagens, von der hinteren Toilette. Unmittelbar vor der WC-Tür war Alexej unschlüssig stehen geblieben. Was, wenn einer der Passagiere einen Schwächeanfall erlitten hatte? Der Zugbegleiter war nur ein paar Abteile entfernt. Mit Sicherheit hatte er einen Generalschlüssel, mit dem die Tür sich öffnen ließ. Doch in diesem Moment hatte Alexej ein neues Geräusch gehört, ein Knurren wie von einer wilden Bestie im Kampf um ihr Leben. Dann, Sekunden später, ein dumpfer, auf beunruhigende Weise endgültiger Laut. Und schließlich: «Tschort vozmi!» – Verdammt!

Mit einem Mal war seine Kehle wie zugeschnürt, sein Atem ein vernehmliches Pfeifen. «Boris Petrowitsch?», flüsterte er.

Sekunden verstrichen. Nichts war zu hören. Wenn sich sein einziger Freund in diesem Zug auf der anderen Seite der Tür befand, schien er nicht einmal zu atmen. Aus der Ferne ein leises Schaben, als der Zugbegleiter das Abteil, das er hergerichtet hatte, verließ und an der nächsten Tür klopfte. Wie weit war er noch entfernt? Der Kabinengang weitete sich zum Ende des Wagens hin. Für den Moment war

134

Alexej in diesem Winkel für den Mann unsichtbar. Und eine innere Stimme flüsterte ihm zu, dass er ihn unter keinen Umständen, unter gar keinen Umständen sehen durfte.

«Boris Petrowitsch?», flüsterte er drängender. «Ist alles in Ordnung?»

«Bist du allein?» Die Worte kamen auf Russisch, mühsam hervorgepresst.

«Ja», wisperte Alexej. «Was ist los, Boris Petrowitsch? Soll ich jemanden ...»

Keine Antwort. Stattdessen wurde die Tür geöffnet, langsam, Zoll um Zoll.

Blut.

Das war alles, was Alexej sah: Blut. Die mahagoniverkleideten Wände, die Installation, Waschbecken und Toilettensitz über und über bedeckt mit Blut. Boris Petrowitsch, der in einem Straßenanzug vornübergebeugt dastand, die rechte Hand auf den linken Unterarm gepresst: Blut. Auf dem Boden der Toilettenkabine ein Bündel aus mattbraunem Stoff, aus dem etwas wie Stroh herausragte, das ... Ein Mensch! Eine Frau. Eine tote Frau!

Alexej wollte zurückweichen, doch er konnte nicht. Er konnte sich nicht rühren. Er versuchte zu begreifen, was in der Toilettenkabine geschehen war, dabei war nur allzu deutlich, was dort vorgegangen sein musste. Für eine Sekunde kam ihm etwas in den Sinn, das Boris gestern Abend gesagt hatte. Über die Leidenschaft russischer Frauen, die nicht leicht zu erwecken sei, aber *wenn* sie einmal erweckt war, dann konnte sie an allen möglichen und unmöglichen Orten ...

Aber das hier war kein Liebesspiel gewesen. Boris und die unbekannte Frau waren vollständig bekleidet. Also hatte er sie auch nicht mit Gewalt genommen. Und doch war er voller Blut. Blut, überall Blut! Wir laufen davon vor der Gewalt, vor dem Blut und dem Tod, fuhr es Alexej durch den Kopf, aber sie sind uns auf der Spur. Sie lassen uns nicht entkommen.

«Komm rein!», zischte Boris Petrowitsch.

Alexej riss die Augen auf. «Was?»

«Komm hier rein!» Boris schnellte vor. Seine blutverschmierte Hand packte Alexejs Arm.

Der junge Mann war zu überrascht, noch immer zu gelähmt von der Situation, um Widerstand zu leisten. Stolpernd betrat er die Kabine, wurde gegen die Wand gepresst. Im selben Moment fiel die Tür ins Schloss und wurde verriegelt. Boris Petrowitsch starrte ihn an. Alexej hatte Mühe, in ihm den Mann wiederzuerkennen, mit dem er gestern beim Wodka zusammengesessen hatte. Und doch war es jetzt *genau der Mann*, den er zu spüren geglaubt hatte wie ein Gesicht hinter einem halb durchsichtigen Schleier: ein Kämpfer.

Ein Mörder?

Dieser Blick: Einen Atemzug lang war Alexej davon überzeugt, dass Boris Petrowitsch auch ihn töten würde. Hier und jetzt, in diesem blutverschmierten Gefängnis würde er sterben, während der Orient Express stampfend und zischend durch das lichtlose Dunkel raste.

Boris hielt seinen Arm noch immer gepackt, die andere Hand umklammerte Alexejs Hemdkragen. Jetzt, ganz langsam, lockerte sich der Griff, allerdings ohne dass sich sein Blick von Alexej löste.

«Wa...» Alexej schluckte. «Warum hast du das getan? Wer ist ... Wer war die Frau?»

Boris warf nur einen kurzen Blick zur Seite. «Ich weiß es nicht. – Du musst mir helfen, Alexej Constantinowitsch! Für Russland.»

«Was?»

«Ich habe keine Zeit, es dir zu erklären!» Plötzlich ließ er Alexej los. «Diese Frau hat etwas bei sich, das ich haben muss. Das *Russland* haben muss. Und dann muss sie verschwinden.»

«Verschwinden?»

Boris antwortete nicht. Stattdessen ging er neben dem Leichnam auf die Knie, ohne auf das Blut zu achten. Rücksichtslos drehte er die Tote auf den Rücken. Der Mantel klaffte auf, selbst wie eine offene Wunde, ihr Gesicht war blutverschmiert. Boris begann in den Taschen des Kleidungsstücks zu wühlen, griff unvermittelt nach etwas, das halb unter dem Leichnam verborgen gewesen war. «Hier! Du durchsuchst ihre Tasche!»

«Wie?» Alexej blinzelte. «Wonach?»

Boris hatte ihm die Handtasche der Toten in die Hand gedrückt, sah sich nicht mehr nach ihm um, sondern tastete den Saum des Mantels ab. «Es sind vierzehn Steine, möglicherweise zu einem Collier verarbeitet. So groß wie Glasmurmeln.»

«Steine?»

«Brillanten.» Roh zerrte Boris der Toten den Mantel vom Leib, riss den Stoff des Kleides entzwei.

Alexej wollte nicht hinsehen, aber er konnte nicht anders. Es sah aus, als wollte Boris Petrowitsch nun doch tun, was Alexej im ersten Moment vermutet hatte, als er die Geräusche aus der Toilettenkabine gehört hatte: der Frau Gewalt antun. «Aber wie kommt sie an solche …»

«Sie gehören nicht ihr.» Ganz kurz sah Boris Petrowitsch zu ihm auf. «Sie gehören deinem Vater. Aber eigentlich …» Mit einem schrecklichen Geräusch rissen die Unterröcke der Toten. «In Wahrheit gehören sie dem russischen Volk.»

Alexej starrte ihn an, doch nur noch für eine Sekunde. Als er sah, wie sich die Finger seines Kommilitonen im Schritt der Frau zu schaffen machte, wandte er angewidert den Blick ab. *Welch ein Ort, um Brillanten zu verstecken.* Boris Petrowitsch schien allerdings genau zu wissen, wo er suchen musste. Und damit begriff Alexej Romanow endgültig, was er von Anfang an hätte begreifen müssen. «Du bist ein Sowjet», sagte er mit heiserer Stimme. «Ein Agent der Bolschewiki.»

«Ich bin Russe!», knurrte Boris. «Wenn du auch einer bist, sag mir, was in der verfluchten Tasche ist!»

Mit zitternden Fingern begann Alexej das Innere der Tasche zu durchsuchen. Schminkutensilien. Ein Reisepass. Eine Geldbörse. Taschentücher. Alles, was man in einer Damenhandtasche erwarten würde. Er begann die Nähte, den Boden abzutasten, wie er es bei Boris' Untersuchung des Mantels gesehen hatte, wiederholte den Vorgang, plötzlich voller Angst, etwas übersehen zu haben. *Ich kann das nicht tun! Mutter Gottes, was mache ich hier? Dieser Mann ist ein Agent der Sowjets, und er ist hier, um meine Familie zu berauben.*

Alexej wusste, dass das Collier der Zarin Jekaterina im Besitz der

Romanows gewesen war. Doch nicht im Traum hätte er für möglich gehalten, dass Constantin Alexandrowitsch das kostbarste Schmuckstück der gestürzten Dynastie aus dem Land geschmuggelt haben könnte. Aber genau so musste es gewesen sein. Allerdings hatte der Großfürst es nicht bei sich behalten, was auch Wahnsinn gewesen wäre auf ihrer Irrfahrt rund um die Welt. All die Jahre musste es sicher und unentdeckt in einem Tresor in der Schweiz geruht haben, bis ...

Carol von Carpathien. Mit einem Mal wurden ihm sämtliche Zusammenhänge klar. Der Großfürst war ein reicher Mann, selbst wenn er das märchenhafte Ausmaß dieses Reichtums niemals offen gezeigt hatte. Doch von einem Leben in Luxus und Müßiggang, wie andere Angehörige der Zarenfamilie es pflegten, hatte er nie etwas gehalten. Er wollte das Rad der Zeit zurückdrehen, die Sowjets und ihren neuen Staat zerschmettern, und dazu brauchte er nicht Geld, sondern Macht. Eine Macht, die ihm sein neuer Schwiegersohn verschaffen konnte, wenn er erst wieder auf dem Thron Carpathiens saß. Carpathien, das jetzt einer unter mehreren bedeutungslosen Balkanstaaten war, deren Finanzen hoffnungslos zerrüttet waren. Aber mit dem Collier der Zarin? Carpathien wäre wieder mächtig, würde dem Balkan seinen Stempel aufdrücken. Und dann? *Du kannst dich freuen, denn du wirst deine Uniform bekommen. Die Uniform des königlich carpathischen Militärs deines zukünftigen Schwagers.* Alexej sollte die Uniform Carpathiens tragen und in dieser Uniform in den Krieg ziehen – in den Krieg gegen seine Heimat! Den Krieg gegen Russland!

«Du sollst mir die verdammte Tasche geben!», zischte Boris Petrowitsch und riss sie Alexej aus der Hand. Er brauchte nur Sekunden für die Untersuchung, starrte sie dann einen Moment lang an, ehe er sie zu Boden fallen ließ. «Sie hat die Steine nicht. – Es sei denn, sie hätte sie geschluckt, aber dazu sind sie zu groß. Außerdem hätte sie dann keine Möglichkeit gehabt, sie deinem Vater zu übergeben.»

Mit aufgerissenen Augen sah Alexej die Tote an. «Dann war sie gar nicht ...»

«Sie hätte mich abgestochen, wenn ich einen Atemzug langsamer gewesen wäre!», knurrte Boris. «Wenn sie die Steine nicht mehr hat, muss sie sie irgendwo ...» Er stutzte. «Nein», flüsterte er. «Vorhin im Speisewagen. Ich hatte sie die ganze Zeit im Auge, doch sie muss dermaßen geschickt gewesen sein: Sie ist ins Wanken geraten und hat sich bei deinen Eltern am Tisch abgestützt. In diesem Moment ...»

«Dann hat mein Vater die Steine?» Alexej verstummte. Mit einem Mal begriff er etwas: Boris Petrowitsch, wie er ihn jetzt kennengelernt hatte, war ein vorsichtiger Mensch. Niemals hätte er sich darauf verlassen, dass er den Überbringer des Colliers schon rechtzeitig würde erkennen und abfangen können. Ein solcher Mann hatte niemals nur einen einzigen Plan. Sein zweiter Plan hieß Alexej.

«Du ...» Alexej schluckte. «Du warst niemals Student an der Sorbonne, oder?»

Boris schüttelte den Kopf, fuhr sich mit den blutverschmierten Fingern durch die Haare. «Nie Zeit gehabt zum Studieren.»

«Und jetzt erwartest du, dass ich ...»

Ruckartig löste der andere sich aus seiner Erstarrung. «Darüber denken wir später nach. Sie hat die Steine nicht – sie muss verschwinden. Jetzt sofort, solange wir noch im Tunnel sind.»

Alexej öffnete den Mund, doch er musste nicht fragen. Er begriff, und allein das Bild, allein die Vorstellung weckte den Wunsch in ihm, sich zusammenzurollen in ein winziges Bündel, hier auf dem blutverschmierten Boden der Zugtoilette. Alles, nur nicht Anteil haben an einer Tat, die wie ein zweiter Mord war an der bedauernswerten Frau, die nichts anderes hatte tun wollen, als ein Schmuckstück zu überbringen. Ich *kann* es nicht tun.

Aber er tat es doch, auch wenn die Ereignisse in seiner Erinnerung undeutlich blieben, verhüllt von einem gnädigen Schleier halber Ohnmacht: wie sie die Tür des WCs öffneten, Boris hinausspähte, lauschte. Wie sie die Tote zur Einstiegstür schleppten, die Boris auf eine Weise, die Alexej nicht nachvollziehen konnte, öffnete. Wie der Fahrtwind fauchend und brüllend an ihnen riss, dass sie sich an die Handläufe aus Messing klammerten, als stände ihr Leben auf dem Spiel. Denn das tat es.

Am Ende mussten sie nichts anderes tun, als den Leichnam loszulassen. Der lidschlagkurze Eindruck einer irrsinnigen Pirouette, dann ein dumpfer Schlag, der den Wagen traf – und die unbekannte Frau war in der Dunkelheit verschwunden.

Alexej Constantinowitsch Romanow sollte für den Rest seines Lebens von Schweißausbrüchen heimgesucht werden, wann immer er gezwungen war, einen Tunnel zu passieren.

Boris Petrowitsch verriegelte die Tür, zog Alexej zurück in die Deckung der Toilettenkabine. Sie hatten Glück gehabt, reines Glück, dass niemand sie bei ihrem Manöver beobachtet, der Zugbegleiter noch immer im selben Abteil zu tun hatte.

Aber in diesem Moment erkannte Alexej, dass es noch nicht vorbei war. Entsetzt sah er sich in der Toilette um. «Das Blut», flüsterte er. «Das bekommen wir niemals weg, bevor der Nächste hier reinwill.»

«Das stimmt», hörte er Boris' Stimme.

Im nächsten Moment explodierte ein zerreißender Schmerz in seiner Schläfe, und die Welt wurde schwarz.

***

Im Dunkel – 26. Mai 1940, 09:05 Uhr
CIWL WR 4221 *(Speisewagen)*. Non Fumoir.

Ein dumpfer Schlag, fast als ob der Zug einen kleinen Hüpfer machte. Ingolf Helmbrecht war sich nicht ganz sicher. Bekam er womöglich einen Schluckauf? Ein lustiges Wort, wenn er darüber nachdachte.

Ingolf Helmbrecht war bester Laune.

Allerdings entging ihm nicht vollständig, dass er offenbar der einzige Fahrgast war, der sich in derart aufgeräumter Stimmung befand. Der Orient Express schoss durch einen wenige Meter breiten Kanal unter dem Hauptkamm der Alpen hindurch, und ein geisterhaftes Zischen begleitete die Fahrt, seitdem sie in die Dunkelheit getaucht waren. Ab und zu – wie gerade eben – ein plötzliches Rumpeln. Und

140

das eine oder andere Gesicht im Speisewagen sah auffallend blass aus. Blass und irgendwie ... lustig.

Mit Mühe unterdrückte Ingolf ein Kichern. Eva saß ihm gegenüber und hob fragend die Augenbrauen. Auch sie war blass, anders als die anderen allerdings nicht erst, seit der Zug durch den Tunnel fuhr. In Brig waren sie ein paar Schritte an der frischen Luft spazieren gegangen, doch das hatte nichts geholfen. Ob es irgendeine Möglichkeit gab, sie aufzumuntern?

Irgendwo in seinem Hinterkopf flüsterte beständig eine warnende Stimme: Deine gute Laune kommt nicht von allein. Deine gute Laune ist eine Nebenwirkung, und sie wird mit Sicherheit nicht die einzige bleiben. Ingolf hatte sich insgesamt zwei Injektionen gesetzt, nachdem er seine Verletzung in der Toilettenkabine notdürftig gesäubert hatte. Das Antibiotikum würde er sich in den nächsten Tagen alle vierundzwanzig Stunden spritzen müssen, mit dem Schmerzmittel war das anders. Ein Milliliter pro Anwendung, hatte auf dem beiliegenden Zettel gestanden – doch wie ließ sich in einem fahrenden Zug, der über die unruhigste Strecke seit Beginn der Fahrt rollte, ein millimeterdünner Streifen auf dem Injektionskolben abmessen?

Ingolf ging davon aus, dass er sich etwa das Dreifache der vorgeschriebenen Dosis verabreicht hatte. Er war sich im Klaren darüber, dass eine dreifache Überdosierung zwar ein paar unangenehme Nebenwirkungen haben konnte, ihn aber mit ziemlicher Sicherheit nicht umbringen würde. Und bisher waren die Nebenwirkungen nicht einmal unangenehm, sondern ganz im Gegenteil – eben eher ... lustig.

Nur dass Eva nicht lustig war, und das tat ihm leid. Er mochte es nicht, wenn sie traurig war. Sie war eine hübsche junge Frau mit großem Interesse an Handschriften des dreizehnten Jahrhunderts. Und wie sie jetzt aussah, in dem türkisgrünen Kleid von Betty Marshall, das ihr eine Winzigkeit zu kurz war und, zugegeben, auch ein wenig weit ... Trotzdem: Sie war eine Wucht. Genau das. Eine Wucht.

«Eva», sagte er ernst und sah sie über den Tisch hinweg an, auf dem der Kellner soeben eine Kanne dampfenden Morgenkaffee abstellte.

141

Genau das, was Ingolf jetzt brauchte, denn er fühlte sich plötzlich auch irgendwie müde. Dennoch, es musste einfach raus. «Eva», sagte er vernehmlich. «Sie sind eine *Wucht*!»

Sie kniff die Augen zusammen, betrachtete ihn. Es war beinahe derselbe Blick wie heute früh in Vallorbe und nicht besonders freundlich. Nicht, wie man es nach einem so netten Kompliment erwartet hätte. Streng genommen war es ja nicht einmal ein Kompliment, sondern schlicht die Wahrheit. Sie *war* eine Wucht.

Eva schwieg, wartete ab, bis der Kellner zwei Tische entfernt war. «Das ist sehr nett von Ihnen, Ludvig», sagte sie mit gedämpfter Stimme. «Aber würden Sie mir verraten, warum Sie plötzlich deutsch sprechen?»

Ingolf öffnete den Mund. Warum er deutsch sprach? Verflucht! *Verflucht!* Er suchte nach irgendeiner zufriedenstellenden Antwort. Etwas über seine Familie daheim in Illinois ... Michigan! ... Michigan, verdammt! Doch plötzlich war er nicht mehr imstande, einen klaren Gedanken zu fassen, geschweige denn einen klaren Satz hervorzubringen. Das Fieber, oder viel wahrscheinlicher das Schmerzmittel ... Evas Augen, die ihn musterten, wie durch einen Schleier, dann plötzlich ihre Hand, die sich auf seine Finger legte ...

«Ludvig?», erkundigte sie sich leise. «Darf ich Sie etwas fragen?»

Doch es kam keine Frage. In seinem Rücken nahm er ein Geräusch wahr, über die gedämpften Unterhaltungen der Fahrgäste hinweg: die Tür, die am Ende des Non Fumoir in den Raucherbereich führte und weiter zum vorderen Schlafwagen. Im selben Moment spürte er, wie sich der Druck um seine Finger plötzlich verstärkte, fast schmerzhaft wurde. Etwas ungeschickt wandte er sich über die Schulter um, sah, wie ein glatzköpfiger Mann, das Gesicht von einer schlecht verheilten Mensurnarbe entstellt, den Salon betrat, die Tür aufhielt und einen jüngeren, hochgewachsenen Mann passieren ließ. Eine vor Orden strotzende Uniform, ein gepflegter Moustache, die Haare mit viel Brillantine aus der Stirn gekämmt: der König von Carpathien.

Ingolf drehte sich zurück zu Eva, die den Mund geöffnet hatte, ihn anstarrte – oder doch den König? Aber das war Unsinn – so berühmt

142

war der Mann nun auch nicht. Jedenfalls kein Vergleich mit Betty Marshall nach Ingolfs Dafürhalten. Er wartete, wartete auf die Frage. Doch sie kam nicht. Stattdessen öffnete sich nun auch die Tür auf der anderen Seite des Non Fumoir. Die Tür, die zum hinteren Schlafwagen führte, in dem auch Ingolfs und Evas Abteil lag. Und bei dem, was er jetzt sah, blieb ihm die Luft weg.

In der Türöffnung ...

In seinem Rücken ertönte ein lautes Scheppern, als die russische Großfürstin von ihrem Platz aufsprang. Ihr greller Schrei, der den Salon füllte, schien nicht enden zu wollen.

ZWISCHENSPIEL – GROSSDEUTSCHES REICH

Breslau, Schlesien. Oberschlesischer Bahnhof – 26. Mai 1940, 09:08 Uhr

Sie waren zu viert. Es war ein trüber Morgen, und über den Rangiergleisen verlor sich der Blick zur Oder in einer unnachgiebigen Wand aus diffusem Grau. Sie unterhielten sich leise. Schon die Atmosphäre an diesem Morgen sorgte dafür, dass ein unangenehmes Gefühl von ihnen Besitz ergriff. Ein Gefühl, das zum Flüstern zwang.

«Du bist dir wirklich vollkommen sicher?» Heinrich ärgerte sich über sich selbst, dass er dieselbe Frage zum dritten oder vierten Mal stellte. Dass Otto offenbar nicht die Absicht hatte, sie zu beantworten, ärgerte ihn nur noch mehr. Der Anführer ihres kleinen Trupps ging mit langsamen Schritten voran, die Schiebermütze tief ins Gesicht gezogen. Er orientierte sich am Verlauf eines stillgelegten Gleises, wandte sich dann ein Stück nach links, stapfte quer durch vertrocknetes Gras.

«Ich sehe überhaupt nichts», flüsterte Heinrich. «Und ich kann mir beim besten Willen nicht vorstellen, dass sie den Wagen einfach ...»

Otto blieb so plötzlich stehen, dass Heinrich nicht mehr bremsen konnte und ihm schmerzhaft in den Rücken stieß – schmerzhaft für sie beide.

«Wenn du dir so sicher bist», zischte Otto, «warum bist du dann mitgekommen?»

Heinrich biss die Zähne zusammen. Eine verdammt gute Frage, dachte er. Warum wohl? Weil er *immer* mitkam. Er genauso wie die beiden anderen, Gottlieb und Richard. Weil Otto schon ihr Anführer gewesen war, noch ehe die Partei und die Eisenbahnergewerkschaft

147

verboten worden waren. Weil Ottos *Ahnungen* sich regelmäßig bewahrheiteten, wenn er vermutete, dass wieder ein Transport durch die Stadt kommen würde, der Genossen an Bord hatte.

Heinrich und die anderen konnten sich ausrechnen, dass diese Ahnungen in Wahrheit von Frieda stammten, Ottos Ehefrau, die durch ihre Arbeit in den Büros der Eisenbahndirektion eigene Kanäle besaß, um an solche Informationen zu gelangen. Doch je weniger sie darüber wussten, desto besser. Jedenfalls hatte der winzige Breslauer Kader auf diese Weise bereits mehrere Angehörige der verbotenen Kommunistischen Partei aus den Händen der Nazis befreit. Die jeweiligen Genossen hatten sich dann zwar noch für eine Weile unten am Fluss in Ottos Anglerhütte verstecken müssen, am Ende aber war es ihnen gelungen, sich auf den Weg ins neutrale Schweden zu machen.

Nein, über Otto konnten sie sich nicht beklagen. Dass der kommunistische Untergrund im schlesischen Industrierevier im achten Jahr der Naziherrschaft noch immer so erfolgreich arbeitete, war vor allem ihm zu verdanken. Jedes Mal ein kleiner Sieg für den Klassenkampf, das war schon Belohnung genug. Von Friedas Käsekuchen einmal zu schweigen, der häufig im Anschluss an eine gelungene Befreiungsaktion serviert wurde oder an einen Akt der Sabotage, der Teile der einschüchternden Maschinerie des faschistischen Imperiums für Wochen, Tage oder auch nur Stunden lähmte.

Und doch war es diesmal irgendwie ...

«Ducken!»

Ottos Anweisung kam ohne Vorwarnung, aber Heinrich und die anderen waren sich jeden Moment bewusst, wie gefährlich ihre Aktionen waren. Sie hasteten los. Ein paar Schritte entfernt ein niedriger Umriss: verfallene Mauerreste, die irgendwann einmal ein Bahnwärterhäuschen gewesen sein mochten oder ein bloßer Schutthaufen. Keuchend erreichten sie die Deckung.

Zwei Sekunden lang rührte sich keiner von ihnen. Sie lauschten, lauschten in den Nebel. Dann hob Heinrich vorsichtig den Kopf. Im nächsten Moment stockte ihm der Atem. Eine leichte Brise war aufgekommen, und der Nebel geriet in Bewegung, faserte auf, einzelne

Schwaden lösten sich, und keine dreißig Schritte von den Männern schälte sich eine kantige Silhouette aus dem Dunst. Ein Eisenbahnwagen. Genau wie Otto versprochen hatte. Bewacher waren nirgendwo zu sehen.

«Ehrenwort», flüsterte Heinrich. «Ich werd nie wieder ...»

«Halt den Mund! Das ist nicht der Wagen, nach dem wir gesucht haben.»

«Wie?» Heinrich kniff die Augen zusammen, und jetzt sah er es selbst. Sie kannten die Wagen, mit denen SS und Gestapo ihre Gefangenen in die Arbeitslager transportierten, über die es die unglaublichsten Gerüchte gab: dass sie etwas ganz anderes waren als Arbeitslager. Dass niemand, der einen Fuß in diese speziellen Lager setzte, sie lebendig wieder verließ. Ja, sie kannten die Wagen, die die Behörden für diese Transporte einsetzten: notdürftig umgebaute Viehwaggons, in denen die Menschen zusammengepfercht wurden – wie das Schlachtvieh eben, für das die Waggons eigentlich gedacht waren.

Aber mit jenen Fahrzeugen hätte dieser Wagen nicht weniger Ähnlichkeit haben können. Glänzend poliertes Metall, dunkel, vielleicht sogar schwarz – oder war es ein bräunliches Grün? Es hätte einer der komfortablen Schlafwagen der Reichsbahn sein können, doch mit der Verteilung der Fenster stimmte etwas nicht, obwohl der Hoheitsadler in der Wagenmitte vorhanden war und der Schriftzug unterhalb davon. Doch schon war der Nebel wieder zu dicht, als dass man etwas hätte lesen können. Fest stand: Das war kein Viehwaggon. Dies war einer der luxuriösesten Eisenbahnwagen, die Heinrich jemals gesehen hatte.

Er fuhr sich mit der Zunge über die Lippen. «Potztausend. Das ist doch ein Salonwagen. Der gehört doch dem ...»

«Still!»

Heinrich verstummte auf der Stelle. Aber es dauerte mehrere Atemzüge, bis ihm klarwurde, warum Otto die Anweisung gegeben hatte.

Ein unterdrücktes Brummen. Der Nebel schien sich wieder zu verdichten, und Heinrich wusste, dass der Dunst, der aus den Oderwiesen aufstieg, die Wahrnehmung irreführen konnte. Nicht die Augen

149

allein, sondern ebenso das Gehör. Mehr als einmal schon war ihm das Herz in die Hose gerutscht, als bei einer ihrer Aktionen plötzlich Stimmen ertönt waren, eine Unterhaltung, die so klar und deutlich gewesen war, als stünden die Sprecher unmittelbar neben ihnen, während sie sich in Wahrheit vielleicht am alten Stellwerk aufhielten oder sogar auf der anderen Seite des Flusses.

Dieses Geräusch war anders. Es war rhythmisch, und es kam eindeutig näher. Ein Dieselmotor. Sekunden später hörten sie das Poltern, mit dem die Reifen eines Automobils über die Bahnschwellen holperten. Doch aus welcher Richtung näherte sich das Fahrzeug? Gehetzt blickten die Männer um sich. Nirgendwo war ein Versteck in Reichweite. Es gab nichts hier draußen, ausgenommen den Eisenbahnwagen. Genau dieser Wagen aber musste demnach das Ziel des Fahrzeugs sein.

Heinrich hatte ein Gefühl im Hals, als würde eine Bogensehne langsam um seine Kehle zugezogen. Wenn man ihren Trupp entdeckte... Dieser Teil des Geländes war militärisches Sperrgebiet: *Gerade* weil sie Bahnarbeiter waren, mussten sie das wissen. Sie hätten keine Möglichkeit, sich rauszureden.

Einen Moment lang übertönte das Hämmern in seinen Ohren – sein eigener Herzschlag – selbst die Geräusche des Automobils. Dann stieß er erleichtert den Atem aus: Der Schatten des Fahrzeugs löste sich aus dem Nebel, doch es war weit links von ihnen, kam aus einem Winkel auf den Eisenbahnwagen zu, der es ein ganzes Stück an ihrem Versteck vorbeiführte.

Trotzdem kauerten sie sich noch ein wenig tiefer zwischen die Mauerreste. Selbst auf den Nebel war heute Morgen kein Verlass. Wenn er sich im falschen Moment verzog, würden die Trümmer keine echte Deckung mehr bieten. Sie konnten nur beten. Heinrich ging davon aus, dass die anderen das ebenfalls taten: beten. Den sonntäglichen Gottesdienstbesuch empfand keiner von ihnen als Widerspruch zur Mitgliedschaft in der Kommunistischen Partei.

Wenige Meter vor dem luxuriösen Eisenbahnwagen kam das Automobil zum Stehen. Es handelte sich um ein geschlossenes Allradfahrzeug, wie auch die SS sie einsetzte, doch zu seiner Überraschung konnte Heinrich nirgendwo ein militärisches Erkennungszeichen entdecken, keinerlei Beschriftung. Der Beifahrer stieg aus, auf der ihnen zugewandten Seite. Er trug eine Uniform, doch ob es das Schwarz der SS war, konnten sie nicht erkennen. Überhaupt sahen sie durch die Spalten im schadhaften Mauerwerk nicht mehr als Ausschnitte. Umso deutlicher hörten sie die Stimmen.

«Exzellenz!» Das war der Mann, der ausgestiegen war. Sein Tonfall klang eher militärisch denn respektvoll. Eine weitere Wagentür wurde geöffnet. «Wir müssen uns beeilen. Der Zug ist bereit.»

«Ganz ruhig, mein guter Greifenberg.» Unbestimmte Geräusche. «Sie sind sich sicher, dass mein Gepäck bereits an Bord ist? Ich muss kaum betonen, dass jedes einzelne Detail meiner Mission von höchster Bedeutung für die Sicherheit des gesamten Reiches ist.» Wieder Geräusche, die sich nicht deuten ließen. «Von *allerhöchster* Bedeutung.»

«Exzellenz, wir können uns wirklich keine Verzögerungen mehr erlauben. Sie wissen, dass man in Belgrad nicht auf uns warten wird. Die Zeit, die wir jetzt verlieren, können wir später unmöglich ...»

«*Junger Mann!*»

Etwas in der affektierten Stimme des Mannes ließ Heinrich aufhorchen. Er kannte diese Stimme, kannte sie aus einer Zeit, die etliche Jahre zurücklag, konnte sie aber in diesem Moment nicht einordnen. Er hatte kein Gesicht dazu. Ganz vorsichtig reckte er den Kopf ...

Eine Pranke packte ihn an der Schulter und drückte ihn zurück in die Deckung. Aus zwanzig Zentimeter Entfernung sah er in Ottos Gesicht. Die Augen seines Anführers schienen ihn zu durchbohren.

«Wer ist das?», flüsterte Heinrich. «Ich kenne die Stimme!»

Ottos Augenbrauen zogen sich zusammen. «Natürlich kennst du sie», zischte er. «Das ist von Papen.»

«Der ...» Heinrich verstummte. Franz von Papen, Hitlers früherer Stellvertreter. Kurz nachdem die Nazis die Macht übernommen hatten, war er in Ungnade gefallen, nur um dann doch immer wieder aus der Versenkung geholt zu werden, wenn irgendwo im Ausland eine besonders delikate Mission anstand. Ein Politiker. Ein Diplomat.

151

Einer aus dem Gutsherrenklüngel, der seine Bauern und Landarbeiter schon jahrhundertelang unterdrückt hatte, bevor irgendjemand von den Nazis überhaupt gehört hatte. Ein paar dieser Leute waren sich schlicht zu fein, mit Hitler gemeinsame Sache zu machen. Auf von Papen traf das nicht zu.

«Nein, Greifenberg», wies von Papen seinen Begleiter zurecht. «Ich erwarte überhaupt nicht, dass jemand wie Sie begreift, *wie* entscheidend meine Mission für das schicksalhafte Ringen unseres Volkes sein kann. Doch selbst Ihnen sollte klar sein, dass es völlig bedeutungslos wäre, was das Großdeutsche Reich der Regierung der Türkischen Republik anzubieten hätte, wenn ich gezwungen sein sollte, dieses Angebot im Straßenanzug zu überbringen. Was glauben Sie, wird der Führer sagen, wenn er erfährt ...»

Seine Worte wurden übertönt. Ein durchdringender dunkler Signalton und dazu andere Geräusche, die die ganze Zeit, kaum hörbar, gegenwärtig gewesen waren: das Pfeifen und Schnaufen schwerer Rangierlokomotiven auf entfernten Abschnitten des Bahnhofsgeländes, der dumpfe Laut, mit dem Güterwagen aneinanderkoppelten. Ein paar Sekunden, und die Geräusche wurden ohrenbetäubend: das Stampfen schwerer, dampfgetriebener Motoren, das sich von rechts her näherte, auf dem Gleis, das den Salonwagen trug.

Die dunklen Umrisse mehrerer Personenwaggons wurden sichtbar. Der Schatten der mächtigen Dampflokomotive, der sie rückwärts heranschob, war nur zu erahnen. Auf Zentimeter kam das hinterste der stählernen Ungetüme an den Salonwagen heran, den von Papen und sein Begleiter jetzt eilig bestiegen. Eine Sekunde lang konnte Heinrich einen Blick auf die Gestalt von Hitlers Botschafter erhaschen: militärisch aufrecht, als hätte er einen Stock verschluckt, aristokratische Züge und ein arrogantes kleines Oberlippenbärtchen. Von Gepäck war keine Spur zu sehen. Entweder war es tatsächlich schon an Bord, oder aber von Papen würde ohne seine Galauniform auskommen müssen. Das Automobil wurde bereits wieder gewendet und holperte in den Nebel davon.

Die Beobachter verharrten in ihrem Versteck, während Maschinisten den zusätzlichen Wagen mit dem Zug verbanden. Wahrscheinlich kannte Heinrich die Arbeiter sogar, aber wie überall im Land stand auch der größte Teil der Breslauer Bahnarbeiter auf der Seite der Nazis. Wenn diese Männer sie entdeckten ... Er wagte nicht zu atmen.

Irgendwann war es vorbei. Das Schnaufen der Dampflok entfernte sich, die Umrisse des Wagens verschwammen im Nebel und waren schließlich verschwunden. Die Männer blieben zurück. Ihre Kleidung, ihre Körper selbst hatten die klamme Feuchtigkeit des Bodens aufgenommen. Ihnen allen war klar, dass sie ihr Unternehmen an dieser Stelle abbrechen würden. Mit steifen Gelenken richteten sie sich auf.

«Was zur Hölle war das?», flüsterte Heinrich mit rauer Stimme.

Otto antwortete nicht. Stumm blickte er in den Dunst, der den Fernzug verschluckt hatte. Sie alle wussten, welche Route er einschlagen würde: über Oderberg und das Reichsprotektorat Böhmen und Mähren weiter nach Belgrad, das er irgendwann morgen Nachmittag erreichen würde. Das letztendliche Ziel aber hatte von Papen selbst verkündet: die türkische Republik. Sie alle kannten den Namen des Zuges, der auf dieser Route verkehrte wie ein Echo aus einer lange vergangenen Zeit; einer Zeit, in der die Mächte Westeuropas Deutschland noch nicht von den großen internationalen Verkehrsadern abgeschnitten hatten: der Orient Express.

Der Orient Express, der Hitlers wichtigsten Diplomaten an Bord haben würde, im persönlichen Salonwagen des Führers des Großdeutschen Reiches. Franz von Papen, der bei Nacht und Nebel reiste.

«Ich weiß es nicht», murmelte Otto und schüttelte den Kopf. «Nein, ich weiß es nicht. Doch eines steht fest.»

Fragend sah Heinrich ihn an.

Mit einer entschlossenen Handbewegung zog sich Otto die Schiebermütze tiefer in die Stirn.

«Nichts Gutes», sagte er.

TEIL DREI – REGNO D'ITALIA / KÖNIGREICH ITALIEN

Zwischen dem Simplon und Domodossola – 25. Mai 1940, 09:11 Uhr

CIWL WR 4229 (Speisewagen). Non Fumoir.

Wie das Projektil aus dem Lauf einer Schnellfeuerwaffe schoss der Simplon Orient aus der Mündung des Tunnels. Das zumindest war regelmäßig der Eindruck des Personals auf der elektrischen Lokomotive: eben noch die gleichförmige, auf schwer zu beschreibende Weise unbehagliche Enge des nadelöhrschmalen Durchlasses unter Millionen Tonnen von Felsgestein – und im nächsten Augenblick die von südlicher Sonne durchflutete Weite eines durch und durch italienisch anmutenden Alpentals mit seinen charakteristischen Farben, seinen Kirchen und den Gebäuden in Terrakotta, Ocker, Pastell. Ein Anblick, der selbst den Reisenden in diesem mondänsten aller Züge fast immer ein beeindrucktes *Aaaah!* abnötigte.

Nicht so auf dieser letzten Fahrt des Express.

Keiner der Menschen im Nichtrauchersalon schenkte den veränderten Lichtverhältnissen auch nur die geringste Aufmerksamkeit. Und nur ein Einziger von ihnen war in der Lage, die Ereignisse, die sich nahezu gleichzeitig abspielten, auch nur ansatzweise zu erfassen.

Boris Petrowitsch verharrte in der Tür, die aus dem kurzen Korridor mit den Wirtschaftsräumen ins Non Fumoir führte. Seine Hand lag auf dem polierten Holz, als müsste er unter der Last des reglosen Körpers, dessen Arm er um seine Schulter geschlungen hatte, Halt suchen – was natürlich nicht zutraf. Trotz seiner eigenen Verletzung hätte er Alexej ohne größere Anstrengung über die gesamte Länge des Zuges und wieder zurück tragen können. Doch er war längst wieder in die Rolle des Pariser Studenten aus besseren Kreisen geschlüpft, in der er sich den Mitreisenden präsentierte.

Alexej hingegen musste sich keine große Mühe geben, irgendeine Rolle zu spielen. Er war tatsächlich mehr oder weniger besinnungslos. Für Boris hatte dies im Augenblick allerdings keine besondere Bedeutung. Selbst wenn der junge Romanow unvermittelt zu Bewusstsein kommen sollte: Er würde mitspielen. Aus schierem Mangel an Alternativen.

Die Großfürstin war so heftig von ihrem Stuhl in die Höhe gefahren, dass sie dabei sämtliche Kaffeetassen auf dem Tisch umgerissen hatte. Sie stand aufrecht, ihr Gesicht war kreideweiß, nein, mehr als weiß: fast durchscheinend. Eine Blässe, die überhaupt nur die Haut einer Frau aus den alten Adelsfamilien annehmen konnte, die das russische Volk jahrhundertelang geknechtet hatten. Ja, Katharina Nikolajewna war geradezu eine Verkörperung dieser Adelsclique, dachte Boris, dessen Augen plötzlich Mühe hatten, sich von ihr zu lösen. Eine schmale, fast zerbrechliche Gestalt in dunklem Samt und feiner Seide, die Taille auf einen Umfang geschnürt, der es unerklärlich erscheinen ließ, wie eine solche Frau überhaupt Kinder hatte zur Welt bringen können. Und so erschüttert sie über den Zustand ihres Sohnes auch sein mochte: Ihre Stärke, selbst in dieser Situation, war unübersehbar. Ein Ausdruck von Überlegenheit, von Unnahbarkeit ging von ihr aus. Eine Frau, die es gewohnt war, dass man auf ihre Worte hörte – und die mit den hohen Wangenknochen und vollen Lippen noch immer bemerkenswert schön war für eine Frau ihres Alters.

Constantin Romanow erhob sich langsamer. Der Mann war Soldat gewesen, hatte zu den Offizieren gehört, die der Roten Armee fast bis zum Letzten Widerstand geleistet hatten, erinnerte sich Boris Petrowitsch. Er war in der Lage, einen Toten von einem lediglich Besinnungslosen zu unterscheiden, auch auf acht Meter Entfernung.

Genau deshalb aber musste es ein deutliches Bild sein für Constantin Alexandrowitsch. Alexej blutete heftig aus einer Platzwunde an der Schläfe. Boris, der den Verletzten stützte, war besudelt mit dessen Blut. Ebenso, wie man später feststellen würde, der Kabinengang, durch den sie gekommen waren, und ganz besonders die Toilettenkabine. Genau so musste es aussehen. Alles war absolut logisch zu erklären, wenn Boris jetzt keinen Fehler machte.

Und er spürte es, spürte, wie sein Plan aufging. Die Romanows reagierten exakt, wie er es erwartet hatte. Die Tochter hatte entsetzt die Hände vor den Mund geschlagen, andere Mitreisende ebenso. Der Großfürst setzte zu sprechen an ... Doch es gab einen Faktor, den Boris Petrowitsch nicht berechnet hatte, weil er ihn unmöglich in seine Rechnung hatte einbeziehen können.

Carol von Carpathien.

Der König hatte sich eben dem Tisch der großfürstlichen Familie zugewandt, als die Tür sich geöffnet hatte. Er hatte innegehalten, sobald er begriffen hatte, dass die Aufmerksamkeit nicht mehr ihm galt, und der Unwille über die Störung war ihm anzusehen. Jetzt wandte der König sich um.

Für weniger als eine Sekunde trafen sich Boris' und seine Augen. Carol wirkte ungehalten, im nächsten Moment überrascht ... Seine Augen glitten weiter: Alexej, blutüberströmt, mehr tot als lebendig. Carol öffnete den Mund.

Doch er sprach nicht. Seine Züge verloren plötzlich jeden Ausdruck. Ohne Vorwarnung sackte er in sich zusammen.

* * *

Zwischen dem Simplon und Domodossola – 25. Mai 1940, 09:14 Uhr
CIWL WR 4229 (Speisewagen). Non Fumoir.

«Carol!» Eva sprang auf.

Er hatte sie nicht bemerkt. Graf Béla hatte ihm die Tür aufgehalten, und er hatte den Salon betreten, ohne sie auch nur wahrzunehmen.

Sie kannte diesen Blick, diese Haltung. Sie kannte Carols Gabe für eindrucksvolle Auftritte, bei denen die Menschen verstummten, sobald er den Raum betrat, sämtliche Augen sich in seine Richtung wandten. Sei es ein Besuch in der Oper oder ein diplomatischer Empfang: Carol beherrschte die Kunst, alle Aufmerksamkeit auf sich zu ziehen und sie gleichzeitig als etwas Selbstverständliches hinzunehmen. Obendrein aber brachte er es auch noch fertig, jedem einzelnen der Anwesenden das Gefühl zu geben, dass er inmitten der Menge nur ihn wahrnahm – und erfreut war über seine Anwesenheit.

Eva aber wusste, dass er in Wahrheit niemanden sah, sondern in diesen Momenten ganz davon in Anspruch genommen wurde, König zu sein. Sie hatte eine Weile gebraucht, bis ihr klargeworden war, welche fast übermenschliche Leistung es darstellen musste, diese Fassade aufrecht zu halten, wenn man ein König ohne Macht war, ohne Armee, ohne großes, standesgemäßes Gefolge, ja, ohne ein *Königreich*.

Allerdings kamen Carol dabei zwei Dinge zu Hilfe: Er war von Kind an auf seine Herrscherrolle vorbereitet worden. Er *war* König, das war Teil seiner Persönlichkeit, und dieses Bewusstsein umgab ihn wie eine Aura – ein wenig wie die Heiligenscheine auf den jahrhundertealten orthodoxen Ikonen, die die Carpathier so liebten. Dass er aussah wie ein Filmstar und junge Frauen auf der ganzen Welt die Ausgabe des *Time Magazine* mit seinem Foto auf dem Umschlag wie einen Schatz in ihren Nachtschränken hüteten, kam noch hinzu.

Eva war immer stolz gewesen, dass sie hinter diese Fassade blicken durfte – zumindest ein Stück weit. Selbst ihr gegenüber hätte er niemals zugegeben, welche Mühe es ihn kostete, doch Eva hatte gespürt, wie ein Teil dieser Last von ihm abfiel, wenn sie allein waren. Bei ihr konnte er einfach Carol sein. Mit jedem Wort, jeder Geste hatte sie versucht, ihm das zu verstehen zu geben, ohne es jemals auszusprechen.

Jetzt war sie draußen, bekam nur noch jene Fassade zu sehen. Diese aber war gerade vor ihren Augen zusammengebrochen. *Carol* war zusammengebrochen.

Mit einem Mal war der gesamte Raum auf den Beinen: die Romanows sowieso, doch auch der Amerikaner und seine Frau, die französische Familie, die sich am Tisch gegenüber versammelt hatte, selbst Ludvig, der halb weggetreten schien. Was zum Himmel war eigentlich los mit ihm?

Eva schüttelte sich. Über Ludvig konnte sie sich später Gedanken machen. Graf Béla hockte bereits am Boden, stützte den Kopf des Besinnungslosen.

«Ein Attentat!», knurrte der russische Großfürst. Romanows Blick jagte hin und her zwischen Carol und dem Mann mit dem brutalen Gesicht, der sich um seinen Sohn kümmerte. «Verdammt, wir brauchen einen Arzt!»

«Er …» Eva bewegte sich zwei Schritte auf Carol zu, dann war der französische Familienvater im Weg. «Das ist kein …»

Überrascht hob Graf Béla den Blick. Auf seiner von der Mensurnarbe entstellten Stirn erschien eine Falte, seine Lippen öffneten sich. Der Franzose trat einen Schritt zur Seite. Eva nutzte die Gelegenheit und drängte sich an ihm vorbei. Sie sank neben Carol in die Knie, flüsterte seinen Namen. Béla sah sie einen Moment lang böse an, doch er ließ sie gewähren.

«Carol», sagte sie leise, strich ihm eine Haarsträhne aus der Stirn, die sich aus dem mit Brillantine gestärkten Scheitel gelöst hatte. Seine Haut war eiskalt, doch sie war sich sicher, dass Romanow sich täuschte. Ja, es drohte tatsächlich ein Anschlag auf Carols Leben – niemand in diesem Raum wusste das besser als sie. Das hier aber, das war kein Attentat. Was in diesem Moment allerdings nur ihr selbst und dem Grafen klar sein konnte.

Flatternd öffneten sich Carols Lider. Sein Blick war glasig, er kämpfte darum, etwas wahrzunehmen. Meine Stimme, dachte sie. Er hat meine Stimme gehört. So leise flüsterte er ihren Namen, dass sie sich nicht sicher sein konnte, ob sie ihn tatsächlich gehört hatte oder sich nur wünschte, ihn gehört zu haben. Im nächsten Moment verdrehten sich seine Augen nach oben, und er war wieder fort.

«Was ist mit ihm?» Der Großfürst hatte die neugierigen Franzosen einfach beiseitegeschoben. Besorgt klang er nicht, eher verärgert. «Würden Sie mir bitte erklären, was zur Hölle hier los ist, Graf?»

151

Béla fuhr sich mit der Zunge über die Lippen. Ganz kurz trafen sich Evas und seine Augen.

Eine Katastrophe. Es gab nichts zu beschönigen. Eva hatte längst erfasst, wem Carols Auftritt gegolten hatte. Romanows Tochter entsprach genau der Sorte unschuldiger junger Mädchen, an der er Gefallen fand. Ich sollte sie hassen, fuhr ihr durch den Kopf. Aber nein, so naiv war sie nicht anzunehmen, dass es Carol hier allein um eine neue blutjunge Geliebte ging. Dieses Spiel hieß Politik, und wie auch immer Carols Pläne genau aussehen mochten: Die Romanows waren ein entscheidender Spielstein.

Hatte der Großfürst bereits begriffen? Wie würde er reagieren, wenn er begriff? Gab es irgendetwas, das Eva tun konnte? Wollte sie Carol unter diesen Umständen überhaupt helfen? In ein paar Minuten würde er wieder voll da sein, das war nicht das Problem. Doch gab es überhaupt noch eine Möglichkeit, darüber hinwegzutäuschen, dass Carol, Zweiter seines Namens, apostolischer König von Carpathien und *Löwe des Balkan* ... dass dieser Mann kein Blut sehen konnte?

***

Zwischen dem Simplon und Domodossola – 25. Mai 1940, 09:16 Uhr
CIWL WR 4229 *(Speisewagen)*. Non Fumoir.

Betty öffnete die Tür zum Nichtrauchersalon. Sie frühstückte spät – eine alte Gewohnheit aus der Zeit, in der die Partys in Beverly Hills nicht vor Sonnenaufgang geendet hatten. Betty hatte sich auf frische französische Croissants gefreut, auf eine dampfende Tasse *café au lait*.

Stattdessen schlug ihr Chaos entgegen.

«Was ...» Doch die Verblüffung hielt nur eine Sekunde. Ein Mann lag besinnungslos am Boden, ein anderer war blutüberströmt, unfähig, sich ohne Hilfe auf den Beinen zu halten. Der Russe, der heute Morgen neben Betty am Zoll gestanden hatte, stützte ihn. Ob er ebenfalls verletzt war, konnte sie nicht sagen. Ihre Reaktion war reiner Reflex. «Lassen Sie mich durch!», sagte sie laut. «Ich bin Krankenschwester.»

Gesichter, die sich zu ihr umdrehten. Sie nahm sie kaum wahr. Sie wollte nicht darüber nachdenken, wie lange es her war, dass sie dieses Sprüchlein zum letzten Mal aufgesagt hatte. Die Schützengräben des Großen Krieges, die Lazarette – nichts, an das sie gerne zurückdachte. Doch die Reflexe reichten tiefer.

Der Mann, der besinnungslos am Boden lag, trug eine Uniform. Betty erkannte den König von Carpathien, aber das war jetzt unwichtig. Sie ging neben ihm in die Hocke, legte zwei Finger an seinen Hals, lockerte mit der anderen seinen Kragen. Der Puls ging schnell, aber regelmäßig. Der Ausdruck seines Gesichts wirkte schlaff, entspannt beinahe. Eine bloße Ohnmacht wahrscheinlich, dachte sie, kein Herzanfall.

Völlig unvermittelt öffneten sich seine Augenlider. Er sah sie an, doch nur für eine halbe Sekunde, dann veränderte sich der Ausdruck seiner Züge. Keine Spur von Schmerzen, lediglich ein Eindruck von ... Überraschung? Verwirrung?

«Wer ... sind ...», flüsterte er, doch schon war er wieder weg.

Betty stand auf. «Heben Sie seine Füße an!», wies sie den Mann mit dem verunstalteten Gesicht an. «Legen Sie sie auf dem Stuhl ab. In ein paar Minuten ist er wieder da.»

Der Mann – ein Militär – öffnete den Mund, gehorchte dann aber. Betty registrierte, dass es Eva Heilmann war, die ihm zur Hand ging, und nickte ihr aufmunternd zu. Hier konnte sie im Moment nichts weiter tun.

Die Umstehenden gaben ihr den Weg frei, als sie auf die beiden Männer im Türrahmen zuging. «Setzen Sie ihn hier auf den Stuhl!», murmelte sie an den Russen gewandt. Der Mann zögerte einen Moment, ließ den Verletzten dann aber hinter den Tisch gleiten. Eva beugte sich über ihn. Ihre Hände waren nicht desinfiziert, doch bei einer so starken Blutung war das das geringste Problem.

Vorsichtig strich sie dem jungen Mann die Haare aus der Stirn.

Er machte einen schwachen Versuch zurückzuweichen, war also bei Bewusstsein. Sie hatte einige Erfahrung mit Kopfwunden und wusste, dass sie häufig weit schlimmer aussahen, als sie tatsächlich waren. Entscheidend war, ob die knöchernen Strukturen in Mitleidenschaft gezogen waren, vor allem aber, ob auch *im* Schädel eine Blutung auftrat. Wenn das der Fall war, würde er wahrscheinlich sterben. Im Hospital hätte man eine Trepanation vornehmen können, doch mit einer Hirnblutung würde er dort nicht lebendig ankommen. Seltsam: Die äußere Wunde schien sich schon wieder zu schließen. Die Blutung, die dafür verantwortlich sein musste, dass die beiden Männer aussahen wie frisch aus dem Schlachthaus. Jetzt war sie nur noch ein dünnes Rinnsal.

Betty legte die Hände um Nacken und Hinterkopf des Verletzten, fuhr langsam nach vorn und tastete sachte über das *cranium*, fand aber keine Hinweise auf Brüche. Sie war selbst überrascht, wie routiniert ihre Finger die Handgriffe ausführten. Als wären nur Tage vergangen seit den Schlachtfeldern, den Schreien, dem Geruch nach Blut, nach Eiter und Tod, der sich in ihre Schwesterntracht, ihre Haare, ihre Haut gegraben hatte und monatelang nicht hatte weichen wollen. Sie kniff die Augen zusammen, vertrieb die Erinnerung.

«Können Sie mich hören?», fragte sie.

«Ja.» Leise und schwach, aber deutlich.

«Machen Sie bitte die Augen auf.»

Der Verletzte gehorchte, blinzelte aber sofort. «So ... hell ...»

Auf jeden Fall eine Gehirnerschütterung, dachte Betty. «Bitte versuchen Sie die Augen trotzdem offen zu halten. – Ja. Gut so.» Sie hob die Hand. «Sehen Sie meinen Finger? Versuchen Sie ihm zu folgen.» Langsam bewegte sie ihren Zeigefinger von links nach rechts durch sein Gesichtsfeld. Die Augen folgten ihm. Sie nickte zufrieden. Das sprach gegen eine schwere Blutung im Innern des Schädels. «Haben Sie starke Kopfschmerzen?», fragte sie.

«Raten ...» Geflüstert. «Raten Sie mal.»

Sie biss sich auf die Zunge. Nein, Marshall, das war keine besonders intelligente Frage.

Eine Bewegung in ihrem Augenwinkel: Der junge Kabinensteward, der heute Morgen Bettys Abteil hergerichtet hatte, stand in der Tür. «Was ...» Der Junge war bleich wie ein Laken. Tatsächlich ein Junge – auf der Schulbank wäre er besser aufgehoben gewesen als in einem Express, der in dieser chaotischen Zeit quer über den zerrissenen Kontinent rollte.

«Alles unter Kontrolle. Ich war mal Krankenschwester.» Sie lächelte ihm beruhigend zu. Ihr Blick glitt über seine Schulter: die berühmten Tischlampen des Orient Express mit ihren faltenrockartigen Schirmen. «Gib mir bitte mal die Lampe», sagte sie. Er zögerte einen winzigen Moment, gehorchte dann aber. «Behalten Sie die Augen jetzt unbedingt offen», wandte sie sich an den Verletzten. «Es dauert nur eine Sekunde.»

Sie neigte die Lampe ein Stück, sodass das Licht unter dem Schirm hindurch direkt auf sein Gesicht fiel. Beide Pupillen zogen sich reflexartig zusammen. «Gut», murmelte Betty. Sie sah sich um. Der Tisch, an dem sie den Verletzten platziert hatte, war nicht besetzt gewesen, aber bereits fertig für das Frühstück eingedeckt. «Ich brauche die Servietten», sagte sie.

Der junge Steward machte große Augen. «Alle?»

«Die auf diesem Tisch müssten reichen.» Ohne seine Reaktion abzuwarten, griff sie schon nach dem frisch gestärkten Tuch, das sich in ihrer Reichweite befand, schüttelte es kurz und faltete es dann ein Mal, zwei Mal, ein drittes Mal. «Das kann jetzt ein bisschen weh tun», murmelte sie dem Verletzten zu, als sie die improvisierte Kompresse auf die Wunde drückte.

«Er ...»

Die Schauspielerin sah sich um, nahm die schlanke Frau in ihrem dunklen Kleid erst jetzt wahr. Sie konnte kaum älter sein als Betty selbst, schien aber doch einer anderen Generation anzugehören. Nicht weil sie alt aussah – eher im Gegenteil –, sondern durch ihre Kleidung, ihre Haltung, die irgendwie streng wirkte, wie aus dem vorigen Jahrhundert. Und sofort erkannte Betty die Ähnlichkeit. Seine Mutter.

«Ich glaube nicht, dass er ernsthaft verletzt ist», sagte Betty mit einem vorsichtigen Lächeln, während sie die übrigen Servietten in Empfang nahm, um die Kompresse zu fixieren. «Kopfwunden bluten oft so stark. Natürlich muss ein Arzt nach ihm sehen; er gehört ins Hospital, wo man ganz andere Möglichkeiten hat, ihn ...»

«Mein Gott», flüsterte die Mutter. «Wie ist das bloß passiert?»

Sämtliche Augen wandten sich zum Begleiter des Verletzten.

* * *

Zwischen dem Simplon und Domodossola – 25. Mai 1940, 09:21 Uhr

CIWL WR 4229 (Speisewagen). Non Fumoir.

Paul fluchte im Stillen. Seitdem das Chaos ausgebrochen war, hatte er sich im Hintergrund gehalten, vor allem aber dafür gesorgt, dass Vera sich wieder hinsetzte. Sollten diese verrückten Europäer miteinander anstellen, was sie wollten. Für eine schwangere Frau war der blutüberströmte junge Russe jedenfalls nicht der richtige Anblick.

Veras Reaktion war indessen deutlich gewesen: Sie dachte nicht daran, den Speisewagen zu verlassen.

Aber das ist dann wohl die Kehrseite der Medaille, dachte Paul Richards. Dafür ist sie Amerikanerin und keine verwöhnte europäische Mademoiselle, die beim Anblick von ein paar Tropfen Blut ohnmächtig wird.

Allerdings hatte auch keine der Europäerinnen bei diesem Bild die Besinnung verloren. Der Einzige, der ohnmächtig geworden war, war der König von Carpathien.

Vera hatte die Vorgänge sehr genau beobachtet, und Paul verstand sie sogar. Diese Geschichte würde sie in Longview, Texas, noch monatelang erzählen müssen. Trotzdem war er sich sicher, dass er Trudy oder Bridget – seine ersten beiden Ehefrauen – unter denselben Umständen auf der Stelle aus dem Wagen befördert hätte, ganz gleich, was sie für Einwände erhoben hätten. Es musste wohl wirklich Liebe sein.

166

«Als ich in mein Abteil wollte, habe ich Geräusche gehört.»
Paul blickte auf. Alle Augen waren auf den kräftigen jungen Mann gerichtet, der den verletzten Romanowski in den Salon geschleppt hatte. Paul hatte Mühe, ihn wiederzuerkennen, doch es war eindeutig derselbe Mann, den er erst vor wenigen Minuten beobachtet hatte, wie er der Frau in Beige gefolgt war. Sein Stetson war jetzt verschwunden, stattdessen – Blut. *Sehr* viel Blut.
«Mein Abteil ist ziemlich weit hinten im Wagen.» Der Mann fuhr sich mit den Fingern durch die Haare. Auch die Hand war rot vor Blut, der gesamte Unterarm. «Zum Glück hab ich's mitgekriegt. Die Tür der Toilettenkabine stand offen, und er lag ...»
«Ich ...» Der junge Romanowski versuchte aufzustehen, doch die Krankenschwester drückte ihn sanft, aber nachdrücklich auf seinen Stuhl zurück. Die Krankenschwester: Paul erinnerte sich an dieses Gesicht. Die Frau war mal Schauspielerin gewesen, irgendwann in der Stummfilmzeit, doch der Name wollte ihm gerade nicht einfallen. Hatte sich nicht übel gehalten, dachte er.
«Ich wollte aufs WC», flüsterte der Junge. «Ich muss gestolpert sein. Das Nächste, an das ich mich erinnere, ist, dass Boris Petrowitsch mit mir gesprochen hat.» Ein Nicken zu seinem Retter.
Zweifelnd legte Paul die Stirn in Falten. Gestolpert? Natürlich, die Strecke im Tunnel war holperig gewesen, und wenige Minuten bevor die beiden Männer in der Tür aufgetaucht waren, hatte es dermaßen gerumpelt, dass selbst Paul sich der Magen umgedreht hatte. Wahrscheinlicher als ein Stolpern schien ihm allerdings, dass der Junge in diesem Augenblick den Kopf über der Kloschüssel gehabt hatte. Bei einigen Gästen im Salon hatte er jeden Moment damit gerechnet, dass sie aus dem Raum stürmen würden. Der Knabe mit der Nickelbrille hatte kaum mehr Farbe im Gesicht als der carpathische König, der sich mit Hilfe seines Adjutanten gerade unauffällig aufrappelte.
Aber nein. Paul schüttelte im Stillen den Kopf. Wer kotzen musste, schloss die Klotür vorher ab. Das konnte selbst in Europa nicht anders sein. Oder war der Junge nicht mehr dazu gekommen?
Offenbar war Paul der Einzige, der sich solche Fragen stellte. Groß-

167

fürst Romanowski, der Vater, sprach dem Retter – Boris Petrowitsch – jetzt militärisch knapp seinen Dank aus, seine Frau legte dem Mann in einer nur angedeuteten Geste die Hand auf den Arm. Verglichen mit diesen russischen Adeligen, dachte Paul, herrschte bei Nathaniel Hawthorne die pure Lebensfreude. Und auch die Großfürstin schien mit den Erklärungen der beiden Männer zufrieden zu sein, ebenso wie die übrigen Fahrgäste.

Paul dagegen spürte, dass der Gedanke, der sich einmal in seinem Kopf festgebissen hatte, ihm jetzt keine Ruhe mehr lassen würde. Warum hatte der Junge die Tür nicht abgeschlossen? Und warum hatte im hinteren Wagen offenbar niemand sonst von den Geräuschen etwas mitbekommen? Was für Geräusche sollten das überhaupt gewesen sein? Das Stolpern, der Sturz? So oder so: Wenn es Petrowitsch aufgefallen war, hätten es auch andere Menschen hören müssen. War der dicke Steward nicht gerade dabei gewesen, die Abteile für den Tag herzurichten? Und die Frau ...

Sein Stirnrunzeln vertiefte sich. Die Frau mit dem farblosen Haar und dem unauffälligen beigen Tageskleid. Die Frau, die durch den Salon gestolpert und im hinteren Schlafwagen verschwunden war, Petrowitsch unmittelbar in ihrem Rücken.

Pauls und Veras Kabine lag am Beginn des hinteren Wagens. Er war sich nicht sicher, ob er bereits alle Mitreisenden vom Sehen kannte. Der Junge mit der Nickelbrille und seine Freundin waren im selben Wagen untergebracht, die französische Familie, dazu zwei Geschäftsreisende, die in Lausanne zugestiegen waren – und offenbar Boris Petrowitsch. Aber diese Frau? Gehörte sie in den Diplomatenwagen am Ende des Zuges? Dorthin hätte sie gezwungenermaßen den Weg durch den hinteren Schlafwagen nehmen müssen. Paul schüttelte den Kopf. Zwei der französischen Diplomaten hatte er gestern Abend im Fumoir gesehen. Nein, das passte nicht. Nicht in dieser Garderobe.

Aber wo war sie dann geblieben?

***

Domodossola – 25. Mai 1940, 09:28 Uhr
CIWL WR 4229 (*Speisewagen*). Non Fumoir.

«Ich frage mich, ob das einen tieferen Grund hat.»

Eva blickte auf. Das war das Erste, was Ludvig seit seinem *Eva, Sie sind eine Wucht* von sich gab. Er hatte wieder etwas Farbe im Gesicht, saß auf seinem Platz am Frühstückstisch und sah aus dem Fenster, wozu Eva noch nicht die Kraft aufbrachte. Nur widerwillig konnte sie ihre Augen überhaupt vom Durchgang zum Rauchersalon lösen, durch den Carol mit seinem Adjutanten ohne ein weiteres Wort verschwunden war. Nicht einmal von seiner zukünftigen Braut hatte er sich verabschiedet. Die aber hatte ohnehin nur Augen für ihren verletzten Bruder gehabt, seitdem der in der Tür aufgetaucht war.

Eine bemerkenswerte Reise. Carol wollte heiraten. Evas Leben war zusammengebrochen. Dann war Carol zusammengebrochen. Sie hatte Zweifel, dass ihr Leben sich genauso schnell von dieser Erfahrung erholen würde wie der Mann, den sie geliebt hatte. Den ich liebe! Immer noch! Fast zornig widersprach sie dem Gedanken. Zornig? Oder eher trotzig? Sie weigerte sich, darüber nachzudenken. Schließlich hatte sie alles, was von ihrem Leben übrig geblieben war, für diesen Mann hinter sich gelassen.

«Wirklich», murmelte Ludvig. «Ich frage mich, ob das ein Zufall ist.»

Er sprach wieder Französisch: *wirklich – vraiment*. Wahrscheinlich hoffte er, dass Eva seinen deutschen Satz in all dem Chaos vergessen hatte. Wobei sie sich inzwischen gar nicht mehr sicher war, ob dieser Satz tatsächlich etwas zu bedeuten hatte. Vermutlich genauso viel oder genauso wenig wie die Sätze, die er im Schlaf gesprochen hatte. Wenn er in Michigan mit der deutschen Sprache aufgewachsen war, war die Aussage womöglich nur ein besonders von Herzen kommendes und denkbar schlichtes Kompliment gewesen. Sie schüttelte den Kopf. Oder aber dieser Mann war dermaßen kaltblütig, dass er seine scheinbare Naivität als Waffe einsetzte. Was wusste sie, wozu die Agenten der deutschen Abwehr in der Lage waren? Und dass es in

169

Paris von diesen Agenten wimmelte, davor hatten die französischen Zeitungen seit Monaten gewarnt.

Doch sie konnte nicht nachdenken. Nicht jetzt. Nicht hier. Müde richtete sie sich auf. Das *Non Fumoir* hatte sich geleert. Betty Marshall hatte den verletzten Sohn der Romanows – Alexej, seine Mutter hatte ihn Alexej genannt – und den Rest der Familie auf deren Abteil begleitet, und auch den übrigen Fahrgästen war offenbar nicht mehr nach Frühstück zumute gewesen. Stattdessen hatte kurz darauf ein sichtlich nervöser Mann mit Monokel und in der dunklen Uniform der Schlafwagengesellschaft den Salon in der Gegenrichtung durchquert. Eva hielt ihn für den Vorgesetzten des übrigen Personals.

Ludvig sah zu ihr. «Zufall?», fragte er und nickte zum Fenster hinüber. «Oder was denken Sie?»

Erst jetzt folgte sie seinem Blick – und fuhr zusammen. Soeben erreichten sie den Bahnhof von Domodossola, ihren ersten Halt auf italienischem Boden, der Zug kam langsam zum Stehen. Der Bahnsteig lag direkt vor ihnen – so viel vom Bahnsteig zu sehen war. Waren es Dutzende von Menschen, waren es Hunderte? Eva nahm sie nur als Masse war, als ein einziges massives *Gefühl*.

Männer, es waren fast ausschließlich Männer, viele von ihnen in der bedrohlich schwarzen Uniform der faschistischen Bewegung des italienischen *duce* Benito Mussolini. Sie rempelten sich gegenseitig an und drängten einander zur Seite, während ein Kordon anderer Uniformträger – der regulären Polizei vermutlich – sie daran hinderte, bis an den Zug vorzudringen. Eva sah verzerrte Gesichter, drohend erhobene Fäuste. Einige der Männer schwenkten Transparente: *Morte alla Francia* – Tod für Frankreich!, aber auch … Mühsam holte sie Luft. *Morte ai Giudei* – Tod den Juden! Ihre Stimmen waren nicht mehr als ein bedrohliches Dröhnen und Summen hinter dem Fensterglas, doch Eva spürte ihre Blicke, die wie Messer nach ihr zielten, als könnten sie durch das polierte Metall des Speisewagens bis in ihr Herz, bis in ihren *Pass* blicken – direkt auf das hässliche **J**, das ihre Herkunft vom Volke Abrahams und seines Sohnes Isaak in ein Schandmal verwandelte.

«Wenn Sie mich fragen, dürfte sich das bald erledigt haben mit der italienischen Neutralität», murmelte Ludvig.

Vom Anblick vor den Fenstern wie gelähmt, zwang sich Eva nach einer Nuance in seiner Stimme suchen, die ihr verraten würde, was Ludvig selbst von diesem Bild hielt. Nein, begeistert wirkte er nicht, sondern eher nachdenklich.

«Gut», sagte er leise. «Gut. Diese Leute sind natürlich bestellt. Das wird in Italien nicht anders funktionieren als in Deutschland auch. Italien ist zwar offiziell ein Königreich, aber das Sagen haben Mussolini und seine Faschisten.»

Er warf einen Blick in ihre Richtung, und sie nickte schwach. Mussolini war nicht wesentlich besser als Hitler selbst. Die italienischen Juden ließ er zwar noch nicht generalstabsmäßig verfolgen, aber wenn er sich erst einmal auf Gedeih und Verderb den Deutschen in die Arme warf, war auch das nur eine Frage der Zeit.

«Mussolini schickt seine Leute also her», murmelte Ludvig. «Zeitungen und Wochenschau machen ihre Aufnahmen, und die gehen dann rund um die Welt. Das Volk selbst, sollen diese Bilder sagen, das Volk selbst will den Krieg. Am Ende kann die Führung behaupten, sie habe nicht anders gekonnt, als dem Druck der Bevölkerung nachzugeben. Sie musste den Krieg erklären, obwohl sie tausend Mal das Gegenteil beschworen hat. Wahrscheinlich marschieren solche Trupps auch gerade vor der französischen Botschaft auf. Aber der Orient Express gibt natürlich ein noch eindrucksvolleres Bild ab. Französischer kann ein Zug kaum sein. – Trotzdem frage ich mich, ob das ein Zufall ist.»

Eva schwirrte der Kopf. Ludvigs Analyse war um eine Menge Ecken gedacht, aber plötzlich war sie sich sicher, dass die Machthaber in Rom – und in Berlin – tatsächlich genau auf diese Weise dachten. Das war jedoch nicht das Entscheidende. Das Entscheidende war, dass Ludvig Mueller also doch im Hier und Jetzt lebte. Er war über die internationale Lage informiert, stellte Vermutungen, Analysen an und, ja, er klang besorgt dabei, eindeutig besorgt. Er versteht mich, dachte sie. Er hat das ℑ gesehen. Er kennt meine Angst. Ein Mensch in die-

171

sem Zug, der meine Angst versteht. Aber was im Himmel sollte nun ein Zufall sein?

«Zufall?», fragte sie heiser.

«Die Worte.» Ein Nicken zu den Transparenten. «*Morte alla Francia. Woran denken wir da? Na?»

«Ich ...» Sie blinzelte. «Ich weiß nicht.»

«*Morte alla Francia Italia anela!»* Er war aufgestanden, deklamierte den Satz mit Pathos und Dramatik wie auf der Opernbühne. «*Frankreichs Tod ersehnt sich Italien!* – Ein Satz, den wir kennen: Das Signal zum Aufstand gegen die Franzosen bei der Sizilianischen Vesper.»

Verständnislos sah sie ihn an. «Vesper?»

«Wegen der Uhrzeit, um die die Erhebung losbrach. – Also nicht die Erhebung da draußen, sondern die anno 1282: der Aufstand der Sizilianischen Vesper. Die Erhebung von ...» Er sah sie an, und plötzlich glomm ein merkwürdiges Leuchten in seinen Augen. «Na? Sie kommen nicht drauf, was?»

«Wie? Ich ...» Doch dann begriff sie, und es war ein Gefühl, als senke sich ein rabenschwarzer Vorhang vor ihre Augen. O bitte, dachte sie. Bitte nicht *das*.

«Die Anhänger der Staufer!», verkündete er beinahe triumphierend. «Sehen Sie es? Sehen Sie, wie gegenwärtig die Geschichte in diesem Moment ist? Ob diese Menschen da draußen das nun begreifen oder nicht. Die wollen ja sowieso was ganz anderes. – Wobei ...» Er räusperte sich. «Wobei die Staufer 1282 eigentlich auch schon ausgestorben waren – nicht ganz freiwillig natürlich. Der Bruder des französischen Königs hatte nachgeholfen. Alles etwas verzwickt also. Bei Constanze von Aragon, für die die Aufständischen zu den Waffen gegriffen hatten, handelte es sich allerdings um eine uneheliche Enkeltochter Kaiser Friedrichs II., die ihrerseits mit dem Sohn des aragonesischen Königs ...»

Das war der Moment, in dem Eva abschaltete. Nur noch mit halbem Ohr bekam sie Ludvigs Theorie mit, dass man die Anfangsbuchstaben des Schlachtrufs *Morte alla Francia Italia anela* irgendwann zur einprägsamen Abkürzung M. a. F. I. a. zusammengezogen hätte: die

172

Geburtsstunde von Europas traditionsreichster Verbrecherorganisation. Das zumindest passte. Ein verbrecherischer Mob, der sich zusammenrottete, nicht allein hier auf dem Bahnhof von Domodossola, sondern überall in den Straßen Europas. Ein Mob in den schwarzen Hemden der italienischen Faschisten, in den braunen Hemden der Hitlerpartei – und im Osten warteten die Sowjets auf ihre Stunde.

Kein Ort mehr, dachte sie. Innerhalb von weniger als drei Tagen überquert dieser Zug einen ganzen Kontinent, doch macht es noch einen Unterschied, wohin er fährt? Gibt es noch einen Ort, der sicher ist vor ihnen? Allein. So fühlte sie sich in diesem Moment. Ein ganzer Erdteil hatte den Verstand verloren. Niemand begriff die Gefahr, niemand wollte sie wahrhaben. Carol sah sie nicht, und am wenigsten sah sie dieser Mann, der die Vorgänge zwar aufmerksam verfolgte, diese aber aus großen, kugelrunden Augen zu betrachten schien wie ein aufregendes Spiel.

Seltsam. Sie war sich nicht sicher, welcher Gedanke mehr weh tat.

***

Domodossola – 26. Mai 1940, 09:46 Uhr
CIWL 2413 D (ehemals 2419 D, ‹wagon de l'Armistice›)

»Dem König geht es offenbar schon wieder besser», erklärte Thuillet. «Raoul, einer meiner Stewards, meinte, er habe möglicherweise ein Problem mit Blut.»

Lourdon sah unwillig von seinen Unterlagen auf, die Maledoux ihm vor wenigen Minuten hereingereicht hatte. ‹Dieses Problem muss er dann wohl überwunden haben, als seine Leibgarde nach dem Aufstand der Székler siebzehn Dörfer in Schutt und Asche gelegt hat. – Es war also kein Anschlag?»

Der Repräsentant der CIWL schüttelte den Kopf. ‹Augenscheinlich nicht. Der junge Romanow scheint unglücklich gestürzt zu sein – und da wird es schwierig.»

«Es geht ihm schlecht?»

Wieder schüttelte Thuillet den Kopf. «Es geht ihm in Anbetracht der Umstände gut. Eine Gehirnerschütterung hat er trotzdem. Der Großfürst hat einen Arzt aus dem Ort kommen lassen, und der rät zu einem Aufenthalt im Krankenhaus, doch davon will der Großfürst nichts wissen. Miss Marshall hat angeboten, sich auf der Weiterfahrt um den Jungen zu kümmern.»

«Miss Marshall?»

«Eine Passagierin. Sie ist Schauspielerin, aber im Großen Krieg war sie Krankenschwester im Lazarett. Bei der Gehirnerschütterung handelt es sich offenbar um einen weniger schweren Fall – das bestätigt auch der Arzt. Miss Marshall sagt ...»

«Thuillet!» Mit einer wütenden Handbewegung schlug der Lieutenant-colonel die Akte zu. «Ich habe den Eindruck, dass Sie die Lage in Ihrem Zug nicht unter Kontrolle haben.»

Das Monokel im Auge des Bahnbeamten zuckte. «In friedlicheren Zeiten hatten wir einen Arzt an Bord. Aber in friedlicheren Zeiten hat mir auch niemand einen ... hat mir auch niemand diesen Wagen an den Zug gehängt!»

Lourdon sah ihn böse an, wandte den Blick dann aber mit einem Kopfschütteln ab. «Auf keinen Fall dürfen wir untereinander Streit anfangen. – Ich entschuldige mich, Directeur.»

Der Repräsentant der Schlafwagengesellschaft reckte das Kinn vor. Er sah zufrieden aus.

«Wenn die Romanows die Reise unter diesen Umständen fortsetzen wollen, ist das ihre Entscheidung», sagte Lourdon. «Warten können wir auf keinen Fall, weder jetzt noch zu einem späteren Zeitpunkt. Ich denke, in diesem Punkt sind wir beide uns einig.»

«Das sind wir», bestätigte Thuillet. «Die Passkontrolle müsste in diesen Minuten beendet sein. Angesichts des Auflaufs da draußen haben die Zollbeamten gar nicht erst verlangt, dass die Fahrgäste den Zug verlassen.»

Lourdon nickte zerstreut. Das Krakeelen vor den Fenstern setzte ihm zu. «Und doch beginnt die eigentliche Gefahr gerade erst. Hat irgendjemand angedeutet, dass das Unglück des jungen Romanow etwas anderes gewesen sein könnte als ein *Unglück*?»

Thuillet hob die Augenbrauen. «Wollen *Sie* das andeuten?»

Lourdon zögerte, strich über seine Aktenmappe. Der Bote aus dem französischen Konsulat hatte nach der Begegnung mit dem Mob auf dem Bahnsteig ausgesehen, als hätte er die gesamte Strecke zu Fuß zurückgelegt, durch Wildnis und Dornengestrüpp. Lourdon wünschte sich, er hätte die Informationen in dieser Akte bereits zu Beginn der Fahrt gehabt – das vollständige Dossier über Constantin Romanow. In diesem Fall hätte er Guiscard anders instruiert. Letztlich war der derzeitige Auftrag an seinen Mitarbeiter beinahe sinnlos: Es war unmöglich, in diesem Zug ein Auge auf Carol von Carpathien zu haben, wenn der König seinen Teil des Schlafwagens praktisch nicht verließ. Sie konnten nur darauf vertrauen, dass Carols Leibgarde zuverlässig war.

Ohne es zu merken, hatte Lourdon seinen lackierten Federhalter an den Mund geführt und kaute auf dem hinteren Ende herum. Erst der widerwärtige Geschmack machte ihn darauf aufmerksam. Er ließ das Schreibgerät sinken.

Irgendetwas ging vor in diesem Zug. Mit ziemlicher Sicherheit hatten diese Dinge nichts mit dem Waffenstillstandswagen zu tun, dennoch gefährdeten sie den Erfolg seiner Mission. Ganz gleich, was dem jungen Romanow tatsächlich widerfahren war, offiziell musste es von jetzt an eben wirklich ein Unglück gewesen sein. Wenn irgendjemand seine Nase in diese Dinge steckte, womöglich die italienischen Behörden die Sache angingen ... Er schüttelte den Kopf.

«Wir müssen vorsichtig sein, Thuillet», sagte er. «Was wir dort draußen erleben, ist eine Machtdemonstration. Eine Inszenierung. Möglicherweise wird sie sich in Mailand und Venedig wiederholen, aber das glaube ich nicht. Mussolini hat jetzt die gewünschten Bilder von der aufgebrachten Bevölkerung. Was uns keine Garantie gibt, dass nicht wirklich spontane Aktionen folgen werden. Wenn wir den Faschisten auch nur einen Vorwand liefern, die Finger nach diesem Zug auszustrecken, dann werden sie ihn nutzen.»

«Und wie sollen wir sie daran hindern, irgendeinen Vorwand zu finden?»

«Indem wir nicht zulassen, dass so etwas – oder etwas Vergleichbares – noch einmal geschieht. Keine Zwischenfälle. Keine Provokationen. Am besten überhaupt keine Kontakte zur einheimischen Bevölkerung. Vermutlich werden wir die Passagiere nicht daran hindern können, den Zug bei einem Zwischenhalt zu verlassen, aber Sie müssen diesen Leuten klarmachen, dass solche Ausflüge gefährlich sind. Auf keinen Fall sollte jemand allein gehen. Zur Not stelle ich meine Männer zur Verfügung, wenn Sie ...»

Ein Knall. Lourdon brach ab. Am unteren Rand der Fensterscheibe zeichnete sich ein kleiner, gezackter Riss ab. Draußen auf dem Bahnsteig war ein Gerangel ausgebrochen, doch kein weiteres Wurfgeschoss folgte.

Und das ist erst der Anfang, dachte Lourdon.

***

Zwischen Domodossola und Mailand – 26. Mai 1940, 10:30 Uhr
CIWL Lx 3509 *(Vorderer Schlafwagen). Kabinengang.*

Einige der Aufgaben eines Kabinenstewards machten Raoul wirklich Spaß. Wenn er etwa die Abteile von der Tages- in die Nachtkonfiguration verwandelt hatte und am Ende das Ergebnis betrachtete, war er tatsächlich ein bisschen stolz, welche Veränderung er mit vergleichsweise wenigen Handgriffen bewerkstelligt hatte. Und wenn er zum Abschluss ein winziges Täfelchen Chocolat auf die duftenden Kopfkissen legte, konnte er sich einen Moment lang beinahe vorstellen, dass er selbst es sein würde, der heute Nacht in den weichen Federn schlafen würde – anstatt in der Enge des Dienstabteils, das seinerseits noch immer der Wohnung am Bois de Boulogne und Maxims Schweißfüßen vorzuziehen war. Auch wenn einer der Fahrgäste ganz besondere Wünsche hatte – wie Mr. Fitz-Edwards, der darauf bestand, dass man seinen Tee exakt drei Minuten und dreißig Sekunden hatte ziehen lassen, wenn er ihn serviert bekam –, war das überhaupt kein Problem. Schließlich sollten die Fahrgäste sich wie zu Hause fühlen.

Das ständig wiederholte Ritual des Toilettenputzens dagegen gehörte eindeutig nicht zu seinen liebsten Beschäftigungen, und er war froh, dass Georges es war, dem Thuillet die Säuberung des vollgebluteten WCs aufgedrückt hatte. Schließlich hatte der Dicke es nicht besser verdient. Dass ein Passagier den jungen Großfürsten gefunden hatte, während Georges wahrscheinlich wieder seine Liedchen geträllert hatte, war schlimm genug.

Die größte Herausforderung für Raoul waren allerdings von Anfang an die Tabletts gewesen. Die älteren Stewards, die mit ihnen jonglierten wie Hochseilartisten, konnte er nur mit offenem Mund anstarren. Natürlich hatte er zu Beginn seiner Ausbildung die einzelnen Manöver geübt, bis wirklich jeder Handgriff gesessen hatte. Doch noch heute wurde ihm schon bei der bloßen Vorstellung übel, er könnte womöglich Mrs. Richards den heißen Kaffee übers Kleid schütten, weil er sich einen Moment lang von ihrem Dekolleté hatte ablenken lassen. Das war nämlich wirklich sehenswert, das fand selbst er, der sich eigentlich nicht von solchen ... wie sagte man ... *üppigen* Frauen angezogen fühlte.

Am schlimmsten waren die Übergänge von einem Wagen zum anderen, wenn er die Türen öffnen musste und im Notfall die zweite Hand nicht zu Hilfe nehmen konnte. Und an diesem Morgen kam noch die Saure Suppe dazu, die der *chef de cuisine* genau wie das Maisbrot speziell für den indisponierten carpathischen König hatte zubereiten müssen. «Wenn ich das essen müsste, würd ich auch umkippen», murmelte Raoul, als er die Tür zum vorderen Speisewagen vorsichtig mit dem Hintern aufschob und sich durch die Öffnung zwängte. Im nächsten Moment konnte er von Glück reden, dass er die zweite Hand schon wieder frei hatte.

Sie stand im Winkel hinter dem kleinen Stauraum, mit dem der Lx-Wagen ausgestattet war, das Gesicht in Richtung Fenster. Durch das Glas der Verbindungstür hatte er sie nicht sehen können, und ihr

177

Anblick traf ihn dermaßen unvorbereitet, dass einige Tropfen Suppe über den Schüsselrand schwappten, bevor er das Tablett wieder sicher zu fassen bekam.

Es war weniger die Tatsache, dass die Tochter der Romanows plötzlich dort stand, als vielmehr der Umstand, dass sie zitterte. Dass sie … Raoul war stocksteif stehen geblieben, doch er erkannte es an ihrer Haltung, an der Art, wie sich ihre Handflächen gegen das Fenster pressten.

Xenia weinte.

Raoul spürte einen Druck in der Kehle. Er hatte noch nie mit ansehen können, wenn ein Mädchen weinte. Zu Hause, in seiner Gegend, durfte er sich das nicht anmerken lassen: Wer mit so etwas Probleme hatte, war selbst fast schon ein Mädchen. Hier dagegen, im Zug … Es gab feste Regeln für das Personal: Unter keinen Umständen hatten sie sich in irgendwelche privaten Angelegenheiten der Fahrgäste einzumischen – es sei denn, ein Menschenleben stand auf dem Spiel, was natürlich noch nicht vorgekommen war. Bei allen anderen Gelegenheiten – einem Ehestreit, einer geschäftlichen Auseinandersetzung, Beleidigungen der übelsten Art, die zwischen Passagieren hin und her flogen – war es den Stewards nicht nur untersagt, in irgendeiner Weise Stellung zu nehmen. Vielmehr mussten sie auch den versoffensten oder unflätigsten Fahrgast weiterhin mit größter Zuvorkommenheit behandeln. Solange er nur sein Billett bezahlt hatte. Allenfalls hätte Raoul dem Mädchen höflich zulächeln und ihm einen guten Morgen wünschen dürfen, was Blödsinn war, nachdem sie schon zusammen geraucht hatten.

«Mademoiselle?», fragte er leise.

Sie fuhr herum und starrte ihn an. Ja, eindeutig, sie weinte. Eine Tränenspur zog sich über ihre Wange, auf der die Sommersprossen jetzt nicht mehr zu sehen waren. Ein salziger Tropfen hatte sich eine schmale Spur durch den Puder gebahnt, den sie für das Frühstück im Speisewagen aufgetragen haben musste. Ihre Miene spiegelte Überraschung, dann für einen winzigen Moment so etwas wie Scham, dann plötzlich wieder dieselbe Wut wie heute Morgen, dann … Er konnte es nicht sagen.

«Du», flüsterte sie. Mehr nicht.

Raoul holte Luft. «Mademoiselle, kann ich irgendwie ...» Er wollte die Hand nach ihr ausstrecken. Aus der Tasche seiner Uniformjacke ragte ein blütenweißes Einstecktuch. Eigentlich war es nur zur Zierde gedacht; für ihre Arbeit standen den Stewards andere Utensilien zur Verfügung. Doch in diesem Moment spürte er das unbezwingbare Bedürfnis, ihr mit diesem besonderen Taschentuch, nur mit diesem, die Tränen abzutupfen. Einfach weil es das Beste und das Einzige war, das er tun konnte. Einfach weil es passte, zu ihr und zu diesem Augenblick. Selbst wenn er damit *sämtliche* Vorschriften für das Zugpersonal brach. Was ist mit ihr los?, fragte er sich. Irgendwas muss ich doch tun können. Was ist mit *mir* los?

Noch immer starrte sie ihn an. Ihr Gesichtsausdruck veränderte sich.

Rasch, ehe er sich wieder in Wut verwandeln konnte, fragte Raoul: «Mögen Sie vielleicht noch eine Zigarette rauchen?»

***

Zwischen Domodossola und Mailand – 26. Mai 1940, 10:50 Uhr
CIWL WL 3425 (Hinterer Schlafwagen). Abteil 1.

«Ein König!» Veras Augen leuchteten. «Kannst du dir das vorstellen? Ein richtiger König?»

Paul lächelte. Vera war aufgekratzt wie ein kleines Kind, das unter dem Tannenbaum gerade seine Weihnachtsgeschenke aus ihrer Verpackung befreite. Ein Zug voll mit Menschen, die sie aus ihren Illustrierten kannte – und sie selbst mittendrin. Und sie schien wirklich jeden zu kennen: Betty Marshall, so hieß die Schauspielerin. Paul wäre der Name im Leben nicht eingefallen. Der Großfürst Romanow mit seiner Sippe. Doch nicht ‹Romanowski›, Paul!, hatte Vera tadelnd bemerkt. *Romanowski wäre polnisch, nicht russisch!* Unglaublich, wofür sie sich begeistern konnte.

179

Ja, er kam sich tatsächlich vor wie Santa Claus, der einen Riesensack voller Geschenke vor ihr abgeladen hatte, wobei das wichtigste Präsent, das mit der Glitzerschleife obendrauf, zweifellos Carol von Carpathien war. Diese melodramatische Ohnmachtsszene schien ihn nur noch spannender zu machen. Und dass er ein König ohne Land war, gab ihm in den Augen der Frauen vermutlich etwas besonders Romantisches. Doch, Paul Richards hatte die sechstausend Dollar, die dieses Abenteuer alles in allem kosten würde, gut angelegt.

Nach dem Frühstück war Vera müde gewesen und hatte sich auf den Polstern ausgestreckt. Was nur gut war, denn auf diese Weise hatte sie vom Auflauf der Schwarzhemden in Domodossola nichts mitbekommen. Ihre Füße lagen auf Pauls Schoß, doch nun stützte sie sich auf die Ellenbogen.

«Was meinst du?», fragte sie, lauernd beinahe. «Denkst du, ich kann ihn einfach mal ansprechen? Den König. Ihn um ein Autogramm bitten?»

«Ein Autogramm?» Paul hob die Augenbrauen. «Mrs. Richards, jetzt aber mal ein ernstes Wort zwischen uns: Meine Frau hat es nicht nötig, sich von irgendjemandem Autogramme ...»

«Sei nicht so ein Snob, Paul!» Sie beugte sich vor und knuffte ihn gegen den Arm. «Der Mann ist ein König. – Oh.» Ein kleiner, unterdrückter Laut.

«Vera?» Alarmiert richtete er sich auf, doch sie lächelte schon wieder. «Nichts», murmelte sie. «Mir war ganz kurz ein bisschen schwindlig. – Mach nicht so ein Gesicht! Das ist ganz normal zu Beginn einer Schwangerschaft. Wenn es dich beruhigt, schau ich, ob ich in Mailand Bullrichsalz bekomme oder etwas in der Richtung. O-o-o-ooo...» Der Schluss des Satzes verwandelte sich in ein herzhaftes Gähnen. «...kay?», beendete sie ihn.

Paul musterte sie kritisch. Nein, blass sah sie nicht aus. Sie war einfach nur müde. Die Aufregung der Reise, all die Gesichter, die selbst ihm irgendwie bekannt vorkamen. «Hm?», fragte er. «Was denkst du? Willst du bis Mailand noch etwas schlafen? Ich könnte für ein Stündchen ins Restaurant gehen.»

Sie betrachtete ihn aus schmalen Augenschlitzen, reckte ihre Beine in den aufregenden Nylons auf seinem Schoß. «Aber du bist so gemütlich!» Sie grinste, doch schon musste sie wieder gähnen. «Los, geh schon! – Wenn ich was brauche ...» Ein Nicken zur Seite. Eine etwas altertümliche Kordel, die neben dem Fenster von der Decke hing – das elektrische Signal für das Zugpersonal.

Paul nickte zögernd. Deshalb hatte er den Vorschlag gemacht: Wenn er sich für eine Weile in den Restaurantwagen verdrückte, hatte sie niemanden mehr, dem sie von all den Berühmtheiten etwas vorschwärmen konnte, und würde vielleicht wirklich einschlafen. Vorsichtig hob er ihre Beine an, stand auf und bettete ihre Füße auf ein Kissen. «Bequem so?»

«Hmm-hmm.» Schon halb im Schlaf.

Auf Zehenspitzen ging er zur Tür, schlüpfte hindurch, schloss sie jedoch erst nach einem letzten winzigen Zögern. Und wenn jetzt doch irgendwas nicht in Ordnung war?

«Damn!», murmelte er. Frauen bekamen seit Tausenden von Jahren Kinder, ohne dass man sie neun Monate lang in Watte packte. Er selbst war in einer schäbigen Hinterhofwohnung in Lower Manhattan zur Welt gekommen. Das Klo hatte seine Mutter sich mit zwei polnischen Nachbarsfamilien teilen müssen, deren Namen auszusprechen er niemals gelernt hatte; die Waschküche, in der sie seine Windeln ausgekocht hatte, mit dem halben Häuserblock. Ganz allein hatte sie ihn und seine beiden Schwestern großgezogen, und nebenbei hatte sie drei verschiedene Putzstellen gehabt.

Doch wenn es eines gab, das Paul Richards sich geschworen hatte, dann war es, dass *seine* Frau *seine* Kinder unter anderen Bedingungen zur Welt bringen und aufziehen würde. Er beschloss, mit Dolph Parker zu sprechen, sobald sie wieder in Longview waren. Parker war gerade Großvater geworden. Die beste Hebamme, die beste Nanny: Nichts konnte gut genug sein für Vera – und den zukünftigen Erben von Richards Oil.

Oder die zukünftige *Erbin*?

Für einen Moment blieb er auf dem Kabinengang stehen wie vor den Kopf geschlagen. Seit mehr als zwölf Stunden wusste er nun, was ihn erwartete. – Ein Mädchen? Hatte er diese Möglichkeit wirklich noch keine Sekunde in Betracht gezogen? Dann hob er die Schultern. Wenn es ein Mädchen wurde, würde es so schön werden wie Vera und vielleicht einmal Parkers Enkelsohn heiraten. Das neue Geld der Richards zu Parkers altem Vermögen. Das sollte passen. Dann würde eben das nächste Kind der zweite Paul Richards werden.

Er bremste sich selbst. Es sah ihm überhaupt nicht ähnlich, den zweiten, den dritten und vierten Schritt vor dem ersten zu tun – doch seit er Vera kannte, tat er schließlich ständig Dinge, die ihm nicht ähnlich sahen. Wie die Reise in diesem Zug, selbst wenn er sich allmählich an den verstaubten europäischen Luxus gewöhnte. Zeit, dass er auf andere Gedanken kam. Und tatsächlich waren da die ganze Zeit über noch andere Gedanken in seinem Kopf gewesen. Nun, da Vera schlief, bekam er die Gelegenheit, sein Vorhaben in Angriff zu nehmen.

Der Platz des diensthabenden Stewards war unbesetzt. Der Dicke, der in den Abteilen zugange gewesen war, während der Zug den Simplontunnel passiert hatte, hätte eigentlich hier sitzen müssen. Paul nahm sich vor, auch mit ihm zu sprechen, doch zunächst gab es jemand anderen, mit dem er reden wollte. Er wechselte hinüber in den Speisewagen, schob die Tür zum hinteren Salon auf.

Bull's-eye!

Sie saß rechts vom Mittelgang, an einem der Zweiertische, eine Tasse Kaffee in der Hand, und sah aus dem Fenster. Dort wurden die Berge allmählich niedriger und weniger spektakulär, während sich der Express der Poebene näherte. Sie war allein. Noch ein Glücksfall, doch genau auf diesen Glücksfall hatte er gehofft. Schließlich war Betty Marshall so ziemlich die Einzige gewesen, die noch keine Gelegenheit gehabt hatte, ihr Frühstück einzunehmen.

«Ma'am.» Er nickte ihr zu. Sie erwiderte den Gruß stumm, nahm einen Schluck von ihrem Kaffee.

Unübersehbar, dass sie nicht gestört werden wollte. Doch er bezweifelte, dass sich eine bessere Gelegenheit ergeben würde. «Miss Marshall, mein Name ist Paul Richards. – Dürfte ich mich wohl für einen Augenblick zu Ihnen setzen? Ich verspreche Ihnen, es wird nicht lange dauern.»

Sie musterte ihn desinteressiert. Doch die Frau war Schauspielerin, dachte er. War in ihren Augen nicht ganz kurz etwas aufgeblitzt, als er seinen Namen nannte? Er zweifelte nicht daran, dass Richards Oil auch in Hollywood ein Begriff war. Paul Richards war zwar ein Allerweltsname, doch wie viele Paul Richards konnten sich ein Ticket für diesen Zug leisten?

«Okay.» Sie nickte zum Stuhl gegenüber. «Aber wenn Sie ein Autogramm wollen ...»

Sein Mundwinkel zuckte amüsiert, als er sofort an Veras Autogrammwunsch denken musste. «Miss Marshall, ich kann Ihnen versichern, dass ich davon nicht weiter entfernt sein könnte.» Er ließ sich nieder. «Der Kaffee ist nicht übel, oder?»

Sie holte Luft. «Mister Richards, bitte seien Sie mir nicht böse, aber ich hatte einen etwas unruhigen Morgen. Das hier ist mein erster Kaffee heute, und auf mein Croissant warte ich immer noch. Wenn Sie mir einfach sagen würden, was ich für Sie tun kann?»

Sein Grinsen verstärkte sich. Eine Diva, eindeutig. Und ebenso eindeutig eine Amerikanerin. Mit Direktheit konnte er umgehen. Sie tat gut bei der ganzen französischen Zuckerwatte in diesem Zug. «Sie haben den jungen Romanow versorgt», sagte er. «Ich stand daneben.»

«Eine Menge Leute standen daneben.»

«Ich hatte den Eindruck, dass Sie die Sache bestens im Griff hatten. – Sie haben gesagt, Sie seien Krankenschwester?»

Sie stieß den Atem aus, setzte ihre Tasse ab. «Wie Sie mit Sicherheit bereits vermuten, liegt diese Zeit eine Weile zurück. Aber wenn Sie es noch einmal hören möchten: Ja, das war ich.» Ehe er etwas erwidern konnte, fuhr sie fort: «Allerdings kann ich mir kaum vorstellen, dass das Ihre Frage war. Was also wollen Sie von mir, Mr Richards?»

Paul nickte anerkennend. Sie war tough, ziemlich tough. Mit Sicherheit nicht in Kalifornien geboren. Mittlerer Westen oder sogar die alten *frontier states*. Und sie war clever. Ihr musste längst klar sein, dass er sich Mühe gab, sie einzuschätzen, bevor er auf das Wesentliche zu

183

sprechen kam. Offenbar war sie entschlossen, das nicht zuzulassen. Wenn er etwas erfahren wollte, musste er ins kalte Wasser springen. «Okay», sagte er. «Romanow und der andere – Petrowitsch – sahen ziemlich übel aus heute Morgen. Eine Menge Blut.» Eine winzige Pause. «Eine *gewaltige* Menge Blut.»

Ihre Augen zogen sich zusammen. Jetzt hatte er ihre Aufmerksamkeit. «Was genau wollen Sie damit andeuten, Mr. Richards?»

«Das, was ich sage», erwiderte er ruhig. «Sie haben die Wunde versorgt, Miss Marshall. Sie waren an der Front. Kann all das Blut aus dieser Wunde stammen?»

Sie hatte ihre Tasse auf dem Tisch abgestellt, schien sie nachdenklich zu betrachten. Schon diese Geste, bewusst oder nicht, verursachte ein Kribbeln auf seiner Kopfhaut.

Sie hat selbst schon darüber nachgedacht!

Schließlich sah sie auf. «Haben Sie einen konkreten Grund anzunehmen, dass es von jemand anderem stammen könnte, Mr. Richards?»

Er zögerte. Die Frau. Die Frau mit dem beigebraunen Kleid. Die Frau, deren Hand nervös auf der offenen Handtasche gelegen hatte. Doch die Frau war in den hinteren Wagen verschwunden. Betty Marshall hatte den Nichtrauchersalon vom *Fumoir* her betreten. Sie konnte nicht gesehen haben, was mit ihr geschehen war. «Eine Frau in einem beigen Kleid?», fragte er. «Handtasche, helle Haare?»

Die Schauspielerin überlegte eine halbe Sekunde. «Tut mir leid. Wenn sie eine Passagierin ist, weiß ich nicht, wen Sie meinen.»

Paul nickte stumm. Aber was bewies das? Die meiste Zeit dürfte sich Betty Marshall in ihrem Abteil aufgehalten haben, nicht anders als er selbst. Und der junge Romanow ... Irgendetwas passte nicht zusammen, nach wie vor. Und doch hatte er einen Hinweis erhalten, der seinen Verdacht erhärtete.

Betty sah ihn an. «Es tut mir leid», sagte sie noch einmal. «Ich fürchte, ich kann Ihnen nicht helfen. – Das war es, Mr. Richards?», erkundigte sie sich. Doch ihre Stimme klang nicht mehr so abweisend wie zuvor.

«Ja», murmelte er. «Ich denke, das war es. Ich danke Ihnen, Miss

Marshall. Ich kann mir vorstellen, dass es nicht einfach ist für jemanden, der in der Öffentlichkeit steht wie Sie, einen Moment lang für sich allein ...»

Ganz kurz huschte etwas über ihr Gesicht, das er nicht zu deuten wusste.

«Wobei ...» Mit einem Mal kam ihm ein vollkommen anderer Gedanke. Veras leuchtende Augen angesichts der Parade von Berühmtheiten, mit denen sie Abteil an Abteil reisen durfte. Es war zwar Carol von Carpathien, der ungeschlagen an der Spitze thronte – im wahrsten Sinne des Wortes –, doch Vera hatte erwähnt, wie sie sich mit dreizehn Jahren in Nacht über Kairo geschummelt hatte, um Betty Marshall zu sehen. Und nun saß die leibhaftige Betty Marshall vor ihm. «Würden Sie vielleicht eine Einladung zum Abendessen annehmen?», fragte er. «Mit meiner Frau und mir? Heute Abend?»

Er hatte die Frage noch nicht beendet, als sie schon den Kopf schüttelte. «Bitte, Mr. Richards, wirklich ... Es ist nicht gegen Sie persönlich, und Ihre Frau ist sicher ganz reizend ...»

Das Wort reizend gefiel ihm überhaupt nicht. Reizend war eine aufgetakelte Schachtel mit Perlenkette. Reizend war Dolph Parkers Frau, jenseits der sechzig, so breit wie hoch und niemals ohne ein Glas Portwein unterwegs. Trotzdem: Der Gedanke hatte sich festgebissen, und wenn Paul Richards sich etwas vorgenommen hatte, zog er es auch bis zum Ende durch. Er zögerte. Die Schauspielerin war letztendlich hilfsbereit gewesen. Er wollte sie nicht kränken. Und doch war er sich jetzt sicher, dass er das Flackern in ihrem Blick richtig gedeutet hatte, auf seine Andeutung hin, sie könne sich vor Aufmerksamkeit und Verehrern vermutlich gar nicht retten. Wie lange war es her, dass er diese Frau auf der Leinwand gesehen hatte? Wer mochte für die Fahrt im Orient Express aufkommen? Ein Verehrer? Oder hatte sie in Istanbul tatsächlich ein Engagement?

Er griff in die Tasche seiner Anzugjacke.

«Mit meiner Frau und mir», sagte er. «Und Mr. Franklin vielleicht?» Er zog einen Hundert-Dollar-Schein aus der Geldbörse.

Unter den berühmten, wie mit Zirkel und Lineal gezogenen Augenbrauen funkelte es. Eine Sekunde lang war er überzeugt, dass sie ihm den Kaffee ins Gesicht schütten würde, dann veränderte sich ihr Blick. Doch was er jetzt sah, ließ ihn selbst die Augen niederschlagen. Er hatte Vera eine Freude machen wollen, jetzt aber schämte er sich. Diese Frau war einmal berühmt gewesen – und er bot ihr Geld. Geld für ein Abendessen wie einer Hure.

«Halb neun würde mir passen.» Die Stimme der Schauspielerin war ohne Ausdruck. «Dann haben wir die Grenze zu Jugoslawien hinter uns.»

Eine offene Handfläche wurde über den Tisch gestreckt, und Paul legte die Banknote hinein, ohne aufzublicken.

***

Zwischen Domodossola und Mailand – 26. Mai 1940, 10:54 Uhr
CIWL WL 3425 (Hinterer Schlafwagen). Abteil 9.

Zoll um Zoll schob Boris Petrowitsch seinen Hemdsärmel zurück. Die Waschbecken aus feinem weißem Porzellan, mit denen jedes einzelne Abteil ausgestattet war, waren ihm von Anfang an wie der Gipfel kapitalistischer Dekadenz erschienen. Zumindest das hatte er sich geschworen, als er seine Kabine zum ersten Mal betreten hatte: Ganz gleich, zu welchen Lügen, Täuschungen und Maskeraden seine Rolle im Orient Express ihn zwingen sollte, das Porzellan würde er nicht benutzen. Ein Sowjetbürger bekam keine Gelegenheit, sich während einer Zugfahrt zu waschen, sondern nutzte die Möglichkeiten vor Ort, wenn der Zug denn einmal anhielt. Wenn das nicht möglich war, dann stank ein Sowjetbürger eben. Jetzt war er heilfroh, dass er die Waschschüssel hatte.

Er presste die Zähne aufeinander, als sich der Stoff seines Hemdes mit einem widerwärtigen Geräusch von der verklebten Wunde löste. *Kein Laut!* Die Holztüren waren dünn, und einer der beiden Stewards schien fast immer draußen herumzustolzieren. In der durch und durch verderbten Welt dieses Zuges kam sich selbst das Personal vor wie etwas Besseres. In ihren schmucken Uniformen mit den glänzenden Metallknöpfen übersahen diese Männer, wie die herrschende Klasse sie mit jeder Minute mehr ausbeutete. Doch eines Tages ... eines Tages würde der Bolschewismus auch nach Frankreich kommen.

Schweiß stand ihm auf der Stirn, als er die zerfetzten Reste des Hemdes vom Körper streifte und zu seiner übrigen Kleidung auf den Boden fallen ließ. Für einen Moment war ihm schwindlig, dann fing er sich. Wie von selbst wanderten seine Augen zu seinem Abbild im Spiegel. Er sah aus wie ein barbarischer Krieger nach einer erbitterten, letztlich aber erfolgreichen Schlacht. Schweiß glänzte auf seinem nackten, muskulösen Körper, der übersät war mit Prellungen und Abschürfungen, die er in der Toilettenkabine davongetragen hatte. Nun, da er das Blut von Gesicht und Leib gewaschen hatte, kamen sie zum Vorschein. Das meiste davon würde die Kleidung verbergen, nur ein tiefer Kratzer seitlich am Hals machte ihm Sorgen. Für genau solche Fälle hatte er zwar Schminke im Gepäck, er war sich aber nicht sicher, ob sie die Schürfwunde vollständig verdecken würde.

Doch das größte Problem war der Arm. Boris drehte die Handfläche nach oben, hielt den Unterarm ins Licht. Der Schnitt, den die Frau ihm beigebracht hatte, führte von unterhalb der Handwurzel schräg aufwärts bis fast zum Ellenbogen. Er konnte von Glück sagen, dass sie keine große Arterie verletzt hatte. Dennoch reichte die Wunde tief ins Fleisch, klaffte bei der geringsten Bewegung auf und gab Blut und eine andere, farblose Flüssigkeit frei. Die Wundränder leuchteten in einem dunklen Rot. Die Verletzung war dabei, sich zu entzünden.

Boris trat zum Sitzpolster, wo der Handkoffer bereits geöffnet lag. Der doppelte Boden bot ausreichend Platz für die Kleinkaliberpistole, mehrere maschinenbeschriebene Seiten mit Instruktionen, die Medizin und das Verbandszeug. Um die Wodkaflasche dagegen hatte Boris kein Geheimnis machen müssen. Er trug sie hinüber zum Waschbecken, öffnete sie und richtete seine Augen auf den Spiegel. Als er den Flaschenhals vorsichtig neigte, spritzte die glasklare Flüssigkeit in die Wunde.

Diesmal konnte er ein Aufstöhnen nicht vollständig unterdrücken. Eine Sekunde lang wurde ihm schwarz vor Augen, und er musste sich schwer auf das Waschbecken stützen, doch er blieb bei Bewusstsein. Der Schmerz selbst ließ nicht zu, dass er die Besinnung verlor. Grimmig betrachtete er den offenstehenden Riss, dann ging er zurück zum Polster, ließ sich nieder und griff nach Nadel und Faden.

Es war nicht das erste Mal, dass er eine Wunde auf diese Weise selbst versorgte. Sein gesamter Körper war mit mehr oder minder verheilten Narben bedeckt, die man eher bei einem vierzigjährigen Veteranen erwarten würde. Und er hatte gelernt, auf schmerzstillende Substanzen zu verzichten, die nicht allein den Körper, sondern auch den Verstand betäubten und die Hand, die die Nadel führte, schwach und unzuverlässig machten.

Stattdessen konzentrierte er sich ganz auf seine Tätigkeit. Arbeitete gleichmäßig und präzise. Überließ sich dem Rhythmus, der mit jedem Einstich, mit jedem exakt dosierten Ruck am Faden den Riss zusammenzog und Wellen aus Schmerz durch sein Bewusstsein sandte. Es war eine Form der Meditation, die den Geist nicht betäubte, sondern ihm auf eine andere, eine höhere Ebene des Denkens verhalf. Eine Ebene, auf der er in der Lage war, Verknüpfungen herzustellen, Zusammenhänge zu durchschauen – als könne er sich für diese wenigen Minuten vollständig von dem schmerzenden Klumpen Fleisch lösen, der ihm den Weg zur Einsicht versperrte.

Zeit, die Dinge zu überdenken.

Sein Schachzug, geboren aus der Not des Augenblicks, war erfolgreich gewesen. Aber ihm war klar, dass es auf Messers Schneide gestanden hatte: Der Zusammenbruch des Königs hätte alles vereiteln können. Er hatte gespürt, wie der Großfürst zu stutzen schien, und das Bild, das doch so offensichtlich alles erklärte – der verletzte Alexej, Boris, der ihn gefunden hatte –, war kurzzeitig ins Wanken geraten. Hatte Constantin Alexandrowitsch vielleicht sogar an die Frau gedacht? Jetzt, hinter Domodossola, war es zu spät. Die Frau konnte den Wagen beim ersten Halt auf italienischem Boden verlassen haben, und mit Sicherheit hatte sie es auch genauso beabsichtigt. Falls ein Mann wie der Großfürst überhaupt einen Gedanken daran verschwendete, was aus seinen Lakaien wurde, wenn sie ihre Aufgabe erfüllt hatten.

Der entscheidende Moment war derjenige gewesen, in dem Alexej den Mund aufgemacht hatte und seine Rolle perfekt gespielt hatte. Er hätte sie kaum besser spielen können, wenn Boris Zeit geblieben wäre, ihn zu instruieren. Alexej Constantinowitsch hatte geholfen, den Leichnam zu beseitigen. Er konnte nicht anders, als Boris' Geschichte zu stützen.

Und alle hatten diese Geschichte geschluckt. Die Eltern des Jungen ... In diesem Moment wurde Boris Petrowitsch bewusst, dass etwas nicht stimmte. Es war die Tatsache, dass er etwas spürte, etwas, das über den beißenden Schmerz hinausging, mit dem sich die Nadel in sein Fleisch bohrte und der Faden angezogen wurde. Es war ein anderes Gefühl: an seinen Fingern, die Constantin Alexandrowitschs Händedruck erwidert hatten, an seiner Schulter, die Katharina Nikolajewna berührt hatte, so beiläufig, so zurückgenommen, so aristokratisch, dass von einer Berührung kaum die Rede sein konnte.

Seine Reaktion auf diese Berührung: ein pulsierendes Pochen, ein verzehrendes Brennen, an der Stelle, an der sie ... Sie, Katharina. Ihre Berührung.

Ein Knurren kam über seine Lippen. Die Konzentration, die den Schmerz in seinem Arm in etwas anderes verwandelte, war verloren, nicht wiederherzustellen. Die Pein des neuen Einstichs traf ihn mit voller Gewalt. Noch drei Stiche, wenn er den Abstand größer hielt als zuvor. Eins ... Schweiß floss ihm über die Stirn. Zwei ... Übelkeit erwachte in seinem Magen. Drei ... Er riss am Faden, dass sich die Wundränder zusammenzogen, der Zwirn zum Zerreißen gespannt wurde. Zitternd zurrte er den Faden fest, dass er ins geschwollene, wunde Fleisch schnitt, knüpfte den Knoten, wobei er im letzten Moment ein eigens für dieses Manöver konstruiertes gebogenes Werkzeug zu Hilfe nahm. Seine Bewegungen fahrig, geblendet vom Schmerz.

Keuchend sank er in die Polster zurück. Blutflecken zeichneten den dunklen Stoff, doch er konnte jetzt nicht darüber nachdenken. Nein.

Nein, die Stewards hatten keinen Grund, Verdacht zu schöpfen, wenn sie auf diese Spuren stießen. Sie hatten ihn gesehen, seine Kleidung durchtränkt von Blut. Wie sollten sie ahnen, dass es hier auf den Polstern sein eigenes war? Er hatte es geschafft, war für den Moment außer Gefahr, und doch …

Katharina Nikolajewna.

Seine Schulter brannte wie Feuer. Dieses hochmütige Gesicht, diese blassen, wie von einem Bildhauer modellierten Züge, weiß wie der Marmor im Palais von Zarskoje Selo. Dieser Blick. Er hatte ihren Sohn gefunden, ihm möglicherweise sogar das Leben gerettet. Das war es, was Katharina Nikolajewna glauben musste. Sie hatte ihm gedankt, doch selbst bei dieser Gelegenheit hatte sie, die mehrere Zoll kleiner war als er, auf ihn *herabgesehen*.

Boris war nicht alt genug, um sich bewusst an das zaristische Regime zu erinnern. In seinem Kopf waren nicht mehr als Splitter von Bildern, die sich mit anderen Erinnerungen mischten: an die Unterweisungen durch den vom örtlichen Sowjet bestellten Lehrer im Schulunterricht; an das, was er später gehört hatte, als Anwärter auf seinen ersten Posten beim NKWD; Erzählungen über eine winzige Clique degenerierter Adliger, die jahrzehnte-, nein, jahrhundertelang ein ganzes Land in Knechtschaft gehalten hatte. Mit stählerner Knute, mit Terror und drakonischen Strafen für die geringsten Versäumnisse der untertänigen Bauern, die nicht einmal Versäumnisse gewesen waren, sondern der verzweifelte Wunsch der hungernden Menschen, irgendwie am Leben zu bleiben.

So viele dieser Geschichten, und doch hatte selbst er, dem die Lehre Lenins und Stalins Vater und Mutter ersetzte, Mühe gehabt, ihnen Glauben zu schenken. Ein ganzes Volk darbte – und die Unterdrücker sollten kalten Auges zugesehen haben?

Augen wie Eis.

Er hatte es nicht wahrhaben wollen, dass Menschen zu so etwas imstande sein sollten. Ohne Gefühlsregung, ohne einen besonderen Hass auf diejenigen zu empfinden, denen sie diese Dinge antaten, Jahr um Jahr, Tag um Tag, ganz einfach weil es immer so gewesen war.

Doch nun hatte er Katharina Nikolajewna gesehen: hochmütig, kalt und ungebrochen, blass und schön wie die Sonne auf Gletschereis. Er ballte die Fäuste, dass die frische Naht sich zum Zerreißen spannte. Mit äußerster Willenskraft zwang er sich, die Finger zu lösen. Boris Petrowitsch hatte eine bestimmte Position in der Befehlskette des NKWD inne, und seine Aufgabe bestand darin, Befehle auszuführen, ob er ihren Sinn nun verstand oder nicht. Er hatte gestohlen. Er hatte getötet. Vor kaum zwei Stunden hatten sich seine Finger um den Hals der unbekannten Frau geschlossen. Nicht aus Hass, sondern weil die Umstände ihn dazu gezwungen hatten und er keine andere Möglichkeit gesehen hatte, seine Mission zu erfüllen. Das war seine Stärke, und sie war ihm bewusst: Niemals waren Gefühle im Spiel gewesen.

Bis heute.

Nein, dies war keine Mission wie alle anderen. Natürlich, es ging um das Collier der Zarin Jekaterina, doch er begann zu begreifen, dass noch weit mehr auf dem Spiel stand.

Wer Gefühle zuließ, begann Fehler zu machen.

Das Collier! Denk an das Collier! Schieb es weg, das andere Bild! Schieb sie weg, ihre hochmütige Gestalt. Ihren eisigen Blick.

Es gelang ihm. Doch nur für Momente. Dieser Auftrag konnte sein letzter sein.

***

Zwischen Domodossola und Mailand – 26. Mai 1940, 11:03 Uhr
CIWL WL 3425 (Hinterer Schlafwagen). Kabinengang.

Als Paul den hinteren Schlafwagen betrat, blieb er einen Moment lang stehen. Er war Betty Marshall dankbar, in mehr als einer Hinsicht. Das Gespräch im Salon hätte peinlich enden können, auch nach ihrer Zusage, das Abendessen mit den Richards einzunehmen. Er wusste, dass er diese Frau gekränkt hatte, die einer ganzen Generation junger Männer feuchte Träume beschert hatte und jetzt eine bezahlte Einladung zum Abendessen annehmen musste, damit die Ehefrau eines Ölmillionärs sie angaffen konnte wie ein Tier im Zoo. Paul wusste, dass es so nicht ablaufen würde, schon weil Vera nicht jener Sorte reizender Damen angehörte, die Betty sich vorstellte. Aber für die Schauspielerin musste sich die Aussicht auf den gemeinsamen Abend ganz genau so anfühlen.

Und doch war es ihr gelungen, dem Gespräch am Ende eine versöhnliche Wendung zu geben. Der Kellner war erschienen, hatte ihr das Croissant gebracht, gleich darauf eine zweite Tasse Kaffee – diesmal für Paul. Sie hatten noch einen Moment darüber geplaudert, wie sehr sich diese Reise quer durch Europa von einer Überquerung des amerikanischen Kontinents unterschied. Ein Gespräch zwischen zwei Amerikanern, die es in die Alte Welt verschlagen hatte. Dann hatten sie sich freundlich verabschiedet wie gute Bekannte – oder Geschäftspartner, denn das waren sie nun ohne Frage –, ohne jeden Groll und ohne jede Peinlichkeit.

Ja, er war ihr dankbar. Er konnte sich auf die Überraschung freuen, die Vera erwartete, und er selbst würde an diesem Abend den Blick in Bettys Augen nicht meiden müssen.

Trotzdem war das eigentlich Entscheidende an ihrem Gespräch der Anfang gewesen: das Blut auf Romanows Kleidung und Petrowitschs Anzug. Auch Betty Marshall hatte die Menge dieses Blutes ins Grübeln gebracht. Paul würde seine Nachforschungen fortsetzen.

Der Platz des diensthabenden Stewards war noch immer unbesetzt. Der Kabinengang war leer. Einen Moment lang verharrte Paul vor der Tür seines Abteils, lauschte. Nichts zu hören. Vera schlief vermutlich, und er wollte ihren Schlaf nicht stören – es war noch immer mehr als eine Stunde bis Mailand. Er wandte sich in Richtung Zugende und stockte. Die Nummer sieben: War das Petrowitschs Abteil? Ziemlich weit hinten, hatte der Russe gesagt. Er blieb stehen, lauschte auch hier, doch hinter der Tür herrschte Stille.

Boris Petrowitsch. Noch etwas, über das Vera ihn aufgeklärt hatte: Beim zweiten Teil des Namens handelte es sich nicht etwa um einen

192

eigentlichen Nachnamen, sondern lediglich um die Angabe Boris, Sohn des Peter. Paul schüttelte den Kopf. Wenn der Westen Europas nach seinem Gefühl noch im vorigen Jahrhundert verharrte, waren die Russen noch nicht einmal dort angekommen. Und die Russen an Bord des Express gehörten sogar noch zu der privilegierten Minderheit, die sich hatte absetzen und vor den Sowjets in Sicherheit bringen können. Wie musste es erst im Land selbst aussehen?

Paul war kein Mensch, der sich großartig für Politik interessierte. Aber er hatte einen guten Draht zu seinem Kongressabgeordneten, der hin und wieder ganz nützlich sein konnte, wenn er wissen wollte, was in Washington gespielt wurde. Präsident Roosevelt hatte sich voll und ganz auf die Seite der Briten und Franzosen geschlagen. Inzwischen dürfte ihm wohl aufgegangen sein, dass er sich für die falsche Seite entschieden hatte. Frankreich lag bereits am Boden. Die Briten saßen zwar einigermaßen sicher auf ihrer Insel, doch Paul konnte sich nicht vorstellen, dass sie sehr viel länger durchhalten würden.

Natürlich waren die Mächte in Westeuropa liberale Demokratien und standen den Idealen Amerikas damit näher als die Deutschen. Doch welchen Sinn machte es, auf diejenigen zu setzen, die schon jetzt als Verlierer dastanden, während die eigentliche Auseinandersetzung zwischen Hitler und Stalin erst noch ausgetragen werden musste?

Er war kein Fan von Hitler – und davon gab es in Texas eine Menge –, und was die Nazis mit ihren Juden anstellten, war eine Riesensauerei, selbst wenn nur die Hälfte der Geschichten zutraf, die die Presse streute. Andererseits war er auch kein Fan der Juden – und in dieser Hinsicht war er sich mit der übergroßen Mehrheit der Texaner einig. Hitler schoss allerdings über das Ziel hinaus, und er würde sehen, was er am Ende davon hatte, wenn er die Juden aus Großdeutschland vertrieb. Ansonsten aber hatte Paul durchaus Respekt vor dem Mann, der aus einem Land, das vor zwanzig Jahren den größten Krieg der modernen Geschichte verloren hatte, wieder die stärkste Macht auf dem Kontinent gemacht hatte. Vor allem aber war er sich sicher, dass die Vereinigten Staaten diesen Hitler noch brauchen würden. Er war nämlich der Einzige, der die Sowjets aus Europa draußen halten konnte.

Die Russen. Sie waren die eigentliche Gefahr. Die Sowjets mit ihrem System, in dem der Einzelne nichts zählte, Stalins Wort dagegen alles. Stalins Wort und diese merkwürdige neue Gesellschaftsordnung, die sich für gerecht hielt, weil sie alle Menschen *gleichmäßig* verhungern und erfrieren ließ. Warum setzten sich die Leute nicht zur Wehr? War ihnen der jahrhundertelange Gehorsam unter dem Zarenregime dermaßen in Fleisch und Blut übergegangen? Paul verstand diese Leute nicht. Ein Grund mehr, doppelt vorsichtig zu sein, wenn die Russen ins Spiel kamen, ob nun Sowjets oder nicht.

Einen letzten Moment zögerte er. Nein, hinter der Tür war noch immer nichts zu hören. Falls Petrowitsch in seinem Abteil war, rührte er sich nicht. So oder so hatte Paul nicht die Absicht gehabt, ihn aufzusuchen. Mit gleichmäßigen Schritten ging er weiter, auf das Ende des Ganges zu, wo eine Tür, die irgendwie abweisend aussah, in den letzten Wagen führte – den Diplomatenwagen der Franzosen. Paul hatte die beiden Männer aus der Begleitmannschaft des Botschafters gestern Abend beobachtet, und beinahe hatten sie ihm leidgetan, der eine in einer aufgedonnerten Uniform, der andere in einem schnieken Dinneranzug. Die Franzosen waren nun wirklich am Ende. Und von ihren Diplomaten versprach er sich auch keine Hilfe.

Als er ein Geräusch hörte, blieb Paul stehen: eine Art Summen oder ... *Gurgeln*. Anders als die Zuggeräusche, unregelmäßiger, fast wie eine Melodie. Aber eben nur *fast*. Nein, es war Gesang, oder sollte Gesang sein. Ein gesummtes Chanson – aus der Klosettkabine.

An der Toilettentür klebte ein Zettel, nicht etwa handgeschrieben, sondern fein säuberlich bedruckt mit dem verschnörkelten Wappen der Schlafwagengesellschaft darunter: *Fermé par maintenance.* Sein halbes Dutzend Französischbrocken hatte Paul bei Geschäftsverhandlungen aufgeschnappt – und bei einer recht kostspieligen Dame im French Quarter, die allerdings jeden Cent wert gewesen war. Beides in New Orleans. Doch was der Zettel zu sagen hatte, war nicht schwer zu erraten, und das Gesumme auf der anderen Seite der Tür beseitigte

194

auch die letzten Zweifel. Mit einer entschlossenen Bewegung öffnete er die Tür.

«Oh.» Der dicke Steward machte einen unfreiwilligen Schritt nach vorn, fing sich auf dem Klodeckel ab.

«Sorry», murmelte Paul. «Ich wusste nicht ...»

«Nein, nein ...» Der Dicke hatte sich schon wieder aufgerichtet, betrachtete kurz seine schneeweißen Handschuhe, wischte sie dann an der Uniformjacke ab. «Wir müssen uns entschuldigen, Monsieur. Dieses WC wird noch gereinigt.» Die Stimme wurde um eine Winzigkeit gesenkt: «Ich dringe seit Jahren darauf, dass wir die Ankündigungen für unsere internationalen Passagiere mehrsprachig verfassen sollten.»

Das Englisch des Mannes hatte einen starken Akzent, wie beim gesamten Personal an Bord, doch zumindest konnte er sich verständlich machen. Paul nickte anerkennend. «Das wäre wirklich eine Hilfe – aber ich hätte ja auch ...» Er zögerte. Dies wäre der Moment gewesen, sich zu verabschieden und die Toilette in der vorderen Wagenhälfte aufzusuchen. Stattdessen tippte er sich mit dem Zeigefinger ans Kinn.

«Aber da ich Sie gerade erwische: Vielleicht können Sie mir helfen.»

«Monsieur?»

«Mir helfen. Se... Äh, secondez-moi.»

«Es geht Ihnen nicht gut, Monsieur?»

Nie wieder Europa. Paul kämpfte darum, nicht die Augen zu verdrehen. «Nein», sagte er. «Nein. Mir geht es bestens, aber meine Frau ... Wir bekommen ein Baby, müssen Sie wissen. – Ein bébé.»

«Aah!» Ein Lächeln breitete sich auf dem Gesicht des Mannes aus.

Im selben Moment fragte sich Paul, welcher Teufel ihn eigentlich ritt, ausgerechnet diesem Menschen als Erstem zu erzählen, dass Paul Richards junior unterwegs war. Und ehe er sichs versah, weiteten sich die Augen des Stewards.

«Jetzt?»

«Was?» Paul starrte ihn an.

«Das bébé.» Der Mann starrte zurück. «Das bébé kommt jetzt?»

«Damn, no!» Wollte der Kerl ihm etwa erzählen, dass Vera hochschwanger aussah? Paul sah, wie der Dicke zurückzuckte, und riss sich zusammen. «Nein», sagte er ruhiger. «Das hat noch Zeit. Aber meine Frau hat sich vorhin mit einer Dame hier im Zug unterhalten, die ihr angeboten hat, ihr gewisse ...» Er senkte die Stimme. «Sie braucht gewisse *Damenartikel.* Sie verstehen?» Er betete zum Allmächtigen, dass der Mann nicht weiter nachfragen würde.

Der Steward hob nur die Augenbrauen, doch dann fragte er: «Eine Frau? Sie meinen, eine Passagierin?»

Paul nickte. Was sonst?, dachte er. Das gesamte Zugpersonal war schließlich männlich. Mehr oder weniger. «Die Dame war etwa dreißig, würde ich sagen», erklärte er. «Sie hatte einen beigebraunen Mantel an ...»

«Mademoiselle Marshall vielleicht?»

«Nein, nicht Miss Marshall. Die Dame hat hellere Haare und ist etwas größer als Miss Marshall. Sie hatte eine Handtasche dabei, und ...» Paul ging auf, dass es schwierig war, die Frau zu beschreiben. Sie hatte nichts an sich gehabt, das sie irgendwie auffällig gemacht hätte. «Sie ist hierher in diesen Wagen gegangen», sagte er. «Ein paar Minuten bevor der junge Romanow seinen Unfall hatte.»

Der Steward schaute ihn aufmerksam an. Paul konnte ihm geradezu beim Nachdenken zusehen, doch schließlich legte sich die Stirn des Dicken in Falten. «In diesen Wagen? Nein, Monsieur, ich bin ja hier gewesen. Es tut mir leid, ich wüsste überhaupt niemanden von unseren Fahrgästen, der so aussieht. Weder hier noch drüben im Lk. Sind Sie sicher, dass die Dame hier im Zug war? Nicht auf dem Bahnhof? In Brig?»

Paul spürte, wie sich eine Gänsehaut auf seinen Unterarmen bildete. Er *war* sicher. Er hatte die Frau und Petrowitsch beobachtet, als der Zug bereits unterwegs gewesen war, im Innern des Berges. – Keine Passagierin? Das erklärte, warum niemand außer ihm sie zu vermissen schien. Es erklärte allerdings *nicht*, wo sie abgeblieben war. Wieder tippte er sich mit dem Finger ans Kinn. Dem Steward sollte inzwischen klar sein, dass das eine nachdenkliche Geste war. «Jetzt, wo Sie es sagen ...», murmelte er.

Der Dicke hob die Schultern. «Wirklich, Monsieur, es tut mir leid.

196

Aber wenn Sie etwas aus unserer Bordapotheke benötigen, kann ich unseren monsieur le directeur holen, Monsieur Thuillet. Er hat die Schlüssel. Unsere *Ordre de Service*, Sie verstehen?»

Kein Wort, dachte Paul. Er schüttelte den Kopf. «Hm, ich denke, das wäre übertrieben. Nein, vielleicht sollte ich wirklich Miss Marshall fragen, oder es gibt in Mailand eine Möglichkeit.»

«Ich fürchte, wir werden in Mailand nur einen kurzen Aufenthalt haben, gerade so lange, dass die neuen Fahrgäste zusteigen können. Und wir bekommen eine neue Lokomotive. Eine Pacific.»

Paul nickte. Eine Dampflokomotive wie schon auf den früheren Abschnitten der Fahrt.

«Im Bahnhof gibt es allerdings einige Geschäfte», fuhr der Steward fort. «Die Zeit ist zwar ziemlich knapp, aber vielleicht könnten Sie dort ...»

«Ja.» Paul warf einen raschen Blick in die Kabine. Der Mann hatte den größten Teil der Blutspuren bereits beseitigt. Dafür hatte das Wasser in seinem Putzeimer beinahe die Farbe von Blut. Es schien schwer zu glauben, doch beim Rodeo hatte Paul Richards widerliche Sachen gesehen. «Schrecklich», murmelte er mit einem Nicken auf die Kabine. «Ganz schrecklich.»

Der Dicke neigte bekümmert den Kopf. «Sie sagen es, Monsieur. Doch zumindest ist Monsieur Romanow inzwischen auf dem Wege der Besserung. – Durch das beherzte Eingreifen von Monsieur Petrowitsch.»

Paul nickte zustimmend. «Trotzdem», murmelte er. «Ich kann mir einfach nicht vorstellen, wie ein einzelner Mensch so viel ...» Er ließ den Satz unvollendet stehen, hatte den Mann genau im Blick, ohne ihn offen anzustarren. Der Dicke wirkte einfach nur erwartungsvoll. Keine Spur eines Verdachts. Schließlich schüttelte Paul den Kopf. «Unglaublich», sagte er. «Und Sie selbst haben überhaupt nichts davon mitgekriegt? Sie müssen doch quasi nebenan gewesen sein.»

Diesmal zeigte der Steward eine Reaktion, und sie war deutlich. «Ich ...» Er fuhr sich über die Lippen. «Nein, nicht nebenan. Wir sind ja hohen Standards verpflichtet hier bei der *Compagnie internationale des*

197

wagons-lits. Ich achte sehr darauf, dass ich meine Arbeit *sorgfältig* erledige.» Seltsam, sobald er sich selbst auf die Schultern klopfen konnte, war selbst der Akzent wie weggeblasen. «Und selbstverständlich schließe ich die Tür hinter mir, wenn ich an der Arbeit bin», betonte er. «Als ich erfahren habe, was vorgefallen ist, hatte ich Ihr und Madame Richards Abteil und ein oder zwei andere bereits hergerichtet. Auf jeden Fall war ich noch in der vorderen Wagenhälfte und, nein ...» Er schüttelte den Kopf. «Leider habe ich überhaupt nichts gehört.»

Paul nickte verständnisvoll. Keine Frage: Der Mann hatte seine zweideutigen Songs geträllert, genau wie er es hier auf dem vollgebluteten Klosett getan hatte. Dazu die Geräusche der Fahrt durch den Tunnel – sie mussten alles andere übertönt haben. Der Steward sprach die Wahrheit. Nachdenklich nickte Paul dem Mann noch einmal zu. Hier kam er nicht weiter. Wieder war sein Verdacht stärker geworden, aber noch immer war er weit entfernt von einem Beweis. Was auch immer er damit anfangen wollte, wenn er ihn denn einmal hatte. Und nach wie vor stand die Frage im Raum, welche Rolle der junge Romanow spielte. Angenommen, er hatte sich schützend vor die Frau geworfen und war dabei verletzt worden: Warum hatte er dann Petrowitschs Geschichte gestützt? «Dann noch einmal danke», murmelte Paul und wandte sich zur Tür.

Der Dicke lächelte breit. «Alles Gute für Madame Richards und das *bébé!*»

«Danke», murmelte Paul, trat auf den Gang und schloss die Tür hinter sich. Draußen zögerte er. Gab es noch etwas anderes, das er tun konnte? Etwas, das seinen Verdacht erhärten – oder ihn zerstreuen konnte? Bei den anderen Passagieren nachzufragen, die im *Non Fumoir* dabei gewesen waren, war überflüssig. Natürlich konnte er an sämtlichen Abteiltüren klopfen: Wenn die Frau im beigen Kleid eine davon öffnete, hatte sich jeder Verdacht erledigt. Aber was sollte er den Leuten erzählen, die sich vielleicht noch mal hingelegt hatten wie Vera? Außerdem wusste nicht einmal der Steward etwas von einer solchen Passagierin. Wobei ... *Theoretisch* war es möglich, dass sie ohne Ticket reiste: eine blinde Passagierin. Oder einer der allein reisenden Herren

198

hatte sich für unterwegs Gesellschaft eingeladen. Doch so hatte sie wirklich nicht ausgesehen.

Nein. Ganz gleich, an welche Türe er klopfen würde: Sie war nicht hier. Im Tunnel war etwas geschehen. Paul war sich sicher. Noch setzten sich die Puzzleteile nicht vollständig zusammen, doch er würde es herausfinden.

Ein Geräusch lenkte ihn ab, ein mechanisches Schnaufen. Die Tür, die in den Diplomatenwagen führte, öffnete sich, und ein junger Mann betrat den Gang. Er trug einen dunklen Gesellschaftsanzug wie die meisten der männlichen Reisenden an Bord, aber Paul Richards erkannte einen Soldaten, wenn er einen vor sich hatte. Mit einem Nicken wollte der Franzose an ihm vorbei, doch einem Impuls folgend trat Paul einen halben Schritt vor. «Monsieur?»

Einen Moment lang hatte er den Eindruck, der Mann würde ihn nicht zur Kenntnis nehmen, sondern ganz undiplomatisch einfach weitergehen. Alle diese Europäer waren irgendwie seltsam, jeder auf eine andere Weise.

«Oui?» So knapp wie möglich. Der Franzose gab sich gar keine Mühe, seinen militärischen Hintergrund zu verbergen. «S'il vous plaît?»

«Bitte entschuldigen Sie, dass ich Sie aufhalte», sagte Paul betont höflich. «Aber möglicherweise können Sie mir helfen: Ich bin auf der Suche nach einer Dame, die meine Frau und ich heute Morgen kennengelernt haben. Sie hat helle Haare, trug ein beigebraunes Kleid und eine Handtasche. Ich hatte überlegt, ob sie vielleicht zu Ihrer Gruppe gehört oder ob Sie sie sonst irgendwo ...»

«Non. Je suis desolé.» Ah ja, er war untröstlich. Sein Tonfall hätte unmöglich noch deutlicher machen können, wie wenig es ihn interessierte. Dann, unvermittelt: «Que voulez-vous d'elle?»

Pauls Miene verriet sein Unverständnis offenbar deutlich.

«Verraten Sie mir, was Sie von ihr wollen?», wiederholte der Mann auf Englisch. Der Tonfall klang eine Spur verbindlicher, doch natürlich war die Frage selbst alles andere als das.

Paul spürte eine unterdrückte Wut in sich aufsteigen. Das hier hatte nichts mit Betty Marshalls Direktheit zu tun – es war schlicht unhöflich. Und es gefiel ihm nicht, wenn jemand glaubte, so mit ihm sprechen zu dürfen. Doch wenn er einen Streit anfing, würde das ganz bestimmt nicht weiterhelfen. «Frauengeschichten», sagte er, jetzt ebenso kühl wie der Franzose.

Der Mann musterte ihn von oben bis unten. «Tut mir leid», murmelte der Franzose, nickte ihm noch einmal zu und entfernte sich den Kabinengang hinab. Zweifellos auf dem Weg in den Speisewagen.

Verwirrt sah Paul ihm nach. Der Mann hatte sich abweisend verhalten, von Anfang an, und doch hatte er das Gefühl gehabt, als wäre ganz am Ende, gerade in dem Moment, da er eine Spur freundlicher geworden war, noch etwas anderes hinzugekommen. Misstrauen? Womöglich gar ... Paul kniff die Augen zusammen. Ein *Verdacht*?

«Was zur Hölle geht in diesem Zug eigentlich vor?», murmelte er.

***

Zwischen Domodossola und Mailand – 26. Mai 1940, 11:03 Uhr
CIWL Lx 3509 (Vorderer Schlafwagen). Abteil 9.

«Und ich störe Sie wirklich nicht?»

Eva gefiel nicht, wie ihre Stimme sich anhörte: furchtsam und klein. Sie kam sich winzig vor, wie sie neben Betty Marshall im Abteil der Schauspielerin saß, eine Kaffeetasse in der Hand. Sie wusste selbst nicht genau, warum sie schon wieder hier war. Sie verdankte Betty bereits das türkisgrüne Kleid – und ein zweites zum Wechseln gleich dazu. Und einen Mantel samt Stola, falls es später auf der Reise empfindlich kalt werden sollte. Die Schauspielerin hatte in ihrem Abteil, das sie alleine belegte, natürlich auch ausreichend Platz für eine Menge Garderobe.

Nein, Eva war nicht gekommen, um ein weiteres Kleid zu erbetteln. Sie war einfach unfähig gewesen, mit Ludvig zurück in ihr eigenes Abteil zu gehen, ihm beim Lesen zuzusehen oder sich eine neue Geschichte über die späten Staufer anzuhören. Nicht, dass seine Geschichten sie nicht interessiert hätten. Auf seine eigene, ganz spezielle Weise konnte er unglaublich spannend erzählen.

Aber doch nicht, während draußen auf dem Bahnsteig die Faschisten Evas Volk mit der Vernichtung drohten! Und zu Carol zu gehen, der sie abgewiesen hatte, so deutlich, wie das ohne Worte möglich war ... Ja, sie würde mit ihm sprechen. Sie *musste* mit ihm sprechen, schließlich war er nach wie vor in Gefahr. Aber jetzt noch nicht. Sie musste irgendwie den Mut dazu finden, und im Hinterkopf hatte sie wohl gehofft, dass sie durch ein Gespräch mit Betty diesen Mut ...

«Sie haben nicht gemerkt, wie er Sie angesehen hat, nicht wahr?» Eva zuckte zusammen. Auf ihre Frage hatte die Schauspielerin überhaupt nicht reagiert. Vielleicht weil sie dieselbe Frage in den letzten zwanzig Minuten schon zwei Mal mehr als deutlich verneint hatte – *Nein, Eva, Sie stören nicht.* Stattdessen diese Gegenfrage, scheinbar aus dem Nichts. Brennende Röte stieg Eva ins Gesicht. War es so deutlich? Hatte Carol sie wirklich auf eine besondere Weise angeschaut? Sie versuchte sich zu erinnern. Er hatte die Augen aufgeschlagen, ihren Namen gemurmelt – und war wieder ohnmächtig geworden. An und für sich schon eindrucksvoll, nur dass die Ohnmacht mit ihr nichts zu tun hatte.

«Wie lange kennen Sie beide sich überhaupt schon?», hakte Betty nach, als sie offenbar keine Antwort bekam. Die Schauspielerin hatte selbst eine Kaffeetasse auf dem Schoß, nippte an ihr. Sie trug jetzt ein Kleid in einem dunklen Rotton – beinahe sündig rot, aber vermutlich gerade noch im Bereich des Vertretbaren. Zumindest, wenn man Betty Marshall war.

Sie gibt mir Zeit, dachte Eva. Und mit jeder Minute schämte sie sich mehr gegenüber dieser Frau, die sie für eine eingebildete Schnepfe gehalten hatte. «Ich ...» Eva räusperte sich. «Wir kennen uns seit etwas über einem Jahr», sagte sie leise.

«Oh?» Betty setzte die Tasse ab. «Das hätte ich nun wirklich nicht gedacht.»

«Nicht?» Eva sah auf, hob die Schultern, wollte es leichthin abtun, spürte im selben Moment aber, dass ihr das nicht möglich war. «Wir hatten leider immer nur sehr wenig Zeit miteinander», murmelte sie stattdessen. «Eigentlich nur den Dienstagabend. Es ist …» Sie biss sich auf die Lippen. Wie sollte sie dieser Frau erklären, dass das, was zwischen Carol und ihr gewesen war, sich vollkommen anders angefühlt hatte, als es für einen Außenstehenden aussehen musste? Ein König im Exil, der sich eine nicht standesgemäße Geliebte hielt. Eine Jüdin. Ein Mädchen, das durch den Hintereingang in die Residenz geschmuggelt werden musste.

«Sie können mir glauben: Wenn es irgendwie möglich gewesen wäre, hätte er sich mehr Zeit genommen für mich», sagte sie. «Nein, für uns. Wir haben mehr als einmal darüber gesprochen. Und, nein, ich weiß, was Sie vielleicht denken. Das war keine Vertröstung. Das war nicht einfach so dahingesagt. Er hat Pflichten, ja, auch jetzt. In dieser Situation vielleicht mehr denn je. Es gibt eine Menge Menschen, die auf ihn warten. Auf ein Wort von ihm.»

Betty Marshall hob eine Augenbraue. Eine Sekunde lang sah sie hundertprozentig aus wie in *Der Fall Mississippi*, in dem Moment, als ihr aufging, dass irgendetwas nicht stimmen konnte an der Geschichte, die Conrad Veidt über den weißen Sportwagen erzählte.

Mit einer langsamen Bewegung stellte sie die Tasse auf die Untertasse, sah Eva nachdenklich an. «Mir ist klar, dass Sie Ihre Geheimnisse haben, Eva. Sie alle beide. Und ich will Sie auf keinen Fall dazu bringen, mir etwas zu erzählen, das Sie mir nicht erzählen wollen, aber … Pflichten? Mir war nicht klar, dass er … Also, was er überhaupt …» Eine hilflose Handbewegung. «… tut.»

Eva starrte sie an. «Was soll er schon tun? Er ist der König von Carpathien! Das legt man doch nicht einfach ab, nur weil man …»

Bettys Augen weiteten sich, doch im selben Moment ertönte ein Klopfen von der Tür: hart, militärisch.

Es war mehr als ein Jahr her, dass Eva Berlin verlassen hatte, doch die Albträume verfolgten sie noch immer: von großen Männern mit harten Gesichtszügen und in den schwarzen Uniformen der SS, die in die Villa in Dahlem kamen, um sie und ihre Eltern *abzuholen*, wie es bei so vielen jüdischen Familien in der Hauptstadt geschehen war.

Sie fuhr zusammen, dass ein paar Tropfen Kaffee den Stoff des Kleides benetzten. «Oh ... Mein Gott, das Kleid ...»

Betty streckte die Hand aus, hielt sie flach über dem Knie: alles in Ordnung. «Ja?», sagte sie mit ruhiger Stimme in Richtung Tür. «Bitte?»

Die Tür wurde geöffnet, und Eva hatte Mühe, nicht erneut zusammenzuzucken. Es war Graf Béla. Der Blick aus seinen schmalen, fast asiatisch anmutenden Augenschlitzen glitt über die beiden Frauen. «Mesdames?», sagte er mit einer angedeuteten Verneigung. «Darf ich Sie wohl einen Augenblick stören?»

«Sie stören nicht, Monsieur», sagte die Schauspielerin höflich.

Eva staunte. Es musste Bettys jahrelange Erfahrung vor der Kamera sein. So verbindlich sich die Worte anhörten, lag etwas in ihrer Stimme, das sie beinahe ins Gegenteil verkehrte. Der Graf störte sehr wohl, und zwar ganz massiv!

Béla räusperte sich. Schwer zu beurteilen, was von Bettys Botschaft bei ihm angekommen war. Sein Blick glitt über die Schauspielerin, dann über Eva. «Ich komme mit einer Nachricht von seiner Majestät. Nach den Ereignissen von heute Morgen würde er sich freuen, wenn Sie ihm die Ehre geben würden, ihn in seinem Abteil aufzusuchen.»

Eva spürte, wie ihr Herz sich überschlug. Also doch! Er hatte sich besonnen! Er hatte begriffen, dass er einen Fehler gemacht hatte! Sie würde ihre Chance bekommen! Sie würden miteinander reden, und wie dieses Gespräch auch ausgehen mochte: Am Ende war *alles* möglich. «Ich ...», flüsterte sie.

Doch Bélas Augen waren längst zurück zu Betty gewandert. Für Eva hatte er nur einen Seitenblick. «Nicht Sie», sagte er kühl. «Sie, Miss Marshall.»

* * *

Zwischen Domodossola und Mailand – 26. Mai 1940, 11:12 Uhr
CIWL Lx 3509 (Vorderer Schlafwagen). Kabinengang.

In der offenen Tür ihres Abteils blieb Betty stehen, während der königliche Adjutant in respektvoller Entfernung wartete.

«Bleiben Sie nur hier, Liebes», wandte sie sich lächelnd an Eva. Das junge Mädchen war kreidebleich, und Betty war sich nicht einmal sicher, ob Eva sie überhaupt wahrnahm. «Trinken Sie in Ruhe Ihren Kaffee. Ich bin in ein paar Minuten zurück, und dann plaudern wir weiter.» Sah Eva sie an? Ja, sie hob den Blick, doch es war der Blick einer Schlafwandlerin. Oder der Blick eines Menschen, der eben aus einem Traum erwacht und noch nicht fähig ist, sich in der Wirklichkeit zurechtzufinden.

Betty verfluchte König Carols Boten. Sie verfluchte sich selbst, dass sie nicht schneller geschaltet hatte, als das Mädchen von Pflichten erzählt hatte. Nein, schon vorher: *Wir kennen uns seit etwas über einem Jahr.* Dieses Kind – und *Carol von Carpathien*? Ihr war natürlich bewusst gewesen, dass Eva und Ludvig nicht das waren, was sie vorgaben zu sein. Sie war überzeugt gewesen, dass die beiden sich eben erst kennengelernt hatten. Aber Eva und Carol? Schon die Vorstellung war bizarr. Und doch war Betty sicher, dass die junge Frau nicht log. Allerdings: was auch immer zwischen ihr und dem König gewesen war: Es war eindeutig vorbei. So viel Menschenkenntnis hatte Betty allemal. Was Eva auch versuchen sollte, es würde ihr am Ende nur zusätzliche Schmerzen bereiten. Und sie vermutete, dass die junge Frau das in ihrem Herzen bereits wusste. Nur war ihr auch das andere, sehr viel Wichtigere klar?

Rasch steckte Betty den Kopf noch einmal ins Abteil. «Ich habe nicht von Carol gesprochen», sagte sie leise. «Haben Sie einmal darauf geachtet, wie *Ludvig* Sie ansieht?» Sie warf Eva ein letztes, kurzes Lächeln zu, dann schloss sie die Tür hinter sich.

Langsam drehte sie sich um. Die Bewegung dauerte vielleicht eine halbe Sekunde, doch länger brauchte sie nicht, um sich zu verwandeln. *Er ist der König von Carpathien. Das legt man nicht einfach ab.* Nun, Betty Marshall war einer der großen Namen des alten Hollywood. Auch das legte man nicht einfach ab.

Sie hatte nicht verlernt zu *spielen*. Ihre Bühne mochten jetzt die Etablissements von Istanbul sein, doch die weit größere Bühne war das Leben. Und schon die Tatsache, dass sie bis heute überlebt hatte, bewies, dass sie auch auf dieser Bühne dann und wann Erfolge feiern konnte. Richards hatte ihr hundert Dollar aufgedrängt, und am Ende hatte er sogar noch ein schlechtes Gewissen dabei gehabt. Mit Sicherheit hätte sie ihn spielend dazu bringen können, noch mindestens einen Benjamin Franklin draufzulegen, hatte im entscheidenden Moment aber darauf verzichtet. Irgendwie mochte sie Richards, und wie es aussah, war er tatsächlich einer seltsamen Sache auf der Spur. Das mit dem Blut war seltsam. Betty konnte den Hunderter zwar gut gebrauchen, doch es gab keinen Grund, Paul Richards eine besondere Lektion zu verpassen.

Carol von Carpathien dagegen, dem eine junge Frau die schlimmsten Stunden ihres bisherigen Lebens verdankte ... Sie hatte keine Ahnung, was genau zwischen den beiden abgelaufen war, doch zumindest war jetzt klar, was Eva Heilmann in diesen Zug verschlagen hatte. Der König war jedenfalls ein gestandener Mann, während der jungen Frau nicht einmal das Kleid gehörte, das sie am Leibe trug. Es konnte nicht schaden, wenn auch Carol von Carpathien einmal zu spüren bekam, wozu eine gute Regie imstande war.

Der königliche Adjutant wartete noch immer auf Höhe der Doppelkabine der Romanows und sah Betty entgegen. Mit einer winzigen Spur Ungeduld.

«In Ordnung, Monsieur», sagte sie kühl. «Wenn Ihr König mit mir sprechen möchte: Ich wäre dann so weit.» Sie machte keinerlei Anstalten, sich auch nur einen Schritt von der Stelle zu bewegen.

«Mademoiselle?» Er räusperte sich. «Seine Majestät würde sich freuen ...» Eine einladende Armbewegung, fast übertrieben. Zwanzig Schritte, schätzte Betty. Keine Frage, Carol von Carpathien bewohnte das hinterste Abteil, oder eigentlich das vorderste, in Fahrtrichtung. Egal – wichtig war, dass der Weg möglichst lang war, wenn man zu ihm vorgelassen werden wollte. Ja, sie hatte keinen Zweifel. Samuel Goldwyn hätte es genauso gemacht.

«Mademoiselle?»

Betty hatte das Kinn leicht gehoben, zeigte Carols Boten ihr Halbprofil, betrachtete stumm ihre Fingernägel.

«Ich ...» Erneutes Räuspern. «Ich gebe Bescheid», murmelte der Adjutant schließlich.

Betty nahm ihn nicht mehr zur Kenntnis. Ihre Aufmerksamkeit galt ihren Fingernägeln. Handschuhe wären vermutlich noch eine Spur eindrucksvoller gewesen, doch auch der blutrote Nagellack war perfekt, gerade einen Ton dunkler als das Kleid. Sie war jetzt froh, dass sie ihn aufgetragen hatte, obwohl er zum Frühstück vielleicht eine Spur übertrieben gewirkt hatte. Selbst für ihre Verhältnisse.

«One Mississippi», murmelte sie. «Two Mississippi, three Mississippi ...» Zwanzig Sekunden würde sie Carol geben, dann würde sie wieder ins Abteil verschwinden und nicht mehr zu sprechen sein. Nun gut, er war ein König. Fünfundzwanzig Sekunden also. «... fourteen Mississippi, fifteen Mississippi ...»

Schritte! Anscheinend war dem Mann die Sache ernst.

«Miss Marshall!»

Mit großen Schritten kam er auf sie zu. Er sah wieder aus wie das blühende – und ausgesprochen selbstgefällige – Leben, genau wie sie es erwartet hatte. Außerdem hatte er ein Lächeln angeknipst, so unköniglich wie möglich: Aber selbstverständlich komme ich zu Ihnen, meine Liebe! Wo sollte das Problem sein? Fast amüsiert. Schließlich ist das hier kein offizieller Anlass, sondern eine ganz und gar private Zusammenkunft. Kein übler Schachzug. Betty unterdrückte ein Grinsen.

Langsam wandte sie den Kopf, sah in seine Richtung, setzte selbst ein leichtes Lächeln auf. «Oui? Monsieur?»

Falls er innerlich zusammenzuckte, überspielte er es gut. Hoheit oder Majestät würde er von ihr jedenfalls nicht zu hören bekommen, und nachdem er selbst der Begegnung einen privaten Anstrich gab, konnte er sich nicht einmal beschweren. Mit einem französisch-galanten Monsieur durfte er noch ganz zufrieden sein.

«Miss Marshall!» Einen Schritt vor ihr blieb er stehen, griff nach ihrer Hand, die sie ihm entgegengestreckt hatte, hob sie an. Seine Lippen verharrten nur Millimeter über ihrem Handrücken, sodass die Wärme seines Atems ihre Haut streifte.

Ruhig zog sie die Hand zurück. Die Berührung spürte sie noch immer.

«Miss Marshall, ich möchte Ihnen danken.» Nun, aufgerichtet, war er einen ganzen Kopf größer als sie. «Ich möchte Ihnen dafür danken, mit welcher Diskretion Sie sich vorhin meiner angenommen haben, als mir dieses kleine Malheur zugestoßen ist.» Ein wohldosiertes Lächeln. «Leider reagiere ich etwas empfindlich auf plötzliche Luftmassenwechsel. So herrlich die Wärme Italiens auch ist – wie es scheint, hat sie mich im wahrsten Sinne des Wortes umgeworfen.»

Ihre Augenbrauen waren Bettys schärfste Waffe, und niemand konnte diese Waffe einsetzen wie sie. Ein Stück weit gehoben, die Stirn nur andeutungsweise in Falten gelegt: Sie wusste, dass das Mienenspiel seine Wirkung nicht verfehlen würde. *Luftmassenwechsel? Ich glaube Ihnen kein Wort, Monsieur, signalisierten ihre Augen. Doch natürlich bin ich eine Dame und sehe über die Notlüge eines Gentleman hinweg. Jetzt die Falten etwas deutlicher. Wenn er sich denn auch verhält wie ein Gentleman.*

«Liebe Miss Marshall ...» Seine Hand näherte sich vertraulich ihrem Ellenbogen, und sofort hielt ihr Blick ihn auf Abstand. «Verehrte Miss Marshall, würden Sie mir die Gelegenheit geben, meiner Dankbarkeit Ausdruck zu verleihen, indem Sie mir erlauben, Sie heute Abend zu einem kleinen Diner einzuladen?»

Ja, er war ein Gentleman. Jede Höflichkeitsfloskel saß an der richtigen Stelle. Es war sein Ton, der dem Anliegen etwas Forsches gab. Betty schenkte ihm ein verhaltenes Lächeln. «Nun ...» *Ein Mississippi, zwei Mississippi.* «Sehen Sie, Monsieur, Ihr Angebot ehrt mich natürlich. Die Sache ist nur die, dass ich gegenwärtig dabei bin, mich intensiv auf eine neue Rolle vorzubereiten ...»

«Oh?»

Genau die richtige Balance zwischen vorausahnender Enttäuschung und aufrichtiger Bewunderung. Und der durchblitzenden

Gewissheit, dass er am Ende doch gewinnen würde. Eindeutig: Der Dämpfer hatte ihn nicht ausreichend erwischt. Doch schließlich ließ sich die Schraube noch ein wenig anziehen. Betty brauchte nicht einmal zu lügen.

«Und wenn es nur das wäre.» Ein Augenaufschlag, aus dem tiefe Bekümmerung sprach. «Wenn es nur nicht heute Abend wäre, wo ich das Abendessen bereits Mr. Richards zugesagt habe …»

Seine Augen zogen sich kaum merklich zusammen. Überraschung? Auf jeden Fall Unwille. Sie freute sich. Er war eine Herausforderung, und in letzter Zeit hatte sie viel zu wenige echte Herausforderungen erlebt, im Grunde seit ihrem Date mit Errol nicht, von Diva zu Diva sozusagen. Und in diesem Moment erinnerte der Carpathier sehr an Errol Flynn. Er konnte höchstens ein paar Jahre älter sein. Also nicht fünfzehn Jahre jünger als ich, sondern nur zehn, fuhr ihr durch den Kopf, nur um im nächsten Moment einem anderen Gedanken zu weichen: Eva. Wie würde die junge Frau sich fühlen, wenn sie von dieser Einladung erfuhr? Doch schließlich ging es nur um ein Dinner. Vorerst. Und zwischen Eva und Carol war es vorbei. Endgültig. Zumindest Bettys Einschätzung nach. Außerdem gab es jetzt Ludvig.

«… und Mrs. Richards selbstverständlich», fügte sie an. «Ich möchte natürlich nicht unhöflich sein, zu niemandem von Ihnen, aber ich wüsste wirklich nicht, was ich tun sollte. Es sei denn natürlich …»

«Oh.»

Betty erlaubte sich eine kleine, diebische Freude. Ihr gefiel dieses Spiel. Er gefiel ihr mit seinen markanten Augenbrauen und den dunklen Augen, die jetzt keinen Zweifel daran ließen, dass ihm durchaus bewusst war, wie er in die Falle gelockt wurde. Und er nahm es sportlich, mit Humor. Ein Gentleman eben.

«Selbstverständlich wäre es mir ein besonderes Vergnügen, Ihre Landsleute ebenfalls zu empfangen», versicherte er ihr. «Gegen halb neun? Dann sollten wir die jugoslawische Grenze und die leidigen Formalitäten hinter uns haben.»

«Monsieur.» Sie streckte ihm die Hand entgegen. «Es wäre mir ein

Vergnügen.» Diesmal kamen seine Lippen ihrer Haut so nah, dass sie sie um ein Haar tatsächlich berührt hätten.

Nachdenklich sah sie ihm und seinem Adjutanten nach. Ein König. – Und selbstverständlich war das Abendessen nur der Anfang. Mehr als eine Handvoll Benjamin Franklins. Wesentlich mehr. Und einen Riesenspaß noch dazu. Und sie brauchte nicht einmal ein schlechtes Gewissen zu haben. Ja, es gab sie immer noch, diese Gelegenheiten, in denen sie es einfach liebte, Betty Marshall zu sein.

Sie wartete einen Moment, bis die beiden in ihrem Teil des Wagens verschwunden waren, bevor sie die Tür zu ihrem Abteil öffnete.

***

Zwischen Domodossola und Mailand – 26. Mai 1940, 12:07 Uhr
CIWL Lx 3509 (Vorderer Schlafwagen). Doppelabteil 6/7.

Wie winzig er aussah, sein Gesicht halb unter dem Mullverband verborgen, durch den der Arzt Miss Marshalls improvisierte Kompresse ersetzt hatte.

Alexej schlief. Katharina Nikolajewna Romanowa streckte ihre Hand nach dem Gesicht ihres Sohnes aus, zog sie aber zurück, ohne ihn berührt zu haben.

Winzig. Und friedlich. Eine fast lächerliche Ähnlichkeit mit dem Säugling, den sie an ihre Brust gepresst hatte, während der Mob bereits durch die Flure des Palais am Newski-Prospekt tobte und die Schreie ...

Katharina kniff die Augen zusammen. Warum kam diese Erinnerung gerade jetzt zurück? Schon gestern hatte sie an die Stunden ihrer Flucht aus dem brennenden Petersburg denken müssen, an die Schüsse, an die Flammen, an die Schreie ihrer Zofen. An das Blut. War es Alexejs Blut gewesen, das die neuerliche Erinnerung ausgelöst hatte?

Nein, sie wusste, dass dem nicht so war. Es war eine Stimme gewesen und ein Geruch. Eine Berührung. Sie betrachtete ihre Handfläche, streifte sie heftig am dunklen Stoff ihres Kleides ab, als wäre sie, ja, *besudelt.* Diese Hand hatte *ihn* berührt, seine Schulter. Boris, so hieß er, Boris Petrowitsch, und Katharina war erst im Nachhinein aufgegangen, dass es sich bei ihm um Alexejs Bekanntschaft vom Vorabend handeln musste. Mit diesem Mann hatte ihr Sohn Wodka getrunken. Katharina konnte nicht sagen, was diesen unbezähmbaren Widerwillen in ihr weckte. Womöglich hatte der Mann ihrem Sohn das Leben gerettet, und die einzig vernünftige Reaktion wäre gewesen, ihm ihren Dank auszusprechen und ihm vielleicht eine gewisse Summe französischer Francs auszuhändigen. Oder angesichts der militärischen Lage wohl besser Schweizer Franken – was Constantin vermutlich ohnehin noch tun würde.

War es die Berührung, ja, der Stoff des Anzugs unter ihrer Hand und darunter eine Ahnung der Wärme seines Körpers? Das Gesicht mit den groben, kantigen Zügen, der Blick, der eine Spur zu lange auf ihr geruht hatte? Unbotmäßig wie die Blicke der Domestiken daheim in Petersburg in den letzten Tagen, bevor das Chaos der Revolution sich Bahn gebrochen hatte.

Doch das war ein solcher Unsinn! Warum verglich sie den Mann mit ihren Dienstboten aus einer Zeit vor zwei Jahrzehnten? Nun, er war Russe.

Unwillig schüttelte Katharina den Kopf. Der Gedanke war lächerlich. Schließlich hatte sie sich in den Jahren in Amerika fast ausschließlich unter Russen bewegt, und selbst in Paris hatten noch einige Landsleute zum Bekanntenkreis der Romanows gezählt. Und dennoch waren diese Leute anders gewesen. Es war eine bestimmte Form von Kraft, von Stärke, von Macht, die einen Russen ausmachte. Ein Hauch von ... Gewalt? Nein, das traf es nicht. Es war etwas, das immer gegenwärtig war, mit jedem Wort, jeder Bewegung mitschwang, verwurzelt in der unglaublichen Weite dieses Landes, in dem noch nicht jeder Quadratzentimeter vermessen und kartographiert war. Diesem Land, das in seinem Innern noch wild war, selbst in den Herzen seiner Städte, über die sich der dünne Firnis der Zivilisation gelegt hatte. Das Verhältnis eines Russen zu Russland war anders als das, was ein Franzose für Frankreich, ein Deutscher für Deutschland, ein Italiener für Italien fühlte. Von den Amerikanern einmal ganz zu schweigen. Russen waren eins mit ihrem Land. Und ein wahrer Russe, dachte Katharina Nikolajewna Romanowa, wird dieses Gefühl niemals verlieren, ganz gleich wo er sich aufhält. Dort, wo er ist, ist Russland. Wo ich bin, ist Russland. Und Boris Petrowitsch ...

Katharina schüttelte sich. Unsinn! So ein Unsinn! Solche Gedanken würde sie sich nicht gestatten. Nichts hatte sie mit diesem Mann gemein. Wenn überhaupt, erinnerte er an die rohen Knechte auf dem Gut ihres Vaters. Schon als Kind hatte sie vor diesen Gestalten Angst gehabt, mit ihren wilden, verfilzten Bärten, den farblosen Kitteln, barfuß zuweilen, selbst im tiefsten Winter. Natürlich hatte sie gewusst, dass sie ihr gehorchen mussten, doch das hatte ihre Angst nicht gemildert. Als sie so alt gewesen war wie Elena heute, hatte sie sich nicht einmal vorstellen können, dass diese Kreaturen sprechen konnten.

Und genau diese Menschen waren es gewesen ... Genau diese Menschen oder welche, die ihnen eng verwandt waren – Stadtpöbel –, hatten in der Nacht am Newski-Prospekt Katharinas Zofen zu Boden gerissen, hatten sie auf den kalten Marmor gepresst mit einem Dutzend schmutziger, roher Hände, sie bestiegen wie Vieh, einer nach dem anderen oder alle zugleich.

Es war so deutlich, dass sie selbst diese Hände zu spüren glaubte, die Last ihrer schweren Körper, den Atem aus den groben, erhitzten Gesichtern, die sich über sie beugten. Gänsehaut trat auf Katharinas Körper, nein, eine Hitze, nein, mehr als das. Wie etwas, das nicht sein durfte. Wie ein ...

Ein unterdrückter Laut kam ihr über die Lippen, und sie warf einen raschen Blick über die Schulter. Constantin schien nichts bemerkt zu haben. Er saß in der Herrenhälfte ihres Doppelabteils und las. Clausewitz, irgendetwas über militärische Taktik – Männerlektüre. Weder Katharina nahm er zur Kenntnis noch die kleine Elena, die neben ihm auf dem Polster endlich eingeschlafen war, nachdem sie sich mehr oder weniger in den Schlaf geweint hatte. Niemanden von ihnen hatte Alexejs Anblick so sehr getroffen wie die Kleine, die erst mit Beginn des Krieges begriffen hatte, was es bedeutete, tot zu sein.

Katharina schloss die Augen. Tot ist, wenn man einschläft und nie wieder aufwacht, hatte sie der Kleinen erklärt, als sich die Berichte über Opfer der Kampfhandlungen häuften. Und nun lag Alexej auf den Polstern in der Damenhälfte und rührte sich nicht. Er schlief tief und fest, den Kopf auf einem Kissen, das sie auf Xenias Sitzplatz drapiert hatten ...

Unvermittelt griff eine irrationale Furcht nach Katharina. Xenia! Wo war ihre Tochter? Wann hatte sie das Abteil verlassen? Hatte sie gesagt, wohin sie wollte? War sie überhaupt noch im Zug?

Katharina zwang sich zur Ruhe. Doch, der Express war schon wieder auf der Reise gewesen, als sie ihre Tochter zuletzt gesehen hatte. Wahrscheinlich hatte Xenia sich in einen der Salons zurückgezogen. Schließlich hatte sie genug zu überdenken.

Katharina spürte, wie eine steile Falte auf ihrer Stirn entstand, während sie jetzt doch eine Haarsträhne aus Alexejs Gesicht zurückstrich. Xenia war zu jung. Constantin musste klar gewesen sein, dass das Katharinas Antwort gewesen wäre, wenn er sie in seinen Plan eingeweiht hätte. Xenia war zu jung, um sich mit einem Mann zu vermählen, der die dreißig hinter sich hatte und dem zumindest in Paris ein eindeutiger Ruf vorauseilte. Sie war zu jung, um auf ihren Schultern die Verantwortung für die Zukunft der gesamten Familie zu tragen, die Constantin ihr mit dieser Heirat aufbürdete.

Doch Katharina wusste auch, dass sie selbst noch jünger gewesen war im Sommer des Jahres 1911. Als man sie diesem ernsten, bärtigen Mann zugeführt hatte, der fast im selben Alter gewesen war wie Carol von Carpathien heute. Constantin war immer höflich zu ihr gewesen, gerade zu Anfang, und auf seine Weise war er das selbst heute noch. Er hatte sogar eine Weile gewartet mit dem Vollzug der Ehe – etwas, womit sie bei Carol kaum rechnete.

Aber konnte sie ihre Ehe ernsthaft als *unglücklich* bezeichnen? Nein, sie war nicht glücklicher oder unglücklicher als jede andere nach fast dreißig Jahren, ganz gleich aus welchen Gründen sie ursprünglich geschlossen worden war.

Xenia war in Frankreich aufgewachsen, und jetzt war sich Katharina doch nicht ganz sicher, ob sie dem Mädchen nicht zu viele Freiheiten gewährt hatte. Aber das durfte keinen Unterschied machen. Constantin hatte entschieden, und selbst wenn sie an der Richtigkeit seiner Entscheidung Zweifel hegte, würde sie diese Zweifel nicht zeigen. Sie durfte nichts tun, das Xenia auf den Gedanken bringen könnte, es gäbe womöglich einen Ausweg.

Ein heftiger Knall. Katharina zuckte zusammen.

Constantin hatte sein Buch zugeschlagen, strich die Falten seiner Hose glatt. «Zeit für das déjeuner.»

Katharina nickte wie in Trance. Sie warf einen Blick auf Alexej, der tief und gleichmäßig atmete. Sie stand vom Polster auf, griff nach ihrer Tasche mit den Reisenecessaires und wechselte hinüber in die Herrenhälfte. Vorsichtig schob sie die Tür zwischen den beiden Abteilen hinter sich zu. Alexej sollte so lange wie möglich seine Ruhe haben, wenn sie vom Essen zurückkamen.

Elena rappelte sich auf, glitt ebenfalls vom Polster und griff nach ihrer Puppe. Das kleine Mädchen machte inzwischen einen ruhigeren Eindruck. Katharina ließ ihre Tasche auf das Polster gleiten, streichelte der Kleinen über den Schopf und ließ zu, dass sie den Kopf an ihre Hüfte legte.

«Gehen wir?» Constantin bot Katharina den Arm.

Sie hakte sich ein, und gemeinsam verließen sie das Abteil. Genau wie heute Morgen, dachte sie. Als wäre überhaupt nichts geschehen.

* * *

Zwischen Domodossola und Mailand – 26. Mai 1940, 12:12 Uhr
CIWL F 1266 *(Vorderer Gepäckwagen)*. *Personalabteil.*

Sie trompetete in das schneeweiße Taschentuch aus Raouls Dienstuniform, übertönte dabei noch die Geräusche des Zuges, der soeben durch ein Labyrinth von Weichen und Nebengleisen in den Mailänder Bahnhof rollte. Irgendwie hatte er sich vorgestellt ... Also zumindest war sie doch so etwas wie eine Prinzessin. Raoul hatte sich vorgestellt, dass sich eine Prinzessin irgendwie *feiner* schnäuzen würde, nur angedeutet, vielleicht mit einer Ecke des Tuchs die Oberlippe berühren und vorsichtig den dunkel verlaufenen Lidstrich abtupfen würde. Er betete, dass das Geräusch nicht im Nebenabteil zu hören war, wo sich die beiden Kollegen von der Nachtschicht aufs Ohr gelegt hatten. Doch es kam keine Reaktion, kein wütendes Klopfen von der anderen Seite der Wand.

«Danke», murmelte Xenia – und ließ das Tuch irgendwo in ihrem Kleid verschwinden.

Raoul stockte. Er würde sich irgendwas einfallen lassen. Aber ihr das Tuch wieder abzunehmen, brachte er nicht übers Herz. Aufmunternd lächelte er ihr zu, obwohl er sich selbst alles andere als munter fühlte. Die Worte waren wie ein Schwall aus ihr herausgekommen – hemmungslos, nachdem der Damm einmal gebrochen war, nicht anders als beim Schnäuzen.

Natürlich machte sie sich fürchterliche Sorgen um ihren Bruder, auch jetzt noch, nachdem der Doktor aus Domodossola versichert hatte, dass Alexej Romanow Glück gehabt hatte und sich nur ein paar Tage schonen musste. Das war es jedoch nicht, was sie zum Weinen gebracht hatte.

Xenia sollte heiraten – den König von Carpathien. Raoul wusste natürlich, dass Könige und Königinnen, Fürsten und Fürstinnen sich gegenseitig heirateten. Schließlich hielt sein Vater mindestens alle vierzehn Tage seinen Vortrag über das *degenerierte, blutschänderische, von Erbkrankheiten verseuchte Adelspack.* Aber Raoul war nicht klar gewesen, dass das auch für Könige und Fürsten galt, die gar nicht mehr an der Macht waren und im Exil lebten. Die Passagiere des Express ließen ihre Illustrierten und Magazine regelmäßig in den Abteilen liegen, wenn der Zug in Istanbul angekommen war. Raoul hatte jede Menge über das Leben der vertriebenen russischen Adeligen an der Côte d'Azur gelesen, und ihm war es vor allem vorgekommen wie ein einziger langer Urlaub. War nicht dieser andere Großfürst, der Cousin des letzten Zaren, der in Saint Tropez lebte, jeden Monat mit einem anderen blonden Mannequin in den Blättern zu sehen? Diese Frauen konnten doch unmöglich alle Adelige sein!

«Und Sie ...», fragte er vorsichtig. «Sie wollen den König nicht heiraten?»

Das Mädchen war dabei gewesen, sich mit ihren schneeweißen Fingern die Schläfen zu massieren. Jetzt ließ sie die Arme fallen, starrte ihn an. «Ist das dein Ernst? Der Mann ist uralt! Vierunddreißig oder fünfunddreißig, hat meine Mutter gesagt. Der fällt doch schon von alleine um! – Kannst du Blut sehen?»

«Wie?» Er blinzelte. «Ja. Doch, schon ... Mein Vater schlachtet draußen im Hof manchmal Hasen. Das macht mir eigentlich nichts aus.»

Solange man die Hasen nicht mit Namen kannte, dachte er. Jedenfalls hatte er nie wieder mit einem von ihnen Freundschaft geschlossen, nachdem Fernand zum Nationalfeiertag als Braten auf dem Tisch gelandet war.

Xenia neigte den Kopf, als sei ihre Erwartung bestätigt worden. «Außerdem sind diese Carpathier Wilde», stellte sie fest. «Wenn man sich vorstellt, dass einer seiner Vorfahren Blut *getrunken* haben soll ...»

Sie schauderte.

Raoul nickte. Die Geschichte vom Grafen Dracula gab es auch als Film. Hatte nicht sogar Betty Marshall mitgespielt?

Doch Xenia war schon ganz woanders. Sie warf einen Blick über die Schulter, musterte die winzige Kabine, die Raoul sich mit Louis aus dem Lx-Wagen teilte. «Eigentlich habt ihr es ganz schön hier», murmelte sie. «Irgendwie hätte ich mir vorgestellt, es wäre eher ...» Sie hob die Schultern, sah kurz zu Boden. «Na ja, wie einfache Leute so leben.»

Mit der flachen Hand fuhr sie über das polierte Holz der Wandverkleidung.

«Die Inneneinrichtung stammt von denselben Künstlern, die auch die Lx-Serie ausgestattet haben», sagte er. «Der CIWL ist es wichtig, dass alles wie aus einem Guss ist. Schließlich kommt es vor, dass die Passagiere den *Fourgon*, also den Gepäckwagen, betreten. Wir haben hier sogar eine Dusche.» Er biss sich auf die Zunge. In diesem Punkt hatte Thuillet den Stewards sehr genaue Anweisungen gegeben:

215

Nachdem König Carol die gesamte vordere Hälfte des Lx-Wagens gemietet hatte, war den gewöhnlichen Passagieren der Zugang zum Gepäckwagen auf dieser Fahrt versperrt. Da aber keineswegs alle Fourgons der CIWL über ein Duschabteil verfügten, sollte die Existenz der Dusche überhaupt nicht erwähnt werden.

«Aber du wohnst nicht immer hier?», fragte sie plötzlich. «Du hast noch eine Wohnung in der Stadt? Also in Paris?»

«Ja.» Er nickte. «Zusammen mit meiner ... Familie.»

«Wir hatten auch ein Appartement», sagte sie leise. «An der Rue de Faubourg du Saint-Honoré. – Da war auch meine Schule.» Auf dem kleinen Beistelltisch – dem einzigen Einrichtungsgegenstand mit Ausnahme der Etagenbetten – hatte Raoul das Päckchen mit seinen Zigaretten abgelegt. Sie bediente sich, ohne noch einmal zu fragen, sah ihm erwartungsvoll entgegen. «Du darfst mir Feuer geben», sagte sie.

«Na... Natürlich.» Für ein paar Sekunden hatte er schlicht vergessen, dass sie eine Passagierin war, eine Prinzessin (oder doch so etwas in dieser Richtung), und nicht einfach nur ein Mädchen in seinem Alter. Monique hätte sich kaputtgelacht, wenn er auf die Idee gekommen wäre, ihr Feuer zu geben. Er brauchte zwei Versuche, bis das Feuerzeug in Gang kam. Ihre Finger waren sehr viel wärmer als seine, als sie seine Hand an die richtige Stelle dirigierte und die Spitze der Zigarette aufglomm. Warum eigentlich zitterte er auf einmal?

Tief sog sie den Rauch ein, blies ihn durch die Nasenlöcher wieder aus. Irgendwie eine Spur zu deutlich, als ob sie darauf hinweisen wollte, dass sie das jeden Tag so machte. Zumindest wurde sie jetzt nicht mehr blass dabei – aber eigentlich war sie ja die ganze Zeit blass, seitdem er sie auf dem Kabinengang getroffen hatte. Mit dem Unterschied, dass es sie jetzt nicht mehr zu stören schien, wenn er ihre Sommersprossen betrachtete. Seltsam: Warum machten sich diese feinen Damen eigentlich immer zurecht, bis ihre Gesichter aussahen wie bei den Schaufensterpuppen im Kaufhaus? Wenn die Damen älter wurden, na gut, das konnte er noch verstehen, da mussten sie nachhelfen. Aber Xenia sah so viel hübscher aus, nachdem die Schnäuzerei von ihrem Puder nicht viel übrig gelassen hatte. Sie war wirklich ...

«Und wie lebst du sonst so?», erkundigte sie sich. «Hast du eine Freundin?»

«Was?» Er war gerade dabei gewesen, sich selbst eine Zigarette anzustecken, und bekam zu viel Rauch in die Lunge. «Wieso ...» Er hustete. Tränen traten in seine Augen.

«Nur so.» Sie hob die Schultern. «Aber das dachte ich mir schon.»

«Wie?» *Merde!* Er brauchte ein Taschentuch, aber das hatte sie eingesteckt. «Was?» Mit dem Hemdsärmel wischte er sich über die Augen.

«Dass du keine hast.» Wieder ein Schulterzucken. «Schließlich bist du dauernd unterwegs. Das ist bestimmt nicht einfach.»

«Ja.» Er blinzelte ein paar Mal heftig, bis er wieder einigermaßen sehen konnte. «Das ist etwas ... schwierig. – Und Sie haben ...»

«Ach ja.» Ein tiefes Seufzen. «Es ist alles nicht einfach.» Ihre Stirn legte sich in Falten. «Jedenfalls werde ich auf keinen Fall Carol von Carpathien heiraten.» Sie beugte sich zu Raoul vor, stützte sich auf ihren Knien ab.

Sein Herz überschlug sich. Sie würde ihn doch nicht ...

«Raoul», flüsterte sie. «Du heißt doch Raoul? – Raoul, du musst mir helfen. Ich kenne meinen Vater. Normalerweise macht er, was ich will, aber wenn er sich etwas in den Kopf gesetzt hat, ist er nicht mehr aufzuhalten. Wenn ich Carol nicht heiraten will, muss ich mich absetzen.»

«Absetzen?»

«Abhauen. Raus aus dem Zug, bevor wir in Sofia ankommen. Die jugoslawischen Grenzen nach Osten sind dicht, wegen der Unruhen. Da gibt es keine Verbindungen nach Carpathien. Aber wenn wir erst in Sofia sind, in Bulgarien, ist es zu spät. Ich muss vorher weg. In Niš, hinter Belgrad.»

«Aber ...»

«Von Niš aus gibt es eine direkte Verbindung nach Athen, und eine Cousine von meinem Vater wohnt auf der Insel Santorin – die gehört zu Griechenland. Da will ich hin.»

Raoul war plötzlich übel. Nein, sie hatte ihn nicht küssen wollen – wie kam er überhaupt auf einen solchen Gedanken? Das wäre das Schlimmste gewesen, das einem Steward passieren konnte: eine

Passagierin, die sich an ihn heranmachte. Er atmete tief ein. «Aber ...
Aber wenn das eine Verwandte von Ihrem Vater ist, wird sie Sie dann
nicht sofort ...»

«Das verstehst du nicht. Wenn es eines gibt, das die Romanows
noch mehr hassen als die Bolschewisten, dann sind es andere Romanows. Tante Olga wird mir helfen. Wenn sie weiß, dass sie damit einen
Plan meines Vaters durchkreuzt, ganz bestimmt.» Sie zögerte, dann
streckte sie die Finger aus, griff nach Raouls Hand. Er konnte nicht
mehr sagen, ob sie sich heiß oder kalt anfühlte.

«Bitte, Raoul!», sagte Xenia. «Hilfst du mir?»

***

Mailand, Stazione Centrale – 26. Mai 1940, 12:21 Uhr

Einige Minuten Aufenthalt. Die Lokomotive wurde gewechselt –
schon wieder. Ingolf Helmbrecht war nicht unglücklich darüber. Es
war schlimm genug, dass er von Mailand nichts zu sehen bekommen
würde. Vom legendären Dom, der nach Ausweis der Literatur so go-
tisch war, wie das in einem Land, in dem es keine Gotik gegeben hatte,
nur möglich war. Zumindest aber würden seine Füße den Boden der
Stadt betreten, was nicht einmal Kaiser Friedrich II. vergönnt gewesen war. Selbst nach dem Gemetzel von Cortenuova nicht, anno 1237.
Wobei der Bahnsteig zur Zeit des Kaisers mit Sicherheit noch außerhalb der Stadt gelegen hatte. Also die Stelle, an der sich der Bahnsteig
heute befand, natürlich. Und der ganze Bahnhof drum herum, eine
schwer verdauliche architektonische Mischung aus spätrömischer Pa-
lastanlage und modernem Badetempel.

Doch es gab einen Grund, warum Ingolf hier war. Hier in Mailand
wurde es ernst. Er hatte eine Aufgabe, und hier würde sie beginnen.

Wenn Sie einmal im Zug sind, dürfen Sie Ihre Mission keine Sekunde aus den
Augen verlieren. Über seine Akten und Berichte hinweg hatte Admiral
Canaris ihn anvisiert. Canaris war nicht sonderlich groß, aber hinter

dem Schreibtisch fiel das nicht auf, und wenn er einen auf diese Weise ansah, konnte einem angst und bange werden. *Ob Sie sich rasieren oder auf dem Klo sitzen. Selbst wenn Sie schlafen. Keine – einzige – Sekunde.* Wenn das nur so einfach gewesen wäre! Tatsächlich aber hatte Ingolf Helmbrecht Mühe, überhaupt eine Sekunde an den Auftrag zu denken. Ich mache etwas falsch, dachte er. *Irgendetwas* mache ich falsch. Etwas *ganz Entscheidendes* mache ich falsch.

Zwei Mal hatte er heute versucht, Eva aufzumuntern, und zwei Mal war der Versuch gründlich misslungen. Beim ersten Mal, gut ... Er hatte die Nebenwirkungen des Schmerzmittels unterschätzt. Dass Eva eine Wucht war, war zwar nichts als die Wahrheit, doch mit Sicherheit hätte sich dieser Sachverhalt auch auf Französisch umschreiben lassen. Denn auch das hatte ihm Canaris mit auf den Weg gegeben: unter keinen Umständen ein Wort Deutsch sprechen – und sei es ein höfliches *Gesundheit!* oder auch nur *Guten Tag!*

Aber beim zweiten Mal ... Ingolf fühlte sich nach wie vor etwas schwach auf den Beinen, und gewisse Bewegungen verkniff er sich besser, doch zumindest war er wieder Herr seiner Sinne. Er hatte die Demonstranten gesehen, draußen auf dem Bahnsteig in Domodossola, und ihm war klar gewesen, dass Eva sie früher oder später ebenfalls bemerken würde. Schließlich hatte man sie schwer ignorieren können in ihren affigen schwarzen Uniformen, mit ihrem Rumgefuchtel und den Transparenten. *Tod für Frankreich* – schlimm genug. Aber *Tod den Juden ...*

Er hatte Eva irgendwie ablenken müssen. Also hatte er versucht, ihre Aufmerksamkeit auf die historische Dimension des Vorgangs zu richten. Seine Theorie mit der M. a. F. I. a. war natürlich gewagt, aber genau aus diesem Grunde eben auch revolutionär. Und schließlich hatte Eva schon gestern Abend kaum genug kriegen können von den späten Staufern.

Ganz offensichtlich hatte das jedoch nicht funktioniert. Er hatte sie seit mehr als einer Stunde nicht mehr zu Gesicht bekommen und konnte nur vermuten, dass sie bei Betty Marshall war.

Er sollte dankbar dafür sein. Das Letzte, was er in den nächsten Stunden brauchen konnte, waren Zuschauer. Scheinbar müßig schlenderte er auf dem Bahnsteig umher. Das war unauffällig: Er war nicht der Einzige, der den Express für ein paar Minuten verlassen hatte. Der Amerikaner – Richards – und seine Frau saßen auf einer Bank und plauderten gut gelaunt miteinander. Erst als die Frau sich eine Zigarette ansteckte, schien der Blick ihres Mannes sich kurz zu verfinstern. Seltsam: Das Land der unbegrenzten Möglichkeiten, doch irgendwie schien es Richards nicht zu gefallen, wenn seine Frau in der Öffentlichkeit rauchte.

Von Mussolinis Schwarzhemden war diesmal nichts zu sehen. Zumindest nicht in unmittelbarer Nähe des Zuges. Lediglich einige Bahnsteige entfernt, in der Wartehalle, glaubte Ingolf zwei der Uniformierten zu erkennen, doch selbst die wirkten nicht eigentlich gefährlich, sondern trugen ihre Hemden eher wie ein neckisches Accessoire, und hinter ihnen ...

Er blieb wie angewurzelt stehen.

Eine dritte Gestalt, ebenfalls in schwarzer Kleidung, die sich eilig an den faschistischen Militärs vorbeischob, sich entschuldigend an die breite Hutkrempe tippte – einen *cappello romano*, den breiten, flachen Priesterhut der römisch-katholischen Geistlichen.

Ingolf wusste sofort, dass dies der Mann war, auf den er gewartet hatte: nicht sonderlich groß und offensichtlich noch ziemlich jung, so hurtig, wie er sich bewegte. Und er hielt schnurstracks auf die Unterführung zu, durch die man zum Bahnsteig gelangte, an dem der Express zur Abfahrt bereitstand.

Ein durchdringender Pfiff. Ingolf zuckte zusammen. Der Schaffner stand am vorderen der beiden Gepäckwagen, musterte mit kritischem Blick seine Armbanduhr. Im nächsten Moment erwachten die mächtigen Motoren der nachtschwarzen, dampfgetriebenen Lokomotive zum Leben.

Die Passagiere auf dem Bahnsteig setzten sich in Bewegung. In einem einzigen synchronen Manöver wandten sie sich den Einstiegen zu, die in die beiden Schlafwagen führten. Richards erhob sich, war seiner Frau beim Aufstehen behilflich, die ihre Zigarette bedauernd

aus den Fingern schnippte. Kopfschüttelnd beobachtete Ingolf, wie
der Russe – Petrowitsch – unter den Fenstern des Speisewagens entlang zur Tür des Lx huschte. Geduckt, als müsste er gegen starken
Wind ankämpfen. Und das war nicht einmal sein Wagen! Bloß schnell
zur nächstbesten Tür, ganz gleich, welche es war, als ob sein Seelen-
heil davon abhinge. Dass die Leute gleich so nervös wurden. Der Zug
würde schon nicht ohne ihn …

«Monsieur.»

Ingolf schaute über die Schulter. Der Schaffner stand plötzlich neben ihm, tippte auf seine Armbanduhr. «Würden Sie bitte unverzüg-
lich einsteigen? Der Zug fährt ab.»

«Wie?» Ingolf wandte sich um. Von dem Kirchenmann war weit
und breit nichts zu sehen. Er musste irgendwo in der Unterführung
sein, fünf Meter unter dem Gleisbett.

«Monsieur.» Der Mitarbeiter der Bahngesellschaft klang bereits ungeduldig. «Bitte steigen Sie jetzt ein!»

«Nein, wir … Da fehlt noch jemand.»

«Monsieur, ich habe ein sehr genaues Auge darauf, dass jeder, der
ausgestiegen ist, auch wieder einsteigt. *Wenn Sie mitfahren wollen, steigen
Sie jetzt ein!*»

«Ich …» Ingolf fuhr sich nervös über den Mund.

Kein Aufsehen! Canaris' Gesicht erschien vor seinen Augen. *Ganz gleich,
was geschieht, aber unter keinen Umständen dürfen Sie irgendeine Art von Aufsehen erregen!*

Er wusste, dass der Geistliche den Zug in Mailand besteigen sollte: Pedro de la Rosa, geboren am 27. Juli 1913 in Guanare, Venezuela.
Cappellano di Sua Santità, päpstlicher Sondergesandter mit umfassen-
den Vollmachten für einen Auftrag am Regierungssitz in Ankara und
noch einiges mehr. Nur wusste er das aus der fünf Zentimeter dicken
Akte der Abteilung Ausland/Abwehr im Oberkommando der Wehrmacht, die er eine Woche lang hatte studieren müssen, bis er sie mehr
oder minder auswendig konnte. Und das war nun nichts, das er dem
Schaffner erzählen konnte.

Aber er *musste* etwas tun! De la Rosa war einer der beiden Gründe,

221

weswegen er in diesem Zug saß. Einer der beiden Gründe, aus denen Löffler gestorben war. Und der zweite Grund würde sich von selbst erledigen, wenn der Kirchenmann dem Express nur noch nachwinken konnte.

Er musste etwas tun. «Einsteigen?», fragte er verwirrt.

Die Miene des Schaffners machte deutlich, dass dessen Geduld erschöpft war. Er hob seine Pfeife.

«Also gut ...» Mit einer weit ausholenden Bewegung führte Ingolf die Hand an seine Brille, um sie auf der Nase zurechtzurücken. Doch wie das Leben so spielte: Durch einen dummen, unglücklichen Zufall kam er dabei dem Arm des Schaffners in die Quere. Die Pfeife des Mannes flog mehrere Meter weit und landete mit einem metallischen Klonk! auf dem Bahnsteig.

Aber der Bedienstete der Bahngesellschaft war schnell. Fünf Schritte, eine rasche Bewegung, schon hatte er sie wieder in der Hand.

Im selben Moment tauchte am Ausgang der Unterführung de la Rosa auf.

«Da! Da!» Wild wies Ingolf in Richtung des Geistlichen. Nun war es eindeutig: Der Mann wollte in den Zug. Doch der Schaffner schenkte Ingolf jetzt keinerlei Beachtung mehr. Mit voller Lungenkraft blies er in seine Pfeife, ging zwei Schritte rückwärts, sprang am Einstieg des Gepäckwagens auf den Zug auf, der sich wie in Zeitlupe in Bewegung setzte.

Ingolf hatte keine Augen mehr für ihn. «Kommen Sie!», brüllte er dem Kirchenmann entgegen.

De la Rosa sputete sich. Schließlich stand auch sein Auftrag auf dem Spiel, wobei er nicht wissen konnte, dass Ingolf davon wusste. Doch er hatte Schwierigkeiten mit seiner Soutane, die sich immer wieder um seine Beine wickelte.

Ingolf riss ihm den Koffer aus der Hand – und bereute es in dem Augenblick, als er das Krachen in seinen Rippen spürte. «Kommen Sie!» Die Fenster des Speisewagens glitten vorbei, ganz kurz das Gesicht der russischen Großfürstin mit erstaunt gehobenen Augenbrauen, als sie Ingolf draußen auf dem Bahnsteig entdeckte.

222

Der Einstieg zum hinteren Speisewagen stand noch offen. Ingolf schubste den Geistlichen darauf zu. Eine Hand streckte sich ihnen entgegen. Betty! Betty Marshall! Sie zog de la Rosa ins Innere, Ingolf hob den Koffer, der eilig entgegengenommen wurde, versuchte humpelnd mit dem Wagen Schritt zu halten ... Eine Hand packte nach seinen Fingern, überraschend kräftig. Nein, es war nicht de la Rosa, sondern Betty selbst, die sich an einen der Handläufe aus Messing klammerte, die als Einstiegshilfen dienten. «Festhalten!»

Ingolf stolperte. Der dröhnende Stahl der Räder war plötzlich schrecklich nahe, doch er holte Luft, stieß sich ab. Eine Sekunde wurde ihm schwarz vor Augen, als er spürte, wie in seinem Brustkorb etwas platzte oder riss, dann ...

Er lag flach auf dem Boden, im Einstiegsbereich seines Schlafwagens. Der Kirchenmann und Betty standen über ihm, betrachteten ihn mit schwer zu deutenden Mienen. «Grazie molto», murmelte de la Rosa, sichtbar verdattert. Einer der Stewards – weder der junge Raoul noch der immer gut gelaunte Dicke, sondern einer, den Ingolf noch nicht kannte – warf ihm einen indignierten Blick zu und hob den Koffer des Geistlichen auf, um ihn ins Abteil zu tragen. De la Rosa warf noch einen kurzen Blick in Richtung seines Retters, murmelte erneut ein «Grazie molto» und war verschwunden.

Stöhnend richtete sich Ingolf auf, versuchte vorsichtig einzuatmen. Es funktionierte, nur fragte er sich, ob eine Ohnmacht nicht vorzuziehen war. Er drehte den Kopf.

Bettys Augen waren schmale Schlitze. Es war keine Frage, auf welchen Bereich seines lädierten Körpers sie gerichtet waren. Er spürte die warme Feuchtigkeit, die durch den Stoff seines Hemdes sickerte.

«Dann schlage ich vor, wir gehen jetzt besser in Ihr Abteil», sagte sie ruhig. «Damit ich mir *das da* endlich mal ansehen kann.»

Ingolf öffnete den Mund. Doch ihm wurde klar, dass ihre Worte kein *Vorschlag* gewesen waren.

***

Zwischen Mailand und Venedig - 26. Mai 1940, 12:24 Uhr
CIWL Lx 3509 (Vorderer Schlafwagen). Kabinengang.

Der Zug fuhr an. Boris Petrowitsch nickte grimmig: Sein Manöver war gelungen. Kurz vor der Ankunft in Mailand hatte er beobachtet, wie das großfürstliche Paar den Speisewagen betrat. Er hatte seine Chance erkannt, und er würde sie nutzen.

Die Steine. Er hatte nicht verhindern können, dass das Collier der Zarin Constantin Alexandrowitsch erreichte, doch es war zu groß, als dass der Großfürst es unauffällig bei sich tragen konnte. Es musste sich demnach im Doppelabteil befinden, das jetzt mit ziemlicher Sicherheit leer war. Ob die beiden Töchter das Ehepaar in den Speisewagen begleitet hatten, konnte Boris nicht hundertprozentig sagen, er ging aber davon aus. Höchstens würde er Alexej in der Doppelkabine antreffen, vermutlich noch mehr oder minder besinnungslos, doch das spielte keine Rolle. Nachdem der Junge mitgeholfen hatte, den Leichnam der Frau verschwinden zu lassen, war er Boris' Verbündeter, ob er wollte oder nicht. Der Gesandte der Sowjets hatte ihn in der Hand.

Die einzige Herausforderung hatte darin bestanden, in den Lx zu kommen, ohne den Tisch der Romanows passieren zu müssen, und genau das war auf dem Mailänder Bahnhof möglich gewesen. Der Junge mit der Nickelbrille hatte ihn beobachtet, wie er in den vermeintlich falschen Wagen stieg, und Boris machte sich keine Illusionen: Niemand in diesem Zug war, was er zu sein schien, ganz gleich wie harmlos er wirkte. Doch er bezweifelte, dass dieser Ludvig Mueller etwas mit ihm und seiner Mission zu tun hatte.

Er nickte zufrieden, noch einmal. Der erste Teil des Manövers war gelungen. Wenn auch der Rest glückte, würden die Steine in wenigen Minuten in seiner Hand sein, sodass er den Auftrag beim Halt in Venedig abschließen konnte.

Boris sah sich um. Er hatte den Eingangsbereich des Wagens gerade so weit hinter sich gelassen, dass er vom Speisewagen aus unter keinen Umständen zu sehen war. Stattdessen konnte er die gesamte

Länge des Kabinengangs überblicken, an den Abteilen der Romanows und der Carpathier vorbei bis zum Übergang in den Gepäckwagen, in dem sich die Quartiere des Personals befanden. Der Gang war menschenleer, der Weg zu den Unterkünften der großfürstlichen Familie frei.

Boris hielt inne: eine Bewegung am entgegengesetzten Ende, noch hinter den Abteilen des Königs und seiner Begleiter. Er kniff die Augen zusammen. Nein, es war weniger als eine Bewegung – eine Reflexion, ein veränderter Lichteinfall. Hinter der Tür zum Gepäckwagen hatte sich etwas bewegt. Doch schon war es nicht mehr zu sehen.

Irgendjemand war dort gewesen, hatte durch die Scheibe geblickt und Boris gesehen. Und war wieder verschwunden. Oder verharrte er reglos in seinem Versteck und wartete ab, was Boris vorhatte? Warum hätte der Unbekannte das tun sollen? Wer überhaupt, ausgenommen das Personal, hatte dort etwas verloren? Boris Petrowitsch trat an die Fensterfront, stützte sich entspannt auf den Handlauf, ließ den Blick über die schlichten, meist einstöckigen Anwesen der Vororte Mailands schweifen, die allmählich der Weite der Poebene und feuchten Reisfeldern Platz machten.

Das war der Eindruck, den seine Haltung vermitteln musste, und es gab keinen Grund, warum ein Fahrgast, der die Landschaft an sich vorüberziehen ließ, Verdacht erregen sollte. Und wenn er sich eine Stunde lang nicht von der Stelle rührte. Nur dass Boris keinen Blick für die Landschaft hatte. Wer auch immer sich im Durchgang zum Gepäckwagen verbarg, konnte unmöglich erkennen, in welche Richtung er in Wahrheit schaute.

Fünf Minuten vergingen. Keine Sekunde ließ Boris den Blick von der Tür, doch dort war nichts mehr auszumachen. Vorausgesetzt, der Beobachter war immer noch da: War ihm klar, dass Boris ihn nicht sehen konnte? Dass er aufgrund der Lichtverhältnisse nicht erkennen konnte, was sich auf der anderen Seite der Tür befand? Vermutlich nicht. Vor allem aber musste jemand, der sich dort versteckt hielt, selbst jeden Moment damit rechnen, gestört zu werden. Die Bediensteten der Schlafwagengesellschaft hatten in diesem Gepäckwagen

225

tausend Dinge zu erledigen, unsichtbar für die Augen der Reisenden. Verwaltungsaufgaben, Vorbereitungen für den nächsten Wechsel an der Grenze. Über all diese Dinge hatte Boris sich informiert. Jede Unbekannte, die er ausschalten konnte, minderte sein Risiko.

Doch absolute Sicherheit war eine Illusion. Nicht allein der Beobachter – wenn er noch da war – musste damit rechnen, entdeckt zu werden. Die Zeit arbeitete auch gegen Boris. Unvorhersehbar, wann die Romanows zurückkehren würden oder jemand anders den Gang betreten würde. Er durfte nicht länger zögern.

Boris löste sich von seinem Beobachtungsposten. Seine Bewegungen waren ruhig und fließend, als er den Flur hinabwanderte, mit der linken Hand hin und wieder den Handlauf aus Messing berührte, die rechte in der Hosentasche. Seine Finger spürten das schmale, an der Spitze leicht gebogene Instrument. Die Schlösser der Abteile waren lächerlich simpel konstruiert. Mit ein wenig Übung ließ sich das primitive Werkzeug mit derselben Sicherheit einsetzen wie ein gewöhnlicher Schlüssel. Und Boris hatte seit dem Tag geübt, an dem ihm klargeworden war, dass er diese Reise antreten würde.

Die Tür mit der glänzend polierten Sieben. Boris zögerte. Die Romanows hatten die beiden Abteile zu einem verbinden lassen, auf solche Arrangements waren die Lx-Fahrzeuge ausgelegt. Schon in Domodossola hatte Boris festgestellt, dass die Frauen im Abteil sieben saßen, Constantin und Alexej in der Sechs, entgegen der Fahrtrichtung.

Er ging einige Schritte weiter, horchte aufmerksam. Bis zu diesem Moment konnte er immer noch vorgeben, auf der Suche nach einem Steward zu sein. Nichts war zu hören. Das Instrument in seiner Hand glitt in das Türschloss. Seine Finger spürten einen kaum wahrnehmbaren Widerstand. Eine winzige Drehung nach links, weniger als neunzig Grad, das Werkzeug gleichzeitig eine Idee zurückziehen ... Die Tür zur Herrenhälfte des Abteils öffnete sich wie von selbst.

Die Kabine war leer, die Zwischentür geschlossen. Boris atmete auf, schob sich mit einer raschen Bewegung ins Abteil, zog die Tür hinter sich zu, verharrte. Nichts war zu hören, nach wie vor nicht. Er legte das Ohr an die Zwischentür, lauschte angestrengt. Atemgeräusche, tief und regelmäßig: Alexej schlief. Er hatte keinen Grund, den Jungen zu wecken.

Sein Blick glitt über die Polster, die schwere, dunkle Reisetasche vor dem Fenster, die Constantin Alexandrowitsch gehören musste. Auf dem Sitz stand eine zweite, leichtere Tasche. Boris beugte sich vor, streckte die Hand nach ihr aus und hielt mitten in der Bewegung inne. Ein Geruch. Die Ahnung eines Geruchs, eines *Duftes*, moosig und schwer.

Ihr Geruch.

Augen wie Eis. Augen, die auf Boris Petrowitsch Kadynow herabblickten, mit der Überheblichkeit von Jahrhunderten. Kühl. Distanziert. Mächtig. Und wissend.

Boris' Hand schwebte wenige Zoll über der Tasche. Ganz langsam zog er sie zurück.

Ihre Augen. Katharina Nikolajewnas Augen. Mit einem Mal fragte er sich, was sie in ihm gesehen hatte. *Wie viel* sie gesehen hatte. In dem Moment, da ihre Finger in den dunklen Handschuhen seine Schulter berührt hatten, war etwas mit ihm geschehen, das seinen eigenen Blick getrübt, seine Balance erschüttert hatte, seine Maske eines Studenten von der Sorbonne, eines jungen Mannes mit russischen Vorfahren, die den Romanows natürlich im Rang nicht gleichkamen, aber eben doch ihr Schicksal teilten – von den Sowjets vertrieben, aus dem Land gejagt wie so viele, die im Zarenreich einst reich und mächtig gewesen waren. Welchen Grund hätte Katharina Nikolajewna haben sollen, einen solchen Mann auf diese Weise anzustarren?

Wenn sie ihn mit einem Blick betrachtet hatte, mit dem Frauen wie sie ihre Bauern, ihre Hörigen, ihre Leibeigenen und untertänigen Knechte ansahen: Was bedeutete das anderes, als dass sie ihn *erkannt* hatte? Seine Maske heruntergerissen hatte? Weiß sie, wer ich bin? *Was* ich bin? Warum ich hier bin? Ahnt sie ... Ein unangenehmes Gefühl entstand in seiner Brust. Sein Puls begann zu jagen, ohne äußeren Anlass.

Eine Hexe. Der Gedanke war da wie ein Blitz. Boris wusste, dass

227

die Lehre Lenins die Existenz übernatürlicher Mächte leugnete, doch ebenso war er sich gewiss, dass sie dennoch existierten, ganz einfach weil Magie in den Weiten Russlands, seinen endlosen Ebenen, ruhigen Flüsse und schweigsamen Wäldern allgegenwärtig war.

Hexen – oder welchen Namen man ihnen auch gab. Der Name änderte nichts an der Macht ihrer Waffen, und ihre mächtigste Waffe war die Betörung. Erst jetzt, beinahe schon zu spät, erkannte Boris, dass es diese Waffe war, die sie gegen ihn einsetzte.

Sie, Katharina Nikolajewna, hatte auf der Stelle erkannt, wer und was er war. Sie hatte ihn mit einem Bann belegt. Nur so war es zu erklären, dass auf dieser Mission alles anders war. Dass er gegen Gefühle zu kämpfen hatte, gegen den unbändigen Hass in seinem Innern, der ihn für alles andere blind zu machen drohte.

Die Steine. Das Collier der Zarin Jekaterina.

Er hatte geglaubt, dass Constantin Alexandrowitsch sein Gegner sein würde, doch das war ein Irrtum gewesen. Sie war es! Sie, Katharina! Erschien sie, die schon fast eine alte Frau war, ihm nicht verführerisch schön mit ihren vollen Lippen, den stolzen, hohen Wangenknochen? – Hass? War das tatsächlich sein einziger Impuls gewesen, oder war da noch etwas anderes, ja, Stärkeres?

Es war die Gier, sie zu besitzen, in ihren Kleidern aus dunklem Samt, mit ihrer schmalen, geschnürten Taille. Mit ihren Augen wie Eis. Je stärker er gegen diesen Wunsch angekämpft hatte, desto bezwingender war er geworden.

Boris war von den Polstern zurückgewichen. Sein Rücken presste sich gegen die Holzverkleidung, hinter der sich das Porzellan verbarg. Der schwere, moosige Geruch – *ihr* Geruch – erfüllte das Abteil.

Die Steine! Er musste die Steine finden und dann hinaus, so weit weg wie möglich und so schnell es möglich war. Es waren Stunden bis Venedig, und vorher würden die Räder des Zuges nicht noch einmal zum Stillstand kommen.

Boris hatte gegen Soldaten wie Zivilisten gekämpft. Weder Schusswaffen noch Messer, noch Gift waren ihm fremd, doch er wusste, dass er gegen *ihre* Waffen machtlos war. Mit einem unterdrückten Laut lös-

228

te er sich von der Wandverkleidung, riss die Tasche an sich, griff blind hinein.

Ein Geräusch.

Die Tür des Abteils öffnete sich.

* * *

Zwischen Mailand und Venedig – 26. Mai 1940, 12:41 Uhr
CIWL WR 4229 *(Speisewagen)*. *Fumoir*.

«Wirklich *nie*?» Vera Richards ließ nicht locker.

Eva schüttelte stumm den Kopf, blickte auf ihren leeren Teller. Aus Richtung der Küche war verheißungsvolles Geklapper zu hören, und sie musste zugeben, dass sie mittlerweile doch ziemlichen Hunger hatte. Von der Vorspeise war sie jedenfalls nicht satt geworden: Polentaschnitten mit Schinken und Rosmarin. Die Köche der CIWL orientierten sich offenbar an der Küche des Landes, das der Express gerade passierte.

«Sie haben ihn wirklich *nie* mit einer Krone gesehen?»

«Darling ...» Mr. Richards räusperte sich. «Du hast doch gehört, was Miss Heilmann uns erzählt hat. Sie kennt den König, aber *so* gut nun auch wieder nicht. Kannst du dir vorstellen, dass sich jemand mit einer Krone auf dem Kopf *Porgy and Bess* anschaut?»

«Natürlich», zischte Vera schnippisch. «Wenn er ein König ist.»

Paul Richards war bis über beide Ohren verliebt, das war unübersehbar. Es sprach aus jeder seiner Reaktionen, seitdem sich die beiden zu Eva an den Tisch gesetzt hatten, und auch jetzt ließ er sich auf kein Streitgespräch mit seiner Frau ein, sondern wechselte vorsichtig das Thema.

«Ist es in Europa eigentlich üblich, dass Könige ihre Kronen behalten, wenn sie abgedankt haben, Miss Heilmann?»

«Er ...» Eva fuhr sich mit der Zunge über die Lippen. «Er hat ja gar nicht abgedankt», sagte sie. «Er befindet sich nur im Moment nicht in seinem Land. Seitdem die Republikaner dort die Macht an sich gerissen haben. Ein Verwandter, sein Onkel, glaube ich, vertritt dort währenddessen die Interessen des Königshauses. Er selbst betrachtet sich jedenfalls weiterhin als rechtmäßigen König, und nach allem, was man hört, wäre der größte Teil der Bevölkerung mehr als froh, wenn er ...»

«Wissen Sie das von ihm selbst?» Wieder Vera. «Sie haben ja erzählt, dass Sie ihn häufiger gesehen haben in Paris. In der Oper oder ... so.» Sie senkte die Stimme. «Von Frau zu Frau: Sie waren doch garantiert mal mit ihm aus, oder? Ein ... wie sagt man in Europa: ein Tête-à-Tête? Ein Rendezvous? Wenn Sie ihn so gut kennen, würden Sie ... Denken Sie, Sie könnten uns dann vielleicht vorstellen? – Paul, wäre das nicht wundervoll?»

Ihr Ehemann, der soeben noch die Augen verdreht hatte, setzte auf der Stelle einen neutralen Gesichtsausdruck auf, als sich Vera zu ihm umdrehte. «Das wäre traumhaft», murmelte er.

Irgendwie wurde Eva warm ums Herz, dass sie an diesem Tisch einen Leidensgenossen besaß, selbst wenn er es nicht wagte, sich offen auf ihre Seite zu schlagen.

Trotzdem betete sie im Stillen, dass Ludwig endlich auftauchen möge. Es war doch seltsam ...

Haben Sie einmal für eine Sekunde darauf geachtet, wie Ludwig Sie ansieht? Inzwischen konnte sie überhaupt nicht mehr begreifen, wie sie nicht darauf hatte achten können. Natürlich war ihr nicht entgangen, wie Ludwig sie ansah, auch seine ungeschickten Flirtversuche nicht. Und doch hatte sie nichts davon wirklich zur Kenntnis genommen, weil ihr Kopf voll gewesen war mit Carol, Carol, Carol. Und natürlich dem Verdacht, dass Ludwig ein Agent der deutschen Abwehr sein könnte, der auf ihn angesetzt war.

Jetzt aber ... Auf einmal war alles so eindeutig, so klar: Warum wohl spendierte ein junger Mann einem wildfremden jungen Mädchen eine Fahrkarte nach Istanbul? Selbst seine wirren Geschichten über die M. a. F. I. A in Domodossola: Er hatte geahnt, wie sie auf die Demonstranten reagieren würde. Er hatte sie *ablenken* wollen. Dass er die

Sache von vorn bis hinten falsch angefasst hatte – nun, das passte einfach zu ihm.

Eva wusste noch immer nicht, was sie von der ganzen Sache halten sollte, doch nun, nach dem langen Gespräch mit Betty, begann sie allmählich die andere Seite zu sehen. Die *romantische* Seite. Zwei wildfremde Menschen, die als *Verlobte* in einem gemeinsamen Abteil reisten. Ein intelligenter, auf seine Weise durchaus gutaussehender junger Mann, der bis über beide Ohren in sie verliebt war. *Also an Ihrer Stelle würde ich die Situation einfach genießen*, hatte Betty gesagt.

Und Eva hatte beschlossen, sich an diesen Rat zu halten. Und was nun Carol anbetraf ... Dass er sich nicht mit ihr, sondern mit Betty zum Abendessen verabredet hatte, war der entscheidende Tropfen gewesen, der das Fass zum Überlaufen gebracht hatte. Sie war selbst erstaunt, dass sie nicht einmal wütend war, weder auf ihn noch auf Betty. Oh, und auch auf seine zukünftige Braut nicht. Carol war ganz einfach Vergangenheit. Von diesem Tag an war er Vergangenheit. Sobald sich die Gelegenheit ergab, würde sie ihm von der Gefahr berichten, in der er schwebte, und dann konnten sie getrennte Wege gehen.

Und Eva würde die Situation genießen.

Und an dieser Stelle war es irgendwie seltsam geworden. Sie hatte sich von Betty verabschiedet, war hinüber in den hinteren Wagen gegangen, um mit Ludvig zu reden. Sich für ihr Verhalten zu entschuldigen, in Domodossola und auch vorher schon, das ihr jetzt fürchterlich unhöflich vorkam. Alles andere würde sich von selbst ergeben.

Ludvig war jedoch nicht im Abteil gewesen. Sie hatte eine Weile gewartet, und als der Zug dann in Mailand gehalten hatte, hatte sie geschaut, ob sie ihn vielleicht im Speisewagen entdeckte – vergeblich –, und hatte schließlich wieder bei Betty geklopft. Doch nun war Betty ebenfalls verschwunden, der Zug war wieder unterwegs, und Eva saß mit den Richards am Tisch, und Vera fragte ihr Löcher in den Bauch über Carol. Sie konnte nur hoffen, dass Ludvig jeden Moment ...

«Entschuldigen Sie ...»

Eva blickte auf.

Die russische Großfürstin stand an ihrem Tisch. «Entschuldigen

231

Sie, dass ich Sie störe, aber haben Sie vielleicht zufällig meine Tochter gesehen?» Ein Nicken über die Schulter. Der Großfürst und das kleine Mädchen der Romanows saßen schräg hinter Eva und den Richards. «Meine große Tochter», erklärte die Großfürstin. «Xenia. Sie haben sie vorhin sicher ...»

Eva wechselte einen Blick mit dem amerikanischen Ehepaar – die Richards schüttelten den Kopf, genau wie sie selbst.

«Tut mir leid», sagte Eva. «Ja, ich weiß, wie Ihre Tochter aussieht. Ein hübsches junges Mädchen. Aber nein: nicht seit heute Morgen, fürchte ich. – Wenn sie weder hier ist noch auf Ihrem Abteil, ist sie vielleicht im Waschraum, um sich frisch zu machen?»

«Ja», murmelte die Großfürstin, doch irgendetwas an der Geste, mit der sie sich über die Schläfe fuhr, ließ Eva vermuten, dass sie nicht überzeugt war. «Ja, so wird es vermutlich sein. – Danke.»

Sie nickte ihnen noch einmal zu und ging weiter, an der Küche vorbei in Richtung Lx-Wagen.

Seltsam. Noch jemand, der verschwunden war. Doch im selben Moment erkannte Eva ihre Chance. Sie stand auf. «Dann will ich mich auch kurz entschuldigen», sagte sie lächelnd. «Allmählich muss ich wirklich mal schauen, wo mein Verlobter eigentlich abgeblieben ist.»

Paul Richards war automatisch mit aufgestanden: Amerikaner oder nicht, ein Gentleman war er. «Lassen Sie sich nur nicht zu viel Zeit», riet er und senkte die Stimme. «Es riecht nach Steak, wenn Sie mich fragen.»

Eva versprach, sich zu beeilen, und das tat sie auch. Plötzlich kam es ihr mehr als merkwürdig vor, dass Ludwig und Betty verschwunden waren, und nun auch noch die Tochter der Romanows. Was sie gestern belauscht hatte, galt schließlich nach wie vor. Ein Attentäter war auf Carol angesetzt, und wenn sie sich inzwischen sicher war, dass nicht Ludwig dieser Attentäter war, bedeutete das, dass es sich um jemand anderen an Bord des Express handeln musste. Einen Fahrgast? Einen der Stewards? Jeder kam in Frage. Und selbst wenn Carol das eigentliche Ziel war: Wie würde ein Agent der deutschen Abwehr reagieren, wenn ihn irgendjemand durch Zufall im falschen Moment ertappte? Eva hatte Ludvigs Neugier erlebt. Er besaß die Gabe, sich in Schwierigkeiten zu bringen, ohne es auch nur zu ahnen.

Sie durchquerte das Fumoir. Kurz vor dem Durchgang zum Nichtrauchersalon verlangsamte sie ihre Schritte. Im Sessel direkt neben der Tür saß Leutnant Schultz, Carols Leibgardist, blätterte in einer Zeitung und zog an einer Zigarette. Der überquellende Aschenbecher vor ihm auf dem Tisch bewies, dass es nicht die erste war. Für einen kurzen Augenblick spielte Eva mit dem Gedanken, Schultz ins Vertrauen zu ziehen – das wäre der eleganteste Weg gewesen, Carol zu unterrichten. Und sie hätte ihm nicht einmal selbst gegenübertreten müssen. – Nein, das war im Moment nicht möglich, die Richards hatten sie noch im Blick. Außerdem stellte sie fest, dass die Sorge um Ludvig jetzt tatsächlich alles andere übertraf.

Im Non Fumoir waren inzwischen mehrere Tische besetzt, doch auch hier war Ludvig nirgendwo zu sehen. Eva wechselte in den Schlafwagen. Der Kabinengang war menschenleer.

Abteil zehn. Eva stutzte. Die Tür war nicht vollständig geschlossen. Sie war sich sicher, dass das Schloss eingerastet war, als sie das Abteil verlassen hatte.

Ein Geräusch. Es war ein ... Schnaufen. Laut und kehlig, den Geräuschen, die er heute Nacht von sich gegeben hatte, nicht einmal unähnlich, aber tiefer aus dem Hals, intensiver. Die Tür stand einen winzigen Spalt offen. Auf einmal hatte sie ein Bild vor Augen, wie sie ihn in einer kompromittierenden Situation erwischte. Verliebte Männer taten seltsame Dinge und ...

Er saß auf dem Polster, das Gesicht in Richtung Fenster. Sein Oberkörper war entblößt, den Rest konnte sie nicht richtig erkennen. Denn er war nicht allein.

Betty Marshall kniete hinter ihm. Als ihre Finger über seine Brust fuhren, stieß er ein neues, tiefes Stöhnen aus.

* * *

Zwischen Mailand und Venedig – 26. Mai 1940, 12:45 Uhr
CIWL Lx 3509 (*Vorderer Schlafwagen*). Doppelabteil 6/7.

Er stand in ihrem Abteil. Die Tür zur Damenhälfte war nach wie vor geschlossen. Katharina hatte die Tür der Nummer sechs geöffnet, der Herrenhälfte, keinem bewussten Gedanken folgend – oder möglicherweise doch. Wenn ihre Tochter zurückgekommen war, wenn sie sich erinnert hatte, dass sie Alexej auf das Polster in der Damenhälfte gebettet hatten, und sie denselben Gedanken gehabt hatte wie Katharina, nämlich dass der Verletzte Ruhe brauchte und sie die Zwischentür besser geschlossen hielten ... Doch das spielte keine Rolle mehr.

Er stand in ihrem Abteil, Katharinas Necessaire in den Fäusten, dass die Fingerknöchel weiß hervortraten. Ein Griff, aus dem Kraft sprach, Entschlossenheit. *Gewalt*, flüsterte es in ihrem Kopf. Als wenn er das Täschchen mit seinen bloßen Händen zerfetzen und zerreißen wollte wie ein wildes Tier. Ein mächtiges, brutales Tier.

Ein Dieb. Der Mann, der Alexej gerettet hatte, war ein Dieb, der sich am Gepäck der Romanows zu schaffen machte. Aber im selben Moment wusste Katharina Nikolajewna, dass das nicht die ganze Wahrheit war.

Ich muss schreien, fuhr es ihr durch den Kopf. Carols Gardisten sind direkt nebenan. Sobald ich einen Laut von mir gebe, sind sie hier – in Sekunden.

Petrowitsch stand vor ihr, rührte sich nicht, die Kiefer aufeinandergepresst, dass die Knochen spitz hervortraten wie die Knöchel an seinen Fingern. Der Blick aus seinen Augen, die nicht dunkel waren, sondern nahezu schwarz. Sein Blick, der sie durchbohrte, gegen das polierte Mahagoni der Tür nagelte. Seine Fäuste, die die Tasche hielten, aber deren Gewalt in Wahrheit ihr selbst ...

Katharina öffnete den Mund. Und in diesem Moment war es entschieden.

Er war schnell. Katharina Nikolajewna konnte später nicht einmal mit Sicherheit sagen, ob sie in diesem Moment tatsächlich hatte schreien wollen. Vermutlich war es nicht so gewesen.

Er war an ihr vorbei. Rechnete sie tatsächlich damit, auch nur für den Bruchteil einer Sekunde, dass er das Weite suchen würde? Unsinn. Der Zug schoss mit hoher Geschwindigkeit über die Poebene, und der nächste Halt war Venedig. Wohin hätte er flüchten sollen in einem Zug voller Menschen? Doch das spielte im Grunde keine Rolle. Nein, er konnte nicht hinaus, weil er dazu einfach nicht imstande war.

Er warf die Tür ins Schloss und wandte sich um. Sie standen einander gegenüber, ihre Gesichter, ihre Körper einen halben Meter entfernt voneinander, und wieder sah sie seinen Blick. Den Blick der zerlumpten Männer mit ihren wilden Bärten und rauen Stimmen auf den Feldern, die sich bis an den Rand der Steppe dehnten. Den Blick der betrunkenen Rotarmisten auf den Fluren des Palais am Newski-Prospekt. Wahnsinn, und eine Tiefe, eine Wahrheit darin, die sie nicht gesehen hatte seit … Die sie vielleicht niemals gesehen, niemals erkannt hatte, weil sie zu jung gewesen war, sie noch nicht hatte begreifen können.

Seine Hand packte nach ihr. Mit einem Mal war er ganz nah – der Dieb, der Betrüger, der … Mörder? Plötzlich war es gar keine Frage mehr: Natürlich war er ein Mörder. Er hatte getötet. Oft. Würde er auch sie töten? Seine nachtschwarzen Augen, der Geruch nach Wodka. Der Geruch war noch stärker, als sie es für möglich gehalten hatte, und sie wusste, dass sie sich das nicht einbildete. Doch selbst das war Russland, war ein Teil davon.

Er stieß sie nach hinten. Das hatte Katharina erwartet, und sie leistete keinen Widerstand. Sie fiel auf das Polster, einen Arm ungeschickt verrenkt. Im nächsten Moment war sein Körper auf ihr, seine fiebrigen Hände zerrten an der Jacke, die ihre Schultern verhüllte. Grob riss er sie hoch, warf sie auf den Bauch, suchte nach dem Saum des Kleides, und sie half ihm dabei, konnte nicht erwarten, dass es endlich geschah.

Es ist schon geschehen, dachte sie. Es ist immer geschehen, weil es gar nicht möglich ist, dass es zu einem anderen Punkt hätte führen können als hierher.

Er riss das Kleid hoch, nestelte an seiner Hose, presste ihr Gesicht brutal in die Kissen. Sie hätte ihm nichts entgegensetzen können, selbst wenn sie gewollt hätte. Dann spürte sie ihn, hart und zerreißend. Keine Worte, nur unterdrückte Laute, von ihr wie von ihm. Alexej schlief auf der anderen Seite der dünnen Zwischentür, und es war ihnen beiden bewusst, jeden Augenblick. Die Stöße des Mannes, die sich mit dem Stampfen der schweren Dampflokomotive mischten, ein Rhythmus, der sie vorantrieb, keine Rücksicht nahm, vorgegeben war wie der Lauf der Gleise, gewaltig, mächtig, unentrinnbar.

Die Geräusche aus ihrem Mund, gedämpft, weil sie in den Kissen zu wenig Luft bekam. Das Gefühl, ersticken zu müssen. Ein Gefühl zwischen Leben und Tod, an dieser Grenze, die stärker war als alles zusammen und ...

Das Geräusch passte nicht. Es passte nicht in den Moment, nicht in die Situation. Katharina konnte sich nicht erklären, dass sie es überhaupt gehört hatten, alle beide.

Ein leises Klicken, eine Tür, die sich öffnete.

«Alexej?» Gedämpft, von der anderen Seite der dünnen Zwischenwand.

Xenia.

«Alexej?» Etwas nachdrücklicher, einen Moment lang besorgt.

«Ja ...» Müde. «*Tschort vozmi! Mein Kopf ... Ich hab geschlafen wie ein Toter.*»

Katharina war erstarrt, doch in diesem Moment ...

Ihr Kopf wurde an den Haaren nach hinten gerissen, raue Hände pressten sich auf ihren Mund. Er konnte doch nicht ... Jetzt wollte sie schreien, zumindest bildete sie es sich ein, aber er ließ es nicht zu, nahm seinen Rhythmus wieder auf. Katharina tat, was sie konnte. Ihre Zähne gruben sich in seine Handfläche, bis sie Blut schmeckte. Es ist Wahnsinn, fuhr ihr durch den Kopf. Jeden Augenblick wird meine Tochter diese Tür öffnen. Es ist Wahnsinn!

Der Rhythmus war mächtiger als sie, die an- und abschwellenden Wellen aus Gewalt und köstlichem Schmerz. Ein Dieb. Ein Mörder. Ein wildes Tier.

Russland.

Doch das war nur eine Hälfte ihres Bewusstseins. Sie hörte, hörte jedes Wort.

236

«Wo hast du die ganze Zeit gesteckt?»

«Woanders. – Dein hässlicher russischer Freund mit der platten Nase hat auf dem Gang rumgelungert. Ich konnte nicht früher zurückkommen.»

«Du hast wieder geraucht.»

«Das ist das Einzige, was du zu sagen hast, wenn du hier halb tot rumliegst?»

«Wo hast du die Zigaretten überhaupt her?»

«Ach ... jemanden kennengelernt.»

Zu viele Freiheiten. Katharina hatte es gewusst. Sie hatte Xenia viel zu viel durchgehen lassen. Und sie konnte sich vorstellen, wie das Mädchen an die Zigaretten gekommen war. Ihre Tochter begann zu begreifen, mit welchen Mitteln eine Frau die Dinge erreichen konnte, die sie erreichen wollte. Mit ihrer unschuldigen Miene, die selbst bei Constantin funktionierte. Und nun das: Zigaretten.

«Diese ... kleine ...», zischte Katharina, lautlos beinahe, doch weiter kam sie nicht. Boris' Stöße wurden heftiger, und plötzlich war nichts mehr übrig von ihrem Bewusstsein, das auf das Gespräch ihrer Tochter und ihres Sohnes geachtet hatte, auf der anderen Seite einer wenige Zentimeter dünnen Wand; einer Tür, die sich nicht abschließen ließ.

Der Mann nahm keine Rücksicht mehr auf das gleichmäßige Stampfen der Maschinen, nahm keine Rücksicht mehr, ob sie sich seinem Rhythmus anpassen konnte. Jagend, rasend, dahinschießend auf den Schienen, Katharinas Gesicht in den Kissen, ihre Augen blind und doch alles sehend. Nach Osten. Nach Süden, den Balkan hinab. Im Sturz wie ein Felsen, ein Geschoss, das im Flug Fahrt aufnahm, bis es kein Weiter mehr gab.

Bis es auftraf, mit einer Wucht, die die Erde selbst entzweireißen würde.

ZWISCHENSPIEL –
KÖNIGREICH CARPATHIEN

Burg Bran, dreißig Kilometer südlich von Kronstadt – 26. Mai 1940, 16:34 Uhr

Graues Gewölk lag über den Hängen am Ausgang des Tals. Die weite, fruchtbare Ebene, die sich in den Karpathenbogen schmiegte und die in der Geschichte so viele Namen und Herren gekannt hatte, war unsichtbar.

Burg Bran wachte über der sich emporwindenden Straße, wie sie das seit Jahrhunderten getan hatte. Die Heere der osmanischen Sultane hatten sich an den Mauern dieser Anlage gebrochen, und noch immer flüsterten die Alten Geschichten, nach denen Vlad Tepesz in ihren Kerkern geschmachtet haben sollte, der gefürchtete *Pfähler* und Inspiration für eine der düstersten Legenden der gesamten Balkanhalbinsel.

Wenn das belebte Kronstadt das Herz des Landes war, so war Burg Bran seine Seele, Heimat der gestürzten königlichen Dynastie, Hort und Erinnerungsstätte all dessen, was Carpathien ausmachte. Und seit einigen Tagen war sie die letzte Zuflucht der rechtmäßigen carpathischen Regierung.

Ion Iliescu hörte die Motoren des Konvois, bevor die Fahrzeuge auf der Dorfstraße in Sicht kamen. Er sah die weiße Flagge, die die Männer als Parlamentäre auswies, und war schon auf der steilen Leiter, die von seinem Beobachtungsposten am höchsten Punkt des Felsennests hinab in die Ratskammer führte.

Die gebeugte Gestalt hinter dem gewaltigen Schreibtisch aus dunklem Holz blickte auf. Nicht zum ersten Mal schoss Ion der Gedanke durch den Kopf, wie der Präsident der Carpathischen Republik sich in diesen Tagen fühlen musste: vertrieben aus seiner Hauptstadt, wo die Barrikaden brannten und kommunistische und königstreue Milizen einander Gefechte lieferten. Und auf beiden Seiten hatte das Ausland seine Finger im Spiel. Ein Jahrzehnt lang hatte dieser Mann sich bemüht, das kleine Land im Schatten der Berge aus den Intrigen der großen Politik herauszuhalten. Spätestens in diesen Tagen musste er begriffen haben, dass alle seine Mühe vergeblich gewesen war.

«Die Gesandtschaft aus Kronstadt?», fragte der alte Mann.

«Sie müssen ihre Nachricht erhalten haben!», bestätigte Ion aufgeregt. «Sie kommen mit weißen Fahnen. Sie sind bereit zu verhandeln. Vielleicht können Sie doch noch ...»

«Sie sind bereit, unsere Kapitulation entgegenzunehmen», murmelte der Präsident. «Bitten Sie die anderen in den Raum, Leutnant Iliescu. Ich kann und will diese Entscheidung nicht allein treffen. Und dann geleiten Sie unsere ...» Resigniert verzogen sich seine Mundwinkel. «Und dann geleiten Sie unsere *Gäste* herauf.»

Mit einem Nicken verließ Ion die Ratskammer. Zwei Räume weiter warteten die Mitglieder der Regierung, Vertreter der unterschiedlichen carpathischen Parteien, Männer der Kirche und einige ältere Offiziere. Alle diejenigen, deren Wort im Jahrzehnt der Republik Gewicht gehabt hatte. Als er die Tür öffnete, wussten sie auf der Stelle Bescheid.

Denn der Präsident hatte recht, auf bittere Weise recht. Es war zu spät für Verhandlungen. Die Stunde war gekommen, und schwer lag die Last auf den Schultern dieser Männer. Dabei war es nur billig, dass sie einen Teil der Last trugen. Ihrem ewigen Zank und Kleinkrieg war es zu verdanken, dass die Carpathische Republik in Wahrheit niemals eine Chance bekommen hatte.

Ion wartete ab, bis sie die Ratskammer betreten hatten, ehe er die Treppen weiter hinabstieg, hinunter zum schwer befestigten Zugang der Burganlage. Seine Hand legte sich auf das massive Mauerwerk. Wie oft hatte diese Festung allen Angreifern widerstanden? Doch nicht mehr heute, in der neuen Zeit, in der Kriege nicht länger mit

242

Schwertern und Steinschlosspistolen ausgetragen würden, sondern mit Panzern, mit Bomben und Maschinengewehren. Burg Bran war ein Relikt, genau wie die republikanische Regierung, die den Menschen Frieden und ein glücklicheres Leben hatte bringen wollen. Die Dunkelheit, die sich von Berlin, von Moskau, von Rom und anderen Orten her über Europa senkte, ließ keinen Platz mehr für sie.

Ions Finger lösten sich von der Mauer. Ein halbes Dutzend Männer in den Uniformen der Präsidentengarde hatte im dunklen Torweg Posten bezogen und sah ihm entgegen. Stumm neigte er den Kopf und gab das Kommando.

Zentimeter für Zentimeter öffneten sich die mächtigen Torflügel. Graues Licht drang von draußen herein. Nichtsdestotrotz musste er im ersten Moment die Augen zusammenkneifen. Die Angehörigen der Gesandtschaft waren nichts als kantige Silhouetten vor der plötzlichen Helligkeit, doch es waren viele, annähernd so stark wie die republikanische Besatzung der Burg. Wobei selbst das keinen Unterschied mehr machte: Gewonnen hatten sie so oder so.

Dunkle Uniformen, schwere Ledermäntel, als die Männer im Innenhof ins Licht traten. Und das Gesicht an der Spitze des Zuges war jedem Carpathier vertraut.

«Eure Hoheit.» Nur widerstrebend kamen Ion die Worte über die Lippen, die in wenigen Minuten Realität werden würden: Prinz Pavel war der Onkel des vertriebenen Königs Carol und das höchstrangige Mitglied der abgesetzten Dynastie, das in den Jahren nach der Ausrufung der Republik im Land geblieben war. Die nördlichen Provinzen, wo seine Anhänger stark waren, hatte die Regierung des Präsidenten in all der Zeit nie vollständig unter Kontrolle bringen können.

«Ein merkwürdiges Gefühl.» Ohne die Begrüßung zu erwidern, sah sich Pavel um. Seine fleischigen, verlebten Züge spiegelten tiefe Genugtuung. «Ein merkwürdiges Gefühl, wieder zu Hause zu sein. – Gibt es hier irgendjemanden, der befugt ist, unsere Bedingungen zu unterschreiben?»

«Wenn Sie mir folgen würden – Hoheit?»

Mit einem Nicken gab Pavel einem Teil seiner Männer den Befehl.

im Burghof zu warten. Wenigstens das, dachte Ion. Trotzdem war die Gesandtschaft noch immer mehr als ein Dutzend Männer stark. Fremde Gesichter. Harte Gesichter. Ion kannte keines von ihnen. Sie stiegen das Gewirr der Treppenfluchten empor, bis Ion vor den Türen der Ratskammer innehielt, pochte und auf die Aufforderung des Präsidenten wartete. Erst dann öffnete er. Der alte Mann hatte sich hinter seinem Schreibtisch erhoben. Er sah winzig aus und erschöpfter denn je. Seine Berater standen im Halbkreis in seinem Rücken.

«Eure Hoheit.» Der Gruß schien ihm körperliche Schmerzen zu bereiten. «Ich danke Ihnen, dass Sie meiner Einladung gefolgt sind.»

Der Prinz hatte den Raum betreten und erwiderte die Begrüßung stumm. Seine Begleiter gruppierten sich ebenfalls im Halbkreis um ihn. Wie zwei verfeindete Heere, dachte Ion fröstelnd. Zwei verfeindete Heere, die sich zur Schlacht aufstellten. Doch es würde keine Schlacht mehr geben. Die Republik streckte die Waffen. Das Königshaus hatte gesiegt.

Ion war ein glühender Anhänger der Republik, deren Todesstunde in diesen Minuten schlug. Eigentlich hätte er sich längst entfernen müssen, aber er konnte nicht anders: Er musste dabei sein. Einige Schritte entfernt, hinter einem Mauervorsprung, befand sich die Leiter, die zu seinem Aussichtsposten emporführte. Er bewegte sich in diese Richtung, für die Delegation des Prinzen jetzt unsichtbar.

«Mir ist klar ...» Die Stimme des Präsidenten zitterte, als er sich an den Prinzen wandte. «Mir ist klar, wie die Dinge stehen. Die Grundlage der Carpathischen Republik war das Vertrauen des Volkes, und dieses Vertrauen haben wir verloren. Wir haben weder die Kraft noch den Willen zu einem Krieg im eigenen Land – gegen Ihre Milizen auf der einen Seite, die die Rückkehr des Königs fordern, und die Kräfte der Kommunisten mit ihren Waffen aus Moskau auf der anderen. Gegen unser eigenes Volk.»

Mit unsicheren Fingern nahm er ein Schriftstück auf. «Und es gibt eines, das Sie und Ihren Neffen von den Kommunisten unterscheidet. Sie sind Patrioten. Sie werden bis zum letzten Blutstropfen für ein unabhängiges Carpathien eintreten. Das ist meine Hoffnung.» Schwer

244

holte er Atem. «Worum ich bitte, Hoheit, ist nicht mehr als eine Unterschrift. Eine Bestätigung, dass das Königshaus die Verfassung aus der Zeit vor dem Großen Krieg weiterhin anerkennt, die dem Parlament ...» Eine schwache Geste in Richtung auf seine Minister und Vertrauten «... eine Mitwirkung an Gesetzen und Beschlüssen zubilligt, wie es in Carpathien von alters her Sitte war. Dann bin ich bereit, ebenfalls meine Unterschrift zu leisten, und die Herrschaft über unser Land wird wieder in den Händen Ihres Neffen liegen, ganz ohne Krieg und ohne Blutvergießen. Möge der Allmächtige seine Hand über Sie halten.»

Pavel hatte sich einen Schritt bewegt, doch ... Ion legte die Stirn in Falten. Der Onkel des alten und neuen Königs ging nicht auf den Tisch zu, wo der Präsident ihm die Urkunde entgegenstreckte.

«Nun ...» Die Stimme des Prinzen klang freundlich. «Ich denke, die Gnade des Allmächtigen würde ich eher Ihnen wünschen, Herr Präsident.»

Es ging zu schnell, viel zu schnell, um wirklich zu erfassen, was geschah: Pavel machte einen Satz zur Seite, im selben Moment öffneten sich die Mäntel seiner Begleiter in einer einzigen, ruckartigen Bewegung.

Der Präsident riss die Arme in die Höhe, als die Projektile aus den Maschinenpistolen eine blutige Spur über seine Brust zogen. Direkt neben ihm brach ein Minister leblos in die Knie. Ein Kirchenmann schräg hinter ihm hatte im letzten Moment zurückweichen wollen, doch auch er entging den Geschossen nicht. Querschläger pfiffen durch die Luft, zerfetzten ein altes Gemälde an der Wand, das, verdunkelt vom Firnis der Jahrhunderte, den nächtlichen Überfall Vlad Tepesz' auf das Feldlager des Sultans zeigte – die stolzeste Stunde in der Geschichte Carpathiens. Alle Feuer der Hölle in einem einzigen engen Raum im Innern der Festung versammelt. Und wie ein Echo die Schüsse aus dem Innenhof der Anlage, als die dort zurückgebliebenen Begleiter des Prinzen die Torwachen ausschalteten.

Der gesamte Spuk dauerte nur Sekunden. Und niemand, niemand entkam.

Ion war wie gelähmt. *Das kann nicht wirklich geschehen sein!* Er trug eine kleine Pistole am Gürtel, doch es war so schnell gegangen, dass er überhaupt nicht dazu gekommen war, sie zu ziehen. Und dennoch ... Er schämte sich, und seine Scham wuchs, als sein Körper wie aus eigenem Antrieb weiter in die Schatten zurückwich. Es gab eine verborgene Tür unterhalb der Leiter, einen Gang, der hinab in den Felsen führte und weiter ...

Aber noch durfte er nicht gehen, noch nicht! Wenn der Allmächtige an diesem Tag tatsächlich über einen Menschen auf der Burg seine Hand halten sollte, musste Ion zumindest das eine tun: beobachten, damit er Zeugnis ablegen konnte über die Dinge, die in diesen Minuten geschahen.

Denn es war noch nicht vorbei.

Mit ruhigen Schritten kehrte Prinz Pavel ins Zentrum des Raumes zurück, trat an den schweren Schreibtisch. Der leblose Körper des Präsidenten war auf die Tischplatte gesunken. Am Stoff der Anzugjacke hob er den Arm des Toten an und griff nach dem vorbereiteten Schriftstück.

«Die alte Verfassung», murmelte er und warf einen nachdenklichen Blick auf das Papier. «Herr Präsident, ich fürchte, ich kann Ihrem Wunsch nicht entsprechen.» Mit einer langsamen Bewegung riss er das Schriftstück zwei Mal durch und ließ die Fetzen zu Boden segeln. «Meine Herren.» Der Prinz nickte seinen Begleitern zu. «Ich möchte sagen, das war ein Erfolg. Dem neuen Regenten des Königreichs Carpathien ist es ein Vergnügen, Sie hiermit als unsere Verbündeten begrüßen zu dürfen.»

Im nächsten Moment veränderte sich sein Gesichtsausdruck.

Ions Herz schlug bis zum Hals. Pavel sah exakt in seine Richtung. Konnte er ihn im Schatten entdeckt haben? Der Mund des Prinzen öffnete sich.

Doch kein Laut kam hervor. Ein knapper, peitschender Knall, und ein kleiner roter Punkt war auf Pavels Stirn zu sehen. Der Prinz stand noch eine Sekunde aufrecht, mit einem Blick, der sich nur als *verblüfft* bezeichnen ließ, dann sackte er zusammen.

Der Mann, der den Schuss abgegeben hatte, streifte seinen Ledermantel ab. Seine Uniform hätte zu einer königstreuen Einheit des carpathischen Militärs gehören können, wären nicht die Schulterklappen und der Kragenspiegel gewesen: ein Obersturmbannführer der Waffen-SS.

«Ich *hasse* Verräter.» Die deutschen Worte klangen wie ein heiseres Bellen, das sich an der Decke der Ratskammer brach. Einen Moment lang suchte er in den Taschen seines Mantels, brachte dann ein leuchtend rotes Tuch zum Vorschein.

«Hauptsturmführer!» Er drückte das Tuch einem seiner Männer in die Hand. «Hängen Sie den Lappen hier am Fahnenmast auf. Und Sie beide ziehen zwei der Toten unten im Hof die Uniformen über, die wir mitgebracht haben. Dann machen Sie die Fotos. Und das hier geht über den Telegraphen da drüben.» Einer der anderen Männer erhielt zwei Blätter Papier. «Kommunistische Aufständische sind in den Sitz der rechtmäßigen carpathischen Regierung eingedrungen und haben dort ein entsetzliches Blutbad angerichtet, dem auch ein hochrangiger Vertreter des ehemaligen Königshauses zum Opfer gefallen ist. Die carpathische Führung existiert nicht mehr. Das Großdeutsche Reich muss der befreundeten Nation augenblicklich zu Hilfe eilen und die Ordnung wiederherstellen. – Doch zuerst das hier an unsere Geschäftsstelle in Postumia.»

Der angesprochene SS-Mann blickte auf. «Postumia?»

Der Obersturmbannführer sah ihn nicht an. Seine Augen schienen exakt auf die Mauernische gerichtet, in der Ion sich verbarg, die Pforte zum verborgenen Tunnel bereits geöffnet.

«Spielen Sie Schach, Sturmmann?», erkundigte sich der Anführer. «Dort ergibt sich der König, wenn seine Streitmacht geschlagen ist.»

Er trat auf die Wand mit der Nische zu, und Ion schlüpfte in seine Zuflucht, zog die Pforte ein Stück hinter sich zu. Das Letzte, was er durch den Spalt wahrnahm, war die massige, uniformierte Gestalt, die vor den Fenstern verharrte, hinausblickte auf die schroffen Kämme des Gebirges, hinter denen unsichtbar die Weite des Balkans lag.

«Genau das ist der Unterschied zu unserem Spiel», murmelte der SS-Offizier. «Unser Spiel endet erst mit dem Tod des Königs.»

247

TEIL VIER –
KÖNIGREICH JUGOSLAWIEN /
KRALJEVINA JUGOSLAVIJA /
КРАЉЕВИНА ЈУГОСЛАВИЈА

Anfahrt auf die Grenzstadt Postumia – 26. Mai 1940, 18:46 Uhr
CIWL WL 3425 (Hinterer Schlafwagen). Abteil 1.

Vor dem Kabinenfenster ließ der Abend die Farben über der norditalienischen Landschaft zu Grau verblassen. Seit Vera vor ein paar Minuten aus einem unruhigen Schlaf erwacht und auf die Toilette verschwunden war, saß Paul allein im Abteil. Und das war nicht gut, weil es ihm Zeit zum Grübeln gab. Die Deutschen standen vor Paris, Franzosen und Engländer mit dem Rücken zum Meer – und er selbst saß in diesem Zug wie ein Tiger im Käfig, während ein paar tausend Meilen entfernt die Rohölpreise vermutlich gerade explodierten. Doch nicht einmal darüber konnte er in Ruhe nachdenken.

Was war mit Vera los? In einer Sekunde diese fast krankhafte Überspanntheit, die Fixierung auf ihre Prominenten, den König von Carpathien obenan – und im nächsten Moment konnte sie schlafen, fast den ganzen Tag über. War das normal in ihrem Zustand? Paul hatte schon überlegt, mit Betty zu reden. Schließlich hatte die Schauspielerin die Sache mit dem jungen Romanow gut in den Griff gekriegt. Aber Betty Marshall hatte ihre medizinischen Erfahrungen in den Schützengräben gesammelt. Unwahrscheinlich, dass sie sich mit Schwangerschaften auskannte.

Paul drückte seine Schläfe gegen die Fensterscheibe und spürte die Kühle des Glases. Wenn er oder seine Schwestern krank gewesen waren, hatte ihre Mutter sie mit ihrem Geheimrezept behandelt: jüdischem Penizillin. Hühnersuppe. Mit Sicherheit konnten das auch die Köche der CIWL improvisieren. Doch irgendwie hatte er Zweifel, dass es bei Schwangerschaftsbeschwerden wirksam war.

Wenigstens hatte Vera ihr Okay gegeben, dass sie beim nächsten längeren Halt nach einer Apotheke Ausschau halten würden. Paul fluchte auf den Zug, das Personal und den Fahrplan: Weder in Mailand noch in Venedig, noch in Triest war der Aufenthalt lang genug gewesen, um sich vom Bahnsteig zu entfernen. Erst in Postumia sollte das möglich sein. Einem Kaff, von dem er im Leben noch nichts gehört hatte. Genau dort, hatte ihm der dicke Steward – Georges – versichert, würde der Zug seine Reise für stolze zwanzig Minuten unterbrechen. Die Grenzkontrollen standen an, und – Überraschung! – die Lokomotive musste gewechselt werden. Monsieur und Madame Richards würden alle Zeit der Welt haben, sich nach einer Apotheke umzusehen, und, ja, gewiss doch, mit Sicherheit werde sie noch geöffnet haben. Das Leben in der Stadt beginne abends erst richtig. Postumia sei nämlich ein berühmter Kurort, müsse Monsieur Richards wissen. Seine Tropfsteinhöhlen seien legendär, höchst beliebt bei den Touristen. Bei den Schmugglern sowieso.

Paul musste wohl ein böses Gesicht gemacht haben. Jedenfalls hatte sich der Dicke schleunigst verabschiedet.

Paul konnte nur darauf bauen, dass die Pillen aus dem berühmten Kurort umgehend eine Art Wunderheilung einleiten würden. Schließlich stand gleich hinter Postumia das Dinner an. Als er angedeutet hatte, eine Überraschung warte auf sie, war Vera plötzlich wieder ganz aus dem Häuschen gewesen. Sie würde doch nicht enttäuscht sein? Inzwischen kam ihm selbst eine leibhaftige Betty Marshall am Dinnertisch jämmerlich vor im Vergleich zu Carol von Carpathien. Und natürlich: Wäre der Orient Express eine Ausgabe von *Truth or Consequences* gewesen, dem neuen Renner auf Radio NBC, hätte Ralph Edwards den verfluchten König als Hauptpreis ausgesetzt. Und Vera *ist mein* Hauptpreis, dachte Paul. Aber die Nummer mit den Benjamin Franklins beim König von Carpathien auszuprobieren, traute selbst er sich nicht zu.

Ein Pochen an der Tür. Er drehte sich um. Vera würde doch nicht klopfen?

«Ja?»

252

«Mister Richards?»
Paul erlebte drei Überraschungen auf einen Schlag: Der Mann in der Tür war der verkleidete Soldat aus dem Diplomatenwagen. Er kannte Pauls Namen. Und er sprach ihn nicht mit Monsieur an, sondern schien spontan seine Fremdsprachenkenntnisse entdeckt zu haben. Jetzt nahm er auch noch so was wie Haltung an. «Capitaine René Guiscard vom Stab des Sondergesandten der Französischen Republik.» Die Andeutung eines Nickens. «Mister Richards, seiner Exzellenz, dem Gesandten, ist zu Ohren gekommen, dass Sie sich unter den Mitreisenden befinden. Er lässt höflich anfragen, ob Sie wohl daran interessiert wären, ihn für einen kurzen Gedankenaustausch in unserem Wagen aufzusuchen.»

Paul hob die Augenbrauen. Der ganze Sermon klang wie auswendig gelernt. Sein Mundwinkel zuckte. Natürlich war er auswendig gelernt. Aber der französische Gesandte? Es war nachvollziehbar, dass der Vertreter einer kriegführenden Macht das Gespräch mit einem der größten Rohölproduzenten der westlichen Hemisphäre suchte – andererseits hatten die Richards soeben eine volle Woche in Paris verbracht, und dieser Aufenthalt war kein Geheimnis gewesen. Eine Einladung ins Handelsministerium hätte man über die üblichen Kanäle leicht in die Wege leiten können, aber das war nicht geschehen.

Und nun eine Einladung durch einen französischen Gesandten, der in die Türkei unterwegs war? Worin dessen Mission bestand, war nicht schwer zu erraten: die Türken zu beknien, nicht auch noch mit Hitler ins Bett zu steigen. Was wollte ein solcher Mann von Paul Richards?

«In Ordnung.» Pauls Gesichtsausdruck verriet nichts von seinen Gedanken. «Wenn wir einen Moment warten, bis meine Frau sich frisch gemacht hat, nehme ich die Einladung gerne an.»

* * *

Anfahrt auf die Grenzstadt Postumia – 26. Mai 1940, 18:58 Uhr
CIWL Lx 3509 (Vorderer Schlafwagen). Abteil 9.

«Kann ich sonst noch etwas für Sie tun, Miss Marshall?»

Nachdem er die geöffnete Flasche auf dem Beistelltisch abgesetzt hatte, war der junge Steward in der Tür stehen geblieben. Betty überlegte einen Moment. Sie war weder durstig noch hungrig. Das Tafelwasser hatte sie bestellt, weil sie ihre Tagesmaske entfernen wollte, bevor sie für den Abend mit Carol und den Richards geeignetes Make-up auftrug. Dem Wasser, das auf Hebeldruck aus der Installation kam, traute sie nicht. Und ein wenig Ruhe konnte nicht nur ihre Gesichtshaut brauchen, nachdem Betty heute schon den halben Express medizinisch versorgt hatte. Diese Leute konnten froh sein, dass sie zufällig im Zug saß. Speziell Ludvigs sonderbare Verletzung gefiel ihr überhaupt nicht.

«Miss Marshall?»

Betty schüttelte langsam den Kopf. «Nein», sagte sie. «Du hast sicher mehr als genug zu tun heute – Raoul.» Sie freute sich über sein Lächeln, als sie ihn mit seinem Namen ansprach.

«Ach, das ist gar nicht so schlimm, Miss Marshall», murmelte er und sah kurz über die Schulter. «Normalerweise ist die Arbeit fast langweilig tagsüber. Ich meine ...» Er räusperte sich. «Wenn ich das sagen darf: Sie haben das ganz toll gemacht, vorhin. Also das mit Monsieur Romanow. Ich hätte nie gedacht, dass jemand wie Sie, also, jemand, der so bekannt ist, solche Sachen kann. Dass Sie auch noch Krankenschwester sind!»

Jetzt war sie es, die lächelte. «Ich bin nicht als Schauspielerin zur Welt gekommen. Das Leben ist voller Überraschungen. Du wirst noch mehr als einmal überrascht werden, was alles auf dich zukommt.»

«Aber garantiert.» Er biss sich auf die Lippen.

Betty hob fragend die Augenbrauen. Doch offenbar war ihm der Kommentar nur herausgerutscht.

Stattdessen, zögernd: «Und so was geht wirklich?», fragte er vorsichtig. «Also in Amerika? Das stimmt wirklich, dass man ein ganz

254

normaler Mensch sein kann oder ... dass man mit nichts dort ankommt, und wenn man sich richtig Mühe gibt, kann man berühmt werden? Und reich?»

Das waren neue Töne. Sie betrachtete ihn. Raoul war ein hübscher Junge, die dunklen Haare nur mühsam mit Pomade gebändigt, die Züge noch etwas weich, aber das würde sich bald zurechtwachsen. Und irgendwie traurige dunkle Augen. Für einen Mann war gutes Aussehen allerdings nicht der entscheidende Schlüssel zu einer Karriere. Nein, unter Umständen konnte es sogar ein Hindernis sein – es sei denn, er wollte tatsächlich ins Showbusiness.

Gut, natürlich gab es auch junge Männer, die eine Möglichkeit suchten, über eine ältere, vermögende Frau ... Ihre Augen zogen sich zusammen. Aber an der Art, wie er den Blick niederschlug, erkannte sie, dass sie sich getäuscht hatte. Und wenn er so etwas im Sinn gehabt hätte, hätte er sich vermutlich an eine *richtig* alte Schachtel gehalten.

«Ja», sagte sie. «Das ist alles *möglich*, Raoul. Schau dir unseren Mr. Richards an. Er kommt aus ganz einfachen Verhältnissen, und heute ist er einer der reichsten Männer von Texas. – Wie sagt ihr hier in Europa? *Das Land der unbegrenzten Möglichkeiten?*» Sie sprach die Formulierung auf Deutsch aus; einer der wenigen deutschen Sätze, die ihr geläufig waren.

Der Junge antwortete nicht.

«Genau das ist es», betonte Betty. «Eine Möglichkeit. Eine von ganz vielen.» Sie hob die Schultern. «Aber die wahrscheinlichste Möglichkeit ist auch in Amerika, dass man es *nicht* schafft.» Die Schwarzseherei gefiel ihr selbst nicht, schon gar nicht kurz vor ihrem Date mit Carol, doch sie spürte, dass es in diesem Jungen arbeitete, und sie wollte nicht, dass er sich Hals über Kopf in irgendein Abenteuer stürzte. «Du kannst es doch sicher auch bei der Orient-Express-Gesellschaft zu was bringen, oder?», fragte sie. «Wenn man nicht gleich Millionär werden will ...»

Er blickte kurz auf, schlug die Augen wieder nieder.

Betty stutzte, und im selben Moment hätte sie sich ohrfeigen kön-

255

nen. Manche Dinge lagen so nahe, dass selbst sie sie nicht sah. Ein Mädchen!

Sie öffnete den Mund, doch jetzt schüttelte er den Kopf. «Ach, wer weiß. Vielleicht funktioniert es ja wirklich irgendwie. Wenn nur der Krieg nicht wäre.» Wieder sah er sich kurz um. «Danke», murmelte er, legte die Hand auf den Türgriff. «Aber jetzt muss ich wirklich wieder rüber. Durch die Hochzeit morgen ist da alles ...»

«Hochzeit?»

Er ließ die Hand auf dem Griff liegen. «Der König», sagte er leise. «Haben Sie das noch nicht gehört? Der König und Xe... die junge Großfürstin. Das soll noch vor der Ankunft in Sofia ... Miss Marshall?»

«Nichts.» Sie strich über den Stoff ihres Kleides. «Wenn ich noch etwas brauche, läute ich einfach. Danke für das Wasser.»

Er kniff kurz die Augen zusammen, nickte dann nur noch einmal und schloss die Tür hinter sich.

Betty blieb sitzen.

Eine Hochzeit. Xenia, die Tochter der Romanows, die junge Großfürstin. Und am Vorabend verabredete Carol sich mit einer anderen Frau zum Abendessen? Nun, für einen König waren das vermutlich ganz unterschiedliche Dinge, dachte sie. Aber was bedeutet das für *mich?*

Einen erheblichen Unterschied. Einen Unterschied von *vielen* Benjamin Franklins. Was Carol vorschwebte, war offenbar ein Schnellschuss. Dass er als frisch getrauter Ehemann auf einen Schlag kreuzbrav werden würde, bezweifelte sie, doch für das, was *Betty* vorschwebte, war im Augenblick jedenfalls kein Platz in seinen Plänen. Ihre Wege würden sich in dem Augenblick trennen, da er in Sofia den Express verließ, samt Braut und Gefolge. – Wenn es nach ihm ging.

Betty zögerte. Sollte sie das ernsthaft stören? Sie war Betty Marshall, und wenn sie nur eine Nacht zur Verfügung hatte, hatte sie eben nur diese eine Nacht. In einer einzigen Nacht hätte sie in Istanbul ein Vermögen machen können, falls sie bereit gewesen wäre, jene bestimmte Grenze zu überschreiten. War sie beim König von Carpathien dazu bereit?

Das war überhaupt keine Frage. Auch das waren zwei sehr unterschiedliche Dinge. Das Publikum in Istanbul bestand aus fetten Männern im Opiumrausch, Würdenträgern der alten und neuen Türkei, die es sich etwas kosten ließen, einen Abend lang einen Star aus dem legendären Hollywood anzugaffen. Und die noch weit mehr ausgeben würden, um dieses Erlebnis zu vertiefen. Carol dagegen war bei allem, was er sonst noch sein mochte, ein äußerst attraktiver Mann. Ein Schwerenöter, gewiss, und wenn sein Beuteschema aus Eva Heilmanns und Xenia Romanows bestand, hatte der Löwe des Balkan es mehr als verdient, dass ihm jemand mal gehörig die Klauen stutzte ... Aber er war eben auch der charmanteste Mann, der ihr seit einer Weile begegnet war. Einer ganzen, ganzen Weile.

Eine einzige Nacht wäre schlicht eine Verschwendung.

Betty stand auf, öffnete die Verkleidung, hinter der sich das Porzellan und der Spiegel verbargen. Heute Morgen hatte sie geglaubt, gegen ein zwanzigjähriges Mädchen um die Gunst des Königs von Carpathien antreten zu müssen. Es war ein merkwürdiges Gefühl gewesen, aber alles andere als unvertraut. Lediglich der Umstand, dass sie Eva mochte, hätte zum Problem werden können. Allerdings hatte sich das ja von selbst erledigt, weil es zwischen den beiden eindeutig vorbei war. Aber ein *fünfzehnjähriges* Mädchen?

Lange sah sie sich an, probierte einen Augenaufschlag, ein schmollendes Verziehen der Mundwinkel, nickte schließlich zufrieden. Ihr gefiel, was sie sah.

Doch das war nur eine Seite der Medaille. Im Geiste ging sie ihre Garderobe durch. Das rote Kleid? Hatte er heute Nachmittag schon gesehen. Das Taubengraue? Eines ihrer Lieblingskleider, aber für diesen Zweck ungeeignet. Zu altbacken. Das kleine Schwarze? Immer möglich. Oder war es doch eine Spur zu vulgär?

Sie biss sich auf die Unterlippe. Auch ihr blieb nur ein Schnellschuss: ein einziger. Aber schon formte sich ein Plan, wie sie an geeignete Munition kommen konnte. Das würde zwar etwas Geld kosten, mehr als die hundert Dollar von Richards, aber auch hier gab es einen Weg. Sie musste nur bereit sein, ihn zu gehen.

Es würde ein Kampf werden. Doch die Waffen würden ungleich verteilt sein.

«Was denkst du, Marshall?», fragte sie.

Ich würde nicht auf das Mädchen wetten.

«Jetzt erst recht», murmelte Betty Marshall.

***

Anfahrt auf die Grenzstadt Postumia – 26. Mai 1940, 19:00 Uhr
CIWL WR 4229 (Speisewagen). Non Fumoir.

Unsichtbar werden. Es musste eine Möglichkeit geben, überlegte Eva. Unsichtbar zu werden. Immer blasser und durchscheinender zu werden und dann, irgendwann, überhaupt nicht mehr da zu sein. Unmöglich, dass das weh tun konnte. Nein, das Ergebnis würde gerade darin bestehen, dass nichts mehr weh tat. Möglicherweise war sie bereits auf einem guten Weg dorthin, zur Unsichtbarkeit zumindest.

Sie saß im Nichtrauchersalon, vor sich eine Tasse Kaffee, die allmählich kalt wurde. Irgendjemand hatte eine Zeitung liegenlassen, die er vermutlich in Mailand gekauft hatte. Italienisch natürlich, doch mit Mühe hätte Eva sich durchbuchstabieren können, wenn der Inhalt sie interessiert hätte: eine Volksmenge. Männer in Uniformen. Eine Viertelseite groß der glatzköpfige *duce* Benito Mussolini, der mit drohend gen Himmel erhobener Faust von einem Balkon aus eine Rede schwang. Nein, ihr Interesse hielt sich in Grenzen.

Doch die Zeitung war ein Schutz, wie ein Tarnmantel beinahe. Sie hatte nicht den Fehler begangen, die Ausgabe aufzuschlagen, sie mit beiden Händen vor sich auszubreiten und sich tatsächlich dahinter zu verstecken. Das wäre zu dramatisch gewesen und zu auffällig. Damit hätte sie genau das Gegenteil bewirkt.

Nein, die Zeitung lag flach vor ihr auf dem Tisch. Eva hielt den Kopf gesenkt, die Augen auf einen Punkt drei Zentimeter oberhalb und zwei Zentimeter links von Mussolinis Faust gerichtet, und siehe da: Es funktionierte. Niemand sprach sie an. Der Kellner schaute herein, sah, dass ihre Tasse noch voll war, und verschwand wieder.

Der Einzige, der einen Versuch unternommen hatte, ihr eine Konversation aufzunötigen, war Basil Algernon Fitz-Edwards gewesen. Wie am Morgen in Golfmütze und Knickerbockern, wenn auch ohne Pfeife hier im Nichtrauchersalon. Doch selbst er schien begriffen zu haben, dass sie nicht in der Stimmung war für seine Erlebnisse beim Boxeraufstand von achtzehn-sonst-was. Verschwunden war er allerdings nicht, sondern saß nach wie vor zwei Tische weiter am Fenster und summte vor sich hin, während er in einem Buch blätterte.

Irgendwo zwischen Mailand und Venedig hatte Betty Marshall den Salon der Länge nach durchquert, auf dem Rückweg in den Lx. Hatte sie Eva nicht wahrgenommen? Oder hatte sie sie nicht wahrnehmen wollen? Aus dem Augenwinkel hatte Eva sie angespannt beobachtet, aber sie war aus Bettys Miene nicht schlau geworden. Abwesend? Das auf jeden Fall. Schuldbewusst? Nein. Nachdenklich? Ja, nachdenklich. Aber was hatte das schon zu sagen? Schließlich war die Frau Schauspielerin.

Und was für eine Schauspielerin! *Haben Sie einmal eine Sekunde darauf geachtet, wie Ludvig Sie ansieht? Also an Ihrer Stelle würde ich die Situation einfach genießen.*

Warum hatte Betty das getan? Warum hatte sie das gesagt? Und dann getan, was sie und Ludvig keine eineinhalb Stunden später auf dem Abteil getan hatten?

Ich war doch schon am Boden, dachte Eva. Es war doch schon nichts mehr von mir übrig. Warum hat sie das tun müssen?

Es war so lächerlich! Eva hatte keine Tränen mehr, weder um Carol noch um Ludvig. Wie aber hatte Betty so grausam, so vorsätzlich grausam sein können? Und Eva trug ihr Kleid, Bettys Kleid, am Leibe! Jede einzelne Faser brannte eine Wunde in ihre Haut, doch was hätte sie tun sollen? Was von ihrem Abendkleid übrig war, hing im Abteil im hinteren Schlafwagen, und dort saß Ludvig, und auf keinen Fall konnte sie jetzt ...

«Eva?»

259

Sie zuckte so heftig zusammen, dass ihre Hand gegen die Tasse schlug und sich der dunkle Inhalt über den Tisch ergoss.

«Oh.» Hastig ließ Ludvig sein Buch auf den Stuhl gegenüber fallen, griff nach Evas Serviette und begann die Tischplatte abzutupfen. «Oh, das tut mir ... Verflixt! Nehmen Sie besser Ihre Zeitung!»

Eva konnte sich nicht rühren, doch das schien er nicht zu merken. Nur ein paar Sekunden, und das Malheur war beseitigt.

«So.» Er richtete sich auf. «Wirklich», versicherte er ihr. «Das tut mir leid. Ich wollte Sie nicht erschrecken.» Er sah sie an.

Kugelrunde Augen, dachte sie. Kugelrunde Augen hinter kugelrunden Brillengläsern. Sie hatte Betty Marshall bewundert? Hatte sie auf eine verständnislose, verletzte, hilflose Weise für ihre Schauspielkunst bewundert? Nein, das war nichts im Vergleich mit Ludvig Muellers Wandlungsfähigkeit.

Haben Sie einmal eine Sekunde darauf geachtet, wie Ludvig Sie ansieht? Das tat Eva. In genau diesem Moment tat sie nichts anderes, beobachtete jedes Zucken seiner Wimpern, jeden Schatten einer Regung in diesem so schrecklich offenen, freundlichen Gesicht. Sie hatte erlebt, wie es sich verändern konnte. Wie Ernst und Entschlossenheit von ihm Besitz ergriffen hatten, wenn die Situation es erforderte, am Gare de l'Est oder an der Zollstelle in Vallorbe. Ein und derselbe Mann. Es fiel nicht leicht, doch die beiden Bilder ließen sich übereinanderschieben. Nur eines war unvorstellbar: wie dieser Mann in ihrem Abteil, ihrem *Verlobungsabteil*, schwere, seufzende Geräusche von sich gegeben hatte, als Betty Marshalls manikürte Finger über seine Schultern, seine Brust ...

«Eva?» Fragend legte er den Kopf zur Seite. «Ich habe mich schon gewundert, wo Sie die ganze Zeit stecken.»

Eva erwiderte seinen Blick, ohne ihn tatsächlich zu erwidern. Es war nicht so, dass sie nicht sprechen konnte. Nachdem sie sich vom Schreck erholt hatte, wäre sie dazu in der Lage gewesen. Doch was hätte sie sagen sollen? Worüber, Gott im Himmel, sollte sie mit ihm reden? Zwei Nächte und einen Tag noch bis nach Istanbul!

Warum eigentlich?

260

Der Gedanke kam so blitzartig und zugleich so selbstverständlich, dass sie gar nicht begreifen konnte, warum er ihr jetzt erst kam: *Warum sitze ich eigentlich noch in diesem Zug?* Sie hätte den Express in Venedig verlassen können, ebenso gut in Triest. Was hielt sie noch im Simplon Orient? Carol, der nichts mehr von ihr wissen wollte? Betty, die sie betrogen hatte? Ludvig ... Ludvig am allerwenigsten. Doch wo hätte sie in Venedig oder Triest hingehen sollen? Und wo sollte sie in Istanbul hingehen? Es gab keinen Ort mehr für sie. Das Europa, das sie gekannt hatte, brach hinter ihr in Trümmer. Der glitzernde doppelte Strang der Schienen wurde von einem Abgrund verschlungen, der ihn nie wieder hergeben würde. Frankreich stand an der Schwelle der Vernichtung, Italien war im Begriff, auf deutscher Seite zu den Waffen zu greifen, und in den Ländern, die sie noch passieren würden, würde es nicht viel anders aussehen. Die Schweiz ... Die Schweiz wäre vielleicht eine Chance gewesen. Eine Chance, irgendwie weiter zu existieren, dachte Eva. Doch die Schweiz lag Stunden hinter ihnen.

Mit einem Mal stand ihre Entscheidung fest. Es war kein Plan. Es war die *Abwesenheit* eines Plans. Sie würde den Zug beim nächsten Halt verlassen.

«Eva? Ist alles in Ordnung?»

Sie sah ihn an. Und irgendetwas in ihr zwang sie dazu, ihn noch einmal sehr, sehr genau anzusehen, sich jedes Detail an diesem Mann einzuprägen, der vielleicht, so unsinnig die Vorstellung auch war ... Irgendwie, dachte sie, in einem anderen Leben hätte er eine große Rolle spielen können in *meinem* Leben. Doch hier und jetzt war das bedeutungslos.

Ich werde ihn niemals wiedersehen.

***

Anfahrt auf die Grenzstadt Postumia – 26. Mai 1940, 19:03 Uhr

CIWL WR 4229 (Speisewagen). Non Fumoir.

Ingolf schloss die Tür hinter sich und stieß den Atem aus. Als Kind war er keineswegs unsportlich gewesen. Ganz im Gegenteil: Die Dorfjugend in Gelmeroda hatte ihn beneidet, weil er der Einzige gewesen war, der, ohne zwischendurch Luft zu schnappen, quer durch den gesamten Fischteich tauchen konnte. Und am anderen Ende nicht einmal besonders außer Atem war. Insofern vermochte er nicht mit Sicherheit zu sagen, ob er gerade einen persönlichen Rekord aufgestellt hatte im Luftanhalten. Aber auf jeden Fall war er nahe dran.

Er schüttelte sich. Unübersehbar war Eva ihm noch immer böse. Irgendetwas machte er nach wie vor grundlegend falsch. Wobei er sich diesmal nun wirklich keiner Schuld bewusst war. Er *hatte* sie nicht erschrecken wollen, und dass der Bericht über Mussolinis Rede beim Jahrestreffen der italienischen Radsportvereinigung sie dermaßen in den Bann schlug, dass sie überhaupt nichts mehr mitbekam ... Das hatte er beim besten Willen nicht ahnen können. Wenn er ehrlich war, hatte es ihn sogar ein wenig überrascht, dass ihr Italienisch für die Zeitungslektüre ausreichte. Doch als Kennerin der sizilischen Staufer: natürlich.

Er würde sich irgendetwas ausdenken müssen, um die Sache wiedergutzumachen. *Blumen*, ging ihm durch den Kopf. In Postumia würde er einen großen Strauß Rosen oder ... Nein, bloß nicht! Viel zu dramatisch! Aber er würde ein hübsches kleines Sträußlein besorgen und sich noch einmal in aller Form bei Eva entschuldigen. Für den deutschen Satz heute Morgen, für die Sache mit der Mafia heute Vormittag, den Schreck von gerade eben und ... Ob er sich einfach bei ihr erkundigen sollte, wofür sie noch eine Entschuldigung erwartete?

Eine innere Stimme sagte ihm, dass das möglicherweise ein ungeschickter Schritt wäre. Frauen konnten in diesen Dingen fürchterlich kompliziert sein. Wieder schüttelte er sich, löste sich von der Tür und legte sein Buch auf dem vordersten Tisch im Non Fumoir ab.

Er hatte lediglich den zweiten Band von Kantorowicz' Biographie des Stauferkaisers in den Speisewagen mitgenommen. Den Band, der ausschließlich aus Fußnoten, Exkursen und Anmerkungen bestand. Den Textband las schließlich jeder, und es war wichtig, dass erst gar keine Missverständnisse aufkamen. Wobei das wichtigste Element natürlich die Urkunde selbst war, eine Reproduktion, wie sie in dieser Qualität heute, mitten im Krieg, kein wissenschaftliches Institut mehr finanzieren konnte. Mit vorsichtigen Bewegungen faltete er das Schriftstück auseinander.

In einigen Situationen hatte es durchaus seine Vorteile, wenn man das militärische Abwehramt des Großdeutschen Reiches im Rücken hatte. Canaris hatte sich Ingolfs Ausführungen angehört, zwei Sekunden nachgedacht und dann einmal knapp genickt – und achtundvierzig Stunden später hatte das Staatstestament Kaiser Friedrichs II. auf Ingolfs Schreibtisch gelegen. Vierfarbdruck, Originalgröße, von der Vorlage kaum zu unterscheiden, abgesehen natürlich davon, dass es kein Papyrus war wie das Original. Der Köder. Solche Gedanken verstand Canaris. Der Regenwurm, der verführerisch am Angelhaken zappelte.

Wer in der Bibliotheca Vaticana seiner Jugend zum Trotz schon jetzt als Überflieger in Sachen historischer Handschriften galt, musste bei diesem Anblick einfach zubeißen. Und der Rest würde sich ergeben. Das war, kurz gefasst, Ingolfs Plan für den ersten Teil seines Auftrags. Nun musste der Fisch nur noch in die richtige Richtung schwimmen. Doch den Speisewagen sollte Monsignore Pedro de la Rosa nach menschlichem Ermessen irgendwann ansteuern. Der Kontakt müsse ganz unverfänglich zustande kommen, hatte Canaris Ingolf eingeschärft. Die Begegnung müsse sich wie durch Zufall ergeben.

Ingolf ließ sich vorsichtig nieder. Alles in allem spürte er seine Rippen jetzt weniger als zu jedem anderen Zeitpunkt seit der Abreise aus Paris. Betty Marshall schien tatsächlich heilende Hände zu besitzen, auch wenn es sich angefühlt hatte, als würde sie seinen Brustkorb in Einzelteile zerlegen, als sie die Rippen wieder in Position gebracht hatte. Hatte sie seine Geschichte geglaubt, dass er sich die Verletzung zugezogen hätte, als er am Tag vor der Abfahrt aus Paris auf den Treppen des Montmartre gestolpert war? Irgendwie hatte er Zweifel. Allerdings hielt er es für unwahrscheinlich, dass von der Schauspielerin Gefahr für seine Mission drohte.

Der einzige unberechenbare Faktor war de la Rosa selbst. *Unverfänglich. Wie durch Zufall.* War es möglich, dass Ingolf sein Engagement auf dem Bahnsteig um eine Winzigkeit übertrieben hatte? Doch was war ihm übriggeblieben? Der Geistliche hatte den Zug besteigen *müssen.* Ingolf konnte nur abwarten. Und versuchen, nicht an Eva zu denken, sondern an seine Mission.

Eva.

Die Wand zum hinteren Salon war dünn – er war nicht sicher, doch war da nicht von der anderen Seite ein leises Geräusch zu hören? Von Evas Platz, genau in seinem Rücken, nur wenige Zentimeter entfernt. Eva, die in der italienischen Tageszeitung blätterte. Doch das Geräusch klang nicht nach einem Blättern.

Es klang nach einem mühsam unterdrückten Weinen.

***

Anfahrt auf die Grenzstadt Postumia – 26. Mai 1940, 19:12 Uhr
CIWL WL 3425 (*Hinterer Schlafwagen*). *Kabinengang.*

Diplomatie! Paul hasste dieses Spiel. Natürlich wurde jemand, dessen Geschäfte sich in Größenordnungen wie denen von Richards Oil bewegten, zwangsläufig auch in politische Angelegenheiten verwickelt. Doch dafür hatte er schließlich einen Kongressabgeordneten an der Hand, der seine Wiederwahl nahezu ausschließlich Pauls großzügigen Spenden verdankte. Und für den Fall, dass sich wegen der Bohrungen auf Indianergebiet tatsächlich mal eine Bundeskommission in den Osten von Texas verirrte, hatte Paul eine wirkungsvolle Strategie entwickelt: eine Willkommensparty für die Herren aus Washington mit einigen reizenden jungen Damen aus der Umgebung – aus Mexiko. Wenn die Damen ihm am nächsten Morgen noch ein paar Fotos

264

zusteckten, die sie auf ihren Zimmern diskret geschossen hatten, gab es hinterher keine Probleme mehr. Doch dieser Franzose ...

Ja, sie hatten über Öl gesprochen. Über das Interesse der *Grande Nation*, die Einfuhr über den Atlantik zu verstärken, jetzt, da absehbar war, dass Italien auf deutscher Seite in den Krieg eintreten würde und die Schifffahrtswege aus dem Nahen Osten in Gefahr gerieten.

Doch das war ganz offensichtlich nicht der Grund gewesen, aus dem der Franzose – Claude Lourdon, Sondergesandter seiner Regierung – das Gespräch gesucht hatte. So viel zumindest hatte Paul begriffen. Aber was hatte der ganze Zauber sonst bezweckt? Hatte Lourdon wirklich und wahrhaftig versucht, Paul Richards zu *drohen*? Der Mann war glitschig wie ein Aal, und ohne die Spur eines Zweifels war er mehr als nur Diplomat – Geheimdienst, aber ganz anders als die Jungs vom Office of Strategic Services oder gar J. Edgar Hoovers Truppe, der man ihren Job schon aus zehn Meilen Entfernung ansah. Und bei der man zumindest wusste, woran man war. Dieser Franzose hingegen ...

Ob Monsieur Richards die Dame denn nun eigentlich gefunden habe, nach der er heute Nachmittag auf der Suche gewesen sei. Nein? Das sei schade, aber vielleicht nicht einmal überraschend auf einer solchen Reise. Ganz sicher wisse man auf dieser Fahrt doch bei niemandem, mit wem man sich gerade einlasse. Zuweilen sei es da einfach klüger, die Dinge auf sich beruhen zu lassen. Monsieur Richards müsse sich hier überhaupt keine Sorgen machen. Lourdons Mitarbeiter hätten ein besonderes Auge auf *außergewöhnliche Vorgänge* an Bord.

Ein Auge auf Paul? Auf die Frau? Auf Petrowitsch und den jungen Romanow? Was hatte der Mann zum Ausdruck bringen wollen? Er ließ sich nicht packen, aber zwei Dinge standen jedenfalls fest: Die Franzosen beobachteten sehr genau, was im Zug vor sich ging. Und Lourdon schien es ganz und gar nicht zu passen, wenn Paul das ebenfalls tat.

Dass Paul Richards sich davon nicht beeindrucken ließ, verstand sich von selbst. Eher hatte seine Neugier noch zugenommen. Unter dem Strich hatte das merkwürdige Gespräch im Salonwagen nur ein

Ergebnis gehabt: Das Puzzlespiel um das Verschwinden der Frau im beigefarbenen Kleid war um ein bizarr geformtes Teil reicher geworden.

Paul verharrte vor der Tür zu seinem Abteil. Als er sich von Vera verabschiedet hatte und Guiscard in den Salonwagen gefolgt war, war sie schon wieder müde gewesen. Er vermutete, dass sie sich vielleicht noch einmal hingelegt hatte, bevor sie Postumia erreichten. Jetzt war es nicht mehr weit bis zum Halt. Er konnte im Speisewagen auf sie warten und noch einen Moment über die neuesten Entwicklungen nachdenken.

Er stieß die Tür zum *Non Fumoir* auf. Im ansonsten menschenleeren Salon saß Eva Heilmann und starrte auf eine Zeitung, die vor ihr auf dem Tisch lag. Beim Lunch hatte das junge Ding ihm beinahe leidgetan. Es war unübersehbar gewesen, dass ihr ganz andere Sachen durch den Kopf gingen als der König von Carpathien.

«Hallo, Miss Heilmann», sagte er freundlich und tippte sich mit zwei Fingern an die Schläfe. «Na? Ist der Verlobte wieder aufgetaucht?»

Blinzelnd sah sie auf. «Wie? – Ja», murmelte sie. Und starrte wieder auf die Zeitung.

Paul hob die Augenbrauen. *So schlimm?* Auf der Suche nach dem Kellner öffnete er die nächste Tür – und blieb verblüfft stehen. Auch das *Fumoir* war fast leer. Mit Ausnahme des Kellners hinter der Bar befand sich exakt eine Person in dem großen Raum: Evas Verlobter, der Junge mit der Nickelbrille. Er saß aufrecht an einem der Tische, die Nase in ein Buch vergraben. Sein Rücken wies zur Trennwand, hinter der sich der Salon mit Eva verbarg. Kopfschüttelnd ließ Paul sich ein paar Tische entfernt von ihm nieder und bat den Kellner um ein Glas Bourbon.

Er sah auf den leeren Tisch, als lägen dort die einzelnen verwirrenden Puzzleteile ausgebreitet: die Franzosen. Petrowitsch. Der junge Romanow. Die unbekannte Frau im beigen Kleid. Das Blut.

Angenommen, das Blut an der Kleidung der beiden Russen stammte von der Frau. Angenommen, die beiden hatten sie getötet und irgendwie aus dem Zug verschwinden lassen ... oder Petrowitsch hatte sie getötet und Alexej Romanow deckte ihn. Was war das Motiv? Sex?

In Amerika war Sex immer ein Motiv, und in dieser Beziehung konnten selbst die Europäer nicht wesentlich anders ticken. Unwillkürlich begannen seine Finger einen Rhythmus auf der Tischplatte zu trommeln. *Tapp-tapp-tapp-tapp.* Irgendwie musste er ...

Seine Hand hielt mitten in der Bewegung inne. «Sie beobachten mich», stellte er fest.

Schweigen.

Langsam drehte er sich um. Der Junge mit der Nickelbrille saß auf seinem Platz, das Buch aufgeschlagen auf dem Tisch. Und tatsächlich sah er in Pauls Richtung – mit offenem Mund.

«Sie wollen wissen, woher ich das weiß?», fragte Paul.

Der Junge zwinkerte, nickte dann wortlos.

«Sie haben sich nicht in der Fensterscheibe gespiegelt, falls Sie das glauben», erklärte Paul. «Das war nicht nötig. – Spielen Sie? Poker? Chemmy?»

Blinzeln. «Jetzt?»

Paul schüttelte den Kopf. «Ich habe in Galveston gespielt. – Eine Menge Dummköpfe da, die sich nicht drum kümmern, was in ihrem Rücken vorgeht. Aber wenn man eine Weile dabei ist, bekommt man ein Gespür dafür.»

Der andere sagte kein Wort.

«Verraten Sie mir, warum Sie mich beobachtet haben?», erkundigte sich Paul.

Der Adamsapfel des jungen Mannes bewegte sich. «Das war wegen ...» Er sah auf den Tisch. «Na ja», murmelte er. «Honegger.»

Paul hob die Augenbrauen. «Wer ist Honegger?»

«Ein ... ein Komponist. – Das, was Sie da gerade ...» Er klopfte mit den Fingerspitzen auf seinen Tisch. «Der Rhythmus. – Arthur Honegger: *Pacific 231*, symphonischer Satz Nr. 1. Honegger hat versucht, den Atem einer Dampflokomotive einzufangen. Eine Ode an den Zugverkehr, wenn Sie so wollen.»

Will ich das? Paul schüttelte den Kopf. Ohne es zu merken, hatte er einfach den schnaufenden Rhythmus des Zuges mitgetrommelt. Reichte hierzulande offenbar aus für eine Musikkarriere.

267

«Tja ...» Der Junge strich über die Seiten seines Wälzers. «Also ...
Wirklich: Es tut mir leid. Ich wollte Sie nicht ...»

Paul stand auf, trat zu ihm an den Tisch. «Paul Richards», sagte er,
streckte ihm die Hand entgegen. «Aus Longview, Texas. Wahrscheinlich müsste uns irgendjemand einander vorstellen, aber ich sehe gerade niemanden, der in Frage käme.»

«Oh.» Der Junge erhob sich ebenfalls. Paul war sich nicht ganz sicher: Hatte er bei einer bestimmten Bewegung Schmerzen? «Ludvig
Mueller – aus Michigan. Oder nein, aus Princeton im Moment. Ich
bin Wissenschaftler. Also demnächst bin ich Wissenschaftler.»

Michigan? Paul schüttelte die Hand. Der Händedruck war nicht so
butterweich, wie er befürchtet hatte, aber Michigan? Dieses Bübchen
war im Leben kein Amerikaner. Sein Englisch war flüssig, aber nicht
die Sprache eines Menschen, der mit ihr aufgewachsen war. Allerdings traf das auf einen erheblichen Teil der Einwohner der Vereinigten Staaten zu, dem Immigration Act zum Trotz. Paul betrachtete ihn.
Ein Bücherwurm. Den Studenten nahm er ihm so selbstverständlich
ab, wie er ihm den geborenen Amerikaner nicht abnahm. «Arbeit für
Ihr Studium?», fragte er und nickte auf das aufgeschlagene Buch.

«Das?» Ludvig Mueller zögerte. «Ja, irgendwie schon. – Ich nehme
nicht an, dass sie schon mal von den sizilisch...» Er kniff die Augen zusammen, schien Paul einen Moment lang nachdenklich zu mustern.
«Nein, vermutlich nicht.»

Was immer er hatte sagen wollen, blieb im Dunklen. Unter dem
Buch schaute noch etwas anderes hervor, großformatig und mit chaotischen Zeichen bedeckt. Ganz kurz musste Paul an Lourdons Worte
denken: Jeder auf dieser Reise konnte etwas vollkommen anderes sein,
als er zu sein vorgab. – Eine codierte Botschaft? Codiert oder nicht:
Auch der denkbar dümmste Spion würde ein so auffälliges Stück nicht
halb offen auf dem Tisch herumliegen lassen.

«Ich beschäftige mich mit dem Mittelalter», erklärte Ludvig. «Eine
spannende Zeit damals, wirklich! Seltsam, dass sich das so wenige
Leute vorstellen können. Nehmen Sie doch nur mal uns hier im Zug:
sechsundfünfzig Stunden von Paris nach Konstantinopel, wenn Sie

darüber einmal *nachdenken!* Haben Sie eine Vorstellung, wie lange das im Mittelalter gedauert hätte?»

Paul zog die Stirn kraus. «Ein paar Wochen?»

«Ein paar *Monate!*», verkündete Ludvig triumphierend. «Im besten aller denkbaren Fälle. Und da haben Sie noch nicht einmal berücksichtigt, was Ihnen unterwegs alles passieren kann: Seuchen, weggespülte Brücken, Überfälle durch Kalmücken, Magyaren, Tartaren, Awaren, Bulgaren. Heute alles kein Thema mehr. Na ja, bis auf die Überfälle hin und wieder. – Was für eine Quälerei muss das gewesen sein!»

Paul gab keine Antwort. Er hatte nicht den Eindruck, dass der junge Mann tatsächlich mit einem Kommentar rechnete.

«Ganz anders als heute. Beschwerlicher. – Aber dann doch irgendwie auch ... einfacher?» Es klang wie ein Vorschlag.

Paul hob die Schultern.

«Irgendwie», murmelte Ludvig, «muss alles sehr viel einfacher gewesen sein als heute.»

Mit einem Mal tat Paul der Junge leid. Ludvig Mueller hätte ihn im Leben nicht von sich aus angesprochen, und doch glaubte er zu spüren, wie er geradezu nach einem Gespräch von Mann zu Mann gierte. Ein richtiges Gespräch, kein akademischer Vortrag über Brücken voll Kalmücken. Der Junge wusste einfach nicht, wie er das anstellen sollte.

«Alles?», fragte Paul.

«Wie? Ja, äh ... Alles. Das Leben. Wenn man mal richtig darüber nachdenkt: was man so alles falsch machen kann, im Leben ...»

Deutete er ein Nicken über die Schulter an, in Richtung Nebensalon? Egal. Es musste fürchterlich sein, in diesem Europa jung zu sein. All dieser angestaubte Luxus, dieses angelaufene Messing, dieses *Alter.* Überall ungeschriebene Benimmregeln, die kein denkender Mensch durchschauen konnte. Leute, die mit Hoheit und Hochwürden angesprochen werden mussten, vier Sorten Besteck zu einem *zwanglosen* Dinner. Ein falsches Wort, und schon war der Schaden angerichtet, bevor man auch nur begriff, womit man einen Fehler gemacht hatte.

Und plötzlich saß man mutterseelenallein im *Fumoir* und die Verlobte einen Raum weiter mit einem Gesicht, als wäre ihr das zuckende Herz aus dem Leibe gerissen worden. Weil man vielleicht mit einer Krawatte zum Frühstück erschienen war, die nicht zu den Manschettenknöpfen passte.

«Sie denken eine Menge nach, Ludvig», bemerkte Paul. «Kann das sein?»

«Na ja, ich bin Student. Da muss man viel nachdenken.»

«Denken Sie nicht, dass man es damit auch übertreiben kann?», fragte Paul. «Mit dem Denken?» Er hob die Hand, als Ludvig den Mund öffnete. «Soll ich Ihnen mal eine Geschichte erzählen?»

Diesmal warf der Junge ganz eindeutig einen Blick über die Schulter.

Die Tür blieb geschlossen, und Paul wagte zu vermuten, dass sie auf alle Zeit geschlossen bleiben würde, wenn es nach Eva Heilmann ging.

«Ich hab die Tür im Blick», versprach er und verkniff sich ein Lächeln.

«Wie? – Danke.» Der Junge sah auf seine Hände. «Was wollten Sie mir denn erzählen?»

Paul sah sich selbst kurz um, aber der Kellner war verschwunden. Ein Glas Bourbon schien ein außergewöhnlicher Wunsch zu sein im Orient Express. «Etwas, das mir selbst passiert ist», erklärte er. «Als ich ungefähr so alt war wie Sie, habe ich in einem Automobilwerk gearbeitet. Eins der großen Werke in Detroit. Es war die Zeit der großen Streiks damals; Sie sind zu jung, um sich dran zu erinnern.» Ludvig nickte – eher aufmerksam als zustimmend. Kein Hinweis, ob er je von den Streiks gehört hatte, die um ein Haar die gesamte Automobilindustrie der Staaten lahmgelegt hätten. «Mehr als die Hälfte unserer Belegschaft ist damals einfach zu Hause geblieben», fuhr Paul fort. «Einige von ihnen, weil sie der Meinung waren, dass sie zu wenig Geld bekamen. Aber die meisten hatten einfach Schiss, dass ihnen die Schläger von der Gewerkschaft das Kreuz brechen würden, wenn sie trotzdem an die Maschinen gingen. – Ich jedenfalls habe weiter auf meinem Platz gestanden. Und das, obwohl ich dieses Gefühl durchaus auch hatte: das Gefühl, zu wenig Geld zu bekommen. Nur gibt es da eine ganz gute Methode, mit der man was dagegen tun kann: Man muss einfach dafür sorgen, dass man mehr verdient.»

«Aber ...»

Paul ließ ihn nicht zu Wort kommen. «Nach ein paar Tagen war unsere Maschine im Eimer. Wir – diejenigen, die in der Halle noch an der Arbeit waren – waren uns einigermaßen sicher, woran das lag: Diese großen Apparate müssen regelmäßig gewartet werden – hier ein paar Tropfen Öl, da ein paar Schrauben nachziehen, solche Sachen. Doch der Mann, der in unserer Halle dafür zuständig war, war draußen bei den Streikenden.»

«Mist», murmelte Ludvig. Vermutlich ein ziemlich rüdes Wort für seine Verhältnisse.

«Also kam der Betriebsleiter zu uns in die Halle und erzählte uns, dass wir weiterarbeiten müssten, unter allen Umständen. In einem so großen Werk greifen die einzelnen Arbeitsprozesse ineinander ...» Paul hob die Hände, bewegte sie halb geöffnet gegeneinander, um das Bild zu verdeutlichen. «Wie Zahnräder. Wenn wir unsere Maschine nicht wieder zum Laufen kriegten, werde die Fabrik ihre Produktion einstellen müssen – und das kam natürlich nicht in Frage. Dann hätten die Gewerkschafter gewonnen. Keine schönen Aussichten für uns, die bei ihrem Streik nicht dabei waren.» Er holte Luft. «Also fragte uns der Betriebsleiter, ob sich einer von uns zutrauen würde, die Maschine zu reparieren.»

«Aber Sie meinten doch gerade ...»

«Daraufhin habe ich mich gemeldet.»

«Sie wussten, wo das Öl ... und die Schrauben ...»

Paul schüttelte den Kopf. «Nein», sagte er. «Ich hatte nicht die Spur einer Ahnung, oder ... Gut, ich hatte eine gewisse Vorstellung, aber mehr auch nicht. Es hätte gut passieren können, dass ich die Maschine endgültig ruiniert hätte. In diesem Fall hätte die Produktion nicht einmal dann wieder anlaufen können, wenn die Betriebsleitung den Gewerkschaften nachgegeben hätte. Womöglich hätte das ganze Werk dichtmachen müssen; die Arbeiter hätten ihre Jobs verloren, die Anleger ihr Kapital.»

«Und ...» Ludvig räusperte sich. «Und Sie?»

Paul hob die Schultern. «Der Eriesee ist tief», bemerkte er und senkte die Stimme. «Mit Beton an den Füßen.» Er verzichtete darauf, zu erwähnen, dass er seine Habseligkeiten an diesem Tag bereits gepackt hatte. Wäre er zu dem Schluss gekommen, dass die Maschine tatsächlich im Eimer war, wäre er bereits zwei Bundesstaaten weiter gewesen, bevor der Betriebsleitung das aufgegangen wäre.

«Hier ein paar Tropfen Öl, dort ein paar Schrauben», schloss Paul. «Am Ende konnte ich die Maschine reparieren, und die Produktion konnte weitergehen. Der Streik war gescheitert. Als er vorbei war, gab es genau einen Menschen im Werk, der mehr verdient hat als vorher.» Eine winzige Pause. «*Wesentlich* mehr.»

Der Kellner kam herein und brachte tatsächlich den Bourbon. Paul nahm einen tiefen Schluck.

«Weil ich nicht nachgedacht habe, Ludvig.» Aufmerksam sah er den Jungen an. «Weil ich es einfach *gemacht* habe.» Mit dem zweiten Schluck leerte er das Glas. «Und ganz genauso ...», fügte er hinzu. «Ganz genauso funktioniert es auch mit den Frauen.»

Ludvig Mueller starrte ihn an. Starrte ihn an, als ob er darauf wartete, dass noch etwas kam. Erst nach ein paar Sekunden richtete er sich schweigend auf.

Mit einem Seufzen blickte Paul in das leere Glas. Kein Kommentar von dem Jungen. Vermutlich musste er erst in Ruhe nachdenken.

***

Anfahrt auf die Grenzstadt Postumia – 26. Mai 1940, 19:14 Uhr
CIWL Lx 3509 *(Vorderer Schlafwagen). Doppelabteil 6/7.*

«Puh! Puh!»

Keuchend zog sich Ninotschka an Alexejs Oberschenkel empor, verharrte dort einen Moment lang flach ausgestreckt, bevor sie seine Hüfte in Angriff nahm.

«Puh! Puh! – Das Essen im Speisewagen ist ess-kvi-sit!», verkündete die kleine Elena und hob die Puppe ein Stück an. «Ninotschka ist
gaaaaaaanz dick geworden.»

So dick wie mein Schädel, dachte Alexej. Immer noch.

Zumindest aber war ihm nicht mehr schlecht, und er hatte nicht
länger den Eindruck, als wäre alles viel zu deutlich: zu laut, zu grell,
was auch immer. Die Vorhänge vor der Damenhälfte des Abteils waren
geschlossen; so ließ es sich ertragen. Selbst wenn er als Klettermassiv
für die Puppe seiner kleinen Schwester herhalten musste.

Nicht zum ersten Mal kam ihm der Gedanke, was Constantin Alexandrowitsch eigentlich davon halten mochte, dass seine Tochter ihre
liebste Gefährtin nach einer sowjetischen Politkommissarin getauft
hatte. Selbst wenn es nur eine Politkommissarin aus einem Film mit
der Garbo war.

«Puh! Puh!» Die Puppe hatte jetzt seinen Bauch erreicht – und sie
musste wirklich zugelegt haben.

«Bitte nimm Ninotschka mal runter», sagte er leise. «Wolltet ihr
beide nicht noch was malen?»

Die Kleine schüttelte ernst den Kopf. «Viel zu dunkel.»

«Und wenn du die Vorhänge ein Stück aufziehst? Das kannst du
doch schon, oder?»

«Hmm?» Elena legte den Kopf auf die Seite, und Alexej musste ein
Kichern unterdrücken. Die kritisch gehobenen Augenbrauen ihrer
Mutter beherrschte seine kleinste Schwester eins zu eins. Genau wie
den Tonfall, selbst wenn es mit den Wörtern noch haperte: ess-kvi-sit!
Eine Kopie von Katharina Nikolajewna im Miniaturformat. Wie bei
einer russischen Matrjoschka.

Das kleine Mädchen tat ihm den Gefallen und verzog sich mitsamt
der Puppe zu ihrem Zeichenblock und den Buntstiften, die auf dem
kleinen Tisch vor dem Fenster ausgebreitet waren.

Elena und er hatten die ursprüngliche Damenhälfte des Doppelabteils für sich. Die Tür zur Herrenhälfte war angelehnt, aber nicht
geschlossen. Katharina und Xenia hatten die Kabine verlassen, um in
den Quartieren der Carpathier Xenias zukünftigen Ehemann aufzu-

suchen und die Begegnung vom Frühstück nachzuholen. Der Großfürst dagegen war in der Herrenhälfte zurückgeblieben, doch jetzt
war er dort nicht mehr allein. Von dem, was Alexej bisher hatte hören
können, musste es sich bei dem Besucher um einen Vertrauten König
Carols handeln. Alexej lauschte.

«Nein, Graf.» Das war Constantin Alexandrowitsch. «Das kann ich
nicht nachvollziehen. – Wir haben uns in den vergangenen Wochen
ein wenig kennengelernt, denke ich, und mit Sicherheit werden Sie
mir keine übertriebenen Sentimentalitäten unterstellen. Doch wie Sie
wissen, ist der König für meine Tochter bis zu diesem Zeitpunkt ein
vollständig fremder Mensch. Morgen soll sie ihn heiraten, und da soll
es unmöglich sein, dass sie heute Abend das Diner zusammen einnehmen?»

«Kaiserliche Hoheit ...» Das war der andere, doch Alexejs Vater war
noch nicht fertig.

«Natürlich ist meine Tochter Russin», stellte der Großfürst fest.
«Und sie wird sich am Ende den Wünschen ihres Vaters fügen. – Das
bedeutet allerdings nicht, dass sie nicht möglicherweise Erwartungen
hegt, die eine junge Frau vor einer Generation noch nicht gehegt hätte. Ich hatte eigentlich vermutet, dass Ihrem König die Erwartungen
junger Damen vertraut sind.»

Alexej konnte die beiden Männer nicht sehen. Die Stimme seines
Vaters blieb sachlich wie immer, aber er war sich sicher, dass der Carpathier bei Constantin Alexandrowitschs letzter Bemerkung zusam-
mengezuckt war. Zu deutlich spielte sie auf Carols Vorleben in Paris
an.

«Kaiserliche Hoheit.» Ein Räuspern. «Sie müssen verstehen, dass
seine apostolische Majestät auch im Interesse Ihrer Tochter handelt.
Wenn sie erst an seiner Seite in Kronstadt auf dem Thron sitzt, werden ihr die Vorbereitungen zugutekommen, die der König heute
Abend trifft. Die Staatskasse zu sanieren kann nur ein erster Schritt
sein. Wenn dieser Abend aber verläuft, wie wir es uns erhoffen, könnten all unsere Pläne – unsere gemeinsamen Pläne, kaiserliche Hoheit –
sehr viel schneller zur Reife gelangen, als wir das bisher auch nur für

möglich gehalten haben. Carpathien ist reich an Bodenschätzen, und wir werden diese Bodenschätze, die unerschlossenen Ölvorkommen, brauchen, wenn wir dem Balkan in Zukunft unseren Stempel aufdrücken wollen. Und wir werden sie rasch brauchen, bevor den Sowjets oder ...» Er senkte die Stimme. «Oder auch den Deutschen klarwird, welche Gefahr für ihre beherrschende Stellung heraufzieht. Die Erschließung der Ölfelder ist aber nicht denkbar ohne jemanden, der über die finanziellen Mittel hinaus auch über das Wissen, die Erfahrung und die Kontakte verfügt, um die Bohrlizenzen tatsächlich ...»

«Am unverständlichsten ist mir im Übrigen, warum auch noch diese Tänzerin dabei sein muss.»

Der Graf hüstelte. Schließlich ein leises Geräusch, fast ein Seufzen. «Darf ich offen sprechen, kaiserliche Hoheit?»

«Ich war davon ausgegangen, dass Sie das die ganze Zeit tun.»

Schweigen. Alexej hatte sich auf die Ellenbogen gestützt, horchte. Ein neues Geräusch, undeutlich, aber beinahe *pfeifend*. Es hätte von der Zugmaschine stammen können, doch vermutlich war es der carpathische Graf, der den Atem ausstieß.

«Nun ...» Der Carpathier. «Heute Nachmittag ist mir von einem der Zugkellner eine Information zugetragen worden, die mich zum Nachdenken gebracht hat: Miss Marshall, so erfuhr ich, beabsichtige, heute mit den beiden Richards zu dinieren. Was ich Ihnen eben erläutert habe, hatte ich zu diesem Zeitpunkt bereits erkannt: Richards ist genau der Mann, der all unsere Probleme lösen kann. Es ist wie ein Wink des Schicksals, dass er im Express sitzt. Es wäre jedoch unklug, direkt auf ihn zuzugehen, ihm die Situation offen darzulegen. Richards ist Amerikaner, und diese Leute sind *besessen* vom Geld, vom Prinzip von Angebot und Nachfrage. Wenn ihm klarwürde, wie sehr wir ihn brauchen, könnte er uns jede Bedingung diktieren, die ihm nur in den Kopf kommt. Wäre es unter diesen Umständen nicht klüger, auf dem Umweg über Miss Marshall, wie durch Zufall ...»

«Die Marshall steht auf Ihrer Gehaltsliste?»

«Nein.» Zögernd. «Das nicht. Doch wie Sie selbst schon angedeutet haben, genießt seine apostolische Majestät bei den Damen ...» Die

275

Stimme bewegte sich tastend. «... einen gewissen Ruf. – Als er auf meine Bitte hin bei Miss Marshall ein wenig antichambriert hat, hat sie schließlich von sich aus den Vorschlag gemacht, das Diner auf vier Personen auszudehnen. Genau wie ich gehofft hatte.»

«Und Richards hat eingewilligt?»

«Oh ...» Einen Moment lang klang der Graf amüsiert. «Ich bin nicht einmal sicher, ob er überhaupt schon davon weiß. Doch er wird nur zu gerne einwilligen. Wie der Kellner uns versichert hat, ist Richards' junge Frau geradezu versessen darauf, den König ...»

«Graf.» Constantin Alexandrowitsch hörte sich alles andere als amüsiert an. «Ich bin im Zweifel, ob mir die Art und Weise dieser Diplomatie gefällt. – Nicht, dass ich das Vorgehen als solches missbillige. Die Schwächen der Frauen und die Schwächen von Männern *für* Frauen haben schon die eine oder andere entscheidende Wendung in der Geschichte herbeigeführt. Aber ist es nicht so, dass Sie über keinen eigenen Geheimdienstapparat mehr verfügen?»

Der Carpathier schien etwas einwerfen zu wollen, Constantin Alexandrowitsch ließ ihn nicht zu Wort kommen. «Haben Sie die Beteiligten durchleuchtet? Die Richards? Den Kellner? Wenn die Tänzerin nicht auf Ihrer Gehaltsliste steht, wie wollen Sie sichergehen, dass sie nicht für die Franzosen arbeitet? Oder für die Engländer? Womöglich gar für ihr eigenes Land.»

«Ich ...»

«Bitte? Ich höre?»

«Ich glaube, dass Sie Miss Marshall falsch einschätzen, kaiserliche Hoheit. Ganz zweifellos hat sie eigene Interessen, die indes mit Sicherheit nicht politischer Natur sind. Jedenfalls kann ich beim besten Willen nicht erkennen, dass sie gegen uns arbeiten würde. Erinnern Sie sich, wie sie sich heute Morgen der Verletzung Ihres Sohnes angenommen hat ...»

Der Mann sprach noch weiter, doch Alexej ließ sich flach in die Polster zurückfallen. Bis zu diesem Moment war er dem Gespräch mit einer Art beinahe widerwilliger Bewunderung gefolgt. Das Feld der Diplomatie war ein Gebiet, auf dem Constantin Alexandrowitsch sich auskannte. Carols Vertrauensmann hatte dem wenig entgegenzusetzen. Doch dann war das Geräusch gekommen. Das Geräusch, das sein Vater ausgestoßen hatte, als der Graf die Verletzung seines Sohnes erwähnt hatte. Ja, Alexej spürte die Verletzung. Aber nicht seine Schläfe war es, die jetzt schmerzhaft pochte. Nicht der Schlag, den Boris Petrowitsch ihm versetzt hatte.

Es war die Geringschätzung, die Verachtung, die aus dem grunzenden Laut sprach. *Mein Sohn? Mein Sohn, der nichts Besseres zu tun hatte, als irgendeine Uniform anzuziehen, um in einen Krieg zu ziehen, der Russland nichts angeht? Mein Sohn, der sich den Krieg sogar sparen kann, weil er sich ganz ohne Feindeinwirkung den Kopf an einer Kloschüssel anschlägt! Mein Sohn, der zu weich ist.* Genauso gut hätte er es laut aussprechen können.

Doch dieses Mal täuschte sich Constantin Alexandrowitsch.

Alexej sah starr gegen die Wand, auf die hellen Einlegearbeiten im dunklen Holz, die in jedem der Abteile minimal variierten, jede von ihnen ein Kunstwerk für sich. Verziert und gekünstelt. Der letzte Überrest der in Todeskrämpfen zuckenden Alten Welt. Der Orient Express war in Bewegung, versuchte der Vernichtung zu entkommen, die über Europa hereinbrach. Doch das würde ihm nicht gelingen. Zu sehr war er Teil der in Stücke brechenden Vorkriegswelt, und alles an ihm war falsch. An diesem Leben, wie Alexej Constantinowitsch es seit seiner Geburt gekannt hatte.

Doch nun hatte er etwas kennengelernt, das echt war. Es war hart und brutal, vielleicht sogar hässlich, aber es war die Wahrheit. Und irgendwo im Osten, der für Alexej weniger war als eine Erinnerung, gab es ein Land, das sich der Härte der neuen Wirklichkeit stellte. Ein Land, von dem er ein Teil war und immer ein Teil gewesen war. Boris Petrowitsch hatte ihm die Augen geöffnet. Boris, dessen Kampf nicht auf einem Reißbrett stattfand, auf dem man Menschen wie Schachfiguren hin und her schob. Für Russland? Für Carpathien? Oder doch immer nur für das, was den eigenen Interessen gerade am besten diente? Nein, Boris Petrowitsch kämpfte für etwas, für das es sich zu kämpfen lohnte, und nichts anderes spielte daneben eine Rolle. Am allerwenigsten er selbst und seine persönlichen Wünsche. Denn persönliche Wün-

277

sche, Schwächen und Rücksichten waren etwas, das Boris Petrowitsch nicht kannte. Sein Leben war nur einer Aufgabe geweiht: Russland. Und da hatte ausgerechnet Constantin Alexandrowitsch seinem Sohn erklären wollen, was Russland war? Nein, kein Mensch wäre dazu weniger in der Lage gewesen. Russland war stark. Hatte es nicht sogar die Stärke besessen, die eitrige, nässende Wunde aus seinem Fleisch zu schneiden, deren Name Romanow war?

Du täuschst dich, Constantin Alexandrowitsch.

Vater, du kennst mich nicht.

***

Einfahrt in Postumia – 26. Mai 1940, 19:51 Uhr
CIWL Lx 3509 *(Vorderer Schlafwagen). Kabinengang.*

Der Zug bremste. Das Geräusch der eisernen Räder auf dem Stahl der Schienen hatte sich verändert. Zum Stampfen und Grollen der Maschine hatte sich ein hohes Quietschen gesellt. Der Sog der Fahrt, den man nach kurzer Zeit nicht mehr zur Kenntnis nahm, schien sich für die Dauer des Bremsvorgangs in sein Gegenteil zu verwandeln: ein Schub nach vorn, zur Spitze des Zuges hin, den langgestreckten Gang hinab, wo die letzten Strahlen der tiefstehenden Sonne im Kampf gegen die mächtiger werdenden Schatten ein verwirrendes Wechselspiel auf das polierte Holz malten.

Boris Petrowitsch spürte den Schub. Es gelang ihm, sich seiner Macht zu verweigern, doch nichts war jetzt noch selbstverständlich, nicht der sichere Stand seiner Füße auf dem Flor des Teppichs, nicht der Griff seiner Finger, die auf dem glänzenden Messing lagen.

Niemand würde es wahrnehmen, doch etwas tief in seinem Innern war erschüttert. Er hätte die Kabine durchsuchen müssen. Die Frau einschüchtern, sie besinnungslos schlagen und jedes Gepäckstück auf links kehren müssen. In den Ritzen zwischen den Polstern nachsehen, unter den Bodenleisten, am Porzellan hinter der Verkleidung. Ja, die

278

Waschecke war der wahrscheinlichste Ort. Das wahrscheinlichste Versteck für die Steine.

Katharina Nikolajewna hätte ihm keine Schwierigkeiten gemacht. Sie hätte geschwiegen, wie auch ihr Sohn auf alle Ewigkeit über die Vorgänge im WC schweigen würde. Sie hätte geschwiegen, weil Boris sie zu seiner Komplizin gemacht hatte, ohne viel mehr dafür tun zu müssen, als den Dingen ihren Lauf zu lassen. Mutter und Sohn: Alle beide hatten sie etwas getan, das unvereinbar war mit den starren Gesetzen und Regeln ihrer kapitalistischen und bourgeoisen Welt. Sie hatten eine Grenze überschritten, und in ihrer Welt gab es keine Entschuldigung dafür, keine Erklärung, keinen Weg zurück. Sie waren an Boris Petrowitsch gekettet, jeder auf seine Weise.

So hätten die Dinge aussehen können. Stattdessen ...

Mit einem heiseren, unterdrückten Laut war Boris über Katharina Nikolajewnas Körper zusammengesackt, hatte durch mehrere Lagen ihres schweren Kleides die undeutliche Wärme ihres blassen Leibes gespürt. Die Hitze ihrer Schenkel dort, wo ihre nackten Körper sich berührten. Durch die geschlossene Tür die halblauten Stimmen Alexej Constantinowitschs und seiner Schwester, die nach einer Weile verstummt waren, als eine Tür sich geöffnet und wieder geschlossen hatte und Xenia Constantinowa die Damenhälfte des Abteils verlassen hatte, ohne die Zwischentür geöffnet zu haben.

Sekundenlang hatte Boris bewegungslos verharrt, bis er sich aufgerichtet, seine Hose hochgezogen, den Gürtel geschlossen hatte. Katharina hatte abgewartet, ohne sich zu rühren, flach auf dem Bauch liegend, bis er wieder vollständig angezogen war. Erst dann hatte sie sich erhoben, den Rücken zu ihm, ihre Leibwäsche geglättet, die Röcke wieder in Form drapiert – und sich zu ihm umgewandt. Ihr Blick war kurz gewesen. Kein einziges Wort war zwischen ihnen gefallen. Er war einen Schritt beiseitegetreten, nein, er war beinahe zurückgestolpert, so weit die Enge des Abteils es zuließ, und er fragte sich, ob sie das bemerkt hatte.

Augen wie Eis, ohne Regung. Er hatte sie besessen. Doch hatte er sie *besiegt*? Ihre Kälte, ihre Macht schien nur noch gewachsen zu sein, und seine ... Nein, es war keine *Angst* vor ihr. Nicht im eigentlichen Sinne. Es war eine Begierde, der Drang, sie zu besitzen, gleich noch einmal und auf der Stelle, und zugleich eine Art ... Respekt? Ehrfurcht? Hoch aufgerichtet hatte sie einmal tief durchgeatmet. Ihre Brüste über dem einschnürenden Mieder hatten sich gehoben und gesenkt, und für Sekunden war das Bedürfnis, sich von neuem auf sie zu werfen, beinahe übermächtig gewesen. Doch der Augenblick war vorbeigegangen. Sie hatte die Tür geöffnet, war auf den Gang getreten, hatte ruhig in beide Richtungen geblickt und sich dann einen Schritt entfernt, um ihm Gelegenheit zu geben, die Kabine zu verlassen.

Und genau das hatte er getan. Er hatte sich den Gang hinab entfernt, den gesenkten Kopf voller Gedanken, die er noch immer nicht sortieren konnte. Er hatte sich entfernt, so rasch, dass es beinahe einer Flucht gleichgekommen war. Aber er hatte dabei, wenn auch mühsam, seine Haltung gewahrt. Er hatte beide Salons des Speisewagens passiert, vorbei an Constantin Alexandrowitsch, der ihm den Rücken zugewandt hatte, während er sein Steak konzentriert auseinandernahm wie die Stellungen der Deutschen bei Tannenberg.

Als Boris sein eigenes Abteil erreicht hatte, war er schwer atmend gegen die Tür gesunken. Sein Puls hatte sich nicht beruhigen wollen. Ein Summen in seinem Kopf und jedes Geräusch zu laut: Schritte auf dem Kabinengang. Wollten sie zu ihm? Wann würden sie kommen? Mit einem Mal war er überzeugt davon gewesen, dass sie kommen würden. Sie *mussten* kommen, wenn Katharina redete, Constantin Alexandrowitsch begriff, was geschehen war. Thuillet und seine Stewards, unterstützt vielleicht von den Franzosen aus dem Salonwagen. Dann, irgendwann, hatten Boris' Reflexe das Kommando übernommen, die stärker waren als sein bewusstes Denken. Er war aufgestanden und zu seinem Koffer gegangen, zu der Pistole, die er im doppelten Boden verwahrte. Mit beiden Händen hatte er sie umfasst und gewartet.

Venedig. Triest. Zwei Mal war der Orient Express langsamer geworden, hatte gestoppt. Für die Passagiere Gelegenheit, den Zug zu verlassen und sich für einige Minuten die Füße zu vertreten.

Es wäre Boris' Chance gewesen. Zwei Chancen. Niemand hätte ihn aufgehalten. Boris Petrowitsch hätte das Unternehmen abbrechen können, es abbrechen *müssen*. Er verfügte über Adressen in beiden Städten. Binnen Stunden hätte er neue Papiere gehabt, ausgestellt auf einen neuen Namen, hätte nach Moskau zurückkehren können. Sicher, er hätte sein Versagen eingestehen müssen, doch was hätte ihn daran gehindert, die tatsächlichen Geschehnisse für seinen Bericht zu manipulieren? Wenn die Steine niemals im Express eingetroffen waren, hätte er auch keine Möglichkeit gehabt, sie an sich zu bringen.

Er wusste natürlich, dass er innerhalb des NKWD auch Feinde hatte, Konkurrenten, die seine wiederholten Erfolge misstrauisch beäugten. Womöglich wäre es da sogar von Vorteil gewesen, wenn er einen Auftrag einmal *nicht* bewältigt hätte.

Doch er war dazu nicht in der Lage gewesen. Die Bahnsteigschilder waren vorbeigezogen, und er war kaum imstande gewesen, die Buchstaben zu deuten. Die Namen spielten keine Rolle. Der grob versäuberte Schnitt in seinem Arm pulsierte, doch das verblasste gegen das verzehrende Brennen in seiner Handfläche – die Wunde, die Katharinas Zähne ihm zugefügt hatten. Sein gesamter Körper war ein Glühen, und dessen Zentrum war der Ort, an dem ihre Körper miteinander verschmolzen waren.

Es war noch nicht vorbei. Es würde niemals vorbei sein, solange der Kampf mit Katharina Nikolajewna Romanowa nicht bis ans Ende ausgetragen war.

Er wartete, starrte den menschenleeren Kabinengang hinab, an dem ihr Abteil lag, während der Zug in den Grenzbahnhof von Postumia einfuhr.

Ein Rucken, als die Räder zum Stehen kamen. Im selben Augenblick öffnete sich eine Abteiltür.

Die Schauspielerin. Ihre Augenbrauen hoben sich kurz, als sie Boris sah. «Mister Petrowitsch», sagte sie kühl.

«Miss ...» Doch sie war schon an ihm vorbei und im Speisewagen verschwunden. Er fuhr sich mit dem Handrücken über die Lippen. Als sein Blick zum Gang zurückkehrte, standen Katharina Nikolajewna und ihre Töchter wenige Schritte vor ihm. Katharinas Haut war weiß wie Porzellan, die Knöpfe des dunklen Kleides bis hart unters Kinn geschlossen.

«Boris Petrowitsch.» Ihre Augen gingen zwei Zentimeter an ihm vorbei. «Wie schön, Sie zu sehen. – Sie warten auf meinen Sohn?» «Ja ...» Er deutete ein Nicken, nein, eine *Verneigung* an, räusperte sich. Wo nahm sie diese Beherrschung her? Was auch immer in ihrem Kopf vorging, musste es nicht intensiv sein, gewaltig? Von anderer Art vielleicht, aber doch ebenso gewaltig wie das, was er selbst fühlte? Musste es nicht ... «Ja», sagte er. «Ich hatte gehofft, dass es ihm besser geht und er vielleicht zum Abendessen in den Speisewagen kommt.»

Jetzt bewegte sie den Kopf, kaum merklich. Ihr Blick traf den seinen noch immer nicht, aber er spürte es in der leeren Luft, den eineinhalb Metern Luxuswagen, die sie voneinander trennten: Wie die Atmosphäre kurz vor Beginn eines Unwetters, aufgeladen mit aufgestauter Spannung, die ein einziger Funke ...

«Dann haben Sie Glück», erklärte Katharina höflich. «Er dürfte gleich hier sein.»

«Soooo.» Eine beleibte Gestalt in dunkler Uniform schob sich in den Kabinengang. «In Postumia werden wir etwas länger haltmachen», verkündete der dicke Steward und legte die Hand auf den Mechanismus, mit dem sich der Ausstieg öffnen ließ. «Wenn die Herrschaften ein paar Schritte an der frischen Luft gehen mögen: Direkt am Bahnhof gibt es einen ganz allerliebsten kleinen Park, beleuchtet selbstverständlich, und ab-so-lut ungefährlich, solange man auf den Wegen bleibt.»

Katharina kniff die Augen zusammen.

«Du hast versprochen, dass ich jetzt ein Eis bekomme!» Das kleine Mädchen meldete sich. Eine Puppe unter dem Arm, zupfte sie am Kleid ihrer Mutter.

«Oh?» Gut gelaunt ging der Steward in die Knie. «Da haben Sie aber wirklich Glück, kleine Mademoiselle! Unser Maître de Cuisine bereitet gerade ein gaaaaanz großes Erdbeersorbet für das Diner heute Abend vor.»

«Ich will aber Schokoladeneis! Jetzt gleich!»

«Elena!»

Boris sah auf. Es war nicht Katharina, die der Kleinen warnend zuzischte, sondern die größere der beiden Romanow-Töchter, Xenia.

«Xenia.» Katharina Nikolajewna straffte sich. «Geh mit deiner Schwester in den Speisewagen. Unser Garçon wird sicher etwas für euch beide tun können.»

«Aber ...», setzte das Mädchen an.

Ein kühler Blick. «Ich habe Kopfschmerzen nach diesem fürchterlichen Tag. Ein paar Schritte an der Luft werden mir guttun.»

Sie sah Boris nicht an, doch er stand noch immer direkt neben ihr.

«Madame Romanowa.» Er bot ihr seinen Arm. «Nach dem Vorkommnis in Domodossola hat Directeur Thuillet uns nahegelegt, uns nicht allein vom Zug zu entfernen, solange wir uns auf italienischem Boden aufhalten. Speziell die Damen nicht. – Diese Warnung gilt doch noch, Monsieur Georges?»

«Wie?» Der Dicke blinzelte. «Ja, natürlich! Verzeihen Sie! Natürlich, Monsieur Petrowitsch.»

Ruhig legte Katharina ihre Hand auf Boris' Arm. Die Berührung sandte Blitze aus Eis durch seinen Körper.

* * *

Postumia – 26. Mai 1940, 19:52 Uhr
CIWL WR 4229 (Speisewagen). Fumoir.

«Wenn das nicht der Mann ist, nach dem ich gesucht habe.»

Paul war eben im Begriff gewesen aufzustehen. Der Zug bremste ab, gleich waren sie in Postumia. Und noch immer keine Spur von Vera.

Und auch dies war nicht Veras Stimme. Beschwingt spazierte Betty Marshall zwischen den Tischen hindurch auf ihn zu. Sie trug einen anthrazitfarbenen Mantel zu einem schwarzen Kleid mit üppigem Faltenwurf über dem Dekolleté, auf den ersten Blick nicht einmal sonderlich spektakulär, doch die Art, wie sie sich bewegte, ihre Ausstrahlung ... *Wow!* Er hatte kein besseres Wort dafür. Kein Mensch hätte sie für ein Jahr älter als dreißig gehalten. Für eine ziemlich umwerfende Dreißigjährige. Eine Frau, die eine Klasse für sich war. «Miss Marshall.» Rasch stand er auf, aber sie winkte ab, sah sich kurz um. Sie waren allein im *Fumoir*. Ludvig Mueller hatte sich vor wenigen Minuten verabschiedet, den Kopf zwischen die Schultern gezogen. Enttäuscht, unübersehbar. Worüber auch immer er sich mit seiner Verlobten in den Haaren gehabt hatte: Hatte er ernsthaft erwartet, dass Eva Heilmann, eine *Frau*, klein beigeben würde?

«Wie gut, dass ich Sie hier treffe, Paul», lächelte Betty und stützte sich wie zufällig auf seinem Tisch ab.

Wenn er nicht auf sie herabblicken wollte, blieb ihm gar nichts anderes übrig, als sich wieder hinzusetzen. Doch was er *stattdessen* zu sehen bekam ... Es war nicht mehr als ein Aufblitzen, doch wer schneiderte solche Kleider? Coco Chanel? Als Betty sich mit der Hand durch die Haare fuhr, war der Moment schon wieder vorbei, aber Paul war sich sicher, wie ein Mann sich nur sicher sein konnte, was er gerade in ihrem Ausschnitt gesehen hatte. Und wenn er sein bisheriges Leben auch keineswegs im Knabenpensionat zugebracht hatte, war es doch in einem derartigen Augenblick, auf eine so beiläufige Art, bei einer solchen Frau ...

«Paul?» Sie war kein Stück näher gerückt. Es war der Klang ihrer Stimme, mehr nicht: als ob sie sein Kinn mit zwei Fingern anhob, es in ihre Richtung drehte. *Sie hören mir zu?* «Wir sind uns noch einig?», fragte sie und legte die Finger auf ihre Handtasche. «Wir beide haben einen Deal. Ein Dinner mit Ihnen und Mrs. Richards.»

«Ja.» Verwirrt sah er sie an. «Natürlich. Wenn Sie ...» Sie wollte doch nicht nachverhandeln? Nicht, dass ein zweiter Hundert-Dollar-Schein ein unüberwindliches Problem gewesen wäre, aber nach *dieser* Eröffnung ...

«Was würden Sie davon halten, wenn ich unsere Runde ein wenig erweitern würde?», erkundigte sie sich, und damit nahm sie ihm den Atem.

Seine Augenbrauen zogen sich zusammen. *Deshalb also diese offen-*

herzige Begrüßung. Sie musste mit irgendjemandem im Zug einen zweiten Deal geschlossen haben, und natürlich war ihr klar, dass das gegen den Sinn ihrer gemeinsamen Vereinbarung verstieß. Der Abend mit der Schauspielerin sollte ein Geschenk für Vera sein – einzig und allein für sie. Wenn plötzlich noch irgendwelche Leute mit am Tisch saßen ...

«Was würden Sie sagen?», fragte die Schauspielerin. «Zu Betty Marshall *und* dem König von Carpathien?»

* * *

Postumia – 26. Mai 1940, 19:54 Uhr
CIWL WR 4229 (Speisewagen). Fumoir.

«So, Darling, da bin ich ... Oh!»

Betty hatte nicht geahnt, was für ein glücklicher Mann Richards war. Sie hatte die fünf neuen Benjamin Franklins gerade in ihrer Handtasche verstaut, als sich die Tür zwischen den beiden Salons öffnete und eine Blondine den Raum betrat, die mindestens fünfzehn Jahre jünger sein musste als Paul. Eine Haut wie Milch und Honig, hohe Wangenknochen, und Betty wollte drauf wetten, dass bei der Oberweite kein Schaumgummi im Spiel war. Betty Marshall fuhr zwar nicht auf demselben Dampfer wie Greta und Marlene oder einige andere Girls in Hollywood, doch das hieß nicht, dass bei einer hübschen Frau gar nichts bei ihr kribbelte. Und bei Vera Richards kribbelte so einiges.

«Miss Marshall.» Paul war schon auf den Beinen. «Ich darf Ihnen meine Frau Vera vorstellen. – Vera, Miss Marshall wird uns heute das Vergnügen machen und das Dinner mit uns einnehmen.»

«Oh!» Die Augenbrauen der jungen Frau hüpften in die Höhe. Unwillkürlich legte sie die Hand auf ihr Kleid: Ein helles Blau – perfekt für eine Frau mit ihrem Teint und diesem unglaublichen Blond; einen cremeweißen Mantel trug sie über dem Arm. Doch es war keine Fra-

285

ge, ob sie passend gekleidet war. Vera Richards gehörte zu den Frauen, die ihr Kleid zu etwas Besonderem machten – und nicht umgekehrt.

«Ach, Paul ...» Sie trat zu ihm, und Betty musste lächeln, als sie sah, wie geschickt Vera auf ihren hochhackigen Schuhen ein Stück in die Knie ging, um sich dann auf die Zehenspitzen zu stellen, als müsse sie sich strecken, um ihm einen Kuss auf die Wange zu hauchen. «Darling, das ist wirklich eine Überraschung. – Miss Marshall.» Sie streckte Betty ihre Hand entgegen. «Ich bin ein Riesenfan von Ihnen seit ... Ach, da müssen wir beide noch zur Schule gegangen sein.»

Betty ergriff ihre Hand, lächelte der jüngeren Frau zu. Ihre Einschätzung stand bereits fest: Vera Richards war eine kluge Frau, und das bestätigte Bettys Erwartungen. Paul war kein Mann, der sich allein von gutem Aussehen blenden ließ. Und Vera beherrschte die Kunst des nicht offen Ausgesprochenen: *Ich bin ein Riesenfan von Ihnen, seit ich zur Schule gegangen bin.* Das waren die *nicht* gesprochenen Worte, und sie waren ein Signal an Paul, den sie gerade bei der Plauderei mit einer attraktiven Dame ertappt hatte: *Dir ist klar, dass diese Frau fünfzehn Jahre älter ist als ich?* Hätte sie den Satz aber laut ausgesprochen, hätte sie Betty damit desavouiert. Diese Klippe hatte sie nicht nur umschifft, sondern im selben Atemzug auch noch ihre eigene Bemerkung ins Spaßige gezogen.

Beachtlich, dachte die Schauspielerin. Und ein Grund mehr, sich auf diesen Abend zu freuen, dem sie nun, da sie das Entscheidende in der Tasche hatte, aufgeräumt entgegensehen konnte. Sie war hin- und hergerissen gewesen, ehe sie eine Entscheidung getroffen hatte: Einerseits war es raffgierig und absolut unangemessen, Paul einen halben Tausender zusätzlich aus den Rippen zu leiern. Und sie wusste ziemlich genau, was man in der amerikanischen Geschäftswelt von Nachverhandlungen hielt. Andererseits bekam er einen mehr als adäquaten Gegenwert. Wenn sie beide Seiten bedachte, war die Sache absolut fair. Und sie brauchte nun einmal dringend etwas wirklich Spektakuläres zum Anziehen, wenn ihre Pläne mit Carol aufgehen sollten. Das schwarze Kleid würde es jedenfalls nicht sein, da war sie sich jetzt sicher. Auf das Kleid hatte der Texaner reagiert. Wenn es für

286

ihn genau richtig war, war es für Carol zu deutlich. Die exquisite kleine Boutique in Postumia befand sich praktisch quer gegenüber vom Bahnhof. Betty hatte sich schon immer gewünscht, sie einmal mit ausreichend Geld in der Tasche zu betreten.

Paul Richards wirkte nach dem neuen Deal jedenfalls alles andere als unzufrieden. Über Veras Schulter hinweg zwinkerte er Betty zu, während er seiner Frau in den Mantel half.

«Sie wollen auch noch ausgehen?», fragte Vera unvermittelt.

Betty war eben dabei gewesen, die Knöpfe ihres Mantels zu schließen. Sie hatte in Postumia schon die eine oder andere unangenehme Überraschung erlebt: Bloß weil in der Poebene bereits die Magnolien blühten, musste das in den Karstalpen noch gar nichts bedeuten.

«Ja?» Plötzlich war ihr nicht wohl bei der Vorstellung, dass Vera womöglich auf die Idee kommen könnte, sich diese schnuckelige kleine europäische Boutique ebenfalls anzusehen. Betty hatte zwar einen untrüglichen Blick dafür, wenn ein Kleid das richtige war. Selbst Cukor hatte ihr am Set die Auswahl überlassen. Doch ihre Garderobe war vermintes Gelände. Sie hasste es, wenn ihr jemand über die Schulter sah. Und prompt ...

«Wollen wir dann nicht zusammen gehen?», schlug Vera gut gelaunt vor. «Sie kennen Postumia doch sicher; der Steward hat erzählt, dass Sie die Strecke häufiger fahren. Sie wissen doch garantiert, wo wir eine Apotheke finden. Dann können Paul und ich uns erst gar nicht verlaufen. Was denkst du, Paul? – Paul?»

Doch Richards war abgelenkt. Im nächsten Moment sah Betty den Grund. Alexej Romanow wirkte noch etwas blass in seiner Kombination aus Abendanzug und turbanartigem Kopfverband, sah aber wesentlich besser aus als am Morgen. Kaum zu glauben bei einem Menschen, der eine derartige Menge Blut verloren hatte. Wenn es tatsächlich Alexej gewesen war, der all dieses Blut verloren hatte. Die Frage, der Betty ihre Bekanntschaft mit Paul verdankte. Sie löste sich von den Texanern und ging lächelnd auf den jungen Romanow zu.

«Ganz vorsichtig, Alexej», sagte sie. «Setzen Sie sich erst mal hin. Wo steckt denn Ihre Familie?»

287

«Das ...» Er ließ sich an einem Zweiertisch nieder. «Das wüsste ich selbst gern. Constantin Alexandrowitsch bespricht noch etwas mit dem König, aber meine Mutter und die Mädchen ...»

Betty Marshall hatte einmal in ihrem Leben zu lange gewartet, und das hatte sie nahezu alle ihre Rücklagen gekostet. Seitdem konnte sie Entscheidungen innerhalb von Sekunden treffen, wenn es sein musste.

Paul Richards hatte auf dieser Fahrt seinen inneren Sam Spade entdeckt. Wenn er auf der Suche nach Antworten war, war Alexej Romanow der Mann, der sie ihm geben konnte. Und mit Vera würde Betty schon fertig werden. Schließlich wollte die Texanerin keine Boutique, sondern eine Apotheke aufsuchen. «Ihre Familie kommt sicher gleich nach, Alexej», sagte sie aufmunternd. «Wahrscheinlich schauen sie sich gerade die Bordküche und das Office an, den Vorratsraum. Das ist immer ein ganz besonderer Höhepunkt für die kleinen Passagiere. – Vielleicht mag Ihnen Mister Richards so lange Gesellschaft leisten?»

Paul hob die Augenbrauen. «Das würde ich wirklich gern, Miss Marshall, aber wie Sie wissen, haben meine Frau und ich in der Stadt noch etwas zu erledigen. – Nein, Vera: Wir beide, und das meine ich auch so. Wir sind noch immer in Italien, und der Chefsteward hat nicht ausgesehen, als ob er Witze macht, als er uns gewarnt hat ...»

«Nun hör aber auf, Darling!» Vera stützte die Hände in die Hüften. «Sehen wir aus wie zwei wehrlose Mademoiselles?»

Paul verstummte, doch Betty sah, dass er immer noch unschlüssig war. Sein Blick ging zwischen Vera und dem jungen Romanow hin und her, verharrte dann bei ihr.

«Ich kann Ihnen versprechen, Paul, dass Sie sich keine Sorgen um Vera machen müssen, solange sie bei mir ist», sagte sie ruhig, kräuselte dann die Lippen. «Sie erinnern sich vielleicht, was ich mit Conrad Veidt gemacht habe?» Sie selbst erinnerte sich vor allem daran, dass Veidt für den Rest des Drehs kein Wort mehr mit ihr gesprochen hatte, nachdem sie sein Kinn etwas zu überzeugend mit dem Stöckelschuh erwischt hatte.

Paul schien einen letzten Moment zu zögern, sah kurz Betty, dann Vera an. «Ich nehme Sie beim Wort, Miss Marshall», brummte er.

* * *

Postumia – 26. Mai 1940, 19:55 Uhr

Der Zug hielt. Einer der Stewards schob den Ausstieg des hinteren Schlafwagens auf. Eva war die Erste, die draußen war, unter ihren Schuhen das feuchte Pflaster des Bahnsteigs. Zugpersonal und Fahrgäste starrten ihr nach, doch das war ihr gleichgültig. Im Grunde war sie bereits unsichtbar. Zumindest für Ludvig.

Nachdem er ins Fumoir gewechselt war, war der Weg für Eva frei gewesen: Abteil zehn, das sie mit Ludvig geteilt hatte. Ihr zerfetztes Abendkleid aus Paris hatte über einem der elegant geschwungenen Bügel mit dem Emblem der CIWL gehangen. Ein Bild des Elends. Mit fliegenden Fingern hatte Eva es übergestreift und das türkisgrüne Kleid auf dem Bügel zurückgelassen. Sollte Ludvig es der Schauspielerin zurückgeben.

Den Rest der Fahrt hatte sie auf ihrem Platz im Salon zugebracht, hatte gebetet, dass Ludvig sich nicht noch einmal dort würde blicken lassen. Doch ihr Gebet war nicht erhört worden. Er hatte die Tür aufgeschoben, sein Buch unter dem Arm, und einen Blick in Evas Richtung geworfen. Vielleicht hatte er ihren Namen genuschelt, vielleicht auch nicht. Das war alles gewesen. *Er hat nicht einmal gemerkt, dass ich wieder diesen Fetzen am Leib trage!* Dann war er für den Rest der Fahrt im Schlafwagen verschwunden.

Als wäre sie bereits unsichtbar. Die anderen Fahrgäste hatten das Kleid natürlich bemerkt, doch das machte keinen Unterschied mehr. Sie war schon fort aus dem Simplon Orient Express. Fort aus Ludvigs Leben.

Stickige Feuchtigkeit hing über dem Bahnsteig. Die Lichter des Bahnhofs spiegelten sich in Pfützen auf dem Pflaster. Es war noch nicht einmal acht, doch über dem Talkessel, in den sich Postumia duckte, türmten sich bedrohliche Wolkengebilde und tauchten die Stadt in ein unwirkliches Zwielicht. Hinter den gezackten Umrissen einer Bergkette zuckte Wetterleuchten. Das abziehende Gewitter oder näherte sich schon ein neues Unwetter der Stadt? Gleichgültig. Jeder Schritt, den sie zwischen sich und den Zug brachte, würde sie freier atmen lassen, der drückenden Schwüle zum Trotz.

Rechts vom klassizistischen Koloss des Bahnhofsgebäudes entdeckte sie einen schmalen Fußweg, der in die Stadt führen musste. Eine Gruppe junger Männer näherte sich von dort; im unbestimmten Licht konnte Eva sie nur undeutlich erkennen. Jedenfalls hatten sie kein Gepäck dabei, waren demnach wohl keine neuen Fahrgäste. Doch der legendäre Zug war immer einen Blick wert. Und dass dieser Abend vielleicht eine der letzten Gelegenheiten war, den Orient Express auf seiner großen Reise zu bestaunen, musste jedem Menschen in Europa klar sein.

Fast gegen ihren Willen blieb Eva stehen, drehte sich langsam um. Der Simplon Orient war ein majestätisch schillerndes metallenes Reptil. Hinter den Fenstern des Speisewagens die Lampen mit ihren farbigen Schirmen, undeutliche Umrisse von Passagieren, die sich zum Diner einfanden. Warme Farben, behagliche Farben. Eine Zuflucht, ein letzter Hort der Sicherheit, als könnten die Stewards mit ihren dunklen Uniformen und polierten Messingknöpfen die Armeen Hitlers, Stalins und Mussolinis fernhalten. Am Ausstieg des hinteren Schlafwagens ...

Vera Richards – und Betty! Gleichzeitig am vorderen Wagen weitere Gestalten: Carol, einer seiner Gardisten, Graf Béla und ... Sie kniff die Augen zusammen ... Fitz-Edwards, der sich suchend umsah? Hastig wandte sich Eva um und ging auf den Durchgang zu. Die jungen Männer schienen einen Augenblick zu zögern, bevor sie zur Seite wichen. Im nächsten Moment war Eva hinter der Ecke des Gebäudes außer Sicht und stieß den Atem aus.

Sie hatte keinen Plan, nach wie vor nicht. Sie hatte die Münzen in ihrem Portemonnaie gezählt und war sich recht sicher, dass sie für ein paar Tage in einer günstigen Pension reichen würden, aber gewiss nicht länger. Zumindest aber besaß sie noch immer ihre Uhr, das Geschenk ihres Vaters zu ihrem vierzehnten Geburtstag. Bevor die Nazis die Macht übernommen hatten, waren die Heilmanns keine armen Leute gewesen. Mit Sicherheit konnte das Geld sie eine Weile über Wasser halten, wenn sie die Uhr ins Pfandhaus trug. Ein Abgrund gähnte zu ihren Füßen bei der Vorstellung, dass sie den Gedanken in die Tat umsetzen würde.

Der Fußweg mündete in einen freien Platz. Hohe Häuserfassaden, aus denen Wohlstand sprach. Ein weltläufiger Kurort des *fin de siècle*, der sich seine Exklusivität auch nach Ende des Krieges bewahrt hatte. Eva erinnerte sich an eine Nachbarsfamilie in Dahlem, die jedes Jahr zum Ende der Saison für einige Wochen nach Postumia gereist war. Diese Tradition war nicht abgerissen, trotz aller Spannungen, die die Übernahme durch die Italiener und die Nähe der unruhigen Grenze zum jugoslawischen Königreich bedeutet hatten.

Der Platz selbst war beinahe menschenleer. Das Unwetter musste die Menschen in die Bars und Restaurants getrieben haben. Auch hier glitzerten Wasserlachen zwischen den Pflastersteinen, und Eva musste achtgeben, wohin sie trat. Vorsichtig setzte sie einen Fuß vor den anderen. Im rechten Winkel zum Bahnhof beherrschte ein repräsentatives Hotel den Platz, doch ihr war klar, dass das für sie nicht in Frage kam. Seitlich zweigten zwei schmalere Gassen ab. Sie konnte nur hoffen, dass die Unterkünfte einfacher und preiswerter würden, je weiter sie sich vom Bahnhof entfernte. Einfach fort, so weit weg wie möglich. In der Ferne das Signal zu hören, mit dem sich der Orient Express zur Abfahrt bereit machte – trotz allem, was in diesem Zug geschehen war, war sie nicht sicher, ob sie das würde ertragen können.

Sie wählte die rechte, kleinere der beiden Gassen, hinein in das Straßengewirr der Altstadt. Ihre Schritte hallten von den Fassaden der Wohnhäuser wider, die sich über der Gasse eng aneinanderdrängten, voneinander getrennt nur durch einen schmalen Streifen dunklen Himmels, der auf schwer zu beschreibende Weise zu *niedrig* wirkte, um wirklich Himmel zu sein. Erdrückend und eng, ausgerechnet jetzt, in dem Moment, da Eva der Enge des Zuges entronnen war und die fremde Stadt, die ganze Welt offen vor ihr lagen. Ihre Schritte ...

Im ersten Moment waren es nicht die Geräusche der anderen Schritte, die sie stutzen ließen. Es waren die Stimmen, dumpf und ohne Hall. Sie schienen in der stickigen Luft zu versickern. Eva hatte Zweifel, ob sie ein Wort hätte verstehen können, selbst wenn sie Deutsch oder Französisch gesprochen hätten. Doch sie sprachen Italienisch, und es waren Männerstimmen. Aus irgendeinem Grund war sich Eva hundertprozentig sicher, dass es die Männer waren, die sie gerade am Bahnhof gesehen hatte. Junge Männer, die – wie sie angenommen hatte – gekommen waren, um den Simplon Orient zu bestaunen. Und die auf dem Absatz kehrtgemacht haben mussten, um Eva zu folgen.

Die Panik kam wie ein Messerstich, tückisch aus dem Dunkel. Sie stolperte, fing sich. In großen Abständen erhoben sich elektrische Laternen hoch über dem Pflaster, diffuse Höfe aus Licht wie dunstige Heiligenscheine. Doch sie nahm die Szenerie nicht mehr deutlich wahr. Ein Bild in ihrem Kopf hatte sich davorgeschoben.

Morte alla Francia!

Morte ai Giudei!

Der Blick aus dem Zugfenster, heute Vormittag in Domodossola. Die schwarzen Hemden der faschistischen Partei, hassverzerrte Gesichter. Vor dem nächsten Zwischenhalt hatte Directeur Thuillet den Fahrgästen ins Gewissen geredet, sich möglichst nicht außer Sichtweite des Zuges zu entfernen. Besonders gelte das für die Damen. Die Internationale Schlafwagengesellschaft könne sich unter diesen Umständen nicht für ihre Sicherheit verbürgen.

Hatten die Männer, an denen Eva sich vorbeigedrängt hatte, ebenfalls Uniformen getragen? Sie hatte in ihrer Eile nicht darauf geachtet. Machte das überhaupt einen Unterschied? Selbst wenn die Demonstranten in Domodossola bestellt gewesen waren, damit die Bilder der wütenden Volksmenge den Weg in die Wochenschauen fanden: War damit gesagt, dass sie die Stimmung im Land nicht zutreffend wiedergaben? Die Stimmung hier, so nahe an der Grenze zu den slawischen Nationen, wo die Feindseligkeiten auch nach Ende des Krieges niemals vollständig zum Erliegen gekommen waren. Hass. Hass auf die Fremden. Hass auf Frankreich, auf die Juden, wie in Deutschland auch. Und Eva war gerade aus dem französischsten aller Züge gestiegen!

Sie wurde schneller, aber schon jetzt schmerzten ihre Füße in den unbequemen Schuhen. Sie hätte sie von den Füßen ziehen können, wie sie das am Tag zuvor in Paris getan hatte, doch das hätte Zeit gekostet. Vor allem aber hätte es den Verfolgern klargemacht, dass sie Angst hatte. Nein, unmöglich. Das würde diese Männer nur noch anstacheln.

Schrille Pfiffe in ihrem Rücken. Das Poltern der Schritte wie im Marschtritt. Rufe, die Eva nicht verstand. Doch es gab keinen Zweifel mehr: Es waren die Männer vom Bahnhof. «Du wirst nicht anfangen zu laufen!», flüsterte Eva. «Du bist in einer schwierigen Situation und du tust alles, damit sie nicht noch schlimmer wird. Aber noch läufst du nicht um dein Leben!»

Die Stimmen wurden lauter. Waren sie näher gekommen? Eva wagte nicht, sich umzusehen. Die Gasse schlängelte sich ein Stück nach links, traf auf eine Kreuzung. Stolpernd bog Eva scharf nach links ab. Zurück zum Bahnhof, zum Platz mit dem Grand Hotel! Eine innere Stimme sagte ihr, dass die Verfolger es nicht wagen würden, sie dort anzugreifen, wo Kurgäste und Hotelbewohner womöglich Zeuge wurden.

Die Gasse stieg an, flache Treppenstufen im Pflaster. War Eva auf dem Hinweg bergab gegangen? Lief sie in eine Sackgasse, die irgendwo im Gewirr der Hinterhöfe enden würde? Hilfesuchend sah sie sich um, doch mit Ausnahme der Verfolger war niemand zu sehen. Und sie waren tatsächlich näher gekommen. Sechs Männer? Sieben? Doch nein, keine Männer – junge Burschen, und das war noch schlimmer.

«Una fraschetta francese!» Gezischt. Undeutliches Gelächter kam zur Antwort.

Eva kannte das Wort nicht, doch sie wusste, was sie am Leibe trug: klassischer Schnitt, gepaart mit jener bloß angedeuteten Spur Frivolität, die man von einem Pariser Abendkleid erwartete. *Bloß angedeutet* allerdings nur, solange das Kleid in einem Stück gewesen war. Als sie es im Abteil wieder übergestreift hatte, hatte sie einen Riss entdeckt, der sich vom Saum fast bis zum Knie zog. Sie musste nicht nachsehen: Bei jedem hastigen Schritt klaffte er weiter auf.

Das Pflaster wurde wieder eben, doch jetzt rückten die Häuser von beiden Seiten so dicht aneinander, dass dieser Durchschlupf eigentlich nur noch in einen Hinterhof führen konnte. Evas Herz überschlug sich. Sie hatte keine Chance. Es waren zu viele, und es war völlig klar, was geschehen würde, wenn sie sie einholten. Sie reckte den Kopf. Im zweiten Stock eines Hauses das Profil einer alten Frau. Im Zimmer brannte Licht, sodass Eva kaum mehr als ihre Silhouette sah. Doch dann wandte die Alte den Kopf, und einen Moment lang war Eva sicher, dass sich ihre Augen begegneten. «Bitte!», keuchte sie. «Hilfe!»

Der Knall, mit dem die Fensterläden geschlossen wurden, war wie ein Schuss aus dem Hinterhalt.

Eva stolperte weiter. Der Durchlass, so schmal, dass sie die Mauern zu beiden Seiten mit ausgestreckten Armen hätte berühren können, und dahinter – kein Hinterhof! Die Gasse ging weiter! Eva machte einen Schritt ...

Ihr Fuß trat ins Leere, setzte einige Zoll tiefer ungeschickt auf. Ihr Knöchel knickte weg. Eva schrie auf, vor Überraschung, Entsetzen, im nächsten Moment vor Schmerzen. Ihre bloße Schulter schrammte gegen eine Mauer, sie versuchte sich abzustützen. Doch es war schon zu spät.

Sie waren da, schoben sich durch die Engstelle, einer nach dem anderen, bauten sich im Halbkreis um sie auf. Nein, keine Uniformen. Sie stanken nach gebranntem Alkohol.

«Puttana!» Ein Wort, als ob der Mann ihr ins Gesicht spuckte. Dieselbe Stimme wie zuvor, aber diesmal antwortete niemand. Ein Augenblick des Zögerns. Sie waren betrunken, ja, doch noch waren sie ausreichend bei Bewusstsein für einen mehr oder weniger klaren Gedanken: Französin hin, Flittchen her, was sie vorhatten, konnte ihnen eine Menge Ärger einbringen.

Eva sah ihre Chance. Ausweglose Situationen gab es nicht. Es gab eine richtige Art zu reagieren und dreitausend falsche.

«Autsch!», sagte sie. Das Wort war universell. Sie machte nicht den Fehler, sich an den Wortführer zu wenden. Ihr Instinkt sagte ihr, dass er sich gezwungen sehen würde, den anderen etwas zu beweisen. So wurde man Anführer: Man musste der größte Schweinehund von allen sein.

«Sagt mal: Ist das Pflaster hier bei euch überall so übel?», fragte sie in die Runde. Klang ein Zittern aus ihrer Stimme? Sie konnte es nicht sagen. Die Sprache war das Entscheidende: Sie fragte auf Deutsch, und die Deutschen waren Italiens Verbündete. Nein, keine Französin, selbst wenn sie aus einem französischen Express gestiegen war. Sie stützte sich auf der Schulter eines der jungen Männer ab – schlaksig und hochgeschossen, der größte von ihnen –, während sie den Schuh an ihrem verletzten Fuß zurechtrückte. Es tat höllisch weh, doch sie verkniff sich jeden Laut.

Der junge Mann zögerte einen Moment lang irritiert, doch dann blieb er stehen. Der Wortführer sagte etwas, das Eva nicht verstand. Etwas Abschätziges auf jeden Fall. Wieder bekam er keine Antwort.

In Eva keimte Hoffnung. Weiter geradeaus glaubte sie einen Lichtschimmer zu erkennen. Umrisse von Gestalten vielleicht? Der Platz am Bahnhof? Wenn es ihr gelang, diese Situation aufzulösen, ihren Verfolgern weiszumachen, dass Ritterlichkeit gegenüber einer verletzten jungen Frau das einzig angemessene Verhalten für einen patriotisch gesinnten jungen Italiener war, konnte sie es schaffen. Sie wusste, dass es möglich war, doch sie musste verhindern, dass der Anführer sich gedemütigt fühlte, was ihn unberechenbar machen würde. Aber wie sollte sie das anstellen?

Seine Aktion kam völlig unvorbereitet. Er stieß mit dem Ellenbogen zu, aber nicht nach Eva, sondern nach dem jungen Mann, auf dessen Schulter sie sich noch immer abstützte. Der hochgeschossene Junge machte eine ungeschickte Bewegung, stolperte, und Eva verlor den Halt. Gelächter. Der Junge fing sich, sah sich einen Moment lang unschlüssig um – dann stimmte er ein.

295

Evas Kehle schnürte sich zusammen. Unwillkürlich wich sie zurück, bis ihr Rücken gegen eine Hauswand stieß. In der Falle. Selbst wenn sie ihren Fuß hätte belasten können: Sie konnte nicht mehr weg, die Stimmung hatte sich gedreht. Sie waren wieder böse Jungs, und wer kein Weichling war, würde mitmachen *müssen*. Mit einem breiten Grinsen kam der Anführer auf sie zu. Seine oberen Schneidezähne waren schief übereinandergewachsen. Sein Atem streifte sie, dass ihr schlecht wurde. Spielerisch fasste er nach dem Träger ihres Kleides. Es war die Schulter, die sie sich an der Mauer aufgeschürft hatte, und sie machte sich auf den Schmerz gefasst, auf ...

Ein ohrenbetäubender Knall. Der Anführer fuhr herum.

Die Silhouette stand keine zehn Schritte entfernt: groß, breitschultrig, um die Schultern ein Mantel. Eine militärische Erscheinung. Der Lauf der Pistole, die in die Luft gefeuert hatte, senkte sich, richtete sich auf die Gruppe.

«Ich weiß nicht mit Sicherheit, ob die jungen Herren meine Sprache verstehen», sagte Carol von Carpathien mit ruhiger Stimme. «In Ihrem Interesse kann ich das nur hoffen. Der nächste Schuss wird sein Ziel nämlich nicht verfehlen.»

***

Postumia – 26. Mai 1940, 19:58 Uhr

Tiere. Ihr Rascheln im Gebüsch. Es konnte nichts Größeres sein als Hasen, so nahe am Bahnhof, mitten in einer belebten Stadt, selbst wenn sich die Bewohner vor dem Gewitterregen in die Häuser zurückgezogen hatten. Feuchtigkeit hing in der Luft, ein Geruch zwischen den Bäumen, der scharf war und süßlich zugleich, abstoßend und doch auf eine unmöglich zu beschreibende Weise ...

Seine Hand legte sich auf ihren Nacken, nein, *um* ihren Nacken. Katharina Nikolajewna war immer stolz auf ihren schlanken, blassen Hals gewesen, den der hochgeknöpfte Abschluss des Kostüms nur noch betonte. Boris' Pranke lag auf dem schmalen, bloßen Streifen Haut, über dem ihre Haare ansetzten, die sie zu einer Abendfrisur hochgesteckt hatte.

Katharina war mitten in der Bewegung stehen geblieben, wartete ab. Er hätte ihr das Genick brechen können, mit einer einzigen Hand; sie wusste und sie spürte es. Es ging eine so ungeheuerliche Kraft von ihm aus, doch noch etwas anderes. War es ein Geruch? Der Geruch seiner Gier, die sich nehmen würde, was sie wollte, ohne Katharina das Recht zum Widerspruch zu geben? Kann es das tatsächlich sein?, dachte sie. Kann es das sein, was ich mir all die Jahre gewünscht habe? Dann habe ich niemals gelebt. Oder ich lebe nur jetzt, nur in diesem Moment.

Es gab keine Entschuldigung, keine Erklärung. Nein, diesmal nicht. Im Abteil hatte er sie überrascht – oder sie hatte ihn überrascht. Die Situation hatte sie beide überrascht. Wenn Katharina nur gewollt hätte, hätte sie jede Möglichkeit gehabt, sich eine Geschichte zurechtzulegen, die alles erklärte, und sei es nur als Entschuldigung vor ihr selbst: dass sie keine Wahl gehabt hätte. Dass er vermutlich eine Waffe bei sich trug. Dass sie gezwungen gewesen war, die Schmerzen und die Demütigung über sich ergehen zu lassen. Hatte sie nicht Kinder, die sie brauchten?

Doch das wären nichts als Lügen gewesen. Sie hatte sich ihm hingegeben. – Aus freien Stücken? Das traf es nicht ganz, aber das war ohne Bedeutung.

Es gab nur diese Augenblicke. Nur das würde ihr bleiben in den Jahren, die noch kommen würden. Jahre mit Constantin Alexandrowitsch und den Kindern, in Carpathien oder sonst wo Jahre, in denen sie sein würde, was sie immer gewesen war: Tochter einer der großen Familien des alten Russland, Ehefrau des Großfürsten Romanow. Ein Mensch, dessen Lebensweg von Geburt an festgelegt gewesen war, und es war gleichgültig, dass die Welt, aus der sie stammte, nicht länger existierte. Ein Mensch, dessen Leben darin bestanden hatte, vor der Wirklichkeit davonzulaufen.

Vielleicht ... Es war eine Vision, kurz wie ein Lidschlag. Wenn sie gestern gestorben wäre, wäre es genau das gewesen, das man auf ihren Grabstein hätte schreiben können: Katharina Nikolajewna Romanowa – Davongelaufen und niemals angekommen.

Doch nicht mehr heute, dachte sie. Und sei es nur für Augenblicke. Roh drehte er sie zu sich herum. Boris' Hand griff nach ihrem Kinn, zwang es in seine Richtung. Der Geruch seines Atems, als er seinen Mund auf ihre Lippen presste, die sich ihm widerstandslos öffneten. Seine groben Hände, die nach dem Stoff ihres Kleides fassten, ihre Oberschenkel packten, sie anhoben, ihren Rücken gegen die raue Borke eines Baumes pressten. Das wird Spuren hinterlassen, fuhr ihr durch den Kopf, im selben Augenblick, in dem sie die Härte seines Körpers zwischen ihren Schenkeln spürte. Es würde Spuren hinterlassen, Flecken von Moos und Borke, Schmutz auf dem Rücken des Kleides, den sie in der Dunkelheit nicht würde entfernen können.

Gezeichnet. Würde man diese Flecken sehen, wenn sie wieder im Zug war? Vermutlich nicht. Und selbst wenn die anderen Fahrgäste sie zur Kenntnis nahmen, würden sie niemals die Geschichte erraten, die sich dahinter verbarg. Aber Katharina würde es wissen, und einzig und allein darauf kam es an. Die Flecken würden wie ein Schandmal sein, doch sie würde sie tragen wie ... ein Zeichen. Es war nicht mehr und nicht weniger. Ein Zeichen, dachte sie. Ein Zeichen dessen, was ich in Wahrheit bin. Mit Genugtuung, mit Triumph würde sie es tragen.

Sie spürte ihn. Mit einem Knurren drang er in sie ein; seine Hände fuhren über ihren Körper. Als er für einen Moment von ihr zurückwich, sah sie den Ausdruck in seinen Augen, der Hass sein konnte oder Verzweiflung. Auf jeden Fall war es ein starkes Gefühl. Sie spürte ihn, spürte, wie er sein Verlangen in ihr löschte, spürte seine Hitze.

Genoss sie es? Es war nicht der Akt, den sie genoss, nein, nicht in erster Linie. Und dennoch genoss sie ihn auf ihre Weise: die rauen Bewegungen, die Lust, die in ihr erwachte, die Schmerzen, die er ihr zufügte, indem er auf das, was sie möglicherweise tatsächlich hätte genießen können, keinen Gedanken verschwendete.

Es war ein Teil davon. Nur das machte es vollkommen, machte sie zu dem, was sie wirklich war. Was er tatsächlich tat, war in Wahrheit bedeutungslos. Sie hätte alles getan, ganz andere, namenlose Dinge, sehnte sich danach, diese Dinge zu tun, weil auch sie Zeichen waren. Und konnte sie doch nicht tun, ausgenommen auf seinen Befehl. Er presste sich in sie, zwei Mal, drei Mal, heftiger noch als zuvor, sodass sie fast glaubte, zerreißen zu müssen. Ein plötzlicher spitzer Schmerz in ihrer Hüfte, der anders war, und sie wusste, dass sie diesen Schmerz eine Weile lang bei jedem Schritt spüren würde, dass er etwas war, das andauern würde, eine Verbindung zu diesen Momenten. Boris zog sich zurück. Der Griff um ihre Beine löste sich, ließ sie zu Boden gleiten. Ein verirrter Lichtschimmer fand seinen Weg durch das Dickicht. Boris' Stirn glänzte vor Schweiß. Seine Kiefer waren angespannt, die Zähne fest aufeinandergebissen, als hätte er keine Spur von Erlösung gefunden. Er beobachtete sie, fixierte sie wie einen Feind, der bereits reglos am Boden lag und bei dem er sich doch nicht vollständig sicher sein konnte, ob nicht alles eine Finte gewesen war. Als ob er ... als ob er auf etwas wartete.

Katharina ließ sich gegen den Baum sinken. Ihr Inneres pulsierte im Rhythmus ihres Blutes. Sie musterten einander, ohne sich zu rühren. Musterten sich wie die Fremden, die sie waren. Boris Petrowitsch ... Sie fragte sich, ob das sein richtiger Name war, auch wenn es nicht eigentlich eine Rolle spielte.

Zum ersten Mal betrachtete sie ihn ganz bewusst, nun, da ihre Augen sich an das Dämmerlicht gewöhnt hatten, versuchte, ihn nicht durch die Gefühle wahrzunehmen, die er in ihr auslöste, sondern wie einen Mann, der vielleicht gerade auf der Straße an ihr vorüberging: harte Züge, kräftige Muskeln, doch keine wirkliche Spannung, keine Haltung in seinen Bewegungen. Oder zumindest war es nicht die aristokratische Haltung eines Offiziers, wie sie Constantin noch heute auszeichnete. Wie sie jeden Offizier von Stand auszeichnete. Im Simplon Orient versuchte sich Boris Petrowitsch den Anschein eines russischen Emigranten zu geben, eines Studenten und Bürgersohns, doch das war eingeübt und hatte sie von Anfang an nicht überzeugt. Es mochte Westeuropäer und Amerikaner täuschen, aber nicht Katharina Nikolajewna. Er hätte einer von Abertausenden russischer Bauern sein können, die dumpf in ihren Dörfern vor sich hin lebten, sie niemals hinter sich ließen, kaum fähig, ihren eigenen Namen zu buchstabieren. Und nichts anderes *sollte* er sein.

Er ist mein Werkzeug, fuhr ihr durch den Kopf. Mein Werkzeug, dem ich erlaube, mich zu *seinem* Werkzeug zu machen.

Sie sahen einander an. Um sie her im Gebüsch das Rascheln der Tiere, kaum zu ahnen die Geräusche vom Bahnhof her, ein Stück entfernt tiefes Rumpeln aus schweren Wolken und unvermittelt ...

Der Knall eines Schusses zerriss die Luft.

***

Postumia – 26. Mai 1940, 20:01 Uhr
CIWL WR 4229 (Speisewagen). Office.

Mit einem dumpfen Donnern schlug die metallverstärkte Schublade zu.

«Keine Angst, kleine Mademoiselle», wandte sich Georges an die jüngste Tochter der Romanows. «Solange Sie gut auf Ihre Finger aufpassen, kann überhaupt nichts passieren. Und wir wollen doch, dass unser Erdbeersorbet frisch und lecker bleibt, bis unsere Fahrgäste es genießen können.»

«*Schließlich ist die* CIWL *allerhöchsten Ansprüchen verpflichtet!*», krähte die kleine Elena fröhlich.

Raoul musste grinsen. Als er das *Office*, den Vorratsraum neben der Küche, vor wenigen Minuten betreten hatte, war sein älterer Kollege schon voll in seinem Element gewesen. In dieser Beziehung war der Dicke ein Naturtalent. Hätte das Publikum des Orient Express ausschließlich aus Kindern zwischen fünf und neun Jahren bestanden, wäre Raouls Kollege schon vor Jahren zum Directeur aufgestiegen.

«Und wie funktioniert das, dass das Eis nicht schmilzt?», wollte das kleine Mädchen wissen. «Wir fahren doch nach Süden!» Sie sah über die Schulter, wo ihre große Schwester an einer Arbeitsfläche lehnte.

«Im Süden ist es so heiß, dass die Neger dort gaaaaaaaaanz schwarz werden.»

«Oh?» Georges machte große Augen. «Ganz so weit nach Süden fahren wir gar nicht, glaube ich. Und natürlich wird unser Eis die ganze Zeit gekühlt.»

«Und womit?»

Der Dicke hob die Schultern. «Mit Eis. Unten in der Schublade.»

«Und wenn das auch schmilzt?»

«Elena!» Xenia verdrehte die Augen. «Du sollst Monsieur Georges nicht immer so dumme Fragen stellen.»

«Kein Problem, Mademoiselle Romanowa.» Georges lächelte sie an. «Sobald wir am Ziel sind, wird das Eis natürlich erneuert», erklärte er dem kleinen Mädchen. «Und falls es wirklich einmal richtig heiß wird, können wir das auch schon früher machen. Schauen Sie hier.» Er ging in die Knie, zog mit etwas Mühe eine bedeutend breitere Klappe auf. «Passen Sie mal auf!» Er betätigte einen Mechanismus.

Raoul wusste, was kommen würde. Er zwinkerte Xenia verschwörerisch zu. Sie stand nur einen halben Schritt entfernt, und das hatte schon ausgereicht, dass es in ihm wieder anfing zu kribbeln. Das Mädchen hatte für den Abend zwar von neuem Puder aufgetragen, aber irgendwie anders als heute Mittag. Er hatte sogar das Gefühl, als ob ein Schatten ihrer Sommersprossen durchschimmerte. Doch das war natürlich Unsinn. Woher hätte sie wissen sollen, dass ihm die so gut gefielen? Und selbst wenn: Hätte sie das tatsächlich getan, extra für ihn? Jetzt deutete sie jedenfalls nur ein Schulterzucken an: Was sollte schon so interessant sein an einem Vorratsraum? Aber er wusste, dass sie in Wahrheit nicht weniger beeindruckt war als ihre kleine Schwester. Der Fahrgast, der sich von den ausgeklügelten Einrichtungen der Bordküche nicht faszinieren ließ, musste erst noch geboren werden. Nur durfte sie das natürlich nicht zeigen, dachte er, als Prinzessin von der Rue de Faubourg du Saint-Honoré.

Im nächsten Moment spürte er auf Kniehöhe den kühlen Luftzug, beobachtete, wie das kleinere Mädchen staunend in die Knie ging.

«Ich kann den Bahnhof sehen!», flüsterte Elena andächtig. «Ist das ein Not-Aus-Gang?» Das komplizierte Wort musste sie gerade erst gelernt haben.

«Das ist eine Ladeluke», erklärte Georges geduldig. «Ohne dass Sie etwas davon mitbekommen, werden uns bei jedem Halt frische Vorräte geliefert. Das Ei, das Sie morgen zum Frühstück essen werden, hat die Henne jetzt noch gar nicht gelegt. Das kommt erst beim Halt in Belgrad an Bord. Von einer jugoslawischen Henne.»

«Eier mag ich nicht», murmelte die Kleine. «Auch keine lugoslawischen.»

«Oh? Nun, selbstverständlich bekommen wir auch jugoslawische Milchhörnchen und jugoslawische Rosinenbrötchen und ...»

Etwas berührte Raouls Handrücken. Er zuckte zusammen. Xenia warf ihm einen raschen Seitenblick zu.

Bitte, Raoul! Hilfst du mir? Ihre Frage, heute Mittag. Ihre Frage, die er auf sich hatte zukommen sehen, als sie ihren Fluchtplan vor ihm ausgebreitet hatte. Hatte er eine Wahl gehabt? Vermutlich nicht. Hätte er nein gesagt oder auch nur einen Moment zu lange gezögert, hätte sie wieder angefangen zu weinen, und er wusste, dass er das nicht ertrug – obwohl sie auf eine bestimmte Weise sogar ganz besonders hübsch aussah, wenn sie weinte. So oder so: Er hatte sich geschworen, dass sie seinetwegen niemals weinen würde, wobei er sich allerdings fragte, ob das nicht doch ein kleines bisschen voreilig gewesen war. Immerhin hatte sie seine Finger nicht wieder losgelassen, auch nachdem er ihre Bitte akzeptiert hatte. Und fast hatte er das Gefühl gehabt, wenn er jetzt versucht hätte, ihr einen Kuss zu geben ... Doch so weit war es nicht gekommen.

Eines stand auf jeden Fall fest: Unter keinen Umständen würde er sie allein gehen lassen. Wenn er das nämlich tat, würde sie niemals ankommen, vermutlich nicht einmal in Athen. Denn wie würde der Großfürst wohl reagieren, wenn seine Tochter plötzlich verschwunden war? Würde er das Ziel ihrer Flucht nicht voraussehen? In Niš wollte das Mädchen den Zug verlassen. Seinen nächsten kurzen Halt hatte der Simplon Orient in Tzaribrod, etwa zwei Stunden später. Constantin Romanow würde das Konsulat verständigen und die Po-

302

lizeibehörden entlang der Route, auf der der Anschlusszug der CIWL nach Athen fuhr. Mit ausreichend Geld und politischen Verbindungen ließ sich fast alles erreichen. Man würde Xenia aus dem Zug holen und zu ihren Eltern nach Sofia bringen. Alles wäre vergebens gewesen, und sie würde letztlich doch gezwungen werden, den König zu heiraten. Und selbst wenn sie es bis Athen schaffte und von dort zu ihrer Tante auf diese Insel ... Santorin? Raoul hatte den Namen noch nie gehört. Wenn die Tante ebenfalls eine Romanow war, war sie womöglich nicht besser als der Großfürst, vor dem das Mädchen gerade davonlief. Was, wenn sie ebenfalls auf die Idee kam, Xenia mit irgendjemandem zu verheiraten?

Dieses Risiko konnte er unter gar keinen Umständen eingehen. Ganz gleich, was geschehen würde: Wenn er Xenia gehen ließ, würde er sie niemals wiedersehen.

Und damit war die Sache ganz einfach: Er würde mitkommen. Es war die einzig richtige Entscheidung, um ihret-, doch genauso um seinetwillen. Frankreich war geschlagen, Italien warf sich den Deutschen in die Arme, und der größte Teil des Balkans würde über kurz oder lang nachziehen. In ein paar Wochen, vielleicht ein paar Tagen schon würde es keinen Simplon Orient mehr geben. Die Deutschen würden die Züge der CIWL beschlagnahmen, wie sie das im letzten großen Krieg auch getan hatten, und mit ihnen eigene Verbindungen einrichten, kreuz und quer durch das Großdeutsche Reich, das sich wuchernd über Europa ausbreitete. Eigene Verbindungen mit eigenem, *deutschem* Zugpersonal. Und was würde Raoul dann tun? Sollte er sich etwa Arbeit in irgendeiner Fabrik suchen, vielleicht Waffen für die Deutschen herstellen, die sein eigenes Volk unterjocht hatten? Nein, das kam nicht in Frage. Je eher er den Zug hinter sich ließ, desto besser.

Sie sahen einander nicht an, als ihre Hände sich berührten. Beide achteten sie auf Georges und Elena – die zwar voll und ganz in die Details des *Office* vertieft waren, aber sich jederzeit umdrehen konnten.

Xenias Finger schlossen sich fester um die seinen, und erst jetzt merkte er, dass da etwas in seiner Handfläche kitzelte.

Ein Zettel! Eine zusammengefaltete Botschaft!

«So viel dann also ...» Georges wandte sich um, und ruckartig zog Raoul seine Hand weg.

Sein Herz pochte. Hatte der Dicke etwas gesehen? Natürlich hatte er etwas gesehen. Der dramatische Ausdruck, mit dem sich seine Augenbrauen hoben, hätte einer Operndiva Ehre gemacht. Und doch hatte er sich im Griff.

«So viel dann also zu unserem *Office*», erklärte er an beide Romanow-Schwestern gewandt. «Als Nächstes wäre eigentlich die Küche selbst an der Reihe, aber ...» Bedauernd schüttelte er den Kopf. «Im Augenblick wird gerade das Diner vorbereitet, und da sind die jungen Kollegen da drüben immer fürchterlich empfindlich.»

Die jungen Kollegen da drüben, dachte Raoul. Köche und Kellner, die in der Hierarchie des Zugpersonals zwei oder drei Stufen über Georges und ihm selbst standen.

«Oh.» Xenia löste sich von der Arbeitsfläche. «Ich glaube, das ist gar kein Problem. Vielleicht haben wir später ... morgen noch Gelegenheit. Auf jeden Fall vielen Dank, Monsieur Georges. Das war wirklich spann... interessant.»

Mit einer tiefen Verneigung hielt Georges ihr die Tür auf, warf seinem jüngeren Kollegen noch einen *sehr* eindeutigen Blick zu und verschwand hinter den beiden Schwestern auf dem Gang.

Raoul stieß den Atem aus, bevor er seine schweißverklebte Hand öffnete und den Zettel vorsichtig auseinanderfaltete. Kein feines, parfümiertes Papier, sorgfältig aus einem Tagebuch getrennt, wie er irgendwie gehofft hatte. Stattdessen ein Blatt aus einem Notizblock, beschrieben mit kleinen, phantasievollen Buchstaben in blassblauer Tinte:

«*Um zehn, wenn deine Schicht vorbei ist, im Gepäckwagen.*

X – X.»

Raoul schluckte. Ein X. stand für Xenia. Doch wofür stand das zweite?

***

Postumia – 26. Mai 1940, 20:02 Uhr
CIWL WL 3425 (Hinterer Schlafwagen). Abteil 10.

Weil ich nicht nachgedacht habe, Ludvig. – Weil ich es einfach gemacht habe. Ingolf saß auf dem Polster in seiner Kabine und starrte auf die polierte Holzwand. Langsam wanderten seine Augen nach links, wo über einem Bügel das mintgrüne Kleid hing, in dem Eva heute Vormittag so zauberhaft ausgesehen hatte. Dort verharrten sie für einen Moment, kehrten dann wieder zurück zur Wand, wo das glänzende Mahagoni von einem stilisierten Motiv in einer helleren Holzart durchbrochen wurde. Ein Früchtekorb? Er stellte fest, dass sein Magen knurrte. Im Salon hatte er über den Nachmittag verteilt vier Tassen Kaffee geordert. Er hätte sich nach einem Stück Obstkuchen erkundigen sollen.

Und ganz genauso funktioniert es auch mit den Frauen.

Der Zug hatte sich schon auf der Einfahrt nach Postumia befunden, als Ingolf seinen Lauerposten im Speisewagen aufgegeben hatte, um den Kellnern Platz zu machen, die während des Halts für das Abendessen eindecken würden. Der klerikale Fisch war ihm den ganzen Nachmittag nicht ins Netz gegangen, und das war überhaupt nicht gut. Morgen früh würden sie Belgrad erreichen, und bis dahin musste er den ersten Teil seiner Mission erfüllt haben, sonst hatte der Rest keinen Sinn mehr.

Als Ingolf aufgestanden war und den hinteren Salon durchquert hatte, hatte Eva noch immer am selben Fleck gesessen. Das hatte ihn überrascht. Er war fest davon ausgegangen, dass sie in ihr gemeinsames Abteil gehen würde, nun, da sie es für sich allein gehabt hätte. Doch im selben Moment war ihm sein Irrtum klargeworden: Sie hatte den Salon verlassen. Sie *war* im Abteil gewesen, musste dann aber zurückgekommen sein: Sie trug nämlich wieder das zerrissene Kleid aus Paris, in dem er sie zum ersten Mal gesehen hatte.

Warum hatte sie das getan? Sie war so froh gewesen, diesen Fetzen – wie sie es ausgedrückt hatte – los zu sein. Warum hatte sie das Kleid wieder angezogen?

... nicht nachgedacht ... einfach gemacht ...

Er hätte sie fragen sollen. Er hatte sich vorgenommen, offen mit ihr zu reden. Seine Überzeugung, dass zwischen Eva und ihm irgendeine Art von Missverständnis vorlag, war von Minute zu Minute gewachsen. Seit dem Gespräch mit Mr. Richards hatte er darüber nachgedacht, anstatt sich auf seinen Auftrag zu konzentrieren – was zugegebenermaßen sinnlos war, solange de la Rosa sich nicht blicken ließ. *Nicht nachdenken. Machen.* – Doch dann hatte Eva Heilmann im Salon gesessen anstatt im Abteil, und zu allem Überfluss war der Salon nun nicht mehr leer gewesen, sondern die beiden Herren aus dem vorletzten Abteil ihres Schlafwagens – offenbar Handelsreisende in Sachen Weichkäse aus der Champagne – hatten am Nebentisch gesessen. Für den Bruchteil einer Sekunde hatte Ingolf ernsthaft mit dem Gedanken gespielt, sich Eva einfach über die Schulter zu werfen und sie ins Abteil zu schleppen. Er fragte sich, was Paul Richards wohl davon gehalten hätte. Vermutlich wäre es seiner Vorstellung von *Machen* recht nahegekommen.

Dann aber waren Ingolf seine lädierten Rippen eingefallen und Bettys beinahe schon beschwörende Miene, mit der sie ihn gebeten hatte, sich in den nächsten Tagen mit *akrobatischen Kunststücken* zurückzuhalten. Beschwörend – und gleichzeitig war da eine Art Zwinkern gewesen bei der Erwähnung der Akrobatik. Ein Zwinkern in Richtung auf die Polster hier in Evas und seinem Abteil. Wenn es denn noch ihr gemeinsames Abteil war.

Er stand, nein, er saß vor einem Rätsel. Auf Evas Hälfte des Sitzpolsters hatte er das kaiserliche Testament ausgebreitet, doch die einzigartigen, stolz geschwungenen Buchstaben der sizilischen Hofkanzlei, mit denen er sich unter gewöhnlichen Umständen Tage und Wochen hätte beschäftigen können, konnten ihn nicht aus seiner Grübelei reißen. *Nicht denken! Machen!*

Auf einmal gab es keinen Zweifel mehr. Er stand auf, öffnete die Verkleidung vor dem Spiegel und fuhr glättend über seine Haare. Sah er annehmbar aus? Bisher hatte der Anblick sie nicht abgeschreckt.

Er stieß die Abteiltür auf. Doch er kam nicht weit. Ein plötzlicher

Widerstand. Er prallte zurück. Von der anderen Seite war ein kurzes, unterdrücktes Stöhnen zu hören. Ingolf stützte sich gegen den Türrahmen, lugte vorsichtig auf den Gang.

Pedro de la Rosa. In seinem breitkrempigen schwarzen Priesterhut eine deutlich sichtbare Delle. Mit schmerzverzerrter Miene rieb er sich den Kiefer.

«Oh.» Ingolf starrte ihn an. Gerade *jetzt* verließ der Mann sein Abteil. Aber natürlich: Das Abendessen wurde eingedeckt. Vielleicht hatte er auch noch rasch etwas am Bahnhof zu erledigen. Ingolf hätte daran denken müssen ... *Nicht denken! Machen!* Nur was?

«Oh, Monsignore, das tut mir leid!» Ingolf streckte die Hand aus, versuchte den Hut auf dem Kopf seines Gegenübers zurechtzurücken – vergeblich. «Sie sind doch nicht verletzt?», fragte er vorsichtig. Plötzlich ein Geistesblitz: «Mögen Sie vielleicht kurz reinkommen? Rein zufällig habe ich was zum Kühlen da und Schmerztabletten.»

«Wie?» De la Rosa blinzelte. Wiedererkennen huschte über sein Gesicht. Er schüttelte sich. «Was? Danke, aber mir ist nur etwas ... schwindlig. Ich ... Ich glaube, mir fehlt nichts.»

«Oh?» Ingolf fuhr sich über die Lippen. Hatte sich das gerade allzu enttäuscht angehört? Die Idee war plötzlich da. Ihm blieb keine Zeit, darüber nachzudenken, ob es eine *gute* Idee war. «Dann ist es aber wirklich ein glücklicher Zufall, dass Sie mir über den Weg laufen!» Er zwang sich zu einem Lächeln, das selbst ihm nicht sonderlich überzeugend vorkam, doch im Moment arbeitete die Situation für ihn. Wenn der Mann nicht ganz bei sich war, würde er sich später auch nicht erinnern können, wenn irgendwas an dieser Begegnung *seltsam* gewesen war. Ingolf trat einen halben Schritt auf den Gang hinaus, legte die Hand auf de la Rosas Arm, um ihn sachte in Richtung Abteil zu dirigieren. «Vielleicht sogar mehr als ein Zufall?», überlegte er laut.

«Eine Fügung?» Der Priester blinzelte, aber Ingolf ließ ihn nicht zu Wort kommen. «Sie haben doch einen Augenblick? Ich habe da was und weiß partout nicht, wo ich meine Brille ...»

«Wie?» Der Kirchenmann versuchte – eher halbherzig – sich loszumachen. Da schob Ingolf ihn bereits ins Abteil, auf das Polster zu.

«Als Geistlicher werden Sie sich sicher ein wenig mit der Materie auskennen. Ist wirklich nur eine Kleinigkeit.»

De la Rosa blieb stehen. «Was ist das?», flüsterte er.

Wenn er das nicht wusste, dachte Ingolf, hatten Canaris' Männer hundsmiserable Arbeit geleistet. «Ich bin Student der Paläographie», erklärte er. «Aus Princeton. Ludvig Mueller. – Gerade war ich dabei, mir Notizen zu machen, das geht zum Glück auch ohne. Also ohne Brille. Nur das da eben nicht, die Urkunde; ich weiß, dass etwas mit dem Initial war, und ich kann es beim besten Willen nicht ...»

De la Rosa schien ihm überhaupt nicht mehr zuzuhören. Mit einer fließenden Bewegung hatte er selbst Augengläser aus seiner Soutane gefischt, setzte sie auf die Nase, ließ sich in das Polster sinken und griff fast andächtig nach dem Schriftstück.

Ingolf unterdrückte einen Seufzer der Erleichterung.

«Der Initialbuchstabe», murmelte der Kirchenmann. «Das ist ... Friedrich II., nicht wahr? Das Testament? Ich habe von dieser Urkunde gehört, aber noch niemals eine Reproduktion in der Hand gehalten. Schon gar nicht in einer solchen Qualität. – Der Initialbuchstabe ...» Sein Finger legte sich auf das Schriftzeichen. Ganz kurz blickte er auf. «Ihre Brille haben Sie übrigens auf der Nase.»

* * *

Postumia – 26. Mai 1940, 20:03 Uhr

«Wirklich, ich kann es immer noch nicht fassen! Dass Sie mit uns zu Abend essen wollen, Miss Marshall! Für jemanden wie Sie, der ständig solche spannenden Menschen um sich hat ... Für Sie müssen wir doch schrecklich, schrecklich langweilige Leute sein!»

Vera Richards hatte sich bei Betty eingehängt und zwitscherte wie ein Vögelchen, während die beiden Frauen den Bahnhofsvorplatz überquerten. Beste Freundinnen: Betty kam sich in ihre Highschoolzeiten zurückversetzt vor. Nur die Atmosphäre passte nicht. Die Luft war gesättigt mit Feuchtigkeit, und unter der Wolkendecke sorgten nur die elektrischen Lichter für etwas Helligkeit; sonst war es finster wie mitten in der Nacht. Und da war noch etwas anderes. Betty Marshall hatte einige Erfahrung mit Kulissen und Requisite. Sie wusste, wie man eine Bühne wirkungsvoll in Szene setzte. Schon die monumentale Architektur des Bahnhofs selbst, dazu an strategischen Punkten martialische Skulpturen, die zwar alte römische Vorbilder zitieren mochten, aber auf eine ganz moderne Weise einschüchternd wirkten. Ebenso die Wachtposten in den schwarzen Uniformen zu beiden Seiten des Bahnhofsportals, die keine Miene verzogen hatten, als die Frauen sie passierten. An den Mauern waren hohe Plakattafeln befestigt, die meisten von ihnen mit dem Konterfei des *duce* Benito Mussolini, der seine Glatze mit unterschiedlichen Kopfbedeckungen kaschierte: zuversichtlich und unbeirrt, das markante Kinn vorgereckt, doch gleichzeitig mit einem Ausdruck, der das Volk auf harte Zeiten einzuschwören schien. Es war unverkennbar: Postumia war eine Stadt, die sich auf den Krieg vorbereitete.

Betty war seit dem Ende ihrer Karriere nahezu jedes Jahr nach Europa gereist, und auf jedem dieser Besuche hatte sie die Kälte gespürt – die Kälte, die vom alten Kontinent Besitz ergriff. Betty hatte gespürt, wie sie von Jahr zu Jahr deutlicher geworden war, doch niemals, nirgendwo hatte sie sie so deutlich erlebt wie hier, an diesem Abend in Postumia. Sie fröstelte. Vera schien nichts zu bemerken.

«Aber wahrscheinlich rede ich viel zu viel, das müssen Sie bitte entschuldigen, Betty. – Ich darf doch Betty sagen?» Sie strich sich mit den Fingern durch die platinblonde Mähne. «Normalerweise bin ich ja eher zurückhaltend, aber wenn ich nervös werde, geht es einfach mit mir durch, und bei Ihnen werde ich nun einmal ganz fürchterlich nervös.»

Reine Höflichkeit, dieser Redeschwall?, überlegte Betty. Dann war es eine Spur zu überzeugend gespielt. Warum dachte sie überhaupt darüber nach? Vermutlich lag es einfach daran, dass sie Vera Richards nicht von der Bettkante stoßen würde.

«Sie haben absolut keinen Grund, bei mir nervös zu werden, liebe Vera», erwiderte Betty freundlich. «Vergessen Sie diesen Unsinn ganz, ganz schnell. Ich freue mich, jemanden kennenzulernen, der so charmant plaudern kann wie Sie. – Die Apotheke befindet sich übrigens gleich dort drüben. Rechts vom Grand Hotel. Sehen Sie die Lichter?» Vera wurde langsamer. Betty stutzte. Hatte sie womöglich Probleme mit dem Sehen in der Dunkelheit? Mit dem Sehen überhaupt? Betty Marshall neigte für gewöhnlich nicht zur Schadenfreude. Doch die Vorstellung, dass Vera Richards, dieses perfekte *all american girl*, in nicht allzu ferner Zukunft eine Brille brauchen würde, machte ihr aus irgendeinem Grund gute Laune.

«*Gentilissime signorine* ...»

Betty zuckte zurück, Vera, noch immer untergehakt, machte die Bewegung automatisch mit. Die Gestalt war wie aus dem Nichts aufgetaucht, aus den Schatten zwischen den hohen Klinkerfassaden. Ein zerlumpter Alter, die Alkoholfahne schlug Betty aufdringlich entgegen. *Augenprobleme?*, fuhr ihr durch den Kopf. Unsinn! Vera sah sehr viel mehr als Betty selbst. Sie musste beobachtet haben, wie der Bettler sich genähert hatte.

«*Mesdemoiselles* ...» Der Mann wechselte ins Französische. Er musste die beiden Frauen als Reisende erkannt haben. Wahrscheinlich lag er regelmäßig um diese Zeit auf der Lauer, um die Fahrgäste des Simplon Orient abzufangen, gerade so weit weg, dass die Uniformierten am Bahnhofsportal ihn nicht mehr sehen konnten. «Haben Sie wohl eine kleine Münze für einen Veteranen, der mit Ihren Vätern Seite an Seite gekämpft hat? Ich habe kein Obdach, kein Brot, kann nicht mehr arbeiten. Mein Bein habe ich bei der Verteidigung von Belluno gelassen, und ...»

Aus dem Augenwinkel sah Betty, wie Veras Finger sich ihrer Handtasche näherten. Mit einem raschen Griff umfasste sie das Handgelenk der jungen Frau. «Lassen Sie das, Vera!»

«Aber der arme Mann ...»

«Kommen Sie mit!», zischte Betty. «Wir sind hier nicht im Mittleren Westen, wo sich die Hobos brav in der Suppenküche einreihen.» Widerstrebend ließ Vera sich wegziehen. «Die Kriegsgeschichte ist eine Masche, mit der sie bis heute durchkommen in einem Land, das sich immer noch für den Mittelpunkt der Welt hält. Bei der Hälfte von ihnen ist sie von A bis Z erlogen. Und dieser hier ...»

«Aber er hat wirklich nur ein Bein!»

«Was glauben Sie, was die mit ein paar Schnüren und Tüchern alles hinbekommen», murmelte Betty. Sie sah über die Schulter. Der Bettler folgte ihnen nicht. Er schien wieder mit den Schatten verschmolzen zu sein. Sie stieß die Luft aus. «Glauben Sie, Sie kommen bis zur Apotheke, ohne sich ausnehmen zu lassen?», fragte sie. «Oder soll ich vorsichtshalber mitkommen?»

Sie verfluchte sich selbst für das Angebot. Wenn sie mit Vera in die Apotheke ging, blieb ihr keine Zeit mehr für die Boutique. Aber sie hatte Paul ihr Wort gegeben, und sie hatte ihre Prinzipien.

Doch Vera tat ihr den Gefallen und schüttelte den Kopf. «Nein», sagte sie ein wenig kleinlaut. «Das schaffe ich. Sie wollen ...»

«Ich schaue dort drüben in ein Geschäft.» Eine unbestimmte Kopfbewegung. Glücklicherweise gab es eine ganze Reihe erleuchteter Schaufenster entlang der gegenüberliegenden Häuserfront. «Ich hole Sie in zehn Minuten in der Apotheke ab. Gehen Sie nicht alleine zum Zug zurück! Warten Sie auf mich! Und dann müssen wir uns beeilen.»

Vera nickte knapp, und Betty erkannte, wie sie die Zähne aufeinanderbiss. Plötzlich tat ihr die ruppige Ansprache leid. «Ich freue mich auf unser Abendessen», sagte sie aufmunternd und drückte ihr Gesicht an die Wange der jüngeren Frau. Man konnte über Vera Richards sagen, was man wollte, dachte Betty. Aber sie roch verteufelt gut. Mit einem kurzen Lächeln löste sie sich von der Frau und überquerte mit raschen Schritten den Platz.

Erst unmittelbar bevor sie die erleuchteten Schaufenster erreichte, drehte sie sich noch einmal um. Ihre Augen suchten nach der Texanerin. Doch Vera war nicht zu sehen. Zumindest nicht an der Apotheke. Sie befand sich ganze sechzig oder siebzig Meter von Betty entfernt – ziemlich genau an der Stelle, wo die Schauspielerin sie zurückgelassen hatte. Doch selbst auf diese Entfernung konnte Betty erkennen, wie Vera sich soeben ihre Handtasche wieder über die Schulter streifte, während sich eine humpelnde Gestalt in die Schatten entfernte. Kopfschüttelnd betrat Betty Marshall die Boutique.

***

Postumia – 26. Mai 1940, 20:10 Uhr

«Carol.»

Poltern auf dem Pflaster, als Evas Verfolger fluchtartig verschwanden. Ihre eigene Stimme schien von ganz weit her zu kommen. Alles war gedämpft, wie hinter einem Schleier. Was sie hörte, was sie sah ...

Eva bekam nicht mit, wie er sich näherte, doch als ihre Beine unter ihr nachgaben, fing er sie auf. Aus nächster Nähe sah sie ihm in die Augen, diese sanften dunklen Augen, die auf so selbstverständliche Weise vertraut waren. Sie konnte ihren Ausdruck nicht deuten, doch mit einem Mal war es, als wäre nichts von dem, was in den letzten vierundzwanzig Stunden geschehen war, tatsächlich passiert. Es war selbstverständlich, dass er hier war, in diesem Moment, da sie ihn am dringendsten brauchte. Und was als Nächstes geschehen würde, geschehen *musste*, erschien nicht weniger selbstverständlich. Sie schloss die Augen, öffnete die Lippen.

Doch nichts geschah. Sie schlug die Augen wieder auf. Sein Gesichtsausdruck hatte sich nicht verändert – oder kaum. Seine Augen blickten forschend, eine Spur zusammengekniffen.

Noch immer spürte sie seine Arme um sich, seine Schulter an ihrer Wange, und in diesem Moment wünschte sie sich nur eines: Wenn dies nichts als ein Wahnbild war, dann sollte es anhalten, sodass sie sich niemals wieder von ihm lösen musste. Denn es gab keinen Ort mehr, der für Eva Heilmann Sicherheit versprach. Alles, was es gab, war dieser Mann. Gleichgültig, was er war – apostolischer König von Carpathien, Löwe des Balkan und noch ein halbes Dutzend Titel mehr –, er war hier, er hielt sie fest, bis irgendwie, von irgendwoher Kraft in ihren Körper zurückkehrte und er seine Arme vorsichtig von ihr löste.

Es kam ihr vor, als würde sie in einer Winternacht hinaus in den eisigen Schnee gestoßen.

Ihre Hand tastete nach dem rauen Putz der Mauer, und im selben Moment ... Es war, als ob sie auf einen Schlag wieder zu Bewusstsein kam. *Hast du überhaupt nichts gelernt? Was im Himmel ist dir da gerade durch den Kopf gegangen?* Sie holte Atem.

Ja, sie konnte stehen. Ja, auch ohne seine Hilfe. Und jetzt, da sie wieder bei sich war, spürte sie es deutlich: Da war eine Stärke in ihrem Innern, die sie früher nicht gekannt hatte und die sie irgendwann in den letzten Tagen gefunden haben musste. Eine Stärke, die nicht zuließ, dass sie sich ihm gegenüber schwächer und ohnmächtiger gab, als sie war.

«Carol», sagte sie noch einmal leise.

Er musterte sie von oben bis unten. «Ich habe gesehen, wie du gestolpert bist», sagte er ruhig. «Bist du verletzt?»

Sie schüttelte den Kopf. Doch als sie versuchte, ihr rechtes Bein zu belasten, zuckte sie zusammen, brach die Bewegung ab. «Ich ... ich fürchte ... Ich bin mir nicht sicher, ob ich laufen kann.»

Er brummte etwas. Die carpathische Sprache besaß eine reiche Auswahl an Flüchen, die bis zur Aufforderung reichten, den Beischlaf mit der verstorbenen Verwandten der eigenen Mutter auszuüben, doch mit diesen Feinheiten hatte sich Eva nicht näher beschäftigt.

«Dann stütz dich ab», murmelte er. «Ich bringe dich zurück.»

«Zurück?»

«In den Zug. Aber wir dürfen keine Zeit mehr verlieren.»

«Aber ...»

Er schob seine Hand unter ihrem Arm durch. Sie spürte sie am Ansatz ihrer Brust. Die Berührung war ... Es war nicht dasselbe wie früher, und trotzdem drang ein Schauer durch ihren Körper. Wie von selbst legte sich ihre freie Hand auf seine Schulter. Auf ihn gestützt, gelang es ihr, einen Fuß vor den anderen zu setzen, doch jedes Mal, wenn sie den verletzten Knöchel belastete, schoss ein beißender Schmerz ihr Bein empor.

«Pass auf», brummte er. «Da kommen noch mehrere Stufen.»

Eva nickte knapp. Sie nahm sich in Acht. Weit entfernt erhellte diffuses Licht die Dunkelheit, und tatsächlich, es musste der große Platz vor dem Bahnhof sein. Aber es war eine gehörige Strecke dorthin. «Du ...», setzte sie an. «Der Zug wollte nur zwanzig Minuten warten. Wir schaffen es nicht rechtzeitig. Du musst ...»

«Blödsinn.» Er wischte ihre Worte beiseite. Sie blickte zu ihm hoch, musste in Wahrheit nicht besonders weit nach oben schauen. Sie war groß für eine Frau; er überragte sie nur um wenige Zentimeter. Für eine Sekunde sah sie das wölfische Grinsen, vor dem einmal jeder Mensch in Carpathien gezittert hatte, der nicht nach seiner Pfeife hatte tanzen wollen. Und in den Nachbarländern noch dazu. Doch sofort war der Ausdruck wieder verschwunden. «Sie werden nicht ohne mich fahren», stellte er nüchtern fest.

Eva öffnete den Mund, aber im selben Moment wurde ihr klar, dass er die Wahrheit sprach. Der Simplon Orient fuhr auf die Minute pünktlich. Einer der vielen Vorzüge, denen die CIWL ihren legendären Ruf verdankte. Nur dass Carol ein König war. Ein ehemaliger König, was er so oft vergaß zu erwähnen. Doch nun, so bald schon, würde er wieder König sein. Für diesen Mann würde auch der Orient Express warten.

«Was zur Hölle hast du dir eigentlich dabei gedacht?»

Die Schärfe in seiner Stimme kam völlig unvorbereitet. Und er sprach laut. Sie hatte erlebt, wie laut er werden konnte, mit Graf Béla, mit dem Personal in der Botschaft. Niemals jedoch mit ihr. «Was?» Sie blinzelte. «Ich ...»

Auch seine Haltung hatte sich verändert. Seine Hand lag noch immer um ihre Brust, stützte sie, während sie vorsichtig ihre Schritte setzte. Doch sein Körper war jetzt angespannt, hart wie ein Brett. «Was hast du geglaubt, mit dieser wahnsinnigen Aktion erreichen zu können?»

«Ich ...» Sie schluckte. «Es ... Es hatte nichts mit dir zu tun, oder ...

Nicht unmittelbar jedenfalls», murmelte sie. «Nicht besonders viel.
Ich wollte einfach nur weg. In diesem Zug sitzen ein paar Menschen,
die mich enttäuscht haben, und ... Und wo hätte ich denn hingehen
sollen? Was soll ich in Istanbul? Ich wollte zurück in die Schweiz und
irgendwie ...»

«Ich rede nicht davon, dass du den Zug verlassen hast!», knurrte er.
«Ich will wissen, was du im Simplon Orient überhaupt zu suchen hast!
Du wirst kaum behaupten können, dass ich nicht alles getan habe, um
es dir so leicht wie möglich zu machen.» Er sog den Atem ein. «Uns
beiden», murmelte er.

Ihre Wut flammte so plötzlich auf, dass sie selbst davor erschrak.
All das, was seit Tagen in ihr brannte: der Schmerz, die Enttäuschung,
die Demütigung, die Angst. «Oh ja!», fauchte sie. «Dir hast du es tatsächlich leicht gemacht! Bis zum letzten Moment zu tun, als ob nichts
wäre, und dann – weg. Ohne ein Wort. Ohne eine Nachricht. Während
die SS schon Anlauf auf Paris nimmt. Was mit mir passieren würde ...»

Abrupt blieb er stehen, so plötzlich, dass Eva eine unfreiwillige Bewegung machte, den verletzten Fuß falsch aufsetzte, strauchelte.

Doch er ließ nicht zu, dass sie fiel. Im Gegenteil: Er packte sie heftiger, schmerzhaft fest, drehte sie zu sich herum. «Sag das noch einmal!»
Es war nicht mehr als ein heiseres Flüstern.

«Was?» Sie blinzelte. «Die Deutschen. Sag mir nicht, du wärst nicht
auf die Idee gekommen, dass ich in Gefahr bin, wenn Paris in die Hände der Nazis fällt. Ich habe Deutschland damals verlassen können, ja,
aber doch nur, weil wir in deinem Diplomatenfahrzeug saßen! Ich
habe nichts als meinen deutschen Pass mit einem hässlichen J, mit
dem ich ...»

«Ich habe dir einen Brief geschrieben.» Seine Stimme war tonlos.
«Du hast ihn nicht bekommen? Pierre ist nicht bei dir gewesen?»

Jetzt kniff sie die Augen zusammen. Pierre war der Chauffeur der
Botschaft.

«Mein Gott», flüsterte er.

«Carol?» Einen Moment lang kam es ihr vor, als müsste er sich an
ihr festhalten, dann hatte er sich wieder unter Kontrolle.

«Ich habe dir geschrieben. Einen langen Brief. Pierre sollte ihn dir übergeben. Ich habe ... versucht, dir alles zu erklären. Soweit es möglich ist, solche Dinge zu erklären. – Mein Volk ruft nach mir, Eva, und ich habe nicht das Recht, mich diesem Ruf zu verweigern. Nicht jetzt. Die Republik ist am Ende, kann nicht länger durchhalten gegen die Kommunisten, die von den Sowjets unterstützt werden – und gegen meinen Onkel.» Sein Tonfall wurde düsterer. «Pavel, der behauptet, in meinem Namen zu handeln, aber meine Briefe nicht mehr beantwortet. So oder so: Carpathien zerbricht. Die einzige offene Frage ist, ob Hitler es an sich reißen wird oder Stalin oder ob sie es untereinander aufteilen, wie sie das in Polen getan haben. Wenn das Land eine Chance hat, so hat es diese Chance nur mit mir. Mir werden sie folgen, auch die Republikaner. Der Präsident ist kein dummer Mann; er wird erkennen, dass er keine andere Wahl hat. Nur wenn ich wieder an der Spitze Carpathiens stehe ...»

«Mit der Hilfe deiner neuen Freunde?», fragte Eva ironisch. Sie wollte sich auf die Zunge beißen, doch plötzlich kam es ihr vor, als hätte sie sich schon seit Monaten zurückhalten müssen. «Die Deutschen helfen dir wieder auf den Thron, und dafür opferst du die carpathischen Juden? Damit du ihre Marionette spielen darfst?»

Jetzt ließ er sie los. «Woher weißt du das?»

Sie sah den neuen Ausdruck, den sein Gesicht angenommen hatte. In unmittelbarer Nähe befand sich eine der elektrischen Laternen, und ihr Licht reichte aus, um die Härte zu erkennen, die auf seine Züge getreten war. Er hat eine Pistole, schoss ihr in den Kopf. Ja, er hatte sie gerettet, die kleine, hilflose Eva Heilmann. Doch was würde er tun, wenn ihm in den Sinn kam, dass sie ganz so klein und ganz so hilflos überhaupt nicht mehr war? Dass sie womöglich zu viel wusste und eine Gefahr darstellen konnte für seine Pläne, wieder auf den Thron zu kommen? Aber das war ... nein ... *War das Unsinn?*

Im nächsten Moment schüttelte er den Kopf. «Eigentlich spielt das keine Rolle», murmelte er. «Es ist die Wahrheit. Ich brauche die Hilfe der Deutschen.» Er sah sich um. Die Gasse war menschenleer, der Platz am Bahnhof noch ein Stück entfernt. «Dieser Hitler ist ein

Riesenschweinehund», sagte er leise. «Aber es *muss* deutlich werden, dass er in meinem Rücken steht. Nur damit kann ich verhindern, dass Stalin unmittelbar in Carpathien eingreift, bevor ich ... Bevor ich die Zügel wieder fest in der Hand habe und meine eigenen Pläne reif sind. Und ja, ich habe den Deutschen Zugeständnisse gemacht. Aber was bedeutet eine Unterschrift auf dem Papier? Es wird in der Verantwortung der carpathischen Behörden liegen, die Juden in Haft zu nehmen und sie ins von den Deutschen besetzte Generalgouvernement abzuschieben ... Wir können das monatelang hinauszögern, andere Wege finden. Juden, die längst geflohen sind, kann auch König Carol nicht ausliefern. Und ich werde Sorge tragen, dass niemand mittellos fliehen muss. *Reichen* Juden gewährt man überall gern Asyl. – Eva, ich habe versucht, dir das alles zu erklären. Warum ich diese Entscheidung treffen musste. Ich kann nicht unter dem Schutz der Deutschen nach Carpathien zurückkehren und ...» Sie sah, wie sich sein Adamsapfel bewegte. «Und meine jüdische Geliebte mitbringen.»

«Das ...» Ihre Stimme versagte. «Das alles hast du mir geschrieben?»

Er zögerte. «Das meiste davon», sagte er. «Pierre hätte dir den Brief gestern Abend übergeben sollen. Ich hatte gehofft, dass du mich irgendwie verstehen würdest. Oder zumindest so lange darüber nachdenkst, dass es zu spät ist für ...» Sein Mundwinkel zuckte. Es war ein freudloses Lächeln. «Für das, was du nun tatsächlich getan hast.»

Sie sah ihn an. Er sagte die Wahrheit. Er hat mich tatsächlich geliebt, dachte sie und kämpfte gegen die aufsteigenden Tränen. Auf seine Weise hatte er sie geliebt. Er hatte sie zurückgelassen, doch er hatte es sich nicht leicht gemacht. Er hatte versucht, ihr zu erklären, warum ihm keine andere Wahl geblieben war, weil etwas anderes, die Verantwortung für sein Volk, schwerer wog.

«Du hättest den Brief bekommen sollen», murmelte er. «Und eine größere Geldsumme. Dazu ein Billett für den Express nach Marseilles, für die Überfahrt nach Oran in Nordafrika. Ein Visum, mit dem du in die Vereinigten Staaten ...» Er brach ab. «Ich werde diesen Mann zur Verantwortung ziehen», flüsterte er. «Ganz gleich, was geschieht. Irgendwann wird dieser Krieg vorbei sein, und dann werde ich ihn finden und zur Verantwortung ziehen.»

«Carol ...» Ihr versagte die Stimme. «Er wird einfach Angst gehabt haben. Er wird die Chance gesehen haben, sich abzusetzen, bevor die Deutschen ...»

«Ach ja? Und wer in Paris hat keine Angst? – Es gibt keine Entschuldigung, Eva.»

Sie verstummte. Sah, dass es ihm ernst war.

Sie holte Luft. «Carol.» Sie sah ihm in die Augen. «Ich weiß, es ist ein seltsamer Moment, nachdem du mich gerade schon wieder retten musstest, aber du kannst mir glauben: Du musst dir keine Sorgen machen um mich. Der Simplon Express ist ... sicher. Ein sicherer Ort für diesen Moment. Und mit jeder Stunde wird mir klarer, dass ich stärker bin, als ich jemals gedacht hätte. Aber du ... Du bist in Gefahr! Ein Attentäter ist auf dich angesetzt! Irgendjemand will verhindern, dass du in Carpathien ankommst. Womöglich ... wahrscheinlich sogar die Deutschen selbst. Ich habe gehört, wie sie darüber gesprochen haben: die Franzosen, im Salonwagen.»

Er betrachtete sie aus schmalen Augenschlitzen. «Du weißt offenbar eine Menge Dinge, von denen du nichts wissen solltest, Eva.» Leiser. «Und ich habe mich schon gewundert, warum sich dieser Guiscard so schwierig abschütteln lässt. Sie hätten mir einfach die Wahrheit sagen sollen.»

Genau wie ich, dachte Eva. Doch das sprach keiner von ihnen aus.

«Hast du eine Vorstellung, wie viele Attentäter es in den letzten Jahren auf mich abgesehen hatten?», fragte er. «Ich bin der König von Carpathien. Das habe ich mir nicht ausgesucht. Ich hätte auf die Krone verzichten können, als alle Welt glaubte, die Republikaner hätten sich durchgesetzt, und ich habe das eine Zeitlang tatsächlich in Erwägung gezogen. Vermutlich hätte man mich dann in Ruhe gelassen. Aber was hätte das jetzt geholfen? Du siehst es doch selbst: Das Land versinkt im Bürgerkrieg. Die Carpathier sind noch nicht reif für diese Form der Regierung. Sie brauchen mich. Wenn das Land in diesen Krieg gezogen wird, wird man von jedem Carpathier erwarten, dass er sein Leben aufs Spiel setzt. Und da soll ausgerechnet ich zurückstehen? Ich, der Einzige, der verhindern kann, dass sie sich auf Gedeih und Verderb den Nazis oder den Kommunisten ausliefern müssen?»

Eva hatte einen Kloß im Hals. Auf einmal schämte sie sich. Diese Seite habe ich niemals gesehen, dachte sie. Sie hatte immer nur gesehen, dass er seinen Thron zurückhaben wollte. Was es für einen Mann bedeutete, wenn er eine Krone trug – in welche Gefahr er sich begab ... Was er auf sich nahm ... Dass er nicht einmal die Frau bei sich haben durfte, die er liebte ... Oder wie auch immer man es ausdrücken mochte, was er für sie empfunden hatte.

«Carol», flüsterte sie und streckte die Hand nach ihm aus.

Sie wusste, dass dies kein neuer Anfang war. Dass das, was zwischen ihnen gewesen war, unwiderruflich vorüber war. Dass die offenen Worte dies nur besiegelt hatten. Und doch musste sie es tun. Offene Worte ... Ein seltsames Gefühl entstand in ihrer Brust. Wie hatte sie Ludvig Mueller verflucht – und trotzdem immer nur ihre eigene Seite gesehen. Was, wenn sie von Anfang an offen zu ihm gewesen wäre? Doch gleich besann sie sich. Offene Worte hin oder her: Sie hatte ihn mit Betty Marshall im Bett erwischt. Oder *auf* dem Bett. Das war eine Tatsache.

«Carol?», fragte sie leise.

Etwas an ihm hatte sich verändert. Er stand hoch aufgerichtet, die Hand an der Hüfte.

«Bleib hinter mir!», zischte er.

«Was ...»

Er schob sich wortlos an ihr vorbei, zog seine Waffe. Im nächsten Moment sah sie es selbst: eine Gestalt, die langsam durch die Gasse auf sie zukam. Für einen Moment konnte sie die Silhouette vor dem Hintergrund des erleuchteten Platzes deutlicher erkennen: Sie trug ebenfalls eine Waffe. Der Attentäter!

Im selben Augenblick aber entspannte sich Carols Haltung. «Graf!» Er hob die Hand. «Hier sind wir!»

Graf Béla. Tatsächlich. Eine Uniformmütze verdeckte seine Glatze,

319

sodass sie ihn nicht auf der Stelle erkannt hatte. In seinem vertrauten Gang, ein Bein leicht hinter sich herziehend, kam er eilig auf den König zu, stutzte einen Moment lang, als er Eva sah, gönnte sich jedoch nicht einmal die Zeit für einen unfreundlichen Blick.

«Eure Majestät: Im Zug wartet man auf uns, aber vor allem ...» Er griff in seine Uniform. «Eine Depesche. Aus Kronstadt.»

Carol nahm das Schreiben entgegen, faltete es auf, trat näher an die Straßenlaterne.

Der Lichtschimmer war kaum hell genug, doch Eva konnte es sehen. Konnte sehen, wie er beim Lesen erbleichte.

***

Postumia – 26. Mai 1940, 20:15 Uhr
CIWL 2413 D (ehemals 2419 D, «wagon de l'Armistice»)

«Was hätte ich denn tun sollen?», murmelte Guiscard. «Sie haben sich aufgeteilt. Bis ich begriffen habe, dass ich nicht an ihm, sondern an seinem Leibwächter dran war, diesem Deutschen, muss er schon sonst wo gewesen sein.»

Lourdon antwortete nicht.

«Der Mann hat Übung darin, Verfolger abzuhängen!» Der junge Beamte klang zunehmend verzweifelt. «Die Presse zum Beispiel, aber die kann sich wenigstens offen sehen lassen! Wenn er den Zug verlässt und ich verhindern will, dass er mich bemerkt, *muss* ich einen gewissen Abstand halten.»

Lourdon sagte kein Wort. Mit auf dem Rücken verschränkten Händen verharrte er am Fenster des Salonwagens und beobachtete die Fahrgäste, die in kleinen Gruppen eilig auf den Bahnsteig zurückkehrten. Der Schaffner stand unter einer der Laternen, Uhr und Trillerpfeife in der Hand, machte aber keinerlei Anstalten, das Signal zur bevorstehenden Abfahrt zu geben.

Carol von Carpathien war noch immer nicht zurück.

«Wenn dem König irgendetwas geschehen ist ...», sagte Lourdon gefährlich leise. «Ich werde dafür sorgen, dass Sie persönlich dafür zur Verantwortung gezogen werden, Guiscard!»

«Da kommt er.» Clermont, der am anderen Ende des Salons am Fenster gestanden hatte, stieß den Atem aus. «Der Graf ist bei ihm – und ein Mädchen. Die Kleine aus dem hinteren Wagen.» Lourdon warf einen Blick in seine Richtung: Clermont sah blass aus. Blass wie wir alle, dachte er. Vor zehn Minuten war Maledoux mit einem Telegramm eingetroffen, das er im Büro der Bahnhofsdirektion in Empfang genommen hatte.

Die Nachrichten aus Carpathien waren ein schwerer Schlag. Was auf Burg Bran geschehen war, hatte das Zeug, die Lunte am Pulverfass Balkan zu zünden. Die einzige Frage war, ob der Zug schnell genug sein würde oder ob die Kettenreaktion, die auf das Chaos in Carpathien unweigerlich folgen musste, den Simplon Orient mit der gesamten zerklüfteten Halbinsel in den Abgrund reißen würde.

«Lieutenant-colonel?» Gaston Thuillet eilte in den Raum. Der Repräsentant der CIWL tupfte sich mit einem Tuch den Schweiß von der Stirn. «Sie haben es schon gehört, was in Carpathien ...»

«Haben wir.» Lourdon hatte sich umgewandt. «Wie konnte es geschehen, dass so viele Passagiere den Zug verlassen haben? Ich habe eindeutige Instruktionen gegeben.»

Thuillet nahm sein Monokel aus dem Auge, warf einen kurzen Blick darauf, klemmte es wieder unter die Lidfalte. «Mit Verlaub, Lieutenant-colonel, aber wir haben sämtliche Passagiere auf die Gefahren hingewiesen. Die Risiken sind ihnen bekannt. Aber unsere Fahrgäste sind keine Gefangenen, denen ich den Freigang verbieten kann und ...» Der grelle Pfiff der Schaffnerpfeife schnitt ihm das Wort ab. Im nächsten Moment erwachten am anderen Ende des Zuges die stampfenden Motoren der jugoslawischen Pacific 231 aus dem Schlaf. «Im Übrigen sind sie alle wieder da», vollendete er mit einer angedeuteten Spitze.

«Ob sie wieder da sind, Directeur, ist vor allem Ihr Problem», sagte Lourdon. «Zu meinem Problem wird es, wenn sie Ärger mitbringen, der dazu führt, dass irgendwelche lokalen Behörden auf diesen Zug aufmerksam werden.»

Er atmete auf, als er spürte, wie der Express sich in Bewegung setzte. Postumia war Mussolinis letzte Chance gewesen, die Hände nach dem Zug auszustrecken. In Jugoslawien würden die Karten neu gemischt werden. Wobei es sich um einen wahrhaft chaotischen Stapel von Karten handelte, dachte er finster. Das Königreich war ein Schmelztiegel unterschiedlichster Völker: Serben, Kroaten, Bosnier, Slowenen und andere mehr. Und jedes dieser Völker neigte in eine andere Richtung, selbst wenn die Regierung in Belgrad offiziell am engen Verhältnis zu Frankreich festhielt. Das hatte sich schon hier in Postumia gezeigt, wo die Zollformalitäten tatsächlich nichts als Routine gewesen waren.

Nun aber, da die Lawine des Krieges ins Rollen kam: Konnte es überhaupt noch irgendjemand auf dem Balkan wagen, sich Hitler entgegenzustellen?

Ein dumpfer Knall riss ihn aus seinen Gedanken.

Maledoux trat mit dem Absatz seines Stiefels gegen die Holzverkleidung, hinter der sich das Entree des Wagens verbarg. «Hat sich gelöst», murmelte er. «Spüren Sie das? Die neue Lok fährt irgendwie ... unruhiger.»

«Das sind ...» Der Vertreter der Eisenbahngesellschaft hüstelte. «Das sind die Gleise. Auf dem Balkan sind die Schäden des letzten Krieges bis heute nicht vollständig behoben. Auf diesem Abschnitt der Strecke erreichen wir nicht ansatzweise unsere Höchstgeschwindigkeit. Und selbst unter diesen Bedingungen hat es in der Vergangenheit leider mehrfach Vorfälle gegeben, bei denen der Zug ...»

«Wenn Sie, Maledoux, noch einmal gegen diese Wand treten, wird es in diesem Zug einen Vorfall geben!» Lourdon wandte sich nicht an Thuillet, sondern fixierte seinen Mitarbeiter. «Dieser Wagen ist ein nationales Monument. – Wenn wir allerdings gezwungen sind, die Geschwindigkeit zu drosseln, bedeutet das für uns, dass wir heute Nacht noch mehr auf der Hut sein müssen als bisher. Guiscard, Ihr Auftrag, auf den König zu achten, ist hiermit beendet. Lassen Sie uns hoffen, dass er für den Rest der Fahrt in seinem Wagen bleibt, wo sei-

322

ne eigenen Leute ihn im Auge haben. Unsere Aufgabe ist dieser Zug als Ganzes. In wenigen Stunden passieren wir den kroatischen Teil Jugoslawiens. Die kroatische Unabhängigkeitsbewegung, die *Ustascha*, ist nichts als ein verlängerter Arm Hitlers und Mussolinis.»

«Und auf der anderen Seite die Kommunisten», brummte Clermont. «Was, wenn sie das, was in Carpathien geschehen ist, als Signal nehmen, auch in Jugoslawien loszuschlagen?»

Lourdon kniff die Augen zusammen, schüttelte dann den Kopf. «Ganz gleich, was das Telegramm behauptet», murmelte er. «Es fällt mir schwer zu glauben, dass kommunistische Aufständische für die Auslöschung der carpathischen Führung verantwortlich sein sollen. Es wären sehr, sehr dumme Aufständische, die die Anführer *beider* mit ihnen verfeindeter Gruppen liquidieren und sie bis zum Äußersten reizen, anstatt sich mit der einen Seite gegen die andere zu verbünden. – Andererseits fiel es auch schwer, zu glauben, dass die Polen für den Überfall auf diesen deutschen Sender ...» Er hob suchend die Hand.

«Gleiwitz», half Clermont. «In Schlesien.»

«Niemand hat daran geglaubt, dass Polen diesen Überfall verübt hätten, doch hat das Hitler daran gehindert, in ihr Land einzumarschieren? Es wird ihn auch in Carpathien nicht hindern, wenn niemand ihm glaubt. Da eine Führung im Land selbst nicht mehr existiert, gibt es nur noch einen Repräsentanten der carpathischen Unabhängigkeit, und der befindet sich an Bord dieses Zuges.»

«Und Carol ist jetzt mit den Deutschen verbündet.» Die Holzverkleidung stand noch immer einen Spalt von der Zwischenwand ab, doch für den Moment hatte Maledoux seine Versuche eingestellt. «Wenn wir Carol schützen, arbeiten wir ihnen dann nicht in die Hände? Wird Hitlers Sieg nicht erst vollkommen, wenn Carol in Kronstadt eintrifft?»

Lourdon schwieg. Die Hände auf dem Rücken verschränkt, trat er wieder ans Fenster, blickte in die Nacht, wo die Lichter von Postumia hinter ihnen zurückblieben, der großen Dunkelheit über der Weite des Balkans Platz machten.

Erst nach mehreren Minuten murmelte er wie zu sich selbst: «Diesen Eindruck könnte man gewinnen, Maledoux. Diesen Eindruck könnte man gewinnen.»

***

Zwischen Postumia und Belgrad – 26. Mai 1940, 20:30 Uhr
CIWL WR 4229 *(Speisewagen)*. *Fumoir.*

«Mesdames.» Graf Béla deutete eine steife Verbeugung an. Ein Blick zu Paul Richards. «Monsieur. – Seiner apostolischen Majestät wäre es dann ein Vergnügen, Sie in seinen Räumlichkeiten begrüßen zu dürfen.»

«O ... O ... O *mein Gott!*»

Vera war aufgesprungen, strich sich hektisch das Kleid glatt. Betty musste lächeln. Sie hatte ihren Mantel zurück aufs Abteil gebracht und war vor zwei Minuten gerade dazugekommen, als Paul seiner Frau die große Überraschung eröffnet hatte: Kein Dinner allein mit Betty Marshall, so glamourös das bereits sein mochte, sondern ein Empfang in den offiziellen Gemächern des Königs von Carpathien. Gut, die Gemächer waren und blieben Abteile eines Schlafwagens, und sei er noch so luxuriös ausgestattet, doch wenn ein leibhaftiger König sie bewohnte, konnte man sie wohl als *Gemächer* durchgehen lassen.

Paul jedenfalls hatte damit offenbar keine Probleme. Betty unterdrückte ein Grinsen, als sie ihm einen Blick zuwarf. Er sah immer noch aus wie eine Katze, die soeben den Kanarienvogel verspeist hatte.

«O mein Gott, müssen wir ihn so ansprechen?» Vera sah sich hilfesuchend um. «*Eure apostolische Majestät?* Und dieser ... Hofknicks ... Müssen wir alle einen Hofknicks machen?»

«Vermutlich nur Miss Marshall und du, Darling», mutmaßte Paul. «Ich denke nicht, dass er bei mir auf dem Knicks bestehen wird.»

«Das ist *nicht* lustig, Paul!», fauchte sie.

324

«Eure apostolische Majestät.» Der Graf verzog keine Miene. «Bei der Vorstellung, der ersten Begrüßung. – Danach genügt ein *Sire* oder auch ein *König Carol*.»

«O mein Gott!»

Das, dachte Betty, wäre auf jeden Fall eine Spur übertrieben. Sie stellte fest, dass sie mittlerweile ausgesprochen gute Laune hatte. Die besten Vorzeichen für diesen Abend, der nach ihrem festen Entschluss für sie selbst noch weit größere Bedeutung haben würde als für die Richards. Und es war gut, nein, es war *perfekt*, dass es ihr gelungen war, aus dem Tête-à-Tête, wie der König es geplant hatte, eine Art gesellschaftlichen Anlass zu machen. Beim Dreh hatte sich zwar immer nur eine Handvoll Menschen am Set aufgehalten, doch Betty Marshall war die Letzte, die den Wert eines echten und leibhaftigen Publikums unterschätzt hätte, und Vera Richards würde ein ganz hervorragendes Publikum abgeben. Welchen Namen sollte Betty dem Stück geben, das ihr Publikum heute Abend zu sehen bekommen würde? *Femme fatale*, beschloss sie. Das klang gut.

Was das Kostüm anbetraf ... Sie hatte gewusst, dass sie das richtige Kleid auf Anhieb erkennen würde: schwarz, aber vollkommen anders als das im Vergleich dann doch recht gewöhnliche Textil, das sie an Paul Richards ausprobiert hatte. Seriös, ohne dabei züchtig oder altbacken zu wirken, wenn Carol ihr am Tisch gegenübersaß, doch aus dieser Perspektive eigentlich nichts Besonderes. Das Geheimnis war der Rücken, den jetzt noch ihre Stola verhüllte, die ihr der Gastgeber beim Betreten des Abteils weltmännisch von den Schultern nehmen würde. Sie hatte nur Sekunden gebraucht, die Abfolge ihrer Bewegungen in den Spiegeln der Boutique zu choreographieren. Wenn sie es richtig anstellte, würde ihm der wahrhaft sündige Rückenausschnitt gerade eine *Ahnung* vom Ansatz ihrer Hinterbacken vermitteln. Das sollte ihm für die Dauer des Dinners ausreichend zu denken geben.

«Bitte.» Wieder blieb die Verbeugung des Grafen eine bloße Andeutung.

«Oh, Sie können sich nicht vorstellen, wie aufgeregt ich bin.» Vera knetete ihre Hände, während sie einen halben Schritt hinter Carols Adjutanten folgte, ihre Handtasche an die Brust gepresst.

Paul hob amüsiert eine Augenbraue, und diesmal unterdrückte auch Betty ihr Grinsen nicht. Ja, sie mochte Paul Richards. Für sie, der es zur zweiten Natur geworden war, von einer Rolle in die andere zu wechseln, und die in dem gigantischen Film mit dem Titel *Leben* ständig von Menschen umgeben war, die diese Kunst fast ebenso gut beherrschten, war es eine derartige Wohltat, auf jemanden zu treffen, der nicht im Geringsten versuchte etwas darzustellen, was er nicht war. Paul Richards war der lausigste Schauspieler der Welt und nicht für den Bruchteil einer Sekunde dazu in der Lage, seine Vernarrtheit in diese hübsche junge Frau zu verstecken.

Und Betty verstand ihn ja.

«Und?» Sie nickte über die Schulter, wo sich die Großfürstin gerade am Tisch der Romanows niederließ. Ihre kleine Tochter begann auf der Stelle fröhlich von Erdbeersorbet zu plappern, doch angesichts der Stimmung, die rund um die Uhr von dieser Familie ausging, erschien selbst der Gedanke an pürierte und gefrorene Früchte geradezu wohltemperiert.

«Irgendwelche spektakulären neuen Erkenntnisse nach Ihrem Gespräch mit dem jungen Mister Romanow?», fragte Betty leise.

Der Gesichtsausdruck des Texaners veränderte sich auf der Stelle. «Versuchen Sie in diesem Zug einmal ein Gespräch zu führen, ohne dass irgendjemand zuhört», grummelte er.

«Irgendjemand?»

«Fitz-Edwards», murmelte er. «Der Brite. Eigentlich kaum zu übersehen, sollte man meinen, aber man kriegt überhaupt nicht mit, dass er da ist, bis er den Mund aufmacht. *Wenn* er allerdings den Mund aufmacht ...»

«Ist es vielleicht möglich, dass Sie mittlerweile ein wenig paranoid sind, Paul?»

Er brummte zur Antwort.

«Und was sagt Alexej Romanow?», hakte sie nach.

Paul zog eine Grimasse. «Er ist aufgewacht, als sich Petrowitsch über ihn beugte. Keine Erinnerung an das, was auf dem Lokus passiert ist – aber tausend Vorschläge, wie wir die Welt zu einem freundlicheren Ort machen können. Mit meinen Arbeitern auf den Ölfeldern könnte ich gleich mal anfangen.»

Betty grinste. «Und? Werden Sie?»

«Eine Frau im beigen Kleid will er nicht gesehen haben», murmelte Paul. «Und tatsächlich war er nicht mehr im Salon, als ich sie beobachtet habe. Aber sie ist auf demselben Weg verschwunden wie er, in den hinteren Schlafwagen – und ward nicht mehr gesehen. Anders als er.»

«Sie könnte in eins der Abteile gegangen sein. Zu den Franzosen mit dem Weichkäse vielleicht. Bei den beiden könnte ich mir vorstellen, dass sie sich Damengesellschaft auf die Kabine kommen lassen. Wobei auch die beiden ein gewisses Maß an Diskretion an den Tag legen würden. Das würde jedenfalls erklären, warum sonst niemand die Frau gesehen hat.»

«Möglich wäre das», gestand er ein. Sie betraten jetzt den vorderen Schlafwagen, passierten Bettys Kabine. «Sie könnte in einem x-beliebigen Abteil verschwunden sein. Was ich mich frage, ist, was Alexej Romanow die ganze Zeit über getan hat. Die Kabinen seiner Familie befinden sich hier im Lx. Er ist aber in den *hinteren* Schlafwagen gegangen. Kurz darauf, als wir in den Tunnel eingefahren sind, ist die Frau ebenfalls in den hinteren Wagen gewechselt; aber erst als wir den Tunnel wieder verlassen haben, hat Petrowitsch den Jungen, der soeben seinen Unfall erlitten hatte, in den Salon geschleift. Mehr als eine halbe Stunde später. Wenn Alexej Romanow die Frau tatsächlich nicht gesehen hat, frage ich Sie: Wo ist er die ganze Zeit gewesen?»

Betty zog die Unterlippe zwischen die Zähne. «Klingt nach einer wirklich außergewöhnlich langen Sitzung auf dem Lokus.»

Paul nickte düster.

Doch sie kamen nicht mehr dazu, den Gedanken zu vertiefen. Carol trat auf den Flur, um die Gäste zu begrüßen.

* * *

Zwischen Postumia und Belgrad – 26. Mai 1940, 20:36 Uhr
CIWL WR 4229 (Speisewagen). Fumoir.

«Ich habe gute Nachrichten.» Constantin Alexandrowitsch schob sich seine Serviette in den Kragen und strich sie glatt.

Alexej hatte den Eindruck, dass er selbst im Moment der Einzige war, der dem Großfürsten überhaupt zuhörte. Seine Mutter schaute häufiger aus dem Fenster als auf ihre Familie, seitdem sie als Letzte an den Tisch gekommen war. Xenia ließ währenddessen die Spitze ihres Zeigefingers gedankenverloren über den Rand ihres Tellers wandern. Alexej war aufgefallen, dass sie heute Abend nur einen Hauch Gesichtspuder aufgelegt hatte, und er fragte sich, ob sie damit einen stillen Protest gegen die bevorstehende Hochzeit zum Ausdruck bringen wollte. Dann war es allerdings ein *sehr* stiller Protest. Selbst als sie heute Mittag für ein paar Minuten allein gewesen waren, hatte er nicht das Gefühl gehabt, dass Xenia sich über Carol von Carpathien und die gewaltige Veränderung, die die Hochzeit für ihr Leben bedeuten würde, überhaupt große Gedanken machte. Und doch schien sie in genau diesem Moment über irgendetwas sehr intensiv nachzugrübeln.

Am vernünftigsten machte es wie üblich Elena, die ihr Erdbeersorbet vorweg bekommen hatte und sich mit sichtbarem Appetit einen Löffel nach dem anderen in den Mund schob. «... und einen Löffel für Alexej», murmelte sie. «... und einen Löffel für Xenia ... und einen Löffel für Mmmm-mm...Mm- mopfka ...» Beim Namen der Puppe war der Löffel eine Sekunde zu schnell gewesen. Das kleine Mädchen hatte Ninotschka direkt neben dem Teller auf dem Tisch platziert: Mit dem Rücken an der Fensterscheibe sah die Puppe ziemlich satt und zufrieden aus.

Constantin räusperte sich, bis tatsächlich alle in seine Richtung sahen – selbst Elena für einen Moment. «Das autokephale Patriarchat von Serbien hat meiner Bitte entsprochen und wird einen Geistlichen entsenden, der die Trauung hier an Bord vollziehen wird. Nach einem Ritus, der nach den Statuten der russischen wie der carpathischen Kirche Geltung besitzt. Damit wird meinen Wünschen Rechnung getragen: Die Ehe wird geschlossen, bevor er auf den Thron zurückkehrt.»

«Das war ...» Katharina Nikolajewnas Hand streckte sich nach dem Tisch aus, und eine Sekunde lang rechnete Alexej beinahe damit, dass sie ebenfalls anfangen würde, mit dem Finger ihren Teller zu umkreisen. Doch dann legte sie die Hand mit einer seltsam kraftlosen Bewegung ab. «Das war deine Bedingung für die Heirat? Wäre es nicht ... klüger gewesen abzuwarten, bis Carol wirklich wieder auf dem Thron sitzt?»

Constantin Alexandrowitsch schüttelte den Kopf. «Die Ehegesetze des carpathischen Herrscherhauses sind kompliziert», betonte er. «Der König darf ausschließlich Prinzessinnen aus anderen regierenden Königshäusern zur Frau nehmen. – Nun sind natürlich die Romanows als Zarenfamilie sogar ein Kaiserhaus. Vetter Kyrill hält seinen Anspruch auf den Thron in Sankt Petersburg unbeirrt aufrecht. Dennoch müssten wir damit rechnen, dass sich aus den Reihen des carpathischen Adels Widerspruch erheben könnte, weil unsere Familie ihre Rechte in Russland im Augenblick nicht durchsetzen kann. Wenn die Ehe aber nun bereits hier im Zug geschlossen wird ...»

«... kannst du dich immer darauf berufen, dass Carol in diesem Moment selbst nicht in der Lage war, seine Rechte in Carpathien geltend zu machen», murmelte Alexej. «Und damit wäre die Ehe ebenbürtig.»

Constantins Blick wanderte zu ihm. «Ich stelle fest, dass du offenbar nicht völlig unfähig bist, wie ein Romanow zu denken. – Betrachtet mein Vorgehen als einen Akt der Vorsicht. Ich habe keinen Grund, den Absichten des Königs zu misstrauen. Aus ... bestimmten Gründen braucht uns Carol genauso, wie wir ihn brauchen. Doch es ist nicht notwendig, ihm und ...» Er senkte die Stimme. «Ihm und seinen Beratern ein Argument an die Hand zu geben, mit dem sie später behaupten könnten, diese Ehe sei nicht rechtmäßig. – Morgen wirst du Königin, Xenia. Und noch vor Ende der Woche ziehen wir in eurer Hauptstadt ein.»

Das Mädchen blickte auf und nickte knapp. Kein Widerspruch.

Aber auch keine Spur von Begeisterung. Überhaupt kein Kommentar. Genau das, was ein russischer Vater von seiner Tochter erwarten konnte.

In diesem Moment verflogen Alexejs letzte Zweifel: Seine Schwester dachte nicht im Traum daran, Carol von Carpathien zu heiraten. Er biss sich auf die Unterlippe. Konnte der Großfürst tatsächlich so blind sein? Natürlich konnte er das: Constantin Alexandrowitsch kannte seine Kinder nicht, keines von ihnen.

Aus dem Augenwinkel versuchte Alexej die Reaktion seiner Mutter einzuschätzen. Katharina Nikolajewna hatte die Augen geschlossen, öffnete sie, fuhr sich mit der Hand über den Hals. Eine unbewusste Geste und eine Geste, die Alexej von ihr nicht kannte. Irgendetwas war anders mit ihr. Es war niemals die Art seiner Mutter gewesen, seinem Vater zu widersprechen, aber er kannte die Mechanismen, mit denen sie, nach außen ganz mustergültige Ehefrau einer vergangenen Epoche, trotz allem auf die Entscheidungen des Großfürsten Einfluss nahm. Alexej hatte nicht die Spur eines Zweifels, dass er es einzig und allein ihrem Einsatz verdankte, dass er sein Studium an der Sorbonne hatte aufnehmen können anstatt an der Akademie, die die russische Exilgemeinde an der Côte d'Azur ins Leben gerufen hatte. Katharina Nikolajewna hatte eine weit bessere Vorstellung von dem, was ihre Kinder sich wünschten, als ihr Mann, und doch ... Sie war anders auf dieser Reise. Aber war das nicht nachvollziehbar? Das Leben, das sie sich in Paris aufgebaut hatten, war verloren. Dazu kam die Sorge um Xenia und um ihn, Alexej, selbst. Um jeden von ihnen auf eine eigene Weise. Andererseits: Hätte sie dann nicht erst recht stutzig werden müssen?

«Wie es aussieht, haben wir bis Kronstadt mit keinem großen Widerstand zu rechnen», murmelte der Großfürst. «Den Republikanern stehen nur noch wenige Regimenter zu Verfügung. Die aufständischen Kommunisten sind zwar stärker und erhalten obendrein Unterstützung aus Moskau, doch allein schon die Einheiten, die in der Nähe von Sofia darauf warten, dass wir zu ihnen stoßen, dürften ihnen überlegen sein. Und der größte Teil unserer Verbündeten wird sich uns überhaupt erst in Carpathien anschließen. Wie sich die Dinge in der Hauptstadt selbst entwickelt haben und auf Burg Bran, wohin sich die republikanische Führung zurückgezogen hat, wollte Graf Béla in Postumia herausfinden. Ich werde mit ihm sprechen, sobald Carol und er die ... Verhandlungen beendet haben, die sie gerade führen und die es deinem Bräutigam leider unmöglich machen, das Diner mit dir einzunehmen, Xenia.»

«Verhandlungen mit den Richards», stellte Alexej fest

Constantin Alexandrowitsch zuckte kaum merklich. Seine Augenbrauen zogen sich zusammen.

Alexej hielt seinem Blick stand. Er ahnte, was dem Großfürsten durch den Kopf geschossen war: Wie sollte sein Sohn davon wissen? Das Gespräch mit Graf Béla – war die Zwischentür in ihrem Abteil geschlossen gewesen? «Und mit Miss Marshall natürlich», fügte Alexej hinzu. Er konnte nicht anders, als das Messer noch einmal in der Wunde umzudrehen.

Constantin öffnete den Mund.

«Graf Béla hat sie eben abgeholt», bemerkte Alexej mit einem Nicken über Constantins Schulter.

Der Großfürst kniff die Augen zusammen. Im nächsten Moment entspannte sich seine Haltung. «Gewiss.» Er wandte sich wieder zu Xenia um. «Mir ist klar, dass die Situation ungewöhnlich ist, und niemand bedauert das mehr als ich. Das Entscheidende ist indessen, dass wir morgen den Grundstein zum Wiederaufstieg des Hauses Romanow legen werden. Der Krieg, der nun auch nach den Ländern des Balkans greift, wird dafür sorgen, dass die Dinge in Bewegung geraten. Selbst ich als alter Soldat bin kein Freund des Krieges, doch dieser Krieg bedeutet eine Chance für uns. Und wir alle müssen von nun an mit allen Kräften ...»

Alexej gähnte.

Der Großfürst brach ab, sah ihn missbilligend an.

«Bitte entschuldige, lieber Vater.» Alexej stand auf. «Du hast vollkommen recht, wenn du sagst, dass wir alle unsere Kräfte einsetzen müssen. Aber ich fürchte, ich habe meine Kräfte heute Abend wirklich ein wenig überschätzt. Ich habe auch keinen großen Hunger, denke ich. Am besten werde ich mich wieder hinlegen.» Ein Blick zu Katharina Nikolajewna. «Mutter, du entschuldigst mich?»

Er stand auf, legte die Serviette auf dem Teller ab. Constantin folgte seinen Bewegungen mit finsterem Gesichtsausdruck. Mit einem Nicken entfernte sich Alexej. Und diesmal ging er in die richtige Richtung.

Aus bestimmten Gründen braucht uns Carol genauso, wie wir ihn brauchen. Alexej wusste sehr genau, was Carol von Carpathien brauchte. Er kannte den Preis für den Wiederaufstieg des Hauses Romanow. Bedeutsamer als Xenia war das, was sie mit in die Ehe bringen würde. Vierzehn Steine, möglicherweise zu einem Collier verarbeitet. Das Collier der Zarin Jekaterina. Ein Collier, an dem die Romanows kein Recht mehr besaßen, und noch sehr viel weniger Carol von Carpathien. Ein Collier, das Russland gehörte, dem neuen, starken Russland der Sowjets, das nur zu bald schon gezwungen sein würde, um sein Überleben zu kämpfen – gegen Carol und seine deutschen Verbündeten. Gegen eine Welt von Feinden.

Alexej würde jedes einzelne Gepäckstück durchsuchen, würde die Säume von Constantins Uniform abtasten, wie er das bei Boris gesehen hatte, den Grund seiner Taschen durchwühlen, die Sitzpolster, natürlich. Jeden Ort im Abteil, der als Versteck irgendwie in Frage kam. Während die Familie beim Abendessen saß, sollte er mehr als ausreichend Zeit haben.

Das Einzige, was er bedauerte, war, dass er Boris Petrowitsch nicht zu seiner Unterstützung holen konnte. Aber das war unmöglich. Boris' Abteil befand sich im hinteren Schlafwagen.

Andererseits war das vielleicht auch gut so. Denn auf diese Weise würde Alexej etwas beweisen können: Er war nicht zu weich. Er war Russe, weit mehr, als der Großfürst es jemals gewesen war und jemals sein würde. Ganz gleich, was Constantin Alexandrowitsch in letzter Konsequenz plante: sich womöglich selbst die Zarenkrone aufs Haupt zu setzen, wenn er mit Hilfe seiner carpathischen Verbündeten das sowjetische System beseitigt hatte?

332

Genau das würde Alexej verhindern. Das sowjetische Russland würde stolz sein auf Alexej Constantinowitsch Romanow.

* * *

Zwischen Postumia und Belgrad – 26. Mai 1940, 20:41 Uhr
CIWL WL 3425 (Hinterer Schlafwagen). Abteil 10.

«Sehen Sie, wie er das große I schreibt?» Ingolf wies auf eine Stelle im Text. «Nicht allein im Initial, sondern auch hier ... oder hier. Immer am Beginn eines neuen Satzes.»

«Eines neuen Sinnzusammenhangs», präzisierte de la Rosa.

«Natürlich.» Ingolfs Finger fuhr die Textzeile entlang. «Wobei fast jeder Satz einen neuen Zusammenhang einläutet. Bisher hat der Kaiser bestimmt, welches seiner Königreiche er an welchen seiner Söhne vererben möchte, aber jetzt, hier, ein neuer Gedanke: Jetzt geht es um Besitztümer, die die Kirche zurückbekommen soll, wenn er tot ist. Mit den Landgütern des Templerordens fängt er an. Wie es aussieht, muss er die irgendwie in die Hand bekommen haben.»

«Indem er sie sich widerrechtlich angeeignet hat», bemerkte der Geistliche. «Warum sollte er sie sonst zurückgeben?»

«Na ja.» Ingolf hob die Schultern. Seine Augen huschten über die Urkunde. «Als fromme Geste vielleicht? Macht sich nicht übel. Oder was denken Sie: Wenn man gerade stirbt ...?»

«Es wäre eine fromme Geste.» De la Rosa schien ohne Brille wesentlich besser zurechtzukommen als Ingolf. Mit dem Bügel wies er auf die Textstelle. «Wenn er nicht eine Hintertür offen ließe: Nur das, was ihr auch rechtmäßig zusteht, soll die Kirche zurückbekommen. – Warum muss das betont werden? Doch nur, um eine Möglichkeit zu haben, sich dann doch wieder rauszureden.»

Ingolf kaute auf seinen Lippen. Der Mann ließ sich so schnell nichts vormachen. Canaris' Akten hatten nicht zu viel versprochen. In diesen finsteren Zeiten bekam Ingolf Helmbrecht viel zu selten Gelegenheit zu einem wirklich guten fachlichen Gespräch. Selbst wenn es in Teilen kontrovers geführt wurde – davon lebte die Wissenschaft schließlich: von der Kontroverse. «Wobei der Kaiser selbst natürlich nicht mehr in die Verlegenheit kam, sich irgendwo rauszureden», murmelte er. «Dafür ist es ja sein Testament.»

«Natürlich.» Der Geistliche schob die Brille wieder auf die Nase. «Und Sie wissen natürlich, dass das Stück eine Fälschung ist.» Ingolf fuhr hoch. «Das ist überhaupt nicht bewiesen!» «Das Siegel fehlt.»

«Na und? Das ist bei über der Hälfte der Urkunden aus dieser Zeit nicht anders. Haben Sie den Anfang nicht gelesen, mit der Gebrechlichkeit und dass alles mal kaputtgeht?»

De la Rosa warf ihm über die Brille hinweg einen strengen Blick zu. «Da hat er von *sich* gesprochen, nicht von der Urkunde. – Oder er hat eben *nicht* von sich gesprochen, weil Ihr Kaiser nämlich schon Monate tot war, als dieses Schriftstück entstanden ist. Dieser Text stammt von irgendwelchen übereifrigen Hofkanzlisten, die retten wollten, was zu retten war.»

«Ach ja? Retten?», fragte Ingolf – mit überdeutlicher Geduld in der Stimme. «Hochinteressant. Und was zum Beispiel?»

«Friedrichs unsterbliche Seele?», schlug de la Rosa vor. «Ich muss Sie wohl kaum daran erinnern, dass Ihr Kaiser zum Zeitpunkt seines Todes exkommuniziert war. Ausgeschlossen aus der Gemeinschaft der heiligen Kirche.»

Ingolf Helmbrecht war ein umgänglicher Mensch, aber alles hatte seine Grenzen. Und wenn es jemand auf Teufel kam raus darauf anlegte, an den späten Staufern rumzukritteln, waren diese Grenzen auch irgendwann erreicht.

«Na und?», fragte er kühl. «Daran sehen Sie nur, wie gut er seine Leute organisiert hatte. – War ja auch bitter nötig, so wie ihm *Ihre* Leute mitgespielt haben.»

«*Meine* Leute?»

«*Rottet aus Namen und Leib, Samen und Spross dieses Babyloniers!* – Wer gemeint war mit dem Babylonier, muss ich Ihnen kaum erklären.

Spricht man so von seinen Mitmenschen? Und von wem kommt so was? – Von Rainer von Viterbo, einem Ihrer Kardinäle.»

«Natürlich! Nachdem Ihr Kaiser angefangen hatte, alle möglichen Leute zum Tode zu verurteilen ...»

«... was man ihm kaum übel nehmen konnte, nachdem sie versucht hatten, ihn zu vergiften! Im Auftrag Ihres Papstes.»

«Das ist überhaupt nicht bewiesen!» De la Rosa brach ab. Vermutlich war ihm gerade aufgegangen, dass er exakt dieselben Worte gebraucht hatte wie Ingolf zwei Minuten zuvor. In exakt demselben Tonfall.

«Sie ...!» Ingolf biss sich auf die Zunge.

«Sie ...!»

Die beiden Männer fixierten einander über die Urkunde hinweg.

Völlig unvermittelt nahm Ingolf ein irgendwie *merkwürdiges* Gefühl wahr. Es war eine Art ... Zupfen oder, nein, ein *Druckgefühl* in seiner rechten Hinterbacke. Sein Gedächtnis stellte die Verbindung in Sekundenschnelle her: Er hatte sich von Canaris verabschiedet, bereits in seinem Gesellschaftsanzug. Der Admiral hatte ihn skeptisch gemustert, war halb um den Tisch herumgegangen, um ihm dann sein eigenes, schneeweißes Einstecktuch in die Brusttasche zu stecken. *Besser!*, hatte er festgestellt. *Betrachten Sie es als Gedächtnisstütze. Keine Sekunde dürfen Sie Ihren Auftrag aus den Augen verlieren. Keine – einzige – Sekunde.* Ingolf war natürlich klar gewesen, wie das funktionierte mit den Taschentüchern und der Erinnerung: Was nutzte ihm eine Gedächtnisstütze, die er, wenn überhaupt, nur morgens beim Rasieren im Spiegel zu sehen bekam? Nein, die uralte Taktik hatte sich tausendfach bewährt: ein Knoten ins Taschentuch, und das Taschentuch in die Gesäßtasche.

Jetzt schien es ihm ein Loch in den Allerwertesten zu brennen.

«Ja», murmelte er und senkte den Blick. Gefälscht oder nicht, die Urkunde war wunderschön – und uralt dazu. Ob sie nun im Todesjahr des Kaisers verfasst worden war oder ein Jahr später, machte auf eine solche zeitliche Distanz keinen großen Unterschied mehr. Jedenfalls keinen so großen Unterschied, dass er deswegen seinen Auftrag in Gefahr bringen durfte. «Ja ...» Er strich über das Papier. «Das waren harte Zeiten damals. Was für ein Glück, dass wir solche, äh, kleinen Unerfreulichkeiten heute überwunden haben, in unserer ...» Er brach ab. *In unserer friedlicheren Zeit.* Eine hübsche Formulierung, hätte sie nur zugetroffen. Die Regenwolken hatten sich verzogen, und im Abendlicht passierte der Simplon Orient soeben einen Konvoi der jugoslawischen Armee: schwere Artillerie auf dem Weg an die italienische Grenze.

De la Rosa musterte sein Gegenüber aus schmalen Augen. Seine Miene hatte sich schlagartig verändert. «Sie sind kein Amerikaner», stellte er fest. «Haben Sie nicht behauptet, Sie wären Amerikaner?»

«Wie?»

«Ich bin selbst Amerikaner.» Der Kirchenmann richtete sich auf. «*Süd*amerikaner. Aus Venezuela. Aber wenn man die Leute aus den Vereinigten Staaten irgendwo kennt, dann bei uns. Sie haben *immer* recht. Das ergibt sich von selbst aus der Tatsache, dass sie Gringos sind, Bürger der Vereinigten Staaten. Die Frage ist, wer *Sie* sind, Herr Mueller. Warum Sie unter Einsatz Ihres Lebens dafür gesorgt haben, dass ich in diesen Zug komme. Und warum wir beide hier plötzlich zusammensitzen und uns über eine siebenhundert Jahre alte Urkunde unterhalten.» Die Hand des Geistlichen bewegte sich an seinen Kiefer. «Was für ein seltsamer Zufall, dass Sie in genau dem Moment mit einem solchen Karacho auf den Gang stürmen, in dem ich an Ihrer Tür vorbei ...»

«Das *war* Zufall!», protestierte Ingolf. «Also ...» Er hüstelte. «Wirklich. *Das* war Zufall.»

De la Rosa schwieg, musterte ihn von oben bis unten, diesmal völlig unverhohlen. Ingolf bemühte sich, seinen Blick so offen zu erwidern wie nur möglich. Er hatte gewusst, dass dieser Moment irgendwann kommen musste, doch es ging zu schnell, viel zu schnell ... Canaris hatte ihn achtundvierzig Stunden lang mit zwei Spezialisten von *Ausland/Abwehr* zusammengesperrt, die ihn zu einem Fachmann für die subversive Kontaktanbahnung hätten machen sollen, Schwerpunkt auf Zielobjekten, deren Reaktion auf eventuelle Offerten zumindest fraglich war. Vertrauen gewinnen. Die erste Regel.

Ingolf Helmbrecht beschlichen vage Zweifel, ob er das Vertrauen des Zielobjekts bereits gewonnen hatte. Und sein Auftrag war wichtig, auch, nein, *gerade* wegen der Bilder, mit denen de la Rosa und er konfrontiert werden würden. All das war unvergleichlich bedeutsamer als eine steinalte Urkunde oder die Gefühle, die er für Eva hegte. Oder sie für ihn. Möglicherweise. Doch schließlich hatte er sich um diese Mission nicht gerissen. Löffler hätte den größeren Part übernehmen sollen. Letztendlich war Ingolf überhaupt nur mit von der Partie, weil die Personaldecke an Experten für mittelalterliche Handschriften in Canaris' Abteilung nun einmal dramatisch dünn war.

«Ich bin Geistlicher.» De la Rosa sah ihn an. «Und ich will offen zu Ihnen sein, Herr Mueller. Ich habe kein besonderes Interesse an Politik und den Verwirrspielen der Diplomatie, selbst wenn ich im Augenblick in einer Mission unterwegs bin, die – auch – politischer Natur ist. Wenn ich neben meinen seelsorgerischen Aufgaben überhaupt noch irgendwelche Interessen habe, so gelten sie der mittelalterlichen Paläographie. Was Ihnen ja offenbar nicht unbekannt ist. Ich weiß nicht, wie ... Leute wie Sie normalerweise arbeiten. Ich hätte mir lediglich vorgestellt, dass sie professioneller vorgehen.»

Zerknirscht sah Ingolf zu Boden, aber der Kirchenmann war noch nicht fertig.

«Was denken Sie? Ich schlage vor, dass Sie mir einfach verraten, was diese ganze Komödie zu bedeuten hat. Was wollen Sie von mir, Herr Mueller?»

* * *

Zwischen Postumia und Belgrad – 26. Mai 1940, 20:47 Uhr
CIWL Lx 3509 *(Vorderer Schlafwagen)*. Doppelabteil 2/3.

Betty Marshall liebte große Inszenierungen. Üppige, ausschweifende, ja, *gewagte* Inszenierungen. Auf eine Weise war Hollywood furchtbar langweilig geworden seit der Wirtschaftskrise. Letztlich traf das auf ganz Amerika zu. Von der prickelnden, verruchten Atmosphäre der

Twenties war so gut wie nichts mehr zu spüren. Betty hatte schon häufiger darüber nachgedacht, ob es eigentlich Zufall war, dass die Leinwandheldinnen der Thirties und des gerade beginnenden neuen Jahrzehnts fast durchweg Blondinen waren: kühl, geheimnislos und sauber wie Vera Richards.

In den Staaten hatte diese Entwicklung beinahe geräuschlos eingesetzt, parallel zur Entwicklung des Tonfilms und Präsident Roosevelts New Deal. So langsam und so selbstverständlich, dass man es überhaupt nicht bemerkte. Bis man nach Europa kam, Europa mit seinen Frivolitäten und Abseitigkeiten, mit seiner ganz unverhüllten Opulenz und seinem Pomp. David-O.-Selznick-Produktionen mochten versuchen, das Ganze zu kopieren, mochten versuchen, das, was Amerika verloren hatte, wiederaufstehen zu lassen – doch es blieb Kulisse. Wer die Mechanismen der Traumfabrik einmal durchschaut hatte, sah und spürte den Unterschied auf der Stelle. Den Unterschied zum Alten Europa der Adelspaläste mit ihren düsteren Samtvorhängen und schweren Kristalllüstern, die nur mit ganzen Heeren von Dienstboten am Laufen gehalten werden konnten. Dem Alten Europa des Simplon Orient Express.

Das Problem lag nicht etwa darin, dass Amerika all das nicht hätte nachbauen können. Das geschah bereits, auf den ersten Blick womöglich noch gigantischer als im Original. Doch mit dem Nachbauen war es eben nicht getan. Es hatte etwas mit ... ja, mit einem Gefühl zu tun, mit einer inneren Einstellung. Das größte Problem, dachte Betty Marshall, sind die Amerikaner selbst. Sie werden niemals lernen, sich bedienen zu lassen, ohne dabei ein schlechtes Gewissen zu haben oder aber sich bei jedem Atemzug selbst auf die Schulter zu klopfen, wie weit sie es doch gebracht haben. Sie werden niemals lernen, Luxus als selbstverständlich hinzunehmen und ihn einfach nur zu genießen. Zumindest, dachte sie, solange ihnen hellhäutiges Personal diesen Luxus beschert.

Wohlig rekelte sie sich auf ihrem Polster. Elegant streckte sie den Arm aus, hielt dem livrierten Garçon ihr Glas hin und ließ dabei zu, dass der geschlitzte Stoff ihres Kleides bis an die Schulter zurückrutschte. Ohne hinsehen zu müssen, wusste sie, dass Carol keinen Moment die Augen von ihr nahm. Nun ließ eine nackte Schulter bei einer Abendgesellschaft noch keinen Mann ohnmächtig dahinsinken – einen Mann wie Carol von Carpathien schon gar nicht. Doch gleich zu Beginn hatte Betty feststellen können, dass er auf die kleine Herausforderung mit dem Abendkleid wie erhofft ansprang.

Seine Stimme war sekundenlang rau gewesen, dass er sich räuspern musste. Betty hätte es nicht beschwören wollen, aber sie war sich doch beinahe sicher, dass er für einen Moment nicht recht gewusst hatte, was er mit der Stola denn nun anstellen sollte – bevor er sie schließlich seinem Gardisten in die Hand gedrückt hatte: Schultz, Schmitt, Meier, irgendein deutscher Name. Und seitdem ...

Was zwischen ihnen beiden stattfand, spielte sich weniger über Worte ab. Blicke hefteten sich mit einem angedeuteten Lächeln auf ihr Dekolleté, bis sie von einem gespielt strengen Augenaufschlag in ihre Schranken gewiesen wurden. Zwei Sekunden später gönnte Betty ihm selbst einen tiefen Blick über den Tisch hinweg, während sie ihr Glas an die Lippen führte. Und dann waren da natürlich seine Füße. Zweimal hatten sie bisher Beinkontakt gehabt, und zweimal hatte Betty ihre Beine weggezogen. Beim zweiten Mal nach etwa eineinhalb Mississippis. Über die weitere Taktik hatte sie noch nicht entschieden. Das hätte ihr nur den Spaß verdorben. Der Mann sah einfach verteufelt gut aus in seiner Galauniform.

Und ganz nebenbei machte er Konversation, auch mit den Richards natürlich. Erdölgeschichten, Bohrlizenzen, und zu ihrer Überraschung stieg Paul ganz begeistert darauf ein. Selbst die ewige grüblerische Falte auf der Stirn des Texaners war verschwunden. Sie gönnte es ihm. Er hatte dieses Dinner wahrlich teuer genug bezahlt. Auch Vera war voll in ihrem Element, obwohl Betty überrascht war, wie selten sie ihren Wein anrührte. Aber schließlich kam sie ja quasi aus der Apotheke. Auf jeden Fall ließ sie Carol so wenig aus den Augen, wie der König Betty aus den Augen ließ. Wenn auch zweifellos aus anderen Gründen.

«Muss das für Sie denn nicht ganz schrecklich gewesen sein als Kind, König Carol?», fragte Vera Richards in eine Pause hinein, als die beiden

Männer soeben eine Art informelle Vorfestlegung über Optionen und Lizenzen oder Optionen *auf* Lizenzen getroffen hatten. «Ich meine ...» Ihre Finger spielten mit der Serviette, zogen sich zurück, als ihr die nervöse Geste bewusst wurde. «Wenn man Tag und Nacht von Leibwächtern umgeben ist.» Ein Nicken zu Schultz, der schräg hinter Carol in der Tür Stellung bezogen hatte und sich alle Mühe gab, so zu tun, als wäre er nicht da, während er pflichtbewusst genau im Auge hatte, ob sich nicht irgendjemand bedrohlich dem König näherte. Betty war vor allem froh, dass auf dem begrenzten Raum beim besten Willen kein Platz mehr für den Grafen war. Carols Adjutant hätte durch seine reine Anwesenheit verhindert, dass so etwas wie Stimmung – ganz zu schweigen von *prickelnder* Stimmung – überhaupt aufkam.

«Kinder sind doch neugierig!», stellte die Texanerin fest. «Kinder wollen etwas erleben, wollen mit anderen Kindern ... Baseball! Haben Sie je in Ihrem Leben Baseball gespielt?»

«Oh ...» Carol tupfte sich mit der Serviette über den Moustache. «Also, auch Leibwächter haben Kinder, nicht wahr? Und manchmal waren meine kleinen Cousins und Cousinen zu Besuch. Wir haben Polo gespielt oder ...» Ein höfliches Lächeln. «Ich fürchte, Baseball war tatsächlich nicht dabei. Allerdings verfolge ich die Ereignisse in den Vereinigten Staaten mit großem Interesse. Die New York Yankees schlagen sich deutlich schwächer als in der vergangenen Saison, nicht wahr?»

Vera wechselte einen kurzen Blick mit ihrem Mann. «Paul und ich betrachten uns als Südstaatler, König Carol. Sie werden kaum erwarten, dass wir ausgerechnet die Yankees unterstützen.»

Ein kurzes Lächeln zuckte über die Lippen des Königs, bevor er sein Glas an den Mund führte, sich etwas bequemer zurücklehnte.

Eine Sekunde später spürte Betty, wie etwas ihre Wade berührte, einen Moment lang verharrte, sich dann vorsichtig nach oben bewegte, den Stoff ihres Kleides beiseitestreifte. Diesmal erwiderte sie den Druck – dosiert – ein oder zwei Mississippi lang, bevor sie ihr Bein zurückzog, ihm ein winziges, flatterndes Augenzwinkern schenkte.

«Nun, ich denke, dass die Stunde der Teams aus dem Süden noch kommen wird», bemerkte Carol, ohne mit einer Regung auf die erneute Abfuhr einzugehen. «Was denken Sie, Miss Marshall?» Unvermittelt wandte er seinen Blick in ihre Richtung. «Wie sehen die Chancen für den Süden aus, Ihrer Meinung nach?»

Ihre Miene blieb ernst. *Süden.* Carpathien lag eher im Osten, und von dem Punkt, an dem sich der Express mittlerweile befand nur noch mit sehr viel Phantasie im Süden, doch es war natürlich klar, wovon er sprach. Sie war sich nur nicht sicher, ob sie ihm den Punkt schon gönnen sollte. Schließlich waren sie erst beim Fischgericht. «Nun ...», begann sie.

«Nein.»

Betty brach ab, sah mit zusammengekniffenen Augen zu Vera.

«Nein», wiederholte die Blondine. Sie hatte ihr Glas gehoben, nahm einen tiefen Schluck. «Nein, Mister König, ich glaube Ihnen nicht.»

«Darling?» Irritiert sah Paul sie an.

«Nein», sagte Vera Richards und hob spielerisch drohend einen Finger. «Nein, König Carol, ich glaube, dass Sie sich einen Jux mit uns erlauben.» Sie legte die Stirn in Falten. «Oder vielleicht wollen Sie auch nur höflich sein zu den unzivilisierten Wilden aus der Neuen Welt. Aber ich kann mir beim besten Willen nicht vorstellen, dass Sie hier in Europa amerikanische Baseballergebnisse verfolgen.»

Carol lächelte. Er lächelte beinahe eine Spur zu freundlich. Ging ihm die Frau gerade massiv auf die Nerven? Oder fühlte er sich im Gegenteil besonders geschmeichelt? Oder aber wollte er Betty Marshall beweisen, wie schnell er eine Frau mit seinem Charme um den Finger wickeln konnte?

«Nun», sagte er. «Was wollen Sie hören?» Mit einem hilflosen Lächeln breitete er die Arme aus. «Die Yankees haben im vergangenen Jahr die Meisterschaft gewonnen. Genauso im Jahr davor. Ich verfolge ...»

Vera winkte ab. «Sie werden kaum behaupten, dass das ein *Beweis* ist. Das weiß nun mit Sicherheit jeder Mensch in Europa.»

«Vera!» Diesmal sah Paul Richards ehrlich schockiert aus, doch Carol schmunzelte und machte eine beschwichtigende Geste.

«Lassen Sie nur, Mr. Richards. Ihre Frau hat ja vollkommen recht. Ich überlege nur, wie ich Mrs. Richards einen überzeugenderen Beweis liefern kann. Der beste Spieler dürfte inzwischen Joe di Maggio sein. Er spielt bei den Yankees mit der Rückennummer fünf und ... Sie sehen nicht überzeugt aus.»

«Also, ich bin überrascht, dass überhaupt irgendein Europäer so viel von Baseball versteht», bemerkte Betty und lächelte Vera an. «Wenn Sie mich fragen: Ich kenne die Ergebnisse höchstens vom Weiterblättern. Und ich bin Amerikanerin. Haben Sie sich jemals mit europäischem Sport beschäftigt, Vera? Mit *Fußball*? Da kann es ziemlich wild hergehen, und die Spieler sind teilweise wirklich ansehnlich.»

«Halt!» Carol hob die Hand. «Mrs. Richards? Sie wollten einen Beweis? – Nein, versuchen Sie gar nicht erst abzuwiegeln. Sie werden Ihren Beweis bekommen. – Leutnant ...»

«Der Name ist Schultz.»

«Leutnant Schultz, gehen Sie rüber in mein Schlafabteil! Die aktuelle Ausgabe des *Baseball Magazine* müsste bei meiner Lektüre liegen. Dann wird mir Mrs. Richards hoffentlich ...»

«Eure Majestät, ich weiß nicht, ob ich ...»

«Verdammt, nimmt mich hier eigentlich niemand mehr ernst?» Zwei Sekunden lang verrutschte Carols Maske, doch schon hatte er sich wieder in der Gewalt. «Es wird schon keiner meiner Gäste versuchen, mich mit dem Käsemesser zu erdolchen.»

Widerstrebend verließ der Gardist den Raum, während sich Carol wieder seinen Gästen zuwandte. «Sie werden überrascht sein, Mrs. Richards. Sie werden sogar handgeschriebene Kommentare von mir am Rande der Seiten finden.»

Betty fluchte innerlich. Mit einem Mal ging es nur noch um Baseball. Und um Vera Richards. Für sie hatte Carol keinen Blick mehr, seine Füße – und alles andere – war plötzlich meilenweit entfernt. Und das Dinner war zur Hälfte vorbei.

Aus dem Nebenabteil drangen undeutliche Worte. Graf Béla, hörbar irritiert, als Schultz den Raum betrat. Dazu eine andere Stimme: Eva? Was tat Eva dort drüben?

Vera hatte ihre Tasche auf den Schoß gezogen, suchte vermutlich nach ihrer Brille ...

Es kam wie ein Blitzschlag.

Veras Handtasche. Der Bettler in den Schatten des Bahnhofsplatzes. Vera hatte ihn entdeckt, wo Betty nur Dunkelheit gesehen hatte. Vera brauchte keine Brille! Belluno. Der Mann hatte sein Bein bei der Belagerung von Belluno verloren. In diesem Moment hatte Betty gewusst, dass er log: Sie war damals in Europa gewesen. Die Stadt Belluno war überhaupt nicht verteidigt worden. Die Handtasche. Betty hatte vor der Boutique gestanden, als Vera sie über die Schulter streifte und der Bettler sich entfernte.

Die Handtasche! Betty fuhr hoch.

Ein kleine, dunkle Pistole in Vera Richards' Hand. Eine Sekunde später fiel der Schuss.

ZWISCHENSPIEL – GROSSDEUTSCHES REICH

Zossen, Brandenburg. Oberkommando der Wehrmacht - 26. Mai 1940, 20:55 Uhr

Admiral Wilhelm Canaris stand am Fenster, den Rücken zu seinem Büroraum, in dem nur eine einzelne matte Schreibtischlampe brannte. Draußen, jenseits des innerhalb weniger Jahre hochgezogenen Gebäudekomplexes, erstreckte sich die sandige märkische Ebene mit ihren endlosen Alleen und weiten Feldern, ihren schattigen Wäldern und schimmernden Wasserläufen in die Dämmerung hinein. Die Herzkammer des Großdeutschen Reiches.

Paare schwach glimmender Scheinwerfer lösten sich aus dem Gewirr der Verwaltungsbauten, die sich das Oberkommando der deutschen Wehrmacht mit dem Oberkommando des Heeres teilte. Die genauen Zuständigkeiten waren nicht weniger verwirrend als die Straßenführung, und nicht anders war es beabsichtigt Nur an einem einzigen Punkt liefen all die verschlungenen Fäden in der Verwaltung des Reiches, seiner Streitkräfte und der nationalsozialistischen Partei zusammen: in der Reichskanzlei in Berlin.

Hitlers Paranoia war ein Fluch, dachte Canaris. Und sie war eine Chance.

Mit einem Seufzen beobachtete er, wie ein weiteres abgedunkeltes Lichterpaar in der Finsternis verschwand. Aus der Luft betrachtet, konnten die ausgedehnten Anlagen, in denen die Vorstöße der deutschen Truppen von der Weichsel bis an die Atlantikküste, vom Nordkap bis ans Mittelmeer koordiniert wurden, nicht mehr als ein matter Schimmer sein. Gesetzt den kaum vorstellbaren Fall, es würde den britischen Bomberverbänden irgendwie gelingen, der Sperrriegel der weit überlegenen deutschen Luftstreitkräfte zu durchbrechen und bis ins Herz Großdeutschlands vorzudringen: Sie würden uns nicht finden, dachte Canaris. Wir sind unsichtbar.

Nachdenklich schloss er den Spalt in den schweren Vorhängen. Unsichtbar, dachte er. Wir kämpfen auf den Schlachtfeldern, auf den Meeren und in der Luft, doch jenseits von alldem tobt ein zweiter, ein unsichtbarer Krieg. Und wer in diesem Krieg den Sieg davonträgt, wird auch aus dem anderen, dem sichtbaren Ringen als Sieger hervorgehen.

Admiral Wilhelm Canaris, Leiter der Abteilung Ausland/Abwehr beim Oberkommando der deutschen Wehrmacht, war Befehlshaber über ein Heer von Tausenden und Abertausenden von Agenten. Der größten derartigen Streitmacht in Kontinentaleuropa, ja, vielleicht auf der ganzen Welt. Das Agentennetz des nationalsozialistischen Deutschland war effektiv wie kein zweites: tödlich, präzise und schlagkräftig. Vergleichbare Behörden in demokratischen Staaten waren immer gezwungen, Rücksichten zu nehmen: auf die Meinung des Volkes, die Skrupel der Regierenden. In Deutschland gab es solche Skrupel nicht. Jede Information konnte beschafft, jeder Plan in die Wege geleitet werden, ohne dass das Volk, geschweige denn die Gegenseite jemals davon erfahren hätte. Verluste an Menschenleben spielten keine Rolle.

Ausland/Abwehr hätte dem Gegner Welten voraus sein müssen. Doch das war nicht der Fall. Denn Admiral Wilhelm Canaris hatte sein Land verraten.

Er wusste, dass es genau so einmal in den Büchern stehen würde, wusste, dass es keinen Unterschied machte, dass er selbst sich nicht als Verräter betrachtete.

Er hatte nicht anders handeln *können*, nachdem er einmal erkannt hatte, dass der Mann, dem er diente, ein Verbrecher war. Hitler und all die willfährigen Paladine, die Görings, Goebbels und Himmlers, die ihn umgaben, die Führung der Wehrmacht, Männer wie Feldmarschall Keitel. Sie alle verantworteten sie gemeinsam, die Verbrechen, die in deutschem Namen geschahen, innerhalb wie außerhalb der

Grenzen des Reiches, in Polen und Norwegen und mittlerweile vermutlich auch in Frankreich. Und jeder, der ihnen diente, ohne ihnen in den Arm zu fallen, machte sich ebenfalls schuldig.

Doch Canaris wusste, dass er allein zu schwach war, diesen Schritt zu wagen. Er konnte nicht offen handeln, sondern lediglich – unsichtbar. Er konnte seine eigene Arbeit hintertreiben, seine Aufträge gerade so weit erfüllen, dass kein Verdacht auf ihn fiel, während er insgeheim seine Fühler ins gegnerische Lager ausstreckte. Ironischerweise kam ihm dabei nichts so sehr zu Hilfe wie Hitlers Misstrauen. Die Macht des selbsternannten Führers gründete darauf, dass er Staat, Partei und Militär ständig gegeneinander ausspielte und penibel darauf achtgab, dass keine dieser Säulen seiner Herrschaft für sich allein zu mächtig wurde. Einzig das gewährte Canaris und seinem dem Militär unterstellten Geheimdienst einen gewissen Schutz vor dem ständig wachsenden Misstrauen von Seiten der SS und der Gestapo.

Noch einmal trat er ans Fenster, zog die Vorhänge beiseite, dass ein fingerbreiter Spalt entstand, spähte hinaus in das zunehmende Zwielicht. Reflexionen diffusen Lichts auf den stählernen Helmen einer Wachmannschaft, die mit militärischem Schritt zwischen den Gebäuden patrouillierte. Männer, die nichts ahnen konnten, nichts ahnen *durften* von dem, was er in seinem Herzen bewegte.

Nein, dachte er, nicht allein SS und Gestapo hatte er zu fürchten. Auch hier in Zossen, ja, hier, in seiner eigenen Dienststelle, war nicht mehr als eine Handvoll Menschen in seine Pläne eingeweiht.

Schritte auf der Treppe. Er erkannte sie auf der Stelle. Es war einundzwanzig Uhr, die Büros der Abteilung hatten sich geleert, allzu neugierige Augen – und Ohren – waren nicht mehr zu befürchten. Die Zeit des Tages, um sich dem zu widmen, was er als seine wahre Aufgabe betrachtete.

«Herr Admiral.»

Canaris war hinter seinen Schreibtisch getreten, wies auf die beiden Besucherstühle. Oster und Dohnanyi waren seine engsten Mitarbeiter – in jeder Beziehung. Eingeweihte, dachte er. Mitverschworene, ohne dass die drei Männer automatisch jedes Wissen miteinander teil-

349

ten. Es gab Dinge, die Canaris nicht wissen *wollte*. Er persönlich hatte stets darauf geachtet, dass er mit seinen Manövern keinen deutschen Soldaten in Gefahr brachte. Doch ihm war bewusst, dass das nur für ihn allein galt. Die beiden anderen waren zu weit entschlosseneren Schritten bereit. Die Gegenseite hatte einfach etwas zu gut über die deutschen Aufmarschpläne Bescheid gewusst, als der Angriff im Westen vor einigen Wochen begonnen hatte – und Canaris hatte nicht die Spur eines Zweifels, wem sie das zu verdanken hatte.

«Meine Herren.» Er nickte den beiden zu.

Oster hatte ein Lächeln, bei dem die Sekretärinnen der Dienststelle weiche Knie bekamen. Ein strammer deutscher Offizier, wie die Nationalsozialisten ihn sich wünschten. Nur dass er ein Offizier mit Gewissen war. Dohnanyi, einer der zivilen Beschäftigten der Behörde, trug eine Nickelbrille, was Canaris einen Moment lang an einen *anderen* Mitarbeiter denken ließ, der eine Nickelbrille trug, doch schon war der Gedanke wieder fort. Einer der Pläne, die heute Abend keine Rolle spielten, und dennoch ein zentrales Vorhaben in seinen immer verzweifelteren Versuchen zu retten, was noch zu retten war.

«Und was haben wir heute?», fragte er müde.

Dohnanyi hatte eine seiner Aktenmappen dabei. Den Admiral beschlich ein ungutes Gefühl, wie immer, wenn er diese Unterlagen zu sehen bekam. Natürlich, er selbst hatte die Anweisung gegeben, die schrecklichen Taten aufzuzeichnen, die vor den Augen seiner Männer verübt wurden, ohne dass sie eine Chance zum Eingreifen hatten. Recht und Gesetz, dachte er. Eines Tages würde irgendjemand das Regime für seine Taten zur Verantwortung ziehen, und Dohnanyis Protokolle würden als Grundlage dienen.

Falls die Nazis nicht schneller waren. Wenn jemals eines dieser Papiere der Gestapo in die Hände fiel, würde das für den Verschwörerkreis bei Ausland/Abwehr das Ende bedeuten.

«Die ...» Der junge Mann rückte seine Brille zurecht. «Die Aktionen in Polen gehen weiter. Wie Sie wissen, soll die polnische Bevölkerung innerhalb von zehn Jahren komplett aus der westlichen Hälfte des Landes verschwinden. Das bedeutet, dass die Deportationen ...» Er schüttelte den Kopf. «Im Grunde scheint es keine Rolle zu spielen, was mit den Menschen geschieht. Hauptsache, sie sind nicht mehr da. Ob sie überhaupt lebend im Generalgouvernement ankommen ...» Canaris nickte düster. Sie hatten unzählige Details zu diesen Vorgängen gesammelt, in Wort und Bild. Und sie hatten zumindest versucht, Hitler mit diesen Wahrheiten zu konfrontieren. Kein Geringerer als der Oberbefehlshaber der deutschen Besatzungstruppen hatte in der Reichskanzlei schärfsten Protest gegen die Verbrechen eingelegt, die die SS im Rücken seiner Soldaten verübte. Er war noch am selben Tag seines Postens enthoben worden.

«Die Westfront?», fragte Canaris.

Dohnanyi hatte noch etwas sagen wollen, nickte aber und blätterte um. «Sie wissen, dass das Vorgehen dort ein anderes ist. Selbst Hitler ist klar, dass er den französischen Staat nicht einfach auslöschen kann, wie er das in Polen getan hat. Und so weit sind wir auch noch nicht. Aber die Hauptmacht des französischen Heeres und ihre Verbündeten sind jetzt an der Küste eingeschlossen. Wenn Hitler heute den Befehl geben würde, auf Paris vorzustoßen, bliebe der Stadt nichts anderes übrig, als die Waffen zu strecken. Was nicht bedeutet, dass die an der Küste umzingelten Kräfte schon wehrlos sind.» Ein kurzer Blick auf seine Notizen. «Das haben sie heute wieder eindrucksvoll bewiesen, gegen die SS, die dort in den vordersten Linien dabei ist. Bei Dünkirchen hat sie sich eine ziemlich blutige Nase geholt.»

Canaris quittierte die Nachricht mit einem weiteren wortlosen Nicken. Er durfte in einem solchen Moment keine Genugtuung empfinden. Jeder Tote war ein Toter zu viel, ganz gleich auf welcher Seite. Und er kannte die Grausamkeit der SS und mochte sich nicht vorstellen, wie sie diese Niederlage vergelten würde.

«Angriffe auf breiter Front scheint es allerdings nicht zu geben, seltsamerweise», fuhr Dohnanyi fort. «Oder eigentlich ist das gar nicht so seltsam, wenn wir das Gesamtbild betrachten. Der größte Teil des Küstenstreifens, den die Franzosen und ihre Verbündeten noch verteidigen, ist nicht französischer Boden, sondern gehört zu Belgien. Während Hitler sie auf dem französischen Abschnitt erst einmal in

351

Ruhe lässt, hat er Anweisung gegeben, sie vom belgischen Gebiet zu vertreiben. Der letzte Akt, die Vernichtung, kann so in Frankreich stattfinden. Er will ein Zeichen setzen.»

«Er will die Franzosen demütigen», warf Oster mit düsterer Miene ein. «Um jeden Preis. Wenn er dafür ein paar tausend unserer eigenen Soldaten zusätzlich opfert, spielt auch das keine Rolle.»

Canaris griff nach einer Zigarre, gab sich Feuer. Mit einem Nicken forderte er die beiden Männer auf, sich ebenfalls zu bedienen, doch beide lehnten ab.

Er hatte nichts hinzuzufügen. Ganz genau so funktionierte Hitlers perverse Logik.

«In diesem Zusammenhang ...» Dohnanyi holte Luft. «In diesem Zusammenhang müssen wir auch den Wagen sehen.»

Canaris schüttelte sein Streichholz, bis es verlosch, hob fragend eine Augenbraue.

«Den Waffenstillstandswagen», erklärte Dohnanyi. «Den Wagen von Compiègne.»

«Noch ein Zeichen», murmelte Canaris. «Deutlicher als jedes andere. Es reicht nicht aus, die Franzosen zu besiegen und sie zu zwingen, ihre Niederlage zu akzeptieren. Es muss in diesem Wagen geschehen und nirgendwo anders. Er will sie vor den Augen der Welt mit heruntergelassenen Hosen ...»

«Das ...» Dohnanyi räusperte sich, sah zwischen den beiden anderen hin und her. «Das wird nicht geschehen.»

Canaris und Oster beugten sich vor, in einer einzigen, synchronen Bewegung. Unter anderen Umständen wäre sie lächerlich erschienen.

Dohnanyi straffte sich. «Hitler wird diesen Plan nicht umsetzen können. Der Wagen – ist nicht mehr da.»

«Was reden Sie?» Osters Einwurf kam wie ein Peitschenhieb, ehe Canaris auch nur den Mund öffnen konnte.

Mit einer unwilligen Geste brachte er seinen Mitarbeiter zum Schweigen. «Erklären Sie das!», forderte er Dohnanyi auf. «Sie haben den Wagen ...»

Der junge Mann schüttelte den Kopf. «Nicht ich. – Wie Sie wissen,

352

habe ich gewisse Kontakte zu Kreisen des französischen Militärs, die in diesem Fall ...»

«De Gaulle?» Canaris schüttelte den Kopf. «Nein, lassen Sie ... Es ist besser, wenn ich das nicht weiß. Aber der Wagen ...»

Wieder stieß Dohnanyi die Luft aus, doch diesmal war es eine Geste der Erleichterung. Als wäre eine schwere Last von seinen Schultern genommen worden. «In diesem Moment dürfte er sich schon irgendwo auf dem Balkan befinden. Sie müssen gerade noch schnell genug gewesen sein, um ihn an den letzten Zug zu hängen, der Paris gestern Abend verlassen hat.»

Admiral Wilhelm Canaris ließ die Zigarre sinken. Der Abend des 25. Mai 1940, 22 Uhr 20, Gare de l'Est: der letzte Zug in Richtung Balkan. Der Simplon Orient Express. Derselbe Zug, in dem in diesem Augenblick zwei seiner Mitarbeiter sitzen mussten, falls es ihnen gelungen war, lebendig durch die feindlichen Linien zu kommen. Löffler ... und der junge Mann mit der Nickelbrille, bei dem Canaris eine Sekunde lang gezögert hatte, ob er ihn tatsächlich in diesem Beerdigungsanzug auf eine solche Mission schicken konnte. An den Namen konnte er sich in diesem Moment nicht entsinnen ... nichts als sein ausgefallenes Fachgebiet hatte den Jungen für den Auftrag qualifiziert.

Fast gegen seinen Willen stieß Canaris ein Lachen aus, das in einen Hustenanfall mündete, als er Zigarrenrauch in die Lungen bekam. Fragend sah Dohnanyi ihn an. Doch Oster ... Irgendetwas war mit Oster. Der Mann saß aufrecht im Stuhl und starrte geradeaus, als hätte er einen Geist gesehen. Aber wie sollte er die Zusammenhänge auch begreifen? Mit knappen Worten erklärte Canaris das überraschende Zusammentreffen der beiden Aktionen, sah, wie Dohnanyis Miene sich aufhellte. Nicht so bei Oster.

«Oberst?»

«Ich ...» Oster fuhr sich mit der Zunge über die Lippen. «Ich glaube, ich sollte auch etwas erzählen. – Ich hatte ebenfalls einen Plan mit dem Wagen, aber er ist ... endgültiger.»

Als Oster seinen Bericht beendet hatte, war Wilhelm Canaris kreidebleich.

TEIL FÜNF – KÖNIGREICH JUGOSLAWIEN / KRALJEVINA JUGOSLAVIJA / КРАЉЕВИНА ЈУГОСЛАВИЈА

Zwischen Postumia und Belgrad – 26. Mai 1940, 20:55 Uhr
CIWL WL 3425 (*Hinterer Schlafwagen*). Abteil 10.

Der Simplon Orient war in Bewegung, Dampf und Hitze in den Kesseln der jugoslawischen Pacific hielten Kolben und Transmission in einem niemals erlahmenden Kreislauf, trieben den stählernen Lindwurm vorwärts. Und doch war etwas zum Stillstand gekommen. Das Faksimile des kaiserlichen Testaments war zu Boden geglitten, die Rückseite nach oben. De la Rosa hatte kein Auge mehr für das Schriftstück. Auf dem Polster zwischen Ingolf und dem Kirchenmann lag der Textband von Kantorowicz' Biographie, im Falz aufgetrennt. Wie ausgeweidet. De la Rosas Finger hielten die Aufnahmen, die in einem versiegelten Umschlag im Einband verborgen gewesen waren. Die Miene des Geistlichen glich einer Maske. Was in seinem Kopf vorging, war nicht zu erahnen.

Ingolf schwieg. Eher zufällig kam er damit den Instruktionen des Admirals nach, der ihn angewiesen hatte, in diesem Moment nichts als die Aussage der Bilder auf de la Rosa wirken zu lassen. Strategische Planungen und Winkelzüge, operative Prämissen und Wahrscheinlichkeiten, mit denen er genau diese Situation hätte herbeiführen und das Zielobjekt vorbereiten sollen: Nun, da der entscheidende Punkt beinahe erreicht war, war ihm klar, dass sie überhaupt keine Rolle spielten.

Entweder war de la Rosa der Mann, den der Admiral in ihm zu erkennen glaubte – dann musste die Sprache der Bilder genügen, ganz gleich in welcher Situation er sie zu sehen bekam. Oder aber Canaris hatte sich getäuscht. Dann würde Ingolf Helmbrechts Auftrag in den allernächsten Minuten scheitern – und mehr als sein Auftrag. Dann war alles in Gefahr, was der Leiter von Ausland/Abwehr in jahrelanger Arbeit aufgebaut hatte, und das Leben der Beteiligten wäre noch der geringste Preis, den sie würden bezahlen müssen.

«Ich ...» Der Kirchenmann räusperte sich, und Ingolf erinnerte sich, dass eine von Canaris' Anweisungen darin bestanden hatte, für diesen Moment eine Flasche Hochprozentigen bereitzuhalten. Nein, nicht alle Direktiven des Admirals waren ganz und gar sinnlos.

De la Rosa holte hörbar Atem, verharrte einen Moment reglos und stieß dann langsam die Luft aus. «Ich war in Krakau, als der neue Erzbischof eingesetzt wurde», murmelte er. «Ich muss einige dieser Männer gekannt haben.» Mit einer fahrigen Bewegung blätterte er weiter zur nächsten Aufnahme.

«Die Männer und Frauen auf diesem Foto sind polnische Adlige», sagte Ingolf leise. «Unten rechts finden Sie das Datum und die Zahl der Opfer. Zum Teil müssen wir schätzen. Die SS ...»

De la Rosa schüttelte den Kopf, blätterte weiter. Und weiter. Mechanisch. Viel zu rasch, um wirklich erfassen zu können, was die Aufnahmen zeigten. Wenn es überhaupt eine Möglichkeit gab, diese Dinge zu erfassen. Wenn nach den ersten Bildern noch eine Steigerung möglich war, ausgenommen durch die reine Zahl, die Summe der Toten. Die Opfer stammten aus den unterschiedlichsten Schichten der Gesellschaft des besetzten Polen. Angehörige der Geistlichkeit waren vertreten, ebenso Adelige, die den Schalthebeln der Macht noch immer nahe gewesen waren, obwohl das Land seit Jahrzehnten Republik war. Viele der Toten waren den jüdischen Gemeinden zuzuordnen, und daneben gab es unzählige andere Menschen, in denen die Kommandos von SS und Gestapo aus irgendeinem Grund eine Bedrohung gesehen hatten.

Dahingemetzelt. Erschossen, erhängt, erschlagen. Abgeschlachtet wie Tiere, nachdem sie zum Teil mit eigenen Händen ihre Gräber hatten ausheben müssen.

Ingolf selbst hatte diese Bilder vor einigen Monaten zum ersten Mal zu sehen bekommen, und seitdem verfolgten sie ihn in seinen

Träumen, wie ihn Löfflers blutiger Leib verfolgte, der mit verrenkten Gliedern in der Somme trieb. Sie kamen nicht mehr bei Tage, nein, weil er dagegen ankämpfte und ihnen den Zutritt zu seinem Tagesbewusstsein verwehrte. Er mochte nur ein winziges Rädchen in der fragilen Maschinerie sein, die es wagte, sich den Nazis im eigenen Lande, aus dem Herzen ihres eigenen Sicherheitsapparates heraus entgegenzustellen, doch er durfte nicht zulassen, dass er beim Gedanken an diese Bilder den Verstand verlor.

Er hatte einen Auftrag zu erfüllen. Seine Leidenschaft waren historische Handschriften – und neuerdings Eva Heilmann. Und doch war es möglich, dass sein gesamtes Leben nichts als eine Vorbereitung auf diese eine Begegnung gewesen war, das Zusammentreffen mit de la Rosa. Sein Augenblick in der Geschichte, in dem er einen Beitrag leisten konnte, dem Schicksal Europas eine andere Richtung zu geben.

De la Rosa legte die Aufnahmen nieder. Er sah den jüngeren Mann nicht an, sondern starrte geradeaus. Ingolf bezweifelte, dass er das mintgrüne Kleid wahrnahm, das unmittelbar vor ihm hing.

«Diese Bilder ...», begann er heiser. «Können Sie mir garantieren, dass diese Bilder echt sind? Können Sie es ... beweisen? Wo haben Sie diese Aufnahmen her?»

«Ich habe persönlich mit den Männern gesprochen, die einige von ihnen gemacht haben», erwiderte Ingolf. De la Rosa wandte sich zu ihm um, und er sah ihm fest in die Augen. «Ich gebe Ihnen mein Ehrenwort. Mein Ehrenwort als Wissenschaftler, dass diese Aufnahmen echt sind.»

Der Kirchenmann sah ihn an, senkte dann den Blick. «Dios mío!» Zitternd hob er eine Hand, bedeckte seine Augen. «Natürlich habe ich Gerüchte gehört. Die ... die ganze Welt hört Gerüchte, seit dieser Krieg begonnen hat, wie es auch im spanischen Krieg Gerüchte gab und aus Ostasien, aber ... so viele Menschen. So viele ...» Ein schwerer Atemzug. Mit fahrigen Fingern versuchte er die Fotos zu sortieren. «Auf einem dieser Bilder sind Kinder, die ...»

«Etwa fünfzigtausend Menschen seit Beginn der Besetzung», sagte Ingolf und stellte fest, dass seine Stimme ruhig klang, nun, da der

Augenblick der Wahrheit gekommen war. «Nach einer vorsichtigen Schätzung. Männer, Frauen und, ja, Kinder. Gestapo und SS sind die treibende Kraft, aber ...» Jetzt musste er kurz schlucken. «Sie sind es nicht allein. Auch die Wehrmacht hat sich schuldig gemacht.»

«Und Sie? Wie kommen Sie an diese Bilder, wenn Sie nicht selbst ...» Ingolf holte Luft. «Ingolf Helmbrecht», sagte er. «Abteilung Ausland/Abwehr beim Oberkommando der deutschen Wehrmacht. Ich gebe Ihnen diese Bilder aus drei Gründen: Sie sollen sehen, was dort, in Polen und inzwischen sicherlich auch anderswo, vorgeht. Und Sie sollen sehen, dass wir nicht alle so sind. Nicht alle Deutschen. Dass es noch immer ein anderes Deutschland gibt, ein ... ein *geheimes* Deutschland, das den Völkern Europas die Hand entgegenstreckt.»

De la Rosa blickte die Bilder, dann Ingolf an, nickte. «So viel steht wohl fest. – Und das Dritte?»

Ingolf bemerkte, dass sich eine feine, aber nicht zu leugnende Gänsehaut auf seinem Nacken aufstellte. Eine Hürde war genommen. Aber sie war noch nicht die entscheidende Hürde. Die Frage war nicht, ob de la Rosa ihm *glaubte*. Hier hatten die Bilder für sich gesprochen, und sie duldeten keinen Widerspruch. «Der dritte Grund», sagte er. «Der dritte Grund ist, dass ich Sie um Ihre Hilfe bitten möchte, Monsignore. Wir werden auf dieser Fahrt ...»

Doch de la Rosa ließ ihn nicht zu Ende reden. «Das ist ...» Ein Kopfschütteln. «Das ist ... Nein, das ist überhaupt keine Frage. Und Sie werden nicht allein auf meine Hilfe zählen können. Diese Bilder muss der Heilige Vater sehen. Wir müssen ...»

«Nein.» Mit einem Mal glaubte Ingolf die Last der gesamten Welt auf seinen Schultern zu spüren, doch er durfte jetzt nicht lügen. Wenn er jetzt log und de la Rosa unter falschen Voraussetzungen auf seine Bitte einging, war alles andere wertlos.

«Nein», sagte er. «Damit wäre niemandem geholfen.» Ein letztes Mal holte er Atem. «Ihr Papst kennt diese Bilder bereits.»

***

Zwischen Postumia und Belgrad – 26. Mai 1940, 20:57 Uhr
CIWL Lx 3509 (Vorderer Schlafwagen). Doppelabteil 6/7.

Mit einem Ächzen setzte sich Alexej auf, tastete halb blind herum, stützte sich an der Fensterscheibe ab. Der Lx-Wagen ruckte, schien für eine Sekunde zur Seite zu kippen – oder war das nur er selbst? Ein Pochen in seinem Kopf, am stärksten an der Schläfe, wo ihn Boris Petrowitschs Faust getroffen hatte, doch inzwischen hatte es sich über seinen gesamten Schädel ausgebreitet. Kalter Schweiß bedeckte seine Stirn, und wenn er jetzt daran dachte, wie er sich fast gut gelaunt von Constantin Alexandrowitsch verabschiedet hatte: *Ich fürchte, ich habe meine Kräfte heute Abend wirklich ein wenig überschätzt. Ich habe auch keinen großen Hunger, denke ich.* Nein, ans Essen mochte er wirklich nicht mehr denken. Er wartete, dass das Hämmern abebbte, der Schwindel sich beruhigte, die Blitze vor seinen Augen blasser wurden und schwächer. Es schien Stunden zu dauern.

Alexej hatte sich das alles sehr viel einfacher vorgestellt. Und sein schmerzender Schädel, die Schwäche seines Körpers war bei alldem noch das geringste Problem.

Es war so simpel erschienen: zwei Zugabteile, jedes von ihnen zweieinhalb Meter tief von der Tür bis zum Fenster, nein, nicht einmal, und vielleicht zwei Meter breit. An der Rue de Faubourg du Saint-Honoré war die Besenkammer größer gewesen! Das konnte Alexej Constantinowitsch mit Sicherheit sagen, weil er in dieser Besenkammer im Alter von sechzehn Jahren eine Begegnung mit Mathilde gehabt hatte, dem Zimmermädchen der Familie, wohlgerundet an den richtigen Stellen, wenn auch schon ziemlich alt. Zumindest war sie ihm damals ziemlich alt vorgekommen, aber das hätte er heute möglicherweise ..

Alexej schüttelte sich. Seit dem Schlag auf den Kopf fiel ihm selbst das Denken schwer und geriet immer wieder auf Abwege. Das war indessen keine ausreichende Entschuldigung. Ihm hätte klar sein müssen, dass es selbst auf so engem Raum unzählige Verstecke gab, an denen man vierzehn geschliffene Brillanten verbergen konnte, seien sie auch von beträchtlicher Größe. Vor allem aber war es nicht damit getan, die Abteile einfach nur zu *durchsuchen*. Die größte Herausforderung bestand darin, dabei keine Spuren zu hinterlassen. Anstatt die Sitzpolster halb aus ihrer Verankerung zu wuchten und umständlich von allen Seiten abzutasten, keinen verborgenen Winkel auszulassen, hätte er sie natürlich einfach aufschlitzen können, mit der Rasierklinge aus seinem Necessaire etwa. Aber wie hätte er dann den Zustand des Abteils erklären sollen, wenn Constantin und der Rest der Familie zurückkamen?

Warum mache ich mir überhaupt Sorgen um eine Erklärung? Er hatte mit seinem Vater abgeschlossen. Alexej würde die Seiten wechseln, wie das während der Revolution und in den Jahren danach so viele Russen getan hatten. Doch im Grunde stimmte das überhaupt nicht. Er war Russe, war immer Russe gewesen, und Russe zu sein, bedeutete heute eben, dem Reich der Sowjets zu dienen. Und Alexej Constantinowitsch Romanow würde seinen Dienst nicht mit leeren Händen antreten, sondern den größten Schatz der gestürzten Zarenfamilie mitbringen, wenn er in seine alte neue Heimat zurückkehrte.

Und da machte er sich Gedanken, wie sein Vater reagieren würde, wenn in der Kabine die Kissen am Boden lagen?

Er zögerte. Nun, mit Sicherheit würde der Großfürst angesichts eines verwüsteten Abteils die richtigen Schlüsse ziehen. Und dann würde es nicht bei einem Wortgefecht bleiben. Nein, Constantin hatte Waffen. Alexejs Blick glitt zu dem schweren Kavalleriesäbel, der in seinem Futteral am Fenster lehnte. Außerdem besaß sein Vater eine kleine Pistole. Mit Sicherheit war sie nicht in Paris geblieben.

Unvermittelt erstarrte er. Boris Petrowitsch war ebenfalls bewaffnet. Hatte Boris einen Augenblick gezögert, als die Frau im beigen Kleid sich ihm entgegengestellt hatte? Würde er zögern, wenn sich der *Großfürst* ihm entgegenstellte? Was würde geschehen, wenn es Alexej nicht gelang, die Steine zu finden? Was würde geschehen, wenn Constantin Alexandrowitsch den jungen Bolschewiken hier im Abteil ertappte, wenn dieser sich selbst auf die Suche machte?

Eine plötzliche Kälte ergriff von Alexej Besitz. Der Großfürst war ein Romanow – und die Romanows waren Todfeinde des Sowjetsystems. Aber er war auch sein Vater, selbst wenn Alexej keinen Grund hatte, ihn übermäßig zu lieben. Nein, sosehr er sich wünschte, seine Familie hinter sich zu lassen, um nichts in der Welt wollte er sich schuldig machen am Tod seines Vaters.

In diesem Moment wurde ihm klar, dass er nur eine einzige Chance hatte, Constantins Tod zu verhindern: Er *musste* die Steine finden, jetzt und auf der Stelle.

Gehetzt ging Alexej in die Hocke, musste sich abstützen, als er das Gefühl hatte, sein Schädel würde augenblicklich platzen wie eine überreife Melone. Doch er durfte keine Sekunde mehr verlieren. Keine Spuren, kein Verdacht. Mit zusammengebissenen Zähnen griff er nach dem unteren Rand der schweren Polsterung, richtete sich stöhnend auf, wuchtete das Monstrum zurück in Position, stemmte sich an der Fensterseite noch einmal dagegen, bis es wieder vollständig gerade saß. Er lehnte am Fenster, betrachtete das Ergebnis. Unverdächtig? Alexej konnte es nur hoffen.

Er ließ seinen Blick über das Innere des Abteils schweifen, der Herrenhälfte der beiden zur Suite verbundenen Kabinen. Der Reisekoffer des Großfürsten, altes Leder, an den Ecken metallbeschlagen, auf dem Deckel das verblassende Adlerwappen der Romanows. Alexej hatte den gesamten Inhalt ausgepackt und penibel untersucht, bis hin zur Leibwäsche seines Vaters. Er hatte Bücher aufgeklappt, hatte überprüft, ob es auch keinen doppelten Boden gab. Er hatte Ecken und Kanten des Koffers abgetastet. Nichts. Ebenso alle übrigen Gepäckstücke – und alles andere, was ihm sonst noch in den Sinn kam. Das hinter der Wandverkleidung verborgene Porzellan hatte er besonders gründlich geprüft, doch auch dort: nichts. Aber irgendwo *mussten* die Steine sein! Alexej kannte sie von Abbildungen, und die Klunker waren gigantisch; falls sie sich noch in ihrer Fassung befanden, war es ohnehin unmöglich, sie in einem Behältnis unterzubringen, das wesentlich kleiner war als eine Hutschachtel. Doch im Abteil gab es kein solches Behältnis mehr, das er sich noch nicht vorgenommen hatte. Und wenn die Steine nun doch aus der Fassung gelöst worden waren?

Er stellte sich in die Mitte der Abteilhälfte, begann sich einmal im Kreis zu drehen, vorsichtig, um keinen Schwindel zu provozieren. Die Tür zum Kabinengang. Das breite Sitzpolster, wieder tadellos in Position. Unter dem Fenster der schwere Koffer, an dem Constantins Kavalleriesäbel lehnte. Die Trennwand zur Damenhälfte mit der geschlossenen Verbindungstür, die Verkleidung der Waschecke. Wieder die Tür zum Gang. Nichts. Wieder nichts.

Alexej erstarrte. Unendlich langsam wiederholte er die Drehung in der umgekehrten Richtung. Waschecke, Trennwand, Fenster. Der Reisekoffer und, halb gegen das Polster gelehnt – der mächtige Säbel in seinem Futteral.

Alexej erinnerte sich sehr gut an dieses Futteral, wie es im Appartement an der Rue de Faubourg du Saint-Honoré im Arbeitszimmer des Großfürsten gehangen hatte; woran er sich allerdings nicht erinnern konnte, war, dass er die Klinge, die sich im Innern des Futterals verbergen musste, jemals zu sehen bekommen hätte. Alexej trat an das Fenster. Ein Kribbeln machte sich in seinem Magen breit.

Lesen war eine Leidenschaft Alexej Constantinowitschs. Wenn er heute auch die Schriften Bretons oder Batailles bevorzugte, hatte er in einer bestimmten Phase seines Lebens Alexandre Dumas geradezu verschlungen. Wozu sich Säbelscheiden unter anderem nutzen ließen – oder Gegenstände, die *aussahen* wie Säbelscheiden ... Alexej hatte das Futteral heute bereits zwei Mal in der Hand gehabt. Zum ersten Mal als er dem Großfürsten hatte behilflich sein müssen, die Uniform anzulegen, und danach, vor wenigen Minuten, als er den Koffer geöffnet und anschließend das Sitzpolster aus seiner Verankerung gewuchtet hatte. Es sah aus wie eine Säbelscheide, fühlte sich an wie eine Säbelscheide und wog in etwa das, was seiner Vorstellung nach eine Säbelscheide samt Säbel wiegen mochte. Wie also hätte er auf den Gedanken verfallen sollen, dass es sich um etwas anderes handelte als eben um eine Säbelscheide samt Säbel?

Mit klopfendem Herzen nahm er das Monstrum in die Hand. Ja, es war schwer, und er spürte die langgestreckte, gepolsterte Form, die ohne weiteres eine von weichem Futterstoff umgebene Klinge sein konnte, eingelassen in den vergoldeten Griff, auf dem Knauf der Adler der Romanows, Herrscher aller Reussen und Verteidiger des orthodoxen Glaubensbekenntnisses. Tief holte er Luft, umfasste den Griff und löste ihn mit einem Ruck aus dem Futteral.

Zum Vorschein kam eine mehr als einen halben Meter lange stählerne Klinge, so blank geputzt, dass er sich in ihr spiegeln konnte. Reglos starrte er die Waffe an. Eine Klinge in ihrem Futteral. Genau das, was man dort hätte erwarten können. «*Tschort vozmil*», flüsterte er. Die Säbelscheide war in Wahrheit – eine Säbelscheide. Ernüchtert ließ er sie sinken, in der anderen Hand den Säbel, dessen Klinge ihn jetzt höhnisch anzufunkeln schien.

Doch er holte noch einmal tief Atem. Er durfte nicht vergessen, was von ihm abhing. Das sowjetische Russland schwebte in einer tödlichen Gefahr. Nein, niemand hatte behauptet, dass es einfach werden würde. Wenn die Steine nicht im Futteral waren, mussten sie sich eben doch an einer anderen Stelle verbergen. An einer Stelle, die er noch immer übersah.

Eher einem Reflex folgend, lehnte er die offene Klinge für einen Moment gegen das Polster, ließ die Finger in das Futteral gleiten. Doch er wusste bereits, dass die Scheide jetzt zu leicht war, zu wenig Platz bot, um neben der Klinge auch noch die Steine aufzunehmen.

Er legte die Stirn in Falten.

Seine Fingerspitzen hatten etwas erspürt. Nein, nicht die Steine; dafür war zu wenig Platz. Etwas, das sich irgendwie merkwürdig anfühlte, verborgen unter einer Schicht des weichen, wattierten Polsters, mit dem die Scheide ausgekleidet war. Nachgiebig, dabei aber stabiler als die Polsterung. Knisternd. Seine Finger suchten die Form zu ertasten, und ... Ein Schlitz, eine Öffnung im Stoff, darin ein Streifen, ein Zipfel ... Papier. Er bekam es zu fassen, zog es heraus.

Irritiert betrachtete er, was er in der Hand hielt. Ein verknitterter Papierumschlag, unverschlossen, die Lasche nur locker eingesteckt. Alexej öffnete sie, ließ den Inhalt in seine Hand gleiten. Eine Fotografie und ... Seine Finger wurden schlagartig kalt. Eine zweite, eine dritte, und auf allen ...

Der Atem stockte in seiner Kehle. Das konnte unmöglich ...

Der Knall, der die Stille im Lx zerriss, war wie ein Bersten im Innern seines Schädels.

***

Zwischen Postumia und Belgrad – 26. Mai 1940, 21:00 Uhr

CIWL Lx 3509 (Vorderer Schlafwagen). Doppelabteil 2/3.

Zur rechten Zeit am rechten Ort. Betty Marshall war keine große Schauspielerin. Nicht besser als jedes einzelne unter all den Mädchen, die während Bettys großer Zeit in den Bannkreis des schillernden Kometen namens Hollywood geraten waren – und niemals eine Chance bekommen hatten.

Am rechten Ort zur rechten Zeit. Die Jahre unmittelbar nach dem Krieg waren eine trübselige Angelegenheit gewesen. Im Rückblick hatte sich Betty die ganze Zeit krank gefühlt – und das hatte nichts mit der Spanischen Grippe zu tun gehabt, die wenige Monate nach Ende der Feindseligkeiten wesentlich mehr Menschen dahingerafft hatte als sämtliche Kampfhandlungen zusammen.

Von irgendetwas aber hatte sie leben müssen. *Abendgesellschafterin*, so hatte der Geschäftsführer ihre Aufgaben im *Madame Butterfly* umschrieben, und ein Name war so gut oder so schlecht wie der andere für einen Job, der sie angewidert hatte. Sie hatte so ziemlich alles probiert, ja, auch freizügige Fotos. Später war sie froh gewesen, dass sie auf diesen Aufnahmen eine Perücke getragen hatte – wenn auch sonst nicht viel. Kein Mensch hätte ein paar Jahre später in dieser Person Betty Marshall erkannt. Ja, sie hatte einiges versucht, doch da war sie nicht die Einzige. Eine Sache aber hatte Betty von den anderen unterschieden.

Der Tanz. Mit Sicherheit gab es heute noch Menschen, die sie abschätzig als Tänzerin bezeichneten. Das war allerdings eine Bezeichnung, gegen die sie absolut nichts einzuwenden hatte. Denn sie traf zu. Was konnte es Faszinierenderes geben als diese eigene, geheimnisvolle Sprache, die unglaubliche Möglichkeit, Gefühle und Botschaften durch Signale des Körpers zu transportieren, vor einem ganzen Publikum im Saal. Und sie war gut gewesen, *richtig* gut, was auch dieser Mensch erkannt haben musste, der sie in der Kaschemme in New Jersey gesehen und der Samuel Goldwyn gekannt hatte. Von diesem Abend an war eines zum anderen gekommen. Weil Betty zur rechten Zeit am rechten Ort gewesen war – und weil Samuel auf der Stelle begriffen hatte, was sich mit ihrer Gabe anfangen ließ, zumal in Kombination mit ihrem mehr als präsentablen Äußeren.

Veränderungen der Mimik, winzige Gesten und Andeutungen: Auch das Spiel vor der Kamera war Sprache des Körpers, die zu ihren Zeiten um so vieles wichtiger gewesen war als heute im Tonfilm, der den Akteuren ganz andere Möglichkeiten gab. Und doch waren es vor allem die großen Gesten gewesen, die Haltung, die fließende Abfolge ihrer Bewegungen – die Biegsamkeit und Geschmeidigkeit ihres Körpers war es, die die Filme der *Marshall* legendär gemacht hatten.

Entsprechend konnte sie bis heute nicht verstehen, warum Conrad Veidt damals so überrascht worden war: Eigentlich hatte sie ihm lediglich die Zigarre aus dem Mund treten sollen, doch Veidt hatte ihr das offenbar nicht zugetraut. Er war nicht in Position geblieben, sondern hatte sich einige entscheidende Zentimeter nach vorn gebeugt. Der Abdruck ihrer Schuhsohle war noch Tage später an seinem Kinn zu erkennen gewesen. Am Ende hatte Cukor dann ein Machtwort gesprochen und entschieden, dass die einmal abgedrehte Szene einfach zu eindrucksvoll geworden war. Es wäre eine Schande gewesen, sie nicht im fertigen Film zu verwenden.

Ja, Betty wusste, was sie konnte. Was sie einmal gekonnt hatte. Eine große Schauspielerin war sie nicht, doch ihren Körper wusste sie einzusetzen. In jeder Beziehung. Das war der Gedanke, der in diesem Moment, in dem Vera Richards die Waffe zog, in ihrem Kopf war.

Und es blieb keine Zeit zum Nachdenken.

Betty hatte neben Paul Richards auf der einen Seite des Tisches gesessen, Carol ihr gegenüber, neben ihm Vera. Die Schauspielerin fuhr hoch, sah, wie Carol den Mund öffnete, wie sich Veras Zeigefinger um den Abzug spannte.

Bettys Bein schoss nach vorn.

* * *

Zwischen Postumia und Belgrad – 26. Mai 1940, 20:59 Uhr
CIWL Lx 3509 *(Vorderer Schlafwagen)*. *Abteil 1*.

Reglos saß Eva da, gewärmt von der Decke, die Carol ihr um die Schultern gelegt hatte. Es war seltsam: Nun, da alles vorüber war, hatte die Angst sie beschlichen, die Schwäche, der sie sich in den Gassen von Postumia mit aller Kraft verwehrt hatte. Die Verfolger: Noch immer hatte sie ihre Stimmen in den Ohren. Der stinkende Atem des Anführers, dessen Hand ihr den Träger des Kleides von der Schulter gerissen hatte.

Und niemand war ihr zu Hilfe gekommen. Niemand als Carol.

Eva befand sich wieder im Zug. Wie es weitergehen sollte, und sei es nur in den nächsten Stunden – sie wusste es nicht. Carol hatte sie gebeten, oder nein: Er hatte ihr befohlen, sich unter keinen Umständen aus seinem Privatabteil zu entfernen. Nicht bevor er zurück war von der Abendgesellschaft, die er einen Raum weiter veranstaltete. Und sie war froh über die Atempause. Nach allem, was geschehen war, wusste sie einfach nicht mehr, wie sie den Vorfall zwischen Ludvig und Betty beurteilen sollte. Irgendwie schien er kaum noch Bedeutung zu haben. Im Moment jedenfalls hatte sie schlicht nicht die Kraft, in das Abteil zurückzukehren, das sie mit Ludvig teilte, und zu tun, als ob nichts gewesen wäre.

Verstand Carol das alles? Irgendwie musste das wohl der Fall sein. Sie beide würden nie wieder Liebende sein, aber in ihrem Herzen war sie dankbar für sein Verständnis, das keiner Worte bedurfte. Sie hätte sich nur eines gewünscht: dass sie ihm mehr hätte zurückgeben können als eine Warnung vor etwas, das ihm all die Jahre bewusst gewesen war: *Ich bin der König von Carpathien. Das habe ich mir nicht ausgesucht. ... Hast du eine Vorstellung, wie viele Attentäter es in den letzten Jahren auf mich abgesehen hatten?* Er wusste um die Gefahr, und nun, da er ihre Warnung gehört hatte, würde er sich doppelt vorsehen. Ein lächerliches Nichts verglichen mit dem, was er für sie getan hatte, und doch alles, was sie hatte geben können. Und das musste genügen.

Ja, sie hätte entspannt sein können, im Reinen mit sich selbst, und dennoch ... Es war nicht mehr als ein Gefühl, eine Ahnung: *Es ist noch nicht vorbei. Es wird etwas geschehen, und ich werde keine Chance haben einzugreifen.* Sie saß auf dem Polster, auf dem Platz am Fenster. Graf Béla hielt so viel Abstand wie möglich und sprach kein Wort mit ihr. Was in dem Telegramm gestanden hatte, mit dem er in der Gasse am Bahnhof zu Carol geeilt war, hatte sie nicht erfahren, doch sie hatte die Mienen der beiden Männer gesehen: schlechte, *sehr* schlechte Neuigkeiten. Und nun war es zu spät zum Fragen. Béla schwieg. Reglos.

Bis zu diesem Moment: Leutnant Schultz stand in der Tür.

Die Stirn des Grafen legte sich in Falten. «Was zur Hölle tun Sie hier, Leutnant?»

«Seine Majestät hat mir aufgetragen, eine Zeitschrift aus seiner Lektüre zu holen. Ein Magazin, das sich mit amerikanischem Baseball ...»

«Dann hätten Sie den Garçon geschickt!» Der Graf stand auf. Mit zackigen Bewegungen bückte er sich nach dem Bücherstapel, der sich auf dem kleinen Tischchen vor dem Fenster türmte. «Sie gehen auf der Stelle zurück und ...»

Ein Poltern aus dem Nebenraum, im nächsten Moment der Knall eines Schusses.

Es war unglaublich, aber es war ... Es war, als ob Eva auf genau dieses Geräusch *gewartet* hatte. Sie war auf den Beinen, bevor sie zum Nachdenken kam. Der Graf kam vom Tischchen hoch, doch sie stieß ihn beiseite. Eine Sekunde später war sie auf dem Gang, sah, wie Schultz in der Tür der Nebenkabine verschwand. Ihr verletztes Bein wollte unter

369

ihr nachgeben, doch sie nahm den Schmerz nicht zur Kenntnis, hetzte dem Leutnant nach.

Chaos, ein Knäuel von Körpern, mittendrin Betty Marshall in einem Etwas, das vielleicht einmal ein schwarzes Kleid gewesen war. Ihre Brust hob und senkte sich, während sie Vera Richards' Arm umklammerte. Vera Richards, die versuchte sich freizukämpfen – vergeblich, denn auch ihr Ehemann mühte sich, sie festzuhalten, fluchend und weiß wie die Wand.

Doch nicht so weiß wie Carol. Der König von Carpathien lag am Boden, nein, sein Körper war halb auf den Tisch gesunken, zwischen Essenresten und zerschlagenem Geschirr. Seine Uniformjacke war aufgerissen. Das Hemd darunter war rot vor Blut.

«Carol!» Eva drängte sich in den Raum, doch Schultz war ihr im Weg, als er versuchte die Kämpfenden zu trennen. Vera Richards hatte sich von Betty losgerissen, schlug auf den Gardisten ein wie eine Furie. Blut auch auf ihrem Körper.

«Carol!» Er durfte nicht tot sein! Nicht jetzt, da Eva gerade erst begriffen hatte, was für ein Mann er tatsächlich war. Er musste leben, wenn nicht für sie, dann für die Menschen in Carpathien, für die Frau, die er irgendwann einmal ...

Mit eisernem Griff zerrte der Gardist Vera auf die Beine. Betty – ohne darauf zu achten, dass sie vom Gürtel aufwärts keinen Faden mehr am Leibe hatte – starrte der Texanerin nach, mit blitzenden Augen. Selbst auf ihrem Dekolleté waren einige verirrte Blutspritzer zu erkennen.

«Carol!» Verzweifelt versuchte sich Eva einen Weg zu bahnen.

Die Schauspielerin wandte den Kopf. «Eva», murmelte sie. «Haben Sie das gesehen? Sie hatte nur diese eine Chance, und ... ich ...» Sie schüttelte fassungslos den Kopf. «Ich – habe – es – tatsächlich – geschafft!»

Geschafft? Eva verstand kein Wort. «Betty», sagte sie beschwörend. «Der König! Sie müssen ihn ...»

Die Schauspielerin sah zu Carol. Zu Carol, der sich ... Evas Herz überschlug sich. Carol blinzelte, hob schwach den Kopf.

Mit einer nachdenklichen Geste fuhr Betty Marshall über ihr Dekolleté, betrachtete den einzelnen Blutstropfen an ihrer Fingerspitze.

«Veras Blut», bemerkte sie. «Ich hab sie irgendwo am Hals erwischt. Eigentlich ein Wunder, dass sie noch aufrecht stehen kann. Carol fehlt nichts, Eva, aber was denken Sie? Gegen die Sache mit dem Blut sollte er wirklich mal was unternehmen. Er verpasst ja die Hälfte.»

***

Zwischen Postumia und Belgrad – 26. Mai 1940, 21:02 Uhr
CIWL WR 4229 (Speisewagen). Fumoir.

«Behalten Sie Platz, Mesdames, Messieurs! Alles ist in Ordnung! Es besteht keinerlei Gefahr!»

Besonders überzeugend klangen sie nicht, die Worte des Directeur. Das Monokel in seinem Auge zuckte heftiger, als Raoul es jemals erlebt hatte. Thuillet bahnte sich einen Weg durch die Fahrgäste. Die meisten von ihnen waren von ihren Plätzen im Rauchersalon aufgesprungen, als der Knall des Schusses die gesellige Stimmung zerrissen hatte. Das Abendessen war gerade in vollem Gang gewesen.

«Mitkommen!», knurrte er Raoul zu, als er den jungen Mann am Durchgang neben der Küche entdeckte.

Ein Schuss. Ohne Zweifel. Raoul war eben dabei gewesen, dem Unterkellner zur Hand zu gehen, als das Geräusch das Gemurmel der Passagiere und das Klappern der Bestecke übertönt hatte. Er hatte einen raschen Blick zu den Tischen geworfen und aufgeatmet. Auch Xenia war bei dem Laut in die Höhe gefahren. Ihr fehlte nichts. Ganz kurz hatten sich ihre Augen über ein halbes Dutzend Köpfe hinweg getroffen. *Keine Angst.* Natürlich hatte er ihr die Worte nicht zurufen können, sondern hoffte, dass sie die stumme Botschaft auch auf diese Weise verstanden hatte. *Ich passe auf dich auf. Dir wird nichts passieren.* Von jetzt an, dachte er. Solange du nur willst. Doch aus dem Speisewagen war der Schuss sowieso nicht gekommen, sondern von der Spitze des Zuges.

Im selben Moment, in dem Raoul sich dem Directeur anschließen wollte, flog am gegenüberliegenden Ende des Fumoir die Tür auf, die zum Nichtrauchersalon und dem hinteren Ende des Zuges führte: der junge Monsieur Guiscard von der diplomatischen Delegation – und ein Mann, den Raoul noch nie gesehen hatte. Scharfe Züge, eisgraue Koteletten, streng nach hinten gekämmtes Haar – und eine Uniform mit jeder Menge Lametta. Das musste der Botschafter selbst sein.

Thuillet hatte die beiden ebenfalls entdeckt und wartete zwei Sekunden, bis sie ihn und Raoul erreicht hatten.

«Der König.» Der Botschafter sprach leise – und seine Worte waren keine Frage.

Thuillet nickte kaum merklich. «Behalten Sie Platz, Mesdames, Messieurs!», rief er noch einmal in den Raum. «Bitte, setzen Sie sich wieder! Wir werden Sie auf der Stelle informieren, sobald ...»

Die Tür zur Küche öffnete sich: der Chefkoch, der sich verwirrt umsah.

«Sie passen auf, dass die Leute hier drinbleiben!», zischte der Directeur ihm zu, bevor der Mann dazu kam, den Mund aufzumachen. «Alle!» Mit einer routinierten Bewegung riss Thuillet den Durchgang zum Lx-Wagen auf. Wenige Schritte, und er hatte den Zwischenraum überwunden.

Raouls Finger tasteten über seinen Gürtel. Sein Flaschenöffner war mit einer wenige Zentimeter langen ausklappbaren Klinge ausgestattet, das kam einer Waffe noch am nächsten. Doch was immer sie im vorderen Schlafwagen erwartete: Er würde damit fertig werden. Wenn im Simplon Orient jemand unkontrolliert um sich schoss, waren sämtliche Passagiere in Gefahr, auch Xenia.

Auf dem Kabinengang empfing sie Geschrei. Ein Pulk von Körpern in der hinteren Wagenhälfte, der Wagenhälfte der Carpathier. Raoul sah Uniformen, dazwischen helleren Stoff: der Amerikaner. Und dort seine Frau, aber sie ...

«Was ist hier los?» Directeur Thuillet ging mit raschen Schritten auf die Gruppe zu. Er hatte keinen Moment gezögert. Raouls Respekt vor ihm wuchs. Ein Feigling war er nicht.

Als die beiden Diplomaten nachdrängten, wurde er selbst unsanft nach vorn geschoben und stolperte eilig weiter. Auch er war kein Feigling. Ganz kurz fragte er sich, warum Thuillet die Männer aus dem Salonwagen mitkommen ließ, während der Rest der Fahrgäste im Fumoir festgehalten wurde. Doch es war keine Zeit für langes Nachdenken. Sie hatten die Gruppe erreicht, und Raoul sah – Blut. Mrs. Richards blutete. Die Haut über ihrem Schlüsselbein war aufgeplatzt. Ihre Finger umklammerten ein Taschentuch, doch ein königlicher Gardist presste ihr die Arme auf den Rücken, ließ nicht zu, dass sie es an die Wunde führte.

«Madame Richards ist verletzt!», herrschte Thuillet den Mann an. «Was tun Sie da?»

Eine glatzköpfige Gestalt schob sich nach vorn. Raoul konnte keinen der Carpathier sonderlich ausstehen. Wenn er das Doppelabteil betreten musste, in dem die Leibwächter untergebracht waren, die das Königshaus unter den carpathischen Gebirgsstämmen rekrutierte, hielt er die Luft an. Von Graf Béla gingen zwar nicht diese Ausdünstungen aus, die Raoul auf zu viel Bogratsch und Saure Suppe zurückführte ... Doch auf seine Weise war er der Unangenehmste von allen.

«Diese Frau hat ein Attentat auf seine Majestät verübt», gab der königliche Adjutant knapp Auskunft. «Das hier ist eine carpathische Angelegenheit, Monsieur. Ich muss Sie bitten, uns ...»

«In meinem Zug ist es meine Angelegenheit», unterbrach ihn Thuillet. «Ist seine Majestät verletzt?»

Die beiden Diplomaten hatten sich inzwischen an der Gruppe vorbei in das Abteil gedrängt. Guiscard drehte sich um, nickte dem Directeur zu: alles in Ordnung.

«Wir ...», begann Graf Béla, doch er kam nicht weiter.

Wie die Übrigen hatte auch Raoul während des kurzen Wortwechsels auf so ziemlich alles geachtet, aber nicht auf Vera Richards. Der königliche Gardist sackte hinter der Verletzten weg. Im nächsten Moment traf ihr Unterarm den Hals des Grafen, der gurgelnd in die Knie ging. Vera Richards war frei – und im nächsten Moment an Raoul und seinem Vorgesetzten vorbei.

***

Zwischen Postumia und Belgrad – 26. Mai 1940, 21:03 Uhr
CIWL WR 4229 (Speisewagen). Fumoir.

Boris Petrowitsch betrat das Fumoir. Er sah eben noch, wie die beiden Franzosen mit Thuillet und seinem Steward in Richtung Lx-Wagen verschwanden. Er hatte den Schuss gehört und zwei Sekunden später auf dem Flur vor seinem Abteil gestanden, die beiden Männer aus dem Salonwagen wenige Schritte vor ihm. Boris hatte Abstand gehalten, die Entwicklung abwarten wollen, die Gelegenheit, sich ihnen möglicherweise anzuschließen.

Nun war es zu spät. Auf dem Gang neben den Küchenräumen hatte sich – vermutlich auf Anweisung Thuillets – der Chefkoch postiert, der nun Unterstützung von einem der Kellner bekam. Mehrere männliche Fahrgäste, die eben noch lautstark Einspruch erhoben hatten, ließen sich einer nach dem anderen wieder an den Tischen nieder, wobei allerdings kaum jemand Anstalten machte, die Mahlzeit fortzusetzen. Lediglich der Engländer mit seinem Schnurrbart und seinem Zwicker hob Boris mit einem wortlosen Gruß das Glas entgegen und machte sich wieder über den slowenischen Zwiebelbraten her.

Ein Schuss. Boris vermutete, dass er nichts mit seiner Mission zu tun hatte, wie mit Sicherheit auch die angeblichen Diplomaten nichts mit ihr zu tun hatten. Doch die Lage war auch so schon unübersichtlich genug. Er konnte es sich nicht leisten, mit Unbekannten zu operieren. Er *musste* wissen, was im Lx vorging – dem Wagen, in dem nach aller Wahrscheinlichkeit die Steine lagen.

Mit dem Koch und seinem schmalbrüstigen Servierburschen wäre er natürlich fertig geworden, aber ... Nein, ausgeschlossen. Nicht, wenn er in seiner Rolle bleiben wollte. Der Student von der Sorbonne musste sich mit in der Tasche geballter Faust in die Umstände fügen, nicht anders als die übrigen Passagiere. Wenn er sich die hochbourgeoise Versammlung ansah, war die Hälfte von ihnen ohnehin im Herzen froh, nicht in die Angelegenheit hineingezogen zu werden. Lediglich vor ihren Frauen und Familien hatten sie den Eindruck echter Männer erwecken müssen, während sie in Wirklichkeit ...

374

«Boris Petrowitsch.»

Er wandte den Kopf.

Mit ruhigen Bewegungen löste Constantin Romanow die Serviette aus seinem Hemdkragen, tupfte sich über den Mund, faltete sie zwei Mal ineinander und legte sie neben dem Teller ab. Die Familie saß direkt am Durchgang, halb in Boris' Rücken; lediglich von Alexej war nichts zu sehen. Der Gesandte der Bolschewiki hatte sie bis zu diesem Moment nicht zur Kenntnis genommen. Katharina ... Unvorstellbar, dass es dieser Körper gewesen sein sollte, den er vor kaum einer Stunde besessen hatte. Ein kühles Nicken von ihr, mehr nicht. Die Töchter nahmen keine Notiz von ihm.

Der Großfürst saß auf dem Stuhl zum Gang hin. Er erhob sich. «In dem Wagen dort vorne befinden sich mein Abteil und der zukünftige Ehemann meiner Tochter. Ich möchte wissen, was dort vor sich geht. – Kommen Sie.»

Einen Lidschlag lang war Boris sicher, dass er sich verhört haben musste. Hatte er sein Gesicht unter Kontrolle? Glücklicherweise spielte das in diesem Moment keine Rolle. Den Pariser Studenten hätte die Frage – die *Anweisung* – nicht weniger überrascht als den Mann, der er tatsächlich war.

Der Großfürst schien keine Antwort zu erwarten. Zwischen den Tischen hindurch ging er auf die beiden Bediensteten der CIWL zu, ohne darauf zu achten, ob Boris ihm folgte. Denn natürlich folgte ihm Boris, der sich unversehens in das Gefolge eines Großfürsten verwandelt hatte. Von Constantin Alexandrowitsch Romanow ging in diesem Moment etwas aus, das weniger *Macht* war als vielmehr eine simple *Selbstverständlichkeit*. Boris würde sich ihm anschließen. Die anderen Passagiere würden möglicherweise unwillig murren, doch keiner von ihnen würde Einspruch erheben: warum *er* und nicht *wir*?

Weil dieser Mann ein Romanow war, Blut vom Blut des Zaren. Weil Feuer heiß war und ein Eisberg kalt. Weil Wasser bergab floss und Rauch in die Höhe stieg. Weil die für gewöhnliche Menschen geschaffenen Gesetze keine Geltung hatten für einen Mann von altem russischen Adel.

Die einzige Hürde waren möglicherweise die beiden Beschäftigten der CIWL, die vom Vertreter ihres Ausbeuters eindeutige Anweisungen bekommen hatten.

Doch der Chefkoch hauchte lediglich ein Monsieur, und selbst das klang eher wie eine Entschuldigung. Die Angestellten der CIWL wichen beiseite, und die Russen passierten. Boris hätte sich nicht gewundert, wenn Constantin als Nächstes erwartet hätte, dass sein Gefolge ihm den Durchgang zum Lx öffnete, doch der Großfürst schob die Tür mit präzisem Druck auf, wenige Schritte weiter die zweite, hinter der sich der Gang zum Einstiegsbereich des Schlafwagens weitete. Die beiden Männer traten hindurch.

«Halten Sie sie fest!»

Eine Frau stolperte durch den Gang auf Boris zu: die Amerikanerin. Aber nicht sie hatte den Ruf ausgestoßen, sondern Thuillet, der sich am anderen Ende des Kabinengangs befand, inmitten einer Traube von Menschen, die versuchten, Vera Richards zu folgen, und sich doch nur gegenseitig behinderten.

Handeln, sofort und auf der Stelle.

Boris Petrowitsch hatte Männer gekannt, beim NKWD und anderswo, die geglaubt hatten, die Anweisungen ihrer vorgesetzten Stellen auf ihre Weise auslegen zu können. Die sich die Zeit genommen hatten, das Für und Wider abzuwägen. Den Sinn zu hinterfragen. Die Zeit verloren hatten.

Keiner von ihnen war mehr am Leben.

Die Amerikanerin trug ein Abendkleid – und sie blutete aus einer Platzwunde am Schlüsselbein, doch die Verletzung schien sie nicht zu behindern. Sie hastete voran. Ihr Blick traf den von Boris, und ihre Hand fuhr in ihr Kleid.

Eine versteckte Waffe.

Vera Richards war noch drei Schritte entfernt, als Boris sich vom Boden abstieß. Unter dem Stoff konnte sich eine Pistole verbergen oder ein bloßes Messer wie bei der Frau im beigen Kleid.

Er traf sie mit der gesamten Wucht seines Körpers. Im letzten Moment hatte sie abgebremst, versucht, sich für den Zusammenstoß be-

376

reit zu machen. Sie wirkte trainierter als die Frau auf dem WC, doch sein größeres Gewicht, die Wucht seiner raschen Bewegung ließen ihr keine Chance.

Mit einem Keuchen ging sie zu Boden. Im nächsten Moment lag er auf ihr, drückte ihre linke Hand mit seinem Unterarm nach unten, spürte, wie die Fäden der improvisierten Naht auf der Innenseite seines Armes sich spannten, wie das pochende, geschwollene Fleisch dem Druck nachgab. Ihr rechter Arm war auf ihrem Bauch eingeklemmt. Die ganze Last seines Körpers blockierte ihn, doch sie versuchte die Hand zu bewegen, als ob ihre Faust etwas umklammerte, etwas Hartes ...

Hände rissen ihn zur Seite, die Frau wurde hochgezerrt, weg von ihm. Einer der französischen Diplomaten – Boris hatte gehört, wie jemand ihn mit Guiscard angesprochen hatte – drehte ihr den Arm auf den Rücken. Ein Mann in der Uniform der königlich carpathischen Garde packte ihr Handgelenk und bog ihre Finger auf: Ein Messer fiel klirrend zu Boden. Im nächsten Moment erschlaffte ihr Körper im Griff der beiden Männer. Nein, sie war nicht tot, doch für den Moment ohne Besinnung.

Mit schweißüberströmtem Gesicht ließ sich Boris gegen das polierte Holz sinken. Der Schmerz pulsierte in seinem Unterarm, und im selben Rhythmus schien sich sein Gesichtsfeld zu dehnen und zusammenzuziehen.

«Monsieur Petrowitsch!» Thuillets Stimme, atemlos. «Wir müssen Ihnen danken! Zum zweiten Mal haben Sie ...»

Boris nickte stumm, wandte den Kopf. Und sah, dass Constantin Alexandrowitsch Romanow ihn aufmerksam betrachtete.

* * *

Zwischen Postumia und Belgrad – 26. Mai 1940, 21:10 Uhr
CIWL WL 3425 (Hinterer Schlafwagen). Abteil 10.

Kirchen und Klöster brannten, zu Tausenden in der Weite des Landes. Der Rauch stieg gen Himmel und mischte sich mit den erstickten Schreien der Nonnen, die von den Uniformierten zurück in die niederbrechenden Gebäude getrieben wurden, um in den Flammen den Tod zu finden. Nach Monaten noch schaukelten die verrottenden Leiber der Priester von den Galgen im Wind, als düstere Warnung, dem Mutwillen der Elemente preisgegeben. Seht, so hat ihnen ihr Gott geholfen!

Und das Volk sah zu, mit Grauen in den Herzen.

So viel Hoffnung hatten die Menschen in die neuen Herren ihres Landes gesetzt, die sich nun als Mörder und Verbrecher erwiesen hatten. Jeden konnte ihr Zorn treffen. Jeden, der auch nur entfernt im Verdacht stand, von der offiziellen Linie der allmächtigen Partei abzuweichen. Nirgendwo aber hatte ihr Wüten so viele Opfer gefordert wie unter den Männern und Frauen der Kirche. Zu Tausenden und Tausenden und Tausenden.

Der Name des Landes war Russland, die Täter die Bolschewiken.

Die Menschen in der kommunistischen Gesellschaft brauchten keinen Gott, predigten Lenin und Stalin. Sie brauchten keine Kirche. Die Kirche war nichts als ein Pfeiler des dekadenten zaristischen Regimes, befallen von Wurmfraß und Fäulnis. Für sie war kein Platz mehr im neuen Russland. Ohne Rücksicht, ohne Gnade musste sie getilgt werden.

Ingolf Helmbrecht wusste das alles, wusste, welchen Schrecken die Revolution über das einstige Zarenreich gebracht hatte. Und welches Entsetzen diese Ereignisse im Rest Europas ausgelöst hatten. Er wusste, dass dies der eine Punkt war, in dem sich der Rest des Kontinents mehr als zwanzig Jahre lang einig gewesen war: Im Osten lauerte der große Feind der Zivilisation. Sein Sieg würde das Ende des Lebens bedeuten, wie es die Völker Europas gekannt hatten.

Nur vor diesem Hintergrund war zu erklären, dass sich ein Volk nach dem anderen aus freien Stücken Diktatoren ausgeliefert hatte, an deren Händen ebenfalls Blut klebte: in Deutschland, in Italien, in Spanien und anderswo. Zumindest, hatten sich die Leute gesagt, waren ihre neuen Führer keine Kommunisten, sondern hatten geschworen, sie vor dem immer bedrohlicheren Schatten Moskaus zu schützen. Niemand wusste das besser als jene Macht, die bei einem Sieg der Sowjets am meisten zu verlieren hatte: der Vatikan.

«Nein», flüsterte Pedro de la Rosa.

Was sonst hätte der Gesandte seiner Heiligkeit in diesem Moment hervorbringen können als ein halb ersticktes Nein? Was sonst, nachdem er begriffen hatte, dass er Admiral Canaris' Sendboten keineswegs falsch verstanden hatte. Dass Ingolf die Wahrheit sprach, wenn er behauptete, dass Eugenio Pacelli, seine Heiligkeit Papst Pius XII., die Bilder kannte, die de la Rosa in diesem Moment in der Hand hielt. Dass Pacelli wusste, was Hitlers Gestapo und ihre Unterstützer in Polen taten. Dass er von den Verbrechen wusste – und schwieg.

Das ist das wirklich Üble, dachte Ingolf Helmbrecht. Pacellis Wissen – und sein Schweigen – passen nur allzu gut ins Bild.

Hitlers erster außenpolitischer Triumph, nachdem die Deutschen ihm die Macht in die Hände gelegt hatten, war das Reichskonkordat gewesen, der große Grundsatzvertrag mit dem Heiligen Stuhl. Erst dieser Schritt hatte seine atemberaubenden außenpolitischen Erfolge der nächsten Jahre möglich gemacht. Der Mann aber, dem er diesen ersten Triumph verdankte, weil er ihn von Seiten der Kirche eingefädelt hatte, war niemand anders gewesen als Eugenio Pacelli, ein Mann, der die Deutschen kannte – und schätzte. Ein Mann, der jahrzehntelang Gesandter in ihrem Land gewesen war und schon damals nur einen Schritt vom Papstthron entfernt; schon damals der wahre Herrscher über eine Kirche, die gegenüber den Vorgängen in Deutschland nicht einmal vollständig blind war. Pacellis Vorgänger hatte durchaus Worte der Kritik an Hitlers Regime gerichtet – es dabei allerdings fertiggebracht, in seiner seitenlangen Enzyklika die hilflosesten Opfer der Nationalsozialisten, die Juden, mit keinem Wort zu erwähnen.

Denn der wahre Feind des Heiligen Stuhls war ein anderer. Der

Feind waren wie überall die Kommunisten, und in dieser Feindschaft war man sich mehr als einig mit dem Diktator und seinen Schergen. Wenn es einen Menschen gab, der Stalin daran hindern konnte, ins Herz Europas vorzudringen, dann war es Hitler.

«Wir haben einen unserer Mitarbeiter nach Rom geschickt», erklärte Ingolf möglichst taktvoll, als er sah, dass er de la Rosas Aufmerksamkeit hatte. «Vor ein paar Monaten schon. Ein Katholik, ziemlich bayerisch, der den Privatsekretär des Papstes kennt. Sie wissen, wie diese Dinge laufen. Pacell... Seine Heiligkeit hat die Bilder gesehen, dieselben, die auch Sie jetzt in der Hand halten, und er war ... betroffen.»

Ingolf beschloss, dass es klüger war, dem Kirchenmann die Details zu ersparen. Er hatte persönlich mit dem Überbringer der Aufnahmen gesprochen, der aus dem Staunen nicht wieder herausgekommen war, dass das Gesicht des Pontifex, das selbst an guten Tagen schon weitgehend blutleer schien, tatsächlich noch eine Spur bleicher werden konnte.

«Der Heilige Vater war betroffen», wiederholte Ingolf. «Tief betroffen, und ich bin mir sicher, dass er für die Opfer ... betet, und ... Mit Sicherheit wird er sich Gedanken machen, wie er ihnen vielleicht doch, heimlich, also ... wie er ihnen irgendwie helfen kann.» Er brach ab, als er feststellte, dass er gerade einen leibhaftigen Papst verteidigte. Doch letztendlich änderte auch das nichts. Es änderte nichts am Ergebnis. Pacelli hatte abgewogen: die brennenden Klöster, die verfolgte Kirche im sowjetischen Russland, gegen die Verbrechen der Nationalsozialisten, die sicherlich auch Geistlichen, in erster Linie aber *anderen* galten.

«Letzten Endes jedoch», sagte Ingolf leise, «hat der Papst geschwiegen.»

Der Satz hing zwischen ihnen in der Luft. Nichts war zu hören als das unruhige Geräusch der stählernen Räder auf den wieder und wieder geflickten jugoslawischen Gleisen. Mehr Grollen als Rollen.

De la Rosa sah geradeaus. Wieder war seine Miene nicht zu deuten, nicht anders als eine Viertelstunde zuvor, als er die Bilder betrachtet hatte. Und nicht anders als zu jenem Zeitpunkt glaubte Ingolf seine Reaktion zu ahnen.

Der Kirchenmann nahm einen tiefen Atemzug. «Roma locuta», flüsterte er. «Causa finita.»

Ingolf schloss die Augen. Rom hat gesprochen. Der Fall ist abgeschlossen. Der Satz sagte alles.

Der Geistliche schüttelte langsam den Kopf. Er musste sich räuspern, bevor er sprechen konnte, selbst jetzt noch mit belegter Stimme. «Es tut mir leid, Herr ... Helmbrecht», sagte er leise. «Diese Bilder sind ... Mir fehlen die Worte, es auszudrücken, aber ich schwöre Ihnen, dass ich tun werde, was ich kann. Was ich darf. Für diese Menschen beten, wie auch der Heilige Vater für sie betet. Aber Sie wissen, dass ich Ihnen unter diesen Umständen keine andere Antwort geben kann als ...» Wieder schüttelte er den Kopf. «Wenn der Heilige Stuhl gesprochen hat, ist die Sache entschieden. Ich muss Ihnen nicht erklären, wie die römisch-katholische Kirche funktioniert. Ja, ich weiß ...» Er sah, wie Ingolf den Mund öffnete, und hob abwehrend die Hand. «Ich weiß, was Sie sagen wollen: Gesetz ist das Wort des Papstes nur dann, wenn er eine offizielle Lehrmeinung verkündet. Und doch bindet sein Wort mich auch in allen anderen Fällen», murmelte er. «Und sein Schweigen. Ich kann nicht reden, wo der Pontifex schweigt, und noch weniger kann ich ... handeln. Worin auch immer Ihre Bitte bestehen sollte – ich ... ich möchte es gar nicht erst wissen. Es tut mir leid.»

Ingolf senkte den Blick, betrachtete den hochflorigen Teppich, der das Abteil des Simplon Orient in einen Salon im Miniaturformat verwandelte. Canaris hatte es geahnt, hatte genau diesen Ausgang vorhergesehen. Und trotzdem hatte er beschlossen, dass Ingolf und Löffler den Versuch unternehmen sollten. De la Rosa war wichtig, der zweite Teil des so entscheidenden Plans nicht denkbar ohne ihn. Des Plans, der die gesamte Geschichte verändern konnte. Vielleicht, wenn sich zwischen Ingolf und ihm ein Vertrauensverhältnis entwickelt hätte – schließlich teilten sie die Leidenschaft für historische Handschriften ... Ja, es war richtig gewesen. Sie hatten es versuchen müssen, wie wenig Aussicht auf Erfolg auch bestand.

Doch der Plan war gescheitert. De la Rosa zu bedrängen, war ausgeschlossen. Unter keinen Umständen sollte Ingolf versuchen, ihn in die Enge zu treiben, hatte der Admiral ihm eingeschärft. De la Rosa kannte nun die Bilder, und damit teilte er ein Wissen, das den Widerstandskreis bei Ausland/Abwehr vernichten konnte. Den Mann zu reizen, konnte mehr als gefährlich sein. Hier war es also zu Ende. Ingolf blieb nichts, als das Gespräch an dieser Stelle abzuschließen.

Und war es nicht sogar eine Erleichterung, dachte Ingolf, da er von Anfang an keine realistische Hoffnung gehabt hatte? Schließlich gab es auch noch Eva. Endlich würde er sich voll und ganz auf Eva besinnen können, einen Tag und eineinhalb Nächte, die diese Fahrt noch dauern würde.

Da war nur diese eine Sache: Er war immer noch Ingolf Helmbrecht.

Selbst dieser Ingolf Helmbrecht spürte allerdings ein unbehagliches Gefühl in der Magengegend, wenn er sich vorstellte, offen und in vollem Bewusstsein über Canaris' Mahnung hinwegzugehen. So viel stand auf dem Spiel.

Er sah zu Boden. «*Rottet aus*», murmelte er im Ton schwerer Nachdenklichkeit. «*Rottet aus Namen und Leib, Samen und Spross dieses Babyloniers.*»

De la Rosa schien aus einer Trance zu erwachen. «Wie?»

Ingolf sah ihn nicht an. Er betrachtete das grüne Kleid. «Wissen Sie», sagte er. «Ich verstehe Sie ja, Monsignore. Man denkt, das Ganze ist dermaßen lange her, siebenhundert Jahre. Leben wir nicht heute in einer anderen Zeit? Aber wenn wir jetzt mal überlegen: Was hat sich groß geändert?» Er blickte auf, hob die Schultern. «Nichts.»

Die Augenbrauen des Kirchenmannes zogen sich zusammen. «Sie sprechen in Rätseln.»

«Oh?» Blinzelnd sah Ingolf ihn an, als könne er überhaupt nicht nachvollziehen, wie dem Mann der Zusammenhang nicht gleich aufgehen konnte. «Was ich sagen wollte: Ist es nicht eigentlich immer dasselbe? Die Leute da oben haben bestimmte Ansichten, heute wie vor siebenhundert Jahren. Machen im stillen Kämmerlein ihre Pläne, und so muss die Sache dann laufen. Kaiser Friedrich zum Beispiel hatte ein halbes Dutzend Kronen eingesammelt, und die wollte er dann unbedingt behalten. In den Augen des Papstes dagegen waren das ganz eindeutig *zu viele* Kronen. Der Kaiser wurde zu mächtig, und in Kombination mit seinen seltsamen neumodischen Auffassungen ... Rücksicht auf andere Religionen – Teufelszeug!»

In de la Rosas Augen blitzte es auf. Für eine halbe Sekunde fragte sich Ingolf, ob er nicht zu weit gegangen war. Hiervon stand eindeutig nichts in seinen Instruktionen. Er improvisierte. Die Gedanken kamen ihm tatsächlich erst, während er sie aussprach.

«Na ja.» Ein Achselzucken. «Und so fügt sich eins zum andern. Die Positionen sind unvereinbar, also schaukelt sich die Sache hoch, und der Zweck heiligt bekanntlich die Mittel. Man versucht den Gegner weichzuklopfen, nimmt ihm seine Landgüter ab. Wenn das Geld knapp wird, hilft das fast immer. Aber wenn es doch nicht hilft? Dann kippt man ihm eben Schierling in den Dom Perignon. Oder was nehmen Sie in Südamerika? Curare? Also nicht Sie persönlich natürlich. Dem Fußvolk bleibt nichts anderes übrig, als mitzumarschieren. Nachfragen unerwünscht. – Das nennt man eben Politik.»

«Sie wollen ...»

«Ich verstehe schon, warum Sie von Politik nichts wissen wollen. Geht mir ja nicht anders. Schmutziges Geschäft, wenn Sie mich fragen.»

De la Rosa fuhr auf: «Der Heilige Vater versucht die Christenheit vor dem Bolschewismus zu retten, und Sie wollen das mit einem *Giftmord* gleichsetzen?»

Einem *nicht bewiesenen* Giftmord, dachte Ingolf, biss sich aber auf die Zunge. Möglicherweise hatte er das südamerikanische Temperament unterschätzt. «Ich habe nicht behauptet, dass sich die konkreten Ziele nicht geändert hätten», bemerkte er vorsichtig.

Der Kirchenmann sah ihn finster an. Ingolf hielt jetzt den Mund. Jedes weitere Wort wäre ein Wort zu viel gewesen. Er konnte nur hoffen, dass de la Rosa die letzte Verbindung selbst herstellte.

«Sie irren sich», sagte der Geistliche nach einer Weile streng. «Wir haben gelernt.» Schweigen. Ganz langsam senkte sich sein Blick in seinen Schoß, wo noch immer die Bilder in seiner Hand lagen. «Wir haben gelernt», wiederholte er, und Ingolf glaubte zu hören, dass sich sein Tonfall irgendwie verändert hatte.

***

Zwischen Postumia und Belgrad – 26. Mai 1940, 21:33 Uhr
CIWL F 1266 *(Vorderer Gepäckwagen)*.

Thuillet zog die Tür zum Gepäckwagen auf, ließ den Lieutenant-colonel als Ersten passieren.

Ein Lärm, als hätten die tiefsten Schlünde der Hölle sich aufgetan.

Im Salonwagen, am hinteren Ende des Zuges, waren die Betriebsgeräusche der verschiedenen Lokomotiven, ihr dumpfes Stampfen und brodelndes Fauchen kaum zu hören. Im Fourgon, der unmittelbar an den Schlepptender der Pacific angehängt war, war das vollkommen anders. Lourdon war es ein Rätsel, wie das Personal, dessen Unterkünfte hier untergebracht waren, überhaupt ein Auge zumachen konnte.

Er wandte sich um, beobachtete, wie die übrigen Anwesenden den Gepäckwagen ebenfalls betraten: die amerikanische Schauspielerin, gleich hinter ihr eine jüngere Frau, dunkelhaarig und hübsch, eine Decke mit dem Wappen des carpathischen Königshauses um die Schultern. Das musste Eva Heilmann sein, die mit dem Jungen aus Deutschland reiste. Maledoux und die anderen hatten ihren vorgesetzten Offizier ständig auf dem Laufenden gehalten. Als Nächstes die Attentäterin auf den Schultern Guiscards, im Augenblick offenbar ohne Bewusstsein. Auch König Carols Gardist hatte ein waches Auge auf sie – schließlich wollte man keine unliebsame Überraschung mehr erleben. Hinter den dreien der Ehemann, der wie betäubt wirkte. Doch wie hätte Claude Lourdon selbst sich gefühlt in dieser Situation, wäre Penelope noch am Leben gewesen? Jetzt folgte König Carol in seinem blutdurchtränkten Uniformhemd, das Gesicht noch immer bleich wie ein Laken, hinter ihm sein Adjutant, schließlich die beiden Russen.

Lourdon fluchte lautlos – die letzten Menschen, die er hätte dabeihaben wollen. Constantin Romanow – und Petrowitsch, dem er ungefähr so weit traute, wie er entgegen der Fahrtrichtung hätte aus dem Fenster spucken können.

Der halbe Zug hatte Dinge gesehen, die diese Menschen niemals hätten sehen dürfen. Zumindest hatte Thuillet schnell geschaltet, indem er die Leute jetzt in das einzige Fahrzeug komplimentierte, zu dem die Fahrgäste für gewöhnlich keinen Zugang hatten. Rasch, bevor auch noch die andere Hälfte mitbekam, was vor sich ging.

Der junge Steward bildete den Abschluss; er sah sich noch einmal um, bevor er den Durchgang schloss. Durch eine Glasscheibe war der nunmehr leere Kabinengang zu überblicken.

«Garçon.»

Der Steward blieb stehen. «Eure Exzellenz?»

«Wie heißt du, Garçon?»

«Raoul, Eure Exzellenz.»

«In eurer dienstfreien Zeit haltet ihr euch hier im Fourgon auf, richtig, Raoul? Wie viele Männer befinden sich im Augenblick hier im Wagen?»

Der Junge zögerte, dann verzog er kurz die Mundwinkel. «Auf dieser Fahrt gibt es nicht viel dienstfreie Zeit. Im Moment ist wohl nur Georges hier, glaube ich, mein Schichtkollege. Oder ... Ja, ich bin mir sicher. Und Georges ...» Er nickte zu einer schmalen Tür in der Mahagoniverkleidung. Links von ihr führte ein langgestreckter Gang zu einem größeren Raum, in dem die Attentäterin mit ihren Bewachern und den anderen wartete. «... schläft anscheinend. – Wenn er schläft, gibt es wenig, das ihn aufwecken kann.»

«Gut. – Du bleibst hier am Durchgang zum Schlafwagen, Raoul. Euer Koch hat die Russen passieren lassen, und wer weiß, ob er das nicht in anderen Fällen ebenfalls tut. Aber unter keinen Umständen darf irgendjemand den Fourgon betreten. Auch keiner deiner Kollegen. Hast du eine Waffe?»

385

Der Junge schluckte sichtbar. «Ich habe ein Messer.»

«Niemand!», schärfte Lourdon ihm ein. «Ich spreche im Namen des Präsidenten der Republik.»

Raoul nahm Haltung an. «*À vos ordres, votre excellence l'ambassadeur!*» Lourdon nickte mit einem dünnen Lächeln und wandte sich um. Thuillet erwartete ihn in dem größeren Raum, er wies auf eine Tür am rückwärtigen Ende. «Mein persönliches *office*», sagte er leise. «Eine bessere Besenkammer, aber für Madame Richards und einen Bewacher sollte es groß genug sein.»

«Öffnen!»

Der Directeur verzog das Gesicht, aber jetzt war keine Zeit für Höflichkeiten. Mit einem kleinen Schlüssel sperrte er die Tür auf. Der Raum sah ungefähr so aus, wie Lourdon erwartet hatte: ein schmales Fenster, ein Stuhl, ein Schreibtisch, ein hohes Regal mit Dokumenten und Korrespondenz. Karg wie eine Klosterzelle – wäre da nicht dieselbe messingglänzende und tropenholzverkleidete Opulenz gewesen wie im Rest des Simplon Orient Express.

Der Lieutenant-colonel sah über die Schulter zu Guiscard und dem Gardisten. «Bringen Sie die Frau hier rein!»

«Halt.»

Es war das erste Wort, das Carol von Carpathien sprach. Lourdon hatte längst damit gerechnet. Langsam drehte er sich um.

Das Gesicht des Königs hatte wieder etwas Farbe bekommen. Er musterte Lourdon aufmerksam, bevor sein Blick zu der Gefangenen weiterwanderte, schließlich ruhig zu dem vermeintlichen Botschafter zurückkehrte. «Ich fürchte, wir sind uns bisher nicht vorgestellt worden», sagte Carol höflich. «*Votre excellence l'ambassadeur, je présume?*»

Lourdon neigte den Kopf. «Eure apostolische Majestät: Claude Lourdon, Sondergesandter des Präsidenten der Französischen Republik.»

«Ich befürchte, wir befinden uns hier in einem Interessenkonflikt, *monsieur l'ambassadeur*. Diese Frau hat das Oberhaupt des souveränen Staates Carpathien angegriffen. Mich. Die Täterin ist Amerikanerin. Wir sind an Bord eines Zuges, der – wenn ich richtig informiert bin –

von einer belgischen Schlafwagengesellschaft betrieben wird mit ...»
Ein schmales Lächeln. «... zugegeben vorwiegend französischem Personal. Gegenwärtig durchqueren wir das Territorium meines nahen
Verwandten und engen Freundes, des Königs von Jugoslawien. Ich
befürchte, dass die Rechtsposition, mit der Sie, *monsieur l'ambassadeur*,
dieses Verfahren an sich ziehen und diese Frau in Gewahrsam nehmen
könnten, die schwächste sein dürfte.»

Lourdon legte die Stirn in Falten, nickte zu dem königlichen Gardisten, der jetzt gemeinsam mit Guiscard die Besinnungslose im Griff
hielt. «Sie schlagen vor, dass Ihre Begleiter ...»

«Oh, Leutnant Schultz stellt eher ein Ehrengeleit dar. Meine übrigen Begleiter teilen sich die Abteile vier und fünf – ein halbes Dutzend
Männer insgesamt, Söhne des Gebirges. Gebürtige Carpathier sind
relativ anspruchslos, müssen Sie wissen, was ihre persönlichen Bedürfnisse anbetrifft. Allerdings kennen sie keine Kompromisse, wenn
das Oberhaupt ihres Königreichs angegriffen wird. In dieser Hinsicht
könnten die Bräuche Carpathiens, die in einer derartigen Situation
zum Einsatz kämen, Sie als Westeuropäer möglicherweise etwas ...
rustikal anmuten.»

Lourdon legte keinen Wert auf eine Erläuterung dieser rustikalen
Gebräuche. Worauf wollte der Mann hinaus?

«Aber natürlich ...» Carol fuhr bereits fort: «Natürlich würde ich
mich ebenso einverstanden erklären, wenn wir im nächsten größeren
Bahnhof einen außerplanmäßigen Halt einlegen, sodass sich die jugoslawischen Behörden dieser Angelegenheit annehmen können. Was
für unsere Reise natürlich eine gewisse Verzögerung bedeuten würde.»

Und was auch ihm selbst alles andere als recht sein kann, dachte
Lourdon. Nach den Ereignissen auf Burg Bran konnte der König es
sich nicht leisten, auch nur eine Stunde zu verlieren. Er zögerte. Was,
wenn diese Verzögerung für ihn selbst die einzige Alternative war?

Konnte er die Amerikanerin einfach so an die Carpathier ausliefern? Während der Ehemann – einflussreich und Bürger eines Landes,
in das die Gegner Hitlers ihre letzten Hoffnungen setzten – zusah?
Mit Sicherheit würde sie das nicht überleben. Nein, ausgeschlossen.

Aber auch das Gegenteil kam nicht in Frage. Wenn der Express in Zagreb haltmachte und die Behörden den Zug unter die Lupe nahmen, würde der Diplomatenwagen, die vermeintliche Nummer 2413 D der CIWL, auf der Stelle Aufsehen erregen. In Zagreb, wo die kroatische *Ustascha* mit jeder Stunde auf die Gelegenheit wartete, gegen die jugoslawische Zentralregierung loszuschlagen und Hitler das Land in den Schoß zu werfen. Es gab keinen Zweifel: Das wäre das Ende.

Schlechte Chancen, dachte er. Und doch war es in Wahrheit ein Patt. Der König war fest davon überzeugt, im Recht zu sein, und letztlich *war* er im Recht: Lourdon hatte keinerlei Befugnisse in diesem Zug. Andererseits bestand das Personal aus Franzosen. Und ganz gleich, was geschehen war, würde die Mehrheit der Reisenden vermutlich eher für eine mitreisende attraktive Amerikanerin – eine von *ihnen* – Partei ergreifen als als für den König von Carpathien, der sich in seinem Land wieder in den Sattel schwingen wollte. Mit Hilfe Hitlers, vor dem die Hälfte der Passagiere gerade davonlief. Eine offene Auseinandersetzung hier im Zug, womöglich ein bewaffneter Kampf? Ein unkalkulierbares Risiko so kurz vor dem Ziel. Wenn es irgendwie möglich war, würde Carol es vermeiden, solange er dabei sein Gesicht nicht verlor. Und Lourdon musste das Risiko ebenfalls vermeiden. Nur wie? Wie, zur Hölle, *wie?* Er musste auf irgendeine Weise ...

«König Carol?»

Lourdon blickte auf. Die *andere* Amerikanerin. Die Schauspielerin. Sie sah aus, als wäre sie den rustikalen carpathischen Bergbewohnern bereits in die Hände gefallen, die Schultern notdürftig von einer Stola verhüllt.

«Verzeihen Sie, wenn ich mich einmische, König Carol. – Exzellenz.» Ein Nicken zu Lourdon. «Aber habe ich das richtig verstanden? Es ist nicht klar, wer denn nun zuständig ist: die Carpathier, die Jugoslawen, die Vereinigten Staaten, weil Vera Richards Amerikanerin ist, vielleicht sogar die Belgier, weil wir in einem belgischen Zug fahren? Belgien hat noch nicht vor den Deutschen kapituliert, oder?»

Lourdon schüttelte stumm den Kopf.

«Also ...» Die Schauspielerin trat auf den König zu, hätte ihn jetzt mit ausgestrecktem Arm berühren können, was dann allerdings den Sitz ihrer Stola in Gefahr gebracht hätte. Nachdenklich blickte sie zu Carol auf, und Lourdon stellte fest, dass sie die volle Aufmerksamkeit des Königs hatte.

Natürlich, fuhr ihm durch den Kopf. Die Marshall war es gewesen, die das Attentat vereitelt hatte, so viel hatte er mitbekommen. Trotzdem schien da noch mehr zu sein. Eine von Carols Amouren? – Halt! Lourdon versagte sich solche Gedanken. Nur dass die Marshall gerade sein einziger Strohhalm war.

«Nun ...» Die Schauspielerin hatte ihre Worte mehrere Sekunden wirken lassen. «Wenn es nun wirklich nicht zu klären ist, wer Vera Richards in Gewahrsam nehmen soll, wäre es dann nicht fair, wenn es jemand täte, der auf keinen Fall zuständig ist? Ein Ehrenmann wie seine Exzellenz der Botschafter?»

«Fair?» Der Einwurf, ein beinahe erstickter Laut, kam von Carols Adjutanten, doch der König brachte ihn mit einem Blick zum Schweigen.

«Fair?», fragte Carol von Carpathien, und auf seinen Lippen zeichnete sich ein schmales Lächeln ab.

«Niemand hat einen Vorteil.» Betty hob eine Hand, und für einen Moment wollte die Stola tatsächlich verrutschen und ihre Blöße enthüllen, doch eben rechtzeitig legte sie die Finger wieder zurück. «Und niemand hat einen Nachteil.» Sie wiederholte das Manöver mit der anderen Hand: derselbe Effekt – auf der anderen Seite. Betty Marshall trat noch einen halben Schritt näher an den König heran, bevor sie ihn von unten her musterte. «Ich bin natürlich keine Politikerin, aber kann es denn schaden, eine Sache *von beiden Seiten* zu betrachten?»

Claude Lourdon, Lieutenant-colonel im Deuxième Bureau der Französischen Republik, war sich nicht sicher, ob er sich wortlos abwenden oder die Frau zu ihrer Chuzpe beglückwünschen sollte. Es war lächerlich, eine Schmierenkomödie, aber *sie versuchte ihm zu helfen!* Er wusste zwar nicht, warum sie das tat – vielleicht wollte sie in Wahrheit nur der Richards helfen oder sogar ihrem Ehemann –, aber er erkannte die Chance, die sich ihm bot.

«Ich kann Ihnen versprechen, König Carol», sagte er laut, «dass ich meine Untersuchungen, die Befragung der Täterin und was immer notwendig werden sollte, mit aller der Schwere ihrer Tat angemessenen Entschlossenheit durchführen werde, bis wir zu einem einvernehmlichen Urteil gelangen. Mein Mitarbeiter und Ihr Ehrenoffizier können die Gefangene gemeinsam bewachen, hier im Fourgon, auf neutralem Boden.»

Carol sah ihn an, warf einen Blick auf die Gefangene, die sich jetzt schwach zu regen begann. Dann sah er zu Betty Marshall. «Einverstanden», sagte er.

Sein Adjutant wollte Einspruch erheben, doch wieder brachte der König ihn zum Schweigen, mit einer knappen Handbewegung diesmal. *Für den Moment.* Er musste die Worte nicht aussprechen. Lourdon konnte sie lesen.

Der Lieutenant-colonel atmete auf, und es war ihm gleichgültig, ob ihm die Erleichterung anzumerken war. Er nickte Guiscard und dem Gardisten zu, die die Gefangene in das *office* führten. Vera Richards leistete keine Gegenwehr, als die beiden Männer sie auf den Stuhl hinter dem Schreibtisch pressten.

Lourdon behielt sie im Auge, wie die meisten der im Raum Anwesenden sie im Auge behielten. Und doch wusste er, dass mindestens zwei Augenpaare nicht auf Vera Richards, sondern auf *ihn* gerichtet waren. Carols Augen und, noch aufmerksamer, die seines Adjutanten. Der angebliche Botschafter hatte zugesagt, der Attentäterin mit der Entschlossenheit zu begegnen, die ihrem Vergehen angemessen war. Und was die Carpathier für angemessen hielten, war kein Geheimnis. Lourdon durfte alles tun – nur die Gefangene nicht mit Samthandschuhen anfassen. Eine Demonstration seiner Entschlossenheit: Das war es, was die beiden Männer in den nächsten Minuten erwarteten. Eine Demonstration, wie er mit der Frau umgehen würde, die versucht hatte, einen König zu töten.

«Wir brauchen eine Schnur», sagte er kühl. «Ein Seil, um sie zu fesseln.»

***

Zwischen Postumia und Belgrad – 26. Mai 1940, 21:41 Uhr
CIWL WR 4229 (Speisewagen). Fumoir.

Zwiebelbraten. Das Essen auf den schneeweißen, mit dem Emblem der
CIWL versehenen Porzellantellern musste längst kalt geworden sein.
Der Geruch der scharfen Gewürze aber ließ Katharina Nikolajewna an
ihre Kindheit denken, an das Gestüt, die unbeschwerten Jahre im Som-
merpalais ihres Vaters, auf Hunderte von Werst umgeben von Weiden,
Ackerland, tiefen Wäldern ... Der Grund und Boden ihrer Familie, der
so weit reichte, wie ein Mann an einem Tag hätte reiten können. Vertraute Bilder, und doch blieben sie undeutlich, verschwommen, ein
dünner Schleier nur nahe der Oberfläche ihres Bewusstseins.

Er hatte in der Tür gestanden, die zusammengekniffenen Augen
auf den Directeur und die französischen Diplomaten gerichtet. Katharina und ihre Familie schien er nicht zu bemerken – bis zu dem
Moment, in dem Constantin Alexandrowitsch ihn angesprochen hatte. Einen Lidschlag lang hatten ihre Blicke sich getroffen, und es waren die Blicke von Fremden gewesen.

Und genau das werden wir immer bleiben, dachte sie. Fremde. Es
ist ein Teil des Zaubers dieser Tage. Vielleicht werde ich ihm nie wieder so nahe sein wie in diesem Moment, da ich ihn noch einmal fast
hätte berühren können und nur Constantin zwischen uns war.

Constantin würde immer zwischen ihnen sein.

Doch in dem Moment, als der Großfürst ihn angewiesen hatte, ihn
zu begleiten ... Es war Constantins Ton gewesen, derselbe Ton, den er
jedem gegenüber anschlug, der sich nicht auf derselben gesellschaftlichen Ebene wie die Romanows bewegte, und es gab nur wenige, die
das taten. Oder hatte doch noch etwas anderes in diesen Worten mit-
geschwungen, etwas Härteres und Endgültigeres?

Katharina war erstarrt. Constantin hatte es nicht bemerkt, denn
er hatte Boris Petrowitsch angeschaut, zumindest für einen Moment,
bevor er aufgestanden war, ohne sich darum zu kümmern, ob der
jüngere Mann ihm folgte. Aber Katharina hatte gesehen, wie Boris Petrowitsch ebenfalls erstarrt war. *Der Großfürst weiß Bescheid.* Es war der-

selbe Gedanke gewesen, Katharinas eigener Gedanke. Sie hatte keinen Zweifel. Und es war dieselbe Reaktion gewesen: Entsetzen.

Katharinas Entsetzen verstand sich von selbst. Man musste nicht *Anna Karenina* gelesen haben, um zu wissen, womit eine Frau von ihrem Stand zu rechnen hatte, wenn sie ihrem Ehemann Hörner aufsetzte. Boris Petrowitsch hingegen? Was hatte Boris zu befürchten? Im schlimmsten nur denkbaren Fall konnte Constantin Alexandrowitsch Satisfaktion fordern – und wie der Kampf ausgehen würde zwischen den beiden Männern, die drei Jahrzehnte voneinander trennten, stand außer Zweifel.

Warum also war Boris Petrowitsch so erschrocken? Denn das war er; Katharina war sich sicher. Schließlich war es das Los der Frauen, zuzuschauen. Und wie viele Frauen ihrer Gesellschaftsschicht hatte sie eine gewisse Meisterschaft im Zuschauen entwickelt, darin, die Zeichen zu deuten.

Boris verbirgt etwas.

Doch war ihr das nicht längst bewusst gewesen? Sie hatte es vom ersten Augenblick an gewusst, oder zumindest doch von dem Augenblick an, in dem er in ihrem Abteil gestanden hatte. Aber wonach hatte er dort gesucht? Sicher nicht nach ihr – er hatte nicht wissen können, dass sie in die Kabine zurückkehren würde. Nach ihrer Geldbörse? Schon die Vorstellung war lächerlich. Katharina Nikolajewna hatte eine Tiefe, einen Hass, eine Verzweiflung in ihm gespürt, eine *Gewalt*, die über solche Lächerlichkeiten weit hinausging.

Und er war Russe. Ein Russe, der sich in der Kabine eines russischen Großfürsten zu schaffen gemacht hatte. Und da er nicht der war, der er vorgab zu sein – ein Student aus bürgerlicher Familie –, und mit Sicherheit nicht seinerseits ein Adliger, der unter falschem Namen reiste, verstand sich von selbst, was er war. Ein Bolschewik. Und was konnte ein Bolschewik von Angehörigen des Geschlechts wollen, das einmal Russland gewesen war?

Katharina schauderte. Die Töchter des unglücklichen Nikolai waren ihre Spielgefährtinnen gewesen, Maria nahezu auf den Tag genau in ihrem Alter, Anastasia nur wenige Jahre jünger. Die Bajonette der

392

Rotarmisten, die die Leiber der Zarenfamilie zerfetzt hatten, hatten auch in ihr etwas zerfetzt, wie in jedem Menschen von altem russischem Adel.

War Boris Petrowitsch gesandt worden, um einen weiteren Zweig des Hauses Romanow auszulöschen, ehe sich Constantin Alexandrowitsch und die Seinen in ein neues, unbekanntes Exil absetzen konnten? Aber auch das war Unsinn. Was hätte er dann im leeren Abteil zu suchen gehabt, mit ihrem Necessaire in der Hand? Nur was sollte es sonst sein? War es überhaupt von Bedeutung für sie, wenn er doch ein Fremder für sie war und sie Fremde bleiben würden, die einzig aufeinandergetroffen waren, um einander etwas zu schenken, das keinen Namen kannte und mit einem Geschenk ... nein, mit einem Geschenk am wenigsten zu tun hatte?

Katharina fuhr zusammen. Etwas hatte ihre Hand berührt.

«Maman?» Xenia hob die Augenbrauen. Sie hatte ihre Finger eilig zurückgezogen. «Maman, ist alles in Ordnung?»

Katharina presste die Lider aufeinander. «Du sollst mich nicht ...»

Mich nicht mit diesem Wort ansprechen? Mich nicht aus Gedanken und Träumen reißen, die zu dunkel sind, als dass du sie verstehen könntest? Mich nicht daran hindern, in dem zu versagen, wozu ich geboren wurde und was ich jemals gewesen bin: eine russische Ehefrau und Mutter? Jetzt, in den entscheidenden Tagen, den entscheidenden Stunden, in denen du eine Mutter brauchst, mehr als je zuvor in deinem Leben?

Sie öffnete die Augen, holte Atem, versuchte ihre Kiefer zu entspannen, die sie schmerzhaft aufeinandergepresst hatte, ohne es zu bemerken. «Entschuldige, Kind», murmelte sie. «Ich war ... in Gedanken.»

Das Mädchen nickte. «Sie sind jetzt über eine halbe Stunde da drin. Aber es war kein Schuss mehr zu hören.»

«Nein.» Katharina schüttelte den Kopf. Natürlich, der Schuss. Die Tische im Fumoir waren nach wie vor voll besetzt, während die Kellner hin und her eilten. Der Chefkoch hielt seine Stellung im Durchgang zum Lx. Und immer wieder gingen Blicke in diese Richtung. Der Schuss. Ein Schuss, wie er auch den Moment zwischen Boris und ihr

393

unterbrochen hatte, zwischen den Bäumen am Bahnhof von Postumia. Doch was war letztendlich unterbrochen worden? Was hätte
noch kommen sollen? Hätte er noch einmal über sie herfallen sollen?
Oder hatte sie etwa erwartet, dass er sie auffordern würde, ihn zu begleiten, in ein neues, wildes Leben voller Aufregung und Gefahren im
bolschewistischen Russland?

Ich bin eine alte Frau. Ich bin eine *dumme* Frau.

«Nein», sagte sie und legte jetzt ihre Finger auf die weiche Haut
ihrer Tochter. Noch einmal so jung zu sein, so sinnlos und verschwenderisch jung. «Nein, mit Sicherheit ist alles in Ordnung. Vielleicht ist
versehentlich die Waffe des königlichen Gardisten losgegangen.»

Xenia legte die Stirn in Falten. «Und was tun sie dann so lange da
drin? Alexej ist in dem Wagen, *Maman.* Und Papa ... Ich meine, Vater
hat doch auch eine Pistole. Bitte, Mutter, tu jetzt nicht so, als wenn
du das nicht wüsstest.» Das Stirnrunzeln verschwand, und gerade dadurch sah sie plötzlich schrecklich erwachsen aus. «Hoffentlich ist er
vorsichtig. Wenn ihm irgendwas passiert ...»

«Kann ich dann sein Eis haben?»

«*Elena!*» Beide wie aus einem Mund. Für einen Moment hatten sie
die Gegenwart des kleinen Mädchens fast vergessen.

Doch gegen ihren Willen musste Katharina lächeln, und auch Xenias Züge entspannten sich.

«Wenn einem was passiert, dann heißt das, dass man tot ist», stellte
die kleine Elena sachlich fest. «Tot sein ist, wenn man einschläft und
nicht wieder aufwacht. Dann kann man kein Eis mehr essen.»

«Deinem Vater wird nichts passieren», versicherte Katharina ihr.
«Spätestens zum Dessert wird er wieder hier sein. Aber vielleicht be-
kommst du dann ja noch ein zweites Eis. Ein kleines. Du und Ninotschka.»

Das Mädchen betrachtete nachdenklich ihre Puppe, nickte dann
stumm.

Katharinas Blick kehrte zu ihrer älteren Tochter zurück. Ihre Hand
hatte sich von Xenias Fingern gelöst, legte sich nun wieder an Ort und
Stelle. «Du hast fast nichts dazu gesagt, als dein Vater von seinen Plä-

nen erzählt hat», sagte sie. «Wenn du den König heiratest, wird das für dich ... Es wird eine große Veränderung bedeuten.»

Katharina verfluchte sich selbst. Sie war sich nicht mehr sicher, was genau sie in ihrer ersten Nacht mit Constantin erwartet hatte. Was dann geschehen war, war letztendlich gar nicht sonderlich spektakulär gewesen und, ja, auch nicht besonders unangenehm. Doch sie wusste natürlich, dass viele junge Mädchen vor dieser Nacht schreckliche Angst hatten. Und ihre eigene Tochter war nicht auf dem Land aufgewachsen wie Katharina selbst. Auf dem Land, wo man doch das eine oder andere mitbekam. Durch die Dinge, die das Vieh tat – und hin und wieder auch die Stallknechte und Dienstmädchen.

«Was hätte ich denn sagen sollen?» Das Mädchen hob die Schultern. «Glaubst du, er hat erwartet, dass ich etwas sage?»

Katharina zögerte. «Nein», murmelte sie. «Wahrscheinlich nicht.»

«Maman.» Xenia sah ihr in die Augen. «Ihr seid immer für mich da gewesen. Du bist immer für mich da gewesen.» Jetzt legte sie ihre freie Hand auf Katharinas Finger obenauf. «Ich möchte, dass du das weißt. Es ... es wird schon in Ordnung sein, wenn Vater sich so sicher ist.»

Katharina nickte stumm. Sie konnte in diesem Moment nichts sagen. Es war nicht Xenias Art, auf diese Weise ihre Seele zu öffnen, zumindest ihr gegenüber nicht. Und darin war sie ihrer Mutter ähnlich.

In diesem Moment wünschte Katharina Nikolajewna Romanowa sich nichts mehr, als dass sie etwas mehr gehabt hätte von diesem Mut, der in ihrer Tochter wohnte. Diesem Mut, über ihren eigenen Schatten zu springen. Vielleicht hätte sie dann mehr von ihrem Leben gehabt als nur – Augenblicke.

Ich habe getan, was ich konnte, dachte sie. Muttergottes, du weißt es. All die Jahre habe ich getan, was ich konnte. Diesem Mädchen gegeben, was ich geben konnte. Auch die Freiheit, die ich selbst nicht hatte. Die Schule, die Pariser Kleider und die Jazzmusik. Offensichtlich habe ich etwas richtig gemacht.

Sie betete, dass Xenias Vertrauen nicht enttäuscht werden würde.

* * *

Zwischen Postumia und Belgrad – 26. Mai 1940, 21:49 Uhr
CIWL F 1266 *(Vorderer Gepäckwagen)*.

Paul Richards musste an Colt denken. Die ganze Zeit, seitdem es geschehen war, dachte er an Colt.

Colt war eine Promenadenmischung gewesen, Präriehund natürlich, aber auch noch etwas anderes, Deutscher Schäferhund vielleicht. Eine Seele von einem Köter, dabei aber unerhört aufmerksam und zuverlässig. Treu. Treu, wie ein Hund nur sein konnte. Wie ein zweites Paar Augen, wenn Paul zu den Bohrstellen unterwegs gewesen war, im Sattel am Anfang, später im Jeep, und sich irgendwo unterwegs für die Nacht aufs Ohr gelegt hatte.

Paul Richards war nie ein Teamplayer gewesen. Sein von der Verfassung verbrieftes Recht, sein eigenes Ding zu machen, nahm er ausgesprochen ernst. Wenn man zu mehreren auf demselben Kahn unterwegs war, kam man sich höchstens gegenseitig in die Quere. Und Paul hatte immer gewusst, wo die Reise hingehen sollte: nach oben.

Wenn es also jemals ein Wesen gegeben hatte, dem er vertraut hatte, dann war es dieser Hund gewesen. Ein Kumpel, ja. Das, was einem besten Freund in seinem Leben am nächsten gekommen war. Er hatte Colts Geruch, den Geruch nach muffigem Fell, noch immer in der Nase, vermischt mit dem Rauch des Lagerfeuers, irgendwo unter dem nächtlichen texanischen Himmel.

Paul hatte später nicht mit Sicherheit sagen können, wann und wo es passiert war. Ein Waschbär vielleicht, den der Hund nachts irgendwo aufgestöbert hatte, aber das spielte auch gar keine Rolle. Das Erste, was ihm aufgefallen war, an dem heißen Augustmorgen, als sie zu einem der neuen Felder unterwegs gewesen waren, war die Unruhe des Hundes gewesen. Colt hatte sich einfach ungewöhnlich verhalten, ohne dass Paul dem zunächst besondere Bedeutung beigemessen hatte. Doch als Paul an einer Wasserstelle haltgemacht hatte, hatte der Hund nicht trinken wollen – obwohl es inzwischen glühend heiß war. Colt schien einen Widerwillen, eine *Angst* vor Wasser zu empfinden.

Von jetzt an war Paul vorsichtig gewesen, dem Tier nicht mehr zu nahe gekommen. Er hatte die Fahrt nicht wieder aufgenommen, sondern den Rest des Tages abgewartet, Colt aufmerksam im Auge behalten – bis sich, als die Schatten länger wurden, Schaum an seiner Schnauze gezeigt hatte.

Ruhig hatte Paul Richards seine Waffe gezogen – seinen Colt – und seinen besten Freund erschossen. Das Bild, wie er den Kadaver des tollwütigen Tieres mit dem Benzin aus dem Reservekanister übergossen und angezündet hatte, hatte sich für alle Zeiten in sein Gedächtnis eingebrannt. Es war eine der härtesten Entscheidungen seines Lebens gewesen. Dass sie richtig gewesen war, stand nicht in Frage. Die Pistole war plötzlich in Veras Hand gewesen. Es hatte keine zwei Sekunden gedauert. Paul war nicht so schnell gewesen wie bei Colt, andererseits hatte es auch nichts gegeben, das ihn vorgewarnt hätte. Er hatte sie nur angestarrt. Zumindest vermutete er das. Er hatte sie angestarrt, ohne sich zu rühren, während sie die Finger um den Abzug legte, irgendetwas murmelte, das er nicht verstand. Carpathisch vermutlich.

Vera sprach kein einziges Wort Carpathisch! Doch Vera war ... In diesem Moment war Bettys Bein quer über den Tisch geschnellt. Der Schuss hatte sich gelöst, aber er war irgendwo in die Wand geschlagen, und der Rest ... Der Rest, Veras Blut, das aus der Platzwunde schoss und über den König spritzte ... Der Rest war Chaos gewesen: Betty und Paul selbst, die versuchten, Vera festzuhalten, während der König bewusstlos zusammensackte. Und dann war Schultz in den Raum gestürmt, Eva Heilmann, schließlich der königliche Adjutant, und Paul hatte nichts anderes tun können, als sich aus dem Knäuel zwischen zwei halb nackten, blutbespritzten Frauen zu befreien und seinen Instinkten zu folgen.

Denn sie waren alles, was seitdem noch sicherstellte, dass Paul Richards funktionierte, während er Betty und den anderen in den Gepäckwagen gefolgt war und nun teilnahmslos die Szene dort verfolgte und über einen seit bald zehn Jahren toten Hund nachdachte.

Es war kein Verrat gewesen. Sein bester Freund war nicht unversehens bösartig geworden und hatte sich gegen Paul erhoben. Nein, der wahre Colt war schon gar nicht mehr da gewesen. Paul hatte ihn nur noch erlösen können.

Bettys Fuß hatte Vera getroffen. Vera hatte ihre Waffe fallen lassen. Paul hatte nicht erkennen können, wo genau sie geblieben war. Aber wenn er die Pistole in diesem Moment in die Hand bekommen hätte ...

Nein, so einfach war es nicht. Denn was immer mit Vera geschehen war, war keine Folge eines heimtückischen Virus. Bis unmittelbar vor der Tat hatte sie keinerlei Anzeichen einer geistigen Störung gezeigt, einer ernsthaften Krankheit – ausgenommen den seltsamen Wechsel zwischen Müdigkeit und Überspanntheit, doch schließlich war sie eine Frau. Selbst beim Gespräch während des Dinners war sie noch genau die Vera gewesen, die er kannte, selbstsicher und nicht auf den Mund gefallen. Eine Frau, die wusste, dass sie blendend aussah, und die es sich leisten konnte, selbst den König von Carpathien ein wenig aufzuziehen, bis dieser seinen Leibwächter aus dem Abteil schickte, um eine Baseball-Zeitschrift zu holen.

Doch das war Teil ihres Plans gewesen. Sie war nicht plötzlich durchgedreht und hatte versucht, Carol zu erwürgen. Sie hatte eine Pistole gehabt. Wo hatte sie diese Waffe her? Warum ...

Es war diese eine abschließende Erkenntnis, zu der er immer wieder kam, ganz gleich, aus welcher Richtung er die Geschichte aufzäumte: Die Frau, die auf den König geschossen hatte, war nicht wahnsinnig. Es war genau jene Frau, die Vera *wirklich* war. Und die Frau, die er kannte ... die er geglaubt hatte zu kennen ... Die Frau, in deren Leib sein Sohn heranwuchs ... Existierte diese Frau überhaupt?

Seine Ohren hatten das Gespräch zwischen Lourdon und dem König wahrgenommen. Ein Streitgespräch, bei dem die Gefangene eine Art Trophäe darstellte. Und nun ...

«Wir brauchen eine Schnur. Ein Seil, um sie zu fesseln.»

Es waren nicht so sehr die Worte. Es war der Tonfall des Botschafters, die Art, wie er sich umwandte und mit langsamen Schritten auf Vera zuging. Paul Richards kannte diesen Ton. Es war derselbe Ton, den der Deputy in Longview County anschlug, wenn Pauls Bodyguards einen Wilderer erwischt hatten. Paul war froh, dass die Schwarzen dafür nicht mehr automatisch an der nächsten Astgabel endeten, aber was die Officers anbetraf, hatte er immer den Eindruck, dass sie genau das bedauerten. *Dieser Tonfall. Lourdons Tonfall.*

Es war ein Gefühl, als würde in seinem Hirn ein Schalter umgelegt. Was immer Vera sonst noch sein mochte – *sie war noch immer seine Frau.* Mit zwei Schritten stand er zwischen dem Franzosen und der Tür zu Thuillets Büro. «Das werden Sie nicht tun!»

Lourdons Gesichtsausdruck war nur als *verblüfft* zu beschreiben. Zugegebenermaßen hatte Paul seit der Tat kein Wort gesprochen; der Mann musste halbwegs vergessen haben, dass er überhaupt da war.

«Wenn Sie mit diesem Adelspack einen Deal machen wollen», knurrte Paul, «bitte, Ihr Ding. Wenn Sie hier in Europa jetzt vor allem den Schwanz einziehen, wo irgendwie ‹Hitler› draufsteht: bitte, Ihr Ding. – *Solange es nicht um meine Frau geht.*»

«Paul …» Eine Stimme im Rücken des Botschafters. Nein, es war nicht Vera. Es war Betty Marshall. Flehend? Halb verärgert?

Ohne auf die Schauspielerin zu achten, konstatierte er: «Ich verlange, dass wir im nächsten großen Bahnhof haltmachen.» Er nahm die gesamte Versammlung in den Blick. Niemand wollte ihn recht erwidern, ausgenommen der König. Paul empfand den spontanen Wunsch, ihm sein arrogantes kleines Lächeln aus der Visage zu prügeln. «Ich werde den amerikanischen Generalkonsul informieren», fuhr er fort. «Meine Frau ist Bürgerin der Vereinigten Staaten und hat ein Anrecht auf ein rechtsstaatliches …»

Eine Bewegung.

Lourdon war schnell. Schneller, als Paul für möglich gehalten hätte. Er hätte damit rechnen müssen, dass der Mann eine militärische Karriere hinter sich hatte, doch der Franzose hatte seine Hand an Pauls Kragen, presste ihn gegen den Türrahmen, bevor der Amerikaner auch nur blinzeln konnte.

«Wenn Sie bitte zur Kenntnis nehmen würden, dass ich Ihnen zu helfen versuche?», zischte Lourdon in sein Ohr. «Sie haben die Wahl, Ihre Madame mir zu überlassen – oder dem König, der kurzen Prozess mit ihr machen wird. Wahrscheinlich wird er sie einfach aus dem fahrenden Zug werfen lassen, eventuell nachdem seine Eingeborenen ihren Spaß mit ihr hatten. Wollen Sie das?» Paul wurde losgelassen. «Nehmen Sie endlich zur Kenntnis, dass wir im Krieg sind!», sagte der Franzose lauter.

Paul schwankte, holte Atem, fand wieder Halt. Seine Hände ballten sich zu Fäusten; er spürte, wie auf seinen Wangen tiefrote Flecken entstanden. Er hatte solche Situationen schon erlebt, aber das lag Jahre zurück. Lange bevor er es zum Inhaber von Richards Oil gebracht hatte. Bei Schlägereien, wenn die Kneipe voll gewesen war mit Jungs aus Ohio. An der Staatsgrenze, während der Prohibition, wenn er den Raum unter der Rückbank des Wagens voll gehabt hatte mit gepanschtem Alkohol. Derartige Situationen.

Paul Richards war kein Held. Er wusste, wann es besser war, den Mund zu halten. Doch er war auch kein Feigling. Er war Realist. Selten aber war es ihm so schwergefallen, Realist zu bleiben.

Betty Marshall sah ihn beschwörend an: *Bitte nicht, Paul! Seien Sie vernünftig!*

Der Botschafter betrachtete ihn, nickte dann knapp. Eine Andeutung von Verständnis in seiner Miene. Was sieht er in diesem Moment?, dachte Paul. Er sieht einen Mann, der versucht, seine Frau zu beschützen. Bestimmte Dinge verstand man ohne Worte, von Ehrenmann zu Ehrenmann, auch über Meere und die Grenzen der Nationen hinweg.

Zu seiner Überraschung setzte der Franzose seinen Weg zu der Gefangenen nicht fort, sondern drehte sich um, nahm nun seinerseits die Anwesenden in den Blick.

«Aber da wir gerade dabei sind: Gibt es möglicherweise noch jemanden, der den Wunsch hat, dass wir unsere Reise in Zagreb unterbrechen?» In höflicherem Tonfall. «Ich kann Ihnen versichern, dass ich nicht die Absicht habe, irgendjemandem den Kopf abzureißen. Doch die Situation hat uns in diesem Zug zusammengeführt, und wenn wir schon keine Verbündeten sind, ist es trotzdem wichtig, dass wir zumindest in diesem Moment an einem Strang ziehen. In unser aller

400

Interesse und mit Einverständnis seiner apostolischen Majestät werde ich die Gefangene in Gewahrsam nehmen, bis wir über ihr Schicksal entschieden haben. Mein Mitarbeiter Monsieur Guiscard und Leutnant Schultz werden sie gemeinsam hier im Fourgon bewachen. Das wurde verstanden?» Ein Blick in die Runde. «Wenn irgendjemand hierzu noch eine Anmerkung hat, bitte ich ihn, jetzt zu sprechen. Miss Marshall hat den Vorschlag unterbreitet. Ihr Einverständnis setze ich voraus. – Monsieur le directeur?»

Der hagere Obersteward rückte sein Monokel zurecht, neigte zustimmend den Kopf.

«Mademoiselle Heilmann?», fragte der Botschafter.

Eva Heilmann nickte stumm, senkte den Blick.

Lourdons Augen wanderten weiter. Die Russen, dachte Paul, natürlich waren es die Russen, an die der Botschafter dachte. Er selbst hätte nicht anders gehandelt.

Petrowitsch stand einen halben Schritt hinter dem Großfürsten. Paul hatte keinen Schimmer, wie die beiden sich so schnell angefreundet hatten, und er wusste nicht, was er davon halten sollte. Allerdings hatte sein Interesse an Petrowitsch und dem, was der Mann im Tunnel getan oder möglicherweise auch nicht getan hatte, im Lichte der jüngsten Ereignisse deutlich nachgelassen. Aus der Miene des Russen war jedenfalls nichts zu lesen. Er sah aus, als ob ihn das Ganze nicht das Geringste anginge.

Womit du absolut recht hast, Bursche, dachte Paul.

«Eure kaiserliche Hoheit?», fragte Lourdon.

Romanow legte den Kopf etwas schräg, blickte zwischen den beiden Männern am Türrahmen hindurch auf Vera. Paul war in diesem Moment nicht in der Lage, seinem Blick zu folgen. Er konnte Vera jetzt nicht ansehen. Doch die Augen des Großfürsten wanderten schon weiter, verharrten beim König in seinem blutbefleckten Hemd.

«Ein Angriff auf einen gesalbten und gekrönten Herrscher ist ein Angriff auf die göttliche Ordnung», sagte Romanow schließlich. «Er ist mehr als ein Verbrechen. Er ist eine Gotteslästerung und muss als solche bestraft werden. Die Bande des russischen Zarentums zu unserem serbischen – oder wie wir heute sagen müssen: jugoslawischen – Brudervolk waren immer eng. Ich bin mir sicher, dass unser Verwandter auf dem Thron in Belgrad keine Zurückhaltung üben würde, einen solchen Frevel zu strafen. Allerdings ...» Ein gemessenes Nicken in Richtung des Königs. «Wenn seine apostolische Majestät, die in Kürze mein lieber Sohn sein wird, ihr Einverständnis gibt, die Täterin Ihrer Obhut zu überstellen, Eure Exzellenz, will ich nicht widersprechen.»

Ein simples Okay hätte Lourdon genügt, vermutete Paul. Der Botschafter hingegen nickte Romanow respektvoll zu. «Ich danke Ihnen, Eure kaiserliche Hoheit.» Seine Augen kehrten zu Paul zurück. Fast ... ja, fast als ob er ihn um Erlaubnis bitten wollte.

Paul holte Luft, senkte den Blick und trat vom Türrahmen zurück. Erst jetzt sah er Vera an.

Sie war wieder bei Bewusstsein, blickte dem Botschafter reglos entgegen. Thuillet musste irgendwo ein grobes Seil organisiert haben, mit dem Schultz und Guiscard sie auf dem Bürostuhl festgeschnürt hatten. Einer der beiden hatte bei der Gelegenheit ein Taschentuch über die Wunde gelegt. Es war mit den Stricken über Veras Schlüsselbein fixiert worden, und nur einzelne rote Flecken waren auf dem weißen Stoff zu erkennen.

Doch noch immer machte Lourdon keine Anstalten, den Raum zu betreten. «Bevor ich die Gefangene befrage», verkündete er, «sollten wir uns einige Dinge vergegenwärtigen: Das Attentat auf seine apostolische Majestät ist gescheitert. – Sie haben die Waffe, Guiscard?»

Der jüngere Franzose zog den Griff der Pistole ein Stück aus dem Gürtel. Da war sie also geblieben, dachte Paul.

Lourdon nickte. «Ich weise darauf hin, dass es sich um eine französische Armeepistole handelt. Meine Nation hat erst vor wenigen Monaten eine vierstellige Anzahl dieser Waffen an die befreundete republikanische Regierung in Carpathien geliefert.» Er ließ den Blick langsam über die Gesellschaft im größeren Raum gleiten. «Die republikanische Regierung, die sich in den letzten Wochen eines Aufstands von Seiten der Unterstützer König Carols erwehren musste. Ein Gedanke, den wir festhalten müssen: Wer, sollten wir uns an dieser

Stelle fragen, könnte ein größeres Interesse haben, den König auszuschalten?»

Paul sah zu ihm, dann zu Vera, die keine Miene verzog. Sollte er den Botschafter so falsch eingeschätzt haben? Selbst wenn die merkwürdige Versammlung Lourdon die Gefangene überlassen hatte, weil sich alle einig waren, dass er keine Partei ergreifen würde, konnte Paul sich doch nicht vorstellen ... Wenn er die carpathischen Republikaner verantwortlich machte, stellte der Mann doch gleichzeitig seine eigene Regierung an den Pranger, die die Republik unterstützt und die Waffe geliefert hatte!

Doch Lourdon fuhr schon fort. «Der Anschein ist deutlich. Oder ist er möglicherweise zu deutlich?»

«Was wollen Sie damit ...» Der carpathische Adjutant.

Carol schnitt ihm auf der Stelle das Wort ab: «Wir hören.»

Lourdon dankte ihm mit einem Nicken. «Was wir uns fragen sollten, ist: Wem wäre es tatsächlich zugutegekommen, wenn seine apostolische Majestät durch die Kugel aus einer französischen Waffe gestorben wäre? Wer hätte in Wahrheit einen Nutzen daraus ziehen können?»

«Die Deutschen!»

Paul hob die Augenbrauen. Es war Eva Heilmann, die gesprochen, oder nein, eher geflüstert hatte. Fast als ob sie Lourdon ein Stichwort liefern wollte, zu schnell beinahe, aber dann doch wieder ... Als ob sie verblüfft feststellte, dass etwas eingetroffen war, das sie schon die ganze Zeit geahnt hatte.

Paul wurde schwindlig. Was zur verfluchten Hölle war in diesem Zug eigentlich los? Er konnte es nicht begreifen, mit jeder Minute weniger. Inzwischen kam er sich vor wie in einem Film, in dem jeder Einzelne seine Rolle sorgfältig einstudiert hatte, während man einzig und allein ihm nicht verraten hatte, dass er überhaupt in einem Film mitspielte.

Wieder nickte Lourdon. «Tatsächlich wäre das eine Möglichkeit, Mademoiselle Heilmann. Verstärkt gilt das allerdings in Anbetracht einer Entwicklung, die den meisten der Anwesenden vermutlich noch nicht bekannt ist: Heute Nachmittag sind sowohl die Führung der

403

Carpathischen Republik als auch der Onkel seiner apostolischen Majestät, der Prinzregent Pavel, ebenfalls bei einem Attentat ums Leben gekommen. – Mein Beileid, König Carol.»

Der König nickte stumm. Er sah nicht aus, als ob die Mitteilung für ihn neu war. Anders als für einige der Übrigen. Romanow fuhr herum, starrte den König, nein, den Adjutanten an. Betty Marshall hob überrascht die Augenbrauen, und Paul war sich sicher, dass das diesmal nichts mit ihrer Schauspielkunst zu tun hatte. Eva Heilmann hatte die Hände vor den Mund geschlagen.

«Wie wir weiterhin erfahren haben», fuhr der Botschafter fort, «sind in Ungarn offenbar Truppenbewegungen im Gange. Aufgebote des Großdeutschen Reiches und seines Verbündeten, des ungarischen Reichsverwesers, nähern sich der carpathischen Grenze.»

Jetzt war es mit Carols Ruhe vorbei. «Béla!», zischte er.

Sein Adjutant wich einen Schritt zurück, sagte jedoch kein Wort. Paul drehte sich um. Vera hatte sich noch immer nicht gerührt. Er sah sie an. Die Deutschen? Hitlers Leute? Aber ihr Gesicht war das einer Fremden.

«Wenn wir also an den Absichten der Täterin, an ihrer Entschlossenheit, den König zu töten, keinen Zweifel haben können», hob Lourdon nun wieder an. Während im Rest des Raumes die Erschütterung mit Händen zu greifen war, schien er sich mit jedem Wort stärker in seine Rolle zu finden. «So wissen wir damit noch nichts über die wahren Beweggründe», stellte er fest. «Und deswegen benötigen wir die Aussage dieser Frau. Allein deshalb muss sie am Leben bleiben.» Jetzt plötzlich machte er zwei Schritte, trat auf Vera zu. «Öffnen Sie den Mund!»

Paul kniff die Augen zusammen. Vera rührte sich nicht, sah geradeaus, als wäre der Botschafter überhaupt nicht anwesend.

«Sie sollen den Mund aufmachen!», sagte Lourdon in schärferem Ton.

Vera reagierte nicht.

«Guiscard!», sagte er kalt. «Sie wissen, was Sie zu tun haben.»

Der jüngere Franzose trat auf die Gefangene zu, packte ihr Kinn mit beiden Händen.

«Was ...» Pauls Stimme überschlug sich. «Was soll das? Warum ...»
«Die Attentäterin musste damit rechnen, dass sie enttarnt wird»,
stellte Lourdon nüchtern fest. «Spätestens während des Anschlags.
Sie musste damit rechnen, gefasst und verhört zu werden. Die einzige
Möglichkeit, das zu verhindern, ist – Gift. Zyankali. In einer Kapsel,
häufig in einem Zahn eingesetzt.»
Paul starrte ihn an. Gift? Aber das war unmöglich! Vera war schwan-
ger. Sie würde doch unmöglich ... «Nein.» Er straffte sich, schluckte.
«Bitte», sagte Paul, und das Wort fiel ihm nicht leicht. «Lassen Sie mich
mit ihr reden.»
Lourdon hob andeutungsweise die Augenbrauen, dann neigte er
den Kopf, forderte ihn auf, das *office* zu betreten.
Vera. Paul fühlte sich unsicher auf den Beinen, als er an dem Franzosen vorbei auf die Gefangene zuging, vorsichtig, als könne er bei
jedem Schritt auf eine Mine treten. Guiscard hatte von ihr abgelassen,
hatte sich wie Carols Gardist einen halben Schritt an die rückwärtige
Wand entfernt.
«Vera.» Paul stützte sich auf den Tisch, beugte sich zu ihr vor. Kein
Erkennen in ihrem Blick. Eine Fremde. «Vera, ich begreife nicht, warum du das ... getan hast, und ich weiß nicht, ob ich dir überhaupt
noch helfen kann, aber ich bitte dich: Du musst dem Botschafter gehorchen. Du siehst doch, dass du sonst keine Chance hast. Bitte! Was
auch immer deine Gründe waren: dass du dir das auch noch antun
willst, *kann* einfach keinen Sinn haben. Und, bitte, denk nicht nur an
dich! Denk auch an ...»
Die Gefangene rührte sich. Zum ersten Mal, seitdem Guiscard und
der Gardist sie auf den Stuhl gezwungen hatten. Sie legte den Kopf ein
wenig zur Seite.
«Vera?» Paul war auf dreißig Zentimeter an sie herangekommen.
Sie legte den Kopf in den Nacken, schnellte nach vorn – und spuckte ihm mitten ins Gesicht.

***

Zwischen Postumia und Belgrad – 26. Mai 1940, 22:32 Uhr
CIWL F 1266 (*Vorderer Gepäckwagen*). *Personalabteil.*

«Sie hat ihn *angespuckt*?» Xenia flüsterte. Sie flüsterten alle beide. Es war gefährlich genug gewesen, das Mädchen unter diesen Umständen in den Fourgon zu schmuggeln. Doch zumindest hatte der Botschafter am Ende einsehen müssen, dass Raoul den Beschäftigen der CIWL nicht für den Rest der Fahrt den Weg zu ihren Quartieren verstellen konnte. Und umgekehrt hatten diejenigen Fahrgäste, die Zeuge der Szene im Gepäckwagen geworden waren, den begreiflichen Wunsch gehabt, irgendwann in ihre Abteile zurückzukehren. Stattdessen war jetzt die Tür zum *office* des Directeur verschlossen, und zwar von innen, wo Capitaine Guiscard und Leutnant Schultz bei der Gefangenen Wache hielten. Dafür hatte Raoul seine Wache am Zugang zum Gepäckwagen beenden können.

Was natürlich nicht bedeutete, dass die Tochter der Romanows hätte hier sein dürfen. Es konnte ihn seine Stelle kosten, wenn Thuillet von der Sache Wind bekam. Aber das spielte kaum noch eine Rolle, solange ihn der Directeur nicht aus dem Zug warf, bevor sie Niš erreichten und es an der Zeit war, sich Richtung Athen abzusetzen.

«Sie hat ihn angespuckt», bestätigte Raoul. «Er ist zurückgezuckt, als hätte ihn eine Natter gebissen.»

«Mein Gott! Warum hat sie das nur getan?»

«Keine Ahnung.» Da gab es zwar durchaus was, das er sich zusammenreimte, aber schließlich war es nicht notwendig, dass er alles auf einmal erzählte. Er mochte es, wenn sie wie gebannt an seinen Lippen hing. Außerdem lag ihre Hand schon wieder in seiner, nachdem er ihr eigentlich nur galant geholfen hatte, sich auf seinem Bett, der einzigen Sitzgelegenheit im Raum, niederzulassen. Und was viel wichtiger war: Seine Hand, die ihre Finger umfasst hielt, lag auf ihrem Oberschenkel, und das reichte schon wieder aus, dass ihm die ganze Zeit ein wenig schwindlig war. «Jedenfalls hat sie nichts gesagt», erklärte er. «Und auch Mister Richards hat nichts mehr gesagt, sondern ist am Ende stumm in sein Abteil zurückgegangen. Dafür hat sie dann tatsächlich freiwillig den Mund aufgemacht, wenn auch nicht zum Reden.»

«Und?»

«Sie haben nichts gefunden. Keine Giftkapsel. Wobei ...»

«Ja?» Ihre Hand schloss sich etwas fester um seine, und er spürte die Wärme ihrer Haut – von beiden Seiten. Das helle Cocktailkleid, das sie trug, bestand aus einem ganz dünnen Stoff. Fast als ob sie überhaupt nichts anhätte.

«Ja, ich ...»

«Du kommst mir irgendwie durcheinander vor heute Abend.» Sie setzte ein Stirnrunzeln auf. «Aber das ist ja auch kein Wunder nach so einer Geschichte. – Was ist jetzt mit der Kapsel?»

«Es ...» Er räusperte sich. «Es gab keine Kapsel. Aber wenn sie so eine Kapsel gehabt hätte, hätte sie dann nicht jede Menge Zeit gehabt, sie zu schlucken? Oder zu zerbeißen, oder wie auch immer das funktioniert, während sich alle gestritten haben?»

Das Mädchen nickte nachdenklich. «Das stimmt natürlich. Und dem Botschafter muss das doch eigentlich auch klar gewesen sein, oder? Seltsam.»

«Ich ...» Jetzt kam er doch zu seinen Vermutungen. «Ich glaube, dass er das sogar ganz genau wusste, und vor allem, dass auch der König und sein Adjutant das wussten. Dass der Botschafter das vor allem gemacht hat, damit die beiden sehen konnten, dass ihm die Sache ernst war, verstehst du?»

Wieder dieses nachdenkliche Nicken. Etwas spät kam ihm in den Kopf, dass er das respektvolle Sie weggelassen hatte, mit dem er eine Passagierin – und eine Großfürstin erst recht – hätte ansprechen müssen. Aber entweder merkte sie das nicht, oder es war ihr inzwischen nicht mehr wichtig. Schließlich würde sie bald keine Passagierin mehr sein, und inzwischen vermutete er auch, dass sie nicht nur zum Rauchen herkam. Dass sie ihn nicht nur deshalb gebeten hatte, ihr bei der Flucht zu helfen, weil sie Angst hatte, es nicht alleine zu schaffen. Nein, ganz und gar nicht. Er war sich ziemlich sicher, dass sie in Wahrheit ...

«Also zum Grinsen finde ich das nicht!»

«Wie?»

«Du hast gerade gegrinst. Ganz komisch gegrinst. Ich finde das sogar richtig schlimm, das ... alles.» Ihr Stirnrunzeln nahm zu, und einen Moment lang rechnete er fast damit, dass sie ihre Finger wegziehen würde, doch dann ließ sie sie, wo sie waren. «Der Botschafter will ihr nur helfen, denke ich», murmelte sie. «Wobei, wenn sie versucht hat, den König zu erschießen ... Aber sie hat es ja nicht geschafft.»

«Du denkst, dann sollte sie auch nicht bestraft werden?»

Xenia zögerte einen Moment. «Was hat mein Vater gesagt?», fragte sie. «Wenn man einen König erschießt, ist das nicht nur ein Verbrechen, sondern eine Sünde?»

«Eine Gotteslästerung.»

Sie hob die Schultern. «Ich weiß nicht recht. Tot ist tot, egal wer. Und tot ist der König jedenfalls nicht. Vielleicht schafft es der Botschafter ja, dass sie auch nicht umgebracht wird. Aufgehängt. Frauen werden aufgehängt, glaube ich, Männer erschossen. Dass sie nur ins Gefängnis muss, bei Wasser und Brot. Was bestimmt auch nicht schön wär für eine Frau wie Mrs. Richards.»

Raoul nickte zustimmend. Vor allem war er erleichtert, dass Xenia in diesem Punkt durchaus andere Ansichten hatte als ihr Vater. Ein König war kein Stück mehr wert als irgendjemand anders! Und das von einer Adligen. Von jemandem aus diesem *blutschänderischen, von Erbkrankheiten verseuchten Adelspack*. Raouls Vater würde Augen machen, wenn er ... Der Gedankengang brach ab, als ihm klarwurde, dass es ziemlich in den Sternen stand, ob er seinen Vater, seine ganze Familie überhaupt wiedersehen würde, wenn sie ihren Plan in Niš in die Tat umsetzten. Seltsamerweise schienen Paris und die Wohnung am Bois de Boulogne inzwischen unglaublich weit weg zu sein – viel weiter weg als je zuvor, wenn es Raoul an Bord des Express auf die entgegengesetzte Seite des Kontinents verschlagen hatte.

«Jedenfalls ist so ziemlich alles besser, als wenn sie diesen carpathischen Eingeborenen in die Hände gefallen wäre», erklärte Xenia. «Ich glaube, wenn ich das gewesen wäre, und ich hätte wirklich so eine Giftkapsel gehabt – ich hätte sie geschluckt.»

«Aber ...» Seine Stimme überschlug sich. «Aber dann wärst du doch tot gewesen!»

Sie sah ihn kopfschüttelnd an. «Du begreifst wirklich überhaupt nichts. Aber vielleicht bist du ja deshalb so nett.»

Plötzlich hatte er einen Kloß im Hals, aber er kam nicht dazu, ihn loszuwerden, denn im nächsten Moment, völlig unvorbereitet, berührten ihre Lippen seinen Mund. Kaum mehr als ein angedeuteter Hauch, aber trotzdem ...

«Jedenfalls ...» Sie hatte sich schon wieder aufgerichtet, während er noch gegen den Schwindel in seinem Kopf ankämpfte. «Jedenfalls gibt es ein paar Dinge, die schlimmer sind für eine Frau, als tot zu sein. Sehr viel schlimmer.»

Sie sagte das dahin, als ob überhaupt nichts gewesen wäre. Raoul blinzelte, versuchte überhaupt erst wieder in die Wirklichkeit zurückzukehren. Doch in diesem Moment begriff er. *In dieser Hinsicht könnten die Bräuche Carpathiens, die in einer derartigen Situation zum Einsatz kämen, Sie als Westeuropäer möglicherweise etwas ... rustikal anmuten.* Die Worte des Königs, die er zum Botschafter gesagt hatte. Raoul hätte sich in den Hintern treten können. Er war ein solcher Esel! Dabei hatte er Xenia selbst davon erzählt! Er war keine Frau oder ein junges Mädchen, aber dass *das* schlimmer war als der Tod, konnte auch er sich vorstellen. Wenn man hinterher zusätzlich auch noch umgebracht wurde, sowieso.

«Damit steht meine Entscheidung endgültig fest.» Sie reckte das Kinn ein Stück vor, und einen Moment lang fiel ihm auf, was sie für eine Ähnlichkeit mit ihrer Mutter hatte, der Großfürstin. «Auf keinen Fall werde ich mein Leben unter diesen Wilden verbringen, an der Seite ihres Häuptlings. Also: Athen. Und von da aus müssen wir irgendwie zu meiner Tante kommen.»

Sie sprach bereits von *wir*, obwohl Raoul bisher lediglich angedeutet hatte, dass er möglicherweise einen Weg kannte, unbehelligt nach Athen zu kommen. Einen Weg, auf dem sie vor den Nachstellungen ihres Vaters sicherer war als im Anschlusszug der CIWL. Aber auch diesen neuen Gedanken konnte er gar nicht recht verarbeiten. Zu deutlich spürte er noch die Berührung ihrer unglaublich weichen Lippen.

Er räusperte sich. «Und da bist du dir ganz sicher?», fragte er. «Ich meine, es geht ja nicht nur um den König. Da ist doch auch noch deine Familie. Deine Eltern, dein Bruder, deine kleine Schwester.»

Ihr Gesichtsausdruck veränderte sich abrupt. Raoul hatte sich ein neues, schneeweißes Einstecktuch besorgt und tastete schon danach, doch das Mädchen schluckte nur einmal schwer und schüttelte dann langsam den Kopf.

«Das ist schon in Ordnung», sagte sie leiser. «Ich habe mit meiner Mutter gesprochen. Nein, nicht über das, was wir vorhaben, sondern eher ...» Wieder schüttelte sie den Kopf. «Ich denke, dass sie irgendwie verstanden hat, was ich ihr sagen wollte. Oder ... wenn es so weit ist, wird sie es verstehen. Manchmal kommt es mir vor, als ob sie selbst am liebsten weglaufen würde.»

Er hob die Augenbrauen. «Aber sie ist doch schon verheiratet.»

Xenia antwortete nicht, saß einfach reglos da. Dann begann sie unvermittelt mit seinen Fingern zu spielen, versonnen über seinen Handrücken zu streichen. Doch er spürte, dass sie mit ihren Gedanken weit weg war.

«Genau», murmelte sie. «Ganz genau.»

***

Zwischen Postumia und Belgrad – 26. Mai 1940, 22:38 Uhr
CIWL Lx 3509 *(Vorderer Schlafwagen)*. Abteil 1.

«Bei allem Respekt, Eure Majestät.» Unmittelbar gegenüber von Carols Privatabteil erhellte eine der kleinen Lampen mit den gläsernen Schirmen den Kabinengang.

Der königliche Adjutant stand auf dem Flur. Er räusperte sich. «Ich möchte Sie ein letztes Mal darauf aufmerksam machen, dass ich es für einen kapitalen Fehler halte, diese Frau die Nacht über in der Obhut der Franzosen zu lassen.»

«Zur Kenntnis genommen.» Carols Ton als kühl zu bezeichnen, wäre eine grobe Untertreibung gewesen, dachte Betty Marshall. «Im Übrigen befindet sie sich nicht in der Obhut der Franzosen, sondern wird von Leutnant Schultz und Capitaine Guiscard gemeinsam bewacht. Womit sie immer noch die besten Überlebenschancen haben dürfte, bis wir wissen, wer in Wahrheit hinter ihr steht.»

«Trotzdem hätten wir ...»

«Wir werden einander jetzt eine gute Nacht wünschen, Graf. Sie haften mir dafür, dass die Leibwache sich vom Fourgon und der Gefangenen fernhält, und ich werde mich jetzt zurückziehen. Falls Sie es vergessen haben: Ich gedenke morgen in den heiligen Stand der Ehe zu treten.»

Graf Béla verzog keine Miene. Seine Reaktion bestand aus einer Verneigung. Wie er sich wieder aufrichtete, konnte Betty schon nicht mehr beobachten. Mit einem äußerst nachdrücklichen Ruck hatte Carol die Kabinentür ins Schloss fallen lassen.

«Der Kerl ist kein Mensch», bemerkte Betty.

Carol wandte sich um, sah sie fragend an.

Wortlos nickte Betty auf sich selbst, dann auf Eva, beide nebeneinander auf dem Sitzpolster, in Decken mit dem königlich carpathischen Wappen gehüllt. Beide in einer Garderobe, die sich mit dem Begriff derangiert kaum noch umschreiben ließ. «Natürlich weiß ich nicht, wie carpathische Junggesellenabschiede normalerweise aussehen», gab sie zu.

Carol sah sie an, eine Sekunde lang verständnislos. Dann brach er in schallendes Gelächter aus. Doch genauso, von einer Sekunde zur anderen, endete es wieder. «Trotzdem kann ich froh sein, dass ich den Grafen habe», murmelte er. «Selbst wenn ich immer mehr ins Grübeln komme, ob es eine gute Entscheidung war, dass wir uns auf die Seite der Deutschen geschlagen haben. So oder so: Es gibt nicht mehr viele Menschen, denen ich voll und ganz vertrauen kann – und nach dem, was heute Abend geschehen ist, bezweifle ich, dass das die letzte Teufelei war, die wir auf dieser Fahrt erlebt haben.»

«Wobei Sie mit Ihren Gedanken zu Schultz und Guiscard vermutlich recht haben», bemerkte Betty. «Die beiden werden Vera Richards keinen Moment aus den Augen lassen. Soweit sie nicht genug damit zu tun haben, sich gegenseitig zu belauern, versteht sich ...»

Der König verzog den Mund. «Eigentlich interessiert es mich nicht besonders, was aus der Frau wird», murmelte er. «Wenn ich jeden exekutieren ließe, der mich am liebsten tot sähe, würde es auf dem Balkan bald ziemlich leer werden. Sehr viel wichtiger ist, darüber nachzudenken, wie es überhaupt so weit kommen konnte. Und da bin ich dumm gewesen und kurzsichtig.» Er hielt inne. «Um ehrlich zu sein – und ich denke, Ihnen ist klar, dass das nicht gegen Sie gerichtet ist, Miss Marshall –, es war dumm von mir, mich auf dieses Diner einzulassen, ohne dass wir den Hintergrund sämtlicher Gäste sorgfältig prüfen konnten. Bei welchem Menschen in diesem Zug kann ich mir wirklich sicher sein, wer er ist und was seine wahren Pläne sind?»

«Das waren wir alle.» Betty betrachtete ihre Hände. «Dumm. Ich bin ja selbst nicht stutzig geworden, dabei muss ich praktisch danebengestanden haben, als Vera die Waffe in Empfang genommen hat. Ein Bettler in Postumia, der angeblich bei Belluno sein Bein verloren hätte – vermutlich ihr Codewort.» Sie hob die Schultern. «Es war dunkel, und ich war schon ein Stück entfernt. Ich dachte, sie hätte ihm Geld gegeben. Und für wen der Mann jetzt arbeitet: Fragen Sie mich nicht. Seinem Akzent nach kam er vom Balkan. Aber der ist in Postumia ja praktisch nebenan.»

Carol nickte düster. «Trotzdem hat der Botschafter vermutlich recht. Die Deutschen sind es, die den größten Nutzen aus meinem Tod hätten. Und wenn sie sich bereits der Grenze nähern, gehen sie davon aus, dass der Anschlag gelungen ist. Sie werden behaupten, dass sie die Ordnung im Land wiederherstellen müssten. Und wenn sie Carpathien erst einmal in der Hand haben ...» Er hatte sich wieder umgedreht, starrte gegen die Tür, die Hände auf dem Rücken

412

verschränkt. «Trotzdem könnten sie sich diesmal verrechnet haben», murmelte er. «Wenn ich schnell genug bin. Wenn ich Kronstadt vor ihnen erreiche und die Menschen sehen, dass ich am Leben bin, kann ich die Deutschen einfach nach Hause schicken. Das Volk wird sich unter dem Banner des alten Königshauses sammeln, davon bin ich überzeugt.»

Er zögerte. Betty fragte sich, ob er sich mit den letzten Worten vor allem selbst hatte Mut machen wollen. Wenn die Carpathier so begeistert waren von ihm, warum war er dann ein Ex-König?

Doch Carol sprach schon weiter, wohl eher mit sich selbst – oder mit der Tür im Augenblick. «Wobei die Gefahr noch nicht vorbei ist. Das Land von hier bis jenseits von Zagreb ist in den Händen der kroatischen Rebellen der *Ustascha*, und die *Ustascha* tut, was die Deutschen ihr sagen. Und ich bin mir sicher, dass sie diesen Zug im Auge haben. Ja, mit Sicherheit haben sie das.» Er zögerte, wandte sich wieder den beiden Frauen zu. «Doch woher sollten sie überhaupt wissen, dass Veras Attentat misslungen ist? Und wenn sie es nicht wissen: Warum sollten sie dem Zug dann zu nahe kommen? Das würde die Sache doch nur komplizieren für die Deutschen. Carol von Carpathien ist tot, niedergestreckt mit einer französischen Waffe. So soll es schließlich aussehen. – Nein, es ist nur gut, wenn sie mich so lange wie möglich für tot halten.» Wieder verzog er die Mundwinkel. «Solange ich tot bin, habe ich gute Chancen, am Leben zu bleiben. Doch das ist weiß Gott nicht mir zu verdanken. Ihnen habe ich zu danken, Miss Marshall! Und dir, Eva. Du hast versucht, mich zu warnen.»

Die jüngere Frau erwiderte seinen Blick. «Ich hätte früher ...» Sie schüttelte den Kopf. «Aber du sagst es selbst: Du bist am Leben. Nur das zählt. Und Sie, Betty ...»

Betty blinzelte. Nachdem Eva begriffen hatte, dass das Blut auf der Brust des Königs nicht Carols eigenes war, war sie in ein anhaltendes Schweigen verfallen. Die Schauspielerin hatte es dem Schock, vielleicht auch der anschließenden Erleichterung zugeschrieben, doch plötzlich war sie sich nicht mehr sicher. Unterschiedliche Gefühle schienen in Evas Gesicht miteinander zu kämpfen.

«Ist etwas nicht in Ordnung, Eva? Warum zum Himmel tragen Sie überhaupt wieder ... das da?»

Die jüngere Frau holte Luft. «Ich ...»

Bettys Augen verengten sich. «Ich habe das Gefühl, dass Sie erst mal einen Kaffee brauchen», sagte sie kurz entschlossen. Ihre Augen gingen an Eva vorbei. Als Carol ihren Blick auffing, wiesen sie bedeutungsvoll in Richtung Tür.

Verblüfft starrte der König sie an, doch Betty verlieh der Geste mit einem Nicken zusätzlichen Nachdruck.

«Für gewöhnlich gehört das nicht zu meinen Aufgaben», brummte er. «Aber Béla kann sicher eine Tasse arrangieren.»

Zwei Sekunden später waren die beiden Frauen allein.

«Was ist los, Eva? Sie schauen mich an, als hätte ich Ihnen das Herz aus dem Leibe gerissen. Ja, ich habe meine eigenen Ansichten im Krieg und in der Liebe, aber Sie können mir glauben: Wenn ich auch nur die Spur einer Chance gesehen hätte für Sie und Carol, hätte ich niemals ...» Sie schüttelte den Kopf. «*Würde* ich niemals ...»

«Nicht Carol.» Die junge Frau konnte sie nicht mehr ansehen. Kaum hörbar: «Ludvig. – Ludvig und Sie in seinem ... unserem Abteil.»

Betty verharrte regungslos. Sie brauchte einen Moment, bis sie begriff: heute Nachmittag, nachdem Ludvig dem Geistlichen in den Wagen geholfen hatte. Sie hatten die Tür lediglich angelehnt, genau für den Fall, dass Eva unerwartet auftauchen würde. Doch so wie Ludvig Mueller gestöhnt hatte, als sie seine Rippen wieder in Position gebracht hatte – er musste Evas Schritte schlicht übertönt haben.

Seufzend stieß sie den Atem aus. «Passen Sie auf, Eva», sagte sie. «Ich sollte Ihnen das nicht erzählen, und wenn es nach Ludvig geht, *darf* ich es Ihnen auch nicht erzählen. Nur dass ich gerade ganz schwer das Gefühl habe, dass ich es noch wesentlich schlimmer mache, wenn ich den Mund halte. Hören Sie mir zu?»

Eva hob den Kopf, nickte schwach.

«Also», begann Betty. «Ludvig hat eine Verletzung. Vielleicht haben Sie das sogar bemerkt: Er wirkt manchmal fahrig und verwirrt.» Sie zögerte. «Also noch fahriger und verwirrter als gewöhnlich. Er hat Fieber, und vermutlich hat er außerdem Schmerzmittel eingenommen.»

«Eine Verletzung? Warum hat er …»

«Ich denke nicht, dass das eine von uns beiden etwas angeht, solange er nicht von selbst davon erzählt.» Eine Sekunde lang hielt Betty den Blick der jüngeren Frau fest. «Auf jeden Fall haben Sie nicht gesehen, was Sie glauben gesehen zu haben», erklärte sie. «Wie Sie wissen …» Sie hob die Arme, spreizte die Finger. «Ich habe heilende Hände.»

Eva starrte sie an, mehrere Sekunden lang, bis schließlich: «O mein Gott! Und ich wollte …»

«Wie Sie aussehen, *haben* Sie sogar. Und Carol hat Sie zurückgeholt?»

Betty schüttelte den Kopf. «Wieder etwas, das mich nichts angeht. Doch man sollte ihn besser nicht unterschätzen, unseren Löwen des Balkans, solange kein Blut im Spiel ist.»

«Nein», flüsterte Eva. «Das sollte man wirklich nicht.» Sie sah an sich herab, zog die Decke ein Stück zurück, war schon halb aufgestanden. «Was denken Sie?», fragte sie, plötzlich mit einem aufgeregten Ton in der Stimme. «So kann ich nicht raus. Nicht quer durch den Speisewagen. Ob Carol mir die wohl bis morgen leiht?»

«Sie wollen zurück in Ihr Abteil?»

Ein leichtes Lächeln legte sich auf Evas Lippen. «Wären Sie unglücklich darüber? Wie war das mit den carpathischen Junggesellenabschieden?»

Betty musste ebenfalls schmunzeln. «Anscheinend sollte man auch Sie nicht unterschätzen, Eva.»

Die junge Frau wandte sich zur Tür, blieb dann noch einmal stehen. «Und Ludvig, diese Verletzung … Wenn er sie verbirgt, heißt das nicht, dass er …»

«Er ist das, was Sie in ihm sehen, Eva. Ist irgendwas anderes wichtig?»

Die Hand bereits auf dem Türgriff, verharrte die junge Frau, doch nur noch für einen Moment. «Nein», murmelte sie. «Das ist es nicht.»

Sie öffnete die Tür. «Oh.»

Der König, mit säuerlicher Miene, in der Hand ein Tablett mit einer Tasse dampfendem Kaffee, das er einem der Garçons abgenommen haben musste, über dem Arm ein blütenweißes Handtuch.

«Carol.» Eva lächelte ihn an, hauchte ihm einen Kuss auf die Wange. «Danke für alles.» Damit war sie verschwunden.

Kopfschüttelnd sah der König ihr nach, schloss dann die Tür hinter sich. Mit beachtlicher Geschicklichkeit setzte er das Tablett auf seinem Lektürestapel vor dem Fenster ab. «Mögen *Sie* wenigstens Kaffee?»

Betty schenkte ihm einen flatternden Augenaufschlag. «Wenn Champagner den Finanzrahmen des carpathischen Königshauses sprengen sollte ...»

Ein flüchtiges Lächeln huschte über sein Gesicht. Doch, er sah umwerfend aus – nur das vollgeblutete Hemd störte beträchtlich.

«Und?», fragte er. «Was machen wir nun mit dem angebrochenen Abend?»

Mit nachdenklicher Miene betrachtete Betty zuerst ihn, dann schob sie ihre Decke für einen Moment probehalber von den bloßen Armen. Eine kurze Bestandsaufnahme: Sie trug die Reste des sündigen schwarzen Kleides, darunter ihre nachtblauen *briefs* samt Hüftgürtel und den neuen Nylonstrümpfen. Er trug wesentlich mehr. Doch möglicherweise würde er überrascht werden: Sie war eine geübte Spielerin.

«Nun ...», sagte sie. «Sie haben nicht zufällig Pokerkarten?»

***

Zwischen Postumia und Belgrad – 26. Mai 1940, 22:48 Uhr
CIWL WR 4229 *(Speisewagen)*. Fumoir.

Das Fumoir des Speisewagens hatte sich zur vorgerückten Stunde in eine Bar verwandelt. An einem der Tische saßen Alexej Romanow und sein Retter über Bechern mit einer transparenten Flüssigkeit, die Eva für russischen Wodka hielt. Mit dem Rest der Anwesenden hatte sie keine nähere Bekanntschaft geschlossen. Sie nickte Alexej und eher notgedrungen auch seinem Begleiter zu und schob die Tür zum Nichtrauchersalon auf, der um diese Uhrzeit menschenleer war, mit akkurat ausgebreiteten weißen Tüchern bereits für das Frühstück eingedeckt. Jede Falte lag in Position.

Eine Sekunde lang musste sie an das *vergangene* Frühstück denken, das die beiden Russen und Carols Ohnmacht so abrupt unterbrochen hatten. Ein halbes Jahrhundert schien dieser Morgen her zu sein. Jetzt wollte sie nur noch eines: zurück in das Abteil Nummer zehn des hinteren Schlafwagens, das sie mit Ludvig teilte und das ihr mit einem Mal wie ein echtes Zuhause vorkam. Sie hatte keinen Plan, was sie sagen sollte, und es blieb auch gar keine Zeit, irgendwelche Pläne zu machen. Ihr war klar, dass er eine Entschuldigung, eine Erklärung verdient hatte, wobei sie gleichzeitig jeden Hinweis auf seine Verletzung vermeiden musste. Das zumindest war sie Betty schuldig. Das und so viel mehr.

Ob er überhaupt noch wach war? Eva öffnete die Tür zu dem kurzen Korridor mit den Wirtschaftsräumen am Ende des Speisewagens. Nun der Einstiegsbereich mit dem Durchgang zum Schlafwagen.

Finsternis.

Eva war so überrascht, dass sie sich einen Moment lang festhalten musste. Die Vibrationen der Fahrt waren hier, zwischen den einzelnen Wagen, viel deutlicher spürbar, und es war kälter, wesentlich kälter noch als vergangene Nacht. Der Unterschied war, dass gestern an den Übergängen zumindest ein funzelartiges Licht gebrannt hatte, während jetzt ...

«Vorsicht!»

Sie zuckte zusammen.

«Nicht bewegen!»

Im nächsten Moment wurde es hell. Eva blinzelte. «Mr. Fitz!»

Der Brite deutete eine Verneigung an, während er gleichzeitig seinen Gehstock sinken ließ, mit dem er die Deckenlampe manipuliert haben musste. Sein Zwicker baumelte von einer dünnen Kette vor seiner Brust. «Verzeihen Sie mir, wenn ich Sie erschreckt habe, Miss

417

Heilmann? Es ist ein ungünstiger Platz hier, fürchte ich, doch der beste, den ich finden konnte.» Er trat einen Schritt zurück in Richtung Fenster.

«Na... natürlich.» Sie versuchte an ihm vorbeizusehen, aber da war nichts als die schmale Fensteröffnung in der Ausstiegstür. Direkt daneben setzte der bedrohlich knarrende Faltenbalg an. Der Simplon Orient schien einen Moment lang zu schlingern. Seitdem sie die Grenze zu Jugoslawien überquert hatten, sorgte mal mehr, mal weniger ausgeprägtes Schütteln und Schaukeln dafür, dass die Fahrgäste keine Sekunde mehr vergaßen, dass sie sich in einem fahrenden Zug befanden.

«Aber warum ...» Eva schüttelte den Kopf. «Warum sitzen Sie hier im Dunkeln?»

Er betrachtete sie, schien einen Moment lang zu überlegen. Wieder glaubte sie in seinen Augen einen bestimmten Funken zu erkennen, einen sehr *aufmerksamen* Funken, aber ebenso gut konnte es unterkühlter britischer Humor sein.

«Mein Abteil wäre tatsächlich günstiger, denke ich. Ja, das wäre es. Ich würde niemanden ängstigen, wenn ich dort das Licht löschte. Doch ich fürchte, das Fenster dort schaut zur falschen Seite.»

«Zur falschen Seite?»

«Nach Süden. – Passen Sie auf?»

Eva nickte, und wieder hob er seinen Stock, wobei er sich mit der freien Hand an der Holzverkleidung abstützte. Im nächsten Moment war es dunkel.

«Kommen Sie ein Stück herüber. Ich trete beiseite. – Hier, am Fenster.»

Eva tastete sich voran, bis sie die Kühle des Fensterglases unter ihrer Handfläche spürte, strengte ihre Augen an, doch: Dunkelheit. Kaum eine Ahnung der vorbeiziehenden Landschaft.

«Etwas weiter oben.» Er stand direkt neben ihr. Sie roch seinen muffigen Tabak. Aber woher wusste er, in welche Richtung sie schaute?

Im selben Moment sah sie es: ein Licht, weit draußen, höher als der

Zug, vielleicht auf einem Hügelkamm. Es war kaum mehr als ein kurzes Aufblitzen, doch dann, im nächsten Moment, wieder, etwas länger diesmal, dann noch einmal, wieder kürzer. Jetzt wieder länger. Dann Dunkelheit, nein, nun war es wieder da, sekundenkurz.

«Was ist das?», murmelte sie, doch die Kälte schien noch einmal stärker geworden zu sein. Als ob sie es bereits ahnte.

«Wir haben diese Zeichen selbst genutzt», erklärte Basil Algernon Fitz-Edwards. «Im Burenkrieg, neunzehn-null-eins. Wo es keine Telegraphen gibt, sind sie die einzige Möglichkeit, über größere Entfernungen hinweg zu kommunizieren, vorausgesetzt natürlich, Sie verfügen über eine ununterbrochene Kette von Stationen. Bei Sonne können Sie mit Spiegeln arbeiten. Für die Nacht gibt es spezielle Laternen.»

«Morsesignale», flüsterte sie. «Die *Ustascha*.»

Er stand nahe genug, dass sie sein Nicken wahrnahm.

«Und was ... was morsen sie?»

«Einen Moment bitte ... b ... r ... z ... Jetzt eine Pause. Ein neues Wort ...»

«Und was bedeutet das?», wisperte sie.

«Ich fürchte, das kann ich Ihnen nicht beantworten. Ich beherrsche die serbokroatische Sprache nicht.»

«*Merde*», murmelte sie und glaubte zu spüren, dass der alte Mann lächelte. Doch dazu bestand kein Anlass. *Ich bin mir sicher, dass sie diesen Zug im Auge haben.* Sie hatte Mühe, Carols Worte nicht laut auszusprechen. *Ja, mit Sicherheit haben sie das,* hatte er angefügt.

Hier sah sie den Beweis.

«Es ist nicht nur dieses eine Signal dort oben», bemerkte Fitz-Edwards. «Sie kommunizieren entlang der gesamten Strecke miteinander, seit einer halben Stunde schon. Allerdings sind sie mehrere Meilen von der Bahnlinie entfernt, würde ich sagen. Die *Ustascha* hat sich ins Gebirge zurückgezogen. Es heißt, sie bereiten den Aufstand vor.»

«Das würde mich nicht wundern», murmelte Eva. «Aber was, wenn sie noch etwas ganz anderes vorbereiten?», fragte sie heiser. «Der Zug ist ein wehrloses Ziel, und auf dem Balkan hat es früher ständig Über-

419

fälle auf den Express gegeben. Wenn sie entlang der Strecke weitergeben, dass wir unterwegs sind, und irgendwo gibt es einen Hinterhalt, an dem sie ...»

«Kann es sein, dass Sie besonders gerne Westernfilme sehen, Miss Hei...»

Er brach ab. Eine Erschütterung traf den Zug, im nächsten Moment eine zweite. Eva schrie auf. Und dann ... Dann war es wieder vorbei, und der Zug rollte so ruhig dahin, wie es auf den jugoslawischen Gleisen möglich war.

Eva stellte fest, dass sie sich an der Schulter des alten Herrn festgekrallt hatte, und löste vorsichtig ihre Hand. Dieses Holpern war heftiger gewesen als alles zuvor, oder vielleicht war es hier im Übergang einfach nur stärker zu spüren. Einen Moment lang musste sie an den Salonwagen der französischen Diplomaten denken, wo ihr die Wandverkleidung beinahe schon von alleine entgegengekommen war, als sie in Deckung gegangen war. Ob von dem altertümlichen Gefährt überhaupt noch etwas übrig sein würde, wenn sie den Balkan hinter sich hatten? «Entschuldigen Sie», murmelte sie in Richtung Fitz-Edwards. «Ich habe gerade etwas den Kopf verloren.»

«Nach dem letzten Krieg haben die verbündeten Mächte die jugoslawische Staatsbahn mit großen Summen unterstützt, damit diese Schäden behoben werden», brummte der Brite. «Ich frage mich, wo das Geld geblieben ist.»

«Jedenfalls nicht in den Gleisen», flüsterte Eva.

Sekundenlanges Schweigen, irgendwie unbehaglich, während der Express weiter auf den Gleisen dahinholperte. Dann: «Ich muss mich korrigieren», bemerkte Fitz-Edwards. «Sie mögen keine Westernfilme.»

«Wie?»

Er antwortete nicht, doch selbst in der Dunkelheit hatte sie das Gefühl, dass die halb amüsierten, halb aufmerksamen alten Augen sie sehr genau musterten.

«Sie befürchten tatsächlich, dass wir überfallen werden könnten», sagte er schließlich. «Und ich frage mich, was Sie zu dieser Ansicht bringen könnte.»

«Ich ...»

«Oh, bitte verzeihen Sie», unterbrach er sie. «Ich möchte nicht unhöflich sein, aber ich sagte: Ich frage mich. Nicht: Ich frage Sie. Einer Dame etwas entlocken zu wollen, das sie nicht preisgeben möchte, wäre noch weit unhöflicher.»

«Oh, das ist ...» Das ist sehr rücksichtsvoll, dachte sie, ließ den Satz aber unvollendet. Sie war froh, die Frage, die er ihr gar nicht gestellt hatte, auch nicht beantworten zu müssen. Der Botschafter hatte sämtliche Zeugen eingeschworen, kein Wort vom Attentat auf den König weiterzutragen. Eva vermochte nicht einzuschätzen, ob sich die anderen daran halten würden, aber sie zumindest würde es tun, solange ihr eine Wahl blieb. Das Problem war nur: Hatte sie diese Wahl?

Nachdenklich kaute sie auf ihren Lippen. Hatte Carol es nicht selbst in Worte gefasst? Solange die Rebellen davon ausgehen mussten, dass das Attentat auf den König geglückt war, hatten sie auch keinen Grund, dem Simplon Orient zu nahe zu kommen. Eva musste keine Angst ...

Der Gedanke brach ab.

Wenn die Männer dort draußen den Express beobachteten: Was versprachen sie sich davon? Ein toter Carol würde sich nicht am Fenster sehen lassen. Sie würden keinen Hinweis erhalten, ob das Attentat nun gelungen war oder nicht, nicht auf diese Weise. Und trotzdem hatten sie den Zug im Blick und warteten ... warteten worauf?

Sie gaben Signale. Was, wenn sie darauf warteten, dass sie auf diese Signale eine Antwort erhielten, aus dem Zug? Eine Antwort von ihrer Verbündeten, die ihnen den Erfolg des Anschlags bestätigte: Vera Richards!

Evas Herz überschlug sich. Und was, wenn sie keine Antwort bekamen? In ebenjenem Moment musste ihnen klarwerden, dass etwas nicht funktioniert hatte und der Anschlag, ausgeführt mit einer französischen Waffe, gescheitert war – und damit der Versuch, Carols Tod den carpathischen Republikanern in die Schuhe zu schieben. Doch würden sie in diesem Fall aufgeben? Nein, unter gar keinen Umständen. Carol durfte Kronstadt nicht lebend erreichen.

Darauf warteten Hitlers Verbündete von der *Ustascha*: Wenn das Signal ohne Antwort blieb, würden sie angreifen.

***

Zwischen Postumia und Belgrad – 26. Mai 1940, 22:52 Uhr
CIWL WR 4229 *(Speisewagen)*. Fumoir.

«Aber von den Steinen keine Spur?» Boris sprach so leise, dass einzig Alexej Constantinowitsch ihn verstehen konnte. Was allerdings nur eine zusätzliche Vorsichtsmaßnahme darstellte, denn außerdem sprach er Russisch – und hatte ohnehin nicht den Eindruck, dass irgendeiner der Fahrgäste, die sich im Rauchersalon aufhielten, versuchte den Worten zu folgen. Am verdächtigsten war noch ein bärtiger Inder zwei Tische weiter, mit einem schrankgroßen metallbeschlagenen Koffer im Gepäcknetz über ihm.

Alexej schüttelte kaum merklich den Kopf. Der junge Mann sah blass aus. So blass, wie man das bei einem Menschen erwarten konnte, der am selben Tag eine schwere Gehirnerschütterung erlitten hatte.

Doch Boris Petrowitsch Kadynow ging davon aus, dass die Verletzung in diesem Moment nur zu einem geringen Teil für den Zustand des jungen Romanow verantwortlich war. Die Bilder lagen übereinandergestapelt vor Boris auf dem Tisch. Und selbst die oberste und damit einzig sichtbare Fotografie musste er mit der Hand abschirmen. Alexej bestand darauf, als hinge sein Leben davon ab. Wann immer sich der Kellner ihrem Tisch auch nur näherte, bemerkte Boris, wie sich die Haltung des jüngeren Mannes nervös versteifte.

Boris Petrowitsch musste in diesem Moment an Nikolai Yezhov denken, den eigentlichen Begründer des NKWD. Denjenigen, der unter dem Genossen Stalin dafür gesorgt hatte, dass der Geheimdienst zu einer eigenen Macht im Sowjetstaat geworden war – einer Macht, vor der am Ende selbst die Trotzkisten in den obersten Rängen der Roten Armee gezittert und gebebt hatten. Wobei ihnen auch das Zittern

422

und Beben nicht viel geholfen hatte, als Stalin schließlich den Befehl zum Zuschlagen gegeben hatte. Nein, es war kein Zweifel möglich gewesen, dass Yezhov nach Stalin der mächtigste Mann im Apparat der Sowjets war, wobei an seiner Loyalität gegenüber dem mächtigen Generalsekretär niemals auch nur der Hauch eines Zweifels bestanden hatte.

Und doch musste Stalin irgendwann ein Gedanke gekommen sein: Wenn Yezhov sich einmal gegen ihn – und damit gegen die sozialistische Revolution – hätte wenden wollen, hätten ihm all die Machtmittel zur Verfügung gestanden, mit denen er soeben die Führung der Roten Armee ausgeschaltet hatte. Mit einem Satz: Nikolai Yezhov war gefährlich geworden, gefährlicher als die Trotzkisten, deren Widerspruch gegen die Parteilinie das härteste Vorgehen gerechtfertigt hatte, auch ohne den Anschein eines Gerichtsverfahrens.

Bei Yezhov hatte sich die Angelegenheit schwieriger gestaltet – bis irgendjemandem, vielleicht sogar Stalin selbst, die Idee mit dem Gesetz aus dem Jahre 1933 gekommen war.

In den Anfängen der Sowjetunion hatte es faktisch keine Gesetze gegeben, die das, was einzelne Sowjetbürger miteinander taten, einschränkten. Schließlich war es genau das, was der Sozialismus erreichen wollte: die Freiheit des Menschen von allen Zwängen, die die Herrschaft des Kapitals bedeutete. Zunehmend hatte Stalin jedoch erkennen müssen, dass die Menschen im bolschewistischen Russland einfach noch nicht so weit waren. Freiheit wurde missbraucht für Dinge, die falsch, ja, unsittlich waren. Und die dem Gedeihen des Sowjetstaates schadeten, der immer wieder neue Generationen kräftiger Sowjetbürger brauchte.

Wenn Männer bei Männern lagen, bedeutete das eine Gefahr für die Zukunft der Revolution.

Boris Petrowitsch betrachtete die oberste Fotografie, blätterte zum nächsten Bild. Die Fotos waren einander alle sehr ähnlich. Er ging davon aus, dass die Männer auf den Bildern Soldaten waren – jedenfalls trugen sie Armeestiefel, die allerdings ihre einzige Bekleidung darstellten. Ob man bei Yezhov ähnliche Aufnahmen gefunden hatte oder wie der Beweis letztendlich erbracht worden war, entzog sich Boris' Kenntnis. Dem Gericht hatte es jedenfalls ausgereicht zur Verurteilung. Für gewöhnlich verschwanden diese Männer in den Lagern im Osten, in Sibirien. Um sie zu bessern? Sie zu strafen? Darüber hatte er niemals nachgedacht. Dass das Gericht mit einem so ranghohen Genossen wie Yezhov härter hatte verfahren müssen, verstand sich von selbst. Nach dem, was Boris gehört hatte, war das wimmernde, blutende Bündel Fleisch, das man schließlich zur Erschießung in die Lubjanka geführt hatte, nicht mehr in der Lage gewesen, auf eigenen Beinen zu laufen.

Ja, die russische Justiz war hart. Doch diese Härte war notwendig. Wohin das Gegenteil führte, hatte er in der kapitalistischen Welt sehen können, in Paris, wo auf den Bühnen unweit des Montmartre Geschöpfe auftraten, bei denen sich überhaupt nicht mehr sagen ließ, ob es sich um Männer oder Frauen handelte.

Nun, zumindest sahen die Männer auf den Fotos aus Constantin Alexandrowitschs Säbelscheide ganz eindeutig aus wie Männer: harte, kräftige Männer. Er war sich nur nicht sicher, ob das die Sache irgendwie besser machte.

«Könnte ...» Alexejs Stimme war rau. Er räusperte sich, versuchte weiterzusprechen, räusperte sich ein zweites Mal. «In Paris hatte mein Vater Kontakt zu den unterschiedlichsten Diensten», brachte er schließlich hervor. «Ich kann mir nur vorstellen, dass er vielleicht für einen Auftrag des Polizeiministeriums insgeheim ...» Der Fluss der Worte verstummte.

Boris Petrowitsch betrachtete den Jungen, ohne eine Miene zu verziehen. Seit Jahren versah er nun Aufträge, bei denen er regelmäßig gezwungen war, in Abgründe der menschlichen Natur zu blicken, gegen die sich Constantin Alexandrowitschs Vorlieben ausnahmen wie der Sonntagsausflug eines Mädchenpensionats. Oder, gut, eines Knabenpensionats. Es gehörte nachgerade zu seinen festen Aufgaben, nach diesen Dingen Ausschau zu halten. Oft genug hatten sie sich als entscheidende Waffe erwiesen, mit deren Hilfe er eine Mission zur Zufriedenheit seiner Vorgesetzten hatte abschließen können.

Und damit stellte er sich in diesem Moment nur eine einzige Frage: Konnte ihm das Wissen um die Perversion des Großfürsten nützen? Nein. Nicht zu diesem Zeitpunkt. Aber er behielt es im Gedächtnis. Der Augenblick, in dem es nützlich sein konnte, mochte schneller kommen, als er jetzt für möglich hielt.

Nur für den Bruchteil einer Sekunde dachte er dabei an Katharina Nikolajewna. Doch schon dieses winzige Aufblitzen eines Gedankens war zu viel.

Er war nicht frei von ihr. Noch immer nicht.

Boris Petrowitsch drehte den Bilderstapel auf den Rücken und schob ihn über den Tisch hinweg zu Alexej zurück. Die Scham des Jungen, ja, sein schlechtes Gewissen, stellte mit Sicherheit eine Waffe dar. Doch sie würde stumpf werden, wenn Boris sie unnötig einsetzte.

«Wenn du sonst nichts gefunden hast», sagte er kalt, «hast du nicht sorgfältig genug gesucht.»

«Aber ...»

«Hast du die Suche fortgesetzt, nachdem du das da entdeckt hattest?»

«Ja ... Nein.» Alexej schluckte, tastete nach seinem Wodkaglas, das längst leer war. Boris würde nicht zulassen, dass er sich ein zweites Glas bestellte. Der Arzt in Domodossola hatte ihm Medikamente verabreicht, und derartige Mittel vertrugen sich nicht mit Alkohol. Wenn der Junge eine Hilfe sein sollte, musste er bei Bewusstsein bleiben.

«Ich ...» Alexej benetzte seine Lippen. «Ich hab den Schuss gehört, und plötzlich war der Gang voller Menschen. Dann habe ich deinen Namen gehört und hatte das Gefühl, dass sie den gesamten Wagen absperren würden, und wenn in diesem Moment ...»

«Gerade in einem abgesperrten Wagen hättest du das Abteil ohne jede Gefahr durchsuchen können. Gründlich. Und wenn du das getan hättest, hättest du die Steine gefunden. Dein Fehler, deine Schwäche, Alexej Constantinowitsch, kann am Ende unsere gesamte Mission scheitern lassen.»

«Ich ...»

«Das sowjetische Russland kann äußerst großzügig sein zu denen, die ihm dienen.» Über den Tisch hinweg fixierte Boris den Jüngeren. «Aber es ist hart und konsequent denen gegenüber, die Fehler machen. Nicht aus Grausamkeit handelt es so, sondern weil zu viel auf dem Spiel steht: die Zukunft der sozialistischen Revolution.»

«Das ...» Alexejs Stimme war ein Krächzen. «Das verstehe ich.»

«Du wirst nicht noch einen Fehler machen.»

***

Zwischen Postumia und Belgrad – 26. Mai 1940, 22:57 Uhr
Übergang CIWL WR 4229 (Speisewagen)/CIWL WL 3425 (Hinterer Schlafwagen).

Evas Gedanken überschlugen sich. Die Aufständischen der *Ustascha* lauerten in den Bergen. Sie verständigten sich über Lichtsignale und warteten selbst auf ein Signal aus dem Simplon Orient. Ein Signal von Vera Richards, dass der Anschlag auf Carol von Carpathien geglückt war. Wenn dieses Signal aber ausblieb, musste etwas nicht funktioniert haben. Dann würden sie angreifen. Mit einem Mal war alles vollkommen logisch, eine andere Deutung überhaupt nicht möglich.

Ein Antwortsignal. Wie konnte ein Antwortsignal aussehen? Das Signalhorn der Pacific-Lokomotive? Nein, wahrscheinlich ein Morsesignal, und kurz musste es sein. Selbst wenn der Anschlag gelungen wäre, hatte Vera damit rechnen müssen, dass ihr nur wenig Zeit bleiben würde. Aber welches Signal? *Auftrag ausgeführt* auf Serbokroatisch? *Alles erledigt? Carol ist tot? Heil Hitler!*, womöglich auf Deutsch, wenn die Nazis die *Ustascha* finanzierten? Aussichtslos, es gab einfach zu viele Möglichkeiten.

Eva spürte, dass sie begonnen hatte, heftiger zu atmen, und mit Sicherheit beobachtete Fitz-Edwards sie jetzt, doch das spielte keine Rolle mehr, nicht angesichts der Gefahr, in der der gesamte Zug schwebte. Und die Zeit lief ihnen davon. In den Stunden nach Mitternacht würde der Express Zagreb erreichen und jenseits der Stadt das Gebiet der Aufständischen verlassen. Sie würden vorher zuschlagen.

«Mr. Fitz-Edwards?» Evas Stimme zitterte.

«Hmm?» Ein Hmm, das ihr vorkam, als ob der Mann etliches von dem, was ihr gerade durch den Kopf ging, erriet. Dinge, die er unmöglich hätte erraten können.

«Mr. Fitz-Edwards, gibt es zufällig eine Art internationales Kurzsignal, ein Ja vielleicht oder einfach eine Bestätigung? Ein Zeichen, dass alles in Ordnung ist? Etwas, das überall verstanden wird, ganz gleich in welcher Sprache?»

«Sosehr ich das bedaure, Miss Heilmann, aber wie ich bereits sagte: Was da gesendet wird, klingt alles eher ausländisch für mich. Dass ein solches Signal dabei ist, möchte ich bezweifeln.»

«Nein.» Sie schluckte. «Es geht mir nicht darum, was die Rebellen senden. Es geht mir um ... eine Antwort.» Sie nickte nach oben, wohl wissend, dass er die Geste nicht sehen konnte. «Mit der Lampe.»

«Sie wollen ihnen antworten? God's sake! Warum wollen Sie diesen Leuten antworten?»

«Ich ...» Sie räusperte sich. «Was könnte es denn schaden, wenn sie das Gefühl hätten, dass wir Freunde sind?»

«Hmm? – Gut, das stimmt natürlich. Und dann hätten Sie weniger Angst vor den wilden Rothäuten?»

Er zog sie auf. Er glaubte ihr kein Wort. Doch aus irgendeinem Grund schien er zu erwarten, dass sie weiter mitspielte.

«Ja», flüsterte sie. «Dann wäre mir wohler.»

Schweigen, dann ein tiefes Seufzen.

«Nun, ich könnte Ihnen ein VERSTANDEN anbieten. Das ist kein eigentliches Wort, sondern lediglich eine Zeichenkombination: drei Mal kurz, ein Mal lang, ein Mal kurz. Eine Art Eingangsstempel wie auf dem Postamt. Wenn Sie glauben, dass das die Wilden besänftigt ...»

«Ja!» Ihre Stimme überschlug sich. Mit einem Mal war sie hundertprozentig davon überzeugt, dass die Ustascha in den nächsten Sekunden das Kommando zum Angriff geben würde. Und dann war es zu spät. Wenn die Rebellen unterwegs waren, war es zu spät. Eva stellte sie sich klein und verhutzelt vor, auf struppigen Pferden, mit schartigen Krummdolchen zwischen den Zähnen. Mit Sicherheit kam das Bild aus einem Film, aber jedenfalls nicht aus einem Westernfilm.

«Bitte!», drängte sie. «Würden Sie das machen?»

«Nun, es ist mir schon immer schwergefallen, der Bitte einer schönen Frau zu widerstehen. Beim Angriff auf den Harem des Sultans zum Beispiel, während des Konfliktes um Sansibar im Jahre achtzehn-...»

«Senden Sie das Signal!» Mit einem Mal war es mit ihrer Beherrschung vorbei. Sie dämpfte ihre Stimme. «Bitte.»

Im nächsten Moment kniff sie die Augen zusammen, als die Deckenlampe aufleuchtete – allerdings nur einen Lidschlag lang. Schon war es wieder dunkel, doch gleich blitzte es noch einmal auf: kurz. Und noch einmal sekundenkurz. Jetzt etwas länger. Eva sah das Gesicht des alten Mannes, den konzentrierten Ausdruck. Sein Stock reckte sich nach der Lampe. Das Licht verlosch, ein letztes kurzes Aufblitzen.

«*Verstanden*», übersetzte Fitz-Edwards. «Soll ich es noch einmal senden, damit Ihre Apachenfreunde es auch wirklich mitbekommen?»

«Ja, bitte. Ein oder zwei Mal.»

Mit einem Seufzen streckte er wieder den Arm aus. Jetzt, da er am Werk war, handhabte er das improvisierte Morsegerät mit höchster Aufmerksamkeit. Die Länge der Pausen kam Eva sehr gleichmäßig vor, das längere Lichtintervall in der Mitte des Signals doppelt so lang wie die kürzeren Abschnitte.

Mag sein, dass er mich aufzieht, dachte sie. Aber er weiß ganz genau, dass es mir ernst ist.

Er gab das Signal nicht ein oder zwei Mal durch, sondern ganze fünf Mal hintereinander. Dann blieb es dunkel.

Eva hatte sich an ihm vorbeigeschoben. Ihre Hände berührten das Fenster des Einstiegs. Sie starrte in die Dunkelheit. Ihr Herz jagte. Den Signalposten, den Fitz-Edwards ihr gezeigt hatte, mussten sie inzwischen hinter sich haben, doch irgendwo dort draußen, weiter rechts, weiter östlich musste sich der nächste befinden. Wenn dort ein Licht aufflammte, die Aufständischen ihre Signale fortsetzten, als wäre nichts geschehen, dann konnte das nur eines bedeuten: Die Männer in den Bergen hatten ihre Botschaft nicht verstanden oder sie nicht gesehen. Oder sie hatten schlicht die falsche Botschaft gesandt ...

Ein Licht blitzte auf.

Eva stieß ein ersticktes Keuchen aus.

Das Aufblitzen wiederholte sich. Noch einmal.

Eva schloss die Augen. Es hatte nicht funktioniert. Es war alles umsonst gewesen. Die Männer der *Ustascha* würden kommen, auf ihren struppigen Pferden, mit ihren Dolchen und schlimmeren Waffen. Carol. Sie würden nicht zulassen, dass er am Leben blieb. Und wenn die Fahrgäste Widerstand leisteten ...

«Baruch ata adonaj ...»

Evas Lippen bewegten sich. Die Heilmanns waren niemals eine streng religiöse Familie gewesen, doch wie von selbst hatte sie ihr Haar mit der Decke verhüllt, bevor sie begann, das Lob des Herrn zu flüstern, das nach altem jüdischem Ritus eine jede flehende Bitte an den Höchsten einläutete.

«... elohenju melech ha'olam ...»

«Respekt, Miss Heilmann.»

Sie verhedderte sich in den halb vergessenen Worten, brach ab. «Was?»

«Mir scheint, als wäre Ihre Botschaft angekommen.»

Eva presste das Gesicht gegen das Glas. Die Lichtsignale gingen weiter, während sich der Zug langsam dem Punkt näherte, von dem aus sie gegeben wurden. Sie gingen weiter: Kurz. Kurz. Kurz. Lang. Kurz. – Pause. – Kurz. Kurz. Kurz. Lang. Kurz.

Eva spürte eine solche Schwäche, dass sie es für mehrere Sekunden überhaupt nicht wagte, ihre Hände vom Glas zu lösen. *Verstanden.* Die Männer von der *Ustascha* hatten das Signal verstanden. Carol war tot, Vera Richards Auftrag ausgeführt. Es würde keinen Angriff geben.

«Danke», flüsterte sie. «Ich glaube, das war ...»

Sie sprach nicht zu Ende. Woher auch immer er es wissen sollte, aber Basil Algernon Fitz-Edwards wusste sehr gut, dass dieses Signal wichtig gewesen war.

Also sagte sie nur noch einmal: «Danke.»

Die Lampe leuchtete wieder auf, und diesmal blieb das Licht an.

Der alte Mann senkte seinen Stock, tippte mit zwei Fingern an seine Golfmütze und deutete eine Verneigung an. «Miss Heilmann, es war mir ein Vergnügen.» Er drehte sich um, schob den Durchgang zum Speisewagen auf und war verschwunden. Eva war sich nicht sicher, doch sie musste sich schon sehr täuschen, wenn sie ihn nicht durch die Tür hindurch vor sich hin pfeifen hörte.

In diesem Zug wimmelte es von Menschen, aus denen sie nicht klug wurde. Fitz-Edwards lag mit Sicherheit ziemlich weit vorne.

Einen Moment lang noch stützte sie sich erschöpft gegen das Fenster. Carol war gerettet, der gesamte Zug womöglich. Niemand würde je davon erfahren, aber das hatte keine Bedeutung. Erst jetzt, dachte sie, bin ich wirklich frei.

Ludwig. Ein angedeutetes Lächeln breitete sich auf ihren Lippen aus. Ludwig wartete auf sie – oder vermutlich hatte er das Warten längst aufgegeben und ging davon aus, dass sie bei Betty eingezogen war. Nun, sie würde ihn überraschen – und dann würde sie ihm die Wahrheit sagen, würde ihm erklären, so viel sie erklären konnte und durfte.

Auf dem Kabinengang ihres Schlafwagens wurde sie langsamer. Das erste Abteil. Eva war nicht neugierig, zumindest nicht auf diese Weise. Paul tat ihr unsagbar leid, wenn sie daran dachte, wie er seine junge Frau vergöttert hatte. Aber ihr war klar, dass sie in diesem Moment nichts für ihn tun konnte. Paul Richards, davon war sie überzeugt, war ein Mensch, der in so einem Moment allein sein wollte. Sie hoffte für ihn, dass er über den Verrat hinwegkommen würde.

Ein merkwürdiges Gefühl erwachte in ihrem Innern, wuchs mit jedem Meter, den sie ihrem Abteil näher kam. Wie würde Ludwig reagieren? Als sie ihn zum letzten Mal gesehen hatte, hatte er ihr nichts als einen knappen Blick zugeworfen, während er den Nichtrauchersalon in Richtung Kabine durchquerte. Was, wenn es schon zu spät war? Ludwig Mueller war der geduldigste Mensch der Welt, aber selbst er musste irgendwann ...

Stimmen. Gemurmel.

Es war ein Déjà-vu. Der Nachmittag, die angelehnte Tür, Ludwig und Betty ... Aber diesmal war die Tür nicht angelehnt. Sie war fest verschlossen. Und Ludwig und Betty hatten auch nicht gemurmelt, sondern Ludwig hatte vor Schmerzen aufgestöhnt, während Betty seine Verletzung versorgte. Das hier klang anders. Es klang wie ein Gespräch, ein sehr lebhaftes Gespräch. Ein Streit womöglich? Aber mit wem sollte Ludwig sich streiten?

Eva hob die Hand, zögerte für den Bruchteil einer Sekunde – und klopfte.

Abruptes Schweigen, wie ertappt, dann, einen Atemzug später: «Ja?» Ein Räuspern. «Bitte.»

Eva schob die Tür auf. Ludwig sah ihr aus großen Augen entgegen, neben ihm auf dem Polster ein Mann, den sie noch nie gesehen hatte: ein Geistlicher, ein junger Priester. Zwischen ihnen verschiedene Dokumente. Sie hatte den Eindruck, dass einer der beiden sie rasch auf einen Stapel geschoben hatte, ehe die Tür sich geöffnet hatte.

«Eva?» Er war halb aufgestanden, wirkte unsicher.

Er hat Angst, dachte sie. Angst, dass ich mich wieder aufführe wie ein Untier. Aber da ist noch etwas anderes.

«Ludwig», sagte sie.

«Eva ...» Er schüttelte sich. «Monsignore ... Eva ...» Er sah zwischen den beiden hin und her, als wäre er sich nicht sicher, wen er jetzt wem vorstellen musste. «Eva, das ist Monsignore de la Rosa aus Venezuela. Monsignore ...» Der Geistliche hatte sich ebenfalls erhoben. «Das ist Eva Heilmann aus Paris. Meine ... Verlobte.»

Zuckte der Kirchenmann bei der letzten Bemerkung kurz zusammen? Jedenfalls hatte er sich sofort wieder in der Gewalt, streckte Eva die Hand entgegen. «Es ist mir ein Vergnügen, Mademoiselle Heilmann. Wie es aussieht, habe ich Ihren ... Verlobten in den letzten Stunden ungebührlich lange von Ihnen ferngehalten.»

«Ist alles in Ordnung, Eva?», fragte Ludwig. «Du wolltest, äh ... dich hinlegen?»

«Ich ...» Sie musste sich einen Moment besinnen, schließlich war sie fest davon ausgegangen, Ludwig allein anzutreffen. «Ja», sagte sie. «Es ist alles in Ordnung. Ich freue mich, dass, äh, du ...» Wenn sie schon ein Abteil mit ihrem Verlobten teilte, konnte sie ihn kaum in der distanzierten Form anreden. «Dass Sie beide offenbar einen interessanten Abend hatten», bezog sie den Geistlichen ein.

«Der Monsignore ist ein Experte für historische Handschriften», strahlte Ludvig. «Ist das nicht ein Zufall?»

Eva nickte überrascht. Das war tatsächlich ein Zufall – doch sie hätte schwören können, dass es sich bei den Dokumenten auf dem Polster nicht um Urkunden und Schriftstücke handelte, wie Ludvig sie ihr gezeigt hatte, sondern um ... jedenfalls um Dokumente, die weit neueren Datums waren.

Aber in diesem Moment hatte der Kirchenmann den Blätterstapel bereits in seiner Soutane verstaut.

Ludvig zögerte. «Eva, ich ...» Ein nervöser Griff an die Nickelbrille. Sie sah aus, als müsste sie dringend geputzt werden. «Wir brüten gerade noch über einem Problem, das sich bei unserem Gespräch ergeben hat. Eine Sache mit ... Minuskelbuchstaben, die irgendwie nicht recht in die Urkundenschrift passen, fast als ob es sich um eine ... eine Fälschung handeln könnte. Wir sind der Sache auf der Spur, aber ...»

Eva verkniff sich jede Regung. Irgendetwas stimmte hier nicht. Sie war sich sicher, dass er in diesem Moment nicht die Wahrheit sagte.

«Wir werden wohl noch ein Weilchen brauchen. – Monsignore, wäre es Ihnen recht, wenn wir vielleicht in Ihrem Abteil weitermachen?»

Der Geistliche nickte. «Selbstverständlich. Wenn ich das Ihrer Verlobten tatsächlich antun kann ...»

Eva sah von einem zum anderen – was hätte sie sagen sollen? «Nein», murmelte sie. «Ich meine, doch, natürlich. Gehen Sie nur. Und Sie tun mir nichts an. Wenn Sie gerade mitten in einer wichtigen Diskussion stecken ...»

«Das ist sehr freundlich und verständnisvoll von Ihnen.» De la Rosa deutete eine Verneigung an und war schon draußen auf dem Gang.

Ludvig blieb kurz vor ihr stehen. «Wirklich», murmelte er. «Das ist

sehr verständnisvoll.» Sie sah, wie er schluckte. «Ich freue mich, dass
... du ... wieder da bist», sagte er leiser. Er holte Luft. «Wir sehen uns
später.»

Damit war auch er verschwunden, und die Tür schloss sich hinter
ihm. Perplex starrte Eva sie an, verharrte sekundenlang reglos, bevor
sie sich verwirrt auf das Polster sinken ließ.

Sie brauchte ein paar Sekunden, ehe sie das merkwürdige Gefühl
an ihrem Oberschenkel bemerkte, nach der Stelle tastete. Ein Blatt Papier, das in die Falten des Sitzpolsters gerutscht sein musste – nein,
ein Umschlag. Ein leerer Umschlag. Sie drehte ihn um – und erstarrte.
Ein Stempel.

Sie sah die Buchstaben, dunkel, eckig und hart. Eine Schrift, die sie
kannte, und es waren nicht die siebenhundert Jahre alten Schriftzeichen einer spätstaufischen Urkunde. Einer dieser Buchstaben verun-
staltete wie ein Schandmal ihren Reisepass.

Sie sah das Zeichen. Sah den Adler, der martialisch seine Flü-
gel breitete, die Fänge um ein Hakenkreuz geschlossen. Sie sah den
Schriftzug, der das Zeichen umgab:

Oberkommando der Wehrmacht

***

Zwischenhalt Zagreb – 27. Mai 1940, 01:48 Uhr
CIWL 2413 D (ehemals 2419 D, «wagon de l'Armistice»)

Es war einer der Sommer kurz nach Ende des Großen Krieges, einer
ihrer Sommer in dem verschlafenen Küstenstädtchen nahe dem
Mont Saint Michel. Die Kinder waren noch klein, und Penelope trug
einen jener gewagten Badeanzüge, bei denen der Beinansatz sich
kaum noch als Ansatz bezeichnen ließ. Umso großzügiger war das
Dekolleté ausgeschnitten. Verzauberte Sommer. Sommer, die eher
einem Frühling glichen, nach den albtraumhaften Jahren des Mor-
dens, aus denen Frankreich nun unverhofft wieder erwacht war und

das gesamte Land sich staunend die Augen rieb vor Überraschung, überlebt zu haben.

Ein neuer Frühling auch für Penelope und ihn, Claude Lourdon. Der Krieg hatte ihn hart und unzugänglich gemacht, und das war ihm bewusst. Erst jetzt, da er wieder bei ihr und den Kindern war, begann das Eis in seinem Herzen ganz allmählich zu tauen. Das atemberaubende Blau des Meeres, der feine weiße Sand, das fröhliche Rot der Zelte, an denen sie den Kindern Leckereien kauften, wenn sie brav gewesen waren. Es waren die Farben Frankreichs, und es waren die Farben eines neuen Erwachens.

Claude Lourdon lag auf dem Rücken. Sein Blick verlor sich im unglaublichen Blau des Himmels über der Normandie. In seinen Ohren nichts als die schrillen Schreie der Möwen und Jacques' und Danielles hohe Kinderstimmen.

Dann veränderte sich etwas. Ein Schatten fiel über seine geschlossenen Lider, die doch eben noch offen gewesen waren. Im nächsten Moment berührte etwas seinen Oberarm. Eine leichte Berührung: Penelope, dachte er und entspannte sich. Seine Nase suchte nach ihrem Duft, kräuselte sich – es war nicht Penelopes Geruch. Und im nächsten Moment, ohne dass er die Augen geöffnet hatte ...

Vera Richards blutverschmiertes Gesicht direkt über ihm, zu einem grausamen Lächeln verzogen. Ihre Hand packte seinen Arm. «Geh weg ...!» Seine Lippen wollten ihm nicht gehorchen. Seine Arme weigerten sich ...

«Lieutenant-colonel!»

«Clermont.» Lourdon starrte ihn an, tastete gleichzeitig mit den Fingern über die Decken, als müsse er sich vergewissern, dass er sich tatsächlich dort befand, wo er sich vor wenigen Stunden zur Ruhe gelegt hatte. In einem rückwärtigen, kleineren Raum jenes Salonwagens, in dem das Ende des Großen Krieges besiegelt worden war. Des Großen Krieges, der seit mehr als zwanzig Jahren vorüber war.

«Mon dieu», flüsterte er. In einem Leben beim Militär hatte er die Hölle gesehen, doch niemals, kein einziges Mal war eines dieser Bilder im Traum zu ihm gekommen.

«Mon Lieutenant-colonel?»

Lourdon schüttelte ruckartig den Kopf. «Was ist los?» Er brach ab.

«Vera Richards.»

«Wie?» Sein Mitarbeiter musterte ihn skeptisch, zupfte unbehaglich an seinem Kragen. «Nein. Maledoux war vorhin im Fourgon und hat mit Guiscard gesprochen. Dort ist alles in Ordnung. Nein, Directeur Thuillet ist hier, Lieutenant-colonel. Er will mit Ihnen sprechen. Ich habe ihm gesagt, dass Sie sich hingelegt haben, aber ...»

«Schon in Ordnung.» Lourdon hob die Füße von seinem Lager, fuhr sich durchs Haar. «Wie spät ist es denn?»

«Kurz vor zwei. Wir sind in Zagreb, und der Directeur ...»

Der Name der kroatischen Hauptstadt, des Zentrums der Ustascha-Bewegung, genügte, dass Lourdon endgültig hellwach war. Mit eiligen Schritten ging er hinüber in den Salon, riss die Tür auf.

Thuillet stand mitten im Raum. Claude Lourdon ging auf, dass der Vertreter der Schlafwagengesellschaft jedes Mal, wenn sie einander begegneten, irgendwie verzweifelt wirkte. Doch noch nie war die Verzweiflung dermaßen mit Händen zu greifen gewesen wie in diesem Moment. Thuillet war blass wie ein Leichnam.

«Directeur.» Lourdon deutete ein Nicken an. «Sie schlafen offenbar nie.»

«Ja ...» Thuillet schüttelte den Kopf. Er hatte sein Monokel aus dem Gesicht genommen. Seine Finger schienen es förmlich zu massieren. «Nein! Ich meine, doch, ich schlafe. Ich schlafe gegen Morgen. Und ein oder zwei Stunden nach dem déjeuner, wenn es sich ergibt, aber ...»

«Was ist passiert?»

Thuillet holte Luft. «Der Fahrplan.»

Lourdons Brauen zogen sich zusammen. «Es gibt eine Verzögerung? Wir werden nicht pünktlich sein?» Das war keine gute Nachricht. Es war unvorhersehbar, wie rasch sich die Schockwelle der Ereignisse in Carpathien über den Balkan ausbreiten würde. Wenn die Ustascha zu den Waffen griff, konnte jede Minute entscheidend sein.

«Nein.» Wieder schüttelte der Repräsentant der CIWL den Kopf. «Wir sind pünktlich auf die Minute, aber ich hätte niemals damit gerechnet ...» Er nahm einen tiefen Atemzug. «Wie Sie wissen, unterhält meine Gesellschaft nicht allein den Simplon Orient, sondern noch eine ganze Anzahl weiterer Zugläufe. Den Flêche d'Or, den Côte d'Azur Rapide, den Taurus Express ... Alle diese Verbindungen sind aufeinander abgestimmt, werden zusammengeführt, wo es sich ergibt, trennen sich wieder. Eigentlich sollten wir zumindest einen Schlafwagen mitführen, der in Niš in Richtung Athen abzweigt, doch angesichts der militärischen Lage ...»

«Monsieur le directeur.» Lourdon sprach so ruhig und so deutlich wie möglich. «Was – ist – los?»

«Berlin.» Der Kehlkopf des Mannes hüpfte einmal. «Zu unseren Zugläufen gehören seit einigen Jahren auch Kurswagen aus Berlin, über Breslau, Oderberg und Budapest. Seit Kriegsbeginn ist das nur noch sporadisch umgesetzt worden, doch grundsätzlich steht die Verbindung immer noch im Kursbuch. Die Wagen sind nach wie vor vorhanden, und wie es aussieht ...»

«Sie wollen deutsche Wagen an diesen Zug koppeln?»

Schweigen.

«Monsieur le directeur?»

«Ich ...» Thuillets Hand glitt in die Jacke seiner nachtblauen Uniform, kam zitternd wieder hervor. «Ich habe ein Telegramm erhalten. Von der Zentrale. Sie haben Informationen ... wahrscheinlich sogar von Ihren Leuten, vom Deuxième Bureau. Im Zubringer aus Berlin fährt ein Salonwagen mit.» Pfeifend stieß er die Luft aus. «Der Salonwagen des Führers des Großdeutschen Reiches.»

***

Zwischen Postumia und Belgrad – 27. Mai 1940, 02:32 Uhr
CIWL WL 3425 (Hinterer Schlafwagen). Abteil 12.

«Hervorragend.» Ingolf machte einen Haken hinter der vorletzten Position seiner Aufstellung. «Damit hätten wir auch die Wirtschaft an Bord. Hier müssen wir wirklich auf den Proporz achten, Monsignore – und finden Sie in Deutschland erst mal einen Unternehmer, der nicht bei den Nazis im Boot sitzt. Und Sie hatten ganz recht: Für das Finanzministerium ist der Mann eine Idealbesetzung. – Monsignore?»

De la Rosa nickte stumm, massierte sich mit den Fingerspitzen die Schläfen.

«Eigentlich müsste er Ihnen doch gefallen», murmelte Ingolf mit kritischem Blick auf die improvisierte Kabinettsliste. «Er ist sogar Katholik, wenn auch nicht eigentlich praktizierend. Vier Protestanten, drei Katholiken, ein Jude. Der Rest lässt sich nicht so richtig zuordnen. Ich würde sagen, damit sind Sie angesichts der Bevölkerungsverhältnisse in Deutschland sogar ein bisschen überrepräsentiert.»

«Ich frage mich nur, woher Sie diese Energie nehmen», seufzte der Kirchenmann. «Um halb drei Uhr nachts. Und den Optimismus, dass von Papen das tatsächlich alles abnickt.»

«Oh?» Ingolf strahlte ihn an. Doch, ein bisschen überraschte er sich gerade auch selbst. Er hätte nicht damit gerechnet, dass die Zusammenstellung der Ministerposten für die künftige Regierung des Großdeutschen Reiches eine dermaßen vertrackte Herausforderung werden würde. Jede der alten, von den Nazis verbotenen Parteien musste berücksichtigt werden, verschiedene Glaubensbekenntnisse, die unterschiedlichen Regionen des Landes. Aber schließlich wuchs der Mensch mit seinen Herausforderungen, und ein bisschen, ja, ein bisschen fühlte es sich tatsächlich an, als wenn er eine ganz besonders knifflige Urkunde auf dem Tisch hatte, bei der ein einziger winziger Fehler den gesamten Text unverständlich machen konnte.

Mit dem Unterschied, dass wesentlich mehr auf dem Spiel stand als bei einem siebenhundert Jahre alten kaiserlichen Testament, das möglicherweise erst nach dem Ableben des Erblassers entstanden war. Es ging um die Zukunft des Kontinents.

Morgen früh mussten sie eine komplette Liste in der Tasche haben. Eine Liste, hinter der de la Rosa voll und ganz stehen konnte, wenn sie sie Hitlers Gesandtem präsentierten, der unter konspirativen Umständen gen Istanbul unterwegs war.

«Ach», winkte Ingolf ab. «Mit von Papen werden Sie schon fertig.»

Er zögerte. Ihm war klar, dass er seine Hochstimmung zum größten Teil der Erleichterung verdankte, dass de la Rosa sich tatsächlich auf den Plan eingelassen hatte und die nach seinem Verständnis schwerste Klippe damit umschifft war. Sie brauchten de la Rosa. Canaris hatte keinen Zweifel daran gelassen.

Denn der entscheidende Punkt war der Vatikan. Was auch immer von Papen sonst noch war: Auf jeden Fall war er gläubiger Katholik. Er war es gewesen, der in Hitlers Namen mit Pacelli – seiner Heiligkeit Papst Pius – das Konkordat ausgehandelt hatte. Überdies aber war der Mann äußerst anfällig für Titel und Ehrungen. Wenn diese Titel und Ehrungen ihm von Seiten des Vatikans angetragen wurden, galt das doppelt und dreifach.

Diese Dinge waren Ingolf in aller Ausführlichkeit erläutert worden. Solche Informationen zu beschaffen, war schließlich die Spezialität des militärischen Nachrichtendienstes bei Ausland/Abwehr.

«Wirklich, Monsignore. Im Grunde müssen wir uns überhaupt keine Sorgen machen.» Ingolfs Lächeln war als Aufmunterung gedacht, führte allerdings nur dazu, dass de la Rosa gequält das Gesicht verzog. «Stellen Sie sich einfach mal vor, *Sie* wären von Papen», schlug Ingolf vor. «Vielleicht ohne den Schnauzer und den Stock im Rücken.»

«Stock im Rücken?»

Ingolf ging über die Bemerkung hinweg. De la Rosa würde den Mann noch früh genug kennenlernen. «Stellen Sie sich vor, da steht plötzlich jemand unter konspirativen Umständen vor Ihnen», schilderte er das Szenario. «Jemand, der Ihnen ein Diplom mit dem päpstlichen Siegel vorlegt, das ihm vollständige Prokura erteilt, in Pius' Namen zu verhandeln ...»

438

«In der Türkei! Mit der türkischen Regierung!»

«Nicht so laut!» Missbilligend sah Ingolf ihn an. «Das wissen Sie», erklärte er. «Und das weiß ich. Aber davon steht kein Wort im Schreiben des Papstes. Fragen Sie mich nicht, was unsere Leute im Vatikan alles anstellen mussten, dass er da unbesehen Siegel und Unterschrift druntergesetzt hat. So wild, wie der Mann nach Kleingedrucktem ist ...»

Er sah de la Rosas Gesicht und winkte ab. «Was soll's? Bis von Papen das alles aufgeht, ist er längst mittendrin in unserer ...»

«Verschwörung?», schlug de la Rosa vor.

«In unserer Operation, die den Krieg beenden soll», korrigierte Ingolf und ließ die Worte wirken. «Den Krieg und die Verbrechen in Polen und den anderen unterworfenen Staaten. Wenn die Dinge ihren Lauf nehmen, wird von Papen geradezu als Anführer dieser Operation erscheinen. Genau das ist schließlich unser Plan.»

So simpel das klang, gab sich Ingolf doch alle Mühe, nicht zu genau darüber nachzudenken, ob dieser Plan nicht doch irgendwie ein wenig unfair war. Immerhin würden sie vermutlich alle aufgehängt werden, wenn der Umsturz in Deutschland misslang: Canaris und seine Mitarbeiter, Ingolf eingeschlossen, von den Männern auf der improvisierten Kabinettsliste einmal zu schweigen. Von Papen als Möchtegern-Präsident des Großdeutschen Reiches wohl noch ein Stückchen höher als die anderen.

Andererseits: Als Oberhaupt des Großdeutschen Reiches ausgewählt zu werden, war nun wirklich eine Auszeichnung. Dass nicht der Heilige Vater ihn ausgewählt hatte, sondern ein eng begrenzter Kreis von Widerständlern – konnte das so schwer ins Gewicht fallen? Und würde es nicht am Ende ohnehin auf dasselbe hinauslaufen? Papst Pius würde seinen alten Freund doch mit Freuden als Präsidenten des Großdeutschen Reiches begrüßen, wenn der Umsturz einmal vorbei war.

Vorausgesetzt, der Umsturz glückte. Wenn all die anderen Elemente des Plans funktionierten. Wenn das Militär mitspielte ... Wenn es tatsächlich gelang, Hitler und Göring und Goebbels und Himmler an ein und demselben Tag in Gewahrsam zu nehmen ... Wenn von Papen bei den konservativen Eliten des Landes wahrhaftig so hoch im Kurs stand, dass sie sich der Bewegung anschlossen ... Wenn all die verstreuten Kontakte von Canaris sich als belastbar erwiesen und vor allem die Franzosen und die Briten stillhielten, während die neue Regierung, die ihnen die Hand zum Frieden reichen wollte, sich bemühte, die Lage zu stabilisieren ...

Eine unüberschaubare Zahl von *Wenns*. Doch dieser Teil der Operation würde nicht mehr in Ingolf Helmbrechts Hand liegen.

«Gut», erklärte er mit Blick auf seine Aufzeichnungen. «Damit wären wir dann *beinahe* vollständig. Wie ich Ihnen schon erklärt habe, hat der Admiral mir bewusst eine ganze Reihe von Namen mitgegeben, damit wir gemeinsam eine Auswahl treffen können. *Sie* wollten wir schließlich nicht übers Ohr hauen.»

Wieder verzog der Kirchenmann das Gesicht. Vielleicht hätte Ingolf das *Sie* nicht gesondert betonen sollen. Doch de la Rosa ging nicht weiter darauf ein.

«Von Papen als Reichspräsident», erklärte Ingolf. «Goerdeler als Reichskanzler – ebenfalls ein Konservativer. Leuschner als sein Stellvertreter – ein Sozialdemokrat. Generaloberst Beck als Kriegsminister und Oberbefehlshaber der deutschen Wehrmacht. Liberale, Adelige, Wirtschaftsleute, Vertreter der Kirchen in Ministerämtern: Alle mit dabei. Ihnen ist klar, wer noch fehlt?»

De la Rosa musterte ihn, und mit einem Mal war er hellwach. Seine Augen verengten sich. «Ich wüsste nicht, wer das sein sollte.»

«Die Kommunisten», stellte Ingolf fest. «Niemand hat entschlossener gegen Hitler gekämpft, und niemand, ausgenommen die Juden, hat mehr unter den Nazis leiden ...»

«Ausgeschlossen!»

«... müssen. Wenn wir eine Regierung an die Spitze des Reiches stellen wollen, in der sich das gesamte Volk wiederfindet, *müssen* die Kommunisten dabei sein.»

«Damit am Ende nicht Hitler, sondern Stalin in Deutschland das Sagen hat? Das wäre genau das, was der Heilige Stuhl seit zwanzig Jahren zu verhindern versucht!»

Ingolf betrachtete ihn über den Rand seiner Brille hinweg. «Das Sagen? Mit einem einzigen Ministerposten?»

Finsteres Schweigen. Schließlich: «Das Postministerium.»

Ingolf kniff die Augen zusammen, blätterte in der Liste. «Bedaure, aber da haben wir schon einen von Ihren Leuten. Diesen Doktor ...» Sein Finger fuhr über die Zeilen. «*Adenauer*. Katholik und Bürgermeister außer Dienst. Nicht mehr der Jüngste, aber der tut's noch manches Jahr, wenn Sie mich fragen.» Er sah den Blick des Geistlichen und spürte, dass es an der Zeit war, ernst zu werden. Ja, allmählich entwickelte er ein Gespür dafür, bis zu welchem Punkt er bei dem Südamerikaner gehen konnte. Und gleichzeitig war sein Respekt vor de la Rosa gewachsen: Der Mann war heute Nacht schon mehr als einmal über seinen Schatten gesprungen.

«Ein paar Nummern größer als das Brief- und Paketwesen sollte es schon sein, Monsignore. Wir müssen verhindern, dass die Kommunisten sich ausgeschlossen fühlen. Ich kann mir nicht vorstellen, dass Sie einen Bürgerkrieg in Deutschland riskieren wollen um ... *Arbeit und Soziales*, wie klingt das?»

De la Rosa blickte weiterhin finster drein, aber er erhob keinen Widerspruch mehr, als Ingolf den letzten Namen auf die Liste setzte. Arbeit und Soziales: *Thälmann, Kommunistische Partei*.

Ingolf ließ den Füllfederhalter sinken. Namen auf dem Papier. Alle politischen Lager waren berücksichtigt, von den Kommunisten bis zu den Anhängern der Monarchie. Wenn der Plan gelang, würde das Schicksal des großen Landes im Herzen des Kontinents in den Händen dieser Männer liegen.

Stille füllte das Abteil, doch sie war weit entfernt davon, vollkommen zu sein. Stampfend und fauchend durchschnitt der Simplon Orient die Nacht. Stocken und Rucken, wann immer die Räder in der Dunkelheit auf eine Unebenheit der schadhaften Gleise stießen.

Tausend Gefahren, und jede von ihnen konnte eine Katastrophe heraufbeschwören, deren Ausmaß Ingolf Helmbrecht sich nicht vorstellen mochte.

Es *kann* nicht so einfach sein, dachte er. Damit kommen wir im Leben nicht durch.

***

Zwischen Postumia und Belgrad – 27. Mai 1940, 03:09 Uhr
CIWL WL 3425 *(Hinterer Schlafwagen)*. *Abteil 1.*

Ein schneeweißer Hut, die Krempe breit wie ein Wagenrad. Paul Richards konnte sich an eine Zeit erinnern, in der eine Lady von Welt sich nackt vorgekommen wäre, hätte man sie gezwungen, die Fifth Avenue ohne einen solchen Hut zu betreten. Doch im Spätsommer des Jahres 1939 war diese Zeit in der zivilisierten westlichen Welt lange vorbei – ausgenommen natürlich in den staubtrockenen Ebenen von Texas, die sich nur von Fall zu Fall zur zivilisierten westlichen Welt zählten. Wenn die Sonne vom Himmel brannte wie an diesem Nachmittag, gab es Dinge, die einer Lady wichtiger sein mussten als die neuesten Modevorschriften aus Paris und New York. Die Frage zum Beispiel, wie sie den Nachmittag in der Hitze durchstehen sollte, ohne nach zwei Stunden ohnmächtig zu werden.

Sie stand hinter dem hölzernen Gatter, unmittelbar am Rand des Corrals, Paul ziemlich genau gegenüber. Nachdem er sich ein paar Minuten mit Dolph Parker unterhalten hatte, dem Gastgeber des Rodeos, war auch er recht nahe an die Abgrenzung getreten, allerdings nicht zu nah. Wenn die Tage, in denen er sich selbst auf den Rücken eines der ungezähmten Tiere geschwungen hatte, nun auch schon eine Weile zurücklagen, konnte er sich dennoch einigermaßen ausrechnen, was ihn erwartete.

Er fragte sich, ob sie das ebenfalls konnte. Sie musste von auswärts kommen: blond und feingliedrig, die Haltung einer Königin. Eine Frau, deren bloße Anwesenheit genügte, dass die Männer in ihre Richtung sahen, ohne dass sie dafür irgendwelche Anstrengungen unternehmen musste, Verrenkungen oder laszive Posen wie die sündhaft teuren Huren in Galveston. Diejenigen, bei denen man es hinterher kein Stück bereute, dass man an einem einzigen Wochenende ein kleines Vermögen mit ihnen verjubelt hatte. Weil sie es wert gewesen waren. Doch weiter von einer Hure entfernt konnte überhaupt keine Frau dieser Welt sein. Er konnte sich nicht erinnern, wo und wann er eine solche Frau zuletzt gesehen hatte. Mit Sicherheit nicht in Longview, Texas.

Dolph kletterte hinauf zur Tribüne des Ansagers, sprach mit seiner dröhnenden Stimme ein paar Worte zur Begrüßung, bevor er dem Mann mit der Baseballmütze einen Klaps auf die Schulter gab und ihn seinem Job überließ. Der Mann verlor keine Zeit. Das Tor in der Umgrenzung öffnete sich, und der erste Reiter ging auf seinem bockenden Wildpferd in den Corral.

Paul hatte sich die Tiere am Vormittag angesehen. Am Gatter wurden Wetten angenommen, doch er war sich noch nicht sicher, ob er heute setzen würde. Eigentlich war er nur wegen Dolph und Erika da, seinen Nachbarn. Seit seiner Scheidung von Bridget hatte Erika ihn quasi adoptiert. Einmal hatte sie sogar mit selbstgebackenen Plätzchen vor der Tür gestanden. Die beiden hätten ihm nie verziehen, wenn er heute nicht dabei gewesen wäre. Also hatte er sich auf einen ruhigen Nachmittag eingestellt, vielleicht auf ein paar Worte mit diesem Hundesohn Jim Masterson, der seit Monaten versuchte, die Preise für das Land auf der anderen Seite des Flusses in die Höhe zu treiben – genau dort, wo Paul die Bohrfelder von Richards Oil erweitern wollte. Kurzum, ein Nachmittag, von dem er nichts Besonderes erwartete.

Doch der Nachmittag war zu etwas Besonderem geworden. Er hatte sie entdeckt.

Hatte er sie zu aufmerksam beobachtet? Paul war nun wirklich weit herumgekommen, aber die letzten Jahre hatte er eben doch in Texas verbracht, und in Texas war man in mancher Beziehung wesentlich direkter als im Rest der Staaten. Irgendwann hatte sie seinen Blick erwidert, und er hatte grüßend seine Hand an die Krempe des Stetsons gelegt. In den folgenden Minuten hatte sie so ziemlich in jede

Richtung gesehen, nur nicht mehr in seine. Stattdessen hatte sie sich mit einer Frau unterhalten, die halb in ihrem Rücken stand und einen respektvolleren Abstand zu der hölzernen Barriere hielt. Ebenfalls ein unbekanntes Gesicht, aber vielleicht war sie schon mal bei einem Rodeo dabei gewesen.

Sand wirbelte in die Höhe. Das Wildpferd kämpfte, versuchte den Reiter abzuschütteln. Ein junger Bursche, doch er stellte sich nicht ungeschickt an. Paul gab ihm sechzig Sekunden, aber keineswegs die volle Zeit, bis die Helfer die Runde beenden würden. Einen Moment lang schien sich das Tier zu beruhigen, doch Paul hatte lange genug mit Pferden zu tun gehabt, um zu erkennen, dass es lediglich Kraft sammelte. Als der Ausbruch aber kam, nach rechts, wurde selbst er überrascht. Der Junge machte eine ungeschickte Bewegung, hielt sich, während das Tier ...

Die Menge keuchte auf. Der Reiter hatte die Kontrolle verloren, das Pferd, halb blind vor Panik, hielt auf die Barriere zu. Unruhe dort, die Menschen wichen zurück, während die Helfer sich durch das Gatter zwängten, aber noch ein Stück entfernt waren.

Sie blieb ruhig an ihrem Platz, aufmerksam. Eine leichte Nachmittagsbrise bewegte die Krempe des schneeweißen Hutes, das war alles. Sie beobachtete das Wildpferd, das fast direkt auf sie zukam. Zehn Meter noch, acht Meter ...

In diesem Moment bekam der Reiter das Tier wieder unter Kontrolle, und gleichzeitig waren die Helfer heran, lenkten das Wildpferd ab.

Paul hatte keine Augen mehr dafür, was weiter geschah. Er beobachtete die Frau. Sie hob den Kopf, dass die Sonne den Weg unter die Krempe fand, und sah in seine Richtung. Kein Lächeln, aber irgendetwas in ihrem Blick war eine Herausforderung.

Pauls Mundwinkel zuckte. Er nickte ihr zu, bevor er sich einen Weg durch die Menschen bahnte, auf den Sitz des Ansagers zu, wo Dolph Parker sich mit den Mastersons unterhielt; das Schicksal des Reiters schien ihn nicht zu kümmern. Seine Glatze leuchtete feuerrot. Noch jemand, der einen Hut hätte gebrauchen können.

«Dolph.»

Der Gastgeber drehte sich um und grinste. «Wenn man vom Teufel spricht! Ich wollte Jim schon eine Wette anbieten, wie lange du wohl brauchst, bis du ihn aufspürst.»

Paul grüßte Masterson mit einem Nicken, gab Parker einen Wink mitzukommen.

Irritiert folgte der Gastgeber. «Ist etwas nicht in Ordnung?»

Paul wartete ab, bis die Mastersons außer Hörweite waren. «Die Frau.» Er drehte sich um. «Der weiße Hut. – Wer ist das?»

Parker runzelte die Stirn. Er behauptete, seine Brille nur zum Lesen zu brauchen. Paul bezweifelte, dass ihm das irgendjemand glaubte. Sie war jedenfalls nicht zu übersehen.

«Das?» Parker fuhr sich mit den Fingern über das Kinn, sah dann für einen Moment über die Schulter. Erikas Eifersucht war sprichwörtlich. «Verflucht hübsches Ding, wenn sie den Hut mal absetzt», murmelte er. «Eine Freundin von Erikas Cousine, aus Wisconsin, glaube ich. Warum ...»

Aus dem Norden. Das hatte Paul nicht erwartet. Selbst wenn sie sich heute mit dem Hut schützte, war dieser honigfarbene Teint nicht die Haut einer Frau, die sich nie der Sonne aussetzte. Ein aufregendes Zusammenspiel mit dem hellen Haar, das sie nicht vollständig unter der Krempe verborgen hatte.

«Ich will reiten», sagte er und war von sich selbst überrascht. Doch war nicht genau das der Grund gewesen, aus dem er nach Parker gesucht hatte? «Kannst du mir einen Platz auf der Liste besorgen?»

Parkers Augen weiteten sich. «Hast du getrunken, Paul? Wie lange ist es her, dass du zuletzt ...»

«Kannst du mir einen Platz besorgen?»

Parker presste die Kiefer aufeinander. «Erika wird es mir nie verzeihen, wenn dir was passiert», murmelte er.

«Dann wird mir nichts passieren», sagte Paul Richards ruhig.

Zwanzig Minuten später stand er in der Gasse, die hinaus auf den Corral führte, die Stiefel seitlich auf zwei behelfsmäßigen Stützen, während man unter ihm das Pferd bereit machte. Ein Rappe. Paul hatte ihn persönlich ausgesucht und dem jungen Burschen, der eigentlich an der Reihe gewesen wäre, ein wesentlich dickeres Dollarbündel in die Hand gedrückt, als er heute hätte verdienen können.

Über die Planken hinweg konnte Paul sie erkennen. Eine Freundin von Erika Parkers Cousine also. Die Cousine musste demnach die graue Maus in der zweiten Reihe sein. Paul hatte das schon häufig beobachtet: hässliche Mädchen, die sich an eine echte Schönheit anhängten. Was sie sich davon versprachen, wussten vermutlich nur sie allein.

«Achtung!» Der Ansager mit der Baseballkappe. «Und los!»

Paul ließ sich fallen. Das Gatter schwang auf.

Im selben Moment, in dem sein Hintern auf dem Pferderücken auftraf, wusste er, dass etwas nicht stimmte. Doch das war beinahe auch schon das Letzte, an das er sich erinnerte. Der Rest waren Schreie, aufgewirbelter Staub, ein Schlag auf den Rücken, der ihm die Luft aus den Lungen presste.

Und Stille.

Schwärze.

Wie lange sie andauerte, hatte Paul Richards während seiner Besinnungslosigkeit nicht abschätzen können, doch als er die Augen wieder aufgeschlagen, der Nebel sich gelichtet hatte, war das Erste, was er wirklich wieder wahrgenommen hatte, *sie* gewesen.

Es hatte gar nicht so viele Worte gebraucht. Weit weniger Worte jedenfalls als damals bei Trudy ... oder Bridget. Sie hatte an seinem Bett gesessen, vierundzwanzig Stunden lang, als wollte sie dem Doktor nicht glauben, dass er gewiss wieder aufwachen würde. Jedenfalls war das die Geschichte, die ihm Erika erzählt hatte, als er wieder einigermaßen bei Kräften war. Und als er *wirklich* wieder bei Kräften war und anfangen konnte, zwei und zwei zusammenzuzählen, sich zu fragen, wie viel von dem, was geschehen war – ausgenommen sein Unfall – wohl nichts anderes gewesen war als einer von Erika Parkers Plänen, mit denen sie selbstverständlich nur sein Bestes wollte oder das, was Erika Parker für sein Bestes hielt ... da waren diese Dinge schon mehr oder weniger gleichgültig gewesen.

446

Sieben Monate nach dem Tag des Rodeos war Vera Wagner aus New Holstein, Wisconsin, die dritte Mrs. Paul Richards geworden.

Paul öffnete die Lider. Das Bild vor seinen Augen war verschwommen, zeigte Schlieren, schien zu schwanken. Beim Blick auf die bräunliche Neige, die in der Bourbonflasche auf dem Tischchen vor dem Abteilfenster schwappte, wurde ihm flau im Magen.

Die Bourbonflasche. Der Kellner hatte einen Blick in Richtung seines Oberstewards geworfen, der nach einem Moment des Zögerns zustimmend genickt hatte, und Paul hatte die Flasche mit aufs Abteil nehmen dürfen.

Der Raum schien sich um ihn zu drehen, doch das änderte nichts daran, dass die Flüssigkeit in der Bourbonflasche tatsächlich schwappte. Oder war es doch nur ein Trick seines Hirns, das versuchte, ihn abzulenken, ihn beschäftigt zu halten? Seines Unterbewusstseins. Bridget hatte in den letzten Jahren ihrer Ehe angefangen, die Bücher von Dr. Freud zu lesen, und damit hatte sie ihn wirklich fast in den Wahnsinn ...

Vera.

Vera war nicht Vera. Vera Richards, ehemals Vera Wagner. Vera, die eine Pistole auf den König von Carpathien abgefeuert hatte.

Vera, die ihm ins Gesicht gespuckt hatte.

Die Übelkeit kam in einem Schwall, dass er auf der Stelle den sauren Geschmack von Erbrochenem im Mund spürte.

Paul stemmte sich hoch, blinzelte. Ein Eimer. Er hatte in seinem Leben mehr als ein billiges Hotelzimmer vollgekotzt, aber irgendetwas in ihm wehrte sich dagegen, seinen Magen auf die Polster des Simplon Orient Express zu entleeren. *Sollen die verfluchten Europäer sich nur nicht einbilden, dass ein Amerikaner nichts vertragen kann.*

Er war auf den Beinen. Vera und er belegten das erste Abteil. Die vordere Toilette des Schlafwagens war direkt nebenan. Er schob die Tür zum Kabinengang auf, musste sich an der Holzverkleidung festhalten, als der Boden zu schwanken begann. Der Boden unter seinen Füßen oder der Boden in seinem Kopf.

«Mr. Richards!»

Paul versuchte die Hände von der Verkleidung zu lösen. Beim zweiten Mal gelang es ihm.

«Mr. Richards.»

Eine Stimme. Irgendwie kam sie ihm bekannt vor. Als er sich umständlich umgedreht hatte, stand der Mann bereits unmittelbar vor ihm.

«Erinnern Sie sich, Mr. Richards? Ludvig Mueller aus Michi... – Oh, Sie sehen aber wirklich ziemlich müde aus. Na ja, kein Wunder um drei Uhr nachts. Also, ich wollte Ihnen eigentlich auch nur sagen ...»

Paul gelang es nicht, seine Augen weiter als einen Spaltbreit offen zu halten. Vor ihm die Gestalt des jungen Mannes. In dessen Rücken die viel zu hellen, wild umhertanzenden Lichter des Kabinengangs. Ludvig Mueller aus Michigan. Ein Amerikaner mit Wurzeln in Deutschland. Genau wie Vera. Paul stierte ihn an.

«Ich ...» Die Stimme des jungen Mannes wurde einen Moment lang unsicher, dann fasste er sich. «Ich wollte Ihnen eigentlich nur danke sagen, weil ich ... Ich habe nicht mehr gedacht, verstehen Sie? Ich habe einfach *gemacht*. Und jetzt ... Mr. Richards?»

Paul stolperte zurück in die Kabine. Es gelang ihm gerade noch, die Tür ins Schloss zu pfeffern, bevor er quer über den Teppich kotzte.

***

Zwischen Postumia und Belgrad – 27. Mai 1940, 06:21 Uhr
CIWL Lx 3509 (Vorderer Schlafwagen). Abteil 1.

Staubflocken tanzten im Licht der aufgehenden Sonne, das einen Weg zwischen den Vorhängen hindurch in die königliche Kabine gefunden hatte. Betty Marshall beobachtete sie aus dünnen Augenschlitzen.

Sie war seit mehreren Minuten wach, in denen sich die Gegenstände in Carols Abteil fast unmerklich aus dem Zwielicht geschält hatten. Der Champagner in einer gewaltigen *Magnum*-Flasche. Betty schätzte diese Ungetüme, die einen und einen halben Liter fassten. Schon

448

wegen des ausgewogeneren Geschmacks bevorzugte sie sie gegenüber der kleineren *Imperial*. Dass die Hälfte in der Flasche geblieben war, war natürlich eine Sünde. Aber schließlich waren sie nur zu zweit gewesen. Auf dem Boden des Abteils lag ein verknüllter Stapel von Kleidungsstücken, aus dem der Schaft eines polierten Militärstiefels herauslugte. Die Pokerkarten waren einzeln auf dem Teppich verstreut wie die verräterischen Fußspuren eines heimlichen Eindringlings. Über einem gepolsterten Bügel an der Wand hing eine Galauniform.

Betty löste ihren Blick von der Reflexion des Lichtstrahls auf dem Edelholz und verharrte auf dem mitternachtsblauen Stoff der Uniform, den goldgewebten Tressen und Ordensstreifen, stellte sich vor, wie er darin aussehen würde. Zum Niederknien. Wobei sie damit – mit dem Niederknien vor Carol – nur etwas wiederholt hätte, dem sie sich bereits in der vergangenen Nacht mit großer Ausdauer und nicht geringerem Vergnügen gewidmet hatte. Eine Uniform hatte er zu diesem Zeitpunkt natürlich nicht mehr getragen.

Doch, Betty konnte die vergangene Nacht als vollen Erfolg verbuchen. Als er gekommen war, hatte sie ihn sehr genau beobachtet. Sie hatte mit exakt demselben Blick zu ihm aufgesehen, mit dem sie ihn auch im *Fourgon* gemustert hatte, als er eingewilligt hatte, Vera Richards der Obhut der Franzosen zu übergeben. Eine Situation, die eine Generalprobe gewesen war, deren Ergebnis die erfolgreiche Premierenveranstaltung nun bestätigt hatte: Sie hatte ihn dort, wo sie ihn hatte haben wollen, und nur eine sehr dumme Frau hätte angenommen, dass die Macht, die sie auf diese Weise über einen Mann erlangte, an den geschlossenen Türen des Schlafzimmers oder eines Privatabteils endete.

Betty Marshall war keine dumme Frau. Sie konnte zufrieden sein. Ganz gleich, was er sich von dem kleinen russischen Mädchen versprechen mochte und was es im Gegenzug von ihm erwarten konnte – über den mit Sicherheit eindrucksvollen Anblick dieses Mannes in seiner prachtvollen Uniform hinaus ... Es konnte nicht viel sein. Die Krone der carpathischen Königin natürlich, aber alles andere, alles, was sie nur wollte, konnte Betty gehören. Nein, unter keinen Um-

449

ständen würde Carol sie nun in Sofia gehen lassen. Und dass er die Ehe mit der Romanow-Tochter schloss und sie *vollzog*, wie diese Kreise es vermutlich ausdrückten, konnte nur in Bettys Interesse sein. So viel nämlich glaubte sie den Gesten und Andeutungen um sie herum entnehmen zu können: Auf eine bestimmte Weise war diese Ehe ein Preis, ein Einsatz in einem Handelsgeschäft, ohne das der Löwe des Balkans nicht auf den Thron seines Landes zurückkehren würde. Und dass er das tun musste, verstand sich von selbst. Auf lange Sicht wäre er als König ohne Land für Betty wertlos gewesen.

So simpel, dachte sie. So simpel *könnte es sein.*

Sie betrachtete ihn. Mit seinen muskulösen Schultern, der perfekten Linie des Rückens lag er sündhaft auf dem Polster dahingestreckt, das sie gar nicht erst in die Nachtkonfiguration verwandelt hatten. In Doppelstockbetten hätten sich vielleicht Teenager gezwängt, zu einem hastigen, halb schuldbewussten Akt bei gelöschtem Licht, nicht aber zwei erwachsene Menschen, die wussten, was sie wollten.

Worin genau bestand also das Problem? Bestand es darin, dass Carol etwas zurückgegeben hatte? Dass *er* auch vor *ihr* gekniet hatte, bis ihr der Verdacht gekommen war, dass es ihn gar nicht so sehr interessierte, was er sich hätte nehmen können, sondern was er ihr geben konnte? Waren sie womöglich – quitt?

Bestand das Problem möglicherweise einzig und allein in der Tatsache, dass sie Betty Marshall war und ihre Prinzipien hatte?

Das Leben war ein Geschäft. Sie hatte etwas zu geben, und den Gegenwert konnte sie ohne schlechtes Gewissen in Empfang nehmen. Ein Geschäft, in dem sie die Bank war und Spielerin zugleich. In dem sie die Währung bestimmte und die Höhe der Preise. Sie allein. Es hatte Momente gegeben in ihrem Leben, in denen sie bis an die Grenze gegangen war. Letztendlich aber war immer sie es gewesen, die die Kontrolle behalten hatte, und deshalb hatte sie bis heute überlebt.

Sie betrachtete seinen Rücken, konnte den Blick nicht von ihm wenden. Als das Morgenlicht heller wurde, er sich zu regen begann, die Augen aufschlug und sie ansah ...

Dieser Blick. Es kostete sie Mühe, nicht nach der Decke zu greifen, ihre nackten Brüste zu bedecken. Nach der Decke mit dem aufgestickten Wappen des Herrscherhauses: Eigentum des Königs von Carpathien.

***

Belgrad – 27. Mai 1940, 07:24 Uhr

Ein grauer Morgen über den Gleisanlagen, die wie ein stumpfer Dolch auf das Herz der jugoslawischen Hauptstadt zielten. Der steinerne Riegel des Bahnhofsgebäudes sperrte die Weiterfahrt und verhinderte, dass sie es erreichten. Einen Moment lang fragte sich Boris Petrowitsch, warum er in solchen martialischen Bildern dachte. Dann beschloss er, dass es damit zusammenhängen musste, dass sie sich nun auf dem Balkan befanden. Im Osten.

Er hatte am Fenster seines Abteils gestanden, hatte beobachtet, wie die Dämmerung den Blick auf die unbestimmte Weite der Saveebene mit ihren eingestreuten Dörfern und Gehöften freigab, die ihn an eine andere, noch ausgedehntere Ebene erinnerte, noch weiter im Osten, und für Minuten war der Gedanke an Russland beinahe übermächtig geworden.

Die Anweisungen seiner Vorgesetzten jagten ihn quer durch Europa, seit Jahren inzwischen, mit Diplomatenpapieren im Gepäck oder in anderer, geheimerer Mission. Er hatte geraubt und getötet, offen oder aus dem Hinterhalt. Für die Sicherheit und die Größe Russlands. Für den Sieg der Revolution in den Staaten Europas. Und er hatte es mehr als bereitwillig getan.

Doch für ihn selbst lag das Land, für das er all das auf sich genommen hatte, in fast unerreichbarer Ferne. Nichts als eine kurze Zwischenstation, um neue Instruktionen in Empfang zu nehmen, neue Aufträge, die ihn fortsandten. Wenn er zurückdachte: Hatte er das, was Russland ausmachte, seit seiner Kindheit jemals wieder so deutlich zu spüren geglaubt wie ausgerechnet in ihrer Gegenwart? In den

Momenten mit ihr? In ihr, die all das verkörperte, was das sowjetische Russland sich aus dem blutenden Leib geschnitten hatte?

Er fröstelte. Die frühe Sonne, mit der der neue Tag das flache Land zwischen Donau und Save gegrüßt hatte, hatte sich hinter einer bleiernen Wolkendecke verkrochen. Ein unfreundlicher Wind aus dem Herzen des Balkans fegte die Donau aufwärts und nötigte die Fahrgäste, die Kragen ihrer Mäntel hochzuschlagen, als sie den Express verließen.

In Belgrad waren keine Zollformalitäten zu erledigen, doch der Großteil der Passagiere, die sich zu dieser Uhrzeit schon erhoben hatten, schien die Gelegenheit nutzen zu wollen, ein paar Schritte auf festem Boden zu tun. Boris für seinen Teil hatte das Schwanken und Rucken des Zuges auf den jugoslawischen Gleisen kaum zur Kenntnis genommen. Und wenn das doch der Fall gewesen war, hatte es die Erinnerung an Russland nur noch einmal verstärkt.

Er lehnte an einer Bahnsteiglaterne, nicht anders, als er das auch in Brig getan hatte. Dieses Mal allerdings schaute er unter der breiten Krempe des Wetterhutes nicht in alle Richtungen, auf der Suche nach einem Boten, der zu Constantin Alexandrowitsch unterwegs war. Dieses Mal waren seine Augen auf die Tür des Lx gerichtet, durch die die Romanows den Zug in den nächsten Minuten verlassen würden.

Ihn verlassen *mussten*. Seine Anweisungen an Alexej waren eindeutig gewesen, und der Junge würde es nicht wagen, ihnen zuwiderzuhandeln. Die Familie würde den Zug verlassen. Vollzählig. Sofia war keine elf Stunden mehr entfernt, und Boris hatte keine Garantie, dass es in dieser Zeit noch eine Möglichkeit geben würde, das Doppelabteil ungestört zu untersuchen. Während der Hochzeitszeremonie möglicherweise, doch selbst das konnte er nicht ...

«Du wirkst nicht sonderlich überzeugend, Boris Petrowitsch.»

Im selben Moment, in dem die heisere Stimme zu hören war, stieg ihm der Geruch in die Nase. Tabak mit einer widerwärtig süßlichen Note, wie sie nur eine bestimmte Kolchose am Rande der Krim hervorbrachte. «Das Licht hier draußen genügt kaum zum Zeitunglesen», bemerkte Malenkov. «Du hast dir den dunkelsten Winkel auf dem ge-

452

samten Bahnsteig ausgesucht – und dazu trägst du noch diesen Hut.
Jeder Anfänger könnte erkennen, was du bist.»

Boris' Körper hatte sich in Eis verwandelt, seine Stimme aber blieb
ohne Regung. «Die Objekte sind Zivilisten, Genosse Oberst.» Auch
seine Lippen bewegten sich nicht. Eine Technik, die er von ebenjenem
Mann gelernt hatte, der nun unmittelbar in seinem Rücken stand. Sie
konnte überlebenswichtig sein, wenn es galt, die Geheimhaltung zu
wahren: Wenn kein feindlicher Agent in Sichtweite war, bewies das
in der Epoche leistungsstarker Feldstecher überhaupt noch nichts.
Mit Hilfe moderner Geräte ließ sich selbst aus Hunderten von Metern jedes einzelne Wort buchstäblich von den Lippen lesen. «Sie werden nichts erkennen, weil sie mich überhaupt nicht sehen werden»,
erklärte er. «Deshalb stehe ich hier: damit sie mich nicht sehen. Sie
könnten mich auffordern, sie zu begleiten, und damit hätte ich keine
Möglichkeit, mich ...»

«Das werden sie nicht.» Juri Malenkov, Oberst im NKWD, war näher gerückt. Aus dem Augenwinkel konnte Boris jetzt sein vernarb-
tes Gesicht sehen. Der Tabakqualm stieg beißend in seine Nase, der
Würgereiz wurde übermächtig. «Das werden sie nicht, weil du mich
begleiten wirst.»

«Wenn du erlaubst, Genosse Oberst: Ich werde wahrscheinlich keine weitere Gelegenheit mehr haben ...»

Er verstummte. Ein Schmerz auf seinem Handrücken, sengend wie
eine aufgehende Sonne. Boris spürte, wie Malenkov die rot glimmende Spitze der Zigarre in der qualmenden Wunde drehte. Und er verzog
keine Miene. Seine Haltung veränderte sich nicht. Auch diese Technik
verdankte er Malenkov, und die Prüfung war eine der härtesten gewesen. Wie auch dieser Moment eine Prüfung war. Und er würde keine
Gelegenheit bekommen, sie zu wiederholen.

Malenkov schwieg, während der Gestank nach verbranntem
Fleisch das Aroma des Tabaks überlagerte. Kein Wort der Anerken-
nung, nicht einmal ein kurzes Brummen, dass Boris Petrowitsch die
Probe bestanden hatte. Stattdessen drehte sein Führungsoffizier sich
um, entfernte sich.

Erst jetzt, als der Mann ihm den Rücken zugewandt hatte, erlaubte sich Boris einen winzigen Moment der ... nein, nicht der Schwäche. Einen Moment des *Denkens*. Einen Moment, um überhaupt zu erfassen, was vorging. Wo kam Juri Malenkov her? Was tat er hier? Soweit Boris wusste, hatte er die Sowjetunion seit Jahren nicht verlassen. Nun auf einmal tauchte er völlig unerwartet hier in Belgrad auf, in Jugoslawien, einem neutralen Land. Malenkov kannte den Fahrplan des Simplon Orient. Er musste auf Boris gewartet haben. Es gab keine andere Erklärung.

Er misstraut mir, fuhr es Boris durch den Kopf. Wie könnte er mir auch *nicht* misstrauen, wenn es um die Steine geht, die mehr als ein Vermögen bedeuten? Die *Macht* bedeuten. Und Boris wusste nur zu gut, welche Folgen ein solches Misstrauen in den Höhen des Parteiapparats haben konnte. Dort, wo sich Malenkov bewegte.

Einen Moment lang sah er dem Mann einfach nur hinterher. Boris hatte nie herausgefunden, wie der Oberst, der seit Jahren nicht mehr im operativen Geschäft tätig war, das machte: Ein Mensch mit einem derart entstellten Gesicht *konnte* sich nicht unauffällig bewegen. Die narbig-rote, wuchernde Haut, die sich von seiner Stirn über die Reste des linken Auges, Wange und Kiefer bis an den Hals zog, musste zwangsläufig dazu führen, dass die Menschen ihn anstarrten, erfüllt von einer Mischung aus Ekel, Faszination und schlechtem Gewissen. Aber nichts davon war der Fall. Malenkov schien sich nicht die geringste Mühe zu geben, unsichtbar zu werden. War er gerade deshalb für die meisten Menschen einfach nicht da? Anstelle seiner Uniform trug er einen billigen Mantel und einen nicht sehr sauberen Straßenanzug, das war das einzige Zugeständnis.

Der Oberst hatte Kurs in Richtung Bahnhofsgebäude genommen. Boris war mit wenigen Schritten an seiner Seite. Die Szenerie war belebt. Menschen, die zu ihren Zügen hasteten. Niemand nahm Notiz von den beiden Sowjetrussen.

«Ihr habt die Schweiz planmäßig verlassen», erklärte Malenkov ruhig. «Unsere Zelle in Mailand hat auf dich gewartet. Ebenso die Zelle in Venedig und die Zelle in Triest. Und ich gehe davon aus, dass man auch hier in Belgrad vergeblich warten wird. Du hast die Steine noch immer nicht.»

«Er hat sie erst in Brig bekommen», flüsterte Boris. «Kurz vor der Grenze nach Italien. Ich konnte die Überbringerin ausschalten, aber da hatte sie sie bereits übergeben.»

Malenkov schwieg. Er wich einem Mann in Postuniform aus, der mit einem vierrädrigen Karren im Schlepptau dem Simplon Orient entgegenstrebte. «Eine Frau also», sagte er nach ein paar Sekunden leise. «Nein, Constantin ist nicht dumm. Deshalb ist er so lange am Leben geblieben.»

«Es ist mir gelungen, das Vertrauen seines Sohnes zu gewinnen», sagte Boris mit gedämpfter Stimme. «Das war ein Stück Arbeit, aber in diesem Moment sorgt Alexej Constantinowitsch dafür, dass die Familie den Zug verlässt, damit ich ungestört ...»

Er brach ab, als Malenkov abrupt stehen blieb. Fragend sah Boris ihn an, doch der Oberst blickte über seine Schulter hinweg. Als Boris sich umdrehte, sah er den Grund.

Zwanzig Meter entfernt stieg Constantin Alexandrowitsch aus dem Zug, hielt seiner Frau mit einer präzisen Bewegung den Arm entgegen und war ihr beim Schritt auf den Bahnsteig behilflich. Die Kinder folgten den beiden, zuerst die Mädchen und am Ende Alexej, dessen Augen den Bahnsteig dermaßen auffällig nach seinem Verbündeten absuchten, dass Boris das Bedürfnis spürte, den bandagierten Schädel des Jungen gegen den stählernen Panzer des Zuges zu knallen, um das Werk zu vollenden, das er auf dem WC so halbherzig begonnen hatte.

«Ungestört.»

«Genosse Oberst?»

«Wenn du einen solchen Wert darauf legst, deine Missionen ungestört zu erledigen, sollten wir es dir künftig vielleicht übertragen, unsere Sendungen von der Moskauer Hauptpost abzuholen.»

Boris ballte die Hände zu Fäusten, fast froh darüber, dass sich der pochende Schmerz der Brandwunde dadurch verstärkte. Doch selbst das war nicht genug. Malenkovs Worte drangen trotzdem durch. Dieser Mann kannte ihn von seinem ersten Tag beim NKWD an und wusste genau, womit er ihn treffen konnte.

«Ich kann das Abteil nicht durchsuchen, wenn die Romanows dort sind», presste Boris zwischen den Zähnen hervor. «Und das Collier muss sich im Abteil befinden. Es ist zu groß, als dass er es unauffällig bei sich tragen könnte.»

Der Oberst betrachtete ihn, allerdings nur für eine Sekunde, bevor sein Blick sich wieder auf die Familie richtete, die jetzt das Bahnhofsgebäude betrat. «In diesem Punkt hast du recht», sagte er und ging ebenfalls auf die Bahnhofshalle zu. «Dennoch bin ich mir sicher, dass der Mann, den ich ausgebildet habe, einen Weg gefunden hätte.» Er wartete ab, bis die großfürstliche Familie ins Gedränge der Halle eingetaucht war. Erst dann schob er sich ins Innere des Gebäudes, Boris an seiner Seite. «Der Mann, den ich ausgebildet habe, hätte etwas inszeniert», fuhr er fort. «Einen Zwischenfall, der die Fahrgäste ablenkt – auch die Romanows. Und die entstandene Verwirrung hätte er genutzt. Auf den Mann, den ich ausgebildet habe, wäre kein Verdacht gefallen. Er hätte diesen Vorgang sogar wiederholen können, mehrfach. So lange, bis er ans Ziel gelangt wäre. Er hätte die Gelegenheit erkannt, und er hätte sie genutzt.»

Er blieb stehen, den Rücken zur Fensterfront und einer Reihe niedriger unbesetzter Holzbänke. Der Hauptstrom der Menschen wälzte sich ein Stück entfernt an den beiden Männern vorbei. Über ihre Köpfe hinweg konnten sie beobachten, wie die Romanows die Treppe zu einer offenen Galerie hinaufstiegen. Boris glaubte dort oben mehrere Verkaufsstände zu erkennen. Vermutlich forderte die kleinere der beiden Töchter etwas Süßes. Er hatte bereits festgestellt, dass Katharina Nikolajewna nur mühsam widerstehen konnte, wenn das kleine Mädchen einen Wunsch äußerte.

In diesem Moment aber ... Katharina war mindestens zwanzig Meter entfernt, viel zu weit, um Einzelheiten wahrzunehmen. Er sah ihre gerade Haltung, den stolz gereckten Kopf. Stolz, aber auf eine schwer zu fassende Weise *abwesend*. Ihr Blick glitt über die Auslagen der Stände hinweg ins Ungefähre. Das kleine Mädchen redete auf sie ein; er wusste es so sicher, als wenn er dort oben bei ihnen gestanden hätte. Das Mädchen – Elena – bettelte, und Katharina murmelte etwas, ohne richtig hinzuhören. Ja, ihre Lippen bewegten sich. Ihre Gedanken waren woanders.

Sie drehte den Kopf um eine Winzigkeit, während ihr Blick sich weiterhin wie durch einen Nebel bewegte. Dann sah sie ihn an.

Ein Schauer durchfuhr Boris Petrowitsch, Kälte, gleichzeitig eine sengende Hitze, als wäre er ertappt worden, wie er sie heimlich bei etwas Unanständigem beobachtet hatte. Dieser stolze Blick, der wie Eis war, aber ein Eis, das verbrannte und verzehrte, und doch war jetzt noch etwas anderes in diesem Blick. Sie sah ihn an, auf eine andere Weise als bisher. Hatte sie gespürt, wie seine Augen sie berührten? Hatte sie ihn gesucht, ihre Gedanken schon bei ihm? Ja, die ganze Zeit bei ihm, und in diesem Moment erkannte er, dass auch ein Teil von ihm selbst nicht bei Malenkov war, sondern bei ihr. Einzig und allein bei ihr ...

Die Veränderung kam so abrupt, so plötzlich, dass es ein Gefühl war wie ... ein Zurückgestoßen-Werden? Ein Fallengelassen-Werden? Eine Planke, die unter seinen Füßen weggezogen wurde? Er begriff nicht, was es bedeutete, als Katharinas Augen sich weiteten, ihre Hände sich hoben, ihr Mund sich lautlos öffnete.

«Eine Gelegenheit wie diese», flüsterte Malenkov.

Boris Petrowitsch konnte später nicht sagen, was es gewesen war. Möglicherweise das kaum hörbare Geräusch, mit dem der Oberst den Hahn seiner Pistole zurückzog, die Waffe spannte, die er im Schutz seines Mantels auf Katharina Nikolajewnas Herz gerichtet hatte. Ein Geräusch, das einen Reflex in Boris auslöste, schneller, präziser als bewusstes Denken. Einen Reflex, auf den Juri Malenkovs erbarmungsloses Training die Rekruten monate- und jahrelang konditioniert hatte. Wenn die Waffe gespannt ist, bleibt keine Zeit zum Denken.

Boris' Arm stieß zur Seite. Kein Platz, um Schwung zu holen, doch er legte alle Kraft in die knappe Bewegung.

Malenkov keuchte auf, als Boris' Handkante seine Finger traf, die Waffe zu Boden fiel. – Kein Schuss. Wie durch ein Wunder löste sich kein Schuss. – Der Oberst regte sich, doch sei es, dass er langsamer geworden war im Laufe der Jahre, sei es, dass sich die Abfolge der Bewegungen in einem Maße in Boris' Hirn gebrannt hatte, unter Schmerzen und Entbehrungen, dass Malenkov ihm nichts mehr entgegenzusetzen hatte. Boris' linker Arm, derjenige mit der frischen Brandwunde, schoss nach oben. Gleichzeitig beschrieb sein Körper eine halbe Drehung, die ihm den Schub verlieh, den er für dieses Manöver brauchte.

Sein Handgelenk traf den Hals des Obersts am exakt richtigen Punkt, genau auf dem Kehlkopf. Malenkov kam nicht mehr dazu, einen Laut hervorzubringen. Der Stoß warf ihn zurück, doch in seinen Nervenbahnen war schon kein Leben mehr. Boris' Arm fing den schweren Körper ab. Zwei Schritte rückwärts, bei denen er gleichzeitig die zu Boden gefallene Waffe mit dem Fuß nach hinten stieß, sodass sie in einen nicht einsehbaren Winkel schlitterte. Ein dritter Schritt: die Bank vor dem Fenster. Boris ließ sich zurückgleiten, den Leib des Obersts an seiner Seite.

Er saß. Er saß neben dem Toten. Der gesamte Vorgang hatte keine zwei Sekunden gedauert.

Erst jetzt hob er den Blick. Katharina starrte ihn an. Doch sie war die Einzige. Reisende und Bahnpersonal drängten vom Bahnsteig herein, zwängten sich aus der Halle hinaus, die verkniffenen Gesichter geradeaus gerichtet, ohne wirklich etwas wahrzunehmen. Nur raus, raus aus dem Gewimmel zu vieler gehetzter Körper.

Niemand hatte begriffen, was vorgegangen war. Niemand als die Ehefrau des Großfürsten Romanow.

***

Belgrad – 27. Mai 1940, 07:27 Uhr
CIWL F 1266 (Vorderer Gepäckwagen). Personalabteil.

Raoul löste sein Ohr vom Türblatt. Die Schritte des französischen Diplomaten hatten sich entfernt: Capitaine Guiscard, den Monsieur Maledoux soeben bei der Gefangenen abgelöst hatte. Für die nächsten Minuten hatte Raoul den Fourgon für sich allein. Louis, mit dem er seine Unterkunft teilte, war wie alle Übrigen, die im Moment Dienst hatten, entweder im Speisewagen oder in den Passagierabteilen beschäftigt. Jede Minute, die die Fahrgäste nicht an Bord waren, musste ausgenutzt werden.

Auch Raoul würde sie nutzen.

Zentimeterweise schob er die Tür auf. Auf dem Seitengang des Gepäckwagens war niemand zu sehen. Lautlos huschte er quer durch den Raum, von dem die improvisierte Gefangenenzelle abzweigte, eilte weiter, in Richtung Übergang zum Lx.

Unmittelbar vor der Tür, an der er gestern Abend Wache gestanden hatte, verharrte er, warf vorsichtig einen Blick durch die Scheibe in Richtung des Schlafwagens. Auch dort war niemand auf dem Gang zu sehen. Raoul holte Luft. Dies war die Gelegenheit.

Er hatte noch fast eine Stunde Zeit, bis seine Schicht begann. Georges hatte der Directeur schon eher angefordert. Seitdem Raouls dicker Kollege den WC-Unfall des jungen Monsieur Romanow schlicht überhört hatte, sah Thuillet ihm ganz besonders auf die Finger. Und Prosper, der Unterkellner, mit dem Georges sich die Unterkunft teilte, war kurz vor dem Frühstück ohnehin im Dienst. Das Abteil der beiden musste leer sein.

Raoul ließ seinen Generalschlüssel ins Schloss der winzigen Kabine gleiten, drückte die Tür auf.

Muffige Luft schlug ihm entgegen. Dämmerlicht. Die Vorhänge waren zugezogen, und Raoul würde sie nicht anrühren. Er ließ sich in die Hocke sinken.

Soweit er wusste, trugen alle seine Kollegen ihre Brieftaschen mit den Ausweisen stets bei sich – nicht anders als er selbst. Es gab zwar keine offizielle Vorschrift, die sie dazu verpflichtete, aber in Zeiten wie diesen konnte ein Dienstausweis der CIWL buchstäblich Gold wert sein. Solange der Simplon Orient fuhr, hatten die Zollstellen und anderen Behörden auf ihrer Route Anweisung, die Angehörigen der Schlafwagengesellschaft in jeder Hinsicht zu unterstützen.

Ja, sie alle trugen ihre Ausweise bei sich. Ausgenommen Georges. Georges behauptete, dass das Ledertäschchen auftrug, wenn er es in die Jacke seiner Stewarduniform zwängte.

Raouls Hände glitten unter die schmale Ruheliege. Seine Finger ertasteten schweres Leder. Stiefel. Er hatte kein einziges Mal erlebt, dass sein Kollege diese Stiefel getragen hätte. Er hatte sogar Zweifel, dass sie Georges überhaupt passten, und, nein, er wollte auch gar nicht wissen, aus welchen unaussprechlichen Gründen der Dicke ein Paar blankpolierter Militärstiefel mit sich herumschleppte. Jedenfalls begleiteten sie ihn auf jeder Reise: sein Ein und Alles.

Raouls Finger fanden die Öffnung eines Stiefelschafts, glitten hinein. Ein seltsames, vage unangenehmes Gefühl auf seinem Handrücken. Doch die nahezu starre lederne Röhre war leer.

Er biss die Zähne zusammen. Der zweite Stiefel. Raouls Arm war bereits bis zum Ellenbogen verschwunden, als seine Finger auf Widerstand stießen. Aufatmend zog er die Geldbörse heraus. Feines dunkles Leder. Er klappte sie auf. Der nachtblaue Ausweis mit dem goldschimmernden Emblem der CIWL war sorgfältig zwischen mehreren anderen Dokumenten eingeordnet.

Ein rasselnder, schabender Laut, mit dem sich der Durchgang zum Lx öffnete. Eine Hand aus Eis schloss sich um das Herz des Jungen.

Er war unfähig zu atmen, unfähig zu der einzigen, raschen, rettenden Bewegung, die ihm noch irgendwie helfen konnte, wenn sich im nächsten Moment die Tür öffnete und Georges – oder Prosper – in der winzigen Kammer stand: Die Börse zurück in den Stiefel und den Stiefel unter das Bett und irgendwas erfinden, irgendwas ...

Schritte.

Durch die Tür hindurch waren sie nicht sehr deutlich, selbst jetzt, da keine Fahrtgeräusche sie übertönten. Doch sie bewegten sich an der Kabine vorbei, und sie bewegten sich eilig, sie bewegten sich sicher. Sie wussten, wo sie hinwollten.

«Raoul!»

Sein Herz machte einen schmerzhaften Satz. Der Directeur! Thuillet suchte nach ihm, und er klang gehetzt. Ein paar Sekunden, und er würde vor Raouls eigener Kabine stehen, am Ende des Wagens, und der Junge würde nicht dort sein, und dann ...

Raoul zupfte den Ausweis aus dem Portemonnaie, ließ ihn in seiner Jackentasche verschwinden. Natürlich war auf dem Dokument Georges' Name eingetragen, und dass es kein Lichtbild enthielt, würde auch keine große Hilfe sein. Schließlich wusste die gesamte zivilisierte Welt, dass in den Zugläufen der CIWL kein weibliches Personal Dienst tat. Und Xenia war ein Mädchen. Es würde nicht einfach werden, aber der Ausweis war noch das Beste, was ihm eingefallen war, um ihre Flucht zu erleichtern.

Hastig stopfte er die Börse zurück in den Stiefel, den Stiefel zurück unter das Bett. Zwei Schritte, und er war an der Tür, schlüpfte nach draußen, drehte eilig den Schlüssel, während er bereits hörte, wie die Schritte zurückkamen.

«Maître? Monsieur le directeur?» Hastig bog er auf den Gang.

«Raoul.» Thuillet bremste ab, blieb vor dem Jungen stehen.

Raoul erschrak, als er seinen Vorgesetzten sah, wachsbleich im Gesicht, als hätte er über Nacht mehrere Pfund abgenommen, während auf seinen Wangen hektische Flecken leuchteten, ein Geflecht geplatzter Äderchen.

«Was zum Himmel haben Sie hier hinten ...», begann der Directeur, winkte dann fast ärgerlich ab. «Ihre Pause ist vorbei, garçon», sagte er knapp. «Gehen Sie raus auf den Bahnsteig und warten Sie auf unsere Fahrgäste. Wir müssen eine Reihe von Kupplungsmanövern durchführen, die mehrere Minuten Verzögerung bedeuten. Wir bitten die Herrschaften um ihr Verständnis.»

«Aber ...» Verwirrt schüttelte Raoul den Kopf. An diesem Punkt wurden immer Kupplungsmanöver durchgeführt, schließlich war Belgrad ein Kopfbahnhof und das Gleisbett unmittelbar vor der jugoslawischen Pacific zu Ende. Die Lokomotive würde dort zurückbleiben, während am bis zu diesem Augenblick hinteren Ende des Express eine neue Zugmaschine festmachte. Aus dem Hinterende des Zuges würde das Vorderende werden und umgekehrt, das war alles. Das Manöver war reine Routine, auf die Minute abgestimmt, und die Passagiere würden überhaupt nichts davon mitbekommen, bis der Zug wieder anruckte und sie feststellten, dass sie sich vermeintlich in die entgegengesetzte Fahrtrichtung bewegten.

«Wir werden ein wenig rangieren diesmal», murmelte Thuillet. Das Monokel saß in seinem Auge, doch Raoul sah, dass die Haut um das kreisrunde Glas aufgeschürft und gerötet war. Sein Vorgesetzter senkte die Stimme. «Wir werden Besuch bekommen. Aus Deutschland. Einen gewöhnlichen Schlafwagen – und einen Salonwagen der Führung des Großdeutschen Reiches.»

Raoul blieb die Luft weg. «Hitler?»

«Wir wissen es nicht.» Die Lippen des Directeur wurden einen Moment lang zu einem schmalen Strich. «Doch das ist ohnehin gleichgültig. Wir werden es diesmal anders machen: Der gesamte Zug wird wenden und in der bisherigen Anordnung weiterfahren. Zumindest *beinahe*. Die Deutschen hängen wir am Ende an, den Salonwagen seiner Exzellenz Monsieur Lourdon aber bringen wir hierher nach vorn, noch vor den Fourgon mit Mrs. Richards.»

«Beide so weit weg von den Deutschen wie möglich», murmelte Raoul.

Thuillet nickte knapp. «Und dieses Manöver braucht Zeit. Unter diesen Umständen sehe ich keine Möglichkeit mehr, dass wir Istanbul pünktlich erreichen.»

Raoul nickte stumm. Vermutlich musste man der Directeur sein, um sich in so einem Moment noch Gedanken um den Fahrplan zu machen. Aber dann kam ihm etwas anderes in den Sinn. Er zögerte. Schließlich ging es ihn kaum noch etwas an. In ein paar Stunden, beim Halt in Niš, würden Xenia und er den Zug verlassen. Trotzdem räusperte er sich.

«Maître, wenn ich das sagen darf: Haben Sie einmal mit seiner Ex-

462

zellenz dem Botschafter gesprochen? Wenn Mrs. Richards tatsächlich für die Deutschen gearbeitet hat, wäre es dann nicht besser, wenn wir sie doch der Polizei hier in Belgrad übergeben würden?»

Thuillet antwortete nicht, aber etwas an seiner Haltung ließ Raoul stutzen. Der Directeur hatte den Kopf zur Seite gelegt, schien zu lauschen: auf die Geräusche des Bahnhofs, das Ächzen rangierender Züge, das Schnaufen einer sich nähernden Dampflokomotive. Ein tiefer Signallaut. Ein Laut, der Raoul eine Gänsehaut auf den Rücken treten ließ. Denn im selben Moment schob sich auf dem Nebengleis der matt glänzende, stählerne Leib einer Pacific vor die Fenster des Simplon Orient Express. Die gesamte Front der Lokomotive nahm ein weiß getünchtes übermannshohes Hakenkreuz ein.

«Das wäre besser», murmelte Thuillet. «Wenn sie nicht schon hier wären.»

* * *

Belgrad, Bahnhofsgebäude – 27. Mai 1940, 07:30 Uhr

Sie starrte Boris an. Starrte ihn an, bis Constantin Alexandrowitsch das Wort an sie richtete, den Satz wiederholte, sie den Kopf wandte, einen Moment lang wie ertappt, ihrem Ehemann antwortete. Der Großfürst wirkte ungeduldig. Natürlich, der Express hatte nur wenige Minuten Aufenthalt.

Diese Eile war Boris' Rettung. Juri Malenkovs Leib hing an seiner Seite. Aus der Ferne mochte man die Position vielleicht tatsächlich als *Sitzen* deuten. Der Kopf des Politkommissars war ein Stück nach hinten gesunken, doch der hochgestellte Kragen seines schäbigen Mantels ließ nicht zu, dass er vollends in den Nacken kippte wie bei einem sinnlos Betrunkenen. Oder dem Toten, der er war.

So oder so: Malenkov war ein Revolutionär der ersten Stunde, der die Brandwunde, die er beim Sturm auf das Winterpalais davongetragen hatte, der Welt präsentierte wie andere Leute ihren Leninorden.

Constantin, einer der entscheidenden Akteure der Konterrevolution, hätte ihn wiedererkannt, auf der Stelle.

Doch keine Zeit zum Nachdenken. Handeln. Die Romanows befanden sich im Bahnhofsgebäude, das Doppelabteil war leer. Die Steine. Boris musste auf der Stelle ...

Er hatte Malenkov getötet. Boris Petrowitsch hatte seinen Führungsoffizier getötet. Den Mann, der ihn ausgebildet, der ihm *vertraut* hatte. Malenkov hatte sterben müssen, weil er seine Waffe auf Katharina Nikolajewna Romanowa gerichtet hatte, die *Verkörperung* der zaristischen Tyrannei. Und Boris hatte ihren Tod verhindert. In einer mit Hunderten von Menschen, Hunderten von Zeugen vollgestopften Bahnhofshalle hatte er Juri Malenkov getötet, mit einem Manöver, das er von ebendiesem Mann gelernt hatte. Ich bin tot, dachte Boris Petrowitsch. Ich selbst bin schon tot.

Aber er hatte keine Wahl. Boris stand auf. Seine Bewegungen waren ganz ruhig, und beinahe staunte er selbst darüber. Sogar jetzt, nein, *gerade jetzt*, in einer Situation der äußersten Anspannung, war nichts von dem, was er tat, auch nur eine Spur übereilt. Er nickte dem Leichnam zu, sagte irgendetwas. *Ich wünsche Ihnen eine gute Fahrt* oder etwas in dieser Richtung. Auf jeden Fall sprach er serbokroatisch. Überall waren Menschen. Es war möglich, dass jemand seine Worte hörte.

Eine Chance. Gab es eine Chance? Malenkov war tot. Allerdings hatte niemand gesehen, dass Boris ihn getötet hatte. Niemand außer Katharina Nikolajewna.

War Malenkov allein gewesen? Es war nicht auszuschließen, dass sich irgendwo in der Menschenmenge ein weiterer Angehöriger des NKWD verbarg, möglicherweise sogar mehrere. In diesem Fall würde Boris in den nächsten Minuten sterben. Er bezweifelte jedoch, dass dem so war. Ein Mann wie Juri Malenkov reiste allein. Ein zweiter Agent hätte nur ein zusätzliches Risiko bedeutet. Ein Mann wie der Oberst brauchte niemanden, der ihn *beschützte*.

Boris wandte sich zum Ausgang, wartete ab, bis eine Bauernfamilie mit Käfigen voller gackerndem Geflügel die Tür passiert hatte, trat ins Freie, ohne sich noch einmal umzusehen. Weder nach dem Toten noch nach den Romanows.

Die Steine. Machte es überhaupt noch einen Sinn, wenn er die Steine unter diesen Umständen an sich brachte? Der Leichnam würde gefunden werden. Mit etwas Glück würde das allerdings erst zu einem Zeitpunkt geschehen, wenn der Simplon Orient schon wieder unterwegs war. Die jugoslawische Bahnpolizei würde den Toten untersuchen, doch wie gründlich würde sie dabei vorgehen? Ein toter Mann mit einem entstellten Gesicht, gekleidet in einen zerlumpten Mantel und aufgefunden in einer Bahnhofshalle. Ein nahezu alltägliches Bild in der kapitalistischen Welt.

Es war tatsächlich möglich, wenn nicht sogar wahrscheinlich, dass einer der gefürchtetsten Köpfe des NKWD hier in Belgrad in einem ungekennzeichneten Grab enden würde. Niemand würde jemals erfahren, was aus Juri Malenkov geworden war.

Und Boris Petrowitsch Kadynow würde das Collier der Zarin zurück nach Russland bringen, nach Hause, als Held der Sowjetunion. Wie er umgehen würde mit dem, was er getan hatte ... Nicht jetzt!

Boris gönnte sich einen Moment des Durchatmens. Der Bahnsteig. Der Zug. Die Steine.

Er steckte die Hände in die Taschen seines Mantels. Die Geste war unauffällig, und die Wunde auf dem Handrücken ließ sich nicht anders verbergen. Er beschleunigte seine Schritte ...

Ruckartig blieb er stehen. Der Express war verschwunden. Eine Sekunde lang wollte er an eine Täuschung glauben, sich einbilden, ein anderer Zug hätte sich vor den Simplon Orient geschoben und den Blick auf die bläulich schimmernde Wagenreihe verdeckt. Aber das war unmöglich. Der Zug der CIWL war am vordersten Bahnsteig eingefahren, sodass die Fahrgäste bis in die Bahnhofshalle nur wenige Schritte hatten zurücklegen müssen.

Der Orient Express war verschwunden. Der andere Zug hielt am Bahnsteig *dahinter*, dem zweiten Bahnsteig. Einzig der rußgeschwärzte Leib der Pacific war noch da, die den Simplon Orient seit Postumia gezogen hatte.

In diesem Moment trat eine Gestalt hinter der Lokomotive hervor. Ein Mann, blond. Boris sah es in dem kurzen Moment, ehe der Unbekannte seine Uniformmütze auf den Kopf setzte, mit kurzen, knappen, präzisen Bewegungen. Ein Hüne, genauso ein zweiter Uniformierter, der ihm folgte.

Deutsche, und sie kamen vom hinteren Bahnsteig, aus dem hinteren Zug. Ein Zug aus Deutschland mit Offizieren im Feldgrau der deutschen Wehrmacht.

Boris Petrowitsch wandte sich auf der Stelle nach links, weg von den Deutschen, doch ohne jede Hast. Mit ruhigen Schritten begann er an der Bahnhofsfassade entlangzuspazieren, als wolle er sich die Füße vertreten. Zurück in die Halle kam nicht in Frage. Außerdem hätte er so die Deutschen nicht im Auge behalten können.

Während er noch hinsah, begann sein Verstand die einzelnen Elemente zu ordnen: Natürlich, er hatte sich seit dem Tag, an dem Constantin Alexandrowitsch das Doppelabteil im Lx gebucht hatte, auf diese Reise vorbereitet. Er wusste von dem Kurswagen aus Berlin – über Breslau, Oderberg, Budapest –, der laut Fahrplan hier in Belgrad an den Express ankoppeln sollte. Boris hatte nicht für möglich gehalten, dass diese Verbindung unter den veränderten Umständen noch immer bestand. Offenbar hatte er die Entschlossenheit der Schlafwagengesellschaft und ihrer internationalen Partner unterschätzt. Die Wagen aus Deutschland waren da. Aber wo war der Simplon Orient? Die Stewards hatten kein Wort davon gesagt, dass er den Bahnsteig verlassen würde.

Die Stewards. Boris entdeckte einen von ihnen: Er stand auf dem Hauptbahnsteig, dort, wo der Express hätte warten sollen, sprach soeben mit den Handelsvertretern aus dem hinteren Schlafwagen, schien beruhigend auf die beiden Männer einzureden, die aufgebracht in sämtliche Richtungen gestikulierten. Bis sie den Handbewegungen des jungen Stewards folgten, wie auch Boris' Augen das taten. Er stieß den Atem aus: Dort war sie, die vertraute Wagenreihe, hinter eine wuchtige Schlepplokomotive gekoppelt, ein Stück entfernt auf den Rangiergleisen.

466

Der Zug. Das Abteil mit den Steinen, unbewacht. Boris' zögerte. Das Ziel seiner Mission war zum Greifen nahe, doch das Erscheinen der Deutschen stellte ein Element dar, das er nicht einkalkuliert hatte. Militärangehörige. Sie waren eine Unbekannte in seiner Rechnung, und Unbekannte bedeuteten ein Risiko, das sich als verhängnisvoll erweisen konnte.

Die Offiziere waren um das Gleisende herumgekommen, schlenderten auf die Tür der Bahnhofshalle zu – soweit deutsche Wehrmachtsoffiziere zum *Schlendern* in der Lage waren. Ganz offensichtlich waren sie nicht im Dienst. Weitere Passagiere aus dem deutschen Zug, die ihnen folgten, trugen Zivilkleidung. Und waren damit ungefährlich?

Das Großdeutsche Reich war der grimmigste Todfeind des sowjetischen Russland, zugleich aber, und sei es nur für den Augenblick, auch sein engster Verbündeter. So lange, bis die beiden stärksten Völker Europas, die beiden stärksten Völker der *Welt*, ihre Kräfte miteinander messen würden. Dieser Augenblick war noch nicht gekommen, aber fern konnte er nicht mehr sein. Und bis dahin – beobachtete man einander.

Boris' Augen kehrten zurück zum schwärzlich metallenen deutschen Zug. Der Kurswagen der CIWL in seinem majestätischen Blau und mit dem goldfarbenen, hier in deutscher Sprache ausgeführten Schriftzug *Internationale Schlafwagengesellschaft* war auf den ersten Blick von den Fahrzeugen der großdeutschen Reichsbahn zu unterscheiden. Doch es war ein Waggon weit hinten in der Wagenreihe, der Boris' Aufmerksamkeit anzog: dunkler Stahl, ganz anders als die Wagen der CIWL, und dennoch auf eine ganz ähnliche Weise ... luxuriös. Gediegen. Dieser Wagen war etwas Besonderes, das erkannte er auf der Stelle. Noch bevor er die Hoheitszeichen in der Mitte der Verkleidung, die ungewöhnliche Anordnung der Fenster wahrnahm.

Ein Salonwagen. Ein Salonwagen der deutschen Führung. Unmöglich, dass ein solcher Wagen in einem regulären Zuglauf eingesetzt wurde. Nur den ranghöchsten Angehörigen der Regierung standen diese Schienenfahrzeuge zur Verfügung. Irgendeiner der nationalsozialistischen Anführer saß in diesem Zug.

Die Lage wurde von Sekunde zu Sekunde unübersichtlicher. Während Boris sich noch bemühte, dieses neue Element in das Gesamtbild einzuordnen, machte er die wirklich alarmierende Entdeckung: Hinter dem deutschen Salonwagen kam nur noch ein Fourgon, aus dessen Schatten sich in diesem Moment ein einzelner Umriss löste. Ein Fahrgast des deutschen Zuges. Boris' Stirnrunzeln vertiefte sich. Warum ging der Mann nicht um das Kopfende der Gleise herum wie alle übrigen Passagiere?

Boris hatte sich weiter am Bahnhofsgebäude entlangbewegt und war nahezu gleichauf mit ihm. Zwei Gleisbreiten trennten sie. Anders als der Unbekannte befand er sich jedoch nach wie vor auf einem mehr oder minder belebten Bahnsteig. Der Kleidung der Leute nach würde sich hier in allernächster Zeit ein Zug zur Abfahrt in die Provinz bereit machen.

Die Kleidung des Mannes aus dem deutschen Zug hätte sich kaum deutlicher unterscheiden können: ein Reiseanzug aus hellem Stoff, ein Wettermantel, fast eine Spur zu lässig über den Arm geschlagen. Ein Hut mit schmaler Krempe, modisch ein wenig schief in die Stirn gezogen. Irgendetwas veranlasste Boris, genauer hinzuschauen.

Ruckartig warf der Fremde einen Blick über die Schulter. Der Rhythmus von Boris' Schritten veränderte sich nicht. Er wusste, dass er zwischen den Leuten vom Lande unsichtbar war, solange er sich unauffällig verhielt. Doch in diesem Moment erkannte er den Mann. Spitze Nase, ausgeprägtes Kinn: Joachim von Puttkammer.

Boris hatte etwa ein Jahr lang in Großdeutschland Dienst getan, in der sowjetischen Botschaft *Unter den Linden* in Berlin. Viel zu kurz, als dass er sich die Gesichter sämtlicher Angehöriger der deutschen Nachrichtendienste hätte einprägen können. Geschweige denn ihre Namen. Schon die Zahl der offiziellen Mitarbeiter musste in die Hunderte gehen. Puttkammer aber war eine Zeitlang einem von Admiral Canaris' engsten Mitarbeitern zugeteilt gewesen, einem gewissen Oberst Oster. Boris war damals Gerüchten nachgegangen, dass Oster möglicherweise eine undichte Stelle sein könnte, woraufhin er Versuche unternommen hatte, einen Kontakt zu dem Oberst herzustel-

468

len. Vergeblich. Falls Oster tatsächlich Informationen weitergab, war
er nicht daran interessiert, sie mit Hitlers Moskauer Verbündeten zu
teilen. Stattdessen möglicherweise mit dem Feind, den Franzosen?
Soweit Boris wusste, hatte das NKWD die Zusammenhänge bis heute
nicht aufdecken können.

Doch es bestand kein Zweifel: Der Mann, der sich vom Zug aus
Berlin entfernte, war ein Mitarbeiter der deutschen Abwehr. Kein be-
deutender Mitarbeiter zwar, dennoch jemand aus der Zentrale. Ein
Angehöriger von Ausland/Abwehr in Zossen. Ein Mitarbeiter von Ad-
miral Canaris bewegte sich mit langsamen Schritten in Richtung des
Simplon Orient Express.

***

Belgrad, Bahnhofsgebäude – 27. Mai 1940, 07:30 Uhr

Dieses Gesicht, dieses von wucherndem Narbengewebe entstellte
Gesicht! Nein, es war unmöglich. Nicht nach so langer Zeit. Es war
unmöglich, nach mehr als zwei Jahrzehnten ein Gesicht wiederzuerkennen, das sich auf so grauenhafte Weise verändert hatte.

Und doch war es dieser Blick, derselbe Blick, der Katharina Nikolajewna an Ort und Stelle gebannt hatte, damals, in den letzten
Minuten im Palais am Newski-Prospekt. Sie hatte im Korridor gestanden, der an den Quartieren der Domestiken vorbeiführte, den
kleinen Alexej vor ihrer Brust, die Schreie der Dienstmädchen in
ihren Ohren.

Dieser Mann war keiner von jenen gewesen, die über die Mädchen
hergefallen waren. Das Kinn glattrasiert wie für eine Militärparade,
die Stirn nachdenklich gerunzelt, die Augen aufmerksam über dem
Lauf der Armeepistole. Er war ein Anführer. Katharina wusste nicht,
ob er tatsächlich der Anführer der Männer gewesen war, offiziell und
dem Namen nach, doch sie war in der Lage, einen geborenen Anführer
zu erkennen. Ein Anführer war konzentrierter, kühler, ließ sich nicht

hinreißen von den Instinkten, in denen seine tierhaften Untergebenen sich hingaben und die er vielleicht von Fall zu Fall gewähren ließ, weil er entschieden hatte, dass der Sache damit gedient war, wenn sie für den Moment bekamen, was sie für die ihnen zustehende Belohnung hielten.

Er selbst aber würde sich nicht daran beteiligen.

Katharina hatte ihren kleinen Jungen umklammert. Sie wusste, dass Wladimir mit dem Automobil im hinteren Hof auf sie wartete, und es war ein Fehler gewesen, noch einmal zurückzukehren, um ihren Schmuck zu holen und die Fotografie ihrer Eltern. Und um die Mädchen aus dem Haus zu schicken, damit sie nicht erdulden mussten, was nun mit ihnen geschah.

Es war ein Fehler gewesen. Die Augen des Mannes hatten sich auf sie gerichtet, und sie hatte ihren Tod in ihnen gelesen. Keinen Hass oder eines der anderen Gefühle, das die gesichtslose Masse der Rotarmisten in dieser Nacht beherrschte. Stattdessen tiefe Nachdenklichkeit, das Für und Wider abwägend, ob Katharina Nikolajewna Romanowa sterben sollte.

Wie lange hatte dieser Moment gedauert? Sekunden? Minuten?

Ein ganzes Leben.

Irgendwann hatte er die Waffe gesenkt, sich abgewandt und war verschwunden, doch das war bedeutungslos. Es war dieser Blick, und er hielt noch immer an. Sie hätte dort im Korridor sterben können, oder sie hätte leben können, und es war einzig und allein seine Entscheidung gewesen. Kein Flehen, keine Drohungen, nichts, was sie hätte tun oder sagen können, hätte einen Einfluss auf seine Entscheidung gehabt.

Es war diese Hilflosigkeit, dieses absolute Ausgeliefertsein, das sie nie wieder verlassen hatte. Das dafür gesorgt hatte, dass sie geworden und geblieben war, was sie immer gewesen war: Katharina Nikolajewna, Ehefrau des Großfürsten Romanow und Mutter seiner Kinder. Ihre Rolle. Ihr Leben. Die einzige Rolle, die sie voll und ganz beherrschte. Und die ihr, indem sie *wusste*, dass sie sie beherrschte, ein Gefühl der Sicherheit verlieh. Die einzige Rolle, die sie jemals gekannt

470

hatte. Diese Augen, die sie in ihrem Bann gehalten hatten, Siegel ihres Wesens, auf alle Zeit.

Sie fragte sich, wo ihre Gedanken in dem Moment hier auf der Galerie gewesen waren. Nicht bei Elena, die in einem ihrer kindlichen Wutanfälle laut krakeelend nach einer Zuckerstange verlangt hatte, aber mit Sicherheit auch nicht bei den Augenblicken, die ihr Leben in einem solchen Maße geprägt hatten. Nein, wahrscheinlich war sie bei ihm gewesen, bei Boris Petrowitsch, durch den sie endlich und viel zu spät gelernt hatte, was sie auch hätte sein können, wenn sie nur den Mut gehabt hätte. Wenn sie nur in der Lage gewesen wäre, das Siegel zu brechen. Und plötzlich war Boris tatsächlich dort gewesen, unten in der Bahnhofshalle, hatte zu ihr emporgesehen mit einem Blick, den sie nicht zu deuten wusste. Und neben ihm ...

Es waren dieselben Augen. War es möglich, dass es auch dieselbe Waffe war, auf ihr Herz gerichtet? Das entstellte Gesicht, die entsetzlich verwucherten Narben ... Sie waren ein Spiegel. Ihr eigenes Gesicht, ihr eigener Körper hatte so viel von seiner kühlen Schönheit bewahrt. Bei ihr wucherten die Narben nach innen, in den tiefsten Kern ihres Wesens hinein, doch waren sie nicht genauso entstellend, genauso beherrschend? Sie waren eine Verbindung zwischen diesem Mann und ihr über den Abgrund der Jahre hinweg. Und sie hatte gewusst, dass er die Waffe dieses Mal nicht wieder senken würde.

Zum zweiten Mal in ihrem Leben hatte sie in diese Augen geblickt, und seit diesem Moment fragte sie sich, ob er sie ebenfalls erkannt hatte: Schicksalsgefährten, auf ewig aneinandergefesselt.

Boris' Bewegungen waren so schnell gewesen, für das Auge kaum wahrnehmbar. Sie hatte noch niemals einen Menschen gesehen, der seinen Körper auf diese Weise einzusetzen wusste. Die Waffe war zu Boden gefallen, Boris' Arm in einer unmöglichen Bewegung ...

Und die Augen des Mannes, mit dem ihr Leben auf so unglaubliche Weise verknüpft war: Sie hatten sich verändert, kaum begreifend, was geschah. Überraschung, vollständige Überraschung in diesem Blick. Noch immer auf Katharina Nikolajewna Romanowa gerichtet, waren sie gebrochen.

Ein Zupfen an ihrem Ärmel. «Maman!» Eine gestreifte Zuckerstange wurde geschwenkt, doch sie sah sie nur aus dem Augenwinkel. Die Zuckerstange und das kleine Mädchen, die Puppe unter dem Arm. «Maman, Xenia sagt, ich darf nicht beißen! Ich will aber beißen! Sie wird schmierig und eklig, wenn ich nicht beiße!»

Der Mann saß auf der Bank in der Bahnhofshalle ... Nein, es war nicht mehr der Mann. Es war nur noch ein Bündel von Lumpen, die Gestalt eines toten Krüppels in der Gosse.

«... sag dem Kind endlich, ob es in die verfluchte Stange beißen darf!» Constantin.

Doch sie konnte nicht. Sie ...

«Katharina!» Seine Hand packte ihren Arm, und der Schmerz brachte sie zur Besinnung.

«Ja», flüsterte sie. «Ja, du darfst hineinbeißen. Aber ... vorsichtig.»

Der Blick. Der Blick, der sie ein Leben lang verfolgt hatte, war erloschen. Nun würde er sie nie wieder verlassen.

***

Belgrad, Rangierbahnhof – 27. Mai 1940, 07:34 Uhr

Boris Petrowitsch war stehen geblieben.

Puttkammer war auf der Hut. Immer wieder sah er sich um, aber er tat es einfach zu auffällig. Nein, kein Vergleich zu den Männern des NKWD, die durch Malenkovs Schule gegangen waren. Und es war unübersehbar, was sein Ziel war, während er sich immer weiter von seinem Zug entfernte: der Simplon Orient, der jetzt inmitten des Schienenlabyrinths, inmitten der Weichen und Rangiergleise, der Leitstände und Arbeitsbaracken haltgemacht hatte, während sich die Schlepplokomotive langsam von ihm löste und Maschinisten sich am Faltenbalg und den Verbindungen zwischen dem hinteren Schlafwagen und dem altertümlichen Gefährt des französischen Botschafters zu schaffen machten.

Die Wagenreihung wurde umgruppiert, und Boris glaubte den Grund zu kennen. Thuillet und Lourdon waren vom Auftauchen des deutschen Zuges nicht weniger überrascht worden als alle anderen.

Boris stand am Ende des belebten Hauptbahnsteigs, noch immer halb verdeckt durch eine Gruppe von Dorfbewohnern. Er wartete ab, bis Puttkammer hinter einem Rangierschuppen außer Sicht war. Dann machte er zwei rasche Schritte nach vorn und sprang ins Gleisbett hinab. Niemand achtete auf ihn. Er konnte irgendjemand sein, der in aller Eile seinen Zug auf einem der hinteren Gleise erreichen wollte.

Als Puttkammer am Schuppen vorbei war, hatte Boris seinerseits den Schutz der Bretterwände erreicht. Ein letztes Mal sah sich der deutsche Nachrichtenoffizier nach hinten um, dann hielt er quer über die Gleise direkt auf den Simplon Orient zu.

Boris folgte ihm ohne Hast. Belebte Orte hatten ihre Vorteile, dachte er. Nur blutige Anfänger gaben sich der Hoffnung hin, dass eine verlassene Umgebung ihnen Sicherheit vor Entdeckung garantierte, und aus genau diesem Grund kamen die wenigsten von ihnen jemals über das Stadium blutiger Anfänger hinaus: weil sie dieses Stadium nicht überlebten. Der Rangierbahnhof war ein belebter Ort. Es war dasselbe Bild wie überall in den Staaten Europas, die nicht bereits im Strudel des Krieges versunken waren. Voller Hektik wurden die Gleisanlagen auf die neuen Anforderungen vorbereitet, die der Eintritt in den Konflikt für das jugoslawische Königreich bedeuten würde: Truppen mussten eilig an die unterschiedlichen Fronten transportiert werden, Nachschub und Kriegsgerät. Wenige hundert Meter entfernt wurde eine Brücke über die Schienen kurzerhand abgebrochen. Natürlich, Kettenfahrzeuge auf ihren Lafetten ragten weit höher auf als gewöhnliche Passagierwaggons.

Die Arbeiter hatten einfach zu viel zu tun, um sich darum zu kümmern, ob sich irgendjemand verdächtig verhielt. Niemand hatte Augen für Puttkammer. Doch genauso wenig für Boris Petrowitsch Kadynow.

Der Express stand isoliert auf einer freien Fläche, weit von den

473

Bahnsteigen entfernt, doch nach wie vor in der ursprünglichen Fahrt-richtung, der Gepäckwagen voran, hinter ihm der Lx. Einzig die Loko-motive fehlte.

Puttkammer hatte den Fourgon erreicht, ging eilig unter den Fens-tern entlang. Boris sah keine Bewegung hinter den Scheiben, vermut-lich hielt sich in diesem Moment auch niemand im Gepäckwagen auf – ausgenommen Vera Richards und ihre Bewacher. Und das schmale Fenster von Thuillets *office* ging zur entgegengesetzten Seite.

Boris suchte Deckung hinter einem unbesetzten Leitstand, zwei Gleisbreiten vom Zug entfernt. Allerdings würde es für Puttkammer nicht nach Deckung-Suchen aussehen, sollte der sich noch einmal umdrehen. Boris stand einen halben Meter von der bröckeligen Zie-gelbaracke entfernt, das Gesicht zur Wand und scheinbar ganz auf seinen Hosenstall konzentriert. Eine Haltung, die zuverlässig sicher-stellte, dass niemand genauer hinsah.

Puttkammer passierte den Lx. Der Einstieg stand offen, doch der Deutsche ging daran vorbei. Jetzt erst löste sich Boris von der Ziegel-mauer, schloss seine Hose und steuerte den Zug an, die offenstehende Tür.

Der Lx. Die Doppelkabine der Romanows, deren lächerlicher Schließmechanismus seinem Werkzeug nicht mehr Widerstand ent-gegensetzen würde als bei seinem ersten Versuch – mit dem Unter-schied, dass das Abteil diesmal mit Sicherheit leer war und vor allem auch leer *bleiben* würde. Das Rangiermanöver würde ihm zusätzliche Zeit verschaffen.

Zwanzig Schritte vor ihm aber bewegte sich ein Agent des deut-schen Nachrichtendienstes. Puttkammer hatte nicht einmal aufge-blickt, als er den Lx passierte. Es war so gut wie ausgeschlossen, dass er irgendwas mit Constantin Alexandrowitsch und den Steinen zu tun hatte. Wenn das aber nicht der Fall war: Was sonst hatte einer von Canaris' Männern im Simplon Orient zu schaffen? Mit *wem* hatte er etwas zu schaffen?

Boris hatte den Einstieg erreicht, konnte ins Innere spähen. Im Ein-gangsbereich war niemand zu sehen. Er drehte den Kopf. Puttkammer passierte den Speisewagen, und jetzt schien er sich tatsächlich auf das Vorgehen eines Agenten im Feld zu besinnen: keine verstohlenen Blicke mehr in sämtliche Richtungen. Stattdessen berührte er versonnen das glänzende Metall. Ein Fahrgast. Die bei weitem unauffälligste Camouflage. Und wenn der Deutsche die Reise tatsächlich im Simplon Orient fortsetzen wollte? Nein, das war Unsinn. Dann hätte er einfach abwarten können. In wenigen Minuten würde der Kurswagen aus Berlin an den Express ankoppeln. Genau darin bestand schließlich der Luxus des Reisezugsystems, mit dem die CIWL ganz Europa bediente: Der Fahrgast reiste vom Abfahrtsort zum Bestimmungsort, ohne sein Quartier ein einziges Mal wechseln zu müssen.

Wenn Puttkammer jetzt einstieg, konnte das nur eines bedeuten: Er hatte etwas im Zug zu erledigen, noch bevor der Express seine Reise fortsetzte. Wenn der Simplon Orient wieder anfuhr, würde er nicht mehr an Bord sein.

Unmittelbar hinter dem Speisewagen kletterte der Deutsche ins Innere. In den Schlafwagen, in dem sich auch Boris' Kabine befand.

Ruckartig wandte Boris sich um, folgte ebenfalls dem Weg über den Schotter, unter den Fenstern des Speisewagens entlang. Möglich, dass ihn jetzt einer der Kellner sichtete, die die Salons in diesen Minuten für das Frühstück vorbereiteten, aber das war ungefährlich. Er war Passagier dieses Zuges und hatte den Express draußen auf den Rangiergleisen entdeckt. Warum sollte er nicht in sein Abteil zurückkehren?

Ja, die Tür des Schlafwagens stand offen. Der Einstieg unmittelbar davor, der noch zum Speisewagen gehörte, genauso. Puttkammer hatte einige entscheidende Sekunden Vorsprung. Wenn Boris mitbekommen wollte, in welcher Kabine er verschwand, musste er unter allen Umständen ...

Ein Schneeball traf ihn über dem rechten Auge.

So fühlte es sich an: wie der stumpfe, vor allem überraschende, im ersten Moment noch nicht einmal schmerzhafte Aufprall eines Schneeballs. Der Schmerz kam eine halbe Sekunde später. Boris stolperte, hielt sich am Einstieg fest, dem Einstieg zum Speisewagen.

«Himmel bewahre!»

Boris drehte den Kopf.

«Himmel bewahre, Mister Petrowitsch!» Der Brite, die Augen hinter dem Zwicker entsetzt aufgerissen. Er stützte sich ebenfalls in den Einstieg, allerdings einen halben Meter höher, im Innern des Wagens, die freie Hand hilflos ausgestreckt. «Mister Petrowitsch, habe ich Sie verletzt? Mein Stock ist mir ...»

Der Stock lag zu Boris' Füßen auf dem Schotter. Boris ging in die Hocke, hob ihn auf. Die Verletzung pochte, doch er spürte kein Blut. Der alte Mann hatte nicht zugeschlagen. Der Stock war ihm lediglich aus den Fingern gerutscht. *So sah es aus.*

«Bitte.» Boris drückte dem Alten den Stock in die Hand. Der Brite öffnete den Mund, aber Boris war schon weiter. Der Einstieg zum Schlafwagen: Mit zwei Schritten stand er im Innern.

Der Kabinengang war menschenleer.

***

Belgrad – 27. Mai 1940, 07:39 Uhr
CIWL WL 3425 (Hinterer Schlafwagen). Abteil 10.

Eva Heilmann hatte kein Auge zugetan. Zumindest war sie fest entschlossen gewesen, nicht für eine einzige Sekunde die Augen zu schließen.

Kaum dass der Steward das Abteil in die Nachtkonfiguration gebracht hatte, war sie in ihr Bett gekrochen, hatte einem Impuls folgend einen ihrer teuren Pariser Schuhe zu sich unter die Decke gezogen. Diese Schuhe mochten ungeeignet sein, sich auf den hohen, spitzen Absätzen eilig über die Straßen von Paris zu bewegen – oder über die Straßen von Postumia. Wer aber sagte, dass sie sich nicht auf ganz andere Weise einsetzen ließen? Als Waffe?

Oberkommando der Wehrmacht

Sie hatte es geahnt, gespürt, gewusst – zumindest so gut wie gewusst. Und trotzdem hatte sie es nicht wahrhaben wollen: Ludvig

Mueller, angeblicher Student der Paläographie aus Michigan, war ein Agent der Nationalsozialisten.

Eva hatte gewartet, kaum zu atmen gewagt, jeden Augenblick darauf gefasst, Ludvigs Schritte auf dem Gang zu hören, den Laut, mit dem die Tür sich öffnen würde, um sie die Nacht über einzuschließen mit einem Diener derjenigen, die geschworen hatte, das jüdische Leben in Europa auszulöschen. Einem Mann, der das in ihren Pass gestempelte J gesehen hatte.

War es ihre Erschöpfung gewesen, die Schwäche, die sich am Ende Bahn gebrochen hatte? Trotz allem musste sie eingeschlafen sein, noch ehe Ludvig in das Abteil zurückgekehrt war. Jedenfalls war sie mitten in der Nacht davon wach geworden, dass er sich auf dem oberen der beiden Betten hin und her gewälzt hatte. Undeutliche, unverständliche Laute. Diesmal hatte er nicht von dem ominösen Löffler gemurmelt. Er hatte überhaupt nicht gemurmelt. Diesmal hatte er tatsächlich vor Schmerzen gestöhnt.

Ein Gefolgsmann Hitlers, ein Mann, der sie auf die grausamste Weise betrogen hatte: indem es ihm mit seiner vermeintlichen Unschuld, die sich auf unvorhersehbare Weise mit Anfällen von Courage abwechselte, gelungen war, dass sie ... Ja, dass sie sich ein klein wenig in ihn verliebt hatte.

Ebendieser Mann hatte im Bett über ihr vor Schmerzen gestöhnt, unfähig, Ruhe zu finden. Hätte sie nicht Freude empfinden müssen, zumindest Genugtuung? Sie war zu schwach. Nach allem, was inzwischen geschehen war, war sie nicht einmal dazu in der Lage gewesen. Und wieder musste der Schlaf sie davongetragen haben.

Als jenseits der Fenster der Morgen erwacht war, war er schon wieder fort gewesen.

Stattdessen hatte der freundlich plappernde Monsieur Georges das Abteil betreten und es wieder für den Tag hergerichtet. Und nun saß Eva Heilmann auf dem Polster, strich über den Stoff des mintgrünen Kleides, das sie heute Morgen wieder angelegt hatte. Betys Kleid, das sie nun, da zumindest die Dinge zwischen ihnen beiden geklärt waren, fast mit einer Form von Stolz trug.

Betty ... Die Schauspielerin hatte ihr zu verstehen gegeben, dass es Eva nichts anging, wie Ludvig zu seiner Verletzung gekommen war. Aber hatte sie ahnen können, dass er mit den Deutschen im Bunde war? Den Deutschen, die doch Carols schlimmste Feinde waren, wie die Dinge jetzt lagen! Hätte Eva nicht auf der Stelle zu den beiden laufen, ihnen den Umschlag unter die Nase halten müssen? Das war unmöglich gewesen. Etwas in ihr hatte sich mit aller Macht dagegen gewehrt, den Mann, der seine Nächte bis vor kurzem mit ihr verbracht hatte, aus einer Liebesnacht mit einer anderen Frau aufzustören. Bevor er heute eine wiederum andere Frau heiraten würde.

Jetzt aber hörte Eva Geräusche draußen auf dem Gang. Die Stewards hatten ihre Aufgaben in den Abteilen erledigt. Im Speisewagen wurde vermutlich schon das Frühstück vorbereitet. Betty und Carol mussten längst aufgestanden sein.

Eva überlegte. Carol würde an diesem Morgen anderes im Kopf haben, und schließlich hatte er allen Grund dazu. Aber Betty? Mit Betty konnte sie reden. Die Schauspielerin würde wahrscheinlich sogar froh sein, an etwas anderes zu denken an diesem sonderbaren Tag. Denn in diesem Punkt täuschte Eva sich nicht: Möglich, dass Betty Marshall den König von Carpathien als flüchtige Affäre abtat, sogar vor sich selbst. Eine Affäre, wie diese Frau mit Sicherheit schon viele erlebt hatte. Doch in ihr sah es anders aus. Eva hatte Bettys Augen gesehen, ihren Blick, wenn sie Carol betrachtete. Das war nicht die verruchte Person, an die sie sich aus den Magazinen erinnerte. Nein, Betty Marshall war nicht leichtfertig. Sie war genau das Gegenteil, und Eva hätte einiges gegeben, wenn sie ...

Ein Klopfen an der Abteiltür. Es klang ... Irgendwie klang es eilig. Betty?

«Ja?» Eva stand auf.

Die Tür öffnete sich. Es war nicht Betty Marshall. Es war ein Mann um die dreißig, spitze Nase, spitzes Kinn. Eva hatte ihn noch nie gesehen. Der schmalkrempige Hut saß etwas schief in seiner Stirn. Sein heller Anzug war von aktuellem Schnitt und teurer Qualität. Über den Arm hatte er einen Mantel drapiert.

Das Bild war plötzlich da, ungebeten, ganz wie die Rebellen der *Ustascha* plötzlich da gewesen waren mit ihren zottigen Mähnen und zottigen Pferden. Und ihren Dolchen. Doch in dem neuen Bild spielten Dolche keine Rolle. Nicht bei den Männern, die ihre Hüte schief in der Stirn trugen und die Mäntel lässig über dem Arm. Denn unter den Mänteln verbargen sich ihre Pistolen.

Mit Sicherheit stammte auch dieses Bild wieder aus einem Film, und zweifellos waren die Männer in diesem Film Amerikaner gewesen. Dieser Mann dagegen ...

Dieser Mann sah deutsch aus.

Unwillkürlich machte Eva einen Schritt zurück. Mehr war nicht möglich. Schon war sie fast am Fenster, spürte das Tischchen in den Kniekehlen.

Der Mann starrte sie an, sagte kein Wort. Ganz kurz bewegten seine Augen sich nach rechts zum leeren Polster.

«Vous êtes seule.»

Ja, sie war allein. Er sprach das Offensichtliche aus. Allerdings mit einem so harten deutschen Akzent, dass Eva sich noch einen weiteren Schritt zurückgezogen hätte, wäre das möglich gewesen. Bleib stehen!, hörte sie eine innere Stimme. Die Stimme der neuen Eva Heilmann vielleicht, die sie irgendwo in diesem Zug gefunden hatte. Der Eva Heilmann, die kämpfen würde. Bleib stehen und sieh ihm in die Augen!

Sie blickte dem Mann entgegen. «Wie Sie sehen, entspricht das den Tatsachen», sagte sie. Und sie sprach deutsch. Akzentfrei. Schließlich war es ihre Muttersprache. «Darf ich fragen, was Sie zu mir führt?»

Der Fremde antwortete nicht, doch jetzt rührte er sich. – Eva kniff die Augen zusammen. War es möglich, dass der Mann nervös war? Seine freie Hand öffnete und schloss sich wieder, seine Zunge fuhr in einer unbewussten Bewegung über die Lippen.

Mit einem Mal war ihre Kehle wie zugeschnürt. *Vous êtes seule.* Sie sind allein. Auf einen Schlag begriff sie. Der Satz in geradebrechtem Französisch war weder eine Frage gewesen noch eine bloße Feststellung. Es war ein Ausdruck der *Überraschung* gewesen! Er war überrascht, weil er nicht damit gerechnet hatte, sie in diesem Abteil vorzufinden. Dieser Mann wollte überhaupt nichts von ihr. Dieser Mann wollte zu Ludvig.

Evas Gedanken überschlugen sich, während der Unbekannte den Mund öffnete, unschlüssig über den Mantel strich. Seine Unruhe wuchs: Angst. Angst, einen Fehler zu machen, der vielleicht nicht wiedergutzumachen war.

Natürlich war er überrascht. Wenn er zu Ludvig wollte, musste er einer seiner Verbündeten sein. Und einer seiner Verbündeten musste wissen, dass Ludvig nicht allein unterwegs war, sondern mit einem Mann namens Löffler reiste. Zumindest *hätte* er mit Löffler reisen sollen, auf seinem Doppelticket.

Und nun ... Nun stand er hier im Abteil, Eva vor ihm, die ganz eindeutig weder Ludvig Mueller noch Löffler war, sondern ...

Es durchfuhr sie siedend heiß. Er hat nichts als die Abteilnummer! Er hat die deutschen Agenten, mit denen er sich treffen soll, niemals gesehen. Vermutlich ist er schlicht überrascht, dass ich eine Frau bin, und ist sich nun nicht sicher, ob er nicht doch das falsche Abteil erwischt hat.

Der Unbekannte tastete nach hinten, nach der Abteiltür, im Begriff, sich umzuwenden.

«Löffler!», stieß Eva hervor.

Der Mann erstarrte.

«Sie fragen sich, wo Löffler steckt.»

Sie sah, wie er schluckte.

«Löffler ...» *Löffler ist tot?* Zu dramatisch. Außerdem hätte sie etwas erklären müssen, das sie nicht erklären konnte. «Löffler hat es nicht geschafft», sagte sie vorsichtig.

Seine Augenbrauen hoben sich alarmiert.

«Er ... Es ist nichts Schlimmes. Nur das ungewohnte Essen. Er liegt im Krankenhaus.»

«In *Paris*?»

Sein Entsetzen war unübersehbar, doch im selben Moment ging

eine unerwartete Erschütterung durch den Zug, die sie beide fast von den Füßen holte.

«Wir haben den Salonwagen abgekoppelt», erklärte Eva ruhig. Sie hatte sich gefangen. «Würden Sie mir jetzt *bitte* verraten, was Sie hier zu suchen haben?» Er sah über die Schulter, beinahe gehetzt. Unvermittelt riss er etwas aus seinem Mantel. Ein Briefumschlag. Er streckte ihn Eva entgegen, und sie griff zu, ohne nachzudenken.

«Vom Admiral.» Schon war er wieder halb draußen auf dem Gang. «Passen Sie in Gottes Namen auf! Die Nachrichtendienste von halb Europa sind in diesem verdammten Zug unterwegs!»

In der nächsten Sekunde war der Türrahmen leer, der Mann verschwunden.

Sie starrte auf den Briefumschlag: **Oberkommando der Wehrmacht**

* * *

Belgrad – 27. Mai 1940, 07:44 Uhr
CIWL WL 3425 (Hinterer Schlafwagen). Abteil 12.

«Jetzt ist er wieder raus.» Vorsichtig schloss de la Rosa den schmalen Spalt, den seine Finger im schweren Kabinenvorhang geöffnet hatten.

«Hm?» Ingolf hatte nur kurz aufgesehen, senkte den Blick gleich wieder auf das Schriftstück. Die Urkunde nahm Formen an und sah schon jetzt ziemlich offiziell aus. Dabei hatte er die Namen der unterschiedlichen Minister für die künftige Regierung des Großdeutschen Reiches noch gar nicht verzeichnet.

«Der Mann mit dem Hut», erklärte de la Rosa. «Der Mann mit dem Hut und dem Mantel über dem Arm. Irgendwie kam er mir verdächtig vor.»

Ingolf seufzte. «Vergessen Sie's. Wenn er wieder raus ist aus dem Wagen, kann es ja nichts Wichtiges gewesen sein. Passen Sie nur weiter auf, wann sich die Wagen aus Deutschland nähern. Es war reines Glück, dass ich die Feder gerade nicht auf dem Papier hatte, als der Salonwagen abgekoppelt hat. Das hätte eine ziemliche ...»

«Bei allem Respekt.» Der Südamerikaner hob die Stimme. «Bei allem Respekt, Herr Helmbrecht. Sie wollen mir nicht *ernsthaft* erzählen, dass von Papen sich eher beeindrucken lassen wird und eher bereit sein wird, sich auf unseren Vorschlag einzulassen, wenn das Dokument hübsch geschrieben ist!»

«Was glauben Sie, von was für Dingen der sich beeindrucken lässt», murmelte Ingolf und betrachtete kritisch sein Werk. Er zögerte. «Monsignore?»

Ein Brummen.

«Monsignore, ich weiß, dass das eine etwas ungewöhnliche Bitte ist, aber würde es Ihnen etwas ausmachen, wenn Sie mich Ingolf nennen?»

«Ingolf?»

Ingolf hob die Schultern. «So heiße ich eben. Es ist einfach ... seltsam, wenn man den ganzen Tag mit einem Namen angesprochen wird, der irgendwie ...» Er schüttelte den Kopf. «Finden Sie etwa, dass ich aussehe wie ein Ludvig? Ich meine, wie klingt das denn? *Latt-wig*. Finden Sie nicht auch, dass Ingolf irgendwie ...» Er suchte nach dem Wort. Der Füllfederhalter beschrieb Kreise in der Luft.

De la Rosa sah ihn fragend an.

«Flotter», erklärte Ingolf. «Ingolf klingt flotter. Fescher. Ingolf, das ist ein Typ, bei dem man sich irgendwie ...»

«Bei dem Mademoiselle Heilmann sich irgendwie, wollten Sie sagen.»

Ingolf biss sich auf die Lippen. War er dermaßen leicht zu durchschauen? Leugnen hatte vermutlich wenig Sinn. Er nickte stumm.

«Sie sagen, sie stand zufällig am Bahnsteig?», hakte de la Rosa nach. «Am Gare de l'Est in Paris? Sie haben sie einfach *mitgenommen*? Und Sie haben keine Vermutung, warum sie unbedingt in den Zug wollte?»

«Na ja.» Ingolf stieß den Atem aus. «Ich halte es nicht ganz für ausgeschlossen, dass es mit dem König zusammenhängt. Zumindest schien sie ihn zu kennen, gestern beim Frühstück. Sie wissen schon: dieser Moustache mit Krone auf.»

«Carol von Carpathien. Jedenfalls eine schneidige Erscheinung.»

Ingolf ließ die Schultern sinken. Das war es nicht exakt, was er hatte hören wollen. «Ich finde jedenfalls nicht, dass dieser Carol zu ihr passt», erklärte er. «Eva Heilmann aus Paris ist eine sehr intelligente junge Dame mit vielfältigen Interessen. Und tatsächlich habe ich ... Also, ich hatte zumindest hin und wieder das ganz deutliche Gefühl, als ob sie meine Gesellschaft durchaus zu schätzen wüsste. Allerdings ist sie irgendwie schwer ...» Er hob die Schultern. «Ich fürchte, sie ist etwas sprunghaft manchmal. Gestern Abend war alles in Ordnung – Sie waren ja dabei. Als ich dann ins Abteil zurückkam, hat sie schon geschlafen, und heute Morgen hat sie immer noch geschlafen, aber ...» Er hob die Hände. «Sie sieht wirklich sehr, sehr hübsch aus, wenn sie schläft, aber irgendwie sah sie aus, als wenn sie selbst im Schlaf auf mich wütend wäre. Können Sie sich das vorstellen? Man kann da so fürchterlich viel falsch machen. Ich meine: Was würden Sie denn an meiner Stelle ...»

Er brach ab. De la Rosa sah ihn an. Er stand vor dem Fenster in seiner Soutane, ein Kruzifix um den Hals. Der Priesterhut lag auf dem Polster.

«Ungeschickte Frage?», erkundigte Ingolf sich vorsichtig.

Der Geistliche betrachtete ihn nachdenklich. Schon hatte Ingolf das Gefühl, als würde er überhaupt nicht antworten.

Doch dann schüttelte de la Rosa langsam den Kopf. «Wissen Sie, wenn ich Mademoiselle Heilmann wäre, und ich hätte die Wahl zwischen diesem ... Moustache, der mit seiner Krone auf die Welt gekommen ist, und ...» Ein Nicken zu Ingolf. «Und einem Mann, der sich auf diese Mission begibt, weil er seinem Land dienen will – und zwar nicht auf jene Weise, auf welche die Soldaten da draußen an der Front glauben, ihrem Land zu dienen. Indem sie töten. Sondern indem er ausschließlich sein eigenes Leben aufs Spiel setzt und sich dazu noch der Gefahr aussetzt, für alle Zeit als Verräter gebrandmarkt zu werden, einzig weil er seinem Gewissen gefolgt ist.

Wenn dieser Mann all das tut, um aus seinem Land wieder ein Land der Freiheit und Gerechtigkeit zu machen und diesen gesamten geschundenen Erdteil von der Geißel des Krieges und der Unterdrückung zu erlösen ...»

Ingolf hatte keine Augen mehr für die Urkunde. Der ernsthafte junge Geistliche aus Südamerika stand vor ihm, und mit einem Mal schoss ihm durch den Kopf, dass er möglicherweise etwas vorschnell über die Heilige Römische Kirche geurteilt hatte. Nein, nicht alle diese Leute waren kleine Pacellis.

De la Rosa lächelte. «Ich glaube nicht, dass die Entscheidung mir schwerfiele – Ingolf.»

Ingolf spürte einen schmerzhaften Kloß im Hals. Er versuchte zu schlucken, doch im selben Moment ertönte ein tiefer Signalton, als hätte der Geistliche die Posaunen des Jüngsten Gerichts heraufbeschworen.

Beide Männer waren zugleich am Fenster. Der Salonwagen des französischen Botschafters war verschwunden. Eine Rangierlok schob die stählernen Wagen aus Großdeutschland rückwärts gegen den Orient Express. Ingolfs Kehle war mit einem Mal dünn wie ein Strohhalm.

Der Augenblick der Wahrheit war gekommen.

***

Zwischen Belgrad und Niš – 27. Mai 1940, 08:53 Uhr
CIWL Lx 3509 (Vorderer Schlafwagen). Doppelabteil 6/7.

Das Doppelabteil sah exakt so aus, wie sie es verlassen hatten.

Es gab zwei Möglichkeiten, dachte Alexej Romanow: Er hatte selbst erlebt, mit welcher Konzentration Boris Petrowitsch vorging. Der Abgesandte der Bolschewiki konnte so sorgfältig gearbeitet haben, dass jedes, aber auch jedes Detail wieder an Ort und Stelle war, bis hin zu den Falten des Rasierhandtuchs auf dem Gestänge vor der Ver-

484

kleidung des Porzellans. Oder aber Boris Petrowitsch war überhaupt nicht hier gewesen, allen Umständen zum Trotz, die Alexej auf sich genommen hatte.

Der kleinen Elena im Flüsterton einzureden, dass der Belgrader Bahnhof weithin bekannt sei für seine weltbesten Zuckerstangen – große Begeisterung.

Xenia, die partout im Abteil hatte bleiben wollen, davon zu überzeugen, dass einige Schritte an der Luft ihr genau den richtigen, frischen Teint geben würden für die anstehende Vermählung. In diesem Fall war die Reaktion deutlich verhaltener ausgefallen. Dann aber hatten seine Eltern den Vorschlag nachdrücklich unterstützt, und Xenia war schließlich mit schicksalsergebener Miene mitgekommen.

Schließlich dem dicken Steward klarzumachen, dass es wirklich nicht nötig sei, während des Halts in Belgrad im Doppelabteil sauber zu machen; streng genommen sei es überhaupt nicht gewünscht. Hier war die Begeisterung wieder größer gewesen. Vermutlich bekam der Zugbegleiter auch nicht jeden Tag ein großzügiges Trinkgeld, damit er seine Aufgaben nicht erledigte.

Alexej konnte zufrieden sein. Er hatte jeden einzelnen der Punkte bedacht, die Boris Petrowitsch ihm aufgetragen hatte. Die gesamte Familie hatte den Zug verlassen, und eine Störung durch das Personal hatte Boris nicht befürchten müssen. Alexej konnte zwar nicht behaupten, dass er diese Aufgaben unter Einsatz seines Lebens erfüllt hätte. Dennoch war es ein gutes Gefühl, Russland einen Dienst erwiesen und obendrein vermutlich das Leben seines Vaters gerettet zu haben.

Hätte er sich nur sicher sein können, dass Boris tatsächlich hier gewesen war und die Steine gefunden hatte. Aber es gab keine Möglichkeit, diese Dinge zu prüfen.

Sein Vater wandte ihm den Rücken zu. «Mir ist durchaus bewusst, dass die gesamte Angelegenheit ein wenig überstürzt wirken mag», erklärte Constantin Alexandrowitsch mit gesenkter Stimme. «Dass die Umstände der Hochzeitszeremonie in keinem Verhältnis stehen zu ihrer Bedeutung.» Die Tür zur Damenhälfte war geschlossen, doch er sprach ohnehin mit dem Fenster. Der Express passierte soeben über ein stählernes Brückenskelett den gewundenen Lauf der Morava, der silbrig schimmernden Lebensader des alten serbischen Königreichs. Constantin streckte seinem Sohn den Arm entgegen, damit Alexej ihm in den Ärmel der vor Orden starrenden Uniform half. «Nun, es wird andere Festlichkeiten geben, andere Gelegenheiten, der neuen Situation gebührend Ausdruck zu verleihen.» Der zweite Ärmel. «Wenn wir einmal in Kronstadt sind», murmelte der Großfürst. «Und der Doppeladler der Romanows über den Zinnen von Burg Bran wehen wird – neben dem Löwen von Carpathien, versteht sich.»

Ein Wunder, dass er diese Einschränkung noch macht, dachte Alexej, während er beobachtete, wie der Großfürst die mehrere Pfund schwere Uniformjacke über seinen Schultern zurechtrückte. Immer wieder musste er sich daran erinnern, dass der Mann mit dem sorgfältig gestutzten Bart und dem wie mit der Messerklinge nach hinten gekämmten Haar im Grunde schon nichts mehr mit ihm zu tun hatte. Gleichwohl entging ihm nicht, dass sein Vater sich umso stärker in die glanzvolle Zukunft des Hauses Romanow verrannte, je zweifelhafter es wurde, dass es eine solche Zukunft geben würde.

Die Führung der carpathischen Republik war ausgelöscht, und mit ihr war Carols Onkel gestorben, der oberste Repräsentant des Königshauses innerhalb des Landes. Auf den Straßen von Kronstadt herrschte Anarchie. Und die Deutschen und ihre ungarischen Verbündeten hatten die Grenzen überschritten, ohne dass sich ihnen nennenswerter Widerstand entgegenstellte. Nein, die Depeschen, die in Belgrad auf die Reisenden gewartet hatten, klangen alles andere als ermutigend. Wenn sich das Land bereits in den Händen der Deutschen befand, die es vermutlich in eine Provinz ihres ungarischen Vasallen verwandeln würden, würde Carol auch das Collier der Zarin nichts mehr helfen. Mit einer bloßen Handvoll Steine, und seien es auch Brillanten, würde er die Deutschen nicht aufhalten können wie David einst den Riesen Goliath.

Dem König war all das bewusst, da war sich Alexej sicher. Carols

Pläne, die zugleich die Pläne Constantin Romanows waren, standen auf Messers Schneide. Einzig der Großfürst schien nicht mehr in der Lage, der Wirklichkeit ins Auge zu sehen.

Constantin wandte sich um, begann die Knöpfe der Uniformjacke zu schließen. Sein Blick glitt kritisch über Alexejs Erscheinung. Der junge Mann hatte seinen Frack angelegt, eine etwas ungewöhnliche Kombination zu dem turbanartigen Verband.

Alexej räusperte sich. «Trotz allem wird es nicht einfach werden», sagte er. «So wie sich die Dinge in Carpathien entwickelt haben. Wenn die Deutschen ...»

Unwirsch winkte der Großfürst ab, fluchte unterdrückt, als einer der Silberknöpfe mit dem ziselierten Doppeladler nur widerwillig an Ort und Stelle glitt. «Vergiss die Deutschen! Alles, was jetzt zählt, ist Schnelligkeit. Und selbst wenn die Deutschen und die Ungarn Kronstadt vor uns erreichen: Am stärksten ist der Zuspruch zum carpathischen Königshaus von jeher auf dem Land gewesen. In den Bergen. Wenn der König die Stämme unter seinem Banner eint ..»

«Die Stämme werden ihm folgen?»

Constantin brach ab.

Alexej biss sich auf die Zunge. Seinen Vater zu unterbrechen, war gefährlich. Noch gefährlicher war es allerdings, wenn er seinen Gedanken jetzt nicht zu Ende führte und dem Großfürsten damit das Gefühl gab, ihn überflüssigerweise unterbrochen zu haben. «Carol ist lange außer Landes gewesen», sagte er rasch. «Mehr als zehn Jahre. Und die Karpathenstämme leben heute kaum anders als vor hundert Jahren. Wenn er jetzt zu ihnen zurückkehrt nach der Zeit in Paris und allem, was er dort ...»

Constantins Augen hatten sich zusammengezogen. Ein Gesichtsausdruck, bei dem Alexej eine Gänsehaut überkam.

«Er hat in einer vollkommen anderen Welt gelebt», erklärte Alexej. «In einer riesigen modernen Stadt mit Lichtspielhäusern, Theatern, Varietés und Galerien, unter Künstlern, Diplomaten und Politikern. In Carpathien gibt es so gut wie keine großen Städte, nur die Ebenen voller Dörfer und Felder. Und die Berge mit den Stämmen.»

Auf der Stirn des Großfürsten hatte sich eine steile Falte gebildet. «Ich verstehe, woran du denkst», sagte er, und an der Art, wie er die Worte dehnte, erkannte Alexej, dass sein Vater tatsächlich verstand, woran er in Wahrheit gedacht hatte: nicht an die Varietés und Theater, sondern an die Varietédamen und Schauspielerinnen.

«Doch ich gehe nicht davon aus, dass deswegen Anlass zur Sorge besteht», stellte Constantin Alexandrowitsch fest. «Carol ist kein dummer Mann. Es ist richtig, dass er in Paris ein anderes Leben geführt hat, als er es in Carpathien führen wird. So wie sich auch unser Leben verändert hat, nachdem wir Russland verlassen haben – auf seine eigene Weise.» Wieder ein winziges Zeichen, dass er begriff, wovon sie in Wahrheit sprachen. «Natürlich war er in Paris ein anderer Mensch. Und genau das beweist nichts anderes, als dass ihm die Situation zu jedem Zeitpunkt klar war. Er wusste, dass in Paris eigene ... Gesetze gelten. Gesetze, nach denen er sich gerichtet hat, zu Recht, denn das Feld, auf dem er in Paris an seiner Rückkehr arbeiten konnte, waren in der Tat die Theater und Galerien. Und die diplomatischen Hinterzimmer. In Carpathien wird er wiederum ein anderer Mann sein. Schon jetzt ist er ein anderer. Er ist sich der Gefahren und Verwicklungen voll bewusst, und er wird sich dessen bewusst bleiben, wenn er als König in sein Land zurückkehrt. Mit seiner Königin.»

Die letzte Bemerkung war schon mehr als eine bloße Andeutung.

Alexej nickte. Er staunte, in welchem Maße Constantin bereit schien, sich auf ein solches Gespräch einzulassen – vorausgesetzt, Alexej hielt sich an seine Regeln. «Trotzdem ...», begann er.

Jetzt hob der Großfürst die Hand. «Genug. Dein Schwager begreift die Situation und wird ihr Rechnung tragen.» Ein unterdrückter Fluch. Der Kragenknopf wollte sich nicht schließen lassen.

Alexej näherte sich, um ihm zu helfen, doch er kam nicht dazu. Ein Klopfen an der Abteiltür. Es klang anders als das respektvolle Pochen der Stewards.

«Ja?» Constantin zupfte die Rockschöße zurecht.

Graf Béla, der einen halben Schritt beiseitetrat, kaum dass er die

488

Tür geöffnet hatte. «Eure kaiserlichen Hoheiten: Seine Heiligkeit, der Patriarch der serbisch-orthodoxen Kirche.»

Ein hoher, mit Gold und Gemmen verkleideter *stephanos* wurde sichtbar, die vom schief stehenden orthodoxen Kreuz gekrönte zeremonielle Kopfbedeckung der höchsten Geistlichen der Ostkirche. Über der bis zum Boden reichenden episkopalen *mantiya* ein wild wuchernder Bart und irgendwo dazwischen auch so etwas wie ein Gesicht. Alexej war sich nicht sicher, ob er an einen gemütlichen russischen Großvater mit etwas eigenwilligem Geschmack denken sollte oder gleich an Väterchen Frost.

Der Großfürst konnte so wenig wie Alexej damit gerechnet haben, dass der Geistliche, der die Trauung vollziehen sollte, plötzlich vor der Tür stehen würde. Doch er wäre nicht Constantin Alexandrowitsch gewesen, wenn er sich irgendetwas von seiner Überraschung hätte anmerken lassen. Respektvoll trat er einen Schritt auf das Kirchenoberhaupt zu und beugte tief den Nacken, um den Amtsring des Patriarchen zu küssen.

Als er sich wieder aufrichtete, sah er seinen Sohn nicht an. Alexej wusste auch so, was von ihm erwartet wurde.

Als seine Lippen ebenfalls kurz den Ring berührten, legte sich die Hand des alten Mannes segnend auf seinen Scheitel. Alexej ließ es über sich ergehen.

«Auf Bitten seiner apostolischen Majestät wird seine Heiligkeit die Trauung persönlich vollziehen», erklärte Graf Béla. «Er ist in Belgrad zugestiegen.»

Vater und Sohn sahen die Besucher an. Dass der hohe Geistliche Carols Einladung gefolgt war, bewies den wachsenden Einfluss des Königs auf dem Balkan. Doch warum stand er dann in seinem Putz auf dem Kabinengang, anstatt als geehrter Gast im königlichen Abteil zu reisen, wie man das bei einem Mann seines Standes erwarten durfte?

Schweigen. Wirkte Carols Adjutant blass? Oder war das nur der Anspannung angesichts der bevorstehenden, so entscheidenden Zeremonie zuzuschreiben?

Béla räusperte sich. «Nach dem Ritus der serbischen Kirche sind einige Vorbereitungen zu treffen, auf die seine Heiligkeit auch unter diesen Umständen nicht verzichten möchte. In der Regel wird mit dem künftigen Bräutigam begonnen. Allerdings hat seine apostolische Majestät ihr Quartier bis jetzt noch nicht verlassen ...»

«Mein lieber Sohn wird vermutlich beten», bemerkte der Großfürst mit unbewegter Miene.

Beten? Alexej hob die Augenbrauen. Das konnte selbst Constantin nicht ernst meinen unter diesen Umständen. Was aber hielt den König sonst zurück?

«Messieurs? Dürfte ich?» Eine Frauenstimme, höflich und verbindlich und mit einer Spur – Verruchtheit. Ein Nicken in das Abteil, als sich Béla und der Patriarch gegen die Flurwand drückten, um Betty Marshall durchzulassen, die den Kabinengang mit federnden Schritten passierte, auf dem Weg zu ihrem Abteil. Von der vorderen Hälfte des Lx herkommend, wo ... *nichts* war, kein WC, kein Speisewagen. Nichts als die Quartiere der carpathischen Delegation.

Betty Marshall. Eine Schauspielerin. Eine *Tänzerin*. Aber der König konnte doch unmöglich dermaßen dumm sein, dass er hier im Zug vor aller Augen ...

Schwerere Schritte aus derselben Richtung. Sie wurden langsamer. Carol von Carpathien, in seiner Gardeuniform. Er verbeugte sich schneidig, griff nach der Hand des Patriarchen, führte den Ring an seine Lippen.

«Eure Heiligkeit – ich stehe Ihnen ganz zur Verfügung.»

Das Oberhaupt der serbisch-orthodoxen Christenheit sagte kein Wort. Auch Constantin Alexandrowitsch schwieg. Und diesmal war Alexej vermutlich nicht der Einzige, dem klar war, dass sein Vater kochte vor Wut.

***

Zwischen Belgrad und Niš – 27. Mai 1940, 10:10 Uhr
CIWL WL 3808 (Kurswagen aus Berlin). Kabinenengang.

Auf halber Länge des Kabinengangs blieb Pedro de la Rosa stehen, als hätte ihm die dröhnende Stimme seines obersten Vorgesetzten einen unmissverständlichen Befehl erteilt.

«Kopf hoch.» Aufmunternd klopfte Ingolf Helmbrecht dem Kirchenmann auf die Soutane. «Von Papen ist zwar fürchterlich etepetete, aber wenn es einen Menschen gibt, der mit ihm fertig wird, dann sind Sie das.»

«Tun Sie mir nur den Gefallen und lassen Sie um Himmels willen *mich* reden», murmelte de la Rosa.

Ingolf hob die Schultern. «Solange Sie daran denken, ihm unsere schöne Urkunde zu zeigen ...»

Der Geistliche nickte stumm. Ingolf sah, wie er einmal tief Luft holte, dann setzten sie ihren Weg fort. Sie befanden sich im Kurswagen der CIWL aus Berlin, wie er in Friedenszeiten ganz selbstverständlich in Belgrad am Simplon Orient festgemacht hatte; schließlich gab es auch deutsche Passagiere mit Fahrtziel Sofia oder Istanbul. Es musste ein hübsches Bild gewesen sein in glücklicheren Tagen, dachte Ingolf. Eine bunte, vielsprachige Reisegesellschaft aus aller Herren Länder, die in gemeinsamer gespannter Erwartung dem geheimnisvollen Orient entgegenfuhr. Doch diese Zeiten waren unwiderruflich Vergangenheit.

Geblieben war der Luxus. Dieselbe Sorte Luxus wie im Rest des Express. Lampenschirme aus mattem Glas, geometrische Dekore auf spiegelnd poliertem Holz. Doch etwas war anders. Die Türen zu den einzelnen Kabinen waren verschlossen. Feindseliges Schweigen schien von ihnen auszugehen. Stewards waren nirgends zu sehen, überhaupt kein Mensch, bis die beiden Verschwörer das hintere Ende des Ganges erreichten, wo sich der Wagen von Hitlers Gesandtem anschloss.

Die Tür zum Übergang stand offen. Von den Faltenbälgen, die die einzelnen Wagen miteinander verbanden, war hier nichts zu erkennen; sie waren mit samtig fließendem Stoff verhüllt. Schwarz, Weiß und Rot, die Farben des Großdeutschen Reiches. Doch das pompöse Portal ins dahinrollende Reich des Franz von Papen war nicht leer.

Ingolf war sich nicht sicher, ob dies der größte Mann war, den er jemals gesehen hatte. Oberst Oster beispielsweise war ebenfalls kein Zwerg. Möglicherweise bestand der Unterschied einfach nur darin, dass Oberst Oster seine Uniform mit einer gewissen Distanz trug, beinahe als ob es ihm unangenehm wäre, sich in den steifen feldgrauen Stoff voller Abzeichen und Ordensstreifen zu kleiden. Was Ingolf gut nachvollziehen konnte, schließlich war auf der Hälfte der Abzeichen irgendwo ein Hakenkreuz zu sehen.

Der Posten trug nur ein einziges Exemplar dieses fragwürdigen Schmucks an der Brust seiner Leutnantsuniform – und damit ziemlich genau auf Ingolfs und de la Rosas Augenhöhe. Außerdem hatte er einen Stahlhelm auf. Und es war unübersehbar, dass ihn bei keinem Bestandteil seiner Montur irgendwelche Skrupel quälten.

Der Mann sah starr geradeaus, als wären die beiden Männer überhaupt nicht da, und blickte auf eine zugegeben recht eindrucksvolle, möglicherweise elfenbeinerne Einlegearbeit in der deckenhohen Tropenholzverkleidung: die Rückwand des WC. Es war nicht recht zu erklären, was ihn an der Darstellung dermaßen faszinierte. Ingolf verscheuchte den Gedanken. Dies war nicht der Augenblick, um sich Gedanken über die Gemütslage eines Wachmanns zu machen. Vielmehr war es der Augenblick für …

Angst, dachte Ingolf Helmbrecht.

Und auf einmal war sie da.

Er hatte sich in diesen Auftrag gestürzt wie in ein großes, aufregendes Abenteuer. Hatte alles getan, um nicht an die Aufnahmen im Buchrücken des Kantorowicz zu denken. Und nachdem er sie de la Rosa einmal präsentiert und der Geistliche in die Pläne von Ausland/ Abwehr eingewilligt hatte, hatte er jede Gelegenheit genutzt, um nicht an den *nächsten* Schritt denken zu müssen.

Von diesem Moment an war das nicht länger möglich. Der Posten trug eine Dienstpistole der Wehrmacht am Gürtel, und im Salonwagen des Gesandten würde es von Bewaffneten wimmeln. Wenn die beiden Verschwörer irgendeinen Fehler machten … Wenn Canaris sich getäuscht hatte und von Papen jeden Gedanken an eine Operation gegen die Führung in Berlin rundweg ablehnen sollte … Wenn er Befehl gab, die Besucher festsetzen zu lassen … Am Nachmittag würde der Express Bulgarien erreichen, und Bulgarien arbeitete Hitler in die Hände. Durchaus möglich, dass sie noch heute Abend auf irgendeinem inoffiziellen Stützpunkt der SS sitzen würden, und Himmlers Leute hatten schon ganz andere Gefangene zum Sprechen gebracht. Ingolf Helmbrecht würde sich wehren, natürlich, aber er wusste, dass er am Ende keine Chance hatte. Er war kein Held. Er war Experte für historische Handschriften! Er war …

Er schluckte. Mit einem Mal hatte er die Worte des Mannes im Kopf, der jetzt neben ihm stand und bei dessen Anblick er vor ein paar Minuten noch Stein und Bein hätte schwören können, dass er wesentlich mehr Angst hatte als er, Ingolf, selbst. Jetzt stand Pedro de la Rosa vor dem deutschen Hünen, gerade und ungebeugt. *Wenn dieser Mann all das tut, um aus seinem Land wieder ein Land der Freiheit und Gerechtigkeit zu machen und diesen gesamten geschundenen Erdteil von der Geißel des Krieges und der Unterdrückung zu erlösen* … Hatte der Kirchenmann das tatsächlich über ihn, über Ingolf Helmbrecht, gesagt?

Ingolf ballte die Fäuste. Es gab einen Grund, aus dem er hier war. Es gab mehr als einen Grund. Es gab Eva Heilmann.

Er würde diese Sache zu Ende bringen, auf *seine* Weise. Er hatte der Angst ins Auge gesehen, und jetzt durfte sie sich gern wieder an den Ort begeben, an dem sie bis vor wenigen Sekunden verstaut gewesen war. Und er stellte fest, dass sie ihm gehorchte. Zumindest zum größten Teil.

Er warf einen Blick zur Seite. De la Rosa sah ihn fragend an, und Ingolf nickte knapp. Der Kirchenmann räusperte sich, wandte sich an den Posten.

«Wir möchten seiner Exzellenz dem Gesandten unsere Aufwartung machen», erklärte er und streckte dem Uniformierten ein schmales, ledergebundenes Heftchen entgegen.

Der Hüne rührte sich nicht, mehrere Sekunden lang. Als er schließlich doch völlig unvermittelt zupackte, konnte Ingolf ein Zurückzucken nur mit Mühe unterdrücken. Ganz anders Pedro de la Rosa: Auf seinen dunklen Zügen zeigte sich sogar die Andeutung eines Lächelns, als er dem Posten das Heftchen aushändigte. Der Hüne senkte den Kopf. Eine ruckartige Bewegung, als wäre sein Genick auf Zahnrädern gelagert. Er starrte auf de la Rosas Diplomatenausweis, am goldgeprägten Emblem mit den Schlüsseln Petri auch für den Fall zu erkennen, dass von Papens Ehrenoffizier des Lesens nicht mächtig war. Abrupt drehte er sich um und verschwand wortlos im Durchgang.

Ingolf machte Anstalten, ihm zu folgen, doch rasch legte de la Rosa ihm die Hand auf den Arm. «Wir sollen warten.»

Ingolf reckte den Hals. «Woher wissen Sie das so genau? Er spricht doch nicht.»

De la Rosa stieß den Atem aus. «Sie haben mir erzählt, dass Herr von Papen ein wenig *etepetete* ist, richtig?»

Ingolf nickte. «Ja, aber ...»

«Ich kenne seine Exzellenz nicht persönlich», gestand der Geistliche. «Aber nach dem, was Sie erzählen, gehe ich davon aus, dass er ein Mensch ist, der auf das diplomatische Protokoll außerordentlichen Wert legt. Die Ehrenwache wird das Dokument demzufolge an ihren Vorgesetzten weitergeben, der Vorgesetzte an einen Ordonnanzoffizier, der Ordonnanzoffizier an von Papens Adjutanten, der es dem Gesandten vorlegen wird. Und da es im diplomatischen Verkehr eine Selbstverständlichkeit darstellt, dass derartige Dokumente mit einer Sorgfalt geprüft werden, die der Stellung der Betreffenden angemessen ist, wird jede der beteiligten Stationen eine gewisse Zeit abwarten. Wohlgemerkt *nachdem* sie festgestellt hat, was sie in der Hand hält – was allerdings auf den ersten Blick erkennbar sein sollte.»

«Eine Schweigeminute?»

«So könnte man sagen. Haben Sie die Zeit?»

Ingolf zog seine Taschenuhr aus der Anzugjacke. «Eineinhalb Minuten bisher?»

494

De la Rosa nickte. «Wir sind beim Ordonnanzoffizier.»

Schweigen.

«Zwei Minuten», murmelte Ingolf.

Der Kirchenmann blieb ganz ruhig. Ingolf hielt sich die Uhr ans Ohr. Sie tickte. Sie hatte seinem Großvater gehört und war seit den napoleonischen Kriegen im Besitz der Familie. Sie tickte, doch die Sekunden schienen unendlich langsam zu verstreichen.

«Drei Minuten», flüsterte Ingolf.

«Von Papens Adjutant klopft jetzt an der Tür, hinter der sich der Salon des Botschafters verbirgt», erklärte de la Rosa. «Er klopft ein zweites Mal. Von Papen wird beschäftigt sein oder zumindest den Anschein erwecken wollen, als ob er dringende Geschäfte zu erledigen hätte. Nun tritt der Adjutant ein, entschuldigt sich knapp ...»

«Jetzt plötzlich ganz knapp?»

«Er darf den Botschafter nicht von seinen Geschäften abhalten, denen er sich theoretisch widmen könnte. – Von Papen nimmt das Papier in die Hand, ist einen Moment lang überrascht, und ... Sie nehmen die Zeit?»

«Drei Minuten fünfundvierzig.»

«Von Papen nimmt sich länger als sechzig Sekunden. Warten Sie bis fünf Minuten.»

Ingolf betrachtete die Uhr, bemerkte, dass er im Rhythmus des Sekundenzeigers die Zähne aufeinanderklappen ließ, und stellte die Bewegung ein. De la Rosa wirkte jetzt dermaßen ruhig, beinahe *vergnügt*, dass er den Mann, der noch beim Betreten des Kurswagens am liebsten kehrtgemacht hätte, kaum wiedererkannte. «Fünf Minuten», wisperte er.

Die Schleuse aus schimmerndem Samt blieb dunkel.

«Von Papen gibt das Dokument jetzt zurück. Er bleibt sitzen, fordert den Adjutanten aber auf, uns hereinzubitten.»

«Also die ganze Geschichte noch einmal von vorn, nur in umgekehrter Richtung?»

De la Rosa schüttelte den Kopf. «Das Dokument wurde geprüft und ist für echt befunden worden. Von Papens Adjutant durchquert nun die gesamte Länge des Wagens bis zur Ehrenwache, die auf der anderen Seite des Durchgangs gewartet hat. Er ...»

Schritte.

Eine Gänsehaut stellte sich auf Ingolf Helmbrechts Armen auf. «Sie haben mir erzählt, Sie hätten keine Ahnung von Politik und Diplomatie!», zischte er.

«Meine Worte waren: *Ich habe kein besonderes Interesse*», zischte de la Rosa zurück, ohne dass seine Lippen sich bewegten.

Ein Schatten im samtbezogenen Durchgang. Der Offizier war einen Kopf kleiner als der hünenhafte Wachtposten und wirkte nicht unfreundlich in Anbetracht der Tatsache, dass er für einen der Mächtigen Großdeutschlands tätig war. Freundlich allerdings auch nicht; lediglich äußerst korrekt.

«Eure Exzellenz.» Eine Verbeugung vor de la Rosa. Ingolf hatte den Eindruck, dass sie exakt berechnet war. Wenn sich die Länge der Schweigeminuten berechnen ließ, galt das mit Sicherheit auch für den Neigungswinkel gegenüber ausländischen Vertretern. «Meine ... Herren.» Ingolf selbst wurde nur aus dem Augenwinkel einbezogen. Er war nicht recht einzuordnen ins diplomatische Protokoll. «Oberstleutnant Borwin von Greifenberg. – Seiner Exzellenz ist es eine Ehre, Sie begrüßen zu dürfen. Wenn Sie mir folgen wollen?»

Der Hüne wartete unmittelbar hinter dem Durchgang, reglos wie eine Steinmetzarbeit, das Kinn vorgereckt. Seine Kiefer sahen aus, als könnte er mit ihnen Walnüsse knacken. Folgen *wollen*?, dachte Ingolf. Von *Wollen* konnte keine Rede sein.

***

Zwischen Belgrad und Niš – 27. Mai 1940, 10:17 Uhr
CIWL WR 4229 (Speisewagen). Fumoir.

Paul Richards fluchte auf die Sonne, die schräg durch die Fenster des Speisewagens stach. Er fluchte auf die aufgetakelte Schachtel am Tisch gleich hinter der Tür, die ihre Nachbarin ankreischte, in einer Sprache, von der er kein Wort verstand. Nein, sie kreischte nicht. Sie heulte wie ein Kojote. Er fluchte auf die Jugoslawen, die ihre Gleise nicht in Ordnung halten konnten, sodass jede Unebenheit der Schienen eine Erschütterung durch seinen Schädel schickte, während er sich mit unsicheren Schritten in Richtung Küche tastete. Seit Jahren hatte er sich nicht mehr dermaßen in Grund und Boden gesoffen. Und seit Jahren war er nicht mehr mit einem derart monströsen Kater aufgewacht.

«Mr. Richards?» Der angedeutete Diener des Kellners, sein falsches Grinsen fühlte sich an wie Zahnschmerzen. Wenigstens erkundigte er sich nicht, wie der Texaner geschlafen hätte.

«Alka-Seltzer», krächzte Paul.

Fragend neigte der Kellner den Kopf in seinem blütenweiß gestärkten Kragen zur Seite.

«Haben Sie irgendwas für ...» Paul hob mit einer fahrigen Geste die Hand, führte sie an die schweißnasse Stirn.

«Prosper.»

«Was?»

«Ich heiße Prosper. Ich habe Ihnen gestern Ihren Bourbon ...»

«Holen Sie mir ein gottverfluchtes Alka-Seltzer!», brüllte Paul unvermittelt los.

Auf einen Schlag sah der Kerl überhaupt nicht mehr prosperierend aus. Paul spürte einen Hauch von Genugtuung und sackte auf den nächstbesten Stuhl. Eine Sekunde lang war es mucksmäuschenstill im Fumoir, dann erhob sich an den Nebentischen gedämpftes Getuschel. Was Paul wiederum gleichgültig war. Dumpf starrte er vor sich hin, wartete darauf, dass die blutig roten Kreise vor seinen Augen sich verzogen, was nicht geschah. Er fluchte, lautlos diesmal, auf den Zug im Allgemeinen, auf den Kellner, der sich Zeit ließ. Auf sich selbst, und wie er auf die wahnsinnige Idee gekommen war, diese Fahrt ...

Aber natürlich war die Fahrt nicht *seine* Idee gewesen. Vera hatte vom ersten Tag an von Europa geschwärmt. Der glanzvolle alte Kontinent, ihr geheimer Traum und die Vergangenheit ihrer Familie, die vor zwei oder drei Generationen nach Wisconsin ausgewandert war. Leider, leider war von dieser Familie niemand mehr am Leben – zumindest hatte sie das damals behauptet. Umso faszinierter war sie von allem gewesen, das mit Europa zusammenhing, mit Deutschland insbesondere, der Heimat ihrer Vorfahren. Es war gar keine Frage gewesen, dass er ihr zur Hochzeit ihren sehnlichsten Wunsch erfüllen würde, so rasch wie möglich, angesichts der Wolken des Krieges, die sich jenseits des Atlantiks düster zusammenzogen.

Paris, die Stadt der Verliebten, hatte natürlich den Anfang gemacht, eben noch rechtzeitig, bevor Veras entfernte Verwandte dort alles kurz und klein schlagen konnten. Von dort aus hatten sie für die zweite Woche ihres Aufenthalts die Weiterfahrt nach Deutschland geplant, über die neutrale Schweiz. Als Paul indes bemerkt hatte, wie Vera ein um das andere Mal vor den Plakaten stehen geblieben war, die die Annehmlichkeiten und den Luxus des Simplon Orient Express priesen, hatte er sie überrascht. Im Anschluss an eine besonders denkwürdige Nacht. Der Hotelmanager, an den er sich im Ritz gewandt hatte, während Vera in der Stadt zu einer ihrer Einkaufstouren unterwegs gewesen war, hatte zwar nur noch mit Tickets für den hinteren, eine Spur weniger luxuriösen Wagen dienen können, doch das Strahlen, das die Aussicht auf eine Reise in dem legendären Express in Veras Augen gezaubert hatte, war es dennoch wert gewesen. Und die ganze Zeit über sollte sie ...

«Mr. Richards.» Der Kellner. Das Alka-Seltzer.

«Danke», brummte Paul und beobachtete, wie die Tablette sich im Wasserglas aufzulösen begann, sprudelnd und zischend und außer Kontrolle – wie sein Leben.

Er wartete nicht ab, bis jede Spur der weißlichen Plättchen getilgt war, sondern hob das Glas an die Lippen und kippte es in einem Zug herunter.

Er war noch immer Paul Richards, Eigentümer von Richards Oil in Longview, Texas. Im Verlauf seines Lebens war er mehr als einmal durch die Hölle gekrochen, aber niemals hatte er sich dabei hilflos im Kreis bewegt. Immer hatte sein Blick nach dem Ausgang gesucht, und jedes Mal hatte er ihn gefunden. Was machte es dieses Mal so anders?

Hatte sie vom Tag ihrer Begegnung an für die Deutschen gearbeitet? Was tat sie dann in den Vereinigten Staaten? War sie bewusst auf Paul Richards angesetzt worden? Er musste es herausfinden. Er musste wissen, was sie zu diesem Irrsinn getrieben hatte. Vielleicht gab es ja ein dunkles Geheimnis in ihrer Vergangenheit, vielleicht ... Vielleicht war sie schon verheiratet. Gleichgültig. Sie war seine Frau, und sein Sohn, der Erbe von Richards Oil ...

Er schüttelte sich, und diesmal gelang es ihm, die Kette von Explosionen in seinem Schädel nicht zur Kenntnis zu nehmen. Mit einer entschlossenen Bewegung stellte er das Glas auf dem Tisch ab und stand auf. Einige der Gespräche an den Nebentischen verstummten.

Erst jetzt entdeckte er Fitz-Edwards, der auf einem Stuhl am Fenster saß und sich mit einem Menschen unterhalten hatte, der ziemlich indisch aussah. Mit einer undefinierbaren Flüssigkeit prostete er dem Texaner zu. «Sie sehen ziemlich übel aus, wenn Sie mir erlauben, das auszusprechen, alter Freund. An Ihrer Stelle würde ich besser noch ein Gläschen und ein Pülverchen nehmen.»

«Später», murmelte Paul und ging an dem Briten und seinem Gesprächspartner vorbei.

Der Flur neben der Küche. Paul stützte sich am Handlauf ab, bemüht, zu Bewusstsein zu kommen. Wenn er die Namen der einzelnen Stationen, die noch auf der Route des Express lagen, je im Kopf gehabt hatte, hatte er sie vergessen, doch heute Nachmittag würden sie in Sofia eintreffen und morgen früh in Istanbul, und bis dahin würde sich Veras Schicksal entscheiden. Wenn er ihr helfen wollte, musste er Bescheid wissen.

Im Durchgang zum Lx wurden die Bewegungen des Zuges unruhiger. Fahrtwind biss in seine schweißbedeckte Haut. Ein Gefühl wie eine kalte Dusche, doch als er den Luxuswagen erreichte, ging es ihm besser. Der Gang war leer – zum Glück. Der König war der letzte Mensch, dem er begegnen wollte. Er war sich nicht sicher, ob er seine Fäuste würde stillhalten können, und selbst der Carpathier verdiente es nicht, zu seiner eigenen Hochzeit mit aufgeplatzter Visage anzutreten.

Im Eingangsbereich des Gepäckwagens nach links, bis in den größeren Raum, in dem Lourdon die Zeugen am Vorabend versammelt hatte. Die Tür zum Büro des Oberstewards wirkte verschlossen.

Paul klopfte. – Stille. «Guiscard!» Seine Stimme klang genauso, wie seine Kehle sich anfühlte. Er räusperte sich. «Guiscard, machen Sie auf! Ich bin es, Richards! Ich weiß, dass Sie da drin sind!»

Das Geräusch eines Schlüssels, der im Schloss gedreht wurde. Die Tür öffnete sich zwei Zoll breit. Es war nicht Guiscard, aber Paul hatte das hagere Gesicht, das aus dunklem Anzug und Vatermörder hervorsah, schon einmal gesehen. Einer der anderen Begleiter des Botschafters.

«Ich will mit meiner Frau reden.»

«Ich bedaure, Monsieur Richards, aber das ist ...» Der Mann suchte nach dem Wort. Mit einem Kopfschütteln: «*C'est impossible.*»

Paul versuchte, um den Franzosen herumzuspähen, doch der Türspalt war so schmal, dass der Mann ihm komplett den Blick nahm.

«Ich – will – mit – meiner – Frau – reden!»

«Monsieur, c'est ...»

Paul packte das Türblatt. Der Franzose war nicht darauf gefasst gewesen. Im nächsten Moment hatte Paul den Fuß in der Tür. Der Mann klammerte sich an den Drücker.

Ein Geräusch. Paul erkannte es sofort. Wer mutterseelenallein auf den *great plains* unterwegs gewesen war, einzig in Begleitung eines altersschwachen Gauls, der lernte, auf dieses Geräusch gefasst zu sein. Er blickte in den Lauf einer Walther-Pistole.

«Leutnant Schmidt.»

«Der Name ist Schultz. Treten Sie von der Tür zurück, Mr. Richards.»

Paul rührte sich nicht. Er machte keinen Versuch mehr, sich in den Raum zu drängen, ließ den Fuß aber an Ort und Stelle. Am Franzosen vorbei konnte er jetzt Vera sehen, auf ihren Stuhl gefesselt. Mit ausdruckslosem Gesicht sah sie in seine Richtung. Die Kompresse über ihrer Verletzung war erneuert worden.

Der Lauf der Walther war weniger als einen Meter von Pauls Gesicht entfernt. Unmöglich danebenzuschießen. «Wenn Sie nicht zurücktreten, werde ich von der Waffe Gebrauch machen.» Die Worte so hart wie Schultz' Akzent. Deutsch – wie Vera.

Pauls Augen lösten sich von der Gefangenen. «Sie werden nicht auf mich schießen, Schultz. Wenn Sie auf mich schießen, wird in diesem Zug genau das Chaos losbrechen, das der Botschafter und Ihr König mit Mühe verhindert haben. Und dann kann er nicht allein seine Hochzeit vergessen, dann werden wir niemals rechtzeitig ankommen, wo auch immer Sie ...» Ein Seitenblick auf den Franzosen. «... oder Sie unbedingt rechtzeitig ankommen wollen. – Mir kann das gleichgültig sein. Mir geht es um meine Frau, und ich wüsste wirklich nicht, wie ich es für sie noch viel schlimmer machen könnte.»

Die Augen des Deutschen waren schmal geworden, aber er sagte kein Wort.

«Ich habe nichts zu verlieren.» Paul ließ den Fuß, wo er war, doch er senkte die Arme, zeigte den Männern seine leeren Hände. «Und mir ist klar, dass ich keine Aussicht habe, Vera zu befreien – in einem fahrenden Zug. Ich will mit ihr reden. Nicht mehr.» Er holte Luft. «Aber auch nicht weniger. Wenn ich mit ihr gesprochen habe, werde ich gehen, ohne Widerstand. Ohne Widerrede.»

Der Franzose sagte etwas in seiner Landessprache. Schultz schien ihm zuzuhören, hielt die Waffe weiter auf Paul gerichtet.

«Ich habe gesehen, wie Sie Ihre Frau festgehalten haben, nachdem sie versucht hat, auf den König zu schießen», wandte Schultz sich an den Texaner. «Zusammen mit Miss Marshall. Sie haben nichts mit dem zu tun, was sie vorhatte.»

Paul beschränkte sich auf ein Nicken. Schultz richtete einige Worte an den Franzosen. Der Mitarbeiter des Botschafters verzog das Gesicht, doch Schultz schob noch etwas nach, ruhig, aber in bestimmtem Tonfall.

«Sie werden keinen Versuch unternehmen, sie zu befreien», schärfte er Paul ein. «Und genauso wenig einen Versuch, sie zu *töten*. Monsieur Maledoux und ich werden Sie jetzt einlassen, aber Sie kommen nicht weiter als einen halben Schritt in den Raum, den Rücken zur Tür. Eine weitere Warnung wird es nicht geben. Wenn Sie irgendeinen Versuch unternehmen, sich dem Tisch oder der Gefangenen zu nähern, sterben Sie.»

«Einverstanden.» Paul zögerte keine Sekunde und betrat unter ihren Blicken den Raum, tastete nach dem Drücker und zog die Tür hinter sich zu. Er blieb unmittelbar hinter der Schwelle stehen. Im Rücken spürte er die glatte Kühle des Holzes.

Ein rascher Blick durch den Raum. Seit dem Vorabend hatte sich wenig verändert. Eine Wasserflasche stand auf dem Aktenregal, zwei Gläser und … Paul musste zwei Mal hinsehen: ein Pokerbecher aus Leder. Sie gingen kein Risiko ein. Vera kam mit nichts in Berührung, das sich in eine Waffe verwandeln ließ, die sie gegen die beiden Männer hätte richten können. Oder gegen sich selbst.

Erst als seine Augen über den Boden huschten, zog sich seine Kehle zusammen. Ein Eimer. Ein Blecheimer mit dem eingeprägten Wappen der CIWL, wie ihn auch der Steward Georges benutzt hatte, als er die blutige WC-Kabine gereinigt hatte. Hier stand er halb unter dem Tisch, diskret aus dem Blick gerückt.

Doch nichts daran war diskret. Nichts war diskret an dem Bild, das in Paul Richards' Kopf aufblitzte.

Dass Vera den Raum verlassen durfte, war undenkbar. Sie fütterten sie wie ein Kind, gaben ihr zu essen und zu trinken, vermutlich ohne ihr die Fesseln zu lösen. Doch was, wenn sie …

Der Eimer. Sie war gefesselt, außerstande, sich ohne Hilfe niederzulassen, ihre *briefs* und die Nylons herunterzuziehen. *Diese beiden Männer* hatten … Sie war gezwungen gewesen, vor den Augen *dieser beiden Männer* …

Seine Hände krampften sich zusammen. Die Fingernägel bohrten sich in die Handflächen, doch er spürte nichts davon. Sein Blick traf sich mit dem von Schultz, und er las nichts darin – nichts als stumme Bestätigung.

Pauls Atem ging stoßweise. Er glaubte nicht, dass Schultz ein Mann war, der sich eine solche Situation zunutze machte. Maledoux wahrscheinlich auch nicht. Doch was musste Vera gefühlt haben, was musste sie noch immer fühlen?

«Vera.» Seine Stimme klang wie Stacheldraht.

Sie beobachtete ihn, beobachtete ihn die ganze Zeit, allerdings nicht wie den Mann, mit dem sie verheiratet war und mit dem sie das Bett geteilt hatte. Sie beobachtete ihn mit einer gewissen Neugier und zugleich mit unendlicher Distanz – wie eine Wissenschaftlerin, die ein kompliziertes Experiment vor sich hatte.

«Vera», flüsterte er, und es kostete ihn alle Gewalt, den Platz an der Tür nicht zu verlassen. «Vera, bitte ... Bitte sag mir, was ich für dich tun kann. Ich will dir helfen, aber wenn ich dir helfen soll, muss ich ... *begreifen*, warum du ...»

«Ich bin nur die Erste gewesen.»

Er brach ab. Jetzt, da sie mit ihm sprach, ging ihr Blick an ihm vorbei, war auf eine Ecke des Türrahmens gerichtet. Ihre Stimme war etwas rau, doch das beeinträchtigte nicht ihren Klang, der anders war, als er ihn kannte. Kalt und hart und klar. Wie Glas.

«Er hat dieses Mal überlebt, doch nach mir werden andere kommen, und am Ende wird er sterben, und niemand wird ihn beschützen können.»

Schultz' Gesicht war nach wie vor ohne jeden Ausdruck. Maledoux hatte die Stirn in Falten gelegt, als hätte er Mühe, den Worten zu folgen.

«Aber ...» Paul versuchte sich zu sammeln. «Aber warum du? Was hast du mit dem König von Carpathien zu schaffen? Du arbeitest für die Deutschen? Warum ...»

«O Paul.» Ein Geräusch aus ihrem Mund. Er wollte sich nicht vorstellen, dass es ein Lachen sein sollte. «Frage ich danach? Wir leben in einer so großen Zeit, und niemand von euch kann es sehen. Der Führer ist gekommen, um der Welt den Frieden zu bringen. Den Frieden unter der Herrschaft der arischen Rasse. Er hat euch die Hand entgegengestreckt – euch allen. Die Franzosen hätten nichts weiter tun müssen, als das Elsass herauszugeben und Lothringen. Von den Polen hätte er nichts verlangt als ... jedenfalls weniger, als sie jetzt verloren haben.» Nachdenklich. «Jetzt haben sie schließlich alles verloren. – Ihr habt seine Hand beiseitegeschlagen. Carpathien hat seine Hand beiseitegeschlagen.» Eine winzige Pause. «Etwas in der Art muss es gewesen sein. Ich stelle diese Fragen nicht. Ihr König ...» Ein Seitenblick zu Schultz. Das Wort König sprach sie aus wie etwas Ekelhaftes. «Ihr König wird mit den Sowjets paktiert haben, denke ich mal. So oder so: Sein Tod ist beschlossen.»

Der Leibwächter sagte noch immer kein Wort, und Paul begriff immer weniger, je länger Vera redete. War Schultz nicht selbst ein Deutscher, dem König von den offiziellen Stellen Großdeutschlands als Ehrenwache zur Seite gestellt? Doch wenn die Deutschen Carol verraten hatten, hatten sie dann nicht auch Schultz ...

«Du willst wissen, warum ich euch davon erzähle?», unterbrach sie seinen Gedankengang. «Weil es gleichgültig ist! Weil niemand euch glauben wird! Weil man am Ende dem Sieger glauben wird, unserem Führer Adolf Hitler.»

Maledoux knurrte etwas, doch Schultz erwiderte zwei knappe Worte, und der Franzose verstummte mit verkniffenem Gesicht.

«Du willst wissen, ob ich schon für das Großdeutsche Reich gearbeitet habe, als wir uns kennenlernten, Paul? Natürlich habe ich das. Ich liebe unseren Führer, seit ich eine erwachsene Frau bin. Warum ich ...» Eine Kopfbewegung, wie ein schmerzhaftes Zucken. «Warum ich mich von dir habe besteigen lassen wie die Zuchtstuten auf Parkers Farm? Weil es meine Anweisung war. – Dein Öl, denke ich. Du hast doch so viel davon, und der Führer kann es brauchen, solange ihm die Felder in Carpathien nicht zur Verfügung stehen. Getty lässt die Transporte über Südamerika ausweiten, seit Monaten schon, aber auf die Dauer wird das nicht genügen. – Ja, Paul, der Führer hat mächtige Freunde, auch in Amerika. Männer, die denselben Traum träumen

504

wie er, und nirgends ist er so notwendig wie in Amerika, wo keiner sehen will, was für ein widerwärtig durchrasstes Volk wir geworden sind.»

Sie schüttelte den Kopf. «Es war kaum zu ertragen, das mit anzusehen. Aber wenn mein Beitrag darin bestand, dich zu heiraten, dann war das eben so. Das Entscheidende ist das Wissen, Paul. Das Wissen, Teil von etwas Größerem zu sein. Dass ich jederzeit bereit war für neue Instruktionen, versteht sich von selbst. – Eine Reise nach Europa? Kein Problem an der Seite eines Mannes, der mir in hündischer Ergebenheit zu Füßen lag, mit seinem albernen Verständnis für alles und jeden, von seiner Ehefrau bis zum letzten Nigger an der hinterletzten Bohrstelle.»

Worte wie Schläge. Paul gelang es, keine Regung zu zeigen, während jedes von ihnen sein Ziel traf.

«Der Simplon Orient?» Sie musterte ihn. Wenn sie enttäuscht war, dass ihre Worte scheinbar ohne Wirkung blieben, zeigte sie es nicht. «Warum die Wahl, diese Mission zu übernehmen, gerade auf mich gefallen ist? Ich war zur rechten Zeit am rechten Ort, und es war so lächerlich einfach, dich zu bewegen, diese Tickets zu kaufen. Die Abendgesellschaft beim König? Ich wusste, dass du einen Weg finden würdest. Doch all das hätte nicht ich sein müssen, Paul. Wir sind viele. Viele. Und einer von ihnen wird das Werk vollenden.»

Das war nicht dieselbe Frau, nicht die Frau, die er kannte. Dieses fanatische Leuchten in den Augen, ganz anders als der wirre Blick, mit dem Colt an jenem Tag an der Wasserstelle umhergetorkelt war, und doch ganz genau derselbe. Hätte er in diesem Moment seine Waffe ...

«Du musst das Leben in Longview gehasst haben», murmelte er. «Dolph Parker mit seinem jüdischen Großvater. Die Neger, die unseren Garten gepflanzt haben. Alles.»

«Gehasst?» Ihr Gesicht verzog sich, und, nein, sie war nicht hübsch. Es war nichts Hübsches an ihr. Einzig Hass, selbst in dem, was sie Liebe nannte, zu ihrem Führer, der die ganze Menschheit unter die Knute seiner arischen Brut zwingen wollte. Oder doch diejenigen Teile der

505

Menschheit, denen es unter seinem Regime vergönnt sein würde, weiter zu existieren. War das das Deutschland der Nazis? War das Hitler? Dann hatte Paul Richards einen schrecklichen Fehler begangen. Dann beging jeder Mensch in den Vereinigten Staaten einen schrecklichen Fehler, wenn er Hitler unterschätzte und auch nur für einen Augenblick in Betracht zog, mit diesem Mann ein Bündnis gegen die Sowjets zu schmieden.

«Ich habe es verabscheut», flüsterte sie. «Diesem Juden die Hand geben, freundlich mit ihm reden zu müssen. Sie sind so *schmutzig*, und jeder, der sich mit ihnen ...» Sie verstummte, die Augen auf ihn gerichtet. «Und Paul Richards junior?», fragte sie. «Wie froh ich war, als ich endlich einen Weg gefunden hatte, dass du von mir abgelassen hast! *Paul Richards junior?*»

Die Kälte in seinem Innern war immer stärker geworden. Er kannte die Antwort, kannte sie längst, und doch hing er an ihren Lippen, diesen vor Hass verzerrten Lippen.

«Du wirst niemals einen Sohn haben, Paul Richards!»

***

Zwischen Belgrad und Niš – 27. Mai 1940, 10:28 Uhr
CIWL WL 3425 (Hinterer Schlafwagen). Abteil 10.

Ein Briefbogen. Ein zwei Mal gefalteter, mit eineinhalbzeiliger Maschinenschrift gefüllter Briefbogen. Die Rückseite war leer. Eva hielt den Inhalt des Kuverts, das der Mann mit dem schief in die Stirn gezogenen Hut ihr übergeben hatte, in der Hand.

Eine Botschaft an Ludvig Mueller und den geheimnisvollen Löffler. Auf dem Kuvert dasselbe Wappen wie auf jenem Umschlag, den Eva zwischen den Sitzpolstern gefunden hatte. Derselbe Schriftzug, die nachtschwarze Fraktur wie aus dem hellen Papier gestanzt:

Oberkommando der Wehrmacht

Es waren die einzigen Worte, die Eva lesen konnte.

Der Briefbogen quoll über vor Buchstaben, ohne Punkt und Komma aneinandergereiht, stattdessen durch Spiegelstriche voneinander getrennt. Nur ergab nichts an der schier endlosen Kolonne von Zeichen einen Sinn. C/S/T/x ... Das vierte Zeichen war kleingeschrieben. Eva fragte sich, ob das eine besondere Bedeutung hatte.

Natürlich hatte es eine besondere Bedeutung! Die Botschaft war verschlüsselt, codiert, und in einem codierten Text stand nichts, absolut gar nichts ohne Sinn und Zweck. Alles hatte seine Bedeutung, wenn man den Code zu dechiffrieren wusste. Wenn man den Schlüssel kannte, das System, mit dem man die kryptischen Zeichen in einen lesbaren Text verwandeln konnte.

Ludvig Mueller kannte diesen Schlüssel zweifellos. Er würde die Nachricht lesen können. Für Eva Heilmann war sie nichts als eine Wüste sinnloser Buchstaben.

Eva lauschte. Draußen auf dem Kabinengang herrschte Stille. Die meisten Fahrgäste hielten sich um diese Uhrzeit vermutlich in den Salons auf. Wenn Ludvig zurückkam, würde sie ihn rechtzeitig hören und das Schreiben verschwinden lassen. Sie war sich nicht sicher, wie sie es anstellen würde, ihm vorzuspielen, dass alles in Ordnung war. Irgendwie musste es ihr gelingen.

Sie starrte auf das Blatt. Hatte sie auch nur die Spur einer Ahnung, worin der Inhalt der Mitteilung bestehen konnte?

Eine Anweisung, daran bestand kein Zweifel. Eine überraschende Anweisung. Ludvig konnte nicht mit Post gerechnet haben, sonst hätte er das Abteil niemals verlassen. Nur deshalb hielt jetzt sie die Botschaft in der Hand. Eine Anweisung von Ludvigs Vorgesetzten. Vom Admiral, hatte der Mann mit dem Hut gesagt. Warum ein Admiral? Was hatte die Marine mit einem Auftrag zu tun, der Ludvig Mueller an Bord des Simplon Orient verschlagen hatte? Veras Attentat auf den König war gescheitert, doch Carol hatte selbst schon vermutet, dass Großdeutschland möglicherweise noch weitere Teufeleien plante, bevor der Express sein Ziel erreichte. Doch ein Admiral? Carpathien hatte nicht einmal Zugang zum Meer!

Aber wenn die Botschaft überraschend gekommen war: Konnte das nicht bedeuten, dass diese Nachricht mit seiner ursprünglichen Mission überhaupt nichts zu tun hatte?

«Es geht um etwas Größeres», flüsterte Eva.

Auf einmal *wusste* sie es ganz einfach: Es ging um etwas, das für sie alle eine Gefahr bedeutete. Für den Zug und sämtliche Reisenden. Es war eine Ahnung, eine plötzliche Gewissheit, und sie konnte nicht sagen, woher sie kam, doch jeder der scheinbar willkürlich aneinandergereihten Buchstaben schrie das Wort *Gefahr*.

Mit einem Mal sehnte sie sich nach einer Zigarette. In ihrer Schulzeit hatte sie hin und wieder geraucht, selbstverständlich heimlich, und mit Sicherheit war es kein Zufall, dass sie sich gerade jetzt in diese Zeit zurückversetzt fühlte. Damals nämlich hatten sie und ihre Freundinnen ihren eigenen Code gehabt, in dem sie geheimnisvolle Zeichenkombinationen auf kleinen Zetteln notiert hatten, die sie durch die Stuhlreihen weitergegeben hatten. Allerdings war es ein lächerlich simpler Code gewesen. Als Herr Warnecke, der Mathematiklehrer, eine dieser Notizen abgefangen hatte, hatte er ihn auf Anhieb entziffern können: Jeder Buchstabe musste einfach um eine Stelle im Alphabet nach hinten gerückt werden. Und schon wurde aus Jdi mjfcf ejdi ein *Ich liebe dich*.

Zum Glück war der Lehrer kein fanatischer Nazi gewesen. In den letzten Jahren, in denen es jüdischen Kindern noch erlaubt gewesen war, deutsche Schulen zu besuchen, hätten weit geringere Vergehen ausgereicht, um Eva in ernste Schwierigkeiten zu bringen.

Ein Buchstabe zurück also ... C/S/T/x – B-R-S-w. Leider ergab auch das keinen Sinn. Eva hatte bereits eine Reihe weiterer Verschiebungen durchprobiert: einen Buchstaben nach vorn oder die sechsundzwanzig Buchstaben des Alphabets in genau umgekehrter Reihenfolge. Der Text blieb kryptisch.

Nach einer Weile hatte sie sich auf eine andere Strategie besonnen und nach Buchstaben Ausschau gehalten, die auf dem Schriftstück besonders häufig vorkamen. War nicht das e oder das s in einem deutschen Text sehr viel öfter zu finden als etwa das v oder das y? Musste es nicht möglich sein, bestimmte Buchstabenverbindungen, die sich häufig wiederholten, ausfindig zu machen – und seien es nur die Wörter der, die, das? Doch nichts davon hatte funktioniert.

Mit dem Ellenbogen stützte sie sich auf das Tischchen vor dem Fenster. Waldbedeckte Bergketten zogen vorbei, talwärts unterbrochen von verstreuten Feldern und einzelnen Dörfern. Eva war vorher noch niemals in Jugoslawien gewesen, und auch in Deutschland hatte sie kaum Zeit auf dem Land verbracht, sondern immer in Berlin gelebt. Und danach in Paris. Die Welt so weit draußen war etwas Fremdes für sie. Sah es nur auf dem Balkan so aus, oder war es in abgelegenen Gegenden Deutschlands oder Frankreichs ganz genauso? Die eigentümliche Form der kleinen hölzernen Kirchen fiel ihr auf. Und seit der Abfahrt aus Belgrad hatte sie kein einziges Automobil gesehen.

Wie eine Reise in die Vergangenheit, dachte sie. Und war das nicht passend, wenn man es nicht wagte, der Zukunft ins Auge zu blicken?

Der Zukunft, düster wie die nadelholzbewachsenen Hänge, die höher und höher auffragten, während die geschlängelte Bahn der Gleise sich ins dunkle Herz der zerklüfteten Balkanhalbinsel emporwand, vorbei an Haltepunkten in winzigen Dörfern, die entvölkert wirkten, sich zu ducken schienen vor dem Sturm, der am Horizont aufzog. Auf Schildern, von denen die Farbe blätterte, die Namen der Stationen. Kyrillische Buchstaben. Nicht zu deuten.

* * *

Zwischen Belgrad und Niš – 27. Mai 1940, 10:28 Uhr
Sal 4ü-37a (Salonwagen des Führers des Großdeutschen Reiches). Salon.

Das rollende Empfangszimmer des deutschen Botschafters war groß genug, dass man dort einen Tanztee hätte veranstalten können. Auch das Ambiente passte: unterschiedliche Arten kostbarer Hölzer, dezent aufeinander abgestimmt, die Decke in einem edlen Beigeton gehalten, der alles noch einmal höher und lichter wirken ließ, schwebend beinahe. An der Stirnseite des Raumes befand sich eine schmucke Anrichte mit einer Auswahl von Likören, von denen Greifenberg – der Adjutant des Gastgebers – den Besuchern eingeschenkt hatte, bevor er sich auf eine wortlose Geste seines Dienstherrn hin entfernt hatte. Franz von Papens thronartiger Sessel stand am Kopfende eines länglichen Konferenztischs. Bedächtig griff Hitlers Gesandter nach dem schellackgefassten Tischfeuerzeug, neigte den Kopf, führte die Flamme an den Pfeifenkopf und holte zwei Mal mit dezentem Schmatzen Atem. Das überdeutliche Bemühen, aus dem Vorgang eine Art Zeremonie zu machen. Ein Bemühen, das nicht gelingen wollte. Ingolf Helmbrecht sah nichts als einen Mann mittleren Alters mit akribisch gescheiteltem Haar, buschigen Augenbrauen und einem wichtigtuerischen kleinen Schnauzer vor sich. Von Papen trug einen Reiseanzug, der mit Sicherheit einige Preisklassen höher lag als das Textil seines Besuchers. Trotzdem: Aus irgendeinem Grund hatte Ingolf mit etwas Eindrucksvollerem gerechnet. Einer Uniform.

Der Gesandte zog an seiner Pfeife, nahm die Bilder wieder zur Hand und griff nach einer Lupe. Der gesamte Ablauf – Pfeife, Feuerzeug, Bilder, Vergrößerungsglas – hatte sich bereits mehrfach wiederholt. Ingolf war es unbegreiflich, wonach ein Mensch auf diesen Aufnahmen noch Ausschau hielt, das nicht auf den ersten Blick erkennbar gewesen wäre. Wie er es überhaupt ertrug, diese schrecklichen Bilder so eingehend zu untersuchen.

Unruhig rutschte der junge Deutsche auf dem weichen Sessel hin und her, fing einen sekundenkurzen Blick de la Rosas auf: *Ganz ruhig.* Ingolf ahnte es – das diplomatische Protokoll. Selbst unter diesen Umständen ließ man sich gebührend Zeit.

Im Raum herrschte Stille. Nur wenn der Botschafter vernehmlich an seiner Pfeife paffte, entstand ein Geräusch. Der Salonwagen war mehrere Fahrzeuge von der Lokomotive entfernt, sodass die Laute des Zuges sich auf ein metallisches Surren beschränkten, das hin und wieder aus dem Rhythmus geriet, wenn der Express eine schadhafte Stelle in den Gleisen passierte.

Schließlich legte von Papen Lupe und Bilder nieder. «Diese Fotografien bestürzen mich.»

Eine menschliche Regung. Ingolf widerstand dem Impuls, erleichtert aufzuatmen.

«Diese Aufnahmen verhöhnen die Ehre der deutschen Waffen», murmelte der Gesandte und nahm die Pfeife aus dem Mund. «Die Ehre der tapferen Soldaten, die im Namen unseres Führers in hartem Ringen an der Front stehen.» Er schüttelte den Kopf. «Diese ... *Auswüchse* müssen augenblicklich abgestellt werden. Diese sinnlosen ... *Übertreibungen.* Ich möchte Ihnen danken, Eure Exzellenz.» Der Pfeifenkopf wies auf de la Rosa. «Es war gut, und es war richtig, dass Sie sich mit diesen Aufnahmen an mich gewandt haben.»

Der Geistliche neigte den Kopf, öffnete den Mund, doch von Papen ließ ihn nicht zu Wort kommen.

«Die Führung des Großdeutschen Reiches schätzt sich glücklich, dass ein so enges und vertrauensvolles Verhältnis zum Heiligen Stuhl besteht. Wie Sie wissen, habe ich selbst beim Abschluss unseres Konkordats eine gewisse Rolle gespielt.» Eine Pause, lang genug, um deutlich zu machen, dass hier jemand aus lauter Bescheidenheit den eigenen entscheidenden Beitrag in den Hintergrund schob – aber zu kurz, um de la Rosa Gelegenheit zu einem Einwurf zu geben. «Auch wenn mir die in letzter Zeit aufgetretenen Missverständnisse natürlich bekannt sind. Die selbstverständlich haltlosen Behauptungen, dass katholische Priester in Großdeutschland daran gehindert worden seien, von der Freiheit der Predigt Gebrauch zu machen, die ihnen im Konkordat zugesagt worden ist. Dass es ihnen nicht gestattet worden sei, zum Ausdruck zu bringen, wo die römische Kirche andere ... Akzente setzt als unsere Führung. In der leidigen Judenfrage etwa. Oder im Umgang mit Elementen der Bevölkerung, die wir im Interesse der Rassengesundheit ...»

Wieder öffnete de la Rosa den Mund, doch von Papen bat ihn mit einer Geste um Geduld.

«Mit Freude kann ich Ihnen noch einmal persönlich versichern, dass diese böswilligen Unterstellungen jeder Grundlage entbehren», erklärte Hitlers Botschafter. «Die Behörden des Großdeutschen Reiches werden weiterhin alles in ihrer Macht Stehende tun, um gegen

511

die jüdisch-bolschewistische Verschwörung vorzugehen, die hier am Werke ist und deren Ziel es darstellt, Zwietracht zu säen zwischen dem Großdeutschen Reich und der Heiligen Römischen Kirche. Und wie Sie sehen ...» Er hob den Stapel mit den Aufnahmen an. «Wo tatsächlich Anlass zum Tadel besteht, weil die Dinge unter vereinzelten Mannschaften an der Front aus der Bahn laufen, nehmen wir diese Kritik sehr ernst.»

De la Rosa beugte sich vor. «Sie werden also einschreiten?»

«Das ist mein fester Entschluss. Ich werde mich persönlich beim Wehrbereichskommando im Warthegau dafür einsetzen, dass so etwas nicht noch einmal vorkommt.»

Einmal? Diesmal war es Ingolf, der den Mund öffnete. Dohnanyi und seine Mitarbeiter hatten Tausende, wenn nicht Zehntausende von Morden dokumentiert. Von *vereinzelten* Taten zu sprechen war blanker Hohn. Allein auf den Fotos in von Papens Händen war das Leiden Hunderter von Opfern festgehalten. Als er jedoch die konzentrierte Miene des Geistlichen sah, erinnerte er sich an dessen Worte: *Tun Sie mir nur den Gefallen und lassen Sie um Himmels willen mich reden.*

Tatsächlich ergriff de la Rosa das Wort. «Das wäre ein wichtiger erster Schritt, Eure Exzellenz», bemerkte er. «Doch müssen wir nicht befürchten, dass das nicht genügen wird? Erscheint es denkbar, dass bei einer solchen Vielzahl von *Verbrechen* nicht auch die vorgesetzten Stellen über diese Vorgänge unterrichtet sind?»

Die Pfeife wurde mit einer langsamen Bewegung aus dem Mund genommen. «Sie ... Sie denken an das gesamte Wehrbereichskommando in diesem Frontabschnitt? Mitsamt dem Bevollmächtigten? Dem zuständigen Vertreter des Reiches für das Warthegau, das ehemalige Polen?»

Ingolf saß jetzt ganz still. De la Rosa dachte nicht an irgendeinen Bevollmächtigten in irgendeinem Reichsgau, sondern an die Führung in Berlin. Und das wusste Hitlers Gesandter genau. Ingolf warf einen Blick in Richtung des Geistlichen, doch de la Rosas Augen waren weiterhin auf von Papen gerichtet.

«Wenn dem so wäre», sagte der Kirchenmann langsam. «Wäre das nicht ein Grund, von einer höheren Ebene aus tätig zu werden?»

Von Papens Augen verengten sich. «Sprechen aus Ihren Worten Zweifel an der Zuverlässigkeit der Institutionen des Großdeutschen Reiches?»

Ingolf hatte de la Rosa jetzt fest im Blick. Begriff der Geistliche nicht? Von Papen erfasste voll und ganz, was sie ihm zu sagen versuchten. Und er gab ihnen überdeutlich zu verstehen, dass er nicht daran dachte, auch nur den kleinen Finger zu rühren, um wirklich etwas zu unternehmen.

«Aus meinen Worten spricht Sorge», erklärte de la Rosa. «Mit brennender Sorge erkennt die Heilige Römische Kirche, welcher Schaden dem Namen des deutschen Volkes durch diese Verbrechen zugefügt wird.»

Ingolf hielt den Atem an. Mit brennender Sorge: der Titel der Enzyklika, in der Pacellis Vorgänger – der elfte Papst Pius – die Machenschaften der Nazis verurteilt hatte, so deutlich er das gewagt hatte. Wenn ein päpstlicher Gesandter deutlicher wurde, war eine Grenze überschritten.

«Sorge um das deutsche Volk», ergänzte de la Rosa ruhig. «Und Sorge um die Opfer.»

Ein Ruck ging durch die Gestalt des deutschen Botschafters. «Ich verstehe.» Ein knapper Blick auf die Aufnahmen. «Und ich sage Ihnen zu, dass ich tun werde, was in meiner Macht steht.» Unvermittelt stand er auf. «Und gewiss haben Sie Verständnis, dass meine Aufgaben mich nun leider ...»

Ingolf war bereits auf den Beinen. De la Rosa war langsamer, als könne er noch nicht fassen, dass ... ja, dass ihre Mission gescheitert war, bevor sie recht begonnen hatte: das Angebot an von Papen, an die Spitze des Reiches zu treten; die Urkunde, die Ingolf mit eigenen Händen geschrieben hatte und die der Kirchenmann jetzt in der dunkelledernen Aktentasche auf seinen Knien verwahrte – alles vergebens. Er sah, wie von Papen die Fotos fast beiläufig zu einem Stapel ordnete, ihn in seiner Anzugjacke verschwinden ließ. Ingolf kannte sich nicht aus mit den Feinheiten des diplomatischen Protokolls, aber dass man Bilder,

513

die einem lediglich zur Ansicht überlassen worden waren, einfach einsteckte, konnte unmöglich dazugehören. Dazu dieser Rauswurf ...

Wenn von Papen noch einen Schritt weiter ging, wenn er nach seinen Gardisten rief, die Tasche an sich brachte: In dieser Tasche befand sich weit mehr als Fotos, die das Zeug hatten, die Waffen-SS und die deutsche Wehrmacht zu kompromittieren. In dieser Tasche befand sich der komplette Ablaufplan für einen *Staatsstreich*, mitsamt einer Auflistung der Angehörigen des Widerstands und ihrer Unterstützer. Hitlers Schergen brauchten nur noch die Namen abzuhaken, ehe sie diese Männer – und Frauen – an den Galgen, unter die Guillotine oder vor die Erschießungskommandos schickten.

«Exzellenz?» Etwas von Ingolfs verzweifeltem Drängen *musste* einfach ankommen bei dem Mann in der Soutane. «Erwähnten Sie nicht ebenfalls wichtige Papiere, mit denen wir uns dringend noch beschäftigen müssen. *Auf unserem Abteil?*»

Der Kirchenmann blinzelte. Ingolf konnte kaum glauben, dass von Papen noch immer nicht eingriff. Vielleicht war es tatsächlich nur de la Rosas Priestergewand, das ihn zurückhielt. «Ich ...» Langsam stand der Geistliche auf. «Eure Exzellenz.» Ein Nicken in Richtung des Deutschen.

Ingolf war schon an der Tür, öffnete sie. Greifenberg stand auf dem Gang, an seiner Seite der hünenhafte Mensch mit dem Stahlhelm. Hatten sie mitbekommen, was im Salon vor sich gegangen war? Gab von Papen ihnen in diesem Augenblick ein Zeichen?

«Exzellenz», sagte Ingolf, diesmal zu niemand Bestimmtem, widerstand dem Impuls, de la Rosa durch die Tür zu schubsen, an den Deutschen vorbei.

Der langgezogene Korridor des Diplomatenwagens, in der Ferne der Durchgang in den Farben Großdeutschlands, den Farben der Nationalsozialisten. Die Schritte der beiden Männer waren ein gehetztes Stolpern. Die Augen Franz von Papens und seiner Begleiter brannten in ihrem Rücken, bis sie außer Sicht waren.

***

514

Zwischen Belgrad und Niš – 27. Mai 1940, 10:39 Uhr
CIWL WL 3425 (Hinterer Schlafwagen). Abteil 9.

Polternde Schritte auf dem Kabinengang. Schritte mehrerer Männer, mindestens zwei. Boris Petrowitsch spannte sich an, die Hand schon auf dem Weg in die Anzugjacke, in der er seine Waffe jetzt ständig bei sich trug. Doch das Geräusch entfernte sich. Ganz am Ende des Flurs? Eine Tür öffnete sich, fiel wieder ins Schloss.

Das Abteil des Priesters? Die Schritte hatten gehetzt geklungen, wie auf der Flucht. Boris wollte sich nicht vorstellen, dass auch noch der katholische Geistliche in Angelegenheiten verwickelt war, die sich auf seine Mission auswirken konnten. Doch Puttkammer war in diesen Wagen gestiegen, und Boris war es nicht gelungen herauszufinden, in welchem Abteil er verschwunden war. Durchaus möglich, dass er den Priester aufgesucht hatte.

Der Vatikan war ein Todfeind des sozialistischen Russland. Einer von viel zu vielen.

Boris ließ sich in das Polster zurücksinken. Er musste nachdenken, eine Antwort finden, wie er weiter vorgehen sollte. Und die Zeit lief ihm davon. Sechseinhalb Stunden bis Sofia, wo die Romanows den Express mit ihrem neuen Schwiegersohn verlassen würden. Kaum mehr als eine Stunde bis zur Hochzeit, die zur Mittagsstunde angesetzt war, wenn sie den Halt in Niš hinter sich hatten. Die Hochzeit, die noch einmal für Unruhe, für Ablenkung sorgen würde. Seine letzte Chance. Denn er hatte die Steine noch immer nicht.

Boris hatte im Einstieg des hinteren Schlafwagens gestanden, vor sich den leeren Kabinengang. Zu warten, bis Puttkammer das Abteil wieder verließ: ausgeschlossen. Er hatte jede Minute ausnutzen müssen. Der Lx. Das Doppelabteil der Romanows. Niemand hatte groß von ihm Notiz genommen, als er eilig beide Salons des Speisewagens durchquert hatte. Der Inder war samt Schrankkoffer vom Fumoir in den Nichtrauchersalon gewechselt. Boris fragte sich, ob der Mann womöglich gar kein Abteil besaß, bezweifelte das aber. Für Tagesreisende ließ die CIWL Züge mit Pullman-Wagen verkehren – ohne Schlaf-kabinen, doch nicht weniger luxuriös.

Entscheidend war, dass ihn niemand aufgehalten hatte – ausge-nommen der Brite, den er wortlos hatte stehen lassen mit seinen tau-send neuen Entschuldigungen für das *fürchterliche Missgeschick* mit dem Stock.

Boris hatte das Doppelabteil auf den Kopf gestellt, das Gepäck der Großfürstensippe, die Polster, die Vertäfelungen, das Porzellan, hatte jeden Quadratzoll abgetastet, mit von Minute zu Minute wachsender Verwirrung.

Ein Geheimfach? Ließ sich die Wandverkleidung an irgendeiner Stelle lösen, an der das nicht vorgesehen war? Unsinn. Constantin Alexandrowitsch hatte die letzten noch unbesetzten Abteile im Lx ge-bucht, und die Zeit war viel zu knapp gewesen, dass die Schlafwagen-gesellschaft ihm ein solches Versteck hätte vorbereiten können. Da-von abgesehen, dass der Großfürst weit entfernt davon gewesen wäre, irgendjemandem in einem solchen Maß zu vertrauen.

Die Steine waren nicht da. Selbst wenn Constantin sie auf mehre-re Orte verteilt hätte: Zumindest einige von ihnen hätte Boris Petro-witsch finden müssen.

Von den Fenstern des Speisewagens aus hatte er beobachtet, wie die Romanows den Zug wieder bestiegen: Katharina, die sich mehr denn je bewegte, als wäre sie in einem sonderbaren Traum gefangen. Die Frau, deren Leben er gerettet hatte – und die gesehen hatte, wie Juri Malenkov von seiner Hand gestorben war.

Constantin Alexandrowitsch. Der Großfürst hatte sich in der-selben aufrechten, militärischen Haltung bewegt, die Boris bereits mehrfach aufgefallen war. Eine Haltung, die er bis zu diesem Zeit-punkt als jene Selbstverständlichkeit gedeutet hatte, mit der sich ein Romanow darauf verlassen konnte, dass ihm eine Sonderbehandlung zukommen würde, immer und überall. Relikt einer Zeit, die das Regime der Bolschewiki in Blut ertränkt hatte. Doch konnte dieser gerade, aufrechte Gang nicht einen ganz anderen, weit profaneren Grund haben?

Die Steine befanden sich nicht im Abteil. Dass Constantin sie nun, da sie wieder in seiner Hand waren, irgendjemandem anvertraut hatte, war ausgeschlossen. Wenn Boris sich also nicht vollständig getäuscht hatte, von Anfang an, was bedeutet hätte, dass die Frau im beigen Kleid womöglich überhaupt nicht die Botin gewesen wäre, ihm das Collier überhaupt nicht übergeben hätte ... Dann musste Constantin Alexandrowitsch Romanow die Steine gegen jede Wahrscheinlichkeit bei sich tragen.

Bestimmte Angelegenheiten des NKWD wurden selbst innerhalb der höchsten Ebenen des Nachrichtendienstes mit einer Eifersucht gehütet, die an Paranoia grenzte. Dort, in einer Welt, die einem fensterlosen Turm glich, der auf Geheimnissen errichtet war, welche auf den Schultern anderer Geheimnisse ruhten, konnten einzelne Agenten dazu verpflichtet werden, selbst vor ihren eigenen vorgesetzten Kommissaren über bestimmte Dinge zu schweigen.

So war es denkbar, dass Boris Petrowitsch selbst Yezhov und dessen Nachfolger, dem allmächtigen Berija, ein ganz bestimmtes Wissen voraushatte. Ein Wissen, das jene Nacht im Sommer des Jahres 1918 betraf, in der die Zarenfamilie gestorben war.

Er gehörte zu den wenigen, die die vertraulichen Berichte des Genossen Jurowski hatten studieren dürfen. Eine kluge Entscheidung: Schließlich würde er es auf seiner Mission ebenfalls mit einem Zweig des Hauses Romanow zu tun bekommen. Die Beobachtungen von Zar Nikolais letztem Kerkermeister konnten dabei von Nutzen sein.

In jener Nacht hatte Jurowski die Zarensippe in den Keller ihres Gefängnisses in Jekaterinburg führen lassen, angeblich um eine Fotografie anfertigen zu lassen, die umlaufende Gerüchte über ihre Flucht widerlegen sollte. Doch gleich hinter der Familie und ihren letzten verbliebenen Dienstboten war das Exekutionskommando eingetreten und hatte auf Jurowskis Befehl das Feuer eröffnet. Boris stellte sich die Szene vor: Schreie von Schmerz und Entsetzen, Querschläger, die durch den Raum peitschten, Verurteilte, die in den Lachen des eigenen Blutes ausrutschten. Die Männer des Kommandos, die solche Arbeit nicht gewohnt waren – und mit abergläubischer Furcht zurückgeschreckt sein mussten, als sie begriffen, was sich vor ihren Augen offenbar ereignete.

Die dem Tode Geweihten hatten nicht sterben wollen.

Den Zaren selbst hatten bereits die ersten Schüsse niedergestreckt, doch die Zarin, ihre Töchter und die Dienerinnen: Es war, als könnten die Kugeln ihnen nichts anhaben. Selbst als Jurowski den Befehl gab, mit Bajonetten auf die Überlebenden loszugehen, schien es, als würden die Frauen der Zarensippe durch unsichtbare Panzer geschützt.

Bis das blutige Gemetzel nach mehr als zwanzig Minuten endlich vorbei gewesen war und Jurowskis Männer eine Entdeckung gemacht hatten. Die Frauen hatten tatsächlich Panzer getragen, undurchdringlicher als jede andere Rüstung der Welt: In ihren Miedern, ihrer Wäsche hatten sie fein gearbeitete, gesteppte Kissen eingenäht, in denen sich Juwelen verborgen hatten. Brillanten, Saphire, einige der kostbarsten Schätze des Hauses Romanow, die sie auf diese Weise über Monate hinweg den Augen ihrer Bewacher entzogen hatten. Unsichtbar.

Unsichtbar wie das Collier der Zarin Jekaterina, das Boris Petrowitsch bei noch so sorgfältiger Suche nicht hatte finden können. War es tatsächlich unmöglich, dass Constantin die Steine am Leibe trug? Jurowski und seine Männer hatten die Romanow-Frauen monatelang vor Augen gehabt, und niemand von ihnen war misstrauisch geworden.

Und Constantin bewegte sich in der Tat sonderbar. Ein Stützkorsett, wie es im vergangenen Jahrhundert durchaus auch Männer getragen hatten? Eine Konstruktion, die er möglicherweise zu genau diesem Zweck in Paris hatte anfertigen lassen?

Es war die einzige noch mögliche Erklärung. Er trug die Steine jede Minute bei sich.

Was also konnte Boris tun? Der Agent des NKWD, der den Simplon Orient in Paris bestiegen hatte, wäre binnen Sekunden mit der gesamten Familie fertig geworden, doch er hatte Juri Malenkov getötet, damit Katharina lebte. Würde er in der Lage sein, ihr Leben nun mit eigener Hand zu nehmen?

Boris Petrowitsch presste die Fäuste gegen die Schläfen. Nichts war mehr, wie es einmal gewesen war. Er funktionierte mit einem letzten Rest an Kraft, an Flamme, an Entschlossenheit. An jener ruhigen, kaltblütigen Fähigkeit zur Abwägung, die ihn zu dem gemacht hatte, was er war. Und er war sich nicht sicher, ob dieser Rest genügen würde. Er musste den Großfürsten stellen, in einem Moment, in dem Constantin allein war, und es musste an einem Ort geschehen, an dem Boris den Zug auf der Stelle verlassen konnte, nachdem die Tat vollbracht war. In Niš.

In Niš würde Constantin Alexandrowitsch sterben.

* * *

Zwischen Belgrad und Niš – 27. Mai 1940, 11:18 Uhr
CIWL WL 3509 (Vorderer Schlafwagen). Abteil 9.

«Sie sind sich wirklich sicher, dass Sie kein Soda dazu möchten?» Der junge Steward verstummte.

Betty lehnte in den Sitzpolstern, die Beine unter dem Morgenrock übereinandergeschlagen – eher ein Liegen als ein aufrechtes Sitzen. Sie musterte Raoul aus einen Spaltbreit geöffneten Augen.

Der Adamsapfel des Jungen bewegte sich nervös, als er eilig nachschob: «Soda und Ei…Eiswürfel. Oder Ginger Ale. Wir haben wirklich gutes Ginger Ale in der …»

«Dann frage ich mich, was mit eurem Brandy nicht stimmt», murmelte Betty. Ihre Augen hatten sich schon wieder von dem Jungen gelöst, betrachteten einen Moment lang das verwirrende Rankengeflecht in der Holzvertäfelung. «Wenn du glaubst, man könnte ihn nicht pur trinken.» Und sei es eine ganze Flasche, fügte sie in Gedanken hinzu. Wie sie sie bestellt hatte.

«Unser Brandy ist feinster Cognac aus, äh, aus der Grande Champagne vor den Toren von Cognac.» Klang er eine Winzigkeit gekränkt? Betty konnte sich täuschen. Sie konnte nicht besonders gut denken heute Morgen.

Sie hatte Carol in die Galauniform geholfen. Hatte ihm den zeremoniellen Säbel um die Hüften geschnallt und dabei noch einmal seinen Duft eingesogen. Sie hatten gemeinsam darüber *gelacht*, ob er seiner Braut wohl gefallen würde.

Ich bin eine Hure, dachte Betty Marshall. Ich bin weniger als eine billige Straßenhure, die zumindest nichts empfindet für den Mann, den sie zu seiner Frau zurückschickt, nachdem sie ihre Scheine kassiert und ihm in den Anzug geholfen hat. Doch hatte sie irgendeinen Grund, sich zu beschweren? Sie hatte Carols Versprechen. Es war gekommen, wie sie erwartet hatte: Er war nicht bereit, sie gehen zu lassen. Nachdem er erwacht war und während sie zwischen den verschwitzten Laken noch einmal eins geworden waren, hatte er von der Villa mit den weißen Marmorsäulen geflüstert, an den Hängen oberhalb von Alba Iulia. Der Villa, die Teil der Ausstattung der carpathischen Königinwitwe war und heute leer stand und die von nun an ihr gehören sollte, damit sie einander jederzeit ...

Und doch war es seltsam gewesen, auch hinterher, als er sie angesehen hatte, schuldbewusst beinahe. Wie er darauf bestanden hatte, ihr in die Decke zu helfen, mit der sie über den Resten des schwarzen Kleides ihre Blöße verhüllen konnte.

Das Seltsamste aber war sein plötzliches Stocken gewesen, mehrfach. Betty hatte geradezu körperlich spüren können, wie er hektisch über etwas nachdachte, erfüllt von zunehmender Unruhe. Eine Entscheidung. Er musste eine Entscheidung treffen. Irgendetwas, das er Betty sagen oder, nein, das er sie *fragen* wollte. Oder wartete er auf eine Frage von ihr, ein Stichwort nur? Etwas zwischen ihnen, das ausgesprochen werden musste, mit verzweifelter Dringlichkeit, bevor es zu spät war.

Und wusste sie nicht ganz genau, was es war? Ja, sie wusste es. Sie hätte es aussprechen können. Kannst du das wirklich tun? *Willst* du es tun? Dieses kleine Mädchen heiraten, nach allem, was wir füreinander sein könnten. Sie hätte ... hätte ihn bitten können, noch einmal nachzudenken. Doch es war zu spät. Sie war Betty Marshall, und ihr Leben und Denken hatten Strukturen angenommen, die ein Teil von dem waren, was sie ausmachte.

Es war zu spät, lange schon zu spät gewesen, noch bevor es begonnen hatte. Es war immer zu spät gewesen.

Sie hatte die Abteiltür geöffnet, war mit raschen Schritten durch den Gang geeilt, eine blasse Kopie Betty Marshalls. Seine Schritte hinter ihr, schneller werdend, als wollte er sie doch noch einholen, die Worte sprechen, obwohl sie sich bereits verabschiedet hatten. – Betty mit einer Stimme, bei der sie sich nicht mehr *vollständig* sicher gewesen war, ob sie nicht doch eine Winzigkeit zitterte.

Sie war ein Schatten gewesen, ein halb durchsichtiger Schleier, eben noch stofflich genug, um der lächerlichen Versammlung auf dem Flur Wirklichkeit vorzugaukeln: Graf Béla, dem orthodoxen Popen in seiner Verkleidung, den beiden Romanows.

Und nun saß sie hier in ihrem Abteil. Zumindest das von ihr, was noch da war. Das, was von nun an Betty Marshall sein würde. Sie hatte ihr Spiel gespielt und hatte gewonnen. Carol würde die junge Großfürstin heiraten. Er würde König sein und das Mädchen Xenia Königin. Alles andere würde Betty gehören: die weiße Villa, Domestiken, mehr Geld, als sie jemals würde ausgeben können, auch politische Macht, wenn sie darauf Wert legte. Dass sie Carol weiterhin fesseln konnte, war keine Frage. Er würde nur darauf warten, ihren Wünschen Folge zu leisten. Ja, sie hatte gewonnen.

Betty Marshall hatte sich noch niemals so leer gefühlt.

«Miss Marshall?»

Der Junge. Raoul. Er stand immer noch in der Tür.

«Nein. Ich möchte auch kein Gebäck zu meinem Brandy.»

«Danach habe ich überhaupt nicht gefragt!»

Bettys Augenbrauen zogen sich zusammen. Der Junge war blass geworden. Er war nervös heute Morgen, kaum in der Lage, auf der Stelle zu stehen. Scharfe Worte zu einer Passagierin ... Für den Bruchteil einer Sekunde kam ihr in den Sinn, sich bei Thuillet über ihn zu beschweren, danebenzustehen, wenn der Directeur ihn maßregelte. Doch im selben Moment schämte sie sich für den Gedanken.

Sie betrachtete ihn. Sein Fauxpas schien ihm bewusst zu sein. Er war nervöser denn je. *Doch einzig und allein deswegen?*

521

Betty richtete sich auf. «Du hast mich gefragt, ob du in Amerika berühmt werden kannst?», wollte sie wissen. «Und reich?»

«Miss Marshall?»

«Du hast die Chance», sagte sie leise. «Ich möchte, dass du das weißt, Raoul. Du hast deine Chance. Und nichts ist schlimmer im Leben, als wenn man weiß, dass man einmal eine Chance hatte – und nicht nach ihr gegriffen hat.»

Er sah sie an. «Danke», flüsterte er. Im Begriff, die Tür hinter sich zuzuziehen, blieb er im letzten Moment stehen. «Äh, Ihr Cognac ...»

Betty winkte ab, und die Tür schloss sich hinter ihm.

***

Anfahrt auf den Bahnhof Niš – 27. Mai 1940, 11:30 Uhr
CIWL Lx 3509 (Vorderer Schlafwagen). Doppelabteil 6/7.

Unter Schmerzen sollst du Kinder gebären, und unter Schmerzen sollst du sehen, wie sie von dir fortgehen.

Der erste Teil des Satzes stammte aus der Bibel, überlegte Katharina Nikolajewna. Wo der zweite Teil herkam, konnte sie sich trotz aller Anstrengung nicht entsinnen. Ein alter Sinnspruch? Etwas, das ihre Mutter zu ihr gesagt hatte? Oder war es einfach ein Gedanke, der ihr selbst in den Kopf gekommen war und der sich dort festgesetzt hatte? Irgendwann.

Xenia sah bezaubernd aus. Ihre Haut hatte nahezu dieselbe Farbe wie das gerade geschnittene Kleid, das modern und städtisch wirkte wie die gesamte Mode in diesem Jahr, mit einem Hauch von Chiffon. Weiß mit einer Ahnung von – Rosen? Waren es Rosen? Als wäre dieses Kleid eigens für Xenia geschneidert worden und eigens für diesen Anlass. Dabei war keines von beidem der Fall. Katharina hatte es gemeinsam mit ihrer Tochter ausgewählt, in einer Boutique in der Nähe des Quai d'Orsay, vor wenigen Tagen erst. Natürlich nicht als Brautkleid, doch nachdem festgestanden hatte, dass sie Paris verlas-

522

sen würden, war es höchste Zeit gewesen, das Mädchen noch einmal standesgemäß auszustatten. Katharina trat einen Schritt zurück. Sie hatte Xenia die blonden Haare zu Zöpfen geflochten und diese zu einer Krone um den Kopf drapiert, wie es einer künftigen Königin zukam. Der dünne Schleier mochte improvisiert wirken, doch angesichts einer Zeremonie, an der *alles* improvisiert war, würde das kaum ins Gewicht fallen. Dennoch hätte sich Katharina einfach etwas ... *Festlicheres* gewünscht für ihr Kind. Wie wahrscheinlich jede Mutter.

Unter Schmerzen sollst du Kinder gebären, und unter Schmerzen sollst du sehen, wie sie von dir fortgehen. Ja, diesen Moment hatte sie sich anders vorgestellt. «Du bist wunderschön, mein Kätzchen», sagte sie leise.

Xenia sah sie an, fast überrascht. Die Lider mit den langen, fast farblosen Wimpern flatterten kurz. Xenias Lippen machten eine Bewegung, als wollten sie eine Haarsträhne fortpusten, was natürlich unmöglich war.

Mit einem Mal wurde Katharina wieder bewusst, wie jung das Mädchen war.

Das ist ein schrecklicher Fehler, fuhr ihr durch den Kopf. Ich muss das auf der Stelle abbrechen. Ich bin ihre Mutter. Ich trage diese Verantwortung. Zugleich war ihr bewusst, wie viel diese Verantwortung bedeutete. Sie war nicht überzeugt von Constantins Plan, begriff auch nicht zur Gänze, was er bedeutete. Für politische Dinge hatte sie sich niemals besonders interessiert; auf gewisse Weise verachtete sie Frauen, die das taten. Ihre Tochter auf dem Thron einer Königin versprach jedenfalls eine Sicherheit, die die Romanows seit dem Chaos der Revolution nicht gekannt hatten. Aber herrschte in Kronstadt in diesem Augenblick nicht genau dieselbe Unruhe wie in jenen Tagen in Sankt Petersburg? Morde und Straßenkämpfe: die Nachrichten aus Carpathien hatten sich rasch unter den Passagieren des Express verbreitet.

Doch was konnte sie sonst tun? Es gab keinen anderen Plan. Sie warf einen Seitenblick auf die kleine Elena. Ihre jüngere Tochter war ebenfalls in Weiß gekleidet, wie man das von einer kleinen Brautjungfer erwarten konnte, doch irgendwie wirkte sie mürrisch, unzufrieden, saß stumm auf dem Polster, ihre Puppe auf dem Schoß. Katharina konnte nur hoffen, dass sie auf andere Gedanken kam, wenn die Zeremonie erst einmal begonnen hatte.

Sie wurde abgelenkt. Xenia trat von einem Bein auf das andere.

«Mein Kätzchen?»

«Ich ...» Das Mädchen schluckte. Katharina kam es vor, als wäre sie noch eine Spur blasser geworden. «Ich glaube, ich muss noch einmal in den Waschraum.»

«Ein menschliches Bedürfnis», murmelte Katharina. «Nur zu verständlich.» Sie trat von der Tür zurück. «Bitte pass auf dein Kleid auf, ja? Und ...»

Fragend sah das Mädchen sie an.

«Gib acht, dass du dem König nicht begegnest. Man sagt, das bringt Unglück am Tag der Hochzeit.»

Ihre Tochter versuchte ein Lächeln, dann war sie schon in der Tür, blieb auf der Schwelle stehen. «*Maman?*»

«Ja?» Stand da eine Träne in den Augen des Mädchens?

«Danke», sagte Xenia leise. Dann war sie fort.

Katharinas Kehle war rau. *Unter Schmerzen sollst du ...* Doch es war ja noch nicht so weit. Xenia würde gleich zurückkommen. Erst in einer halben Stunde musste sie ihr Mädchen gehen lassen.

«*Tschort vozmi!*» Aus der anderen Abteilhälfte.

Katharina wandte sich um. Sämtliche Angehörige der Familie waren mittlerweile vollständig angekleidet. Die Tür zwischen den beiden Hälften stand offen, Katharina blickte hinüber in das andere Abteil. Ihr Sohn war ein schmucker junger Mann in seinem dunklen Frack. Mit dem Verband um seinen Kopf erinnerte er fast an einen orientalischen Würdenträger.

Constantin stand vor dem Fenster. Er hatte angekündigt, vor Beginn der Zeremonie noch einmal Carol aufsuchen zu wollen, um letzte Fragen zu klären. Politische Dinge. Jetzt blickte er wütend auf seine Füße. «Wie sehen meine Stiefel aus? Ich sehe aus, als ob ich aus der Schlacht komme!»

524

Alexej räusperte sich: «Wenn du möchtest, kann ich sie dir ...»
Constantin fuhr herum. «Mein Sohn ist ein Romanow! Ein Romanow putzt niemandem die Stiefel! Ich muss diesen verfluchten ...»
Er riss die Tür zum Gang auf. Eine Sekunde später war auch er verschwunden.

Katharina tauschte einen Blick mit Alexej. Diesen Tag hatte sie sich vollkommen anders vorgestellt.

Als ihre Augen zur Damenhälfte zurückkehrten, stutzte sie einen Moment, bevor sie begriff:

«Elena? Muttergottes, wo ist Elena?»

***

Anfahrt auf den Bahnhof Niš – 27. Mai 1940, 11:33 Uhr
CIWL Lx 3509 (Vorderer Schlafwagen). Entree.

Angespannt umklammerte Raoul den kleinen Pappkoffer mit seinen Habseligkeiten. Er war heilfroh, dass er auf den Fahrten mit dem Express nur eine Handvoll Dinge mit sich führte; schließlich legte er die Uniform praktisch nur zum Schlafen ab. Seinen einfachen Wettermantel trug er über dem Arm, und es war gut, dass er ihn hatte. Das Mädchen besaß mit Sicherheit wesentlich mehr als er, würde aber überhaupt nichts mitnehmen können, wenn sie keinen Verdacht erregen wollte. Sie würde den Mantel brauchen, wenn sie unterwegs waren. Er sah, wie die Tür des Doppelabteils sich öffnete, und sein Herz machte einen Sprung.

Sie war ganz in Weiß gekleidet, übermenschlich schön wie eine ... eine Braut. Himmel, sie war eine Braut, und sie war nie hübscher gewesen, doch zugleich sah sie unglaublich zerbrechlich aus, als könnte sie auf den wenigen Schritten umfallen, die Raoul von ihr trennten. Schon war er bei ihr, hatte eine Sekunde lang das Gefühl, als wollte sie ihn von sich stoßen, dann stützte sie sich auf seinen Arm.

«Geht es dir nicht gut?», flüsterte er.

«Raus!» Ein ersticktes Wispern aus ihrem Mund. «Wir müssen sofort raus!»

«Ja.» Er schluckte. «Nur noch ein paar Sekunden. Der Zug steht gleich, und dann werden die Türen …»

Eilig zogen sie sich in Richtung der Einstiegstüren zurück. Die Gleisanlagen von Niš glitten vorüber. Das flache Bahnhofsgebäude gehörte nicht zu den besonders sehenswerten Bauten entlang der Route des Express. Langsamer … und langsamer …

«Xenia!»

Raoul fuhr herum. Das kleine Mädchen, Elena, stand hinter ihnen. In ihrem Kleidchen sah sie aus wie eine Miniaturausgabe ihrer Schwester – mit einer noch einmal kleineren Miniaturausgabe auf dem Arm.

Xenia fing sich als Erste. «Elena! Geh sofort zurück ins Abteil!», zischte sie.

«Nein! Ich habe auch ein *männliches Bedürfnis!*»

«*Tschort vozmi!*», kam es gedämpft aus der Doppelkabine der Romanows. Der Großfürst. Xenia musste die Tür offen gelassen haben, und auch das kleine Mädchen, das ihr gefolgt war, hatte sie nicht geschlossen. Raoul hörte den Großfürsten schimpfen, verstand die Worte nicht, aber irgendetwas sagte ihm, dass der Mann in ein paar Sekunden ebenfalls auf dem Flur stehen würde.

Der Zug fuhr nur noch Schrittgeschwindigkeit, doch noch immer stand er nicht. Die Türen waren verschlossen, und selbst wenn sie sich zu dritt hinter die Biegung am Ende des Kabinengangs zwängten: Elena würde keine Ruhe geben, und der Großfürst …

«Kommt mit!», presste Raoul zwischen den Zähnen hervor, zog Xenia in den Übergang zum Speisewagen. Ihre kleine Schwester brauchte keine gesonderte Einladung. Doch zwischen den Wagen war zu wenig Platz, und wenn der Großfürst in die falsche Richtung sah, waren sie noch immer nicht sicher. Weiter. Schwer atmend verharrte Raoul im Entree des Speisewagens. Xenia fühlte sich an, als hielte nur noch sein Arm sie aufrecht. Der Zug … Kam er endlich zum Stehen?

526

«Wollt ihr durch den Not-aus-gang raus?» Das kleine Mädchen sah zu ihm hoch.

Xenia starrte ihre Schwester an. «Was?»

«Du hast die Geldscheine aus *mamans* Tasche genommen – genau wie die Königstochter im Märchen, bevor sie weggelaufen ist.» Ein Zögern, kritisch gehobene Augenbrauen. «Da waren es Goldstücke, aber ich glaube, das ist das Gleiche.»

«Aber ...»

Verzweifelt blickte Raoul durch die schmalen Fenster des Ausstiegs. Der Zug fuhr weniger als Schritttempo. Der Bahnsteig kam in Sicht. Wartende Menschen, mehr als gewöhnlich. Flüchtlinge, die die Gegend verlassen wollten, die gefährlich nah an der Grenze zu Bulgarien und selbst Carpathien lag?

«Elena.» Xenia war in die Knie gegangen. Rote Flecken brannten auf ihren Wangen. «Ich weiß, dass du das nicht verstehen kannst, aber ich *muss* hier weg. *Maman* und *Papa* werden das auch nicht verstehen, aber ...»

Das kleine Mädchen nickte beifällig. «Der König stinkt.» Zur Verdeutlichung hielt sie sich die Nase zu und war kaum zu verstehen. «*Dem würde iff auch mifft heiraten.*»

Eau de Cologne, dachte Raoul. Carol schob eine Wolke des Duftwassers vor sich her. In Paris wurde das Rasierwasser heutzutage dezenter eingesetzt als in früheren Zeiten, aber in dieser Hinsicht war der König anscheinend nie in der französischen Hauptstadt angekommen.

«Dann ...» Xenias Stimme klang atemlos. «Dann willst du gar nicht versuchen, uns ...»

Der Zug stand. Raoul reckte sich nach der Sicherung, mit der die Tür sich entriegeln ließ. Geräusche aus dem *Fumoir*, wo der Directeur und der königliche Adjutant die Hochzeit vorbereiteten, der Patriarch und seine Ministranten den Tabakdunst mit Weihrauch überdeckten. Der Express hatte einige Minuten Aufenthalt, während die Pacific das Kühlwasser auffüllte. Irgendjemand würde den Zug mit Sicherheit durch diesen Ausstieg verlassen wollen.

«*Elena? Elena, Kind?*»

Xenia fuhr zusammen. Die Mutter der beiden Mädchen. Ihre Stimme kam von der anderen Seite des Durchgangs, aus dem Lx.

«Maman wird aber merken, wenn du nicht wiederkommst», gab das kleine Mädchen zu bedenken.

«Ja.» Gehetzt sah Xenia über die Schulter. «Ja, das wird sie, aber bis dahin wird der Zug schon wieder unterwegs sein, und bis sie …»

«Elena?» Die Stimme der Großfürstin schraubte sich hoch. Warum war sie noch nicht hier? Der Zug war eben erst stehen geblieben. Die Mutter der Mädchen musste auf der Stelle erkennen, dass die Kleine nur in eine Richtung verschwunden sein konnte: in den Speisewagen. In ein paar Sekunden *musste* sie vor ihnen stehen. Raoul riss den Ausstieg auf. Kalte Luft schlug ihm entgegen.

«Soll ich ihr sagen, dass du länger brauchst mit deinem Bedürfnis?», erkundigte sich die Kleine.

«Elena?»

«Ja!» Xenia kam in die Höhe. «Ja, bitte! Und sag ihr, dass es mir … dass …» Raoul konnte sie nicht ansehen. Die Tränen liefen ihr über die Wangen. «Aber erst … nachher, wenn ihr klar ist, dass ich …»

«Hier!» Die Puppe. Das kleine Mädchen streckte sie Xenia entgegen. «Ninotschka soll auf euch aufpassen!»

«Das …» Xenia versagte die Stimme, und selbst Raoul spürte ein merkwürdiges Gefühl im Hals, der gehetzten Situation zum Trotz. Sie griff nach der Puppe, musste einmal nachfassen, drückte sie an sich. «Danke.» Sie sprang aus dem Wagen, gefolgt von Raoul. Die Bahnhofsgebäude erhoben sich unmittelbar vor ihnen.

«Maman!» Die Stimme in ihrem Rücken wurde schon leiser, als das kleine Mädchen sich auf den Rückweg in den Lx machte. «Kriege ich ein Eis? Ich will ein Sorbet aus dem office von Monsieur Georges!»

Raoul griff nach Xenias Hand. Sie war eiskalt, doch auf eine unaussprechliche Weise fühlte die Berührung sich richtig an. Es waren nur wenige Schritte, aber waren es nicht die ersten Schritte auf dem Weg, um eine ganze neue Welt zu erobern? Vor ihnen der überdachte Wartestand. Die Männer, die dort herumlungerten, wichen ein Stück zurück.

Und keine Rufe in ihrem Rücken. Zumindest für den Augenblick wurde die Großfürstin ganz von der Aufregung um das kleine Mädchen in Anspruch genommen.

Wir schaffen es! Wir schaffen es! Wir schaffen es!

* * *

Anfahrt auf den Bahnhof Niš – 27. Mai 1940, 11:33 Uhr
CIWL Lx 3509 (Vorderer Schlafwagen). WC.

Boris Petrowitsch lauschte. Warten. Warten war die bedeutendste Tugend eines Nachrichtenoffiziers. Warten, beobachten, Schlüsse ziehen aus diesen Beobachtungen und diese Schlüsse in Pläne verwandeln. Pläne, die sich binnen eines Lidschlags ändern konnten, wenn sich die Notwendigkeit ergab.

Seine einzige und letzte Chance war Niš. Wenige Minuten nach dem letzten Halt auf jugoslawischem Boden war die Hochzeit angesetzt. Wenn die Zeremonie erst im Gange war, würde es zu spät sein, den Großfürsten allein zu fassen zu kriegen. Zu diesem Zeitpunkt würde er von seiner gesamten Familie, von Carol und seinen Gardisten und vermutlich vom halben Zug umgeben sein – denn natürlich würden die Reisenden das Ereignis neugierig verfolgen. Außerdem würde sich der Express dann wieder auf der Reise befinden, sodass Boris keine Gelegenheit zur Flucht haben würde, sobald Constantin Alexandrowitsch tot und die Steine in seiner Hand waren.

Er musste vorher handeln. Und er war sich sicher, dass er die Gelegenheit bekommen würde. Zu viel stand für den Großfürsten auf dem Spiel: Eine Unklarheit im Ritus der Zeremonie, lächerliche Unterschiede in den Vorschriften der russischen, der serbischen, der carpathischen Kirche – immer wieder im Laufe von bald zweitausend Jahren hatten die Gläubigen christlicher Bekenntnisse das Blut ihrer ebenfalls christlichen Mitbrüder vergossen, bei denen irgendeine Gebetsformel die Gottesmutter nicht hoch genug verehrte, irgendein liturgisches *filioque* an der falschen Stelle saß. Die kleinste Unstimmigkeit, und mit den richtigen Experten des Kirchenrechts an Carols Seite würde sich das gesamte Heiratsprojekt in Luft auflösen, sobald der König die Steine einmal hatte.

Constantin würde alles tun, um dieses Risiko zu vermeiden. Mit Sicherheit würde er das Abteil kurz vor der Zeremonie noch einmal verlassen, sich mit dem König und dem Patriarchen besprechen, sichergehen, dass alles seine Ordnung hatte. In Niš oder kurz vor der Ankunft in der Stadt.

Und es gab nur einen Ort, an dem Boris unbeobachtet darauf lauschen konnte, was auf dem langgestreckten Flur vor sich ging: das WC ganz am Beginn des Luxuswagens. Wenn er die Tür nicht vollständig schloss, konnte er jedes Wort verstehen, das in der vorderen Hälfte des Kabinengangs gesprochen wurde. Und mit Sicherheit würde er Constantins Schritte erkennen: militärisch gleichmäßig, dabei auf eine eigentümliche Weise steif – wie die Schritte eines Mannes, dessen Leib ein Korsett einschnürte, in dem sich der größte Schatz des gestürzten Zarenhauses verbarg.

Boris spürte, dass der Zug langsamer wurde. Sie hatten den Halt beinahe erreicht. Die WC-Kabine verfügte über ein Fenster, fünf in Messing gefasste einzelne Scheiben, die sich zu einer eleganten, spitzovalen Form ergänzten wie die Bleiglasfenster einer mittelalterlichen Kathedrale. Allerdings waren sie auch genauso undurchsichtig wie Kathedralfenster. Das Glas besaß eine geriffelte Struktur, sodass er den Bahnsteig nicht erkennen konnte.

Dumpf pfeifende Geräusche drangen von der Lokomotive herüber. Die Pacific ließ Dampf ab, der Rhythmus ihrer schweren Kolben veränderte sich. Langsamer … und langsamer.

«… dir nicht gut?»

Eine Stimme auf dem Gang. Boris presste das Ohr an den Türspalt.

Der junge Steward. Eine Antwort kam, zischend wie aus den Kesseln der Zugmaschine, doch so leise, dass er sie kaum verstehen konnte.

«… müssen sofort raus!»

Constantins Tochter, die Braut! Und wie es sich anhörte ...

«... Zug steht gleich, und dann werden die Türen ...»

Boris hielt den Atem an. Die beiden standen unmittelbar vor der Kabine. Er konnte sie sehen, wagte es aber nicht, das Türblatt auch nur einen Millimeter zu bewegen, um sein Versteck sicherer zu machen. Wenn sich in diesem Moment einer von ihnen umdrehte ...

«Xenia!»

Eine neue Stimme, eine Kinderstimme. Die jüngere Tochter!

«Elena! Geh sofort zurück ins Abteil!»

«Nein! Ich habe auch ein männliches Bedürfnis!»

«Tschort vozmi!»

Boris fuhr zusammen. Constantin. Seine Stimme klang gedämpfter, weiter entfernt als die anderen, aber offenbar stand die Tür des Abteils noch offen. Und er sprach laut, hörbar wütend – wie ein Mann, der im nächsten Moment ebenfalls auf den Gang stürmen würde.

Boris fluchte lautlos. Wenn Constantin entdeckte, was das Mädchen und der Zugbegleiter zweifellos vorhatten, konnte er seinen Plan in den Wind schreiben.

«Kommt mit!»

Das war der junge Steward. Im nächsten Moment rasche Schritte, die sich entfernten. Der Zug war noch immer in Bewegung, doch die jungen Leute wechselten den Wagen.

«Ein Romanow putzt niemandem die Stiefel! Ich muss diesen verfluchten Burschen finden!»

Auf einen Schlag war Constantins Stimme sehr viel lauter. Er war draußen auf dem Gang. Boris zögerte keine Sekunde, riss die Tür auf. Die Töchter und der Zugbegleiter waren verschwunden. Constantin bewegte sich mit eiligen Schritten den Gang hinab in Richtung Gepäckwagen. Den verfluchten Burschen finden ... Einen der Stewards, der ihm die Stiefel putzen sollte.

Boris hielt Abstand. Es war unwahrscheinlich, dass der Großfürst sich umdrehte, ausgeschlossen war es nicht. Am Übergang zum Fourgon vielleicht, aber genau das war die Gelegenheit. Dort konnte es geschehen. Ein präziser Stoß mit dem kleinen Messer, das Boris zusätzlich zur Pistole im Gürtel bei sich trug, und es würde getan sein. Und die Steine ...

«Elena? – Muttergottes, wo ist Elena?»

Ein Schatten in der offenen Kabinentür. Katharina Nikolajewna konnte nicht mehr abbremsen, stieß gegen Boris, stolperte. Er hielt sie fest.

Sie starrte ihn an, ihre Lippen formten seinen Namen. Es waren nur Augenblicke. Sie erkannte ihn, doch in diesem Moment war keine Zeit, kein Platz für ihn. Ihre Tochter – der Zug würde jede Sekunde halten, und wenn das kleine Mädchen den Express verließ ...

Boris' Gedanken brauchten keine Sekunden. Elena war nirgends zu sehen. Noch fuhr der Zug, die Türen waren geschlossen. Sie konnte nur in den Speisewagen verschwunden sein, und Katharina würde das auf der Stelle begreifen, ihr folgen. Und dort: Xenia – und der Steward.

Er sah die Szene vor sich. Katharina, die begriff, was die beiden vorhatten: den Zug zu verlassen, die Hochzeit zu vereiteln. An das Schicksal der beiden verschwendete er keinen Gedanken, doch was würde Katharina tun, wenn sie den Fluchtplan entdeckte? Würde sie Constantin alarmieren, gleich und auf der Stelle? Unvorhersehbar. Er konnte das Risiko nicht eingehen. Mit eisernem Griff hielt er sie fest.

«Boris!», zischte sie.

Der Simplon Orient stand. Für einige wenige Sekunden musste er sie zurückhalten: Zeit genug, dass Xenia und der Junge fort waren. Er packte roh ihr Kinn, zwang sie, ihn anzusehen, wie er das zwischen den Büschen in Postumia getan hatte. Sollte er seine Lippen auf die ihren pressen? Sein Körper schrie danach, selbst in diesem Moment.

Ihre Augen verwandelten sich in matte, stumpfe Kiesel. «Lass – mich – los!» Einen Atemzug später, lauter: «Elena? Elena, Kind?»

Boris hielt sie fest. Sie begriff nicht, konnte nicht begreifen, warum er sie festhielt. Doch er verhinderte, dass sie zu ihrer Tochter kam, die sie in Gefahr glaubte. Eine russische Mutter: Jetzt, auf einen Schlag, war er da, der Hass, der tödliche Hass, den eine Frau aus Russland empfinden konnte. Er galt dem Mann, der sich ihr in den Weg stellte, und zugleich galt er allem, was er war. Dem neuen Russland, das ihre Welt zerstört hatte und dem sie es verdankte, dass sie überhaupt hier war. Auf der Flucht, ein Leben lang.

«Gib – den – Weg – frei!» Kaum hörbar. «Alexej ist noch im Abteil, und ich muss nichts als ...» Ein Atemzug. «Elena!»

Fünf Sekunden? Zehn? Zeit genug, die Tür zu öffnen und aus dem Zug zu verschwinden. Mit einer ruckartigen Bewegung bekam sie ihre Hand frei. Ein beißender Schmerz in seiner Wange. Ihre Fingernägel – wie eine Klaue. Er spürte, wie das Blut in seinen Hemdkragen lief.

Er ließ sie los. Stolpernd drängte sie sich an ihm vorbei. «Elena!» Boris schüttelte sich. Constantin war längst außer Sicht, doch er würde ihn finden – und stellen. Er hatte sich die Zeit erkauft, die er brauchen würde.

***

Zwischen Belgrad und Niš – 27. Mai 1940, 11:34 Uhr
CIWL WL 3425 (Hinterer Schlafwagen). Abteil 10.

Eva hatte ihre Strategie geändert. Sie konnte nicht sagen, zum wievielten Mal.

Das codierte Schreiben, das sie in den Händen hielt, war eine Nachricht von Ludvig Muellers Vorgesetztem. Seinen Namen kannte sie nicht, aber sie hatte dieses Wort: *Admiral*. Und ein Buchstabe, das a, kam in diesem Wort zwei Mal vor, durch vier andere Buchstaben – d, m, i und r – voneinander getrennt. Wenn der Vorgesetzte die Nachricht an seine beiden Agenten unterzeichnet hatte, musste sie damit kurz vor Ende des Textes auf einen Buchstaben stoßen, der sich fünf Zeichen später wiederholte.

Zunächst hatte sie sich lediglich die beiden letzten Zeilen des codierten Textes vorgenommen. Schließlich konnte ein Name nicht unbegrenzt lang sein. Dann drei Zeilen. Nichts. Kein einziger Buchstabe, der nach exakt fünf Zeichen ein zweites Mal erschien. Dann war ihr der Gedanke gekommen, dass der Verfasser vielleicht noch ein Postskriptum angebracht haben könnte, woraufhin sie ihr Untersuchungsgebiet um weitere fünf Zeilen ausgedehnt hatte. Acht Zeilen insgesamt, beinahe schon ein Drittel des Schreibens. Und diesmal war sie fündig geworden: **K** /*S*/*t*/*U*/*P*/**K**/M

A, vier Zeichen, dann noch ein a? Das Blatt in ihrer Hand begann zu zittern. Hatte sie tatsächlich das Wort *Admiral* identifiziert? Wenn das so war, hatte sie den entscheidenden Schritt getan. Dann würde sie auf einen Schlag zusätzlich zum Buchstaben a fünf weitere Buchstaben deuten können: *s*, *t*, *u*, *p* und *m* auf dem Briefbogen mussten dann für die Buchstaben *d*, *m*, *i*, *r* und *l* stehen.

Ihr Herz überschlug sich vor Aufregung. Aus diesen Buchstaben ließen sich ganze Wörter bilden, die sich möglicherweise im Text verbergen konnten! *Dir*, *mir*, mit Sicherheit auch noch weitere Möglichkeiten. Aufgeregt glitten ihre Augen über den Text, angespannt, dann mit wachsender Verzweiflung.

Nichts, absolut nichts. Kein einziges weiteres Wort ließ sich auf diese Weise entziffern. Davon abgesehen, dass sie überhaupt keinen Beweis hatte, dass Ludvigs Vorgesetzter das Schreiben tatsächlich unterzeichnet hatte, noch dazu mit seinem Dienstrang. War das am Ende nicht sogar unwahrscheinlich, wenn der Bote sie ausdrücklich darauf hingewiesen hatte, dass die Nachricht vom Admiral stammte? Wäre dieser Hinweis nicht überflüssig gewesen wie …

«Überflüssig wie die Arbeit der letzten halben Stunde», murmelte Eva Heilmann bitter.

Der Zug war langsamer und langsamer geworden. Jetzt stoppte er. Ein fernes Schnaufen verriet, wie sich die schwere Dampfmaschine der Pacific fast wohlig entspannte. Sie hatten Niš erreicht. Es war nach halb zwölf. Eva war seit Stunden wach und hatte noch nicht einmal einen Kaffee getrunken, lediglich einige Schluck Wasser aus dem Zahnputzglas. Doch sie hatte die Zeit nutzen wollen, bis Ludvig zurückkam, hatte sie nutzen *müssen*. Zu viel stand auf dem Spiel.

Gefahr. Das Gefühl, das sie bei der Betrachtung der Zeilen empfand, hatte sich nicht gelegt, wurde lediglich überdeckt von ihrer wachsenden Verzweiflung.

Worin nur konnte die Nachricht bestehen?

Ein neuer Überfall?

Noch befanden sie sich auf dem Boden Jugoslawiens, des serbischen Landesteils im Augenblick, wo man von alters her auf der Seite Frankreichs stand und gegen die Deutschen eingestellt war. Bevor der Express aber die neutrale Türkei erreichen würde, musste er noch das bulgarische Königreich der Länge nach durchqueren. Und dass Bulgarien im Begriff stand, sich auch offiziell auf die Seite Hitlers zu schlagen, hatten die Zeitungen in Paris seit Wochen vermutet. Wenn jenseits der Grenze tatsächlich ein Hinterhalt ...

Plötzlich ein Knall. Ein splitternder Laut ein Stück entfernt. Für eine Sekunde wollte Eva an eine Fehlzündung im komplizierten Betriebskreislauf der Dampflokomotive glauben, doch schon im nächsten Moment konnte sie das Geräusch einordnen. Denn es wiederholte sich.

Schüsse!

* * *

Anfahrt auf den Bahnhof Niš – 27. Mai 1940, 11:36 Uhr
CIWL Lx 3509 (Vorderer Schlafwagen). Kabinengang.

Mit raschen Schritten eilte Boris Petrowitsch den Gang hinab. Hinter der Tür des königlichen Privatabteils seltsam gleichförmiges Gemurmel – der Patriarch, der mit dem König betete. Boris zog die Tür zum Übergang auf, schlüpfte in den Eingangsbereich des Fourgon. Keine Spur von Constantin.

Gleich links an den Fenstern führte ein schmaler Seitengang zu dem größeren Raum mit Thuillets *office*, in dem die Gefangene festgehalten wurde, und dahinter ...

Ein Geräusch. Boris verharrte reglos. Ein Stöhnen, ein undeutlicher

Laut, tief aus der Kehle. Eine Männerstimme? Sein Blick wanderte nach rechts. Eine unscheinbare Tür, die unmittelbar vom Eingangsbereich abging – ein Postabteil, was sonst?

Was sonst?

Das Stöhnen wiederholte sich. Für eine Sekunde blitzte ein Bild vor seinen Augen auf: Constantin, seine Hände in Fesseln, ein Knebel in seinem Mund. Sein Uniformrock war aufgerissen, das Korsett mit zwei langen Schnitten aufgeschlitzt, die Steine verschwunden. Ebenso der Täter, der jeder sein konnte. Jeder an Bord des Express – wen immer Puttkammer in Belgrad aufgesucht hatte.

Er schüttelte sich. Unmöglich. Niemand hätte das in der kurzen Zeit bewerkstelligen können. Den Großfürsten töten: ja. Ihn durchsuchen, fesseln und knebeln: nein, unmöglich.

Ein neues Geräusch durch die geschlossene Tür. Ein verräterisches, rhythmisches Pochen.

Boris zog das Messer aus dem Gürtel, betrachtete die Klinge, dann die Tür, hinter der sich, nein, kein Postabteil, sondern eines der Personalquartiere befinden musste.

Doch in seinem Kopf sah er andere Bilder. Bilder, die in einem Säbelfutteral verborgen gewesen waren und allesamt ganz ähnliche Motive zeigten. Und nun glaubte er auch zwei verschiedene Stimmen unterscheiden zu können und war sich sicher, wem die zweite Stimme gehören musste: Georges, dem dicken Steward. Mit Sicherheit war es der Dicke.

Boris zögerte. Er konnte die Tür aufreißen, in derselben Bewegung den Großfürsten ausschalten. Was den anderen Mann anbetraf ... ihn ebenfalls zu töten, würde keine Herausforderung darstellen, doch er würde Zeit haben zu schreien.

Der Zug stand. Vera Richards' Bewacher würden die Schreie nicht überhören, genauso wenig vermutlich der König und sein Kuttenträger im Nachbarwagen. Doch gab es nicht eine zweite Möglichkeit?

Auch der Westen Europas kannte Gesetze, mit denen man die Sittlichkeit zu schützen suchte. Allerdings waren sie weniger streng als in Russland und wurden weniger entschlossen durchgesetzt. Einer der unzähligen Gründe, aus denen die verweichlichte bourgeoise Kultur dieser Länder über kurz oder lang in die Knie gehen musste, während Russland sie niemals akzeptieren würde, die Männer, die bei Männern lagen.

Doch wenn er diese beiden Männer ertappte, auf frischer Tat in einem Zug, in dem sie Tür an Tür reisten mit Diplomaten, mit einem König, Constantins eigenem zukünftigen Schwiegersohn ...

Das würde Constantin Alexandrowitsch vernichten, weit über die Tatsache hinaus, dass Carol von Carpathien die Heiratsvereinbarung auf der Stelle rückgängig machen würde. Die Folgen waren unausweichlich. Dem Großfürsten würde nichts anderes übrigbleiben, als seine Waffe gegen sich selbst zu richten. Das Ende des Hauses Romanow, diesmal endgültig – und unrühmlich, wie es nur denkbar war.

Es sei denn, Constantin gelang es, Boris Petrowitsch dazu zu bewegen, über den Vorfall zu schweigen, mit ihm eine *Vereinbarung* zu schließen.

Das Collier. Auf diese Weise würde Boris es selbst daran bekommen, wenn Constantin es gegen jede denkbare Erwartung doch nicht bei sich trug. Er konnte alles von diesem Mann verlangen, konnte selbst Katharina ...

Mit einer ruckartigen Kopfbewegung schnitt er den Gedanken ab. Nicht jetzt.

Er zwang seine Gedanken zurück an den Ausgangspunkt. Sein Vorhaben verlangte alle Konzentration. Er musste die beiden Männer vollständig überraschen, ihnen augenblicklich klarmachen, dass sie keine andere Chance hatten.

Mit einer raschen Bewegung wechselte Boris das Messer gegen die Pistole.

Seine Hand griff nach der Türklinke.

Ein dumpfer, gleichzeitig *splitternder* Schlag. Die Kugel schoss so dicht an seiner Schläfe vorbei, dass er ihren Luftzug spürte.

* * *

Niš – 27. Mai 1940, 11:38 Uhr
CIWL WL 3425 *(Hinterer Schlafwagen). Abteil 10.*

Schüsse. Ein Hagel von Schüssen. Unmittelbar vor Evas Abteiltür zersplitterte eine Fensterscheibe. Dumpfere Geräusche, als Geschosse in die metallene Außenhaut des Zuges schlugen. Eva schrie. Im ersten Moment vor Überraschung, dann vor Angst. Der Zug wurde angegriffen!

Eva rutschte in die hinterste Ecke des Polsters und wusste doch genau, dass es ihr keine Zuflucht bieten würde.

Was, wenn sie auch von der anderen Seite kamen? Gegen ihren Willen drehte sie sich um. Vor dem Fenster waren verlassene Bahnsteige zu sehen, das war alles, doch überall aus dem Zug, durch die zerstörten Scheiben auf dem Flur drangen Rufe, Schreie. Gab es Verletzte? Carol! Carol war in Gefahr! Konnte sie ihm jetzt noch helfen? Sie hatte nicht einmal eine Waffe.

Eva glitt vom Polster, hatte die Geistesgegenwart, das Schreiben in ihrem Kleid zu verstauen. Dann ließ sie sich auf dem weichen Teppich auf alle viere nieder. Ja, sie konnte sich in ihrem Abteil verstecken, hoffen, dass alles irgendwie gut ging, der Zug binnen Sekunden wieder anfuhr. Dass irgendjemand sie beschützen würde. – Richards. Paul Richards besaß mit Sicherheit eine Waffe. Aber die Geräusche von draußen waren deutlich: mehr als eine bloße Handvoll Angreifer.

Zentimeter für Zentimeter kroch sie auf die Tür zu, fasste nach der Klinke, öffnete vorsichtig.

Der Kabinengang war mit Scherben übersät. Links von ihr kauerte einer der französischen Handelsreisenden am Boden. Ihre Blicke trafen sich: Der Mann umklammerte eine Hand mit der anderen, und Blut sickerte zwischen den Fingern hervor. Splitter wahrscheinlich von den zerstörten Fenstern. Betty Marshall würde zu tun bekommen – falls jemand von ihnen die nächsten Minuten überlebte. Eva kroch hinaus auf den Gang.

«Verflucht! Sind Sie wahnsinnig?», zischte der Franzose. «Gehen Sie zurück ins Abteil!»

Eva antwortete nicht. Instinktiv wandte sie sich nach rechts, zur Spitze des Zuges, dem Speisewagen und den Abteilen der Carpathier. Carols Leibgarde aus den Karpathenstämmen, die zusätzlich zu ihren Messern und Säbeln Kleinkaliberpistolen führte. Der sicherste Ort in diesem Moment; und sie wäre bei Carol und Betty.

Sie hielt sich so flach wie möglich auf dem Boden, bewegte sich voran. Ein Stück hinter ihr trafen durch die bereits gesplitterten Fenster neue Projektile in die Wand des Flurs, doch hier unten war sie durch das Metall der Außenhülle vor direkten Treffern geschützt. Die Kabinentüren waren geschlossen. Hinter einer von ihnen, Abteil zwei oder drei, hörte sie leises Weinen. Eine Frau? Ein Kind? Die Fahrgäste, die diese Kabinen belegt hatten, kannte sie nicht. Aus Paul Richards' Kabine ein ... waren es Worte? Dann waren sie nicht zu verstehen. Vielleicht hatte er Albträume, doch dazu hätte er in der Lage sein müssen, in diesem Chaos zu schlafen, was sie bezweifelte.

Der Einstiegsbereich des Schlafwagens lag vor ihr, dahinter der Übergang zum Speisewagen. Eva spürte, wie es ihr die Kehle zuschnürte.

Der Übergang bestand aus kaum mehr als zwei übereinandergeschobenen Laufblechen und dem schlauchartigen Gebilde des Faltenbalgs. Sie war sich nicht einmal sicher, woraus sich das Material der ziehharmonikaartigen Bälge zusammensetzte. Leder? Schweres Gummi? Gegen Fahrtwind und Kälte mochte die Konstruktion noch einen zweifelhaften Schutz bieten – aber gegen Gewehrmunition und Pistolenkugeln?

Eva holte Atem, richtete sich in die Hocke auf – und stürzte auf die Verbindungstür zu. Mit beiden Händen riss sie sie auf. Drei, vier stolpernde Schritte. Über ihr Tageslicht in schmalen Bahnen wie durch ein beschädigtes Ziegeldach: Die Schlauchkonstruktion war bereits von Geschossen durchsiebt.

In kauernder Stellung kam sie im Eingangsbereich des Speisewagens an, kroch flach auf die nächste Tür zu, die zum kurzen Korridor mit den Wirtschaftsräumen führte. Erst auf diesem Flur, nun, da die

Wand des Ganges sie schützte, sank sie in sich zusammen, atmete keuchend ein und wieder aus.

Von den unmittelbaren Auswirkungen der Einschläge war hier nichts mehr zu sehen, doch sie hörte die grässlichen Laute, mit denen die Projektile in die Außenhaut des Simplon Orient, durch geborstene Fenster in die Innenverkleidung drangen. Die Enge des Raumes schien die Geräusche ... nein, nicht zu verstärken, aber sie verlieh ihnen einen neuen, gespenstischen Klang. Als wäre Eva in ein fest verschlossenes Fass gesperrt, auf das eine Bande von Rohlingen in stakkatohaftem Rhythmus mit Eisenstreben einschlug.

Mit einem Mal verließ sie die Kraft. Sie kauerte sich am Boden zusammen, zog die Beine an den Körper, umfasste sie mit den Armen. Von ihrer linken Handfläche sickerte Blut. Sie musste sich an den Scherben geschnitten haben, ohne es zu bemerken.

«Ich kann nicht weiter», flüsterte sie. «Keinen Schritt weiter.» Sie hatte ihre Eltern, hatte ihr Heimatland hinter sich gelassen auf der Flucht vor dem Hass der Nationalsozialisten. An Carols Seite hatte sie in Paris Zuflucht gefunden, nur um auch diese Zuflucht wieder aufgeben zu müssen. Es war ihr gelungen, aus Paris zu entkommen, mit einem der letzten Züge, die die französische Hauptstadt noch verlassen hatten. Doch hier, in diesem dunklen Flur, wo stilvolle Blumenornamente im Tropenholz so unpassend, so *lächerlich* auf sie herabblickten, war es zu Ende.

Hier würde sie sterben. Oder schlimmer: Sie würden sie lebendig zu fassen kriegen, würden sie in eines der Lager im Generalgouvernement schleppen, in denen sie die Juden zusammenpferchten. Orte, über die die Menschen der jüdischen Gemeinde in Berlin nur im Flüsterton gesprochen hatten. Orte, an denen leben schlimmer war als sterben.

«*Baruch ata adonai elohenju melech ha'olam ...*» Tränen liefen ihr über die Wangen. Sie konnte nicht sagen, wann sie angefangen hatte zu weinen.

«Miss Heilmann?» Eine gedämpfte Stimme.

Der heftige Schlag ihres Herzens schien ihre Brust zu zerreißen.

«Miss Heilmann? Können Sie mich hören?»

Sie kam auf die Knie. «Mr. ... Mr. Fitz?»

Ein nicht zu deutender Laut. Ein Knurren. Gleich darauf eine Salve von Schüssen – ganz nah – hinter der Verbindungstür zum Nichtrauchersalon.

«Miss Heilmann, sollten Sie sich in der Lage sehen, zu mir zu kommen, wäre ich Ihnen sehr verbunden. Ich könnte Ihre Hilfe brauchen.» *Meine* Hilfe? Sie wusste nicht, ob sie darüber lachen oder weinen sollte.

Auf Händen und Knien kroch sie auf die Tür zu, stieß sie auf. Der Teppich des Salons war mit Scherben übersät; dazwischen lag zerbrochenes Geschirr, halb von den Tischen gerutschte Decken, die Reste des Frühstücks. Unter mehreren Tischen kauerten Menschen. Eine Gestalt, die sie eine Sekunde für Alexej Romanow hielt, saß aufrecht am Boden, den Rücken gegen einen Stuhl gelehnt. Erst auf den zweiten Blick erkannte sie den Fahrgast aus den britischen Kronkolonien, der in Venedig zugestiegen war. Der Inder saß nahezu reglos, schien aber unverletzt, das Gesicht unter dem Turban geradezu entspannt. Er bewegte seine Lippen, ohne einen Laut von sich zu geben, während er eine dünne Perlenkette durch die Finger gleiten ließ. Sie beneidete ihn um seine Ruhe.

«Miss Heilmann?»

Fitz-Edwards kniete vor einem zerborstenen Fenster, den Lauf einer Flinte auf den Rahmen gestützt. Neben ihm stand eine lederne Reisetasche am Boden. Er sah Eva nicht an, sondern gab einen einzelnen Schuss nach draußen ab. Das schwere *Uff!* vom Bahnsteig war über den Hagel der Geschosse hinweg zu hören.

«Was ...» Geduckt näherte sie sich, zuckte zusammen, als eine Scherbe an der Schuhsohle vorbei über ihre Ferse schrammte. «Was tun Sie hier? Wo haben Sie das Gewehr her?»

«Aus meinem Abteil.» Noch immer sah er sie nicht an. «Ich war der Ansicht, dass meine Waffen und ich in diesem Wagen von größerem Nutzen sein könnten als drüben im ...» Ein angedeutetes Nicken nach rechts. Im selben Moment ein weiterer Schuss.

Uff!

Eva schluckte. Wenn Carols Gardisten im Lx genauso treffsicher waren, sollten sich die Angreifer keine allzu großen Chancen ausrechnen. «Mah...» Sie räusperte sich. «Mahdistenaufstand?»

Diesmal sah er sie fragend an.

«Woher Sie so ...» Sie wies auf die Waffe, doch die Worte blieben ihr im Halse stecken. Was immer die Männer dort draußen waren: Sie waren auf jeden Fall Menschen.

«Fuchsjagd in Yorkshire, zumindest in letzter Zeit.» Seine Augen waren schon wieder auf dem Bahnsteig. «Miss Heilmann, wenn Sie so freundlich wären, in diese Tasche zu greifen? Sie werden dort eine Pistole finden. Keine Sorge, es ist nur die eine. – Ein Webley & Scott Mk6», erklärte er, während Evas Hand sich vortastete. «Dienstwaffe bei den Streitkräften seiner Majestät seit den achtzehnhundertachtziger Jahren – und bis heute.» Ein kurzes Anvisieren, ein Schuss, und – nichts.

Vorsichtig lugte Eva über den Fensterrahmen. Eben rechtzeitig, um zu beobachten, wie eine Gestalt in abgetragener Landarbeiterkleidung aus einem der Fenster im Obergeschoss des Bahnhofsgebäudes kippte und mit einem widerwärtigen Geräusch auf dem Pflaster aufschlug.

«Sie öffnen die Waffe bitte, indem Sie den Hahn zurückziehen», bat der Brite. «Dann legen Sie sechs frische Patronen in die Trommel und schließen sie wieder. Die Patronen für den Revolver finden Sie in den kleineren Schachteln.»

Eva starrte auf die Waffe, griff nach einer der Schachteln. «Na... natürlich.»

Sekundenlanges Schweigen. Dann gab er einen neuen Schuss ab – *Uff!* – und sah ihr erwartungsvoll entgegen. Ihre Hände waren schweißnass, als sie ihm die Waffe reichte.

«Ich bedanke mich. Die Mk6 ist gefürchtet für ihre hohe Aufhaltekraft.»

«Das ... das will ich glauben.»

«Als Nächstes bitte das Gewehr.»

Eva holte Luft, wollte sich an die Arbeit machen, als ein Stück entfernt, aus dem Lx, ein dumpfes Poltern ertönte, ein schriller Schrei. Er endete wie mit dem Messer abgeschnitten. Einer der carpathischen Gardisten, oder ... Sie wollte den Gedanken nicht zu Ende denken. Während sie die Patronen in den Lauf des Gewehrs gleiten ließ, wagte sie einen neuen Blick über den Fensterrahmen. Der Hagel der Geschosse war für den Augenblick etwas schwächer geworden. Die Angreifer schienen sich neu zu formieren. Doch sie sah auch ihre Zahl, und schlagartig wurde ihr klar, dass die Passagiere des Simplon Orient nicht den Hauch einer Chance hatten, ganz gleich, ob es Fitz-Edwards gelang, noch ein weiteres halbes Dutzend der Angreifer außer Gefecht zu setzen.

Die Lokomotive, dachte sie. Warum fahren wir nicht weiter?

***

Niš – 27. Mai 1940, 11:40 Uhr
CIWL WL 3425 (Hinterer Schlafwagen). Abteil 1.

Die karamellfarbene Flüssigkeit schwappte, zitterte. Diesmal war es ganz deutlich. Bei jedem Einschlag in den metallenen Panzer des Zuges ging eine Bewegung durch den geheimnisvoll schimmernden Inhalt der Bourbonflasche. Die fünf oder sechs Zentimeter, die von ihm übrig waren.

Es handelte sich um eine neue Flasche. Paul hatte sie dem Kellner wortlos vom Tablett genommen, und der Mann hatte es vorgezogen, keine Einwände zu erheben. Anscheinend doch kein vollständiger Idiot. – Prosper. Betont auf der zweiten Silbe: Prosper.

«Prosper», murmelte Paul Richards. «Pro...» Seine Zunge wollte sich verknoten. «Prospeeeeeer.» Lauter.

Zwei Einschläge kurz nacheinander, einer davon in seiner Abteiltür, da war er sich sicher. Als wollte ihn irgendjemand mit aller Gewalt zum Schweigen bringen.

«Prospeeeeeer!», deklamierte Paul.

Aus der Nebenkabine ertönte ein leises Weinen. Eine Frau? Ein Kind? Angst? Schmerzen?

... an der Seite eines Mannes, der mir in hündischer Ergebenheit zu Füßen lag, mit seinem albernen Verständnis für alles und jeden, von seiner Ehefrau bis zum letzten Nigger an der hinterletzten Bohrstelle.

Paul hob seinen Colt, setzte die Trommel in rotierende Bewegung, beobachtete die Reflexionen auf dem blanken Metall. Eine winzige Pause zwischen den Schüssen von draußen, dann ging es weiter. Dumpfe Wortfetzen. Befehle. Wie viele mochten es sein?

Wie es aussah, würde die Fahrt des Simplon Orient Express ein ebenso rasches wie außerplanmäßiges Ende nehmen. Der letzte Rest des Alten Europa in einer luftdicht verschweißten Blechbox, doch die Nazis und ihre Verbündeten würden sie knacken mit ihren stählernen Büchsenöffnern. In ein paar Monaten würde der gesamte Kontinent ihnen gehören, wie Paul es schon immer vorhergesagt hatte. Die Sowjets – würden die Sowjets ihnen gewachsen sein?

Ging ihn das etwas an? Ging es Amerika etwas an? Er senkte den Lauf seiner Waffe, visierte den Hals der Bourbonflasche an – und schoss. Die Scherben spritzten nach allen Seiten.

«Erledigt euren Scheiß alleine!», flüsterte Paul Richards.

***

Niš – 27. Mai 1940, 11:41 Uhr
CIWL 2413 D (ehemals 2419 D, ‹wagon de l'Armistice›)

Einer der Angreifer duckte sich hinter eine Ecke des Bahnhofsgebäudes. Claude Lourdon visierte einen Punkt auf Bauchhöhe des Mannes an. Die Armeepistole war eine gute Waffe, wenn man sie kannte. Wenn man wusste, in welchem Winkel sie sich beim Schuss verzog. «Feu à volonté!», murmelte er. *Feuer frei!*

Das Geschoss schlug wenige Zentimeter über dem Kopf des Mannes in den Putz. Erschrocken ließ er sich zurückfallen.

Lourdon selbst wich ebenfalls zur Seite, suchte Deckung. Mehrere Scheiben des Waffenstillstandswagens waren bereits in Scherben gegangen, aber die Außenverkleidung aus schwerem Teakholz hielt den Geschossen stand. Zumindest bisher. Er durfte sich nur nicht vorstellen, wie der *wagon de l'Armistice* aussehen würde, wenn das hier vorbei war. Im Augenblick sollte das jedoch seine geringste Sorge sein.

Er warf einen Blick nach links. Guiscard hatte geschlafen, als der Angriff begonnen hatte. Innerhalb von zwei Sekunden war er im Salon und am Fenster gewesen, erwiderte mit zusammengepressten Lippen das Feuer der Angreifer. Jetzt nickte er einmal knapp. Offenbar war er erfolgreicher als der Lieutenant-colonel.

Clermont auf Lourdons rechter Seite schoss ebenfalls, und auch an weiteren Stellen des Zuges schlug den Angreifern Widerstand entgegen. Die Carpathier, natürlich, doch allem Anschein nach hatten auch einige andere Reisende Waffen dabei.

Trotz allem waren Speisewagen und hinterer Schlafwagen die Schwachstelle des Zuges. Vorausgesetzt, die eigentliche Schwachstelle befand sich nicht *noch* weiter hinten, in den Wagen der Deutschen.

Lourdon zögerte. Verflucht, wenn er den Kopf aus dem Fenster steckte, konnte er sich auch eigenhändig eine Kugel in die Schläfe jagen. Unmöglich zu erkennen, was am Ende des Zuges vorging. Entschlossen steckte er die Waffe ein. «Ich gehe nach hinten. Sie beide halten hier die Stellung!»

Guiscard gab einen neuen Schuss ab. Wieder ein knappes Nicken. «Das Maschinengewehr?»

«Nein. Bis es bereit wäre, sind wir wieder unterwegs.» Oder tot, dachte Lourdon.

Er lauschte kurz. Die Lokomotive rührte sich noch immer nicht vom Fleck, doch ihr Stampfen hatte sich verändert. Der Kessel wurde wieder angefeuert, oder irgendwelche gottverdammten Ventile wurden verstellt. Wie lange konnte es dauern, bis die Maschine wieder fahrbereit war?

Sie haben genau den Augenblick abgewartet, in dem wir den Druck von den Kesseln genommen haben, dachte Claude Lourdon.

Er hatte von Anfang an damit rechnen müssen, dass irgendjemand auf den Wagen aufmerksam werden, sie zum Ziel einer Attacke werden könnten. Zu auffällig war der Wagenaufbau aus Teakholz, zu viel war über die Rolle bekannt, die ein solcher Wagen am Ende des Großen Krieges gespielt hatte. Und wusste er mit Sicherheit, ob Compiègne nicht inzwischen gefallen war und die Deutschen festgestellt hatten, dass ihre Trophäe ihnen zu entgehen drohte? Konnte nicht sogar einer von de Gaulles Geheimnisträgern in ihre Hände gefallen sein, sodass sie *wussten*, wo CIWL 2419 D sich jetzt befand? Ihre Helfershelfer auf dem Balkan schienen es offenbar zu wissen. Und da es nicht möglich war, einen einzelnen in einen Zuglauf eingekoppelten Wagen an sich zu bringen, feuerten sie auf den gesamten, mit verhassten Franzosen besetzten Zug.

Ausgerechnet Niš! Natürlich, die Pacific war seit Belgrad ohne Pause durchgefahren. An dieser Stelle musste sie halten, um frisches Kühlwasser aufzunehmen.

Er nickte den Männern noch einmal zu und verließ den großen Salon, der vor einem halben Leben die Unterzeichnung des Waffenstillstands gesehen hatte. Ein schmaler Gang führte zum Einstiegsbereich, an den sich bis zum Halt in Belgrad nur noch der hintere Packwagen des Express angeschlossen hatte. Jetzt, nach der Umgruppierung, folgte an dieser Stelle der gesamte Zug.

Er schob die Tür auf, ließ sie hinter sich wieder zufallen. Maledoux hatte ja recht: Die Verkleidung der Trennwände ächzte und vibrierte, dass es selbst über den Schusswechsel hinweg zu hören war. Doch der Wagen war eben alt.

«Ein nationales Momument», brummte er. Dieser Wagen hatte den Großen Krieg überstanden, in dem durch einen einzigen Treffer von dem Format, das jetzt zu Dutzenden gegen die Hülle des Simplon Orient prasselte, ganze Züge in die Luft geflogen waren. Wobei diese Züge natürlich Sprengstoff an Bord gehabt hatten, für die Front.

«Wenigstens das nicht», murmelte er und durchquerte den Durchgang zum Fourgon.

Der Seitengang, gottlob auf der den Angreifern abgewandten Seite, jetzt der große Raum, von dem Thuillets *office* abging.

Ein Schuss peitschte quer durch den Zug.

«Mon Lieutenant-colonel!» Maledoux, der sich hinter den Fensterrahmen duckte, gab rasch ebenfalls einen Schuss ab. «Jetzt!» Mit drei raschen Schritten durchquerte Lourdon der Raum.

«Schultz feuert aus dem *office*», presste Maledoux hervor. «Wir müssen ...»

«Durchhalten!», brummte Lourdon. «Es kann nur noch ein paar Minuten dauern.»

Der zweite Abschnitt des Seitengangs lag auf der Seite zum Bahnhof und war gefährlicher. Lourdon verharrte einen Moment, stürzte dann mit einem einzigen Schritt am nächsten Fenster vorbei.

«Warum in Niš?», murmelte er. «Warum zur Hölle in Jugoslawien? In zwei Stunden sind wir in Bulgarien, wo sie womöglich die Unterstützung der Regierung hätten. Die Bulgaren warten nur darauf, dass sie Hitler den Hintern abwischen können.»

Im Eingangsbereich des Fourgon eine geduckte Gestalt, nein, zwei. Lourdon hob die Augenbrauen. Die Russen. Romanow und Petrowitsch, wieder beide auf einem Haufen. Das Fenster am Einstieg war kleiner, schmaler, die massive Wagenkonstruktion bot an dieser Stelle bessere Deckung. Beide schossen, in einem nicht sofort erkennbaren Rhythmus, wie aufeinander abgestimmt.

Petrowitsch warf einen Blick zur Seite. «Lourdon! Verdammt, warum fahren wir nicht weiter?»

«Der Kessel. Wir ...» Lourdon zuckte zusammen, als ein Querschläger knapp an seinem Ohr vorbeipfiff.

Petrowitsch winkte ab. Er war bereits verletzt, Wange und Hemdkragen blutverschmiert.

Stattdessen wandte der Großfürst das Gesicht in Lourdons Richtung, blass wie eine Leiche. «Diese Männer da draußen werden es nicht schaffen, Exzellenz», sagte er ruhig.

Lourdon hob die Augenbrauen. *Schaffen?* Hatte der Mann längst erkannt, was sich hinter der Maskerade des Teakholzwagens verbarg?

547

«Nein», murmelte er. «Natürlich nicht. In wenigen Minuten werden wir ...»

«Es ehrt Sie und Ihre Mitarbeiter, dass Sie uns unterstützen.» Romanow sprach einfach weiter. «Und ich bin mir sicher, dass mein lieber Sohn – mein lieber zukünftiger königlicher Schwiegersohn – das zu gegebener Zeit bedenken wird. Allerdings würde ich vorschlagen ...»

Mit einem Knall zersprang das Fenster unmittelbar in Lourdons Rücken. Rufe waren von draußen zu hören, gebellte Befehle in einer der tausend Sprachen des Balkans.

«Allerdings würde ich vorschlagen», wiederholte Constantin Romanow, «dass wir unter diesen Umständen Ihre These bezüglich der Motive Ihrer Täterin noch einmal überdenken.»

Lourdon starrte ihn an. Was wollte Romanow mit *Ihrer Täterin* andeuten? Etwa ... Die Haltung des Lieutenant-colonel versteifte sich. *Warum in Niš? Warum in Jugoslawien? Warum nicht in Bulgarien?* Auf einen Schlag hatte er die Antwort: Das Ziel dieser Männer war überhaupt nicht der *wagon de l'Armistice*. Ihr Ziel war Carol von Carpathien.

Und dennoch irrte der Großfürst, wenn er diese Aktion in einen Zusammenhang mit Vera Richards' Anschlag stellte. Die Attentäterin hatte mittlerweile gestanden, dass sie für die Deutschen tätig war, und die Vermutung des Lieutenant-colonel damit bestätigt. Maledoux und Schultz waren Zeugen gewesen.

Ein solches Attentat aber konnte in keiner Beziehung zu der Attacke stehen, die jetzt gegen den Simplon Orient im Gange war. Verbündete der Deutschen hätten den Zug niemals in Jugoslawien überfallen, hier, im serbischen Teil des Landes, wo die Sympathien bei Frankreich und seinen Verbündeten lagen und sie damit rechnen mussten, dass die Ordnungskräfte dem Spuk ein Ende setzen würden.

Genau das aber schien nicht zu geschehen. Die Behörden sahen weg, während der Angriff auf den Orient Express tobte, und damit gab es nur eine Erklärung: Die Angreifer standen auf der Seite des jugoslawischen Königreichs. Und damit standen sie letztendlich sogar auf der Seite Frankreichs. Schließlich hatte die Französische Republik sie noch vor wenigen Wochen mit einer großzügigen Waffenlieferung unterstützt.

Die Angreifer waren carpathische Republikaner.

* * *

Niš – 27. Mai 1940, 11:41 Uhr
CIWL WL 3425 (Hinterer Schlafwagen). Abteil 12.

Ingolf Helmbrecht legte das Ohr an die Abteiltür, zuckte zurück, als auf der Gegenseite ein Geschoss in die Flurwand schlug und die Vibration sich in seinem Schädel fortsetzte. Er hielt eine Pistole in der Hand.

Natürlich hatte nicht er die Waffe im Gepäck gehabt. Canaris hatte sich nach längerer Überlegung dagegen entschieden, seinen Agenten Waffen mit auf die Reise zu geben. Schließlich spielte körperliche Gewalt auf ihrer Mission keine Rolle, sondern ausschließlich die Gewalt der Worte und der moralischen Überzeugung. Eine Gewalt, gegenüber der sich Hitlers Botschafter als resistent erwiesen hatte.

Ingolfs Auftrag war gescheitert, da gab es nichts zu beschönigen. Niemals würde ein Franz von Papen sich dem Widerstand gegen die Nationalsozialisten anschließen. Ob das das Ende der Bemühungen der Gruppe um den Admiral sein würde, konnte er nicht beurteilen, mochte aber nicht daran glauben.

Die Waffe hatte de la Rosa im Gepäck gehabt. Ingolf hatte sie angestarrt, als hätte der Geistliche ihm einen Brocken Mondgestein überreicht, woraufhin de la Rosa dazu übergegangen war, ihm zu erläutern, dass er im Auftrag des Pontifex als Diplomat in die Türkei unterwegs sei, nicht aber als Märtyrer. Die Zeiten seien gefährlich, und im Vatikan sei das durchaus bekannt, und im Übrigen ... Im Übrigen hätte er persönlich ganz eigene Ansichten über Schusswaffen und denke jedenfalls nicht im Traum daran, die kleine Pistole, die am Griff sogar ein fein geschnitztes Wappen mit den Schlüsseln Petri trug, tatsächlich einzusetzen. Wenn allerdings Ingolf für sie Verwendung hätte?

Ingolf Helmbrecht hatte das Gespräch abgekürzt. Draußen auf dem Bahnsteig wurde geschossen. Und natürlich ging ihm Eva Heilmann durch den Kopf. Er hatte de la Rosas morgendliche Anmerkungen nicht vergessen: die Ausführungen über diesen einzigartig tapferen Menschen, der für seinen Auftrag nur das eigene Leben aufs Spiel setzte, sodass die Damenwelt ihm nach menschlichem Ermessen in Scharen hätte zu Füßen liegen müssen, anstatt sich weiterhin für gekrönte Moustacheträger zu begeistern. Aber für wen sich Eva Heilmann nun auch begeistern mochte: Der Simplon Orient machte noch immer keine Anstalten, wieder anzufahren. Dutzende von Projektilen schlugen in die Ummantelung aus glänzendem Metall. Eva war in Lebensgefahr.

Ingolf warf einen knappen Blick auf de la Rosa, der sich auf das Sitzpolster zurückgezogen hatte, den Rücken zur gegen den Flur gerichteten Wand, die ihn vor Geschossen schützen würde. Der Geistliche hatte das Haupt gesenkt, die Hände im Gebet ineinandergelegt. Jetzt öffnete er ein Auge.

«Viel Glück. Ich bete für Sie. – Für alle Beteiligten.»

Ingolf überlegte einen Moment, ob der Kirchenmann sich möglicherweise bewegen lassen würde, in seiner Fürbitte zumindest gewisse Abstufungen vorzunehmen, was die unterschiedlichen Seiten der Auseinandersetzung anbetraf, verzichtete dann aber darauf. Er holte zwei Mal tief Atem und stieß die Tür auf.

Ein Toter. Er sah ihn durch ein geborstenes Fenster hindurch. Der Mann lag flach auf dem Rücken, ein Stück rechts von Ingolf, auf Höhe des Speisewagens. Die Kugel schien ihn glatt in die Brust getroffen zu haben.

Im nächsten Moment schlug ein Treffer schräg über Ingolfs Kopf ein. Geduckt huschte er nach rechts. Es waren nur wenige Schritte zu der Kabine, die er mit Eva teilte, doch schon hörte er das schrille Pfeifen einer weiteren Kugel, allerdings keinen Einschlag. Sie musste über den Wagen hinweggegangen sein.

Evas Abteil ... Die Tür stand offen. Die Kabine war leer. Vom Bahnsteig hörte Ingolf Rufe, gutturale Stimmen, die Kommandos gaben. Instinktiv ließ er sich auf alle viere fallen.

«Ihre Freundin ist rüber in den Speisewagen.» Eine gepresste Stimme.

Ingolf sah über die Schulter. Einer der beiden Herren mit dem Weichkäse steckte auf Kniehöhe den Kopf aus seinem Abteil, der Nummer elf.

«Verrückt!», knurrte der Mann. «Alle beide.»

«Danke schön», murmelte Ingolf, darauf vertrauend, dass dem Vertreter klar war, welcher seiner Aussagen die Bemerkung galt. Er presste die Kiefer aufeinander, als er sich in Richtung Speisewagen vorarbeitete. Der Boden war übersät mit Scherben, und von einem bestimmten Punkt an sah er die feinen Tropfen einer Blutspur, die derselben Richtung folgte wie er selbst. Evas Blut? Er fröstelte.

Der Übergang zum Speisewagen. Ingolf zögerte. Die Angreifer hatten ihn gesehen. Sie wussten, in welche Richtung er sich bewegte und welchen Bereich des Zuges sie unter Feuer nehmen mussten. Vorsichtig lugte er über den Rahmen eines Fensters, in dem noch Reste des Glases hingen. Auf dem Bahnsteig war es schlagartig ruhig geworden. Nur noch vereinzelte Schüsse. Hatten sie aufgegeben? Nein. Er sah mehrere Gestalten, die in einem Wartestand die Köpfe zusammensteckten. Soweit er das erkennen konnte, trugen die Männer gewöhnliche Zivilkleidung: Arbeiterjacke, Weste, hier und da eine Schiebermütze. In Kombination mit den weiten Hosen ein wenig orientalisch anmutend. Jedenfalls waren es keine regulären Kräfte des Militärs. Und unübersehbar bereiteten sie etwas vor.

Er lauschte. Auch aus dem Zug wurden keine Schüsse mehr abgegeben. Die Lokomotive hielt unterhalb eines aus rotem Backstein gemauerten Wasserturms, der sich am Ende des Bahnsteigs erhob, und gab angestrengte Geräusche von sich, rührte sich aber immer noch nicht von der Stelle.

Die Lokomotive, dachte er, und mit einem Mal glaubte er zu wissen, was die Männer planten: Wenn sie die Lokomotive in die Hand bekommen, haben sie den gesamten Zug, fuhr es ihm durch den Kopf. Dann können wir nicht mehr weiter!

Zwei Sekunden später erkannte er, dass er sich getäuscht hatte.

Auf einen Schlag erwachte der Hagel der Geschosse von neuem. Gleichzeitig bewegte sich eine Gruppe von vielleicht einem Dutzend Männern ein Stück rechts von Ingolf geduckt auf den Zug zu, auf die Nahtstelle zwischen Speisewagen und Lx. Auf diese beiden Wagen richteten sie ihr Feuer.

Ein splitternder Laut. Dann ein Schrei. Schmerz? Überraschung? Gleichgültig! Es war Eva, und der Schrei kam aus dem Speisewagen. Ingolf sprang auf, riss die Türen zum Übergang auf, hatte den Faltenbalg hinter sich, bevor er selbst recht begriff, was er tat. Der Speisewagen, der kurze Wirtschaftskorridor, dahinter der Nichtrauchersalon.

Sie kauerte am Fenster, neben ihr der Brite, der die Hand auf seine Schulter presste.

«Dammit! Haben Sie keine Sorge, Miss Heilmann. Es handelt sich lediglich um einen Streifschuss.» Der alte Mann streckte den freien Arm nach einer Flinte aus, die neben ihm am Boden lag, zuckte zusammen, bevor er die Bewegung beendet hatte. «Einen besonders schmerzhaften Streifschuss», murmelte er.

«Ich hole Ihnen ...» Eva wollte sich aufrichten.

«Unten bleiben!»

Eine Hand, die sich von außen auf den Fensterrahmen legte. Ingolf sah sie, bevor einer der beiden sie sehen konnte. Sah das Gesicht des Angreifers, das eine halbe Sekunde später sichtbar wurde, als der Mann sich am metallenen Leib des Express emporzog. Sah seine Waffe. Der Mann war noch jung, wenige Jahre älter als Ingolf selbst. Für den Bruchteil einer Sekunde trafen sich ihre Blicke, und Ingolf las – Überraschung.

Der Mann hatte nur den Briten gesehen, und der Brite war getroffen worden, war verletzt oder tot. Ingolf musste ihm wie ein Gespenst vorkommen, zwischen den Tischen des Speisewagens aus dem Boden gewachsen, den Lauf der Pistole auf den Eindringling gerichtet.

552

Ingolf Helmbrecht hatte niemals ein besonderes Bedürfnis verspürt, auf seine Mitmenschen zu schießen. Das war auch einer der Gründe gewesen, aus denen er sich um einen Posten bei Ausland/ Abwehr bemüht hatte, während ringsum die jungen Männer zum Wehrdienst herangezogen wurden. Dass eine rudimentäre Schießausbildung für einen jeden Angehörigen des Oberkommandos der Wehrmacht selbstverständlich dazugehörte, hatte er nicht geahnt. Doch sie war eben genau das gewesen: rudimentär.

Ingolfs Zeigefinger krümmte sich.

Ein heftiger Ruck ging durch den Zug. Der Schuss löste sich, und im selben Augenblick ...

Ein Gefühl wie ein dumpfer Schlag gegen seinen Kopf: kurz, heftig und betäubend.

Schwärze.

* * *

Zwischen Niš und Sofia – 27. Mai 1940, 11:46 Uhr
CIWL Lx 3509 (Vorderer Schlafwagen). Doppelabteil 6/7.

Mechanisch streichelten Katharinas Hände den Schopf des kleinen Mädchens, das sein Gesicht in ihrem Schoß verborgen hatte. Elena rührte sich nicht, kein Weinen. Doch Katharina spürte die fiebrige Hitze ihrer Haut. Es war alles wieder da: die Schüsse, der barsche Ton der Befehle. Todesschreie. Noch nicht die anderen Schreie, die gepeinigten Schreie ihrer Dienstmädchen. Doch das würde noch kommen, wenn der Widerstand der carpathischen Leibgarde zusammenbrach. Und diesmal würden sie auch zu ihr kommen.

Aber nicht zu ihrer kleinen Tochter! Und wenn Katharina Nikolajewna Romanowa, die diesem Kind das Leben gegeben hatte, es ihm mit eigener Hand wieder nehmen musste. *Unter Schmerzen sollst du Kinder gebären, und unter Schmerzen sollst du sehen, wie sie von dir fortgehen.*

Xenia. Katharina stellte sich ihr großes Mädchen vor, wimmernd in eine Ecke des Waschraums gezwängt, von dessen Wänden die Einschläge der Kugeln widerhallten. Aus dem WC konnte man nicht einmal nach draußen blicken, auf die von Angreifern freie Seite, das Gleisgelände. Aber auf keinen Fall durfte Xenia ihre Zuflucht verlassen. Der Flur war den Schüssen der Angreifer ausgesetzt. Die Schreie klangen Katharina noch immer in den Ohren; mindestens zwei der königlichen Gardisten waren schon nicht mehr am Leben. «Bleib im Waschraum, mein Kätzchen», flüsterte sie.

Noch war nicht alles zu spät. Die Gardisten konnten standhalten, die Lokomotive endlich wieder anfahren. Selbst die Einheiten der jugoslawischen Polizei konnten sich endlich auf das besinnen, was ihre Aufgabe war. Nein, sie hatten noch immer eine Chance.

Katharinas Blick wanderte zu ihrem Sohn. Alexej stand einen halben Schritt von der Tür entfernt, blickte grimmig gegen das dunkel gemaserte Holz, während er Constantins Säbel umklammerte, den der Großfürst im Abteil zurückgelassen hatte. Er würde seine Familie bis zum Letzten verteidigen. Eine tapfere Geste. Doch selbst Katharina erkannte, dass er die Waffe hielt wie einen Spazierstock.

Aber dann: Im nächsten Moment taumelte er, musste sich an der Wand abstützen, und auch Katharina selbst spürte den plötzlichen Ruck, mit dem ... Ein tiefes Ächzen aus den Kesseln der Pacific, als die Kolben und Gestänge unvermittelt ihre Arbeit aufnahmen, die Räder des Zuges sich in Bewegung setzten. Katharinas Hand fuhr an ihre Brust, spürte das wilde Jagen ihres Herzens. Die Gleisanlagen draußen vor den Fenstern – der Blickwinkel veränderte sich. Es gab keinen Zweifel: Der Simplon Orient rührte sich von der Stelle.

Noch immer Schüsse von draußen, doch Katharina glaubte zu spüren, dass sie jetzt *anders* klangen, noch wütender, doch gleichzeitig mit einem Mal ... zweifelnd?

«Wir schaffen es!» Ihre Stimme war belegt. Ihr Herz hämmerte bis zum Hals.

Alexej ließ die Tür noch immer nicht aus den Augen, sekundenlang. Zögernd nur schien er sich zu entspannen, bis er ihr ein vorsichtiges Lächeln zuwarf, ihr großer, tapferer Sohn.

Der Rhythmus der schweren Maschine veränderte sich. Seitdem der Directeur der CIWL die Reihe der Wagen verändert und den Wagen des französischen Botschafters nach vorn gebracht hatte, waren die Laute der Pacific nicht mehr so deutlich zu hören wie vorher, doch auf jeden Fall klangen sie nun rauer und spröder als vor dem Halt. Die Lokomotive war nicht darauf vorbereitet, die Fahrt so unvermittelt fortzusetzen, und dennoch wurde sie schneller und schneller, die Anlagen am Rande des Bahnhofs verwischten zu undeutlichen Streifen, und die Schüsse blieben hinter ihnen zurück, kaum noch zu hören.

«Muttergottes», flüsterte Katharina. Ihre Finger legten sich auf das winzige Kruzifix, das sie über dem hohen Kragen ihres Kleides um den Hals trug.

Ein einzelner Schuss noch, diesmal aus dem Innern des Zuges wie ein Abschiedsgruß der Verteidiger. Schritte draußen auf dem Flur, gesenkte Stimmen, und sie glaubte den König zu erkennen, atmete auf. Sie war sich nicht sicher, ob Xenia bereits etwas für ihn empfand oder ob das jemals der Fall sein würde, aber sie betete, betete noch immer, dass sich nun alles füge, alles ein gutes Ende nehmen würde, so wie Constantin es vorbereitet hatte.

Elena rutschte von ihrem Schoß, stand etwas unsicher auf dem Boden. «Fahren wir jetzt weiter nach Sofia?»

Katharina nickte schwer. «Ja, mein Mäuschen, das tun wir. Jetzt ...» Tief holte sie Luft. «Jetzt wird alles gut.» Sie zögerte einen Moment. «Komm», sagte sie und sah ihre Tochter an. «Jetzt können wir deine Schwester holen.»

Katharina brach ab. Dieses kleine Mädchen hatte etwas an sich, etwas, das kein anderes ihrer Kinder hatte. Einen bestimmten Blick, bei dem sie sich niemals sicher war, ob sie sich nur einbilden wollte, dass da eine Ähnlichkeit war mit einem Porträt im großen Palais in Zarskoie Selo, das sie selbst als junges Mädchen immer wieder nachdenklich betrachtet, sich gefragt hatte, ob da nicht eine gewisse Ähnlichkeit zwischen ihr und der Dargestellten bestand. Und immerhin war die große Zarin Jekaterina Elenas Urururgroßmutter. Zumindest vom Temperament, von der Entschlossenheit, ihren Willen

555

durchzusetzen, gab es zweifellos Gemeinsamkeiten. Und bei diesem Blick ... Katharina konnte nicht sagen, warum, doch unvermittelt überfiel sie eine Gänsehaut.

«Elena?», fragte sie.

Das kleine Mädchen biss sich auf die Unterlippe. «*Maman?* Findest du nicht auch, dass der König irgendwie stinkt?»

***

Zwischen Niš und Sofia – 27. Mai 1940, 11:49 Uhr
CIWL Lx 3509 *(Vorderer Schlafwagen)*. Kabinengang.

Der Zug fuhr an. Einen Moment lang konnte Betty nicht daran glauben, aber Sekunden später war kein Zweifel mehr möglich. Die Bahnhofsgebäude blieben hinter ihnen zurück. Die Männer mit den Pistolen versuchten mit dem anfahrenden Express Schritt zu halten. Betty sah, wie einer von ihnen den Haltegriff des Einstiegs zu fassen bekam. Sie hielt sich am Fensterrahmen fest, achtete darauf, dass an dieser Stelle keine Scherben mehr in der Armierung hafteten, und beugte sich nach draußen.

Natürlich hatte sie eine Waffe. Sie hatte die Gesichter gesehen, als sie ihre Abteiltür aufgetreten und mit ihrem Colt Detective Special ans Fenster gehuscht war: zuerst die königlichen Leibwächter, und dann den König selbst. Doch Betty Marshall war eine Bürgerin der Vereinigten Staaten von Amerika und volljährig, also hatte sie selbstverständlich eine Waffe. Und sie konnte mit ihr umgehen.

Betty visierte das Ziel an – und drückte ab. Der Mann stieß einen Schrei aus, und er hatte Glück. Betty hatte auf seinen Arm gezielt. Er konnte sich nicht halten, stürzte rücklings auf das Pflaster, aber es gelang ihm, sich zur Seite zu rollen, sodass er nicht von den Rädern erfasst wurde. Die Zugmaschine steigerte ihre Geschwindigkeit, und in den nächsten Sekunden gaben die letzten Bewaffneten die Verfolgung auf.

Betty löste sich vom Fenster, blickte den Flur hinab. Zwei von Carols Gardisten lagen reglos am Boden, ein dritter war gegen die Wand gesackt und umklammerte totenblass seinen Oberschenkel. Der König selbst hatte nicht wesentlich mehr Farbe im Gesicht, war allerdings unverletzt. Er war im selben Moment ohnmächtig geworden, in dem ein Treffer dem ersten seiner Gardisten in die Augenhöhle gedrungen war.

«Betty, du ...»

Sie nickte knapp. «Alles in Ordnung.» Sie vermied es, imaginären Rauch von der Mündung ihres Colts zu pusten, wie sie es in *Der Fall Mississippi* getan hatte. Es gab Dimensionen der Wirklichkeit, auf die keine Dreharbeiten der Welt einen Menschen vorbereiten konnten, und sie spürte, dass sie wackelig auf den Beinen war.

Betty hielt sich am Handlauf fest, als sie zu dem Verletzten hinüberging. «Gib mir deinen Gürtel», murmelte sie an Carol gerichtet.

Er hob die Augenbrauen.

«Wenn dieser Mann sein Bein behalten soll, brauche ich deinen Gürtel», erklärte sie. «Ich kann auch meinen Morgenrock nehmen, wenn dir das lieber ist, aber ich denke ...»

«Natürlich.» Hektisch begann er an dem komplizierten Verschluss zu nesteln, und gegen Bettys Willen kam die Erinnerung zurück, wie sie ihm diesen Gürtel umgelegt hatte und was zwischen ihnen geschehen war, bevor sie das getan hatte. «Du bist wirklich in Ordnung?», erkundigte er sich.

«Der Gürtel?» Sie streckte die Finger aus. Er wurde in ihre Hand gelegt.

«Betty, sieh mich an!»

Carols Stimme hatte einen seltsamen Klang, doch Betty nahm sie kaum zur Kenntnis. Sie hatte in die Routine der Bewegungen gefunden, flüsterte dem Verletzten beruhigend etwas zu, als sie das blutende Bein streckte, um die Abschnürung anzulegen. Der Mann gehorchte, nur noch halb bei Bewusstsein, und Betty führte den Gürtel um den Oberschenkel herum, zog ihn stramm. Entscheidend war, den Druck richtig zu dosieren. Zog sie zu fest, wurde die Versorgung abgeschnitten, und er würde das Bein mit Sicherheit verlieren, ließ sie zu locker, würde die Blutung nicht zum Stillstand kommen, und er würde wahrscheinlich mehr verlieren als nur das Bein.

«Betty, du sollst mich ansehen!»

Jetzt blickte sie kurz auf. «Es tut mir leid, Eure apostolische Majestät, aber im Sanitätsdienst können wir keine Unterschiede im Rang der Verletzten machen. Die schwereren Fälle müssen ...»

«Futu-ti mortii ma-tii!»

Betty Marshall verstand kein Wort Carpathisch, doch es musste sich um einen Fluch heftigeren Kalibers handeln. Der Verletzte öffnete flatternd die Lider.

«Sie dürfen das Bein jetzt nicht bewegen», wandte sie sich mit leiser Stimme an den Mann. «Lehnen Sie sich gegen meinen Arm. Sie müssen sich flach auf den Boden legen.»

«Verdammt, Betty! Ich will dir etwas sagen! Ich will dir schon den ganzen Morgen etwas sagen, und du wirst mir jetzt ...»

Sie ließ den Oberkörper des Gardisten auf den Teppich zurückgleiten. Eines der Polster in den Abteilen wäre natürlich besser gewesen, doch jede unnötige Bewegung bedeutete ein zusätzliches Risiko.

Die Wunde. Als Nächstes musste sie nach der Wunde sehen, aber dazu brauchte sie Verbände, Antiseptikum. Mit Sicherheit hatte der Express etwas an Bord. Thuillet würde wissen, wo es zu finden war. Er hatte sich vor dem Angriff im Fumoir aufgehalten, bei den Vorbereitungen zur Hochzeit, zusammen mit dem Patriarchen und Carols Adjutanten.

Sie blickte auf. «Wenn du mir etwas sagen willst, wirst du bitte warten, bis ich diesen Mann so weit habe, dass er bis zum nächsten Hospital durchhält. Vielleicht hängt ja nicht das Schicksal Carpathiens von ihm ab, aber sein Leben ist nicht weniger wert als ...» Sie schüttelte den Kopf. «Irgendein anderes.»

Er starrte sie an. War er wütend? Sein Gesicht hatte tatsächlich wieder Farbe bekommen. «Betty ...» Er holte Luft, und seine Stimme veränderte sich, wurde ruhiger, verständnisvoller. «Ich möchte dir etwas sagen, das wichtig für mich ist. Für uns beide, behaupte ich,

ist es wichtig. Dieser Angriff ... dieser Angriff galt mir. Diese Männer
da draußen waren Carpathier, Anhänger der gestürzten Regierung.
Ich konnte ihre Stimmen hören, ihre Worte. Wenn ich ihnen in die
Hände gefallen wäre, hätten sie es nicht so schnell erledigt, wie Vera
Richards es vorhatte – mit einem glatten Schuss. Ich könnte jetzt ...»
Betty stieß die Luft aus. «Das könnten wir jetzt alle, Carol. Hast du
darüber einmal nachgedacht? Und uns Übrigen galt dieser Angriff ja
ganz offensichtlich nicht. Weder diesen Männern ...» Ein Nicken auf
die Gardisten, die toten wie den schwer verletzten, auch auf die andere Hälfte, die noch aufrecht stand. «Noch den anderen Fahrgästen,
die absolut gar nichts mit dir zu tun haben. Und ganz nebenbei auch
mir nicht.»

Mit einem Mal widerte er sie an. Carpathien. Das Schicksal des carpathischen Volkes. Dieser Mann war ja ach so sehr davon überzeugt,
nur zum Besten seines Volkes zu handeln. Warum eigentlich? Die
Carpathier hatten ihn aus dem Land gejagt, und mit Sicherheit hatten
sie ihre Gründe gehabt. Und jetzt? Inzwischen waren sie sich offenbar
selbst nicht mehr sicher, was das Beste für sie war, die Republik oder
doch der König. Vielleicht ja wirklich eine von den Deutschen einge-
setzte Regierung. Mit welchem Recht ...

«Xenia!»

Eine Tür flog auf, unmittelbar in Carols Rücken. Die Großfürstin
Romanow. Auf ihren Wangen glühten hektische Flecken. Sie nahm
den König nicht zur Kenntnis, weder Betty noch den Verletzten, als sie
sich mit ihren schweren Röcken an ihnen vorbeidrängte.

«Xenia!»

Die Schauspielerin und Carol tauschten einen wortlosen Blick. Im
nächsten Moment war die Großfürstin hinter der Biegung des Ganges
am Wagenende verschwunden. Ein Geräusch: eine Tür, die geöffnet
wurde.

«Xe...» Die Frau verstummte.

Carol ging ihr nach. Betty hingegen rührte sich nicht. Das Mädchen ist seine Braut, dachte sie. Was auch immer hier vorgeht, geht
mich nichts an, selbst wenn sie ... *Wenn sie tot wäre? Das würde einiges ...*

Nein. Betty Marshall hatte hart gekämpft in ihrem Leben, und in einem Kampf zwischen gleichwertigen Gegnern waren viele Mittel erlaubt. Das Mädchen Xenia aber war keine gleichwertige Gegnerin. Sie war einfach nur ein junges Mädchen. Betty wünschte diesem Kind nichts Böses und schon gar nicht so einen Tod.

Der Körper des Verletzten hatte sich entspannt. Sie warf einen raschen Blick auf die Wunde. Für den Moment saß die Schnürung fest und zuverlässig. Sie stand auf.

Carol war ihr drei Schritte voraus. Er blieb so plötzlich stehen, dass sie sich gegen die Flurwand stützen musste, um ihre Bewegung abzufangen.

«Xenia.» Katharina Romanow stand wieder im Flur, starrte Betty und Carol an. Oder sah sie keinen von ihnen beiden, stierte zwischen ihnen hindurch? Ihre Lippen bewegten sich, formten den Namen ihrer Tochter, aber nun war kein Laut mehr zu hören.

Carol schob sie beiseite, trat an ihr vorbei. Ganze zwei Sekunden blieb er verschwunden, dann tauchte er wieder auf, die Stirn in Falten. «Der Waschraum ist leer.»

«Sie ...» Katharina Romanow öffnete die Hände, schloss sie wieder, ballte sie zu Fäusten. «Sie ist gar nicht mehr hier. Sie ...» Heftige Atemzüge, noch heftiger. Die Frau schwankte.

«Ruhig.» Betty sah sofort, was vorging. Hyperventilation: In Situationen äußerster Anspannung atmeten Menschen zu schnell, zu viel. Der Körper konnte mit so viel Sauerstoff auf einen Schlag nicht umgehen. «Ganz langsam», sagte sie. «Atmen Sie aus. Langsam.»

«Xenia hat ... Sie ist ausgestiegen.» Die Frau erstarrte. Blieb einen Moment lang stehen, reglos. «Am Bahnhof. Am Bahnhof in Niš.»

Carol fing die Besinnungslose auf.

***

Zwischen Niš und Sofia – 27. Mai 1940, 11:50 Uhr
CIWL WR 4229 (Speisewagen). Non Fumoir.

Ludvig!

Die Ereignisse hatten sich innerhalb weniger Sekunden abgespielt: Ein Schütze, den sie nicht hatten sehen können, weil er vom Dach des Bahnhofsgebäudes aus gezielt hatte, durch die bereits zersplitterten Speisewagenfenster in den Nichtrauchersalon hinein. Der Schuss, der die Schulter des Briten getroffen hatte, vielleicht wirklich nur ein Streifschuss, wie Fitz-Edwards behauptete. Auf jeden Fall hatte er seine Waffe fallen lassen und konnte sie nicht wieder aufheben. Und dann die knappe Anweisung, die keinen Widerspruch duldete. *Unten bleiben!*

Ludvig! Eva hatte keinen Gedanken mehr an Ludvig Mueller verschwendet, seitdem der Überfall begonnen hatte. Ludvig war ... irgendwo. Bei de la Rosa. Vielleicht hatte der Agent der deutschen Abwehr sich sogar den Angreifern angeschlossen. Jetzt war er wieder da, und Eva gehorchte, ebenso der Brite, und sei es nur instinktiv.

Ludvig hielt eine Pistole in der Hand, und für den Bruchteil einer Sekunde kam Eva in den Sinn, dass es ein Fehler gewesen war, sein Gepäck nicht durchsucht zu haben, als sich die Gelegenheit geboten hatte. Ludvig Mueller richtete die Waffe auf Eva, auf Fitz-Edwards ... Nein, er richtete sie über die Köpfe der beiden hinweg. In diesem Augenblick wurde Eva klar, dass einer der Angreifer im Begriff war, in ihrem Rücken durch das Fenster zu klettern.

Ludvigs Zeigefinger krümmte sich.

Im selben Moment gab es einen heftigen Ruck. Ludvig schoss, doch der Schuss ... Eva bekam nicht mit, wo er einschlug. Er traf weder sie selbst, noch traf er den Briten. Auch den Eindringling im Fenster erwischte er nicht, aber irgendwo in ihrem Hinterkopf nahm Eva wahr, wie der Mann mit einem Geräusch, das dem erstickten *Uff!*, mit dem Fitz-Edwards' Opfer ihr Leben ausgehaucht hatten, nicht ganz unähnlich war, auf das Pflaster des Bahnsteigs zurückstürzte.

Ihre Augen waren auf Ludvig gerichtet.

Ein unförmiger Schatten. Es ging zu schnell, als dass sie wirklich begriff, was geschah, geschweige denn, dass sie hätte eingreifen können. Ein monströser, kastenförmiger Umriss, der sich aus dem Gepäcknetz löste.

Im nächsten Augenblick ging eine Erschütterung durch den Salon, und Ludvig Mueller war unter ihm begraben.

Der Koffer! Der schrankgroße Koffer des indischen Reisenden. Der Passagier aus der britischen Kronkolonie sprang auf, noch bevor Eva selbst dazu imstande war, eilte zu dem Verletzten.

Aber war er lediglich ein Verletzter? Er regte sich nicht.

«Ludvig!»

Eva kam hoch. Der Zug bockte wie ein schlecht gelauntes Reittier. Sie kämpfte um ihre Balance, stützte sich gegen einen der Tische.

«Ludvig!»

Er rührte sich nicht. Er lag flach auf dem Bauch, der Koffer auf seinem Rücken. An seinem Kopf war kein Blut zu sehen. Atmete er?

«Ludvig!»

Gemeinsam mit dem Inder wuchtete sie das Kofferungetüm beiseite, eine Sekunde später unterstützt von Fitz-Edwards, der lediglich den unverletzten Arm einsetzen konnte.

Eva war auf den Knien, drehte Ludvigs Körper herum. Er war nicht steif, wie sie halb befürchtet hatte. Er fühlte sich warm und lebendig an. *Blödsinn! Kein Toter wird binnen Sekunden steif und kalt!* Sie legte das Ohr auf seine Brust, hörte aber nur ihren eigenen wirbelnden Herzschlag, tastete nach seinem Hals, seinem Puls.

«Ich kann Sie beruhigen, Miss Heilmann. Ihr Begleiter atmet.»

Sie blickte auf. Fitz-Edwards hielt einen kleinen Gegenstand in der Hand, drehte ihn ein Stück. Ein Taschenspiegel.

«Der Spiegel beschlägt», erklärte der Brite. «Er ist lediglich bewusstlos.»

Auf alles vorbereitet, dachte Eva Heilmann. Und mit dem Spiegel war er bestimmt nicht die Wildstrecke abgeschritten, auf der Fuchsjagd in Yorkshire.

Schwindel in ihrem Kopf. Eva kniff die Augen zusammen, kämpfte ihn nieder. Sie konnte spüren, wie der Express beschleunigte. Letzte Gewehrsalven aus der Ferne, dann waren sie außer Hörweite, oder die Angreifer hatten aufgegeben. «Ludvig?», fragte sie leise.

Keine Reaktion. Sie beugte sich wieder über ihn, wollte seinen Schädel abtasten, doch in diesem Moment sagte der Inder etwas. Auf Indisch.

«Wenn Sie einen Moment warten mögen, Miss Heilmann?», bat Fitz-Edwards. «Ich glaube, wir haben hier jemanden, der ihm helfen kann.»

Fragend sah Eva ihn an.

Der Reisende aus der britischen Kronkolonie robbte halb um den Bewusstlosen herum, bis er exakt hinter dessen Kopf zum Sitzen kam, allerdings in einer Haltung, die Eva noch niemals bei irgendeinem Menschen gesehen hatte: die Beine unter seinem weiten, seltsam schnittlosen Gewand in einem Winkel übereinandergeschlagen, zu dem der menschliche Körper überhaupt nicht in der Lage schien. Die Ellenbogen stützte er auf den Knien ab, streckte die Hände nach vorn, sodass die Handflächen über Ludvigs Stirn zu schweben schienen, und – schwieg.

Er tat überhaupt nichts. Eva sah ihn an. Der Mann rührte sich nicht.

«Das ist doch …»

Fitz-Edwards hob die unverletzte Hand. «Umashankar Chandra Sharma ist ein berühmter Yogi», erklärte er mit gedämpfter Stimme. «Ihr Begleiter könnte gar nicht in besseren Händen sein. Ich selbst durfte im Rahmen der Tibet-Expedition im Jahre neunzehn-null …»

«Will er ihn nicht wenigstens untersuchen?»

«Das tut er in diesem Augenblick.»

Fitz-Edwards' Stimme war noch leiser geworden. Dazu glaubte Eva ein anderes Geräusch zu hören, einen Laut wie ein Summen, das sich nur minimal von den Geräuschen des Zuges abhob. Sie betrachtete den Inder, den Yogi. Nein, seine Lippen bewegten sich nicht. Sie zuckte zusammen, als der Mann plötzlich doch den Mund aufmachte.

«Wir haben Glück», übersetzte der Brite. «Ihr Begleiter wird wieder aufwachen.»

563

Eva sah ihn, dann den reglosen Inder an. «Und wann?», flüsterte sie angespannt.

Fitz-Edwards sagte etwas in dem zungenbrecherischen indischen Dialekt. Es klang wie eine Frage. Er lauschte. «Das kann er leider nicht sagen», verkündete er, zögerte einen Moment. «Allerdings würde ich vorschlagen, dass wir ihn besser wieder auf den Bauch drehen. Dann ist er nicht nur aus dem Weg, sondern es wird ihm zudem die Atmung erleichtern. – Also Ihrem Begleiter.»

«Schon klar», murmelte Eva, fuhr sich dann mit der Zunge über die Lippen. Aus irgendeinem Grunde glaubte sie Fitz-Edwards. Ja, der Inder wusste, wovon er redete.

Der Brite räusperte sich. «Wobei ... Wenn es Ihnen recht ist, könnten wir Mr. ... Mueller. So hieß er doch: Ludvig Mueller? Sollten wir Mr. Mueller nicht besser zurück in Ihr Abteil bringen?»

Eva zögerte. «Ja», murmelte sie. «Natürlich.» Sie warf einen Blick auf Fitz-Edwards' verletzten Arm. «Denken Sie, der Yogi würde mir helfen, ihn zu tragen?»

Fitz-Edwards' Antwort bestand aus einem fragenden Satz in indischem Dialekt. Der Yogi nickte gemessen, woraufhin Eva und er Ludvig bei den Schultern und den Füßen nahmen, während der Brite seine Waffen einsammelte, die Flinte sorgfältig sicherte und umständlich über die Schulter hängte, bevor er ihnen die Tür aufhielt.

Erst jetzt, auf dem Rückweg, erkannte Eva das volle Ausmaß der Zerstörung. Kaum eine Fensterscheibe war unversehrt geblieben, die kostbaren Motive in den Wänden waren zum Teil regelrecht durchlöchert, auf dem Teppich dunkle Flecken, über deren Herkunft sie besser gar nicht erst nachdenken wollte. Konnte der Express seine Fahrt über den nächsten regulären Halt hinaus überhaupt fortsetzen?

Die Tür ihrer Kabine stand offen, wie Eva sie zurückgelassen hatte. Das Abteilfenster hatte sich beim Stopp in Niš auf der dem Bahnsteig abgelegenen Seite befunden. Wie sämtliche Abteile mitsamt ihren Fenstern. Rückwärts bewegte sie sich in die Kabine, Ludvigs Kopf und Schultern voran. Für eine halbe Sekunde zögerte sie, doch mehr als zwei Möglichkeiten gab es nicht: den Kopf – oder die Füße.

564

Sie ließ sich auf dem Polster nieder, und gemeinsam betteten sie den Agenten der deutschen Abwehr auf die Liegefläche. Evas Schoß war sein Kopfkissen.

Der Yogi sagte etwas.

«Umashankar bittet Sie, sich keine zu großen Sorgen um Ihren Begleiter zu machen», übersetzte Fitz-Edwards. «Falls Sie ihn brauchen sollten: Er ist auf seinem Platz im Salon.»

Eva nickte schwach. «Danke.»

Das schien der Yogi zu verstehen. Mit vor der Brust gekreuzten Armen verneigte er sich und war verschwunden.

Der Brite nickte ihr noch einmal zu, machte ebenfalls Anstalten, sich zu verabschieden.

«Halt!»

Fitz-Edwards sah sie fragend an.

Eva zögerte. Ludvig wirkte so friedlich, wie ein erwachsener Mensch nur wirken konnte. Halb in Gedanken, nahm sie ihm die ewig ungeputzte Brille von der Nase, klappte sie zusammen, legte sie auf dem Tisch vor dem Fenster ab. Ludvig ... Ein Agent der deutschen Abwehr – und ihr Lebensretter. Wie beides zusammengehen sollte, war unbegreiflich, aber in diesem Moment traf Eva die Entscheidung, dass sie von nun an keine Energie mehr aufwenden würde, um irgendetwas zu begreifen, was Ludvig Mueller anbetraf. Zumindest bis er wieder bei Bewusstsein war.

Allerdings gab es etwas anderes. Noch immer trug sie das verschlüsselte Schreiben eines deutschen Admirals in ihrem Kleid mit sich herum. Und in der Tür ihres Abteils stand ein bejahrter Herr in einem robusten Tweed-Anzug, der sich soeben prüfend über die verletzte Schulter strich, die Hand mit zufriedener Miene zurückzog. Ein Herr, der Morsecodes entschlüsseln konnte und vom Boxer- bis zum Mahdistenaufstand anscheinend so ziemlich jede militärische Operation des britischen Empire mitgemacht hatte. *Die Nachrichtendienste von halb Europa sind in diesem verdammten Zug unterwegs!* Die Worte des Boten, der ihr den Brief des Admirals überreicht hatte. Wer für den britischen Nachrichtendienst tätig war, stand jedenfalls nicht in Frage. Und die

565

Verschlüsselung – und Entschlüsselung – von Codes gehörte mit Sicherheit in jedem Geheimdienst der Welt zur täglichen Arbeit.

«Mr. Fitz?», fragte sie. «Wenn Sie noch ein paar Minuten Zeit hätten: Könnten wir uns wohl einmal in Ruhe unterhalten? Ich glaube, es gibt da ein paar Dinge, die ich Ihnen erzählen sollte.»

Der alte Mann sah sie an, mit einem – es ließ sich nicht anders sagen – geradezu *erfreuten* Gesichtsausdruck. «Sie können sich nicht vorstellen, wie lange ich auf diesen Satz schon gewartet habe!», erklärte er, zog sorgfältig die Kabinentür hinter sich ins Schloss. Er deutete eine Verneigung an. «Mit dem allergrößten Vergnügen – Fräulein Helmbrecht.»

Eva starrte ihn an. Starrte ihn an und bekam den Mund nicht wieder zu.

***

Zwischen Niš und Sofia – 27. Mai 1940, 11:53 Uhr
CIWL Lx 3509 (Vorderer Schlafwagen). Kabinengang.

Ausgestiegen? Das Mädchen Xenia war ausgestiegen? Ein unbehagliches Gefühl war in Bettys Magen erwacht. Sie öffnete den Mund, da wurden im Durchgang zum Speisewagen Schritte laut.

Graf Béla. Hinter ihm Thuillet, der Directeur der Schlafwagengesellschaft.

«Eure apostolische Majestät! Es geht Euch gut?» Carols Adjutant atmete heftig. Als müsste er an sich halten, den König nicht einer Leibesvisitation zu unterziehen.

«Mir fehlt nichts.» Mit einer Handbewegung schnitt Carol weitere Fragen ab. Er hatte eine düstere Miene aufgesetzt, sah von Katharina zur Tür, hinter der sich die Kabine der großfürstlichen Familie verbarg.

Alexej Romanow kam aus dem Doppelabteil – schon zum zweiten Mal. Beim ersten Versuch hatte der König ihn umgehend zurückgeschickt, um das Riechsalz der Großfürstin zu holen. Ungeschickt öffnete der junge Mann den aufwendig verzierten Flakon, hielt ihn seiner Mutter unter die Nase. Fasziniert betrachtete Betty die Szene. Riechsalz. Ein Vorgang aus einer anderen, einer versunkenen Welt.

Die Großfürstin blinzelte, schüttelte sich. «Meine Tochter», flüsterte sie.

Thuillet war näher getreten, einen Moment lang erleichtert, dass der Passagierin nichts zu fehlen schien. Jetzt nahm er langsam sein Monokel aus dem Gesicht. «Ihre Tochter? Unsere Braut?»

Die andere Tochter, das kleine Mädchen, schob sich soeben vorsichtig in die Abteiltür. Eine Mischung aus Neugier und – schlechtem Gewissen? Betty war sich nicht sicher.

«Wie es aussieht, hat Xenia Constantinowa den Zug in Niš verlassen», sagte Carol. Nach jedem einzelnen Wort eine winzige Pause, als sei er noch nicht vollständig überzeugt. «Unmittelbar bevor die Männer dort draußen das Feuer eröffnet haben.»

«Die Miliz.» Graf Béla trat auf den König zu. «Euch ist klar, was für Männer das waren.»

Carol fuhr sich durch die Haare. Betty beobachtete ihn genau. Eine Geste der Unsicherheit? Der Nachdenklichkeit? Oder versuchte er einfach nur, Zeit zu gewinnen?

«Es ist nicht ganz eindeutig, auf wessen Seite die Miliz steht», wandte er sich an die Umstehenden. «Die Milizionäre sind eine bewaffnete Gruppierung innerhalb von Carpathien. Sie treten für die Unabhängigkeit des Landes ein, von den Deutschen, ebenso allerdings von den Sowjets, selbst wenn einige von ihnen mit den Bolschewisten sympathisieren. Auf jeden Fall stehen sie auf der Seite der Republik. Und ohne jeden Zweifel sind sie keine Freunde des Königshauses», fügte er an, als Béla etwas sagen wollte.

«Und es ist kein Zufall, dass sie gerade hier zugeschlagen haben, in Niš», betonte der Adjutant. «Schon wegen der Vergangenheit der Stadt.»

Carols Miene verdüsterte sich weiter, doch er nickte lediglich. Der Hintergrund von Bélas letzter Bemerkung blieb im Dunkeln.

567

«Darüber hinaus ...» Der Adjutant musterte Carol, dann die Mutter der verschwundenen Braut. «Darüber hinaus zeichnet sich Niš durch seine Lage aus. Nur durch die Ausläufer des Balkangebirges von der Donau getrennt. Vom Eisernen Tor.»

Carol nickte. «Dem einzigen Flussabschnitt, an dem sich die Grenzen Jugoslawiens und Carpathiens berühren», murmelte er. «Ein besserer Punkt für ein Kommandounternehmen existiert nicht. Doch wer hätte ahnen können, dass die Republik unter diesen Umständen ...»

«Mit Verlaub, Eure apostolische Majestät.» Béla straffte sich. Wie jedes Mal, dachte Betty, wenn er es wagte, Carol zu unterbrechen oder ihm zu widersprechen. Als ob er einen Schlag erwartete. «Aber ich glaube nicht, dass die Miliz überhaupt eine Anweisung nötig hatte. Unser Kommuniqué über Eure bevorstehende Eheschließung und die Rückkehr nach Carpathien ist am selben Abend an die Presse gegangen, an dem wir aus Paris abgereist sind. Sie mussten nur die Zeitung lesen, schon wussten sie, wann und wo sie Euch abpassen konnten.»

«Das Kommuniqué.» Carol hatte sich umgedreht, betrachtete unverwandt das Fenster – eines der wenigen auf dem Kabinengang, die noch über unbeschädigte Scheiben verfügten.

«Die Ausläufer des Gebirges sind eine wilde Gegend», erklärte der Adjutant. «Fast unbewohnt. Und die wenigen Menschen, die dort leben, sind von der Abstammung her Carpathier. Schon in den Jahren Eurer Herrschaft hatten wir den Verdacht, dass sich die Miliz dorthin zurückgezogen hätte, heimlich im Bunde mit Jugoslawien. Die Route über die Berge ist ideal, um unbeobachtet nach Niš vorzudringen und unbeobachtet wieder zu verschwinden. – Gegebenenfalls nicht allein.»

Carol drehte sich um. Seine Zähne waren so fest aufeinandergepresst, dass Betty Mühe hatte, ihn wiederzuerkennen. Nicht, dass er weniger attraktiv ausgesehen hätte, doch er wirkte härter. *Gefährlicher.* Und verzweifelter.

«Sie wollten mich lebend», sagte er leise. Ein tiefer Atemzug. «Aber sie haben mich nicht bekommen.»

Schweigen. Katharina Romanow war der Unterhaltung gefolgt, doch Betty sah, dass sie Mühe hatte, die Gedankenkette des Königs

568

und seines Beraters nachzuvollziehen. Erst ganz allmählich schien der Sinn der Worte bei ihr anzukommen. Kommuniqué ... Route über die Berge nach Carpathien ... gegebenenfalls nicht allein.

Sie haben *mich* nicht bekommen.

Die Frau starrte Carol an. Auf einmal sah sie so alt aus, wie sie tatsächlich sein musste. Betty ging davon aus, dass Katharina und sie etwa ein Jahrgang waren. Ihre Kinder hätten auch Bettys Kinder sein können, Xenia auch ihre Tochter.

Doch das war sie nicht. «Heiliger Erlöser», flüsterte die Großfürstin. «Sie haben Xenia!»

Sie sah den König an. Alle sahen den König an. Und Betty wurde klar, dass Carol von dem Moment an, in dem Katharina aus ihrer Kabine gestürmt war, geahnt hatte, dass es darauf hinauslaufen würde.

Der König straffte sich, verbeugte sich steif, griff nach der Hand der Großfürstin, die keine Anstalten machte, sie ihm entgegenzustrecken.

«Katharina Nikolajewna.» Er holte Luft. «Liebe ... Mutter. – Meinetwegen ist Xenia Constantinowa ihrer Freiheit beraubt worden. Meinetwegen müssen wir um ihr Leben fürchten. Bei der Madonna von Timişoara schwöre ich dir, dass ich dir nicht wieder unter die Augen treten werde, bevor ich deine Tochter nicht gefunden habe. Meine ... meine liebe Braut.» Wieder verneigte er sich tief, legte die Stirn auf Katharinas Finger.

Erneutes Schweigen, dann hob die Großfürstin ihre freie Hand und legte sie zitternd auf Carols Hinterkopf. Sie nahm das Versprechen an.

Betty schnürte es die Kehle zu. *Betty ... Ich möchte dir etwas sagen, das wichtig für mich ist. Für uns beide, behaupte ich, ist es wichtig.* Betty hatte ihm das Wort abgeschnitten. Was immer er hatte sagen wollen: Nun würde sie es niemals zu hören bekommen. Er hatte keine Wahl. Er konnte nicht anders handeln, ein Mann, der König war. Sie starrte auf den König, auf die Großfürstin. Ein Bild wie aus einem Roman von Sir Walter Scott.

Doch ein entscheidendes Element fehlte. Ein Element, das nicht zu passen schien zu der hilflosen, von Unholden verschleppten Unschuld, dem treusorgenden russischen Mütterlein und dem tapferen

569

jungen König, der sich an die Fersen der Entführer seiner versprochenen Braut heftete. Ein demokratisches Element. Wenn sie darüber nachdachte, war es ein durch und durch *amerikanisches* Element. «Mrs. Romanow?»

Die Großfürstin reagierte nicht. Carol hatte sich inzwischen wieder aufgerichtet, Katharina Romanow dagegen hatte schnell in die Rolle der leidgeprüften Mutter gefunden, sah stumm und reglos zu Boden. Was nicht bedeutete, dass die Angst um ihre Tochter nicht echt war. Schließlich hatte sie allen Grund dazu. Doch den meisten Europäern gefiel es nur allzu gut, wenn sie sich in ein Muster fallen lassen konnten, in dem sie zu wissen glaubten, was von ihnen erwartet wurde.

«Mrs. Romanow?», wiederholte Betty. «Verzeihen Sie, wenn ich noch eine Frage habe ... Sie haben uns erzählt, dass Ihre Tochter den Zug verlassen hat. – Also, ehrlich gesagt ...»

Jetzt, ganz langsam, blickte die Großfürstin auf. Und sie war nicht die Einzige. Eine steile Falte auf Carols Stirn. Auch er gefiel sich in seiner Rolle – und sei es nur gezwungenermaßen. Was immer Betty vorhatte: Aus irgendeinem Grund schien er zu ahnen, dass es Ärger bedeutete.

«Ehrlich gesagt ...» Sie hielt die neue Pause so kurz, dass niemand einen Einwurf machen konnte. «Sind Sie sich da ganz sicher? Ein junges Mädchen, eine *Braut*, die den Express einfach so verlässt, mutterseelenallein?»

«Betty!» Carol. Kurz und scharf.

Betty ließ sich nicht beirren, doch sie kam nicht mehr zu Wort.

«Raoul!»

Niemand, nicht einmal die Schauspielerin, hatte mehr auf Xenias kleine Schwester geachtet, die das Geschehen von der Abteiltür aus mit großen Augen verfolgt hatte.

«Sie war gar nicht allein!» Die Stimme der Kleinen überschlug sich. «Raoul ist mitgegangen, der Freund von Monsieur Georges, dem das *office* neben der Küche gehört. Raoul muss auch jemand wiederfinden!»

Betty hatte vor allem Katharina im Auge gehabt, Thuillet jedoch bot in diesem Moment das eindrucksvollere Bild: Er hatte sein Monokel wieder ins Auge geklemmt. Jetzt rutschte es unvermittelt aus der Lidfalte, sackte wie ein Bleigewicht an der dünnen Silberkette nach unten.

«Monsieur le directeur.» Betty deutete eine Verneigung an. «Damit steht leider fest, dass ich an dieser Angelegenheit nicht ganz unbeteiligt war. Ich hatte einige … Gespräche mit Ihrem jungen Mitarbeiter, selbstverständlich ohne zu ahnen, dass die Sache etwas mit Miss Xenia zu tun haben könnte. Doch zumindest zum Teil dürften sie für das, was geschehen ist, verantwortlich sein. – Nehmen Sie bitte einfach das Wort einer Amerikanerin: Ich fühle mich nicht weniger gebunden als seine apostolische Majestät. Ich werde tun, was ich kann, dass der junge Mann zu Ihnen zurückkommt.»

Mit einem Mal lagen alle Augen auf Betty Marshall. Selbst der Blick der Großfürstin. Und auch Carol sah sie an. Er sagte kein Wort. Volle ein oder zwei Sekunden lang.

***

Zwischen Niš und Sofia – 27. Mai 1940, 11:51 Uhr
CIWL F 1266 (Vorderer Gepäckwagen). Entree.

Die Angreifer blieben zurück. Wütend gestikulierten sie dem Zug hinterher, doch der Express war bereits außerhalb ihrer Reichweite.

Das Ende des Bahnsteigs. Es folgte der Ziegelbau des Wasserturms, an dem der Tender der Pacific neue Vorräte hätte aufnehmen sollen. Die Zuleitung pendelte im Fahrtwind hin und her. Dann lag das Bahnhofsgelände hinter ihnen. Wohnhäuser, mehrstöckige Gebäude. Niš war kein Dorf. Einheimische reckten neugierig die Köpfe aus den Fenstern – natürlich war der minutenlange Schusswechsel nicht unbemerkt geblieben. Doch der Simplon Orient hatte es geschafft.

Boris Petrowitsch stieß die Luft aus. Minutenlang sagte keiner der drei Männer, die auf so unerwartete Weise zu Waffengefährten geworden waren, ein Wort. Lourdon öffnete seine Armeepistole, prüfte das Magazin. Constantin Alexandrowitsch betrachtete ihn unverwandt.

Boris teilte die Auffassung des Großfürsten, was den Überfall anbetraf. Die carpathischen Republikaner – niemanden sonst hätten die jugoslawischen Behörden gewähren lassen. Und schließlich hatte er von Anfang an gewusst, dass sehr viel mehr Fraktionen in das tödliche Spiel um den Simplon Orient verwickelt waren, als irgendjemand sonst vermutete. Dass auch Lourdon ein Spiel spielte, war keine Frage. Aber Boris Petrowitsch spürte, dass wenigstens dieses Spiel mit ihm nichts zu tun hatte.

Instinkt. Es war eine besondere Fähigkeit, die sich nach einer Reihe von Jahren im Feld einstellte. Eine Fähigkeit, Situationen in einem gewissen Umfang vorauszuahnen. Zu spüren, wenn Gefahr drohte – und wann sie vorbei war. Die beiden anderen Männer hatten sich entspannt. Nicht so Boris Petrowitsch. *Es ist noch nicht vorbei.*

Ein tiefer, *röhrender* Laut. Durch ihre mächtigen, mechanischen Pfeifen stieß die Pacific eine Dampfwolke aus. Die Frequenz genügte: *Gefahr!*

Boris war bereits am zertrümmerten Fenster. Die Schienen beschrieben an dieser Stelle eine langgestreckte Kurve. Felder. Einzelne Baumgruppen, eine Straße, die von der Stadt heranführte, und wo sie den Schienenstrang passierte ...

«Festhalten!», brüllte er.

Eine Sekunde später ein dumpfer Schlag, im nächsten Augenblick ein schrilles Kreischen. Boris' Herz hämmerte. Das metallene Chassis des Automobils, das die Gleise blockiert hatte, wurde zur Seite gedrückt. Der Lokführer hatte das einzig Richtige getan: nicht versucht, die Bremse zu betätigen, sondern die Geschwindigkeit weiter erhöht.

Männer, diesmal nur eine Handvoll, die langsam ins Gebüsch zurückwichen, Deckung suchten, dabei Schüsse auf den Zug abgaben.

Constantin drängte Boris beiseite, kniff ein Auge zusammen, erwiderte konzentriert das Feuer. Dann, in Sekunden, waren sie vorbei.

Ein Hinterhalt. Die Republikaner mussten erkannt haben, dass die

Pacific jeden Augenblick wieder abfahrbereit sein würde. Noch ehe der Express sich hatte in Bewegung setzen können, musste ein Teil von ihnen mit dem Automobil aufgebrochen sein, um ihm den Weg abzuschneiden und die Schienen zu sperren.

Die Lokomotive beschleunigte weiter. Ihr verräucherter Atem klang blechern. Stampfend und pochend legte sie an Geschwindigkeit zu, ließ den Abstand zu den Verfolgern wachsen. Eine letzte Welle winziger Projektile, die dem Simplon Orient hinterhergesandt wurden, nicht länger tödlich, nur noch lästig wie ein Schwarm winziger Stechmücken.

Noch immer aber, mit verbissenem Gesichtsausdruck, feuerte Constantin Romanow aus seiner großkalibrigen Waffe. Weit nach draußen gebeugt, visierte er ein Ziel ... Eine blitzartige Bewegung. Ein Zucken ging durch seinen Körper, der unvermittelt gegen den Fensterrahmen geschleudert wurde.

Boris packte zu, bekam den Arm des Großfürsten zu fassen, im nächsten Augenblick unterstützt von Lourdon. Constantins Körper glitt zurück in den Wagen.

Blut.

«Seine Schulter!»

Pulsierend trat die dunkelrote Flüssigkeit durch den zerfetzten Uniformstoff. Es war nicht die Schulter selbst, erkannte Boris, sondern der Oberarm eine Handbreit unterhalb des Gelenks. Lourdon riss sich die Jacke von den Schultern, presste sie auf die Verletzung.

«Zu Miss Marshall! Schnell!»

Der Großfürst war ohne Besinnung. Boris hatte gesehen, wie sein Schädel gegen den Rahmen geprallt war. Hastig schlang er sich Constantins unverletzten Arm um den Nacken. Seine Gedanken überschlugen sich. Konnte eine Mission *verflucht* sein? Das hätte die Existenz übernatürlicher Mächte vorausgesetzt. Wenn es um Katharina Nikolajewna ging, mochte er die Beteiligung solcher Mächte für möglich halten. Nicht aber bei Constantin Alexandrowitsch.

Als das Gewehrfeuer auf den Express losgebrochen war, war Boris kaum am Fenster gewesen, hatte kaum die Waffe gezogen, als die Tür zum Quartier der Stewards aufgeflogen war. Der Großfürst, vollständig bekleidet, Boris' Plan gescheitert.

Es war kein reguläres Militär, das gegen den Simplon Orient angestürmt war, was nichts daran geändert hatte, dass diese Männer bewaffnet gewesen waren wie reguläres Militär. Zunächst hatten sie auf breiter Front angegriffen, den beiden Russen keine Sekunde Atem gelassen. Erst als sie ihre Attacke auf den Lx und den Speisewagen konzentriert hatten, hatte Boris Petrowitsch überhaupt einen klaren Gedanken fassen können.

Ein Gedanke, kein Plan. Schüsse waren gegen die Fenster gepeitscht, nach wie vor auch hier, im Einstieg zum Gepäckwagen. Er hätte lediglich den richtigen Moment abpassen müssen, einen Moment, in dem der Großfürst über seinen Kopf hinweg nach draußen zielte. Kein Mensch würde unter diesen Umständen Untersuchungen anstellen, aus welcher Waffe die Kugel stammte, die Constantin Alexandrowitsch Romanow getötet hatte. Und Zeugen gab es nicht. Der Steward musste sich in seinem Quartier verkrochen haben.

Noch bevor jedoch der richtige Moment gekommen war, hatte Lourdon auf dem Gang gestanden und das Manöver unmöglich gemacht.

Und jetzt lastete Constantins Leib schwer auf Boris' Schulter, blutend, kaum bei Bewusstsein. Tödlich getroffen? Unwahrscheinlich bei einer Wunde im Oberarm, selbst wenn die großen Gefäße verletzt waren. Boris' Verstand arbeitete, wog Chancen gegen Risiken ab.

Sie hatten den Kabinengang des Lx erreicht, mussten über den Körper eines carpathischen Gardisten klettern, von dessen Schädel nicht viel übrig war. Weiter hinten, vor dem WC und am Übergang zum Speisewagen, eine Gruppe von Menschen.

In seinem Rücken hörte Boris die schweren Atemzüge des französischen Botschafters. Lourdon fluchte unterdrückt.

Boris machte eine Bewegung, als müsse er die ungewohnte Last auf seinen Schultern neu zurechtrücken. Seine Hand, die die Brust des Großfürsten umfasste, tastete über den Uniformrock, aber der Stoff war zu dick, versehen mit zu viel Zierrat und protzigen Nähten. Ob

574

er Korsett oder Schnürung trug, ließ sich unmöglich feststellen. Doch man würde es feststellen, in wenigen Minuten schon, wenn die Schauspielerin die Knöpfe der Uniformjacke löste, um die Verletzung in Augenschein zu nehmen. Wenn er tatsächlich ein Mieder trug ... Sie würde auch das Mieder entfernen, natürlich, und von diesem Moment an ...

«Constantin!»

Katharina Nikolajewna. Sie löste sich aus der Gruppe. Auch Betty Marshall war darunter, Alexej und Graf Béla, neben dem der König selbst stand.

Nein, der König stand nicht mehr. Er hatte den blutenden Großfürsten gesehen.

«Constantin!» Katharina war heran. «Constantin, sie ... Die Männer in Niš! Sie haben unser Mädchen!»

«Eure kaiserliche Hoheit.» Lourdon hüstelte. «Ihr Gemahl ist verletzt. Ich glaube nicht, dass er Sie hören kann. Wir müssen ihn sofort ...»

Aber er täuschte sich. Boris spürte, wie der Körper des Großfürsten sich unvermittelt anspannte. «Das Mädchen.» Heiseres Flüstern. «Elena ...»

«Nein.» Katharinas Stimme kippte. «Xenia! Sie wollte ... Carol wird ...»

Schon sackte Constantin wieder zur Seite, aber in diesem Moment hatte Betty Marshall sie erreicht, musterte mit verkniffenem Gesicht die Verletzung.

«Helles Blut», murmelte sie. «Eine Arterie.»

«Die Ohnmacht hat mit der Wunde wahrscheinlich nichts zu tun», erklärte Lourdon. «Er ist mit dem Kopf gegen den Fensterrahmen geschlagen.»

Die Schauspielerin nickte, sah sich um. Carol von Carpathien richtete sich fluchend wieder auf. Er musste sich gegen den Handlauf stützen, kam dann aber mit grimmigem Gesicht auf die Gruppe mit dem Verletzten zu.

«Ich gehe davon aus, dass die Sache damit klar ist», wandte er sich an Betty. «Du bist die Einzige, die ihm helfen kann, und es gibt noch andere Verletzte hier.» Ein Nicken über seine Schulter. Boris sah jetzt, dass einer der am Boden liegenden carpathischen Gardisten sich schwach regte – und er sah die Abschnürung, die die Schauspielerin angelegt haben musste. Er wusste auf der Stelle, dass der Mann das Bein nicht behalten würde.

«Das ist nicht deine Sache!» Betty Marshalls Augen sprühten Funken, doch sie wandte sich nicht zu Carol um, sondern strich vorsichtig die Fetzen von Constantins Uniform aus der Wunde zurück.

Boris sah selbst, dass das Pulsieren schwächer wurde, jetzt, da sie den Verletzten nicht mehr bewegten. Womöglich würde die Blutung ganz von allein zum Stillstand kommen.

«Ich habe meine Entscheidungen mein Leben lang selbst getroffen», murmelte die Schauspielerin.

Boris kniff die Augen zusammen. Er spürte die Anspannung in der Luft, eine Anspannung, die der Spannung zwischen ihm selbst und Katharina vergleichbar war, und doch ganz anders. Er begriff nicht, wovon die beiden sprachen. Offenbar setzten sie ein Gespräch fort, das sie begonnen haben mussten, bevor die Männer mit dem Verwundeten erschienen waren. Allerdings hatte der König eindeutig recht: Betty Marshall war die Einzige, die etwas für Constantin Alexandrowitsch und die anderen Verletzten tun konnte. Davon musste man ausgehen – wenn man Carol war.

Plötzlich war da ein Gedanke. Es war eine Hoffnung, und sie war nicht groß, doch Boris Petrowitsch hatte das Vertrauen seiner Vorgesetzten nicht dadurch erlangt, dass er Wahrscheinlichkeiten gegeneinander abgewogen hatte. Er sah eine Chance – und er griff zu, wenn er eine Chance sah.

«Wenn Sie Verbandszeug haben, Miss Marshall?» Er legte den Kopf etwas schräg. «Eine Aderklemme wäre nicht das Richtige, denke ich. Sie würde die Zufuhr abschneiden, aber wenn wir eine Kompresse ...»

Die Augen der Schauspielerin verengten sich. «Sie sind Arzt?»

«Student der Medizin.» Er brachte ein leichtes Zittern in seine Stimme. Nur nicht zu stark – ein angehender Arzt gegenüber einer ehemaligen Krankenschwester. «Aber ich assistiere seit einem Jahr in der Chirurgie.»

«Dann können Sie mehr als ich. – Warum haben Sie das nicht schon gestern ...» Sie schüttelte den Kopf.

«Du kannst doch nicht ernsthaft ...» Der König drängte sich nach vorn.

Jetzt fuhr Betty Marshall herum. «Es ist meine Entscheidung, nicht deine. – Wenn Mr. Petrowitsch bei Operationen assistiert hat, kann er wesentlich mehr, als ich jemals konnte. Vor über zwanzig Jahren! Und der Zug ist in weniger als zwei Stunden in Tzaribrod, in vier Stunden in Sofia, wo es ein Hospital gibt. Vorher kann sowieso niemand irgendjemandem wirklich helfen.» Ein entschuldigendes Nicken zu Boris. «Über die unmittelbaren Maßnahmen hinaus.»

«Du willst tatsächlich ...»

«Du glaubst, dass du diesen Leuten hinterhermusst, weil sie deine Braut haben, die dir weglaufen wollte? Bitte, wenn das deine Entscheidung ist. Vielleicht bekommen sie ja doch noch Gelegenheit, dir deine eigenen Eier in den Mund zu stopfen oder was sie sonst mit dir vorhatten.»

Boris sah, wie der König noch eine Spur blasser wurde.

«Ich habe diesen Jungen – Raoul – da rausgeschickt», betonte die Schauspielerin. «Ich habe es ihm quasi befohlen. Wer das Mädchen war ... Sorry, Mrs. Romanow, wie gesagt: Das konnte ich nicht wissen.» Sie trat einen Schritt auf Carol zu. «Wenn Sie gehen, Monsieur, dann komme ich mit.»

Ein Räuspern. Directeur Thuillet hatte sich aus dem Speisewagen genähert, starrte einen Moment lang auf den verletzten Großfürsten, stellte dann anscheinend fest, dass keine unmittelbare Lebensgefahr bestand. «Eure apostolische Majestät? Wir nähern uns jetzt Prosek. Der letzte Haltepunkt, bevor die Strecke in das Balkangebirge eintritt. Wenn Sie immer noch entschlossen sind, den Zug hier zu verlassen ...» Eine Geste zur Notbremse. Selbst dieses technischste aller Instrumente schimmerte in edlem Messing in der mittlerweile lädierten Mahagoniverkleidung.

Der König starrte auf Betty, starrte auf die Bremse. Er nickte, so abgehackt, als müsste die Bewegung ihm weh tun.

Boris stieß den Atem aus. Doch dies war nicht der Augenblick für Erleichterung und noch weniger für Triumphgefühle.

«Alexej Constantinowitsch?»

Der Junge hatte sich die ganze Zeit im Hintergrund gehalten, beinahe fasziniert auf seinen blutenden Vater gestarrt.

«Wir bringen den Großfürsten auf euer Abteil. Ich weiß, wie sehr es dich drängt, ebenfalls den Männern zu folgen, die deine Schwester in ihre Gewalt gebracht haben ...» Boris legte keinen Hohn in seine Stimme. Die Reaktion auf dem Gesicht des Jungen sah er trotzdem, und nicht allein bei ihm, sondern genauso bei allen anderen, einschließlich der Mutter des Jungen.

«Constantin Alexandrowitsch ist schwer verletzt», erklärte er. «Du musst jetzt für deine Familie sorgen. Aber erst einmal wirst du mir assistieren.»

ZWISCHENSPIEL – JUGOSLAWISCH-BULGARISCHE GRENZE NAHE TZARIBROD

Sal 4ü-37a (Salonwagen des Führers des Großdeutschen Reiches).
Salon. – 27. Mai 1940, 13:41 Uhr

Die Finger seiner linken Hand umfassten das Gelenk der rechten, die das Vergrößerungsglas hielt. Die Lupe zitterte dennoch. Das Bild zitterte, die verwaschenen Konturen der Gesichter. Gesichter, die vollkommen unterschiedliche Gefühle zum Ausdruck brachten: Trotz, Resignation – und Angst. Das vor allem. Denn es waren die Gesichter von Menschen, denen klar war, dass sie nicht mehr lange zu leben hatten. Minuten nachdem die Fotografie entstanden war, mussten sie gestorben sein, ihre Leiber zerrissen vom Feuer des Exekutionskommandos, verscharrt in ungekennzeichneten Gräbern.

Doch schließlich war Krieg.

Franz von Papen war im Krieg gewesen, im ersten Krieg, dem Weltkrieg, als Befehlshaber eines Bataillons an der Westfront. Ja, im Herzen war er ein Krieger, bis heute. Aber schon in jenem Krieg war es nicht mehr möglich gewesen zu kämpfen, wie Herren von Stand und Adel hätten kämpfen sollen, hoch im Sattel und mit dem Degen in der behandschuhten Faust. Die Gesetze des Krieges hatten sich bereits verändert, und an die Stelle der Kavallerieattacken war das ruhmlose Dahinsiechen in den Schützengräben getreten, dem er seine Männer hatte aussetzen müssen. Der Befehl, diese Männer ins französische Sperrfeuer zu schicken, das sie erwartungsgemäß zu Hunderten niedergemäht hatte, war ihm wahrhaft nicht leichtgefallen. Dass sie im Grunde einfache Arbeiter gewesen waren, hatte dabei keinen Unterschied gemacht. Oder fast keinen.

Und heute, wenn er die Bilder betrachtete, hatten die Gesetze des

Krieges sich von neuem verändert, und nur eines war gleich geblieben: Der Feind war gleich geblieben und das Wissen, dass er mit allen Mitteln bekämpft werden musste.

Auf den Fotografien waren Kinder zu sehen. Frauen. Alte Leute, die sich kaum mehr auf den Beinen halten konnten.

Doch wenn es für die Ehre, die Sicherheit, die nationale Größe Deutschlands geschah? Wenn es ein Opfer war, damit Deutschland in dem neuen brutalen Ringen der Völker Sieger blieb?

Ein Opfer, wie es auch von Papen selbst nicht fremd war. Er war Kanzler des Deutschen Reiches gewesen, später Vizekanzler unter Hitler. Dass er keines dieser Ämter freiwillig aufgegeben hatte, machte keinen großen Unterschied. Ein Opfer war es trotzdem gewesen.

Waren nicht seine eigenen engsten Mitarbeiter auf Befehl des Führers liquidiert worden, mehr oder weniger vor seinen Augen? Männer, die darauf vertraut hatten, dass er schützend seine Hand über sie hielt? Bedauerlicherweise war ihm das nicht möglich gewesen. Wenn er das getan hätte, hätte er damit womöglich sein eigenes Leben in Gefahr gebracht. Und auf einen Mann, der eine politische Erfahrung, ein diplomatisches Geschick und eine Opferbereitschaft für die Nation mitbrachte, wie Franz von Papen das tat, konnte Großdeutschland unter keinen Umständen verzichten. Auch Hitler nicht.

Franz von Papen reckte das Kinn vor. Schon die Tatsache, dass man ihm den persönlichen Salonwagen des Führers zur Verfügung stellte, war ein Beweis, welches Vertrauen Adolf Hitler in ihn setzte. Er war nach wie vor ein wichtiger Mann und würde niemals aufhören, ein wichtiger Mann zu sein. Ein Mann, um den sich die Wachhabenden augenblicklich versammelt hatten, als auf dem Bahnhof in Niš Schüsse gefallen waren. Weil es ihre Pflicht war, ihn unter Einsatz ihres Lebens zu beschützen. Weil er ein wichtiger Mann war.

Er ließ die Lupe sinken. Dieser Angriff war eine seltsame Sache gewesen. Jedenfalls hatte er nicht den Wagen aus Deutschland gegolten. Von Papens Ordonnanz hatte Erkundigungen eingezogen unter den Fahrgästen im Kurswagen, die sich zum Zeitpunkt des Überfalls im Speisewagen aufgehalten hatten. Ein Angriff auf den

582

König von Carpathien also, der im regulären Zuglauf des Simplon Orient reiste.

Damit trug die CIWL die Verantwortung. Die Verantwortung, dass durch den Zwischenfall auch das Leben des Botschafters des Großdeutschen Reiches in Gefahr geraten war. Ein unerhörter Vorgang, der nach strengsten diplomatischen Konsequenzen geradezu *schrie*! Von Papen hatte noch nicht entschieden, ob er die unterwürfigen Entschuldigungen des Vertreters der Gesellschaft selbst in Empfang nehmen würde oder ob es klüger war, Hitler auf diese Weise eine zusätzliche Waffe in die Hand zu geben. Es konnte nicht schaden, dem Führer einmal mehr zu beweisen, was er an Franz von Papen hatte.

Ein Klopfen an der Tür des Salons. Der Botschafter blickte auf. Rasch öffnete er die Schublade des Schreibtischs und ließ die Bilder verschwinden. Dann wartete er mehrere Sekunden, zupfte an den Revers seines Anzugs, fluchte lautlos auf Greifenberg, dem es zu verdanken war, dass die Uniform in Berlin geblieben war. «Treten Sie ein!»

Es war Greifenberg, und es war dasselbe Gefühl, das den Botschafter jedes Mal beschlich, seitdem man ihm den Oberstleutnant zugeteilt hatte. Greifenberg hielt sich tadellos, sagte die korrekten Worte zum korrekten Zeitpunkt, und doch hatte Franz von Papen den überdeutlichen Eindruck, als ob er ihm nicht mit dem angebrachten Respekt begegnete. Dem Respekt, der einem Manne zukam, der die Stimme des Großdeutschen Reiches war. Zumindest in der Türkei.

«Exzellenz.» Eine angedeutete Verneigung, keinen Zentimeter zu tief. «An der Grenze ist ein Offizier zugestiegen, der darum bittet, von Ihnen empfangen zu werden.»

Von Papen hatte nach seiner Pfeife gegriffen, reckte sich langsam nach dem Tischfeuerzeug, zündete sie an. «Und hat dieser Offizier einen Namen?» Ein tiefer Zug aus der Pfeife. Eine Rauchwolke. «Hat er einen Dienstrang? Hat er womöglich gar – eine Karte?»

«Das leider nicht.»

Mit einem Seufzen schob von Papen das Tischfeuerzeug beiseite. «Dann fürchte ich ...»

«Allerdings besitzt er eine Vollmacht mit der Unterschrift des Reichsführers SS.»

«Heil Hitler!»

Der Standartenführer der Waffen-SS riss den Arm zum Gruß in die Höhe. Er war nahezu einen Meter neunzig groß, trug das Verwundetenabzeichen, und als er auf den Tisch des Botschafters zukam, knallten seine Stiefel bei jedem Schritt auf den Boden, dass von Papen sich fragte, warum er ihn nicht im selben Moment gehört hatte, in dem der Mann den Salonwagen betreten hatte.

Unmerklich war Greifenberg zwei Schritte von der Tür beiseitegewichen. Als ob er dem Mann den Weg hatte frei machen wollen. Als ob er sich mit dem SS-Offizier *abgesprochen* hatte.

Der Botschafter kam hoch, reckte den Arm. «Heil Hitler! Bitte ...» Er wies auf einen der Besucherstühle, doch der Standartenführer machte keine Anstalten, sich niederzulassen.

«Herr Botschafter, ich unterrichte Sie, dass wir diesen Wagen für einen Einsatz der Waffen-SS benötigen.»

«Einen ...»

«Sowie sämtliche freien Abteile im Kurswagen aus Berlin. Aber damit müssen Sie sich nicht befassen.»

Von Papens Haltung versteifte sich. «Mit Verlaub, Herr Standartenführer. Dies ist ein Diplomatenfahrzeug, das nach den Gesetzen des diplomatischen Protokolls ausschließlich für diplomatische Belange genutzt werden darf. Ich bin in einer bedeutenden Mission auf dem Weg in die Türkei. Angesichts der bevorstehenden militärischen Ereignisse auf dem Balkan kann es entscheidend sein, dass es mir gelingt, die türkische Republik ...»

«Die Bulgaren sind unterrichtet und werden wegsehen, wenn meine Männer in Sofia zusteigen. Von Ihnen wird nicht mehr erwartet, als in diesem Raum zu bleiben und ebenfalls wegzusehen. An der Grenze zur Türkei werden wir verschwunden sein, und Sie können Ihre Mission fortsetzen.»

«Und *Ihre* Mission ...»

«Ist eine Mission der Waffen-SS auf persönliche Veranlassung des

Führers des Großdeutschen Reiches. Außenstehende sind darüber nicht zu unterrichten.»

«Das verstehe ich, Herr Standartenführer. Ich wollte nichts als ...»

«Heil Hitler!»

Mit drei mächtigen Schritten war der SS-Offizier aus dem Raum verschwunden. Greifenberg nickte, folgte ihm.

«Ich wollte nichts ...», flüsterte der Botschafter. «Ich wollte nichts als irgendwie mit dabei sein.»

Es war einer der ganz wenigen Momente im Leben des Franz von Papen, in denen er sich genauso jämmerlich und armselig fühlte, wie er tatsächlich war.

TEIL SECHS –
ZARENTUM BULGARIEN /
TSARSTVO BALGARIYA /
ЦАРСТВО БЪЛГАРИЯ

Die Ausläufer des Balkangebirges zwischen Niš und Zaječar, jugoslawisch-bulgarische Grenze – 27. Mai 1940, 14:47 Uhr

Durst. Raoul konnte sich nicht erinnern, jemals so fürchterlichen Durst gehabt zu haben. Und das war nicht das Einzige. Seit einer ganzen Weile schon musste er dringend pinkeln und presste ständig die Beine zusammen. So gut das eben ging, wenn man mit gefesselten Armen bäuchlings auf einem Lasttier festgebunden war, der Kopf auf der einen, die Füße auf der anderen Seite. Alles in ihm wehrte sich dagegen, vor aller Augen der Natur ihren Lauf zu lassen. Allerdings ging er davon aus, dass seine Blase die Entscheidung irgendwann ganz von allein treffen würde. Mit dem Durst war das nicht so einfach.

Sein Kopf war in einen groben Sack verpackt, der dermaßen nach Knoblauch stank, dass er ständig das Gefühl hatte, kurz vor einer Ohnmacht zu stehen. Es war unmöglich, durch das grobe Gewebe Einzelheiten zu erkennen. Er sah lediglich Farbtöne oder eigentlich nur einen einzigen Farbton in mehreren Abstufungen, ein unangenehm vertrocknetes Grün oder Beige, die Farbe der Wildnis.

Sie waren in den Bergen.

Was keine überraschende Erkenntnis war. Niš war das Zentrum eines gewaltigen Talkessels und auf sämtlichen Seiten von Bergketten umgeben, im Osten, zur bulgarischen Grenze, nicht anders als im Norden – oder im Süden, wohin er sich mit Xenia hatte absetzen wollen.

Wir schaffen es! Wir schaffen es! Wir schaffen es! Das war sein letzter Gedanke gewesen.

Sie hatten ihn niedergeschlagen. Davon ging er zumindest aus, so wie sein Schädel bei jedem Schritt der Lasttiers pochte, aber nicht ein-

589

mal an den Schlag konnte er sich erinnern. Der Bahnhof in Niš, dann eine Weile gar nichts. Dann das hier. Er war gefangen. Entführt. Er wurde verschleppt.

Es gab unzählige gruselige Geschichten aus der bewegten Vergangenheit des Orient Express: Geschichten von bulgarischen, serbischen, türkischen Räuberbanden oder welchen, die sich quer durch die Nationalitäten bunt zusammensetzten. Mehr als einmal hatten sie Passagiere des Zuges in ihre Hand gebracht – irgendwann im vergangenen Jahrhundert. Irgendwann vor dem Großen Krieg.

Angeblich waren sämtliche Reisenden wie durch ein Wunder wieder freigekommen, gegen Zahlung eines stattlichen Lösegeldes, versteht sich, nachdem die Banditen ihre Identität festgestellt hatten. Raouls Identität festzustellen, schien niemand für notwendig zu halten, und letztendlich war das nachvollziehbar: Er trug eine Stewarduniform. Doch die Männer reagierten überhaupt nicht auf ihn, ganz gleich in welcher Sprache er es versucht hatte – und zumindest ein paar Brocken brachte er in jedem der unterschiedlichen Dialekte zustande, die entlang der Strecke gesprochen wurden. Entweder konnten sie ihn nicht verstehen, oder sie wollten ihn nicht verstehen.

«Xenia!» Aus seinem Mund kam ein Krächzen. Er hatte den Namen des Mädchens geschrien und geflüstert, hatte am Anfang kaum lange genug innegehalten, um zu lauschen, ob sie ihm antwortete. Aber das hatte sie nicht getan, und sie würde auch jetzt nicht antworten, würde nie wieder antworten, bis er irgendwann auf dem Rücken dieses stinkenden Maultiers oder Maulesels verdurstet war.

Wütend drängte er die trübsinnigen Gedanken beiseite. Aufgeben würde er nicht!

Kein Ton von Xenia. Stattdessen hörte er andere Stimmen, die Stimmen der Entführer. Es waren Männerstimmen, ausnahmslos, kehlig und voller seltsamer Laute. Ein oder zwei Mal hatte sich eine Stimme kurz gehoben, knappe, unverständliche Worte gezischt. Befehle. Beim ersten Mal war der Reiterzug daraufhin plötzlich schneller geworden, während beim zweiten Mal genau das Gegenteil passiert war. Die Gruppe war unvermittelt stehen geblieben, und im nächsten Augenblick hatte zum bislang einzigen Mal einer der Männer das Wort an Raoul gerichtet.

«Du redest ...» Ein heiseres Flüstern, ganz dicht an seinem Ohr. «Du tot.» Eine eindeutige Anweisung. Er hatte geschwiegen.

Er konnte nur beten, dass wenigstens das Mädchen zu trinken bekommen hatte. Xenia antwortete nicht, doch sie musste einfach am Leben sein, irgendwo außer Hörweite. Es durfte nicht anders sein! Was auch immer geschehen war, wer auch immer diese Männer waren: Er konnte sich beim besten Willen nicht vorstellen, warum irgendjemand einen Steward der Internationalen Schlafwagengesellschaft hätte entführen und eine Prinzessin zurücklassen sollen.

Sie hatten auch das Mädchen, und doch war es seine Schuld allein. Im selben Augenblick, in dem Xenia die erste Andeutung gemacht hatte – die Flucht nach Athen, die Tante auf der Insel Santorin –, auf der Stelle hätte er ihr diesen Wahnsinn ausreden müssen. Dieses Mädchen war eine Prinzessin, und solche Leute führten ein völlig anderes Leben als Georges oder er selbst oder sogar der Directeur. Als die Leute in der Mietskaserne am Bois de Boulogne und jeder Mensch, den er kannte. Sie machten sich nicht den Hauch einer Vorstellung, wie hart es war, das wirkliche Leben, waren nicht die Spur darauf vorbereitet ...

Das Maultier wurde plötzlich langsamer. Im nächsten Moment ein halb zischendes, halb brodelndes Geräusch. Aus seiner Kehle kam ein trockenes Würgen. Was auch immer die Maultiere für Futter bekamen: Der Gestank ihrer Exkremente war bestialisch, wenn man mit der Nase voran halb über ihrem Hintern hing.

Nein, dachte er, auf das hier war auch er nicht vorbereitet gewesen.

Minuten vergingen, vielleicht auch Stunden, und sie trotteten weiter dahin, meistens bergauf, wie es sich anfühlte. Sein Zeitgefühl war ihm längst abhandengekommen. Jenseits des Knoblauchsacks war jedenfalls noch immer heller Tag.

Unvermittelt ein Kommando, das Lasttier blieb stehen. Keine Geräusche mehr. Auch die anderen Tiere verharrten auf der Stelle. Im nächsten Moment machte sich jemand an seinen Handfesseln zu schaffen. Nach einer Sekunde waren seine Arme frei, wenn auch schwer wie Blei, zu keiner Bewegung fähig.

«Descalecă!»

Ein Befehl. Se décaler, fuhr ihm durch den Kopf. Im Französischen hätte man ihn damit aufgefordert, einen Platz weiter zu rücken. Was das Wort in diesem Fall bedeuten musste, war eindeutig.

Eine Pranke legte sich auf seine Schulter. Schon war der Knoblauchsack verschwunden, dafür war es jetzt zu hell, als dass Raoul etwas hätte erkennen können. Er blinzelte.

«Descalecă!» Noch einmal und bedeutend unfreundlicher.

Raoul nahm die Hände zu Hilfe, unter Schmerzen. Er schob sich nach hinten. Irgendwo unter ihm musste der Boden sein. Seine Beine gaben auf der Stelle nach. Er traf mit Schulter und Hüfte auf, unbeweglich wie ein Mehlsack. Gelächter. Ganz langsam wälzte er sich auf den Rücken. Kein Zentimeter seines Körpers, der nicht weh tat.

Ein halbes Dutzend Männer standen im Halbkreis um ihn herum. Er sah ihre Umrisse, gedrungene Silhouetten in einfacher Arbeiterkleidung – der balkanischen Variante allerdings: grobe Stiefel, Westen und die weiten Hosen, die die Bewohner des Gebirges in den Jahrhunderten türkischer Besatzung übernommen hatten.

Raoul drehte den Kopf zur Seite. In seinem Rücken stieg das Gelände felsig an. Auf der linken Seite war eine Art Hohlweg im Gestein auszumachen, durch den sie gekommen sein mussten; ein Stück rechts ahnte er weitere Gestalten, die von ihren Pferden stiegen, sich leise miteinander unterhielten. Jenseits von ihnen das verwaschene Grün einer Talsenke. Und nirgendwo eine Spur von dem Mädchen.

«Xe...» Er hustete. Es fühlte sich an, als hätte er Schottersteine verschluckt. «Xenia.»

Einer der Männer sagte etwas, drehte sich um und verschwand. Xenia. Sie hatten auf ihren Namen reagiert! Würden sie das Mädchen jetzt holen?

Einige rasche Worte, diesmal außerhalb seines Gesichtsfeldes. Zwei Männer bückten sich nach ihm, rissen ihn roh auf die Beine. Eine Sekunde lang trat Schwärze vor seine Augen.

«Ich ...» Er spürte noch etwas anderes. Etwas, das keine Sekunde länger warten konnte. Seine Hand griff in seinen Schritt. «Ich muss pinkeln.»

Die Männer starrten ihn an. Dann, plötzlich, sagte einer von ihnen ein Wort. Die anderen starrten weiter, bis ... Dröhnendes Gelächter.

Einer der Kerle gab ihm einen Schlag auf die Schulter, dass er zwei Schritte vorwärtstaumelte, bis an die Felswand.

Seine Wangen brannten. Am meisten ärgerte er sich, dass die Situation ihm tatsächlich unangenehm war. Er starrte gegen die Wand aus blankem Stein, lauschte auf das gleichmäßige Plätschern, und plötzlich, zum ersten Mal seit Stunden, hatte er das Gefühl, dass sich etwas in ihm entspannte. Als er fertig war, schloss er sorgfältig seine Hose, nickte den Männern zu.

Die Hände der Unbekannten legten sich augenblicklich wieder auf seine Schultern. Jede Andeutung rauer Fröhlichkeit war aus ihren Mienen gewichen. Wenigstens aber war er ansatzweise zu Bewusstsein gekommen. Seine Schritte waren unsicher, seine Kehle brannte schlimmer denn je, doch er konnte auf eigenen Füßen laufen und entging der Demütigung, sich von ihnen mitschleifen zu lassen. Das Labyrinth der Felsen – eine Passhöhe, wie er inzwischen begriffen hatte – weitete sich zu einem kleinen Talkessel, der von nahezu senkrechten, zerklüfteten Steilwänden umgeben war. Einzig aus der Richtung, aus der sie sich näherten, fiel Licht bis auf den Grund.

Ein einzelner Mann sah ihnen entgegen. Obwohl er sich kaum von den anderen unterschied, wusste Raoul auf der Stelle, dass er der Anführer war. Es war der aufmerksame Blick, mit dem er den Jungen musterte, die Art, in der die Schritte seiner Begleiter unvermittelt langsamer wurden, kurz bevor sie ihn erreichten.

Doch das nahm Raoul nur am Rande wahr.

Im Zentrum der Lichtung stand Xenia, mit groben Stricken an eine Felssäule gefesselt. Ein Knebel verschloss ihren Mund.

***

Zwischen Niš und Sofia – 27. Mai 1940, 14:59 Uhr
CIWL WL 3425 (Hinterer Schlafwagen). Abteil 10.

«Helmbrecht.» Fitz-Edwards ließ das mittlerweile deutlich verknitterte Schreiben des Admirals sinken. «Das ist Helmbrecht.»

Immer noch fassungslos, betrachtete er den jungen Mann, dessen Kopf auf Evas Knien ruhte. Immer wieder tastete sie nach dem Puls an der Kehle des Verletzten. Er ging ruhig und gleichmäßig, ebenso sein Atem. Hin und wieder sogar eine Andeutung von Schnarchgeräuschen. Mittlerweile war sie nahezu sicher, dass Ludvigs – nein: Helmbrechts – Ohnmacht längst in ein solches Schläfchen übergegangen war.

Doch nahezu war nicht vollständig. Wer ein Schläfchen hielt, wachte auf, wenn man versuchte, ihn zu wecken. Bei Ludvig war das noch immer nicht der Fall.

«Bitte haben Sie Verständnis, dass ich immer wieder darauf zurückkomme.» Der Brite schüttelte den Kopf. «Aber ich bin mir meiner Sache so sicher gewesen. Und Sie haben mir niemals Anlass gegeben, an meiner Einschätzung zu zweifeln. – Wenn ich das sagen darf, Miss Heilmann, Sie haben sich wirklich sehr professionell verhalten, in jeder Situation. Genau wie ich es von einer Agentin im Feld erwarten würde. Ihr Begleiter, der ganz offensichtlich nicht zu Ihnen gehörte und den Sie demnach spontan in Paris improvisiert haben mussten ...»

«Er hat mich improvisiert», murmelte Eva.

«Dann Ihr vermeintlicher Zwist mit Mr. Mueller: Sie mussten eine Möglichkeit finden, ihn auf Abstand zu halten. Wie sonst hätten Sie unauffällig in Verbindung mit Ihrer Zielperson, Ihrem Kontaktmann treten sollen? Die italienische Tageszeitung, die Sie am Tisch gelesen haben: ein Erkennungszeichen für diesen Kontaktmann.»

«Weder habe ich einen Kontaktmann, noch habe ich verstanden, worum es in dem Artikel ging.»

Fitz-Edwards nickte. «Ganz genau. Das ist schließlich auch unwichtig bei einem Erkennungszeichen. Warum also hätte mich das stutzig machen sollen? – Und dann natürlich Ihr Verhalten, als Ihnen

594

klarwurde, dass die Ustascha uns beobachtete und unweigerlich zuschlagen würde, wenn wir nicht auf die Signale antworteten. Damit hatten Sie den Test bestanden. *Sie waren Helmbrecht.* Der Mann ... Ich meine: der Agent, um dessentwillen ich hier bin.»

«Aber ich bin eine Frau! Wenn Sie wussten, dass Sie nach jemandem von der deutschen Abwehr ...»

Eine wegwerfende Handbewegung. «Die Deutschen haben auch Mata Hari eingesetzt.» Ein kurzes Zögern. «Zugegeben: *Alle* Seiten haben Mata Hari eingesetzt. Das war übrigens ihr Stammplatz, auf dem Sie drüben im Speisewagen gesessen haben. Wenn ich mich erinnere, wie ich im Jahre neunzehn-...»

«Außerdem bin ich Jüdin! Ich habe eine Bracha gesprochen! Sie standen direkt neben mir!»

Er betrachtete sie nachdenklich. «Ich gestehe, dass mich das für einige Sekunden verwirrt hat. Doch stellen Sie sich einmal vor, Sie wären der Chef der deutschen Abwehr: Wäre es nicht ein genialer Schachzug, im nationalsozialistischen Geheimdienst ausgerechnet eine jüdische Agentin einzusetzen? Eine bessere Tarnung ist kaum denkbar.» Er schüttelte den Kopf. «Dennoch: Ein solcher Fehler hätte mir nicht unterlaufen dürfen. Nicht Sie sind Helmbrecht, sondern ...» Kopfschüttelnd wies er auf den Besinnungslosen. «Wenn ich alles für möglich gehalten hätte ... Canaris muss wirklich verzweifelt sein.»

«Sie hatten absolut keine Ahnung, wer er ...» Eva verbesserte sich. «Was Helmbrecht ist? Ob Mann oder Frau?»

«Zu meinem Bedauern: nein.» Der Brite hob die Schultern, zuckte kurz zusammen. Seine Verletzung, dachte Eva. «Zwei Agenten, die an der Somme durch die Front geschleust werden sollten, um in Paris in den Simplon Orient zu steigen, Abteil zehn, hinterer Schlafwagen. Agenten, von denen wir wussten, dass sie zu jenen Kreisen um den Admiral gehören, die dem Regime gegenüber zumindest kritisch eingestellt sind und die hier im Zug einen Kontakt mit einem ausländischen Geschäftsträger herstellen sollten. Löffler und ein Mensch namens Helmbrecht, von dem noch nie jemand gehört hatte. Löffler kannte ich aus der Zeit vor dem Krieg. Mit ihm wäre ich sofort ins Gespräch gekommen, und wir hätten endlich erfahren, wie weit der Kreis um den Admiral zu gehen bereit ist. – Als uns die Nachricht erreichte, dass er bei der Überquerung der Somme versehentlich erschossen worden ist, und das, obwohl die Einheiten in diesem Frontabschnitt über den Vorgang informiert waren ... Verfluchte Froschfresser.»

Eva hob die Augenbrauen. «Sind die Franzosen nicht Ihre Verbündeten?»

Zwei Atemzüge lang blickte Fitz-Edwards an ihr vorbei, bevor er langsam den Kopf schüttelte. «Sind sie das? Sicher, auf einige von ihnen mag das immer noch zutreffen: auf Männer wie Général de Gaulle oder unseren wackeren Botschafter Lourdon. Doch die demokratisch gewählte Regierung in Paris ist am Ende. Der kommende Mann ist Marschall Petain, und Petain wird eher heute als morgen mit den Deutschen Frieden schließen. Britannien hat keine Verbündeten mehr, Miss Heilmann. Polen ist vernichtet, Frankreich geschlagen und vermutlich bald unser Feind, die Sowjetunion, mit Hitler verbündet. Und die Vereinigten Staaten wollen sich nicht einmischen. Wenn wir überhaupt noch mit irgendeiner Form von Unterstützung rechnen können, dann handelt es sich um Einzelne, die sich gegen Hitler einsetzen, auch in Deutschland. Menschen wie Admiral Canaris. Menschen wie Löffler. Aber Helmbrecht?»

Eva sah ihn an.

«Aber gut», murmelte der Brite. «Dafür war mir Puttkammer bekannt, der Herr mit dem Mantel über dem Arm, den Sie in Belgrad kennengelernt haben. Deshalb konnte ich Sorge tragen, dass er ungehindert zu Ihnen durchkam. Und was sollte ich denn glauben? Puttkammer hat sich mehrere Minuten bei Ihnen aufgehalten. Warum hätte er das tun sollen, wenn er in Ihnen nicht die Agentin erkannt hätte, zu der man ihn geschickt hatte? *Helmbrecht*. Natürlich musste ich annehmen, dass Sie Helmbrecht sind.»

«Aber ich bin nicht Helmbrecht», sagte sie leise, betrachtete das Gesicht des Mannes, dessen Kopf auf ihren Knien ruhte. Ein Agent der deutschen Abwehr, der insgeheim *gegen* die Deutschen arbeitete. Eine Wahrheit, die so simpel war und so kompliziert zugleich. Und die auf

596

einen Schlag unendlich viel erklärte. *Helmbrecht*: Der Name passte zu ihm. Auf eine seltsame Weise fühlte er sich richtig an, genau wie es sich richtig anfühlte, dass sie den Kopf eines Mannes, den sie doch kaum kannte, auf ihre Knie gebettet hatte.

Sie holte Luft. «Wenn Sie gegen die Leute kämpfen, die mein Volk vernichten wollen, Mr. Fitz, dann stehe ich selbstverständlich auf Ihrer Seite», sagte sie. «Aber ich bin nicht Helmbrecht, und ich kann dieses Schreiben nicht entziffern. Wenn Sie das auch nicht können und es gleichzeitig für zu gefährlich halten, wenn wir de la Rosa ...»

Das Gesicht des alten Mannes nahm einen abweisenden Ausdruck an. «De la Rosa ist offenbar diejenige Person, zu der Löffler und Helmbrecht Kontakt aufnehmen sollten. Doch steht er damit schon auf unserer Seite? Nach den Erfahrungen der letzten Jahre hat der Nachrichtendienst Seiner britischen Majestät wenig Grund, ausgerechnet auf den Vatikan große Hoffnungen zu setzen. Obendrein handelt es sich bei dem Code, in dem das Schreiben verfasst ist, um eine Verschlüsselung, mit der Oppositionelle innerhalb des deutschen Nachrichtendienstes an ihren eigenen offiziellen Stellen vorbei kommunizieren. Woher sollte de la Rosa einen solchen Code kennen? Selbst wenn er wollte, er könnte uns unmöglich helfen.»

Eva überlegte einen Augenblick. De la Rosa hatte eine halbe Stunde nach dem Überfall vorsichtig an der Kabinentür geklopft. Er war unverletzt. Als er Ludvig gesehen hatte, reglos, den Kopf auf Evas Schoß, war eine derartige Fülle unterschiedlicher Gefühle über sein Gesicht gehuscht, dass auch sie sich nicht zutraute, ihn vollkommen einzuschätzen. Auf jeden Fall war er in Sorge um Ludvig – um *Helmbrecht* –, und Eva hatte versprochen, ihn zu unterrichten, sobald der Verletzte aufwachte.

Fitz-Edwards nahm das Blatt wieder auf. «Was mich selbst anbetrifft», murmelte er. «Ich habe in der Tat eine gewisse Erfahrung mit den Codes der deutschen Abwehr, sodass Ihre Hoffnung, dass ich mit diesem Schreiben etwas anfangen könnte, nicht ganz unbegründet war. Allerdings bedient sich der Nachrichtendienst der Wehrmacht einer ganzen Reihe sehr unterschiedlicher Verschlüsselungstechniken, nicht anders, als wir selbst das ebenfalls tun. Am zuverlässigsten sind heute Maschinen, die ...» Er brach ab.

«Maschinen?»

«Zu groß für das Handgepäck.» Überdeutlich, dass er den Gedanken nicht vertiefen wollte. «Und in diesem Fall, bei einer oppositionellen Gruppe, ohnehin ausgeschlossen. Hier muss es sich um eine Verschlüsselung handeln, die ohne mechanische Hilfsmittel zu dechiffrieren ist.»

Eva nickte. «Jeder Buchstabe auf dem Papier muss für einen bestimmten anderen Buchstaben im entschlüsselten Text stehen.»

Fitz-Edwards seufzte tief, blickte sekundenlang aus dem Fenster, wo das Land immer flacher geworden war, seit sie bei Tzaribrod die bulgarische Grenze überquert hatten. Weideland, dachte Eva, mit eingestreuten Feldern. Ein friedlicher Anblick, und doch stand auch Bulgarien am Rande des Krieges und wartete nur auf den Befehl des deutschen Führers, um zu den Waffen zu greifen.

Der Brite schüttelte den Kopf. «Wenn es nur so simpel wäre, Miss Heilmann: die Buchstaben des Alphabets einfach willkürlich zu vertauschen. Die Letzte, die sich auf ein solches System verlassen hat, war meines Wissens Mary Stuart. Mit den bekannten Folgen.»

Eva fröstelte. «Sie wurde hingerichtet, oder? Weil ... weil man ihren Code entziffert hatte?»

«Enthauptet, um genau zu sein. Nun, zumindest musste sie sich nicht mehr den Kopf zerbrechen, was sie falsch gemacht hatte, nicht wahr?»

«Und das war ...»

Er breitete die Arme aus. «Im Grunde haben die Männer, die sich ihre verschlüsselten Briefe vorgenommen haben, genau das getan, was auch Sie selbst bereits versucht haben. Die einzelnen Buchstaben sind in einer jeden Sprache mit einer bestimmten charakteristischen Häufigkeit verteilt. Sie müssen einfach nur lange genug probieren und kombinieren, dann kommen Sie auf die Lösung. Das kostet natürlich Zeit, doch diese Zeit ist es in der Regel wert. Mary Stuart hat jedenfalls den wesentlich höheren Preis bezahlen müssen.»

598

Eva musste sich räuspern. «Und wie der Preis heute aussieht, wissen wir nicht.»

«Das ist richtig. Was wir hingegen wissen, ist, dass es sich offenbar um eine sehr dringende Anweisung des Admirals handelt. Canaris konnte oder wollte nicht warten, bis Helmbrecht in den frühen Morgenstunden in Istanbul eintreffen würde. Daraus können wir eine Schlussfolgerung ziehen.»

«Worauf auch immer das Schreiben sich bezieht», flüsterte Eva, «es wird vorher passieren. Noch bevor wir in Istanbul ankommen.» Eine plötzliche Kälte ergriff von ihr Besitz. «Heute Abend. Heute Nacht.»

Fitz-Edwards betrachtete sie aufmerksam. «Wissen Sie, was, Miss Heilmann? Es ist ein wahrer Jammer, dass Sie nicht Helmbrecht sind.»

Fast gegen ihren Willen musste Eva lächeln. Dem Charme dieses alten Herrn war tatsächlich nur schwer zu widerstehen. Aber sie wurde sofort wieder ernst. «Wir haben keine Chance, das Schreiben so rasch zu entschlüsseln, richtig?», fragte sie. «Der Code ist komplizierter als zur Zeit von Mary Stuart.»

Der Brite nickte, zwirbelte nachdenklich an seinem Schnurrbart. «Ich gehe davon aus, dass es sich in Wahrheit um mehrere Codes handelt, die nach einem bestimmten System aufeinander abgestimmt sind. Ohne Helmbrechts Hilfe werden wir sehr viel Zeit brauchen, fürchte ich. Zeit, die wir ...»

Fitz-Edwards' Miene verdüsterte sich. Ein Bahnsteig rauschte vorbei, ohne dass der Zug langsamer wurde. Eva konnte die kyrillischen Buchstaben am Bahnhofsschild nicht deuten.

«Dragoman», murmelte Fitz-Edwards. «Noch eine Stunde, und wir sind in Sofia. In der Hauptstadt von Hitlers nächstem Verbündeten.»

Zeit, dachte Eva Heilmann. Zeit, die wir nicht mehr haben.

* * *

Zwischen Niš und Sofia – 27. Mai 1940, 15:07 Uhr
CIWL Lx 3509 (Vorderer Schlafwagen). Abteil 9.

«Da draußen ist sie», flüsterte Katharina Nikolajewna. «Irgendwo da draußen.»

Ihre Handfläche legte sich auf das Glas des Kabinenfensters. Alexej konnte erkennen, wie es um ihre Finger herum beschlug.

«Der König wird sie finden», sagte er und hatte Zweifel, ob sein Versuch, überzeugt zu klingen, besonders gut gelang. «Der König und Miss Marshall werden Xenia finden.»

«Natürlich» flüsterte Katharina. «Natürlich werden sie das.» Ihre Fingerspitze bewegte sich über die Fensterscheibe. Vielleicht fuhr sie die blassblaue Linie am Horizont nach, in die sich die Gipfel des Balkangebirges verwandelt hatten.

Unbehaglich trat er von einem Bein auf das andere. Boris hatte ihn hergeschickt, und wie hätte er sich verweigern können? Schließlich tat er auch dies für die Zukunft des neuen Russland. Er musste es nur hinter sich bringen, je schneller, desto besser. Er ertrug es nicht, seine Mutter in diesem Zustand zu sehen, diese brüchige Stimme zu hören.

«Aber wir wissen nicht, wie lange es dauern wird», sagte er in die Stille hinein. «Wie lange sie brauchen werden, um Xenia zu finden und dann mit ihr nach Sofia zu kommen. Und solange Carol – und Xenia – nicht dort sind, können Carols Söldner nicht nach Carpathien aufbrechen. Ein Vorstoß auf Kronstadt ist sinnlos, wenn der König nicht dabei ist. Und die Königin.»

Seine Mutter nickte langsam, sagte jedoch kein Wort. Begriff sie, worauf er hinauswollte? Hörte sie überhaupt richtig zu?

«Ich habe mich gefragt ...» Er trat einen Schritt in das Abteil hinein, um sie besser im Blick zu haben. «Ich habe mich gefragt, ob es unter diesen Umständen eigentlich Sinn ergibt, wenn wir den Express in Sofia verlassen. Ob es nicht besser wäre, wenn wir bis Istanbul ...»

Sie schnellte herum. «Istanbul? Deine Schwester wird uns in Sofia suchen! Der König. Sie werden uns in Sofia suchen, wenn er sie gefunden hat – und sie ... uns ... dann ...»

Im ersten Moment war er zusammengefahren beim schneidender. Klang ihrer Stimme, aber Katharina Nikolajewna schien mit jeder Silbe schwächer zu werden und langsamer, bis ihre Worte mitten im Satz versickerten.

«Wir können ihnen eine Nachricht hinterlassen», sagte Alexej rasch. «Sobald wir in Istanbul ein Hotel bezogen haben, können wir Carols Beauftragte in Sofia unterrichten, wo man uns erreichen kann. Und wenn Xenia – und Carol – dann eintreffen, braucht es nur ein Telefonat, und ein paar Stunden später sind wir dort.»

Schweigen. Katharina betrachtete ihn – oder sah sie durch ihn hindurch? Allmählich bekam er eine Gänsehaut in Gegenwart seiner Mutter.

«Und Vater ...», setzte er an. «Constantin Alexandrowitsch ist schwer verletzt. Mit Sicherheit wird man in einem Hospital in Istanbul mehr für ihn tun können als irgendwo in einer Mannschaftsbaracke in Sofia. Oder in einem Zeltlager. Unter freiem Himmel.»

«Constantin.» Geflüstert. Als müsste sie sich mit Mühe an den Namen ihres Ehemanns erinnern.

Alexej räusperte sich. «Was denkst du, Mutter? Ich glaube, das wäre besser.» Sie blinzelte. Erst jetzt, schien ihm, kehrte sie für den Moment in die Wirklichkeit zurück.

«Ja», murmelte sie. «Ja, natürlich. – Glaubst du, du kannst das in die Wege leiten, Alexej?» Zögern. «Es wird ... Es wird vielleicht Schwierigkeiten geben. Dein Vater hat das Abteil nur bis Sofia bezahlt.»

Alexej kniff die Augen zusammen.

Sie befanden sich nicht im Doppelabteil der Familie. Miss Marshalls ehemalige Kabine sah der Damenhälfte ihres Abteils zwar zum Verwechseln ähnlich, und man musste sehr genau hinsehen, um die Abweichungen zu erkennen. Die Einlegearbeiten in den Wänden wirkten eine Spur verspielter. Doch an der Wand zur Nebenkabine hingen die Kleider, die die Schauspielerin bei ihrem überstürzten Aufbruch zurückgelassen hatte. Die Stewards hatten Anweisung, sie nach der Ankunft in Istanbul in einer Suite im Pera Palace abzuliefern.

In diesem Moment begriff auch Katharina. «Aber natürlich», mur-

601

melte sie. «Miss Marshall hatte bis Istanbul gebucht, nicht wahr? – Wir müssen ihr dankbar sein, Alexej. Das ist wirklich sehr großzügig, dass wir ... hier ...» Eine fahrige Geste. «Was denkst du? Wir sollten Miss Marshall einmal zum Essen einladen. In Sofia. Oder in Istanbul.»

«Dann bist du einverstanden?»

«Natürlich.»

Und schon war sie wieder fort, ihr Blick auf der dünnen blauen Linie am Horizont, wo die Entführer mit Xenia verschwunden waren.

Alexej atmete auf. Wenn seine Mutter Trost darin fand, die Berge zu betrachten, wollte er ihr diesen Trost nicht verwehren. Vor allem wollte er raus aus diesem Abteil. Rasch warf er noch einen Blick auf seine kleinere Schwester, die vor ihrem Zeichenblock und den Stiften saß. Er hatte versucht, sie aufzumuntern, doch die gespenstische Atmosphäre in der Kabine ließ das einfach nicht zu. Er nickte knapp und schloss die Tür hinter sich.

Auf dem Kabinengang griff der Fahrtwind nach ihm. Ungehindert peitschte er durch die zertrümmerten Fenster. Es war derselbe Wagen, derselbe Zug, in dem Alexej die letzten, bald achtundvierzig Stunden verbracht hatte, und doch nicht derselbe. Entlang der gesamten Front mit den Abteiltüren hing die Vertäfelung in Splittern und Fetzen, dass Teile der stählernen Konstruktion darunter sichtbar wurden. An einer Stelle in Kopfhöhe färbte ein bizarr geformter dunkler Fleck das gesplitterte Holz. Alexej schauderte. Hier musste einer der Gardisten gestanden haben, als die ersten Schüsse gefallen waren.

Scherben und Trümmer, die den Boden nach dem Überfall bedeckt hatten, hatte das Personal rasch beseitigt, ebenso die Toten, die jetzt in Decken gehüllt in der ehemaligen königlichen Kabine lagen. Im Fumoir war es sogar gelungen, die beschädigten Fenster notdürftig mit Planen zu verhängen, und dennoch hatte Alexej es dort nur wenige Minuten ausgehalten. Zu sehr erinnerte das Geräusch, mit dem sich der Wind in den Planen fing, an die Gewehrsalven der carpathischen Miliz. Die Atmosphäre an Bord des Simplon Orient Express hatte sich vollkommen verändert.

Es fühlt sich an wie im Krieg, dachte er und schlug den Kragen seines Reisemantels hoch, den er sich gegen die Kälte übergezogen hatte. In diesem Augenblick öffnete sich die Tür am Übergang zum Fourgon. Der dicke Steward, offenbar in Gedanken versunken. Sekundenlang schien er Alexej überhaupt nicht wahrzunehmen, bis er beinahe mit dem jüngeren Mann kollidierte.

«Oh ... Monsieur Romanow! Kann ich irgendetwas für Sie tun?»

Alexej zögerte. Es schien schon wieder ein halbes Leben her zu sein, dass er diesem Mann ein stattliches Trinkgeld zugesteckt hatte, damit er das Doppelabteil nicht sauber machte.

Alexej schüttelte den Kopf. «Nein, ich glaube nicht, Monsieur Georges. – Es sei denn, Monsieur Prosper könnte uns vielleicht einen Kaffee auf das Krankenabteil ...»

«Aber selbstverständlich!» Die Miene des Stewards hellte sich auf. «Unser Vorratsraum ist leider übel in Mitleidenschaft gezogen worden, doch vor zwanzig Minuten ist es dem Maître de Cuisine gelungen, den Warmwasserboiler wieder in Betrieb zu nehmen. – Zwei Tassen dampfenden Kaffee für unsere Helden der Heilkunst.» Er tippte sich an die Schläfe, doch im nächsten Augenblick veränderte sich sein Gesichtsausdruck, wurde ernster. Er senkte die Stimme. «Ihrem Herrn Vater geht es ...»

Alexej war überrascht. Der Steward sah aus, als ob er sich tatsächlich für das Wohlergehen des Großfürsten interessierte. Dabei konnte er sich nicht erinnern, dass sein Vater auch nur das Wort an den Mann gerichtet hatte.

Er schüttelte den Kopf. «Noch immer ohne Besinnung», sagte er ernst. Zumindest war das vor einer Viertelstunde so gewesen, als Boris ihn zu Katharina geschickt hatte. «Und ... in den vorderen Wagen?», fragte er vorsichtig.

Der Zugbegleiter sah über die Schulter. Der Gang in seinem Rücken war leer. «Ich weiß nicht, ob ich das erzählen darf ...», begann er leise. «Wir sind ja zur Verschwiegenheit verpflichtet hier bei der *Compagnie internationale*, und das nehme ich sehr, sehr ernst. Aber Monsieur Clermont ist tot. Eine der letzten Salven. – Leutnant Schultz ist un-

603

verletzt, aber der arme junge Mann war seit mehr als vierundzwanzig Stunden auf den Beinen. Wenn Sie mich fragen ...» Jetzt beinahe im Flüsterton. «Er schien mir fürchterlich betrübt, dass der König ihn einfach so zurückgelassen hat. Wir hatten Mühe, ihn daran zu hindern, uns in Tzaribrod zu verlassen, um den Herren zu folgen, also den Herren und Miss Marshall ... den Herren, die den anderen Herren folgen ... also den Milizionären, die Mademoiselle Xenia entführt haben. Und meinen jungen Kollegen. Unser Monsieur le directeur hat dann aber dafür gesorgt, dass sich der Leutnant erst einmal hinlegt, während Capitaine Guiscard die Schicht bei der Gefangenen jetzt allein versieht. Er hat ebenfalls um einen Kaffee gebeten. Schrecklich, ganz, ganz schrecklich.»

Worauf sich die letzte Bemerkung bezog, war nicht zu erraten. Alexej beschränkte sich auf ein beipflichtendes Nicken. «Zwei Mal Kaffee?»

«Kommt sofort.»

Kopfschüttelnd sah er dem Steward nach, blieb dann vor dem Doppelabteil stehen, das jetzt als improvisiertes Krankenabteil diente. In der Damenhälfte war der verwundete carpathische Gardist untergebracht. Über Boris' Schulter hinweg hatte Alexej beobachtet, wie der Gesandte der Bolschewiki dem Mann ein Mittel verabreicht hatte, das er jedenfalls *nicht* der metallbeschlagenen Kiste entnommen hatte, die die Bordapotheke enthielt. Schlaf sei jetzt das Wichtigste für den Verletzten, hatte Boris gemurmelt – und die Tür zwischen den beiden Abteilhälften geschlossen.

Für welchen der beiden Verletzten er sich in Wahrheit interessierte, war keine Frage. Als er mit fliegenden Fingern begonnen hatte, die Uniform des Großfürsten aufzuknöpfen und Constantins Leib bis zum Gürtel entblößt hatte, hatte Alexej Mühe gehabt, sich nicht schaudernd abzuwenden und aus der Kabine zu verschwinden. Zu deutlich war die Erinnerung an die tote Frau auf dem WC, der Boris noch auf ganz andere Weise zu Leibe gerückt war. Zumindest das war Constantin erspart geblieben. Jedenfalls solange sich Alexej in der Kabine aufgehalten hatte.

Er klopfte an die Tür der Herrenhälfte. Boris saß genau dort, wo er ihn verlassen hatte, am Kopfende von Constantins Lager, das gestern um diese Zeit noch Alexejs Lager gewesen war. Soeben hob er mit Daumen und Zeigefinger eines von Constantins Augenlidern an und bewegte die Lampe mit dem gläsernen Schirm im Gesichtsfeld des Großfürsten vor und zurück. Ganz wie Betty Marshall es bei Alexej gemacht hatte, mit dem Unterschied allerdings, dass die Schauspielerin die Untersuchung nur ein einziges Mal vorgenommen hatte, während Boris sie alle zwanzig Minuten wiederholte.

«Seine Reaktionen werden deutlicher», murmelte der Agent der Sowjets. «Er kommt langsam zurück.»

Alexej beugte sich über den Verwundeten, konnte aber keine Veränderung feststellen. Da fiel sein Blick auf den verletzten Arm. «Du hast die Wunde neu verbunden», murmelte er, kniff die Augen zusammen. «Aber sie ... Es hat wieder angefangen zu bluten.»

Boris schüttelte den Kopf, schlug die Decke ein Stück beiseite. Ein dünner Faden lugte unter dem Verband hervor. Er war blutgetränkt, und endete in einem Gefäß mit einer farblosen Flüssigkeit. Während Alexej noch hinsah, sickerten einzelne Blutstropfen aus der Schnur und faserten wie Wolken in das eben noch glasklare Wasser.

«Ich habe versucht, die Wunde zu desinfizieren», erklärte Boris Petrowitsch. «Allerdings bin ich mir nicht sicher, ob ich sämtliche Verunreinigungen entfernen konnte. Entsprechend habe ich sie nicht vollständig verschlossen, sondern eine Tamponade eingebracht. Nun kann das Wundwasser abfließen.»

Alexej schwirrte der Kopf. Hatte Boris womöglich gar nicht gelogen, als er sich Betty Marshall als angehender Mediziner vorgestellt hatte?

«Du hast mit deiner Mutter gesprochen?», riss ihn der Ältere aus seinen Gedanken.

Alexej fuhr sich mit der Zunge über die Lippen. «Ja», sagte er. «Genau wie du vorgeschlagen hast. Die medizinische Versorgung in Istanbul hat offenbar den Ausschlag gegeben. Sie ist einverstanden.»

«Das verschafft uns zumindest Zeit», murmelte Boris.

Alexej nickte. «Den anderen Verletzten sollten wir dann in Sofia

605

von Bord bringen, denke ich. Er ist einer von Carols Männern. Mit Sicherheit haben die Söldner in ihrem Lager die Möglichkeit ...»

«Das ist nicht mehr notwendig.» Boris legte zwei Finger an den Hals des Großfürsten und betrachtete dabei eine Taschenuhr, die er auf der Bettdecke abgelegt hatte. «Der Mann ist vorhin gestorben.»

Alexej keuchte. «Gestorben? Aber Miss Marshall hatte doch ...»

«Vermutlich hat sein geschwächter Körper das Schmerzmittel nicht mehr vertragen. Das Bein hätte er sowieso verloren.»

Boris stand auf, stellte die Lampe vor dem Fenster ab, wandte sich zu Alexej um. «Wir haben nur noch eine Chance, Alexej Constantinowitsch. Alles, was zählt, sind die Steine. Im großen Krieg, der kommen wird, kann das Collier über Sieg oder Vernichtung entscheiden – für Constantin und seine carpathischen Verbündeten, aber mehr noch für das sowjetische Russland. Dein Vater trägt die Steine nicht am Körper, wie ich zuletzt vermutet hatte, und allem Anschein nach befinden sie sich auch nicht hier im Abteil. Die einzige Erklärung wäre unter diesen Umständen, dass sie in Wahrheit niemals hier waren. Schließlich haben weder du noch ich sie zu Gesicht bekommen. Allerdings glaube ich nicht daran, weil dann das Verhalten der Frau im beigen Kleid nicht zu erklären wäre. Sie *hatte* die Steine. Und sie *hat* sie an deinen Vater übergeben. Und damit kann uns tatsächlich nur noch ein Mensch helfen: Constantin selbst.»

«Aber warum sollte er ...»

«Wenn er aufwacht», unterbrach ihn Boris. «Wenn er feststellt, in welcher Situation er sich befindet, wie schwach er ist; wenn ihm klarwird, dass er nicht in der Lage sein wird, sie an sich zu nehmen, wenn ihr den Express in Istanbul verlasst – dann wird er Hilfe brauchen. Deine Hilfe, Alexej Constantinowitsch.»

Mit ausdruckslosem Blick betrachtete er den Verletzten. «Constantin Alexandrowitsch selbst wird uns die Steine ausliefern.»

***

Die Ausläufer des Balkangebirges nördlich von Niš, jugoslawisch-bulgarische Grenze – 27. Mai 1940, 16:04 Uhr

Er machte eine prächtige Figur im Sattel. Allerdings hatte Betty auch nie bezweifelt, dass Carol von Carpathien auch hoch zu Ross einen denkwürdigen Anblick bieten würde. Der König selbst war stärker überrascht worden. Sie hatte ihn sehr genau beobachtet, als sie den Express am winzigen Bahnhof von Prosek verlassen hatten, und ihr war nicht entgangen, wie verdächtig schnell er sich wieder beruhigt hatte, nachdem Betty angekündigt hatte, an der Verfolgung der Entführer teilzunehmen. Er war nicht im Traum auf die Idee gekommen, dass sie reiten konnte.

Was eigentlich nur bewies, dass er die Hälfte ihrer Filme nicht kannte. In *Nacht über Kairo* hätte er sie sogar auf dem Kamelrücken bewundern können.

Erst als sie sich im Mietstall mit geübten Bewegungen auf eine fuchsbraune Stute geschwungen hatte, hatte sein Gesicht einen finsteren Ausdruck angenommen. Immerhin eine souveränere Reaktion als bei seinem Adjutanten und den verbliebenen Gardisten. Die Männer hatten sichtbar vor einer Ohnmacht gestanden, als sie begriffen hatten, dass nicht allein eine Frau ihre Expedition begleiten würde, sondern dass diese Frau obendrein gedachte, im Herrensitz zu reiten.

Dabei hatte die Schauspielerin sogar eigens ihren Hosenanzug aus dem Gepäck gefischt, bevor sie aufgebrochen waren. Dazu ihre *saddle shoes*, die zum Reiten jedenfalls geeigneter waren als Abendschuhe mit hohem Absatz.

Wenigstens war der König ein guter Verlierer. Ohne mit der Wimper zu zucken, hatte er für sämtliche Tiere bezahlt. Schließlich hatte er nicht ahnen können, dass das die wahre Klippe gewesen war. Was noch übrig war von den Benjamin Franklins, die Betty von Paul Richards bekommen hatte, hätte mit Sicherheit nicht für ein Pferd gelangt. Trotzdem machte sie nicht den Fehler, sich einzubilden, dass jetzt alles gut war.

Carol war wütend. Und irgendwie konnte sie es ihm nicht verdenken. Ihretwegen wusste inzwischen vermutlich der gesamte Express, dass seine Braut nicht etwa durch Zufall den republikanischen Unholden in die Hände gefallen war, sondern unmittelbar vor der Hochzeit mit einem knackigen Steward hatte das Weite suchen wollen. Außerdem hatte Betty kein Geheimnis daraus gemacht, dass Carol und sie auf vertrautem Fuße miteinander verkehrten – vorsichtig formuliert. Obendrein hatte seine zukünftige Schwiegermutter in diesem Moment danebengestanden. Und im Übrigen ...

Im Übrigen war es mit Sicherheit ein wagemutiges Vorhaben, wenn er sich aufmachte, das Mädchen den Entführern wieder abzujagen. Wenn aber die Schauspielerin – eine Frau – genau dasselbe tat, für einen Steward der Internationalen Schlafwagengesellschaft ... Nichts davon konnte ihm gefallen. Und er zog die Konsequenzen. Seit der Szene im Kabinengang hatte er kein Wort mit Betty gesprochen.

Allerdings bezweifelte sie, dass er das noch sehr viel länger durchhalten würde. Sie waren seit bald vier Stunden im Sattel unterwegs. Inzwischen musste er begriffen haben, dass auch sie kein Wort mit ihm sprach.

Das gleichmäßige Klappern der Pferdehufe hatte eine beinahe einschläfernde Wirkung auf Betty. Der Reitweg schlängelte sich an einem schmalen Wasserlauf entlang und verschwand irgendwo vor ihnen zwischen schweigenden, kiefernbewachsenen Hängen. Es war unglaublich still hier draußen. Nicht, dass es überhaupt keine Geräusche gegeben hätte: Das Wasser rauschte und plätscherte, Vögel zwitscherten in den Erlen nahe dem Bachufer, und ein Raubvogel, der am wolkenlosen Himmel seine Kreise zog, stieß hin und wieder raue Rufe aus. Von weiter weg waren zudem noch andere, rätselhafte Geräusche zu hören, bei denen die Gardisten wachsam aufmerkten. Still war es trotzdem. Nach bald achtundvierzig Stunden, die sie fast durchgehend an Bord des Simplon Orient verbracht hatte, mit dem allgegenwärtigen rhythmischen Gesang der stählernen Räder auf den Schienen, war das Schweigen schier atemberaubend.

Dass sie hier mit einem Automobil nicht durchgekommen wären, war auf den ersten Blick zu erkennen. Genauso deutlich waren allerdings die Hufspuren. Eine Menge Pferde. Wie viele genau, konnte Betty nicht beurteilen, doch für irgendetwas mussten die Gardisten schließlich gut sein.

So viel jedenfalls war klar: Es war richtig, dass sie einen Umweg zurück zum Bahnhof von Niš gemacht hatten. Sie hatten die Spur der Entführer entdeckt, die sich keinerlei Mühe gegeben hatten, ihre Fährte zu verwischen.

Plötzlich stellte Betty fest, dass sich der Boden unter den Hufen ihres Reittiers veränderte. Wo bisher nichts als lehmige Erde gewesen war, ausgetreten von Generationen von Menschen- und Pferdefüßen, waren nun behauene Steine zu sehen, die sich nach wenigen Metern in ein regelmäßiges Pflaster verwandelten. Es wirkte uralt, wie ein Teil der immer unwirtlicheren Landschaft, und war doch eindeutig menschlichen Ursprungs: Als Betty geradeaus blickte, sah sie, dass die Straße von hier aus nicht länger den Biegungen des Bachlaufs folgte, sondern schnurgerade am Grunde der Talsenke entlanglief, sogar niedrige Kuppen überwand. Auf der vordersten dieser Anhöhen hatte Carol haltgemacht.

«Eine alte römische Straße.»

Er sah die Schauspielerin nicht an, sondern blickte unverwandt geradeaus. Der tapfere junge König, der nach Jahren im Exil einsam in sein Land zurückkehrte. Ein Anblick wie ein Gemälde Mit Sicherheit hatte er die Wirkung auf Betty berechnet.

Sie trieb ihr Pferd nicht an, zügelte es aber auch nicht. Sie ließ sich gerade ausreichend Zeit, um ihm deutlich zu machen, dass sie keineswegs gezwungen war, den Ball aufzufangen und die zum Frieden ausgestreckte Hand zu ergreifen – wenn sie nicht wollte.

Erst als sie ihn erreicht hatte und das Tier von alleine stehen blieb, nickte Betty, jetzt tatsächlich ein wenig beeindruckt. «Schnurgerade.» Hier konnte sie die Strecke über eine Länge von mehreren Kilometern überblicken. «Ich dachte, so bauen sie nur in Kansas. Kurven mochten sie anscheinend nicht, die Römer.»

«Ihre Fuhrwerke hatten keine beweglichen Achsen.» Er wandte den Blick nicht ab. «Wann immer es möglich war, folgten ihre Straßen

609

einer geraden Linie. Diese hier dürfte zur Trajansbrücke über die Donau geführt haben, am Ausgang des Eisernen Tors.»

«Der Weg nach Carpathien», murmelte Betty.

Doch Carol schüttelte den Kopf. «Die Brücke gibt es schon lange nicht mehr. Sie war über einen Kilometer lang, gestützt auf achtzig gemauerte Pfeiler – vor bald zweitausend Jahren. Bis heute ist es nicht wieder gelungen, so weit stromabwärts einen festen Übergang über den Fluss zu schlagen.»

«Respekt», flüsterte Betty.

«Wobei diese Straße in dieser Gegend noch nicht einmal die wichtigste war.» Noch immer war sein Blick in die Ferne gerichtet. «Bedeutender war die *via militaris*, die durch Niš führte und ungefähr der Route folgte, die heute der Express nimmt, von einem Ende der Halbinsel, die wir heute Balkan nennen, zum anderen. Orient und Okzident, und alles Teil des Römischen Reiches.»

Ganz langsam wandte Betty den Kopf und betrachtete ihn. Er schwieg, schien noch immer ganz auf die altertümliche Straße konzentriert, auf ein ganzes Netz zweitausend Jahre alter Straßen zwischen Morgenland und Abendland. Als wäre das – und nicht das entführte Mädchen – in diesem Augenblick das Entscheidende.

«Du erinnerst dich an das, was Béla vorhin gesagt hat?» Ganz kurz sah er in ihre Richtung. «Über die besondere Bedeutung, die besondere Vergangenheit von Niš?»

Betty erinnerte sich. Vor allem erinnerte sie sich, dass Carol auf die Bemerkung nicht eingegangen war. Im Gegenteil, er war beinahe zurückgezuckt. Sie nickte, und unvermittelt begann sich eine Gänsehaut auf ihren Armen aufzustellen. Es gab einen Grund, aus dem er gerade an diesem Punkt haltgemacht hatte. Er wollte ihr etwas erzählen, und sie spürte intuitiv, dass es etwas Wichtiges war. Wichtig für ihn – doch im Endeffekt ganz genauso für sie.

«Constantin der Große ist in Niš zur Welt gekommen», sagte er leise. «Der erste christliche Kaiser des Römischen Reiches – und einer der mächtigsten. Einer, der die Zeichen der Zeit erkannt und erfasst hat, dass ein so gewaltiges Imperium vom abgelegenen Rom aus kaum noch wirkungsvoll zu verteidigen war. Deshalb gab er Befehl, eine neue Hauptstadt anzulegen, an einem strategisch bedeutsameren Punkt, dem Übergang zwischen Europa und Asien. Eine Stadt, die auf ewig an seinen Namen erinnern sollte.»

«Konstantinopel», sagte Betty leise.

«Konstantinopel. Jahrhundertelang war es die Hauptstadt. Die Hauptstadt der Christenheit. Die Hauptstadt der Welt. Die größte, reichste, prächtigste Stadt, die in ihrer Epoche überhaupt existierte. Bis ...» Er holte Luft. «Bis sie verlorenging, unter der Herrschaft eines anderen Constantin. Kaiser Constantin XI. – Konstantinopel fiel den osmanischen Türken in die Hände, und mit der Stadt der gesamte Rest des Kaiserreichs. Der gesamte Balkan, bis vor die Tore von Wien. Jahrhundertelang, Betty, sind die christlichen Nationen des Balkans von einem fremden Volk beherrscht worden, einer fremden Religion, und waren unfähig, dieses Joch aus eigener Kraft abzuschütteln. Noch als ich ein Kind war, befand sich hier in der Nähe die Grenze zur osmanischen Türkei. – Erst kurz vor Beginn des Großen Krieges ist die Macht der Türken mit einem Mal in sich zusammengebrochen, und seitdem ist alles wieder zurückgewonnen worden. Alles.» Ein neuer, noch tieferer Atemzug. «Alles bis auf Konstantinopel. Konstantinopel, das nicht einmal seinen Namen behalten durfte. Das sie umbenannt haben in *Istanbul*, nach dem Schlachtruf, mit dem sie damals über die Mauern gestürmt sind: *Eis tem polin!* – Die Stadt ist unser!»

Betty starrte ihn an. Sie verstand nicht, worauf er hinauswollte.

«Es gibt eine Überlieferung auf dem Balkan.» Seine Stimme war nur noch ein Flüstern. «Sie ist viele Jahrhunderte alt, die Völker des Balkans jedoch, die Griechen, Serben, Bulgaren, Carpathier und alle anderen, glauben an sie, wie die Juden an die bevorstehende Ankunft des Messias glauben. Es ist eine Art ... eine Art heiliges Versprechen. Ein Constantin, heißt es, habe die Stadt gegründet. Ein zweiter Constantin habe sie verloren. Ein dritter Constantin aber werde sie zurückerobern, und die glanzvollen Zeiten des Reiches von Konstantinopel würden zurückkehren.»

Betty runzelte die Stirn. Es dauerte einige Sekunden, bis sie begriff. «Constantin», wisperte sie. «Der Großfürst!»

Carol stieß ein Geräusch aus. Sie war sich nicht sicher, ob es ein Lachen sein sollte. Wenn dem so war, hatte sie noch nie ein Lachen gehört, aus dem weniger Freude geklungen hatte.

«Wenn ich Xenia Constantinowa Romanowa heirate», flüsterte er. «Würde man nicht erwarten, dass ich meinen ältesten Sohn nach seinem Großvater nenne?»

Mit einem Mal verstand Betty. Mit einem Mal verstand sie voll und ganz. «Und darum ...»

«Darum ist es wichtig, dass ich gerade diese Ehe eingehe, mit der Tochter eines Constantin, der selbst aus der Familie der russischen Zaren hervorgegangen ist, die nach dem Fall Konstantinopels die eigentlichen Schutzherren der orthodoxen Christenheit gewesen sind – bis zu ihrer eigenen Vernichtung. Wenn ich Constantins Tochter heirate und der Vater des neuen Constantin werde, werden sich alle unter dem Löwenbanner von Carpathien vereinigen. Griechen, Serben, Kroaten, Bulgaren ... alle, die jahrhundertelang zerstritten waren, gegeneinander Krieg geführt haben, sodass die Türken leichtes Spiel mit ihnen hatten. Mir werden sie folgen. – König von Carpathien, Betty?» Jetzt sah er ihr voll ins Gesicht, und der Ausdruck in seinen Augen ließ sie schaudern.

«Ich werde kein König sein», flüsterte er. «In einer Welt, die ihre wahren Herrscher vergessen und sich daran gewöhnt hat, selbsternannten Führern und gewählten Präsidenten zu folgen, werde ich das Rad der Geschichte zurückdrehen. Ich werde Kaiser sein.»

Betty war nicht in der Lage zu antworten. So wie er sprach, mit diesem gespenstischen Leuchten auf dem Gesicht ... Seine Geschichte klang wie ein Märchen, mit einem Mal aber war sie sich sicher, dass er es tun konnte. Sie sah ihn vor sich, auf einem Thron, eine Krone auf dem Kopf oder einen Lorbeerkranz. Kaiser Europas, an seiner Seite eine blasse Gestalt, die Xenia Romanow sein konnte oder auch nicht. Er, Carol von Carpathien, Löwe des Balkans, würde die uralte Prophezeiung einlösen.

«Und das ist es natürlich, was sie verhindern wollen», sagte er leise. «Die Miliz. Die Republikaner, die weitermachen wollen mit ihren
Wahlen und Präsidenten und kleinlichen Intrigen. Mit ihren Kämpfen, Serben gegen Kroaten gegen Griechen gegen Bulgaren gegen Carpathier. – Darum haben sie in Niš zugeschlagen. Dort, wo der erste
Constantin zur Welt gekommen ist. Dort, wo alles begonnen hat.
Dort sollte es enden.» Eine winzige Pause.

«Doch sie haben mich nicht bekommen. Sie haben das Mädchen
bekommen, und auf der Stelle haben sie begriffen, was sie damit in
der Hand halten: eine Herausforderung. Und sie wissen, dass ich sie
nicht ablehnen kann.» Er nickte über die Schulter. «Du hast die Spuren gesehen? Sie wollen, dass wir sie sehen. Sie warten auf mich.»

* * *

Sofia – 27. Mai 1940, 16:12 Uhr
CIWL WL 3425 (Hinterer Schlafwagen). Abteil 1.

Paul Richards schlug die Augen auf. Bourbongeschmack in seinem
Mund, der einen anderen Geschmack nur mühsam überdeckte. Den
Geschmack von Erbrochenem.

Desorientierung. Sekundenlang konnte er sich irgendwo befinden.
Irgendwann in den Jahren seines Leben, in denen er sich mehr oder
weniger regelmäßig in die Besinnungslosigkeit gesoffen hatte. Wann
immer er ausreichend Geld gehabt hatte.

Doch offenbar hatten zwei Flaschen Bourbon nicht ausgereicht. Im
nächsten Moment war alles wieder da. Vera. Die Pistole. Ihr Gefängnis
im office des Oberstewards. Du wirst niemals einen Sohn haben, Paul Richards!

Paul lag vollständig bekleidet auf dem Polster. Sein Körper und
der dunkle Bezugsstoff der Sitzbank waren von bourbonverklebten
Scherben übersät. Als er die Hand hob, sah er, dass sie den Colt hielt.
Er sicherte die Waffe, legte sie beiseite, stemmte sich hoch. Und zog
fluchend die Finger zurück. Blut.

613

Unter neuen Flüchen balancierte er zum Waschbecken, passte auf, wo er die Füße hinsetzte. Der Wasserstrahl traf auf die Wunde. Sie brannte höllisch.

Als er in den Spiegel sah, blickte ihm ein alter Mann entgegen. Ein unrasierter alter Mann mit verquollenen Augen und wachsbleicher, teigiger Haut, der in einem verdreckten und verknitterten weißen Anzug steckte.

Er löste sich vom Waschbecken. Sein Schädel hämmerte und pulsierte.

Der Zug stand. Bei der letzten Gelegenheit, an die er sich bewusst erinnern konnte, hatte er ebenfalls gestanden – und unter Feuer gelegen. Es war ein Gefühl, das ihm sagte, dass seitdem mehrere Stunden vergangen sein mussten. *Erledigt euren Scheiß alleine!* Allem Anschein nach war ihnen das gelungen. Der Express war dem Hinterhalt entkommen.

Paul drehte den Kopf. Gleisanlagen, eine trostlose Wohnsiedlung. Eine niedrige Hügelkette verschmolz mit dem bleigrauen Himmel. Keinerlei Landmarken, Kathedralen, eindrucksvolle Brücken oder Moscheen mit ihren Minaretten, wie sie auf den Plakaten in Paris die Route des Simplon Orient auf jedem Meter gesäumt hatten. Wenn er darüber nachdachte, hatte er auf der gesamten Fahrt noch *kein einziges verdammtes Minarett* gesehen.

Er konnte überall sein. Doch das war auch gleichgültig. Der Zug stand. Das musste ihn geweckt haben.

Eine Handvoll Wasser ins Gesicht und über die Haare, die er mit den Fingern nach hinten kämmte. Vorsichtig zog er den Ärmel des Jacketts über die verletzte Hand, ließ es achtlos zu Boden fallen, fischte das unversehrte Gegenstück vom Bügel und zog es über. Eine Sekunde des Zögerns. Alles Wichtige war in seiner kleinen, ledernen Reisetasche. Persönliche Gegenstände, Bargeld, Scheckbuch, Papiere. Der Rest, die Koffer im Gepäckwagen ... Die Garderobe, die er für seine Hochzeitsreise eingepackt hatte, konnte bleiben, wo sie wollte.

Herausfinden, ob es vor Ort einen Flugplatz gab. Zum nächsten Hafen, von dem aus Schiffe über den Atlantik verkehrten oder auf welcher Route auch immer, solange sie nur in die USA führte. Paul Richards und dieser Zug, Paul Richards und der gesamte alte Kontinent waren fertig miteinander. An die Frau, die sich drei Wagen weiter in Gesellschaft zweier Wächter und eines Pisseimers in einem zur Arrestzelle verwandelten Büro befand, würde er nie wieder einen Gedanken verschwenden.

Er griff nach der Reisetasche und riss die Tür auf. Die Kälte traf ihn wie eine Faust. Sekundenlang verharrte er auf der Schwelle, die Hand auf dem Türdrücker.

Der Kabinengang war nicht wiederzuerkennen. Die Fensterscheiben waren verschwunden, die kostbare Holzverkleidung übersät mit Einschusslöchern, teils von der tragenden Konstruktion gerissen. Am Einstieg mühte sich ein Ehepaar, die Stufen hinab zum Bahnsteig zu überwinden. Die junge Frau trug den Arm in einer Schlinge, auf dem groben Leinen Spuren von Blut. Ganz kurz sah sie in seine Richtung. Es lag kein Vorwurf in ihrem Blick, aber er wusste es sofort: das unterdrückte Weinen während des Gefechts. Die Passagiere aus der Nachbarkabine.

Paul Richards wartete ab, bis die beiden das Pflaster des Bahnsteigs erreicht hatten, sich langsam entfernten, die junge Frau auf die Schultern des Mannes gestützt. Ein Bahnhofsmitarbeiter schloss sich an, den Rollwagen mit Koffern beladen. Ob dieser trostlose Ort von Anfang an ihr Ziel gewesen war?, überlegte Paul. Mit Sicherheit nicht unter diesen Umständen. Ob es ... ob es ihre *Hochzeitsreise* war?

Er schüttelte sich, fasste die Reisetasche fester und stieg ebenfalls aus, legte den Kopf in den Nacken.

Das Bahnsteigschild, zweisprachig: *София/Sofia.*

Die Hauptstadt Bulgariens. Mit Sicherheit gab es hier irgendwo einen Flugplatz. Er sah sich um. Zumindest wollte er einem der Zugbegleiter Bescheid sagen, dass er seine Reise abbrechen würde.

Ein Stück entfernt entdeckte er Thuillet, zusammen mit zwei Uniformierten, bulgarischen Bahnpolizisten anscheinend, die wiederholt auf den Zug deuteten. Nachvollziehbar. Von außen sahen die Wagen noch eine Spur übler aus als von innen: verbeult und überzogen von

615

dunklen Schmauchspuren, wo das Metall die Projektile abgelenkt hatte. Eines der Geschosse war direkt in das Wappen der CIWL geschlagen, das in der Mitte des Speisewagens den dunklen Leib des Wagens schmückte, und hatte einem der Löwen, die die verschnörkelten Schriftzeichen hielten, den Kopf abgerissen.

«*Sic transit gloria mundi.*»

Er fuhr herum. Der Kirchenmann. Irgendwann hatte Paul ihn an Bord gesehen. Heute Morgen im Speisewagen? Bei einem Zwischenhalt?

«So vergeht der Ruhm der Welt», murmelte der Geistliche. «Pedro de la Rosa.» Ein angedeutetes Nicken, seine Finger berührten die Krempe seines Priesterhutes.

«Paul Richards.» Paul erwiderte die Geste unwillkürlich, wobei seine Hand ins Leere griff. Sein Stetson hing zu Hause auf der Farm in Longview, die er niemals hätte verlassen sollen. Und sei es zu Dolph Parkers verfluchtem Rodeo. Allerdings musste er de la Rosa recht geben. Was den Bahnhof von Sofia erreicht hatte, besaß keine Ähnlichkeit mehr mit dem metallisch schimmernden Vorzeigestück, das vom Gare de l'Est aufgebrochen war.

«Wobei auf dem Balkan mehr als genug Züge unterwegs sind, die sich in noch schlimmerem Zustand befinden», bemerkte der Geistliche. «Züge, denen niemand Schwierigkeiten macht.»

Paul hob die Augenbrauen. «Diesem schon?»

De la Rosa antwortete nicht. Sein Kinn wies zum hinteren Ende des Zuges, an Paul vorbei. Uniformen. Deutsche Uniformen zum größeren Teil, dazwischen ein älterer Herr in Zivil, der sich kerzengerade hielt, mit zackigen Bewegungen Hände anderer Herrschaften in Zivilkleidung schüttelte.

«Der Botschafter des Großdeutschen Reiches begrüßt örtliche Honoratioren», erklärte der Geistliche mit gedämpfter Stimme. Er war einige Schritte zurückgetreten, unter einen Wartestand, als ob er es vermeiden wollte, von den Deutschen gesehen zu werden. «Seine Anwesenheit, die Tatsache, dass sein Salonwagen am Zug hängt, garantiert uns, dass die Bulgaren den Express am Ende werden passieren

616

lassen. Was sie nicht daran hindert, an anderer Stelle Schwierigkeiten zu machen.»

Paul sah zu Thuillet. Das Gesicht des Oberstewards hatte eine ungesunde Röte angenommen, während er versuchte den bulgarischen Beamten so ruhig wie möglich etwas zu erklären. Nacheinander deutete er auf die einzelnen Wagen des Express, kurz nur auf den am schlimmsten mitgenommenen Salonwagen des französischen Botschafters. Paul kniff die Augen zusammen. Irgendetwas ging an diesem Wagen vor: Menschen hatten sich auf dem Bahnsteig versammelt, Einheimische offenbar, die immer wieder Versuche unternahmen, sich dem Wagen zu nähern, sich aber im letzten Augenblick zurückzogen. Thuillet schien darüber hinwegzugehen. Es waren die Wagen aus Deutschland, auf die er mit ausholenden Bewegungen wies, als wäre der Rest der Zugreihe, der eigentliche Simplon Orient, nur schmückendes Beiwerk.

«Mit Hitler in einem Boot», murmelte Paul. «Die Bulgaren», fügte er an.

De la Rosa schüttelte den Kopf. «Noch nicht offiziell. Aber Bulgarien stand schon im letzten Krieg auf der Seite Deutschlands. Genau wie Deutschland ist es besiegt worden, und genau wie Deutschland hat es große Teile seiner Landesfläche verloren. Wenn sich jetzt die Gelegenheit ergibt, etwas davon zurückzugewinnen, von den Nachbarn, die bisher auf der Seite Frankreichs standen – Jugoslawien, Griechenland, womöglich gar Carpathien ...»

«... dann schauen Jugoslawien, Griechenland, Carpathien einfach zu, wie das Kaninchen vor der Schlange? Anstatt sich einmal zusammenzuraufen, gemeinsam Front zu machen und für ihre Freiheit ...»

«Sie», bemerkte der Geistliche, «sind jedenfalls wirklich Amerikaner.»

Fragend sah Paul ihn an, doch de la Rosa ging nicht auf die Bemerkung ein. «Die Streitkräfte Frankreichs», sagte der Kirchenmann leise, «waren stärker als alles, was Jugoslawien, Griechenland, Carpathien *gemeinsam* in die Waagschale werfen könnten. Und Frankreich liegt nach kaum zwei Wochen geschlagen am Boden. Polen lag nach vier Wochen am Boden, Belgier, Niederländer, Norweger nach wenigen Tagen, die Dänen nach wenigen *Stunden*. Die Tschechoslowakei hat erst gar keinen Widerstand versucht. Die Briten, wenn sie eine Chance haben, verdanken diese Chance einzig dem Umstand, dass sie auf einer Insel leben und Hitler seine See- und Luftstreitkräfte erst noch sammeln muss. Die Sowjetunion und Italien stehen auf Hitlers Seite, Spanien wahrt wohlwollende Neutralität. Für wie aussichtsreich halten Sie es unter diesen Umständen, sich *zusammenzuraufen*, Mr. Richards?»

Pauls Blick glitt über die deutschen Uniformen. Ein beachtliches Aufgebot für die Ehrengarde eines Botschafters. Selbst die Zivilisten, die die hinteren beiden Wagen bestiegen, waren fast ausnahmslos junge Männer, und auch sie bewegten sich auf eine Weise, die ausgebildete Soldaten verriet. Wobei ... Er sah genauer hin. Möglicherweise waren es gar keine Deutschen. Offenbar stiegen sie hier erst zu, ihr Handgepäck unter dem Arm. Als hätte nahezu die gesamte Reisegesellschaft in den Wagen aus Großdeutschland hier in Sofia gewechselt.

«Können wir diese Menschen verdammen?»

Paul drehte sich wieder um.

De la Rosa war seinem Blick nicht gefolgt. «Können wir die Völker Europas verdammen?», fragte der Geistliche. «Können wir sie verdammen für ihre Angst vor Hitlers Wehrmacht, vor der SS und der Gestapo?»

Paul holte tief Luft. Sein Blick glitt über den zerschundenen Leib des einst so stolzen Zuges. Vor wenigen Wochen noch, als Vera und er den Dampfer über den Atlantik bestiegen hatten, war der Ausgang des Konflikts auf dem bunten Flickenteppich europäischer Staaten völlig offen gewesen, schien nach der Unterwerfung Polens fast zum Stillstand gekommen zu sein. Noch bei der Abfahrt vom Gare de l'Est hatte er sich keine Vorstellung davon gemacht, was ein Sieg der Deutschen, der nun so nahe schien, für den Kontinent bedeuten würde.

Wusste er es jetzt nicht besser? Konnte er allen Ernstes glauben, dass Hitler haltmachen würde, wenn sich Europa in seiner Hand befand?

Der Führer hat mächtige Freunde, auch in Amerika. Die Worte der Frau, die er einmal geliebt hatte. *Männer, die denselben Traum träumen wie er, und nirgends ist er so notwendig wie in Amerika, wo keiner sehen will, was für ein widerwärtig durchrasstes Volk wir geworden sind.*

Wohin würde sich der Blick des deutschen Führers als Nächstes richten?

Und wohin würden sich die Blicke der Völker Europas richten, die eines nach dem anderen unter den Schatten des Diktators fielen?

Konnte, *durfte* Amerika sich blind und taub stellen?

«Mr. Richards?»

Er drehte sich um. De la Rosa deutete auf die Gruppe um den Obersteward. Mit einem krampfhaften Nicken verabschiedete sich Thuillet von den bulgarischen Bahnpolizisten, war zwei Sekunden später im Einstieg des Speisewagens verschwunden. Der Schaffner war wenige Schritte hinter ihm, sah auf seine Taschenuhr.

«Kommen Sie?», fragte der Kirchenmann.

Paul Richards zögerte einen letzten Moment, sog die kalte Luft ein. Dann kletterte er hinter de la Rosa zurück an Bord.

***

Zwischen Sofia und Istanbul – 27. Mai 1940, 16:19 Uhr
CIWL 2413 D (ehemals 2419 D, «wagon de l'Armistice»)

Der Directeur riss die Tür auf. Schweiß stand ihm auf der Stirn. «Mon Lieutenant-colonel!»

Claude Lourdon lächelte müde. Selbst der Vertreter der Schlafwagengesellschaft sprach ihn mittlerweile an wie einen militärischen Vorgesetzten.

«Wir fahren weiter!» Mühsam holte Thuillet Atem, nahm das Monokel aus dem Auge. Vermutlich war es beschlagen. «Hier ist alles in Ordnung? Diese Leute ... Es sah aus, als ob sie ...»

Lourdon trat ans Fenster. Der Bahnsteig blieb hinter ihnen zurück. Sofia war keine bedeutende Stadt, nicht zu vergleichen mit den Me-

tropolen, die der Zuglauf bereits passiert hatte. Hinter dem langgestreckten Bahnhofsgebäude mit seinem eher plumpen Uhrenturm
waren die Häuser des bulgarischen Hauptstädtchens unsichtbar.

«Ich vermute, sie waren einfach nur neugierig», sagte er leise. Doch
er hörte selbst, dass seine Stimme unsicher klang. «Ein halbes Dutzend junger Burschen. Sie wissen, wie sie in dem Alter sind. Wenn
sie glauben, es gibt etwas zu sehen, werden es plötzlich immer mehr.
Und so, wie der Zug inzwischen aussieht ...»

Der Directeur hatte sein Taschentuch ausgepackt, wischte sich den
Schweiß von der Stirn. «Also ist keiner von ihnen ...» Er brach ab, setzte
neu an. «Es war keiner *hier drin?*»

«Nein. Aber es war knapp, und es gab nicht mehr viel, das wir hätten tun können, nachdem die Bahnpolizei keine Anstalten gemacht
hat einzugreifen.» Sein Mundwinkel zuckte. «Schießen konnten wir
schlecht unter diesen Umständen.»

«Dann ist es tatsächlich Zufall gewesen.» Thuillet stieß den Atem
aus.

Der Lieutenant-colonel nickte stumm. Sollte er dem Mann erzählen, wie knapp es tatsächlich gewesen war? Wie zwei der jungen Burschen sich bereits misstrauisch am Schriftzug CIWL 2413 D zu schaffen
gemacht hatten, bis Lourdon kurz entschlossen den jungen Guiscard
hinaus auf den Einstieg geschickt hatte, die Pistole deutlich sichtbar
am Gürtel? Es hatte auf Messers Schneide gestanden.

Wir sind nicht länger unsichtbar, dachte er. Der metallblitzende
Zug hatte sich in eine Ruine auf Rädern verwandelt. Keiner der regulären Wagen aber war im selben Maße mitgenommen wie der teakholz-
verkleidete *wagon de l'Armistice*. War es ein Wunder, dass er alle Blicke
auf sich zog?

«Es war klar, dass die Bahnpolizisten uns letztendlich nicht aufhalten würden», murmelte der Directeur und verstaute das Taschentuch
wieder. «Wegen der Deutschen. Doch die Deutschen selbst verweigern jeden Kontakt. Ihre Fahrgäste kommen in den Speisewagen, und
selbstverständlich werden sie bedient, von den Offiziellen hingegen ...
Keine Beschwerden wegen der Schießerei. Nichts. Und ihr Personal ...»

620

Er senkte die Stimme. «Die Stewards im Kurswagen aus Berlin tragen Uniformen der Mitropa.»

Lourdon nickte ernst. «Die deutsche Reisezuggesellschaft. Die Deutschen gehen offenbar vor wie im Großen Krieg.» Er zögerte. «Im letzten Großen Krieg. Das Rollmaterial, das in ihre Hände fällt, wird konfisziert. Die CIWL wird man unter Zwangsverwaltung stellen.» Die Augen des Directeur blitzten. «Nicht diesmal», sagte er. «Die Zentrale ist von Brüssel nach Paris ausgewichen, und sie wird weiter ausweichen, in die Kolonien, wenn es sein muss. Wir haben Zugläufe in der Türkei und im Orient, sogar im Fernen Osten. Es sind nicht viele, aber ... Die CIWL wird es immer geben – genau wie die Französische Republik.»

Lourdon nickte stumm. Warum sollte er diesem Mann seinen verzweifelten Optimismus nehmen?

«Zumindest sind wir beinahe wieder in der Zeit», murmelte der Directeur. «Ganze vier Minuten Verspätung.»

Lourdon hob die Augenbrauen. «Europa fliegt uns um die Ohren, und Sie machen sich noch immer Gedanken, ob wir pünktlich sind?»

«Die Compagnie internationale des wagons-lits ist allerhöchsten Ansprüchen verpflichtet. Gerade jetzt. Wir haben Reisende an Bord, die in Istanbul die Fähre über den Bosporus erreichen müssen, ihren Anschlusszug nach Bagdad, nach ... nach Indien.» Zwei Sekunden Schweigen, dann schränkte er ein: «Zumindest einen Reisenden.»

«Der Herr hat meine besten Wünsche», bemerkte Lourdon, doch seine Gedanken waren bereits ganz woanders. War es wirklich Zufall gewesen?

Was, wenn sie längst ahnten, was dieser Wagen war? Was, wenn sie es längst wussten: nicht die jungen Leute am Bahnhof, sondern die offiziellen Stellen Bulgariens. Wenn sie die Gelegenheit bekamen, das Symbol für den Triumph ihrer Gegner als Trophäe an Hitler auszuliefern, musste das ihre einstige Niederlage nicht beinahe in einen verspäteten Sieg verwandeln?

Was mochte in diesem Moment im Wagen des deutschen Botschafters vorgehen? Was im Kurswagen aus Berlin?

621

Der *wagon de l'Armistice* hatte die Reise durch Mussolinis Italien überstanden, die Fahrt durch das Gebiet der *Ustascha*. Sogar in Niš waren sie noch einmal davongekommen und nun in Sofia. Hier jedoch würde ihre Glückssträhne enden. Er spürte es. Was auch geschehen würde: Es war zu spät, um noch Einfluss darauf zu nehmen.

Lourdon hatte das Maschinengewehr bereit machen lassen. Die Tommy Guns waren frisch geladen und mussten lediglich entsichert werden. Das war alles, was er tun konnte.

Wir haben getan, was wir konnten, dachte er. Und doch war es ein Fehler. In Wahrheit hatten wir niemals eine echte Chance.

Wir hätten die verdammte Kiste in die Luft jagen sollen.

***

Zwischen Sofia und Istanbul – 27. Mai 1940, 21:19 Uhr
CIWL WL 3425 *(Hinterer Schlafwagen)*. Abteil 10.

«Die Primzahlen!»

Eva blickte auf. Fitz-Edwards stand vor dem Fenster. Jedenfalls hatte er bis vor einem Augenblick dort gestanden, reglos mit dem Rücken zum Abteil, während er irgendetwas genau zu beobachten schien – vollkommen von dieser Aufgabe in Anspruch genommen. Was Eva ins Grübeln brachte, war die Tatsache, dass es draußen mittlerweile stockfinster war. Einzig weit hinter ihnen über dem Hügelland um Sofia war noch ein letztes Nachglühen des Sonnenuntergangs zu erahnen. Das flammende Rot des Krieges, der ihren Spuren folgte.

Mit der flachen Hand schlug sich der Brite vor die Stirn. *«God's sake!* Die Primzahlen!»

«Primzahlen?», fragte sie.

Er nickte. «Zahlen, die nur durch sich selbst und durch die Zahl eins teilbar sind. 1, 2, 3, 5, 7, 11, 13, 17, 19 ...»

«Ich *weiß*, was Primzahlen sind.»

«Das ist erfreulich, Miss Heilmann, sehr erfreulich sogar. Denn genau das könnte unsere Lösung sein: Möglicherweise müssen wir einfach nur diejenigen Buchstaben lesen, deren Position in unserem Text den Primzahlen entspricht, und schon haben wir ...»

«*CSTVTSWPS?*»

Nachdenklich zwirbelte er seinen Bart. «Nun, möglicherweise auch nicht.»

Eva ließ das Schreiben sinken, legte es neben dem Kopf des nach wie vor besinnungslosen Ludvig auf dem Polster ab. Wie oft war sie die ewig gleiche, ewig sinnlose Folge von Buchstaben inzwischen durchgegangen? Dreihundert Mal? Vierhundert Mal? In unkalkulierbaren Abständen kam der Brite mit einem neuen, noch nicht dagewesenen Schlüssel, der *vielleicht* ein erster Schritt auf dem Weg zur Dechiffrierung des Textes sein konnte. Vielleicht – und sehr viel wahrscheinlicher – aber auch nicht. Nur jeder dritte, fünfte, achte Buchstabe. Nur die Vokale. Nur die Konsonanten. Die Kleinbuchstaben einbeziehen. Die Kleinbuchstaben auslassen. Nur die Kleinbuchstaben.

Basil Algernon Fitz-Edwards musste eine ziemlich hohe Stellung innerhalb seines Geheimdienstes bekleiden, davon war sie mittlerweile überzeugt. Wenn man in der Hierarchie einer Organisation weit genug oben stand, lieferte man zwar weiterhin die Ideen und trug sich mit goldenen Lettern ins Buch der Geschichte ein, aber die stumpfsinnige, nervtötende und oft genug sinnlose Arbeit erledigten andere. Ganz unübersehbar machte der Nachrichtendienst Seiner britischen Majestät in diesem Punkt keine Ausnahme.

«Und?», fragte sie trocken. «Irgendwas Interessantes zu sehen da draußen?»

Der alte Herr schob seine Golfmütze ein Stück zurück und kratzte sich an der Stirn. «Nun ... Sieht nach schlechtem Wetter aus. Ich kann mir zwar nicht vorstellen, dass es wirklich noch Schnee geben wird Ende Mai, aber ...»

«Schnee? Wir sind fast in der Türkei!»

«Ich war an Bord, verehrte Miss Heilmann, als der Express in meterhohen Schneewehen stecken blieb, hier ganz in der Nähe im Jahre neunzehn-null-sieben. Wir haben unsere Gewehre genommen und sind auf die Jagd gegangen, damit die Fahrgäste nicht verhungern mussten. Und es war nur gut, dass wir die Gewehre hatten.» Fragend sah Eva ihn an, aber er winkte ab. «Nein.» Er schien zu sich selbst zu sprechen. «Nein, dieses Wetterleuchten Richtung Thrakien gefällt mir überhaupt nicht.» Mit einem Kopfschütteln wandte er sich endgültig vom Fenster ab und warf stattdessen einen Blick auf die Buchstabenkolonnen, die Eva mit Bleistift in eines von Helmbrechts Notizbüchern gekritzelt hatte.

Unter diesen Umständen hatten sie sein Handgepäck nun doch noch unter die Lupe genommen: persönliche Gegenstände, Wäsche zum Wechseln, ein amerikanischer Reisepass auf den Namen *Ludvig Mueller*, geboren in Michigan, den Fitz-Edwards als gut gemachte Fälschung bezeichnet hatte. Und mehrere Bücher samt Reproduktionen historischer Urkunden. Die späten Staufer. Kein Hinweis auf einen Code. Kein Dokument, das ihn auch nur mit der deutschen Abwehr in Verbindung brachte.

Der Brite deutete auf Evas Notizen. «Wir haben inzwischen so viele Möglichkeiten durchprobiert. Es ist wirklich nichts dabei, das auch nur ansatzweise nach einer sinnvollen Buchstabenfolge aussieht?»

Die junge Frau blätterte zurück, drehte das Blatt in seine Richtung. «Am ehesten noch das hier. Wenn wir jeden fünften Buchstaben zählen und die Kleinbuchstaben berücksichtigen, haben wir mitten im Text den Namen NAdJA. Allerdings rückwärts geschrieben, und der Rest ergibt keinen Sinn.»

Der Brite beugte sich über die Buchstabenreihe, rückte seinen Zwicker zurecht. Seine Lippen bewegten sich, dann schüttelte er den Kopf. «In der Bibel finden Sie die erstaunlichsten Dinge, wenn Sie die Texte einer kabbalistischen Analyse unterziehen und lange genug auf die Suche gehen. In *Tess of the d'Urbervilles* allerdings auch. Manches ist einfach Zufall.»

Eva hob Helmbrechts Kopf vorsichtig an. Auf die Dauer hatte er ein beträchtliches Gewicht, und abgesehen von einigen Minuten, in denen sie den Waschraum aufgesucht hatte, lastete er ununterbrochen auf ihren Oberschenkeln. Selbst die Mahlzeiten hatte ihnen der Ste-

624

ward auf das Abteil gebracht, nachdem Fitz-Edwards sich erkundigt hatte, ob die Küche sich nach den Ereignissen in Niš noch in der Lage sähe, etwas Essbares zuzubereiten.

Puls und Atmung des Verletzten waren nach wie vor gleichmäßig; allerdings ging der Herzschlag rascher als am Anfang. Eine Haarsträhne war ihm ins Gesicht gerutscht. Vorsichtig strich Eva sie zurück, stutzte, legte die Hand auf seine Stirn. Seine Haut fühlte sich ... anders an. Klebrig? Jedenfalls kälter, als sie hätte sein sollen. «Ludvig?», fragte sie leise. «Kannst du mich hören?»

Keine Reaktion.

«Helmbrecht?» Noch leiser. «Hörst du ... Hören Sie mich?» Wenn das sein Name war, musste es einfach der Nachname sein.

Er rührte sich nicht. «Ob wir noch einmal versuchen, ihm zu trinken zu geben?», fragte sie.

Fitz-Edwards musterte den Besinnungslosen. «Der Yogi sagt ...»

Er fing Evas Blick auf und verzichtete darauf, den Satz zu beenden. Umashankar Chandra Sharma hatte sie noch zwei Mal aufgesucht und ihnen nach einer kurzen Untersuchung versichert, dass es dem Verletzten im Grunde bestens gehe. Vorausgesetzt, der Brite hatte seine Worte korrekt wiedergegeben. Doch wenn Ludvig nicht bald erwachte ... Wie lange kann ein Mensch überleben, ohne etwas zu trinken?, dachte Eva. Hätte sie nur Betty fragen können. Doch die Schauspielerin hatte den Express verlassen, bereits kurz hinter Niš. Und Eva ahnte, dass selbst sie in diesem Fall wenig hätte ausrichten können.

Sie bemerkte, dass ihre Finger ruhelos einen Rhythmus schlugen – auf Ludvigs Brustkorb –, und stellte die Bewegung ein. Das Nachglühen des Sonnenuntergangs schwand vom westlichen Himmel, und die Nacht begann den malträtierten metallenen Leib des Simplon Orient in Dunkelheit zu hüllen. Die Zeit lief ihnen davon. Jeder Versuch, den Code doch noch zu entschlüsseln, hatte sich als Sackgasse erwiesen. Sie brauchten Ludvig, brauchten sein Wissen. Das, was sich in den nächsten Stunden an Bord des Express ereignen würde ... Eva glaubte es zu spüren, ein unfassbares Etwas, das auf lautlosen Sohlen näher schlich und näher ...

625

Sie fuhr zusammen. Ein Klopfen an der Tür.

Schon war Fitz-Edwards an ihr vorbei. Seine Hand legte sich auf die Seitentasche seines Tweed-Jackets. Es war keine bewusste Bewegung, die Tasche war leer. Eva hatte gesehen, wie er die Mk6 bei den Patronen in der Reisetasche verstaut hatte, die jetzt vor dem Fenster auf dem Boden stand.

«Bitte!»

Die Tür öffnete sich vorsichtig. Monsignore de la Rosa sah den Briten aus großen Augen an. «Darf ich eintreten?»

Mit einem scheuen Lächeln schlüpfte der Geistliche in den Raum. Ein Schatten legte sich auf sein Gesicht, als er sah, dass Ludvig noch immer bewusstlos auf dem Polster lag. Seine Finger schlossen sich um das Kruzifix, das er über der Soutane trug. «Ich hatte gehofft ...»

Eva schüttelte den Kopf. «Ich habe nicht das Gefühl, dass er im Augenblick Schmerzen hat oder ... leidet. Aber er will einfach nicht aufwachen.»

De la Rosa nickte mit aufeinandergepressten Lippen. Er stellte sich vor das Polster, senkte den Kopf. Er betete, doch er betete still.

Als er wieder aufblickte, schien er über etwas nachzugrübeln. «Wie Sie wissen, Mademoiselle Heilmann, habe ich Ihren ... Verlobten gestern erst kennengelernt», sagte er langsam. «Doch wir hatten ein wirklich gutes, sehr ausführliches Gespräch, auch wenn es mir unter diesen Umständen doppelt leidtut, dass ich ihn Ihnen ...» Er brach ab, schob eilig nach: «Natürlich haben wir uns die meiste Zeit mit ... mit unserer gemeinsamen Passion befasst, historischen Handschriften.»

Wieder konnte Eva es spüren. Es war dasselbe, was sie schon am Vorabend gespürt hatte: Irgendetwas stimmte nicht. Der Hinweis auf die Handschriften kam zu plötzlich, wurde zu stark betont. Was mochten die beiden Männer in Wahrheit miteinander besprochen haben? Es gab nur einen Menschen, der ihr diese Frage hätte beantworten können.

Ihre Finger strichen über Ludvigs Stirn. Sie war zu kühl, schweißbedeckt. Sein Gesicht wirkte fahl im künstlichen Licht der elektrischen Beleuchtung. Würde er überhaupt durchhalten bis Istanbul? Mit Sicherheit nicht sehr viel länger. Wenn er nicht aufwacnte, würde er unter ihren Händen verdursten.

Was zählte da ein Code? Was spielte irgendeine Verschlüsselung für eine Rolle, wenn es um Ludvigs Leben ging? Um seiner selbst willen war sie in Sorge um ihn, einfach, weil er war, was er war. Zum wievielten Mal gingen ihr all die Dinge durch den Kopf, die sie :hm hätte sagen wollen? Worte der Entschuldigung, der Dankbarkeit, auch der Zuneigung. Sowenig sie bezweifelte, was er für sie empfand, so sicher war sie sich, dass er in dieser Hinsicht nicht den Anfang machen würde. Nicht wenn sie seine bisherigen rührenden Versuche Revue passieren ließ.

Ein ferner Donner drang durch die geborstenen Scheiben und die geschlossene Tür, übertönte die Fahrtgeräusche des Zuges. Das Wetterleuchten, das Fitz-Edwards am Horizont beobachtet hatte. Das Gewitter kam näher. Nein, der Simplon Orient raste dem Unwetter entgegen.

«Ludvig», flüsterte sie. «Bitte wach auf! Tu es für mich.» Aber sein Gesicht blieb reglos. Nichts vermochte ihn in den Tiefen seiner Ohnmacht zu erreichen.

Ein Räuspern.

«Mademoiselle Heilmann, wenn ich Ihnen ...» De la Rosa brach ab, betrachtete Ludvig, betrachtete sie, schien ein Stoßgebet gen Himmel zu schicken. «Vielleicht, äh ... Wenn Sie es vielleicht einmal mit *Ingolf* probieren mögen anstelle von *Ludvig*?»

Eva starrte den Geistlichen an. «Ingolf?»

Sie spürte ein Beben, den Eindruck einer Bewegung Eine Unebenheit der Gleise, ein Donnerschlag oder ... Nein, kein Donner, kein ...

Ludvig, nein, *Ingolf* sah sie an, mit verschwommenem Blick. Registrierte er die Situation, wusste er, wo er sich befand – den Kopf auf ihren Schoß gebettet, ihre Hand auf seiner Stirn? Schon schlossen sich seine Augen wieder.

«Endlich mal ...», murmelte er. «Endlich mal ein *vernünftiger* Traum.»

* * *

Die Ausläufer des Balkangebirges zwischen Niš und Zaječar, jugoslawisch-bulgarische Grenze – 27. Mai 1940, 21:20 Uhr

Ihre Lagerfeuer füllten den Talkessel bis in den flaschenhalsschmalen Engpass der Passhöhe hinein. Die Wolken hingen so tief über den Bergen, dass sie einen Teil der blutroten Färbung auf die Felsenwildnis zurückwarfen.

«Siebenunddreißig Feuer», murmelte Betty. «Wie viele Männer pro Feuer? Vier? Fünf?»

Carol und sein Adjutant kauerten an ihrer Seite. Hinter einen Felsvorsprung geduckt, hatten sie sich bis an die Abbruchkante nach vorn bewegt.

«Zu viele, um an einen Überraschungsangriff auch nur zu denken», murmelte Graf Béla. «Wenn Ihr mich fragt, Eure apostolische Majestät ...»

Betty verdrehte die Augen. Der Mann tat, was er konnte, um ihre Anwesenheit zu ignorieren. Wenn es sich aber partout nicht umgehen ließ, weil er etwa auf eine Bemerkung der Schauspielerin antworten wollte, wandte er sich mit seiner Antwort eben an den König.

«Diese Männer fühlen sich vollkommen sicher», erklärte der Graf. «Sonst hätten sie niemals diese Feuer entzündet, die uns hier draußen wie ein Wegweiser zu ihnen führen mussten.»

Carol nickte stumm.

Etwa in der Mitte des Talkessels stach eine Felsnadel aus dem Boden wie ein versteinerter Baumstamm. Die Lagerfeuer hielten einige Meter Abstand, doch die Szenerie wurde durch zusätzliche Fackeln erhellt, sodass sich jedes Detail erkennen ließ.

Die beiden jungen Leute wirkten unversehrt. Sie standen aufrecht, wobei ihnen auch nichts anderes übrigblieb: Ein grobes Seil fesselte sie mit den Rücken zur Felssäule. Xenia Romanows Gesicht war auf den Eingang des Kessels gerichtet, von wo sich etwaige Verfolger nähern mussten. Hollywood, dachte Betty. Die Männer von der Miliz mussten den einen oder anderen Westernstreifen mit großer Aufmerksamkeit verfolgt haben. Lediglich die johlenden Apachen fehlten.

628

«Sie scheinen sich keine Gedanken zu machen, dass wir sie unter Feuer nehmen könnten», sagte Carol leise. «Vermutlich wissen sie ganz genau, dass ich höchstens eine Handvoll Männer zur Verfügung habe.»

Und dass du selbst obendrein ausfällst, ergänzte Betty in Gedanken. Ein Schütze, der in Ohnmacht fiel, sobald er den ersten Treffer landete, war militärisch von begrenztem Wert.

Der König drehte sich zu seinem Adjutanten. «Die Gardisten sollen sich zurückhalten», gab er Anweisung. «Vor allen Dingen aber sollen sie die Umgebung im Auge behalten. Solange wir diese Männer vor der Nase haben, besteht keine Gefahr, aber ich will sie nicht im Rücken haben.»

Béla salutierte. Ein merkwürdiges Bild in seiner kauernden Haltung. Dann erhob er sich steif und verschwand geduckt in der Dunkelheit.

Betty und der König schwiegen mehrere Minuten lang. Gemurmel war zu hören: in ihrem Rücken das Flüstern der Gardisten und aus der Tiefe die Unterhaltungen der Männer an den Feuern, die sich keine Mühe gaben, ihre Stimmen zu dämpfen.

«Es scheint ziemlich offensichtlich, was sie von mir erwarten», sagte Carol schließlich. «Als Napoleon aus seiner Verbannung zurückkehrte und die Einheiten des bourbonischen Königs sich ihm entgegenstellten, soll er sich den Mantel aufgerissen und ihnen zugerufen haben: *Wer seinen Kaiser töten will, der tue es jetzt!* ... Irgendetwas sagt mir ...»

«Vermutlich stilvollere Zeiten damals», bemerkte Betty. «Diese Männer würden feuern. Sie haben auf einen Zug voller Menschen gefeuert, die mit eurer Sache nicht das Geringste zu tun haben. – Das sind ganz sicher Demokraten? In Amerika lernen die Kinder, das wären die Guten.»

Er stieß ein schnaubendes Geräusch aus. «Du hast gehört, wie Béla von ihnen gesprochen hat», sagte er leise. «Die Miliz gibt nicht das gesamte Spektrum der carpathischen Republik wieder. Natürlich sind sie Demokraten, irgendwie. Und carpathische Patrioten. Vor allem aber sind sie Sozialisten. Viele von ihnen machen nicht einmal ein Geheimnis aus ihrer Sympathie für die Bolschewiki, die davon überzeugt sind, dass eine kleine Clique von Adligen und Kapitalisten die hungernde Bevölkerung auspresst bis aufs Blut.» Er senkte die Stimme weiter. «Du hättest es erleben sollen, damals, kurz bevor ich das Land verlassen musste: die Straßen Kronstadts von Scherben übersät, die Geschäfte, mit denen sich Familien über Generationen hinweg einen bescheidenen Wohlstand erwirtschaftet hatten, ausgeplündert, ausgeräumt bis auf die letzte Reißzwecke, den letzten Hosenknopf, und alles, was der Mob nicht brauchen konnte, den Flammen preisgegeben. Die Besitzer nicht selten an der nächsten Straßenlaterne aufgeknüpft. Und dazwischen die Arbeiterführer, die auf den Barrikaden ihre großen Reden schwangen und das Blaue vom Himmel versprachen. Freiheit, Gleichheit und den ganzen Rest dazu. Carpathier haben eine besondere Schwäche für pathetische Reden. Da können sie stundenlang zuhören. Und was kann man nicht alles versprechen, wenn man nicht befürchten muss, es irgendwann einlösen zu müssen.»

«Aber mussten sie es nicht einlösen in den letzten Jahren?»

Wieder das Schnauben. «Ach, wenn es dann nicht funktioniert, sind natürlich andere schuld. Die anderen politischen Kräfte in Carpathien. Die Liberalen. Die Kirche. Das Ausland. Konterrevolutionäre. Internationale Bonzen, die auf dem Weltmarkt gegen den carpathischen Knoblauch spekulieren, um die Revolution klein zu halten. Leute, die es sich leisten können, in einem Luxuszug quer über den Balkan zu reisen. Wer auf den Simplon Orient feuert, trifft auf keinen Fall die Falschen. Und im Zweifelsfall: Für die Weltrevolution müssen eben Opfer gebracht werden.»

Er verfiel in düsteres Schweigen. Betty konnte hören, wie Graf Béla in ihrem Rücken den Gardisten eine Anweisung zuzischte.

«Sie scheinen tatsächlich davon auszugehen, dass ich wie ein Lamm zur Schlachtbank trotte», murmelte der König. «Und ist es ein Wunder?»

Die Schauspielerin hob eine Augenbraue.

«Weißt du, warum ich auf dem Thron sitze?», fragte er unvermittelt.

Ihr erster Gedanke war, dass man nicht viel weiter davon entfernt sein konnte, auf einem Thron zu sitzen, als das bei ihm im Augenblick der Fall war. Doch es war etwas im Klang seiner Stimme, das sie zögern ließ.

«Dein Vater hat ebenfalls auf dem Thron gesessen, nehme ich mal an», vermutete sie.

«Mein Onkel», korrigierte er. «Und vor ihm sein Onkel.»

«Eine besondere Eigenart der carpathischen Thronfolge?»

Irgendetwas schien sich noch weiter zu verdüstern. Von seinem Gesicht war nicht viel zu erkennen, aber sie spürte, dass etwas dunkler wurde. Vielleicht war es nur seine Stimmung, vielleicht auch eine Ahnung in ihrem Innern.

«Eine besondere Eigenheit des carpathischen Adels», murmelte er. «Vielleicht eine Eigenheit des Adels an und für sich. Wir können es einfach nicht ausstehen, wenn irgendjemand mutiger und ... *tapferer* ist, als wir es sind. – Mein Onkel hatte vier Söhne. Drei von ihnen sind im Großen Krieg gefallen, der vierte starb an der Grippe, kaum dass der Krieg vorbei war. Ich hatte zwei ältere Brüder. Auch sie starben an der Front. Als alles vorbei war ...» Er hob die Schultern. «Man könnte sagen, es war niemand anderes mehr übrig. Mein Onkel Pavel natürlich, der aber der jüngeren Linie unseres Hauses entstammte. Also hat man sich für mich entschieden.»

Betty spürte eine Gänsehaut. «Mir war nicht klar, dass Carpathien so schwer gelitten hat im Krieg.»

«So schwer wie alle Länder, die bei diesem Wahnsinn mitgemacht haben.» Er hob einen Stein auf, wog ihn in der Hand. Sie wollte sich nicht vorstellen, dass er ernsthaft darüber nachdachte, ihn nach den Entführern zu schleudern. «Viele Familien haben ihre Söhne verloren», murmelte er. «Kinder ihre Väter, Ehefrauen ihre Ehemänner. Doch nirgendwo hat es so schwere Verluste gegeben wie in den Familien des Adels. Weil genau das unsere Aufgabe ist, Betty.»

«Euch massakrieren zu lassen?»

«Zu kämpfen.» Jetzt sah sie, wie die Linie seines Kiefers scharf hervortrat. «Das Land zu verteidigen. Die Bauern bestellen die Felder,

631

die Priester, die Mönche und die Nonnen beten. Heutzutage müssen Bauern, Bürger und Arbeiter ebenfalls Kriegsdienst leisten, aber eigentlich ist das nicht ihre Aufgabe. Wir kämpfen. Und wenn es sein muss, sterben wir für Carpathien.»

Betty nickte stumm. Wenn die Strategie carpathischer Demokraten darin bestand, darauf zu warten, dass ihnen ein Mann vor die Flinten lief, der es für seine Pflicht hielt, für sein Land, seine Familie oder eben für seine Braut sein Leben aufs Spiel zu setzen, dann spürte Betty Marshall eine spontane und nahezu unwiderstehliche monarchistische Regung. «Aber du bist nicht so dumm?»

Sie biss die Zähne zusammen. Sie hatte nicht vorgehabt, den Satz wie eine Frage klingen zu lassen.

Er starrte in die Tiefe. Im Lager der Miliz wurde offenbar Alkohol ausgeschenkt. Die Stimmung schien einem Höhepunkt entgegenzustreben. «Falls du keinen besseren Vorschlag hast ...», murmelte er.

***

Zwischen Sofia und Istanbul – 27. Mai 1940, 21:36 Uhr
CIWL Lx 3509 *(Vorderer Schlafwagen). Doppelabteil 6/7.*

Nichts. Keine Reaktion. Keinerlei Anzeichen, dass das Bewusstsein zurückkehrte.

Es war nicht das erste Mal, dass Boris Petrowitsch mit einem Bewusstlosen zu tun hatte. Auf jeder seiner Missionen führte er Substanzen bei sich, die sich flexibel einsetzen ließen, je nachdem, was die Situation erforderte. Je nachdem, ob ein Zielobjekt nur vorübergehend ausgeschaltet werden sollte oder ob es geboten schien, eine Unbekannte endgültig aus einer komplizierten Gleichung zu streichen. Eine Unbekannte wie den verletzten carpathischen Gardisten.

Der Zustand des Großfürsten war nicht auf den Einsatz einer solchen Substanz zurückzuführen. Er war die Folge eines dumpfen Schlages, und die Auswirkungen einer solchen Verletzung waren kaum berechenbar. Boris war in Sorge gewesen. Die Ohnmacht hätte sich verstärken können. Wenn eine Blutung unter der Schädeldecke auftrat, konnte eine anfangs nur beiläufige Trübung des Bewusstseins binnen Minuten oder Stunden weit ernstere Formen annehmen. In diesem Fall wäre der Verletzte immer tiefer in der Besinnungslosigkeit versunken, und Boris hätte nichts dagegen unternehmen können. Am Ende des Prozesses wäre Constantin gestorben, und die Steine wären geblieben, wo immer sie sich jetzt befanden. Die erste Mission, auf der er versagt hätte. Die wichtigste, auf die man ihn jemals entsandt hatte.

Doch die Pupillen des Großfürsten sprachen auf die Lichtsignale an. Constantin würde wieder aufwachen. Die Frage war, ob er rechtzeitig aufwachen würde, bevor sie den Express verlassen mussten.

Ganz gleich wie es ausging, in den frühen Morgenstunden würde der Simplon Orient Istanbul erreichen. In diesem Augenblick würde es vorbei sein. Bis dahin hatte Boris Petrowitsch etwas zu klären.

Er hatte das reglose Gesicht des Großfürsten betrachtet. Jetzt nickte er und stand auf.

«Alexej Constantinowitsch», sagte er. «Du bleibst hier. Wenn dein Vater zu sich kommt, weißt du, was du zu tun hast.»

Der Junge blinzelte. Er hatte in einem Buch geblättert. Dostojewski. «Wo willst du hin? Was hast du vor?»

«Etwas, das ich schon längst hätte tun sollen. Mit Katharina Nikolajewna reden.»

Alexej war ebenfalls halb aufgestanden. «Du glaubst, dass sie ...»

Boris fixierte ihn. «Das werde ich wissen, wenn ich mit ihr gesprochen habe. Du bleibst hier.»

«Natürlich. Und wenn er aufwacht, soll ich dich ...»

«Schick deine Schwester. Sie wird gleich hier sein. Falls er wach wird, gib ihm Zeit, sich zurechtzufinden. Ihm muss klarwerden, dass ihm keine andere Wahl bleibt.»

Auf dem Kabinengang empfing ihn Kälte. Er verharrte einen Moment und schmeckte die Nachtluft, die metallische Ahnung eines nahenden Gewitters. Vor allem aber lauschte er auf die Geräusche des

Zuges, die sich nun, da die meisten Scheiben fehlten, sehr viel stärker ausnahmen. Unvermittelt hatte er eine Erinnerung vor Augen, die nächtliche Fahrt auf der offenen Endplattform eines Zuges nach Omsk. Die Sterne Tausende winziger Stecknadeln über der unglaublichen, menschenleeren Weite, die Russland war.

Sekundenlang blieb er stehen, atmete ein und wieder aus, bis völlige Ruhe über ihn kam. Dann trat er vor das ehemalige Abteil der amerikanischen Schauspielerin und klopfte. Keine Antwort. Darauf war Boris gefasst gewesen. Er öffnete die Tür.

Es war dunkel im Abteil, nur die Lampe mit dem farbigen Schirm schimmerte. Sie stand am Boden, matt wie ein Nachtlicht, und beschien den Rücken von Katharinas kleinerer Tochter, die sich auf dem Polster zusammengerollt hatte wie ein Tierjunges, den Daumen im Mund. Die Großfürstin saß auf dem Fensterplatz und blickte in die Dunkelheit. Das feierliche Kostüm, das sie für die Hochzeit angelegt hatte, war bis zum obersten Knopf geschlossen. Jetzt wirkte es wie ein Trauerkleid.

«Katharina Nikolajewna.»

Sie hatte das Kinn auf die Hand gestützt, verlagerte es ein wenig. Das einzige Zeichen, dass sie ihn gehört hatte.

Das kleine Mädchen regte sich, zog eilig den Daumen aus dem Mund, sah sich misstrauisch um. Doch ihre Mutter rührte sich nicht.

«Katharina Nikolajewna. Ich muss mit dir reden.»

Wieder eine kaum wahrnehmbare Regung. *Ich höre.* Boris nickte knapp. Er begriff das Spiel, und er konnte es ebenfalls spielen. Seine Augen suchten ihren Blick in der Reflexion im Abteilfenster. Sie entzog sich ihm. Und verstand ihn dennoch. Zwanzig Sekunden Stille. Das matte Stampfen der Räder. Der Widerhall des fernen Unwetters.

Katharina holte Atem. «Elena, mein Mäuschen? Bitte geh hinüber zu deinem Bruder.»

Das kleine Mädchen rutschte vom Sitzpolster, griff eilig nach Stiften und Malblock und schob sich so rasch wie möglich an Boris vorbei. Ihre Schritte verklangen auf dem Kabinengang.

Boris zog die Tür ins Schloss.

«Ich höre.» Aus den Worten der Frau sprach die Müdigkeit der ganzen Welt.

«Constantin Alexandrowitschs Zustand ist unverändert», erklärte Boris. «Er schläft, aber er wird aus der Ohnmacht wieder erwachen. Er wird wieder gesund werden.»

Katharina verzog den Mund. Es war nicht eindeutig, ob es ein Lächeln sein sollte oder das Gegenteil. «Dann sollte ich dir danken, nehme ich an?»

Boris schwieg. Er konnte sehen, wie die Adern an ihrem Hals hervortraten.

Sie sprach leise, mit belegter Stimme: «Du hast gewusst, was Xenia vorhatte. Deshalb hast du mich festgehalten. Ich war in Sorge um Elena, aber es ging niemals um Elena. Es ging um Xenia. Du wusstest, dass die Männer dort sein würden, am Bahnhof in Niš. Die Miliz. Deshalb bist du hier. Deshalb bist du im Zug.»

Boris wartete, ob sie noch etwas hinzufügen wollte. Doch die Großfürstin schwieg.

«Würdest du mir glauben, wenn ich dir sage, dass die Wahrheit anders lautet?»

Sie gab keine Antwort. Ihr Zeigefinger begann Linien auf das Glas zu zeichnen.

«Ich bin mein Leben lang davongelaufen», sagte sie leise. «Wir hatten ein Palais in Sankt Petersburg. Und Güter auf dem Land. Wir waren Romanows. Es war, wie es war, bis zu der Nacht, in der ihr gekommen seid. Und ihr habt sie alle, alle getötet. Doch vorher habt ihr ...» Sie schüttelte den Kopf. «Du warst zu jung, ich weiß. Du kannst nicht dabei gewesen sein. Aber du bist, wie ihr alle seid.» Ihre Lider schlossen sich. «Wie russische Männer sind. Nur er nicht.» Ihre Augen öffneten sich wieder, richteten sich auf ihn. «Der Mann in Belgrad. Der Mann, den du getötet hast. Er war anders.»

«Juri Malenkov?»

Sie zuckte mit den Schultern, und schon war ihr Blick wieder fort. «Wenn du sagst, dass er Juri Malenkov hieß, dann hieß er Juri Malen-

635

kov. Er hätte mich töten können – doch er hat es nicht getan. Ich bin davongelaufen.»

Boris legte die Stirn in Falten. «Du bist nicht davongelaufen, Katharina Nikolajewna. Ich habe Malenkov getötet. Du bist stehen geblieben und hast mit Constantin ...»

«Ich sage dir, ich bin davongelaufen. Ich bin mein Leben lang davongelaufen.» Sie drehte sich wieder in seine Richtung, und ihre Augen trafen sich. «Bis du kamst.»

Ein Gefühl erwachte in seiner Brust, eine plötzliche Enge, wie eine Hand, die sich um seine Kehle legte, die Finger langsam schloss. Sie sprach von sich. Aber sprach sie wirklich von sich allein? Sein Land war alles für ihn. Er hatte für Russland getötet und sich selbst der Gefahr des Todes ausgesetzt, und sein Preis, sein Lohn war ein Dasein in der Fremde, immer unterwegs, um niemals anzukommen – bis er ihr begegnet war.

Sie war in Sorge um ihre Tochter, natürlich; etwas anderes war überhaupt nicht denkbar für eine russische Mutter. Doch selbst in jenem Moment, in dem sie dieser eine Gedanke beherrschte, der Gedanke, wie es Xenia Constantinowa in dieser Sekunde ergehen mochte, ob sie Schmerzen litt, Hunger oder Durst, ob die Entführer die Situation ausnutzen, ihr Gewalt antun würden, ob sie überhaupt noch am Leben war ... Selbst in jenem Moment war da noch etwas anderes. Selbst in jenem Moment spürte er die Spannung zwischen ihnen beiden und wusste, dass auch sie sie spürte. Und sie war größer als je zuvor, jetzt, da sie allein waren in diesem Abteil, Boris nur den Riegel vorzulegen brauchte, sodass niemand sie stören würde.

Und zugleich war es jetzt unmöglich, dieser Spannung nachzugeben, weil Katharina selbst es sich verbot. Genau das ließ die Spannung noch einmal wachsen, ins Schmerzhafte, ins Unermessliche.

«Katharina ...»

Sie hob die Hand.

«Ich dachte ...» Sie schüttelte den Kopf. «Für einen Augenblick, ein paar Stunden nur, habe ich tatsächlich geglaubt, jetzt wäre es vorbei. Aber dann ... dann stand er neben dir, und du hast ihn getötet. Und nun wird er mich nie wieder freigeben. – Ich habe versagt, Boris Petrowitsch. Als Frau vom Blut der Romanow. Als eine von denen, die nicht die Wahl haben, etwas anderes zu sein. Ich habe als Mutter versagt. Und nun ...» Sie holte Atem, und er sah, wie ihr Körper zitterte. «Und nun empfange ich den Lohn. Die Strafe für meine Übertretungen. Und ich bin bereit, meine Buße zu leisten, jede Buße, die man mir auferlegt. Aber sie lassen nicht *mich* büßen. Sie ... Sie haben meine Tochter.»

Er verstand nicht. Sie war nicht bei sich, redete wirres Zeug. Und dennoch waren ihre Worte nicht die Worte einer Wahnsinnigen. In ihren Augen stand nicht der unstete Blick eines Menschen, der in Wahrheit weit fort war. Noch immer umgab sie diese Kälte, die sie von allen unterschied, die nicht von Adel waren. Die nicht Romanow waren. Dieser ungebeugte Blick. Die schneeweiße Haut an ihrem schlanken, schwanengleichen Hals, an dem die Adern in blassem Blau hervortraten. Schöner und begehrenswerter, als sie jemals gewesen war, ja, und stärker in ihrer Erschütterung, ihrer Verzweiflung.

«Katharina ...» Sein Mund war trocken. «Katharina, bitte, hör mir zu!»

* * *

Zwischen Sofia und Istanbul – 27. Mai 1940, 21:38 Uhr
CIWL WL 3425 (Hinterer Schlafwagen). Abteil 10.

Ludwig. Ingolf. Ingolf Helmbrecht. Er war wach! Oder war er schon wieder ohne Bewusstsein? Evas Hand zitterte, als sie ihm einen sanften Stoß gegen die Schulter gab. «Ingolf!» Ganz leise. «Bitte sprich mit mir!»

Seine Augen öffneten sich. Und diesmal war er *vollständig* da. «Eva!» Er schnellte hoch. «Eva! – Ich ... du ...» Er sah de la Rosa. Seine Augenbrauen hoben sich überrascht. Er sah den Briten. Sie zogen sich zusammen. Er sah eine gläserne Karaffe mit köstlich kühlem Wasser, die auf dem niedrigen Tisch vor dem Abteilfenster stand.

Fitz-Edwards machte einen Schritt in diese Richtung, schenkte ein, hielt ihm das Glas entgegen. «Langsam», mahnte er. «Ein Schluck nach dem anderen. Vorsichtig!»

Der junge Mann kippte das Glas herunter, bis Fitz-Edwards es ihm aus den Fingern wand.

«Das reicht! Mehr, wenn wir wissen, dass Sie tatsächlich wach bleiben.»

«Eva!» Ingolfs Augen huschten über ihren Körper. «Dir ist nichts passiert? Da war ein Mann am Fenster ... Eine Pistole ... Ich habe ihn ...»

«Ich bin in Ordnung», sagte sie. Bei der Hektik, die er verbreitete, kam sie sich vor, als wäre sie soeben aus einer Ohnmacht erwacht. «Mr. Fitz-Edwards auch. Und das verdanken wir dir. Wir sind seit Stunden wieder unterwegs. Ich muss dir ...»

«Das dürfen Sie, Miss Heilmann.» Der Brite schnitt ihr das Wort ab. «Aber nicht jetzt. – Mr. Helmbrecht? Basil Algernon Fitz-Edwards vom Nachrichtendienst Seiner britischen Majestät. Wir brauchen Ihre Hilfe.»

Ingolf wandte sich zu ihm um, und sein Blick schien zu gefrieren. Fitz-Edwards' Finger streckten ihm die beiden Umschläge mit der Aufschrift **Oberkommando der Wehrmacht** und das Schreiben des Admirals entgegen, aufgefächert wie ein Blatt Spielkarten.

Fünf Minuten später kniete Ingolf Helmbrecht vor dem Tisch. Eva hatte ihm seine Nickelbrille gereicht, frisch geputzt. Das Wasserglas war zum dritten Mal leer, und sie hatte nach dem Steward klingeln müssen, womit die Küche um diese Uhrzeit noch aufwarten könne. Monsieur Georges hatte eine bulgarische Käseplatte in Aussicht gestellt, mit Brot und Oliven.

Admiral Canaris' codiertes Schreiben lag auf dem Tischchen. Ingolfs Zeigefinger bewegte sich über die Buchstaben. «C/S/T/x ...»

«Das x ist kleingeschrieben.» Eva beobachtete ihn vom Polster aus. «Wir wussten nicht, was das zu bedeuten hat.»

Ingolfs Lippen waren in Bewegung. Er hielt inne. Noch einmal. Nacheinander tippte sein Zeigefinger auf die ersten vier Buchstaben.

«Das kleine x ist ein Stoppzeichen. Wir müssen die einzelnen Buchstaben in Zahlen verwandeln, das x inklusive. C ist der dritte Buchstabe des Alphabets, S der neunzehnte, T der zwanzigste, x der fünfundzwanzigste. Gibt zusammen?»

Eva sah von ihm zu dem Schreiben. Sollte es so einfach sein? «Siebenundsechzig», murmelte sie. «Aber was ...»

«Wo ist das Buch?»

«Welches Buch?»

Er hatte es bereits entdeckt. Die zerlesene Biographie des letzten Stauferkaisers, die er mit einer Hingabe studiert hatte, dass Eva sich gefragt hatte, ob er den Text nicht längst auswendig kannte. Nachdem sie seinen Koffer durchsucht hatten, hatten sie das Buch auf einer Ecke des Polsters abgelegt – beide Bücher. Das Werk bestand aus zwei Bänden. Ingolf griff nach dem voluminöseren der beiden Wälzer.

«Der Textband», erklärte er. «Ist unauffälliger.» Er schlug das Buch auf, blätterte. Eva ahnte, nach welcher Seite er suchte.

«Seite 67», erklärte er. «Jetzt noch einmal zählen: Wie viele Kleinbuchstaben haben wir insgesamt im Text?»

Eva musste keine Sekunde nachdenken. «Neunzehn», sagte sie. Sie hatte die Zahl auf nahezu jeder Seite des Heftchens mit ihren Lösungsversuchen notiert.

«Seite 67, Zeile neunzehn», murmelte Ingolf. «Die Passage, die in dieser Zeile beginnt.» Er räusperte sich. «*Wenig änderte daran, dass der aufmerksame Philipp August die gebrochenen Schwingen des Adlers schleunigst hatte wiederherstellen lassen. Seit dieser Zeit sank der Ruf der Deutschen bei den Welschen, sagt ein Chronist.*» Er kratzte sich am Hinterkopf, zog die Finger zurück, als er die Stelle berührte, an der der Koffer ihn erwischt hatte. «Schlimme Sache. Mit den Welschen sind die Franzosen gemeint. – Philipp August war deren König seinerzeit und hatte die deutsche Streitmacht übel aufs Haupt geschlagen und sogar den goldenen Reichsadler erbeutet. Gar nicht gut fürs Renommee. Beinahe könnte man meinen, Canaris wollte uns etwas ganz Bestimmtes mitteilen.»

Eva starrte ihn an, das Buch, das Schreiben. «Das ist die Botschaft?»

«Nein.» Fitz-Edwards hatte sich zuletzt im Hintergrund gehalten, ebenso de la Rosa, dessen Blick zwischen ihnen hin und her ging.

Jetzt trat der Brite an Ingolf heran, sah ihm über die Schulter. «Das ist der *Code*, Miss Heilmann. Ich darf vermuten, Ihnen wäre mit einer Vigenère-Tafel gedient, Mr. Helmbrecht?»

Langsam drehte sich Ingolf Helmbrecht um. «Mr. Fitz-Edwards, Sie sind auf Draht!»

***

Die Ausläufer des Balkangebirges zwischen Niš und Zaječar, jugoslawisch-bulgarische Grenze – 27. Mai 1940, 21:45 Uhr

Sie hatten ihnen zu trinken gegeben. Wenigstens das. Raoul zerrte an den Stricken. Die Verschnürung saß jetzt an einer anderen Stelle, als sie auf dem Rücken des Packtiers gesessen hatte. Auch das war eine Erleichterung, und mittlerweile hatte er gelernt, selbst für die kleinsten Dinge dankbar zu sein. Gleichzeitig jedoch war er ... Unglaublich wütend. Wütend auf sich selbst.

Deshalb hatten sie ihn zu ihrem Anführer und zu Xenia gezerrt: Damit er ihnen bestätigte, was sie in Wahrheit längst wussten. Das Mädchen war nämlich klüger gewesen als er, hatte vorgegeben, dass sie von dem, was die Entführer redeten, kein Wort verstand, was in ihrem Fall nicht stimmte. Vor allem aber hatte sie nicht reagiert, wenn die Männer sie als Xenia Constantinowa Romanowa angesprochen hatten, sodass sie sich nicht vollständig hatten sicher sein können, wer ihnen in die Hände gefallen war.

Von diesem Zweifel hatte sie erst Raoul befreit, als er Xenia beim Namen genannt hatte.

«Würdest du *endlich* mit dieser Zappelei aufhören!» Ihre Stimme kam aus seinem Rücken. Sehen konnte er sie nicht. Sie befand sich auf der anderen Seite der Felssäule, des *Marterpfahls*, wie er die Steinformation in Gedanken getauft hatte. Die Milizionäre hatten zwar noch keinen Versuch unternommen, sie zu martern, aber die Gefangenschaft war schlimm genug. Schließlich las er regelmäßig die Zeitungen, die

die Fahrgäste auf den Abteilen zurückließen. Und was dort über die carpathische Miliz zu lesen war, ließ das Schlimmste befürchten.

Er brachte die Arme eng an den Körper und warf sich in einer ruckartigen Bewegung nach vorn.

«*Aua!*» Das Mädchen. «Hör – endlich – auf – damit! Willst du mich erwürgen?»

Diesmal hielt er inne. Er glaubte zwar nicht, dass die Milizionäre dem Mädchen den Strick um den Hals gelegt hatten, wenn sie das nicht einmal bei ihm getan hatten, aber er wollte ihr nicht weh tun. Das Ganze war schon schlimm genug für sie, schlimmer jedenfalls als für ihn. Er war zumindest kein Mädchen und musste nicht befürchten, dass die Männer mit ihm anstellen würden, was König Carols Leibgarde womöglich mit Mrs. Richards angestellt hätte, wenn der Botschafter nicht dazwischengegangen wäre.

Bisher hatten die Milizionäre ihre Gefangenen allerdings überraschend rücksichtsvoll behandelt. Von der Fesselung einmal abgesehen. Raoul konnte sogar seinen schäbigen Koffer sehen, den sie ein paar Schritte entfernt abgelegt hatten, zusammen mit seinem Wettermantel. Selbst die Puppe war da, die sie ganz besonders zu amüsieren schien – doch schließlich war es ja tatsächlich etwas seltsam, wenn sie sich vorstellen mussten, dass Xenia noch mit Puppen spielte.

Aber was hatten sie mit den Gefangenen vor? Von den Eltern des Mädchens Lösegeld erpressen wie in den finsteren Zeiten vor dem Großen Krieg? Unwahrscheinlich. Entweder sie lassen uns einfach frei, dachte er, oder sie machen kurzen Prozess mit uns, wenn wir unsere Aufgabe erfüllt haben.

Denn es ging gar nicht um Xenia und ihn. In Wahrheit wollten die Milizionäre etwas ganz anderes.

Sie wollten den König und schienen sicher, dass er kommen würde.

Xenia verstand offenbar das meiste von dem, was die Entführer sagten. Ein wenig war die hochnäsige russische Prinzessin wieder zum Vorschein gekommen, als sie wie nebenbei erwähnt hatte, dass sie auf dem Lycée und bei ihrer Privatlehrerin sieben verschiedene Sprachen gelernt hatte, darunter auch die carpathische. Er fragte sich, wozu das hatte gut sein sollen – wie er das verstand, hatte bis vor ein paar Tagen kein Mensch ahnen können, dass sie einmal den König dieses verlausten, hinterletzten Balkanstaates heiraten sollte.

Er spürte, wie die Wut wieder in ihm hochkam, und riss sich zusammen. Zumindest würde es jetzt keine Heirat geben. Ein toter Mann konnte nicht mehr heiraten.

Ich sollte froh sein, dachte er. *Stillhalten und einfach abwarten.*

Vorausgesetzt, die Entführer hatten tatsächlich vor, sie am Leben zu lassen – und so *musste* es einfach sein –, waren sie dann nicht im Begriff, ganz unbeabsichtigt ein großes Problem zu lösen? Kein Problem der Carpathier, sondern ein Problem für das Mädchen und ihn. Wenn Carol einmal tot war, konnten sie ganz einfach ... Doch so zu denken war falsch. Er spürte, dass das nicht richtig war. Frédéric und Maxim, seine Brüder, waren beim Militär und setzten für Frankreich ihr Leben aufs Spiel, und er sollte mit ansehen, wie die Milizionäre einen Mann totschossen, der unterwegs war, um Xenia und damit auch ihn selbst zu retten?

Das zumindest schien ihr Plan zu sein. Den König niederschießen oder, noch besser, ihn lebendig in die Finger bekommen, um ihm ein zweifellos noch schmerzhafteres Ende zu bereiten. Aber Raoul würde den Teufel tun ...

Ein Geräusch.

Ein Laut, der an das Geräusch erinnerte, das entstand, wenn eine Pacific am Bahnsteig zum Stehen kam und mit erschöpftem Seufzen Dampf vom Kessel ließ. Aber anders, trockener. Ein Zischen.

Er sah es aus dem Augenwinkel. Flammen, weit oben, hoch über der Senke, an der Bruchkante zwischen den Felsen. Raoul musste sich verrenken, dann sah er es deutlicher. Zwei Feuersäulen, auflodernd in gelblichen Flammen, wie Raoul es einmal bei einer Zirkusvorstellung gesehen hatte, im Bois de Boulogne, wo Künstler und Jongleure noch viel wildere Sachen angestellt hatten.

Ihm stockte der Atem. Zwischen den Feuern stand Carol von Carpathien.

«*Carpathii!*» Die Stimme des Königs. Vielleicht hatte Carol einen be-

642

sonders günstigen Platz gewählt, jedenfalls war sie klar und deutlich zu verstehen. Und dieses eine Wort – *Carpathier!* – verstand Raoul tatsächlich, während die folgenden Worte zwar ebenfalls deutlich ankamen, doch eben auf Carpathisch. Der König setzte zu einer Rede an. Einer Rede an seine Todfeinde.

Gehetzt blickte der Junge um sich, soweit seine Fesseln das zuließen. Die Milizionäre an ihren Feuern regten sich, griffen nach ihren Gewehren. Sein Mund war trocken. Er musste den König warnen – doch, nein, musste er das überhaupt? Wenn irgendjemand vollständig überblicken konnte, was unten in der Senke vorging, dann war es Carol von Carpathien.

Gezischte Befehle. An einem der Feuer sah Raoul den Anführer, wie er mit knappen Gesten in mehrere Richtungen deutete. Ohne zu zögern, lösten sich Männer von den Feuern, entfernten sich unauffällig in die Dunkelheit wie Schatten in der Nacht. *Sie wollen ihn lebend!*

Der König fuhr in seiner Ansprache fort, schien nicht darauf zu achten.

Raoul beobachtete ihn, lauschte. Irgendetwas fesselte seinen Blick, seine Aufmerksamkeit. Carols Worte, sowenig er ihren Inhalt erfassen konnte. Die Art, wie der König die einzelnen Silben betonte, sie mit Gesten unterstrich, die Fäuste ballte und zum Himmel reckte, als wollte er einen unsichtbaren Gegner zum Kampf fordern. Wie er die Arme ausbreitete, als wollte er die ganze Welt umarmen – oder doch nur die Männer am Grunde des Talkessels.

Auf jeden Fall hatte er ihre Aufmerksamkeit. Die Milizionäre waren aufgestanden, reckten neugierig die Hälse.

Die Stimme des Königs schwoll unvermittelt an, brach dann ab, klang im nächsten Moment fast heiser. Hoch aufgerichtet stand er zwischen den Flammen, die Hände jetzt geöffnet und vor der Brust erhoben, die Handflächen nur wenige Zentimeter voneinander entfernt. Seine Miene …

Raoul stutzte. Wie war es möglich, dass er Carols Gesichtszüge überhaupt erkennen konnte, diesen entrückten Ausdruck, die Augen weit geöffnet? War der König *geschminkt?* Geschminkt wie ein Schauspieler?

Ein Schniefen.

Im ersten Moment war Raoul sich nicht sicher, wo es herkam.

«Xenia?»

Das Geräusch wiederholte sich.

«Xenia, bist du in Ordnung?»

Schweres Atmen. «Er ...» Ihre Stimme war belegt. «Er hat davon gesprochen, dass wir ... dass sie ... dass doch eigentlich alle Carpathier auf einer Seite stehen. Schon immer. – Jetzt erzählt er von früher.»

«Von früher?»

«Als er ...» Sie musste sich räuspern. «Als er ein Kind war. Er erzählt von seiner Großmutter, der alten Königin. Er kann sich noch genau an sie erinnern, obwohl er damals noch sehr klein war.»

Carol hatte die Arme ineinandergelegt, vollführte eine wiegende Bewegung. Tatsächlich, dachte Raoul. *Ziemlich* klein.

Kein Mensch kann sich an die Zeit erinnern, in der er ein Wickelkind war.

Trotzdem blieb sein Blick auf den König gerichtet. Was immer er da oben machte, es war einfach ... eindrucksvoll. Man musste hinsehen, ob man wollte oder nicht. Und Raoul verstand nicht einmal, wovon genau der Mann sprach. Oder verstand er es im Grunde doch?

Carol brach plötzlich ab. Stille. Sie war so tief, dass das Knacken der Zweige zu hören war, in der Hitze der Lagerfeuer. Er brachte die Hand ans Ohr. Er lauschte. Oder, nein, es war ein Teil seiner Erzählung. Er war weit in der Vergangenheit, als er noch ein Kind gewesen war. Er wisperte etwas. Es klang ... bedrohlich. Wie konnte etwas bedrohlich klingen, das man überhaupt nicht verstehen konnte? Und doch war es so. Raoul konnte spüren, wie etwas näher schlich, geduckt im Gebüsch, etwas Böses, das auf den richtigen Moment lauerte. Etwas das näher schlich wie die Männer, die der Anführer der Miliz ausgesandt hatte. Der Gedanke schoss dem Jungen durch den Kopf. Carol war in Gefahr, und trotzdem machte er keinen Versuch, sich von dem Platz an der Abbruchkante zurückzuziehen, an dem er den Häschern nicht würde ausweichen können. Er erzählte weiter, gespenstisch flüsternd. Das Böse setzte zum Sprung an, und ... Carols Fäuste umklammerten einander, hieben gegen seine Brust wie ein unsichtbarer Dolch.

644

Ein unterdrücktes Keuchen ging durch die Reihen der Milizionäre.
Xenia stieß einen kleinen Schrei aus. Carol schien zu taumeln, dass Raoul einen Moment lang Angst bekam, der König könne vergessen, wo
er sich befand: unmittelbar an einem dreißig Meter tiefen Abgrund.

«Heilige Jungfrau!» Xenia. «Sie haben seine Großmutter *ermordet!*»

«Wer?», wisperte Raoul, aber das Mädchen antwortete nicht.

Carol sprach weiter, neigte sich nach links, dann zur anderen Seite. Nachforschungen wurden angestellt, wer die Tat begangen haben
konnte.

«Die Österreicher!», flüsterte Xenia. «Es waren die Österreicher.»

«Was für Österreicher?»

Carols Stimme war wieder lauter geworden. Ausladende Armbe-
wegungen, als ob er Ratgeber um sich versammelte, und tatsächlich:
Mehrere Milizionäre bewegten sich einige Schritte auf die Felswand
zu, wichen dabei den Feuern aus.

«Carpathia ... cinste ... ruşine ...»

Nur einige wenige Brocken kamen Raoul entfernt vertraut vor,
doch so viel war klar: Das gesamte carpathische Volk zürnte über die
Tat, die Kränkung der carpathischen Ehre, und im Grunde war die
Antwort klar. Im Grunde wussten alle, dass es nur eine Antwort geben
konnte.

Der König verharrte, die Hände auf Bauchhöhe vor dem Körper.
Für einen letzten Augenblick war alles in der Schwebe. Dann hob sich
seine Rechte ganz langsam bis über den Kopf, ballte sich zur Faust.
Raoul spürte die Anspannung unter den Zuhörern, spürte sie selbst.

«Atac!», flüsterte Carol von Carpathien und ließ die Faust niedersausen wie einen Säbel. *«Atac! Atac! Atac!»*

Gemurmel unter den Milizionären. Zustimmendes Gemurmel.
Einige von ihnen, die den Ruf halblaut aufgriffen. Raoul konnte sehen,
wie sie nach ihren Gürteln tasteten, ihren Waffen. *«Atac! Atac!»*

Es war unglaublich. Ob die Häscher, die der Anführer der Miliz
losgeschickt hatte, genauso gebannt waren von der Erzählung? Mit
Sicherheit waren sie das. Niemand konnte sich ihr entziehen.

Das wäre unsere Chance, dachte Raoul.

645

Wenn er jetzt eine Möglichkeit hätte, die Fesseln zu lösen, den Strick zu zerschneiden … Er tastete über seine Hose, so weit die Verschnürung es zuließ, doch das hatte er schon Dutzende von Malen getan. Das kleine Messer, das er an Bord des Express am Gürtel getragen hatte, hatten die Männer ihm abgenommen.

Aber es musste eine Möglichkeit geben. Längst hatte er begriffen, dass der König diese Vorstellung nur aus einem Grund aufführte: Er wollte ihnen eine Chance geben, die einzige, die sie hatten.

Gehetzt blickte Raoul um sich, wusste dabei ganz genau, dass es sinnlos war. Er war gefesselt, und was sollte ihm eine Waffe nützen, die sich außerhalb seiner Reichweite befand?

Die Aufmerksamkeit der Milizionäre war noch immer auf den König gerichtet. Atemlos hingen sie an seinen Worten, den Bewegungen, mit denen er die Erzählung unterstrich, die jetzt offenbar eine carpathische Reiterattacke auf die Österreicher schilderte. Raoul glaubte das Trampeln der Hufe zu hören, das wilde Schnauben der Pferde.

Er sah nur einen einzigen Carpathier, der nicht voll bei der Sache zu sein schien. Einen kurz gewachsenen Gesellen mit buschigem Schnurrbart, der … In seinem Innern krampfte sich etwas zusammen. Eine Sekunde lang schien sein Herzschlag auszusetzen.

Was er sah, war unmöglich.

***

Zwischen Sofia und Istanbul – 27. Mai 1940, 21:46 Uhr
CIWL Lx 3509 *(Vorderer Schlafwagen)*. *Abteil 9*.

Katharina Nikolajewna schwieg. Nun, da ihr Ausbruch vorüber war, schien sie wieder ganz gefasst. Sie verharrte ohne jede Regung. Abwartend. Auf eine Weise machte es das schwerer. Doch das war es, was sie auszeichnete: ihre Stärke, selbst in ihrer Verzweiflung.

Boris betrachtete sie, betrachtete das kleine silberne Kruzifix, das über dem Stoff ihres Kleides auf ihrer Brust hing. «Du täuschst dich», sagte er. «Du täuschst dich, Katharina Nikolajewna. Wenn du sagst, dass ihr davongelaufen seid, will ich das glauben. Alle Romanows haben das versucht in dem Moment, in dem die Arbeiter und Bauern Russlands nach Generationen der Knechtschaft aufbegehrten. Was das mit Juri Malenkov zu tun haben soll, weiß ich nicht, aber auf jeden Fall wirst du nicht *gestraft*. Diese Art von Strafe, von ... Buße, wie du sie nennst, gibt es nicht. Das Gerede von Strafe und Buße und Übertretungen ist eine Erfindung und ein Betrug eurer Popen, eurer Mönche und Nonnen. Nichts davon existiert wirklich.»

«Eine gewagte Behauptung», murmelte sie. Obwohl sie jetzt in seine Richtung sah, hatte er das Gefühl, als ob ihr Blick durch ihn hindurchging. «Wenn du sagst, dass der Mann, den du mit eigenen Händen getötet hast, niemals existiert hätte.»

Er schüttelte den Kopf. «Juri Malenkov hat existiert. Ich kannte ihn fast so lange, wie ich zurückdenken kann. Er hat mich ausgebildet. Und dass er in Belgrad neben mir stand, war kein Zufall ...» Er sah, wie sie den Mund öffnete, und gab ihr keine Gelegenheit zu einem Einwurf. «Ganz gewiss aber hatte es nichts mit irgendwelchen Sünden oder Verfehlungen zu tun.»

Zumindest nicht mit *deinen* Verfehlungen, dachte er. Juri Malenkov war auf den Plan getreten, weil Boris Petrowitsch nicht imstande gewesen war, seine Mission auszuführen wie alle anderen Aufträge zuvor. Weil die Frau, die nun vor ihm saß, alles verändert hatte. Und er unterschätzte sie nicht. Sie würde eine Lüge erkennen, sich mit Ausflüchten nicht zufriedengeben.

«Juri Malenkov ist meinetwegen nach Belgrad gekommen», erklärte er. «Weil ich in diesem Zug bin.»

Sie spürte, dass es ihm ernst war. Ihr Blick war wieder vollständig bei ihm.

«Und ich reise weder deiner Tochter wegen noch wegen der carpathischen Miliz mit dem Simplon Orient. Der Grund, aus dem ich hier bin ...» Er holte Luft. «Der Grund sind – Steine.»

Sie sprach kein Wort, doch er sah, dass sich in ihrem Gesicht etwas regte. Verwirrung? Mehr als das: Neugier? Bereits eine Ahnung? Er war auf dem richtigen Weg.

«Brillanten», sagte er. «Vierzehn Brillanten, die in früherer Zeit zu einem Collier gefasst waren. Ob das noch der Fall ist, weiß ich nicht.»

Es dauerte weniger als eine Sekunde. Ihre Augen weiteten sich. Wie viel begriff sie in diesem ersten Moment? Sehr viel. Ihr Verstand arbeitete schnell, war dem seinen ebenbürtig.

Natürlich wusste sie, wovon er sprach, doch das hätte jeder Mensch in Europa begriffen. Vor allem jedoch mussten ihr angesichts der Dinge, die sich in den vergangenen Tagen ereignet hatten, die Augen aufgehen. Hatte sie ihn nicht in ihrem Abteil ertappt? Nein, es war keine Frage, in wessen Händen sich das jahrzehntelang verschollene Collier befinden musste, wenn es an Bord des Express sein sollte. Gleichzeitig erkannte er, was er die ganze Zeit vermutet hatte, ohne es beweisen zu können: Sie wusste von nichts. Constantin Alexandrowitsch hatte es all die Jahre seit der Revolution in seinem Besitz gehabt, und seine Frau hatte nichts davon erfahren.

Und selbstverständlich begriff sie noch mehr, nun, da die ersten Pinselstriche die Umrisse des Bildes hervortreten ließen: Sie wusste, was die Steine wert waren. Den Preis eines Königreichs, im wahrsten Sinne des Wortes. Die Heiratsvereinbarung. Der einzig logische Grund, aus dem ein Herrscher, der eben im Begriff war, die Macht in seinem Königreich wieder an sich zu reißen, in eine Heirat mit der Tochter eines aus seiner Heimat vertriebenen Großfürsten einwilligen sollte. Der wahre Nutzen dieser Partie.

Und so viele andere Dinge, die noch nicht wirklich ins Bild passten, nun aber mit einem Mal einen Sinn zu ergeben schienen.

«Das Blut», flüsterte sie. «Das Blut, als ihr aus dem Waschraum kamt. Alexej.»

«Dein Sohn unterstützt mich. Er ist eingeweiht.»

Ganz kurz zuckte sie zurück, doch schon spürte er, wie ihre Gedanken aufs Neue Fahrt aufnahmen. Kein Gedanke mehr an Sünde und Buße und Hölle und Fegefeuer, zumindest für den Augenblick nicht. Er hatte sie an dem Punkt, an den er sie hatte führen wollen.

648

«Wie Constantin an die Steine gekommen ist, weiß auch ich nicht», räumte er ein. «Offenbar hatte er sie längere Zeit in der Schweiz deponiert und auf den richtigen Moment gewartet. Den Moment, in dem er sie am wirkungsvollsten einsetzen konnte. – Ich habe nicht verhindern können, dass er die Steine in die Hand bekam. Lediglich die Botin konnte ich ausschalten, aber da war es schon zu spät. Jedenfalls sind sie nicht in eurem Abteil. Ich habe jeden Winkel durchsucht, Alexej ebenfalls. Sie wären mir nicht entgangen, wenn sie dort wären. Zuletzt war ich davon überzeugt, Constantin müsste sie am Leibe tragen, doch auch das ist nicht der Fall. – Um das zu prüfen, musste ich ihn stellen, wenn er allein war. Deshalb konnte ich nicht zulassen, dass die Flucht deiner Tochter ihn ablenkte.»

Ihre Augen bewegten sich hin und her. Sie folgte seinen Gedanken.

«Er würde die Steine nicht noch einmal aus der Hand geben», murmelte sie. «Nicht wenn ihnen eine solche Bedeutung zukommt.»

«Das ist richtig», sagte er. «Doch ganz gleich, wo sie sind: Ich werde sie bekommen. Constantin ist verletzt. Er ist schwach. Er wird erwachen, bevor wir in Istanbul eintreffen, und er wird keine Möglichkeit haben, sie mit eigenen Händen aus ihrem Versteck zu holen. – Er wird Alexej schicken.»

Jetzt fuhren ihre Augenbrauen in die Höhe. «Aber Alexej ist für ihn ...»

«Ein Romanow», sagte Boris ruhig. «Trotz allem.»

Für die Dauer eines Herzschlags schien sie zu überlegen, dann nickte sie stumm.

Boris holte zwei Mal tief Atem. «Ich werde die Steine bekommen», sagte er. «Ich werde meinen Auftrag ausführen und in die Sowjetunion zurückkehren. Und du wirst mich begleiten, Katharina Nikolajewna.»

Einen Moment lang nichts. Keine Reaktion. Dann schien die Zeit einzufrieren.

Ihr Blick, dieser beschlagene Spiegel aus Eis, schien sich zu öffnen, sich in etwas zu verwandeln, das nicht so sehr hinausblickte, sondern in das er hineinsehen konnte wie durch ein Fenster, das der Wind unvermittelt aufgestoßen hatte. Die Sicht war frei auf ... Schauer, Überraschung, schieres Entsetzen, und doch so viel mehr. Eine Sehnsucht. Ja, eine Sehnsucht, die sich mit Unglaube mischte – und Verlangen.

Ich kann nicht. Es ist unmöglich, lächerlich, wahnsinnig, überhaupt nicht vorstellbar. Es darf nicht sein.

Sie war unfähig, etwas zu sagen. Sekundenlang. Dann: «Elena.»

Es war die Reaktion, mit der er hatte rechnen müssen. Er war auf sie vorbereitet. Und doch geschah es erst in diesem Moment, dass die Vorstellung, für die es in seinem Leben niemals Raum gegeben hatte, mit einem Mal da war.

Er wusste nicht, ob es statistische Erhebungen gab, wie viele Einsätze ein Agent des NKWD überlebte, wenn er regelmäßig auf Missionen gesandt wurde, wie er sie versah. Auf jeden Fall musste er weit über dem Durchschnitt liegen, weit über den Punkt hinaus, an dem er noch hätte am Leben sein dürfen. Doch er lebte, und wie einem jeden Mitarbeiter des Nachrichtendienstes stand es ihm frei, seinen Abzug von jener Sorte von Einsätzen und die Versetzung an einen Schreibtisch in der Lubjanka zu beantragen.

«Dein Mädchen wird uns begleiten», sagte er knapp. «Meine Vorgesetzten haben Grund, mir dankbar zu sein. Man wird uns ein Haus zuweisen, am Rande von Moskau. Kein Palast, aber wir werden ohne Not leben können. Und wir werden in *Russland* leben, Katharina Nikolajewna. Und du wirst feststellen, dass das Mädchen dort ...» Er sah sie offen an. «Was hätte sie *hier* zu erwarten? Bei Constantin? Irgendwann eine arrangierte Heirat mit einem Mann, den sie niemals gesehen hat?»

Sie erwiderte nichts. Ihr Blick zeigte deutlich, dass er recht hatte. Und doch galt es noch die schwerste Klippe zu überwinden.

«Xenia», sagte sie tonlos. «Ich kann meine Tochter nicht im Stich lassen.»

Boris schwieg. Es war wichtig, dass sie sich bewusstmachte, was sie gesagt hatte, und er spürte, dass sie den Worten nachlauschte.

Sie würde ihre Tochter nicht im Stich lassen? Und was hatte das Mädchen getan?

«Deine Tochter», sagte er mit leiserer Stimme, «hat eine Entscheidung getroffen. Sie hat entschieden, dass sie sich Constantin Alexandrowitschs Wunsch widersetzen wird, von dem sie wusste, dass er auch dein Wunsch war. Sie hat den Zug verlassen. – Sie befindet sich in den Händen der Miliz, das ist richtig, aber die carpathischen Republikaner werden ihr nichts antun, weil sie für sie ein Faustpfand ist. Carol wird kommen. Er *muss* kommen, weil er König ist und weil er alles, was er ist und jemals sein wird, entwerten würde, wenn er das Mädchen nicht retten würde. Und ich sage dir voraus, dass ihm das gelingen wird.»

Er ließ sie nicht aus den Augen, konnte sehen, wie sie seine Gedanken nachvollzog.

«Deine Tochter hat eine Entscheidung getroffen und damit bewiesen, dass sie erwachsen ist. Und wenn sie wieder frei ist, wird sie eine weitere Entscheidung treffen. Sie allein. Niemand kann ihr diese Entscheidung mehr abnehmen. Ob sie stehen bleiben will ...» Er hielt ihre Augen fest. «Oder weiterlaufen. – So wie auch du eine Entscheidung treffen kannst, Katharina Nikolajewna: weiter davonzulaufen, weil du glaubst, für irgendetwas *büßen* zu müssen. Oder endlich zu sein, was du *wirklich* bist.»

Die ganze Zeit hatte er mehrere Schritte Abstand gehalten. Jetzt trat er auf sie zu. «Komm mit mir.»

* * *

Zwischen Sofia und Istanbul – 27. Mai 1940, 21:53 Uhr
CIWL WL 3425 (*Hinterer Schlafwagen*). Abteil 10.

Eva sah von einem der Männer zum anderen. Der Code? Eine kryptische Passage aus der Biographie eines Stauferkaisers?

Wie auf ein Kommando hatten beide Männer zu notieren begonnen. Vorsichtig näherte Eva sich dem Mann, den sie achtundvierzig Stunden lang als Ludvig Mueller gekannt hatte. Er war dabei, die Sätze mit den gebrochenen Schwingen des Adlers zu kopieren, in einer langen Reihe quer über die Seite – in Großbuchstaben und ohne Abstände.

WENIGAENDERTEDARANDASSDERAUFMERKSAMEPHILIPPAUGUST...

«Die Umlaute und das ß werden aufgelöst», murmelte er. Entweder spürte er ihre Anwesenheit, oder sie spiegelte sich in der Scheibe. «Darauf muss man sich natürlich vorher verständigen.»

«Das ist der Code?», fragte sie. «Und wie funktioniert er?»

Ingolf antwortete nicht. Er hatte die Zeile gefüllt, zog jetzt das Schreiben des Admirals zu sich heran, strich es glatt. Er ließ mehrere Zentimeter Abstand und begann dann in einer zweiten Zeile die scheinbar sinnlose Buchstabenfolge zu notieren. Das CSTx ließ er weg. Anscheinend hatte es seine Aufgabe erfüllt.

VYTAUFSEWZVKPDSJEE...

«Alles groß?», fragte Eva.

«Ob Groß- oder Kleinbuchstaben ist jetzt uninteressant», murmelte er. «Die Kleinschreibung war nur wichtig, um die Position des Schlüssels zu finden.» Er sah über die Schulter. «Mr. Fitz-Edwards?»

«Wenn Sie sich noch einen kleinen Moment gedulden würden?» Der Brite klang eine Spur gereizt. «Ich habe etwas mehr zu schreiben als Sie.»

«Siebenhundert Zeichen», brummte Ingolf. «Gut: siebenhundertzwei.»

Eva sah zu de la Rosa, rechnete damit, auf der Miene des jungen Geistlichen dieselbe Verwirrung, dasselbe Unverständnis vorzufinden, das sie selbst empfand. Das war indessen nicht der Fall. Fasziniert beobachtete der Südamerikaner die Szene. Er schien etwas zu ahnen.

«Gut.» Fitz-Edwards stand etwas schwerfällig auf, legte das Schriftstück auf dem Tischchen ab.

Eva hob die Augenbrauen.

abcdefghijklmnopqurstuvwxyz

Das Alphabet. Dann eine neue Zeile, in Großbuchstaben diesmal, eine dritte, eine vierte ...

BCDEFGHIJKLMNOPQRSTUWVXYZA

CDEFGHIJKLMNOPQRSTUVWXYZAB
DEFGHIJKLMNOPQRSTUVWXYZABC
EFGH...

Und so weiter.

«Eine Vigenère-Tafel», erklärte Ingolf. «Benannt nach dem Mann, der sie entwickelt hat, übrigens auf der Basis von Forschungen, die man schon jahrhundertelang bei Ihnen zu Hause angestellt hatte, Monsignore. Im Vatikan.» Er blickte sich um und lächelte dem Geistlichen zu. «Was wir hier haben, sind sechsundzwanzig Zeilen mit den sechsundzwanzig Buchstaben des Alphabets. Und ganz oben unseren Klartext.»

Eva betrachtete die Auflistung. Winzig kleine, gestochen scharfe Druckbuchstaben, im Blocksatz untereinander aufgelistet. «Es ist jeweils das Alphabet», sagte sie. «In der ersten Zeile um ein Zeichen verschoben, in der nächsten um zwei, dann um drei Zeichen.»

Ingolf nickte. «Die sechsundzwanzig unterschiedlichen Codes, die sich durch eine reine Buchstabenverschiebung erzeugen lassen.»

Seine Augen leuchteten. Dasselbe Leuchten, das sie gesehen hatte, als er von seinen Minuskel- und Majuskelbuchstaben berichtet hatte, vom komplizierten Kanzleiwesen der späten Staufer. Seine Welt. Sie staunte, was man offenbar alles mit ihr anstellen konnte. Sie begriff nur noch nicht, wie.

«Das Geheimnis», erklärte er, «besteht darin, nicht mit einem einzigen dieser Codes zu arbeiten, sondern bei jedem einzelnen Buchstaben einen anderen Code einzusetzen.»

Er zog die Vigenère-Tafel zu sich heran, legte sie neben das Blatt mit den beiden Buchstabenreihen, das er selbst vorbereitet hatte.

«Unser Schlüssel sind die Sätze aus der Biographie. *Wenig aenderte daran ... et cetera pp.*» Sein Bleistift tippte auf die obere Reihe. «Unser erster Schlüsselbuchstabe ist also ein W, der dreiundzwanzigste Buchstabe des Alphabets, was bedeutet, dass der erste Buchstabe unseres codierten Textes um dreiundzwanzig Buchstaben verschoben wurde. Wir werden nun auf Mr. Fitz-Edwards' Tafel die Zeile aufsuchen, die mit einem W beginnt. Hier. Und jetzt schauen wir nach dem ersten

Buchstaben unseres verschlüsselten Textes. Aha, ein V. Und nun bewegen wir uns in der Zeile mit dem W waagerecht bis zu dem V in dieser Zeile. – Da die Zeile mit W beginnt, ist das V in diesem Fall der letzte Buchstabe. – Nun müssen wir uns nur noch ganz nach oben bewegen zum Klartext.»

«Das Z», murmelte Eva. «So simpel?»

Missbilligendes Naserümpfen. «Natürlich ist es simpel! Wenn die Methode nicht simpel wäre, wäre sie nicht praktikabel. Vor allem aber ist sie sicher. Wer den Code nicht kennt, hat keine Chance, den Text zu entschlüsseln. Wer den Kantorowicz nicht kennt.» Er hob das Buch an. «Und wer nicht weiß, welche Stelle der Biographie den aktuellen Schlüssel bezeichnet.»

Zögernd nickte Eva. Umgekehrt bedeutete das natürlich, dass alle seine Mitverschworenen sich mit einem ganz bestimmten Buch abschleppen mussten. Was sie umgehend verdächtig machen würde, wenn der deutsche Geheimdienst der Gruppe einmal auf der Spur war – jene Teile, die nicht in die Verschwörung eingeweiht waren und die die überwiegende Mehrheit darstellen mussten.

Ingolf beugte sich wieder über die Papiere. Eva sah, wie sich seine Augen über die Zeilen bewegten, sekundenschnell.

«Der zweite Buchstabe im Klartext ist ein U», sagte er. «Versuch du den dritten, Eva.»

Sie spürte ein aufgeregtes Kribbeln. WENIG. Der dritte Schlüsselbuchstabe war ein N. Die Reihe, die auf Fitz-Edwards' Tafel mit einem N begann, dort nach rechts bis zum dritten Buchstaben aus dem codierten Text, einem T, von dort nach oben. «Ein G!», flüsterte sie, und im nächsten Moment blieb ihr die Luft weg. «Das ist das komplette erste Wort! Z-U-G! Das erste Wort des Textes ist Zug! Der Zug – der Simplon Orient Express!»

Ein Klopfen. Alle sahen sich um, und es war ein merkwürdiges Bild: auf allen Gesichtern derselbe, seltsam *ertappte* Ausdruck. De la Rosa, der Tür am nächsten, blickte fragend in die Runde. Fitz-Edwards nickte fast unmerklich. Vorsichtig öffnete der Kirchenmann.

«Mademoiselle, Messieurs ...» Monsieur Georges balancierte ein ausladendes Tablett. Der Geistliche atmete auf. Er nahm es in Empfang, reichte es an Eva weiter. «Die Oliven stammen noch aus Italien», erklärte der Steward entschuldigend. «Unser maître de cuisine ist untröstlich. Für gewöhnlich hätten wir den Herrschaften heute Abend die traditionellen bulgarischen *Palneni Tschuschki* anbieten können, die, das darf ich sagen, wahrhaft ein Gedicht sind. Doch leider ...» Mit gequälter Miene. «Wie es aussieht, hat der Herd einen Volltreffer erlitten.»

Besser der Herd als der Koch, dachte Eva. Sie dankte dem Steward mit einem Nicken und wollte das Tablett an Ingolf weiterreichen, der aber schon wieder in den Text vertieft war. Fitz-Edwards nahm es ihr ab und stellte es auf das Tischchen.

Der Zugbegleiter zögerte. «Wenn ich den Herrschaften einen Rat geben darf: Wie es den Anschein hat, fahren wir genau in das Unwetter hinein. Wir sind hier nicht mehr weit von der Küste entfernt, sodass es durchaus etwas ruppiger zugehen könnte. Da wir hier draußen momentan bedauerlicherweise keine Fensterscheiben haben, würde ich vom Aufenthalt auf dem Gang abraten, sobald es richtig losgeht. Sollte also jemand von Ihnen noch schnell ...» Ein langgezogener Donnerschlag schnitt ihm das Wort ab.

«Also dann ... Wenn Sie noch etwas benötigen, klingeln Sie bitte einfach.» Ein Aufblitzen, dass nur noch die Silhouette des beleibten Mannes zu sehen war. Eine Sekunde später ein Donnerschlag, der sich durch die Konstruktion des Schlafwagens fortzupflanzen schien. «Wobei ...», murmelte der Steward. «Klingeln Sie besser mehrfach.» Er schloss die Tür und war verschwunden.

Eva sah zum Fenster und bereute es im selben Moment. Sie hatten die Vorhänge vorgezogen, doch das neue Aufblitzen war dermaßen grell, dass für Sekunden bunte Lichtkreise vor ihren Lidern entstanden, als sie die Augen reflexartig zusammenkniff.

«Noch ein S.» Gemurmelt. Das war Ingolf. Gleich darauf ein anderes Geräusch und, nur undeutlich zu verstehen: «Italien oder nicht. Die Oliven sind gut.»

Eva beugte sich über seine Schulter. Leider hatte seine Handschrift beträchtliche Ähnlichkeit mit den staufischen Majuskeln, die er so sehr liebte. Selbst den neuesten Buchstaben, das S, konnte sie nur mit Mühe entziffern, sah aber, dass eine gleichgeartete Hieroglyphe unmittelbar vorausging.

Zwei Blitze rasch hintereinander, die Donnerschläge im selben Atemzug. Die Erschütterung rüttelte den Schlafwagen durch, und gleichzeitig schien heftiger Wind einzusetzen. Das Deckenlicht flackerte. Fitz-Edwards hatte sich von den beiden jungen Leuten gelöst, war an die Tür zurückgetreten. Der Zwicker klemmte auf seiner Nase. Die Stirn in tiefe Falten gelegt, musterte er die Decke. Ein Laut, der dem Geräusch ähnelte, das entstand, wenn ein Stück rohes Fleisch in siedendes Fett gegeben wurde. Regen wurde gegen die Verkleidung des Wagens geworfen. Splitternde Laute, als draußen auf dem Gang ein bereits beschädigtes Fenster eingedrückt wurde. Doch darüber, darunter ... Etwas *anderes*.

Dumpfere Geräusche. Geräusche wie ein gedämpftes, blechernes *poing – poing – poing*, nicht vollständig gleichmäßig, aber dennoch als ob sie einem schwer zu bestimmenden Rhythmus folgten. Dem Rhythmus von – Schritten? Nein. Es klang wie etwas, das sich in kauernder Stellung auf allen vieren bewegte, geduckt gegen den Fahrtwind, den Sturm, den nadelspitzen Regen.

Ganz langsam legte Eva den Kopf in den Nacken. «Kommt das von ... oben?», flüsterte sie. Die winzigen Härchen auf ihrer Haut begannen sich aufzurichten, und nicht die Statik des Gewitters trug die Schuld daran.

Fitz-Edwards schob sich an ihr vorbei, musste sich an der Wand abstützten, als er in die Knie ging und in seine lederne Reisetasche griff. Die Mk6-Pistole der britischen Streitkräfte. Er richtete sich auf, zog den Hahn zurück.

Poing – poing.

«Ja», murmelte Ingolf, «ich würde sagen ...» Er drehte sich zu ihnen um, schaute irritiert, als er den Briten mit entsicherter Waffe sah. «Also ...» Er räusperte sich. «Ich würde sagen ...»

Ein Poltern. Ein anderer Laut. Ein erstickter Schrei? Dann ... nein, nicht Stille. Die dumpfen Geräusche gingen weiter.

«Das sind mehrere», flüsterte Eva.

Der Brite ließ die Decke nicht mehr aus den Augen. «Einer weniger als vorher, würde ich vermuten, Miss Heilmann.»

Poing – poing.

«Also, falls es noch jemanden interessiert ...» Ingolf. «Ich denke, ich habe jetzt den ersten Satz.»

Alle Köpfe wandten sich zu ihm um.

Poing – poing – poing.

Der junge Mann war wieder blass geworden wie in seiner Ohnmacht. Unbehaglich hob er seine Notizen. «*Zug sofort verlassen.*»

***

Zwischen Sofia und Istanbul – 27. Mai 1940, 21:56 Uhr
CIWL 2413 D (ehemals 2419 D, «wagon de l'Armistice»).

Der Sturm peitschte Regen durch die leeren Fensterhöhlen, mit einer Wucht, die es unmöglich machte, sich den Fenstern zu nähern, ohne auf der Stelle bis auf die Knochen durchnässt zu werden. Irgendwie war es Maledoux gelungen, in Sofia Wachstuch zu organisieren, mit dem sie versucht hatten, die Öffnungen zu verschließen, die im Teakholz klafften wie offene Wunden. Das Unwetter hatte nur Minuten gebraucht, um alle Anstrengungen wieder zunichtezumachen.

Claude Lourdon klammerte sich an den Fensterrahmen, starrte in die Dunkelheit, die keine echte Dunkelheit war. Blitze erhellten die Szenerie in einem irrwitzigen, stolpernden Takt.

«Sie sind dort draußen», flüsterte er. Es war Guiscards Schicht bei der Gefangenen, doch Maledoux befand sich nur ein paar Meter entfernt irgendwo in seinem Rücken. Unwahrscheinlich, dass er ein Wort verstehen konnte. Aber Lourdon sprach auch nicht zu dem hageren Offizier. Er sprach mit der Finsternis, sprach mit der Vergangenheit.

Kälte. Nässe. Dunkelheit. Bis zu den Knien im eisigen Schlamm, in der Enge des metertiefen Grabens an der äußersten vorgeschobenen

Linie um die Festung Verdun, während die Feuergarben der deutschen Artillerie mit einem geisterhaften Heulen über ihre Köpfe hinwegpfiffen. Die Füße ohne Gefühl, die Hände um das Gewehr gekrallt, an dessen Spitze der tödliche Stahl des Bajonetts glitzerte. Einschläge, ganz nahe. Blut und Schlamm und Tod. Grünlich schillernde Wolken aus Chlorgas, das die Lungen von innen her verbrannte und gegen das es keinen Schutz, keine Zuflucht gab. Die unendlichen Stunden des Wartens auf das Signal. Das Signal, dass die Deutschen auf dem Weg waren über die achtzig, hundert, hundertfünfzig Meter des kraterzerfurchten Niemandslands mit ihren Bajonetten.

Stunden, Tage, Monate in derselben Stellung. Das einzige Licht ein schmaler Streifen Himmel über dem morastigen Laufgang, und in der Nacht das Feuer der Geschütze.

Nur eines hinderte ihn daran, den Verstand zu verlieren, schreiend aus dem schützenden Graben zu springen, in die Gewehrmündungen der Deutschen hinein: der Gedanke an Penelope. Der Gedanke, dass dies nicht ewig war. Dass es noch etwas anderes gab, wieder etwas anderes geben würde für diejenigen, die überlebten.

Doch es waren wenige, die überlebten. Und niemand von ihnen überlebte, ohne gezeichnet zu sein, ein Leben lang.

Es war die Hölle. Auf beiden Seiten.

Sie haben ganz genau dasselbe erlebt wie wir, dachte Claude Lourdon. Doch nicht wir, sondern sie haben es wieder getan. Auch wenn sich dieser Krieg nicht in einen Stellungskrieg verwandelt hat, in dem um jeden Meter gerungen wird, ineinander verkrallt, die Zähne in die Kehle des Gegners verbissen. Und nun sind sie da.

Er spürte sie, konnte sie riechen. Es war so weit im infernalischen Feuer der Blitze, in der Kälte und Nässe, die Hände und Füße lähmte wie den Willen zum Weiterleben. Und heute gab es keine Penelope mehr, die ihm Kraft gab. Nichts mehr, seitdem er sie an die tückische Krankheit verloren hatte. Nichts mehr als ein vages Gefühl der Verantwortung für die Nation, der er diente. Doch keine Hoffnung.

Hatte er die Gräben tatsächlich jemals verlassen? War der Krieg wirklich jemals zu Ende gegangen? Oder war er gestorben wie die

Männer rechts und links von ihm, mit zerfetzter Kehle, verätzten Lungen, durchbohrt vom Stahl der deutschen Bajonette? War alles, was seitdem geschehen war, nichts als der Fiebertraum eines Sterbenden?

Der Wagen. Der Wagen, in dem beide Seiten die Unterschriften geleistet hatten nach Frankreichs Sieg, der doch kein Sieg, kein Frieden gewesen war, sondern der Weg in einen neuen Krieg. Der Wagen, der Stolz seiner Nation. War er nicht das Einzige, was sie tatsächlich in diesen Jahren errungen hatten, der einzige Preis für die Monate, die Jahre in der Hölle? Der Preis, um dessentwillen sie in den Gräben ...

«Mon Lieutenant-colonel!»

Maledoux' Stimme riss ihn zurück. Es war der Ton in der Stimme des Offiziers: drängend, alarmiert. Als hätte er Lourdon schon zum zweiten oder dritten Mal vergeblich angesprochen. Lourdon wandte sich um ...

Der Schlag traf seine Schläfe, seinen Hinterkopf. Er stolperte, konnte sich nicht halten, stürzte. Der Knall eines Schusses. Maledoux, der ebenfalls feuerte. Ein Schrei, der in einem Gurgeln endete.

Lourdons Wange klebte am durchnässten Boden. Sein rechtes Auge war blind. Er spürte das Blut, das aus der Wunde strömte, über sein Gesicht. *So also geht es zu Ende.*

Stiefel. Schwere Militärstiefel. Wasser, das von einem Kampfanzug tropfte, im Hintergrund weitere Gestalten. Über den Lärm des Unwetters hinweg ein wiederholtes Beben, als immer neue Männer vom Dach des Wagens durch die zerstörten Fenster glitten.

Aber noch war er nicht tot. Die Dienstpistole war unerreichbar, eingequetscht unter seiner Hüfte. Ein Schmerz, irgendetwas musste gebrochen sein. Doch er konnte mit Händen und Zähnen kämpfen, wie er auch in den Gräben bereit gewesen war, mit Händen und Zähnen zu kämpfen.

Etwas packte seinen Arm, riss ihn hoch. Der Schmerz in seinem Bein war pure Agonie. Schillernde Punkte tanzten vor seinen Augen.

Zwei Männer hielten ihn gepackt. Der Mann, der ihm gegenüberstand, trug einen Tarnanzug in den Farben der Waffen-SS. Die Ärmel-

659

abzeichen: ein Standartenführer – hochgewachsen, wie sich Hitler seine arischen Krieger vorstellen mochte, die Augen ein wässriges Blau. Der Mann troff vor Nässe.

«Lieutenant-colonel Claude Lourdon, nehme ich an.» Der Deutsche musterte ihn von oben bis unten. «Und ...» Er wandte sich um.

Lourdons Blick fiel auf Maledoux, ebenfalls im Griff zweier SS-Männer. Ein Blutfleck begann sich über der rechten Hälfte seiner Brust auszubreiten, die sich hektisch hob und senkte. Zu schnell, wie der Lieutenant-colonel erkennen konnte. Claude Lourdon hatte Männer in diesem Zustand gesehen. Ein Steckschuss in die Lunge. Ohne sofortige medizinische Versorgung war der hagere Mann dem Tode geweiht, und er wusste es. Er würde an seinem eigenen Blut ersticken.

«Nur zu zweit», bemerkte der Standartenführer. «Wie ich unterrichtet wurde, sollten Sie zu viert sein. Doch wenn ich mir den Wagen ansehe ...» Seine Hand strich über die Innenverkleidung. Er zog sie zurück, betrachtete seine Finger, als hätte er etwas Unappetitliches berührt.

Ein Nicken zu einem seiner Männer. «Obersturmführer, Sie sichern den Durchgang zum Rest des Zuges. Niemand betritt diesen Wagen, bevor wir in Svilengrad sind. – Der Grenzbahnhof», bemerkte er in Richtung Lourdon. «Die bulgarischen Behörden werden uns den Gefallen tun, diesen Wagen zu beschlagnahmen. Über carpathische und ungarische Gleise sollte er in wenigen Tagen wieder zurück sein in ...» Ein Schulterzucken. «... in dem, was mal Frankreich war und nun nicht länger von Bedeutung ist.»

Lourdon schloss die Augen. Wellen aus Schmerz fluteten durch seinen Körper, Schweiß stand ihm auf der Stirn. Sein Mund war trocken, und das Atmen bereitete unvorstellbare Mühe. Es würde gleich vorbei sein. Alles würde vorbei sein. Nein, sie würden weder ihn noch Maledoux als Gefangene in eines ihrer Lager schleppen, doch was zählte das schon? Der Wagen. Sie waren gescheitert, und hatte ihr Scheitern nicht vom ersten Augenblick an festgestanden?

«Trotzdem ist es wichtig», hörte er den Standartenführer. «Es wird ein Zeichen sein, wenn die Geschlagenen in genau diesem Wagen die Bedingungen des Führers akzeptieren müssen. Ein Zeichen für die ganze Welt, und die Welt wird begreifen. Sie haben versucht, uns in die Irre zu führen, Lourdon! Tagelang waren wir auf der falschen Spur, haben den zivilen Widerstand verhört, die *résistance*. Dieser Lefèvre hat die lächerlichsten Geschichten erzählt vor seinem Tod. Am Ende war es nichts als … Zufall, könnte man meinen.»

Lourdon hielt die Augen geschlossen. Er spürte den Atem, der über sein Gesicht strich.

«Aber es war kein Zufall», flüsterte der Deutsche. «Die Wahrheit ist, dass die Vorsehung auf der Seite unseres Führers steht und dafür gesorgt hat, dass uns ein Mitarbeiter Ihres *général* in die Hände fiel, eingeklemmt unter den Trümmern seines Kettenfahrzeugs. Eben noch rechtzeitig, um Ihren Plan zu vereiteln. Großdeutschland lässt sich nicht betrügen.»

Lourdon hörte, wie der Mann sich einige Schritte entfernte. «Die arische Rasse ist großmütig mit den Unterlegenen, doch Betrügern …»

Der Lieutenant-colonel konnte seine Beine nicht mehr spüren. Einzig der Griff der Männer hielt ihn aufrecht. Ein Schwindel war in seinem Kopf erwacht, und er spürte einen unwiderstehlichen Zug hinab, hinaus in die Dunkelheit, in das Feuer der Blitze, von denen er nicht mehr sagen konnte, ob sie tatsächlich dort draußen die sturmdurchtoste Nacht durchzuckten oder einzig in seinem Kopf existierten. Ein letztes Mal öffnete er das unversehrte Auge. Seine Wahrnehmung wurde undeutlich, doch er konnte erkennen, dass der Standartenführer an die Verkleidung getreten war, die den Salon vom Entree trennte, sich an seiner Hose zu schaffen machte.

Lautes Lachen von mehreren seiner Untergebenen, als der Mann sein Gemächt ins Freie zerrte, sich breitbeinig an die Verkleidung stellte.

«Betrügern», erklärte er, «gebührt Verachtung.»

Eine Bewegung von links. Ein überraschter Laut von einem der SS-Männer, die Maledoux festgehalten hatten. Maledoux … Lourdon kämpfte, wollte sehen, wollte das Ende mitbekommen. Wollte …

661

Maledoux, der gegen den Standartenführer prallte, der einen Laut ausstieß – Schmerz, Überraschung –, taumelte, sich einen Moment lang zu fangen schien, aber dann mit seinem ganzen Gewicht gegen die Verkleidung schlug. Ebenjene Verkleidung, die Maledoux so herzhaft mit dem Stiefel bearbeitet hatte, weil sie knirschte und knarrte, und die immer um einen Zentimeter abgestanden hatte.

Die Verkleidung. Ein schepperndes Geräusch, als sie sich löste, und …

Es war ein letzter Augenblick. Ein Augenblick voller Klarheit, voll eines Verstehens, das nicht durch logische Erkenntnisse zustande kam, denn dazu ging es zu schnell. Das Wissen, das Begreifen war einfach da, in dem Moment, in dem das Licht, das Feuer aufflammte.

Gerechtigkeit. Die Welt verging in einem Feuerball, der die Konstruktion von CIWL 2419 D in Stücke riss.

Und mit ihr alle, die sich im Wagen befanden.

***

Die Ausläufer des Balkangebirges zwischen Niš und Zaječar, jugoslawisch-bulgarische Grenze – 27. Mai 1940, 21:58 Uhr

Die Kerle stanken. Oder waren es ihre Pferde? Betty konnte es nicht mit Sicherheit sagen. Vielleicht kam der Gestank überhaupt nicht von ihnen, sondern sie hatte ihn die ganze Zeit direkt vor der Nase. Für den Bart hatte Carols Reittier ein paar Strähnen aus seinem Schweif opfern müssen, und die Schauspielerin konnte nur hoffen, dass sie nicht ganz so lächerlich aussah, wie sie sich beim Blick in den Schminkspiegel vorgekommen war.

Jedenfalls hatte sie schon mit einer professionelleren Maske gearbeitet, auch in Hosenrollen. Sam Goldwyn war eine Zeitlang geradezu manisch darauf fixiert gewesen, ihr Hosenrollen aufzuschwatzen. Über die Gründe hatte sie gar nicht genauer nachdenken wollen.

Doch der Frage, wie überzeugend *sie* ihre Rolle ausfüllte, würde heute Abend ohnehin nicht die entscheidende Bedeutung zukommen. Nicht, wenn alles funktionierte, wie sie es sich zurechtgelegt hatte.

Und der Plan schien aufzugehen. *Carpathier haben eine besondere Schwäche für pathetische Reden. Da können sie stundenlang zuhören.* Carol hatte nicht übertrieben. Die Männer an den Feuern hatten sich ausnahmslos erhoben, auch derjenige, den sie für den Anführer hielt. Sie reckten die Köpfe, verfolgten jedes seiner Worte, jede seiner dramatischen Gesten. Jetzt allerdings übertrieb der König, zumindest für Bettys persönlichen Geschmack.

«Atac! Atac! Atac!» Carol ließ die Faust niedersausen, dass die Schauspielerin sich fragte, ob das Fleischerbeil zu den regulären Waffen der carpathischen Kavallerie gehörte. Doch unübersehbar hatte man in Carpathien ein anderes ästhetisches Gespür. Die Milizionäre beobachteten ihn gebannt, und Betty konnte sehen, wie auch die Lippen der Zuschauer das Wort formten: *Atac! Atac!*

Sie hatte sich bereits weit durch ihre Reihen geschoben, doch das schwierigste Stück lag noch vor ihr: Das freie Gelände rund um die Felsensäule, von der die Feuer der Entführer fast respektvoll Abstand hielten. An der letzten Lagerstelle hielt sie inne, hob den Blick.

Der Junge Raoul riss die Augen auf. Er hatte sie erkannt. Ihr Herz wollte in die Hose rutschen, die sie einem widerstrebenden königlich carpathischen Gardisten abgenommen hatte. Wenn ihre Verkleidung dermaßen simpel zu durchschauen war ...

Ein Schlag auf ihre Schulter, der ihr die Luft aus den Lungen trieb. Der Milizionär stand plötzlich neben ihr, wie aus dem Boden gewachsen, einen Kopf größer als sie. Im ersten Moment wusste sie nicht, was er von ihr wollte, dann folgte sie seinem Blick.

Ihr Gardistenstiefel stand in seinem Abendessen. Sie hatte es nicht gemerkt, hatte kein Gefühl in den viel zu großen Ungetümen. Doch die *saddles* waren für diese Mission natürlich nicht in Frage gekommen.

Der Carpathier musterte sie. Misstrauisch zusammengekniffene Augen unter buschigen Augenbrauen. Wieder sagte er etwas, das Bet-

663

ty nicht verstand. Schon warf einer der anderen Männer einen Blick in ihre Richtung.

Die Schauspielerin holte Luft. Sie sprach kein Carpathisch, erinnerte sich an exakt einen einzigen Satz. Sie senkte die Stimme. «*Futu-ti mortii ma-tii!*»

Sein Gesichtsausdruck wurde noch finsterer, doch dann ... «*Lua-mi-ai coaiele-n gura!*» Ein knurrender Laut, irgendwo zwischen unterdrücktem Fluch und anerkennendem Grunzen. Im nächsten Moment wandte er sich wieder Carol zu.

Betty schwankte. Mehrere Atemzüge lang war der Schwindel fast übermächtig. Es war nicht das erste Mal, dass sie sich in Verkleidung durch ein Lager von Wilden schlich, allerdings bestand ein gewaltiger Unterschied darin, ob es sich bei den Eingeborenen um Douglas Fairbanks jr. und eine Handvoll Komparsen handelte oder um ... Eingeborene.

«Jetzt sieht es schlecht aus.»

Betty blickte auf. Die Stimme war ein Flüstern: Xenia Romanow, an die Felssäule gefesselt. Sie wandte Betty – und dem Felsen – den Rücken zu, hatte die Schauspielerin noch nicht entdeckt.

Anders als Raoul, der sie anstarrte wie ein außerirdisches Wesen.

«*Die Österreicher haben die carpathische Kavallerie mit ihren Maschinengewehren niedergemäht*», flüsterte Xenia. «*Nur Feiglinge kämpfen so. Aber jetzt stehen sie vor den Toren von Kronstadt, und das Aufgebot des Königreichs ist ihnen hoffnungslos unterlegen. Die Bewohner der Hauptstadt haben gehört, was in Alba Iulia geschehen ist, wo die Österreicher bis zu den Knöcheln durch Ströme von Blut gewatet sind.*» Ersticktes Atmen. «*Besonders mit den Frauen. Sie haben Angst.*»

Betty blickte hoch zur Felsenkante. Carol war im Begriff, sich selbst zu übertreffen. Er hatte die Arme um den Körper geschlungen, presste die Worte stoßweise hervor. Betty hatte improvisiert, die Konturen seines Gesichts mit dem Make-up betont, das sie gerade dabeihatte und das sich mit professioneller Film- oder Theaterschminke natürlich nicht vergleichen ließ. Das Ergebnis sah dennoch eindrucksvoll aus. Aus den Augenwinkeln musterte sie die Männer der Miliz, gefangen von seinem Vortrag. Sie lauschten, zum Teil mit offenem Mund,

und immer wieder machte der eine oder andere mehrere Schritte nach
vorn, um dem Erzähler und seiner Geschichte näher zu sein, seltsam
willenlos, wie von einer fremden Macht gesteuert.

Betty sah starr geradeaus, an den Gefangenen vorbei auf den König, setzte einen Fuß vor den anderen. Jetzt hatte sie den unsichtbaren
Bannkreis rund um die Felssäule betreten. Niemand hinderte sie daran. Niemand schien es auch nur zu bemerken.

Noch drei Schritte. Noch zwei.

Carol hob die Hände. *«Unitate!»*, flüsterte er, doch das Wort kam
überall in der Senke an. *«Unitate!»* Jetzt lauter.

«Die einfachen Leute ...», übersetzte Xenia. *«Das Volk von Kronstadt schließt
sich der königlichen Streitmacht an.* Also der ehemaligen königlichen
Streitmacht. Der König ist ja tot – das war, als er vorhin auf die Knie
gefallen ist. *Sie kämpfen Seite an Seite mit dem Aufgebot des Königshauses. Unitate! Einigkeit! Alle für Carpathien.»*

Ein letzter Schritt. Betty war dem jungen Steward jetzt so nahe,
dass sie nur noch die Hand ausstrecken musste. Aber die Hälfte der
Milizionäre befand sich in ihrem Rücken. Wenn auch nur *einer* von
ihnen in diesem Moment in ihre Richtung sah ...

Eine blitzschnelle Bewegung. Raoul musste darauf gefasst gewesen
sein, griff zu – und zuckte zusammen. Betty biss sich auf die Lippen.
Messer immer mit dem Griff voran! Zum Glück hatte der Junge die winzige
Klinge nicht fallen lassen. Schon machte er sich an den Stricken zu
schaffen.

«Halt!», zischte Betty. «Noch nicht!»

Sofort hielt er inne.

Betty atmete, lauschte. Nichts. Keine Schritte, die näher kamen,
keine misstrauischen Rufe in einer fremden Sprache. War das Manöver tatsächlich unbemerkt geblieben? Sie wagte es nicht, über die
Schulter zu blicken, zu dem Mann, dem sie ins Essen gestolpert war,
und seinen Gefährten am Lagerfeuer. Aus dem Augenwinkel musterte
sie den jungen Steward. Nein, Raouls Haltung veränderte sich nicht,
und er musste sehen, wenn sich am Feuer etwas tat.

«Du wartest ab, bis es losgeht», sagte sie leise. «Dann aber ...»

665

«Miss ... Miss Marshall?» Das Mädchen Xenia. Ihre Stimme zitterte, kippte.

«Still!» Betty und der Junge, wie aus einem Mund. Die Schauspielerin verkniff sich ein Lächeln.

«Du sagst mir Bescheid, wenn der König anfängt, von den Reformen zu sprechen, die er für die Arbeiter und Bauern erlassen will», flüsterte sie.

«Das ... das tut er schon.»

Betty sah sich um. Ja, die Männer hingen an seinen Lippen. Sie hörte sie murmeln, erkannte unterschiedlichste Reaktionen: Überraschung, Zweifel, aber auch etwas anderes – Hoffnung? Milizionäre hin oder her: Viele Carpathier spürten eben doch noch eine tiefe Verbundenheit mit ihrem Königshaus. Der Gedanke war Irrsinn, aber was, wenn es ihm *tatsächlich* gelang, diese Männer auf seine Seite zu ziehen?

Sie verscheuchte den Gedanken. «Wenn es losgeht, befreit ihr euch und lauft los», flüsterte sie eilig. «Nicht zum Pass, sondern in die Richtung, aus der ich gekommen bin. Hinter den Bäumen am Ende der Senke ist eine Geröllhalde. Ihr klettert über sie hinweg, auf der anderen Seite haltet ihr euch nach rechts. Dort warten zwei Pferde mit Proviant. Wenn ihr tiefer am Berg wieder auf die Straße kommt, gehört das erste Dorf schon zu Bulgarien. Dorthin werden sie euch nicht folgen.»

Vorausgesetzt, dachte sie, Carol hatte die Gegend tatsächlich wiedererkannt, in der er in friedlicheren Zeiten mit dem jugoslawischen Prinzregenten auf die Jagd gegangen war.

Keiner der beiden jungen Leute sagte ein Wort.

«Wartet auf uns», sagte Betty, «wir stoßen im Morgengrauen zu euch. Dann reiten wir zusammen nach Sofia.» Sie holte Luft. «Wenn ihr nicht wartet ... In der Satteltasche des dunkleren Pferdes befindet sich ein Bündel mit hundertvierzig amerikanischen Dollars.»

«*Was?*» Das Mädchen.

Betty reagierte nicht auf die Frage. «Viel Glück!», flüsterte sie. Schon war sie mehrere Schritte von den Gefangenen entfernt. Sie betete, dass die jungen Leute es schaffen würden. – Fast genau so intensiv allerdings, dass sie keinen von ihnen wiedersehen würde. Zumindest nicht morgen früh in einem bulgarischen Dorf. Doch das war die Entscheidung der beiden.

Carol redete noch immer. Er redete um sein Leben, im wahrsten Sinne des Wortes. Mit langsamen Schritten ging Betty weiter auf die Felswand und den König zu. Die Schritte einer Schlafwandlerin, gebannt von der Macht seiner Rede, wie alle Carpathier. Sie hoffte, dass es so aussah. Doch etwas hatte sich verändert ... Carol. Er räusperte sich, musste neu ansetzen. Die Bewegungen, mit denen er die Worte unterstrich, waren hektischer geworden, weniger koordiniert.

Die Reformen. Bis zu diesem Punkt hatte die Schauspielerin das Drehbuch vorbereitet. Er hatte einfach keinen Text mehr. Er musste improvisieren. Auch die bengalischen Feuer, deren Brenndauer auf Bettys Show abgestimmt war, begannen zu flackern, zu zucken. Sie hatten ihren Dienst getan, und Betty war froh über die Hartnäckigkeit, mit der sie Thuillet beim unplanmäßigen Halt in Prosek bekniet hatte, ihr das Gepäckabteil im Fourgon zu öffnen, damit sie an ihren Bühnenkoffer konnte.

Aber jetzt lief die Zeit ab. Mit zusammengekniffenen Augen beobachtete sie Carol, wartete auf den richtigen Moment.

Der König breitete die Arme aus. Seine Hände deuteten auf diesen, auf jenen der Männer in der Tiefe. «Lucrători ... agricultori ...» Wieder hob er die Arme. «... Carpathii!» Er legte die Hände ineinander, hob sie fast beschwörend zum Himmel. «Unitate! Unitate!»

Das war der Moment.

«Carpathia!», brüllte Betty. «Carpathia!» Sie griff seine Geste auf.

Überraschte Blicke auf den Reihen der Milizionäre, dann, zögernd zunächst: «Carpathia!» Eine bullige Gestalt, die plötzlich neben ihr stand. «Carpathia!» Der Mann vom Lagerfeuer? «Carpathia!» Immer mehr Rebellen, die einstimmten, die ineinandergelegten Fäuste gen Himmel reckten. «Carpathia! Carpathia!»

In diesem Moment begannen Carols Gardisten zu feuern.

***

Zwischen Sofia und Istanbul – 27. Mai 1940, 22:06 Uhr
CIWL Lx 3509 (Vorderer Schlafwagen). Doppelabteil 6/7.

Ein Grollen. Ein heftiges Zischen, das mit einem Mal das Abteil erfüllte. Alexej hob den Kopf, stand auf ...
Ein Schlag. Ein Beben.
Das Abteilfenster zerbarst, die Tür, hinter der sich das Porzellan verbarg, sprang splitternd aus der Fassung, der Boden unter seinen Füßen bäumte sich ihm entgegen. Alexej taumelte, schlug hart mit Kopf und Schulter gegen die Wand. Mit der bis zu diesem Moment unverletzten Seite des Kopfes. Ein markerschütterndes Kreischen war in der Luft. Der Wagen ... schlingerte. Alexej schmeckte Blut, doch mit Mühe hielt er sich aufrecht, klammerte sich an den Durchgang zur Herrenhälfte. Das Licht ... Ein Flackern. Im nächsten Moment war es stockfinster.
Eine neue Erschütterung, als irgendetwas gegen den Wagen prallte, und darüber, dahinter ein Geräusch, ein *Geruch* ...
«Elena!» Eine heisere Stimme, kaum zu verstehen.
Ein Blitzschlag tauchte das Abteil einen Lidschlag lang in Helligkeit. Constantin Alexandrowitsch saß aufrecht auf dem Lager. Er sah aus wie ein Wahnsinniger, bleich wie der Tod, verwirrtes Haar, zerzauster Bart, Blut auf dem frischen Hemd, das Alexej und Boris ihm übergezogen hatten.
«Papa!»
Alexej fiel ein Stein vom Herzen. Im grellen Aufblitzen hatte er auch das kleine Mädchen gesehen: am Boden, vor dem niedrigen Tisch am Fenster, halb *unter* dem Tisch, der sie vor den Splittern geschützt haben musste. Die Stimme der Kleinen zitterte, doch sie weinte nicht. Er betete, dass sie unverletzt war.
«Papa!»
Der Großfürst antwortete nicht, doch von irgendwoher ... Licht, eine Ahnung von unbeständigem Licht, und der Geruch ...
«Elena, du bleibst bei Vater!» Alexej tastete nach der Abteiltür, fluchte unterdrückt, als sein Schienbein gegen ein Hindernis stieß.

668

Jetzt der Türdrücker ... Er ließ sich niederdrücken, doch die Tür bewegte sich nicht. Alexej stemmte sich dagegen ...

Stolpernd stürzte er auf den dunklen Gang hinaus, begriff erst in diesem Moment, dass direkt vor ihm nichts mehr war als die Fenster, die zerstörten Fenster im Seitengang – und dahinter vorbeirasende Finsternis. Doch er hielt die Balance, versuchte sich zu orientieren. Nach links, die Finger an der Wandverkleidung.

«Boris!» Keuchend holte er Atem. «Boris Petrowitsch! Der Großfürst ...»

Ein Flackern. Im nächsten Moment glommen die Lampen unter ihren Schirmen wieder auf, in neuem, rötlich mattem Licht, das langsam heller wurde, während er noch hinsah. Sein Herz jagte, als er sich den Gang hinabtastete, die Hand noch immer an der Verkleidung. Der Zug fuhr, jagte holpernd durch die Nacht, doch die Räder liefen unruhiger als zuvor, ständig Erschütterungen, als ob der Simplon Orient im Begriff stand, jeden Augenblick ... *Irgendetwas ist passiert. Irgendetwas Schreckliches ist passiert.*

Abteil neun. «Boris!» Er riss an der Tür. Auch hier eine Blockade, und sie schien massiver als an der Tür der Doppelkabine. Der Drücker ließ sich betätigen, doch das Türblatt rührte sich keinen Millimeter. «*Tschort vozmi!*» Er riss heftiger, mit aller Kraft.

Ein Splittern. Alexej stolperte zurück. Die Tür flog ihm entgegen.

Seine Mutter saß in einen Winkel des Polsters gezwängt, die Beine an den Leib gezogen, die Hände vor das Gesicht gepresst, dass ihre Arme die Brust bedeckten. Boris Petrowitsch stand mitten im Raum, das Gesicht zur Tür, blickte Alexej mit unbewegtem Gesicht entgegen.

Seine Hände lagen auf seinem Gürtel, eben im Begriff, die Hose zu schließen.

***

Die Ausläufer des Balkangebirges zwischen Niš und Zaječar, jugoslawisch-bulgarische Grenze – 27. Mai 1940, 22:06 Uhr

Carols Gardisten feuerten.

Sie feuerten in die Luft. Zumindest betete Betty, dass sie in die Luft feuerten, wie sie es mit ihnen vereinbart hatte – nicht allein, weil sie der Ansicht war, dass es ohnehin schon zu viele Opfer gegeben hatte, sondern vor allem, weil der Plan nur dann funktionieren konnte, wenn sie selbst in jenem Augenblick zwischen den Männern der Miliz stand, ebenso wie Raoul und das Mädchen.

Von einer Sekunde zur anderen hatte sich die Talsenke in einen Hexenkessel verwandelt. Männer schrien, vor Wut, vor Schreck, vor Überraschung, nicht weil sie getroffen waren. Bettys Herz schlug bis zum Hals.

Carol mochte nicht in der Lage sein, persönlich am Kampfgeschehen teilzunehmen. Tatsächlich war er von seinem Platz verschwunden, wo die bengalischen Feuer jetzt ganz unspektakulär niederbrannten. Aber er besaß den Blick des geübten Strategen, erkannte Möglichkeiten, die Vorteile bestimmter Positionen und Aktionen. Und er hatte die Reaktionen des Gegners vorausgeahnt.

Er hatte seine Schützen an unterschiedlichen Punkten der Abbruchkante verteilt, sodass das Feuer vermeintlich aus sämtlichen Richtungen kam, sich vor allem aber auf die hintere Hälfte des Kessels zu richten schien: den Bereich um die Gruppe hoher Bäume, hinter denen sich die Geröllhalde verbarg, der Fluchtweg für die beiden jungen Leute. Die Milizionäre wichen in die entgegengesetzte Richtung zurück, zum Pass hin, wo auch ihre Pferde warteten.

Betty drehte sich um. Die Felssäule war verwaist, doch es war unmöglich zu erkennen, ob es den jungen Leuten gelang, sich quer über die Senke durchzuschlagen. Rufe. Befehle. Männer, die auf Punkte an der Felskante feuerten, plötzlich ein Schrei, eine Gestalt, die in die Höhe fuhr und nach hinten wegsackte. Blieben noch zwei königliche Gardisten, dachte Betty. Und Graf Béla, der in der Nähe der Stelle, an der Carol vor wenigen Minuten noch gestanden hatte, Schüsse abgab.

Wo waren die Häscher, die der Anführer der Miliz nach dem König ausgesandt hatte? Lichtblitze ihrer Mündungsfeuer, in der Nähe des Hohlwegs, der hinüber zum Pass führte. Sie waren noch ein Stück entfernt.

Die meisten Milizionäre waren inzwischen aus der Senke verschwunden. Mehrere Lagerfeuer waren in der Panik verloschen. Betty hielt sich im Schatten der Felswand, bewegte sich nun selbst langsam auf die Geröllhalde zu, ohne das Geschehen am Grunde des Talkessels aus den Augen zu lassen. Noch immer wurde gefeuert, doch sie hörte auch die Rufe, glaubte die Stimme des Anführers zu erkennen, der Anweisungen erteilte. Die verlassene Felssäule war gut zu sehen – spätestens jetzt musste ihm aufgehen, was geschehen war.

Mit drei Schritten erreichte sie den Schutz des Dickichts, kämpfte sich bis an den Fuß des Steinschlags, hielt eine Sekunde inne, bevor sie sich an den Aufstieg machte. Sie fluchte auf die klobigen Stiefel, doch barfuß hätte sie überhaupt keine Chance gehabt. Sie blickte nach oben – und erstarrte.

Eine Gestalt. Eine Pistole, die sich auf die Schauspielerin richtete.

«Betty?» Geflüstert.

Ihr wurde schwindlig vor Erleichterung. «Carol!»

Er streckte ihr die Hand entgegen, half ihr auf den letzten Metern. «Sie sind schon fort», sagte er leise. «Béla muss …»

In diesem Moment löste sich der Umriss des Adjutanten aus der Dunkelheit, kam in seinem charakteristischen humpelnden Gang die Hügelflanke hinab.

«Eure apostolische Majestät? Ihr seid …»

«Mir fehlt nichts. Was ist mit den Gardisten?»

«Dragomir ist tot. Mieszko deckt unseren Rückzug.»

Carol nickte knapp. Betty erinnerte sich, dass es drei Gardisten gewesen waren, doch offenbar waren solche Details nicht wichtig. Ihre Pferde warteten ein Stück unterhalb, vier Tiere, darunter die fuchsbraune Stute, mit der Betty bereits Freundschaft geschlossen hatte. Eilig stiegen sie in die Sättel. Noch immer wurde geschossen, doch sie hörte, dass die Stimmen der Milizionäre wieder näher rückten.

671

«Wir nehmen einen anderen Weg als Xenia und der Junge», gab Carol leise Anweisung. «Wenn sie jemandem folgen, ist es besser, wenn sie *uns* folgen.»

Er lenkte sein Tier auf einen Saumpfad, der sich an der Flanke des Berges entlangschlängelte und den Betty niemals als solchen erkannt hätte, schon gar nicht in der Dunkelheit. Der König ritt voran, hinter ihm Betty, Béla folgte als Nachhut.

Sie ritten schweigend. Betty konnte die Zeit nicht messen, und der Mond stand mal in diesem, mal in jenem Winkel, während der Reitpfad sich hin und her wand. Immer wieder lauschten sie auf Geräusche, die sich in ihrem Rücken nähern mochten, aber auch aus anderen Richtungen. Die Ausläufer des Balkangebirges waren unübersichtlich, selbst in einer mondhellen Nacht. Hinter jeder Biegung des Weges neue, verwirrende Abschnitte der felsigen Wildnis. Stunden? Wahrscheinlich.

Sie hatten es geschafft. Ganz langsam trat der Gedanke in ihr Bewusstsein. Wenn es Raoul und dem Mädchen gelungen war, die Passstraße zu erreichen, würden sie innerhalb weniger Stunden in Sicherheit sein. Welche Entscheidung sie dann trafen, lag nicht in Betty Marshalls Hand.

Auf einem der Felswand vorgelagerten Plateau zügelte Carol das Pferd, nickte nach vorn. «Hier sollten wir anhalten, bis es heller wird. Der Pfad scheint ebenfalls zu einem Pass zu führen, doch der Mond steht jetzt tief. Es wäre Wahnsinn, ohne Not weiterzureiten.»

Die Schauspielerin stellte fest, dass sie ihm dankbar war. Sie konnte sich nicht erinnern, wann sie zuletzt so lange am Stück im Sattel gesessen hatte. Ihr Hintern signalisierte ihr, dass es *sehr* lange her war.

Mit einem Seufzen ließ sie sich auf den Sattel sinken, den Carol mit geübten Griffen von ihrem Reittier geschnallt hatte, nahm mit einem Lächeln die kleine Flasche entgegen, die er ihr reichte, als er sich ebenfalls niederließ. Wärme von innen. Ein Feuer anzuzünden, kam nicht in Frage. Sie nahm einen tiefen Schluck, gab ihm die Flasche zurück.

Er betrachtete Betty. Betrachtete sie *sehr* offensichtlich.

Fragend gab sie den Blick zurück. «Carol?»

Schweigend verstaute er die Flasche, legte die Hände übereinander, sah sie an. Er verdrehte die Augen. «Also?», fragte er. «Wie war ich nun?»

Betty gelang es kaum, ihr Kichern zu unterdrücken. «Hat dir die Reaktion des Publikums nicht ausgereicht?»

Er lächelte, aber sie spürte, dass ihm etwas im Kopf herumging. «Es war ... ungewohnt», sagte er langsam. «Ich muss natürlich ständig Reden halten. Auch in Paris – Botschaftsempfänge, Aberdgesellschaften, diplomatische Verhandlungen. Alles, was Béla mir nicht abnehmen konnte.» Ein Lächeln zu seinem Adjutanten, der ihnen den Rücken zuwandte, immer noch mit steifen Bewegungen das Lager vorbereitete. «Es gehört zum Alltag eines Königs, solche Reden zu halten, und sie sind mir niemals schwergefallen. Man weiß, was die Gäste erwarten, und genau das bekommen sie dann auch zu hören. Ob es richtig ist, was man erzählt, darüber denkt man nicht nach. Aber das hier ...»

Betty musterte ihn. Er hatte sich verändert. Ganz gewaltig hatte er sich verändert in den nicht einmal achtundvierzig Stunden, die sie einander kannten. Oder war dieser neue, nachdenkliche Carol die ganze Zeit da gewesen, unter der Oberfläche, und hatte sich nur niemals sehen lassen, weil da etwas gewesen war, das er selbst nicht hatte sehen können?

Die Carpathier. Sein Volk.

«Den Männern scheint gefallen zu haben, was du ihnen erzählt hast», sagte sie. «Genau wie den Gästen auf deinen Empfängen. Aber es hat sich anders angefühlt?»

Er zögerte, nickte dann knapp. «Das hat es. Es hat sich richtiger angefühlt. Als ich ihnen erzählt habe, dass wir ein Volk sind. Dass ich auch der König der Arbeiter bin und der einfachen Bauern. Dabei bin ich das immer gewesen. Auch für die Minderheiten aus anderen Völkern, die auf dem Gebiet Carpathiens leben: Serben, Bulgaren, Ungarn. Genauso die Juden, selbst wenn ich das vorhin nicht erwähnt habe. Und doch kamen mir diese Menschen ... überrascht vor. Und diese Reformen ... Sie sind bitter nötig, Betty. Aber sie werden schwierig werden.

Nicht einmal die republikanische Regierung hat sie durchsetzen können. Die Großgrundbesitzer, der Adel, sie sind einfach zu stark, und sie klammern sich mit einer Gewalt an ihre alten Rechte, die ihnen die Bauern wie Leibeigene in die Hand geben ... Sie würden mit *jedem* gemeinsame Sache machen, der ihnen ihre Privileg–»

Ein Geräusch. Carol brach ab. Sein Blick ... Ganz langsam wandte Betty sich um.

Graf Béla. Er betrachtete den König unverwandt. In seiner Hand hielt er eine Pistole.

«Erstaunlich genug», bemerkte er. «Erstaunlich genug, dass Ihr das *tatsächlich* begreift.»

Der König starrte ihn an, Betty starrte ihn an.

«Und damit noch erstaunlicher Eure Blindheit», fügte der Graf hinzu.

Carol verharrte reglos. Betty begriff nicht, oder, nein, begriff sie viel zu gut?

«Das Bündnis mit den Deutschen», flüsterte sie. «Die Nazis, die auf einmal darauf versessen waren, Carol wieder auf dem Thron zu sehen: Das war von Anfang an *Ihre* Idee. Doch in Wahrheit hat es ein solches Bündnis niemals gegeben, richtig, Graf? Es war niemals vorgesehen, dass der König in Carpathien ankommen sollte. Oder auch nur in Sofia.»

Béla musterte sie, erwiderte kein Wort.

«Vera Richards.» Carol klang heiser, als er den Namen hervorpresste. «*Deshalb*, und nicht wegen der Bohrrechte, sollte ich die Richards zum Diner einladen ...»

«Ihnen ist überhaupt nicht klar ...» Es war Betty, die der Graf mit seinen Blicken durchbohrte. «Ihnen ist überhaupt nicht klar, in welche Verlegenheiten Sie mich gebracht haben, als sie sich von Richards einladen ließen. Nicht allein, dass ich eine Möglichkeit finden musste, wie die Frau doch noch an den Tisch des Königs kommen konnte, nein ... Romanow! Der Großfürst, der anfing, Fragen zu stellen. Ob ich den Hintergrund der Gäste ausgeleuchtet hätte. Wenn der Mann auch nur einen Zoll über die eigene Stiefelspitze hinwegdenken könn-

674

te! Als Lourdon seine Vermutungen anstellte, die Frau könnte für die Deutschen tätig sein, hätte ihm aufgehen *müssen*, wer dafür gesorgt hatte, dass sie am königlichen Tisch saß.»

Carol sah vom Grafen zu Betty, zurück zum Grafen. In seiner Miene stand mehr als bloße Bestürzung. Was hatte er Betty erzählt? Der Adel, der eine Pflicht hatte gegenüber seinem Land. Der zu den Waffen greifen und, wenn es von ihm gefordert wurde, sterben musste für Carpathien.

Seine Brust hob und senkte sich. «*Ich – bin – Carpathien!* Ihr Vater hat meinem Onkel gedient, Graf, Ihr Großvater meinem Großonkel! Das ist der größte Verrat in der Geschichte ...»

«*Das!*» Das Wort kam wie ein Schuss aus der Pistole. «*Das* ist der größte Verrat in der Geschichte Carpathiens!», zischte er. «*Sie* sind der größte Verrat, Ihr Luderleben in Paris. Ihre Judendirne und jetzt diese Aktrice da neben Ihnen. Ihr ... Ihr *Verständnis* für den Föbel, Ihre Missachtung der seit Jahrhunderten geheiligten Traditionen des carpathischen Volkes.»

«*Ich* bin der König! *Ich* bin Carpathien! Und wenn ich beschließe ...»

«*Tot!* Sie sind tot, Carol, Mikhails Sohn! Wer Carpathien liebt, kann nichts anderes tun, als Sie zu töten. Meine Treue gilt der Krone. Meine Treue gilt dem Königshaus. Vor allem aber gilt meine Treue dem carpathischen Vaterland und seinen ehrwürdigen Gebräuchen! Die Deutschen werden dieses Land besetzen, doch die inneren Belange werden sie in den Händen eines Kronrats belassen, dem ich vorstehen werde. Sie wollen nur die Juden, die Durchmarschrechte und die Unterstützung des carpathischen Militärs. An der Seite der Deutschen werden wir kämpfen und werden wir siegen, und an das jämmerliche Ende dieser Dynastie ...»

«*Verräter!*» Carol fuhr hoch. Seine Hände waren bereits an der Waffe, doch es ging zu schnell. Béla zielte ...

Betty warf sich nach vorn.

Eine Faust aus Feuer explodierte in ihrer Brust.

* * *

Zwischen Sofia und Istanbul – 27. Mai 1940, 22:07 Uhr

CIWL WL 3425 (Hinterer Schlafwagen). Abteil 10.

Hoch über Eva war die Decke. Anders als die Wände der Kabine war sie nicht mit Holz verkleidet, sondern mit cremefarbenem Stuck verziert. *Doch irgendetwas stimmte nicht.* Ihr Hinterkopf hämmerte, ihr Gesichtsfeld zog sich zusammen, dehnte sich wieder … In diesem Moment wurde ihr bewusst, was nicht stimmte. Vom Fenster aus zog sich ein gezackter Riss quer über die Decke, durch den Schwärze sichtbar war. Sie holte Atem – und schmeckte Rauch.

Ein undeutlicher Laut. Eine Hand, die aus dem Ärmel eines Tweed-Jacketts hervorsah und sich in ihrem Gesichtsfeld schwach bewegte. Sie war blutüberströmt.

«Mr. Fitz!» Eva sprang auf, kämpfte den Schwindel nieder.

Da war ein Geräusch gewesen, im nächsten Moment eine heftige Erschütterung. Ein entsetzter Aufschrei … Dann war der Boden unter ihr weggekippt. Dunkelheit.

Seitdem konnten nur wenige Sekunden vergangen sein, doch alles hatte sich in diesen Sekunden verändert. Vom Abteilfenster war nichts mehr übrig. Die Holzverkleidung der Kabine war vom Boden bis zur Decke aufgerissen, dass das verbogene Gestänge der Konstruktion sichtbar war, durch das der Fahrtwind und die Kälte fuhren. Dazu erfüllte ein Pochen und Kreischen die Luft. Der Simplon Orient schoss noch immer durch die Nacht.

«Mr. Fitz!» Sie machte einen großen Schritt über Ingolf hinweg, der eben Anstalten unternahm, sich aufzurappeln. Doch der Brite … Er lag halb auf dem Polster, die Beine in einem unnatürlichen Winkel an sich gezogen, eine Hand auf die Hüfte gepresst, während er sich bemühte, den anderen Arm ebenfalls anzuheben. Es gelang ihm nicht.

«Mr. Fitz.» Diesmal flüsterte sie seinen Namen, half ihm vorsichtig mit seinem Arm, griff gleichzeitig nach der zusammengelegten Decke, um sie unter seinen Kopf zu schieben. Ihr wurde übel. Aus seiner Hüfte ragte eine zwei Finger dicke Metallstrebe.

«Anhalten …», flüsterte er. «Wir müssen …»

Eva sah sich um. Ingolf hatte sich aufgerichtet, schüttelte sich. Wie sie selbst schien er unverletzt. Mit zwei Schritten war er an der Tür – an der Stelle, wo sich bis vor wenigen Minuten die Tür befunden hatte –, streckte sich nach der Notbremse, zog kurz und ruckartig.

Nichts.

Er wiederholte das Manöver.

Nichts.

«Vie...» Sein Gesicht war noch einmal mehrere Nuancen blasser als die Abteildecke. «Vielleicht ist es ganz gut, wenn wir weiterfahren. Mr. Fitz-Edwards braucht einen richtigen Arzt, ein Hospital, und ...»

«Ein ...»

Ingolf verstummte. Heiser kämpfte der alte Mann um seine Stimme. Sein Zwicker war verschwunden. Die Golfmütze war ihm vom Kopf gerutscht und offenbarte eine Glatze mit letzten, schütteren Haarsträhnen. «Ein Punkt für Sie, Miss Heilmann», flüsterte er. «Diesmal könnte es etwas mehr sein als eine Streifwunde.»

Flehend sah die junge Frau zu Ingolf.

«Mein Gepäck», murmelte er. «Ich habe Verbandszeug dabei.»

«Hier!»

Beide drehten sich um.

De la Rosa humpelte ins Abteil. Auf seiner Stirn war ein gezackter Riss. Unwirsch fuhr er mit dem Handrücken über die Verletzung, verteilte das Blut nur umso mehr auf dem Gesicht. In der freien Hand hielt er Ingolfs Koffer. «Er ist auf den Gang geschleudert worden», murmelte der Kirchenmann. Hektisch setzte er den Koffer auf dem Polster ab, begann zu suchen.

«Keine Sorge, Mr. Fitz», flüsterte Eva dem Verletzten zu. «Es kommt alles wieder in Ordnung. Wir stillen die Blutung, und dann werden Sie ...»

«Der Zug!» Die Lippen des alten Mannes zitterten. «Der Zug muss ...»

Hilfesuchend tauschte Eva einen Blick mit Ingolf. De la Rosa hatte das Päckchen mit dem Verbandszeug und den Medikamenten gefunden, wickelte die ersten beiden Mullbinden gar nicht erst auf, sondern reichte sie Eva. Sie biss die Zähne zusammen, presste die Mullpäck-

677

chen fest auf die Wunde. Der Brite stieß ein unterdrücktes Stöhnen aus. Seine Augäpfel verdrehten sich nach oben.

Mit zitternden Fingern tastete Eva nach seinem Puls. Er ging viel zu schnell, war aber eindeutig zu spüren. Der Brite lebte. Er war lediglich ohnmächtig. «Warum bleiben wir nicht stehen?», flüsterte sie. «Was im Himmel ist passiert?»

Ingolf holte Luft. «Eine Bombe», sagte er, blickte suchend um sich. «Im Wagen der Franzosen. Ich war noch nicht ganz durch mit dem Text, aber wie es aussieht, muss sie ...»

«Svi...» Fitz-Edwards kam wieder zu Bewusstsein. Sofort beugten sie sich über ihn. «Svilengrad», flüsterte er. «Wir müssen fast am Grenz... Grenzbahnhof zur Türkei ...»

«Dann schaffen wir es.» Evas Stimme war rau. «Am Grenzbahnhof gibt es eine Zollstelle, und der Lokführer ...»

Doch Fitz-Edwards war verstummt. Sein Atem ging flach.

«Nein.»

Eva sah auf.

Ingolf stand mitten im Raum, und etwas war anders an ihm. Ein anderer Mensch, von einem Augenblick zum nächsten, wie er sich auch am Gare de l'Est in einen anderen Menschen verwandelt hatte, was sie zu diesem Zeitpunkt noch nicht hatte ahnen können, da sie den vermeintlichen *Ludvig Mueller* noch nicht gekannt hatte. Wie er auch in Vallorbe ein anderer geworden war, als der schweizerische Zollbeamte auf das hässliche **J** in ihrem Pass gestarrt hatte. Und heute Morgen, als er mit einem Mal eine Waffe in der Hand gehalten, sie auf den Eindringling gerichtet hatte, der im Begriff gewesen war, sich in Evas und Fitz-Edwards' Rücken durch das Fenster des Speisewagens zu zwängen. *Unten bleiben!*

«Nein», wiederholte Ingolf. «Ich habe mich getäuscht. Es ist *nicht* gut, wenn wir weiterfahren. – Vergiss den Lokführer, Eva. Der Lokführer und der Heizer sind tot. Der Wagen der Franzosen hing direkt hinter der Lok. Sie hätten den Zug auf der Stelle zum Stehen gebracht. Und die Explosion muss auch ...» Eine Geste zur Notbremse.

Evas Kehle zog sich zusammen. Er hatte recht. Ihr war zwar nicht bekannt, wie genau die Bremsen des Simplon Orient funktionierten, doch soweit sie wusste, wurde das Bremssystem eines Zuges von der Lokomotive aus gesteuert, damit es sämtliche Wagen gleichzeitig erfasste. Zu häufig war es in früheren Zeiten geschehen, dass die vorderen Wagen eines Zuges abgebremst hatten, während der Rest in voller Fahrt weitergerast war, bis sich alles in ein Knäuel aus Stahl und menschlichem Fleisch verkeilt hatte. Die Detonation des Salonwagens musste die bulgarische Pacific voll getroffen, alles Leben an Bord der Zugmaschine ausgelöscht haben – und mit ihm die Technik, die eine solche Situation hätte verhindern sollen.

«Aber ...», begann sie, doch es war de la Rosa, der ihren Gedanken aussprach.

«Aber wenn der Heizer tot ist ...» Nur ganz kurz blickte der Südamerikaner auf. Er kämpfte jetzt selbst darum, mit den Mullbinden die Blutung zu stoppen. Die Metallstrebe aus der Wunde zu ziehen, war natürlich undenkbar. «Müssten wir nicht jeden Moment zum Stehen kommen, wenn keine Kohle mehr nachgefeuert wird?»

«Nein.» Ingolfs Blick ging über seine Begleiter hinweg durch das zerstörte Fenster in die Nacht. «Wie lange hat es in Niš gedauert, bis wir wieder ausreichend Druck auf dem Kessel hatten, um weiterzufahren?» Er rieb sich den Hinterkopf, vermutlich ohne es zu merken, betastete die Stelle, an der ihn der indische Koffer getroffen hatte. «Mindestens genauso lange wird es dauern, bis wir stehen. – Der Zug wird nicht anhalten», murmelte er. «Aber in Svilengrad *müsste* er halten, um die Zollformalitäten zu klären, und mit dem Krieg vor der Haustür werden die Bulgaren alles tun, dass das auch geschieht. Was bedeutet, dass möglicherweise Vorkehrungen existieren, die verhindern sollen, dass wir einfach durchfahren. Blockaden auf den Schwellen. Weichen, die auf ein totes Gleis führen. Und selbst wenn das nicht der Fall ist: Wie lange hat die Zollkontrolle in Vallorbe gedauert und an den anderen Grenzbahnhöfen? Wenn wir plötzlich zwanzig Minuten schneller sind ...»

«Wer sagt uns, dass die Gleise in der Türkei frei sind, wenn wir uns nicht an den Fahrplan halten?» Eva flüsterte, dachte seinen Gedanken

679

zu Ende. Eisige Kälte stieg in ihr auf. Ein Gegenzug, der mit voller Geschwindigkeit auf sie zuraste. Die fürchterlichste Vorstellung, doch nicht das Einzige, was geschehen konnte. Die Luft roch nach Rauch, und von Sekunde zu Sekunde verstärkte sich der ätzende Gestank. Der Wagen der Franzosen brannte, und noch immer raste der Express mit zig Meilen in der Stunde dahin. Mitleidlos würde der Fahrtwind die Flammen in die hinteren Wagen treiben.

Ingolf nickte knapp. «Ihr bleibt hier!», gab er Anweisung. «Oder am besten versucht ihr, noch weiter nach hinten durchzukommen, und wenn ihr euch bei von Papen auf den Schoß setzt.»

«Von Papen?»

«Wenn wir mit irgendetwas kollidieren, sind die Chancen ganz hinten am größten.» Schon war er auf dem Gang.

«Wo willst du hin?» Eva drückte die letzten Mullbinden de la Rosa in die Hand, stürmte Ingolf nach.

«Nach vorn.» Er sah sich nicht um. «Es gibt nur einen Ort, an dem man den Zug jetzt noch zum Stehen bringen kann. Die Lokomotive.»

***

Zwischen Sofia und Istanbul – 27. Mai 1940, 22:08 Uhr
CIWL WR 4229 (Speisewagen). Non Fumoir.

Die Lokomotive.

Feuerbahnen schossen an den Fenstern vorbei. Irgendwo in Paul Richards' Rücken ein weiterer Einschlag, ein erneutes Beben, wieder hatte es den hinteren Schlafwagen getroffen. Durch den Speisewagen ging ein kurzer Ruck, aber er blieb auf den Schienen. Der gesamte Express blieb auf den Schienen. Noch. Weder funktionierten die gottverfluchten Notbremsen, noch schien der Lokführer auf die Idee zu kommen, den Zug zu stoppen. Was im Grunde nur eine Erklärung zuließ.

«Dass der Lokführer ein stinkender Kadaver ist», knurrte Paul Richards.

Also musste jemand anders den Express zum Stehen bringen. Paul hatte in seinem Leben noch keinen Zug gesteuert, aber er hatte unter Tage gearbeitet, auch an der Grubenbahn, er hatte in den Kraftfahrzeugwerken im verfluchten Detroit gearbeitet, und wenn eine der Pumpen auf den Feldern von Richards Oil Schwierigkeiten machte, hatte er sie in zwei von drei Fällen wieder in Gang gebracht, bevor die Hurensöhne vom Wartungsdienst auch nur eingetroffen waren. Er würde auch mit einer Pacific fertig werden.

Er stieß die Tür auf. Das Fumoir, vollgestopft mit Menschen, die wild durcheinanderschrien. In einer Ecke saß der Inder, mit dem sich Fitz-Edwards unterhalten hatte, den Rest kannte Paul nur flüchtig – bis auf Thuillet.

«Mr. Richards!» Der Obersteward versuchte sich aus einer Traube von Fahrgästen zu befreien. «Wo wollen Sie hin? Die vorderen Wagen sind ...»

«Ihren Zug retten.» Schon war er an dem Mann vorbei. Der Übergang zum Lx.

Rauch kam ihm entgegen. Der Gestank war gotterbärmlich, doch Gestank allein hatte noch niemanden umgebracht. Ein heftiger Ruck, als weitere Trümmer den Wagen trafen. Paul knurrte etwas, balancierte einen Moment lang, ohne wirklich langsamer zu werden. Aus dem Abteil der Russensippe Stimmen.

Jetzt der nächste Übergang. Der Fourgon, und dort war der Qualm eine massive, fettige Wand.

«Mr. Richards?»

Er drehte den Kopf. Die Kabine, in der der König geschlafen hatte. Das Licht war gelöscht. Glut, doch es war nur ein einzelner rötlicher Punkt.

«Ich würde da nicht reingehen», bemerkte Leutnant Schultz und zog an seiner Zigarette. «Jedenfalls nicht um diese ...» Ein deutsches Wort, das Paul nicht kannte.

Paul Richards blieb stehen. «Die Dame und ich sind fertig», sagte er. «Ihr ganzer Kontinent und ich sind fertig, Leutnant. Aber was sagen Sie dazu? Als Abschiedsgeschenk bringe ich Ihren Zug zum Stehen.»

«Sie wollen zur Lok? Das schaffen Sie nicht. Da kommt niemand mehr durch.»

«Erzählen Sie mir das, wenn ich es nicht geschafft habe.»

Er ließ den Mann, wo er war. Was immer Schultz in der Kabine noch verloren hatte. Vermutlich irgendwas mit deutscher Disziplin und Pflichterfüllung. *Weil es meine Anweisung war.* Das war die einzige Erklärung, die *sie* ihm gegeben hatte.

Paul passierte den Seitengang an den Fenstern des Gepäckwagens. Der größere Raum war durch den beißenden Qualm kaum noch zu erkennen. In der Fortsetzung des Gangs war bereits der Widerschein der Flammen auszumachen. Möglicherweise würde es zur Lokomotive doch nicht ein solcher Spaziergang werden, wie er sich das vorgestellt hatte. Aber er würde ...

Unvermittelt blieb er stehen. Mit einem Mal stand er vor der Tür, hinter der sie sich noch immer befinden musste: die Frau, von der er geglaubt hatte, dass sie ihm den Erben von Richards Oil schenken würde. Und mit ihr, fuhr ihm durch den Kopf, einer der Franzosen. Sie hatten reihum bei ihr Wache gehalten. Einer von ihnen musste noch am Leben sein, brauchte vielleicht Hilfe.

Die Dame und ich sind fertig. Doch galt das auch für die Franzosen? Lourdon und seine Begleiter hatten sich wie Ehrenmänner verhalten, und er selbst konnte zumindest dasselbe tun. Und wenn das eine Lüge war, er doch an Vera dachte, dann war das gottverdammt gleichgültig!

«Maledoux?»

Keine Antwort. Paul trat einen Schritt zurück – und schmetterte den Fuß gegen das Holz. Das Türblatt gab auf der Stelle nach.

Thuillets *office*. Kein Rauch, keine Flammen. Doch der Raum war kaum wiederzuerkennen.

Nicht Maledoux. Capitaine Guiscard lag am Boden. Sein Kopf musste gegen die Wand geschlagen sein. Eine Blutlache hatte sich am Boden ausgebreitet. Dahinter der Tisch, der schwere Aktenschrank und ...

Sie blickte ihm entgegen, *blickte zu ihm auf*. Es blieb ihr nichts anderes übrig. Die Explosion musste den Fourgon sehr viel heftiger erwischt haben als den Rest des Zuges. Der Aktenschrank hatte den

Tisch zerschmettert, und beides war auf die Frau gestürzt, die sich, an ihren Stuhl gefesselt, nicht hatte in Sicherheit bringen können. Die Kante der Tischplatte lag quer über ihrem Brustkorb.

Die Wunde an ihrer Wange war wieder aufgeplatzt, doch das war nicht die einzige Verletzung. Ein dünner Blutfaden rann aus ihrem Mund, als sie mühsam den Kopf hob. «Paul ...»

Er sah sie an. Und er sagte kein Wort.

«Paul ...» Sie atmete, aber er sah, wie rasch sie atmete und wie der dünne Blutstrom sich verstärkte, als sie zu sprechen versuchte. «Paul, du musst mich hier rausholen.»

Er betrachtete sie. Kein Wort.

«Du ...» Ein rasselnder Atemzug. «Du weißt zu viel. Und sie werden vermuten, dass du es weißt. Der ... der deutsche Geheimdienst ... Sie werden dich niemals ziehen lassen. Nur ich kann dich ...»

Er rührte sich nicht von der Stelle.

«Paul!»

Paul Richards ging in die Knie – und beugte sich über Guiscard, legte zwei Finger an die Kehle des jungen Offiziers. Überrascht zog er die Hand zurück. Der Capitaine war am Leben – noch immer sickerte Blut aus der Wunde am Hinterkopf.

«Ist es nicht seltsam», murmelte er. «Ist es nicht seltsam, Vera? Schau dir an, wie dunkel die Haut des Capitaine ist. Mit Sicherheit hat er südländische Vorfahren. Und trotzdem ist dein arisches Blut ganz genauso rot wie seins.»

Vorsichtig hob er den Verletzten an, unter den Achseln, zog ihn zur Tür, hinaus in den größeren Raum.

«Paul!» Sie begann zu husten. «Paul, das kannst du nicht ...»

Ganz kurz löste er eine Hand, um die Tür wieder ins Schloss zu ziehen.

«Paul!» Ihre Stimme, nur noch gedämpft, überschlug sich. Er nahm sie nicht mehr zur Kenntnis.

Der Qualm hatte sich verstärkt, Glut an der Verkleidung der Fenster. Mit langsamen Schritten bewegte Paul sich rückwärts den Gang entlang, den er gekommen war. Der Übergang zum Lx.

«Schultz!»

Der Deutsche war schon auf dem Flur. «Guiscard», murmelte er.

«Helfen Sie mir!»

Schultz öffnete die Tür der Nachbarkabine – derselben Kabine, in der das Dinner stattgefunden hatte. Der große Tisch war verschwunden. Gemeinsam legten sie den Verletzten auf einem der Polster ab.

«Wenn nur Miss Marshall noch an Bord wäre», murmelte der Deutsche.

«Wenn wir es schaffen, holen wir einen Arzt.» Paul richtete sich auf.

«Sie wollen immer noch zur Lokomotive?»

Paul sah ihn an. «Ich wüsste nicht, was sich inzwischen geändert haben sollte.»

Schultz nickte stumm.

Paul Richards nahm einen tiefen Atemzug. Der Durchgang zum Fourgon war eine Höhle aus Qualm. Und er hatte die Flammen bereits gesehen. Es gab keine Möglichkeit mehr, ihnen auszuweichen. Nein, es würde kein Spaziergang werden.

***

Zwischen Sofia und Istanbul – 27. Mai 1940, 22:11 Uhr
CIWL Lx 3509 (Vorderer Schlafwagen). Kabinengang.

Rauch hing in der Luft. Katharina Nikolajewnas Blick war undeutlich. Was immer sie wahrnahm, erreichte sie wie durch einen Schleier aus Nebel.

Sie stand. Sie hatte ihr Kleid an sich gerafft, und ohne bewusstes Denken mussten ihre Finger die Knöpfe bis zum Hals geschlossen haben. Kein Zentimeter bloßer Haut war zu sehen, nicht die verführerischen Konturen ihrer Kehle, ihres Schlüsselbeins, die eine züchtige russische Ehefrau vor den Blicken Fremder verbarg.

Ihr Sohn hatte sie angesehen. *Niemand soll sich einem seiner Blutsver-*

wandten nahen, um seine Blöße aufzudecken. Ich bin der Herr! Die Blöße deines Vaters und die Blöße deiner Mutter sollst du nicht aufdecken.

Alexej hatte in der Tür gestanden und sie angesehen.

Doch die Tür war verschlossen gewesen. Boris hatte den Hebel in Position gebracht und zwei Mal mit nachdrücklichem Griff geprüft, ob der Schließmechanismus auch tatsächlich eingerastet war. Das war er. Die Tür war verriegelt gewesen, kein Hindernis für jemanden, der sich ernsthaft Zutritt verschaffen wollte, aber doch ein Zeichen für das Bordpersonal und die Mitreisenden, dass die Fahrgäste in dieser Kabine nicht gestört werden wollten.

Ihr Sohn war dennoch in das Abteil eingedrungen. Wahrscheinlich war ihm überhaupt nicht klar gewesen, dass die Tür bewusst verschlossen war. In jenem Moment waren erst wenige Sekunden vergangen seit dem ...

Heilige Muttergottes, was ist passiert? Eine Explosion? Warum zum Himmel halten wir nicht an?

Alexej hatte sie gesehen, wie er sie niemals hätte sehen dürfen. Und er hatte begriffen. Er *musste* einfach begriffen haben, und das war ...

So wie auch du eine Entscheidung treffen kannst, Katharina Nikolajewna: weiter davonzulaufen, weil du glaubst, für irgendetwas büßen zu müssen. Oder endlich zu sein, was du wirklich bist. – Komm mit mir!

Hatte sie diese Entscheidung tatsächlich getroffen, als sie reglos zugesehen hatte, wie Boris Petrowitsch die Tür verriegelte? Als sie keinen Widerstand geleistet, ja, seine rauen Hände unterstützt hatte, die ihre Röcke, ihr Mieder ... Oder war sie nur ein letztes Mal zu schwach gewesen, hatte sich ein letztes Mal an diesen Mann, an Boris Petrowitsch verlieren wollen, um danach wieder zu sein, was sie nun nie wieder sein würde? Eine Romanow, eine russische Mutter, eine russische Ehefrau.

Sie konnte es nicht sagen. Doch ganz gleich, wie sie entschieden hatte: Hatte sie mit dieser Entscheidung nicht von neuem sämtliche Konsequenzen akzeptiert?

Wie im Traum schritt sie den Kabinengang entlang. Kälte an ihren Füßen. Sie bemerkte es fast belustigt: Das Kleid hatte sie bis zum Hals geschlossen, doch die Schuhe waren im Abteil geblieben. Am anderen Ende des Flurs schemenhafte Gestalten: Leutnant Schultz – und der Amerikaner? Das hatte keine Bedeutung. Die Tür zur Doppelkabine. Constantin.

Er saß aufrecht auf dem Bett. Er blutete, aber niemand schien darauf zu achten. Boris Petrowitsch stand im Zentrum des Abteils. Seine Gegenwart füllte den gesamten Raum, zu beherrschend beinahe für die winzige, halb zerstörte Kabine. Alexej war kaum ein Schatten in seinem Rücken, der sich überhaupt erst Platz hatte schaffen müssen und den Berg zu Boden geworfener Lumpen, der Constantins Galauniform gewesen war, seinen Prunksäbel, seine Pistole mit dem Fuß beiseitegestoßen hatte. Die kleine Elena zwängte sich verängstigt in die hinterste Ecke, wo die Holzverkleidung des Porzellans schief in den Angeln hängend aufklaffte.

«Der Wagen der Franzosen brennt», erklärte Boris Petrowitsch an den Großfürsten gewandt. «Die Flammen greifen auf den Fourgon über, und der nächste Wagen ist unserer. Wir müssen den Zug verlassen, Constantin Alexandrowitsch.»

Der Großfürst sah ihn an, aber sein Blick war verschleiert. Seine Lippen bewegten sich, doch Katharina hörte keinen Laut.

«Constantin», flüsterte sie.

Er nahm sie nicht zur Kenntnis.

Boris drehte sich um. Alexej. Boris schob ihn nach vorn. Katharina Nikolajewna hatte nicht das Gefühl, dass ihr Sohn sich freiwillig bewegte, doch gegen das, was der Gesandte der Bolschewiki forderte, gab es keinen Widerspruch. Alexej ging vor dem Lager des Großfürsten in die Knie.

«Constantin Alexandrowitsch, wir sind in Gefahr!», flüsterte er eindringlich. «Wir müssen den Express auf der Stelle verlassen. Wir müssen ...» Er sah über die Schulter. «Dein Säbel. Wir müssen deinen Säbel mitnehmen, den dir der Zar geschenkt hat. Ich helfe dir. *Gibt es noch etwas, das wichtig ist?*»

Constantin starrte ihn an. Nahm er überhaupt wahr, was der Junge redete?

Unvermittelt regte er sich. Sein Blick irrte durch den Raum. Einen Lidschlag lang verharrte er auf Katharina, und eine durchdringende Kälte überfiel sie angesichts seines Ausdrucks. Weit fort. Als ob er überhaupt nichts sah, und doch auf eine gespenstische Weise *alles*. Als ob seine Augen bis in ihre Seele dringen, jedes der Bilder betrachten konnten, Bilder uneingestandener Träume und Bilder mit Boris Petrowitsch – hier im Abteil, im Gesträuch in Postumia, vor Minuten erst in der Kabine der Schauspielerin, wie sie dem Abgesandten der Bolschewiki zu Willen gewesen war. Als ob ihr Ehemann mit einem Mal sehen konnte, was sie seinem Blick so lange Zeit verborgen hatte: was sie war. Was sie in Wahrheit war. Doch der Moment ging vorbei. Constantins Blick glitt weiter.

«*Elena.*» Geflüstert.

«Elena ist nichts passiert.» Alexej war die Erleichterung anzumerken. Endlich: Der Großfürst zeigte eine Reaktion, er sprach.

Der Junge griff nach der Hand seines Vaters, zog die Finger im selben Moment zurück. Katharina konnte sich kaum daran erinnern, dass Constantin Alexandrowitsch und sein Sohn einander jemals berührt hatten. Ausgenommen natürlich an jenem Tag im Appartement an der Rue de Faubourg du Saint-Honoré, als die Hand des Großfürsten Alexejs Wange getroffen hatte.

«Elena wird mit uns kommen», erklärte Alexej. «Aber wir müssen uns beeilen ... Vater. Wenn es noch irgendetwas gibt ...»

Doch Constantin Alexandrowitschs Blick hatte sich schon wieder getrübt.

Katharina holte Luft. Sie ertrug es nicht. Ertrug es nicht, auf so engem Raum zu sein mit dem Mann, mit dem sie ihr gesamtes Leben geteilt hatte und von dem sie bis heute nicht wusste, ob er ihr etwas bedeutete – und wenn ja, *was* er ihr bedeutete. Mit dem anderen Mann, der ihr *alles* bedeutete. Mit ihrem Sohn, der gesehen hatte, was er niemals hätte sehen dürfen, mit ihrem kleinen Mädchen, das einfach nur schreckliche Angst hatte. Aber sie konnte nicht anders. Sie trat in das Abteil. Boris wich widerwillig ein Stück zurück. «Constantin», sagte sie. «Wo sind die Steine?»

Ein dumpfes Poltern. Der Wagen ruckte, schien Augenblicke lang den Kontakt zu den Schienen zu verlieren, als ein Trümmerteil gegen die Außenhülle prallte.

«Constantin!», wiederholte sie.

Ganz kurz drehte er sich in ihre Richtung. Formten seine Lippen ihren Namen? Oder war es wieder der Name ihrer kleinen Tochter?

Eine heftige Bewegung – Boris drängte sie beiseite. Für eine Sekunde sah sie ihm direkt ins Gesicht, und es war ein Gesicht, das sie nicht wiedererkannte. Das Gesicht eines Mannes, aus dessen Augen der Tod sprach. Sie wich zurück, ein Schauer tief in ihrer Brust. Sie tastete nach der Wand.

Eine neue, schwere Erschütterung. Trümmer schlugen gegen die Hülle des Wagens, vor dem Fenster der sekundenkurze Eindruck eines brennenden Gegenstandes, der in die Nacht davonwirbelte, einen Schweif von Funken hinter sich herziehend. Katharinas Hand rutschte weg, doch ihr geschah nichts. Sie kam auf dem Bündel auf, das einmal Constantins Uniform gewesen war.

Ganz gleich, was geschieht, fuhr ihr durch den Kopf, ob er die Steine bekommt oder nicht: Wie sollen wir diesen Wagen jemals verlassen? Wir werden sterben in diesem Abteil, alle miteinander.

«Wo sind die Steine?» Boris' Stimme war ein Flüstern. Ganz langsam bewegte seine Hand sich unter seine Jacke. Als sie wieder zum Vorschein kam, hielt sie eine Pistole.

Katharina war zu keiner Bewegung fähig. Auch Alexej, der einen Schritt zurückgestolpert war, hatte den Mund geöffnet, doch es kam kein Wort.

«Wo sind die Steine, *Romanow*?», fuhr Boris Petrowitsch den Großfürsten an. Der Name *Romanow* wurde auf eine Weise betont, wie Katharina das derbste Schimpfwort nicht hätte aussprechen können.

Constantin starrte den Gesandten der Sowjets an, sein Blick noch immer getrübt. Die Wunde musste sich wieder geöffnet haben; der Ärmel seines Hemdes hatte sich rot gefärbt. Ein Leichenhemd. In diesem Moment sah es aus wie ein Leichenhemd.

«Ich habe nichts zu verlieren, *Romanow*», wisperte Boris Petrowitsch.

«Du hingegen hast alles zu verlieren.» Der Lauf seiner Pistole bewegte sich, bis er die Stirn des Großfürsten berührte. «Ich werde nicht zögern», flüsterte Boris. «Ich habe die Wahl, ob die erste Kugel dich hier trifft ...» Der Lauf wanderte weiter, auf Constantins Brust. «Oder hier.» Der Bauch, der Magen. «Oder hier.» Noch tiefer, die Lenden des Großfürsten.

Katharina kämpfte gegen die Übelkeit. Sie konnte es nicht mit ansehen. Es hatte Zeiten gegeben, in denen sie Hass auf Constantin empfunden hatte. Vielleicht tat sie das immer noch, doch sie konnte nicht zusehen, wie dieser Mann ... Sie würde mit Boris fortgehen, ja, jetzt wusste sie es mit Sicherheit. Sie würde in die Sowjetunion gehen, und ihr Leben würde endlich beginnen. Sie würde Constantin Alexandrowitsch Romanow niemals wiedersehen, aber das ertrug sie nicht.

Constantin hob den Blick, unsicher. Er fiel auf seinen Sohn, dann wieder auf das kleine Mädchen.

Die Bewegung kam so plötzlich, so kurz und ruckartig, dass Katharina sie erst wahrnahm, als es schon geschehen war.

Boris hatte ihre Tochter ergriffen, sie aus ihrem Versteck gezerrt. Er hielt sie gepackt wie eine Gefangene, eine ...

«Wo sind die Steine?»

... eine Geisel.

«Boris!» Katharinas Stimme überschlug sich.

Er achtete nicht auf sie.

Fieberhaft tasteten ihre Hände nach der Wand, doch sie rutschte ab, ihre Röcke waren ihr im Weg, sie hatte zu wenig Platz, konnte sich nicht aufrichten.

«Wo sind die Steine?», brüllte Boris Petrowitsch. Der Lauf der Waffe schwenkte in Richtung des kleinen Mädchens.

Katharinas Hände. Sie spürte etwas unter ihren Fingern, spürte ... Constantins Pistole, eine Waffe aus der Zeit vor dem Großen Krieg. Sie hatte immer gewusst, dass er sie sorgfältig pflegte. Mit ihr musste er auf die Milizionäre geschossen haben, in Niš. Sie hob die Pistole. «Boris!»

Möglich, dass ihre Stimme anders klang, möglich, dass er hörte,

689

wie sie den Hahn spannte. Er warf einen Blick in ihre Richtung, hob irritiert die Augenbrauen. Doch er wandte sich sofort wieder um.

«Wo – sind – die – Steine?», sagte er langsam. Der Lauf seiner Waffe legte sich an Elenas Schläfe.

Katharina Nikolajewna Romanowa feuerte die Pistole ab.

***

Zwischen Sofia und Istanbul – 27. Mai 1940, 22:13 Uhr
CIWL WR 4229 (Speisewagen). Entree.

Ingolf stürmte durch den Gang am Beginn des Speisewagens, Eva noch immer hinter ihm. Sie hatte sich verändert, seitdem er wieder bei Bewusstsein war, und er war mehr als froh darüber. Trotzdem war jetzt nicht der Moment für Erleichterung, geschweige denn für das, was ihm seit Tagen auf der Zunge brannte. Nein, nicht jetzt, nicht in dieser Situation, nicht angesichts dessen, was er vorhatte. Was sie unweigerlich in Gefahr bringen musste, wenn sie nicht von ihm abließ. Er musste irgendeine Möglichkeit finden, sie abzuschütteln.

Der Nichtrauchersalon. Der scharfe Qualmgeruch wurde mit jeder Minute intensiver, doch jetzt war es von Vorteil, dass so viele Scheiben zu Bruch gegangen waren. Auf diese Weise konnten Rauch und Flammen sich gleichmäßiger verteilen, wurden nicht von der Reihe der Wagen eingesogen wie in eine lange, hohle, ausweglose Röhre, in der die Fahrgäste binnen Minuten qualvoll hätten ersticken müssen. Was nicht bedeutete, dass die Menschen dem Feuer entkommen würden. Niemand an Bord würde entkommen, wenn es Ingolf nicht gelang, den Zug zu stoppen. Wenn sich die Fahrgäste jedoch in die hinteren Wagen zurückzogen, die Wagen aus Deutschland, hatten sie vielleicht eine Chance durchzuhalten, bis Ingolf seinen Plan ausgeführt hatte. Von der Spitze des Zuges kam der Tod, und den Lx und den Speisewagen würde er als erste erreichen. Jeder Passagier, der irgendwie bei Verstand war, musste längst …

Er riss die Tür zum Fumoir auf – und blieb wie angewurzelt stehen. Es war ein Chaos, eine Kakophonie von Stimmen. Der Rauchersalon war voller Passagiere, und es musste sich um die Passagiere aus dem hinteren Schlafwagen handeln, um Menschen also, die sich dem Feuer entgegenbewegten. Der Lx war schließlich so gut wie leer – mit Ausnahme der großfürstlichen Familie, und ausgerechnet die war nirgends zu sehen, während Directeur Thuillet unter einer Traube von Fahrgästen nahezu begraben wurde. Schreie. Beschimpfungen. Vorwürfe. Was war an der Spitze des Zuges geschehen? Warum blieb der Express nicht stehen? Nur wenige Passagiere hielten sich abseits. Ingolf entdeckte seinen alten Bekannten, den Herrn mit dem Frischkäse, der eine verträglichere Strategie gewählt hatte und an der ansonsten verlassenen Bar Cognac in sich hineinschüttete – direkt aus der Flasche.

Ingolf straffte sich. «Monsieur le directeur!» Er drang nicht zu Thuillet durch. Aber irgendetwas war mit ihm geschehen, seit er begriffen hatte, dass es nur eine Möglichkeit gab, die endgültige Katastrophe abzuwenden. Es gab Situationen, in denen Zeit blieb für eine ausführliche wissenschaftliche Abwägung – und Situationen, in denen das nicht der Fall war.

«Monsieur le directeur.»

Thuillet blinzelte ihn an. Das Monokel saß korrekt in seinem Auge, und doch überkam Ingolf eine Ahnung, wie es im Vorgesetzten des Bordpersonals aussehen musste. Es saß im falschen Auge.

«Monsieur le directeur, warum sind die Leute noch hier?»

Thuillet verzog das Gesicht. Er sah über die Schulter, doch für den Moment waren die übrigen Passagiere außer Hörweite. «Sie könnten zurück in ihre Abteile», murmelte er. «Aber weiter auch nicht. Die Deutschen lassen sie nicht durch. Ich habe Monsieur Prosper geschickt, um den Ernst der Situation zu verdeutlichen.» Mit gesenkter Stimme. «Er kam mit gebrochener Nase zurück. Jetzt ist er im office und kühlt sie mit Eis. Zumindest davon haben wir genug. Mr. Mueller, ob vielleicht Sie mit Ihren deutschen Wurzeln …»

Ingolf hob die Hand, schüttelte den Kopf. «Wir müssen den Zug zum Stehen bringen. Wie lange haben wir noch bis Svilengrad?»

«Bis ...» Die Augen des Mannes weiteten sich. «*Mon Dieu!*» Seine Hand zitterte, als er eine altmodische Taschenuhr aus seiner Jacke zog. «Höchstens eine halbe Stunde», flüsterte er. «Die Brücke über die Maritza und direkt dahinter Svilengrad mit den Sperren an der Grenze.»

«Wie lange hält die Pacific durch, wenn nicht nachgefeuert wird?»

«Ich ... ich weiß es nicht. Ich habe nicht den Eindruck, dass wir langsamer geworden sind. – Aber es gibt keine Möglichkeit, den Zug zum Halt zu zwingen. Unser Bremssystem versagt. Ich kann mir nicht erklären, wie das möglich ist, aber ... Es *gibt* keine Möglichkeit.»

«Es gibt sie – in der Lokomotive.»

Thuillet riss die Augen auf. «Seien Sie nicht wahnsinnig! Das hat schon ...»

Ein Schlag traf den Wagen, eine Erschütterung, heftiger als alles seit der Detonation des Salonwagens. Menschen schrien. Thuillet suchte Halt, vergeblich. Der Speisewagen ruckte, schwankte, schien sich sekundenlang nicht wieder beruhigen zu wollen.

Ingolf blieb auf den Beinen. Mit zusammengebissenen Zähnen schob er sich an der Küche vorbei, wuchtete den Durchgang zum Lx auf. Erst in diesem Moment bemerkte er den Schatten in seinem Rücken. «Eva!»

Sie sah ihn wortlos an.

«Eva, bitte, du musst zurückgehen. Du ...» Ein Geistesblitz. «Ich weiß, dass du Deutsch sprichst», erklärte er. «Du hast gehört, was der Directeur gesagt hat. Die Fahrgäste sind in Lebensgefahr, wenn sie den Speisewagen nicht verlassen. Vielleicht kannst du mit den Wachen im Kurswagen sprechen und ...»

«Und ihnen meinen deutschen Pass zeigen?»

Er biss sich auf die Zunge. Ihr Pass mit einem *J* in der abscheulichsten altdeutschen Fraktur, die Hitlers Behörden hatten auftreiben können. Warum nur machte er alles falsch, sobald es um Eva Heilmann ging? «Ich ...» Ihm fehlten die Worte.

Doch sie überraschte ihn, wie sie ihn eigentlich ständig überraschte. Sie lächelte, legte ihre Hand auf seinen Arm. «Du weißt, was ich bin», sagte sie leise. «Und ich weiß, was du bist, Ingolf Helmbrecht, und nichts wünschte ich mir mehr, als dass ich nicht so unglaublich blind gewesen wäre. Dass ich ...» Eine einzelne Träne löste sich aus ihrem rechten Auge. «Dass ich nicht immer alles falsch machen würde, sobald es um dich geht.»

Ihm stand der Mund offen. Das konnte kein Traum sein. Er konnte sich unmöglich schon wieder den Schädel angeschlagen haben.

«Wir haben diese Reise zusammen begonnen», sagte sie. «Und ich möchte, dass wir sie zusammen beenden, ganz gleich, wie sie zu Ende geht. Ich habe noch nie selbst entscheiden dürfen, wo ich wirklich hingehen möchte. Jedenfalls ...» Ein winziges Zögern. «Fast nie. – Aber jetzt habe ich das Gefühl, jedes Mal, wenn ich dich aus den Augen lasse, geschieht ein Unglück.»

Er hätte ihr entgegnen können, dass die Fahrt seit dem Gare de l'Est im Grunde eine einzige Kette von Unglücken gewesen war – ganz gleich, ob sie ihn nun aus den Augen gelassen hatte oder nicht, aber die Sache war eben ... Er verstand sie. Und er hatte dieselbe Angst wie sie. Dieselbe Angst, sie noch einmal loszulassen, weil dann irgendetwas geschehen würde. Mit einem Mal wurde ihm klar, dass er sie nicht abweisen konnte.

«Also ...» Er räusperte sich. «Also bei Lichte betrachtet haben wir wohl beide keine Wahl, denke ich. Ich meine, ich ...» Er knabberte an seiner Lippe. «Wir sind ja nun verlobt sozusagen.»

Ein ganz leichtes Kichern, so unglaublich, so fremdartig in diesem Moment, in dieser Umgebung. Und dann, ebenso leicht, und doch um vieles gewaltiger als jede Detonation in jedem Express der Welt, der winzige Hauch, mit dem ihre Lippen die seinen berührten.

Es schien Stunden zu dauern, bis er wieder zu atmen wagte. Dann aber sog er die Luft ein und nickte zum Durchgang. «Dann komm», sagte er leise und schob sich durch die Passage.

Er kam keine drei Meter weit. Auf dem Kabinengang des Luxuswagens war niemand zu sehen, und doch gab es Bewegung. Hoch oben, an den verhalten glimmenden Lichtern der Deckenbeleuchtung kräuselte sich ein Teppich aus dunklem Qualm, wie schwarzes Gewölk. Die Schwaden waren in unausgesetzter Regung, einem lebendigen

693

Wesen gleich, das sich anschickte, den Simplon Orient zu verschlingen. Zugleich sahen sie durch die zerborstenen Fenster zum ersten Mal den Widerschein der Flammen, eine grell-düstere Corona an der dunkel metallenen Hülle des Zuges, deren gierige Zungen aus den Fenstern des Gepäckwagens leckten. Und all dies war überlagert von *Geräuschen*, dem Ächzen der Konstruktion, einem fernen Bersten, dem gedämpften Prasseln der Flammen. Und anderen Lauten, die klangen wie das Wehklagen gepeinigter Seelen.

Ingolfs Mund war trocken, seine Stimme ein Flüstern. «*Von seinem Nacken aber spreizt' die Schwingen/ein Drache. Seines Flammenatems Hauch/versehrte alle, die vorübergingen.*»

Fragend sah Eva ihn an.

«Dantes *Göttliche Komödie*», murmelte er. «Der achte Kreis der Hölle.»

Er holte Luft und setzte sich in Bewegung. Schmerzhaft biss der Rauch in seine Lungen, und das Gefühl verstärkte sich bei jedem Schritt. Die ehemalige Kabine Betty Marshalls – verlassen, die Tür stand offen. Das Quartier der Romanows. Auch diese Tür stand offen, doch als Ingolf eben langsamer wurde, wurde sie vor seiner Nase zugeschlagen.

Verwirrt hielt er inne, klopfte. «Eure kaiserlichen Hoheiten?»

Stille.

Er klopfte nachdrücklicher, mit der geschlossenen Faust. «Eure kaiserlichen Hoheiten? Hören Sie mich? Sie sind hier nicht mehr sicher! Sie müssen ...»

Die Tür öffnete sich, ganz langsam, zentimeterweise. Die Großfürstin. Sie musterte ihn. Wann immer Ingolf im Verlauf der vergangenen beiden Tage den Tisch der russischen Adelsfamilie passiert hatte, hatte er das unbestimmte Gefühl gehabt, als würde die Temperatur spontan um ein oder zwei Grad sinken. Doch das war nichts gegen den Blick, mit dem die Frau ihn jetzt fixierte. Er hatte noch niemals einen Menschen gesehen, dessen Gesicht dermaßen vollständig blutleer schien.

Er räusperte sich. «Der ... der Salonwagen des französischen Gesandten ist explodiert, und die ...» Die Tür begann sich langsam zu schließen. «... die Flammen haben auf den Fourgon übergegriffen. Wir müssen befürchten, dass der Lx ...» Die Großfürstin trat einen halben Schritt zurück – und die Tür fiel ins Schloss.

«... nun der nächste ist», vollendete Ingolf Helmbrecht und starrte gegen das Holz.

«Die Frau war *barfuß*», murmelte Eva.

Ingolf bekam es kaum mit. Er schüttelte den Kopf. Was konnte er tun, wenn die Leute sich schlichtweg weigerten, sich retten zu lassen? Nichts konnte er tun. Wenn er versagte, würde keiner der Menschen an Bord überleben. Allenfalls in den hinteren Wagen, in die man die Passagiere des Simplon Orient nicht einließ. Wenn er allerdings Erfolg hatte, würden auch die Romanows am Leben bleiben. Ob sie es verdient hatten oder nicht. «Komm», presste er hervor.

Nicht mehr als eine halbe Stunde bis Svilengrad, hatte Thuillet gesagt. Dreißig Minuten. Wie viele von ihnen waren bereits verstrichen? Keine einzige durften sie mehr verschwenden. Geschlossene Türen, die zu den Kabinen des carpathischen Gefolges gehört hatten, schließlich das letzte Abteil des Lx.

«Das war Carols Privatkabine», flüsterte Eva.

Doch Ingolfs Blick ging geradeaus. Der Durchgang zum Fourgon stand offen. Die Wucht der Explosion, die nur einen Wagen weiter stattgefunden hatte, musste die Türen verkantet haben, sodass der beißende Rauch ihnen durch die schmale Passage entgegenquoll. Dahinter unstete Bewegung. Die Flammen, die die Quartiere des Personals, die Lagerräume mit dem Gepäck der Fahrgäste verschlangen. Mehr denn je erschien das Feuer, erschien der dichte Qualm wie ein lebendiges Wesen.

Ein Wesen, das jeden Versuch, zur Spitze des Zuges vorzudringen, vereiteln würde.

***

Zwischen Sofia und Istanbul – 27. Mai 1940, 22:18 Uhr
Übergang CIWL Lx 3509 (Vorderer Schlafwagen)/CIWL F 1266 (Vorderer Gepäckwagen).

Eva Heilmann fuhr herum.

Eine Bewegung in ihrem Augenwinkel, eine Gestalt in der Tür von Carols Kabine, und für den Bruchteil einer Sekunde rechnete sie tatsächlich damit, den König vor sich zu sehen, ein verschmitztes Lächeln auf den Lippen, selbst jetzt vollständig Herr der Situation.

Doch natürlich war es nicht Carol.

Sie kannte den Mann dennoch, aber er hatte sich verändert, trug nicht länger die Galauniform eines carpathischen Leibwächters. Er trug eine schlichte, graue Uniform der deutschen Wehrmacht. Eine Leutnantsuniform. Eva erkannte die silbernen Schulterstücke.

«Leutnant Schultz», flüsterte sie.

«Fräulein Heilmann.» Er neigte den Kopf, bezog Ingolf in den Gruß mit ein. «Wo immer Sie hinwollen», bemerkte er. «Wie Sie erkennen, geht es hier nicht mehr weiter. – Ich hoffe, dass zumindest Sie mir glauben.»

Eva öffnete den Mund, doch der Leutnant war schneller.

«Mr. Richards war überzeugt davon, dass noch eine Chance bestände, zur Lok durchzukommen. Ich habe ihm gesagt, dass das unmöglich ist.»

Sie spürte einen dicken, unnachgiebigen Knoten in ihrer Kehle. «Kann er ...» Mühsam holte sie Luft. «Wie lange ist das her?»

Schultz zog an seiner Zigarette. «Zehn Minuten? Eine Viertelstunde? Er wollte den Versuch unternehmen, den Zug zum Stehen zu bringen. Wie Sie sehen, fahren wir noch.»

«Wenn er es geschafft hätte, müssten wir längst langsamer werden», flüsterte sie. «Und wenn er festgestellt hätte, dass er nicht durchkommt, müsste er ...» Sie wandte den Kopf.

Ingolf schwieg. Sie konnte sehen, wie er die Zähne aufeinanderpresste. Natürlich zog er dieselben Schlüsse wie sie: Paul Richards hatte es nicht geschafft. Sie wollte es nicht glauben, wollte nicht wahr-

696

haben, dass dieser Mann, in dessen Wortschatz das Wort Scheitern schlicht nicht vorkam, es nicht geschafft hatte. Aber es hatte keinen Sinn, etwas zu leugnen, das offensichtlich war. Jetzt, eine Viertelstunde später, dasselbe zu versuchen, während die Flammen sich mit jeder Minute weiter voranfraßen ... Das hätte nichts mit Wagemut zu tun oder mit Tapferkeit, mit Verantwortung für die Menschen im Zug. Das wäre Selbstmord.

Sie konnten nichts mehr tun. Alles, was ihnen blieb, war, auf der Stelle kehrtzumachen, so weit nach hinten wie möglich zurückzuweichen. Die Deutschen ... die Deutschen *anzuflehen*, ihnen Zutritt zu gewähren. Ihr wurde übel bei diesem Gedanken, und doch war da noch ein ganz anderer Gedanke. Langsam drehte sie sich um.

Schultz lehnte in der Tür zur königlichen Kabine, inhalierte den Tabakrauch, betrachtete sie unverwandt.

«Ich fürchte, Sie haben recht», sagte sie. «Niemand kommt mehr nach vorne durch. Aber warum ... warum sind Sie dann noch hier?» Sie brach ab, als ihr klarwurde, wie sich die Frage anhören musste. «Ich meine ... Hier ist niemand mehr, den Sie beschützen könnten. Warum gehen Sie nicht nach hinten und ...» Sie verstummte.

Schultz betrachtete sie, betrachtete seine bis an den Filter aufgerauchte Zigarette, ließ sie fallen, drückte sie unter der Schuhsohle aus.

«Sie wissen, was ein Bewährungsbataillon ist, Mademoiselle Heilmann?»

Eva kniff die Augen zusammen. «Wie?»

Die Hand des Deutschen glitt in die Brusttasche seiner Uniform. Ein angebrochenes Päckchen – übergangslos steckte er sich die nächste Zigarette an. «Eine Sondereinheit für *zersetzende und wehrunwürdige* Elemente», erklärte er. «Einige dieser Einheiten hat die Wehrmacht in Polen eingesetzt. Die Zahl der Gefallenen soll sehr hoch gewesen sein – wie es vermutlich auch beabsichtigt war. Ähnliche Abteilungen operieren gegenwärtig vermutlich in Frankreich. Was nicht bedeutet, dass die Militärgerichte nicht auch andere Möglichkeiten für Straftäter haben, die sich staatsfeindlicher Betätigung schuldig gemacht haben. Einzelaufträge.»

697

Sie blinzelte. «Ihr ... Ihr Auftrag als Leibwächter für Carol? Sie wollen sagen, dass Sie ...»

«Als man mir das Angebot machte, habe ich mich entschieden, es anzunehmen. Die Alternative wäre die standrechtliche Erschießung gewesen.»

Eva starrte ihn an. «Sie wollten die Urkunde nicht unterzeichnen», flüsterte sie. «Die Urkunde, mit deren Hilfe man die carpathischen Juden in die deutschen Lager abschieben will. Weil Sie das, was die Nazis tun, in Wahrheit verurteilen. Dafür sind Sie bestraft worden. – Sie sind .. Sie sind selbst Jude? Kommunist? Sie haben ...»

Er hob eine Augenbraue.

Eva biss die Zähne zusammen. Ja, sie hatte gelauscht. Damit hatte sie es zugegeben. Doch sie würde nicht rot werden, nicht nach allem, was geschehen war. Vor allem aber begriff sie noch immer nicht.

Sie schüttelte den Kopf. «Das mit den Bewährungsbataillonen verstehe ich. Wahrscheinlich haben diese Leute vor ihren eigenen Vorgesetzten größere Angst als vor dem Feind, gegen den sie kämpfen sollen. – Aber Sie? Sie hätten sich doch jederzeit absetzen können: in der Schweiz, in Jugoslawien, irgendwo, wo die Deutschen ...»

«Das hätte er nicht.»

Eva drehte sich um. Ingolf stand in ihrem Rücken. Für ein paar Sekunden hatte sie ihn fast vergessen.

«Das hätte er nicht», wiederholte Ingolf. «Und das kann er jetzt noch viel weniger. Wenn eine vorgesetzte Stelle der Wehrmacht ihn für einen solchen Auftrag ausgewählt hat, muss das bedeuten, dass sie sicher sein konnte, dass er ihn auch erfüllt. Wahrscheinlich weil sie jemanden in der Hand haben, der dem Leutnant nahesteht. Eine Flucht war damit ausgeschlossen. – Hinzu kommt aber, dass der Tod des Mannes, den er bewachen sollte, in Berlin bereits beschlossene Sache war. Zumindest scheint alles dafür zu sprechen. Und damit vermutlich auch Ihr Tod.» Ein Nicken zu Schultz. «Jedenfalls wurde er in Kauf genommen, wie er auch bei den Männern in den Bewährungsbataillonen in Kauf genommen wird. – Nun aber hat Carol überlebt.»

Er zögerte, musterte den Leutnant. «Wahrscheinlich gehen Sie davon aus, dass Ihre Angehörigen immer noch die besten Karten haben, wenn zumindest Sie selbst diese Reise nicht überleben. Deshalb sitzen Sie hier und warten ab, bis geschieht, was nach aller Erwartung geschehen muss.»

Eva sah von einem der beiden Männer zum anderen. Schultz' Miene war nicht zu deuten, doch er erhob keinen Widerspruch. Und Ingolf selbst ... Er schien über etwas nachzugrübeln, während er den Leutnant in seiner Uniform aufmerksam betrachtete, doch gleichzeitig sah er nicht unzufrieden aus. Schultz' Geheimnis: ein neues, schwieriges Rätsel, nicht anders als eine besonders kniffflige alte Urkunde oder ein verschlüsseltes Schreiben. Und er hatte auch diese Denkaufgabe gelöst.

Aber das war ... Das war monströs.

Im selben Augenblick veränderte sich sein Gesichtsausdruck. Er streckte sich. «Leutnant! – Ingolf Helmbrecht, Dienststelle Ausland/Abwehr beim Oberkommando der deutschen Wehrmacht.» Andeutungsweise zog er ein Schriftstück aus der Brusttasche. Eva erkannte es sofort: der Umschlag von Canaris' Botschaft, den Fitz-Edwards ihm überreicht hatte. Das aufgedruckte Siegel, 𝕺𝖇𝖊𝖗𝖐𝖔𝖒𝖒𝖆𝖓𝖉𝖔 𝖉𝖊𝖗 𝖂𝖊𝖍𝖗𝖒𝖆𝖈𝖍𝖙, Reichsadler mit Hakenkreuz.

Der Leutnant starrte ihn an. Eva starrte ihn an. Wenn sie mit allem gerechnet hatte ...

«Leutnant, Sie begeben sich jetzt in den Speisewagen. Dort stellen Sie sicher, dass Ihnen sämtliche Passagiere folgen, und sorgen dafür, dass sie Zugang zu den deutschen Wagen erhalten. Wenn das geschehen ist, lassen Sie sie dort keine Minute aus den Augen, bis Sie gegenteilige Instruktionen erhalten.»

Schultz starrte immer noch. Er öffnete den Mund, doch Ingolf ließ ihn nicht zu Wort kommen.

«Das ist eine dienstliche Anweisung.»

Schultz starrte. Eva konnte sehen, wie sich sein Adamsapfel bewegte. Schließlich, nach Sekunden, salutierte er und wandte sich ab, verschwand mit steifen Schritten in Richtung Speisewagen.

Ingolf wartete, bis er aus dem Blick war. Erst dann nickte er nachdenklich. «Beachtlich. Dabei habe ich nicht einmal einen militärischen Dienstrang.»

Eva schluckte mühsam. «Was sollte das?»

Er blinzelte. Überrascht sah er sie an. «Was das sollte? Ich habe dem Mann das Leben gerettet.»

«Du ...»

Er hob die Schultern. «Wenn ich ihm erzählt hätte, dass ich für den Widerstand arbeite, hätte er davon ausgehen müssen, dass er seine Familie nur noch mehr in Gefahr bringt, wenn er mir gehorcht. Hätte ich ihm gar nichts erzählt, ihn einfach nur gebeten, sich um die Leute zu kümmern, weil er zufällig diese Uniform anhat, die bei den Deutschen Eindruck machen wird: Wer weiß, ob er seine Meinung geändert hätte, dass es für alle Seiten das Beste wäre, wenn er hier vorne ...» Er brach ab.

Fragend sah Eva ihn an, doch im nächsten Moment spürte sie es selbst. Etwas hatte sich verändert. Das Geräusch, das Gefühl, mit dem der Zug über die Schienen schoss, klang mit einem Mal hohler, lauter. Eine Brücke!

Evas Blick jagte zum Fenster: Lichter! Direkt unter ihnen die schwarze Wasserfläche eines Flusses, doch am anderen Ufer ein Meer von Lichtern.

Die Brücke über die Maritza, schoss ihr durch den Kopf. Und direkt dahinter Svilengrad und die Sperren an der Grenze.

«Die Sperren!», flüsterte sie.

ZWISCHENSPIEL –
BULGARISCH-TÜRKISCHE GRENZE

Grenzbahnhof Svilengrad. – 27. Mai 1940, 22:21 Uhr

Mikosh wuchtete den Riegel vor den Schuppen am Ende des Bahnsteigs, stützte sich gegen die Bretterwand, bis er wieder zu Atem kam. Der grob geschnitzte Balken schien jeden Abend schwerer zu werden, aber das war nicht das Problem. Das Problem war ein bestimmter Punkt in der Bewegung, wenn er den Träger nach oben stemmte, drei, vier Zoll, bevor die Sperre einrastete, eben wenn er schon glaubte, über diesen Punkt hinaus zu sein. Das Problem war der Moment, wenn ihm das stumpfe Messer in die knochige Hüfte fuhr und zitternd stecken blieb.

So fühlte es sich an, jedes Mal wieder, und heute Abend musste es sich um ein besonders stumpfes und schartiges Messer handeln.

Ein Unwetter. Über den Bergen musste sich ein Unwetter entladen haben. Der alte Stellwärter hatte keinen Donner gehört, nicht einmal Wetterleuchten war am Himmel zu sehen gewesen. Aber seine Hüfte hatte sich in dreißig Jahren nicht geirrt, und sie würde sich auch heute nicht irren. Als er jünger gewesen war, hatte er ein paar Mal nachgefragt bei den Leuten aus dem Zug. Der kam schließlich aus dieser Richtung. Seine Hüfte hatte jedes Mal recht gehabt. Der alte Mann zog den Schnodder hoch und spuckte in den Staub. Dann machte er sich humpelnd auf den Rückweg zum Stellwerk.

Die Deutschen standen noch immer am selben Fleck und rauchten ihre Zigaretten. Ab und zu ein kurzes Lachen, das wie Bellen klang. Zwei einheimische Offiziere waren dabei, aber die standen ganz am Rand und hatten keine Zigaretten. Mikosh brummte vor sich hin, als er an der Gruppe vorbeischlurfte. Er kannte diese Sorte Uniformen.

Uniformen von Leuten, die sich die Finger nicht schmutzig machten. Aber wenigstens waren es bulgarische Uniformen.

Istvan, der Sohn der alten Martha, hatte ihm aus der Zeitung vorgelesen. Offenbar waren die Deutschen jetzt wieder ihre Verbündeten. Er konnte sich gut daran erinnern, wie es ausgegangen war, als sie das letzte Mal ihre Verbündeten gewesen waren und die Deutschen für ein paar Jahre das Kommando übernommen hatten: über den *Balkanzug*, wie sie ihren Express aus den konfiszierten Fahrzeugen der CIWL genannt hatten – und am Ende über das ganze Land. Sah so aus, als wäre es wieder so weit. Konnte ja nur der Zug sein, auf den sie warteten: Ankunft in neunundzwanzig Minuten, Abfahrt in zweiundvierzig Minuten. Und zwischendurch gingen ein paar Uniformen an Bord. Allerdings andere: Zolluniformen.

Mikosh sah sich um. Von den Zöllnern war keine Spur zu sehen. Überhaupt war niemand zu sehen mit Ausnahme der Deutschen und der beiden bulgarischen Offiziere. Im Bahnhofsgebäude war ein einziges Fenster erleuchtet: Die Wohnung des Stationsvorstehers, der es sich eigentlich nie nehmen ließ, in seinem feinen Anzug an den Bahnsteig zu kommen, wenn der Express haltmachte. Heute Abend war offenbar alles anders.

Am Fuß des Stellwerks blieb Mikosh stehen. Es glich einem länglichen Holzkasten auf Stelzen, mehrere Meter über den Bahnsteigen und dem verwirrenden System der Weichen und Rangiergleise des Grenzbahnhofs. Das gesamte Areal ließ sich von dort oben aus überblicken, das flache Land an beiden Ufern der Maritza jenseits davon. – Wenn man den Aufstieg einmal geschafft hatte.

Jede Stufe der steilen Stiege war ein neuer Stich des Messers in seine Hüfte. Als er oben war, rasselte sein Atem, und kalter Schweiß bedeckte seine Stirn. Sein rechtes Bein war taub.

Schwer stützte er sich auf das Gestänge mit den Kontrollen, verharrte minutenlang, bis er wieder zu Atem kam. Erst dann, mit einem tiefen Seufzer, machte er sich daran, die einzelnen Justierungen vorzunehmen, blockierte nach jedem Arbeitsschritt die unterarmlangen Weichenhebel in der korrekten Position. Er hätte alle diese Manöver im Schlaf durchführen können, doch tatsächlich war er in keinem Augenblick des Tages mit größerer Konzentration am Werk als während dieses komplizierten Vorgangs. Er prüfte die Stellung der Signale mehrfach, bevor er schließlich nickte und durch die großen Scheiben einen Blick hinab auf den Bahnsteig warf.

Die Deutschen und ihre Verbündeten hatten sich nicht von der Stelle bewegt. Dort unten würde der Simplon Orient einfahren und zum Stehen kommen. Während sie erledigten, was sie zu erledigen hatten, würde Mikosh ausreichend Zeit haben, die Ausrichtung der Weichen von neuem zu verändern. Erst dann, als letzten Schritt, würde er auch die Position der Signalanzeige umschalten, und der Lokführer würde Bescheid wissen. Dann würde der Schienenstrang nicht länger in ein totes Gleis münden, das an einem Prellbock auf dem rückwärtigen Bahnhofsgelände endete, sondern zurück auf die Hauptstrecke nach Konstantinopel führen.

Als er sich aufrichtete, ruckte der längere der beiden Zeiger auf der Bahnsteiguhr um eine Markierung vor. Noch einundzwanzig Minuten. Zufrieden legte er die Hand auf die Kontrollen, trat zurück ans Fenster, zog den Schnodder hoch. Doch diesmal kam er nicht dazu, ihn auszuspucken.

Ein Geräusch. Eines, das er kannte und das doch unmöglich ... Eine der Signalglocken. Die Glocke auf der äußersten linken Seite der Anordnung oberhalb der Stellhebel. Er wusste ganz genau, zu welchem Signal sie gehörte: zur Schaltung auf dem Gleis von Sofia und Plovdiv, dem Gleis, auf dem sich der Simplon Orient dem Bahnhof nähern würde – in einundzwanzig Minuten. In exakt siebzehn Minuten würde das Gewicht der Pacific die Induktionsschleife fünf Kilometer vor dem Bahnhof auslösen, in sechzehn Minuten, wenn sie früh dran war, aber niemals jetzt schon, unmöglich so früh, wenn sie Sofia pünktlich verlassen hatte.

Er stützte sich auf die Schalttafel, humpelte hinüber zum gegenüberliegenden Fenster, das hinabsah auf die gurgelnden nächtlichen Fluten des breiten Stroms, das schweigende Land jenseits davon, wo der Zug in Sicht kommen musste, zwei Minuten bevor er die Brücke

passierte, drei Minuten bevor er in Svilengrad Einfahrt hielt: die kreis-
runden Leuchten an der Front der Pacific, die Kegel aus weißem Licht
aus dem dunstigen Dunkel über der Maritza schneiden würden.

Der alte Mann erstarrte. Da war Licht, und es war näher, sehr viel
näher, als es hätte sein dürfen. Es war schneller, ein Wahnsinn von
Geschwindigkeit, den die zweitausend induzierten Pferdestärken der
Zugmaschine erreichten, wenn der Zug auf freier Strecke fuhr. Nie-
mals aber, *niemals* in der Anfahrt auf eine Brückenkonstruktion, der
Anfahrt auf einen Bahnhof, in dem sie ...

Der Simplon Orient Express schoss heran, ein Komet mit lodern-
dem Schweif, stieß hinab vom höher gelegenen Gelände am Fluss-
ufer, hinab auf das Brückenbauwerk. Das stählerne Projektil schien
Funken zu sprühen, die Sekunden später als Teile des Aufbaus, der
Verkleidung erkennbar wurden, die abrissen, sich lösten, wirbelnd
in die Düsternis davonstoben. Ohne langsamer zu werden, erreichte der Zug die Brücke, und die stählernen Räder donnerten auf das
metallene Skelett der Konstruktion, die nicht ansatzweise auf solche
Geschwindigkeiten ausgelegt war.

Stimmen. Stimmen aus der Tiefe zu Mikoshs Füßen. Das Bellen
der Deutschen, Rufe der bulgarischen Offiziere. Erschütterungen,
vor Hektik stolpernde Schritte schwerer Stiefel auf der steilen Stiege
des Stellwerks. Sie mischten sich mit dem Donnern, mit dem Hunderte Tonnen glühenden Stahls ungebremst heranrasten, eine Woge
von Flammen, von Vernichtung, die eine Schockwelle vor sich her-
zusenden schien, dass es dem alten Mann den Atem aus den Lungen
presste. Nicht aufzuhalten, nein, nicht aufzuhalten, wenn die Brücke
hielt. Nicht aufzuhalten, wenn das Untier aus Stahl und Feuer auf das
Gelände des Grenzbahnhofs raste, auf das Stellwerk zu, auf den Bahnsteig, auf das ...

Mikoshs Brust zog sich zusammen. Das tote Gleis, das am Schuppen vorbeiführte, in den Rangierbereich hinter dem Bahnhofsgebäude. Zu den Quartieren der Gleisarbeiter und ihrer Familien – und
dazu die Menschen im Express, die möglicherweise noch am Leben
waren. Sie hatten eine Chance! Wenn der Kessel aufgab, rechtzeitig,

bevor der Güterzug heran war, den der Bahnhof aus der Gegenrichtung erwartete ...

Eine Chance.

Die Kontrollen. Mit verzweifelter Hast fuhren seine Finger über die Verriegelungen, lösten sie. Die mächtigen Weichenhebel, mehrere von ihnen, um die durchgehende Spur auf die Überlandstrecke wiederherzustellen, und es kostete Kraft, sie zu bedienen, sie langsam nach unten zu ziehen, bis sie in der neuen Position einrasteten.

Die Tür flog auf.

«Was tun Sie da?» Einer der beiden Bulgaren, doch ein Offizier der Deutschen war direkt hinter ihm. Keine Wehrmachtsuniform. Die Runen der SS am Kragen.

«Der Zug muss ...»

«Dieser Zug darf auf keinen Fall in die Türkei gelangen. Blockieren Sie die Gleise!»

Ein Scheppern und Vibrieren begann das Stellwerk auf seinen Stelzen zu erfüllen. Loderndes Feuer hinter den Fenstern wie ein bizarrer Sonnenuntergang. Nur noch Sekunden.

Mikosh dachte nicht nach. Die Menschen im Zug, weitere Menschen in der Bahnhofssiedlung würden sterben, wenn er den letzten Weichenhebel nicht löste. Ebenso sie selbst, der Stellwärter und die beiden Offiziere – und die anderen Männer unten am Bahnsteig. Doch es blieb keine Zeit, das zu erklären.

«Dobré», murmelte er, «in Ordnung.» Im selben Moment, in dem die Fensterscheiben unter der Erschütterung barsten, der Atem des Feuers fauchend in den Raum drang, drückte Mikosh den Hebel mit seinem vollen Gewicht nach unten.

Die Hitze hüllte sie ein. Einer der beiden Offiziere – der Bulgare – schrie auf, bemühte sich, die Flammen auszuschlagen, die nach dem Ärmel seiner Uniform gegriffen hatten. Das Stellwerk zitterte, schwankte auf dem Gestänge seiner Konstruktion, während die hinteren Wagen stampfend den Bahnsteig passierten.

Auf die Tafel mit den Kontrollen gestützt, humpelte der alte Mann an die Fenster, die nach Süden, nach Osten blickten. Die Männer am

Bahnsteig waren nach hinten gestolpert, kauerten am Boden. Flammende Glut, die den Himmel über den Gleisanlagen erfüllte, noch einmal greller aufleuchtete, als die Pacific mit einem heftigen Ruck auf die Überlandstrecke einscherte. Der Zug schwankte. Für Bruchteile von Sekunden schienen die Räder der brennenden Fahrzeuge zu blockieren, die hinteren Wagen zu schlingern, die Bewegung nicht mitzumachen, davongetragen vom unvermittelten Wechsel des Kurses bei viel zu hoher Geschwindigkeit. Doch im selben Augenblick war es vorbei.

Die fiebernde Aura des Kometen begann zu ermatten, als der Simplon Orient seinen Weg fortsetzte. Richtung Istanbul. Der Güterzug: War er noch aufzuhalten, wenn der Stationsvorsteher die Bahnhöfe auf der Strecke unterrichtete? War es schon zu spät? Wie viel Zeit hatten die Menschen im Zug gewonnen? Zwanzig Minuten? Weniger? Mikosh konnte es nicht berechnen. Das Messer in seiner Hüfte hatte sich zwei oder drei Mal herumgedreht, und er musste sich auf das Fenster stützen, um sich auf den Beinen zu halten. Er würde eine Weile warten müssen, zu Atem kommen, bevor er sich an den Abstieg machen konnte. Der Simplon Orient Express war ein leuchtendes Nachtgestirn, das langsam am östlichen Himmel versank.

Dann spürte er das Metall einer Pistolenmündung in seinem Nacken.

TEIL SIEBEN –
TÜRKIYE CUMHURIYETI /
REPUBLIK DER TÜRKEI

Zwischen Sofia und Istanbul – 27. Mai 1940, 22:33 Uhr
Übergang CIWL Lx 3509 (Vorderer Schlafwagen)/CIWL F 1266 (Vorderer
Gepäckwagen).

Verschwommene Lichter jenseits der Fenster. Schatten von Gestalten,
uniformierten Gestalten, die über das Pflaster des Bahnsteigs zurück-
stolperten.

«Svilengrad!», stieß Eva hervor. «Die Sperren!» Sie klammerte sich
an Ingolf, bereitete sich auf den Augenblick vor, auf den es doch keine
Vorbereitung gab, den Aufprall, den Zusammenstoß, den ...

Zwei Sekunden. Fünf Sekunden. Die Lichter draußen ein flirrendes
Band, tausend Eindrücke in der Dunkelheit. Ein Ruck, eine heftige
Erschütterung, die die beiden jungen Leute gegen die Flurwand warf.
Evas Herz überschlug sich. Doch sie hielten einander fest, ließen sich
nicht los, auch als der Lauf des Zuges sich zu beruhigen schien, ohne
langsamer zu werden, atemlos hastend durch die Dunkelheit.

Dann war der Bahnhof vorüber. Dieselben Geräusche wie zuvor,
Geräusche der weiter ungebremsten Fahrt und das Knistern, Rauschen, Bersten aus dem Fourgon, mit dem die Flammen näher kro-
chen. Und die Nacht rings um sie.

«Wir ...» Eva flüsterte. «Es ... es gab keine Sicherung! Keine Sperre,
kein totes Gleis! Wir sind am Leben.»

Die junge Frau hob den Blick. Sie lag an Ingolfs Brust, eng an seinem Körper, ihr linker Arm um seine Schultern, ihre rechte Hand um
seine Finger geschlossen. Wie bei einem langsamen Tanz, aber fester,
intensiver. Beinahe schmerzhaft intensiv. Und keiner von ihnen zog
sich zurück.

Ingolf sah sie an. «Würde ...» Er räusperte sich. «Würde es dir etwas ausmachen, einfach noch ein bisschen so zu bleiben?», fragte er leise. «Ganz genau so? Nur für einen kleinen Moment?»

Er sah sie an, aus seinen großen, runden Augen, tausend Gefühle in seinem Blick, denen sie im Einzelnen keine Namen zu geben vermochte. Doch sie brauchten auch keine Namen, das Wissen genügte. Das Wissen, dass es dieselben Gefühle waren, die auch sie selbst empfand.

So eng beisammen, verschmolzen beinahe. So plötzlich – und so unendlich lange erwartet. Dieser Mann, den sie erst achtundvierzig Stunden kannte, und doch erschien es wie ein halbes, langes Leben.

Das Gefühl einer unerwarteten *Sicherheit* in ihr, die Erkenntnis, dass dieser Moment, wie überraschend er auch gekommen war, sich richtig anfühlte. Richtig, so unendlich weit über das Jetzt hinaus. Richtig, für ein ganzes Leben richtig. Und doch gleichzeitig eine Scheu, ein Erschrecken vor diesem Augenblick, in dem es auf einmal nichts mehr zu geben schien, das sie unvermittelt auseinanderreißen konnte, wie es so viele Male geschehen war. Wieder und wieder von dem Moment an, in dem Evas Beine in einer Halle des Gare de l'Est hatten nachgeben wollen und wie aus dem Nichts diese Hand, dieser Arm, diese Schulter da gewesen waren, dieser Blick, der etwas Echtes ausgestrahlt hatte, von der ersten Sekunde an. Diese Stimme.

Wenn Sie in den Zug wollen, spielen Sie mit!

Ja, sie hatte in den Zug gewollt. Sie hatte gespürt, dass es sein musste, anders überhaupt nicht möglich war, Schicksal, Zwang, sich erfüllende Prophezeiung. Ohne zu ahnen, was der wahre Grund war.

Zusammen, nicht mehr zu trennen. Durch nichts als den Tod. Aber der Tod konnte nahe sein. Der Bahnhof lag hinter ihnen und vor ihnen unbekanntes Land: Die Strecke vor ihnen konnte frei sein, oder das Ende konnte binnen Augenblicken eintreten, ohne jede Vorbereitung. Das Feuer und die Dunkelheit.

Aber hatte das jemals etwas bedeutet?

Sie lag an seiner Brust, und ihrer beider Herzschlag war eins mit dem Atem der Maschine. Für einen kleinen Moment, einen Moment in der Zeit, der unendlich war.

Und der doch nicht andauern konnte.

War es ein Geräusch, ein Gefühl, das sie dazu brachte, den Kopf von seiner Brust zu heben? Was es auch war: Er empfand dasselbe, lockerte den Griff um ihre Finger, ohne dass ihre Hände sich trennten.

Sie fühlten es beide: Etwas würde geschehen.

Ohne dass einer von ihnen dem anderen ein Zeichen gegeben hätte, wandten sie sich um, nicht dem Gang, der in die relative Sicherheit der hinteren Wagen führte, sondern der Passage zum brennenden Fourgon zu.

Noch immer füllte dichter Rauch den Übergang, und nur die Tatsache, dass im Entree des Gepäckwagens sämtliche Fenster geborsten waren und die rasende Fahrt den größten Teil des erstickenden Qualms nach draußen saugte, machte es ihnen möglich, an der Spitze des Lx zu verharren. Doch die Flammen waren näher gekommen, so nahe, dass Eva die Hitze auf ihrer Haut spürte. Sie leckten an der Verkleidung im Eingangsbereich des jenseitigen Wagens, haschten gierig hinüber in den Faltenbalg, ohne Erfolg bis zu diesem Augenblick, unfähig, sich in der Passage aus Metall und schwerem Gummi festzubeißen. Dahinter jedoch ...

Eva hielt den Atem an. Die Flammen – und Schatten inmitten der Flammen, Umrisse. Sie keuchte auf.

Ingolf löste sich von ihr, machte zwei Schritte nach vorn, stützte den Mann, der ihnen aus der lodernden Hölle entgegentaumelte. Ein Mann, den Eva kannte und doch nur mit Mühe wiedererkannte.

Paul Richards' Anzug bestand nur noch aus Fetzen, doch das war die geringste Veränderung. Wo der helle Stoff verbrannt war, lag die bloße Haut des Texaners frei, nein, es war keine Haut mehr. Beide Unterarme, die Schultern, eine Hälfte des Gesichts: Blasen, Pusteln, rotes, rohes Fleisch. Die Haare musste die Hitze ihm vom Kopf gesengt haben, das rechte Auge blickte leer und erloschen.

Richards sank gegen den Rahmen des Durchgangs, Ingolf noch immer an seiner Seite. Der Texaner konnte stehen, selbst wenn kaum zu begreifen war, dass er überhaupt noch am Leben war. Eva wollte zu ihm, wollte etwas tun, aber sie konnte nicht.

Richards' Auge starrte erst sie, dann Ingolf an. Ja, er erkannte sie, und seine Haltung veränderte sich. Ein fast unheimlicher Anblick: als versuche ein Toter zu sprechen.

«Die Bremsen funktionieren nicht.» Er war kaum zu verstehen. «Hätte es irgendeine Möglichkeit gegeben, den Zug zu stoppen, wäre es die Lokomotive gewesen. Ich habe versucht, nach vorne durchzu...» Ein Hustenanfall. Er krümmte sich nach vorn. «Manchmal muss man einfach machen, Ludvig», flüsterte er. «Aber selbst das ist noch keine Garantie, dass man auch Erfolg hat.»

Eva fröstelte. Was sie bereits befürchtet hatten: Richards' Worte machten es zur Gewissheit. Eine halbe Stunde bis Svilengrad, hatte Thuillet gesagt, und nun hatten sie den Grenzbahnhof bereits passiert, aber war noch keine halbe Stunde vergangen seit seinen Worten. Sie waren zu schnell, zu früh, viel zu früh, der führerlose Zug nicht in der Lage, seine Geschwindigkeit den Gegebenheiten der Gleisstrecke anzupassen. Irgendwo vor ihnen war der Gegenzug unterwegs, in ungebremstem Tempo. Eine Frontalkollision – und sie konnte jeden Augenblick geschehen.

«Wir müssen nach hinten!», flüsterte Eva. Sie wandte sich Ingolf zu. «Du hast Schultz nach hinten geschickt, aber wir haben hier genauso wenig zu suchen, wenn es unmöglich ist, zur Pacific durchzukommen. Wir haben keine andere Chance mehr.»

Ingolf sah zu ihr, sah zu Richards. Er dachte nach, fieberhaft. Sie konnte sehen, wie sich seine Augen bewegten wie bei einem in die Enge getriebenen Tier, das verzweifelt nach einer Möglichkeit sucht, der Falle zu entrinnen.

«Bitte, Ingolf, wir haben getan, was wir konnten. Niemand kann etwas Unmögliches ...»

Er starrte sie an – und setzte seine Nickelbrille ab, begann sie gedankenverloren zu putzen. «Die Deutschen haben sich über die Dächer bewegt», sagte er nachdenklich. «Über die gesamte Länge des Zuges. Aber das ist jetzt ausgeschlossen. Eine Detonation, die selbst die Männer in der Lokomotive getötet hat, muss den gesamten französischen Wagen auseinandergerissen haben.»

«Wenn man die Wagen irgendwie abkoppeln könnte», murmelte Eva. «Dann wäre es überflüssig, bis zur Lokomotive ...»

«Ebenfalls ausgeschlossen. Die Kupplungen bestehen aus fünfzehn Zentimeter dickem Stahl, unter dem Nachbarwagen eingehakt und gesichert. Alle Wagen zusammen müssen mehrere hundert Tonnen wiegen, die die Lokomotive hinter sich herzieht. Eine Kupplung, die unter einer solchen Belastung steht, während der Fahrt zu öffnen, dürfte ...» Er brach ab, hob die Augenbrauen.

Eine Klaue packte Evas Schulter. Sie schrie auf.

«Was haben Sie gesagt?»

Ihr Herz überschlug sich. Was von Paul Richards übrig war, starrte sie an, aus wenigen Zentimetern Entfernung. Sie schluckte. «Ich ...»

«Abkoppeln.» Das Wort war ein brodelndes Geräusch, tief unten in seiner Kehle. Sie mochte sich nicht vorstellen, was der Versuch, den Zug zum Stehen zu bringen, mit seinen Lungen angestellt hatte. «Abkoppeln ist unmöglich unter einer solchen Spannung, einer solchen Belastung.»

«Genau.» Ingolf nickte. «Deshalb gibt es keine andere Möglichkeit, als von der Lokomotive aus ...»

«Miss Heilmann.» Richards nahm ihn nicht zur Kenntnis. «Sie ... müssen bitte zurück in den Speisewagen. Thuillet wird mit Sicherheit noch dort sein, und ...»

«Auf keinen Fall. Nicht, wenn Sie beide nicht mitkommen.»

«Lassen Sie mich ausreden!»

Eva verstummte. Der Mann war dem Tod näher als dem Leben. Jedes einzelne Wort musste ihm Schmerzen bereiten.

«Fragen Sie Thuillet, wo die Werkzeuge aufbewahrt werden.» Richards stützte sich gegen den Türrahmen. «Mit Sicherheit haben wir Werkzeuge an Bord, um kleinere Schäden sofort zu beheben. Irgendwo müssen die Planen hergekommen sein, mit denen die Stewards das *Fumoir* abgedichtet haben. – Wir brauchen eine Eisensäge.»

«Eine ...» Eva brach ab. War die Vorstellung lächerlich?

Selbst eine lächerlich geringe Chance war besser als überhaupt kei-

715

ne Chance. Sie drehte sich um und lief durch den Kabinengang zurück in Richtung Speisewagen. Der Simplon Orient schlingerte unter ihren Füßen wie ein Schiff in schwerer See.

***

Zwischen Sofia und Istanbul – 27. Mai 1940, 22:49 Uhr
Übergang CIWL Lx 3509 (Vorderer Schlafwagen)/CIWL F 1266 (Vorderer Gepäckwagen).

«Geben Sie mir den Säbel.»
   «Mr. Richards ...»
   «Geben Sie mir den Säbel!»
   Paul Richards kniete auf dem Blech, das den Übergang zum Fourgon bildete. Als er sich ein Stück aufrichtete, trat Schwärze vor seine Augen, doch er blieb bei Bewusstsein.
   Du glaubst ernsthaft, dass du das hier schaffst, wenn du schon vom Sprechen halb ohnmächtig wirst?
   Ja, das glaubte er. Weil es nämlich genau drei Möglichkeiten gab: Er konnte es tatsächlich schaffen. Er konnte die Aufgabe Ludvig Mueller überlassen, der sich unter den Augen seiner kleinen Freundin mit Feuereifer an die Arbeit machen und sich innerhalb von zehn Sekunden den Hals brechen würde. Oder aber der gesamte Simplon Orient und alle Menschen an Bord würden in einem Haufen aus Stahl, Fleisch und Feuer enden, wenn sie frontal in den Gegenzug rasten. Daraus ergab sich eine Schlussfolgerung: Er *würde* es schaffen.
   Ludvig streckte ihm die Waffe entgegen, die zu Schultz' carpathischer Uniform gehört hatte. Paul nahm den Säbel, zog ihn aus der Scheide, prüfte die Spitze der Klinge mit dem Daumen der nur oberflächlich verletzten Hand.
   Ein dickflüssiger Blutstropfen quoll aus dem Schnitt. Paul spürte nicht mehr als ein leichtes Kitzeln. Sein gesamter Körper war Schmerz. Es ließ sich nicht mehr ausmachen, wo er begann, wo er endete.

Sein Blick war unzuverlässig geworden. Im entscheidenden Moment würde er doppelt vorsichtig sein müssen. Paul setzte die Spitze des Säbels im unteren Bereich des Faltenbalgs an und stemmte sich mit seinem ganzen Gewicht gegen den Knauf. Für eine Sekunde Widerstand, dann glitt die Waffe durch das dicke, gummierte Gewebe. Er brummte zufrieden. Wie er erwartet hatte. Die Klinge war scharf geschliffen, schnitt wie durch Butter, als er sie abwärts führte.

Er spürte, wie Ludvig ihn beobachtete. Der Junge hielt sich wacker. Paul hatte sich nicht getäuscht: Im Grunde trug Ludvig das Herz am rechten Fleck. Paul Richards würde sich in seinem Leben nicht noch einmal in einem Menschen täuschen. Ludvig Mueller brauchte nichts als eine kräftige Hand, die ihn auf den richtigen Weg schubste. Dann konnte er einen langen Weg gehen – einen langen, langen Weg.

Er schüttelte sich. Ahnungen.

Unvermittelt musste er an eine Begegnung denken, vor einigen Jahren an der Grenze zu Oklahoma, wo er mit einem der eingeborenen Stämme Verhandlungen über den Kauf neuer Territorien geführt hatte, neuer Bohrfelder. Die Indianer waren zögerlich gewesen am Anfang, keiner von ihnen hatte die Entscheidung treffen wollen, bis zwei von ihnen schließlich eine uralte, halb blinde Frau in die Runde geführt hatten, mit der sie sich in ihrer unverständlichen Sprache unterhalten hatten. Sie hatte den Texaner betrachtet, hatte etwas gemurmelt. Und mit einem Mal war das Geschäft kein Problem mehr gewesen. Warum? Der Häuptling hatte Paul angesehen und nur einen einzigen Satz gesagt: *Die Sterbenden sind der Zukunft nahe.* Und seltsamerweise hatte Paul Richards verstanden. Wer dem Tode nahe war, schon nicht mehr ganz auf dieser Seite, erhaschte manchmal einen Blick auf Dinge, die von gewöhnlichen Menschen nicht gesehen werden konnten. Dinge, die noch in weiter Ferne lagen.

Manchmal auch nicht in ganz so weiter Ferne. Zwei Jahre später waren sämtliche Eigentümer in diesem Gebietsstreifen enteignet worden, weil man dort die neue Interstate plante. Gleichgültig. In der Gegend hatte es sowieso kein Öl gegeben.

«Mr. Richards?»

Paul blickte auf. Mit fragender Miene sah Ludvig Mueller auf den Säbel. Paul hielt ihn noch immer in der Hand, aber er musste für einige Sekunden weggetreten sein. Das *durfte* nicht noch einmal geschehen. Nicht bevor es getan war.

Schwerfällig drehte er sich auf der Stelle um, stützte sich auf. Ein widerwärtiges Gefühl, als er die verletzte Hand vom Blech löste. Als er hinsah, erkannte er, dass dort, wo er das Metall berührt hatte, etwas kleben geblieben war. Eine ... eine dunkle *Masse*.

Das ist meine Haut, dachte er. Das ist ein Stück von meiner Hand.

Er versuchte, nicht weiter darüber nachzudenken, und machte sich an der gegenüberliegenden Seite mit dem Säbel an die Arbeit, löste auch hier ein großflächiges Stück des Faltenbalgs. Nun der untere Bereich, ohne den die Kupplungsvorrichtung nicht zu erreichen war. Paul bewegte sich rückwärts, in die Öffnung des Fourgon hinein. Rauch und Flammen waren direkt in seinem Rücken. «Ziehen Sie jetzt das Blech hoch!», gab er Anweisung.

Ludvig sah ihn an. «Aber ...»

Paul nickte auf die beiden einander überlappenden Bodenbleche, die den Übergang bildeten. Den Teppich, der sie während der Fahrt verborgen hatte, musste bereits Schultz entfernt haben. «Ziehen Sie das Blech hoch! Das obere gehört zu Ihrem Wagen.»

«Aber wie wollen Sie dann ...»

«Ziehen Sie das Blech hoch!»

Paul Richards hatte zwei Mal die Freiwilligen bei Buschbränden befehligt. Es hatte zwar keine Ernennung gegeben oder irgendetwas, das ihn offiziell zum Anführer gemacht hatte, doch in bestimmten Situationen war es einfach nur wichtig, dass es einen Anführer *gab* und seine Anweisungen nicht in Frage gestellt wurden.

Der junge Mann gehorchte. Er war kreideweiß im Gesicht.

Der schlauchartige Faltenbalg, links und rechts bereits durchlöchert, im unteren Bereich noch in einem durchgehenden Stück. Dort verbarg sich die Kupplung. Paul legte sich flach auf den Bauch. Er hatte keine vierzig Zentimeter Platz zum Arbeiten und musste den Arm halb um das Bodenblech herumführen. Den Säbel hielt er in der nur oberflächlich verletzten Hand, doch schon nach wenigen Sekunden konnte er weder die Hand noch den gesamten Arm mehr spüren. Mit einem knallenden Laut löste sich der Fetzen aus verstärktem Gummi, flatterte und zuckte unter dem Leib des Luxuswagens. Der Blick auf die Kupplung war frei.

Die Flammen in Pauls Rücken waren nun ein unausgesetztes Fauchen. Paul spürte ihre Hitze, ihre Gewalt, und es war schwierig, etwas anderes zu hören als die Flammen und den Fahrtwind. Die raschen Schritte der jungen Frau hörte er dennoch. Eva Heilmann – mit einer schweren Eisensäge.

«Mr. Richards? Wie wollen Sie von da aus zu uns ...»

«Geben Sie mir die Säge.» Paul spürte, dass er nur noch unendlich müde klang, aber offenbar spürte sie, dass es ihm ernst war. Ihr Blick sagte es ihm, als sie ihm die Säge reichte.

Er ließ den Säbel los, der unter den Rädern des Lx verschwand, ohne dass Paul auch nur die Bewegung registrierte. Nichts als einen Funkenschlag unter den Rädern des Luxuswagens. Doch alles war voller Funken, voller Feuer. Glimmende Trümmerstücke, die gegen den nachfolgenden Wagen prallten. Die metallene Hülle des Wagens widerstand ihnen. Noch. Es blieben nur mehr Minuten.

Die Säge. Sie war schwerer. Unhandlicher. Unter ihm die Kupplungskonstruktion. Sie bestand aus einer Abfolge von Bügeln und Haken, die in ihrem Zentrum einen massiven Stahlzylinder hielten. Mit einem Gewinde versehen, wirkte er wie eine monströse Schraube. Paul kannte das ungefähre Prinzip, nach dem sich mit Hilfe dieser Metallspindel die Distanz zwischen den beiden Wagen verkürzen oder verlängern ließ, bis die schweren Puffer zu beiden Seiten Berührung hatten und ein Stück eingedrückt wurden, eine stabile Verbindung herstellten. Entscheidend war, dass es allein die Schraube, die Spindel war, die das gesamte, Hunderte von Tonnen schwere Gewicht der folgenden Wagen zog.

«Das ...» Ludvig Mueller. «Das muss doch zigfach gehärteter Stahl sein. Das kriegen Sie nie mit der Säge ...»

Paul blickte auf. Ludvig und die junge Frau waren nur noch undeutliche Umrisse, ihre Gesichter hellere Schemen in der Finsternis. «Kerbwirkung», sagte er. «Die Spannung auf diesem Metall ist ungeheuer. Die Verbindung kann nur dann halten, wenn es absolut gleichmäßig geschmiedet wird, sämtliche unterschiedlich einwirkenden Kräfte berücksichtigt und ausbalanciert werden. Die kleinste Beschädigung, die kleinste *Kerbe*, und diese Balance ist zerstört, und augenblicklich wird die Verbindung instabil. Die gesamte Spannung potenziert sich dann auf diese eine beschädigte Stelle.»

Schwer holte er Atem. «Ich kann Ihnen nicht sagen, wie lange genau ich brauchen werde. Und ich weiß nicht mit Sicherheit, was passieren wird, wenn der Zug abreißt. Aber Sie sollten besser aus dem Gang verschwinden, falls irgendwas herumfliegt.»

«Auf keinen Fall!», protestierte Ludvig. «Sie müssen ...»

«In der zweiten Kabine müsste noch was frei sein.»

«Mr. Richards, ich denke wirklich ...»

«Dann tun Sie mir dieses eine Mal den Gefallen und hören Sie auf damit.» Er streckte sich flach auf dem Blech aus. «Nicht denken», murmelte er. «Machen.»

Stille. Ganz leise, von Eva Heilmann: «Danke ... Paul.»

Er wartete ab, bis sich die Schritte der jungen Leute entfernten. Das Geräusch der Tür. Dann machte er sich an die Arbeit, mit konzentrierten, gleichförmigen Bewegungen. Er sah nichts mehr. Alles war wirbelnde Dunkelheit, zufällige Lichter wie vorbeiziehende Eindrücke erleuchteter Bahnhöfe auf einer niemals endenden Fahrt.

Er spürte, wie sich das Gefühl in seinem Arm veränderte, als die Kerbe in die Spindel hineinwuchs, Millimeter um Millimeter. Oder spürte er schon längst nichts mehr? War er schon längst nicht mehr da, längst schon woanders? Er konnte überall sein und irgendwann. Ein einzelnes, verlorenes Atom im Nichts, ohne Verbindung in irgendeine Richtung, aus dem Nichts gekommen, im Begriff, ins Nichts zu verschwinden.

Paul Richards. Paul Richards der Einzige.

Der Moment, in dem die Schraube brach, war ein Schock. Er kam erwartet, und Paul spürte ihn dennoch, schwerelos für Sekunden, als

der brennende Zug mit einem Mal befreit war von der tonnenschwe-
ren Last der nachfolgenden Wagen, und es wäre ein gutes Ende gewesen, der Blick, der nur noch eine Ahnung war, auf etwas, das er sehen
wollte: wie der Simplon Orient Express zurückfiel. Wie er eins wurde
mit der Dunkelheit.

Doch es war nicht das Ende. Paul Richards lag noch immer dort,
und Nacht und Kälte umgaben ihn und die Hitze des Feuers.

Er stand auf und war überrascht, dass seine Muskeln und Glieder
ihm noch Folge leisteten. Vorsichtig drehte er sich, bis die Hitze in
sein Gesicht schlug.

Das war die richtige Richtung.

Paul Richards lächelte, als er den ersten Schritt tat und sich auf den
Weg machte. Auf den Weg zu Vera.

* * *

Zwischen Sofia und Istanbul – 27. Mai 1940, 23:09 Uhr
CIWL Lx 3509 (Vorderer Schlafwagen). Doppelabteil 6/7.

Sie sprachen nicht. Niemand von ihnen sprach.

Stumm. Stumm wie Boris Petrowitsch, dessen Leib zu Boden gesackt war, den Rücken gegen die Tür, mit der sich die beiden Abteile
von Alexejs Familie zu einem verbinden ließen. Der leblose Körper *saß*,
die Beine in einem seltsamen Winkel in den Raum gestreckt, doch auf
den ersten Blick war das das einzige Zeichen, dass der Gesandte der
Sowjets nicht nur ein Schläfchen hielt.

Der Express ruckte und schwankte. Um die Balance zu halten, war
Alexej immer wieder gezwungen, einen Schritt zur Seite zu machen,
und bei einem dieser Manöver war er auf etwas getreten, das unter sei-
nen Schuhen geknirscht hatte. Mit aller Macht kämpfte er gegen das
Wissen an, dass dieses Etwas ein Stück Schädeldecke war, das einem
Mann gehörte, den er für kurze Zeit für einen Kommilitonen von der
Sorbonne gehalten hatte.

Der Großfürst saß aufrecht auf seinem Lager und blickte reglos in den Raum. Wie viel er mitbekam, konnte Alexej nicht sagen, doch er hatte den Eindruck, dass Constantin Alexandrowitsch Schritt für Schritt in die Wirklichkeit zurückkehrte. Die kleine Elena war zu ihrem Vater auf das Polster geklettert und hatte sich unter den Decken versteckt, in die hinterste Ecke gequetscht. Abstand von dem Toten. Abstand auch von Katharina, so viel nur möglich war in einem so beengten Raum.

Alexejs Mutter saß am Boden, zurückgesunken auf das Bündel von Constantins Uniform. Das Bündel, aus dem sie die Pistole gezogen hatte, die Boris Petrowitsch getötet hatte. Ihr Blick war leer, leer wie der ihres Ehemanns, doch während in den Augen des Großfürsten etwas vorging, war Katharina – fort.

Natürlich war sie körperlich anwesend, registrierte alles um sie herum und vermochte auf die Dinge zu reagieren. Als auf dem Gang plötzlich die Stimme Ludvig Muellers zu hören gewesen war, hatte Alexej die Tür eilig ins Schloss gezogen. Katharina aber war es gewesen, die schließlich eingegriffen hatte, als Mueller einfach nicht aufhören wollte, gegen das Holz zu hämmern. Sie hatte die Tür einen Spaltbreit geöffnet und kein Wort gesprochen. Sie hatte Ludvig Mueller angesehen, und wenn es *dieser* Ausdruck war, der Ausdruck, der seit Boris Petrowitschs Tod nicht von ihren Zügen wich, dann verstand Alexej, dass der junge Mann ins Stottern geraten war und zugelassen hatte, dass sie die Tür vor seiner Nase schloss.

Ihm selbst wäre es nicht anders gegangen. Alles in ihm wehrte sich dagegen, seine Mutter anzusehen. Doch er hatte sie gesehen, hatte sie mit Boris gesehen, im ehemaligen Abteil der Schauspielerin. Er hatte gesehen, wie sie … Wie Boris eilig seine Hose geschlossen hatte, während sie …

Nein! Nein, das *konnte* nicht sein. Alexej hatte sich in einem Zustand der Panik befunden, halb blind nach der Explosion an der Spitze des Zuges, die nur Sekunden zuvor erfolgt war. Er *musste* sich getäuscht haben. Seine Mutter war eine alte Frau – *jetzt* jedenfalls war sie mit Sicherheit eine alte Frau –, und es war einfach unvorstellbar, dass sie und der Agent der Bolschewiki ... Und außerdem hatte sie den Mann getötet, hier, vor ihrer aller Augen, und das war ...

Eines ist so unwirklich und unvorstellbar wie das andere, dachte Alexej Romanow. Und doch liegt Boris Petrowitsch hier zu meinen Füßen, und aus dem Loch in seinem Schädel sickert noch immer das Blut. Ich könnte ihn berühren, wenn ich nur wollte, und das Blut wäre tatsächlich dort. Das Unvorstellbare ist wirklich. Und das bedeutet ...

Das bedeutete so unendlich viel, über das er überhaupt noch nicht nachgedacht hatte. Das bedeutete, dass es keinen Unterschied machte, ob er darüber nachdachte oder nicht. Weil die Dinge wirklich waren. Weil sie sind, dachte er. Die Dinge sind so, wie sie sind.

Der führerlose Zug raste durch die Nacht. Einige Minuten zuvor hatte es einen Ruck gegeben, heftiger als alles seit der mächtigen Explosion, und in verschwommenen Streifen waren die Lichter einer Bahnhofsanlage vorbeigeschossen. Doch das ist nicht die Wahrheit, dachte Alexej. Die Wahrheit ist, dass diese Lichter statisch sind, elektrische Lampen an der Spitze von Laternenmasten, die im Pflaster eines Bahnsteigs ruhen, während wir uns bewegen. Der Express ist nach der Explosion nicht langsamer geworden. Die Wahrheit ist, dass er erst dann zum Stehen kommen wird, wenn er auf ein Hindernis prallt, das ihm Einhalt gebietet. Die Wahrheit ist, dass wir sterben werden, dass ich sterben werde, stumm und tot wie Boris Petrowitsch.

Im selben Moment aber veränderte sich alles.

Alexej wurde gegen die Wand gepresst. Ein Stoß, so plötzlich, so heftig, dass er ihm die Luft aus den Lungen trieb, für Momente Schwärze vor seine Augen trat und er nicht länger sah, nur noch hörte. Ein Rumpeln hörte wie ferner Donner, einen gedämpften Aufschrei aus einem der anderen Abteile und etwas anderes, das er nicht einordnen konnte. Für Sekunden war er unfähig dazu, auch als sein Blick sich wieder klärte, er beobachtete, wie Boris' Schädel, den der Druck gegen das Holz der Tür gepresst hatte, mit Verzögerung wieder auf die Brust sackte, als wäre noch immer Leben in ihm. Er sah diese Dinge, und er hörte ...

In diesem Moment begriff er, dass er etwas nicht mehr hörte. Die

Flammen. Ihr fernes Brodeln und Fauchen. Das Stampfen der Motoren, angetrieben vom Druck der Kessel, die weiter und weiter siedenden Dampf in die Maschinerie gepumpt hatten.

Der Zug ... Der Wagen ... Ein tiefes, schleifendes Geräusch, tiefer, noch tiefer. Alexej hatte sich von der Wand gelöst, spürte die Bewegung, spürte, wie sie sich veränderte, wie sie langsamer wurde. Weil es nichts mehr gab, das die Hunderte von Tonnen Stahl durch die Nacht nach vorne riss. Weil physikalische Gesetze, Gesetze der Reibung, dafür sorgten, dass der Wagenlauf langsamer wurde und langsamer.

Ein fast lächerlich sanfter, letzter kleiner Ruck, und mit einem Geräusch wie ein dankbares Seufzen kam der Simplon Orient Express zum Stehen.

Stille. Nun, für wenige Augenblicke, war sie nahezu vollkommen.

Und genau in diesem Moment geschah etwas in Alexej Constantinowitsch Romanow. Die Dinge sind so, wie sie sind. Es existierten unterschiedliche Möglichkeiten, die Wirklichkeit zu betrachten: durch die Augen des zaristischen Regimes, die Augen des Sowjetstaats, die Augen der studentischen Kreise in den Bistros am Montmartre und viele andere mehr, aber das änderte nichts an der Wirklichkeit an und für sich.

Der Zug war zum Stehen gekommen. Der Simplon Orient hatte Istanbul nicht ganz erreicht, doch hier war seine Reise zu Ende. Die Passagiere würden sich jetzt aufrappeln, überall im Zug, und ebenso die Stewards, die sich auf ihre Aufgaben besinnen würden – für die Fahrgäste zu sorgen, nach möglichen Verletzten zu sehen, einen Transport in die große Stadt am Bosporus zu organisieren. In Minuten würde einer von ihnen in der Tür des Abteils stehen und die Romanows auffordern, die Kabine zu verlassen.

Boris' Leichnam war nicht zu übersehen. Und jeder, der mehr als nur einen flüchtigen Blick auf den Toten warf, würde auf der Stelle erkennen, dass er nicht durch einen Unfall ums Leben gekommen war, bei der Explosion oder den Manövern des führerlosen Zuges.

Alexejs Blick glitt zu Katharina. Sie war fort, und schon jetzt wusste er, dass ein Teil von ihr niemals zurückkommen würde. Constantin war nach wie vor weggetreten, das kleine Mädchen unter den Decken versteckt, ganz leise weinend.

Es war niemand mehr da. Niemand außer Alexej – und der Wirklichkeit. Er starrte auf den Leichnam des sowjetischen Agenten, und Übelkeit überfiel ihn. Dann ging er in die Hocke, fasste den Toten unter den Schultern und richtete ihn auf.

Jetzt rührte sich Katharina. «Was ... Nein. Nein! ... Alexej, was tust du? Was hast du vor?»

«Er ist tot.» Der junge Mann erschrak über seine eigene Stimme, doch er sprach im selben Tonfall weiter, in einem Ton, in dem er noch niemals mit seiner Mutter gesprochen hatte. «Er muss verschwinden. Kannst du mit anfassen?»

Sie war auf die Beine gekommen, starrte ihn ungläubig an.

«Er hat ein Loch im Kopf», stellte Alexej fest. «Und die Patrone steckt irgendwo in der Verkleidung dieses Abteils. Wenn sie ihn hier finden, wirst du den Rest deines Lebens in einem türkischen Gefängnis verbringen. Falls unser Geld und unser Name dir das Todesurteil ersparen. – Fasst du mit an? Sonst geh mir bitte aus dem Weg.»

Ihre Brust hob und senkte sich. Sie sah ihn an, sah ihn an wie ... einen Verräter? Er war überrascht, wie wenig dieser Blick ihn traf. Sie war der letzte Mensch, der das Recht gehabt hätte, ihn auf diese Weise anzusehen.

Doch sie sagte kein Wort. Sie ging in die Knie – und griff nach den Füßen des Toten.

Alexej nickte stumm, ging rückwärts auf die Tür zu, öffnete sie mit dem Ellenbogen, nur einen schmalen Spalt zunächst, spähte hinaus. Irgendwo gedämpfte Stimmen, doch der Gang war leer.

Mit der Schulter drückte er die Tür vollständig auf, bewegte sich nach kurzem Zögern in Richtung auf das hintere Ende ihres Gefährts und den Speisewagen. Es war die Richtung, aus der die Zugbediensteten kommen würden, doch der Weg zum Ausstieg war auf dieser Seite kürzer.

Der Tote wog mehr als erwartet, doch die Last war zu bewältigen. Katharina hatte nicht Alexejs Kraft. Ihre Lippen waren aufeinander-

725

gepresst, aber sie gab keine Silbe von sich. Sie erreichten das WC, dann den Ausstieg. Die Kälte der Nacht drang durch das geborstene Fenster.

Er nickte seiner Mutter zu, den Leichnam für einen Moment abzusetzen, steckte den Kopf ins Freie. Dunkelheit, nur von den erleuchteten Fenstern des Zuges erhellt. Sie befanden sich mitten in der Wildnis – und offenbar hatte noch niemand den Express verlassen. Seine Hand legte sich um den Öffnungsmechanismus, zog. Die Tür öffnete sich – doch nur um wenige Zentimeter. Alexej wich ein Stück zurück und trat mit aller Kraft gegen das Metall. Der Spalt hatte sich ein Stück vergrößert. Er umfasste den Rand des Ausstiegs. Für einen Atemzug wollte die Tür blockieren, dann schwang sie vollständig auf.

Er holte Luft, hob den Oberkörper des Toten von neuem an und wuchtete Boris ins Freie. Katharina stand im Ausstieg, sah ihn mit leeren Augen an.

«Komm mit raus!», zischte er. «Wir müssen ihn fortschaffen.»

Seine Mutter gehorchte. Sie drehte sich um, kletterte rückwärts ins Freie, mit derart mechanischen, eckigen Bewegungen, dass in diesem Moment nichts an ihr an die Frau erinnerte, die die Königin der Bälle von Zarskoie Selo gewesen war und sich die Haltung einer Frau von Adel, die Haltung einer Romanow, ein Leben lang bewahrt hatte.

«Nimm seine Füße!» Nichts war mehr selbstverständlich. Sie handelte nicht aus eigenem Denken; sie funktionierte nach seinen Anweisungen.

Eine Allee von Laubbäumen säumte die Gleise. Der Vollmond lag erst wenige Tage zurück, doch was hinter den Bäumen war, konnte Alexej nicht erkennen. Dornengestrüpp zwischen den Stämmen. Katharina war barfuß, fuhr ihm durch den Kopf. Doch wenn sie sich an den Zweigen verletzte, schien sie nichts davon wahrzunehmen.

Die Baumreihe lag hinter ihnen. Alexej ertastete einen niedrigen Hang, stieg langsam hinab, einen Fußbreit um den anderen, bis er ebenen Boden erreichte, und ... Als er dieses Mal den Fuß hob, wollte der Boden seinen Schuh für eine Sekunde nicht wieder hergeben. Sein Herz überschlug sich. Ein Sumpf!

726

«Halt!», flüsterte er. Katharina blieb stehen, ohne Regung, ein Umriss vor den Lichtern aus dem Innern des Zuges, die durch die Zweige schimmerten.

Alexej legte den Toten auf dem weichen Boden ab, wandte sich um, sah bewusst von den Lichtern weg, zwang seine Augen, sich auf die veränderten Lichtverhältnisse einzustellen. Er musste denken. Denken, wie Boris Petrowitsch gedacht hätte.

Sie konnten den Toten einfach hier liegen lassen, doch das war gefährlich. Boris' Verschwinden würde binnen kurzer Zeit auffallen, spätestens wenn sich die Fahrgäste sammelten, um auf welchem Wege auch immer die Weiterreise anzutreten. Bei Tageslicht würde man sich rund um die Stelle, an der der Simplon Orient zum Stillstand gekommen war, auf die Suche machen und den Leichnam finden – und auf die ungewöhnliche Wunde aufmerksam werden. Wo sich Boris Petrowitsch seit den Ereignissen in Niš aufgehalten hatte, war beim Personal und den Fahrgästen bekannt. Und Wände und Boden des Doppelabteils waren blutverklebt; sie zu säubern, blieb keine Zeit.

Doch hatte Boris in diesem Abteil nicht Verletzte versorgt? Die Wunde des Großfürsten hatte sich wieder geöffnet. Sein weißes Hemd war blutdurchtränkt. Es konnte Constantins Blut sein. Niemand würde etwas anderes vermuten – unter der einen, entscheidenden Voraussetzung: Der Tote durfte nicht gefunden werden. Wenn diese eine Bedingung erfüllt war, konnte ihm alles Mögliche zugestoßen sein. Die Romanows konnten behaupten, dass er das Abteil verlassen hatte, um sich zur Spitze des Zuges vorzukämpfen. Er konnte verbrannt sein, bis zur Unkenntlichkeit. Er konnte bei einem der unwillkürlichen Manöver der Wagenreihe durch die geborstenen Fenster ins Freie geschleudert worden sein.

Der Mond beschien die Sumpflandschaft. Niedriges Gesträuch, dazwischen einzelne schlanke Bäume, aber auch ausgedehnte Wasserflächen, in denen die silberne Scheibe sich spiegelte. Eine von ihnen war nur wenige Schritte entfernt.

Alexej drehte sich um. «Nimm die Füße!», zischte er. «Wir gehen weiter. Du trittst genau auf die Stellen, auf die auch ich trete.»

Der Umriss bückte sich, nahm die Beine des Toten auf. Kein Wort.

Alexej ging schweigend rückwärts, bewegte sich jetzt langsamer, sah sich bei jedem Schritt über die Schulter um, prüfte die Beschaffenheit des Untergrunds, suchte nach Stellen, an denen Wurzelwerk ihm zusätzlichen Halt verlieh. Doch die Zeit wurde knapp. Hinter den Fenstern des Zuges glaubte er Bewegung zu erkennen, die Bediensteten der CIWL, die hin und her eilten. Wie lange würde es dauern, bis einer von ihnen an die Türen des Doppelabteils klopfte? Welche Rückschlüsse würden sie ziehen, wenn sie weder Boris Petrowitsch noch ihn selbst und seine Mutter dort vorfanden – und wenn Boris am Ende verschwunden blieb?

Der Stamm einer Birke. Die Wasserfläche glitzerte nun unmittelbar zu seinen Füßen.

«Lass die Beine jetzt los!», gab er Anweisung.

Den Rücken an den Baumstamm gelehnt, zog er Boris' Leib zu sich heran, hob ihn unter den Achseln in die Höhe. Die Wärme des Lebens hatte den Körper noch nicht verlassen. Alexej stemmte den Toten noch ein Stück höher – und stieß ihn dann mit aller Kraft von sich, hinaus auf die spiegelnde Wasserfläche. Der Leichnam beschrieb eine unvollkommene Drehung und kam, den Rücken voran, mit einem unangenehmen Geräusch auf.

Alexejs Puls ging hektisch. Reglos starrte der Tote in den Nachthimmel empor. Er versank nicht. Nicht auf der Stelle. Zentimeterweise nur begannen zuerst die Beine unter die morastige Oberfläche zu gleiten.

Alexej stützte sich gegen den Stamm, beobachtete, wie der schweigende, kalte Sumpf Zoll um Zoll von seiner Beute Besitz ergriff. Auf diese Weise würde es Minuten dauern, bis er den Toten vollständig verschlungen hatte, aber war es nicht sicherer? Ein klarer See hätte den Leichnam irgendwann wieder freigeben können; in diesem trügerischen Gelände war mit einer solchen Gefahr nicht zu rechnen.

Tief sog der junge Mann den Atem ein, und es kam ihm vor, als wäre es das erste Mal seit ... ach, seit Tagen. Er wandte sich zu seiner

Mutter um. Katharina Nikolajewna sah ihm entgegen. Bewegungslos.

«Das muss reichen», murmelte er. «Geh jetzt vorsichtig zurück. Genau auf dem Weg, den wir gekommen sind.»

Sie gehorchte. Wie eine Schlafwandlerin, wie eine seelenlose Maschine, die den Anweisungen ihres Herrn folgte, der sie mit Befehlen fütterte. Alexej warf einen letzten Blick auf den Toten, der jetzt bis zu den Hüften versunken war, und folgte ihr.

Es waren nur wenige Schritte bis zu der Baumreihe, hinter der der Simplon Orient wartete, und was sie getan hatten, hatte nur wenige Minuten in Anspruch genommen. Es konnte tatsächlich gelingen, dachte er. Es *würde* gelingen. Woher hatte er diesen Mut genommen, diese Entschlossenheit? Unbegreiflich. Beinahe als wäre ein Teil von ihm zu dem Mann geworden, den er soeben in sein nasses Grab gesenkt hatte. Die Dinge sind so, wie sie sind. Man muss sie zur Kenntnis nehmen, sie als Wirklichkeit akzeptieren – und reagieren: schnell, zielgerichtet, rücksichtslos. Wollte er ein solcher Mann sein? Die Entscheidung lag bei ihm. Er allein entschied, was er sein wollte. Er allein entschied, welchen Herausforderungen er sich stellte. Diese Herausforderung jedenfalls hatte er gemeistert.

Katharina passierte die Reihe der Bäume. Alexej war hinter ihr, griff nach einem Ast, zog sich ebenfalls den niedrigen Hang empor.

Blieben die Steine. Blieb das Collier der Zarin Jekaterina. Der größte Schatz der Romanows, um den die Frau im beigen Kleid gestorben war und letzten Endes auch Boris Petrowitsch. Wollte Alexej die Steine noch immer haben? Ja, das wollte er. Wollte er sie in die Sowjetunion bringen? Darüber würde er nachdenken, wenn er sie hatte. Jetzt, da Alexej *wusste*, würde er seinem Vater vollkommen anders gegenübertreten können. Sie würden einander auf Augenhöhe begegnen. Und dann, wenn sie die Steine hatten, konnten sie ...

Der Bahndamm. Seine Mutter war stehen geblieben. Alexej seufzte. Jede Silbe betonend: «Wenn du bitte einsteigen würdest, Katharina Nikolajewna.»

Sie reagierte nicht.

729

Alexej kniff die Augen zusammen. «Mutter?»

Eine eisige Hand legte sich um seine Kehle.

So und nicht anders fühlte es sich an. Doch natürlich war die Hand nicht da. Das, was er sah, hatte das Gefühl hervorgerufen.

Der Steward Georges lehnte an der metallenen Außenhülle des Lx, unter den Fenstern der vordersten Abteile, in denen kein Licht brannte. Vom Sumpfgelände aus musste er praktisch unsichtbar gewesen sein, während er selbst einen ausgezeichneten Blick gehabt haben musste. Vorausgesetzt, er stand lange genug dort, dass seine Augen sich an die Dunkelheit gewöhnt hatten.

Wie diese Augen Alexej Constantinowitsch Romanow musterten, war das zweifellos der Fall gewesen.

***

Die Ausläufer des Balkangebirges zwischen Zaječar und Vidin, jugoslawisch-bulgarische Grenze – 27. Mai 1940, 23:37 Uhr

Silbernes Mondlicht fiel durch die Zweige der Bäume, die in der felsigen Wildnis kaum die ersten Knospen trugen, und malte versponnene Bilder auf den Boden des Pfades.

Die Hände der beiden jungen Leute waren ineinander verschränkt. Eine Geste der Vertrautheit, der Zuneigung – allerdings nicht ausschließlich. Raouls Erfahrung im Sattel beschränkte sich auf den Weg, den er heute Mittag gefesselt und verschnürt auf dem Rücken eines Maultiers zurückgelegt hatte. Er war dankbar, dass Xenia auf diese Weise auch auf die Zügel seines Pferdes achtgab.

Hin und wieder sprachen sie einige Worte miteinander, scheinbar belanglose Dinge. Doch weit mehr als irgendetwas, das Raoul oder das Mädchen hätten sagen können, war es das *Gefühl* dieser Nacht, das diese Stunden zu etwas Neuem, zu einem Geheimnis, zu etwas Unbekanntem machte.

Sie waren entkommen. Sie hatten die von Betty beschriebene Stelle erreicht, hatten Raouls Habseligkeiten in den Satteltaschen verstaut und waren auf die Pferde gestiegen. Die Puppe Ninotschka saß vor Xenia auf dem Rücken ihres Reittiers wie ein Wickelkind. Sie hatten den Weg eingeschlagen, den die Schauspielerin ihnen gewiesen hatte. Die Rufe und Schüsse der Milizionäre waren hinter ihnen zurückgeblieben, und nun waren sie allein: ein Junge und ein Mädchen, allein in der Nacht.

Gewiss, sie hatten die breitere Straße, die über den Pass führte, noch nicht wieder erreicht. Die Route, auf der sie in das Dorf auf der bulgarischen Seite gelangen würden, in dem sie sicher sein würden vor der Miliz, wie Miss Marshall ihnen versichert hatte. Doch spielte das in diesem Moment eine Rolle, da nichts als Mondlicht um sie war? Wenn überhaupt, hatte Raoul nur ein einziges Mal etwas Vergleichbares erlebt, im vergangenen Jahr, am Nationalfeiertag. Er war beschwipst gewesen und konnte selbst nicht genau sagen, wie es passiert war – und Monique hatte natürlich ebenfalls einen Schwips gehabt. Sie hatte nach Pfefferminzbonbon geschmeckt, als er sie geküsst hatte, unter den Bäumen des Bois de Boulogne, und sie seinen Händen erlaubt hatte, unter ihre weite Bluse zu gleiten. Doch wenn er darüber nachdachte ...

Wenn er darüber nachdachte, hatte der Abend dort überhaupt keine Ähnlichkeit gehabt mit dieser Nacht, in der zwischen ihm und Xenia eigentlich noch gar nichts geschehen war. Gestern aber, gestern hatte sie ihn geküsst, und etwas an der Art, wie er ihre Finger in den seinen spürte, über dem Zügel des Pferdes, war ein Versprechen, dass sie es wieder tun würde. Wenn sie erst in dem bulgarischen Dorf waren oder noch weiter. An einem sicheren Ort. Irgendwo.

«Wenn du noch fester zudrückst, wird das Pferd nervös.»

Er zuckte zusammen, und wie auf Kommando warf das Tier unwillig den Kopf nach hinten und ließ ein leises Wiehern hören. Raoul erstarrte.

«Schhht!», flüsterte das Mädchen. «Ganz ruhig.» Und das Pferd schien ihr zu gehorchen. «Sie spürt, wenn du Angst hast», erklärte Xenia. «Dann bekommt auch sie Angst.»

«Es ... Sie ist eine *Sie*?»

Das Mädchen ließ ein leises Kichern hören. «Den Wallach habe ich genommen», sagte sie. «Die Stute ist ruhiger.»

Raoul nickte. Wallach, Stute ... Er hatte nicht darauf geachtet. Die Tiere waren riesengroß, alle beide.

Für eine Weile schwiegen sie beide, dann drehte das Mädchen den Kopf in seine Richtung. «Tut ... tut es dir leid?», fragte sie.

Er sah sie an. «Wie? Was soll mir leidtun?»

«Ich meine ...» Ihre Zunge fuhr ganz kurz über die Lippen, farblos im Mondlicht. «Ich meine, bereust du es, dass du fortgegangen bist? Aus dem Express, meine ich. Dass du mitgekommen bist?»

«Wie?» Jetzt riss er die Augen auf. «Wie kommst du auf so eine Idee? Ich ...» Er brach ab. Sie war ein Mädchen. Und so wenig er sich mit Mädchen auskannte, wusste er doch, dass sie manchmal etwas seltsam funktionierten. Wenn sie scheinbar sinnlose Fragen stellten zum Beispiel. Dann war es möglich, dass sie in Wahrheit etwas ganz anderes meinten, als sie aussprachen. «Bereust ...» Er musste sich räuspern. «Bereust du es denn?»

Es war nur ein kleines Aufflackern in ihren Augen. Gerade deutlich genug, um ihm klarzumachen, dass er genau die richtige Frage gestellt hatte. Sie ließ sich Zeit, ehe sie antwortete: «Nein, das tue ich nicht. Ich bin froh, dass wir gegangen sind. Und dass wir zusammen gegangen sind, ist fast noch wichtiger.»

«Das ...» Er holte Luft. «Ich bin froh, dass du mich ... Also, dass du mich mitgenommen hast. Nicht nur, weil ich auf dich aufpassen wollte. – Tut mir leid, dass ich dich nicht ...»

«Gegen ein paar Dutzend Milizionäre? Raoul ...» Eine winzige Bewegung ihrer Hand, und beide Pferde blieben stehen, wie durch Zauberei. «Weißt du, wie erleichtert ich war, dass sie dich niedergeschlagen haben, bevor du auf die Idee kommen konntest, den Helden zu spielen? Denn das hättest du doch mit Sicherheit getan.» Streng sah sie ihn an, obwohl er ja eigentlich gar nichts getan hatte. Doch wahrscheinlich hatte sie schon recht. Das hätte er getan. Er hätte es zumindest versucht.

Sie hob die Schultern. «Ich habe dem Mann, der mich als Erstes gepackt hat, in die Hand gebissen. Damit haben sie wahrscheinlich gerechnet, schließlich bin ich ein Mädchen. Niedergeschlagen haben sie mich nicht, nur ein Messer an die Kehle gehalten. Aber nachdem wir einmal unterwegs waren, war mir sowieso klar, dass ich für sie zu wichtig war, als dass sie mir irgendwas getan hätten.»

Er nickte. So wie sie es sagte, hatte sie natürlich recht. Wobei die Männer sie natürlich immer noch ... so wie der König es Vera Richards angedroht hatte. Aber wahrscheinlich hätten sie das bei einer Prinzessin nicht getan. Eine Prinzessin, die man verheiraten wollte, musste ... unversehrt sein. So drückte man es wahrscheinlich aus in diesen Kreisen.

«Aber darum ging es mir gar nicht», sagte sie leise. «Eben gerade. Mit meiner Frage. Ich wollte wirklich wissen, ob es dir nicht leidtut, dass du fortgegangen bist. Du bist doch gern mit dem Express gefahren, oder? Ich stelle mir das unglaublich spannend vor, ständig unterwegs zu sein, durch alle diese Länder, diese aufregenden Städte und ...»

«O ja! Ich ...» Er biss sich auf die Lippen. «Ich meine: Ja, natürlich war das aufregend. Niemand aus meiner Familie hat jemals so was gemacht. Aber ...» Er drückte die Schultern durch. «Wenn man das eine Weile mitgemacht hat, kennt man die Städte eigentlich alle. Dann ist das auch nicht mehr so aufregend. – Und vor allem ...» Er beugte sich ein Stück im Sattel vor. Irgendwie hatte sie ihm Mut gemacht. Dass sie zusammen gegangen waren, hatte sie gesagt, sei fast noch wichtiger als ihre Flucht an sich. Und dass er sich für sie in den Kampf gestürzt hätte, sah sie vollkommen richtig. Den Helden gespielt. Ein Held, fand er, hatte doch zumindest einen Kuss verdient.

Eine winzige Regung ihrer Hand – und die Pferde setzten sich wieder in Bewegung. Raoul richtete sich auf. Irgendetwas musste er falsch gemacht haben.

Minuten vergingen. Das einzige Geräusch war der gleichmäßige Trab der Reittiere und das Flattern eines Nachtvogels irgendwo in der Nacht.

«Ja», murmelte das Mädchen nach einer Weile. «Dann sind wir

also beide zufrieden mit unserer Entscheidung. Und was tun wir jetzt?»

«Jetzt?»

«Nicht jetzt sofort. Erst einmal reiten wir in das bulgarische Dorf. Aber danach. Wir haben die hundertvierzig Dollar von Miss Marshall, und ich selbst habe auch etwas Geld ... aus dem Portemonnaie von meiner Mutter.» Leiser. «Französische Francs. Ich weiß nicht, ob die noch besonders viel wert sind. Das wird eine Weile reichen, oder? Aber was machen wir *dann*?»

Es war seltsam: Sie hielt die Tiere nicht wieder an, doch auf einmal schien sie ihn sehr viel genauer zu beobachten als bisher. Als ob sie erst in diesem Moment die eigentlich entscheidende Frage gestellt hätte. Und vermutlich war genau das auch der Fall: ob er sich Gedanken über die Zukunft gemacht hatte.

Und es war ja nicht so, dass er das nicht getan hätte. Auf den neuen Gedanken musste er sich trotzdem erst einmal einstellen. «Also ...» Er räusperte sich. «Ich werde mir natürlich irgendwo Arbeit suchen. Ich hatte an ein Schiff gedacht. Auf einem Schiff kann ein Steward eigentlich auch nichts anderes machen als im Zug, denke ich. Wenn ich ohne Bezahlung arbeite, finden wir vielleicht ein Schiff, das uns dafür nach Amerika mitnimmt.»

«Nach Amerika?»

Er nickte. «Ich habe mit Miss Marshall gesprochen. Man muss hart arbeiten in Amerika.» Eine kurze Pause. «Aber wenn man das tut, dann kann man es schaffen.»

Auf ihrer Stirn entstand eine Falte. «Es schaffen? Was schaffen?»

Er hob die Schulter. «Reich werden? Genug verdienen, dass man davon leben kann? Ein schönes Haus für die Fami...» Er verstummte.

Doch wenn ihr dieser Gedanke zu weit ging, zeigte sie das nicht. Sie betrachtete ihn lediglich aufmerksam und nickte nach einer Weile. «Ich verstehe», sagte sie. «Ich war schon einmal in Amerika. Genauer gesagt, bin ich in Amerika geboren.»

Jetzt starrte er sie an. «Du bist *Amerikanerin*?»

Sie zögerte. «Irgendwie schon, denke ich. Jedenfalls habe ich eine

Urkunde, in der das drinsteht. – Die war im Gepäck von meinem Vater. Aber wenn wir in Amerika sind, müsste ich dann wahrscheinlich auch arbeiten, oder?»

Noch immer sah sie ihn so merkwürdig an, und er fragte sich, was sie wohl von ihm hören wollte. Natürlich hatte sie in ihrem ganzen Leben noch nicht gearbeitet, während Raoul selbst so alt gewesen war wie sie jetzt, als er bei der Schlafwagengesellschaft angefangen hatte. Aber wenn er ihr so wichtig war wie umgekehrt ...

Er sah sie an. «Ja», sagte er. «Sonst werden wir wahrscheinlich nicht zurechtkommen.»

«Und was soll ich arbeiten? Ich ... ich kann doch nichts.»

Er biss die Zähne zusammen. Hatte sie damit nicht recht? Nein, dachte er und schüttelte den Kopf. «Du könntest zum Beispiel Sprachunterricht geben», schlug er vor. «Oder Klavierunterricht. Du hast mir doch erzählt, dass du Klavier spielen kannst. Und auf dem Schiff könntest du ...» Jetzt zögerte er doch für einen Moment. «Mit Sicherheit werden sie nicht nur Stewards brauchen auf so einem Schiff», sagte er vorsichtig.

«Ich soll als *Zimmermädchen* arbeiten?»

Er schluckte. «Ich ... Ich glaube nicht, dass man es auf einem Schiff so nennt.»

Sie sah ihn an. Seine Finger, um die ihre Finger lagen, waren eiskalt geworden. Doch was hatte er erwartet? Sie war die Tochter eines Großfürsten. Sie war eine Prinzessin. Aber er konnte sich beim besten Willen nicht vorstellen, dass irgendein Kapitän zwei Personen mitfahren ließ, nur weil sich einer von ihnen als Steward nützlich machte. Und ob die Scheine von Betty Marshall für eine Passage nach Amerika ...

«Oh.»

Die Puppe. Ninotschka war aus dem Sattel gerutscht. Sofort hielt das Mädchen die Pferde an.

«Warte», murmelte Raoul. «Ich heb sie auf.» Ganz vorsichtig löste er einen Fuß aus dem Steigbügel, nachdem er sich vergewissert hatte, dass Xenia sein Pferd sicher am Zügel hielt. Sicherer, als er das hinbekommen hätte. Ganz langsam ließ er sich vom Rücken des Tieres gleiten, rutschte zu Boden. Bestimmt machte er keine besonders gute Figur. Was auch immer er versuchen würde, um in Amerika zu Geld zu kommen: Westerncowboy konnte er schon einmal von seiner Liste streichen. Aber ganz gleich, was es war: Solange das Mädchen nur …

Er bückte sich. Die Puppe lag wenige Schritte hinter ihnen am Rand des Pfades. Er hob sie auf, um den Staub abzuklopfen – und verharrte überrascht. Die Puppe war schwerer, als er geglaubt hatte, und irgendwie fühlte sie sich seltsam an. «Tut mir leid», murmelte er. «Ich fürchte, sie ist …»

«Ja?»

«Sie ist aufgeplatzt, und …» Seine Hand, die über den Körper der Puppe getastet hatte, hielt in der Bewegung inne. «Was ist *das*?», flüsterte er.

«Was ist *was*?»

Irgendwie war es ein seltsames *was*, aber plötzlich war er zu überrascht, zu … Er schüttelte den Kopf, tastete über den Gegenstand, der aus dem gepolsterten Stoff gerutscht war, betastete die Puppe selbst. Da war noch mehr. Es war hart. Steinhart und auch so schwer wie Steine. Aber es fühlte sich anders an: scharfkantig, mit unzähligen fein geschliffenen Kanten, fast wie ein … «Das …» Seine Stimme war plötzlich heiser, dass er sich nicht sicher war, ob das Mädchen ihn überhaupt verstehen konnte. «Das fühlt sich an wie *Diamanten!* Aber wie die größten, … die … die …»

Ganz langsam blickte er auf. Der Mond schien hell. Xenia betrachtete ihn aus dem Sattel des Pferdes, erwartungsvoll, neugierig, aber gleichzeitig auch … Sie lächelte. Grinste? Er ahnte es mehr, als dass er es wirklich erkennen konnte, doch, ja: Sie *grinste.*

«Soweit ich weiß, gehören sie tatsächlich zu den größten Diamanten überhaupt», erklärte sie. «Es müssten insgesamt vierzehn Stück sein.»

Er hatte keinen Atem mehr. «Das …» Seine Stimme war ein Flüstern. «*Das Collier der Zarin Jekaterina.* – Wie … Du … du hast die ganze Zeit gewusst, dass …»

Sie schüttelte den Kopf. «Ich hatte so einen Gedanken, als Elena mir die Puppe gegeben hat und sie plötzlich so schwer war. Aber ich bin nicht dazu gekommen, nachzusehen. Ein paar Sekunden später waren ja schon die Milizionäre da. Ich denke, da haben wir Glück gehabt. Dass sie die Puppe nicht kontrolliert haben.»

«Aber ...» Er tastete in die Luft. Auf einmal hatte er das dringende Bedürfnis, sich irgendwo festzuhalten. «Aber wie kommt das ... Wie kommen solche Steine in die Puppe von deiner kleinen ...»

Das Mädchen hob die Schultern. «Mein Vater wird sie dort versteckt haben. Das ist das Einzige, was einen Sinn ergibt. Ich hatte keine Ahnung, dass er diese Steine hatte. Aber wenn er sie hatte, die ganze Zeit schon, seitdem meine Eltern aus Russland geflohen sind ...» Einen Moment lang finster. «... dann begreife ich nicht, warum er mir nicht das Pony gekauft hat, das ich vor ein paar Jahren unbedingt haben wollte.»

«Aber ...»

«Verstehst du nicht? Die Steine waren für Carol. Dafür, dass er mich heiratet. Damit hätte Carol in Carpathien eine Armee aufstellen können, mit der mein Vater versucht hätte, Russland von den Sowjets zurückzuerobern.»

«Dann ...» Raoul stieß die Luft aus. «Dann gehören sie Carol?»

«Wieso? Ich habe ihn doch nicht geheiratet. – Wer weiß, wem sie gehören. Meinem Vater, weil er sie damals aus dem Land geschmuggelt hat? Eigentlich haben sie dem Zaren gehört, aber es gibt Romanows, die enger mit ihm verwandt sind als mein Vater. Vielleicht gehören sie auch den Sowjets, weil ihnen jetzt Russland gehört. Wobei ich nicht weiß, ob das gilt, wegen der Revolution. Genauso gut könnte man sagen, dass sie den Milizionären gehören, die uns entführt haben. Uns und Ninotschka. Aber dann hätten sie sie natürlich gestohlen.»

«Und wir haben sie ihnen gestohlen», murmelte der Junge. «Also gehören sie ... niemandem?»

«Sie gehören uns.» Das Mädchen reckte den Kopf. «Allerdings kann ich mir nicht vorstellen, dass man sie auf den Tisch legen kann, um eine Passage nach Amerika zu bezahlen.»

«In New York gibt es mehr jüdische Juweliere als irgendwo anders auf der Welt», sagte Raoul leise. «Habe ich in einem der Magazine gelesen, die die Passagiere im Zug liegen lassen.»

«Na also. Mit solchen Sachen kennst du dich aus. Wenn wir in New York sind, wirst du sie ihnen verkaufen. Vielleicht erst mal nur einen.»

«Schon einer allein muss ein Vermögen wert sein.» Er wog den Stein, der ihm entgegengerutscht war, in der Hand. Und das Mädchen hatte recht: Wer am Bois de Boulogne aufgewachsen war, würde auch mit einem Juwelier in Manhattan fertig werden. «Aber trotzdem müssen wir erst einmal nach Amerika kommen. Ich kann mir nicht vorstellen, dass man so was in Bulgarien ...»

«So?» Sie sah ihn an. «Nun, dann muss ich wohl doch Zimmermädchen werden.»

«Du ... Du willst wirklich ... Du hast mir alle diese Fragen gestellt und hast die ganze Zeit geahnt, dass die Steine in der Puppe sind, und jetzt willst du tatsächlich ...» Er hatte sich umgesehen, ob noch irgendwelche Steine am Boden lagen. Jetzt ging er langsam auf das Mädchen zu, reichte ihm die Puppe in den Sattel und stieg dann selbst wieder auf. «Das würdest du wirklich machen?», fragte er. «Und warum hast du mich dann alle diese Sachen gefragt?»

Das Mädchen betrachtete ihn. «Weil ich das wissen musste», sagte es. «Weil ich wissen musste, ob du mich nur für etwas hältst, das vor allem und jedem beschützt werden muss – oder für jemanden, der für sich selbst sorgen kann. Das kann ich nämlich. Auch wenn ich manchmal ... Ich denke, wenn ich das Gefühl hätte, dass du mich beschützt, wenn es wirklich notwendig ist, dann wäre das schon in Ordnung.»

Raoul schluckte. Das würde er, schwor er sich. Solange sie ihn nur ließ.

Er beugte sich im Sattel vor und küsste das Mädchen.

***

Oberhalb des Eisernen Tors, jugoslawisch-carpathische Grenze – 1. Juni 1940, 10:27 Uhr

Der Tag, an dem Betty aufwachte, zum ersten Mal wirklich aufwachte und spürte, dass das Fieber sie endlich verlassen hatte, war ein strahlender Frühlingsmorgen. Sie wusste es, konnte sich die unendliche Farbe des tiefblauen Himmels bereits vorstellen, während sie noch die Wärme der Sonne auf ihren geschlossenen Lidern spürte, der Duft der Blüten in ihr Bewusstsein drang. Apfelblüten, dachte sie. In Paris waren sie bereits verblüht, als wir aufgebrochen sind, und in Istanbul blühen sie noch früher im Jahr. Wir sind nicht in Istanbul. Wir müssen in den Bergen sein.

Seltsamerweise war das vollkommen gleichgültig.

Noch für mehrere Atemzüge genoss sie das Gefühl, ganz im Hier und Jetzt zu sein, ohne dass sich Tonnen von Stahl ratternd unter ihr bewegten oder der Leib eines Pferdes. Wir sind hier, dachte Betty Marshall. Wir sind wirklich und wahrhaftig hier. Wir sind tatsächlich angekommen.

Erst dann schlug sie die Augen auf.

Das Erste, was sie sah, waren ihre Hände, die auf einer weichen Wolldecke ruhten. Ihre Finger wirkten eine Spur schmaler als gewohnt, vor allem aber hatten sie sichtbar Farbe bekommen – ungewöhnlich genug bei einer Frau, die tage- und nächtelang das Krankenlager gehütet hatte.

Sie lag nicht flach, sondern saß halb aufrecht mit leicht angewinkeltem Oberkörper. Die Decke reichte bis unter ihre Achseln, sodass ihre Arme und Schultern frei waren, die in einem Nachthemd steckten, wie es vielleicht zur Zeit der Pilgerväter en vogue gewesen war. Das Hemd war bis an den Hals geschlossen. Die Bandagen um ihre Brust waren unsichtbar, doch Betty spürte sie, spürte sie bei jedem Atemzug. Allerdings hatte sie keine Schmerzen, solange sie nichts anderes tat, als zu atmen und langsam den Blick schweifen zu lassen.

Ihr Lager befand sich auf einer überdachten Terrasse, die zu einem größeren Gebäude zu gehören schien. Die blühenden Zweige der Ap-

felbäume streckten sich über eine niedrige Balustrade, so nah, dass
Betty die zerbrechlichen Blüten hätte berühren können. Geradeaus
aber musste das Gelände steil abfallen. Unter dem weit entfernten
Himmel ging ihr Blick über ein tief ins Land geschnittenes Tal. Ja, sie
waren weit oben in den Bergen, aber in der Tiefe wand sich das dunkle,
graue Band eines breiten Flusses, der zu ihren Füßen die Umarmung
der schroffen Hänge verließ und träge in eine weite, von Weiden und
Feldern gesprenkelte Ebene strömte. Sie reichte bis zum Horizont,
ausgenommen unmittelbar in Bettys Blickrichtung, wo ein Kamm
dunkler Gipfel sich scharf vor den Himmel schob.

Carol wandte der Schauspielerin den Rücken zu, stützte sich auf
die Balustrade. Irgendetwas sagte ihr, dass er schon einige Zeit in
dieser Haltung verharrte, und das keineswegs zum ersten Mal; dass
er weite Strecken der vergangenen Tage an genau diesem Punkt verbracht hatte, die Augen unverwandt auf den fernen, schweigenden
Gebirgszug gerichtet.

Immer wieder. Wann immer er nicht ... Ihre Erinnerungen waren
verschwommen. Carol neben ihr im Sattel, wie er sie anflehte, am Leben zu bleiben. In diesem Moment war es dunkel gewesen, und Regen war vom Himmel geströmt. Dann ein Lager unter freiem Himmel,
Carols Leib, eng an ihren fiebernden Körper gepresst. Dann eine winzige, verqualmte Hütte voller wortkarger Bewohner. Stationen einer
Flucht, die sie am Ende an diesen Ort geführt hatte.

Hoch über der Donau, dachte Betty. Denn natürlich konnte der
Fluss nur die Donau sein. Und irgendwo dort unten hatte sich einmal eine Brücke über den Strom gespannt. *Sie war über einen Kilometer
lang, gestützt auf achtzig gemauerte Pfeiler – vor bald zweitausend Jahren ...* Auf
der anderen Seite des Flusses erhoben sich die Berge. Auf der anderen
Seite lag Carpathien.

Betty befeuchtete ihre Lippen. «Du ...»

Er fuhr herum, noch bevor sie das Wort ausgesprochen hatte. «Betty!»

Sie ließ sich nicht aus dem Konzept bringen. «Du warst all die Jahre
nie wieder so nahe», sagte sie. «So nahe an Carpathien.»

Er war an ihrem Lager in die Hocke gesunken, griff vorsichtig nach ihren Fingern. «Bitte, nicht so viel reden! Du musst dich schonen.»

«Das ... werde ich am ehesten, wenn du einfach meine Frage beantwortest.»

«Dann musst du erst mal eine stellen!» Er brach ab, halb schuldbewusst, halb lausbübisch, als er erklärte: «So wie du es gesagt hast, ist es eine Feststellung.» Er wurde ernst. «Und sie trifft zu.»

Sie nickte. «Aber wir sind nicht dort? In Carpathien. Wir sind immer noch in Jugoslawien.»

«Auf dem Jagdsitz des Prinzregenten.»

«Des *jugoslawischen* Prinzregenten? Aber die Miliz ...»

«Nicht alles im Land geschieht mit seinem Wissen», murmelte Carol. «Und noch weniger nach seinem Willen. – Und er wird sich daran gewöhnen müssen, dass sehr bald Dinge *gegen* seinen Willen geschehen werden.»

Betty schluckte. An diesem märchenhaften Ort war es einfach unvorstellbar, dass der Krieg so nahe sein sollte. Ihre Finger zitterten, als sie die Hand hob, sie auf ihre Brust legte. Die Pistole in Graf Bélas Hand, Carol, der ebenfalls nach der Waffe griff. Betty hatte sich nach vorn geworfen. Die Kugel war in ihrer Brust explodiert, so hatte es sich angefühlt. Danach nichts mehr als verwirrende Bilder, verzerrt vom Fieber, das ihren Körper in seiner Gewalt gehalten hatte. «Ich muss ...» Sie holte Luft. «Ich muss geblutet haben wie ...» Ihre Hände hoben sich suchend.

Seine Mundwinkel zuckten. «Du wirst verstehen, dass ich der falsche Mann bin, um einen passenden Vergleich anzustellen.» Doch sofort wurde er wieder ernst. «Aber, ja, du hast stark geblutet. Und trotzdem unwahrscheinliches Glück gehabt, wie der Arzt hier mir jeden Tag versichert. Die Kugel ist unterhalb des Schlüsselbeins eingetreten und wieder ausgetreten. Obendrein hat sie das fertiggebracht, ohne eines der großen Blutgefäße oder auch nur die zentrale Muskulatur zu beschädigen. Trotzdem solltest du dich in Zukunft mit Manövern wie beim Diner besser zurückhalten.»

«Du hast die Verletzung verbunden», sagte sie mit rauer Stimme. «Du hast die Blutung gestillt.»

«Das habe ich, so gut es in dem Moment möglich war. Gleich als Allererstes, nachdem ich den Grafen erschossen hatte.»

Betty musste sich räuspern. «Du kanntest ihn ... wie lange?»

«Solange ich denken kann.» Seine Miene war ohne jedes Gefühl. «Bedauerlich, dass es so schnell für ihn ging.»

«Aber er hat dich doch jahrelang ...»

«Auf Königsmord, Betty, steht in Carpathien dieselbe Strafe wie auf Vatermord. Denn der König ist der Vater des Volkes. Und Vatermord wird nach demselben Ritus bestraft wie Gottesmord.»

Betty öffnete den Mund.

«Zugegeben.» Ein leichtes Schmunzeln in seinem Gesicht. «Über Letzteres hat noch kein carpathisches Gericht urteilen müssen. Aber glaub mir: Er hat Glück gehabt, dass es so schnell ging.»

Betty stieß den Atem aus. Ihr war klar, dass es keinen Sinn hatte, über dieses Thema zu streiten. Er war Carpathier und würde immer Carpathier bleiben. Stattdessen musterte sie ihn aufmerksam. «Du bist nicht ohnmächtig geworden», sagte sie.

Er erwiderte ihren Blick. Oder sah er knapp an ihr vorbei? «Nein», sagte er schließlich. «Das bin ich nicht. Aber du darfst mir glauben, dass ich das jederzeit und mit Vergnügen wieder tun werde. Ohnmächtig werden. Wenn ich denn die Wahl habe. Aber die hatte ich nicht.» Er sah ihr fest in die Augen. «Du hast mir das Leben gerettet, Betty Marshall. Du hast mir zwei Mal das Leben gerettet. Ich werde das niemals wiedergutmachen können.»

Betty schwieg. Nun, er hatte ihr eine ganze Menge versprochen, als die Vorzeichen noch anders ausgesehen hatten. Die schneeweiße Villa der Königinwitwe in den Bergen oberhalb von Alba Iulia und manches andere. Wenn er das alles einlöste ... Klang nach einem ganz anständigen ersten Schritt. Doch seltsamerweise verschwendete sie kaum einen Gedanken daran.

Ihr Blick glitt an ihm vorbei zu den zerklüfteten dunklen Gipfeln jenseits des Flusses. Martialisch und abweisend. «Und was ...», begann sie. «Was wirst du jetzt tun? Wirst du ... kämpfen?»

Er drehte sich nicht um. Er schwieg, schwieg eine ziemlich lange

742

Zeit. «Darüber denke ich nach», sagte er schließlich. «Darüber denke ich nach, seitdem wir hier sind. Wir sind nicht etwa vollständig von der Außenwelt abgeschnitten. Die Nachrichten über den Fortgang des Krieges ...» Er schüttelte den Kopf. «Frankreich ist geschlagen, der Rest seiner Armee an der Küste bei Dünkirchen zusammengedrängt, zusammen mit ein paar hunderttausend Briten. Der neue britische Premierminister scheint ernsthaft vorzuhaben, alle diese Menschen über das Meer zu evakuieren.» Gemurmelt. «Dem Himmelhund wäre sogar zuzutrauen, dass er mit diesem Wahnsinn Erfolg hat. Aber am Ende wird das nichts ändern. Hitler hat den Krieg gewonnen, noch ehe er recht begonnen hat. Europa ist in seiner Hand, und mit Sicherheit laufen hinter den Kulissen bereits Verhandlungen mit den Briten. Sie sind sein letzter verbleibender Gegner. Und sie wären wahnsinnig, nicht zuzugreifen, wenn er ihnen die Hand zum Frieden entgegenstreckt und nicht mehr von ihnen verlangt, als die simplen Tatsachen anzuerkennen. Der Kontinent gehört ihm, und niemand besitzt mehr die Kraft, sich seiner Macht zu widersetzen. – Was Carpathien anbetrifft ...»

Er brach ab. Betty wartete. Sie wusste, dass er weiterreden würde. Der Himmel war blau wie zuvor, der Wind nicht mehr als eine sanfte Brise, doch allmählich spürte sie die Kühle des Frühlingsmorgens, die Schwäche und Müdigkeit. Es lag noch ein weiter Weg vor ihr, bis sie wieder die Alte sein würde. Die Alte? Möglichst unauffällig führte sie die Finger an die Schläfen, strich die Strähnen über den Ohren nach vorn, bis sie die Fältchen dort zuverlässig verdeckten.

«Was Carpathien anbetrifft ...» Carol hatte nichts davon bemerkt. «Die deutsche Wehrmacht hat das Land besetzt. Ganz vereinzelt scheint es Widerstand zu geben – republikanischen Widerstand –, doch insgesamt fällt das nicht ins Gewicht. Wenn Hitler jemals vorhatte, dem Grafen irgendeine offizielle Rolle zukommen zu lassen, habe ich es ihm erspart, länger darüber nachdenken zu müssen. Er wird das Land seinen ungarischen Verbündeten zuschlagen, wie es vermutlich von Anfang an geplant war. – Ob ich unter diesen Umständen kämpfen sollte ...» Er sah sie an. «Vom Lager der Milizionäre aus haben wir uns direkt nach Norden gehalten. Du warst verletzt. Unter diesen Umständen war es unmöglich, in das Grenzdorf zurückzureiten, zu den beiden jungen Leuten. Wenn sie überhaupt auf uns gewartet haben ...»

Bettys Körper hatte sich angespannt, als er auf die jungen Leute zu sprechen kam. Auf Xenia. Auf seine Braut. Doch offenbar deutete er ihre Miene falsch.

«Du brauchst dir keine Sorgen um sie zu machen», erklärte er eilig. «Sie können sich nach Sofia durchschlagen oder sogar bis nach Istanbul, zur Familie des Mädchens. Oder sonst wohin. Am Geld wird es nicht scheitern. Ich habe ihnen etwas in die Satteltaschen des helleren Pferdes ...»

Betty biss sich herzhaft auf die Unterlippe. Sie war sich nicht sicher, wie ihre Wunde reagieren würde, wenn sie anfing zu kichern. Mit ihrer und Carols finanzieller Unterstützung mussten sich die jungen Leute jedenfalls keine Sorgen machen.

Er betrachtete sie unsicher, hob dann die Schultern. «Ich denke, ich kann davon ausgehen, dass sich das Heiratsprojekt damit zerschlagen hat. Das Heiratsprojekt, das noch aus ein paar anderen Gründen interessant war, abgesehen von Konstantinopel. Aus ... finanziellen Gründen. Ein Krieg lässt sich nicht führen ohne Krieger, und die Söldner, die in Sofia warten – wenn sie noch warten ... Ohne Sold werden sie nicht kämpfen. Was also könnte ich noch tun? In die Berge gehen, die Stämme um mich scharen?» Einen Moment lang hielt er inne. «Mit Sicherheit lässt sich der Widerstand auf diese Weise verlängern», murmelte er. «Aber einen Krieg um Carpathien *gewinnen*? Gegen Hitler? Vielleicht im Bündnis mit den Sowjets, aber welchen Preis hätte Carpathien zu bezahlen, wenn Hitler und Stalin auf seinem Boden ihren Kampf austragen? Kann ich meinem Volk dienen, Betty, wenn ich in die Berge gehe? Das ist die Frage, die ich mir stelle.»

Sie antwortete nicht. Aber das war auch nicht notwendig. Hatte er die Antwort nicht längst gegeben? Sie wusste nicht, was kommen würde. Niemand konnte das wissen. Doch alles, was wie vorbestimmt erschienen war – König sein, *Kaiser* sein; Ehemann dieses kleinen Mädchens sein; alles, was ihn gefesselt hatte und damit auch sie –, all das war mit einem Mal nicht mehr vorhanden. Die Zukunft: Mit einem Mal erschien sie völlig offen.

Da verdüsterte sich sein Gesicht. «Im Grunde wäre die Antwort leicht», sagte er leise. «Wenn da nicht mein Wort wäre.»

Betty hob die Augenbrauen. «Dein Wort?»

«Ich bin der König von Carpathien. Auch wenn ich darauf verzichte, in mein Land zurückzukehren, werde ich doch niemals aufhören, König von Carpathien zu sein. Und ich habe Katharina Nikolajewna einen heiligen Eid geleistet, auf die Madonna von Timişoara. Ich habe ihr geschworen, das Mädchen zu finden. Ich habe ihr geschworen, ihr nicht noch einmal unter die Augen zu treten, bevor ich Xenia Constantinowa nicht gefunden habe. – Wie soll ich jemals ...»

«Musst du das denn?»

Carol blinzelte. «Was?»

«Der Großfürstin unter die Augen treten. – Lass es doch einfach sein. Schon hast du dein Versprechen gehalten. Und im Übrigen: Du *hast* das Mädchen gefunden. Wir haben sie nicht nur gefunden, sondern sie obendrein *befreit*, wovon überhaupt keine Rede war in deinem Eid. Und davon, dass du sie fesseln und knebeln würdest, um sie gegen ihren Willen quer durch die Berge zu schleppen, schon gar nicht. – Verraten Sie mir, *Monsieur*: Wo bitte haben Sie Ihren Eid gebrochen?»

Er sah sie an, mit offenem Mund. «Das ... Ich weiß nicht, was du in Istanbul vorhattest, Betty Marshall, aber hast du jemals darüber nachgedacht, Politikerin zu werden?»

Betty schloss die Augen. Sie sah eine felsige Senke mitten im Gebirge. Sie sah zwei bengalische Feuer aus dem Zirkusbedarf. Und sie sah einen Mann, der eine Horde bis an die Zähne bewaffneter Milizionäre, die sich nichts Schöneres hatten vorstellen können, als ihn langsam über ihren Lagerfeuern zu rösten, eine halbe Stunde lang mit einer bühnenreifen Darstellung bei der Stange gehalten hatte, bis ihre Beute ihnen buchstäblich zwischen den Fingern entwischt war.

«Das wäre die eine Möglichkeit, *Monsieur*», murmelte sie und erinnerte sich, dass Samuel Goldwyn auf seine Weise ein ziemlich konservativer Mann war. Sie konnte sich nicht vorstellen, dass seine Telefonnummer sich geändert hatte. «Das wäre die *eine* Möglichkeit.»

***

Istanbul – 3. Juni 1940, 14:09 Uhr
Orthodoxes Patriarchat.

Als Katharina Nikolajewna den Platz überquerte, zog sie das dunkle Tuch tiefer in ihr Gesicht. Es war ein Reflex, mehr nicht. Die Straßen waren belebt, doch niemand ließ ihr größere Aufmerksamkeit zukommen als anderen alten Frauen, die im alten Christenviertel Istanbuls in ihren eigenen Geschäften unterwegs waren.

Ihre Füße schmerzten. Von ihrer Unterkunft am anderen Ufer des Goldenen Horns bis hierher waren es mehrere Kilometer, die sie zu Fuß zurücklegte, Tag für Tag. Ein Teil meiner Buße, dachte sie, auch dies. Die stundenlange Wanderung durch die Gassen einer fremden Stadt voller fremder Gesichter, fremder Gerüche, fremder, unbekannter Stimmen. Unbarmherzige Hitze war ihr Begleiter, Durst, auch Angst. Doch nichts davon schien mehr eine besondere Rolle zu spielen.

Sie hatte den jenseitigen Rand des Platzes erreicht und verharrte im Schatten der schlichten Fassade, hinter der sich die kleine Kapelle verbarg, die zum Komplex des orthodoxen Patriarchats gehörte. Eine der unbedeutenderen Klosteranlagen zur Zeit des Reiches von Konstantinopel, heute das Herz der Christenheit in der alten Stadt am Bosporus.

Ein letztes Mal prüfte sie den Sitz des Tuchs, das ihre Haare verhüllte, dann trat sie ein.

Flackerndes Kerzenlicht empfing sie, das sich auf dem Gold der Ikonen brach. Das gedämpfte Geflüster der Betenden, die mit gebeugtem Nacken vor der Ikonostase am Boden knieten, vor den Bildern Christi und der *Theotokos*, der Gottesgebärerin.

Es war dieser Gedanke gewesen, der Katharina am zweiten Tag

nach ihrer Ankunft in Istanbul die Kraft gegeben hatte, sich auf den Weg an diesen Ort zu machen. Nach all dem, was sie verschuldet, all den Taten, mit denen sie sich gegen ihren Glauben versündigt hatte: War dies nicht eine letzte Möglichkeit, sich der Heiligen Jungfrau zu nahen? Als Sünderin, gewiss, aber eben doch auch als Mutter, die unter Schmerzen Kinder geboren hatte und unter Schmerzen ...

Auf halbem Weg durch den Kirchenraum sank sie auf die Knie, senkte das Haupt.

Sie hatte gebeichtet. Hatte lange abgewartet, bis sie sich für einen Priester entschieden hatte, der ihr den Eindruck gemacht hatte, als würde er ihr für ihre Verfehlungen eine Buße von ausreichender Strenge auferlegen. Doch in Wahrheit ... in Wahrheit wusste sie, dass es keine ausreichende Buße geben konnte, wo das Entscheidende, die wahre Zerknirschung des Herzens, fehlte. Wo die Reue fehlte.

Denn wenn sie tatsächlich Reue empfand, wahre, echte, tiefe Reue, so betraf dies nur einen einzigen Augenblick.

Den Augenblick, in dem ihre Hand den Mann, der Werkzeug ihrer Sünde gewesen war, getötet hatte.

Sie kniete am Boden. Die wenigen Bänke im Kirchenraum waren den Alten und Schwachen vorbehalten, wie überall in der orthodoxen Welt. Ihre Lippen bewegten sich, doch sie sprachen kein Gebet. In ihr war nichts als – Leere. Ihre Finger tasteten an ihre Brust, doch auch dieser Platz war leer. Das silberne Kruzifix, das sie seit ihrer Kindheit begleitet hatte, war in der Kabine der Schauspielerin geblieben, als Boris und sie zum letzten Mal eins geworden waren. Sie hatte es nicht bemerkt, oder erst als es zu spät war, als sie mit Automobilen auf dem Weg nach Istanbul gewesen waren. Gewiss, sie hätte Constantin bitten können, sich an das Büro der CIWL zu wenden. Irgendjemand würde das Kruzifix finden, hatte es vielleicht schon gefunden, nachdem eine Ersatzlokomotive die verbliebenen Wagen des Simplon Orient in die Stadt geschleppt hatte.

Doch sie konnte nicht. Ihr fehlte die Kraft. Sie sah es zu deutlich, sah, dass es ein Zeichen war.

Ihr Blick hob sich. Die Gottesmutter mit ihrem sanften, entrückten Lächeln, in einem Rahmen aus Gold und edlen Steinen. Sieht sie mich?, fragte sich Katharina Nikolajewna. Sieht sie bis in mein Herz? Wie kann sie all dies sehen und weiterhin auf diese Weise lächeln und schweigen?

Eine Bewegung in ihrem Augenwinkel, als sich ein Stück hinter ihr ein Gläubiger, der irgendwann nach ihrem Eintreten dort in die Knie gesunken sein musste, erhob und das Gotteshaus verließ.

Ich bin nicht die Einzige, dachte sie. Wie viele Menschen kommen an diesen Ort mit Schuld in ihren Herzen? Und wie viele Orte wie diesen gibt es überall auf der Welt? Und diese Frau im blauen Kleid, im roten Mantel *lächelt*?

Habe ich wirklich geglaubt, hier etwas finden zu können? Was hätte das sein sollen?

Ich werde nie wieder herkommen.

Sie stand auf, mit den mühsamen Bewegungen der alten Frau, die sie war, und ein spitzer Schmerz durchzuckte ihre Hüfte, Erinnerung an den Abend in Postumia. Sie warf einen letzten Blick auf die Ikone und wandte sich um.

Katharina Nikolajewna erstarrte.

Der dunkle Marmor des Kirchenbodens, zwei Schritte hinter der Stelle, an der sie gekniet hatte. An der Stelle, an der der Unbekannte gekniet hatte, der die Kirche ... wann? ... vor wenigen Minuten? ... verlassen hatte.

Eine winzige Reflexion auf Silber, kaum die Kreuzesform erkennbar, und doch wusste sie sofort, noch bevor ihre Finger sich zitternd ausstreckten, dass es *ihr* Kruzifix war, dass es einfach keine andere Möglichkeit gab, dass ...

Der Zug. Der Simplon Orient, die hintere Hälfte, die auf freier Strecke stehen geblieben war. Wie lange mochte es gedauert haben, bis die Ersatzlokomotive die Wagen angekoppelt hatte? Bis zum nächsten Morgen? Und bis dahin ... Bis dahin mussten die Wagen dort gestanden haben, vielleicht von einem Steward bewacht oder einem Dorfpolizisten, der seine Augen nicht überall haben konnte. Jedenfalls nicht auf ...

Katharina schwankte. *Nicht auf dem Sumpf.* Aber ... Er ist tot! Die Kugel hat einen Teil seines Schädels weggerissen! Ich habe gesehen, wie Alexej ihn ins Wasser gestoßen hat und wie er ...

Sie hatte nicht gesehen, dass Boris Petrowitsch vollständig versunken war.

Sie griff nach dem Kruzifix, fuhr in die Höhe, taumelte. Taumelte hinaus auf die Straße, in die Hitze, das gleißende Sonnenlicht, das sie sekundenlang blind machte.

Doch als ihr Blick zurückkehrte, machte das keinen Unterschied. Fremde Menschen, fremde Gesichter, die kaum Notiz nahmen von dem alten Mütterchen in dunklem Tuch.

Er war fort.

Vielleicht war er auch noch ganz in der Nähe, beobachtete sie in ebendiesem Moment. Das änderte nichts. Er war fort, sie würde ihn nicht sehen, würde ihn niemals wieder ...

Zitternd hob sich ihre Hand, öffnete sich.

Das Kruzifix. Sie betrachtete es, reglos, einen Moment lang tatsächlich überrascht, als ein salziger Tropfen ihre Haut benetzte.

Katharina Nikolajewna Romanowa schloss die Augen. Zum ersten Mal seitdem es geschehen war ... Zum ersten Mal sprach sie ein ehrliches Gebet.

***

Istanbul – 4. Juni 1940, 11:23 Uhr
Residenz des britischen Konsuls.

«Verbindlichen Dank, liebe Miss Heilmann.»

Eva trat einen Schritt von der Tür zurück, damit der alte Mann und sein Rollstuhl – und Ingolf, der ihn schob – ausreichend Platz hatten.

«Wissen Sie ...», begann Basil Algernon Fitz-Edwards. «Nein, halt! Das mache ich.»

Die junge Frau war den beiden in den Büroraum gefolgt, zog die

Finger jetzt vom Türdrücker zurück und beobachtete fasziniert, wie der alte Mann mit dem Griff seines Gehstocks nach dem Drücker fischte, die Tür geschickt zu sich heranzog und sie mit exakt dosiertem Zug einrasten ließ.

«Respekt», murmelte sie.

«Zwei Tage Training», brummte der Brite. «Wissen Sie, was mich am meisten aufbringt, Miss Heilmann?»

Fragend sah sie ihn an.

«Dass ich tatsächlich auf dieses verfluchte Ding angewiesen sein werde.» Er hob den Stock. «Wenn ich aus diesem verfluchten Ding hier raus bin.»

«Dann sollten sich Hitlers Männer schon einmal warm anziehen, so wie Sie mit ihm umgehen.»

Fitz-Edwards brummelte vor sich hin, doch es war unübersehbar, dass ihm Evas Bemerkung guttat. Er gab ein wortloses Zeichen, und Ingolf rollte ihn hinter den schweren Schreibtisch. In seinem Rücken ging der Blick nun, für Eva noch immer unvorstellbar, auf einen weitläufigen Park mit Palmen. Sie hatte in ihrem Leben noch keine Palmen unter freiem Himmel gesehen.

Für gewöhnlich war dies der Arbeitsplatz des offiziellen Vertreters Seiner britischen Majestät in der einstigen Hauptstadt des Osmanischen Reiches. Allerdings hatte Eva den Konsul nur ein einziges Mal zu Gesicht bekommen, als er dem Agenten vom Nachrichtendienst die Räume wie selbstverständlich zur Verfügung gestellt hatte.

Wer im Himmel war dieser Fitz-Edwards wirklich? Vermutlich genau das, was er zu sein schien: jemand, der ungefähr seit den Kreuzzügen so ziemlich jede militärische Operation des britischen Weltreichs mitgemacht hatte. Jemand, der ein besonderes Amt oder einen besonderen Titel überhaupt nicht brauchte.

Und davon abgesehen jemand, der sich in weniger als zwei Wochen fast vollständig von einer Verletzung erholt hatte, die jüngere und gesündere Menschen schlicht umgebracht hätte. Schon als die Bewohner der nahe gelegenen Dörfer um den Simplon Orient zusammengelaufen waren, war er wieder ausreichend bei Kräften gewesen, um

750

die Rettungsmaßnahmen zu dirigieren. Mit Sicherheit war es auch ihm zu verdanken, dass es in dieser Nacht keine weiteren Opfer mehr gegeben hatte, von den Richards einmal abgesehen. Eva bezweifelte, dass Paul und Vera noch am Leben gewesen waren, als die Pacific in die Sperre gerast war, die die türkischen Behörden am nächsten Bahnhof errichtet hatten.

Sie war sich sicher, dass sie ihn niemals vergessen würde, diesen Blick, mit dem Paul Richards sie gemustert hatte, als sie ihm die Säge übergeben hatte. Der erste amerikanische Tote dieses Krieges, dachte sie, und ein Frösteln überkam sie. Doch würden seine Landsleute dieses Opfer begreifen? Natürlich, die Zeitungen berichteten über das Unglück des Simplon Orient, aber die einzige Stelle, die bisher offiziell darauf reagiert hatte, war die Internationale Schlafwagengesellschaft, die die Fahrten des legendären Express mit sofortiger Wirkung eingestellt hatte.

Der Fluchtweg ist abgeschnitten, dachte Eva, und ihr Frösteln verstärkte sich. Der Fluchtweg, auf dem sie als eine der Letzten aus der gigantischen Todesfalle, in die sich der Kontinent für die Menschen ihres Volkes verwandelte, entkommen war.

Doch war sie tatsächlich entkommen? Es war ein merkwürdiges Gefühl. Sie hatten auf dieser Reise nicht gekämpft. Nicht auf jene Weise gekämpft, wie die Truppen Frankreichs gekämpft hatten, denen jetzt keine Wahl mehr blieb, als vor den Deutschen die Waffen zu strecken. Und dennoch hatte sie das Gefühl, dass dieser Krieg auch ihr Krieg war, dass die Hartnäckigkeit, ja, die *Tapferkeit*, mit der die Menschen an Bord des Simplon Orient auf ihre Weise den Gefahren widerstanden hatten, nicht vergeblich und ohne Sinn gewesen sein durfte. Dass die Opfer – Paul Richards, aber irgendwie auch Botschafter Lourdon und seine Männer – nicht umsonst gestorben sein durften, mit dem Ergebnis, dass Hitler gewonnen hatte.

Denn es war keine Frage mehr, wer der Herrscher Europas war, der jetzt, da er auf keinen Gegner mehr Rücksicht nehmen musste, seine Kettenhunde von SS und Gestapo von der Leine lassen konnte. Die Einzigen, die ihm noch Widerstand entgegensetzten, waren die Briten, die ihre bei Dünkirchen eingeschlossenen Truppen mit knapper Not auf die Insel evakuiert hatten. Doch es war ein offenes Geheimnis, dass Hitler über verdeckte Kanäle Kontakt aufgenommen hatte, großzügige Friedensbedingungen anbot, wenn sie sich nur bereit erklärten, seine Eroberungen anzuerkennen, im Gegenzug für seine Versicherung, auf eine Invasion der Insel zu verzichten.

Und jeder Mensch in Europa wusste, dass Großbritannien auf eine solche Landung nicht vorbereitet und den Deutschen militärisch hoffnungslos unterlegen war. Konnten die Briten es auch nur in Erwägung ziehen, Hitlers Angebot auszuschlagen? Diese bange Frage hing in diesen Tagen über dem Kontinent – und stärker als irgendwo anders über der alten Stadt am Bosporus. Denn wenn die Briten akzeptierten, war der letzte Damm gebrochen, und die bis zu diesem Zeitpunkt neutralen Staaten würden sich endgültig auf die Seite des Diktators schlagen. Was das für ihr eigenes Schicksal bedeuten würde, als in der Türkei gestrandete Frau vom Volke Davids, darüber musste Eva Heilmann nicht lange nachdenken.

Sie blickte auf. Fitz-Edwards hatte seinen Stuhl hinter dem Schreibtisch zurechtgerückt.

«Gut», sagte er, nahm Ingolf und sie in den Blick. «Setzen Sie sich bitte – beide. Ich möchte mit Ihnen reden, bevor wir die anderen Herrschaften hinzubitten.»

Sie ließen sich auf zwei Stühle sinken, die bereits auf sie zu warten schienen. Wie von selbst legten sich ihre Hände ineinander. *Wie von selbst.* Es war seltsam, wie selbstverständlich seine Nähe ihr bereits geworden war, nach so kurzer Zeit.

Der Brite betrachtete sie über seinen Zwicker hinweg. «Um eine lange Geschichte abzukürzen: Ich möchte Ihnen beiden ein Angebot machen. Wären Sie unter Umständen bereit, für den Nachrichtendienst seiner britischen Majestät tätig zu werden?»

Stille.

In Evas Kehle ein Gefühl, als hätte sie etwas von der Größe eines Tennisballs verschluckt. Ingolf ...

Er öffnete den Mund. «Aber ...»

«Ich gehe davon aus, dass wir in diesem Fall auf Referenzen von Seiten Ihres bisherigen Arbeitgebers verzichten können», schnitt Fitz-Edwards ihm das Wort ab. «Übrigens kann ich Ihnen zusichern, dass Sie bis auf weiteres nicht in Großdeutschland eingesetzt werden. Uns kommt es auf Ihr nachrichtendienstliches Wissen an – auch wenn es nicht groß ist.»

Der letzte Halbsatz, fand Eva, kam eine Spur schneller, als es höflich gewesen wäre. Sie hoffte, dass Ingolf schlicht zu verdattert war, um das wahrzunehmen. Sie selbst dagegen hatte eine ziemlich genaue Vorstellung, was sich hinter der überraschenden Offerte verbarg – und warum sie ihnen *beiden* galt. *Wissen Sie, was, Miss Heilmann? Es ist ein wahrer Jammer, dass Sie nicht Helmbrecht sind.* Es war gar nicht so sehr Ingolf, den der alte Mann für seinen Geheimdienst wollte. Sie selbst war es. Trotzdem blieb ihr keine andere Reaktion als ihm. «Aber ...»

«Nachrichtendienstliche Erfahrung kann man erwerben, Miss Heilmann», erklärte der Brite. «Was ich in Ihrem Fall als großen Gewinn für unsere Sache empfinden würde, ist Ihre Fähigkeit, sich auf veränderte Situationen einzustellen. Wie Sie wissen, habe ich Sie sehr genau beobachtet. Und Sie bekämen Gelegenheit, Ihr eigenes Angebot einzulösen: uns gegen diejenigen zu unterstützen, die es sich zum Ziel gesetzt haben, das Volk Abrahams und seines Sohnes Isaak zu vernichten. – Wenn Sie möchten, lassen Sie sich ein paar Tage Zeit, bis Sie mir Antwort geben. Mein Angebot steht.»

Eva nickte wie betäubt. Sie ahnte, wie ihre Antwort ausfallen würde, und mit einem Seitenblick auf Ingolf stellte sie fest, dass auch er nicht allzu lange würde nachdenken müssen. Schon seit mehreren Tagen fragte sie sich, ob es eigentlich Zufall war, dass er immer wieder auf *die prachtvollen stauferzeitlichen Codices in der Bodleian Library zu Oxford* zu sprechen kam.

Es war ... Sonderbar. Bizarr. Sie musste daran denken, wie sie durch die Straßen von Paris gehetzt war, um mit dem, was sie gerade am Leibe trug, eine Fahrt an Bord des Simplon Orient Express anzutreten. Eine Fahrt ohne Ziel, ohne Aussicht, irgendwo Zuflucht zu finden vor der Lawine des Krieges, die über den Kontinent hinwegrollte. Nach

753

Osten, immer weiter nach Osten. Und nun, da sie im äußersten östlichen Winkel angekommen war, erfuhr sie, dass ihre Zuflucht, ihr Schicksal, auf der Insel im äußersten Westen Europas lag.

Ein Klopfen an der Tür.

«Bitte», sagte Fitz-Edwards.

Der Mann musste mehr als zwei Meter messen. Darüber hinaus war er kohlrabenschwarz und schien auf eine schwer zu deutende Weise nicht zur Botschaft, sondern zu Fitz-Edwards zu gehören. «Downing Street, Sir.»

«Danke.» Die Tür schloss sich wieder, und der Brite griff nach dem schweren, dunklen Telefonapparat. «Winston?»

Ein Keuchen an Evas Seite. Fitz-Edwards bekam es nicht mit. Er hatte bereits zu sprechen begonnen. Fragend sah sie Ingolf an.

«Wie viele Winstons kennst du?», wisperte er. «In der Residenz des britischen Premierministers.»

Eva schluckte. Sie starrte Fitz-Edwards an. Der Mann, mit dem er in diesem Moment sprach ...

Er sprach ... Er sprach ... Sie kannte diese Sprache, auch wenn sie kein Wort verstand. Eva kannte sie, weil sie dabei gewesen war, als sich Fitz-Edwards dieser Sprache bedient hatte: in der Unterhaltung mit Umashankar Chandra Sharma. Fitz-Edwards sprach *indisch* mit dem Premierminister des Vereinigten Königreichs.

«Wahrscheinlich geht er davon aus, dass die Leitung nicht abgehört wird», murmelte Ingolf. «Aber eine Art Code kann trotzdem nicht schaden.»

Eva nickte stumm. Sie warteten, ihre Hände ineinander verschränkt, bis der alte Mann sein Gespräch beendet hatte, den Hörer sorgfältig auf die Gabel zurücklegte.

«Gut.» Er schien einen Moment nachzudenken. «Mr. Helmbrecht, wenn Sie die anderen Herrschaften dann hereinbitten würden?»

Eva drehte sich um. Für Fitz-Edwards war es eine Ehrensache gewesen, einige der Weggefährten auf der irrwitzigen letzten Fahrt des Simplon Orient im Konsulat aufzunehmen. Nicht, dass sie durch die Bank außerstande gewesen wären, ein Hotelzimmer zu finanzieren, doch schließlich war das deutsche Konsulat nur wenige Straßenblocks entfernt, und selbst in der Türkei wuchs nun die Angst vor Hitlers Macht.

Pedro de la Rosa trat als Erster ein, grüßte den Briten mit einem Nicken und eilte sofort zu Ingolf. Aus dem Augenwinkel sah Eva, wie er unauffällig ein Dokument aus der Soutane zog und der junge Deutsche staunend die Augenbrauen hob ... Eva bezweifelte, dass es sich in diesem Fall um geheimdienstliche Informationen handelte. Was immer der Kirchenmann mitgebracht hatte, vermutlich war es mehrere hundert Jahre alt.

Directeur Thuillet hielt sich kerzengerade, als er den Raum betrat, das Monokel an Ort und Stelle. Irgendwie passte er in diese Umgebung, fuhr Eva durch den Kopf. Als Konsul oder Botschafter hätte er keine schlechte Figur gemacht.

Capitaine Guiscard, der einzige Überlebende aus dem Wagen der französischen Diplomaten, kam unmittelbar dahinter, gestützt auf einen Mann, den er eigentlich als seinen Feind ansehen musste: Leutnant Schultz. Ingolf und Eva hatten sich während der vergangenen Tage mehrfach mit Carols ehemaligem Leibwächter unterhalten, doch Schultz' Entscheidung stand fest: Er würde nach Deutschland zurückkehren. Dass er die Nazis nach wie vor für Verbrecher hielt, machte keinen Unterschied. Sein Platz sei zu dieser Stunde in seinem Land und bei seiner Familie.

Dann kamen die Romanows. Der Großfürst trug den Arm in einer Schlinge, blickte allerdings herrisch wie eh und je. Der junge Alexej grüßte Eva und die anderen, schien jedoch mit den Gedanken ganz woanders zu sein – wobei es offenbar keine allzu düsteren Gedanken waren. Irgendwie kam er ihr erwachsener vor als während der Fahrt. Die kleine Elena hing am Arm ihres ... Eva wusste nicht, ob die Position, die Monsieur Georges bei der großfürstlichen Familie bekleidete, einen Namen hatte. Auf jeden Fall schien das Gerücht zuzutreffen, das seit einigen Tagen im Konsulat umging. Was auch immer die Romanows dazu getrieben hatte, den ehemaligen Steward einzustellen, als Kindermädchen, Kammerzofe oder beides zusammen.

Als Letzte betrat Katharina Nikolajewna den Raum, mehrere Schritte hinter dem Rest der Familie. Die Großfürstin war vermutlich diejenige unter ihren Mitreisenden, aus der Eva Heilmann bis heute am wenigsten schlau geworden war. Was auf jeden Fall bemerkenswert war, war die Stärke in dieser Frau, fast als hätte sie – auf welche Weise auch immer – in den wenigen Tagen in Istanbul neue Kraft geschöpft.

Was ihre Sorge nicht verdecken konnte. Sorge um ihre ältere Tochter, von der noch immer keine Nachricht eingetroffen war, genauso wenig wie von Carol und Betty Marshall, wobei Eva sich sicher war, dass diese beiden mit Sicherheit noch am Leben waren.

Erst als ihre Augen sich wie von selbst wieder der Tür zuwandten, als ob sie noch jemanden erwarteten, wurde ihr bewusst, dass noch jemand fehlte.

Petrowitsch. Boris Petrowitsch.

Er musste ebenfalls einen Weg zur Lokomotive gesucht haben, um den Zug zum Stehen zu bringen. Von allen unbemerkt, musste er in den Flammen den Tod gefunden haben. Das war die einzig plausible Erklärung. Zu wie vielen Personen die Überreste im französischen Salonwagen gehörten, konnte schließlich niemand mit Sicherheit sagen. Erst als sich das Chaos rund um die abgelegene Stelle, an der der Simplon Orient schließlich zum Stehen gekommen war, gelegt hatte, war überhaupt aufgefallen, dass Boris Petrowitsch fehlte.

Fitz-Edwards räusperte sich. Eva blickte auf.

«Ladies and Gentlemen.» Der Brite blickte in die Runde. «Ich möchte Ihnen danken, dass Sie meiner Einladung gefolgt sind. Nun, da unsere Ankunft einige Tage zurückliegt und unsere Wege sich demnächst trennen werden, möchte ich die Gelegenheit nutzen, Ihnen ...» Er zögerte, betrachtete einige Notizen vor sich auf dem Tisch, warf einen Blick zur Tür – nein, zu der großen Wanduhr über der Tür. «Nun, es scheint der Tag zu sein, an dem ich die langen Geschichten abkürze. – Meine Herrschaften, hinter uns allen liegen schwere und bewegte Tage. Viele von uns haben Menschen verloren – Menschen, die uns nahestanden, und Menschen, die wir in der kurzen Zeit, die wir sie kannten, schätzen gelernt haben.» Eva sah, wie Alexej Romanow den Mund öffnete, doch der Brite sprach schon weiter. «Andere

756

sorgen sich noch um die Menschen, die ihnen am Herzen liegen, und wir sind bei ihnen in ihrer Hoffnung. – Und doch gibt es noch etwas, das jeder von Ihnen verloren hat, auch wenn es ihm in diesem Moment vielleicht noch nicht bewusst ist.»

Ein Blick in die Runde.

«Sie haben eine Heimat verloren», erklärte er. «Die Wogen des Krieges schlagen über dem alten Kontinent zusammen. Niemand, der Hitlers Macht Einhalt gebietet, die wie ein düsterer Schleier auf die Länder Europas gefallen ist. Bis auf mein Land, das bis zu diesem Augenblick noch widersteht, wenn auch gegenwärtig gewisse Offerten aus Berlin geprüft werden. Offerten, die zu akzeptieren nicht wenige raten, da der Ausgang der Dinge doch unvermeidlich scheint.» Er räusperte sich. «Und gewiss, weit im Osten gibt es jemanden, der sich Hitler möglicherweise entgegenstellen wird. Doch wenn das Ergebnis dieses Ringens darin bestehen sollte, dass an Hitlers Stelle Stalin und seine Sowjets die Macht an sich reißen, dann wäre das ein bitteres Ergebnis. Und so bleibt es bei der Feststellung: Das Europa, das Sie hinter sich gelassen haben, existiert nicht mehr und wird sich nie wieder erheben.» Er hielt kurz inne, und sein Mundwinkel zuckte. «So bewegt unsere Fahrt auch gewesen sein mag: Ich wage zu behaupten, dass selbst eine solche Reise mit all ihren Annehmlichkeiten auf lange, lange Zeit nicht mehr möglich sein wird. Vielleicht ... vielleicht niemals wieder.»

Wieder ein Blick auf die Uhr. «Und doch gibt es Hoffnung», sagte er plötzlich knapp. «Aber das will nicht ich Ihnen erzählen. – Miss Heilmann, wenn Sie bitte das Radiogerät einschalten würden?»

Eva hob die Augenbrauen, doch sie nickte, trat an das dunkle Bakelitgehäuse des Radioapparats, das ganze drei Regler besaß: die Senderwahl, die Lautstärke – und den Einschaltknopf. Statisches Rauschen, doch dann ... Eine Gänsehaut überfiel sie. Eine tiefe, sonore Stimme, und sie wusste auf der Stelle, dass es die Stimme des Mannes war, mit dem Fitz-Edwards vor wenigen Minuten ein Telefongespräch geführt hatte – auf Indisch.

Diesmal sprach Winston Churchill Englisch. Er sprach vor den

Häusern des britischen Parlaments, dennoch wusste Eva auf der Stelle, dass sich in diesem Moment überall Menschen vor den Radiogeräten versammelten. Nicht allein in Großbritannien, sondern in allen Gegenden Europas und, ja, darüber hinaus. Hoffende. Verzweifelte. Menschen, deren Welt in Flammen stand.

«... und so habe ich volles Vertrauen, dass wir, wenn nur alle Menschen ihre Pflicht tun, in der Lage sein werden, unsere Insel zu verteidigen. Wir werden den Sturm dieses Krieges überstehen, die Bedrohung durch die Tyrannei überdauern, wenn nötig auf Jahre hinaus. Wenn nötig allein.»

Eva blickte in die Gesichter der anderen, sah, wie sie alle lauschten, jetzt, in der dunkelsten Stunde Europas, in der sich am entgegengesetzten Ende des Kontinents eine einzelne Stimme erhob und es wagte, dem Tyrannen zu trotzen.

«Selbst wenn große Gebiete Europas und viele alte und berühmte Staaten in den Griff der Gestapo und die abscheuliche Maschinerie der Naziherrschaft gefallen sind: Wir werden weder schwanken noch scheitern. Wir werden bis ans Ende durchhalten. Wir werden in Frankreich kämpfen, wir werden auf den Meeren und auf den Ozeanen kämpfen, wir werden mit wachsender Zuversicht und wachsender Kraft in den Lüften kämpfen. Wir werden unsere Insel verteidigen, wie hoch der Preis auch sein mag. Wir werden an den Stränden kämpfen, wir werden an den Landungsstellen kämpfen, wir werden auf den Feldern kämpfen – und in den Straßen. Wir werden uns niemals ergeben.»

NACHBEMERKUNG

Das Wort «Geschichte» besitzt in der deutschen Sprache mehrere Bedeutungen, bezeichnet die historische Überlieferung und ihre wissenschaftliche Erforschung ebenso wie die rein fiktive Handlung eines Romans. Zwischen diesen einzelnen Bedeutungen aber gibt es Übergänge und Überschneidungen: das weite Feld der Sagen und Legenden und dessen, was als «historischer Roman» zu bezeichnen wir uns angewöhnt haben.

Unsere Erzählung ist kein historischer Roman, was allerdings nicht verhindern wird, dass man ihn als solchen wahrnimmt.

Historische Romane neigen dazu, Figuren mit einer in der Gegenwart des Autors verwurzelten Mentalität in ein mehr oder minder akribisch recherchiertes historisches Umfeld zu stellen. Vor dem verbreiteten Irrglauben, aus einem historischen Roman etwas über die dort behandelte Epoche lernen zu können, hat Marcel Reich-Ranicki ein Leben lang gewarnt. Die einzige Auskunft, die wir aus jeder Art von Roman erhalten können, ist vielmehr eine Auskunft über Denken und Gegenwart des Autors.

Der Autor dieses Romans ist neben einem Kleinbahnhof der Osthannoverschen Eisenbahn (OHE) aufgewachsen, auf dem noch in den 1970er Jahren Personenzüge mit Dampflokomotiven verkehrten, die die Deutsche Bundesbahn längst ausgemustert hatte. Ihr Schnaufen, Poltern und Zischen zählt zu seinen ältesten Erinnerungen. Zugleich reicht die Verbindung zu legendären alten Zügen auch familiär zurück. Sein Großvater war in den Breslauer Linke-Hofmann-Werken als Kunstschlosser am Bau der Salonwagen für diverse Nazi-Größen beteiligt – denen er weltanschaulich denkbar fernstand. Der Leser ist ihm in einer Szene unserer Erzählung in der Figur des «Otto» begegnet. Insofern war die Arbeit an unserer Geschichte auch eine Begegnung mit der eigenen Vergangenheit.

Der Impuls, aus dem heraus diese Erzählung entstand, war aber ein anderer:

Am 25. Mai 1940 herrscht seit mehr als einem Dreivierteljahr Krieg in Europa. Hitlers Deutschland und Stalins Sowjetunion haben Polen unter sich aufgeteilt. Binnen weniger Wochen haben die Nationalsozialisten Dänemark, Norwegen, die Niederlande, Belgien und Luxemburg an sich gebracht, und die Abteilungen ihrer Wehrmacht stehen nun kurz vor Paris, während das Gros der französischen Armee samt ihren britischen Verbündeten an der Küste bei Dünkirchen eingeschlossen ist. In dieser Situation bricht der legendäre Simplon Orient zum letzten Mal zu seiner Reise durch das in Agonie zuckende Alte Europa auf; in Belgrad schließt sich wie seit Jahren üblich ein Kurswagen aus Berlin an.

Die Nazis und ihre Opfer in ein und demselben Zug: eine unglaubliche Vorstellung. Eigentlich, so war der Gedanke, ist hier, am Scharnier zweier Zeiten, eine ganze Epoche mit an Bord, in diesem einen historischen Moment, in dem so viele Dinge *zum letzten Mal* möglich sind, bevor sich zuerst der Qualm des Krieges und dann der Eiserne Vorhang über das Alte Europa senken.

Das Europa, das dieser Zug verlässt, wird es nie wieder geben, und das ist allen Fahrgästen bewusst, selbst wenn sie noch nichts ahnen können oder, je nach Perspektive, ahnen *wollen* von den Morden in maschinellem Ausmaß, die die nationalsozialistische Bürokratie in diesen Monaten und Jahren vorbereitet. Noch sind es mehr als eineinhalb Jahre bis zur Wannseekonferenz. Noch scheint eine Rückkehr zu jenem Begriff der Zivilisation, der den Kontinent Europa einmal ausgezeichnet hat, möglich. Der Holocaust liegt noch in der Zukunft. Und doch ist dieser historische Moment der große Wendepunkt.

Bei den wenigsten Figuren, mit denen ich unseren Zug bevölkert habe, handelt es sich um im eigentlichen Sinne historische Persönlichkeiten. Sie sind Vertreter ihrer Zeit, wobei ich mich nach Kräften bemüht habe, sie nicht als Stereotype zu zeichnen.

So hat es ein Königreich Carpathien bekanntlich niemals gegeben, während König Carol II. von Rumänien und seine jüdische Geliebte Magda Lupescu beliebte Protagonisten in der Yellow Press ihrer Epoche waren, bis sie das Land – selbstredend mit einem Zug der CIWL – unter dem Druck der Deutschen verlassen mussten und das bis dahin rumänische Siebenbürgen dem deutschen Satelliten Ungarn angegliedert wurde.

Auch Betty Marshall hat niemals existiert, auch wenn die Versuchung groß war, die gesamte Geschichte vom «Fall Mississippi» für unsere Erzählung zu rekonstruieren. Zentrales Vorbild für diese glamouröse Erscheinung war allerdings die unvergleichliche Miss Louise Brooks.

Um Ingolf Helmbrecht und seine Mission für Ausland/Abwehr versammeln sich mehrere Elemente des Widerstands gegen den Nationalsozialismus. Aktionen von Admiral Canaris, vor allem aber seiner Mitarbeiter Oster und Dohnanyi, sind verbürgt, ebenso die nicht immer durchschaubaren Aktivitäten des «Geheimen Deutschland», dem Kreis um den 1933 verstorbenen umstrittenen Dichter Stefan George, dem sowohl der jüdische Historiker und Stauferbiograph Ernst Kantorowicz als auch die Brüder Stauffenberg angehörten. Kontaktmann zum Vatikan war der spätere erste Vorsitzende der CSU, der «Ochsensepp» Josef Müller. Eine tatsächlich historische Figur ist der ehemalige Reichskanzler und Vizekanzler unter Hitler, Franz von Papen, zum Zeitpunkt unserer Geschichte Botschafter in der Türkei.

Die von Vera Richards gegenüber ihrem Mann erwähnten Öllieferungen des Milliardärs Paul Getty an Hitler sind ebenso historisch wie die in den Korsetts der Romanow-Frauen verborgenen Juwelen und die Vorgänge um die Ausschaltung des Geheimdienstchefs Nikolai Yezhov unter Stalin. Winston Churchills Praxis, brisante Telefongespräche auf Hindi zu führen, ist ebenfalls verbürgt. Teile seiner am 4. Juni 1940 von der BBC übertragenen Rede «We shall fight on the beaches» habe ich für den Schluss unserer Geschichte neu übersetzt.

Kommen wir zur eigentlichen Hauptfigur unserer Geschichte. Kommen wir zum Simplon Orient Express.

Die in den 1880er Jahren gegründete Compagnie internationale de wagons-lits hatte ihr Imperium von luxuriösen Schlafwagenverbindungen auf dem europäischen Kontinent und darüber hinaus nach dem Einbruch durch den Großen Krieg, den Ersten Weltkrieg, rasch wieder ausbauen können. Ihr bisheriges Flaggschiff, der «klassische» Orient Express über Straßburg, München, Wien und Budapest war dabei durch den Simplon Orient abgelöst worden, dessen Route das Staatsgebiet der unterlegenen Mächte Deutschland, Österreich und Ungarn bewusst umging. In den 1920er Jahren führte die CIWL jene blau schimmernden Ganzmetallwagen ein, die bald zu ihrem Markenzeichen werden sollten und von denen eine verwirrende Zahl unterschiedlicher Typen existierte, die in Zuschnitt und Aufteilung teilweise stark voneinander abwichen. Während Fourgons mit eigenem Duschabteil durchaus mit dem Simplon Orient verkehrten, wurden die Lx («de luxe») genannten Wagen seltsamerweise nicht regulär auf dieser Renommierstrecke eingesetzt. Dass unser Express dennoch einen dieser Wagen mitführt, ist aus den speziellen historischen Umständen leicht zu erklären.

Wo irgend möglich, habe ich sämtliche Details bis an die Grenze des Wahnsinns recherchiert. Auf welcher Seite dieser Grenze ich mich zu jedem konkreten Zeitpunkt aufhielt, ließ sich dabei nicht immer mit Sicherheit sagen. Bestimmte Freiheiten wie die Entkernung einer Doppelkabine, um dort einen Dinnertisch unterzubringen, waren im Einzelfall nicht zu vermeiden.

Zwei Eisenbahnwagen spielen in unserer Geschichte eine besondere Rolle: CIWL 2419 D, der *wagon de l'Armistice*, und Sal 4ü-37a, Hitlers persönlicher Salonwagen.

Die Geschichte des Waffenstillstandswagens könnte ganze Bände füllen. Im November 1918 wurde das Gefährt auf einer Lichtung nahe Compiègne zum Schauplatz der Unterzeichnung des Waffenstillstandes, der den Ersten Weltkrieg beendete. Für die siegreichen Franzosen verwandelte es sich damit in ein Symbol ihres Triumphs, für die unterlegenen Deutschen in eine Manifestation ihrer Niederlage. Nach mehreren Zwischenstationen wurde der Wagen ab Mitte der 1920er

Jahre in einer eigens konstruierten Halle am ursprünglichen Ort aufgestellt und entwickelte sich zum Besuchermagneten. Als sich kurz nach Beginn des Westfeldzugs der Sieg von Hitlers Wehrmacht abzuzeichnen begann, entschloss sich der deutsche Diktator, den Unterlegenen seine Friedensbedingungen am historischen Ort aufzuzwingen, was am 22. Juni 1940 geschah. Daraufhin wurde der Wagen eine Weile lang in Berlin ausgestellt, bevor er angesichts der vordringenden Roten Armee ins thüringische Ohrdruf geschafft wurde. Seine letzten Überreste sollen dort kurz vor der deutschen Wiedervereinigung zerstört worden sein. Es sei denn ...

Nun, der Wagen ist vernichtet, so oder so. Doch hat die Vorstellung nicht etwas Tröstliches, wie dieser hässliche Mann mit seinem lächerlichen kleinen Bart auf einer Lichtung in Compiègne steht, an diesem Tag, der der größte Triumph seines Lebens sein könnte? Wie er mit großspuriger Geste die Hand auf den Einstieg eines Wagens legt, während die andere in ohnmächtiger Wut einen Brief zerknüllt, in dem Franz von Papen mit zitternder Hand den Fehlschlag des Kommandounternehmens der Waffen-SS eingesteht, das doch noch den *echten* Wagen herbeischaffen sollte? Das Wort «Geschichte» hat in der deutschen Sprache mehrere Bedeutungen. Und nicht immer sind sie exakt zu entschlüsseln.

Seinen eigenen Salonwagen hat Hitler im Verlauf des Krieges weiterhin eingesetzt. Am 7. Mai 1945 wird er auf persönlichen Befehl des «Führers», der wenige Tage zuvor im Bunker seiner Reichskanzlei verreckt ist, im kärntischen Marnitz von einem SS-Trupp gesprengt.

Stunden später ist der Krieg zu Ende.

Danksagung

Das Unterfangen, eine ganze Epoche in eine Handlung von wenig mehr als achtundvierzig Stunden zu fassen, kann von einem Menschen allein nicht bewältigt werden.

Ich möchte daher meinen Betalesern, die sich an meiner Seite ein ganzes Jahr lang in diese Geschichte vergraben haben, meinen ausdrücklichen Dank aussprechen: Für Matthias Fedrowitz wird es allmählich zur Tradition, nicht allein den Text, sondern nebenbei auch noch den Verstand des Autors zu retten. Daniel von Velde hat mir an einer derartigen Vielzahl von Stellen die Augen geöffnet, dass ich überhaupt nicht mehr nachkam, mir selbige zu reiben. Mit besonderem Dank für faszinierende Schriftwechsel über Seidenstrümpfe. Erika Witt hat mich auf einen entscheidenden Gedanken gebracht: Wer von einem luxuriösen Zug liest, möchte auch wissen, was daran luxuriös ist. Wie fühlen sich Sitzbezüge an, wo blitzt und reflektiert es, wie fällt der Stoff eines Kleides? Unbezahlbare Eingebungen. Mein Bruder Michael, gemeinhin einer der schärfsten Kritiker überhaupt, hat mich zeitweise in Unruhe gestürzt, als so gar keine Beschwerde mehr kam. Erleichternd, dass dieser Zustand nicht bis zum Ende anhielt. Meine Mutter Waltraud hat Ausdrucke mit unterschiedlichen Versionen des Textes in einem Ausmaß verschlungen, dass wir eigentlich schon vor Erscheinen des Textes etwas für die Umweltbilanz tun müssten. Diana Sanz hat mir – Dank auch an Serge – nicht allein halb verschüttete Urgründe des Französischen in Erinnerung gerufen, sondern auch, durchaus kontrovers, immer wieder inhaltlich Stellung bezogen. Christian Hesse ist seinem teuflischen Vorhaben, das Korrektorat vollständig überflüssig zu machen, mit diesem Titel einen neuen entscheidenden Schritt näher gekommen. Ich werde den Plan weiterhin zu hintertreiben wissen, indem ich nachträglich wieder Fehler reinbastele. Vero Nefas hat nicht allein via Facebook mehrfach Echtzeit-Betreuung geleistet, sondern mir auch immer wieder erstaunliche Einblicke in die kollektive Seele des Lesers gegeben.

Ein großes Dankeschön an Ralf Koschinski. Wer hätte gedacht, wozu Kerbwirkung in der Lage ist. Rüdiger Katterwe hat mich nichtsahnend in meinem Exkurs in die eigene Familiengeschichte bestärkt. Marvin Großkrüger, Physiotherapeutische Praxis, hat mir mehr als einmal eine gewaltige Last von den Schultern genommen.

In unserer Geschichte wimmelt es von Exzellenzen. Wirklich exzellent aber, und das habe ich aus berufenem Munde, ist die Arbeit meines Agenten Thomas Montasser. Wie üblich, Thomas, hatte ich das Gefühl, dass wir dich eigentlich als Co-Autor führen müssten. Wobei im Autor dieser Geschichte auch schon ein Produkt Montasser'scher Persönlichkeitsspaltung vermutet wurde.

Grusche Juncker, diesmal unterstützt von Evi Draxl, hat dieses Projekt nicht allein als Lektorin betreut. Sie ist integraler Bestandteil dieses Mammutunternehmens, das ohne sie schlicht nicht denkbar gewesen wäre. Ihr Engagement beschränkt sich keineswegs darauf, den Autor von Wahnsinnstaten («Jim Knopf und die Wilde 13») abzuhalten. Doch selbst das gehört dazu.

Und, kaum notwendig zu erwähnen, ist es meinem Verlag mit all dem Einsatz, all der Begeisterung an so vielen Stellen gelungen, mich schlicht und einfach ... Nun, sagen wir: Da hat mich Reinbek reinweg stumm gemacht.

Einem Menschen aber möchte ich mehr als allen anderen danken: meiner Frau Katja, die mehr als ein Jahr lang akzeptieren musste, dass ihr Ehemann schlicht nicht zu Hause war, sondern verschollen in den Wirren des Jahres 1940. Ohne sie wäre unsere Geschichte nicht geschrieben worden.

Sämtliche Fehler, Versäumnisse und Unsauberkeiten gehen selbstverständlich auf meine Verantwortung.

CIWL Lx 3509 (Vorderer Schlafwagen)

WC

1 2 3 4 5 6 7 8 9 10 11 12 13 14 15 16

CIWL WR 2793 (Speisewagen)

Korridor

Non Fumoir

Fumoir

Seiteneingang

Office

Küche

CIWL WL 3425 (Hinterer Schlafwagen)

WC

17 18 19 20 21 22 23

1 Carol von Carpathien
2 Graf Béla
3 Leutnant Heiner Schultz
4–9 Carpathische Gardisten
10 Alexej Constantinowitsch Romanow
11 Großfürst Constantin Alexandrowitsch Romanow
12 Großfürstin Katharina Nikolajewna Romanowa
13 Elena Constantinowa Romanowa
14 Xenia Constantinowa Romanowa
15 Betty Marshall
16 Basil Algernon Fitz-Edwards
17 Vera Richards
18 Paul Richards
19 Umashankar Chandra Sharma
20 Boris Petrowitsch Kadynow
21 Eva Heilmann
22 Ingolf Helmbrecht *alias Ludvig Mueller*
23 Monsignore Pedro de la Rosa

DRAMATIS PERSONAE

IM ORIENT EXPRESS

CIWL F 1266 (Vorderer Gepäckwagen) – Das Zugpersonal

Gaston Thuillet, Repräsentant der CIWL, Vorgesetzter des Bordpersonals.
Raoul, ein junger Kabinensteward
Georges, ein älterer Kabinensteward
Prosper, Unterkellner
Mehrere weitere Stewards, Köche und Kellner

CIWL Lx 3509 (Vorderer Schlafwagen)

Carol II., apostolischer König von Carpathien (zzt. im Exil)
Graf Béla, König Carols Adjutant
Leutnant Heiner Schultz, Ehrengardist
Großfürst Constantin Alexandrowitsch Romanow
Großfürstin Katharina Nikolajewna Romanowa, Constantins Ehefrau
Alexej Constantinowitsch Romanow, Sohn der Romanows
Xenia Romanowa, Tochter der Romanows
Elena Romanowa, kleine Tochter der Romanows
Betty Marshall, ehemalige Hollywooddiva
Basil Algernon Fitz-Edwards, britischer Reisender (ab Lausanne)

CIWL WL 3425 (Hinterer Schlafwagen)

Paul Richards, Ölmillionär aus Longview, Texas
Vera Richards, Pauls junge Ehefrau
Umashankar Chandra Sharma, ein *Yogi* (ab Venedig)
Boris Petrowitsch Kadynow, Offizier des NKWD (sowjetischer Geheimdienst)
Ingolf Helmbrecht *alias Ludvig Mueller*, Student der Paläographie, Mitarbeiter der Dienststelle Ausland/Abwehr der Deutschen Wehrmacht
Eva Heilmann, deutsche Jüdin, ehemalige Geliebte König Carols
Pedro de la Rosa, Sondergesandter des Heiligen Stuhls (ab Mailand)

CIWL 2413D (ehemals 2419 D, ‹wagon de l'Armistice›)

Lieutenant-colonel Claude Lourdon, Offizier im Deuxième Bureau (französischer Geheimdienst)
Maledoux, Mitarbeiter Lourdons
Clermont, Mitarbeiter Lourdons
Capitaine René Guiscard, junger Mitarbeiter Lourdons

Sal 4ü-37a, 10 206 Bln (Salonwagen der Deutschen Reichsbahn, ab Belgrad)

Franz von Papen, deutscher Botschafter in Ankara
Oberstleutnant Borwin von Greifenberg, Aide-de-camp von Papens

AUSSERHALB DES EXPRESS

Fontembray in der Picardie

Victor Lefèvre, Kopf der Résistance in der Picardie
François, Résistancekämpfer
Claudine, François' Ehefrau
Ein Sturmbannführer der Waffen-SS
Der Stellvertreter des Sturmbannführers

Breslau in Schlesien

Otto, Anführer einer kommunistischen Widerstandsgruppe
Frieda, Ottos Ehefrau, Mitarbeiterin in der Reichsbahndirektion
Heinrich, kommunistischer Widerstandskämpfer
Gottlieb, kommunistischer Widerstandskämpfer
Richard, kommunistischer Widerstandskämpfer

Burg Bran in Carpathien

Der Präsident der Carpathischen Republik
Leutnant Ion Iliescu, republikanischer Offizier
Prinz Pavel von Carpathien
Ein Obersturmbannführer der Waffen-SS

Oberkommando der Wehrmacht in Zossen

Admiral Wilhelm Canaris, Leiter Ausland/Abwehr, Verschwörer
Oberst Hans Oster, Mitarbeiter und Mitverschwörer von Canaris
Hans von Dohnanyi, Mitarbeiter und Mitverschwörer von Canaris

Bahnhof Belgrad

Juri Malenkov, Kommissar des sowjetischen NKWD
Joachim von Puttkammer, Mitarbeiter und Mitverschwörer von Canaris

Bahnhof Svilengrad

Mikosh, ein alter Stellwärter

Das für dieses Buch verwendete FSC®-zertifizierte Papier
Schleipen Werkdruck liefert Cordier, Deutschland.